脂評本紅樓夢 下

曹雪芹　原著
脂硯齋　重評
馬美信　校注

三民書局

國家圖書館出版品預行編目資料

脂評本紅樓夢(下)／曹雪芹原著,脂硯齋重評,馬美信校注.——初版七刷.——臺北市：三民，2023
面；　公分.——(中國古典名著)

ISBN 978-957-14-6193-9 （上冊:精裝）
ISBN 978-957-14-6194-6 （下冊:精裝）
1. 紅樓夢 2. 注釋

857.49　　105016958

中國古典名著

脂評本紅樓夢(下)

作　　者　曹雪芹
重 評 者　脂硯齋
校 注 者　馬美信
封面繪圖　蔡采穎

發 行 人　劉振強
出 版 者　三民書局股份有限公司
地　　址　臺北市復興北路 386 號(復北門市)
　　　　　臺北市重慶南路一段 61 號(重南門市)
電　　話　(02)25006600
網　　址　三民網路書店 https://www.sanmin.com.tw

出版日期　初版一刷 2016 年 1 月
　　　　　初版七刷 2023 年 5 月
書籍編號　S858181
I S B N　978-957-14-6194-6

三民書局

回目

第五十一回　薛小妹新編懷古詩　胡庸醫亂用虎狼藥

眾人聞得寶琴將素昔所經過各省內的古蹟為題，作了十首懷古絕句，內隱十物，皆說這自然新巧，都爭著看時，只見寫道是：

赤壁懷古❶　其一

赤壁沉埋水不流，徒留名姓載空舟。
喧闐一炬悲風冷，無限英魂在內遊。

交趾懷古❷　其二

銅鑄金鏞振紀綱，聲傳海外播戎羌。
馬援自是功勞大，鐵笛無煩說子房。

鍾山懷古❸　其三

❶ 赤壁懷古：寫赤壁之戰的事情。赤壁，在湖北嘉魚縣東北的長江南岸。東漢建安十三年（西元二〇八年），曹操與孫權、劉備聯軍戰於此，是歷史上有名的赤壁之戰。

❷ 交趾懷古：寫東漢良將馬援的事情。馬援曾在西北平定羌族叛亂，又率兵南征交趾，因功封為伏波將軍、新息侯。交趾，古代郡名，在今越南北部。鏞，大鐘。子房，張良，字子房，助劉邦奪取天下的功臣。劉邦率軍圍困項羽於垓下，張良派人在夜間用鐵笛吹奏楚聲，項羽的軍士多楚人，聞笛思家，軍心瓦解，遂不戰而潰。

名利何曾伴汝身？無端被詔出凡塵。
牽連大抵難休絕，莫怨他人嘲笑頻。

淮陰懷古❹ 其四

壯士須防惡犬欺，三齊位定蓋棺時。
寄言世俗休輕鄙，一飯之恩死也知。

廣陵懷古❺ 其五

蟬噪鴉棲轉眼過，隋堤風景近如何？
只緣占得風流號，惹得紛紛口舌多。

桃葉渡懷古❻ 其六

❸ 鍾山懷古：寫南齊周顒。周顒起先隱居於鍾山，後應詔出為海鹽令，任滿入京，打算經過鍾山到建業（即南京，南朝首都）。孔稚珪作北山移文揭露他的假隱士的虛偽面目。鍾山，今稱紫金山，在南京市東北。

❹ 淮陰懷古：寫漢將韓信的事情。韓信，淮陰人，年輕時落魄潦倒。曾在街市上受惡少欺負，被迫從他胯下鑽過。有一次，韓信在城邊河上釣魚，一個正在漂洗衣服的婦女見他很餓，就分給他一碗飯吃。韓信後來發跡了，就以千金相贈，報答一飯之恩。韓信平定三齊之地，自請封為假齊王。此時劉邦正遭項羽圍攻，急待韓信救援，得此消息大怒。在張良的暗示下，劉邦醒悟這不是發怒的時候，就封韓信為齊王。但從此劉邦對韓信有了猜忌之心。劉邦平定天下後，就說韓信有謀逆之意，將其誅殺。三齊，項羽曾將齊地分為膠東、齊、濟北三地，故齊地又稱「三齊」。

❺ 廣陵懷古：寫隋煬帝開鑿運河遊江都的事情。隋煬帝在大業元年（西元六〇五年）徵發百萬民工開挖從洛陽到江都的通濟渠，渠岸堤上遍植楊柳，稱為隋堤。

衰草閒花映淺池，桃枝桃葉總分離。
六朝梁棟多如許，小照空懸壁上題。

青塚懷古❼　其七

黑水茫茫咽不流，冰絃撥盡曲中愁。
漢家制度誠堪嘆，樗櫟應慚萬古羞。

馬嵬懷古❽　其八

寂寞脂痕漬汗光，溫柔一旦付東洋。
只因遺得風流跡，此日衣衾尚有香。

❻ 桃葉渡懷古：寫東晉王獻之的事情。王獻之有妾名桃葉，獻之送桃葉過河，在渡口作桃葉歌相贈，後將此渡口稱之為「桃葉渡」，在今南京市內秦淮河與青溪合流處。六朝梁棟，指王獻之，他曾任東晉中書令。

❼ 青塚懷古：寫王昭君出塞和親的事情。漢元帝奉行和親政策，將王昭君嫁給匈奴呼韓邪單于為閼氏，死後葬於北地。青塚，指王昭君的墓，北地多白草，惟昭君墓青草蔥蘢，故稱為「青塚」。黑水，即今呼和浩特南之大黑河，傳說昭君墓在此。冰絃，用優質蠶絲製成的琵琶弦。漢家制度，指漢朝的和親政策。樗櫟，兩種高大而無實用的喬木。此處指漢元帝及其大臣。

❽ 馬嵬懷古：寫楊貴妃的事情。楊貴妃，小字玉環，深得唐玄宗寵愛，其宗兄國忠為右丞相，三個姐姐封為韓、虢、秦國夫人，權勢炙手可熱。安祿山起兵謀反，攻破潼關，玄宗倉皇出逃，楊貴妃隨行。行至馬嵬驛，護駕的軍士鼓噪不前，請求誅殺楊氏兄妹，貴妃被逼自縊，葬於馬嵬。安史之亂平定，玄宗返回長安，命改葬楊貴妃，及發塚，肌膚已壞而香囊猶在。也有傳說有人從貴妃墓中拾得其鞋襪，視為珍寶加以收藏。馬嵬，故址在今陝西興平馬嵬鎮。

蒲東寺懷古❾ 其九

小紅骨賤最身輕，私掖偷攜強撮成。
雖被夫人時吊起，已經勾引彼同行。

梅花觀懷古❿ 其十

不在梅邊在柳邊，個中誰拾畫嬋娟？
團圓莫憶春香到，一別西風又一年。

眾人看了，都稱奇道妙。寶釵先說道：「前八首都是史鑑上有據的；後二首卻無考，我們也不大懂得，不如另作兩首為是。」（如何？必得寶釵此駁，方是好文。後文若真另作，亦必無趣；若不另作，又有何法省之？看他下文如何。）黛玉忙攔道：（好極，非黛玉不可。脂硯。）「這寶姐姐也忒膠柱鼓瑟，矯揉造作了。這兩首雖是史鑑上無考，偺們雖不曾看這些外傳，不知底裡，難道偺們連兩本戲也沒有見過不成？那三歲孩子也知道，何況偺們！」探春便道：「這話正是了。」（余謂顰兒必有尖語來諷，不望竟有此飾詞代為解釋，此則真心以待寶釵也。）李紈又道：「況且他原是到過這個地方的，這兩件事雖無考，古往今來，以訛傳

❾ 蒲東寺懷古：寫張生和鶯鶯在紅娘的撮合下幽會定情的事情。王實甫西廂記雜劇有拷紅一折，寫崔夫人發覺鶯鶯和張生有私情後，拷打紅娘，逼問實情，被紅娘駁斥得啞口無言。小紅，指鶯鶯的侍女紅娘。

❿ 梅花觀懷古：寫牡丹亭中杜麗娘的事情。杜麗娘遊園，夢中遇見柳夢梅，醒後憂鬱成疾。臨死前，杜麗娘自畫肖像，並題詩一首：「近睹分明似儼然，遠觀自在若飛仙。他年得傍蟾宮客，不在梅邊在柳邊。」杜麗娘死後，葬於梅花觀旁，她的畫像則埋在大梅樹下。柳夢梅赴京趕考，途中寄宿梅花觀，無意中拾得麗娘畫像，遂與麗娘幽魂私媾，並受麗娘幽魂囑託，發塚開棺，麗娘得以回魂復生。春香，杜麗娘侍女的名字。

訛，好事者竟故意的弄出這古蹟來以愚人。比如那年上京的時節，單是關夫子⓫的墳，倒見了三四處。關夫子一生事業皆是有據的，如何又有許多的墳？自然是後來人敬愛他生前為人，只怕從這敬愛上穿鑿出來，也是有的。及至看廣輿記⓬上，不止關夫子的墳多，自古來有些名望的，墳就不少，無考的古蹟更多。如今這兩首雖無考，凡說書唱戲，甚至於求的籤上皆有註批，老小男女，俗語口頭，人人皆知皆說的。況且又並不是看了西廂、牡丹的詞曲，怕看了邪書。這竟無妨，只管留著。」寶釵聽說，方罷了。（此為三染無痕也。妙極！天衣無縫之文。）大家猜了一回，皆不是。冬日天短，不覺又是前頭吃晚飯之時，一齊前來吃飯。

因有人回王夫人說：「襲人的哥哥花自芳進來，說他母親病重了，想他女兒。他來求恩典，接襲人家去走走。」王夫人聽了，便道：「人家母女一場，豈有不許他去的？」一面就叫了鳳姐兒來，告訴了鳳姐兒，命酌量去辦理。鳳姐兒答應了，回至房中，便命周瑞家的去告訴襲人原故。又吩咐周瑞家的：「再將跟出門的媳婦傳一個，你兩個人，再帶兩個小丫頭子跟了襲人去，外頭派四個有年紀跟車的。要一輛大車，你們帶著坐；要一輛小車，給丫頭們坐。」周瑞家的答應了，纔要去，鳳姐兒又道：「那襲人是個省事的，你告訴他說我的話：叫他穿幾件顏色好衣裳，大大的包一包袱衣裳拿著，包袱也要好好的，手爐也要拿好的。臨走時，叫他先來我瞧瞧。」周瑞家的答應去了。

半日，果見襲人穿戴來了，兩個丫頭與周瑞家的拿著手爐與衣包。鳳姐兒看襲人頭上戴著幾枝金

⓫ 關夫子：對關羽的尊稱。

⓬ 廣輿記：地理書，明陸應暘著。

敘珠釧倒華麗，又看身上穿著桃紅百子刻絲銀鼠襖子，蔥綠盤金彩繡綿裙，外面穿著青緞灰鼠褂。鳳姐兒笑道：「這三件衣裳都是太太的，賞了你，倒是好的；但只這褂子太素了些，如今穿著也冷，你該穿一件大毛的。」襲人笑道：「太太就只給了這灰鼠的，還有一件銀鼠的。說趕年下再給大毛的，還沒有得呢。」鳳姐兒笑道：「我倒有一件大毛的，我嫌風毛兒⓭出不好了，正要改去。也罷，先給你穿去罷。等年下太太給作的時節，我再作罷，只算你還我一樣。」眾人都笑道：「奶奶慣會說這話。成年家大手大腳⓮的，替太太不知背地裡賠墊了多少東西，真真的賠的是說不出來，哪裡又和太太算去？偏這會子又說這小氣話取笑兒。」鳳姐兒笑道：「太太哪裡想的到這些？究竟這又不是正經事，再不照管，也是大家的體面。說不得我自己吃些虧，把眾人打扮體統了，寧可我得個好名也罷了。一個一個像『燒糊了的捲子』似的，人先笑話我，當家倒把人弄出個花子來。」眾人聽了，都歎說：「誰似奶奶這樣聖明！在上體貼太太，在下又疼顧下人。」

一面說，一面只見鳳姐兒命平兒將昨日那件石青刻絲八團天馬皮褂子拿出來，與了襲人。又看包袱，只得一個彈墨花綾水紅綢裡的夾包袱，裡面只包著兩件半舊棉襖與皮褂。鳳姐兒又命平兒把一個玉色綢裡的哆囉呢的包袱拿出來，又命包上一件雪褂子。平兒走去，拿了出來：一件是半舊大紅猩氈的，一件是大紅羽紗的。襲人道：「一件就當不起了。」平兒笑道：「你拿這猩猩氈的。把這件順手拿出來，叫人給邢大姑娘送去。昨兒那麼大雪，人人都是有的，不是猩猩氈，就是羽緞羽紗的，十來

⓭ 風毛兒：皮毛衣服在領、袖、襟、襬等邊緣部分露出的裝飾性毛邊，亦稱「出鋒」。

⓮ 大手大腳：比喻用東西、花錢不節省。

件大紅衣裳，映著大雪，好不齊整。就只他穿著那件舊氈斗篷，越發顯的拱肩縮背，好不可憐見的。如今把這件給他罷。」鳳姐兒笑道：「我的東西，他私自就要給人。我一個還花不夠，再添上你提著，更好了。」眾人笑道：「這都是奶奶素日孝敬太太，疼愛下人。若是奶奶素日是小氣的，只以東西為事，不顧下人的，姑娘哪裡還敢這樣了。」鳳姐兒笑道：「所以知道我的心的，也就是他還知三分罷了。」說著，又囑咐襲人道：「你媽若好了就罷；若不中用了，只管住下，打發人來回我，我再另打發人給你送鋪蓋去。可別使人家的鋪蓋和梳頭的傢伙。」又吩咐周瑞家的道：「你們自然也知道這裡的規矩的，也不用我囑咐了。」周瑞家的答應：「都知道。我們這去到那裡，總叫他們的人迴避。若住下，必是另要一兩間內房的。」說著，跟了襲人出去，又吩咐預備燈籠，遂坐車往花自芳家來。不在話下。

這裡鳳姐又將怡紅院的嬤嬤喚了兩個來，吩咐道：「襲人只怕不來家。你們素日知道那大丫頭們，哪兩個知好歹，派出來在寶玉屋裡上夜。你們也好生照管著，別由著寶玉胡鬧。」兩個嬤嬤去了，一時來回說：「派了晴雯和麝月在屋裡。我們四個人原是輪流著帶管上夜的。」鳳姐兒聽了，點頭道：「晚上催他早睡，早上催他早起。」老嬤嬤們答應了，自回園去。一時，果有周瑞家的帶了信回鳳姐兒，說襲人之母業已停床⓯，不能回來。鳳姐兒回明了王夫人，一面著人往大觀園去取他的鋪蓋妝奩。

寶玉看著晴雯、麝月二人打點妥當，送去之後，晴雯、麝月皆卸罷殘妝，脫換過裙襖。晴雯只在薰籠上圍坐，麝月笑道：「你今兒別裝小姐了，我勸你也動一動兒。」晴雯道：「等你們都去盡了，

⓯ 停床：死者停在床上，等候入殮。

我再動不遲。有你們一日，我且受用一日。」麝月笑道：「好姐姐，我鋪床，你把那穿衣鏡的套子放下來，上頭的划子⑯划上。你的身量比我高些。」說著便去了，給寶玉鋪床。晴雯嗐了一聲，笑道：「人家纔坐暖和了，你就來鬧。」此時寶玉正坐著納悶，想襲人之母不知是死是活，忽聽見晴雯如此說，便自己起身出去，放下鏡套，划上消息，進來笑道：「你們暖和罷，都完了。」晴雯笑道：「終久暖和不成的，我又想起來，湯婆子⑰還沒拿來呢。」麝月道：「這難為你想著。他素日又不要湯婆子，偺們那薰籠上暖和，比不得那屋裡炕冷，今兒可以不用。」寶玉笑道：「這個話！你們兩個都在上頭睡了，我這外邊沒個人，我怪怕的，一夜也睡不著。」晴雯道：「我是在這裡，叫麝月他外邊睡去。」說話之間，天色二更，麝月早已放下簾幔，移燈炷香，服侍寶玉臥下，二人方睡。晴雯自在薰籠上，麝月便在暖閣外邊。

至三更以後，寶玉睡夢之中便叫「襲人」。叫了兩聲，無人答應，自己醒了，方想起襲人不在家，自己也好笑起來。晴雯已醒，因笑喚麝月道：「連我都醒了，他守在旁邊還不知道，真是個挺死屍的。」麝月翻身打個哈氣⑱，笑道：「他叫襲人，與我什麼相干！」因問：「作什麼？」寶玉要吃茶。麝月忙起來，單穿紅綢小棉襖兒。寶玉道：「披上我的襖兒再去，仔細冷著。」麝月聽說，回手便把寶玉披著起夜的一件貂頦子滿襟暖襖披上，下去向盆內洗手，先倒了一鍾溫水，拿了大漱盂，寶玉漱了一

⑯ 划子：這裡指鏡框上一種壓鏡簾的小籤子，可以撥轉，又叫「消息」。

⑰ 湯婆子：用銅或錫製成的容器，一般為橢圓形，灌上熱水可以取暖，多用於冬天暖被窩。

⑱ 哈氣：即「呵欠」。

口，然後纔向茶槅上取了茶碗，先用溫水灩⑲了一灩，向暖壺中倒了半碗茶，遞與寶玉吃了。自己也漱了一漱，吃了半碗。晴雯笑道：「好妹子，也賞我一口兒。」麝月笑道：「越發上臉兒了。」晴雯道：「好妹妹，明兒晚上你別動，我伏侍你一夜，如何？」麝月聽說，只得也伏侍他漱了口，倒了半碗茶與他吃過。麝月笑道：「你們兩個別睡，說著話兒，我出去走走回來。」晴雯笑道：「外頭有個鬼等你。」寶玉道：「外頭自然有大月亮的，我們說話，你只管去。」一面說，一面便嗽了兩聲。

麝月便開了後門，揭起氈簾一看，果然好月色。晴雯等他出去，便欲唬他頑耍。仗著素日比別人氣壯，不畏寒冷，也不披衣，只穿著小襖，便躡手躡腳的下了薰籠，隨後出來。寶玉笑勸道：「看凍著，不是頑的。」晴雯只擺手，隨後出了房門。只見月光如水，忽然一陣微風，只覺侵肌透骨，不禁毛骨森然，心下自思道：「怪道人說熱身子不可被風吹，這一冷果然利害。」一面正要唬麝月，只聽寶玉高聲在內說道：「晴雯出去了！」晴雯忙回身進來，笑道：「哪裡就唬死了他！偏你慣會這蠍蠍螫螫⑳，老婆漢㉑像的。」寶玉笑道：「倒不為唬壞了他，一則凍著你也不好；二則他不防，不免一喊，倘或唬醒了別人，不說偺們是頑意兒，倒反說襲人纔去了一夜，你們就見神見鬼的。你來，把我的這邊被掖一掖。」晴雯聽說，便上來掖了掖，伸手進去渥一渥時，寶玉笑道：「好冷手！我說看凍著。」一面又見晴雯兩腮如胭脂一般，用手摸了一摸，也覺冰冷。寶玉道：「快進被來渥渥罷。」一

⑲ 灩：音ㄕㄨㄢˋ。涮洗。

⑳ 蠍蠍螫螫：大驚小怪，咋咋呼呼。

㉑ 老婆漢：像女人一樣多話的男人。

語未了，只聽咯噔的一聲門響，麝月慌慌張張的笑了進來，說道：「嚇了我一跳好的！黑影子裡，山子石後頭，只見一個人蹲著，我纔要叫喊，原來是那個大錦雞，見了人一飛，飛到亮處來，我纔看真了。若冒冒失失一嚷，倒鬧起人來。」一面說，一面洗手。又笑道：「晴雯出去，我怎麼不見？一定是要嚇我去了。」寶玉笑道：「這不是他？在這裡渥呢！我若不叫得快，可是倒嚇你一跳。」晴雯笑道：「也不用我嚇去，這小蹄子已經自怪自驚的了。」一面說，一面仍回自己被中去了。麝月道：「你就這麼跑解馬㉒似的，打扮得伶伶俐俐的出去了不成？」寶玉笑道：「可不就這麼去了。」麝月道：「你死不揀好日子！你出去站一站，把皮不凍破了你的。」說著，又將火盆上的銅罩揭起，拿灰鍬重將熟炭埋了一埋，拈了兩塊素香放上，仍舊罩了，至屏後重剔了燈，方纔睡下。晴雯因方纔一冷，如今又一暖，不覺打了兩個噴嚏。寶玉嘆道：「如何？到底傷了風了。」麝月笑道：「他早起就嚷不受用，一日也沒吃飯。他這會還不保養些，還要捉弄人。明兒病了，叫他自作自受。」寶玉問：「頭上熱不熱？」晴雯嗽了兩聲，說道：「不相干，哪裡這麼嬌嫩起來了？」說著，只聽外間房中十錦槅上的自鳴鐘噹噹兩聲，外間值宿的老嬤嬤嗽了兩聲，因說道：「姑娘們睡罷，明兒再說罷。」寶玉方悄悄的笑道：「偺們別說話了，又惹他們說話。」說著，方大家睡了。

至次日起來，晴雯果覺有些鼻塞聲重，懶怠動彈。寶玉道：「快不要聲張！太太知道，又叫你搬了家去養息。家去雖好，到底冷些，不如在這裡。你就在裡間屋裡躺著，我叫人請了大夫，悄悄的從後門來瞧瞧就是了。」晴雯道：「雖如此說，你到底要告訴大奶奶一聲兒，不然一時大夫來了，有人

㉒ 跑解馬：民間走街串坊的雜技表演，表演者都穿短衣。

問起來，怎麼說呢？」寶玉聽了有理，便喚一個老嬤嬤吩咐道：「你回大奶奶去，就說晴雯白冷著了些，不是什麼大病。襲人又不在家，他若家去養病，這裡更沒有人了。傳一個大夫，悄悄的從後門進來瞧瞧，別回太太罷了。」老嬤嬤去了半日，來回說：「大奶奶知道了，說兩劑藥吃好了便罷；若不好時，還是出去為是。如今時氣不好，恐沾帶了別人事小，姑娘們的身子要緊的。」晴雯睡在暖閣裡只管咳嗽，聽了這話，氣的喊道：「我哪裡就害瘟病了？只怕過了人！我離了這裡，看你們這一輩子別都頭疼腦熱的。」說著，便真要起來。寶玉忙按他，笑道：「別生氣。這原是他的責任，惟恐太太知道了說他。不過是白說一句。你素昔就好生氣，如今肝火自然更盛了。」

正說時，人回大夫來了。寶玉便走過來，避在書架之後。只見兩三個後門口的老嬤嬤帶了一個大夫進來。這裡的丫鬟都迴避了，有三四個老嬤嬤放下暖閣上的大紅繡幔，晴雯從幔中單伸出手去。那大夫見這隻手上有兩根指甲，足有三寸長，尚有金鳳花染的通紅的痕跡，便忙回過頭來。有一個老嬤嬤忙拿了一塊手帕掩了，那大夫方診了一回脈，起身到外間，向嬤嬤們說道：「小姐的症是外感內滯，近日時氣不好，竟算是個小傷寒。幸虧是小姐素日飲食有限，風寒也不大，不過是血氣原弱，偶然沾帶了些。吃兩劑藥，疏散疏散就好了。」說著，便又隨婆子們出去。

彼時，李紈已遣人知會過後門上的人及各處丫鬟迴避，那大夫只見了園中的景致，並不曾見一個女子。一時出了園門，就在守園門的小廝們的班房內坐了，開了藥方。老嬤嬤道：「你老且別去，我們小爺囉唆，恐怕還有話說。」大夫忙道：「方纔不是小姐，是位爺不成？那屋子竟是繡房一樣，又是放下幔子來的，如何是位爺呢？」老嬤嬤悄悄笑道：「我的老爺，怪道小廝們纔說今兒請了一位新大夫來了，真不知我們家的事。那屋子是我們小哥兒的，那人是他屋裡的丫頭，倒是個大姐。哪裡的小姐？若是小姐的繡房，小姐病了，你那麼容易就進去了？」說著，拿了藥方進去。

寶玉看時，上面有紫蘇、桔梗、防風、荊芥、芍藥，後面又有枳實、麻黃。寶玉道：「該死，該死！他拿著女孩兒們也像我們一樣的治，如何使得？憑他有什麼內滯，這枳實、麻黃如何禁得？誰請了來的？快打發他去罷。再請一個熟的來。」老婆子道：「用藥好不好，我們不知道這個理。如今再叫小廝去請王太醫去倒容易，只是這大夫又不是告訴總管房請來的，這轎馬錢是要給他的。」寶玉道：「給他多少？」婆子道：「少了不好看，也得一兩銀子，纔是我們這門戶的禮。」寶玉道：「王太醫來了給他多少？」婆子笑道：「王太醫和張太醫每常來了，也並沒個給錢的，不過每年四節大躉㉓送禮，那是一定的年例。這人新來了一次，須得給他一兩銀子去。」寶玉聽說，便命麝月去取銀子。麝月道：「花大奶奶還不知擱在哪裡呢？」寶玉道：「我常見他在螺甸小櫃子裡取錢，我和你找去。」說著，二人來至寶玉堆東西的房子，開了螺甸櫃子。上一槅子都是筆、墨、扇子、香餅、各色荷包、汗巾等物，下一槅卻是幾串錢。於是開了抽屜，纔看見一個小簸籮內放著幾塊銀子，倒也有一把戥子。麝月便拿了一塊銀子，提起戥子來問寶玉：「哪是一兩的星兒？」寶玉笑道：「你問我有趣，你倒成了纔來的了！」麝月也笑了，又要去問人。寶玉道：「揀那大的給他一塊就是了。又不作買賣，算這些做什麼！」麝月聽了，便放下戥子，揀了一塊掂了一掂，笑道：「這一塊只怕是一兩了。寧可多些好，別少了，叫那窮小子笑話，不說偺們不識戥子，倒說偺們有心小器似的。」那婆子站在外頭臺磯

㉓大躉：共總；積累在一起。躉，音ㄉㄨㄣˇ。

上，笑道：「那是五兩的錠子夾了半邊，這一塊至少還有二兩呢！這會子又沒夾剪，姑娘收了這塊，再揀一塊小些的罷。」麝月早掩了櫃子出來，笑道：「誰又找去！多了些你拿了去罷。」寶玉道：「你只快叫茗烟再請王大夫去就是了。」婆子接了銀子，自去料理。

一時，茗烟果請了王太醫來。診了脈後，說的病症與前相倣，只是方上果沒有枳實、麻黃、芍藥，倒有當歸、陳皮、白芍等，藥之分量較先也減了些。寶玉喜道：「這纔是女孩兒們的藥。雖然疏散，也不可太過。舊年我病了，卻是傷寒內裡飲食停滯，他瞧了，還說我禁不起麻黃、石膏、枳實等狼虎藥。我和你們一比，我就如那野墳圈子裡長的幾十年的一棵老楊樹，你們就如秋天芸兒進我的那纔開的白海棠。連我禁不起的藥，你們如何禁得起？」麝月等笑道：「野墳裡只有楊樹不成？難道就沒有松柏？我最嫌的是楊樹，那麼大笨樹，葉子只一點子，沒一絲風，他也是亂響。你偏比他，也太下流了。」寶玉笑道：「松柏不敢比。連孔子都說『歲寒然後知松柏之後凋也』，可知這兩件東西高雅，不怕羞臊的纔拿他混比呢。」

說著，只見老婆子取了藥來。寶玉命把煎藥的銀盄子找了出來，「找」字神理，乃不常用之物也。就命在火盆上煎。晴雯因說：「正經給他們茶房裡煎去，弄得這屋裡藥氣，如何使得？」寶玉道：「藥氣比一切的花香果子香都雅。神仙採藥燒藥，再者高人逸士採藥治藥，最妙的一件東西。這屋裡，我正想各色都齊了，就只少藥香，如今恰好全了。」一面說，一面早命人煨上。又囑咐麝月打點東西，遣老嬤嬤去看襲人，勸他少哭。一一妥當，方過前邊來賈母、王夫人處問安吃飯。

正值鳳姐兒和賈母、王夫人商議說：「天又短又冷，不如以後大嫂子帶著姑娘們在園子裡吃飯一樣。等天長暖和了，再來回的跑也不妨。」王夫人笑道：「這也是好主意，刮風下雪倒便宜。吃些東西，受了冷氣也不好；空心走來，一肚子冷風，壓上些東西也不好。不如後園門裡頭的五間大房子，橫豎有女人們上夜的，挑兩個廚子女人在那裡，單給他姊妹們弄飯。新鮮菜蔬是有分例的，在總管房裡支去，或要錢，或要東西。那些野雞、獐、麅各樣野味，分些給他們就是了。」賈母道：「我也正想著呢，就怕又添一個廚房多事些。」鳳姐道：「並不多事。一樣的分例，這裡添了，那裡減了。就便多費些事，小姑娘們冷風朔氣的，（「朔」字又妙！朔作韶，北音也。用北音，奇想，奇想！）別人還可，第一林妹妹如何禁得住？就連寶兄弟也禁不住，何況眾位姑娘。」賈母道：「正是這話了。上次我要說這話，我見你們的大事太多了，如今又添出這些事來……」要知端的……

校記

1. 「晴雯嗽了兩聲，說道：「不相干，哪裡這麼嬌嫩起來了？」」庚辰本缺「說道：「不相干，哪裡這麼嬌嫩起來了？」」據戚本補入。
2. 「寶玉道：「給他多少？」」庚辰本無，據戚本補入。

第五十二回　俏平兒情掩蝦鬚鐲　勇晴雯病補雀金裘

賈母道：「正是這話了。上次我要說這話，我見你們的大事多，如今又添出這些事來，你們固然不敢抱怨，未免想著我只顧疼這些小孫子孫女兒們，就不體貼你們這當家人了。你既這麼說出來，更好了。」因此時薛姨媽、李嬸都在座，邢夫人及尤氏婆媳也都過來請安，還未過去。賈母向王夫人等說道：「今兒我纔說這話，素日我不說。一則怕逞了鳳丫頭的臉；二則眾人不服。今日你們都在這裡，都是經過妯娌姑嫂的，還有他這樣想的到的沒有？」薛姨媽、李嬸、尤氏等齊笑說：「真個少有！別人不過是禮上面子情兒，實在他是真疼小叔子小姑子，就是老太太跟前，也是真孝順。」賈母點頭歎道：「我雖疼他，我又怕他太伶俐，也不是好事。」鳳姐兒忙笑道：「這話老祖宗說差了。世人都說，太伶俐聰明，怕活不長。世人都說得，人人都信；獨老祖宗不當說，不當信。老祖宗只有伶俐聰明過我十倍的，怎麼如今這樣福壽雙全的？只怕我明兒還勝老祖宗一倍呢！我活一千歲後，等老祖宗歸了西，我纔死呢。」賈母笑道：「眾人都死了，單剩下偺們兩個老妖精，有什麼意思。」說的眾人都笑了。

寶玉因記掛著晴雯襲人等事，便先回園裡來。到房中，藥香滿屋，一人不見。只見晴雯獨臥於炕上，臉面燒的飛紅，又摸了一摸，只覺燙手；忙又向爐上將手烘暖，伸進被去摸了一摸，身上也是火燒。因說道：「別人去了也罷，麝月、秋紋也這樣無情，各自去了！」晴雯道：「秋紋是我攆了他去吃飯的，麝月是方纔平兒來找他出去了。兩人鬼鬼祟祟的，不知說什麼，必是說我病了不出去。」寶玉道：「平兒不是那樣人；況且他並不知你病，特來瞧你。想來一定是找麝月來說話，偶然見你病了，隨口說特瞧你的病，這也是人情乖覺取和的常事。便不出去，有不是，與他何干？你們素日又好，斷不肯為這無干的事傷和氣。」晴雯道：「這話也是。只是疑他為什麼忽然間瞞起我來。」寶玉一篇推情度理之談，以射正事，不知何如？寶玉笑道：「讓我從後門出去，在那窗根下聽聽說些什麼，來告訴你。」

說著，果然從後門出去，至窗下潛聽。麝月悄問道：「你怎麼就得了的？」妙！這纔有神理，是平兒說過一半了。若此時從寶玉口中從頭說起一原一故，直是二人特等寶玉來聽方說起也。平兒道：「那日彼時洗手時不見了，二奶奶就不許吵嚷，出了園子，即刻就傳給園裡各處的媽媽們小心查訪。我們只疑惑邢姑娘的丫頭，本來又窮，只怕小孩子家沒見過，拿了起來也是有的，再不料定是你們這裡的。幸而二奶奶沒有在屋裡，你們這裡的宋媽媽去了，拿著這隻鐲子，說是小丫頭子墜兒偷起來的，被他看見，來回二奶奶的。妙極！紅玉既有歸結，墜兒豈可不表哉？可知奸賊二字是相連的，故情字原非正道，墜兒原不情，也不過一愚人耳，可以傳奸，即可以為盜。二次小竊皆出於寶玉房中，亦大有深意在焉。我趕著忙接了鐲子，想了一想，寶玉是偏在你們身上留心用意、爭勝要強的。那一年有一個良兒偷玉，剛冷了一二年，閒時還有人提起來趁願；這會子又跑出一個偷金子的來了，而且更偷到街坊家去了。偏是他這樣，偏是他的人打嘴。所以我連忙叮嚀宋媽，千萬別告訴寶玉，只當沒有這事，別和一個人提起。第二件，老太太、太太聽了也生氣。三則襲人和你們也不好看。所以我回二奶奶，只說：『我往大奶奶那裡去的，誰知鐲子褪了口，掉在草根底下，雪深了，沒看見。今兒雪化盡了，黃澄澄的映著日頭，還在那裡呢，我就揀了起來。』二奶奶也就信了。所以我來告訴你們，你們以後防著他些，別使喚他到別處去。等襲人回來，你們商議著，變個法子打發出去就完了。」麝月道：「這小娼婦也見過些東西，怎麼這麼眼皮子淺！」平兒道：「究竟這鐲子能多少重？原是二奶奶說的，這叫做『蝦鬚鐲』，倒是這顆珠子還罷了。晴雯那蹄子是塊爆炭，要告訴了他，他是忍不住的，一時氣了，或打或罵，依舊嚷出來不好。所以單告訴你，留心就是了。」說著，便作辭而去。

寶玉聽了，又喜又氣又嘆：喜的是平兒竟能體貼自己；氣的是墜兒小竊；嘆的是墜兒那樣一個伶俐人，作出這醜事來。因而回至房中，把平兒之話，一長一短告訴了晴雯。又說：「他說你是個要強的，如今病著，聽了這話，越發要添病，等好了再告訴你。」晴雯聽了，果然氣的蛾眉倒蹙，鳳眼圓睜，即時就叫墜兒。寶玉忙勸道：「你這一喊出來，豈不辜負了平兒待你我之心了！不如領他這個情，過後打發他就完了。」晴雯道：「雖如此說，只是這口氣如何忍得！」寶玉道：「這有什麼氣的？你只養病就是了。」

晴雯服了藥，至晚間又服二和，夜間雖有些汗，還未見效，仍是發燒頭疼，鼻塞聲重。次日，王太醫又來診視，另加減湯劑。雖然稍減了燒，仍是頭疼。寶玉便命麝月：「取鼻烟來給他嗅些，痛打幾個噴嚏，就通了關竅。」麝月果真去取了一個金鑲雙扣金星玻璃的一個扁盒來，遞與寶玉。寶玉便揭開盒蓋看，上面有西洋琺瑯的黃髮赤身女子，兩肋又有肉翅，裡面盛著些真正「汪恰」洋烟。汪恰，西洋一等寶烟也。晴雯只顧看畫兒，寶玉道：「嗅些，走了氣就不好了。」晴雯聽說，忙用指甲挑了些，嗅入鼻中，不怎樣，便又多多挑了些嗅入。忽覺鼻中一股酸辣透入顖門❶，接連打了五六個噴嚏，眼淚鼻涕登時齊

❶ 顖門：頭頂上微凹處。顖，同「囟」。音ㄒㄧㄣˋ。

流。寫得出。晴雯忙收了盒子，笑道：「了不得，好爽快！拿紙來。」早有小丫頭子遞過一搭子細紙，晴雯便一張一張的拿來醒鼻子。寶玉笑問：「如何？」晴雯笑道：「果覺通快些，只是太陽還疼。」寶玉笑道：「越性盡用西洋藥治一治，只怕就好了。」說著，便命麝月：「和二奶奶要去，就說我說了：姐姐那裡常有那西洋貼頭疼的膏子叫作『依弗哪』，找尋一點兒。」麝月答應了。去了半日，果拿了半節來，便去找了一塊紅緞子角兒，鉸了兩塊指頂大的圓式，將那藥烤和了，用簪挺攤上。晴雯自拿著一面靶兒鏡子貼在兩太陽上。麝月笑道：「病的蓬頭鬼一樣，如今貼了這個，倒俏皮了。二奶奶貼慣了，倒不大顯。」說畢，又向寶玉道：「二奶奶說了：明日是舅老爺生日，太太說了叫你去呢。明兒穿什麼衣裳，今兒晚上好打點齊備了，省得明兒早起費手。」寶玉道：「什麼順手就是什麼罷了。一年鬧生日也鬧不清。」說著，便起身出房，往惜春房中去看畫。

剛到院門外邊，忽見寶琴的小丫鬟名小螺者，從那邊過去。寶玉忙趕上問：「哪去？」小螺笑道：「我們二位姑娘都在林姑娘房裡呢，我如今也往那裡去。」寶玉聽了，轉步也便同他往瀟湘館來。不但寶釵姊妹在此，且連邢岫烟也在那裡，四人圍坐在薰籠上敘家常。紫鵑倒坐在暖閣裡，臨窗作針黹。一見他來，都笑說：「又來了一個！可沒了你的坐處了。」寶玉笑道：「好一幅『冬閨集豔圖』，可惜我遲來了一步。橫豎這屋子比各屋子暖，這椅子坐著並不冷。」說著，便坐在黛玉常坐的搭著灰鼠椅搭的一張椅上。因見暖閣之中有一玉石條盆，裡面攢三聚五栽著一盆單瓣水仙，點著宣石❷，便極口讚：「好花！這屋子越發暖，這花香的越清香。昨日未見。」黛玉因說道：「這是你家的大總管賴大

❷ 宣石：宣州（今安徽宣城）所產的白石，質地疏鬆，易於吸水，適合用於點綴盆景。

嬸子送薛二姑娘的，兩盆臘梅，兩盆水仙。他送了我一盆水仙，送了蕉丫頭一盆臘梅。我原不要的，又恐辜負了他的心。你若要，我轉送你如何？」寶玉道：「我屋裡卻有兩盆，只是不及這個。琴妹妹送的，如何又轉送人？這個斷使不得。」黛玉道：「我一日藥盂子不離火，我竟是藥培著呢，哪裡還擱的住花香來薰？越發弱了。況且這屋子裡一股藥香，反把這花香攪壞了。不如你抬了去，這花也清淨了，沒雜味來攪他。」寶玉笑道：「我屋裡今兒也有病人煎藥呢，你怎麼知道的？」黛玉笑道：「這話奇了，我原是無心的話，誰知你屋裡的事？你不早來聽說古記❸，這會子來了，自驚自怪的。」

寶玉笑道：「偺們明兒下一社又有了題目了，就詠水仙、臘梅。」黛玉聽了，笑道：「罷，罷！我再不敢作詩了。作一回，罰一回，沒的怪羞的。」說著，便兩手握起臉來。寶玉笑道：「何苦來？又奚落我作什麼！我還不怕臊呢，你倒握起臉來了。」寶釵因笑道：「下次我邀一社，四個詩題，四個詞題。每人四首詩，四闋詞。頭一個詩題詠『太極圖』，限一先的韻，五言律，要把一先的韻都用盡了，一個不許剩。」寶琴笑道：「這一說，可知是姐姐不是真心起社了，這分明難人。若論起來，也強扭的出來。不過顛來倒去弄些易經上的話生填，究竟有何趣味？我八歲時節，跟我父親到西海沿子上買洋貨，誰知有個真真國的女孩子，纔十五歲，那臉面就和那西洋畫上的美人一樣，也披著黃頭髮，打著聯垂❹，滿頭戴的都是珊瑚、貓兒眼、祖母綠這些寶石，身上穿著金絲織的鎖子甲洋錦襖袖；帶著倭刀，也是鑲金嵌寶的。實在畫兒上的也沒他好看。有人說他通中國的詩書，會講五經，能作詩填

❸ 古記：這裡指故事。

❹ 聯垂：髮辮。

詞；因此我父親央煩了一位通事官❺，煩他寫了一張字，就寫的是他作的詩。」眾人都稱奇道異。寶玉忙笑道：「好妹妹，你拿出來我瞧瞧。」寶琴笑道：「在南京收著呢。此時哪裡去取來？」寶玉聽了，大失所望，便說：「沒福得見這世面。」

黛玉笑拉寶琴道：「你別哄我們。我知道你這一來，你的這些東西未必放在家裡，自然都是要帶了來的。這會子又扯謊說沒帶來，他們雖信，我是不信的。」寶琴便紅了臉，低頭微笑不語。寶釵笑道：「偏這個顰兒慣說這些白話❻，把你就伶俐的！」黛玉道：「若帶了來，就給我們見識見識也罷了。」寶釵笑道：「箱子籠子一大堆，還沒理清，知道在哪個裡頭呢？等過日收拾清了，找出來大家再看就是了。」又向寶琴道：「你若記得，何不念念我們聽聽？」寶琴方答道：「記得是首五言律。外國的女子，也就難為他了。」寶釵道：「你且別念，等把雲兒叫了來，也叫他聽聽。」說著，便叫小螺來，吩咐道：「你到我那裡去，就說我們這裡有一個外國美人來了，作的好詩，請你這『詩瘋子』來瞧去，再把我們『詩獃子』也帶來。」小螺笑著去了。

半日，只聽湘雲笑問：「哪一個外國美人來了？」一頭說，一頭果和香菱來了。眾人笑道：「人未見形，先已聞聲。」寶琴等忙讓坐，遂把方纔的話重敘了一遍。湘雲笑道：「快念來聽聽。」寶琴因念道：

❺ 通事官：翻譯官。
❻ 白話：空話；沒有根據或不能實現的話。

昨夜朱樓夢，今宵水國❼吟。

島雲蒸大海，嵐氣❽接叢林。

月本無今古，情緣自淺深。

漢南❾春歷歷，焉得不關心？

眾人聽了，都道：「難為他，竟比我們中國人還強。」一語未了，只見麝月走來，說：「太太打發人來告訴二爺，明兒一早往舅舅那裡去，就說太太身上不大好，不得親自來。」寶玉忙站起來答應道：「是。」因問寶釵、寶琴可去？寶釵道：「我們不去，昨兒單送了禮去了。」大家說了一回方散。

寶玉因讓諸姊妹先行，自己落後。黛玉便又叫住他，問道：「襲人到底多早晚回來？」寶玉道：「自然等送了殯纔來呢。」黛玉還有話說，又不曾出口，出了一回神，便說道：「你去罷。」寶玉也覺心裡有許多話，只是口裡不知要說什麼，想了一想，也笑道：「明日再說罷。」一面下了階磯，低頭正欲邁步，復又忙回身問道：「如今的夜越發長了，你一夜咳嗽幾遍？醒幾次？」此皆好笑之極，無味扯淡之極，回思則皆瀝血滴髓之至情至神也。豈別部偷寒送暖、私奔暗約，一味淫情浪態之小說可比哉？黛玉道：「昨兒夜裡好，只嗽了兩遍，卻只睡了四更一個更次，就再不能睡了。」寶玉又笑道：「正是有句要緊的話，這會子纔想起來。」一面說，一面便挨過身來，

❼ 水國：島國。

❽ 嵐氣：山林中的霧氣。

❾ 漢南：漢水以南，泛指中國的南方地區。

悄悄道：「我想寶姐姐送你的燕窩……」一語未了，只見趙姨娘走了進來瞧黛玉，問：「姑娘這兩天好？」黛玉便知他是從探春處來，從門前過，順路的人情。黛玉忙陪笑讓坐，說：「難得姨娘想著，怪冷的，親身走來。」又忙命倒茶，一面又使眼色與寶玉。寶玉會意，便走了出來。正值吃晚飯時，見了王夫人。王夫人又囑他早去。寶玉回來，看晴雯吃了藥。此夕，寶玉便不命晴雯挪出暖閣來，自己便在晴雯外邊；又命將薰籠抬至暖閣前，麝月便在薰籠上。一宿無話。

至次日，天未明時，晴雯便叫醒麝月道：「你也該醒了，只是睡不夠！你出去叫人給他預備茶水，我叫醒他就是了。」麝月忙披衣起來道：「偺們叫起他來穿好衣裳，抬過這大箱去，再叫他們進來。老嬤嬤們已經說過，不叫他在這屋裡，怕過了病氣。如今他們見偺們擠在一處，又該嘮叨了。」晴雯道：「我也是這麼說呢。」二人纔叫時，寶玉已醒了，忙起身披衣。麝月先叫進小丫頭子來收拾妥當了，纔命秋紋、檀雲等進來，一同伏侍。寶玉梳洗畢，麝月道：「天又陰陰的，只怕有雪，穿那一套氈子的罷。」寶玉點頭，即時換了衣裳。小丫頭便用小茶盤捧了一蓋碗建蓮❿紅棗兒湯來，寶玉喝了兩口。麝月又捧過一小碟法製紫薑⓫來，寶玉噙了一塊。又囑咐了晴雯一回，便往賈母處來。

賈母猶未起來，知道寶玉出門，便開了房門，命寶玉進去。寶玉見賈母身後寶琴面向裡，也睡未醒。賈母見寶玉身上穿著荔色哆囉呢的天馬箭袖，大紅猩氈盤金彩繡石青妝緞沿邊的排穗褂子。賈母道：「下雪呢麼？」寶玉道：「天陰著，還沒下呢。」賈母便命鴛鴦來：「把昨兒那一件烏雲豹的氅

---

❿ 建蓮：福建產的蓮子。清袁枚隨園食單「蓮子」云：「建蓮雖貴，不如湖蓮之易煮也。」

⓫ 法製紫薑：按傳統方式醃製的生薑。生薑初生嫩者，其尖微紫，名紫薑（見李時珍本草綱目）。

衣給他罷。」鴛鴦答應了走去，果取了一件來。寶玉看時，金翠輝煌，碧彩烱灼，又不似寶琴所披之鳧靨裘。只聽賈母笑道：「這叫作『雀金呢』，這是哦囉斯國拿孔雀毛拈了線織的。前兒把那一件野鴨子的給了你小妹妹，「小」字更妙，蓋王夫人之末女也。這件給你罷。」寶玉磕了一個頭，便披在身上。賈母笑道：「你先給你娘瞧瞧去再去。」寶玉答應了，便出來，只見鴛鴦站地下揉眼睛。因自那日鴛鴦發誓決絕之後，他總不和寶玉講話，寶玉正自日夜不安，此時見他又要迴避，寶玉便上來笑道：「好姐姐，你瞧瞧我穿著這個好不好？」鴛鴦一摔手，便進賈母房中來了。寶玉只得到了王夫人房中，與王夫人看了；然後又回至園中，與晴雯、麝月看過；復至賈母房中，回說：「太太看了，只說可惜了的，叫我仔細穿，別蹧蹋了他。」賈母道：「就剩下了這一件，你蹧蹋了，也再沒了。這會子特給你做這個也是沒有的事。」說著，又囑咐他：「不許多吃酒，早些回來。」寶玉應了幾個「是」。

老嬤嬤跟至廳上，只見寶玉的奶兄李貴，和王榮、張若錦、趙亦華、錢啟、周瑞六個人，帶著茗烟、伴鶴、鋤藥、掃紅四個小廝，背著衣包，抱著坐褥，籠著一匹雕鞍彩轡的白馬，早已伺候多時了。老嬤嬤又吩咐了他六人些話，六個人忙答應了幾個「是」，忙捧鞭墜鐙。寶玉慢慢的上了馬，李貴和王榮籠著嚼環，錢啟、周瑞二人在前引導，張若錦、趙亦華在兩邊緊貼寶玉後身。寶玉在馬上笑道：「周哥，錢哥，偺們打這角門走罷，省得到了老爺的書房門口又下來。」周瑞側身笑道：「老爺不在家，書房天天鎖著的，爺可以不用下來罷了。」寶玉笑道：「雖鎖著，要下來的。」錢啟、李貴都笑道：「爺說的是。便托懶不下來，倘或遇見賴大爺、林二爺，雖不好說爺，也勸兩句。有的不是，都派在我們身上，又說我們不教爺禮了。」周瑞、錢啟便一直出角門來。正說話時，頂頭果見賴大走來。寶玉忙籠住馬，意欲下來，賴大忙上來抱住腿。寶玉便在鐙上站起來，笑攜他的手，說了幾句話。接著又見一個小廝帶著二三十個拿掃帚簸箕的人進來，見了寶玉，都順牆垂手立住，獨那為首的小廝打千兒請了一個安。寶玉不識名姓，只微笑點了點頭兒，馬已過去，（總為後文伏線。）那人方帶人去了。於是出了角門，門外又有李貴等六人的小廝並幾個馬夫，早預備下十來匹馬專候。一出了角門，李貴等都各上了馬，前引旁圍的，一陣烟去了。不在話下。

這裡晴雯吃了藥，仍不見病退，急的亂罵大夫說：「只會騙人的錢，一劑好藥也不給人吃。」（奇文，真姣憨女兒之語也。）麝月笑勸他道：「你太性急了，俗語說：『病來如山倒，病去如抽絲。』又不是老君的仙丹，哪有這樣靈藥？你只靜養幾天，自然好了。你越急，越著手。」晴雯又罵小丫頭子們：「哪裡鑽沙⑫去了！瞅我病了，都大膽子走了。明兒我好了，一個一個的纔揭你們的皮呢！」嚇的小丫頭子篆兒忙進來問：「姑娘作什麼？」（此「姑娘」亦姑姑娘娘之稱，亦如賈璉處小廝呼平兒，皆南北互用一語也。脂硯。）晴雯道：「別人都死絕了，就剩了你不成？」說著，只見墜兒也蹭了進來。晴雯道：「你瞧瞧這小蹄子，不問他還不來呢！這裡又放月錢了，又散果子了，你該跑在頭裡了。你往前些！我不是老虎，吃了你！」墜兒只得前湊。晴雯便冷不防欠身一把將他的手抓住，（是病臥之時。）向枕邊取了一丈青⑬，向他手上亂戳，口內罵道：「要這爪子作什麼？拈不得針，拿不動線，只會偷嘴吃。眼皮子又淺，爪子又輕，打嘴現世的，不如戳爛了！」墜兒疼的亂哭亂喊。麝月忙拉開墜兒，按晴雯睡下，笑道：「纔出了汗，又作死！等你好了，要打多少打不得？這會子鬧

---

⑫ 鑽沙：用魚兒鑽進沙裡難以尋覓，比喻小丫頭跑得找不見。

⑬ 一丈青：一種細長的簪子，一頭尖，一頭有個小勺，亦叫「耳挖子」。

什麼！」晴雯便命人叫宋嬤嬤進來，說道：「寶二爺纔告訴了我，叫我告訴你們：墜兒很懶，寶二爺當面使他，他撥嘴兒不動；連襲人使他，他背後罵他。今兒務必打發他出去，明兒寶二爺親自回太太就是了。」宋嬤嬤聽了，心下便知鐲子事發，因笑道：「雖如此說，也等花姑娘回來知道了，再打發他。」晴雯道：「寶二爺今兒千叮嚀萬囑咐的！什麼『花姑娘』、『草姑娘』？我們自然有道理。你只依我的話，快叫他家的人來，領他出去。」麝月道：「這也罷了。早也去，晚也去，帶了去早清淨一日。」

宋嬤嬤聽了，只得出去喚了他母親來，打點了他的東西。又來見晴雯等，說道：「姑娘們怎麼了？你侄女兒不好，「侄女」二字妙！余前註不謬。你們教導他，怎麼攆出去？也到底給我們留個臉兒。」晴雯道：「你這話，只等寶玉來問他，與我們無干。」那媳婦冷笑道：「我有膽子問他去！他哪一件事不是聽姑娘們的調停？他縱依了，姑娘們不依，也未必中用。比如方纔說話，雖是背地裡，姑娘就直叫他的名字，在姑娘們就使得，在我們就成了野人了。」晴雯聽說，益發急紅了臉，說道：「我叫了他的名字了，你在老太太跟前告我去，說我撒野，也攆出我去。」麝月忙道：「嫂子，你只管帶了人出去，有話再說。這個地方，豈有你叫喊講禮的？你見誰和我們講過禮？別說嫂子你，就是賴奶奶、林大娘，也得擔待我們三分。便是叫名字，從小兒直到如今，都是老太太吩咐過的。你們也知道的，恐怕難養活，巴巴的寫了他的小名兒各處貼著，叫萬人叫去，為的是好養活。連挑水、挑糞、花子都叫得，何況我們！連昨兒林大娘叫了一聲『爺』，老太太還說他呢。此是一件。二則我們這些人，常回老太太、太太的話去，可不叫著名字回話，難道也稱『爺』？哪一日不把『寶玉』兩個字念二百遍，偏嫂子又來挑這個了！過一日，嫂子閒了，在老太太、太太跟前聽聽我們當著面兒叫他，就知道了。嫂子原也不得在老太太、太太跟前當些體統差事，成年家只在三門外頭混，怪不得不知我們裡頭的規矩。這裡不是嫂子久站的，再一會，不用我們說話，就有人來問你了。有什麼分證話，且帶了他去，你回了林大娘，叫他來找二爺說話。家裡上千的人，你也跑來，我也跑來，我們認人問姓還認不清呢！」說著，便叫小丫頭子：「拿了擦地的布來擦地！」那媳婦聽了，無言可對，亦不敢久立，賭氣帶了墜兒就走。宋媽媽忙道：「怪道你這嫂子不知規矩，你女兒在這屋裡一場，臨去時，也給姑娘們磕個頭。沒有別的謝禮——便有謝禮，他們也不希罕——不過磕個頭盡了心。怎麼說走就走？」墜兒聽了，只得翻身進來，給他兩個磕了兩個頭。又找秋紋等，他們也不睬他。那媳婦嗐聲嘆氣，口不敢言，抱恨而去。

晴雯方纔又閃了風，著了氣，反覺更不好了。翻騰至掌燈，剛安靜了些。只見寶玉回來，進門就嗐聲跺腳。麝月忙問原故，寶玉道：「今兒老太太喜喜歡歡的給了這個褂子，誰知不防，後襟子上燒了一塊。幸而天晚了，老太太、太太都不理論。」一面說，一面脫下來。麝月瞧時，果見有指頭大的燒眼。說：「這必定是手爐裡的火迸上了。這不值什麼，趕著叫人悄悄的拿出去，叫個能幹織補匠人織上就是了。」說著，便用包袱包了，交與一個媽媽送出去，說：「趕天亮就有纔好。千萬別給老太太、太太知道。」婆子去了半日，仍舊拿回來，說：「不但織補匠人，就連能幹裁縫、繡匠並作女工的問了，都不認得這是什麼，都不敢攬。」麝月道：「這怎麼樣呢？明兒不穿也罷了。」寶玉道：「明兒是正日子，老太太、太太說了，還叫穿這個去呢。偏頭一日燒了，豈不掃興！」晴雯聽了半日，忍不住翻身說道：「拿來我瞧瞧罷。沒個福氣穿就罷了，這會子又著急。」寶玉笑道：「這話倒說的是。」說著，便遞與晴雯，又移過燈來，細看了一會。

勇晴雯病補雀金裘。（清汪惕齋繪，手繪紅樓夢）

晴雯道：「這是孔雀金線織的，如今咱們也拿孔雀金線，就像界線⑭似的界密了，只怕還可混得過去。」麝月笑道：「孔雀線現成的，但這裡除了你，還有誰會界線？」晴雯道：「說不得，我掙命罷了。」寶玉笑道：「這如何使得！纔好了些，如何做得活？」晴雯道：「不用你蝎蝎螫螫的，我自知道。」一面說，一面坐起來。挽了一挽頭髮，披了衣裳，只覺頭重身輕，滿眼金星亂迸，實實掌不住；若不做，又怕寶玉著急，少不得狠命咬牙捱著。便命麝月只幫著拈線。晴雯先拿了一根比一比，笑道：「這雖不很像，若補上，也不很顯。」寶玉道：「這就很好，哪裡又找哦囉斯國的裁縫去！」妙談！晴雯先將裡子拆開，用茶杯口大的一個竹弓釘牢在背面，再將破口四邊用金刀刮的散鬆鬆的；然後把針紉了兩條，分出經緯，亦如界線之法，先界出地子，後依本衣之紋來回織補。補兩針，又看看，織補兩針，又端詳端詳。無奈頭暈眼黑，氣喘神虛，補不上三五針，伏在枕上歇一會。寶玉在旁，一時又問吃些滾水不吃，一時又命歇一歇，一時又拿一件灰鼠斗篷替他披在背上，一時又命拿個拐枕與他靠著。急的晴雯央道：「小祖宗，你只管睡罷！再熬上半夜，明兒把眼睛摳摟了，怎麼處？」寶玉見他著急，只得胡亂睡下，仍睡不著。一時只聽自鳴鐘已敲了四下，按「四下」乃寅正初刻。「寅」

⑭ 界線：一種特殊的縱橫織補方法。

此樣法，避諱也。剛剛補完，又用小牙刷慢慢的剔出絨毛來。麝月道：「這就很好，若不留心，再看不出的。」寶玉忙要了瞧瞧，說道：「真真一樣了！」晴雯已嗽了幾陣，好容易補完了，說了一聲：「補雖補了，到底不像，我也再不能了！」噯喲了一聲，便身不由主倒下。要知端的，且聽下回分解。

第五十三回　寧國府除夕祭宗祠　榮國府元宵開夜宴

話說寶玉見晴雯將雀裘補完，已使的力盡神危，忙命小丫頭子來替他搥著，彼此搥打了一會歇下。沒一頓飯的工夫，天已大亮，且不出門，只叫快傳大夫。一時王太醫來了，診了脈，疑惑說道：「昨日已好了些，今日如何反虛微浮縮❶起來？敢是吃多了飲食？不然就是勞了神思，外感卻倒清了。這汗後失於調養，非同小可。」一面說，一面出去開了藥方進來。寶玉看時，已將疏散驅邪諸藥減去了，倒添了茯苓、地黃、當歸等益神養血之劑。寶玉忙命人煎去，一面嘆說：「這怎麼處？倘或有個好歹，都是我的罪孽！」晴雯睡在枕上嗐道：「好太爺！你幹你的去罷，哪裡就得癆病了？」寶玉無奈，只得去了。至下半天，說身上不好就回來了。晴雯此症雖重，幸虧他素昔是個使力不使心的；再素昔飲食清淡，飢飽無傷。這賈宅中的風俗秘法：無論上下，只一略有些傷風咳嗽，總以淨餓為主，次則服藥調養。故於前日一病時，淨餓了兩三日，又謹慎服藥調治。如今勞碌了些，又加倍培養了幾日，便漸漸的好了。近日園中姊妹皆各在房中吃飯，炊爨飲食亦便，寶玉自能變法要湯要羹調停，不必細說。

襲人送母殯後業已回來，麝月便將平兒所說宋媽、墜兒一事，並晴雯攆逐出去，也曾回過寶玉等話，一一告訴襲人。襲人也沒別說，只說太性急了些。只因李紈亦因時氣感冒；邢夫人又正害火眼❷，

❶ 虛微浮縮：中醫診斷脈象的術語。虛脈，按之無力的脈；微脈，極細極軟，似有似無的脈；浮脈，輕取即得的脈；縮脈，首尾很短的脈。

迎春、岫烟皆過去朝夕侍藥；妙在一人不落，事事皆到。李嬸之弟又接了李嬸和李紋、李綺家去住幾日；來的也有理，去的也有情。寶玉又見襲人常常思母含悲，晴雯猶未大愈，因此詩社之日皆未有人作興，便空了幾社。當下已是臘月，離年日近，王夫人與鳳姐治辦年事。王子騰陞了九省都檢點❸，賈雨村補授了大司馬❹，協理軍機，參贊朝政，不題。

且說賈珍那邊開了宗祠，著人打掃，收拾供器，請神主❺，又打掃上房，以備懸供遺真影像❻。此時榮寧二府內外上下皆是忙忙碌碌。這日，寧府中尤氏正起來，同賈蓉之妻打點送賈母這邊針線禮物，正值丫頭捧了一茶盤押歲錁子❼進來，回說：「興兒回奶奶：前兒那一包碎金子共是一百五十三兩六錢七分，裡頭成色不等，共總傾❽了二百二十個錁子。」說著遞上去。尤氏看了看，只見也有梅花式的，也有海棠式的，也有筆錠如意的，也有八寶聯春的。尤氏命：「收起這個來，叫他把銀錁子快快交了進來。」丫鬟答應去了。一時，賈珍進來吃飯，賈蓉之妻迴避了。賈珍因問尤氏：「偺們春祭的恩賞可領了不曾？」尤氏道：「今兒我打發蓉兒關去了。」賈珍道：「偺們家雖不等這幾兩銀子

❷ 火眼：急性眼結膜炎。

❸ 都檢點：歷代無此官名，但有都點檢，五代時置，為禁軍統帥。九省都檢點，是作者虛構的官名。

❹ 大司馬：明清時兵部尚書的別稱。

❺ 神主：俗稱「牌位」，在狹長形木牌上書寫死者的姓名官銜，以便奉祀。

❻ 遺真影像：祖先的畫像。

❼ 押歲錁子：除夕時長輩給小孩的金銀錁子，類似於壓歲錢。

❽ 傾：舊時熔銀成錠的一種工藝。

使，多少是皇上天恩。早關了來，給那邊老太太見過，置了祖宗的供，上領皇上的恩，下則是託祖宗的福。偺們哪怕用一萬銀子供祖宗，到底不如這個又體面，又是沾恩錫福的。除偺們這樣一二家之外，那些世襲窮官兒家，若不仗著這銀子，拿什麼上供過年？真正皇恩浩大，想的周到。」尤氏道：「正是這話。」

二人正說著，只見人回：「哥兒來了。」賈珍便命叫他進來。只見賈蓉捧了一個小黃布口袋進來。賈珍道：「怎麼去了這一日？」賈蓉陪笑回說：「今兒不在禮部關領，又分在光祿寺⑨庫上。因又到了光祿寺纔領了下來。光祿寺的官兒們都說問父親好，多日不見，都著實想念。」賈珍笑道：「他們哪裡是想我，這又到了年下了，不是想我的東西，就是想我的戲酒了。」一面說，一面瞧那黃布口袋，上有印就是「皇恩永錫」四個大字。那一邊又有禮部祠祭司的印記；又寫著一行小字，道是：「寧國公賈演榮國公賈源恩賜永遠春祭賞共二分，淨折銀若干兩。某年月日龍禁尉候補侍衛賈蓉當堂領訖，值年寺丞某人」，下面一個硃筆花押。賈珍吃過飯，盥漱畢，換了靴帽，命賈蓉捧著銀子跟了來，回過賈母、王夫人，又至這邊回過賈赦、邢夫人，方回家去。取出銀子，命將口袋向宗祠大爐內焚了。又命賈蓉道：「你去問問你璉二嬸子，正月裡請吃年酒的日子擬了沒有。若擬定了，叫書房裡明白開了單子來，偺們再請時就不能重犯了。舊年不留心，重了幾家，不說偺們不留神，倒像兩宅商議定了，送虛情怕費事一樣。」賈蓉忙答應了過去。一時，拿了請人吃年酒的日期單子來了。

賈珍看了，命交與賴昇去看了，請人別重這上頭日子。因在廳上看著小廝們抬圍屏，擦抹几案金

⑨光祿寺：官署名，原掌管皇室的膳食。清代皇室膳食由內務府掌管，光祿寺掌管祭祀用食物並供應蕃使膳食。

銀供器。只見小廝手裡拿著個稟帖並一篇賬目，回說：「黑山村的烏莊頭來了。」賈珍道：「這個老砍頭的今兒纔來！」說著，賈蓉接過稟帖和賬目，忙展開捧著，賈珍倒背著兩手，向賈蓉手內只看紅稟帖上寫著：「門下莊頭烏進孝叩請爺、奶奶萬福金安，併公子小姐金安。新春大喜大福，榮貴平安，加官進祿，萬事如意。」賈珍笑道：「莊家人有些意思。」賈蓉也忙笑說：「別看文法，只取個吉利罷了。」一面忙展開單子看時，只見上面寫著：「大鹿三十隻。獐子五十隻。麅子五十隻。暹豬二十個。湯豬二十個。龍豬二十個。野豬二十個。家臘豬二十個。野羊二十個。青羊二十個。家湯羊二十個。家風羊二十個。鱘鰉魚二個。各色雜魚二百斤。活雞、鴨、鵝各二百隻。風雞、鴨、鵝二百隻。野雞、兔子各二百對。熊掌二十對。鹿筋二十斤。海參五十斤。鹿舌五十條。牛舌五十條。蟶乾二十斤。榛、松、桃、杏穰各二口袋。大對蝦五十對。乾蝦二百斤。銀霜炭上等選用一千斤、中等二千斤。柴炭三萬斤。御田胭脂米二石。（在園雜志曾有此說。）碧糯五十斛。白糯五十斛。粉粳五十斛。雜色粱穀各五十斛。下用常米一千石。各色乾菜一車。外賣粱穀、牲口各項之銀，共折銀二千五百兩。外門下孝敬哥兒姐兒頑意：活鹿兩對，活白兔四對，黑兔四對，活錦雞兩對，西洋鴨兩對。」

賈珍便命帶進他來。一時，只見烏進孝進來，只在院內磕頭請安。賈珍命人拉他起來，笑說：「你還硬朗？」烏進孝笑回：「託爺的福，還能走得動。」賈珍道：「你兒子也大了，該叫他走走也罷了。」烏進孝笑道：「不瞞爺說，小的們走慣了，不來也悶的慌。他們可不是都願意來見見天子腳下世面？他們到底年輕，怕路上有閃失，再過幾年就可放心了。」賈珍道：「你走了幾日？」烏進孝道：「回爺的話：今年雪大，外頭都是四五尺深的雪。前日忽然一暖一化，路上竟難走的很，耽擱了幾日。雖走了一個月零兩日，因日子有限了，怕爺心焦，可不趕著來了！」賈珍道：「我說呢，怎麼今兒纔來！我纔看那單子上，今年你這老貨又來打擂臺❿來了。」烏進孝忙進前了兩步，回道：「回爺說：今年年成實在不好。從三月下雨起，接接連連直到八月，竟沒有一連晴過五日。九月裡一場碗大的雹子，方近一千三百里地，連人帶房並牲口糧食，打傷了上千上萬的，所以纔這樣。小的並不敢說謊。」賈珍皺眉道：「我算定了，你至少也有五千兩銀子來。這夠作什麼的！如今你們一共只剩了八九個莊子，今年倒有兩處報了旱澇，你們又打擂臺，真真是又教別過年了。」烏進孝道：「爺的這地方還算好呢。我兄弟離我那裡只一百多里，誰知竟大差了。他現管著那府裡八處莊地，比爺這邊多著幾倍，今年也只這些東西，不過多二三千兩銀子，也是有饑荒打呢。」

賈珍道：「正是呢。我這邊倒可以，沒有什麼外項大事，不過是一年的費用，我受用些就費些，我受些委屈就省些。再者，年例送人請人，我把臉皮厚些，就可以省些，也就完了。比不得那府裡，這幾年添了許多花錢的事，一定不可免是要花的，卻又不添些銀子產業。這一二年倒賠了許多。不和你們要，找誰去！」烏進孝笑道：「那府裡如今雖添了事，有去有來，娘娘和萬歲爺豈不賞的！」〔是莊頭口中語氣。脂硯。〕賈珍聽了，笑向賈蓉等道：「你們聽他這說話，可笑不可笑？」賈蓉等忙笑道：「你們山坳海沿子上的人，哪裡知道這道理？娘娘難道把皇上的庫給了我們不成？他心裡總有這心，他也不敢作主。豈有不賞之理？按時到節，不過是些彩緞古董頑意兒。縱賞銀子，不過一百兩金子，纔值了一千兩銀子，夠一年的什麼？這二年，哪一年不多賠出幾千銀子來！頭一年省親連蓋花園子，你算算那一注共花了

❿ 打擂臺：上臺比武。這裡是存心鬥氣，與人過不去的意思。

多少，就知道了。再兩年再一回省親，只怕就淨窮了。」賈珍笑道：「所以他們莊家老實人，外明不知裡暗的事。黃柏木作磬搥子——外頭體面裡頭苦。」新鮮趣語。賈蓉又笑向賈珍道：「果真那府裡窮了。前兒我聽見鳳姑娘此亦南北互用之文，前註不謬。和鴛鴦悄悄商議，要偷出老太太的東西去當銀子呢！」賈珍笑道：「那又是你鳳姑娘的鬼，哪裡就窮到如此？他必定是見去路太多了，實在賠的狠了，不知又要省哪一項的錢，先設此法使人知道，說窮到如此了。我心裡卻有一個算盤，還不至如此田地。」說著，命人帶了烏進孝出去，好生待他。不在話下。

這裡賈珍吩咐，將方纔各物留出供祖的來，將各樣取了些，命賈蓉送過榮府裡，然後自己留了家中所用的，餘者派出等例來，一分一分的堆在月臺下，命人將族中的子侄喚來與他們。接著榮府也送了許多供祖之物及與賈珍之物。賈珍看著收拾完備供器，靸著鞋，披著猞猁猻大裘，命人在廳柱下石磯上太陽中鋪了一個大狼皮褥子，負暄⓫閒看各子弟們來領取年物。因見賈芹亦來領物，賈珍叫他過來，說道：「你作什麼也來了？誰叫你來的？」賈芹垂手回說：「聽見大爺這裡叫我們領東西，我沒等人去就來了。」賈珍道：「我這東西原是給你那些閒著無事的，無進益的小叔叔兄弟們的，那二年你閒著，我也給過你的。你如今在那府裡管事，家廟裡管和尚道士們，一月又有你的分例外，這些和尚的分例銀子都從你手裡過，你還來取這個，太也貪了！你自己瞧瞧，你穿的像個手裡使錢辦事的？先前說你沒進益，如今又怎麼了？比先倒不像了。」賈芹道：「我家裡原人口多，費用大。」賈珍冷笑道：「你還支吾⓬我！你在家廟裡幹的事，打量我不知道呢？你到了那裡，自然是爺了，沒人敢違

⓫ 負暄：曬太陽。

拗你。你手裡又有了錢，離著我們又遠，你就為王稱霸起來，夜夜招聚匪類賭錢，（這一回文字斷不可少。）養老婆小子，這會子花的這個形像，你還敢領東西來？領不成東西，領一頓馱水棍⑬去纔罷！等過了年，我必和你璉二叔說，換回你來。」賈芹紅了臉，不敢答應。人回：「北府水王爺送了字聯、荷包來了。」賈珍聽說，忙命賈蓉出去款待：「只說我不在家。」賈蓉去了。這裡賈珍看著領完東西，回房與尤氏吃畢晚飯，一宿無話。至次日，更比往日更忙，都不必細說。

已到了臘月二十九日了，各色齊備。兩府中都換了門神、聯對、掛牌，新油了桃符⑭，煥然一新。寧國府從大門、儀門、大廳、暖閣、內廳、內三門、內儀門並內垂門，直到正堂，一路正門大開。兩邊階下一色硃紅大高照，點的兩條金龍一般。次日，由賈母有誥封者，皆按品級著朝服，先坐八人大轎，帶領著眾人進宮朝賀，行禮領宴畢回來，便到寧國府暖閣下轎。諸子弟有未隨入朝者，皆在寧府門前排班伺候，然後引入宗祠。且說寶琴是初次，一面細細留神打量這宗祠，原來寧府西邊另一個院子黑油柵欄內，五間大門，上懸一塊匾，寫著是「賈氏宗祠」四個字，旁書「衍聖公孔繼宗書」。兩旁有一副長聯，寫道是：「肝腦塗地，兆姓賴保育之恩；功名貫天，百代仰蒸嘗⑮之盛」，亦衍聖公所書。

---

⑫ 支吾：說話含混躲閃；用含混的話搪塞。

⑬ 領一頓馱水棍：比喻招一頓打。馱水棍，挑水的扁擔。

⑭ 桃符：原是新年懸掛在門兩旁的桃木板，上書神荼、鬱壘兩神的名字，藉以壓邪。後用以指春聯。為防止春聯褪色，就在上面塗桐油加以保護。

⑮ 蒸嘗：冬祭叫蒸，秋祭叫嘗。這裡說一年四季的祭品都很豐盛。

進入院中，白石甬路，兩邊皆是蒼松翠柏，月臺上設著青綠古銅鼎彝等器。抱廈前上面懸一九龍金匾，寫道是：「星輝輔弼」，乃先皇御筆。兩邊一副對聯，寫道是：「勳業有光照日月，功名無間及兒孫」，亦是御筆。五間正殿，前懸一鬧龍填青匾，寫道是：「慎終追遠」⑯，旁邊一副對聯，寫道是：「已後兒孫承福德，至今黎庶念榮寧」，俱是御筆。裡邊香燭輝煌，錦幛繡幕，雖列著神主，卻看不真切。

只見賈府人分昭穆⑰排班立定：賈敬主祭，賈赦陪祭，賈珍獻爵，賈璉、賈琮獻帛，寶玉捧香，賈菖、賈菱展拜氈，守焚池。青衣⑱樂奏，三獻爵，拜興畢，焚帛奠酒。禮畢，樂止，退出。眾人圍隨著賈母至正堂上，影前錦幔高掛，彩屏張護，香燭輝煌。上面正居中懸著寧榮二祖遺像，皆是披蟒腰玉，兩邊還有幾軸列祖遺影。賈荇、賈芷等從內儀門挨次列站，直到正堂廊下。檻外方是賈敬、賈赦，檻內是各女眷，眾家人小廝皆在儀門之外。每一道菜至，傳至儀門，賈荇、賈芷等便接了，按次傳至階上賈敬手中。賈蓉係長房長孫，獨他隨女眷在檻內。每賈敬捧菜至，傳於賈蓉，賈蓉便傳於他妻子，又傳於鳳姐、尤氏諸人，直傳至供桌前，方傳於王夫人。王夫人傳於賈母，賈母方捧放在桌上。邢夫人在供桌之西，東向立，同賈母供放。直至將菜飯湯點酒茶傳完，賈蓉方退出下階，歸入賈芹階位之首。凡從「文」旁之名者，賈敬為首；下則從玉者，賈珍為首；在下從草頭者，賈蓉為首。左昭

⑯ 慎終追遠：語出論語學而：「慎終追遠，民德歸厚矣。」意思是統治者要慎重地辦理父母的喪事，祭祀祖先，就會得到老百姓的擁戴。終，指父母的死。遠，指祖先。

⑰ 昭穆：左右。這裡指在宗廟祭祀時，按照行輩、長幼的次序一左一右地遞次排列。

⑱ 青衣：古代地位低下者著青衣，後即用以稱低賤者。這裡指吹奏樂器的藝人，即「吹鼓手」。

右穆，男東女西。俟賈母拈香下拜，眾人方一齊跪下，將五間大廳，三間抱廈，內外廊簷，階上階下兩丹墀內，花團錦簇，塞的無一隙空地。鴉雀無聞，只聽鏗鏘叮噹，金鈴玉珮微微搖曳之聲，並起跪靴履颯沓之響。

一時禮畢，賈敬、賈赦等便忙退出至寧府，專候與賈母行禮。尤氏上房早已襲地鋪滿紅氈，當地放著象鼻三足鰍沿鎏金琺瑯大火盆。正面炕上鋪新猩紅氈，設著大紅彩繡雲龍捧壽的靠背引枕外，另有黑狐皮的袱子搭在上面，大白狐皮坐褥，請賈母上去坐了。兩邊又鋪皮褥，讓賈母一輩的兩三個妯娌坐了。這邊橫頭排插之後，小炕上也鋪了皮褥，讓邢夫人等坐了。地下兩面相對十二張雕漆椅上，都是一色灰鼠椅搭小褥，每一張椅下一個大銅腳爐，讓寶琴等姊妹坐了。尤氏用茶盤親捧茶與賈母，蓉妻捧與眾老祖母，然後尤氏又捧與邢夫人等，蓉妻又捧與眾姊妹。鳳姐、李紈等只在地下伺候。茶畢，邢夫人等便先起身來侍賈母。賈母吃茶，與老妯娌閒話了兩三句，便命看轎。鳳姐兒忙上去攙起來。尤氏笑回說：「已經預備下老太太的晚飯，每年都不肯賞些體面，用過晚飯過去，果然我們就不及鳳丫頭不成？」鳳姐兒攙著賈母笑道：「老祖宗快走，偺們家去吃飯，別理他。」賈母笑道：「你這裡供著祖宗，忙的什麼似的，哪裡擱得住我鬧？況且每年我不吃，你們也要送去的。不如還送了去，我吃不了，留著明兒再吃，豈不多吃些？」說的眾人都笑了。又吩咐他：「好生派妥當人夜裡照看香火，不是大意得的。」尤氏答應了。一面走出來，至暖閣前上了轎。尤氏等閃過屏風後，小廝們纔領轎夫，請了轎出大門。尤氏亦隨邢夫人等同至榮府。

這裡轎出大門，這一條街上，東一邊合面設列著寧國公的儀仗執事樂器，西一面合面設列著榮國公的儀仗執事樂器，來往行人皆屏退不從此過。一時，來至榮府，也是大門正廳直開到底。如今便不在暖閣下轎了，過了大廳便轉彎向西，至賈母這邊正廳上下轎。眾人圍隨同至賈母正室之中，亦是錦裀繡屏，煥然一新。當地火盆內焚著松柏香、百合草。賈母歸了坐。老嬷嬷來回：「老太太們來行禮。」賈母忙又起身要迎，只見兩三個老妯娌已進來了。大家挽手，笑了一回，讓了一回。吃茶去後，賈母只送至內儀門便回來，歸正坐。賈敬、賈赦等領諸子弟進來。賈母笑道：「一年價難為你們，不行禮罷。」一面說著，一面男一起，女一起，一起一起俱行過了禮。左右兩旁設下交椅，然後又按長幼挨次歸坐受禮。兩府男婦、小廝、丫鬟亦按差役上中下行禮畢。散押歲錢、荷包、金銀錁，擺上合歡宴來。男東女西歸坐，獻屠蘇酒⑲、合歡湯、吉祥果、如意糕畢，賈母起身進內間更衣，眾人方各散出。那晚各處佛堂竈王前焚香上供，王夫人正房院內設著天地紙馬香供。大觀園正門上也挑著大明角燈，兩溜高照，各處皆有路燈。上下人等皆打扮的花團錦簇，一夜人聲嘈雜，語笑喧闐，爆竹起火，絡繹不絕。

至次日五鼓，賈母等又按品大妝，擺全副執事進宮朝賀，兼祝元春千秋。領宴回來，又至寧府祭過列祖，方回來受禮畢，便換衣歇息。所有賀節來的親友一概不會，只和薛姨媽、李嬸二人說話取便，或者同寶玉、寶琴、釵、玉等姊妹趕圍棋抹牌作戲。王夫人與鳳姐是天天忙著請人吃年酒。那邊廳上院內皆是戲酒，親友絡繹不絕，一連忙了七八日纔完了。早又元宵將近，寧榮二府皆張燈結彩。十一日是賈赦請賈母等，次日賈珍又請，賈母皆去隨便領了半日。王夫人和鳳姐兒連日被人請去吃年酒，

⑲ 屠蘇酒：藥酒名，舊俗正月初一飲屠蘇酒，可以辟瘟疫邪氣。

不能勝記。

至十五日之夕，賈母便在大花廳上命擺幾席酒，定一班小戲，滿掛各色佳燈，帶領榮寧二府各子侄孫男孫媳等家宴。賈敬素不茹酒，也不去請他，於後十七日祖祀已完，他便仍出城去修養；便這幾日在家內，亦是淨室默處，一概無聽無聞，不在話下。賈赦略領了賈母之賜，也便告辭而去。賈母知他在此，彼此不便，也就隨他去了。賈赦自到家中，與眾門客賞燈吃酒，自然是笙歌聒耳，錦繡盈眸，其取便快樂另與這邊不同的。又交代一個。這邊賈母花廳之上共擺了十來席，每一席旁邊設一几，几上設爐瓶三事，焚著御賜百合宮香。又有八寸來長、四五寸寬、二三寸高的點著山石、佈滿青苔的小盆景，俱是新鮮花卉。又有小洋漆茶盤，內放著舊窯茶杯，並十錦小茶盂，裡面泡著上等名茶。一色皆是紫檀透雕，嵌著大紅紗透繡花卉並草字詩詞的瓔珞。原來繡這瓔珞的也是個姑蘇女子，名喚慧娘。因他亦是書香宦門之家，他原精於書畫，不過偶然繡一兩件針線作耍，並非市賣之物。凡這屏上所繡之花卉，皆仿的是唐宋元明各名家的折枝花卉，故其格式配色皆從雅本來，非一味濃豔匠工可比。每一枝花側，皆用古人題此花之舊句，或詩詞歌賦不一，皆用黑絨繡出草字來，且字跡勾踢、轉折、輕重、連斷皆與筆草無異，亦不比市繡字跡板強可恨。他不仗此技獲利，所以天下雖知，得者甚少。凡世宦富貴之家，無此物者甚多。當今便稱為「慧繡」。竟有世俗射利者，近日仿其針跡，愚人獲利。偏這慧娘命夭，十八歲便死了，如今竟不能再得一件的了。凡所有之家，總有一兩件，皆珍藏不用。有那一干翰林文魔先生們，因深惜慧繡之佳，便說這「繡」字不能盡其妙，這樣筆跡說一「繡」字，反似乎唐突了。便大家商議了，將「繡」字便隱去，換了一個「紋」字，所以如今都稱為「慧紋」。若有一件真慧紋之物，價則無限。賈府之榮，也只有兩三件。上年將那兩件已進了上，目下只剩這一副瓔珞，一共十六扇。賈母愛如珍寶，不入在請客各色陳設之內，只留在自己這邊，高興擺酒時賞玩。又有各色舊窯小瓶中，都點綴著「歲寒三友」「玉堂富貴」等鮮花草。上面兩席是李嬸、薛姨媽二位，賈母於東邊設一繡雕夔龍護屏，矮足短榻，靠背、引枕、皮褥俱全。榻之上一頭又設一個極輕巧洋漆描金小几，几上放著茶盃、茶碗、漱盂、洋巾之類，又有一個眼鏡匣子。

賈母歪在榻上，與眾人說笑一回，又自取眼鏡向戲臺上照一回。又向薛姨媽，李嬸笑說：「恕我老了，骨頭疼，放肆，容我歪著相陪罷。」因又命琥珀坐在榻上，拿著美人拳⓴捶腿。榻下並不擺席面，只有一張高几，卻設著瓔珞、花瓶、香爐等物，外另設一精緻小高桌，設著酒杯匙箸，將自己這一席設於榻旁，命寶琴、湘雲、黛玉、寶玉四人坐著。每一饌一果來，先捧與賈母看了，喜則留在小桌上嘗一嘗，仍撤了放在他四人席上，只算他四人是跟著賈母坐。故下面方是邢夫人、王夫人之位。再下便是尤氏、李紈、鳳姐、賈蓉之妻。西邊一路便是寶釵、李紋、李綺、岫烟、迎春姊妹等。兩邊大梁上掛著一對聯三聚五玻璃芙蓉彩穗燈。每一席前豎一柄漆幹倒垂荷葉，葉上有燭信，插著彩燭。這荷葉乃是鏨琺瑯的，活信可以扭轉。如今皆將荷葉扭轉向外，將燈影逼住全向外照，看戲分外真切。窗槅門戶一齊摘下，全掛彩穗各種宮燈。廊簷內外及兩邊遊廊罩棚，將各色羊角、玻璃、戳紗、料絲，或繡或畫，或堆或摳，或絹或紙，諸燈掛滿。廊上幾席，便是賈珍、賈璉、賈環、賈琮、賈蓉、賈芹、賈芸、賈菱、賈菖等。賈母也曾差人去請眾族中男女，奈他們或有年邁懶於熱鬧的；或有家內沒有人，

⓴ 美人拳：為老人捶腿、捶腰的長柄小錘。

不便來；或有疾病淹纏，欲來竟不能來的；或有一等妒富愧貧不來的；甚至於有一等憎畏鳳姐之為人而賭氣不來的；或有羞口羞腳，不慣見人，不敢來的。因此族眾雖多，女客來者，只不過賈菌之母婁氏帶了賈菌來了，男子只有賈芹、賈芸、賈菖、賈菱四個，現是在鳳姐麾下辦事的來了。當下人雖不全，在家庭間小宴中數來，也算是鬧熱的了。

當下又有林之孝之妻，帶了六個媳婦，抬了三張炕桌，每一張上搭著一條紅氈，氈上放著選淨一般大新出局的銅錢，用大紅彩繩串著。每二人搭一張，共三張。林之孝家的指示將那兩張擺至薛姨媽、李嬸的席下，將一張送至賈母榻下來。賈母便說：「放在當地罷。」這媳婦們都素知規矩的，放下桌子，一併將錢都打開，將彩繩抽去，散堆在桌上。正唱西樓樓會㉑這齣將終，于叔夜因賭氣去了，那文豹便發科諢道：「你賭氣去了，恰好今日正月十五，榮國府中老祖宗家宴，待我騎了這馬，趕進去討些果子吃是要緊的。」說畢，引的賈母等都笑了。薛姨媽等都說：「好個鬼頭孩子，可憐見的。」鳳姐便說：「這孩子纔九歲了。」賈母笑說：「難為他說的巧。」便說了一個「賞」字。早有三個媳婦已經手下預備下簸籮，聽見一個「賞」字，走上去向桌上的散錢堆內每人便撮了一簸籮，走出來向戲臺說：「老祖宗、姨太太、親家太太賞文豹買果子吃的。」說著向臺上便一撒，只聽豁啷啷滿臺的錢響。賈珍、賈璉已命小廝們抬了大簸籮的錢來，暗暗的預備在那裡，聽見賈母一賞，要知端的……

㉑ 西樓樓會：西樓，即明末清初袁于令的西樓記，其第八齣病晤，舞臺本稱樓會，演妓女穆素徽與于叔夜在西樓初次相會，書童文豹催叔夜回家，叔夜只得怏怏而別。

校記

1. 「不過是一年的費用，我受用些就費些，我受些委屈就省些。」庚辰本缺「我受用些就費些」，據戚本補。
2. 「你們聽他這說話，可笑不可笑。」庚辰本缺「不可笑」，據戚本補。

第五十四回　史太君破陳腐舊套　王熙鳳傚戲彩斑衣

首回楔子內云：古今小說千部共成一套云云，猶未泄真，今借老太君一寫，是勸後來胸中無機軸之諸君子不可動筆作書。鳳姐乃太君之要緊陪堂，今題「斑衣戲彩」，是作者酬我阿鳳之勞，特貶賈珍、璉輩之無能耳。

卻說賈珍、賈璉暗暗預備下大簸籮的錢，聽見賈母說「賞」，他們也忙命小廝們快撒錢，只聽滿臺錢響，賈母大悅。二人隨起身，小廝們忙將一把新暖銀壺遞在賈璉手內，隨了賈珍趨至裡面。賈珍先至李嬸席上，躬身取下杯來，回身，賈璉忙斟了一盞；然後便至薛姨媽席上，也斟了。二人忙起身笑說：「二位爺請坐著罷了，何必多禮。」於是除邢王二夫人，滿席都離了席，俱垂手旁侍。賈珍等至賈母榻前，因榻矮，二人便屈膝跪了，賈珍在先捧杯，賈璉在後捧壺，雖只二人奉酒，那賈環弟兄等卻也是排班按序，一溜隨著他二人進來，見他二人跪下，也都一溜跪下，寶玉也忙跪下了。史湘雲悄推他笑道：「你這會又幫著跪下作什麼？有這樣，你也去斟一巡酒豈不好？」寶玉悄笑道：「再等一會子再斟去。」說著，等他二人斟完起來，方起來。又與邢夫人、王夫人斟過了。賈珍笑道：「妹妹們怎麼樣呢？」賈母等都說：「你們去罷，他們倒便宜些。」說了，賈珍等方退出。

當下天未二鼓，戲演的是八義中觀燈八齣❶。正在熱鬧之際，寶玉因下席往外走，賈母因說：「你往哪裡去？外頭爆竹利害，仔細天上掉下火紙來燒了。」寶玉回說：「不往遠去，只出去就來。」賈母命婆子們好生跟著。於是寶玉出來，只有麝月、秋紋並幾個小丫頭隨著。賈母因說：「襲人怎麼不見？他如今也有些拿大了，單支使小女孩子出來。」王夫人忙起身笑回道：「他媽前日沒了，因有熱孝❷，不便前頭來。」賈母聽了點頭，又笑道：「跟主子卻講不起這孝與不孝。若是他還跟我，難道這會子也不在這裡不成？皆因我們太寬了，有人使，不查這些，竟成了例了。」鳳姐兒忙過來笑回道：「今兒晚上他便沒孝，那園子裡也須得他看著，燈燭花炮最是耽險的。這裡一唱戲，園子裡的人誰不偷來瞧瞧？他還細心，各處照看照看。況且，這一散後，寶兄弟回去睡覺，各色都是齊全的。若他再來了，眾人又不經心，散了回去，鋪蓋也是冷的，茶水也不齊備，各色都不便宜，所以我叫他不用來，只看屋子。散了又齊備，我們這裡也不耽心，又可以全他的禮，豈不三處有益？老祖宗要，叫他來就是了。」賈母聽了這話，忙說：「你這話很是，比我想的周到，快別叫他了。但只他媽幾時沒了？我怎麼不知道。」鳳姐笑道：「前兒襲人去，親自回老太太的，怎麼倒忘了？」賈母想了一想，笑說：「想起來了，我的記性竟平常了。」眾人都笑說：「老太太哪裡記得這些事！」賈母因又嘆道：「我想著他從小兒伏侍了我一場，又伏侍了雲兒一場，末後給了一個魔王寶玉，虧他魔了這幾年。他又不是偺們家的根生土長的奴才，沒受過偺們什麼大恩典，他媽沒了，我想著要給他幾兩銀子發送，也就

❶ 八義中觀燈八齣：八義記是明代徐元創作的傳奇，寫趙氏孤兒報仇的故事，共四十一齣，經常演出的有八個折子戲，稱為八義八齣，觀燈是其中的一齣。

❷ 熱孝：指新遭親喪，身穿孝服。

忘了。」鳳姐兒道：「前兒太太賞了他四十兩銀子，也就是了。」賈母聽說，點頭道：「這還罷了。正好鴛鴦的娘前兒也死了，我想他老子娘都在南邊，我也沒叫他家去走走守孝。如今叫他兩個一處作伴兒去。」又命婆子將些果子菜饌點心之類與他兩個吃去。琥珀笑說：「還等這會子呢，他早就去了。」說著，大家又吃酒看戲。

且說寶玉一逕來至園中，眾婆子見他回房，便不跟去，只坐在園門裡茶房裡烤火，和管茶的女人偷空飲酒鬥牌。寶玉至園中，雖是燈光燦爛，卻無人聲。麝月道：「他們都睡了不成？偺們悄悄的進去，嚇他們一跳。」於是大家躡足潛蹤的進了鏡壁一看，只見襲人和一人對面都歪在地炕上，那一頭有兩三個老嬤嬤打盹。寶玉只當他兩個睡著了，纔要進去，忽聽鴛鴦嘆了一聲，說道：「可知天下事難定。論理你單身在這裡，父母在外頭，每年他們東去西來沒個定準，想來你是不能送終的了，偏生今年就死在這裡，你倒出去送了終。」襲人道：「正是。我也想不到能夠看父母回首❸。太太又賞了四十兩銀子，這倒也算養我一場，我也不敢妄想了。」寶玉聽了，忙轉身悄向麝月等道：「誰知他也來了。我這一進去，他又賭氣走了，不如偺們回去罷，讓他兩個清清靜靜的說一回。」襲人正一個悶著，他幸而來的好。」說著，仍悄悄的出來。寶玉便走過山石之後去，站著撩衣。麝月、秋紋皆站住，背過臉去，口內笑說：「蹲下再解小衣，仔細風吹了肚子。」後面兩個小丫頭子知是小解，忙先出去，茶房預備去了。

這裡寶玉剛轉過來，只見兩個媳婦子迎來，問：「是誰？」秋紋道：「寶玉在這裡。你大呼小叫，

---

❸ 回首：諱稱死亡。

仔細嚇著罷。」那媳婦們忙笑道：「我們不知道，大節下來惹禍了。姑娘們可連日辛苦了。」說著，已到了跟前。麝月等問：「手裡拿的是什麼？」媳婦們道：「是老太太賞金、花二位姑娘吃的。」秋紋笑道：「外頭唱的是八義，沒唱混元盒❹，哪裡又跑出金花娘娘來了！」寶玉笑命：「揭起來我瞧瞧。」秋紋、麝月忙上去將兩個盒子揭開，兩個媳婦忙蹲下身子。細膩之極！一部大觀園之文，皆若食肥蟹。至此一句，則又三月於鎮江江上啖出網之鮮鰣矣。寶玉看了，兩盒內都是席上所有的上等果品菜蔬，點了一點頭，邁步就走。麝月二人忙胡亂擲了盒蓋，跟上來。寶玉笑道：「這兩個女人倒和氣，會說話。他們天天乏了，倒說你們連日辛苦，倒不是那矜功自伐的。」麝月道：「這好的也很好，那不知禮的也太不知禮。」寶玉笑道：「你們是明白人，擔待他們是粗笨可憐的人就完了。」一面說，一面來至園門。那幾個婆子雖吃酒鬥牌，卻不住出來打探，寶玉來了，也都跟上了。花廳後廊上，只見那兩個小丫頭，一個捧著小沐盆，一個搭著手巾，又拿著漚子❺壺，在那裡久等。秋紋先忙伸手向盆內試了一試，說道：「你越大越粗心了，哪裡弄的這冷水！」小丫頭笑道：「姑娘瞧瞧這個天，我怕水冷，巴巴的倒的是滾水，這還冷了。」正說著，可巧見一個老婆子提著一壺滾水走來，小丫頭便說：「好奶奶，過來給我倒上些。」那婆子道：「哥哥兒，這是老太太泡茶的，勸你走了舀去罷，哪裡就走大了腳了！」秋紋道：「憑你是誰的，你不給我，管把老太太茶盄子倒了洗手！」那婆子回頭見是秋紋，忙提起壺來就倒。秋紋道：「夠了。你這麼大年紀，

❹ 混元盒：清無名氏所作傳奇，寫水神金花娘娘與真人張捷有仇，困捷於水府。張道陵贈捷如意盒（即混元盒），並請孫大聖、二郎神來，纔將金花娘娘打敗。

❺ 漚子：一種潤膚的香蜜。

也沒個見識。誰不知是老太太的水，要不著的人就敢要了？」婆子笑道：「我眼花了，沒認出這姑娘來。」寶玉洗了手，那小丫頭子拿小壺倒了些漚子在他手內，寶玉漚了。秋紋、麝月也趁熱水洗了一回，漚了，跟進寶玉來。

寶玉便要了一壺暖酒，也從李嬸、薛姨媽斟起，二人也讓坐。賈母便說：「他小，讓他斟去。大家倒要乾過這杯。」說著，便自己乾了。邢、王二夫人也忙乾了，讓他二人。薛、李也只得乾了。賈母又命寶玉道：「連你姐姐妹妹一齊斟上，不許亂斟，都要叫他乾了。」寶玉聽說，答應著，一一按次斟了。至黛玉前，偏他不飲，拿起杯來放在寶玉唇邊，寶玉一氣飲乾。黛玉笑說：「多謝。」寶玉又替他斟上一杯，鳳姐兒便笑道：「寶玉，別喝冷酒，仔細手顫，明兒寫不得字，拉不得弓。」寶玉忙道：「沒有吃冷酒。」鳳姐兒笑道：「我知道沒有，不過白囑咐你。」然後，寶玉將裡面斟完，只除賈蓉之妻是丫頭們斟的。復出至廊上，又與賈珍等斟了，坐了一回方進來，仍歸舊坐。一時上湯後，又接獻元宵來。賈母便命將戲暫歇歇，「小孩子們可憐見的，也給他們些滾湯滾菜的吃了再唱。」又命將各色果子元宵等物拿些與他們吃去。

一時歇了戲，便有婆子帶了兩個門下常走的女先生兒進來，放兩張杌子在那一邊，命他坐了，將絃子琵琶遞過去。賈母便問李、薛聽何書。他二人都回說：「不拘什麼都好。」賈母便問：「近來可有添些什麼新書？」那兩個女先兒回說道：「倒有一段新書，是殘唐五代的故事。」賈母問是何名。女先兒道：「叫做鳳求鸞。」賈母道：「這一個名字倒好，不知因什麼起的？先大概說說原故，若好再說。」女先道：「這書上乃說殘唐之時，有一位鄉紳，本是金陵人氏，名喚王忠，曾做過兩朝宰輔，如今告老還家。膝下只有一位公子，名喚王熙鳳。」眾人聽了，笑將起來。賈母笑道：「這重了我們鳳丫頭了！」媳婦忙上去推他：「這是二奶奶的名字，少混說。」賈母笑道：「你說，你說。」女先生忙笑著站起來說：「我們該死了，不知是奶奶的諱。」鳳姐兒笑道：「怕什麼，你們只管說罷，重名重姓的多呢！」女先生又說道：「這年，王老爺打發了王公子上京趕考。那日，遇見大雨，進到一個莊上避雨。誰知這莊上也有個鄉紳姓李，與王老爺是世交，便留下這公子住在書房裡。這李鄉紳膝下無兒，只有一位千金小姐。這小姐芳名叫作雛鸞，琴棋書畫，無所不通。」

賈母忙道：「這怪道叫作鳳求鸞。不用說，我猜著了，自然是這王熙鳳要求這雛鸞小姐為妻。」女先兒笑道：「老祖宗原來聽過這一回書。」眾人都道：「老太太什麼沒聽過！便沒聽過，也猜著了。」賈母笑道：「這些書都是一個套子，左不過是些佳人才子，最沒趣兒。把人家女兒說的那樣壞，還說是佳人，編的連影兒也沒有了。開口都是書香門第，父親不是尚書，就是宰相。生一個小姐，必是愛如珍寶。這小姐必是通文知禮，無所不曉，竟是個絕代佳人。只一見了一個清俊的男人，不管是親是友，便想起終身大事來。父母也忘了，書禮也忘了，鬼不成鬼，賊不成賊，哪一點兒是佳人？便是滿腹文章，做出這些事來，也算不得是佳人了。比如男人，滿腹文章去作賊，難道那王法就說他是才子，就不入賊情一案不成？可知那編書的是自己塞了自己的嘴。再者，既說是世宦書香大家，小姐都知禮讀書，連夫人都知書識禮，便是告老還家，自然這樣大家人口不少，奶母丫鬟伏侍小姐的人也不少；怎麼這些書上，凡有這樣的事，就只小姐和緊跟的一個丫鬟？你們白想想，那些人都是管什麼的？可是前言不答後語？」眾人聽了，都笑說：「老太太這一說，是謊都批出來了。」賈母笑道：「這有個原故：編這樣書的，有一等妒人家富貴，或有求不遂心，所以編出來污穢人家。再一等，他自己看了這些書看魔了，他也想一個佳人，所以編了出來取樂。何嘗他知道那世宦讀書大家的道理！別說他那書上那些世宦書禮大家，如今眼下真的拿我們這中等人家說起，也沒有這樣的事，別說是那些大家子。可知是謅掉了下巴的話。所以我們從不許說這些書，丫頭們也不懂這些話。這幾年我老了，他們姊妹們住的遠，我偶然悶了，說幾句聽聽。他們一來，就忙歇了。」李、薛二人都笑說：「這正是大家的規矩，連我們家也沒這些雜話給孩子們聽見。」

鳳姐兒走上來斟酒，笑道：「罷罷，酒冷了，老祖宗喝一口，潤潤嗓子再掰謊。這一回就叫作『掰謊記』，就出在本朝本地本年本月本日本時。老祖宗一張口難說兩家話，花開兩朵，各表一枝，是真是謊且不表，再整那觀燈看戲的人。老祖宗且讓這二位親戚吃一杯酒，看兩齣戲之後，再從逐朝話言掰起如何？」他一面斟酒，一面笑說，未曾說完，眾人俱已笑倒。兩個女先生也笑個不住，都說：「奶奶好剛口❻。奶奶要一說書，真連我們吃飯的地方也沒了。」薛姨媽笑道：「你少興頭些！外頭有人，比不得往常。」鳳姐兒笑道：「外頭的只有一位珍大爺，我們還是論哥哥妹妹，從小兒一處淘氣了這麼大。這幾年因做了親，我如今立了多少規矩了。便不是從小兒的兄妹，便以伯叔論，那二十四孝上『斑衣戲綵』❼，他們不常來戲綵引老祖宗笑一笑，我這裡好容易引的老祖宗笑了一笑，多吃了一點

❻ 剛口：亦作「綱口」、「鋼口」，評話藝人的術語，指語言生動流利，能吸引聽眾。

❼ 斑衣戲綵：春秋時老萊子，很孝順父母，已經七十歲了，還穿上色彩斑斕的衣服，做出小孩的舉動來逗父母開心。事見二十四孝老萊娛親。

兒東西，大家喜歡，都該謝我纔是，難道反笑話我不成！」賈母笑道：「可是這兩日我竟沒有痛快的笑一場，倒是虧他，纔一路笑的我心裡通快了些，我再吃一鍾酒。」吃著酒，又命寶玉：「也敬你姐姐一杯。」鳳姐兒笑道：「不用他敬，我討老祖宗的壽罷！」說著，便將賈母的酒拿起來，將半杯剩酒吃了。將杯遞給丫鬟，另將溫水浸的杯換了一個上來。於是各席上的杯都撤去，另將溫水浸著待換的杯斟了新酒上來，然後歸坐。

女先生回說：「老祖宗不聽這書，或者彈一套曲子聽聽罷？」賈母便說道：「你們兩個對一套將軍令罷。」二人聽說，忙和弦按調撥弄起來。賈母因問：「天有幾更了？」眾婆子忙回：「三更了。」賈母道：「怪道寒浸浸的起來。」早有眾丫鬟拿了添換的衣裳送來。王夫人起身笑說道：「老太太不如挪進暖閣裡地炕上，倒也罷了。這二位親戚也不是外人，我們陪著就是了。」賈母聽說，笑道：「既這樣說，不如大家都挪進去，豈不暖和？」王夫人道：「恐裡間坐不下。」賈母笑道：「我有道理。如今也不用這些桌子，只用兩三張併起來，大家坐在一處擠著，又親熱，又暖和。」眾人都道：「這纔有趣。」說著，便起了席。眾媳婦忙撤去殘席，裡面直順併了三張大桌，另又添換了果饌擺好。賈母便說：「這都不要拘禮，只聽我分派，你們就坐纔好。」說著便讓薛、李正面上坐，自己西向坐了，叫寶琴、黛玉、湘雲三人皆緊依左右坐下。向寶玉說：「你挨著你太太。」於是邢夫人、王夫人之中夾著寶玉。寶釵等姊妹在西邊，挨次下去，便是婁氏帶著賈菌，尤氏、李紈夾著賈蘭，下面橫頭便是賈蓉之妻。賈母便說：「珍哥兒帶著你兄弟們去罷，我也就睡了。」賈珍忙答應，又都進來。賈母道：「快去罷，不用進來。纔坐好了，又都起來。你快歇著，明日還有大事呢。」賈珍忙答應了，又笑說：

「留下蓉兒斟酒纔是。」賈母笑道：「正是忘了他。」賈珍答應了一個「是」，便轉身帶領賈璉等出來。二人自是歡喜，便命人將賈琮、賈璜各自送回家去，便邀了賈璉去追歡買笑。不在話下。

這裡賈母笑道：「我正想著，雖然這些人取樂，竟沒一對雙全的，就忘了蓉兒，這可全了。蓉兒就合你媳婦坐在一處，倒也團圓了。」因有媳婦回說開戲，賈母笑道：「我們娘兒們正說的興頭，又要吵起來。況且那孩子們熬夜怪冷的，也罷，叫他們且歇歇，把偺們的女孩子們叫了來，就在這臺上唱兩齣，給他們瞧瞧。」媳婦聽了，答應了出來，忙的一面著人往大觀園去傳人，一面二門口去傳小廝們伺候。小廝們忙至戲房，將班中所有的大人一概帶出，只留下小孩子們，抱著幾個軟包❽，因不及抬箱，估料著賈母愛聽的三五齣戲的綵衣包了來。婆子們帶了文官等進去見過，只垂手站著。賈母笑道：「大正月裡，你師父也不放你們出來逛逛。你等唱什麼？剛纔八齣八義，鬧得我頭疼，偺們清淡些好。你瞧瞧薛姨太太，這李親家太太，都是有戲的人家，不知聽過多少好戲的，這些姑娘都比偺們家的姑娘見過好戲，聽過好曲子。如今這小戲子又是那有名頑戲家的班子，雖是小孩們，卻比大班還強。偺們好歹別落了褒貶，少不得弄個新樣兒的。叫芳官唱一齣尋夢❾，只提琴與管簫合，笙笛一概不用。」文官笑道：「這也是的，我們的戲自然不能入姨太太和親家太太、姑娘們的眼，不過聽我們一個發脫口齒❿，再聽一個喉嚨罷了。」賈母笑道：「正是這話了。」李嬸、薛姨媽喜的都笑道：

---

❽ 軟包：正規的戲曲演出，服裝道具比較多，需要裝箱；若臨時的小規模演出，行頭有限，就用包袱包了，稱為「軟包」。

❾ 尋夢：牡丹亭中一齣，演杜麗娘在遊園驚夢後，重至後花園，尋找舊夢，回憶夢中與柳夢梅幽會的情景，不勝感慨惆悵。

❿ 發脫口齒：唱戲時的發音和吐字。口齒，指說話的吐字發聲。

「好個靈透孩子，他也跟著老太太打趣我們。」賈母笑道：「我們這原是隨便的頑意兒，又不出去做買賣，所以竟不大合時。」說著，又道：「叫葵官唱一齣惠明下書⓫，也不用抹臉⓬。只用這兩齣，叫他們聽個疏異罷了。若省一點力，我可不依。」文官等聽了出來，忙去扮演上臺。先是尋夢，次是下書，眾人都鴉雀無聞。薛姨媽因笑道：「實在虧他。我也看過幾百班戲，從沒見用簫管的。」賈母道：「也有。只是像方纔西樓楚江晴一支，多有小生吹簫合的。這大套的實在少。這也在主人講究不講究罷了，這算什麼出奇？」指湘雲道：「我像他這麼大的時節，他爺爺有一班小戲，偏有一個彈琴的湊了來，即如西廂記的聽琴⓭，玉簪記的琴挑⓮，續琵琶的胡笳十八拍⓯，竟成了真的了。比這個更如何？」眾人都道：「這更難得了。」賈母便命個媳婦來，吩咐文官等叫他們吹一套燈月圓。媳婦領命而去。

當下賈蓉夫妻二人捧酒一巡。鳳姐兒因見賈母十分高興，便笑道：「趁著女先兒們在這裡，不如叫他們擊鼓，偺們傳梅，行一個『春喜上眉梢』的令如何？」賈母笑道：「這是個好令，正對時對景。」

⓫ 惠明下書：西廂記中一齣，演孫飛虎兵圍普救寺，要搶鶯鶯為妻。張生修書，請白馬將軍前來解救，惠明殺出重圍送信。

⓬ 抹臉：即勾臉，勾畫臉譜。惠明由淨角扮演，因此需要勾畫臉譜。

⓭ 西廂記的聽琴：出自南西廂琴心寫恨，演張生月夜彈琴寄情，鶯鶯聽琴心有所動。

⓮ 玉簪記的琴挑：玉簪記，明高濂作，寫潘必正和陳妙常的戀愛故事。琴挑是其中的一齣，演潘必正和陳妙常通過彈琴互通款曲。

⓯ 續琵琶的胡笳十八拍：續琵琶，當演文姬歸漢的故事。曹寅有後琵琶記，高宗元有續琵琶記。胡笳十八拍傳說是蔡文姬所作的歌曲。

忙命人取了一面黑漆銅釘花腔令鼓來，與女先兒們擊著。席上取了一枝紅梅，賈母笑道：「若到誰手裡住了，吃一杯，也要說個什麼纔好。」鳳姐兒笑道：「依我說，誰像老祖宗要什麼有什麼呢？我們這不會的，豈不沒意思？依我說也要雅俗共賞，不如誰輸了誰說個笑話罷！」眾人聽了，都知道他素日善說笑話，最是他肚內有無限的新鮮趣談，今兒如此說，不但在席的諸人喜歡，連地下伏侍的老小人等無不歡喜。那小丫頭子們都忙出去找姐喚妹的，告訴他們：「快來聽，二奶奶又說笑話兒了。」眾丫頭子們便擠了一屋子。於是戲完樂罷，賈母命將些湯點果菜與文官等吃去，便命響鼓。那女先兒們皆是慣的，或緊或慢，或如殘漏之滴，或如迸豆之疾，或如驚馬之亂馳，或如疾電之光而忽暗。其鼓聲慢，傳梅亦慢；鼓聲疾，傳梅亦疾。恰恰至賈母手中，鼓聲忽住。大家呵呵一笑，賈蓉忙上來斟了一杯，眾人都笑道：「自然老太太先喜了，我們纔託賴些喜。」賈母笑道：「這酒也罷了，只是這笑話倒有些個難說。」眾人都說：「老太太的比鳳姐兒的還好還多，賞一個我們也笑一笑兒。」

賈母笑道：「並沒什麼新鮮發笑的，少不得老臉皮子厚的說一個罷了。」因說道：「一家子養了十個兒子，娶了十房媳婦。惟有第十個媳婦聰明伶俐，心巧嘴乖，公婆最疼，成日家說那九個不孝順。這九個媳婦委屈，便商議說：『僧們九個心裡孝順，只是不像那小蹄子嘴巧，所以公公婆婆老了，只說他好。這委屈向誰訴去？』大媳婦有主意，便說道：『僧們明兒到閻王廟去燒香，和閻王爺說去，問他一問：叫我們托生人，為什麼單單的給那小蹄子一張乖嘴，我們都是笨的？』眾人聽了都喜歡說：『這主意不錯。』第二日，便都到閻王廟裡來，燒了香，九個人都在供桌底下睡著了。九個魂專等閻王駕到。左等不來，右等也不到，正著急，只見孫行者駕著筋斗雲來了。看見九個魂，便要拿金箍棒打。唬得九個魂忙跪下央求。孫行者問原故，九個人忙細細的告訴了他。孫行者聽了，把腳一跺，嘆了一口氣道：『這原故幸虧遇見我，等著閻王來了，他也不得知道的。』九個人聽了，就求說：『大聖發個慈悲，我們就好了。』孫行者笑道：『這卻不難。那日，你們妯娌十個托生時，可巧我到閻王那裡去的。因為撒了泡尿在地下，你那小嬸子便吃了。你們如今要伶俐嘴乖，有的是尿，再撒泡你們吃了就是了。』」說畢，大家都笑起來。鳳姐兒笑道：「好的，幸而我們都笨嘴笨腮的，不然也就吃了猴兒尿了。」尤氏、婁氏都笑向李紈道：「偺們這裡誰是吃過猴兒尿的？別裝沒事人兒。」薛姨媽笑道：「笑話兒不在好歹，只要對景就發笑。」說著，又擊起鼓來。

小丫頭子們只要聽鳳姐兒的笑話，便悄悄的和女先兒說明，以咳嗽為記。須臾，傳至兩遍，剛到了鳳姐兒手裡，小丫頭子們故意咳嗽，女先兒便住了。眾人齊笑道：「這可拿住他了。快吃了酒，說一個好的，別太逗的人笑的腸子疼。」鳳姐兒想了一想，笑道：「一家子也是過正月半，合家賞燈吃酒，真真的熱鬧非常。祖婆婆、太婆婆、婆婆、媳婦、孫子媳婦、重孫子媳婦、親孫子、侄孫子、重孫子、灰孫子、滴滴搭搭的孫子、孫女兒、外孫女兒、姨表孫女兒、姑表孫女兒……噯喲喲，真好熱鬧！」眾人聽他說著，已經笑了，都說：「聽數貧嘴，又不知編派哪一個呢？」尤氏笑道：「你要招我，我可撕你的嘴。」鳳姐兒起身，拍手笑道：「人家費力說，你們混我，就不說了。」賈母笑道：「你說，你說，底下怎麼樣？」鳳姐兒想了一想，笑道：「底下就團團的坐了一屋子，吃了一夜酒，就散了。」眾人見他正言厲色的說了，別無他話，都怔怔的還等往下說，只覺冰冷無味。史湘雲看了他半日，鳳姐兒笑道：「再說一個過正月半的。幾個人抬著個房子大的炮仗往城外放去，引了上萬的人跟著瞧去。有一個性急的人等不得，便偷著拿香點著了，只聽『噗哧』一聲，眾人鬨然一笑，都散了。這抬炮仗的人抱怨賣炮仗的捍的不結實，沒等放就散了。」湘雲道：「難道他本人沒聽見響？」鳳姐兒道：「這本人原是聾子。」眾人聽說，一回想，不覺一齊失聲都大笑起來。又想著先前那一個沒完的，問他：「先一個怎麼樣？也該說完。」鳳姐兒將桌子一拍，說道：「好囉唆！到了第二日，是十六日，年也完了，節也完了，我看著人忙著收東西還鬧不清，哪裡還知道底下的事了？」眾人聽說，復又笑將起來。

鳳姐兒笑道：「外頭已經四更，依我說，老祖宗也乏了，偺們也該『聾子放炮仗』，散了罷？」尤氏等用手帕子握著嘴，笑的前仰後合，指他說道：「這個東西，真會數貧嘴！」賈母笑道：「真真這鳳丫頭，越發貧嘴了。」一面說，一面吩咐道：「他提炮仗來，偺們也把烟火放了，解解酒。」賈蓉聽了，忙出去帶著小廝們就在院內安下屏架，將烟火設吊齊備。這烟火皆係各處進貢之物，雖不甚大，卻極精巧，各色故事俱全。夾著各色花炮。林黛玉稟氣柔弱，不禁嗶磤之聲，賈母便摟他在懷中。薛姨媽摟著湘雲，湘雲笑道：「我不怕。」寶釵等笑道：「他專愛自己放大炮仗，還怕這個呢！」王夫人便將寶玉摟入懷內，鳳姐兒笑道：「我們是沒有人疼的了。」尤氏笑道：「有我呢，我摟著你！也不怕臊，你這孩子又撒嬌了，聽見放炮仗，吃了蜜蜂兒屎的，今兒又輕狂起來。」鳳姐兒笑道：「等散了，偺們園子裡放去。我比小廝們還放的好呢！」說話之間，外面一色一色的放了又放。又有許多的滿天星、九龍入雲、一聲雷、飛天十響之類的零碎小爆竹。放罷，然後又命小戲子打了一回蓮花落，撒了滿臺錢，命那孩子們滿臺搶錢取樂。又上湯時，賈母說道：「夜長，覺的有些餓了。」鳳姐兒忙回說：「有預備的鴨子肉粥。」賈母道：「我吃些清淡的罷。」鳳姐兒忙道：「也有棗兒熬的粳米粥，預備太太們吃齋的。」賈母笑道：「不是油膩膩的，就是甜的。」鳳姐兒又忙道：「還有杏仁茶，只怕也甜。」賈母道：「倒是這個還罷了。」說著，又命人撤去殘席，外面另設上各種精緻小菜。大家隨便隨意吃了些，用過漱口茶，方散。

十六日一早，又過寧府行禮，伺候掩了祖宗，收過影像，方回來。此日便是薛姨媽家請吃年酒。十八日便是賴大家，十九日便是寧府賴昇家，二十日便是林之孝家，二十一日便是單大良家，二十二日便是吳新登家。這幾家，賈母也有去的，也有不去的，也有高興直待眾人散方回的，也有興盡半日一時就來的。凡諸親友來請，或來赴席的，賈母一概怕拘束不會，自有邢夫人、王夫人、鳳姐兒三人料理。連寶玉只除王子騰家去了，餘者亦皆不會，只說賈母留下解悶。所以倒是家下人家來請，賈母可以自便之處，方高興去逛逛。閒言不提。且說當下元宵已過……

第五十五回　辱親女愚妾爭閒氣　欺幼主刁奴蓄險心

且說元宵已過，只因當今以孝治天下，目下宮中有一位太妃欠安，故各嬪妃皆為之減膳謝妝，不獨不能省親，亦且將宴樂俱免。故榮府今歲元宵亦無燈謎之集。剛將年事忙過，鳳姐兒便小月❶了，在家一月不能理事，天天兩三個太醫用藥。鳳姐兒自恃強壯，雖不出門，然籌畫計算，想起什麼事來，便命平兒去回王夫人。任人諫勸，他只不聽。王夫人便覺失了膀臂，一人能有許多的精神？凡有了大事，自己主張；將家中瑣碎之事，一應都暫令李紈協理。李紈是個尚德不尚才的，未免逞縱了下人，王夫人便命探春合同李紈裁處。只說過了一月，鳳姐將息好了，仍交與他。誰知鳳姐稟賦氣血不足，兼年幼不知保養，平生爭強鬥志，心力更虧，故雖係小月，竟著實虧虛下來。一月之後，復添了下紅❷之症。他雖不肯說出來，眾人看他面目黃瘦，便知失於調養。王夫人只令他好生服養，不令他操心。他自己也怕成了大症，遺笑於人，便想偷空調養，恨不得一時復舊如常。誰知一直服藥調養到八九月間，纔漸漸的起復過來，下紅也漸漸止了。此是後話。

如今且說目今王夫人見他如此，探春與李紈暫難謝事，園中人多，又恐失於照管，因又特請了寶釵來，託他各處小心：「老婆子們不中用，得空兒吃酒鬥牌，白日裡睡覺，夜裡鬥牌，我都知道的。

❶ 小月：小產；流產。俗稱「坐小月子」。

❷ 下紅：中醫將便血和陰道出血稱「下紅」，這裡指後者。

鳳丫頭在外頭，他們還有個懼怕，如今他們又該取便了。好孩子，你還是個妥當人，你兄弟妹妹們又小，我又沒工夫，你替我辛苦兩天，照看照看。凡有想不到的事，你來告訴我，別等老太太問出來，我沒話回。哪些人不好，你只管說他們。不聽，你來回我。別弄出大事來纔好。」寶釵聽說，只得答應了。

時屆孟春，黛玉又犯了嗽疾，湘雲亦因時氣所感，亦臥病於蘅蕪苑，一天醫藥不斷。探春同李紈相住間隔，二人近日同事，不比往年，來往回話人等亦不便。故二人議定，每日早晨皆到園門口南邊的三間小花廳上去，會齊辦事，吃過早飯，於午錯方回房。這三間廳原係預備省親之時眾執事太監起坐之處，故省親之後也用不著了，每日只有婆子們上夜。如今天已和暖，不用十分修飾，只不過略略的鋪陳了，便可他二人起坐。這廳上也有一匾，題著「補仁諭德」四字，家下俗呼皆只叫「議事廳兒」。如今他二人每日卯正至，午正方散。凡一應執事媳婦等來往回話者，絡繹不絕。

探春。（清吴友如繪，紅樓金釵）

眾人先聽見李紈獨辦，各各心中暗喜，以為李紈素日原是個厚道多恩無罰的，自然比鳳姐兒好搪塞。便添了一個探春，也都想著不過是個未出閨閣的青年小姐，且素日也最平和恬淡，因此都不在意，比鳳姐兒前更懈怠了許多。只三四日後，幾件事過手，漸覺探春精細處不讓鳳姐，只不過言語沉靜，性情和順而已。這是小姐身分耳，阿鳳未出閣想亦如此。可巧連日有王公侯伯世襲官員十幾處，皆係榮寧非親即友或世交之家，或有陞遷，或有黜降，或有婚喪紅白等事，王夫人賀弔迎送，應酬不暇，前邊更無人。他二人便一日皆在廳上起坐，寶釵便一日在上房監察，至王夫人回方散。每於夜間針線暇時，臨寢之先，坐了小轎，帶領園中上夜人等各處巡察一次。他三人如此一理，更覺比鳳姐兒當差時倒更謹慎了些。因而裡外下人都暗中抱怨說：「剛剛的倒了一個『巡海夜叉』，又添了三個『鎮山太歲』❸，越性連夜裡偷著吃酒頑的工夫都沒了。」

這日王夫人正是往錦鄉侯府去赴席，李紈與探春早已梳洗，伺候出門去後，回至廳上坐了。剛吃茶時，只見吳新登的媳婦進來回說：「趙姨娘的兄弟趙國基昨日死了，昨日回過太太，太太說知道了，叫回姑娘、奶奶來。」說畢便垂手旁侍，再不言語。彼時來回話者不少，都打聽他二人辦事如何。若辦得妥當，大家則安個畏懼之心；若少有嫌隙不當之處，不但不畏伏，出二門還要編出許多笑話來取笑。吳新登的媳婦心中已有主意，若是鳳姐前，他便早已獻勤說出許多主意，又查出許多舊例來，任鳳姐兒揀擇施行；可知雖有才幹，亦必有羽翼方可。如今他藐視李紈老實，探春是青年的姑娘，所以只說出這一句話來，試他二人有何主見。探春便問李紈，李紈想了一想，便道：「前兒襲人的媽死了，聽見說賞銀四十兩。這也賞他四十兩罷了。」吳新登家的聽了，忙答應了「是」，接了對牌就走。

探春道：「你且回來。」吳新登家的只得回來。探春道：「你且別支銀子，我且問你：那幾年老太太屋裡的幾位老姨奶奶，也有家裡的，也有外頭的，這兩個分別。家裡的若死了人是賞多少？外頭

❸ 剛剛的兩句：巡海夜叉、鎮山太歲，傳說中的凶神惡鬼。夜叉，梵語音譯，義為勇猛兇暴，是佛經所言一種惡鬼。太歲，本是星名，即木星。迷信說法，太歲主凶煞，不能觸犯。後以夜叉、太歲比喻兇惡的人。

的死了人是賞多少？你且說兩個我們聽聽。」一問，吳新登家的便都忘了，忙陪笑回說：「這也不是什麼大事，賞多少，誰還敢爭不成？」探春笑道：「這話胡鬧！依我說賞一百倒好。若不按例，別說你們笑話，明兒也難見你二奶奶。」吳新登家的笑道：「既這麼說，我查舊賬去，此時卻記不得。」探春笑道：「你辦事辦老了的，還記不得，倒來難我們。你素日回你二奶奶也現查去？若有這道理，鳳姐姐還不算利害，也就是算寬厚了。還不快找了來我瞧。再遲一日，不說你們粗心，反像我們沒主意了。」吳新登家的滿面通紅，忙轉身出來。眾媳婦們都伸舌頭。這裡又回別的事。

一時，吳家的取了舊賬來。探春看時，兩個家裡的賞過皆二十四兩，兩個外頭的皆賞過四十兩。外還有兩個外頭的，一個賞過一百兩，一個賞過六十兩。這兩筆底下皆有原故：一個是隔省遷父母之柩，外賞六十兩；一個是現買葬地，外賞二十兩。探春便遞與李紈看了。探春便說：「給他二十兩銀子。把這賬留下，我們細看看。」吳新登家的去了。

忽見趙姨娘進來，李紈、探春忙讓坐。趙姨娘開口便說道：「這屋裡的人都跴下我的頭去，還罷了，姑娘你也想一想，該替我出氣纔是！」一面說，一面眼淚鼻涕哭起來。探春忙道：「姨娘這話說誰？我竟不解。誰跴姨娘的頭？說出來，我替姨娘出氣。」趙姨娘道：「姑娘現跴我，我告訴誰！」探春聽說，忙站起來，說道：「我並不敢。」李紈也站起來勸。趙姨娘道：「你們請坐下，聽我說。我這屋裡熬油似的熬了這麼大年紀，又有你和你兄弟，這會子連襲人都不如了，我還有什麼臉？連你也沒臉面，別說我了！」探春笑道：「原來為這個。我說我並不敢犯法違理。」一面便坐了，拿賬翻與趙姨娘看，又念與他聽。又說道：「這是祖宗手裡舊規矩，人人都依著，偏我改了不成？也不但襲人，將來環兒收了外頭的，自然也是同襲人一樣。這原不是什麼爭大爭小的事，講不到有臉沒臉的話上。他是太太的奴才，我是按著舊規矩辦。說辦的好，領祖宗的恩典，太太的恩典；若說辦的不均，那是他糊塗不知福，也只好憑他抱怨去。太太連房子賞了人，我有什麼有臉之處？一文不賞，我也沒什麼沒臉之處。依我說，太太不在家，姨娘安靜些養神罷了。何苦只要操心！太太滿心疼我，因姨娘每每生事，幾次寒心。我但凡是個男人，可以出得去，我必早走了，立一番事業，那時自有我一番道理。偏我是女孩兒家，一句多話也沒有我亂說的。太太滿心裡都知道。如今因看重我，纔叫我照管家務。還沒有做一件好事，姨娘倒先來作踐我。倘或太太知道了，怕我為難不叫我管，那纔正經沒臉，連姨娘也真沒臉！」一面說，一面不禁滾淚下來。

趙姨娘沒了別話答對，便說道：「太太疼你，你越發該拉扯❹拉扯我們。你只顧討太太的疼，就把我們忘了。」探春道：「我怎麼忘了？叫我怎麼拉扯？這也問你們各人。哪一個主子不疼出力得用的人？哪一個好人用人拉扯的？」李紈在旁只管勸說：「姨娘別生氣，也怨不得姑娘。他滿心裡要拉扯，口裡怎麼說的出來？」探春忙道：「這大嫂子也糊塗了，我拉扯誰？誰家姑娘們拉扯奴才了？他們的好歹，你們該知道，與我什麼相干！」趙姨娘氣的問道：「誰叫你拉扯別人去了？你不當家，我也不來問你。你如今現說一是一，說二是二。如今你舅舅死了，你多給了二三十兩銀子，難道太太就不依你？分明太太是好太太，都是你們尖酸刻薄，可惜太太有恩無處使。姑娘放心，這也使不著你的銀子。明兒等出了閣，我還想你額外照看趙家呢。如今沒有長羽毛，就忘了根本，只揀高枝兒飛去了！」

❹ 拉扯：這裡是提拔、扶持的意思。

探春沒聽完，已氣的臉白氣噎，抽抽咽咽的一面哭，一面問道：「誰是我舅舅？我舅舅年下纔陞了九省檢點，哪裡又跑出一個舅舅來？我素昔按理尊敬，越發敬出這些親戚來了。既這麼說，環兒出去，為什麼趙國基又站起來，又跟他上學？為什麼不拿出舅舅的款來？何苦來！誰不知道我是姨娘養的，必要過兩三個月尋出由頭來，徹底來翻騰一陣，生怕人不知道，故意的表白表白。也不知誰給誰沒臉！幸虧我還明白，但凡糊塗不知理的，早急了。」李紈急的只管勸，趙姨娘只管還嘮叨。

忽聽有人說：「二奶奶叫平姑娘說話來了。」趙姨娘聽說，方把口止住。只見平兒進來，趙姨娘忙陪笑讓坐，又忙問：「你奶奶好些？我正要瞧去，就只沒得空兒。」李紈見平兒進來，因問道：「你來做什麼？」平兒笑道：「奶奶說，趙姨奶奶的兄弟沒了，恐怕奶奶和姑娘不知有舊例。若照常例，只得二十兩。如今請姑娘裁奪著，再添些也使得。」探春早已拭去淚痕，忙說道：「又好好的添什麼！誰又是二十四個月養下來的？不然也是那出兵放馬，背著主子逃出命來過的人不成？你主子真個倒巧，叫我開了例，他做好人，拿著太太不心疼的錢樂的做人情。你告訴他，我不敢添減，混出主意。他添，他施恩。等他好了出來，愛怎麼添，怎麼添去。」平兒一來時已明白了對半，今聽這一番話，越發會意，見探春有怒色，便不敢以往日喜樂之時相待，只一邊垂手默侍。

時值寶釵也從上房中來，探春等忙起身讓坐。未及開言，又有一個媳婦進來回事。因探春纔哭了，便有三四個小丫鬟捧了沐盆、巾帕、靶鏡等物來。此時探春因盤膝坐在矮板榻上，那捧盆的丫鬟走至跟前，便雙膝跪下，高捧沐盆；那兩個小丫鬟也都在旁，屈膝捧著巾帕並靶鏡脂粉之飾。平兒見侍書不在這裡，便忙上來與探春挽袖卸鐲，又接過一條大手巾來，將探春面前衣襟掩了。探春方伸手向面盆中盥沐。那媳婦便回道：「回奶奶、姑娘，家學裡支環爺和蘭哥兒的一年公費。」平兒先道：「你忙什麼！你睜著眼看見姑娘洗臉，你不出去伺候著，先說話來！二奶奶跟前你也這麼沒眼色來著？姑娘雖然恩寬，我去回了二奶奶，只說你們眼裡都沒姑娘，你們都吃了虧，可別怨我！」唬的那個媳婦忙陪笑道：「我粗心了。」一面說，一面忙退出去。

探春一面勻臉，一面向平兒冷笑道：「你遲了一步，還有可笑的。連吳姐姐這麼個辦老了事的，也不查清楚了就來混我們。幸虧我們問他，他竟有臉說忘了。我說他回你主子事也忘了再找去？我料著你那主子未必有耐性兒等他去找。」平兒忙笑道：「他有這一次，管包腿上的筋早折了兩根。姑娘別信他們。那是他們瞅著大奶奶是個菩薩，姑娘又是個靦腆小姐，固然是托懶來混。」說著，又向門外說道：「你們只管撒野，等奶奶大安了，偺們再說。」門外的眾媳婦都笑道：「姑娘，你是個最明白的人。俗語說：『一人作罪一人當。』我們並不敢欺蔽小姐。如今小姐是嬌客，若認真惹惱了，死無葬身之地。」平兒冷笑道：「你們明白就好了。」又陪笑向探春道：「姑娘知道二奶奶本來事多，哪裡照看的這些？保不住不忽略。俗語說：『旁觀者清。』這幾年姑娘冷眼看著，或有該添該減的去處，二奶奶沒行到，姑娘竟一添減——頭一件，於太太的事有益；第二件，也不枉姑娘待我們奶奶的情義了。」話未說完，寶釵、李紈皆笑道：「好丫頭！真怨不得鳳丫頭偏疼他。本來無可添減的事，如今聽你一說，倒要找出兩件來斟酌斟酌，不辜負你這話。」

探春笑道：「我一肚子氣，沒人煞性子，正要拿他奶奶出氣去；偏他碰了來，說了這些話，叫我也沒了主意了。」一面說，一面叫進方纔那媳婦來問：「環爺和蘭哥兒家學裡這一年的銀子是做哪一項用的？」那媳婦便回說：「一年學裡吃點心，或者買紙筆，每位有八兩銀子的使用。」探春道：「凡爺們的使用，都是各屋領了月錢的。環哥的是姨娘領二兩，寶玉的是老太太屋裡襲人領二兩，蘭哥兒的是大奶奶屋裡領。怎麼學裡每人又多這八兩？原來上學去的是為這八兩銀子！從今兒起，把這一項蠲了。平兒，回去告訴你奶奶，我的話，把這一條務必免了。」平兒笑道：「早就該免，舊年奶奶原說要免的，因年下忙，就忘了。」那個媳婦只得答應著去了。就有大觀園中媳婦捧了飯盒來。侍書、素雲早已抬過一張小飯桌來，平兒也忙著上菜。探春笑道：「你說完了話，幹你的去罷，在這裡忙什麼！」平兒笑道：「我原沒事的。二奶奶打發了我來，一則說話，二則恐這裡人不方便，原是叫我幫著妹妹們伏侍奶奶、姑娘的。」探春因問：「寶姑娘的飯怎麼不端來一處吃？」丫鬟們聽說，忙出至簷外，命媳婦去說：「寶姑娘如今在廳上一處吃，叫他們把飯送了這裡來。」探春聽說，便高聲說道：「你別混支使人！那都是辦大事的管家娘子們，你們支使他要飯要茶的，連個高低都不知道！平兒這裡站著，你叫叫去。」

平兒忙答應了一聲出來。那些媳婦們都忙悄悄的拉住笑道：「哪裡用姑娘去叫，我們已有人叫去了。」一面說，一面用手帕撣石磯上，說：「姑娘站了半天乏了，這太陽影裡且歇歇。」平兒便坐下。又有茶房裡的兩個婆子拿了個坐褥鋪下，說：「石頭冷，這是極乾淨的，姑娘將就坐一坐兒罷。」平兒忙陪笑道：「多謝。」一個又捧了一碗精緻新茶出來，也悄悄笑說：「這不是我們的常用茶，原是伺候姑娘們的，姑娘且潤一潤罷。」平兒忙欠身接了。因指眾媳婦悄悄說道：「你們太鬧的不像了。他是個姑娘家，不肯發威動怒，這是他尊重，你們就藐視欺負他。果然招他動了大氣，不過說他個粗糙❺就完了，你們就吃不了的虧。他要撒嬌，太太也得讓他一二分，二奶奶也不敢怎樣。你們就這麼大膽子小看他，可是雞蛋往石頭上碰。」眾人都忙道：「我們何嘗敢大膽了？都是趙姨奶奶鬧的。」平兒也悄悄的說：「罷了，好奶奶們！『牆倒眾人推』，那趙姨奶奶原有些到三不著兩，有了事都就賴他。你們素日那眼裡沒人，心術利害，我這幾年難道還不知道？二奶奶若是略差一點兒的，早被你們這些奶奶治倒了。饒這麼著，得一點空兒，還要難他一難，好幾次沒落了你們的口聲。眾人都道他利害，你們都怕他，惟我知道，他心裡也就不算不怕你們呢。前兒我們還議論到這裡，再不能依頭順尾，必有兩場氣生。那三姑娘雖是個姑娘，你們都橫看❻了他。二奶奶這些大姑子小姑子裡頭，也就只單畏他五分。你們這會子倒不把他放在眼裡了。」

正說著，只見秋紋走來。眾媳婦忙趕著問好，又說：「姑娘也且歇一歇，裡頭擺飯呢。等撤下飯桌子，再回話去。」秋紋笑道：「我比不得你們，我哪裡等得？」說著便直要上廳去。平兒忙叫：「快回來！」秋紋回頭見了平兒，笑道：「你又在這裡充什麼外圍的防護？」一面回身便坐在平兒褥上。平兒悄問：「回什麼？」秋紋道：「問一問寶玉的月銀，我們的月錢，多早晚纔領。」平兒道：「這什麼大事！你快回去告訴襲人，說我的話：憑有什麼事，今兒都別回。若回一件，管駁一件；回一百件，管駁一百件。」秋紋聽了，忙問：「這是為什麼了？」平兒與眾媳婦等都忙告訴他原故，又說：「正要找幾件利害事與有體面的人開例，作法子鎮壓，與眾人作榜樣呢。何苦你們先來碰在這釘子上。

❺ 粗糙：這裡是粗暴的意思。

❻ 橫看：小看；錯看。

你這一去說了，他們若拿你們也作一二件榜樣，又礙著老太太、太太；若不拿著你們作一二件，人家又說偏一個向一個，仗著老太太、太太威勢的就怕，也不敢動，只拿著軟的作鼻子頭❼。你聽聽罷，二奶奶的事他還要駁兩件，纔壓的眾人口聲呢。」秋紋聽了，伸舌笑道：「幸而平姐姐在這裡，沒的臊一鼻子灰。我趁早知會他們去。」說著，便起身走了。

接著，寶釵的飯至，平兒忙進來伏侍。那時趙姨娘已去，三人在板床上吃飯。寶釵面南，探春面西，李紈面東，眾媳婦皆在廊下靜候。裡頭只有他們緊跟常侍的丫鬟伺候，別人一概不敢擅入。這些媳婦們都悄悄的議論說：「大家省事罷，別安著沒良心的主意。連吳大娘纔都討了沒意思，偺們又是什麼有臉的！」他們一邊悄議，等飯完回事。只覺裡面鴉雀無聲，並不聞碗箸之聲。一時只見一個丫鬟將簾櫳高揭，又有兩個將桌抬出。茶房內早有三個丫頭捧著三沐盆水，見飯桌已出，三人便進去了。一回，又捧出沐盆並漱盂來，方有侍書、素雲、鶯兒三個，每人用茶盤捧了三蓋碗茶進去。一時，等他三人出來，侍書命小丫頭子：「好生伺候著，我們吃飯來換你們。別又偷坐著去。」眾媳婦們方慢慢的一個一個的安分回事，不敢如先前輕慢疏忽了。探春氣方漸平，因向平兒道：「我有一件大事，早要和你奶奶商議。如今可巧想起來，你吃了飯快來。寶姑娘也在這裡，偺們四個人商議了，再細細問你奶奶可行可止。」

平兒答應回去。鳳姐因問：「為何去這一日？」平兒便笑著將方纔的原故細細說與他聽了。鳳姐兒笑道：「好，好，好！好個三姑娘！我說他不錯，只可惜他命薄，沒托生在太太肚裡。」平兒笑道：

❼ 拿著軟的作鼻子頭：即「柿子揀軟的捏」，專門欺負老實無用的人。

「奶奶也說糊塗話了，他便不是太太養的，難道誰敢小看他，不與別的一樣看了？」鳳姐兒嘆道：「你哪裡知道，雖然庶出一樣，女兒卻比不得男人。將來攀親時，如今有一種輕狂人，先要打聽姑娘是正出庶出，多有為庶出不要的。殊不知別說庶出，便是我們的丫頭，比人家的小姐還強呢。將來不知哪個沒造化的挑庶正誤了事呢，也不知哪個有造化的不挑庶正的得了去。」說著，又向平兒笑道：「我這幾年生了多少省儉的法子，一家子大約也沒個不背地裡恨我的。我如今也是騎上老虎了❽，雖然看破些，無奈一時也難寬放；二則家裡出去的多，進來的少。凡百大小事仍是照著老祖宗手裡的規矩，卻一年進的產業又不及先時，多省儉了，外人又笑話，老太太、太太也受委屈，家下人也抱怨刻薄。若不趁早兒料理省儉之計，再幾年就都賠盡了。」平兒道：「可不是這話！將來還有三四位姑娘，還有兩三個小爺，一位老太太，這幾件大事未完呢。」鳳姐兒笑道：「我也慮到這裡，倒也夠了：寶玉和林妹妹他兩個一娶一嫁，可以使不著官中的錢，老太太自有梯己拿出來。二姑娘是大老爺那邊的，也不算。剩了三四個，滿破著每人花上一萬銀子。環哥娶親有限，花上三千兩銀子，不拘哪裡省一抿子❾也就夠了。老太太事出來，一應都是全了的，不過零星雜項使費，也滿破三五千兩。如今再儉省些，陸續也就夠了。只怕如今平空又生出一兩件事來，可就了不得了。咱們且別慮後事，你且吃了飯，快聽他商議什麼。這正碰了我的機會，我正愁沒個膀臂。雖有個寶玉，他又不是這裡頭的貨，縱收伏了他，也不中用。大奶奶是個佛爺，也不中用。二姑娘更不中用，亦且不是這屋裡的人。四姑娘小呢。

❽ 騎上老虎了：即騎虎難下的意思。

❾ 一抿子：抿子，古時婦女刷頭髮的小刷子。使用時常於上頭蘸一些油或水。故以一抿子比喻一點點、少量。

蘭小子更小。環兒更是個燎毛的小凍貓子，只等有熱灶火炕讓他鑽去罷。真真一個娘肚子裡跑出這個天懸地隔的兩個人來，我想到這裡就不伏。再者，林丫頭和寶姑娘他兩個倒好，偏又都是親戚，又不好管偺們家務事。況且一個是美人燈兒，風吹吹就壞了；一個是拿定了主意，『不干己事不張口，一問搖頭三不知』，也難十分去問他。倒只剩了三姑娘一個，心裡嘴裡都也來的，又是偺家的正人。太太又疼他，雖然面上淡淡的，皆因是趙姨娘那老東西鬧的，心裡卻是和寶玉一樣呢。比不得環兒，實在令人難疼。要依我的性，早攆出去了。如今他既有這主意，正該和他協同，大家做個膀臂，阿鳳有才處全在擇人，收納膀臂羽翼，並非一味倚才自恃者可知。這方是大才。我也不孤不獨了。按正理，天理良心上論，偺們有他這個人幫著，偺們也省些心，於太太的事也有些益。若按私心藏奸上論，我也太行毒了，也該抽頭退步，回頭看看，再要窮追苦剋，人恨極了，暗地裡笑裡藏刀，偺們兩個纔四個眼睛兩個心，一時不防，倒弄壞了。趁著緊溜⑩之中，他出頭一料理，眾人就把往日偺們的恨暫可解了。還有一件，我雖知你極明白，恐怕你心裡挽不過來，如今囑咐你：他雖是姑娘家，心裡卻事事明白，不過是言語謹慎；他又比我知書識字，更利害一層了。如今俗語說的，『擒賊必先擒王』，他如今要作法開端，一定是先拿我開端。倘或他要駁我的事，你可別分辯，你只越恭敬，越說駁的是纔好。千萬別想著怕我沒臉，和他一犟，就不好了。」

平兒不等說完，便笑道：「你太把人看糊塗了。我纔已經行在先，這會子又反囑咐我。」鳳姐兒笑道：「我是恐怕你心裡眼裡只有了我，一概沒有別人之故，不得不囑咐。既已行在先，更比我明白了。你又急了，滿口裡『你』、『我』起來。」平兒道：「偏說『你』！你不依，這不是嘴巴子？再打

⑩ 緊溜：重要關頭。

一頓！難道這臉上還沒嘗過的不成？」鳳姐兒笑道：「你這小蹄子，要掂多少過子⑪纔罷！看我病的這樣，還來慪我。過來坐下，橫豎沒人來，偺們一處吃飯是正經。」說著，豐兒等三四個小丫頭子進來放小炕桌。鳳姐只吃燕窩粥，兩碟子精緻小菜，每日分例菜已暫減去。豐兒便將平兒的四樣分例菜端至桌上，與平兒盛了飯來。平兒屈一膝於炕沿之上，半身猶立於炕下，陪著鳳姐兒吃了飯。鳳姐之才又在能邀買人心。伏侍漱盥畢，囑咐了豐兒些話，方往探春處來。只見院中寂靜，人已散出。要知端的……

⑪ 掂多少過子：抓住一個話柄，來回諷刺取笑。

第五十六回　敏探春興利除宿弊　識寶釵小惠全大體

話說平兒陪著鳳姐兒吃了飯，伏侍盥漱畢，方往探春處來。只見院中寂靜，只有丫鬟婆子諸內壼近人❶在窗外聽候。平兒進入廳中，他姊妹三人正議論些家務，說的便是年內賴大家請吃酒，他家花園中事故。見他來了，探春便命他腳踏上坐了，因說道：「我想的事不為別的，因想著我們一月有二兩月銀外，丫頭們又另有月錢。前兒又有人回，要我們一月所用的頭油脂粉，每人又是二兩。這又同纔剛學裡的八兩一樣，重重疊疊。事雖小，錢有限，看起來也不妥當。你奶奶怎麼就沒想到這個？」平兒笑道：「這有個原故：姑娘們所用的這些東西，自然是該有分例。每月買辦買了，令女人們各房交與我們收管，不過預備姑娘們使用就罷了。沒有一個姑娘們天天各人拿錢，找人買頭油又是脂粉去的理。所以外頭買辦總領了去，按月使女人按房交與我們的。姑娘們的每月這二兩，原不是為買這些的，原為的是一時當家的奶奶太太或不在家，或不得閒，姑娘們偶然一時可巧要幾個錢使，省得找人去。這原是恐怕姑娘們受委屈，可知這個錢並不是買這個纔有的。如今我冷眼看著，各房裡的我們的姊妹，都是現拿錢買這些東西的，竟有一半。我就疑惑，不是買辦脫了空，遲些日子，就是買的不是正經貨，弄些使不得的東西來搪塞。」探春、李紈都笑道：「你也留心看出來了。脫空是沒有的，也不敢，只是遲些日子。催急了，不知哪裡弄些來，不過是個名兒，其實使不得，依然得現買。就用這

❶ 內壼近人：這裡指在內室貼身伺候的丫鬟女僕。內壼，婦女居住的內室。壼，音ㄎㄨㄣˇ。

二兩銀子，另叫別人的奶媽子的或是弟兄哥哥的兒子買了來，纔使得。若使了官中的人，依然是那一樣的。不知他們是什麼法子，是鋪子裡壞了不要的，他們都弄了來，單預備給我們？」平兒笑道：「買辦買的是那樣的，他買了好的來，買辦豈肯合他善開交，又說他使壞心，要奪這買辦了？所以他們也只得如此，寧可得罪了裡頭，不肯得罪了外頭辦事的人。姑娘們只能可使奶媽媽們，他們也就不敢閒話了。」

探春道：「因此我心中不自在。錢費兩起，東西又白丟一半，通算起來反費了兩折子。不如竟把買辦的每月蠲了為是。此是一件事。第二件，年裡往賴大家去，你也去的，你看他那小園子比偺們這個如何？」平兒笑道：「還沒有偺們這一半大，樹木花草也少多了。」探春道：「我因和他家女兒說閒話兒，誰知那麼個園子，除他們帶的花，吃的筍菜魚蝦之外，一年還有人包了去，年終足有二百兩銀子剩。從那日我纔知道，一個破荷葉，一根枯草根子，都是值錢的。」寶釵笑道：「真真膏粱紈綺之談。雖是千金小姐，原不知這事。但你們都念過書識字的，竟沒看見朱夫子有一篇不自棄文❷不成？」探春笑道：「雖看過，那不過是勉人自勵，虛比浮詞❸，哪裡都真有的？」寶釵道：「朱子都有虛比浮詞？那句句都是有的。你纔辦了兩天事，就利欲薰心，把朱子都看虛浮了。你再出去見了那些利弊大事，越發把孔子也看虛了！」探春笑道：「你這樣一個通人，竟沒看見子書❹。當日姬子有云：『登

---

❷ 朱夫子句：朱夫子，指朱熹。不自棄文，朱熹孟子集注離婁上云：「自棄其身者，猶知仁義之為美；但溺於怠惰，自謂必不能行，與之有為，必不能勉也。」大意是自暴自棄者，因為怠惰而不能行仁義。

❸ 虛比浮詞：不切實際的空話。

利祿之場，處運籌之界者，竊堯舜之詞，背孔孟之道……』」寶釵笑道：「底下一句呢？」探春笑道：「如今只斷章取義，念出底下一句，我自己罵我自己不成？」寶釵道：「天下沒有不可用的東西；既可用，便值錢。難為你是個聰敏人，這些正事大節目事竟沒經歷，也可惜遲了。」反點題，文法中又一變體也。李紈笑道：「叫了人家來，不說正事，且你們對講學問。」寶釵道：「學問中便是正事。此刻於小事上用學問一提，那小事越發作高一層了。不拿學問提著，便都流入市俗去了。」

三人只是取笑之談，說了笑了一回，便仍談正事。作者又用金蟬脫殼之法。探春因又接說道：「偺們這園子只算比他們的多一半，加一倍算，一年就有四百銀子的利息。若此時也出脫生發銀子，自然小器，不是偺們這樣人家的事。若不派出兩個一定的人來，既有許多值錢之物，一味任人作踐，也似乎暴殄天物。不如在園子裡所有的老媽媽中，揀出幾個本分老成，能知園圃的事，派准他們收拾料理，也不必要他們交租納稅，只問他們一年可以孝敬些什麼。一則園子有專定之人修理，花木自有一年好似一年的，也不用臨時忙亂；二則也不至作踐，白辜負了東西；三則老媽媽們也可借此小補，不枉年日在園中辛苦；四則亦可以省了這些花兒匠、山子匠、打掃人等的工費。將此有餘以補不足，未為不可。」寶釵正在地下看壁上的字畫，聽如此說一則，便點一回頭，說完便笑道：「善哉！三年之內，無飢饉矣。」李紈笑道：「好主意。這果一行，太太必喜歡。省錢事小，第一有人打掃。專司其職，又許他去賣錢。使之以權，動之以利，再無不盡職的了。」

❹ 子書：中國古代將圖書分為經、史、子、集四部。子部類圖書稱「子書」，包括諸子百家及釋道宗教等著作。諸子中未見姬子書，姬子所云當是小說作者虛構。

平兒道：「這件事須得姑娘說出來，我們奶奶雖有此心，也未必好出口。此刻姑娘們在園裡住著，不能多弄些頑意兒陪襯，反叫人去監管修理，圖省錢，這話斷不好出口。」寶釵忙走過來，摸著他的臉笑道：「你張開嘴，我瞧瞧你的牙齒舌頭是什麼作的？從早起來到這會子，你說這些話，一套一個樣子，也不奉承三姑娘，也沒見你說奶奶才短想不到，也並沒有三姑娘說一句，你就說一句是；橫豎三姑娘一套說出，你就有一套話進去。總是三姑娘想的到的，你奶奶也想到了，只是必有個不可辦的原故。這會子又是因姑娘住的園子，不好因省錢令人去監管。你們想想這話：若果真交與人弄錢去的時候，人自然是一枝花也不許掐，一個果子也不許動了。姑娘們分中自然不敢，天天與小姑娘們就吵不清。他這遠愁近慮，不亢不卑，他奶奶便不是和偺們好，聽他這一番話，也必要自愧的變好了，不和也變和了。」探春笑道：「我早起一肚子氣，聽他來了，忽然想起他主子來，素日當家，使出來的好撒野的人，我見了他便生了氣；誰知他來了，避貓鼠兒似的站了半日，怪可憐的，接著又說了那麼些話，不說他主子待我好，倒說『不枉姑娘待我們奶奶素日的情意了』，這一句，不但沒了氣，我倒愧了，又傷起心來。我細想我一個女孩兒家，自己還鬧得沒人疼沒人顧的，我哪裡還有好處去待人？」口內說到這裡，不免流下淚來。

李紈等見他說的懇切，又想他素日因趙姨娘每生誹謗，在王夫人跟前亦為趙姨娘所累，也都不免流下淚來，都忙勸道：「趁今日清淨，大家商議兩件興利剔弊的事，也不枉太太委託一場。又提這沒要緊的事做什麼？」平兒忙道：「我已明白了。姑娘竟說誰好，竟一派人就完了。」探春道：「雖如此說，也須得回你奶奶一聲。我們這裡搜剔小過，已經不當；皆因你奶奶是個明白人，我纔這樣行。

若是糊塗多蟲多妒的，我也不肯，倒像抓他的乖一般。豈可不商議了行？」平兒笑道：「既這樣，我去告訴一聲。」說著去了。半日方回來，笑說：「我說是白走一趟，這樣好事，奶奶豈有不依的！」探春聽了，便和李紈命人將園中所有婆子的名單要來，大家參度，大概定了幾個。又將他們一齊傳來，李紈大概告訴與他們。眾人聽了，無不願意。也有說：「那一片竹子單交給我，一年工夫，明年又是一片。除了家裡吃的筍，一年還可交些錢糧。」這一個說：「那一片稻地交給我，一年這些頑的大小雀鳥的糧食不必動官中錢糧，我還可以交錢糧。」探春纔要說話，人回：「大夫來了，進園瞧姑娘。」眾婆子只得去接大夫。平兒忙說：「單你們，有一百個也不成個體統，難道沒有兩個管事的頭腦帶進大夫來？」回事的那人說：「有吳大娘和單大娘他兩個在西南角上聚錦門等著呢。」平兒聽說，方罷了。

眾婆子去後，探春問寶釵如何，寶釵笑答道：「幸於始者怠於終，繕其辭者嗜其利❺。」探春聽了，點頭稱讚。便向冊上指出幾人來，與他三人看。平兒忙去取筆硯來，他三人說道：「這一個老祝媽是個妥當的，況他老頭子和他兒子代代都是管打掃竹子。如今竟把這所有的竹子交與他。這一個老田媽本是種莊稼的，稻香村一帶，凡有菜蔬稻稗之類，雖是頑意兒，不必認真大治大耕，也須得他去，再一按時加些培塡，豈不更好？」探春又笑道：「可惜蘅蕪苑和怡紅院這兩處大地方，竟沒有出利息之物。」李紈忙笑道：「蘅蕪苑更利害。如今香料舖並大市大廟賣的各處香料香草兒，都不是這些東

❺ 幸於兩句：戚本「幸」作「勤」，程高本「繕」作「善」。這兩句的意思是有人做事情開始很勤奮，到後來就怠惰；有人善於言詞，是要從中獲利。

西？算起來比別的利息更大。怡紅院別說別的，單只說春夏天一季玫瑰花，共下多少花？還有一帶籬笆上薔薇、月季、寶相、金銀藤，單這沒要緊的草花，乾了賣到茶葉鋪藥鋪去，也值幾個錢。」探春笑道：「原來如此。只是弄香草的沒有在行的人。」平兒忙笑道：「跟寶姑娘的鶯兒他媽，就是會弄這個的。上回他還採了些曬乾了，辮成花籃葫蘆給我頑的，姑娘倒忘了不成？」寶釵笑道：「我纔讚你，你倒來捉弄我了！」三人都詫異，都問：「這是為何？」寶釵道：「斷斷使不得！你們這裡多少得用的人，一個一個閒著沒事辦，這會子我又弄個人來，叫那起人連我也看小了。我倒替你們想出一個人來，怡紅院有個老葉媽，他就是茗烟的娘，那是個誠實老人家。他又和我們鶯兒的娘極好，不如把這事交與葉媽。他有不知的，不必偺們說，他就找鶯兒的娘去商議了。哪怕葉媽全不管，竟交與那一個，那是他們私情兒，有人說閒話，也就怨不到偺們身上了。如此一行，你們辦的又至公，事又甚妥。」李紈、平兒都道：「是極。」（寶釵此等非與鳳姐一樣，此是隨時俯仰，彼則逸才踰蹈也。）探春笑道：「雖如此，只怕他們見利忘義。」（這是探春敏智過人處，此諷亦不可少。）平兒笑道：「不相干。前兒鶯兒還認了葉媽做乾娘，請吃飯吃酒，兩家和厚，好的很呢。」（夾寫大觀園中多少兒女家常閒景，此亦補前文之不足也。）探春聽了方罷了。又共同斟酌出幾人來，俱是他四人素昔冷眼取中的，用筆圈出。

一時，婆子們來回大夫已去，將藥方送上去。三人看了，一面遣人送出去取藥，監派調服；一面探春與李紈明示諸人：某人管某處，按四季除家中定例用多少外，餘者任憑你們採取了取利，年終算賬。探春笑道：「我又想起一件事：若年終算賬歸錢時，自然歸到賬房，仍是上頭又添一層管主，還在他們手心裡，又剝一層皮。這如今我們興出這事來，派了你們，已是跨過他們的頭去了，心裡有氣，只說不出來。你們年終去歸賬，他們還不捉弄你們等什麼？再者，這一年間管什麼的，主子有一全分，他們就得半分，這是家裡的舊例，人所共知的，別的偷著的在外。如今這園子裡是我的新創，竟別入他們手，每年歸賬，竟歸到裡頭來纔好。」寶釵笑道：「依我說，裡頭也不用歸賬，這個多了，那個少了，倒多了事。不如問他們誰領這一分的，他就攬一宗事去。不過是園裡的人的動用。我替你們算出來了，有限的幾宗事：不過是頭油、胭粉、香粉，每一位姑娘幾個丫頭，都是有定例的；再者，各處笤帚、撮簸、撣子，並大小禽鳥鹿兔吃的糧食。不過這幾樣，都是他們包了去，不用賬房去領錢。你算算就省下多少來？」平兒笑道：「這幾宗雖小，一年通共算了，也省的下四百兩銀子。」

寶釵笑道：「卻又來！一年四百，二年八百兩，取租的房子也能看得了幾間，薄地也可添幾畝？雖然還有富餘的，但他們既辛苦鬧一年，也要叫他們剩些，粘補粘補。自家雖是興利節用為綱，然亦不可太嗇。縱再省上二三百銀子，失了大體統也不像。所以如此一行，外頭賬房裡一年少出四五百銀子，也不覺得很艱嗇了，他們裡頭卻也得些小補。這些沒營生的媽媽們也寬裕了，園子裡花木也可以每年滋長蕃盛，你們也得了可使之物，這庶幾不失大體。若一味要省時，哪裡不搜尋出幾個錢來？凡有些餘利的，一概入了官中，那時裡外怨聲載道，豈不失了你們這樣人家的大體？如今這園裡幾十個老媽媽們，若只給了這幾個，那剩的也必抱怨不公。我纔說的他們只供給這個幾樣，也未免太寬裕了。一年竟除這個之外，他每人不論有餘無餘，只叫他拿出若干貫錢來，大家湊齊，單散與園中這些媽媽們。他們雖不料理這些，卻日夜也是在園中照看當差之人，關門閉戶，起早睡晚，大雨大雪，姑娘們出入抬轎子，撐船，拉冰床，一應粗糙活計，都是他們的差使。一年在園裡辛苦到頭，這園內既有出息，也是分內該沾帶些的。還有一句至小的話，越發說破了：你們只管了自己寬裕，不分與他們些，他們雖不敢明怨，心裡卻都不服，只用假公借私的，多摘你們幾個果子，多掐幾枝花兒，你們有冤還沒處訴。他們也沾帶了些利息，你們有照顧不到，他們就替你照顧了。」

眾婆子聽了這個議論，又去了賬房受轄制，又不與鳳姐兒去算賬，一年不過多拿出若干貫錢來，各各歡喜異常，都齊說：「願意。強如出去被他揉搓著，還得拿出錢來呢。」那不得管的也聽了每年終又無故得分錢，也都喜歡起來，口內說：「他們辛苦收拾，是該剩些錢粘補的。我們怎麼好『穩坐吃三注』❻的！」寶釵笑道：「媽媽們也別推辭了，這原是分內應當的。你們只要日夜辛苦些，別躲懶，縱放人吃酒賭錢就是了。不然，我也不該管這事。你們一般聽見，姨娘親口囑託我三五回，說大奶奶如今又不得閒兒，別的姑娘又小，託我照看照看。我若不依，分明是叫姨娘操心。我們奶奶又多病多痛，家務也忙。我原是個閒人，便是個街坊鄰居，也要幫著些，何況是親姨娘託我？我免不得去小就大，講不起眾人嫌我。倘或我只顧了小分，沽名釣譽，那時酒醉賭博，生出事來，我怎麼見姨娘？你們那時後悔也遲了，就連你們素日的老臉也都丟了。這些姑娘小姐們，這麼一所大花園，都是你們照看，皆因看得你們是三四代的老媽媽，最是循規蹈矩的，原該大家齊心顧些體統。你們反縱放別人任意吃酒賭博，姨娘聽見了，教訓一場猶可，倘若被那幾個管家娘子聽見了，他們也不用回姨娘，竟教導你們一番，你們這年老的反受了年小的教訓。雖是他們是管家，管的著你們，何如自己存些體統，

❻ 穩吃三注：賭博時每次下的本錢叫「注」。賭牌九時，在天門、上門、下門三方面下注，叫「三注」。穩吃三注，即穩穩當當地通吃三家，引申為不費力而多獲利的意思。

他們如何得來作踐？所以我如今替你們想出這個額外的進益來，也為大家齊心把這園裡周全得謹謹慎慎，使那些有權執事的看見這般嚴肅謹慎，且不用他們操心，他們心裡豈不敬服？也不枉替你們籌畫進益，既能奪他們之權，生你們之利，豈不能省無益之事，分他們之憂？你們去細想想這話。」家人都歡聲鼎沸說：「姑娘說的很是。從此姑娘、奶奶只管放心，姑娘、奶奶這樣疼顧我們，我們再要不體上情，天地也不容了。」

剛說著，只見林之孝家的進來說：「江南甄府裡家眷昨日到京，今日進宮朝賀，此刻先遣人來送禮請安。」說著，便將禮單送上去。探春接了，看道是：「上用的妝緞蟒緞十二疋。上用雜色緞十二疋。上用各色紗十二疋。上用宮綢十二疋。官用各色緞紗綢綾二十四疋。」李紈也看過，說：「用上等封兒賞他。」因又命人回了賈母，賈母便命人叫李紈、探春、寶釵等也都過來，將禮物看了，李紈收過。一邊吩咐內庫上人說：「等太太回來看了再收。」賈母因說：「這甄家又不與別家相同。上等賞封賞男人，只怕展眼又打發女人來請安，預備下尺頭。」一語未完，果然人回：「甄府四個女人來請安。」賈母聽了，忙命人帶進來。那四個人都是四十往上的年紀，穿戴之物皆比主子不甚差別。請安問好畢，賈母命拿了四個腳踏來。他四人謝了坐，待寶釵等坐了，方都坐下。賈母便問：「多早晚進京的？」四人忙起身回說：「昨日進的京。今日太太帶了姑娘進宮請安去了，故令女人們來請安，問候姑娘們。」賈母問道：「這些年沒進京，也不想到今年來。」四人也都笑回道：「正是，今年是奉旨進京的。」賈母問道：「家眷都來了？」四人回說：「老太太和哥兒、兩位小姐並別位太太都沒來，就只太太帶了三姑娘來了。」賈母道：「有了人家沒有？」四人道：「尚沒有呢。」賈母笑道：

「你們大姑娘和二姑娘這兩家，都和我們家甚好。」四人笑道：「正是。每年姑娘們有信回去說，全虧府上照看。」賈母笑道：「什麼照看，原是世交，又是老親，原應當的。你們二姑娘更好，更不自尊自大，所以我們纔走的親密。」四人笑道：「這是老太太過謙了。」

賈母又問：「你這哥兒也跟著你們老太太？」四人回說：「也是跟著老太太。」賈母道：「幾歲了？」又問：「上學不曾？」四人笑說：「今年十三歲。因長得齊整，老太太很疼。自幼淘氣異常，天天逃學，老爺太太也不便十分管教。」賈母笑道：「這不成了我們家的了！你這哥兒叫什麼名字？」四人道：「因老太太當作寶貝一樣，他又生的白，老太太便叫他作寶玉。」賈母便向李紈等道：「偏也叫作個寶玉。」李紈忙欠身笑道：「從古至今，同時隔代，重名的很多。」四人也笑道：「起了這小名兒之後，我們上下都疑惑，不知哪位親友家也倒似曾有一個的。只是這十來年沒進京來，卻記不得真了。」賈母笑道：「豈敢！就是我的孫子。人來！」眾媳婦丫頭答應了一聲，走近幾步。賈母笑道：「園裡把偺們的寶玉叫了來，給這四個管家娘子瞧瞧，比他們的寶玉如何。」眾媳婦聽了，忙去了。

半刻圍了寶玉進來。四人一見，忙起身笑道：「唬了我們一跳，若是我們不進府來，倘若別處遇見，還只道我們的寶玉後趕著也進了京了呢！」一面說，一面都上來拉他的手，問長問短。寶玉忙也笑問好。賈母笑道：「比你們的長的如何？」李紈等笑道：「四位媽媽纔一說，可知是模樣相仿了。」賈母笑道：「哪有這樣巧事？大家子孩子們再養的嬌嫩，除了臉上有殘疾，十分黑醜的，大概看去都是一樣的齊整。這也沒有什麼怪處。」四人笑道：「如今看來，模樣是一樣。據老太太說，淘氣也一樣。我們看來，這位哥兒性情卻比我們的好些。」賈母忙問：「怎見得？」四人笑道：「方纔我們拉哥兒的手說話便知。我們那一個只說我們糊塗，慢說拉手，他的東西我們略動一動也不依。所使喚的人都是女孩子們。」四人未說完，李紈姊妹等禁不住都失聲笑出來。賈母也笑道：「我們這會子也打發人去見了你們寶玉，若拉他的手，他也自然勉強忍耐一時。可知你我這樣人家的孩子們，憑他們有什麼刁鑽古怪的毛病兒，見了外人，必是要還出正經禮數來的。若他不還正經禮數，也斷不容他刁鑽去了。就是大人溺愛的，是他一則生的得人意兒，二則見人禮數竟比大人行出來的不錯，使人見了可愛可憐，背地裡所以纔縱他一點子。若一味他只管沒裡沒外，不與大人爭光，憑他生的怎樣，也是該打死的。」四人聽了，都笑說：「老太太這話正是。雖然我們寶玉淘氣古怪，有時見了人客，規矩禮數更比大人有趣，所以無人見了不愛，只說為什麼還打他？殊不知他在家裡，無法無天，大人想不到的話偏會說，想不到的事他偏要行，所以老爺、太太恨的無法——就是弄性，也是小孩子的常情；胡亂花費，這也是公子哥兒的常情；怕上學，也是小孩子的常情，都還治的過來——第一，天生下來這一種刁鑽古怪的脾氣，如何使得？」一語未了，人回：「太太回來了。」王夫人進來，問過安，他四人請了安，大概說了兩句。賈母便命歇歇去。王夫人親捧過茶，方退出。四人告辭了賈母，便往王夫人處來，說了一會家務，打發他們回去。不必細說。

這裡賈母喜的逢人便告訴，也有一個寶玉，也卻一般行景。眾人都為天下之大，世宦之多，同名者也甚多，祖母溺愛孫者也古今所有常事，不是什麼罕事，故皆不介意。獨寶玉是個迂闊獃公子的性情，自為是那四人承悅賈母之詞。後至蘅蕪苑去看湘雲病去，湘雲說：「你放心鬧罷，先是『單絲不成線，獨樹不成林』，如今有了個對子，鬧急了，再打狠了，你逃走到南京找那一個去。」寶玉道：「哪裡的謊話，你也信了？偏又有個寶玉了！」湘雲道：「怎麼列國有個藺相如，漢朝又有個司馬相如呢？」寶玉笑道：「這也罷了，偏又模樣兒也一樣，這是沒有的事。」湘雲道：「怎麼匡人看見孔子，只當是陽虎❼呢？」寶玉笑道：「孔子、陽虎雖同貌，卻不同名；藺與司馬雖同名，而又不同貌。偏我和他就兩樣俱同不成？」湘雲沒了話答對，因笑道：「你只會胡攪，我也不和你分證。有也罷，沒也罷，與我無干。」說著，便睡下了。

寶玉心中便又疑惑起來：若說必無，然亦似有；若說必有，又並無目睹。心中悶了，回至房中榻上，默默盤算，不覺就忽忽的睡去。不覺竟到了一座花園之內，寶玉詫異道：「除了我們大觀園，更又有這一個園子？」（寫園可知。）正疑惑間，從那邊來了幾個女兒，都是丫鬟。寶玉又詫異道：「除了鴛鴦、襲人、平兒之外，也竟還有這一干人？」（寫人可知。妙在更不說「更強」二字。）只見那些丫鬟笑道：「寶玉怎麼跑到這裡來了？」寶玉只當是說他自己，忙來陪笑說道：「因我偶步到此，不知是哪位世交的花園，好姐姐們，帶我逛逛。」眾丫鬟都笑道：「原來不是偺們家的寶玉。他生的倒也還乾淨，（妙！在玉卿身上只落了這兩個字，亦不奇了。）嘴兒也倒乖覺。」寶玉聽了，忙道：「姐姐們，這裡也更還有個寶玉？」丫鬟們忙道：「『寶玉』二字，我們是奉老太太、太太之命，為保佑他延壽消災的。我叫他，他聽見喜歡。你是哪裡遠方來的臭小廝，也亂叫起他來？仔細你的臭肉，打不爛你的！」又一個丫鬟笑道：「偺們快走罷，別叫寶玉看見，又

❼匡人看見孔子兩句：據史記孔子世家載：陽虎是春秋時魯國人，季孫氏家人，曾粗暴地對待匡人。陽虎和孔子面貌相像，有一次孔子路過匡地，被匡人圍困了五天。匡，在今河南長垣縣境，春秋時屬衛國。

說同這臭小廝說了話，把偺們薰臭了。」說著，一逕去了。寶玉納悶道：「從來沒有人如此荼毒❽我，他們如何更這樣？真亦有我這樣一個人不成？」一面想，一面順步早到了一所院內。寶玉又詫異道：「除了怡紅院，也更還有這麼一個院落？」忽上了臺磯，進入屋內，只見榻上有一個人臥著，那邊有幾個女孩兒做針線，也有嘻笑頑耍的。只見榻上那個少年嘆了一聲，一個丫鬟笑問道：「寶玉，你不睡，又嘆什麼？想必為你妹妹病了，你又胡愁亂恨呢。」寶玉聽說，心下也便吃驚。只見榻上少年說道：「我聽見老太太說，長安都中也有個寶玉，和我一樣的性情，我只不信。我纔作了一個夢，夢中到了都中一個花園子裡頭，遇見幾個姐姐，都叫我臭小廝，不理我。好容易找到他房裡頭，偏他睡覺，空有皮囊，真性不知哪去了。」寶玉聽說，忙說道：「我因找寶玉來到這裡。原來你就是寶玉？」榻上的忙下來拉住：「原來你就是寶玉！這可不是夢裡了。」寶玉道：「這如何是夢？真而又真了。」一語未了，只見人來說：「老爺叫寶玉。」嚇得二人皆慌了。一個寶玉就走，一個寶玉便忙叫：「寶玉快回來，快回來！」

襲人在旁，聽他夢中自喚，忙推醒他，笑問道：「寶玉在哪裡？」此時寶玉雖醒，神意尚恍惚，因向門外指說：「纔出去了。」襲人笑道：「那是你夢迷了。你揉眼細瞧，是鏡子裡照的你影兒。」寶玉向前瞧了一瞧，原是那嵌的大鏡對面相照，自己也笑了。早有人捧過漱盂茶滷來漱了口。麝月道：「怪道老太太常囑咐說小人屋裡不可多有鏡子。小人魂不全，有鏡子照多了，睡覺驚恐作胡夢。如今倒在大鏡子那裡安了一張床。有時放下鏡套還好，往前去天熱，困倦不定，哪裡想的到放他。比如方

❽ 荼毒：這裡是糟蹋挖苦的意思。

纔就忘了。自然是先躺下照著影兒頑的，一時合上眼，自然是胡夢顛倒；不然如何得看著自己，叫著自己的名字？不如明兒挪進床來是正經。」一語未了，只見王夫人遣人來叫寶玉，不知有何話說。此下緊接「慧紫鵑試莽玉」。

校記

1. 「只見榻上有一個人臥著，那邊有幾個女孩兒做針線，也有嘻笑頑耍的。只見榻上那個少年嘆了一聲」，庚辰本缺「有一個人臥著，那邊有幾個女孩兒做針線，也有嘻笑頑耍的。只見榻上」二十八字，據戚本補入。

第五十七回　慧紫鵑情辭試莽玉　慈姨媽愛語慰痴顰

話說寶玉聽王夫人喚他，忙至前邊來，原來是王夫人要帶他拜甄夫人去。寶玉自是歡喜，忙去換衣服，跟了王夫人到那裡。見其家中形景，自與榮寧不甚差別，或有一二稍盛者。細問，果有一寶玉。甄夫人留席，竟日方回。寶玉方信。因晚間回家來，王夫人又吩咐預備上等的席面，定名班大戲，請過甄夫人母女。後二日，他母女便來作辭，回任去了，無話。

這日，寶玉因見湘雲漸愈，然後去看黛玉。正值黛玉纔歇午覺，寶玉不敢驚動，因紫鵑正在迴廊上手裡做針黹，便來問他：「昨日夜裡咳嗽可好了？」紫鵑道：「好些了。」寶玉笑道：「阿彌陀佛！寧可好了罷。」紫鵑笑道：「你也念起佛來，真是新聞！」寶玉笑道：「所謂『病篤亂投醫』了。」一面說，一面見他穿著彈墨綾薄綿襖，外面只穿著青緞夾背心，寶玉便伸手向他身上摸了一摸，說：「穿這樣單薄，還在風口裡坐著，看天風饞❶，時氣又不好，你再病了，越發難了。」紫鵑便說道：「從此偺們只可說話，別動手動腳的。一年大二年小的，叫人看著不尊重。打緊的那起混賬行子❷們背地裡說你，你總不留心，還只管和小時一般行為，如何使得？姑娘常常吩咐我們，不叫和你說笑。你近來瞧他，遠著你還恐遠不及呢！」說著，便起身攜了針線，進別房去了。

❶ 看天風饞：此語難解，戚本作「春風纔至」，程高本則刪去此句。

❷ 行子：東西；傢伙。對人或物的蔑稱。

寶玉見了這般景況，心中像澆了一盆冷水一般，只瞅著竹子發了一回獃。因祝媽正來挖竹修竿，便怔怔的走出來。一時魂魄失守，心無所知，隨便坐在一塊山石上出神，不覺滴下淚來。直獃了五六頓飯的工夫，千思萬想，總不知如何是可。偶值雪雁從王夫人房中取了人參來，從此經過，忽扭項看見桃花樹下石上一人，手托著腮頰出神。不是別人，卻是寶玉。畫出寶玉來，卻又不畫阿顰，何等筆力！偏不從鵑寫，卻寫一雁，更奇是仍歸寫鵑。雪雁疑惑道：「怪冷的，他一個人坐在這裡作什麼？春天凡有殘疾的人都犯病，敢是他犯了獃病了？」寫妍憨女兒之心，何等新巧！一邊想，一邊便走過來，蹲下笑道：「你在這裡作什麼呢？」寶玉忽見了雪雁，便說道：「你又作什麼來找我？你難道不是女兒！他既防嫌，不許你們理我，你又來尋我，倘被人看見，豈不又生口舌？你快家去罷了。」雪雁聽了，只當是他又受了黛玉的委屈，只得回至房中。

黛玉未醒，將人參交與紫鵑。紫鵑因問他：「太太做什麼呢？」雪雁道：「也歇中覺，所以等了這半日。姐姐，你聽笑話兒：我因等太太的工夫，和玉釧兒姐姐坐在下房裡說話兒，誰知趙姨奶奶招手兒叫我。我只當有什麼話說。原來他和太太告了假，出去給他兄弟伴宿坐夜❸，明兒送殯去。跟他的小丫頭子小吉祥兒沒衣裳，要借我的月白緞子襖兒。我想他們一般也有兩件子的，往髒地方兒去，恐怕弄髒了，自己的捨不得穿，故此借別人的。借我的弄髒了也是小事，只是我想，他素日有些什麼好處到偺們跟前？所以我說了：『我的衣裳簪環都是姑娘叫紫鵑姐姐收著呢，如今先得去告訴他，還得回姑娘呢。姑娘身上又病著，更費了大事，誤了你老出門，不如再轉借罷。』」紫鵑笑道：「你這個小東西子倒也巧。你不借給他，你往我和姑娘身上推，叫人怨不著你。他這會子就下去了，還是等明

❸ 伴宿坐夜：出殯前夜，喪家整夜守靈，稱「伴宿」，也叫「坐夜」。

日一早纔去?」雪雁道：「這會子就去的，只怕此時已去了。」紫鵑點點頭。雪雁道：「姑娘還沒醒呢，是誰給了寶玉氣受，坐在那裡哭呢！」紫鵑聽了，忙問：「在哪裡?」雪雁道：「在沁芳亭後頭桃花底下呢。」

紫鵑聽說，忙放下針線，又囑咐雪雁：「好生聽叫。若問我，答應我就來。」說著，便出了瀟湘館，一逕來尋寶玉。走至寶玉跟前，含笑說道：「我不過說了那兩句話，為的是大家好，你就賭氣跑了這風地裡來哭，作出病來唬我。」寶玉忙笑道：「誰賭氣了！我因為聽你說的有理，我想你們既這樣說，自然別人也是這樣說，將來漸漸的都不理我了，我所以想著自己傷心。」紫鵑也便挨他坐著。寶玉笑道：「方纔對面說話你尚走開，這會子如何又來挨我坐著?」紫鵑道：「你都忘了?幾日前你們兄妹兩個正說話，趙姨娘一頭走了進來——我纔聽見他不在家，所以我來問你——正是前日你和他纔說了一句『燕窩』就歇住了，總沒提起，我正想著問你。」寶玉道：「也沒什麼要緊。不過我想著寶姐姐也是客中，既吃燕窩，又不可間斷，若只管和他要，太也託實❹。雖不便和太太要，我已經在老太太跟前略露了個風聲，只怕老太太和鳳姐姐說了。我告訴他的，竟沒告訴完了他。如今我聽見一日給你們一兩燕窩，這也就完了。」紫

紫鵑。（清改琦繪，紅樓夢圖詠）

❹ 託實：實在；不客氣。

鵑道：「原來是你說了，這又多謝你費心。我們正疑惑老太太怎麼忽然想起來，叫人每一日送一兩燕窩來呢？這就是了。」寶玉笑道：「這要天天吃慣了，吃上三二年就好了。」紫鵑道：「在這裡吃慣了，明年家去，哪裡有這些閒錢吃這個？」寶玉聽了，吃了一驚，忙問：「誰？往哪個家去？」這句不成寫，細讀細嚼，方有無限神情滋味。紫鵑道：「你妹妹回蘇州家去。」寶玉笑道：「笑」字奇甚！「你又說白話！蘇州雖是原籍，因沒了姑父姑母，無人照看纔接了來的。明年回去找誰？可見是扯謊。」此論極是不介意。紫鵑冷笑道：「你太看小了人。你們賈家獨是大族，人口多的；除了你家，別人只得一父一母，房族中真個再無人了不成？我們姑娘來時，原是老太太心疼他年小，雖有叔伯，不如親父母，故此接來住幾年。大了該出閣時，自然要送還林家的。終不成林家的女兒在你賈家一世不成？林家雖貧到沒飯吃，也是世代書宦之家，斷不肯將他家的人丟在親戚家，落人的恥笑。所以早則明年春天，遲則秋天，這裡縱不送去，林家亦必有人來接的。前日夜裡姑娘和我說了，叫我告訴你：將從前小時頑的東西，有他送你的，叫你都打點出來還他。他也將你送他的打疊了在那裡呢。」寶玉聽了，便如頭頂上響了一個焦雷一般。紫鵑看他怎樣回答，只不作聲。忽見晴雯找來，說：「老太太叫你呢，誰知道在這裡。」紫鵑笑道：「他這裡問姑娘的病症，我告訴了他半日，他只不信，你倒拉他去罷。」說著，自己便走回房去了。

晴雯見他獃獃的，一頭熱汗，滿臉紫脹，忙拉他的手，一直到怡紅院中。襲人見了這般，慌起來，只說時氣所感，熱汗被風撲了。無奈寶玉發熱事猶小可，更覺兩個眼珠兒直直的起來，口角邊津液流出，皆不知覺。給他個枕頭，他便睡下；扶他起來，他便坐著；倒了茶來，他便吃茶。眾人見他這般，一時忙起來。又不敢造次去回賈母，先便差人出去請李嬤嬤。一時，李嬤嬤來了，看了半日，問他幾句話，也無回答；用手向他脈門摸了摸，嘴唇人中上邊著力掐了兩下，掐的指印如許來深，竟也不覺疼。李嬤嬤只說了一聲：「可了不得了！」呀的一聲，便摟著放聲大哭起來。急的襲人忙拉他說：「你老人家瞧瞧可怕不怕？且告訴我們，去回老太太、太太去。你老人家怎麼先哭起來？」李嬤嬤搥床搗枕說：「這可不中用了！我白操了一世心了！」襲人等以他年老多知，所以請他來看。如今見他這般一說，都信以為實，也都哭起來。

晴雯便告訴襲人，方纔如此這般。襲人聽了，便忙到瀟湘館來，見紫鵑正伏侍黛玉吃藥，也顧不得什麼，便走上來問紫鵑道：「你纔和我們寶玉說了些什麼？你瞧他去！你回老太太去，我也不管了！」說著，便坐在椅上。黛玉忽見襲人滿面急怒，又有淚痕，舉止大變，便不免也慌了，忙問怎麼了？襲人定了一回，哭道：「不知紫鵑姑奶奶說了些什麼話，那個獃子眼也直了，手腳也冷了，話也不說了，李媽媽掐著也不疼了，已死了大半個了！奇極之語！從急怒姣憨口中描出不成話之話來，方是千古奇文。五字是一口氣來的。連李媽媽都說不中用了，那裡放聲大哭，只怕這會子都死了！」黛玉一聽此言，李媽媽乃是經過的老嫗，說不中用了，可知必不中用。哇的一聲，將腹中之藥一概嗆出，抖腸搜肺、熾胃扇肝的痛聲大嗽了幾陣。一時面紅髮亂，目腫筋浮，喘的抬不起頭來。紫鵑忙上來搥背，黛玉伏枕喘息半晌，推紫鵑道：「你不用搥，你竟拿繩子來勒死我是正經！」紫鵑哭道：「我並沒說什麼，不過是說了幾句頑話，他就認真了。」襲人道：「你還不知道他？那傻子每每頑話認了真！」黛玉道：「你說了什麼話，趁早兒去解說，他只怕就醒過來了。」紫鵑聽說，忙下了床，同襲人到了怡紅院。

誰知賈母、王夫人等已都在那裡了。賈母一見了紫鵑，眼內出火，罵道：「你這小蹄子，和他說了什麼？」紫鵑忙道：「並沒說什麼，不過說了幾句頑話。」誰知寶玉見了紫鵑，方噯呀了一聲，哭出來了。眾人一見，方都放下心來。賈母便拉住紫鵑，只當他得罪了寶玉，所以拉紫鵑命他打。誰知寶玉一把拉住紫鵑，死也不放，說：「要去，連我也帶了去！」眾人不解，細問起來，方知紫鵑說「要回蘇州去」一句頑話引出來的。賈母流淚道：「我當有什麼要緊大事，原來是這句頑話。」又向紫鵑道：「你這孩子素日最是個伶俐聰敏的，你又知道他有個獃病，平白的哄他作什麼！」薛姨媽勸道：「寶玉本來心實，可巧林姑娘又是從小兒來的，他姊妹兩個一處長了這麼大，比別的姊妹更不同。這會子熱刺刺的說一個去，別說他是個實心的孩子，便是冷心腸的大人也要傷心。這並不是什麼大病，老太太和姨太太只管萬安，吃一兩劑藥就好了。」

正說著，人回：「林之孝家的、單大良家的都來瞧哥兒來了。」賈母道：「難為他們想著，叫他們來瞧瞧。」寶玉聽了一個「林」字，便滿床鬧起來，說：「了不得了！林家的人接他們來了，快打出去罷！」賈母聽了，也忙說：「打出去罷！」又忙安慰說：「那不是林家的人。林家的人都死絕了，沒人來接他的，你只放心罷。」寶玉哭道：「憑他是誰，除了林妹妹，都不許姓林的！」賈母道：「沒姓林的來，凡姓林的我都打走了。」一面吩咐眾人：「以後別叫林之孝家的進園來，你們也別說『林』字。好孩子們，你們聽我這句話罷！」眾人忙答應，又不敢笑。一時寶玉又一眼看見了十錦槅子上陳設的一隻金西洋自行船，便指著亂叫，說：「那不是接他們來的船來了？灣在那裡呢！」賈母忙命拿下來。襲人忙拿下來，寶玉伸手要，襲人遞過，寶玉便掖在被中，笑道：「可去不成了。」一面說，一面死拉著紫鵑不放。

一時，人回大夫來了。賈母忙命：「快進來。」王夫人、薛姨媽、寶釵等暫避入裡間，賈母便端坐在寶玉身旁。王太醫進來見許多的人，忙上去請了賈母的安，拿了寶玉的手診了一回。那紫鵑少不得低了頭。王太醫也不解何意，起身說道：「世兄這症乃是急痛迷心。古人曾云：『痰迷有別：有氣血虧柔，飲食不能鎔化痰迷者；有怒惱中痰，裹而迷者；有急痛壅塞者。』此亦痰迷之症，係急痛所致，不過一時壅閉，較諸痰迷似輕。」賈母道：「你只說怕不怕，誰同你背藥書呢！」王太醫忙躬身笑說：「不妨，不妨。」賈母道：「果真不妨？」王太醫道：「實在不妨，都在晚生身上。」賈母道：「既如此，請到外面坐，開藥方。若吃好了，我另外預備好謝禮，叫他親自捧來，送去磕頭；若耽誤了，我打發人去拆了太醫院大堂。」王太醫只躬身笑說：「不敢，不敢。」他原聽了說另具上等謝禮，命寶玉去磕頭，故滿口說「不敢」，竟未聽見賈母後來說拆太醫院之戲語，猶說「不敢」，賈母與眾人反倒笑了。一時，按方煎了藥來服下，果覺比先安靜。

無奈寶玉只不肯放紫鵑，只說他去了便是要回蘇州去了。賈母、王夫人無法，只得命紫鵑守著他，另將琥珀去伏侍黛玉。黛玉不時遣雪雁來探消息，這邊事務盡知，自己心中暗嘆。幸喜眾人都知寶玉原有些獃氣，自幼是他二人親密，如今紫鵑之戲語亦是常情，寶玉之病亦非罕事，因不疑到別事去。晚間寶玉稍安，賈母、王夫人等方回房去。一夜還遣人來問訊幾次。李奶母帶領宋嬤嬤等幾個年老人用心看守，紫鵑、襲人、晴雯等日夜相伴。有時寶玉睡去，必從夢中驚醒，不是哭了說黛玉已去，便是有人來接。每一驚時，必得紫鵑安慰一番方罷。彼時，賈母又命將祛邪守靈丹及開竅通神散各樣上方秘製諸藥，按方飲服。次日，又服了王太醫藥，漸次好起來。寶玉心下明白，因恐紫鵑回去，故又或作佯狂之態。紫鵑自那日也著實後悔，如今日夜辛苦，並沒有怨意。襲人等皆心安神定，因向紫鵑笑道：「都是你鬧的，還得你來治。也沒見我們這獃子，聽了風就是雨，往後怎麼好！」暫且按下。

因此時湘雲之症已愈，天天過來瞧看，見寶玉明白了，便將他病中狂態形容了與他瞧，倒引的寶玉自己伏枕而笑。原來他起先那樣，竟是不知的，如今聽人說，還不信。無人時，紫鵑在側，寶玉又拉他的手，問道：「你為什麼嚇我？」紫鵑道：「不過是哄你頑的，你就認真了。」寶玉道：「你說的那樣有情有理，如何是頑話！」紫鵑笑道：「那些頑話都是我編的。林家實沒了人口，縱有，也是極遠的族中，也都不在蘇州住，各省流寓不定。縱有人來接，老太太必不放去的。」寶玉道：「便老太太放去，我也不依。」紫鵑笑道：「果真的你不依？只怕是口裡的話。你如今也大了，連親也定下了，過二三年再娶了親，你眼裡還有誰了？」寶玉聽了，又驚問：「誰定了親？定了誰？」紫鵑笑道：「年裡我聽見老太太說，要定下琴姑娘呢。不然，那麼疼他？」寶玉笑道：「人人只說我傻，你比我更傻。不過是句頑話，他已經許了梅翰林家了。果然定下了他，我還是這個形景了？先是我發誓賭咒，砸這勞什子，你都沒勸過，說我瘋了？剛剛的這幾日纔好了，你又來慪我！」一面說，一面咬牙切齒的又說道：「我只願這會子立刻我死了，把心迸出來，你們瞧見了，然後連皮帶骨一概都化成一股灰——灰還有形跡，不如再化一股烟——烟還可凝聚，人還看見；須得一陣大亂風吹的四面八方都登時散了，這纔好！」一面說，一面又滾下淚來。紫鵑忙上來握他的嘴，替他擦眼淚，又忙笑解說道：「你不用著急。這原是我心裡著急，故來試你。」寶玉聽了，更又詫異，問道：「你又著什麼急？」紫鵑笑道：「你知道，我並不是林家的人，我也和襲人、鴛鴦是一夥的。偏把我給了林姑娘使，偏生他又和我極好，比他蘇州帶來的還好十倍。一時一刻，我們兩個離不開。我如今心裡卻愁，他倘或要去了，我必要跟了他去的。我是合家在這裡，我若不去，辜負了我們素日的情腸；若去，又棄了本家。所以我疑惑，故設出這謊話來問你，誰知你就傻鬧起來。」寶玉笑道：「原來是愁這個，所以你是傻子。從此後再別提了。我只告訴你一句打躉❺的話：活著，咱們一處活著；不活著，咱們一處化灰化烟，如何？」紫鵑聽了，心下暗暗籌畫。

忽有人回：「環爺、蘭哥兒問候。」寶玉道：「就說難為他們，我纔睡了，不必進來。」婆子答應去了。紫鵑笑道：「你也好了，該放我回去瞧瞧我們那一個去了。」寶玉道：「正是這話。我昨日就要叫你去的，偏又忘了。我已經大好了，你就去罷。」紫鵑聽說，方打疊鋪蓋妝奩之類。寶玉笑道：「我看見你文具裡頭有兩三面鏡子，你把那面小菱花的給我留下罷。我擱在枕頭旁邊，睡著好照。明兒出門帶著也輕巧。」紫鵑聽說，只得與他留下。先命人將東西送過去，然後別了眾人，自回瀟湘館來。

林黛玉近日聞得寶玉如此形景，未免又添些病症，多哭幾場。今見紫鵑來了，問其原故，已知大愈，仍遣琥珀去伏侍賈母。夜間人定後，紫鵑已寬衣臥下之時，悄向黛玉笑道：「寶玉的心倒實，聽見偺們去，就那樣起來。」黛玉不答。紫鵑停了半晌，自言自語的說道：「一動不如一靜，我們這裡就算好人家。別的都容易，最難得的是從小兒一處長大，脾氣情性都彼此知道的了。」黛玉啐道：「你這幾天還不乏？趁這會子不歇一歇，還嚼什麼蛆。」紫鵑笑道：「倒不是白嚼蛆，我倒是一片真心為姑娘。替你愁了這幾年了，無父母，無兄弟，誰是知疼著熱的人？趁早兒老太太還明白硬朗的時節，

❺ 打躉：總結；總而言之。

作定了大事要緊。俗語說：『老健春寒秋後熱。』❻倘或老太太一時有個好歹，那時雖也完事，只怕耽誤了時光，還不得趁心如意呢。公子王孫雖多，哪一個不是三房五妾，今兒朝東，明兒朝西？要一個天仙來，也不過三夜五夕，也丟在脖子後頭了，甚至於為妾為丫頭反目成仇的。若娘家有人有勢的，還好些；若是姑娘這樣的人，有老太太一日還好一日，若沒了老太太，也只是憑人去欺負了。所以說拿主意要緊。姑娘是個明白人，豈不聞俗語說：『萬兩黃金容易得，知心一個也難求！』」黛玉聽了，便說道：「這丫頭今兒不瘋了！怎麼去了幾日，忽然變了一個人？我明兒必回老太太，退回你去，我不敢要你了。」紫鵑笑道：「我說的是好話，不過叫你心裡留神，並不叫你去為非作歹。何苦回老太太？叫我吃了虧，又有何好處！」說著，竟自睡了。黛玉聽了這話，口內雖如此說，心內未嘗不傷感。待他睡了，便直泣了一夜，至天明方打了一個盹兒。次日，勉強盥漱了，吃了些燕窩粥。便有賈母等親來看視了，又囑咐了許多話。

目今是薛姨媽的生日，自賈母起，諸人皆有祝賀之禮。黛玉亦早備了兩色針線送去。是日，也定了一本小戲，請賈母、王夫人等，獨有寶玉與黛玉二人不曾去得。至散時，賈母等順路又瞧他二人一遍，方回房去。次日，薛姨媽家又命薛蝌陪諸夥計吃了一天酒。連忙了三四天方完了。

因薛姨媽看見邢岫烟生得端雅穩重，且家道貧寒，是個釵荊裙布❼的女兒，便欲說與薛蟠為妻。因薛蟠素昔行止浮奢，又恐糟蹋人家的女兒。正在躊躇之際，忽想起薛蝌未娶，看他二人恰是一對天

❻ 老健春寒秋後熱：春寒秋熱，都不能持久，比喻老人看起來健康，但也不能持久，隨時可能病倒。

❼ 釵荊裙布：即荊釵布裙，以荊木為釵，以粗布為裙，形容女子家境貧寒。

生地設的夫妻，因謀之於鳳姐兒。鳳姐兒嘆道：「姑媽素知我們太太有些左性的，這事等我慢謀。」因賈母去瞧鳳姐兒時，鳳姐兒便和賈母說：「薛姑媽有件事求老祖宗，只是不好啟齒的。」賈母忙問何事？鳳姐便將求親一事說了。賈母笑道：「這有什麼不好啟齒？這是極好的事。等我和你婆婆說了，怕他不依？」因回房來，即刻就命人來請邢夫人過來，硬作保山❽。邢夫人想了一想：薛家根基不錯，且現今大富，薛蝌生得又好。且賈母硬作保山，將機就計便應了。賈母十分喜歡，忙命人請了薛姨媽來。二人見了，自然有許多謙辭。邢夫人即刻命人去告訴邢忠夫婦。他夫婦原是此來投靠邢夫人的，如何不依？早極口的說妙極。賈母笑道：「我愛管個閒事，今兒又管成了一件事，不知得多少謝媒錢？」薛姨媽笑道：「這是自然的。縱抬了十萬銀子來，只怕不希罕。但只一件，老太太既是主親，還得一位纔好。」賈母笑道：「別的沒有，我們家折腿爛手的人還有兩個。」說著，便命人去叫過尤氏婆媳二人來。賈母告訴他原故，彼此忙都道喜。賈母吩咐道：「偺們家的規矩你是盡知的，從沒有兩親家爭禮爭面的。如今你算替我在當中料理，也不可太嗇，也不可太費，把他兩家的事周全了回我。」尤氏忙答應了。薛姨媽喜之不盡，回家來忙命寫了請帖，補送過寧府。尤氏深知邢夫人情性，本不欲管，無奈賈母親囑咐，只得應了，惟有忖度邢夫人之意行事。薛姨媽是個無可無不可的人，倒還易說。這且不在話下。

如今薛姨媽既定了邢岫烟為媳，合宅皆知。邢夫人本欲接出岫烟去住。賈母因說：「這又何妨？兩個孩子又不能見面，就是姨太太和他一個大姑子，一個小姑子，又何妨？況且都是女兒，正好親香

❽ 保山：媒人。

呢。」邢夫人方罷。蝌、岫二人前次途中皆曾有一面之遇，大約二人心中也皆如意。只是邢岫烟未免比先時拘泥了些，不好與寶釵姊妹共處閒語，又兼湘雲是個愛取笑的，更覺不好意思。幸他是個知書達禮的，雖有女兒身分，還不是那種佯羞詐愧，一味輕薄造作之輩。寶釵自見他時，見他家業貧寒，二則別人之父母皆年高有德之人，獨他父母偏是酒糟透之人，於女兒分中平常；邢夫人也不過是臉面之情，亦非真心疼愛；且岫烟為人雅重——迎春是個老實人，連他自己尚未照管齊全，如何能照管到他身上——凡閨閣中家常一應需用之物，或有虧乏，無人照管，他又不與人張口。寶釵倒暗中每相體貼接濟，也不敢與邢夫人知道，亦恐多心閒話之故耳。如今卻出人意料之外，奇緣作成這門親事。岫烟心中先取中寶釵，然後方取薛蝌。有時岫烟仍與寶釵閒話，寶釵仍以姊妹相呼。

這日，寶釵因來瞧黛玉，恰值岫烟也來瞧黛玉，二人在半路相遇。寶釵含笑喚他到跟前，二人同走至一塊石壁後。寶釵笑問他：「這天還冷的很，你怎麼倒全換了夾的？」岫烟見問，低頭不答。寶釵便知道又有了原故，因又笑問道：「必定是這個月的月錢又沒得？鳳丫頭如今也這樣沒心沒計了。」岫烟道：「他倒想著，不錯日子給。因姑媽打發人和我說，一個月用不了二兩銀子，叫我省一兩給爹媽送出去。要使什麼，橫豎有二姐姐的東西，能著些兒，搭著就使了。姐姐想，二姐姐也是個老實人，也不大留心。我使他的東西，他雖不說什麼，他那些媽媽丫頭哪一個是省事的，哪一個是嘴裡不尖的？我雖在那屋裡，卻不敢很使他們。過三天五天，我倒得拿出錢來，給他們打酒買點心吃纔好。因此一月二兩銀子還不夠使，如今又去了一兩。前兒我悄悄的把綿衣服叫人當了幾吊錢盤纏。」寶釵聽了，愁眉嘆道：「偏梅家又合家在任上，後年纔進來。若是在這裡，琴兒過去了，好再商議你這事，離了這裡就完了。如今不先定了他妹妹的事，也斷不敢先娶親的。如今倒是一件難事。再遲兩年，又怕你熬煎出病來。等我和媽再商議。有人欺負你，你只管耐些煩兒，千萬別自己熬煎出病來。不如把那一兩銀子明兒也越性給了他們，倒都歇心。你以後也不用白給那些人東西吃，他尖刺，讓他們去尖刺，很聽不過了，各人走開。倘或短了什麼，你別存那小家子兒女氣，只管找我去。並不是作親後方如此，你一來時偺們就好的。便怕人閒話，你打發小丫頭悄悄的和我說去就是了。」岫烟低頭答應了。

寶釵又指他裙上一個碧玉佩，問道：「這是誰給你的？」岫烟道：「這是三姐姐給的。」寶釵點頭笑道：「他見人人皆有，獨你一個沒有，怕人笑話，故此送你一個。這是他聰明細緻之處。但還有一句話：你也要知道，這些妝飾原出於大官富貴之家的小姐。你看我從頭至腳可有這些富麗閒妝？然七八年之先，我也是這樣來的。如今一時比不得一時了，所以我都自己該省的就省了。將來你這一到了我們家，這些沒有用的東西，只怕還有一箱子。偺們如今比不得他們了，總要一色從實守分為主，不比他們纔是。」岫烟笑道：「姐姐既這樣說，我回去摘了就是了。」寶釵忙笑道：「你也太聽說了。這是他好意送你，你不佩著，他豈不疑心？我不過是偶然提到這裡，以後知道就是了。」岫烟忙又答應。又問：「姐姐此時哪裡去？」寶釵道：「我到瀟湘館去。你且回去，把那當票叫丫頭送來，我那裡悄悄的取出來，晚上再悄悄的送給你去，早晚好穿。不然，風扇了事大。但不知當在哪裡了？」岫烟道：「叫作恆舒典，是鼓樓西大街的。」寶釵笑道：「這鬧在一家去了。夥計們倘或知道了，好說人沒過來，衣裳先過來了。」岫烟聽說，便知是他家的本錢，也不覺紅了臉一笑。二人走開。

寶釵就往瀟湘館來。正值他母親也來瞧黛玉，正說閒話呢。寶釵笑道：「媽多早晚來的？我竟不知道。」薛姨媽道：「我這幾天連日忙，總沒來瞧瞧寶玉和他，所以今兒瞧瞧他兩個。都也好了。」黛玉忙讓寶釵坐了，因向寶釵道：「天下的事真是人想不到的，怎麼想的到姨媽和大舅母又作一門親家！」薛姨媽道：「我的兒，你們女孩家哪裡知道？自古道『千里姻緣一線牽』，管姻緣的有一位月下老人，預先註定，暗裡只用一根紅絲把這兩個人的腳絆住。憑你兩家隔著海，隔著國，有世仇的，也終久有機會作了夫婦。這一件事，都是出人意料之外。憑父母本人都願意了，或是年年在一處的，以為是定了的親事，若月下老人不用紅線拴的，再不能到一處。比如你姐妹兩個的婚姻，此刻也不知在眼前，也不知在山南海北呢！」寶釵道：「惟有媽，說動話就拉上我們。」一面說，一面伏在他母親懷裡，笑說：「偺們走罷。」

黛玉笑道：「你瞧，這麼大了，離了姨媽，他就是個最老道❾的；見了姨媽，他就撒嬌兒。」薛姨媽用手摩弄著寶釵，嘆向黛玉道：「你這姐姐就和鳳哥兒在老太太跟前一樣，有了正經事，就和他商量。沒了事，幸虧他開開我的心。我見了他這樣，有多少愁不散的。」黛玉聽說，流淚嘆道：「他偏在這裡這樣，分明是氣我沒娘的人，故意來刺我的眼。」寶釵笑道：「媽，瞧他輕狂，倒說我撒嬌兒。」薛姨媽道：「也怨不得他傷心，可憐沒父母，到底沒個親人。」又摩娑黛玉笑道：「好孩子，別哭。你見我疼你姐姐，你傷心了；你不知我心裡更疼你呢。你姐姐雖沒了父親，到底有我，有親哥哥，這就比你強了。我每每和你姐姐說，心裡很疼你，只是外頭不好帶出來的。你這裡人多口雜，說好話的人少，說歹話的人多。不說你無依無靠，為人作人可配人疼，只說我們看老太太疼你了，我們

❾ 老道：老成；老練。

也泅上水❿去了。」黛玉笑道：「姨媽既這麼說，我明日就認姨媽做娘。姨媽若是棄嫌不認，便是假意疼我了。」薛姨媽道：「你不厭我，就認了纔好。」寶釵忙道：「認不得的。」黛玉道：「怎麼認不得？」寶釵笑問道：「我且問你，我哥哥還沒定親事，為什麼反將邢妹妹先說與我兄弟了？是什麼道理？」黛玉道：「他不在家，或是屬相生日不對，所以先說與兄弟了。」寶釵笑道：「非也。我哥哥已經相準了，只等來家就下定⓫了。也不必提出人來，我方纔說你認不得娘，你細想去。」說著，便和他母親擠眼兒發笑。黛玉聽了，便也一頭伏在薛姨媽身上，說道：「姨媽不打他，我不依！」薛姨媽忙也摟他笑道：「你別信你姐姐的話，他是頑你呢。」寶釵笑道：「真個的，媽明兒和老太太求了他作媳婦，豈不比外頭尋的好？」黛玉便夠上來要抓他，口內笑說：「你越發瘋了。」

薛姨媽忙也笑勸，用手分開方罷。因又向寶釵道：「連邢女兒我還怕你哥哥蹧蹋了他，所以給你兄弟說了。別說這孩子，我也斷不肯給他。前兒老太太因要把你妹妹說給寶玉，偏生又有了人家，不然倒是一門好親。前兒我說定了邢女兒，老太太還取笑說：『我原要說他的人，誰知他的人沒到手，倒被他說了我們的一個去了。』雖是頑話，細想來倒有些意思。我想寶琴雖有了人家，我雖沒人可給，難道一句話也不說？我想著你寶兄弟，老太太那樣疼他，他又生的那樣，若要外頭說去，斷不中意；不如竟把你林妹妹定與他，豈不四角俱全？」林黛玉先還怔怔的聽，後來見說到自己身上，便啐了寶釵一口，紅了臉，拉著寶釵笑道：「我只打你！你為什麼招出姨媽這些老沒正經的話來？」寶釵笑道：

❿ 泅上水：泅，游水。上水，上游。泅上水，比喻巴結權勢。

⓫ 下定：下聘；定婚時男方送給女方聘禮。

「這可奇了！媽說你，為什麼打我？」紫鵑忙也跑來笑道：「姨太太既有這主意，為什麼不和太太說去？」薛姨媽哈哈笑道：「你這孩子急什麼？想必催著你姑娘出了閣，你也要早些尋一個小女婿去了！」紫鵑聽了，也紅了臉，笑道：「姨太太真個倚老賣老的起來。」說著，便轉身去了。黛玉先罵：「又與你這蹄子什麼相干？」後來見了這樣，也笑起來，說：「阿彌陀佛！該，該，該！也臊了一鼻子灰去了！」薛姨媽母女及屋內婆子丫鬟都笑起來。婆子們因也笑道：「姨太太雖是頑話，卻倒也不差呢。到閒了時和老太太一商議，姨太太竟做媒保成這門親事，是千妥萬妥的。」薛姨媽道：「我一出這主意，老太太必喜歡的。」

一語未了，忽見湘雲走來，手裡拿著一張當票，口內笑道：「這是什麼賬篇子？」黛玉瞧了，也不認得。地下婆子們都笑道：「這可是一件奇貨，這個乖可不是白教人的。」寶釵忙一把接了看時，就是岫烟纔說的當票，忙摺了起來。薛姨媽忙說：「那必定是哪個媽媽的當票子失落了，回來急的他們找。哪裡得的？」湘雲道：「什麼是當票子？」眾人都笑道：「真真是個獃子，連個當票子也不知道。」薛姨媽嘆道：「怨不得他，真真是侯門千金，而且又小，哪裡知道這個？哪裡去有這個？便是家下人有這個，他如何得見？別笑他獃子，若給你們家的小姐們看了，也都成了獃子。」眾婆子笑道：「林姑娘方纔也不認得。別說姑娘們，此刻寶玉他倒是外頭常走出去的，只怕也還沒見過呢。」薛姨媽忙將原故講明。湘雲、黛玉二人聽了，方笑道：「原來為此。人也太會想錢了。姨媽家的當舖也有這個不成？」眾人笑道：「這又獃了。『天下老鴰一般黑』，豈有兩樣的？」薛姨媽因又問是哪裡拾的？湘雲方欲說時，寶釵忙說：「是一張死了沒用的，不知哪年勾了賬的。香菱拿著哄他們頑的。」薛姨媽聽了此話是真，也就不問了。

一時，人來回：「那府裡大奶奶過來請姨太太說話呢。」薛姨媽起身去了。這裡屋內無人時，寶釵方問湘雲何處拾的？湘雲笑道：「我見你令弟媳的丫頭篆兒悄悄的遞與鶯兒，鶯兒便隨手夾在書裡，只當我沒看見。我等他們出去了，我偷看著，竟不認得。知道你們都在這裡，所以拿來大家認認。」黛玉忙問：「怎麼他也當衣裳不成？既當了，怎麼又給你去？」寶釵見問，不好隱瞞他兩個，遂將方纔之事都告訴了他二人。黛玉便「兔死狐悲，物傷其類」，不免感嘆起來。史湘雲便動了氣，說：「等我問著二姐姐去！我罵那起老婆子丫頭一頓，給你們出氣何如？」說著，便要走。寶釵忙一把拉住，笑道：「你又發瘋了，還不給我坐著呢！」黛玉笑道：「你要是個男人，出去打一個抱不平兒！你又充什麼荊軻、聶政⓬？真真好笑。」湘雲道：「既不叫我問他去，明兒也把他接到偺們苑裡一處住去，豈不好？」寶釵笑道：「明日再商量。」說著，人報：「三姑娘、四姑娘來了。」三人聽了，忙掩了口不提此事。要知端的，且聽下回分解。

校記

1.「前兒我說定了邢女兒，老太太還取笑說：『我原要說他的人，誰知他的人沒到手，倒被他說了我們的一個去了。』」
庚辰本缺「邢女兒……他說了」三十字，據己卯本補入。

⓬ 荊軻聶政：皆古代俠士。荊軻，戰國時衛人。曾奉燕太子丹命刺殺秦王政，事敗被殺。聶政，戰國時韓人。嚴遂傾心結交聶政，讓他去刺殺韓相俠累，聶政因老母尚在，未答應。聶母死後，聶政潛入相府刺殺俠累，自毀面容後自殺。

第五十八回　杏子陰假鳳泣虛凰　茜紗窗真情揆痴理

話說他三人因見探春等進來，忙將此話掩住不提。探春等問候過，大家說笑了一會方散。

誰知上回所表的那位老太妃已薨，凡誥命等皆入朝，隨班按爵守制❶。敕諭天下：凡有爵之家，一年內不得筵宴音樂，庶民皆三月不得婚嫁。賈母、邢、王、尤、許婆媳祖孫等皆每日入朝隨祭，至未正以後方回。在大內偏宮二十一日後，方請靈入先陵，地名曰孝慈縣。隨事命名。這陵離都來往得十來日之功，如今請靈至此，還要停放數日，方入地宮❷，故得一月光景。周到細膩之至，真細之至，不獨寫侯府得理，亦且將皇宮赫赫，寫得令人不敢坐閱。寧府賈珍夫妻二人，也少不得是要去的。兩府無人，因此大家計議，家中無主，便報了尤氏產育，將他騰挪出來，協理榮寧兩處事體。因又託了薛姨媽在園內照管他姊妹丫鬟，薛姨媽只得也挪進園來。因寶釵處有湘雲、香菱；李紈處目今李嬸母女雖去，然有時亦來住三五日不定，賈母又將寶琴送與他去照管；迎春處有岫烟；探春因家務冗雜，且不時有趙姨娘與賈環來嘈聒，甚不方便；惜春處房屋狹小；況賈母又千叮嚀萬囑咐託他照管林黛玉，薛姨媽素昔也最憐愛他的，今既巧遇這事，便挪至瀟湘館來和黛玉同房，一應藥餌飲食，十分經心。黛玉感戴不盡，以後便亦如寶釵之呼，連寶釵前亦直以「姐姐」呼之，寶琴前直以「妹妹」呼之，儼似同胞共出，較諸人更似親切。賈母見如此，也十分喜

❶ 守制：即服喪，在喪期按照一定的禮制表示對死者的哀悼。按爵守制，根據各人身分的不同採取不同的守制方式。

❷ 地宮：陵墓。

悅放心。

薛姨媽只不過照管姊妹，禁約得丫頭輩，一應家中大小事務也不肯多口。尤氏雖天天過來，也不過應名點卯，亦不肯亂作威福。且他家內上下也只剩他一個料理；再者，每日還要照管賈母、王夫人的下處❸一應所需飲饌鋪設之物，所以也甚操勞。當下榮寧兩處主人既如此不暇，並兩處執事人等，或有人跟隨入朝的，或有朝外照理下處事務的，又有先踹踏❹下處去的，也都各各忙亂。因此兩處下人無了正經頭緒，也都偷安，或乘隙結黨，與暫權執事者竊弄威福。榮府只留得賴大並幾個管事照管外務。這賴大手下常用幾個人已去，雖另委人，都是些生的，只覺不順手。且他們無知，或賺騙無節，或呈告無據，或舉薦無因，種種不善，在在生事，也難備述。

又見各官宦家，凡養優伶男女者，一概蠲免遣發。尤氏等便議定，待王夫人回家回明，也欲遣發那十二個女孩子。又說：「這些人原是買的，如今雖不學唱，盡可留著使喚，令其教習們自去也罷了。」王夫人因說：「這學戲的倒比不得使喚的。他們也是好人家的兒女，因無能賣了做這事。裝醜弄鬼的幾年，如今有這機會，不如給他們幾兩銀子盤費，各自去罷。當日祖宗手裡都是有這例的。偺們如今損陰壞德，而且還小器。如今雖有幾個老的還在，那是他們各有原故，不肯回去的，所以纔留下使喚，大了配了偺們家的小廝們了。」尤氏道：「如今我們也去問他十二個，有願意回去的，就帶了信兒叫上他的父母來，親自來領回去，給他們幾兩銀子盤纏方妥。倘若不叫上他父母親人來，只怕有混賬人

❸ 下處：外出時臨時休息住宿的地方。

❹ 踹踏：踏勘；實地探訪察看。

頂名冒領出去，又轉賣了，豈不辜負了這恩典？若有不願意回去的，就留下。」王夫人笑道：「這話妥當。」尤氏等又遣人告訴了鳳姐兒，（看他任意鄙俚詼諧之中，必有一個禮字還清，足是大家形景。）一面說與總理房中，每教習給銀八兩，令其自便。凡梨香院一應物件，查清註冊收明，派人上夜。將十二個女孩子叫來面問，倒有一多半不願意回家的：也有說父母雖有，他只以賣我們為事，這一去還被他賣了；也有父母已亡，或被叔伯兄弟所賣的；也有說無人可投的；也有說戀恩不捨的。所願去者止四五人。王夫人聽了，只得留下。將去的四五人皆令其乾娘領回家去，單等他親父母來領；將不願去者分散在園中使喚。賈母便留下文官自使，將正旦芳官指與寶玉，將小旦蕊官送了寶釵，將小生藕官指與了黛玉，將大花面葵官送了湘雲，將小花面荳官送了寶琴，將老外艾官送了探春，尤氏便討了老旦茄官去❺。當下各得其所，就如倦鳥出籠，每日園中遊戲。眾人皆知他們不能針黹，不慣使用，皆不大責備。其中或有一二個知事的，愁將來無應時之技，亦將本技丟開，便學起針黹紡績女工諸務。

一日，正是朝中大祭，賈母等五更便去了。先到下處用些點心小食，然後入朝。早膳已畢，方退至下處。用過早飯，略歇片刻，復入朝待中晚二祭，方出至下處歇息，用過晚飯方回家。可巧這下處乃是一個大官的家廟，乃比丘尼焚修，房舍極多極淨，東西二院。榮府便賃了東院，北靜王府便賃了西院。太妃、少妃每日宴息，見賈母等在東院，彼此同出同入，都有照應。外面細事不消細述。

❺ 正旦芳官七句：正旦，扮演主要年輕女性的角色。小旦，扮演次要年輕女性的角色。大花面，即正淨，扮演淨角中社會地位較高，性格豪邁沉雄或粗獷莽撞的男性人物。小花面，即丑，也稱三花臉，多扮演社會地位較低或品行不端的角色，以插科打諢為主。老外，即老生，扮演老年的男性人物。老旦，扮演老年婦女的角色。

且說大觀園中，因賈母、王夫人天天不在家內，又送靈去一月方回，各丫鬟婆子皆有閒空，多在園中遊頑。更又將梨香院內伏侍的眾婆子一概撤回，併散在園內聽使，更覺園內人多了幾十個。因文官等一干人或心性高傲，或倚勢凌下，或揀衣挑食，或口角鋒芒，大概不安分守理者多，因此眾婆子無不含怨，只是口中不敢與他們分證。如今散了學，大家稱了願，也有丟開手的，也有心地狹窄猶懷舊怨的；因將眾人皆分在各房名下，不敢來廝侵。

可巧這日乃是清明之日，賈璉已備下年例祭祀，帶領賈環、賈琮、賈蘭三人去往鐵檻寺祭柩燒紙。寧府賈蓉也同族中幾人各辦祭祀前往。因寶玉病未大愈，故不曾去得。飯後發倦，襲人因說：「天氣甚好，你且出去逛逛，省得丟下粥碗就睡，存在心裡。」寶玉聽說，只得拄了一支杖，靸著鞋，步出院外。（畫出病勢。）因近日將園中分與眾婆子料理，各司各業，皆在忙時：也有修竹的，也有剔樹的，也有栽花的，也有種豆的，池中又有駕娘們行著船夾泥種藕。香菱、湘雲、寶琴與丫鬟等都坐在山石上，瞧他們取樂。寶玉也慢慢行來。湘雲見了他來，忙笑說：「快把這船打出去，他們是接林妹妹的。」眾人都笑起來。寶玉紅了臉，也笑道：「人家的病，誰是好意的，你也形容著取笑兒。」湘雲笑道：「病也比人家另一樣，原招笑兒，反說起人來。」說著，寶玉便也坐下，看著眾人忙亂了一回。湘雲因說：「這裡有風，石頭上又冷，坐坐去罷。」

寶玉便也正要去瞧林黛玉，便起身拄拐，辭了他們，從沁芳橋一帶堤上走來。只見柳垂金線，桃吐丹霞。山石之後，一株大杏樹，花已全落，葉稠陰翠，上面已結了豆子大小的許多小杏。寶玉因想道：「能病了幾天，竟把杏花辜負了？不覺倒『綠葉成陰子滿枝』❻了！」因此，仰望杏子不捨。又想起邢岫烟已擇了夫婿一事。雖說是男女大事，不可不行，但未免又少了一個好女兒。不過兩年，便也要「綠葉成陰子滿枝」了。再過幾日，這杏樹子落枝空，再幾年，岫烟未免烏髮如銀，紅顏似槁了。因此不免傷心，只管對杏流淚嘆息。近之淫書滿紙傷春，究竟不知傷春原委。看他並不提傷春字樣，卻豔恨穠愁，香流滿紙矣。正悲嘆時，忽有一個雀兒飛來，落於枝上亂啼。寶玉又發了獃性，心下想道：「這雀兒必定是杏花正開時他曾來過，今見無花空有子葉，故也亂啼。這聲韻必是啼哭之聲，可恨公治長❼不在眼前，不能問他。但不知明年再發時，這個雀兒可還記得飛到這裡來，與杏花一會了？」

正胡思間，忽見一股火光從山石那邊發出，將雀兒驚飛，寶玉吃一大驚。又聽那邊有人喊道：「藕官，你要死！怎弄些紙錢進來燒？我回去回奶奶們去，仔細你的肉！」寶玉聽了，益發疑惑起來，忙轉過山石看時，只見藕官滿面淚痕，蹲在那裡，手裡還拿著火，守著些紙錢灰作悲。寶玉忙問道：「你與誰燒紙錢？快不要在這裡燒。你或是為父母兄弟，你告訴我姓名，外頭去叫小廝們打了包袱，寫上名姓去燒。」藕官見了寶玉，只不作一聲。寶玉數問不答。忽見一婆子惡狠狠走來拉藕官，口內說道：「我已經回了奶奶們了，奶奶氣的了不得。」藕官聽了，終是孩氣，怕辱沒了沒臉，便不肯去。婆子道：「我說你們別太興頭過餘了。如今還比你們在外頭隨心亂鬧呢！這是尺寸地方❽兒。」指寶玉道：

❻ 綠葉成陰子滿枝：出自唐杜牧嘆花詩：「自是尋春去較遲，不須惆悵怨芳時。狂花落盡深紅色，綠葉成陰子滿枝。」傳說杜牧年輕時遊湖州，邂逅一美少女，纔十餘歲，相約十年內與其成親。十四年後，杜牧任湖州刺史，此女已為他人婦，並生有兩個孩子。杜牧深感遺憾，遂作此詩以記之。

❼ 公治長：春秋時齊國人，孔子的學生和女婿，傳說他能懂鳥語。

「連我們的爺還守規矩呢，你是什麼阿物兒，跑來胡鬧？怕也不中用，跟我快走罷！」如何？必是含怨之人。又拉上寶玉，畫出小人得意來。寶玉忙道：「他並沒燒紙錢，原是林妹妹叫他來燒那爛字紙的。你沒看真，反錯告了他。」藕官正沒了主意，見了寶玉也正添了畏懼；忽聽他反掩飾，心內轉憂成喜，也便硬著口說道：「你很看真是紙錢了麼？我燒的是林姑娘寫壞了的字紙。」那婆子聽如此，益發狠起來，便彎腰向紙灰中揀那不曾化盡的遺紙，揀了兩點在手內，說道：「你還嘴硬？有據有證在這裡，我只和你廳上講去！」說著，拉了袖子，就拽著要走。寶玉忙把藕官拉住，用拄杖敲開那婆子的手，說道：「你只管拿了那個回去。實告訴你，我昨夜作了一個夢，夢見杏花神和我要一掛白紙錢，不可叫本房人燒，要一個生人替我燒了，我的病就好的快。所以我請了這白錢，巴巴兒的和林姑娘說，煩了他來替我燒了祝讚，原不許一個人知道的，所以我今日纔能起來。偏你看見了，我這會子又不好了，都是你沖了。你還要告他去！藕官，只管去，見了他們，你就照依我這話說。等老太太回來，我就說他故意來沖神祇，保祐我早死。」藕官聽了，益發得了主意，反倒拉著婆子要走。那婆子聽了這話，忙丟下紙錢，陪笑央告寶玉道：「我原不知道。二爺若回了老太太，我這老婆子豈不完了？我如今回奶奶們去，就說是二爺祭神，我看錯了。」寶玉道：「你也不許再回去了，我便不說。」婆子道：「我已經回了，叫我來帶他，我怎好不回去的？也罷，就說我已經叫到了他，林姑娘叫了去了。」寶玉想一想，方點頭應允。那婆子只得去了。

這裡寶玉問他：「到底是為誰燒紙？我想來若是為父母兄弟，你們皆煩人外頭燒過了。這裡燒這

---

❽ 尺寸地方：有規矩的地方。

幾張，必有私自的情理。」藕官因方纔護庇之情，感激於衷，便知他是自己一流的人物，便含淚說道：「我這事，除了你屋裡的芳官並寶姑娘的蕊官，並沒第三個人知道。今日被你遇見，又有這段意思，少不得也告訴了你，只不許再對人言講。」又哭道：「我也不便和你面說，你只回去背人悄問芳官就知道了。」說畢，佯常而去。寶玉聽了，心下納悶，連觀書者亦納悶。只得踱到瀟湘館。瞧黛玉益發瘦的可憐，問起來，比往日已算大愈了。好！若只管病亦不好。黛玉見他也比先大瘦了，想起往日之事，不免流下淚來。些微談了談，便催寶玉去歇息調養。寶玉只得回來。因記掛著要問芳官那原委，偏有湘雲、香菱來了，正和襲人、芳官說笑，不好叫他，恐人又盤詰，只得耐著。

一時，芳官又跟了他乾娘去洗頭。他乾娘偏又先叫了他親女兒洗過了後，纔叫芳官洗。芳官見了這般，便說他偏心：「把你女兒剩水給我洗。我一個月的月錢都是你拿著，沾我的光不算，反倒給我剩東剩西的。」他乾娘羞愧變成惱，便罵他：「不識抬舉的東西！怪不得人人說戲子沒一個好纏的，憑你甚麼好人，入了這一行，都弄壞了。這一點子屄崽子，也挑么挑六，鹹屄淡話，咬群的騾子似的！」娘兒兩個吵起來。襲人忙打發人去說：「少亂嚷！瞅著老太太不在家，一個個連句安靜話也不說！」晴雯因說：「都是芳官不省事，不知狂的什麼？也不過是會兩齣戲，倒像殺了賊王，擒了反叛來的。」襲人道：「一個巴掌拍不響，老的也太不公些，小的也太可惡些。」寶玉道：「怨不得芳官。自古說『物不平則鳴』❾，自來經語未遭如是用也。他少親失眷的，在這裡沒人照看，賺了他的錢，又作踐他，如何怪得！」因又向襲人道：「他一月多少錢？以後不如你收了過來照管他，豈不省事？」襲人道：「我要照看他，

❾ 物不平則鳴：語出韓愈送孟東野序：「大凡物不得其平則鳴。」

哪裡不照看了？又要他那幾個錢纔照看他，沒的討人罵去了。」說著，便起身至那屋裡，取了一瓶花露油並些雞卵、香皂、頭繩之類，叫一個婆子來，送給芳官去，叫他另要水自洗，不要吵鬧了。

他乾娘益發羞愧，便說芳官沒良心：「花掰❿我剋扣你的錢！」便向他身上拍了幾把，芳官便哭起來。寶玉便走出去，襲人忙勸：「作什麼？我去說他。」晴雯忙先過來，指他乾娘說道：「你老人家太不省事。你不給他洗頭的東西，我們饒給他東西，你不自己臊，還有臉打他！他要還在學裡學藝，你也敢打他不成？」那婆子便說：「『一日叫娘，終身是母。』他排場⓫我，我就打得！」襲人喚麝月道：「我不會和人拌嘴，晴雯性太急，你快過去震嚇他兩句。」麝月聽了，忙過來說道：「你且別嚷。我且問你：別說我們這一處，你看滿園子裡，誰在主子屋裡教導過女兒的？便是你的親女兒，既分了房，有了主子，自有主子打得罵得，再者大些的姑娘姐姐們打得罵得，誰許老子娘又半中間管閒事了？都這樣管，又要叫他們跟著我們學什麼？越老越沒了規矩！你見前兒墜兒的娘來吵，你也來跟他學。你們放心，因連日這個病、那個病，老太太又不得閒心，所以我沒回。等兩日閒偺們痛回一回，大家把威風煞一煞兒纔好。寶玉纔好了些，連我們不敢大聲說話，你反打的人狼嚎鬼叫的。上頭能出了幾日門，你們就無法無天的，眼睛裡沒了我們。再兩天，你們就該打我們了。他不要你這乾娘，怕糞草埋了他不成？」寶玉恨的用拄杖敲著門檻子，說道：「這些老婆子都是些鐵心石頭腸子，也是件大奇的事。不能照看，反倒折挫。天長地久，如何是好！」畫出寶玉來。晴雯道：「什麼『如何是好』，都攆了出

❿ 花掰：無中生有的胡說。

⓫ 排場：即排揎。數落、指責的意思。

去，不要這些中看不中吃的！」那婆子羞愧難當，一言不發。那芳官只穿著海棠紅的小棉襖，底下絲綢撒花袷褲，敞著褲腿，（四字奇想，寫得紙上跳出一個女優來。）一頭烏油似的頭髮披在腦後，哭的淚人一般。麝月笑道：「把一個鶯鶯小姐，反弄成拷打紅娘了！這會子又不妝扮了，還是這麼鬆怠怠⑫的。」寶玉道：「他這本來面目極好，倒別弄緊襯了。」晴雯過去，拉了他，替他洗淨了髮，用手巾擰乾，鬆鬆的挽了一個慵妝髻，命他穿了衣服，過這邊來了。

接著司內廚的婆子來問：「晚飯有了，可送不送？」小丫頭聽了，進來問襲人。襲人笑道：「方纔胡吵了一陣，也沒留心聽鐘幾下了。」晴雯道：「那勞什子又不知怎麼了，又得去收拾。」說著，便拿過表來瞧了一瞧，說：「略等半鍾茶的工夫就是了。」小丫頭去了。麝月笑道：「提起淘氣，芳官也該打幾下。昨兒是他擺弄了那墜子半日，就壞了。」說話之間，便將食具打點現成。一時，小丫頭子捧了盒子進來站住。晴雯、麝月揭開看時，還是只四樣小菜。晴雯笑道：「已經好了，還不給兩樣清淡菜吃。這稀飯鹹菜鬧到多早晚？」一面擺好，一面又看那盒中卻有一碗火腿鮮筍湯，忙端了放在寶玉跟前。寶玉便就桌上喝了一口，（畫出病人。）說：「好燙！」襲人笑道：「菩薩！能幾日不見葷，饞的就這樣起來？」一面說，一面忙端起輕輕用口吹。（畫。）因見芳官在側，便遞與芳官，笑道：「你也學著些伏侍，別一味獃憨獃睡。口勁輕著，別吹上唾沫星兒。」芳官依言，果吹了幾口，甚妥。

他乾娘也忙端飯在門外伺候。向日芳官等一到時，原從外邊認的，就同往梨香院去了。這乾婆子原係榮府三等人物，不過令其與他們槳洗，皆不曾入內答應，故此不知內幃規矩。今亦託賴他們方入

---

⑫ 鬆怠怠：鬆懈；怠慢。這裡指不經修飾。

園中，隨女歸房。這婆子先領過麝月的排場，方知了一二分，生恐不令芳官認他做乾娘，便有許多失利之處，故心中只要買轉他們。今見芳官吹湯，便忙跑進來笑道：「他不老成，仔細打了碗。讓我吹罷。」一面說，一面就接。晴雯忙喊：「出去！你讓他砸了碗，也輪不到你吹。你什麼空兒跑在這裡槅子來了？還不出去！」一面又罵小丫頭們：「瞎了心的！他不知道，你們也不說給他！」小丫頭們都說：「我們攆他，他不出去；說他，他又不信。如今帶累我們受氣，你可信了？我們到的地方兒，有你到的一半兒，還有一半到不去的呢！何況又跑到我們到不去的地方還不算，又去伸手動嘴的了。」一面說，一面推他出去。階下幾個等空盒傢伙的婆子見他出來，都笑道：「嫂子也沒用鏡子照一照，就進去了。」羞的那婆子又恨又氣，只得忍耐下去。

芳官吹了幾口，寶玉笑道：「好了，仔細傷了氣。你嘗一口，可好了？」芳官只當是頑話，只是笑看著襲人等。襲人道：「你就嘗一口。」晴雯笑道：「你瞧我嘗。」說著，便喝一口。芳官見如此，自己也便嘗了一口，說：「好了。」遞與寶玉。寶玉喝了半碗，吃了幾片筍，又吃了半碗粥就罷了。眾人揀收出去了。小丫頭捧了沐盆，盥漱已畢。襲人等出去吃飯，寶玉使個眼色與芳官。芳官本自伶俐，又學幾年戲，何事不知？便裝說頭疼，不吃飯了。襲人道：「既不吃飯，你就在屋裡作伴兒。把這粥給你留著，一時餓了再吃。」說著，都去了。

這裡寶玉和他只二人，寶玉便將方纔從火光發起，如何見了藕官，又如何謊言護庇，又如何藕官叫我問你，從頭至尾細細的告訴他一遍，又問他祭的果係何人？芳官聽了，滿面含笑，又嘆一口氣，說道：「這事說來，可笑又可嘆。」寶玉聽了，忙問：「如何？」芳官笑道：「你說他祭的是誰？祭的是死了的菂官。」寶玉道：「這是友誼，也應當的。」芳官笑道：「哪裡是友誼？他竟是瘋傻的想頭，說他自己是小生，菂官是小旦，常做夫妻；雖說是假的，每日那些曲文排場⑬，皆是真正溫存體貼之事，故此二人就瘋了。雖不做戲，尋常飲食起坐，兩個人竟是你恩我愛。菂官一死，他哭的死去活來，至今不忘，所以每節燒紙。後來補了蕊官，我們見他一般的溫柔體貼，也曾問他得新棄舊的，他說：『這又有個大道理：比如男子喪了妻，或有必當續弦者，也必要續弦為是。便只是不把死的丟過不提，便是情深意重了。若一味因死的不續，孤守一世，妨了大節，也不是理，死者反不安了。』你說可是又瘋又獃，說來可是可笑？」寶玉聽說了這篇獃話，獨合了他的獃性，不覺又是歡喜，又是悲嘆，又稱奇道絕，說：「天既生這樣人，又何用我這鬚眉濁物玷辱世界！」因又忙拉芳官囑道：「既如此說，我也有一句話囑咐他，我若親自對面與他講，未免不便，須得你告訴他。」芳官問：「何事？」寶玉道：「以後斷不可燒紙錢。這紙錢原是後人異端，不是孔子的遺訓。以後逢時按節，只備一個爐，到日隨便焚香，一心誠虔，就可感格了。愚人原不知，無論神佛死人，必要分出等例，各式各樣的。殊不知只以『誠心』二字為主。即值倉皇流離之日，雖連香亦無，隨便有土有草，只以潔淨，便可為祭。不獨死者為祭，便是神鬼也來享的。你瞧瞧我那案上只設一爐，不論日期，時常焚香。他們皆不知原故，我心裡卻各有所因。隨便有新茶便供一鍾茶，有新水就供一盞水，或有鮮花，或有鮮果，甚至於葷羹腥菜，只要心誠意潔，便是佛也都可來享。所以說，只在敬不在虛名。以後快命他不可再燒紙。」芳官聽了，便答應著。一時吃過飯，便有人回：「老太太、太太回來了。」……

⑬ 排場：原指戲場、舞臺，這裡指戲曲的情節和場面。

校記

1.「小丫頭們都說：『我們攆他，他不出去；說他，他又不信。如今帶累我們受氣，你可信了？我們到的地方兒，有你到的一半兒，還有一半到不去的呢！何況又跑到我們到不去的地方還不算，又去伸手動嘴的了。』」庚辰本缺「我們到的地方兒，有你到的一半兒，還有一半到不去的呢！何況又跑到」，據己卯本補入。

2.「晴雯笑道：『你瞧我嘗。』說著，便喝一口。芳官見如此，自己也便嘗了一口」，庚辰本無，據己卯本補入。

第五十九回　柳葉渚邊嗔鶯叱燕　絳芸軒裡召將飛符

話說寶玉聽說賈母等回來，遂多添了一件衣服，拄杖前邊來，都見過了。賈母等因每日辛苦，都要早些歇息，一宿無話。次日五鼓，又往朝中去。離送靈日不遠，鴛鴦、琥珀、翡翠、玻璃四人都忙著打點賈母之物，玉釧、彩雲、彩霞等，皆打疊王夫人之物，當面查點與跟隨的管事媳婦們。跟隨的一共大小六個丫鬟，十個老婆子媳婦子，男人不算。連日收拾馱轎器械。鴛鴦與玉釧兒皆不隨去，只看屋子。一面先幾日預發帳幔鋪陳之物，先有四五個媳婦並幾個男人領了出來，坐了幾輛車繞道先至下處，鋪陳安插等候。臨日，賈母帶著蓉妻坐一乘馱轎，王夫人在後亦坐一乘馱轎。賈珍騎馬，率了眾家丁護衛。又有幾輛大車與婆子丫鬟等坐，並放些隨換的衣包等件。是日，薛姨媽、尤氏率領諸人直送至大門外方回。賈璉恐路上不便，一面打發了他父母起身，趕上賈母、王夫人馱轎，自己也隨後帶領家丁押後跟來。榮府內，賴大添派人丁上夜，將兩處廳院都關了，一應出入人等皆走西邊小角門。日落時便命關了儀門，不放人出入。園中前後東西角門亦皆關鎖，只留王夫人大房之後，常係他姊妹出入之門，東邊通薛姨媽的角門。這兩門因在內院，不必關鎖。裡面鴛鴦和玉釧兒也各將上房關了，自領丫鬟婆子下房去安歇。每日林之孝之妻進來帶領十來個婆子上夜，穿堂內又添了許多小廝們坐更打梆子，已安插得十分妥當。

一日清曉，寶釵春困已醒，搴帷下榻，微覺輕寒，啟戶視之，見園中土潤苔青，原來五更時落了幾點微雨。於是喚起湘雲等人來。一面梳洗，湘雲因說兩腮作癢，恐又犯了杏斑癬，因問寶釵要些薔薇硝來。寶釵道：「前兒剩的都給了妹子。」因說：「顰兒配了許多，我正要和他要些。因今年竟沒發癢，就忘了。」因命鶯兒去取些來。鶯兒應了纔去時，蕊官便說：「我同你去，順便瞧瞧藕官。」說著，一徑同鶯兒出了蘅蕪苑。二人你言我語，一面行走，一面說笑，不覺到了柳葉渚。順著柳堤走來，因見柳葉纔吐淺碧，絲若垂金，鶯兒便笑道：「你會拿著柳條子編東西不會？」蕊官笑道：「編什麼東西？」鶯兒道：「什麼編不得？頑的使的都可。等我摘些下來，帶著這葉子編個花籃兒，採了各色花放在裡頭，纔是好頑呢。」說著，且不去取硝，且伸手挽翠披金，採了許多的嫩條，命蕊官拿著，鶯兒恰一行走一行編花籃。隨路見花，便採一二枝，編出一個玲瓏過梁的籃子。枝上自有本來翠葉滿佈，將花放上，卻也別致有趣。喜的蕊官笑道：「姐姐，給了我罷。」鶯兒道：「這一個偺們送林姑娘。回來偺們再多採些，編幾個大家頑。」說著，來至瀟湘館中。

黛玉也正晨妝，見了籃子，便笑說：「這個新鮮花籃是誰編的？」鶯兒笑說：「我編了送姑娘頑的。」黛玉接了，笑道：「怪道人讚你的手巧，這頑意兒卻也別致。」一面瞧了，一面便命紫鵑掛在那裡。鶯兒又問候了薛姨媽，方和黛玉要硝。黛玉忙命紫鵑包了一包，遞與鶯兒。黛玉又道：「我好了，今日要出去逛逛。你回去說與姐姐，不用過來問候媽了，也不敢勞他來瞧。我梳了頭，同媽往你們那裡去，連飯也端了那裡去吃，大家熱鬧些。」鶯兒答應了出來，便到紫鵑房中找蕊官，只見藕官與蕊官二人正說得高興，不能相捨。因說：「姑娘也去呢，藕官先同我們去等著，豈不好？」紫鵑聽如此說，便也說道：「這話倒是，他這裡淘氣的也可厭。」一面說，一面便將黛玉的匙箸用一塊洋巾包了，交與藕官道：「你先帶了這個去，也算一趟差了。」

藕官接了，笑嘻嘻同他二人出來，一徑順著柳堤走來。鶯兒便又採些柳條，越性坐在山石上編起來，又命蕊官先送了硝去再來。他二人只顧愛看他編，哪裡捨得去？鶯兒只顧催說：「你們再不去，我也不編了。」藕官便說：「我同你去了，再快回來。」二人方去了。這裡鶯兒正編，只見何婆的小女春燕走來，笑問：「姐姐織什麼呢？」正說著，蕊官二人也到了。春燕便向藕官道：「前兒你到底燒什麼紙？被我姨媽看見了，要告你沒告成，倒被寶玉賴了他一大些不是，氣的他一五一十告訴我媽。你們在外頭這二三年，積了些什麼仇恨，如今還不解開？」藕官冷笑道：「有什麼仇恨？他們不知足，反怨我們了。在外頭這兩年，別的東西不算，只算我們的米菜，不知賺了多少家去，闔家子吃不了；還有每日買東買西賺的錢在外。逢我們使他們一使兒，就怨天怨地的。你說說，可有良心？」春燕笑道：「他是我的姨媽，也不好向著外人，反說他的。怨不得寶玉說：『女孩兒未出嫁是顆無價之寶珠，出了嫁，不知怎麼就變出許多的不好的毛病來，雖是顆珠子，卻沒有光彩寶色，是顆死珠了；再老了，更變的不是珠子，竟是魚眼睛了。分明一個人，怎麼變出三樣來？』這話雖是混話，倒也有些不差。別人不知道，只說我媽和姨媽，他老姊妹兩個，如今

鶯兒便又採些柳條，越性坐在山石上編起來……。（清改琦繪，紅樓夢圖詠）

越老了，越把錢看的真了。先時，老姐兒兩個在家抱怨沒個差使，沒個進益。幸虧有了這園子，把我挑進來，可巧把我分到怡紅院，家裡省了我一個人的費用不算外，每月還有四五百錢的餘剩，這也還說不夠。後來老姊妹二人都派到梨香院去照看他們，藕官認了我姨媽，芳官認了我媽，這幾年著實寬裕了。如今挪進來，也算散開手了，還只無厭。你說好笑不好笑？我姨媽剛和藕官吵了，接著我媽為洗頭就和芳官吵。芳官連要洗頭，也不給他洗。昨日得月錢，推不去了，買了東西先叫我洗。我想了一想：我自有錢，就沒錢，要洗時不管襲人、晴雯、麝月哪一個跟前，和他們說一聲，也都容易，何必借這個光兒？好沒意思。所以我不洗。他又叫我妹妹小鳩兒洗了，纔叫芳官，果然就吵起來。接著又要給寶玉吹湯，你說，可笑死了人？我見他一進來，我就告訴那些規矩，他只不信，只要強做知道的，足的討個沒趣兒。幸虧園裡的人多，沒人分記的清楚，誰是誰的親故。若有人記得，只有我們一家人吵，什麼意思呢？你這會子又跑來弄這個。這一帶地上的東西，都是我姑娘❶管著。他一得了這地方，比得了永遠基業還利害，每日早起晚睡，自己辛苦了還不算，每日逼著我們來照看，生恐有人蹧蹋。又怕誤了我的差使。如今進來了，老姑嫂兩個照看得謹謹慎慎，一根草也不許人動。你還掐這些花兒，又折他的嫩樹，他們即刻就來，仔細他們抱怨。」鶯兒道：「別人亂折亂掐使不得，獨我使得。自從分了地基之後，每日裡各處皆有分例，吃的不用算，單管花草頑意兒：誰管什麼，每日誰就把各房裡姑娘丫頭戴的，必要各色送些折枝的去，還有插瓶的。惟有我們姑娘說了一概不用送，等要什麼再和你們要，究竟沒有要過一次。我今便掐些，他們也不好意思說的。」

---

❶ 姑娘：這裡指姑媽。

一語未了，他姑娘果然拄了拐走來，鶯兒、春燕等忙讓坐。那婆子見採了許多嫩柳，又見藕官等都採了許多鮮花，心內便不受用，看著鶯兒編，又不好說什麼，便說春燕道：「我叫你來照看照看，你就貪住頑不去了。倘或叫起你來，你又說我使你了，拿我做隱身符兒你來樂。」春燕道：「你老又使我，又怕，這會子反說我。難道把我劈做八瓣子不成？」鶯兒笑道：「姑媽，你別信小燕的話。這都是他摘下來的，煩我給他編。我攆他，他不去。」春燕笑道：「你可少頑兒，你只顧頑兒，他老人家就認真了。」那婆子本是愚頑之輩，兼之年近昏眊❷，惟利是命，一概情面不管。正心疼肝斷，無計可施，聽鶯兒如此說，便倚老賣老，拿起拄杖來，向春燕身上擊上幾下，罵道：「小蹄子，我說著你，你還和我強嘴兒呢。你媽恨的牙根癢癢，要撕你的肉吃呢。你還來和我強嘴梆子似的！」打的春燕又愧又急，哭道：「鶯兒姐姐頑話，你老就認真打我！我媽為什麼恨我？我又沒有燒胡了洗臉水，有什麼不是！」鶯兒本是頑話，忽見婆子認真動了氣，忙上去拉住，笑道：「我纔是頑話，你老人家打他，我豈不愧？」那婆子道：「姑娘，你別管我們的事。難道為姑娘在這裡，不許我管孩子不成？」鶯兒聽見這般蠢話，便賭氣紅了臉，撒了手，冷笑道：「你老人家要管，哪一刻管不得？偏我說了一句頑話，就管他了。我看你老管去！」說著便坐下，仍編柳籃子。

偏又有春燕的娘出來找他，喊道：「你不來舀水，在那裡做什麼呢？」那婆子便接聲兒道：「你來瞧瞧！你的女兒連我也不服了，在那裡排揎我呢！」那婆子一面走過來，說：「姑奶奶，又怎麼了？我們丫頭眼裡沒娘罷了，連姑媽也沒了不成？」鶯兒見他娘來了，只得又說原故。他姑媽哪裡容人說

❷ 昏眊：昏聵糊塗。

話，便將石上的花柳與他娘瞧道：「你瞧瞧，你女兒這麼大孩兒頑的。他先領著人蹧蹋我，我怎麼說人？」他娘也正為芳官之氣未平，又恨春燕不遂他的心，便走上來打耳刮子，罵道：「小娼婦，你能上來了幾年？你也跟那起輕狂浪小婦學。怎麼就管不得你們了？乾的我管不得，你是我屄裡掉出來的，難道也不敢管你不成？既是你們這起蹄子到的去的地方我到不去，你就該死在那裡伺候，又跑出來浪漢。」一面又抓起柳條子來，直送到他臉上，問道：「你這作什麼？這編的是你娘的屄！」鶯兒忙道：「那是我們編的，你老別指桑罵槐。」那婆子深妒襲人、晴雯一干人，亦知凡房中大些的丫鬟都比他們有些體統權勢，凡見了這一干人，心中又畏又讓，未免又氣又恨，亦且遷怒於眾，復又看見了藕官，又是他令姊的冤家：四處湊成一股怒氣。那春燕啼哭著，往怡紅院去了。他娘又恐問他為何哭，怕他又說出自己打他，又要受晴雯等之氣，不免著起急來，又忙喊道：「你回來！我告訴你再去。」春燕哪裡肯回來？急的他娘跑了去又拉他。他回頭看見，便也往前飛跑。他娘只顧趕他，不防腳下青苔滑倒，引的鶯兒三個人反都笑了。鶯兒便賭氣將花柳皆擲於河中，自回房去。這裡把個婆子心疼的只念佛，又罵：「促狹小蹄子，蹧蹋了花兒，雷也是要打的！」自己且掐花與各房送去，不提。

卻說春燕一直跑入院中，頂頭遇見襲人往黛玉處去問安。春燕便一把抱住襲人，說：「姑娘救我！我娘又打我呢。」襲人見他娘來了，不免生氣，便說道：「三日兩頭兒，打了乾的打親的。還是賣弄你女兒多，還是認真不知王法？」這婆子雖來了幾日，見襲人不言不語，是好性的，便說道：「姑娘你不知道，別管我們閒事！都是你們縱的，這會子還管什麼？」說著，便又趕著打。襲人氣的轉身進來。麝月正在海棠下晾手巾，聽得如此喊鬧，便說：「姐姐別管，看他怎樣。」一面使眼色與春燕。

春燕會意，便直奔了寶玉去。眾人都笑說：「這可是沒有的事，都鬧出來了。」麝月向婆子道：「你再略煞一煞氣兒，難道這些人的臉面和你討一個情，還討不下來不成？」那婆子見他女兒奔到寶玉身邊去，又見寶玉拉了春燕的手說：「別怕，有我呢。」春燕又一行哭，又一行說，把方纔鶯兒等事都說出來。寶玉越發急起來，說：「你只在這裡鬧也罷了，怎麼連親戚也都得罪起來？」麝月又向婆子及眾人道：「怨不得這嫂子說我們管不著他們的事。我們雖無知，錯管了，如今請出一個管得著的人來管一管，嫂子就心服口服，也知道規矩了。」便回頭叫小丫頭子：「去把平兒給我們叫來！平兒不得閒，就把林大娘叫了來。」那小丫頭應了就走。

眾媳婦上來笑說：「嫂子，快求姑娘們叫回那孩子罷。平姑娘來了，可就不好了。」那婆子說道：「憑你哪個平姑娘來，也憑個理。沒有娘管女兒，大家管著娘的。」眾人笑道：「你當是哪個平姑娘？是二奶奶屋裡的平姑娘。他有情呢，說你兩句；他一翻臉，嫂子你吃不了兜著走。」說話之間，只見小丫頭子回來說：「平姑娘正有事，問我作什麼？我告訴了他。他說：『既這樣，且攆他出去，告訴了林大娘，在角門外打他四十板子就是了。』」那婆子聽如此說，自不捨得出去，便又淚流滿面，央告襲人等說：「好容易我進來了，況且我是寡婦，家裡沒人，正好一心無掛的在裡頭伏侍姑娘們。姑娘們也便宜，我家裡又有些好過。我這一去，又要去自己生火過活，將來不免又沒了過活。」襲人見他如此，早又心軟了，便說：「你既要在這裡，又不守規矩，又不聽說，又亂打人，哪裡弄你這個不曉事的來，天天鬥口，也叫人笑話，失了體統。」晴雯道：「理他呢！打發去了是正經。誰和他去對嘴對舌的。」那婆子又央眾人道：「我雖錯了，姑娘們吩咐了，我以後改過，姑娘們哪不是行好積德！」

一面又央春燕道：「原是我為打你起的，究竟沒打成你，我如今反受了罪。你也替我說說。」寶玉見如此可憐，只得留下，吩咐他不可再鬧。那婆子走來一一的謝過了下去。

只見平兒走來，問係何事？襲人等忙說：「已完了，不必再提。」平兒笑道：「得饒人處且饒人，得省的將就省些事也罷了。能去了幾日，只聽各處大小人兒都作起反來了，一處不了又一處，叫我不知管哪一處的是。」襲人笑道：「我只說我們這裡反了，原來還有幾處。」平兒笑道：「這算什麼？正和珍大奶奶算呢，這三四日的工夫，一共大小出來了八九件了。你這裡是極小的，算不起數兒來，還有大的可氣可笑之事。」不知襲人問他果係何事，且聽下回分解。

校記

1. 「話說寶玉聽說賈母等回來，遂多添了一件衣服，拄杖前邊來，都見過了。賈母等因每日辛苦」，庚辰本原作「話說寶玉多添了一件衣服，拄杖前邊來，都見過。因每日辛苦」。據甲辰本改。

第六十回　茉莉粉替去薔薇硝　玫瑰露引來茯苓霜

話說襲人因問平兒，何事這等忙亂？平兒笑道：「都是世人想不到的，說來也好笑，等幾日告訴你。如今沒頭緒呢，且也不得閒兒。」一語未了，只見李紈的丫鬟來了，說：「平姐姐可在這裡？奶奶等你，你怎麼不去了？」平兒忙轉身出來，口內笑說：「來了，來了。」襲人等笑道：「他奶奶病了，他又成了香餑餑了，都搶不到手。」平兒去了不提。

寶玉便叫春燕：「你跟了你媽去，到寶姑娘房裡給鶯兒幾句好話聽聽，也不可白得罪了他。」春燕答應了，和他媽出去。寶玉又隔窗說道：「不可當著寶姑娘說，仔細反叫鶯兒受教導。」娘兒兩個應了出來，一壁走著，一面說閒話兒。春燕因向他娘道：「我素日勸你老人家，再不信，何苦鬧出沒趣來纔罷！」他娘笑道：「小蹄子，你走罷。俗語道：『不經一事，不長一智。』我如今知道了，你又該來問著我。」春燕笑道：「媽，你若安分守己，在這屋裡長久了，自有許多的好處。我且告訴你句話：寶玉常說，將來這屋裡的人，無論家裡外頭的，一應我們這些人，他都要回太太全放出去，與本人父母自便呢。（補前文不足處。）你只說這一件，可好不好？」他娘聽說，喜的忙問：「這話果真？」春燕道：「誰可扯這謊做什麼？」婆子聽了，便念佛不絕。

當下來至蘅蕪苑中，正值寶釵、黛玉、薛姨媽等吃飯，鶯兒自去泡茶。春燕便和他媽一逕到鶯兒前，陪笑說「方纔言語冒撞了，姑娘莫嗔莫怪，特來陪罪」等語。鶯兒忙笑讓坐，又倒茶。他娘兒兩個說有事，便作辭回來。忽見蕊官趕出叫：「媽媽姐姐，略站一站。」一面走上來，遞了一個紙包與他們，說是薔薇硝，帶與芳官去擦臉。春燕笑道：「你們也太小氣了，還怕那裡沒這個與他，巴巴的你又弄一包給他去。」蕊官道：「他是他的，我送的是我的。好姐姐，千萬帶回去罷。」春燕只得接了。娘兒兩個回來，正值賈環、賈琮二人來問候寶玉，也纔進去。春燕便向他娘說：「只我進去罷，你老不用去。」他娘聽了，自此便百依百隨的，不敢倔強了。

春燕進來，寶玉知道回復，便先點頭。春燕知意，便不再說一語，略站了一站，便轉身出來，使眼色與芳官。芳官出來，春燕方悄悄的說與他蕊官之事，並與了他硝。寶玉並無與琮、環可談之語，因笑問芳官：「手裡是什麼？」芳官便忙遞與寶玉瞧，又說：「是擦春癬的薔薇硝。」寶玉笑道：「虧他想得到。」賈環聽了，便伸著頭瞧了一瞧，又聞得一股清香，便彎著腰向靴桶內掏出一張紙來托著，笑說：「好哥哥，給我一半兒。」寶玉只得要與他。芳官心中因是蕊官之贈，不肯與別人，連忙攔住，笑說道：「別動這個，我另拿些來。」寶玉會意，忙笑包上，說道：「快取來。」芳官接了這個，自去收好，便從奩中去尋自己常使的。啟奩看時，盒內已空，心中疑惑：「早間還剩了些，如何沒了？」因問人時，都說不知。麝月便說：「這會子且忙著問這個！不過是這屋裡人一時短了使了。你不管拿些什麼給他們，他們哪裡看得出來？快打發他們去了，偺們好吃飯。」芳官聽了，便將些茉莉粉包了一包拿來。賈環見了，就伸手來接。芳官便忙向炕上一擲，賈環只得向炕上拾了，揣在懷內，方作辭而去。

原來賈政不在家，且王夫人等又不在家，賈環連日也便裝病逃學。如今得了硝，興興頭頭來找彩雲。正值彩雲和趙姨娘閒談，賈環笑嘻嘻向彩雲道：「我也得了一包好的，送你擦臉。你常說薔薇硝擦癬比外頭的銀硝強，你且看看可是這個？」彩雲打開一看，嗤的一聲笑了，說道：「你是和誰要來的？」賈環便將方纔之事說了。彩雲笑道：「這是他們哄你這鄉老呢。這不是硝，這是茉莉粉。」賈環看了一看，果然比先的帶些紅色，聞聞也是噴香，因笑道：「這也是好的，硝粉一樣，留著擦罷，自是比外頭買的高便好。」彩雲只得收了。趙姨娘便說：「有好的給你？誰叫你要去了！怎怨他們耍你。依我，拿了去照臉摔給他去！趁著這會子撞屍的撞屍去了，挺床的便挺床❶，吵一齣子，大家別心淨，也算是報仇。莫不是兩個月之後，還找出這個渣兒❷來問你不成？便問你，你也有話說。寶玉是哥哥，不敢沖撞他罷了，難道他屋裡的貓兒狗兒，也不敢去問問不成？」賈環聽說，便低了頭。彩雲忙說：「這又何苦生事？不管怎樣，忍耐些罷了。」趙姨娘道：「你快休管，橫豎與你無干。乘著抓住了理，罵給那些浪淫婦們一頓也是好的。」又指賈環道：「呸！你這下流沒剛性的，也只好受這些毛崽子的氣！平白我說你一句兒，或無心中錯拿了一件東西給你，你倒會扭頭暴筋，瞪著眼撴摔❸娘，這會子被那起屄崽子耍弄也罷了。你明兒還想這些家裡人怕你呢？你沒有屄本事，我也替你羞。」賈環聽了，不免又愧又急，又不敢去，只摔手說道：「你這麼會說，你也不敢去。指使了我去鬧，倘或往學裡告去，捱了打，你敢自不疼呢！遭遭兒調唆了我鬧去，鬧出事來，我捱了打罵，你一般也低

❶ 撞屍兩句：撞屍，罵人亂跑瞎逛。挺床，罵人睡在床上，像死屍一樣。古代人死後，在入殮前要在床上停放數日。

❷ 找渣兒：即「找碴兒」。故意挑毛病的意思。

❸ 撴摔：頂撞。

了頭。這會子又調唆我和毛丫頭們去鬧，你不怕三姐姐，你敢去，我就服你！」只這一句話，便戳了他娘的肺，便喊說：「我腸子爬出來的，我再怕不成？這屋裡越發有的說了。」一面說，一面拿了那包子，便飛也似往園中去。彩雲死勸不住，只得躲入別房。賈環便也躲出儀門，自去頑耍。

趙姨娘直進園子，正是一頭火，頂頭正遇見藕官的乾娘夏婆子走來。見趙姨娘恨恨的走來，因問：「姨奶奶哪去？」趙姨娘又說：「你瞧瞧，這屋裡連三日兩日進來的唱戲的小粉頭❹們，都三般兩樣掂人分兩放小菜碟兒❺了。若是別一個，我還不惱；若叫這些小娼婦捉弄了，還成個什麼！」夏婆子聽了，正中己懷，忙問因何？趙姨娘悉將芳官以粉作硝，輕侮賈環之事說了。夏婆子道：「我的奶奶，你今日纔知道！這算什麼事，連昨日這個地方，他們私自燒紙錢，寶玉還攔到頭裡。人家還沒拿進個什麼兒來，就說使不得，不乾不淨的忌諱。這燒紙倒不忌諱？你老想一想：這屋裡除了太太，誰還大似你？你老自己掌不起來；但凡掌起來的，誰還不怕你老人家？如今我想，乘著這幾個小粉頭兒恰不是正頭貨，得罪了他們也有限的，快把這兩件事抓著理，扎個筏子，我在旁作證據。你老把威風抖一抖，以後也好爭別的理。便是奶奶姑娘們，也不好為那起小粉頭子說你老的。」趙姨娘聽了這話，益發有理，便說：「燒紙的事不知道，你卻細細的告訴我。」夏婆子便將前事一一的說了。又說：「你只管說去，倘或鬧起，還有我們幫著你呢。」趙姨娘聽了，越發得了意，仗著膽子便一逕到了怡紅院中。

❹ 粉頭：妓女。

❺ 三般兩樣句：三般兩樣，形容對人分高下，差別待遇。掂人分兩放小菜碟兒，比喻勢利眼，看人行事。

可巧寶玉聽見黛玉在蘅蕪苑，便往那裡去了。芳官正與襲人等吃飯，見趙姨娘來了，便都起身笑讓：「姨奶奶吃飯。有什麼事這麼忙？」趙姨娘也不答話，走上來便將粉照著芳官臉上撒來，指著芳官罵道：「小淫婦！你是我銀子錢買來學戲的，不過娼婦粉頭之流，我家裡下三等奴才也比你高貴些的，你都會看人下菜碟兒。寶玉要給東西，你攔在頭裡，莫不是要了你的了？拿這個哄他，你只當他不認得呢！好不好，他們是手足，都是一樣的主子，哪裡有你小看他的！」芳官哪裡禁得住這話，一行哭，一行說：「沒了硝，我纔把這個給他的。若說沒了，又恐他不信。難道這不是好的？我便學戲，也沒往外頭去唱。我一個女孩兒家，知道什麼是粉頭麵頭的！姨奶奶犯不著來罵我，我又不是姨奶奶家買的。『梅香拜把子——都是奴幾』❻呢！」襲人忙拉他說：「休胡說！」趙姨娘氣的便上來打了兩個耳刮子。襲人等忙上來拉勸，說：「姨奶奶別和他小孩子一般見識，等我們說他。」芳官捱了兩下打，哪裡肯依？便撞頭打滾，潑哭潑鬧起來，口內便說：「你打得起我麼？你照照那模樣兒再動手！我叫你打了去，我還活著！」便撞在懷裡叫他打。眾人一面勸，一面拉他。晴雯悄拉襲人說：「別管他們，讓他們鬧去，看怎麼開交。如今亂為王了，什麼你也來打，我也來打，都這樣起來還了得呢！」外面跟著趙姨娘來的一干的人聽見如此，心中各各稱願，都念佛說：「也有今日！」又有那一干懷怨的老婆子見打了芳官，也都稱願。

當下藕官、蕊官等正在一處作耍。湘雲的大花面葵官、寶琴的小花面荳官兩個聞了此信，慌忙找著他兩個，說：「芳官被人欺侮，偺們也沒趣，須得大家破著大鬧一場，方爭過氣來。」四人終是小

❻ 梅香句：歇後語。意思是不管排行老幾，都是奴才輩。梅香，俾女的代稱。拜把子，結拜為兄弟姊妹。

孩子心性，只顧他們情分上義憤，便不顧別的，一齊跑入怡紅院中。荳官先便一頭，幾乎不曾將趙姨娘撞了一跌；那三個也便擁上來，放聲大哭，手撕頭撞，把個趙姨娘裹住。晴雯等一面笑，一面假意去拉。急的襲人拉起這個，又跑了那個，口內只說：「你們要死！有委屈只好說，這沒理的事如何使得！」趙姨娘反沒了主意，只好亂罵。蕊官、藕官兩個一邊一個抱住左右手，葵官、荳官前後頭頂住，四人只說：「你只打死我們四個就罷！」芳官直挺挺躺在地下，哭得死過去。

正沒開交，誰知晴雯早遣春燕回了探春。當下尤氏、李紈、探春三人帶著平兒與眾媳婦走來，將四個喝住。問起原故，趙姨娘便氣的瞪著眼，粗了筋，一五一十，說個不清。尤、李兩個不答言，只喝禁他四人。探春便嘆氣說：「這是什麼大事，姨娘也太肯動氣了！我正有一句話要請姨娘商議，怪道丫頭說不知在哪裡，原來在這裡生氣呢。快同我來。」尤氏、李氏都笑說：「姨娘請到廳上來，偺們商量。」趙姨娘無法，只得同他三人出來，口內猶說長說短。探春便說：「那些小丫頭子們原是些頑意兒，喜歡呢，和他說說笑笑；不喜歡便可以不理他。便他不好了，也如同貓兒狗兒抓咬了一下子，可恕就恕，不恕時，也只該叫了管家媳婦們去說給他去責罰。何苦自己不尊重，大吆小喝，失了體統。你瞧周姨娘，怎不見人欺他？他也不尋人去。我勸姨娘且回房去煞煞性兒，別聽那些混賬人的調唆，沒的惹人笑話自己獃，白給人作粗活。心裡有二十分的氣，也忍耐這幾天，等太太回來自然料理。」一席話說得趙姨娘閉口無言，只得回房去了。

這裡探春氣的和尤氏、李紈說：「這麼大年紀，行出來的事總不叫人敬服。這是什麼意思！值得吵一吵，並不留體統？耳朵又軟，心裡又沒有計算。這又是哪起沒臉面的奴才們的調停，作弄出個獃人替他們出氣?」越想越氣，因命人查是誰調唆的。媳婦們只得答應著出來，相視而笑，都說是大海裡哪裡尋針去。只得將趙姨娘的人並園中人喚來盤詰，都說不知道。眾人沒法，只得回探春：「一時難查，慢慢訪查。凡有口舌不妥的，一總來回了責罰。」探春氣漸漸平服方罷。可巧艾官便悄悄的回探春說：「都是夏媽和我們素日不對，每每的造言生事。前兒賴藕官燒紙，幸虧是寶玉叫他燒的，寶玉自己應了，他纔沒話。今兒我與姑娘送手帕去，看見他和姨奶奶在一處說了半天，嘁嘁喳喳的，見了我纔走開了。」探春聽了，雖知情弊，亦料定他們皆一黨，本皆淘氣異常，便只答應，也不肯據此為實。

誰知夏婆子的外孫女兒蟬姐兒便是探春處當役的，時常與房中丫鬟們買東西，呼喚人，眾女孩兒都和他好。這日飯後，探春正上廳理事，翠墨在家看屋子，因命蟬姐兒出去叫小么兒買糕去。蟬姐兒便說：「我纔掃了個大園子，腰腿生疼的，你叫個別的人去罷。」翠墨笑說：「我又叫誰去?你趁早兒去。我告訴你一句好話，你到後門順路告訴你老娘，防著些兒。」說著，便將艾官告他老娘話告訴了他。蟬姐兒聽了，忙接了錢道：「這個小蹄子也要捉弄人，等我告訴去。」說著，便起身出來。至後門邊，只見廚房內此刻手閒之時，都坐在階砌上說閒話呢，他老娘亦在內。蟬姐兒便命一個婆子出去買糕，他且一行罵，一行說，將方纔之話告訴與夏婆子。夏婆子聽了又氣又怕，便欲去找艾官問他，又欲往探春前去訴冤。蟬姐兒忙攔住說：「你老人家去怎麼說呢?這話怎得知道的?可又叨登❼不好了。說給你老防著就是了，哪裡忙到這一時兒!」

❼ 叨登：這裡是「折騰」的意思。此外還有糾纏、牽扯等意思。

正說著，忽見芳官走來，扒著院門，笑向廚房中柳家媳婦說道：「柳嫂子，寶二爺說了，晚飯的素菜要一樣涼涼的酸酸的東西，只別擱上香油弄膩了。」柳家的笑道：「知道。今兒怎麼遣你來了告訴這麼一句要緊話？你不嫌髒，進來逛逛兒不是。」芳官纔進來，忽有一個婆子手裡托了些糕來。芳官便戲道：「誰買的熱糕？我先嘗一塊兒。」蟬姐兒一手接了道：「這是人家買的，你們還稀罕這個！」柳家的見了忙笑道：「芳姑娘，你喜吃這個，我這裡有。纔買下給你姐姐吃的，他不曾吃，還收在那裡，乾乾淨淨沒動呢。」說著，便拿了一碟出來，遞與芳官，又說：「你等我進去替你頓口好茶來。」一面進去，現通開火頓茶。芳官便拿著熱糕問到蟬姐兒臉上說：「希罕吃你那糕！這個不是糕不成？我不過說著頑罷了，你給我磕個頭，我也不吃。」說著，便將手內的糕一塊一塊的掰了，擲著打雀兒頑，口內笑說：「柳嫂子，你別心疼，我回來買二斤給你。」蟬姐兒氣的怔怔的，瞅著冷笑道：「雷公老爺也有眼睛，怎不打這作孽的！他還氣我呢。我可拿什麼比你們？又有人進貢，又有人作乾奴才，溜你們上好兒，幫襯著說句話兒。」眾媳婦都說：「姑娘們罷呀！天天見了就咕唧。」有幾個伶透的，見了他們對了口，怕又生事，都拿起腳來各自走開了。當下蟬姐兒也不敢十分說他，一面咕嘟著去了。

這裡柳家的見人散了，忙出來和芳官說：「前兒那話說了不曾？」芳官道：「說了。等一二日再提這事。偏那趙不死的又和我鬧了一場。前兒那玫瑰露姐姐吃了不曾？他到底可好些？」柳家的道：「可不都吃了。他愛的什麼似的，又不好問你再要的。」芳官道：「不值什麼，等我再要些來給他就是了。」原來這柳家的有個女兒，今年纔十六歲，雖是廚役之女，卻生的人物與平、襲、紫、鴛皆類。因他排行第五，因叫他是五兒。（五月之柳，春色可知。）因素有弱疾，故沒得差。近因柳家的見寶玉房中的丫鬟差使輕，且又聞得寶玉將來都要放他們，故如今要送他到那裡應名兒。正無頭路，可巧這柳家的是梨香院的差役，他最小意殷勤，伏侍得芳官一干人比別的乾娘還好，芳官等亦待他們極好。如今便和芳官說了，央芳官去與寶玉說。寶玉雖是依允，只是近日病著，又見事多，尚未說得。

前言少述，且說當下芳官回至怡紅院中，回復了寶玉。寶玉因聽見趙姨娘廝吵，心中自是不悅，說又不是，不說又不是，只得等吵完了，打聽著探春勸了他去後，方從蘅蕪苑回來，勸了芳官一陣，方大家安妥。因使他到廚房說話去。今見他回來，又說還要些玫瑰露與柳五兒吃去，寶玉忙道：「有的，我又不大吃，你都給他去罷。」說著，命襲人取了出來，見瓶中亦不多，遂連瓶與了他。芳官便自攜了瓶與他去。正值柳家的帶進他女兒來散悶，在那邊畸角子上一帶地方兒逛了一回，便回到廚房內，正吃茶歇腳兒。芳官拿了一個五寸來高的小玻璃瓶來，迎亮照看，裡面小半瓶胭脂一般的汁子，還道是寶玉吃的西洋葡萄酒。母女兩個忙說：「快拿鏇子❽盪滾水。你且坐下。」芳官笑道：「就剩了這些，連瓶子都給你們罷。」五兒聽了，方知是玫瑰露，忙接了，謝了又謝。芳官又問他：「好些？」五兒道：「今兒精神些，進來逛逛。這後邊一帶，也沒什麼意思，不過見些大石頭大樹和房子後牆，正經好景致也沒看見。」芳官道：「你為什麼不往前去？」柳家的道：「我沒叫他往前去。姑娘們也不認得他，倘有不對眼的人看見了，又是一番口舌。明兒託你攜帶他有了房頭❾，怕沒有人帶著他逛呢？只怕逛膩了的日子還有呢。」芳官聽了，笑道：「怕什麼，有我呢。」柳家的忙道：「噯喲喲，

---

❽ 鏇子：盪酒的器具，多用銅錫製成，內盛熱水，將酒壺放入其中即可加溫。

❾ 有了房頭：指被分派到某一主子的房裡供使喚，有了歸屬。房頭，房間。

我的姑娘！我們的頭皮兒薄，比不得你們。」說著，又倒了茶來。芳官哪裡吃這茶，只漱了一口就走了。柳家的說道：「我這裡占著手，五丫頭送送。」

五兒便送出來，因見無人，又拉著芳官說道：「我的話到底說了沒有？」芳官笑道：「難道哄你不成？我聽見屋裡正經還少兩個人的窩兒，並沒補上，一個是紅玉的，璉二奶奶要去，還沒給人來；一個是墜兒的，也還沒補。如今要你一個，也不算過分。皆因平兒每每的和襲人說，凡有動人動錢的事，得挨的且挨一日更好。如今三姑娘正要拿人扎筏子呢，連他屋裡的事都駁了兩三件。如今正要尋我們屋裡的事沒尋著，何苦來往網裡碰去！倘或說些話駁了，那時老了，倒難回轉。不如等冷一冷，老太太、太太心閒了，憑是天大的事，先和老的一說，沒有不成的。」五兒道：「雖如此說，我卻性急，等不得了。趁如今挑上來了，一則給我媽爭口氣，也不枉養我一場；（為母。）二則添上月錢，家裡又從容些；（二為家中。）三則我的心開一開，只怕這病就好了。便是請大夫吃藥，也省了家裡的錢。」芳官道：「我都知道了，你只放心。」二人別過，芳官自去不提。

單表五兒回來，與他娘深謝芳官之情。他娘因說：「再不承望得了這些東西。雖然是個珍貴物兒，卻是吃多了也最動熱。竟把這個倒些送個人去，也是個大情。」五兒問：「送誰？」他娘道：「送你舅舅的兒子。昨日熱病，也想這些東西吃。如今我倒半盞與他去。」五兒聽了，半日沒言語，隨他媽倒了半盞子去，將剩的連瓶便放在家伙廚內。五兒冷笑道：「依我說，竟不給他也罷了。倘或有人盤問起來，倒又是一場事了。」他娘道：「哪裡怕起這些來，還了得了？我們辛辛苦苦的，裡頭賺些東西，也是應當的。難道是賊偷的不成！」說著，一逕去了，直至外邊他哥哥家中。他侄子正躺著，一見了這個，他哥嫂侄男無不歡喜。現從井上取了涼水，和吃了一碗，心中一暢，頭目清涼。剩的半盞，用紙覆著，放在桌上。可巧又有家中幾個小廝，同他侄兒素日相好的，走來問候他的病。內中有一小夥名喚錢槐者，乃係趙姨娘之內侄。他父母現在庫上管賬，他本身又派跟賈環上學。因他有些錢勢，尚未娶親，素日看上了柳家的五兒標緻，和父母說了，欲娶他為妻。也曾央中保媒人，再四求告。柳家父母卻也情願，爭奈五兒執意不從，雖未明言，卻行止中已帶出，父母未敢應允。近日又想往園內去，越發將此事丟開，只等三五年後放出來，自向外邊擇婿了。錢家見他如此，也就罷了。怎奈錢槐不得五兒，心中又氣又愧，發恨定要弄取成配，方了此願。今也同人來瞧望柳侄，不期柳家的在內。柳家的忽見一群人來了，內中有錢槐，便推說不得閒，起身便走了。他哥嫂忙說：「姑媽怎麼不吃茶就走？倒難為姑媽記掛。」柳家的因笑道：「只怕裡面傳飯，再閒了出來瞧侄子罷。」

他嫂子因向抽屜內取了一個紙包出來，拿在手內，送了柳家的出來，至牆角邊，遞與柳家的，又笑道：「這是你哥哥昨兒在門上該班兒，誰知這五日一班竟偏冷淡，一個外財沒發。只有昨兒有粵東的官兒來拜，送了上頭兩小簍子茯苓霜，餘外給了門上人一簍作門禮，你哥哥分了這些。這地方千年松柏最多，所以單取了這茯苓的精液和了藥，不知怎麼弄出這怪俊的白霜兒來。說第一用人乳和著，每日早起吃一鍾，最補人的；第二用牛奶子；萬不得，滾白水也好。我們想著正宜外甥女兒吃，原是上半日打發小丫頭子送了家去的。他說鎖著門，連外甥女兒也進去了。本來我要瞧瞧他去，給他帶了去的。又想主子們不在家，各處嚴緊，我又沒甚麼差使，有要沒緊，跑些什麼？況且這兩日風聲，聞得裡頭家反宅亂的，倘或沾帶了，倒值多的。姑娘來的正好，親自帶去罷。」柳氏道了生受，作別回來。剛到了角門前，只見一個小么兒笑道：「你老人家哪裡去了？裡頭三次兩趟叫人傳呢。我們三四個人都找你老去了，還沒來。你老人家卻從那裡來了。這條路又不是家去的路，我倒疑心起來。」那柳家的笑罵道：「好猴兒崽子……」要知端的，且聽下回分解。

校記

1. 「勸了芳官一陣，方大家安妥。因使他到廚房說話去。」庚辰本缺「因使他到廚房說話去」，據程甲本補入。

第六十一回　投鼠忌器寶玉瞞贓　判冤決獄平兒行權

那柳家的笑道：「好猴兒崽子！你親嬸子找野老兒去了，你豈不多得一個叔叔，有什麼疑的！別討我把你頭上的榪子蓋❶似的幾根屄毛撏❷下來。還不開門讓我進去呢。」這小廝且不開門，且拉著笑說：「好嬸子，你這一進去，好歹偷些杏子出來賞我吃。我這裡老等。你若忘了時，日後半夜三更打酒買油的，我不給你老人家開門，也不答應你，隨你乾叫去。」柳氏啐道：「發了昏的！今年不比往年，把這些東西都分給了眾奶奶了，一個個的不像抓破了臉的，人打樹底下一過，兩眼就像那鷀雞❸似的，還動他的果子？昨兒我從李子樹下一走，偏有一個蜜蜂兒往臉上一過，我一招手兒，偏你那好舅母就看見了。他離的遠，看不真，只當我摘李子呢，就屄聲浪嗓喊起來，說又是『還沒供佛呢』，又是『老太太、太太不在家，還沒進鮮呢，等進了上頭，嫂子們都有分的』。倒像誰害了饞癆，等李子出汗呢。叫我也沒好話說，搶白了他一頓。可是你舅母、姨娘兩三個親戚都管著，怎不和他們要的？倒和我來要。這可是『倉老鼠和老鴰去借糧——守著的沒有，飛著的有』。」小廝笑道：「噯喲喲，沒有罷了，說上這些閒話！我看你老以後就用不著我了？就便是姐姐有了好地方，將來更呼喚著的日子多，

---

❶ 榪子蓋：榪子，木製馬桶。這裡榪子蓋指一種髮式，將四周頭髮剃去，中留圓形短髮，其狀如馬桶蓋。

❷ 撏：音ㄒㄩㄣˊ。拉扯；拔取。

❸ 鷀雞：鳥名，通體黑色，身短尾長，兇猛善鬥。

只要我們多答應他些就有了。」柳氏聽了，笑道：「你這個小猴精，又搗鬼弔白的。你姐姐有什麼好地方了？」那小廝笑道：「別哄我了，早已知道了。單是你們有內縴，難道我們就沒有內縴不成？我雖在這裡聽哈，裡頭卻也有兩個姊妹成個體統的，什麼事瞞了我們！」

正說著，只聽門內又有老婆子向外叫：「小猴兒們，快傳你柳嬸子去罷。再不來，可就誤了。」柳家的聽了，不顧和小廝說話，忙推門進去，笑說：「不必忙，我來了。」一面來至廚房——雖有幾個同伴的人，他們都不敢自專，單等他來調停分派——一面問眾人：「五丫頭哪去了？」眾人都說：「纔往茶房裡找他們姊妹去了。」柳家的聽了，便將茯苓霜擱起，且按著房頭分派菜饌。忽見迎春房裡小丫頭蓮花兒走來（總是寫春景將殘。）說：「司棋姐姐說了，要碗雞蛋，燉的嫩嫩的。」柳家的道：「就是這一樣尊貴。不知怎的，今年這雞蛋短的很，十個錢一個還找不出來。昨兒上頭給親戚家送粥米去，四五個買辦出去，好容易纔湊了二十個來。我哪裡找去？你說給他，改日吃罷。」蓮花兒道：「前兒要吃豆腐，你弄了些餿的，叫他說了我一頓；今兒要雞蛋，又沒有了。什麼好東西？我就不信連雞蛋都沒有了，別叫我翻出來。」一面說，一面真個走來，揭起菜箱一看，只見裡面果有十來個雞蛋，說道：「這不是？你就這麼利害！吃的是主子的，我們的分例，你為什麼心疼？又不是你下的蛋，怕人吃了！」柳家的忙丟了手裡的活計，便上來說道：「你少滿嘴裡混唚！你娘纔下蛋呢！通共留下這幾個，預備菜上的澆頭，姑娘們不要，還不肯做上去呢，預備接急的。你們吃了，倘或一聲要起來，沒有好的，連雞蛋都沒了。你們深宅大院，水來伸手，飯來張口，只知雞蛋是平常物件，哪裡知道外頭買賣的行市呢。別說這個，有一年連草根子還沒了的日子還有呢。我勸他們，細米白飯，每日肥雞大鴨子，將就些兒也罷了。吃膩了膈，天天又鬧起故事來了。雞蛋、豆腐、又是什麼麵筋、醬蘿蔔炸兒，敢自倒換口味。只是我又不是答應你們的，一處要一樣，就是十來樣，我倒別伺候頭層主子，只預備你們二層主子了。」

蓮花兒聽了，便紅了臉，喊道：「誰天天要你什麼來？你說上這兩車子話！叫你來，不是為便宜，卻為什麼？前兒小燕來說，晴雯姐姐要吃蘆蒿，你怎麼忙的還問肉炒雞炒？小燕說葷的因不好，纔另叫你炒個麵筋的，少擱油纔好。你忙的倒說自己發昏，趕著洗手炒了，狗顛兒似的❹親捧了去。今兒反倒拿我作筏子，說我給眾人聽。」柳家的忙道：「阿彌陀佛！這些人眼見的：別說前兒一次，就從舊年一立廚房以來，凡各房裡偶然間不論姑娘姐兒們要添一樣半樣，誰不是先拿了錢來，另買另添？有的沒的，名聲好聽。說我單管姑娘廚房省事，又有剩頭兒；算起賬來，惹人惡心。連姑娘帶姐兒們四五十人，一日也只管要兩隻雞，兩隻鴨子，十來斤肉，一吊錢的菜蔬，你們算算，夠作什麼的？連本項兩頓飯還撐持不住，還擱的住這個點這樣，那個點那樣？買來的又不吃，又買別的去。既這樣，不如回了太太，多添些分例，也像大廚房裡預備老太太的飯，把天下所有的菜蔬用水牌❺寫了，天天轉著吃，吃到一個月現算倒好。連前兒三姑娘和寶姑娘偶然商議了要吃個油鹽炒枸杞芽兒來，現打發個姐兒拿著五百錢來給我，我倒笑起來了，說：『二位姑娘就是大肚子彌勒佛，也吃不了五百錢的。這三二十個錢的事，還預備的起。』趕著我送回錢去，到底不收，說賞我打酒吃。又說：『如今廚房在

❹ 狗顛兒似的：以狗的搖尾乞憐諷刺殷勤獻媚的人。

❺ 水牌：塗上白色或黑色油漆的木製牌子，用來登記賬目或記事，寫畢可隨時拭去。

裡頭，保不住屋裡的人不去叨登。一鹽一醬，哪不是錢買的？你不給又不好，給了你又沒的賠。你拿著這個錢，全當還了他們素日叨登的東西窩兒。』這就是明白體下的姑娘，我們心裡只替他念佛。沒的趙姨奶奶聽了，又氣不忿，又說太便宜了我，隔不了十天，也打發個小丫頭子來，尋這樣，尋那樣，我倒好笑起來。你們竟成了例，不是這個，就是那個，我哪裡有這些賠的！」

正亂時，只見司棋又打發人來催蓮花兒，說他：「死在這裡了，怎麼就不回去？」蓮花兒賭氣回來，便添了一篇話，告訴了司棋。司棋聽了，不免心頭起火。此刻伺候迎春飯罷，帶了小丫頭們走來，見了許多人正吃飯，見他來的勢頭不好，都忙起身陪笑讓坐。司棋便喝命小丫頭子動手，「凡箱櫃所有的菜蔬，只管丟出來餵狗，大家賺不成。」小丫頭子們巴不得一聲，七手八腳搶上去，一頓亂翻亂擲的。眾人一面拉勸，一面央告司棋說：「姑娘別誤聽了小孩子的話。柳嫂子有八個頭，也不敢得罪姑娘。說雞蛋難買是真。我們纔也說他不知好歹，憑是什麼東西，也少不得變法兒去。他已經悟過來了，連忙蒸上了。姑娘不信，瞧那火上。」司棋被眾人一頓好言，方將氣勸的漸平。小丫頭們也沒得摔完東西，便拉開了。司棋連說帶罵，鬧了一回，方被眾人勸去。柳家的只好摔碗丟盤，自己咕嘟了一回，蒸了一碗雞蛋令人送去。司棋全潑了地下了。那人回來也不敢說，恐又生事。

柳家的打發他女兒喝了一回湯，吃了半碗粥，又將茯苓霜一節說了。五兒聽罷，便心下要分些贈芳官，遂用紙另包了一半，趁黃昏人稀之時，自己花遮柳隱的來找芳官。且喜無人盤問，一逕到了怡紅院門前，不好進去，只在一簇玫瑰花前站立，遠遠的望著。有一盞茶時，可巧小燕出來，忙上前叫住。小燕不知是哪一個，至跟前方看真切，因問：「作什麼？」五兒笑道：「你叫出芳官來，我和他說話。」小燕悄笑道：「姐姐太性急了，橫豎等十來日就來了，只管找他做什麼？方纔使了他往前頭去了，你且等他一等。不然，有什麼話告訴我，等我告訴他。恐怕你等不得，只怕關園門了。」五兒便將茯苓霜遞與了小燕，又說這是茯苓霜，如何吃，如何補益，「我得了些送他的，轉煩你遞與他就是了。」說畢，作辭回來。

正走蓼溆一帶，忽見迎頭林之孝家的帶著幾個婆子走來，五兒藏躲不及，只得上來問好。林之孝家的問道：「我聽見你病了，怎麼跑到這裡來？」五兒陪笑道：「因這兩日好些，跟我媽進來散散悶。纔因我媽使我到怡紅院送傢伙去。」林之孝家的說道：「這話岔了。方纔我見你媽出來，我纔關門。既是你媽使了你去，他如何不告訴我說你在這裡呢？竟出去讓我關門，是何主意？可知是你扯謊。」五兒聽了，沒話回答，只說：「原是我媽一早教我取去的，我忘了，挨到這時我纔想起來了。只怕我媽錯當我先出去了，所以沒和大娘說得。」林之孝家的聽他辭鈍色虛，又因近日玉釧兒說那邊正房內失落了東西，幾個丫頭對賴，沒主兒，心下便起了疑。可巧小蟬、蓮花兒並幾個媳婦子走來，見了這事，便說道：「林奶奶倒要審審他。這兩日他往這裡頭跑的不像，鬼鬼唧唧的，不知幹些什麼事。」小蟬又道：「正是。昨兒玉釧姐姐說，太太耳房裡的櫃子開了，少了好些零碎東西。璉二奶奶打發平姑娘和玉釧姐姐要些玫瑰露，誰知也少了一罐子。若不是尋露，還不知道呢。」蓮花兒笑道：「這話我沒聽見，今兒我倒看見一個露瓶子。」林之孝家的正因這些事沒主兒，每日鳳姐兒使平兒催逼他，一聽此言，忙問：「在哪裡？」蓮花兒便說：「在他們廚房裡呢。」林之孝家的聽了，忙命打了燈籠，帶著眾人來尋。五兒急的便說：「那原是寶二爺屋裡的芳官給我的。」林之孝家的便說：「不管你方官圓官，現有了贓證，我只呈報了，憑你主子前辯去。」一面說，一面進入廚房。蓮花兒帶著，取出露瓶。恐還有偷的別物，又細細搜了一遍，又得了一包茯苓霜，一並拿了，帶了五兒來回李紈與探春。

那時李紈正因蘭哥兒病了，不理事務，只命去見探春。探春已歸房，人回進去，丫鬟們都在院內納涼，探春在內盥沐，只有侍書回進去。半日出來說：「姑娘知道了，叫你們找平兒回二奶奶去。」林之孝家的只得領出來，到鳳姐兒那邊，先找著了平兒，平兒進去回了鳳姐。鳳姐方纔歇下，聽見此事，便吩咐：「將他娘打四十板子，攆出去，永不許進二門。把五兒打四十板子，立刻交給莊子上，或賣或配人。」平兒聽了出來，依言吩咐了林之孝家的。五兒嚇的哭哭啼啼，給平兒跪著，細訴芳官之事。平兒道：「這也不難，等明日問了芳官，便知真假。但這茯苓霜前日人送了來，還等老太太、太太回來看了纔敢打動，這不該偷了去。」五兒見問，忙又將他舅舅送的一節說了出來。平兒聽了，笑道：「這樣說，你竟是個平白無辜之人，拿你來頂缸❻。此時天晚，奶奶纔進了藥歇下，不便為這點子小事去絮叨。如今且將他交給上夜的人看守一夜，等明兒我回了奶奶，再做道理。」林之孝家的不敢違拗，只得帶了出來，交與上夜的媳婦們看守，自便去了。這裡五兒被人軟禁起來，一步不敢多走。又兼眾媳婦也有勸他說：「不該做這沒行止之事。」也有抱怨說：「正經更還坐不上來，又弄個賊來給我們看，倘或眼不見尋了死，逃走了，都是我們不是。」於是又有素日一干與柳家不睦的人，見了這般，十分趁願，都來奚落嘲戲他。這五兒心內又氣又委屈，竟無處可訴。且本來怯弱有病，這一夜思茶無茶，思水無水，思睡無睡枕。嗚嗚咽咽直哭了一夜。

❻ 頂缸：代人受過。

誰知和他母女不和的那些人，巴不得一時攆出他們去，惟恐次日有變，大家先起了個清早，都悄悄的來買轉平兒，一面送些東西，一面又奉承他辦事簡斷，一面又講述他母親素日許多不好。平兒一一的都應著，打發他們去了，卻悄悄的來訪襲人，問他可果真芳官給他露了。襲人便說：「露卻是給芳官，芳官轉給何人我卻不知。」襲人於是又問芳官。芳官聽了，嚇天跳地，忙應是自己送他的。芳官便又告訴了寶玉。寶玉也慌了，說：「露雖有了，若勾起茯苓霜來，他自然也實供。若聽見了是他舅舅門上得的，他舅舅又有了不是。豈不是人家的好意，反被偺們陷害了。」因忙和平兒計議：「露的事雖完，然這霜也是有不是的。好姐姐，你叫他說也是芳官給他的就完了。」平兒笑道：「雖如此，只是他昨晚已經同人說是他舅舅給的了，如何又說你給的？況且那邊所丟的露也是無主兒，如今有贓證的白放了，又去找誰？誰還肯認？眾人也未必心服。」晴雯走來笑道：「太太那邊的露，再無別人，分明是彩雲偷了給環哥兒去了。你們可瞎亂說。」平兒笑道：「誰不知是這個原故！但今玉釧兒急的哭，悄悄問著他，他應了，玉釧也罷了，大家也就混著不問了。難道我們好意兒攬這事不成？可恨彩雲不但不應，他還擠玉釧兒，說他偷了去了。兩個人窩裡發炮，先吵的合府皆知，我們如何裝沒事人？少不得要查的。殊不知告失盜的就是賊，又沒贓證，怎麼說他？」寶玉道：「也罷。這件事我也應起來，就說是我嚇他們頑的，悄悄的偷了太太的來了，兩件事都完了。」襲人道：「也倒是件陰騭事，保全人的賊名兒。只是太太聽見，又說你小孩子氣，不知好歹了。」平兒笑道：「這也倒是小事。如今便從趙姨娘屋裡起了贓來也容易，我只怕又傷著一個好人的體面。別人都別管，這一個人豈不又生氣？我可憐的是他，不肯為打老鼠傷了玉瓶。」說著，把三個指頭一伸。襲人等聽說，便知他說的是探春，大家都忙說：「可是這話。竟是我們這裡應了起來的為是。」

平兒又笑道：「也須得把彩雲和玉釧兒兩個業障叫了來，問準了他方好。不然，他們得了益，不說為這個，倒像我沒了本事問不出來，煩出這裡來完事。他們以後越發偷的偷，不管的不管了。」襲人等笑道：「正是，也要你留個地步。」平兒便命人叫了他兩個來，說道：「不用慌，賊已有了。」玉釧兒先問：「賊在哪裡？」平兒道：「現在二奶奶屋裡，你問他什麼應什麼。我心裡明知不是他偷的，可憐他害怕，都承認。這裡寶二爺不過意，要替他認一半。我待要說出來，但只是這做賊的，素日又是和我好的一個姊妹；窩主卻是平常，裡面又傷著一個好人的體面，因此為難，少不得央求寶二爺應了，大家無事。如今反要問你們兩個，還是怎樣？若從此以後，大家小心存體面，這便求寶二爺應了；若不然，我就回了二奶奶，別冤屈了好人。」彩雲聽了，不覺紅了臉，一時羞惡之心感發，便說道：「姐姐放心。也別冤了好人，也別帶累了無辜之人傷體面。偷東西，原是趙姨奶奶央告我再三，我拿了些與環哥是情真。連太太在家，我們還拿過，各人去送人，也是常事。我原說嚷過兩天就罷了。如今既冤屈了好人，我心也不忍。姐姐竟帶了我回奶奶去，我一概應了完事。」眾人聽了這話，一個個都詫異他竟這樣有肝膽。寶玉忙笑道：「彩雲姐姐果然是個正經人。如今也不用你應，我只說是我悄悄的偷的，嚇你們頑，如今鬧出事來，我原該承認。只求姐姐們以後省些事，大家就好了。」彩雲道：「我幹的事為什麼叫你應？死活我該去受。」平兒、襲人忙道：「不是這樣說。你一應了，未免又叨登出趙姨奶奶來，那時三姑娘聽了豈不生氣？竟不如寶二爺應了，大家無事。且除這幾個人，皆不得知道這事，何等的乾淨。但只以後千萬大家小心些就是了。要拿什麼，好歹耐到太太到家。哪怕連這房子給了人，我們就沒干係了。」彩雲聽了，低頭想了一想，方依允。

於是大家商議妥貼。平兒帶了他兩個並芳官往前邊來，至上夜房中叫了五兒，將茯苓霜一節也悄悄的教他說係芳官所贈，五兒感謝不盡。平兒帶他們來至自己這邊，已見林之孝家的帶領了幾個媳婦，押解著柳家的等夠多時。林之孝家的又向平兒說：「今兒一早押了他來，恐園裡沒人伺候姑娘們的飯，我暫且將秦顯的女人派了去伺候。姑娘一併回明奶奶，他倒乾淨謹慎，以後就派他常伺候罷。」平兒道：「秦顯的女人是誰？我不大相熟。」林之孝家的道：「他是園裡南角子上夜的，白日裡沒什麼事，所以姑娘不大相識。高高孤拐❼，大大的眼睛，最乾淨爽利的。」玉釧兒道：「是了。姐姐，你怎麼忘了？他是跟二姑娘的司棋的嬸娘。司棋的父母雖是大老爺那邊的人，他這叔叔卻是偺們這邊的。」平兒聽了，方想起來，笑道：「哦！你早說是他，我就明白了。」又笑道：「也太派急了些。如今這事八下裡水落石出了，連前兒太太屋裡丟的也有了主兒。是寶玉那日過來，和這兩個業障要什麼的，偏這兩個業障慪他頑，說太太不在家，不敢拿。寶玉便瞅他兩個不隄防的時節，自己進去拿了些什麼出來。這兩個業障不知道，就嚇慌了。如今寶玉聽見帶累了別人，方細細的告訴了我，拿出東西來我瞧，一件不差。那茯苓霜是寶玉外頭得了的，也曾賞過許多人。不獨園內人有，連媽媽子們討了出去給親戚們吃，又轉送人。襲人也曾給過芳官之流的人。他們私情各相來往，也是常事。前兒那兩簍還擺在議事廳上，好好的原封沒動，怎麼就混賴起人來！等我回了奶奶再說。」說畢，抽身進了臥房，將此事照前言回了鳳姐兒一遍。

❼ 孤拐：顴骨。

鳳姐兒道：「雖如此說，但寶玉為人不管青紅皂白，愛兜攬事情。別人再求求他去，他又擱不住人兩句好話，給他個炭簍子帶上❽，什麼事他不應承！偺們若信了，將來若大事也如此，如何治人？還要細細的追求纔是。依我的主意，把太太屋裡的丫頭都拿來，雖不便擅加拷打，只叫他們墊著磁瓦子跪在太陽地下，茶飯也別給吃。一日不說跪一日，便是鐵打的，一日也管招了。又道是『蒼蠅不抱沒縫的蛋』，雖然這柳家的沒偷，到底有些影兒，人纔說他。雖不加賊刑，也革出不用。朝廷家原有掛誤的，倒也不算委屈了他。」平兒道：「何苦來操這心！『得放手時須放手』，什麼大不了的事，樂得不施恩呢。依我說，縱在這屋裡操上一百分的心，終久偺們是那邊屋裡去的，沒的結些小人仇恨，使人含怨。況且自己又三災八難的，好容易懷了一個哥兒，到了六七個月還掉了，焉知不是素日操勞太過，氣惱傷著的？如今趁早兒見一半，不見一半的，也倒罷了。」一席話說的鳳姐兒倒笑了，說道：「憑你這小蹄子發放去罷。我纔清爽些了，沒的淘氣。」平兒笑道：「這不是正經！」說畢，轉身出來，一一發放。要知端的，且聽下回分解。

❽ 給他個炭簍子帶上：即給他戴高帽子的意思，指為了某種目的故意去討好恭維對方。

第六十二回　憨湘雲醉眠芍藥裀　獃香菱情解石榴裙

話說平兒出來，吩咐林之孝家的道：「大事化為小事，小事化為沒事，方是興旺之家。若得不了一點子小事，便揚鈴打鼓的亂折騰起來，不成道理。如今將他母女帶回，照舊去當差。將秦顯家的仍舊退回。再不必提此事，只是每日小心巡察要緊。」說畢，起身走了。柳家的母女忙朝上磕頭。林家的帶回園中，回了李紈、探春二人，皆說：「知道了，能可無事很好。」

司棋等人空興頭了一陣。那秦顯家的好容易等了這個空子攢了來，只興頭上半天，在廚房內正亂著接收傢伙米糧煤炭等物，又查出許多虧空來，說：「粳米短了兩石，常用米又多支了一個月的，炭也欠著額數。」一面又打點送林之孝家的禮，悄悄的備了一簍炭，五百斤木柴，一擔粳米在外邊，就遣了子侄送入林家去了。又打點送賬房的禮，又預備幾樣菜蔬請幾位同事的人，說：「我來了全仗列位扶持。自今以後，都是一家人了。我有照顧不到的，好歹大家照顧些。」正亂著，忽有人來說與他：「看過這早飯，就出去罷。柳嫂兒原無事，如今還交與他管了。」秦顯家的聽了，轟去魂魄，垂頭喪氣，登時掩旗息鼓，捲包而出。送人之物白丟了許多，自己倒要折變了賠補虧空。連司棋都氣了個倒仰，無計挽回，只得罷了。

趙姨娘正因彩雲私贈了許多東西，被玉釧兒吵出，生恐查詰出來，每日捏一把汗，打聽信兒。忽見彩雲來告訴說：「都是寶玉應了，從此無事。」趙姨娘方把心放下來。誰知賈環聽如此說，便起了疑心，將彩雲凡私贈之物都拿了出來，照著彩雲的臉摔了去，說：「這兩面三刀的東西，我不稀罕！你不和寶玉好，他如何肯替你應？你既有擔當給了我，原該不與一個人知道。如今你既然告訴他，如今我再要這個，也沒趣兒。」彩雲見如此，急的發身賭誓至於哭了，百般解說。賈環執意不信，說：「不看你素日之情，去告訴二嫂子，就說你偷來給我，我不敢要。你細想去。」說畢，摔手出去了。急的趙姨娘罵：「沒造化的種子，蛆心業障！」氣的彩雲哭個淚乾腸斷。趙姨娘百般的安慰他：「好孩子！他辜負了你，我看的真。讓我收起來，過兩日他自然回轉過來了。」說著，便要收東西。彩雲賭氣一頓包起來，乘人不見時，來至園中，都撇在河內，順水沉的沉，漂的漂。自己氣的夜間在被內暗哭。

當下又值寶玉生日已到。原來寶琴也是這日，二人相同。因王夫人不在家，也不曾像往年鬧熱，只有張道士送了四樣禮，換的寄名符兒；還有幾處僧尼廟的和尚姑子送了供尖兒❶，並壽星、紙馬、疏頭，並本命星官❷、值年太歲❸、週年換的鎖兒。家中常走的男女先兒來上壽。王子騰那邊，仍是一套衣服，一雙鞋襪，一百壽桃，一百束上用銀絲掛麵。薛姨娘處減一等。其餘家中人，尤氏仍是一

❶ 供尖兒：一種供品，用麵粉做成小條，油炸後拌上蜜，又稱「蜜供」。因供神時堆成塔形，下面大上面尖，又稱為「供尖兒」。

❷ 本命星官：即本命星，指與人生年干支相值的星座。

❸ 值年太歲：太歲是古代天文學中假設的星名，與歲星（木星）相應，作反方向運動，十二年一周天，古代也用太歲的位置來記年。

雙鞋襪，鳳姐兒是一個宮製四面和合荷包，裡面裝一個金壽星，一件波斯國所製玩器。各廟中遣人去放堂❹捨錢。又另有寶琴之禮，不能備述。姊妹中皆隨便，或有一扇的，或有一字的，或有一畫的，或有一詩，聊復應景而已。

這日寶玉清晨起來，梳洗已畢，冠帶出來，至前廳院中，已有李貴等四五個人在那裡設下天地香燭。寶玉炷了香，行畢禮，奠茶焚紙後，便至寧府中宗祀、祖先堂❺兩處行畢禮，出至月臺上，又朝上遙拜過賈母、賈政、王夫人等。一順到尤氏上房行過禮，坐了一回，方回榮府。先至薛姨媽處，薛姨媽再三拉著，然後又遇見薛蝌，讓一回，方進園來。晴雯、麝月二人跟隨，小丫頭夾著氈子，從李氏起，一一挨著比他長的房中到過。復出二門，至李、趙、張、王四個奶媽家讓了一回，方進來。雖眾人要行禮，也不曾受。

回至房中，襲人等只都來說一聲就是了。王夫人有言，不令年輕人受禮，恐折了福壽，故皆不磕頭。歇一時，賈環、賈蘭等來了，襲人連忙拉住，坐了一坐，便去了。寶玉笑說：「走乏了。」便歪在床上。方吃了半盞茶，只聽外面咭咭呱呱，一群丫頭笑進來。原來是翠墨、小螺、翠縷、入畫，邢岫烟的丫頭篆兒，並奶子抱巧姐兒，彩鸞、綉鸞八九個人，都抱著紅氈，笑著走來，說：「拜壽的擠破了門了，快拿麵來我們吃。」剛進來時，探春、湘雲、寶琴、岫烟、惜春也都來了。寶玉忙迎出來，笑說：「不敢起動。快預備好茶。」進入房中，不免推讓一回，大家歸坐。襲人等捧過茶來，纔吃了

❹ 放堂：在寺廟中把銀錢散發給僧眾，叫放堂。

❺ 祖先堂：祭祀較近祖先如高、曾、祖父的祠堂，與宗祠不同。

一口，平兒也打扮的花枝招展的來了。寶玉忙迎出來，笑說：「我方纔到鳳姐姐門上，回了進去，不能見，我又打發人進去讓姐姐的。」平兒笑道：「我正打發❻你姐姐梳頭，不得出來回你。後來聽見又說讓我，我哪裡禁當的起？所以特趕了來磕頭。」寶玉笑道：「我也禁當不起。」襲人早在外間安了坐，讓他坐。平兒便福❼下去，寶玉作揖不迭。平兒便跪下去，寶玉也忙還跪下，襲人連忙攙起來。又下了一福，寶玉又還了一揖。

襲人笑推寶玉：「你再作揖。」寶玉道：「已經完了，怎麼又作揖？」襲人笑道：「這是他來給你拜壽，今兒也是他的生日，你也該給他拜壽。」寶玉聽了，喜的忙又作下揖去，說：「原來今兒也是姐姐的芳誕。」平兒還福不迭。湘雲拉寶琴、岫烟說：「你們四個人對拜壽，直拜一天纔是。」探春忙問：「原來邢妹妹也是今兒？我怎麼就忘了！」忙命丫頭：「去告訴二奶奶，趕著補了一分禮，與琴姑娘的一樣，送到二姑娘屋裡去。」丫頭答應著去了。岫烟見湘雲直口說出來，少不得要到各房去讓讓。探春笑道：「倒有些意思。一年十二個月，月月有幾個生日？人多了，便這等巧，也有三個一日、兩個一日的。大年初一日也不白過，大姐姐占了去。顧不得他福大，生日比別人就占先。又是太祖太爺的生日。過了燈節，就是老太太和寶姐姐，他們娘兒兩個遇的巧。三月初一日是太太，初九日是璉二哥哥。二月沒人。」襲人道：「二月十二是林姑娘，怎麼沒人？就只不是偺們家的人。」探春笑道：「我這個記性是怎麼了！」寶玉笑指襲人道：「他和林妹妹是一日，所以他記得。」探春笑道：

❻ 打發：此處是「侍候」的意思。

❼ 福：舊時婦人向人行禮的動作。將手放在腰部，合拳敬拜。

「原來你兩個倒是一日。每年連頭也不給我們磕一個。平兒的生日，我們也不知道，這也是纔知道。」平兒笑道：「我們是哪牌兒名上的人❽？生日也沒拜壽的福。又沒受禮職分，可吵鬧什麼？可不悄悄的過去。今兒他又偏吵出來了，等姑娘們回房，我再行禮去罷。」探春笑道：「也不敢驚動。只是今兒倒要替你過個生日，我心裡纔過得去。」寶玉、湘雲等一齊都說：「很是。」探春便吩咐了丫頭：「去告訴他奶奶，就說我們大家說了，今兒一日不放平兒出去，我們也大家湊了分子過生日呢。」丫頭笑著去了，半日回來說：「二奶奶說了，多謝姑娘們給他臉。不知過生日給他些什麼吃？只別忘了二奶奶，就不來絮聒他了。」眾人都笑了。探春因說道：「可巧今兒裡頭廚房不預備飯，一應下麵弄菜都是外頭收拾。偺們就湊了錢，就叫柳家的來攬了去，只在偺們裡頭收拾倒好。」眾人都說：「是極。」探春一面遣人去問李紈、寶釵、黛玉，一面遣人去傳柳家的進來，吩咐他內廚房中快收拾兩桌酒席。柳家的不知何意，因說外廚房都預備了。探春笑道：「你原來不知道。今兒是平姑娘的華誕，外頭預備的是上頭的。這如今我們私下又湊了分子，單為平姑娘預備兩桌請他。你只管揀新巧的菜蔬預備了來，開了賬，我那裡領錢。」柳家的笑道：「原來今日也是平姑娘的千秋，我竟不知道。」說著，便向平兒磕下頭去，慌的平兒拉起他來。柳家的忙去預備酒席。

這裡探春又邀了寶玉同到廳上去吃麵，等到李紈、寶釵一齊來全，又遣人去請薛姨媽與黛玉。因天氣和暖，黛玉之疾漸愈，故也來了。花團錦簇，擠了一廳的人。誰知薛蝌又送了巾、扇、香、帛四色壽禮與寶玉，寶玉於是過去陪他吃麵。兩家皆治了壽酒，互相酬送，彼此同領。至午間，寶玉又陪

❽ 哪牌兒名上的人：意為「哪班人」、「哪類人」，自謙沒有資格。

薛蝌吃了兩杯酒。寶釵帶了寶琴過來與薛蝌行禮把盞畢，寶釵因囑薛蝌：「家裡的酒也不用送過那邊去，這虛套竟可收了。你只請夥計們吃罷。我們和寶兄弟進去，還要待人去呢，也不能陪你了。」薛蝌忙說：「姐姐兄弟只管請，只怕夥計們也就好來了。」寶玉忙又告過罪，方同他姊妹回來。

一進角門，寶釵便命婆子將門鎖上，把鑰匙要了，自己拿著。寶玉忙說：「這一道門何必關？又沒多的人走。況且姨娘、姐姐、妹妹都在裡頭，倘或家去取什麼，豈不費事？」寶釵笑道：「小心沒過餘的。你瞧你們那邊，這幾日七事八事，竟沒有我們這邊的人，可知是這門關的有功效了。若是開著，保不住那起人圖順腳，抄近路從這裡走，攔誰的是？不如鎖了，連媽和我也禁著些，大家別走。縱有了事，就賴不著這邊的人了。」寶玉笑道：「原來姐姐也知道我們那邊近日丟了東西？」寶釵又笑道：「你只知道玫瑰露和茯苓霜兩件，乃因人而及物。若非因人，你連這兩件還不知道呢。殊不知還有幾件，比這兩件大的呢。若以後叨登不出來，是大家的造化；若叨登出來，不知裡頭連累多少人呢！你也是不管事的人，我纔告訴你。平兒是個明白人，我前兒也告訴了他。皆因他奶奶不在外頭，所以使他明白了。若不犯出來，大家樂得丟開手；若犯出來，他心裡已有稿子，自有頭緒，就冤屈不著平人了。你只聽我說，以後留神小心就是了，這話也不可對第二個人講。」

說著，來到沁芳亭邊，只見襲人、香菱、侍書、素雲、晴雯、麝月、芳官、蕊官、藕官等十來個人都在那裡看魚作耍，見他們來了，都說：「芍藥欄裡預備下了，快去上席罷。」寶釵等隨攜了他們同到了芍藥欄中紅香圃三間小敞廳內。連尤氏也請過來了，諸人都在那裡，只沒平兒。原來平兒出去，有賴、林諸家送了禮來，連三接四，上中下三等家人來拜壽送禮的不少。平兒忙著打發賞錢道謝，一面又色色的回明鳳姐兒，不過留下幾樣，也有不收的，也有收下即刻賞與人的。忙了一回，又直待鳳姐兒吃過麵，方換了衣裳往園裡來。剛進了園，就有幾個丫鬟來請他，一同到了紅香圃中。只見筵開玳瑁，褥設芙蓉。眾人都笑：「壽星全了。」上面四座定要讓他四個人坐，四人皆不肯。薛姨媽說：「我老天拔地，又不合你們的群兒，我倒覺拘的慌，不如我到廳上隨便躺躺去倒好。我又吃不下什麼去，又不大吃酒，這裡讓他們倒便宜。」尤氏等執意不從。寶釵道：「這也罷了，倒是讓媽在廳上歪著自如些。有愛吃的送些過去，倒自在。且前頭沒人在那裡，又可照看了。」探春等笑道：「既這樣，恭敬不如從命。」因大家送了他到議事廳上，眼看著命丫頭們鋪了一個錦褥並靠背引枕之類，又囑咐：「好生給姨媽捶腿。要茶要水，別推三扯四的，回來送了東西，姨媽吃了，就賞你們吃。只別離了這裡出去。」小丫頭們都答應了。

探春等方回來，終久讓寶琴、岫烟二人在上，平兒面西坐，寶玉面東坐。探春又接了鴛鴦來，二人並肩對面相陪。西邊一桌，寶釵、黛玉、湘雲、迎春、惜春，一面又拉了香菱、玉釧兒二人打橫。三桌上尤氏、李紈，又拉了襲人、彩雲陪坐。四桌上便是紫鵑、鶯兒、晴雯、小螺、司棋等人圍坐。當下探春等還要把盞，寶琴等四人都說：「這一鬧，一日都坐不成了。」方纔罷了。兩個女先兒要彈詞上壽，眾人都說：「我們沒人要聽那些野話，你廳上去說給姨太太解悶兒去罷。」一面又將各色吃食揀了，命人送與薛姨媽去。寶玉便說：「雅座無趣，須要行令纔好。」眾人有的說行這個令好，那個又說行那個令好。黛玉道：「依我說，拿了筆硯，將各色全都寫了，拈成鬮兒，咱們抓出哪個來，就是哪個。」眾人都道妙，即拿了一副筆硯花箋。香菱近日學了詩，又天天學寫字，見了筆硯，便圖不得，連忙起坐，說：「我寫。」大家想了一回，共得了十來個，念著，香菱一一的寫了，搓成鬮兒，擲在一個瓶中間。探春便命平兒揀。平兒向內攪了一攪，用箸拈了一個出來，打開看，上寫著「射覆」❾二字。寶釵笑道：「把個酒令的祖宗拈出來。射覆從古有的，如今失了傳，這是後人纂的，比一切的令都難。這裡頭倒有一半是不會的，不如毀了，另拈一個雅俗共賞的。」探春笑道：「既拈了出來，如何又毀？如今再拈一個，若是雅俗共賞的，便叫他們行去，偺們行這個。」說著，又著襲人拈了一個，卻是「拇戰」❿。

史湘雲笑著說：「這個簡斷爽利，合了我的脾氣。我不行這個『射覆』，沒的垂頭喪氣悶人，我只划拳去了。」探春道：「惟有他亂令，寶姐姐快罰他一鍾。」寶釵不容分說，便灌了湘雲一杯。探春道：「我吃一杯，我是令官，也不用宣，只聽我分派。」命取了令骰令盆來，「從琴妹擲起，挨下擲去，對了點的二人射覆。」寶琴一擲，是個三。岫烟、寶玉等皆擲的不對，直到香菱方擲了個三。寶琴笑道：「只好室內生春⓫，若說到外頭去，可太沒頭緒了。」探春道：「自然。三次不中者罰一杯。你覆，他射。」寶琴想了一想，說了個「老」字。香菱原生於這令，一時想不到，滿室滿席都不見有與「老」字相連的成語。湘雲先聽了，便也亂看，忽見門斗上貼著「紅香圃」三個字，便知寶琴覆的是

❾ 射覆：古代的一種遊戲，將一件物品覆蓋住，通過暗示讓人猜測。後來變為一種酒令。

❿ 拇戰：猜拳；划拳。猜拳時兩人各伸手指，口中報數。兩人手指所加數字，與一人所報數相符，即為贏家，輸者罰酒。因猜拳以手指定勝負，故稱拇戰。

⓫ 室內生春：指所射覆的謎底只限於室內可見的事物。生春，比喻想得新巧有趣。

「吾不如老圃」⓬的「圃」字。見香菱射不著，眾人擊鼓又催，便悄悄的拉香菱，教他說「藥」字。黛玉偏看見了，說：「快罰他！又在那裡私相傳遞呢。」鬨的眾人都知道了，忙又罰了一杯，恨的湘雲拿筷子敲黛玉的手。於是罰了香菱一杯。下則寶釵和探春對了點子。探春便覆了一個「人」字。寶釵笑道：「這個『人』字泛的很。」探春笑道：「添一字，兩覆一射，也不泛了。」說著，便又說了一個「窗」字。寶釵一想，因見席上有雞，便射著他是用「雞窗」「雞人」⓭二典，因射了一個「塒」字。探春知他射著，用了「雞棲于塒」⓮的典，二人一笑，各飲一口門杯。

湘雲等不得，早和寶玉「三」、「五」亂叫，划起拳來。那邊尤氏和鴛鴦隔著席，也「七」、「八」亂叫划起來。平兒、襲人也作了一對划拳。叮叮噹噹，只聽得腕上的鐲子響。一時，湘雲贏了寶玉，襲人贏了平兒，尤氏贏了鴛鴦。三個人限酒底酒面。湘雲便說：「酒面要一句古文，一句舊詩，一句骨牌名，一句曲牌名，還要一句時憲書⓯上的話。共總湊成一句話。酒底要關人事的果菜名。」眾人聽了，都笑說：「惟有他的令也比人嘮叨，倒也有意思。」便催寶玉快說。寶玉笑道：「誰說過這個？

⓬ 吾不如老圃：語出論語子路：「樊遲請學圃，曰：『吾不如老圃。』」

⓭ 雞窗雞人：雞窗，南朝劉義慶幽明錄載：「晉兗州刺史沛國宋處宗嘗買得一長鳴雞，愛養甚至，恆籠著窗間。雞遂作人語，與處宗談論，極有言智，終日不輟。處宗因此言巧大進。」後以「雞窗」指書齋。雞人，周時官名，負責養雞供祭祀之用。凡舉行大典，則報時以警夜。後指宮廷中專管更漏之人。

⓮ 雞棲于塒：語見詩經君子于役：「雞棲于塒，日之夕矣，羊牛下來。」塒，鑿牆而作的雞窩。

⓯ 時憲書：即曆書。

也等想一想。」黛玉便道：「你多喝一鍾，我替你說。」寶玉真個喝了酒，聽黛玉說道：

落霞與孤鶩齊飛，風急江天過雁哀，卻是一隻折足雁，叫的人九迴腸。這是鴻雁來賓⑯。

說的大家笑了，說：「這一串子倒有些意思。」黛玉又拈了一個榛穰，說酒底道：

榛子非關隔院砧，何來萬戶搗衣聲？

令完。鴛鴦、襲人等皆說的是一句俗語，都帶一個「壽」字的，不能多贅。

大家輪流亂划了一陣。這上面湘雲又和寶琴對了手，李紈和岫烟對了點子。李紈便覆了一個「瓢」字，岫烟便射了一個「綠」字。二人會意，各飲一口。湘雲的拳卻輸了，請酒面酒底。寶琴笑道：「請君入甕。」大家笑起來，說：「這個典用的當。」湘雲便說道：

奔騰而澎湃，江間波浪兼天湧，須要鐵鎖纜孤舟。既遇著一江風，不宜出行⑰。

---

⑯ 落霞等五句：落霞與孤鶩齊飛，出自王勃滕王閣序。風急江天過雁哀，出處不詳，陸游寒夕詩：「風急江天無過雁，月明庭戶有砧聲。」此句也許從陸詩而來。折足雁，指骨牌中的「大刀九」，由六個綠點和三個紅點排列而成。九迴腸，曲牌名。鴻雁來賓，禮記月令：「季秋之月，鴻雁來賓。」

⑰ 奔騰等五句：奔騰而澎湃，出自歐陽修秋聲賦：「初淅瀝以瀟颯，忽奔騰而澎湃。」江間波浪兼天湧，杜甫秋興八首其一：「江間波浪兼天湧，塞上風雲接地陰。」鐵鎖纜孤舟，由「長三」、「三六」、「長三」組成的骨牌名。一江風，曲牌名。不宜出行，曆書根據迷信禁忌，認為某天不能出門，就注明「不宜出行」。

說的眾人都笑了，說：「好個謅斷了腸子的。怪道他出這個令，故意惹人笑。」又聽他說酒底。湘雲吃了酒，揀了一塊鴨肉呷口，忽見碗內有半個鴨頭，遂揀了出來吃腦子。眾人催他：「別只顧吃，到底快說了。」湘雲便用筯子舉著，說道：

　　這鴨頭不是那丫頭，頭上哪討桂花油？

眾人越發笑起來，引的晴雯、小螺、鶯兒等一干人都走過來說：「雲姑娘會開心兒，拿著我們取笑兒，快罰一杯纔罷。怎見得我們就該擦桂花油的？倒得每人給一瓶子桂花油擦擦。」黛玉笑道：「他倒有心給你們一瓶子油，又怕掛誤著打竊盜的官司。」眾人不理論，寶玉卻明白，忙低了頭。彩雲有心病，不覺的紅了臉。寶釵忙暗暗的瞅了黛玉一眼，黛玉自悔失言，原是趣寶玉的，就忘了趣著彩雲。自悔不及，忙一頓行令划拳岔開了。

　底下寶玉可巧和寶釵對了點子。寶釵覆了一個「寶」字。寶玉想了一想，便知是寶釵作戲，指自己所佩通靈玉而言，便笑道：「姐姐拿我作雅謔，我卻射著了。說出來姐姐別惱，就是姐姐的諱，『釵』字就是了。」眾人道：「怎麼解？」寶玉道：「他說『寶』，底下自然是『玉』了。我射『釵』字，舊詩曾有『敲斷玉釵紅燭冷』⑱，豈不射著了？」湘雲說道：「這用時事，卻使不得，兩個人都該罰。」香菱忙道：「不止時事，這也有出處。」湘雲道：「『寶玉』二字並無出處，不過是春聯上或有之，詩書紀載並無，算不得。」香菱道：「前日我讀岑嘉州五言律，現有一句，說『此鄉多寶玉』⑲，怎麼

⑱ 敲斷玉釵紅燭冷：南宋鄭會題邸間壁：「荼蘼香夢怯春寒，翠掩重門燕子閒。敲斷玉釵紅燭冷，計程應說到常山。」

你倒忘了？後來又讀李義山七言絕句，又有一句『寶釵無日不生塵』⑳。我還笑說，他兩個名字，都原來在唐詩上呢。」眾人笑說：「這可問住了。快罰一杯。」湘雲無語，只得飲了。大家又該對點的對點，划拳的划拳。這些人因賈母、王夫人不在家，沒了管束，便任意取樂，呼三喝四，喊七叫八。滿廳中紅飛翠舞，玉動珠搖，真是十分熱鬧。頑了一回，大家方起席，散了一散，倏然不見了湘雲。只當他外頭自便就來，誰知越等越沒了影響，使人各處去找，哪裡找得著？

接著林之孝家的同著幾個老婆子來，生恐有正事呼喚；二者恐丫鬟們年輕，乘王夫人不在家，不服探春等約束，恣意痛飲，失了體統，故來請問有事無事？探春見他們來了，便知其意，忙笑道：「你們又不放心，來查我們來了。我們沒有多吃酒，不過是大家頑笑，將酒作個引子。媽媽們別擔心。」李紈、尤氏都也笑說：「你們歇著去罷，我們也不敢叫他們多吃了。」林之孝家的等人笑說：「我們知道。連老太太叫姑娘們吃酒，姑娘們還不肯吃，何況太太們不在家，自然頑罷了。我們怕有事，來打聽打聽。二則天長了，姑娘們頑一會子，還該點補些小食兒。素日又不大吃雜東西，如今吃一兩杯酒，若不多吃些東西，怕受傷。」探春笑道：「媽媽們說的是，我們也正要吃呢。」因回頭命取點心來。兩旁丫鬟們答應了，忙去傳點心。探春又笑讓：「你們歇著去罷，或是姨媽那裡說話兒去。我們即刻打發人送酒你們吃去。」林之孝家的等人笑回：「不敢領了。」又站了一會，方退了出來。平兒摸著臉笑道：「我的臉都熱了，也不好意思見他們。依我說，竟收了罷，別惹他們再來，倒沒意思了。」

⑲ 岑嘉州三句：岑嘉州，唐朝詩人岑參，曾任嘉州刺史。岑參送張子尉南海詩：「此鄉多寶玉，慎莫厭清貧。」

⑳ 寶釵無日不生塵：李商隱殘花詩：「殘花啼露莫留春，尖發誰非怨別人。若但掩關勞獨夢，寶釵何日不生塵。」

憨湘雲醉眠芍藥裀。（清費丹旭繪，十二金釵圖）

探春笑道：「不相干，橫豎偺們不認真喝酒就罷了。」

正說著，只見一個小丫頭笑嘻嘻的走來說：「姑娘們快瞧雲姑娘去，吃醉了圖涼快，在山子後頭一塊青板石凳上睡著了。」眾人聽說，都笑道：「快別吵嚷。」說著，都走來看時，果見湘雲臥於山石僻處一個石凳子上，業經香夢沉酣。四面芍藥花飛了一身，滿頭臉衣襟上皆是紅香散亂。手裡的扇子在地下，也半被落花埋了。一群蜂蝶，鬧穰穰的圍著他。又用鮫帕包了一包芍藥花瓣枕著。眾人看了又是愛，又是笑，忙上來推喚挽扶。湘雲口內猶作睡語說酒令，唧唧嘟嘟說：「泉香而酒冽，玉盞盛來琥珀光。直飲到梅梢月上，醉扶歸，卻為宜會親友㉑。」眾人笑推他說道：「快醒醒兒吃飯去，這潮凳上還睡出病來呢。」湘雲慢啓秋波，見了眾人，低頭看了一看自己，方知是醉了。原是來納涼避靜的，不覺的因多罰了兩杯酒，嬌弱不勝，便睡著了，心中反覺自愧。連忙起身閫

㉑泉香等五句：泉香而酒冽，歐陽修醉翁亭記：「釀泉為酒，泉香而酒冽。」玉盞盛來琥珀光，李白客中作：「蘭陵美酒鬱金香，玉碗盛來琥珀光。」梅梢月上，骨牌名，其中一張由一點紅和五點綠組成，下面五點似梅花，上面一點似月亮，故名梅梢月上。醉扶歸，曲牌名。宜會親友，曆書上的話。

𨵯㉒著同人來至紅香圃中，用過水，又吃了兩盞釅茶。探春忙命將醒酒石㉓拿來，給他啣在口內。一時又命他喝了一些酸湯，方纔覺得好了些。

當下又選了幾樣果菜與鳳姐送去，鳳姐兒也送了幾樣來。寶釵等吃過點心，大家也有坐的，也有立的，也有在外擷花的，也有扶欄觀魚的，各自取便，說笑不一。探春便和寶琴下棋，寶釵、岫烟觀局。林黛玉和寶玉在一簇花下，唧唧噥噥，不知說些什麼。只見林之孝家的和一群女人帶了一個媳婦進來。那媳婦愁眉苦臉，也不敢進廳，只到了階下便朝上跪下了，碰頭有聲。探春因一塊棋受了敵，算來算去，縱得了兩個眼，便折了官著㉔，兩眼只瞅著棋枰，一隻手卻伸在盒內，只管抓弄棋子作想——林之孝家的站了半天——因回頭要茶時纔看見，問：「什麼事？」林之孝家的便指那媳婦說：「這是四姑娘屋裡的小丫頭彩兒的娘，現是園內伺候的人。嘴很不好，纔是我聽見了，問著他，他說的話也不敢回姑娘。竟要攆出去纔是。」探春道：「怎麼不回大奶奶？」林之孝家的道：「方纔大奶奶都往廳上姨太太處去了，頂頭看見，我已回明白了，叫回姑娘來。」探春道：「怎麼不回二奶奶？」平兒道：「不回去也罷，我回去說一聲就是了。」探春點點頭，道：「既這麼著，就攆出他去，等太太

㉒ 𨶹𨵯：音ㄔㄨㄞˋ ㄓㄥˋ。掙扎；勉力支持。

㉓ 醒酒石：唐李德裕珍藏有各式奇石花卉，中有醒酒石，據說醉時踞其上可以醒酒。見唐餘錄。這裡指含在口中的一種醒酒石。

㉔ 總得了兩句：眼，圍棋術語。一塊棋中所留空隙，對方不能下子處，稱為「眼」。一塊棋有兩個眼才能做活。官著，也稱「官子」。圍棋的尾聲階段，雙方占領的地域大體確定，尚有部分空位可以下子，叫「官著」。

來了再回定奪。」說畢，仍又下棋。這林之孝家的帶了那人出去，不提。

黛玉和寶玉二人站在花下，遙遙知意。黛玉便說道：「你家三丫頭倒是個乖人。雖然叫他管些事，到底一步兒不肯多走。差不多的人就早作起威福來了。」寶玉道：「你不知道呢。你病著時，他幹了好幾件事。這園子也分了人管，如今多掐一草也不能了。又蠲了幾件事，單拿我和鳳姐姐作筏子禁別人，最是心裡有算計的人，豈只乖而已？」黛玉道：「要這樣纔好。僧們家裡也太花費了。我雖不管事，心裡每常閒了，替你們一算計，出的多，進的少，如今若不省儉，必致後手不接。」寶玉笑道：「憑他怎麼後手不接，也短不了僧們兩個人的。」黛玉聽了，轉身就往廳上尋寶釵說笑去了。寶玉正欲走時，只見襲人走來，手內捧著一個小連環洋漆茶盤，裡面可式㉕放著兩鍾新茶。因問：「他往哪去了？我見你兩個半日沒吃茶，巴巴的倒了兩鍾來，他又走了。」寶玉道：「那不是他？你給他送去。」說著，自拿了一鍾。襲人便送了那鍾去，偏和寶釵在一處，只得一鍾茶，便說：「哪位渴了，哪位先接了，我再倒去。」寶釵笑道：「我卻不渴，只要一口漱一漱就夠了。」說著，先拿起來喝了一口，剩了半杯，遞在黛玉手內。襲人笑說：「我再倒去。」黛玉笑道：「你知道我這病，大夫不許我多吃茶，這半鍾盡夠了。難為你想的到。」說畢飲乾，將杯放下。襲人又來接寶玉的。寶玉因問：「這半日沒見芳官，他在哪裡呢？」襲人四顧一瞧，說：「纔在這裡幾個人鬥草的，這會子不見了。」

寶玉聽說，便忙回至房中，果見芳官面向裡睡在床上。寶玉推他說道：「快別睡覺，僧們外頭頑去。一回兒好吃飯的。」芳官道：「你們吃酒不理我，教我悶了半日，可不來睡覺罷了！」寶玉拉了

㉕ 可式：正合適。

他起來，笑道：「偺們晚上家裡再吃。回來我叫你襲人姐姐帶了你桌上吃飯，何如？」芳官道：「藕官、蕊官都不上去，單我在那裡也不好。我也不慣吃那個麵條子，早飯也沒好生吃。纔剛餓了，我已告訴了柳嫂子，先給我做一碗湯，盛半碗粳米飯送來，我這裡吃了就完事。若是晚上吃酒，不許教人管著我，我要盡力吃夠了纔罷。我先在家裡，吃二三斤好惠泉酒呢。如今學了這勞什子，他們說怕壞嗓子，這幾年也沒聞見。乘今兒，我是要開齋了。」寶玉道：「這個容易。」說著，只見柳家的果遣了人送了一個盒子來。小燕接著，揭開裡面是一碗蝦丸雞皮湯，又是一碗酒釀清蒸鴨子，一碟醃的胭脂鵝脯，還有一碟四個奶油松瓤捲酥，並一大碗熱騰騰碧熒熒蒸的綠畦香稻粳米飯。小燕放在案上，走去拿了小菜並碗箸過來，撥了一碗飯。芳官便說：「油膩膩，誰吃這些東西？」只將湯泡飯吃了一碗，揀了兩塊醃鵝，就不吃了。

寶玉聞著倒覺比往常之味有勝些似的，遂吃了一個捲酥，又命小燕也撥了半碗飯，泡湯一吃，十分香甜可口。小燕和芳官都笑了。吃畢，小燕便將剩的要交回。寶玉道：「你吃了罷。若不夠，再要些來。」小燕道：「不用要，這就夠了。方纔麝月姐姐拿了兩盤子點心給我們吃了，我再吃了這個，盡不用再吃了。」說著，便站在桌旁，一頓吃了。又留下兩個捲酥，說：「這個留著給我媽吃。晚上要吃酒，給我兩碗酒吃就是了。」寶玉笑道：「你也愛吃酒？等著偺們晚上痛喝一陣。你襲人姐姐和晴雯姐姐量也好，也要喝，只是每日不好意思，今兒大家開齋。還有一件事，想著囑咐你，我竟忘了，此刻纔想起來：以後芳官全要你照看他，他或有不到的去處，你提他。襲人照顧不過這些人來。」小燕道：「我都知道，都不用操心。但只這五兒怎麼樣？」寶玉道：「你和柳家的說去，明兒直叫他進來罷，等我告訴他們一聲就完了。」芳官聽了，笑道：「這倒是正經。」小燕又叫兩個小丫頭進來，伏侍洗手倒茶。自己收了傢伙，交與婆子，也洗了手，便去找柳家的。不在話下。

寶玉便出來，仍往紅香圃尋眾姊妹。芳官在後，拿著巾扇。剛出了院門，只見襲人、晴雯二人攜手回來。寶玉問：「你們做什麼？」襲人道：「擺下飯了，等你吃飯呢。」寶玉便笑著將方纔吃的飯一節告訴了他兩個。襲人笑道：「我說你是貓兒食，聞見了香就好。隔鍋飯兒香。雖然如此，也該上去陪他們，多少應個景兒。」晴雯用手指戳在芳官額上說道：「你就是個狐媚子！什麼空兒跑了去吃飯？兩個人怎麼就約下了！也不告訴我們一聲兒。」襲人笑道：「不過是誤打誤撞的遇見了，說約下了可是沒有的事。」晴雯道：「既這麼著，要我們無用。明兒我們都走了，讓芳官一個人就夠使了。」襲人笑道：「我們都去了使得，你卻去不得。」晴雯道：「惟有我是第一個要去，又懶又笨，性子又不好，又沒用。」襲人笑道：「倘或那孔雀褂子再燒個窟窿，你去了，誰可會補呢？你倒別和我拿三撇四的。我煩你做個什麼，把你懶的橫針不拈，豎線不動。一般也不是我的私活煩你，橫豎都是他的，就都不肯做。怎麼我去了幾天，你病的七死八活，一夜連命也不顧，給他做了出來？這又是什麼原故？你到底說話，別只佯憨和我笑，也當不了什麼。」大家說著，來至廳上。薛姨媽也來了。大家依序坐下吃飯。寶玉只用茶泡了半碗飯，應景而已。一時吃畢，大家吃茶閒話，又隨便頑笑。

外面小螺和香菱、芳官、蕊官、藕官、荳官等四五個人，都滿園中頑了一回，大家採了些花草來兜著，坐在花草堆中鬥草。這一個說「我有觀音柳」，那一個說「我有羅漢松」，那一個又說「我有君子竹」，這一個又說「我有美人蕉」，這個又說「我有星星翠」，那個又說「我有月月紅」，這個又說「我有牡丹亭上的牡丹花」，那個又說「我有琵琶記裡的枇杷果」，荳官便說：「我有姊妹花。」眾人沒了，香菱便說：「我有夫妻蕙。」荳官說：「從沒聽見有個夫妻蕙。」香菱道：「一箭一花為蘭，一箭數花為蕙。凡蕙有兩枝，上下結花者為兄弟蕙，有並頭結花者，為夫妻蕙。我這枝並頭的，怎麼不是？」荳官沒的說了，便起身笑道：「依你說，若是這兩枝一大一小，就是老子兒子蕙了。若兩枝背面開的，就是仇人蕙了。你漢子去了大半年，你想夫妻了，便扯上蕙也有夫妻，好不害羞！」香菱聽了，紅了臉，忙要起身擰他，笑罵道：「我把你這個爛了嘴的小蹄子！滿嘴裡汗憋㉖的胡說了。」荳官見他要勾來，怎容他起來？便連忙起身將他壓倒，回頭笑著央告蕊官等：「你們來幫著我擰他這謅嘴。」兩個滾在草地下。眾人拍手笑說：「了不得了！那是一窪子水，可惜污了他的新裙子了。」荳官回頭看了一看，果見旁邊有一汪積雨，香菱的半扇裙子都污濕了，自己不好意思。忙奪了手跑了。眾人笑個不住，怕香菱拿他們出氣，也都鬨笑一散。

香菱起身，低頭一瞧，那裙上猶滴滴點點流下綠水來。正恨罵不絕，可巧寶玉見他們鬥草，也尋了些花草來湊戲。忽見眾人跑了，只剩了香菱一個，低頭弄裙，因問：「怎麼散了？」香菱便說：「我有一枝夫妻蕙，他們不知道，反說我謅，因此鬧起來，把我的新裙子也髒了。」寶玉笑道：「你有夫妻蕙，我這裡倒有一枝並蒂菱。」口內說，手內卻真個拈著一枝並蒂菱花，又拈了那枝夫妻蕙在手內。香菱道：「什麼夫妻不夫妻，並蒂不並蒂！你瞧瞧這裙子。」寶玉方低頭一瞧，便噯呀了一聲，說：「怎麼就拖在泥裡了？可惜這石榴紅綾最不禁染。」香菱道：「這是前兒琴姑娘帶了來的，姑娘做了

㉖ 汗憋：得熱病者汗多難出，心中煩燥，神志不清，往往胡言亂語，稱為「汗憋」。這裡借以罵人胡說話。

一條，我做了一條，今兒纔上身。」寶玉跌腳嘆道：「若你們家，一日蹧蹋這一百件也不值什麼。只是頭一件，既係琴姑娘帶來的，你和寶姐姐每人纔一件，他的尚好，你的先髒了，豈不辜負他的心？二則姨媽老人家嘴碎，饒這麼樣，我還聽見常說你們不知過日子，只會蹧蹋東西，不知惜福呢。這叫姨媽看見了，又說一個不清。」香菱聽了這些話，卻碰在心坎兒上，反倒喜歡起來了，因笑道：「就是這話了。我雖有幾條新裙子，都不和這一樣的。若有一樣的，趕著換了，也就好了。過後再說。」寶玉道：「你快休動，只站著方好，不然連小衣兒、膝褲、鞋面都要拖髒。我有個主意：襲人上月做了一條和這個一模一樣的，他因有孝，如今也不穿，竟送了你換下這個來，如何？」香菱笑著搖頭說：「不好。他們倘或聽見了，倒不好。」寶玉道：「這怕什麼？等他孝滿了，他愛什麼難道不許你送他別的不成！你若這樣，還是你素日為人了？況且不是瞞人的事，只管告訴寶姐姐也可，只不過怕姨媽老人家生氣罷了。」香菱想了一想有理，便點頭笑道：「就是這樣罷了，別辜負了你的心。我等著，你千萬叫他親自送來纔好。」

寶玉聽了，喜歡非常，答應了忙忙的回來，一壁裡低頭心下暗算：「可惜這麼一個人，沒父母，連自己本姓都忘了，被人拐出來，偏又賣給了這個霸王。」因又想起上日平兒也是意外想不到的，今日更是意外之意外的事了。一壁胡思亂想，（又下此四字。）來至房中，拉了襲人，細細告訴了他原故。香菱之為人，沒人不憐愛的，襲人又本是個手中撒漫㉗的，況與香菱素相交好，一聞此言，忙就開箱取了出來摺好，隨了寶玉來。尋著香菱，他還站在那裡等呢。襲人笑道：「我說你太淘氣了，足的淘出個故事

㉗撒漫：花錢大方，不知節約，猶言「手鬆」。

來纔罷。」香菱紅了臉，笑說：「多謝姐姐了。誰知那起促狹鬼使黑心。」說著，接了裙子，展開一看，果然同自己的一樣。又命寶玉背過臉去，自己叉手向內解下來，將這條繫上。襲人道：「把這髒了的交與我拿回去收拾了，再給你送來。你若拿回去，看見了也是問的。」香菱道：「好姐姐，你拿去不拘給哪個妹妹罷。我有了這個，不要他了。」襲人道：「你倒大方的好。」香菱忙又萬福道謝，襲人拿了髒裙便走。

香菱見寶玉蹲在地下，將方纔的夫妻蕙與並蒂菱用樹枝兒挖了一個坑，先抓些落花來鋪墊了，將這菱蕙安放好，又將些落花來掩了，方撮土掩埋平服。香菱拉他的手笑道：「這又叫做什麼？怪道人人說你慣會鬼鬼祟祟使人肉麻的事。你瞧瞧，你這手，弄的泥烏苔滑的，還不快洗去！」寶玉笑著，方起身走了去洗手。香菱也自走開。二人已走遠了數步，香菱復轉身回來，叫住寶玉。寶玉不知有何話，扎著兩隻泥手，笑嘻嘻的轉來問：「什麼？」香菱只顧笑。因那邊他的小丫頭臻兒走來說：「二姑娘等你說話呢。」香菱方向寶玉道：「裙子的事，可別向你哥哥說纔好。」說畢，即轉身走了。寶玉笑道：「可不我瘋了，往虎口裡探頭兒去呢。」說著，也回去洗手去了。不知端詳，且聽下回分解。

校記

1. 「荳官見他要勾來，怎容他起來？便連忙起身將他壓倒，回頭笑著央告蕊官等：『你們來幫著我擰住他這謅嘴。』兩個滾在草地下。眾人拍手笑說：『了不得了！那是一窪子水，可惜污了他的新裙子了。』」庚辰本缺「笑著央告蕊官等：『你們來幫著我擰住他這謅嘴。』兩個滾在草地下。眾人拍手」，據戚本補入。

2. 「若有一樣的，趕著換了，也就好了。」庚辰本缺「若有一樣的」，據甲辰本補入。

第六十三回　壽怡紅群芳開夜宴　死金丹獨豔理親喪

話說寶玉回至房中洗手，因與襲人商議：「晚間吃酒，大家取樂，不可拘泥。如今吃什麼好，早說給他們備辦去。」襲人笑道：「你放心。我和晴雯、麝月、秋紋四個人，每人五錢銀子，共是二兩。芳官、碧痕、小燕、四兒四個人，每人三錢銀子。他們有假的不算，共是三兩二錢銀子，早已交給了柳嫂子，預備四十碟果子。我和平兒說了，已經抬了一罈好紹興酒藏在那邊了。我們八個人單替你過生日。」寶玉聽了，喜的忙說：「他們是哪裡的錢？不該叫他們出纔是。」晴雯道：「他們沒錢，難道我們是有錢的！這原是各人的心。哪怕他偷的呢，只管領他們的情就是了。」寶玉聽了，笑說：「你說的是。」襲人笑道：「你一天不捱他兩句硬話村你，你再過不去。」晴雯笑道：「你如今也學壞了，專會架橋撥火兒❶。」說著，大家都笑了。寶玉說：「關院門罷。」襲人笑道：「怪不得人說你是『無事忙』，這會子關了門，人倒疑惑，越性再等一等。」寶玉點頭，因說：「我出去走走，四兒舀水去，小燕一個跟我來罷。」說著，走至外邊，因見無人，便問五兒的事。小燕道：「我纔告訴了柳嫂子，他倒喜歡的很，只是五兒那夜受了委屈煩惱，回家去又氣病了，哪裡來得？只得等好了罷。」寶玉聽了，不免後悔長嘆，因又問：「這事襲人知道不知道？」小燕道：「我沒告訴，不知芳官可說了不曾？」寶玉道：「我卻沒告訴過他。也罷，等我告訴他就是了。」說畢，復走進來，故意洗手。

---

❶ 架橋撥火兒：搬弄是非的意思。

已是掌燈時分，聽得院門前有一群人進來。大家隔窗悄視，果見林之孝家的和幾個管事的女人走來，前頭一人提著大燈籠。晴雯悄笑道：「他們查上夜❷的人來了。這一出去，偺們好關門了。」只見怡紅院凡上夜的人都迎了出去，林之孝家的看了不少。林之孝家的吩咐：「不要耍錢吃酒，放倒頭睡到大天亮。我聽見是不依的。」眾人都笑說：「哪裡有這麼大膽子的人！」林之孝家的又問：「寶二爺睡下了沒有？」眾人都回：「不知道。」襲人忙推寶玉。寶玉靸了鞋，便迎出來，笑道：「我還沒睡呢，媽媽進來歇歇。」又叫：「襲人倒茶來。」林之孝家的忙進來，笑說：「還沒睡？如今天長夜短了，該早些睡，明兒起的方早。不然，到了明日起遲了，人笑話，說不是個讀書上學的公子了，倒像那起挑腳漢❸了。」說畢，又笑。寶玉忙笑道：「媽媽說的是。我每日都睡的早，媽媽每日進來，可都是我不知道的，已經睡了。今兒因吃了麵，怕停住食，所以多頑一回。」林之孝家的又向襲人等笑說：「該沏些普洱茶❹吃。」襲人、晴雯二人忙笑說：「沏了一盄子女兒茶❺，已經吃過兩碗了。大娘也嘗一碗，都是現成的。」說著，晴雯便倒了一碗來。林之孝家的又笑道：「這些時，我聽見二爺嘴裡都換了字眼，趕著這幾位大姑娘❻們竟叫起名字來。雖然在這屋裡，到底是老太太、太太的人，

---

❷ 上夜：晚間值班承差。
❸ 挑腳漢：挑夫；為別人運送貨物的苦力。
❹ 普洱茶：雲南普洱地區出產的名茶，有醒酒、消食、化痰、清胃及降低血脂、血糖等功效。
❺ 女兒茶：泰山出產的一種青桐芽，可當茶葉用，叫女兒茶。
❻ 大姑娘：這裡指成年而未嫁的女子。

還該嘴裡尊重些纔是。若一時半刻偶然叫一聲使得，若只管叫起來，怕以後兄弟侄兒照樣，便惹人笑話，說這家子的人眼裡沒有長輩。」寶玉笑道：「媽媽說的是。我原不過是一時半刻的。」襲人、晴雯都笑說：「這可別委屈了他。直到如今，他可姐姐沒離了口，不過頑的時候叫一聲半聲名字。若當著人，卻是和先一樣。」林之孝家的笑道：「這纔好呢。這纔是讀書知禮的，越自己謙遜越尊重。別說是三五代的陳人，現從老太太、太太屋裡撥過來的，便是老太太、太太屋裡的貓兒狗兒，輕易也傷他不得的。這纔是受過調教的公子行事。」說畢，吃了茶，便說：「請安歇罷，我們走了。」寶玉還說：「再歇歇。」那林之孝家的已帶了眾人，又查別處去了。

這裡晴雯等忙命關了門，進來笑說：「這位奶奶哪裡吃了一杯來了，嘮三叨四的，又排場了我們一頓去了。」麝月笑道：「他也不是好意的，少不得也要常提著些兒。也隄防著怕走了大褶兒❼的意思。」說著，一面擺上酒果。襲人道：「不用圍桌，偺們把那張花梨圓炕桌子放在炕上坐，又寬綽，又便宜。」說著，大家果然抬來。麝月和四兒那邊去搬果子，用兩個大茶盤做四五次方搬運了來。兩個老婆子蹲在外面火盆上篩酒。寶玉說：「天熱，偺們都脫了大衣裳纔好。」眾人笑道：「你要脫，你脫。我們還要輪流安席❽呢。」寶玉笑道：「這一安，就安到五更天了。知道我最怕這些俗套子，在外人跟前不得已的，這會子還慪我就不好了。」眾人聽了，都說：「依你。」於是先不上座，且忙著卸妝寬衣。凡吃酒從未先如此者。此獨怡紅風俗。故王夫人云他行事總是與世人兩樣的，知子莫過母也。一時，將正妝卸去，頭上只隨便挽著轡兒，身上

❼ 走了大褶兒：壞了大規矩。

❽ 安席：宴會開席前敬酒、行禮，稱為「安席」。

芳官。（清改琦繪，紅樓夢圖詠）

皆是長裙短襖。寶玉只穿著大紅棉紗小襖子，下面綠綾彈墨夾褲，散著褲腳，倚著一個各色玫瑰芍藥花瓣裝的玉色袷紗新枕頭，和芳官兩個先划拳。當時芳官滿口嚷熱，余亦此時太熱了，恨不得一冷。既冷時思此熱，果然一夢矣。只穿著一件玉色紅青酡絨三色緞子鬥的水田小夾襖，束著一條柳綠汗巾，底下是水紅撒花夾褲，也散著褲腿，頭上眉額編著一圈小辮，總歸至頂心，結一根鵝卵粗細的總辮，拖在腦後，右耳眼內只塞著米粒大小的一個小玉塞子，左耳上單帶著一個白果大小的硬紅鑲金大墜子，越顯的面如滿月猶白，眼如秋水還清。引的眾人笑說：「他兩個倒像是雙生的弟兄兩個。」襲人等斟了酒來，說：「且等等再划拳。雖不安席，在我們每人手裡吃一口罷了。」於是襲人為先，端在唇上吃了一口，餘皆依次下去，一一吃過，大家方團圓坐定。小燕、四兒因炕沿上坐不下，便端了兩張椅子，近炕放下。那四十個碟子皆是一色白粉定窯的，不過只有小茶碟大，裡面不過是山南海北，中原外國，或乾或鮮，或水或陸，天下所有的酒饌果菜。

寶玉因說：「偺們也該行個令纔好。」襲人道：「斯文些的纔好，別大呼小叫，惹人聽見。二則我們不識字，可不要那些文的。」麝月笑道：「拿骰子偺們搶紅❾罷。」寶玉道：「沒趣，不好。偺

❾ 搶紅：擲骰子時，以紅點多者為勝，稱「搶紅」。

們占花名兒好。」晴雯笑道：「正是，早已想弄這個頑意兒。」襲人道：「這個頑意雖好，人少了沒趣。」小燕笑道：「依我說，偺們竟悄悄的把寶姑娘、林姑娘請了來頑一會子，到二更天再睡不遲。」襲人道：「又開門喝戶的鬧，倘或遇見巡夜的問呢？」寶玉道：「怕什麼？偺們三姑娘也吃酒，再請他一聲纔好。還有琴姑娘。」眾人都道：「琴姑娘罷了。他在大奶奶屋裡，叨登的大發了。」寶玉道：「怕什麼？你們就快請去。」小燕、四兒都得不了一聲，二人忙命開了門，分頭去請。晴雯、麝月、襲人三人又說：「他兩個去請，只怕寶、林兩個不肯來，須得我們請去，死活拉他來。」於是襲人、晴雯忙又命老婆子打個燈籠，二人又去。果然寶釵說夜深了，黛玉說身上不好，他二人再三央求說：「好歹給我們一點體面，略坐坐再來。」探春聽了，卻也歡喜，因想不請李紈，倘或被他知道了倒不好，便命翠墨同了小燕也再三的請了李紈和寶琴二人，會齊，先後都到了怡紅院中。襲人又死活拉了香菱來。炕上又併了一張桌子，方坐開了。

寶玉忙說：「林妹妹怕冷，過這邊靠板壁坐。」又拿個靠背墊著些。襲人等都端了椅子在炕沿下一陪。黛玉卻離桌遠遠的，靠著靠背，因笑向寶釵、李紈、探春等道：「你們日日說人夜聚飲博，今兒我們自己也如此，以後怎麼說人？」李紈笑道：「這有何妨？一年之中，不過生日節間如此，並無夜夜如

壽怡紅群芳開夜宴。（清汪惕齋繪，手繪紅樓夢）

此，這倒也不怕。」說著，晴雯拿了一個竹雕的籤筒來，裡面裝著象牙花名籤子，搖了一搖，放在當中。又取過骰子來，盛在盒內，搖了一搖，揭開一看，裡面是五點，數至寶釵。寶釵便笑道：「我先抓。不知抓出個什麼來？」說著，將筒搖了一搖，伸手掣出一根。大家一看，只見籤上畫著一支牡丹，題著「豔冠群芳」四字。下面又有鐫的小字，一句唐詩道是：

任是無情也動人⑩。

又注著：「在席共賀一杯。此為群芳之冠，隨意命人，不拘詩詞雅謔，道一則以侑酒。」眾人看了，都笑說：「巧的很。你也原配牡丹花。」說著，大家共賀了一杯。寶釵吃過，便笑說：「芳官唱一支我們聽罷。」芳官道：「既這樣，大家吃門杯好聽的。」於是大家吃酒。芳官便唱：「壽筵開處風光好⑪……」眾人都道：「快打回去！這會子很不用你來上壽。揀你極好的唱來。」芳官只得細細的唱了一支賞花時⑫：

翠鳳毛翎紮帚叉，閒踏天門掃落花。您看那風起玉塵沙。猛可的那一層雲下，抵多少門外即天涯。您再休要斬黃龍一線兒差，再休向東老貧窮賣酒家。您與俺眼向雲霞。洞賓呵，您得了人可

⑩ 任是無情也動人：唐羅隱牡丹詩：「若教解語應傾國，任是無情也動人。」

⑪ 壽筵開處風光好：明人戲文牧羊記中慶壽一折的唱詞。牧羊記演漢蘇武事。

⑫ 賞花時：湯顯祖邯鄲記第三折度世中的一段唱詞。邯鄲記寫呂洞賓下凡，度脫盧生成仙的故事。這段唱詞是呂洞賓下凡前何仙姑所唱，叮囑他速去速回，不要誤期。

便早些兒回話，若遲呵，錯教人留恨碧桃花。

纔罷。寶玉卻只管拿著那籤，口內顛來倒去念「任是無情也動人」。聽了這曲子，眼看著芳官不語。湘雲忙一手奪了，擲與寶釵。寶釵又擲了一個十六點，數到探春，笑道：「我還不知得個什麼呢？」伸手掣了一根出來，自己一瞧，便擲在地下，紅了臉笑道：「這東西不好，不該行這令。這原是外頭男人們行的令，許多混話在上頭。」眾人不解，襲人等忙拾了起來。眾人看上面是一枝杏花，那紅字寫著「瑤池仙品」四字。詩云：

日邊紅杏倚雲栽。

註云：「得此籤者，必得貴婿，大家恭賀一杯，共同飲一杯。」眾人笑道：「我說是什麼呢？這籤原是閨閣中取戲的，除了這兩三根有這話的，並無雜話，這有何妨？我們家已有了個王妃，難道你也是王妃不成？大喜！大喜！」說著，大家來敬。探春哪裡肯飲，卻被史湘雲、香菱、李紈等三四個人強死強活灌了下去。探春只命蠲了這個，再行別的，眾人斷不肯依。湘雲拿著他的手強擲了個十九點出來，便該李氏掣。李氏搖了一搖，掣出一根來一看，笑道：「好極！你們瞧瞧，這勞什子竟有些意思。」眾人瞧那籤上畫著一枝老梅，是寫著「霜曉寒姿」四字。那一面舊詩是：

竹籬茅舍自甘心⑬。

⑬ 竹籬茅舍自甘心：宋王淇梅詩：「不受塵埃半點侵，竹籬茅舍自甘心。」

註云：「自飲一杯，下家擲骰。」李紈笑道：「真有趣！你們擲去罷。我只自吃一杯，不問你們的廢與興。」說著，便吃酒，將骰過與黛玉。黛玉一擲是個十八點，便該湘雲掣。湘雲笑著，揎拳擄袖的伸手掣了一根出來。大家看時，一面畫著一枝海棠，題著「香夢沉酣」四字。那面詩道是：

只恐夜深花睡去⑭。

黛玉笑道：「『夜深』兩個字，改『石涼』兩個字。」眾人便知他趣白日間湘雲醉臥的事，都笑倒了。湘雲笑指那自行船與黛玉看，又說：「快坐上那船家去罷，別多話了。」眾人都笑了。因看註云：「既云『香夢沉酣』，掣此籤者不便飲酒，只令上下二家各飲一杯。」湘雲拍手笑道：「阿彌陀佛！真真好籤。」恰好黛玉是上家，寶玉是下家，二人斟了兩杯，只得要飲。寶玉先飲了半杯，瞅人不見，遞與芳官，芳官端起來便一揚脖。黛玉只管和人說話，將酒全折在漱盂內了。湘雲便綽起骰子來一擲個九點，數去該麝月。麝月便掣了一根出來，大家看時，這面上一枝荼蘼花，題著「韶華勝極」四字。那邊寫著一句舊詩，道是：

開到荼蘼花事了⑮。

註云：「在席各飲三杯送春。」麝月問：「怎麼講？」寶玉皺眉忙將籤藏了，說：「偺們且喝酒。」

⑭ 只恐夜深花睡去：蘇軾海棠詩：「只恐夜深花睡去，高燒銀燭照紅妝。」

⑮ 開到荼蘼花事了：宋王淇春暮遊小園詩：「一從梅粉褪殘妝，塗抹新紅上海棠。開到荼蘼花事了，絲絲天棘出莓牆。」

說著，大家吃了三口，以充三杯之數。麝月一擲擲了個十九點，該香菱。香菱便掣了一根並蒂花，題著「聯春繞瑞」。那面寫著一句詩，道是：

連理枝頭花正開⑯。

註云：「共賀掣者三杯，大家陪飲一杯。」香菱便又擲了個六點，該黛玉掣。黛玉默默的想道：「不知還有什麼好的，被我掣著方好。」一面伸手取了一根，只見上面畫著一枝芙蓉，題著「風露清愁」四字。那面一句舊詩，道是：

莫怨東風當自嗟⑰。

註云：「自飲一杯，牡丹陪飲一杯。」眾人笑說：「這個好極。除了他，別人不配作芙蓉。」黛玉也自笑了。於是飲了酒，便擲了個二十點，該著襲人。襲人便伸手取了一支出來，卻是一枝桃花，題著「武陵別景」四字。那一面舊詩寫著道是：

桃紅又是一年春⑱。

⑯ 連理枝頭花正開：宋朱淑真落花詩：「連理枝頭花正開，妒花風雨便相催。願教青帝長為主，莫遣紛紛落翠苔。」

⑰ 莫怨東風當自嗟：宋歐陽修明妃曲：「紅顏勝人多薄命，莫怨春風當自嗟。」

⑱ 桃紅又是一年春：宋謝枋得慶全庵桃花：「尋得桃源好避秦，桃紅又見一年春。花飛莫遣隨流水，怕有漁郎來問津。」

註云：「杏花陪一盞，坐中同庚者陪一盞，同辰者陪一盞，同姓者陪一盞。」眾人笑道：「這一回熱鬧有趣。」大家算來，香菱、晴雯、寶釵三人皆與他同庚，黛玉與他同辰，只無同姓者。芳官忙道：「我也姓花，我也陪他一鍾。」於是大家斟了酒。黛玉因向探春笑道：「命中該著招貴婿的，你是杏花，快喝了，我們好喝。」探春笑道：「這是個什麼！大嫂子順手給他一下子。」李紈笑道：「人家不得貴婿反挨打，我也不忍的。」說的眾人都笑了。

襲人纔要擲，只聽有人叫門。老婆子忙出去問時，原來是薛姨媽打發人來了接黛玉的。眾人因問：「幾更了？」人回：「二更以後了，鐘打過十一下了。」寶玉猶不信，要過表來瞧了一瞧，已是子初初刻十分了。黛玉便起身說：「我可掌不住了，回去還要吃藥呢。」眾人說：「也都該散了。」襲人、寶玉等還要留著眾人。李紈、寶釵等都說：「夜太深了不像，這已是破格了。」襲人道：「既如此，每位再吃一杯再走。」說著，晴雯等已都斟滿了酒，每人吃了，都命點燈。襲人等直送過沁芳亭河那邊方回來。關了門，大家復又行起令來。襲人等又用大鍾斟了幾鍾，用盤攢了各樣果菜，與地下的老嬷嬷們吃。彼此有了三分酒，便猜拳贏唱小曲兒。那天已四更時分，老嬷嬷們一面明吃，一面暗偷，酒罈已罄，眾人聽了納罕，方收拾盥漱睡覺。芳官吃的兩腮胭脂一般，眉梢眼角越添了許多丰韻，身子圖不得⑲，便睡在襲人身上：「好姐姐，我心跳的很。」襲人笑道：「誰許你盡力灌起來！」小燕、四兒也圖不得，早睡了。晴雯還只管叫。寶玉道：「不用叫了，偺們且胡亂歇一歇罷。」自己便枕了那紅香枕，身子一歪，便也睡著了。襲人見芳官醉的很，恐鬧他唾酒，只得輕輕起來，就將芳官扶在

⑲ 圖不得：掙扎不得。

寶玉之側，由他睡了。自己卻在對面榻上倒下。大家黑甜一覺，不知所之。

及至天明，襲人睜眼一看，只見天色晶明，忙說：「可遲了。」向對面床上瞧了一瞧，只見芳官頭枕著炕沿上，睡猶未醒，連忙起來叫他。寶玉已翻身醒了，笑道：「可遲了。」因又推芳官起身。那芳官坐起來，猶發怔揉眼睛。襲人笑道：「不害羞！你吃醉了，怎麼也不揀地方兒，亂挺下了。」芳官聽了，瞧了一瞧，方知道和寶玉同榻，忙笑的下地來，說：「我怎麼吃的不知道了！」寶玉笑道：「我竟也不知道了，若知道，給你臉上抹些黑墨。」說著，丫頭進來伺候梳洗。寶玉笑道：「昨兒有擾，今兒晚上我還席。」襲人笑道：「罷，罷，罷，今兒可別鬧了，再鬧就有人說話了。」寶玉道：「怕什麼？不過纔兩次罷了。偺們也算是會吃酒了。那一罈子酒，怎麼就吃光了？正是有趣，偏又沒了。」襲人笑道：「原要這樣纔有趣，必至興盡了，反無後味了。昨兒都好上來了，晴雯連臊也忘了，我記得他還唱了一個。」四兒笑道：「姐姐忘了，連姐姐還唱了一個呢。在席的誰沒唱過！」眾人聽了，俱紅了臉，用兩手握著，笑個不住。

忽見平兒笑嘻嘻的走來說，親自來請昨日在席的人：「今兒我還東，短一個也使不得。」眾人忙讓坐吃茶。晴雯笑道：「可惜昨夜沒他。」平兒忙問：「你們夜裡做什麼來？」襲人便說：「告訴不得你。昨兒夜裡熱鬧非常，連往日老太太、太太帶著眾人頑，也不及昨兒這一頑。一罈酒我們都鼓搗光了，一個個吃的把臊都丟了，三不知的又都唱起來。四更多天，纔橫三豎四的打了一個盹兒。」平兒笑道：「好！白和我要了酒來，也不請我，還說著給我聽，氣我。」晴雯道：「今兒他還席，必來請你的，等著罷。」平兒笑問道：「他是誰？誰是他？」晴雯聽了，趕著笑打說道：「偏你這耳朵尖，聽得真。」平兒笑道：「這會子有事，不和你說，我幹事去了。一回再打發人來請。一個不到，我是打上門來的。」寶玉等忙留他，已經去了。

這裡寶玉梳洗了，正吃茶，忽然一眼看見硯臺底下壓著一張紙，因說道：「你們這隨便混壓東西也不好。」襲人、晴雯等忙問：「又怎麼了？誰又有不是了？」寶玉指道：「硯臺下是什麼？一定又是哪位的樣子，忘記了收的。」晴雯忙啟硯拿了出來，卻是一張字帖兒，遞與寶玉看時，原來是一張粉箋子，上面寫著「檻外人妙玉恭肅遙叩芳辰」。寶玉看畢，直跳了起來，帖文亦蹈俗套之臥外。忙問：「這是誰接了來的？也不告訴。」襲人、晴雯等見了這般，不知當是哪個要緊的人送來的帖子，忙一齊問：「昨兒誰接下了一個帖子？」四兒忙飛跑進來，笑說：「昨兒妙玉並沒親來，只打發個媽媽送來，我就擱在那裡，誰知一頓酒就忘了。」眾人聽了，道：「我當誰的，這樣大驚小怪！這也不值的。」寶玉忙命：「快拿紙來！」當時拿了紙，研了墨，看他下著「檻外人」三字，自己竟不知回帖上回個什麼字樣纔相敵，只管提筆出神，半天仍沒主意。因又想：「若問寶釵去，他必又批評怪誕，不如問黛玉去。」想罷，袖了帖兒，逕來尋黛玉。

剛過了沁芳亭，忽見岫烟顫顫巍巍的迎面走來。寶玉忙問：「姐姐哪裡去？」岫烟笑道：「我找妙玉說話。」寶玉聽了，詫異說道：「他為人孤癖，不合時宜，萬人不入他目。原來他推重姐姐，竟知姐姐不是我們一流的俗人。」岫烟笑道：「他也未必真心重我，但我和他做過十年的鄰居，只一牆之隔。他在蟠香寺修煉，我家原寒素，賃的是他廟裡的房子，住了十年。無事到他廟裡去作伴。我所認的字都是承他所授。我和他又是貧賤之交，又有半師之分。因我們投親去了，聞得他因不合時宜，權勢不容，竟投到這裡來。如今又天緣湊合，我們得遇，舊情竟未易。承他青目，更勝當日。」寶玉聽了，恍如聽了焦雷一般，喜的笑道：「怪道姐姐舉止言談，超然如野鶴閒雲。原來有本而來。正因他的一件事我為難，要請教別人去，如今遇見姐姐，真是天緣巧合，求姐姐指教。」說著，便將拜帖取與岫烟看。岫烟笑道：「他這脾氣竟不能改，竟是生成這等放誕詭僻了。從來沒見拜帖上下別號的，這可是俗語說的『僧不僧，俗不俗，女不女，男不男』，成個什麼道理。」寶玉聽說，忙笑道：「姐姐不知道，他原不在這些人中算，他原是世人意外之人。因取我是個些微有知識的，方給我這帖子。我因不知回什麼字樣纔好，竟沒了主意，正要去問林妹妹，可巧遇見了姐姐。」岫烟聽了寶玉這話，且只顧用眼上下細細打量了半日，方笑道：「怪道俗語說的『聞名不如見面』，又怪不得妙玉竟下這帖子給你，又怪不得上年竟給你那些梅花。既連他這樣，少不得我告訴你原故。他常說古人中自漢晉五代唐宋以來，皆無好詩，只有兩句好，說道：『縱有千年鐵門檻，終須一個土饅頭。』⑳所以他自稱『檻外之人』。又常讚文是莊子的好，故又或稱為『畸人』㉑。他若帖子上是自稱『畸人』的，你就還他個『世人』。畸人者，他自稱是畸零㉒之人；你謙自己乃世中擾擾之人，他便喜了。如今他自稱『檻外之人』，是自謂蹈於鐵檻之外了，你如今只下『檻內人』，便合了他的心了。」寶玉聽了，如醍醐灌頂㉓，

⑳ 縱有兩句：見宋范成大重九日行營壽藏之地詩。

㉑ 畸人：指行為獨特，不同流俗的人。莊子大宗師：「子貢曰：『敢問畸人？』曰：『畸人者，畸於人而侔於天。』」

㉒ 畸零：孤單獨特。

㉓ 醍醐灌頂：醍醐，從牛奶中提煉出來的酥油。佛教用之比喻最高的佛法。醍醐灌頂，意為灌輸智慧，使人徹底醒悟。

噯喲了一聲，方笑道：「怪道我們家廟說是鐵檻寺呢，原來有這一說。姐姐就請，讓我去寫回帖。」岫烟聽了，便自往櫳翠庵來。寶玉回房寫了帖子，上面只寫「檻內人寶玉薰沐謹拜」幾字，親自拿了到櫳翠庵，只隔門縫兒投進去便回來了。

因又見芳官梳了頭，挽起鬢來，帶了些花翠，忙命他改妝，又命將周圍的短髮剃了去，露出碧青頭皮來，當中分大頂。又說：「冬天作大貂鼠臥兔兒帶，腳上穿虎頭盤雲五彩小戰靴，或散著褲腿，只用淨襪厚底鑲鞋。」又說：「芳官之名不好，竟改了男名纔別致。」因又改作「雄奴」。芳官十分稱心，又說：「既如此，你出門也帶我出去。有人問，只說我和茗烟一樣的小廝就是了。」寶玉笑道：「到底人看的出來。」芳官笑道：「我說你是無才的。（用芳官一罵有趣。）偺們家現有幾家土番，你就說我是個小土番兒。況且人人說我打聯垂㉔好看，你想這話可妙？」寶玉聽了，喜出意外，忙笑道：「這卻很好。我亦常見官員人等多有跟從外國獻俘之種，圖其不畏風霜，鞍馬便捷。既這等，再起個番名，叫作『耶律雄奴』，『雄奴』二音又與『匈奴』相通，都是犬戎名姓。況且這兩種人自堯舜時便為中華之患，晉唐諸朝深受其害。幸得偺們有福，生在當今之世，大舜之正裔，聖虞之功德仁孝，赫赫格天，同天地日月億兆不朽，所以凡歷朝中跳梁猖獗之小醜，到了如今竟不用一干一戈，皆天使其拱手俛頭，緣遠來降。我們正該作踐他們，為君父生色。」芳官笑道：「既這樣著，你該去操習弓馬，學些武藝，挺身出去，拿幾個反叛來，豈不盡忠效力了？何必借我們，你鼓唇搖舌的，自己開心作戲，卻說是稱功頌德呢。」寶玉笑道：「所以你不明白。如今四海賓服，八方寧靜，千載百載不用武備。偺們雖一戲

㉔ 聯垂：辮子。

一笑，也該稱頌，方不負坐享昇平了。」芳官聽了有理。二人自為妥貼甚宜，寶玉便叫他「耶律雄奴」。

究竟賈府二宅皆有先人當年所獲之囚，賜為奴隸，只不過令其飼養馬匹，皆不堪大用。湘雲素昔憨戲異常，他也最喜武扮的，每每自己束鑾帶，穿摺袖。近見寶玉將芳官扮成男子，他便將葵官也扮了個小子。那葵官本是常刮剔短髮，好便於面上粉墨油彩，手腳又伶便，打扮了又省一層手。李紈、探春見了也愛，便將寶琴的荳官也就命他打扮了一個小童，頭上兩個丫髻，短襖紅鞋，只差了塗臉，便儼是戲上的一個琴童。湘雲將葵官改了，喚作「大英」，因他姓韋，便叫他作「韋大英」，方合自己的意思，暗有「惟大英雄能本色」之語，何必塗硃抹粉纔是男子。荳官身量年紀皆極小，又極鬼靈，故曰荳官。園中人也有喚他作「阿荳」的，也有喚作「炒豆子」的。寶琴反說琴童、書童等名太熟了，竟是荳字別致，便喚作「荳童」。此是後話。

因飯後平兒還席，說紅香圃太熱，便在榆蔭堂中擺了幾席新酒佳肴。可喜尤氏又帶了佩鳳、偕鴛二妾過來遊頑。這二妾亦是青年嬌憨女子，不常過來的。今既入了這園，再遇見湘雲、香菱、芳、蕊一干女子，所謂「方以類聚㉕，物以群分」二語不錯，只見他們說笑不了，也不管尤氏在哪裡，只憑丫鬟們去伏侍，且同眾人一一的遊頑。一時到了怡紅院，忽聽寶玉叫「耶律雄奴」，把佩鳳、偕鴛、香菱三個人笑在一處，問是什麼話？大家也學著叫這名字，又叫錯了音韻，或忘了字眼，甚至於叫出「野驢子」來，引的合園中人凡聽見無不笑倒。寶玉又見人人取笑，恐作踐了他，忙又說：「海西福朗思牙，聞有金星玻璃寶石，他本國番語以金星玻璃名為『溫都里納』。如今將你比作他，就改名喚叫『溫

㉕ 方以類聚：方，指人的思想傾向、處世態度。方以類聚，即人以類聚的意思。

都里納』可好？」芳官聽了更喜，說：「就是這樣罷。」因此又換了這名。眾人嫌拗口，仍翻漢名，就喚「玻璃」。

閑言少述。且說當下眾人都在榆蔭堂中，以酒為名，大家頑笑，命女先兒擊鼓。平兒採了一枝芍藥，大家約二十來人傳花為令，熱鬧了一回。因人回說：「甄家有兩個女人送東西來了。」探春和李紈、尤氏三人出去議事廳相見。這裡眾人且出來散一散。佩鳳、偕鴛兩個去打鞦韆頑耍。大家千金不令作此戲，故寫不及探春等人也。寶玉便說：「你兩個上去，讓我送。」慌的佩鳳說：「罷了，別替我們鬧亂子，倒是叫『野驢子』來送送使得。」寶玉忙笑道：「好姐姐們，別頑了，沒的叫人跟著你們學著罵他。」偕鴛又說：「笑軟了，怎麼打呢？掉下來，栽出你的黃子㉖來！」佩鳳便趕著他打。

正頑笑不絕，忽見東府中幾個人慌慌張張跑來說：「老爺殯天了。」眾人聽了，嚇了一大跳，忙都說：「好好的並無疾病，怎麼就沒了？」家下人說：「老爺天天修煉，定是功行圓滿，昇仙去了。」尤氏一聞此言，又見賈珍父子並賈璉等皆不在家，一時竟沒個著己㉗的男子來，未免慌了。只得忙卸了妝飾，命人先到玄真觀，將所有的道士都鎖了起來，等大爺來家審問。一面忙忙坐車，帶了賴昇一干老家人媳婦出城。又請太醫看視，到底係何病。大夫們見人已死，何處診脈來？素知賈敬導氣之術㉘總屬虛誕，更至參星禮斗㉙，守庚申㉚，服靈砂，妄作虛為，過於勞神費力，反因此傷了性命的。如

㉖ 黃子：比喻小孩子。

㉗ 著己：即「梯己」。親近、貼心的人。

㉘ 導氣之術：也稱「導引之術」，道家提倡的一種修煉健身方法，包括氣功和體操等內容。

今雖死，肚中堅硬似鐵，面皮嘴唇燒的紫絳皺裂，便向媳婦回說：「係玄教中吞金服砂，燒脹而歿。」眾道士慌的回說：「原是老爺秘法新製的丹砂吃壞了事。小道們也曾勸說，功行未到且服不得，不承望老爺於今夜守庚申時悄悄的服了下去，便昇仙了。這恐是虔心得道，已出苦海，脫去皮囊，自了去也。」尤氏也不聽，只命鎖著，等賈珍來發放。且命人去飛馬報信。一面看視這裡窄狹，不能停放，橫豎也不能進城的，忙裝裹好了，用軟轎抬至鐵檻寺來停放。掐指算來，至早也得半月的工夫，賈珍方能來到。目今天氣炎熱，實不得相待，遂自行主持，命天文生㉛擇了日期入殮。壽木已係早年備下，寄在此廟的，甚是便宜。三日後，便開喪破孝。一面且做起道場來等賈珍。

榮府中鳳姐兒出不來，李紈又照顧姊妹，寶玉不識事體，只得將外頭之事暫託了幾個家中二等管事人。賈㻞、賈珖、賈珩、賈瓔、賈菖、賈菱等，各有執事。尤氏不能回家，便將他繼母接來，在寧府看家。他這繼母只得將兩個未出嫁的小女帶來，一並起居纔放心。原為放心而來，終是放心而去，妙甚！

且說賈珍聞了此信，即忙告假，並賈蓉是有職之人。禮部見當今隆敦孝弟，不敢自專，具本請旨。原來天子極是仁孝過天的，且更隆重功臣之裔，一見此本，便詔問賈敬何職？禮部代奏：「係進士出身，祖職已蔭其子賈珍。賈敬因年邁多疾，常養靜於都城之外玄真觀，今因疾歿於寺中。其子珍，其

㉙ 參星禮斗：觀察和禮拜星辰，是道家的儀式規範和修煉方式。

㉚ 守庚申：道家的修煉方法。道家認為人食百穀，體內潛伏三蟲，分居人首、足、胸腹之部位，或戕害人的性命，或伺察人的隱私過惡，於庚申日向天帝報告。因此要在庚申日徹夜守之，以免三蟲作祟。

㉛ 天文生：即地理師或風水先生。舊時幫人擇日、占卜、看風水、選陰陽宅的人。

孫蓉，現因國喪隨駕在此，故乞假歸殮。」天子聽了，忙下額外恩旨曰：「賈敬雖白衣無功於國，念

彼祖父之功，追賜五品之職。令其子孫扶樞，由北下之門進都，入彼私第殯殮。任子孫盡喪禮畢，扶

樞回籍外，著光祿寺按上例賜祭。朝中自王公以下，准其祭弔。欽此。」此旨一下，不但賈府中人謝

恩，連朝中所有大臣皆嵩呼㉜稱頌不絕。

賈珍父子星夜馳回，半路中又見賈㻞、賈珖二人領家丁飛騎而來。看見賈珍，一齊滾鞍下馬請安。賈珍忙問：「作什麼？」賈㻞回說：「嫂子恐哥哥和侄兒來了，老太太路上無人，叫我們兩個來護送老太太的。」賈珍聽了，讚稱不絕，又問家中如何料理？賈㻞等便將如何拿了道士，如何挪至家廟，怕家內無人，接了親家母和兩個姨娘在上房住著。賈蓉當下也下了馬，聽見兩個姨娘來了，便和賈珍一笑。賈珍忙說了幾聲「妥當」，加鞭便走，店也不投，連夜換馬飛馳。

一日，到了都門，先奔入鐵檻寺，那天已是四更天氣。坐更的聞知，忙喝起眾人來。賈珍下了馬，和賈蓉放聲大哭，從大門外便跪爬進來，至棺前稽顙泣血，直哭到天亮，喉嚨都啞了方住。尤氏等都一齊見過。賈珍父子忙按禮換了凶服，在棺前俯伏。無奈自要理事，竟不能目不視物，耳不聞聲，少不得減些悲戚，好指揮眾人。因將恩旨備述與眾親友聽了。一面先打發賈蓉家中料理停靈之事。賈蓉得不得一聲兒，先騎馬飛來至家，忙命前廳收桌椅，下槅扇，掛孝幔子，門前起鼓手棚、牌樓等事。又忙著進來看外祖母、兩個姨娘。

原來尤老安人年高喜睡，常歪著。他二姨娘、三姨娘都和丫頭們作活計。他來了，都道煩惱。賈

㉜嵩呼：傳說漢武帝登嵩山，聞呼「萬歲」聲。後將向皇帝歡呼萬歲稱為嵩呼。

蓉且嘻嘻的望他二姨娘笑說：「二姨娘，你又來了，我們父親正想你呢。」尤二娘便紅了臉，罵道：「蓉小子，我過兩日不罵你幾句，你就過不得了，越發連個體統都沒了。還虧你是大家公子哥兒，每日念書學禮的，越發連那小家子瓢坎的也跟不上。」說著，順手拿起一個熨斗來摟頭就打，嚇的賈蓉抱著頭滾到懷裡告饒。尤三姐便上來撕嘴，又說：「等姐姐來家，偺們告訴他。」賈蓉忙笑著跪在炕上求饒，他兩個又笑了。賈蓉又和二姨搶砂仁㉝吃。尤二姐嚼了一嘴渣子，吐了他一臉，賈蓉用舌頭都舔著吃了。眾丫頭看不過，都笑說：「熱孝在身上，老娘纔睡了覺，他兩個雖小，到底是姨娘家。你太眼裡沒有奶奶了。回來告訴爺，你吃不了兜著走。」賈蓉撇下他姨娘，便抱著丫頭們親嘴，「我的心肝，你說的是，偺們饒他兩個。」丫頭們忙推他，恨的罵：「短命鬼兒！你一般有老婆丫頭，只和我們鬧。知道的說是頑，妙極之頑，天下有是之頑亦有趣甚。此語余亦親聞者，非編有也。不知道的人，再遇見那髒心爛肺的、愛多管閒事嚼舌頭的人，吵嚷的那府裡誰不知道，誰不背地裡嚼舌，說偺們這邊亂賬。」賈蓉笑道：「各門另戶，誰管誰的事！都夠使的了。從古至今，連漢朝和唐朝，人還說『髒唐臭漢』，何況偺們這宗人家？誰家沒風流事？別討我說出來。連那邊大老爺這麼利害，璉二叔還和那小姨娘不乾淨呢。鳳姑娘那樣剛強，瑞大叔還想他的賬。哪一件瞞了我！」

賈蓉只管信口開河，胡言亂道之間，只見他老娘醒了，忙去請安問好。又說：「難為老祖宗勞心，又難為兩位姨娘受委屈，我們爺兒們感戴不盡。惟有等事完了，我們合家大小登門去磕頭。」尤老人點頭道：「我的兒，倒是你們會說話。親戚們原是該的。」又問：「你父親好？幾時得了信趕到的？」

㉝ 砂仁：藥名，內白而味香辛，可作零食咀嚼。

賈蓉笑道：「纔剛趕到的，先打發我瞧你老人家來了。好歹求你老人家事完了再去。」說著，又和他二姨擠眼。那尤二姐便悄悄咬牙含笑罵：「很會嚼舌頭的猴兒崽子！留下我們給你爹作娘不成？」賈蓉又戲他老娘道：「放心罷，我父親每日為兩位姨娘操心，要尋兩個又有根基、又富貴、又年青、又俏皮的兩位姨爹，好聘嫁這二位姨娘的。這幾年總沒揀得，可巧前日路上纔相準了一個。」尤老只當真話，忙問：「是誰家的？」尤二姊妹丟了活計，一頭笑，一頭趕著打，說：「媽別信這雷打的。」連丫頭們都說：「天老爺有眼，仔細雷要緊！」又值人來回話：「事已完了，請哥兒出去看了，回爺的話去。」那賈蓉方笑嘻嘻的去了。不知如何，且聽下回分解。

第六十四回　幽淑女悲題五美吟　浪蕩子情遺九龍佩

此一回緊接賈敬靈柩進城，原當鋪敘寧府喪儀之盛。但上回秦氏病故，熙鳳理喪，已描寫殆盡，若仍極力寫去，不過加倍熱鬧而已。故書中於迎靈送殯極忙亂處，卻只閒閒數筆帶過，忽插入釵、玉評詩，璉、尤贈佩一段閒雅文字來，正所謂急脈緩受也。

話說賈蓉見家中諸事已妥，連忙趕至寺中，回明賈珍。於是連夜分派各項執事人役，並預備一切應用旛杠等物，擇於初四日卯時請靈柩進城，一面使人知會諸位親友。是日，其喪儀炫耀，賓客如雲，自鐵檻寺至寧府，夾路而觀者何啻萬數，也有嗟嘆的，也有羨慕的；又有一等半瓶醋的讀書人，說是喪禮與其奢易莫若儉戚❶的，一路紛紛議論不一。至未申時方到，將靈柩停放正室之內，供奠舉哀已畢，親友漸次散回，只剩族中人分理迎賓應客等事，近親只有邢大舅等相伴未去。賈珍、賈蓉此時為禮法所拘，不免在靈旁藉草枕苫❷，恨苦居喪，人散後仍乘空尋他小姨廝混。寶玉亦每日在寧府穿孝，至晚人散方回內裡。鳳姐身體未愈，雖不能時常在此，或遇開壇誦經、親友行祭之日，亦扎掙過來，

❶ 喪禮句：語出論語八佾：「禮，與其奢也，寧儉；喪，與其易也，寧戚。」易，隨意不慎重。

❷ 藉草枕苫：鋪著草，枕著土塊睡覺，古代守喪的禮制。儀禮喪服：「居倚廬，寢苫枕塊，哭晝夜無時。」意謂守喪時，要住在門外搭起的棚子裡，睡在草墊子上，頭枕土塊，晝夜哭泣沒有固定的時間。苫，音ㄕㄢ。

相幫尤氏料理料理。

一日，供畢早飯，因天氣尚長，賈珍等連日勞倦，不免在靈旁假寐。寶玉見無客到，遂欲回家看視黛玉，因先回至怡紅院中。進入門來，只見院中寂靜，悄無人聲。有幾個老婆子與小丫頭們在迴廊下取便乘涼，也有睡覺的，也有坐著打盹的，寶玉也不去驚動。只有四兒看見，連忙上前打簾子。將掀起時，只見芳官自內帶笑跑出，幾乎與寶玉撞個滿懷。一見寶玉，方含著笑站著說道：「你怎麼來了？你快與我攔住晴雯，他要打我呢。」一語未了，只聽得屋內咭溜咕嚕的亂響，不知是何物撒了一地。隨後晴雯趕來罵道：「我看你這小蹄子往哪裡去？輸了不叫打。寶玉不在家，我看著誰來救你！」寶玉連忙帶笑攔住，說道：「你妹子小，不知怎麼得罪了你？看我的分上，饒了他罷。」晴雯也不想寶玉此時回來，乍一見不覺好笑，遂笑說道：「芳官竟是個狐狸精變的，就是會勾神遣將的符咒，也沒有這樣快。」又笑道：「就是你請了神來，我也不怕。」遂奪手仍要捉拿芳官，芳官早已藏在寶玉身後。寶玉遂一手拖了晴雯，一手攜了芳官，進入屋內看時，只見兩邊床上麝月、秋紋、碧痕、紫綃等，正在那裡抓子兒❸贏瓜子呢。卻是芳官輸與晴雯，芳官不肯叫打，跑了出去。晴雯因趕芳官，將懷內的子兒撒了一地。寶玉歡喜道：「如此長天，我不在家，正恐你們寂寞，吃了飯睡覺，睡出病來。大家尋一件事頑笑消遣，甚好。」因不見襲人，又問道：「你襲人姐姐呢？」晴雯道：「他麼？越發道學了，獨自個在屋裡面壁❹呢。這好一會我們沒進去，不知他作什麼呢，一些聲氣也聽不見。你快

❸ 抓子兒：一種遊戲，用石子、果核、豬拐骨或縫製的小布袋，鋪撒開來，撿起一個扔向空中，快速抓起其他的，然後用同一個手接住空中落下的那個。

襲人。（清改琦繪，紅樓夢圖詠）

瞧瞧去罷，或者此時參悟了也未可定。」

寶玉聽說，一面笑，一面走至裡間，只見襲人坐在近窗床上，手中拿著一根灰色絛子，正在那裡打結子呢。見寶玉進來，連忙站起笑道：「晴雯這東西，編派我什麼呢？我因要趕著打完這結子，沒工夫和他們瞎鬧，因說道：『你們頑去罷，趁著二爺不在家，我要在這裡靜坐一坐養養神。』他就編派了我這些混話，什麼面壁了，參禪了的。等一會，我不撕他那嘴！」寶玉笑著挨近襲人坐下，瞧他所打的結子，問道：「這麼長天，你也該歇息，或和他們頑笑，要不瞧瞧林妹妹去也好。怪熱的，打這個哪裡使？」襲人道：「我見你帶的扇套，還是那年東府裡蓉大奶奶的事情上作的。因那個青東西，除族中或親友家夏月有喪事方帶得著，一年遇著帶一兩遭，平常又不犯作❺。如今那府裡有事，這是要過去天天帶的，所以我趕著另作了一個。等打完了結子，你換下那舊的來。雖然你不講究這個，若叫老太太回來看見，又該說我們躲懶，連你的穿帶之物都不經心了。」寶玉笑道：「這真難為你想的到，只是也不可過於趕，熱著了倒是大事。」說著，芳官早托

❹ 面壁：靜坐參禪。

❺ 不犯作：犯不著做；不值得做。

了一杯涼水內新泡的茶來。因寶玉素昔秉賦柔脆，雖暑月不敢用冰，只以新汲井水將茶連壺浸在盆內，不時更換，取其涼意而已。寶玉就芳官手內喫了半盞，遂向襲人道：「我來時已吩咐了茗烟，若珍大哥那邊有要緊人客來時，令彼即來通稟；若無甚要事，我就不過去了。」說畢，隨出了房門，又回頭向碧痕等道：「如有事，往林姑娘處來找我。」於是一逕往瀟湘館來看黛玉。

將過了沁芳橋，只見雪雁領著兩個老婆子，手中都拿著菱藕瓜果之類。寶玉忙問雪雁道：「你們姑娘從不大喫這些涼東西的，拿這些瓜果何用？莫非要請哪位姑娘奶奶麼？」雪雁笑道：「我告訴你，可不許你對姑娘說去。」寶玉點頭應允。雪雁便命那兩個婆子：「先將瓜果送去交與紫鵑姐姐。他要問我，你就說我作什麼呢，就來。」那婆子答應著去了。雪雁方說道：「我們姑娘這兩日方覺身上好些了。今日飯後，三姑娘會著要瞧二奶奶去，姑娘也沒去。又不知想起了什麼來，自己傷感了一回，提筆寫了好些，不知是詩啊詞啊。叫我傳瓜果時，又聽得叫紫鵑將屋內擺著的小琴桌上的陳設搬了下來，將桌子挪在外間當地；又叫將那龍文鼐（子之切，小鼎也。）放在桌上，等瓜果來時聽用。若說是請人呢，不犯先忙著把個爐擺出來；若說是點香呢，我們姑娘素日屋內除擺新鮮花果木瓜之類，又不大喜薰衣服。就是點香，亦當點在常坐臥之處，難道是老婆子們把屋子薰臭了，要拿香薰薰不成？究竟連我也不知何故。」說畢，便連忙的去了。寶玉這裡不由的低頭細想，心內道：「據雪雁說來，必有原故。若是同哪一位姊妹們閒坐，亦不必如此先設饌具。或者是姑爹、姑媽的忌日？但我記得每年到此日期，老太太都吩咐另外整理餚饌送去林妹妹私祭，此時已過。大約必是七月因為瓜果之節，家家都上秋季的墳，林妹妹有感於心，所以在私室自己奠祭，取禮記『春秋薦其時食』❻之意，也未可定。但我此刻走去，見林妹妹傷感，必極力勸解，又怕他煩惱鬱結於心；若竟不去，又恐他過於傷感，無人勸止。兩件皆可致疾。莫若先到鳳姐姐處一看，在彼稍坐即回。如若見林妹妹傷感，即設法開解，既不致使其過悲，而哀痛稍伸，亦不致抑鬱致病。」想畢，遂出了園門，一逕到鳳姐處來。

正有許多執事婆娘們回事畢，紛紛散出，鳳姐兒正倚著門和平兒說話呢。一見寶玉，笑道：「你回來了麼！我纔吩咐了林之孝家的，使人告訴跟你的小廝，若沒甚事，趁便請你回來歇息歇息。再者彼處人多，你哪裡禁得住那些氣味？不想恰好你回來了。」寶玉笑道：「多謝姐姐記掛。我也因今日沒事，又見姐姐這兩日沒往那府裡去，不知身上可大愈否，所以回來看視看視。」鳳姐道：「左右也不過是這樣，三日好兩日不好的。老太太、太太不在家，這些大娘們，噯，哪一個是安分的？每日不是打架，就是拌嘴，連賭博偷盜之事已出來了兩三件了。雖有三姑娘相幫辦理，他又是個未出閣的姑娘，也有好叫他知道的，也有對他說不得的事，也只好強扎掙著罷了，總不得心靜一會。別說想病好，求其不添也就罷了。」寶玉道：「雖如此說，姐姐還要保重身體，少操些心纔是。」說畢，又說了些閒話，別過鳳姐，一直往園中來。

走進了瀟湘館門看時，只見爐裊殘烟，奠餘玉醴，紫鵑正看著人往裡收桌子搬陳設呢。寶玉便知已經祭完了，走入屋內，只見黛玉面向裡歪著，病體懨懨，大有不勝之態。紫鵑忙說道：「寶二爺來了。」黛玉方慢慢的起來，含笑讓坐。寶玉道：「妹妹這兩日可大好些了？氣色倒覺比先靜些，只是

❻ 取禮記春秋薦其時食之意：禮記中庸：「春秋修其祖廟，陳其宗器，設其裳衣，薦其時食。」意謂在四季祭祀時期，要修繕祖廟，陳列祭器，擺設先王遺留下來的衣裳，進獻時鮮的食品。

為何又傷心了？」黛玉道：「可是你沒的說了。好好的，我多早晚又傷心了？」寶玉道：「妹妹臉上現有哭泣之狀，如何還哄我呢？只是我想妹妹素日本來多病，凡事當各自寬解，不可過作無益之悲。若作踐壞了身子，將來使我……」說到這裡，覺得以下話有些難說，連忙掩住。只因他雖說與黛玉一處長大，情投意合，願同生死，卻只是心中領會，從來未曾當面說出；況兼黛玉心重，每每說話間造次得罪了黛玉，致彼哭泣。今日原為的是來勸解黛玉，不想把話又說造次了，接不下去。心中一急，又怕黛玉惱他，又想一想自己的心實在的是為好，因而轉念為悲，早已滾下淚來。黛玉起先原惱寶玉說話不論重輕，如今見此光景，心有所感，本來素昔愛哭，此時亦不免無言對泣。卻說紫鵑端了茶來，打量他二人不知又為何事角口，因說道：「姑娘纔身上好些，寶二爺又來慪氣來了。到底是怎麼樣？」寶玉一面拭淚，笑道：「誰敢慪妹妹了？」一面搭訕著起來閒步，只見硯臺底下微露一紙角，不禁伸手拿起。黛玉忙要起身來奪，已被寶玉揣在懷內，笑說道：「好妹妹，賞我看看罷。」黛玉道：「不管什麼，來了就混翻。」

一語未了，只見寶釵走來，笑道：「寶兄弟要看什麼？」寶玉因未見上面是何言詞，又未知黛玉心中如何，未敢造次回答，卻望著黛玉笑。黛玉一面讓寶釵坐，一面笑說道：「我曾見古史中有才色的女子，終身遭際，令人可欣可羨、可悲可嘆者甚多。今日飯後無事，因欲擇出數人，胡亂湊幾首詩，以寄感慨。可巧探丫頭來會我瞧鳳姐姐去，我也身上懶懶的，沒同他去。適纔將作了五六首，一時困倦起來，撂在那裡，不想二爺來了，就瞧見了。其實給他看也倒沒有什麼，但只我嫌他是不是❼的寫

❼ 是不是：動不動；總是。

了給人看去。」寶玉笑道：「我多早晚給人看了呢？昨日那把扇子，原是我愛那幾首白海棠詩，所以我自己用小楷寫了，不過為的是拿在手中看著便宜。我豈不知閨閣中詩詞字跡是輕易往外傳誦不得的？自從你說了，我總沒拿出園子去。」寶釵道：「林妹妹這慮的也是。既寫在扇子上，偶然忘記了，拿在書房裡去，被相公們看見了，豈有不問是誰作的呢？倘或傳揚開去，反為不美。自古道『女子無才便是德』，總以貞靜為主，女工次之，其餘詩詞之類，不過閨閣中遊戲，原可以會，可以不會。偺們這樣人家的姑娘，倒不要這些才華的名譽。」因又笑向黛玉道：「拿出來給我看看無妨，只不叫寶兄弟拿去就是了。」黛玉笑道：「既如此說，連他也可以不必看了。」又指寶玉笑道：「他早已搶了去了。」寶玉聽了，方自懷內取出，湊至寶釵身旁一同細看。只見寫道是：

一代傾城逐浪花，吳宮空自憶兒家。
效顰莫笑東鄰女，頭白溪邊尚浣紗。——西施

腸斷烏騅夜嘯風，虞兮幽恨對重瞳❽。
黥彭甘受他年醢❾，飲劍何如楚帳中？——虞姬

❽ 腸斷兩句：項羽被劉邦圍困垓下，對愛妾虞姬唱道：「騅不逝兮可奈何，虞兮虞兮奈若何？」虞姬和曰：「大王意氣盡，賤妾何聊生？」唱畢，伏劍自盡（見史記項羽本紀）。烏騅，項羽的坐騎。重瞳，傳說項羽有兩個瞳仁，即以重瞳指項羽。

❾ 黥彭句：黥彭，指楚漢相爭時的黥布和彭越。黥布原名英布，年輕時因犯法被處黥刑（在臉上刺字塗墨），故稱黥布。兩人本是項羽部下，後投奔劉邦，屢立戰功，分別封為淮南王和梁王。兩人居功自傲，起兵謀反，皆被誅殺。醢，肉醬。

絕豔驚人出漢宮，紅顏命薄古今同。
君王縱使輕顏色，予奪權何畀畫工⑩？——明妃⑪

瓦礫明珠一例拋，何曾石尉⑫重嬌嬈？
都緣頑福前生造，更有同歸慰寂寥。——綠珠⑬

長揖雄談態自殊，美人巨眼識窮途。
屍居餘氣⑭楊公幕，豈得羈縻女丈夫！——紅拂⑮

這裡指將人剁成肉醬的酷刑。

⑩ 予奪句：意謂為什麼要把掌握生殺的大權交付給畫工呢。據晉葛洪西京雜記載，漢元帝徵召天下美女入宮，命畫工將美女繪成畫像，然後按照畫像進行挑選。昭君自恃美貌，不願賄賂畫工，畫工故意醜化昭君的形象，使她得不到皇帝的寵倖。畀，音ㄅㄧˋ。賜與；給予。

⑪ 明妃：即王昭君，晉代避文帝司馬昭諱，改稱明君，後人又稱之為明妃。

⑫ 石尉：指石崇。石崇曾任南蠻校尉，故稱石尉。

⑬ 綠珠：晉石崇的侍妾，深受石崇寵愛。孫秀曾向石崇索取綠珠，石崇不給，孫秀即假傳晉惠帝詔令逮捕石崇，綠珠即跳樓自盡。

⑭ 屍居餘氣：言老朽無能，猶如只剩一口氣的活死人。唐杜光庭虯髯客傳寫李靖問紅拂：「楊公權重京師，如何？」紅拂答道：「彼屍居餘氣，不足畏也。」

⑮ 紅拂：虯髯客傳中的俠女。小說寫到李靖去見隋朝權臣楊素，縱論天下形勢。楊素身旁立一執拂塵的紅衣女子，見李靖氣度不凡，夜間來奔，跟李靖同往太原輔佐李世民。此女子便被稱為紅拂。

寶玉看了，讚不絕口，又說道：「妹妹這詩恰好只作了五首，何不就命名曰五美吟？」於是不容分說，便提筆寫在後面。（五美吟與後十獨吟對照。）寶釵亦說道：「作詩不論何題，只要善翻古人之意。若要隨人腳蹤走去，縱使字句精工，已落第二義，究竟算不得好詩。即如前人所詠昭君之詩甚多，有悲輓昭君的，有怨恨延壽的，又有譏漢帝不能使畫工圖貌賢臣而畫美人的，紛紛不一。後來王荊公復有『意態由來畫不成，當時枉殺毛延壽』⑯，永叔又有『耳目所見尚如此，萬里安能制夷狄』⑰，二詩各能俱出己見，不襲前人。今日林妹妹這五首詩，亦可謂命意新奇，別開生面了。」

仍欲往下說時，只見有人回道：「璉二爺回來了。適纔外間傳說往東府裡去了好一會子，想必就回來的。」寶玉聽了，連忙起身，迎至大門以內等待。恰好賈璉自外下馬進來，於是寶玉先迎著賈璉跪下，口中給賈母、王夫人等請了安，又給賈璉請了安。二人攜手走了進來，只見李紈、鳳姐、寶釵、黛玉、迎、探、惜等早在中堂等候，俱相見已畢。因聽賈璉說道：「老太太明日一早到家，一路身體甚好，今日打發我先回家來看視。我趕明日五更仍要出城迎接。」說畢，眾人又問了些路途的光景。因賈璉遠路纔歸，遂大家別過，讓賈璉回房歇息。一宿晚景，不必細述。

至次日飯時前後，果見賈母王夫人等到來。眾人接見畢，略坐了一坐，吃了一杯茶，便領了王夫人等人過寧府中來。只聽見裡面哭聲震天，卻是賈𤨿、賈珖送賈母到家，即過這邊來了。當下賈母進入裡面，早有賈赦率領族中人哭著迎了出來。賈𤨿、賈珖一邊一個，挽了賈母走至靈前，又有賈珍、

⑯ 意態兩句：見王安石明妃曲。

⑰ 耳目兩句：見歐陽修明妃曲和王介甫作。

賈蓉跪著，撲入賈母懷中痛哭。賈母暮年之人，見此光景，亦摟了珍蓉等痛哭不已。賈赦合眾人苦勸，方略略止住。又轉至靈右，見了尤氏婆媳，不免又相持大痛一場。哭畢，眾人方上前一一請安問好。賈珍因賈母纔回家來，未得歇息，坐在此間看著，未免要傷心，遂再三求賈母回家。王夫人等亦再三相勸。賈母不得已，方回來了。果然年邁的人禁不住風霜傷感，至夜間便覺頭悶心酸，鼻塞聲重。連忙請了醫生來診脈下藥，足足的忙亂了半夜。幸而發散的快，未曾傳經⑱，至三更天些須發了點汗，脈靜身涼，大家方纔放心。至次日，仍服藥調理。又過了數日，乃賈敬送殯之期，賈母猶未大愈，遂留寶玉在家侍奉。鳳姐因未曾甚好，亦未去。其餘賈赦、賈政、邢夫人、王夫人等，率領家人僕婦都送至鐵檻寺，至晚方回。賈珍、尤氏並賈蓉仍在寺中守靈，等過百日後方扶柩回籍，家中仍託尤老娘並二姐、三姐照管。

卻說賈璉素日既聞尤氏姊妹之名，恨無緣得見。近因賈敬停靈在家，每日與二姐、三姐相認已熟，不禁動了垂涎之意，況知與賈珍、賈蓉等素日有聚麀⑲之誚，因而乘機百般撩撥，眉目傳情。尤三姐卻只是淡淡相對，只有二姐也十分有意，但只是眼目眾多，無從下手。賈璉又怕賈珍吃醋，不敢輕動，只好二人心領神會而已。此時出殯以後，賈珍家下人少，除尤老娘帶領二姐、三姐並幾個粗使丫鬟老婆子在正室居住外，其餘婢妾隨在寺中，外面僕婦不過晚間巡更，日間看守門戶，白日無事，亦不進裡面去，所以賈璉便欲趁此下手。遂託相伴賈珍為名，亦在寺中住宿，又時常借著替賈珍料理家務，

⑱ 未曾傳經：指風寒發散得快，沒有深入經絡。

⑲ 聚麀：麀，音ㄧㄡ。母鹿。父子共同霸占一個女人，稱為「聚麀」，意為如禽獸一樣亂倫。

不時至寧府中來勾搭二姐。

一日，有小管家俞祿來回賈珍道：「前者所用棚杠孝布並黱杠人青衣，共使銀一千兩，除給銀五百兩外，仍欠五百兩。兩處買賣人俱來催討，小的特來討爺示下。」賈珍道：「你且向庫上去領就是了，這又何必來回我？」俞祿道：「昨日已曾向庫上去領，但只是老爺仙逝以後，各處支領甚多，所剩還要預備百日道場及寺中用度，此時竟不能給發，所以小的今日特來回爺。或是爺內庫裡暫且給發，或者挪借何項，吩咐了小的好辦去。」賈珍笑道：「你還當是先呢，有銀子放著不使。你無論哪裡，暫且借了給他罷。」俞祿笑回道：「若說一二百兩，小的還可以挪借，這四五百兩，小的一時哪裡辦得來？」賈珍想了一想，向賈蓉道：「你問你娘去。昨日出殯以後，有江南甄家送來打祭銀五百兩，未曾交到庫上去，你先要了來給他去罷。」賈蓉答應了，忙過這邊來，回了尤氏。復轉來回他父親道：「昨日那項銀子，也使了二百兩，下剩的三百兩，令人送至家中，交與老娘收了。」賈珍道：「既然如此，你就帶了他去，向你老娘要了出來交給他。再也瞧瞧家中有事無事，問你兩個姨娘好。下剩的，俞祿先借了添上罷。」

賈蓉與俞祿答應了，方欲退出，只見賈璉走了進來。俞祿忙上前請了安。賈璉便問何事，賈珍一一告訴了。賈璉心中想道：「趁此機會，正可至寧府尋二姐一面。」遂說道：「這有多大事，何必向人借去？昨日我方得了一項銀子，還沒使呢，莫若給他添上，豈不省事？」賈珍道：「如此甚好，你就吩咐了蓉兒，一並令他取去。」賈璉忙道：「這必得我親身取去。再我這幾日沒回家了，還要給老太太、老爺、太太們請請安去，到哥哥那邊查查家人們有無生事，再也給親家太太請請安。」賈珍笑道：「只是又勞動老二，我心不安。」賈璉也笑道：「自家兄弟，這有何妨呢！」賈珍又吩咐賈蓉道：「你跟了你叔叔去，也到那邊給老太太、老爺、太太們請安，說我和你娘都請安。打聽打聽老太太身上可大安了，還服藥呢沒有。」賈蓉一一答應了，跟隨賈璉出來，帶了幾個小廝騎上馬，一同進城。

在路間叔姪閒話，賈璉有心，便提到尤二姐，因誇說如何標緻，如何作人好，舉止大方，言語溫柔，無一處不好，令人可敬可愛，「人人都說你嬸子好，據我看，哪裡及你二姨一零兒？」賈蓉揣知其意，便笑道：「叔叔既這樣愛他，我給叔叔作媒，說了作二房，如何？」賈璉笑道：「敢是好呢！只是怕你嬸子不依，再也怕你老娘不願意。況且我聽見說，你二姨已有了人家了。」賈蓉笑道：「這都無妨。我二姨、三姨都不是我老爺養的，原是我老娘帶了來的。聽見說我老娘在那一家時，就把我二姨許與皇莊張家[20]，指腹為婚。後來張家遭了官司敗落了，我老娘又自那家嫁了出來。如今這十數年，兩家音信不通，我老娘時常抱怨，要與他家退婚，我父親也要將二姨轉聘。只等有了好人家，不過令人找著張家，給他十數兩銀子，寫上一張退婚字兒。想張家窮極了的人，見了十數兩銀子，有什麼不依的？再他也知道咱們這樣的人家，也不怕他不依。又是叔叔這樣人說了作二房，我管保我老娘和我父親都願意，倒只是嬸子那裡卻難。」賈璉聽到這裡，心花都開了，哪裡還有什麼話說，只是一味呆笑而已。賈蓉又想了一想，笑道：「叔叔若有膽量，依我主意行去，管保無妨，不過多花上幾個錢。」賈璉忙道：「有何主意，快些說來，我沒有不依的。」賈蓉道：「叔叔回家，一點聲色也別露。等我回明了我父親，向我老娘說妥，然後在咱們府後坊近左右買上一所房子，及應用傢伙什物，再撥兩窩

---

[20] 皇莊張家：明清時期，皇室的田產稱為皇莊。皇莊張家，指為皇莊管理田產的張家。

子家人過去伏侍。擇了日子，人不知鬼不覺娶了過去，囑咐家下人不許走漏風聲。嬸子在裡住著，深宅大院，哪裡就得知道了？叔叔兩下裡住著，過個一年半載，即或鬧出來，不過挨上老爺一頓罵。叔叔只說嬸子總不生育，原是為子嗣起見，所以私自在外面作成此事。就是嬸子，見生米做成熟飯，也只得罷了。再求一求老太太，沒有不完的事。」

自古道慾令智昏，賈璉只顧貪圖二姐美色，聽了賈蓉一篇話，遂為計出萬全，將現今身上有服，並停妻再娶，嚴父妒妻，種種不妥之處皆置之度外了。卻不知賈蓉亦非好意，素日因同他兩個姨娘有情，只因賈珍在內，不能暢意；如今若是賈璉娶了，少不得在外居住，趁賈璉不在時，好去鬼混之意。賈璉哪裡意想及此，遂向賈蓉致謝道：「好侄兒，果然能夠說成了，再買兩個絕色的丫頭謝你。」說著已至寧府門首，賈蓉說道：「叔叔進去，向我老娘要出銀子來，就交給俞祿罷。我先給老太太請安去。」賈璉含笑點頭道：「老太太跟前，別提我和你一同來的。」賈蓉道：「知道。」又附耳向賈璉道：「今日要遇見二姨，可別性急了，鬧出事來，往後倒難辦了。」賈璉笑道：「少胡說，你快去罷，我在這裡等你。」於是賈蓉自去給賈母請安。

賈璉進入寧府，早有家人頭兒率領家人等請安，一路圍隨至廳上。賈璉一一問了些話，不過塞責而已，便命家人散去，獨自往裡面走來。原來賈璉、賈珍素日親密，又是弟兄，本無可避忌之人，自來是不等通報的。於是走至上房，早有廊下伺候的老婆子打起簾子，讓賈璉進去。賈璉進入房中一看，只見南邊床上只有尤二姐帶著兩個丫鬟一處做活，卻不見尤老娘與三姐。賈璉忙上前問好相見，尤二姐亦含笑讓坐，便靠東邊板壁坐了。賈璉坐在上首，與二姐寒溫畢，賈璉笑問道：「親家太太同三妹妹哪去了？怎麼不見？」尤二姐笑道：「纔有事往後面去了，也就來的。」此時伺候的丫鬟因倒茶去，無人在跟前，賈璉睨視二姐一笑，二姐亦低了頭，只含笑不理。賈璉又不敢造次動手動腳，因見二姐手中拿一條拴著荷包的手巾擺弄，便搭訕著往腰內摸了一摸，說道：「檳榔荷包也忘了帶來了，妹妹有檳榔賞我一口吃。」二姐道：「檳榔倒有，只是我的檳榔從不給人吃。」賈璉便笑著，欲近身來拿。二姐怕人來看見不雅，便連忙一笑，撂了過來。賈璉接在手中，都倒了出來，揀了半塊吃，剩下的都揣了起來，剛要把荷包親身送過去。只見兩個丫鬟端了茶來，賈璉一面接了茶吃茶，一面暗將自己帶的一個漢玉九龍佩解了下來，拴在手巾上，趁丫鬟回頭時撂了過去。二姐且不去拿，只裝看不見，坐著吃茶。只聽後面一陣簾子響，卻是尤老娘、三姐帶著兩個小丫頭自後面走來。賈璉送目與二姐，令其拾取，這尤二姐只是不理。賈璉不知二姐何意，甚是著急，只得迎上來與尤老娘、三姐相見。一面又回頭看二姐時，只見二姐笑著，沒事人似的；再又看一看手巾，不知哪裡去了，賈璉方放了心。

　　於是大家歸坐，敘了些閒話。賈璉說道：「大嫂子說，前日有一包銀子，交給親家太太收起來了，今日因要還人，珍大哥令我來取，再也看看家裡有事無事。」尤老娘聽了，連忙使二姐拿鑰匙去取銀

尤二姐。（民初，北京箋譜）

子。這裡賈璉又說道：「我也要給親家太太請請安，瞧瞧二位妹妹。親家太太臉面倒好，只是二位妹妹在我們家裡受委屈。」尤老娘笑道：「偺們都是至親骨肉，說哪裡的話？在家裡也是住著，在這裡也是住著。不瞞二爺說，我們家裡自從先夫去世，家計也著實艱難了，全虧了這裡姑爺幫助。如今姑爺家裡有了這樣大事，我們不能別的出力，白看一看家，還有什麼委屈了的呢？」正說著，二姐已取了銀子來，交與尤老娘，老娘便遞與賈璉。賈璉又命一個小丫頭，叫了一個老婆子來，吩咐他道：「你把這個交給俞祿，叫他拿過那邊去等我。」老婆子答應了出去。只聽得院內是賈蓉聲音說話。須臾進來，給他老娘、姨娘請了安，又向賈璉笑道：「纔剛老爺還問叔叔呢，說是什麼事情要使喚，原要使人到廟裡去叫，我回老爺說叔叔就來。老爺還吩咐我路上遇著叔叔，叫快去呢。」賈璉聽了，忙要起身，又聽賈蓉合他老娘說道：「那一次我和老太太說的，我父親要和二姨說的姨爹，比起來就和我這叔叔的面貌身量差不多兒。老太太說好不好？」一面說著，又悄悄的用手指著賈璉，合他二姨努嘴兒。二姐倒不好意思說什麼，只見三姐笑罵道：「壞透了的小猴兒崽子！沒了你娘的！等我撕他那嘴。」一面說著，便趕了過來。賈蓉早笑著跑了出去，賈璉也笑著辭了出來。至廳上，又吩咐了家人些不可耍錢吃酒等語，又悄悄的央賈蓉回去，急速和他父親說。一面便帶了俞祿過來，將銀子添足，交彼拿去，自己見他父親，給賈母去請安，不提。

　　卻說賈蓉見俞祿跟了賈璉去取銀子，自己無事，便仍回至裡面，和他姨娘嘲戲了一回，方起身。至晚到寺，見了賈珍，回道：「銀子已經交給俞祿了。老太太已大愈了，如今已經不服藥了。」說畢，又趁便將路上賈璉要娶尤二姐作二房之意說了，又說如何在外頭置房子住，不使鳳姐知道，「此時總不過為的是子嗣艱難起見，為的是二姨是見過的，親上作親，比別處不知道的人家說了來的好，所以二叔再三央我對父親說。」只不說是他自己的主意。賈珍想了一想，笑道：「其實倒也罷了，只不知你二姨心中願意不願意。明日你先去和你老娘商量，叫你老娘問準了你二姨，再作定奪。」於是又教了賈蓉一篇話，便走過來將此事告訴了尤氏。尤氏卻知此事不妥，因而極力勸止，無奈賈珍主意已定，素日又是順從慣了的，況且他與二姐本非一母，不便深管，因而也只得由他們鬧去。

至次日一早，果然賈蓉復進城來見他老娘，將他父親之意說了。又添上許多話，說賈璉作人如何好，目今鳳姐身子有病，已是不能好的了。暫且買了房子在外面住著，過個一年半載，只等鳳姐一死，便接了二姨進去作正室。又說他父親此時如何聘，賈璉那邊如何娶，如何接了你老人家養老，往後三姨也是那邊應了替聘。說得天花亂墜，不由得尤老娘不肯。況素日全虧賈珍周濟，此時又是賈珍作主替聘，而且妝奩不用自己置買，賈璉又是青年公子，比張華勝強十倍，遂連忙過來和二姐商議。二姐又是水性的人，在先和姐夫不妥，又常怨恨當時錯許張華，致使後來終身失所，今見賈璉有情，況是姐夫將他聘嫁，有何不肯？亦便點頭依允。當下回復了賈蓉，賈蓉回復了他父親。

次日，命人請了賈璉到寺中來，賈珍當面告訴了他尤老娘應允了此事。賈璉自是喜出望外，又感謝賈珍、賈蓉父子不盡。於是二人商議著，使人看房子，打首飾，給二姨置買妝奩及新房中應用床帳等物。不多幾日，早將諸事辦妥。已於寧榮街後二里遠近小花巷內，買定一所房子，共二十餘間，又買了兩個小丫頭。賈珍又給了一房家人，名叫鮑二，夫妻兩口，以備二姐過去時服役。又使人將張華父子叫來，逼勒著與尤老娘寫退婚書。卻說張華之祖，原當皇莊，後來死去，至張華父親時，仍充此役。因與尤老娘前夫相好，所以將張華與尤二姐指腹為婚。後來不料遭了官司，敗落了家產，弄得衣食不周，哪裡還娶得起媳婦呢？尤老娘又自那家嫁了出來，兩家有十數年音信不通。今被賈府家人喚至，逼他與二姐退婚，心中雖不願意，無奈懼怕賈珍等勢焰，不敢不依，只得寫了一張退婚文約。尤老娘與銀十兩，兩家退親，不提。

這裡賈璉等見諸事已妥，遂擇了初三黃道吉日，娶二姐過門。下回便見。正是：

只為同枝貪色慾，致教連理起干戈。

校記

1. 此回庚辰本原缺，據戚本補入。

第六十五回　賈二舍偷娶尤二姨　尤三姐思嫁柳二郎

話說賈璉、賈珍、賈蓉等三人商議，事事妥貼，至初二日先將尤老和三姐送入新房。尤老一看，雖不似賈蓉口內之言，也十分齊備，母女二人已稱了心。鮑二夫婦見了，如一盆火，趕著尤老一口一聲喚「老娘」，又或是「老太太」；趕著三姐喚「三姨」，或是「姨娘」。至次日五更天，一乘素轎，將二姐抬來。各色香燭紙馬並舖蓋以及酒飯，早已備得十分妥當。一時，賈璉素服坐了小轎而來，拜過天地，焚了紙馬。那尤老見二姐身上頭上煥然一新，不是在家模樣，十分得意。攙入洞房。是夜，賈璉同他顛鸞倒鳳，百般恩愛，不消細說。

那賈璉越看越愛，越瞧越喜，不知怎生奉承這二姐，乃命鮑二等人不許提三說二的，直以「奶奶」稱之，自己也稱「奶奶」，竟將鳳姐一筆勾倒。有時回家中，只說在東府有事羈絆。鳳姐輩因知他和賈珍相得，自然見或有事商議，也不疑心。再家下人雖多，都不管這些事，便有那遊手好閒，專打聽小事的人，也都去奉承賈璉，乘機討些便宜，誰肯去露風？於是賈璉深感賈珍不盡。賈璉一月出五兩銀子，做天天的供給。若不來時，他母女三人一處吃飯；若賈璉來了，他夫妻二人一處吃，他母女便回房自吃。賈璉又將自己積年所有的梯己一併搬了與二姐收著，又將鳳姐素日之為人行事，枕邊衾內盡情告訴了他。只等一死，便接他進去。二姐聽了，自是願意。當下十來個人倒也過起日子來，十分豐足。

眼見已是兩個月光景。這日賈珍在鐵檻寺做完佛事，晚間回家時，因與他姨妹久別，竟要去探望探望。先命小廝去打聽賈璉在與不在，小廝回來說不在。賈珍歡喜，將左右一概先遣回去，只留兩個心腹小童牽馬。一時到了新房，已是掌燈時分，悄悄入去。兩個小廝將馬拴在圈內，自往下房去聽候。賈珍進來，屋內纔點燈，先看過了尤氏母女，然後二姐出見。賈珍仍喚「二姨」。大家吃茶，說了一回閒話。賈珍因笑說：「我作的這保山如何？若錯過了，打著燈籠還沒處尋。過日你姐姐還備了禮來瞧你們呢。」說話之間，尤二姐已命人預備下酒饌，關起門來，都是一家人，原無避諱。那鮑二來請安，賈珍便說：「你還是個有良心的小子，所以叫你來伏侍，日後自有大用你之處。不可在外頭吃酒生事，我自然賞你。倘或這裡短了什麼，你璉二爺事多，那裡人雜，你只管去回我。我們弟兄，不比別人。」鮑二答應道：「是，小的知道。若小的不盡心，除非不要這腦袋了。」賈珍點頭說：「要你知道。」當下四人一處吃酒。尤二姐知局❶，便邀他母親說：「我怪怕的，媽同我到那邊走走來。」尤老也會意，便真個同他出來，只剩小丫頭們。賈珍便和三姐挨肩擦臉，百般輕薄起來。小丫頭子們看不過，也都躲了出去，憑他兩個自在取樂，不知作些什麼勾當。

跟的兩個小廝都在廚下和鮑二飲酒，鮑二女人上竈。忽見兩個丫頭也走了來嘲笑，要吃酒。鮑二因說：「姐兒們不在上頭伏侍，也偷來了。一時叫起來沒人，又是事。」他女人罵道：「糊塗渾嗆了的忘八！你撞喪那黃湯罷。撞喪醉了，夾著你那膫子❷挺你的屍去。叫不叫，與你屌相干！一應有我

❶ 知局：即知趣。

❷ 膫子：與下文「屌」都是男子或雄性動物的外生殖器官。膫，音ㄌㄧㄠˊ。屌，音ㄉㄧㄠˇ。

承當，風雨橫豎灑不到你頭上來。」這鮑二原因妻子發跡的，近日越發虧他，自己除賺錢吃酒之外，一概不管，賈璉等也不肯責備他，故他視妻如母，百依百隨，且吃夠了，便去睡覺。這裡鮑二家的陪著這些丫鬟小廝吃酒，討他們的好，準備在賈珍前上好。四人正吃的高興，忽聽扣門之聲，鮑二家的忙出來開門看，見是賈璉下馬，問有事無事。鮑二女人便悄悄告他說：「大爺在這裡西院裡呢。」賈璉聽了，便回至臥房。只見尤二姐和他母親都在房中，見他來了，二人面上便有些訕訕❸的。賈璉反推不知，只命：「快拿酒來，偺們吃兩杯好睡覺。我今日很乏了。」尤二姐忙上來陪笑接衣奉茶，問長問短，賈璉喜的心癢難受。一時鮑二家的端上酒來，二人對飲。他丈母不吃，自回房中睡去了。兩個小丫頭分了一個過來伏侍。

賈璉的心腹小童隆兒拴馬去，見已有了一匹馬，細瞧一瞧，知是賈珍的，心下會意，也來廚下。只見喜兒、壽兒兩個正在那裡坐著吃酒。見他來了，也都會意，故笑道：「你這會子來的巧。我們因趕不上爺的馬，恐怕犯夜，往這裡來借宿一宵的。」隆兒便笑道：「有的是炕，只管睡。我是二爺使我送月銀的，交給了奶奶，我也不回去了。」喜兒便說：「我們吃多了，你來吃一鍾。」隆兒纔坐下，端起杯來，忽聽馬棚內鬧將起來。原來二馬同槽，不能相容，互相蹶踶❹起來。隆兒等慌的忙放下酒杯，出來喝馬。好容易喝住，另拴好了，方進來。鮑二家的笑說：「你三人就在這裡罷，茶也現成了，我可去了。」說著，帶門出去。這裡喜兒喝了幾杯，已是楞子眼了。隆兒、壽兒關了門，回頭見喜兒

❸ 訕訕：不知所措，難為情的樣子。訕，音ㄕㄢˋ。

❹ 蹶踶：音ㄐㄩㄝˊ ㄉㄧˋ。馬互相踢踏。

直挺挺的仰臥炕上，二人便推他說：「好兄弟，起來好生睡。只顧你一個人，我們就苦了。」那喜兒便說道：「偺們今兒可要公公道道❺的貼一爐子燒餅。要有一個充正經的人，我痛把他媽一肏。」隆兒、壽兒見他醉了，也不必多說，只得吹了燈，將就睡下。

尤二姐聽見馬鬧，心下便不自安，只管用言語混亂賈璉。那賈璉吃了幾杯，春興發作，便命收了酒果，掩門寬衣。尤二姐只穿著大紅小襖，散挽烏雲，滿臉春色，比白日更增了顏色。賈璉摟他笑道：「人人都說我們那夜叉婆齊整，如今我看來，給你拾鞋也不要。」尤二姐道：「我雖標緻，卻無品行，看來到底是不標緻的好。」賈璉忙問道：「這話如何說？我卻不解。」尤二姐滴淚說道：「你們拿我作愚人待，什麼事我不知？我如今和你作了兩個月夫妻，日子雖淺，我也知你不是愚人。我生是你的人，死是你的鬼。如今既作了夫妻，我終身靠你，豈敢瞞藏一字。我算是有靠，將來我妹子卻如何結果？據我看來，這個形景恐非長策，要作長久之計方可。」賈璉聽了，笑道：「你且放心，我不是拈酸吃醋之輩。前事我已盡知，你也不必驚慌。你因妹夫是作兄的，自然不好意思，不如我去破了這例。」說著走了，便往西院中來，只見窗內燈燭輝煌，二人正吃酒取樂。

賈璉便推門進去，笑說：「大爺在這裡！兄弟來請安。」賈珍羞的無話，只得起身讓坐。賈璉忙笑道：「何必又作如此景象！偺們弟兄從前是如何樣來？大哥為我操心，我今日粉身碎骨，感激不盡。大哥若多心，我意何安？從此以後，還求大哥如昔方好；不然，兄弟能可絕後，再不敢到此處來了。」說著，便要跪下。慌的賈珍連忙攙起，只說：「兄弟怎麼說，我無不領命。」賈璉忙命人看酒來：「我

❺ 公公道道：公平。

和大哥吃兩杯。」又拉尤三姐說：「你過來陪小叔子一杯。」賈珍笑著說：「老二，到底是你，哥哥必要吃乾這鍾。」說著，一揚脖。尤三姐站在炕上，指賈璉笑道：「你不用和我花馬吊嘴❻的，清水下雜麵，你吃我看❼。見提著影戲人子上場，好歹別戳破這層紙兒❽。你別油蒙了心，打量我們不知道你府上的事。這會子花了幾個臭錢，你們哥兒倆拿著我們姐兒兩個權當粉頭來取樂兒，你們就打錯了算盤了。我也知道你那老婆太難纏，如今把我姐姐拐了來做二房，偷的鑼兒敲不得。我也要會會那鳳奶奶去，看他是幾個腦袋幾隻手。若大家好取和便罷，倘若有一點叫人過不去，我有本事先把你兩個的牛黃狗寶❾掏了出來，再和那潑婦拚了這命，也不算是尤三姑奶奶！喝酒怕什麼，咱們就喝！」說著，自己綽起壺來斟了一杯，自己先喝了半杯，摟過賈璉的脖子來就灌，說：「我和你哥哥已經吃過了，咱們來親香親香。」唬的賈璉酒都醒了。賈珍也不承望尤三姐這等無恥老辣。弟兄兩個本是風月場中耍慣的，不想今日反被這閨女一席話說住。

尤三姐一疊聲又叫：「將姐姐請來！要樂，咱們四個一處同樂。俗語說『便宜不過當家』❿，他

---

❻ 花馬吊嘴：花言巧語；耍貧嘴。

❼ 清水下雜麵二句：歇後語。雜麵是以綠豆為主料的麵條，煮時要加油，味道纔不澀。如以清水煮就不好吃。這句歇後語是說，清水下雜麵很難吃，我看你怎麼吃。

❽ 提著影戲人子上場二句：歇後語。比喻不要揭穿老底，暴露出真相。影戲，即皮影戲，藉燈光在紙幕上顯出影子來的偶人戲。戳破了紙，就沒戲可唱了。

❾ 牛黃狗寶：牛黃，牛膽中的結石。狗寶，狗腹中的結石。都是中藥材。這裡是罵賈珍、賈璉是臟腑都壞了的下作胚子。

❿ 便宜不過當家：好處只留給自家人，肥水不流外人田的意思。

們是弟兄，咱們是姊妹，又不是外人，只管上來。」尤二姐反不好意思起來。賈珍得便就要一溜，尤三姐哪裡肯放？賈珍此時方後悔，不承望他是這種為人，與賈璉反不好輕薄起來。這尤三姐鬆鬆挽著頭髮，大紅襖子半掩半開，露著蔥綠抹胸，一痕雪脯。底下綠褲紅鞋，一對金蓮，或翹或並，沒半刻斯文。兩個墜子卻似打鞦韆一般，燈光之下，越顯得柳眉籠翠霧，檀口點丹砂。本是一雙秋水眼，再吃了酒，又添了餳澀淫浪。不獨將他二姊壓倒，據珍、璉評去，所見過的上下貴賤若干女子，皆未有此綽約風流者。二人已酥麻如醉，不禁去招他一招，他那淫態風情，反將二人禁住。那尤三姐放出手眼來，略試了一試，他弟兄兩個竟全然無一點別識別見，連口中一句響亮話都沒了，不過是酒色二字而已。自己高談闊論，任意揮霍灑落一陣，拿他弟兄二人嘲笑取樂，竟真是他嫖了男人，並非男人淫了他。一時，他的酒足興盡，也不容他弟兄多坐，攆了出去，自己關門睡去了。

自此後，或略有丫鬟婆娘不到之處，便將賈璉、賈珍、賈蓉三個潑聲厲言痛罵，說他爺兒三個誆騙了他寡婦孤女。賈珍回去之後，以後亦不敢輕易再來。有時尤三姐自己高了興，悄命小廝來請，方敢去一會。到了這裡，也只好隨他的便。誰知這尤三姐天生脾氣不堪，仗著自己風流標緻，偏要打扮的出色另式，作出許多萬人不及的淫情浪態來，哄的男子們垂涎落魄，欲近不能，欲遠不捨，迷離顛倒，他以為樂。他母姊二人也十分相勸，他反說：「姐姐糊塗。咱們金玉一般的人，白叫這兩個現世寶玷污了去，也算無能。而且他家有一個極利害的女人，如今瞞著他不知，咱們方安。倘或一日他知道了，豈有干休之理？勢必有一場大鬧，不知誰生誰死。趁如今我不拿他們取樂作踐准折，到那時白落個臭名，後悔不及。」因此一說，他母女見不聽勸，也只得罷了。那尤三姐天天挑揀穿吃，打了銀的，又要金的；有珠子，又要寶石。吃的肥鵝，又宰肥鴨，或不趁心，連桌一推；衣裳不如意，不論綾緞新整，便用剪刀剪碎，撕一條，罵一句。究竟賈珍等何曾隨意了一日，反花了許多昧心錢。

賈璉來了，只在二姐房內，心中也悔上來。無奈二姐倒是個多情人，以為賈璉是終身之主了，凡事倒還知疼著癢。若論起溫柔和順，凡事必商必議，不敢恃才自專，實較鳳姐高十倍；若論標緻，言談行事，也勝五分。雖然如今改過，但已經失了腳，有了一個「淫」字，憑有甚好處也不算了。偏這賈璉又說：「誰人無錯，知過必改就好。」故不提已往之淫，只取現今之善，便如膠授漆，似水如魚，一心一計，誓同生死，哪裡還有鳳、平二人在意了？二姐在枕邊衾內，也常勸賈璉說：「你和珍大哥商議商議，揀個熟的人，把三丫頭聘了罷。留著他不是常法子，終久要生出事來，怎麼處？」賈璉道：「前日我曾回過大哥的，他只是捨不得。我說：『是塊肥羊肉，只是燙的慌；玫瑰花兒可愛，刺太扎手。偺們未必降的住，正經揀個人聘了罷。』他只意意思思⓫，就丟開手了。你叫我有何法？」二姐道：「你放心。偺們明日先勸三丫頭，他肯了，讓他自己鬧去。鬧的無法，少不得聘他。」賈璉聽了，說：「這話極是。」

至次日，二姐另備了酒，賈璉也不出門，至午間，特請他小妹過來，與他母親上坐。尤三姐便知其意，（全用醍醐灌頂，全是大翻身大解悟法。）酒過三巡，不用姐姐開口，先便滴淚泣道：（全用如是等語，一洗孽障。）「姐姐今日請我，自有一番大理要說。但妹子不是那愚人，也不用絮絮叨叨提那從前醜事，我已盡知，說也無益。既如今姐姐也得了好處安身，媽也有了安身之處，我也要自尋歸結，方是正理。但終身大事，一生至一死，非

⓫ 意意思思：猶豫不決。

同兒戲。我如今改過守分，只要我揀一個素日可心如意的人方跟他去。若憑你們揀擇，雖是富比石崇，才過子建，貌比潘安的，我心裡進不去，也白過了一世。」賈璉笑道：「這也容易。憑你說是誰就是誰，一應綵禮都有我們置辦，母親也不用操心。」尤三姐泣道：「姐姐知道，不用我說。」賈璉笑問二姐是誰？二姐一時也想不起來。大家想來，賈璉便料定是此人無疑了，便拍手笑道：「我知道了，這人原不差，果然好眼力。」二姐笑問：「是誰？」賈璉笑道：「別人他如何進得去？一定是寶玉。」二姐與尤老聽了，亦以為然。尤三姐便啐了一口，道：（奇，不知何為。）「我們有姊妹十個，也嫁你弟兄十個不成！（有理之極！）難道除了你家，天下就沒了好男子了不成！」（一罵反有理。）眾人聽了都詫異：「除去他還有哪一個？」（余亦如此想。）尤三姐笑道：「別只在眼前想，姐姐只在五年前想就是了。」（奇甚！）

正說著，忽見跟賈璉的心腹小廝興兒走來請賈璉說：「老爺那邊緊等著叫爺呢，小的答應往舅老爺那邊去了。小的連忙來請。」賈璉又忙問：「昨日家裡沒人問？」興兒道：「小的回奶奶說，爺在家廟裡同珍大爺商議作百日的事，只怕不能來家。」賈璉忙命拉馬，隆兒跟隨去了，留下興兒答應人來事務。尤二姐拿了兩碟菜，命拿大杯斟了酒，就命興兒在炕沿下蹲著吃，一長一短向他說話兒，問他家裡奶奶多大年紀，怎麼個利害的樣子，老太太多大年紀，太太多大年紀，姑娘幾個各樣家常等語。興兒笑嘻嘻的在炕沿下一頭吃，一頭將榮府之事備細告訴他母女。又說：「我是二門上該班的人。我們共是兩班，一班四個，共是八個。這八個人有幾個是奶奶的心腹，有幾個是爺的心腹。奶奶的心腹我們不敢惹，爺的心腹奶奶就敢惹。提起我們奶奶來，心裡歹毒，口裡尖快。我們二爺也算是個好的，哪裡見得他！倒是跟前的平姑娘為人很好，雖然和奶奶一氣，他倒背著奶奶常作些個好事。小的們凡有了不是，奶奶是容不過的，只求求他去就完了。如今合家大小，除了老太太、太太兩個人，沒有不恨他的，只不過面子情兒怕他。皆因他一時看的人都不及他，只一味哄著老太太、太太兩個人喜歡，他說一是一，說二是二，沒人敢攔他。又恨不得把銀子錢省下來堆成山，好叫老太太、太太說他會過日子，殊不知苦了下人，他討好兒。遇著有好事，他就不等別人去說，他先抓尖兒；或有了不好事，或他自己錯了，他便一縮頭，推到別人身上來，他還在旁邊撥火兒。如今連他正經婆婆大太太都嫌了他，說他『雀兒揀著旺處飛，黑母雞一窩兒』，自家的事不管，倒替人家去瞎張羅。若不是老太太在頭裡，早叫過他去了。」

尤二姐笑道：「你背著他這等說他，將來你又不知怎麼說我呢？我又差他一層兒，越發有的說了。」興兒忙跪下說道：「奶奶要這樣說，小的不怕雷打！但凡小的們有造化，起先娶奶奶時若得了奶奶這樣的人，小的們也少挨些打罵，也少提心吊膽的。如今跟爺的這幾個人，誰不背前背後的讚揚奶奶聖德憐下？我們商量著，叫二爺要出來，情願來答應奶奶呢。」尤二姐笑道：「猴兒肏的，還不起來呢！說句頑話，就唬的那樣起來。你們作甚麼來？我還要找了你奶奶去呢！」興兒連忙搖手說：「奶奶千萬不要去。我告訴奶奶，一輩子別見他纔好。嘴甜心苦，兩面三刀；上頭一臉笑，腳下使絆子；明是一盆火，暗是一把刀：都占全了。只怕三姨的這張嘴還說他不過。好奶奶這樣斯文良善人，哪裡是他的對手！」尤氏笑道：「我只以禮待他，他敢怎麼樣？」興兒道：「不是小的吃了酒，放肆胡說。奶奶便有禮讓，他看見奶奶比他標緻，又比他得人心，他怎肯干休善罷？人家是醋罐子，他是醋缸醋甕。凡丫頭們，二爺多看一眼，他有本事當著爺打個爛羊頭。雖然平姑娘在屋裡，大約一年二年之間，兩個有一次到一處，他還要口裡掂幾十個過子呢。氣的平姑娘性子發了，鬧哭一陣，說：『又不是我自己尋來的，你又浪著勸我。我原不依，你反說我反了。這會子又這樣！』他一般的也罷了，倒央告平姑娘。」尤二姐笑道：「可是扯謊！這樣一個夜叉，怎麼反怕屋裡的人呢？」興兒道：「這就是俗語說的『天下抬不過理字去』了。這平兒是他自幼的丫頭，陪了過來一共四個，嫁人的嫁人，死的死了，只剩了這個心腹。他原為收了屋裡，一則顯他賢良名兒，二則又叫拴爺的心，好不外頭走邪的。又還有一段因果：我們家的規矩，凡爺們大了，未娶親之先，都先放兩個人伏侍的。二爺原有兩個，誰知他來了沒半年，都尋出不是來，都打發出去了，別人雖不好說，自己臉上過不去，所以強逼著平姑娘作了房裡人。那平姑娘又是個正經人，從不把這一件事放在心上，也不會挑妻窩夫的，倒一味忠心赤膽伏侍他，纔容下了。」

尤二姐笑道：「原來如此。但我聽見你們家還有一位寡婦奶奶和幾位姑娘，他這樣利害，這些人如何依得？」興兒拍手笑道：「原來奶奶不知道！我們家這位寡婦奶奶，他的渾名叫作『大菩薩』，第一個善德人。我們家的規矩又大，寡婦奶奶們不管事，只宜清淨守節。妙在姑娘又多，只把姑娘們交給他，看書寫字，學針線，學道理，這是他的責任。除此問事不知，說事不管。只因這一向他病了，事多，這大奶奶暫管幾日。究竟也無可管，不過是按例而行，不像他多事逞才。我們大姑娘不用說，但凡不好，也沒這段大福了。二姑娘的渾名是『二木頭』，戳一針也不知噯喲一聲。三姑娘的渾名是『玫瑰花』……」尤氏姊妹忙笑問：「何意？」興兒笑道：「玫瑰花又紅又香，無人不愛的，只是刺扎手。也是一位神道⓬，可惜不是太太養的，『老鴰窩裡出鳳凰』。四姑娘小，他正經是珍大爺親妹子，因自幼無母，老太太命太太抱過來養這麼大，也是一位不管事的。奶奶不知道，我們家的姑娘不算，另外有兩個姑娘，真是天上少有，地下無雙。一個是偺們姑太太的女兒，姓林，小名兒叫什麼黛玉，面龐身段和三姨不差什麼，一肚子文章，只是一身多病。這樣的天，還穿夾的出來，風兒一吹就倒了。我們這起沒王法的嘴都悄悄的叫他『多病西施』。還有一位姨太太的女兒，姓薛，叫什麼寶釵，竟是雪堆出來的。每常出門，或上車，或一時院子裡瞥見一眼，我們鬼使神差，見了他兩個，不敢出氣兒。」尤二姐笑道：「你們大家規矩，雖然你們小孩子進的去，然遇見小姐們，原該遠遠藏開。」興兒搖手道：「不是，不是！那正經大禮，自然遠遠的藏開，自不必說。就藏開了，自己不敢出氣，是生怕這氣大了，吹倒了姓林的；氣暖了，吹化了姓薛的。」說的滿屋裡都笑起來了。不知端詳，且聽下回分解。

校記

1.「尤二姐笑道：『原來如此。但我聽見你們家還有一位寡婦奶奶和幾位姑娘，他這樣利害，這些人如何依得？』興兒拍手笑道：『原來奶奶不知道！我們家這位寡婦奶奶……』」庚辰本缺「和幾位姑娘，他這樣利害，這些人如何依得？興兒拍手笑道：原來奶奶」，據紅樓夢八十回校本補入。

⑫ 神道：俗語，謂了不起，有本領，精神強悍。

第六十六回　情小妹恥情歸地府　冷二郎一冷入空門

話說鮑二家的打他一下子，笑道：「原有些真的，叫你又編了這些混話，越發沒了綑兒❶。你倒不像跟二爺的人，這些混話倒像是寶玉那邊的了。」好極之文，將茗烟等已全寫出，可謂一擊兩鳴法，不寫之寫也。尤二姐纔要又問，忽見尤三姐笑問道：「可是你們家那寶玉，除了上學，他作些什麼？」拍案叫絕。此處方問，是何文情！興兒笑道：「姨娘別問他，說起來姨娘也未必信。他長了這麼大，獨他沒有上過正經學堂。我們家從祖宗直到二爺，誰不是寒窗十載，偏他不喜讀書。老太太的寶貝，老爺先還管，如今也不敢管了。成天家瘋瘋癲癲的，說的話人也不懂，幹的事人也不知。外頭人人看著好個清俊模樣兒，心裡自然是聰明的；誰知是外清而內濁，見了人，一句話也沒有。所有的好處，雖沒上過學，倒難為他認得幾個字。每日也不習文，也不學武，又怕見人，只愛在丫頭群裡鬧。再者，也沒剛柔，有時見了我們，喜歡時沒上沒下，大家亂頑一陣；不喜歡，各自走了，他也不理人。我們坐著臥著，見了他也不理，他也不責備。因此沒人怕他，只管隨便，都過的去。」

尤三姐笑道：「主子寬了，你們又這樣；嚴了又抱怨，可知難纏。」情語，情文至語。尤二姐道：「我們看他倒好，原來這樣。可惜了一個好胎子。」尤三姐道：「姐姐信他胡說。偺們也不是見了一面兩面的？行事言談吃喝，原有些女兒氣，那是只在裡頭慣了的。若說糊塗，哪些兒糊塗？姐姐記得穿孝時偺們

❶ 綑兒：約束。

同在一處，那日正是和尚們進來繞棺❷，偺們都在那裡站著。他只站在頭裡，擋著人。人說他不知禮，又沒眼色。過後他沒悄悄的告訴偺們說：『姐姐不知道，我並不是沒眼色，想和尚們髒，恐怕氣味薰了姐姐們。』接著他吃茶，姐姐又要茶，那個老婆子就拿了他的碗去倒。他趕忙說：『我吃髒了的，另洗了再拿來。』這兩件上，我冷眼看去，原來他在女孩子們前不管怎樣都過的去，只不大合外人的式，所以他們不知道。」尤二姐聽說，笑道：「依你說，你兩個已是情投意合了。竟把你許了他，豈不好？」三姐見有興兒，不便說話，只低頭磕瓜子。興兒笑道：「若論模樣兒行事為人，倒是一對好的。只是他已有了，只未露形，將來準是林姑娘定了的。因林姑娘多病，二則都還小，故尚未及此。再過三二年，老太太便一開言，那是再無不准的了。」大家正說話，只見隆兒又來了，說：「老爺有事，是件機密大事，要遣二爺往平安州去。不過三五日就起身，來回也得半月工夫。今日不能來了，請老奶奶早和二姨定了那事，明日爺來好作定奪。」說著，帶了興兒回去了。這裡尤二姐命掩了門早睡，盤問他妹子一夜。

至次日午後，賈璉方來了。尤二姐因勸他說：「既有正事，何必忙忙又來？千萬別為我誤事。」賈璉道：「也沒甚事，只是偏偏的又出來了一件遠差，出了月就起身，得半月工夫纔來。」尤二姐道：「既如此，你只管放心前去，這裡一應不用你記掛。三妹子他從不會朝更暮改的。他已說了改悔，必是改悔的。他已擇定了人，你只要依他就是了。」賈璉問：「是誰？」尤二姐笑道：「這人此刻不在這裡，不知多早纔來，也難為他眼力。他自己說了，這人一年不來，他等一年；十年不來，等十年；

❷ 繞棺：舊俗人死後，請和尚念經，和尚拈香繞棺行走，口誦經文，為死者超度亡靈。

若這人死了，再不來了，他情願剃了頭當姑子去，吃長齋念佛，以了今生。」賈璉問：「到底是誰，這樣動他的心？」二姐笑道：「說來話長。五年前，我們老娘家裡做生日，媽和我們到那裡與老娘拜壽。他家請了一起串客❸，裡頭有個作小生的，叫作柳湘蓮。（千奇百怪之文何至於此！）他看上了，如今要是他纔嫁。舊年我們聞得柳湘蓮惹了一個禍，逃走了，不知可有來了不曾？」賈璉聽了說：「怪道呢，我說是個什麼樣人，原來是他！果然眼力不錯。你不知道，這柳二郎那樣一個標緻人，最是冷面冷心的，差不多的人都無情無義。他最和寶玉合的來。去年因打了薛獃子，他不好意思見我們的，不知哪裡去了一向。後來聽見有人說來了，不知是真是假，一問寶玉的小子們就知道了。倘或不來時，他萍蹤浪跡，知道幾年纔來？豈不白耽擱了？」尤二姐道：「我們這三丫頭，說的出來幹的出來。他怎樣說，只依他便了。」二人正說之間，只見尤三姐走來說道：「姐夫，你只放心，我們不是那心口兩樣的人，說什麼是什麼。若有了姓柳的來，我便嫁他。從今日起，我吃齋念佛，只伏侍母親；等他來了，嫁了他去。若一百年不來，我自己修行去了。」說著，將一根玉簪擊作兩段，「一句不真，就如這簪子！」說著，回房去了。真個竟「非禮不動，非禮不言」起來。

賈璉無了法，只得和二姐商議了一回家務，復回家與鳳姐商議起身之事。一面著人問茗烟，茗烟說：「竟不知道，大約沒來。若來了，必是我知道的。」一面又問他的街坊，也說沒來。賈璉只得回復了二姐。至起身之日已近，前兩天便說起身，卻先往二姐這邊來住兩夜，從這裡再悄悄長行。果見小妹竟又換了一個人，又見二姐持家勤慎，自是不消記掛。

❸ 串客：客串某一行當的人，這裡指業餘的戲劇演員，如今稱為「票友」。

是日一早出城，就奔平安州大道，曉行夜住，渴飲飢餐。方走了三日，那日正走之間，頂頭來了一群馱子。內中一夥，主僕十來騎馬，走的近來，一看不是別人，竟是薛蟠和柳湘蓮來了。賈璉深為奇怪，（余亦為怪。）忙拍馬迎了上來。大家一齊相見，說些別後寒溫，大家便入酒店歇下，敘談敘談。賈璉因笑說：「鬧過之後，我們忙著請你兩個和解，誰知柳兄蹤跡全無。怎麼你兩個今日倒在一處了？」薛蟠笑道：「天下竟有這樣奇事！我同夥計販了貨物，自春天起身往回裡走，一路平安；誰知前日到了平安州界，遇一夥強盜，已將東西劫去，不想柳二弟從那邊來了，方把賊人趕散，奪回貨物，還救了我們的性命。我謝他又不受，所以我們結拜了生死弟兄，如今一路進京。從此後我們是親弟親兄一般。到前面岔口上分路，往南二百里，有他一個姑媽，他去望候望候。我先進京去，安置了我的事，然後給他尋一所宅子，尋一門好親事，大家過起來。」賈璉聽了道：「原來如此，倒教我們懸了幾日心。」因又聽道尋親，又忙說道：「我正有一門好親事，堪配二弟。」說著便將自己娶尤氏，如今又要發嫁小姨一節說了出來，只不說尤三姐自擇之語。又囑薛蟠，且不可告訴家裡，等生了兒子，自然是知道的。薛蟠聽了大喜，說：「早該如此，這都是舍表妹之過。」湘蓮忙笑說：「你又忘情了，還不住口。」薛蟠忙止住不語，便說：「既是這等，這門親事定要做的。」湘蓮道：「我本有願，定要一個絕色的女子。如今既是貴昆仲高誼，顧不得許多了，任憑裁奪，我無不從命。」賈璉笑道：「如今口說無憑，等柳兄一見便知。我這內娣的品貌，是古今有一無二的了。」湘蓮聽了大喜，說：「既如此說，等弟探過姑母，不過月中就進京的，那時再定，如何？」賈璉笑道：「你我一言為定。只是我信不過柳兄，你乃是萍蹤浪跡，倘然淹滯不歸，豈不誤了人家？須得留一定禮。」湘蓮道：「大丈夫豈有失信之理？

小弟素係寒貧，況且客中，何能有定禮？」薛蟠道：「我這裡現成，就備一分二哥帶去。」賈璉笑道：「也不用金帛之禮，須是柳兄親身自有之物，不論物之貴賤，不過我帶去取信耳。」湘蓮道：「既如此說，弟無別物：此劍防身，不能解下；囊中尚有一把鴛鴦劍，乃吾家傳代之寶，弟也不敢擅用，只隨身守藏而已。賈兄請拿去為定。弟縱係水流花落之性，然亦斷不捨此劍者。」說畢，大家又飲了幾杯，方各自上馬，作別起程。正是：將軍不下馬，各自奔前程。

且說賈璉一日到了平安州，見了節度，完了公事，因又囑他十月前後務要還來一次，賈璉領命。次日連忙取路回家，先到尤二姐處探望。誰知賈璉出門之後，尤二姐操持家務十分謹肅，每日關門闔戶，一點外事不聞；他小妹子果是個斬釘截鐵之人，每日侍奉母姊之餘，只安分守己隨分過活。雖是夜晚間孤衾獨枕，不慣寂寞，奈一心丟了眾人，只念柳湘蓮早早回來，完了終身大事。這日賈璉進門見了這般景況，喜之不盡，深念二姐之德。大家敘些寒溫之後，賈璉便將路上相遇湘蓮一事說了出來，又將鴛鴦劍取出，遞與三姐。三姐看時，上面龍吞夔護❹，珠寶晶熒。將靶一掣，裡面卻是兩把合體的，一把上面鏨著一「鴛」字，一把上面鏨著一「鴦」字，冷颼颼，明亮亮，如兩痕秋水一般。三姐喜出望外，連忙收了，掛在自己繡房床上。每日望著劍，自笑終身有靠。賈璉住了兩天，回去復了父命，回家合宅相見。那時鳳姐已大愈，出來理事行走了。賈璉又將此事告訴了賈珍，賈珍因近日又遇了新友，將這事丟過，不在心上，任憑賈璉裁奪。只怕賈璉獨力不加，少不得又給了他三十兩銀子。賈璉拿來交與二姐預備妝奩。

❹ 龍吞夔護：劍鞘上裝飾著龍的圖案，劍的護手雕刻有夔的形狀。

誰知八月內湘蓮方進了京，先來拜見薛姨媽，又遇見薛蝌，方知薛蟠不慣風霜，不服水土，一進京時便病倒在家，請醫調治。聽見湘蓮來了，請入臥室相見。薛姨媽也不念舊事，只感新恩，母子們十分稱謝。又說起親事一節，凡一應東西皆已妥當，只等擇日。柳湘蓮也感激不盡。次日，又來見寶玉，二人相會，如魚得水。湘蓮因問賈璉偷娶二房之事，寶玉笑道：「我聽茗烟一干人說，我卻未見，我也不敢多管。我又聽見茗烟說璉二哥哥著實問你，不知有何話說？」湘蓮就將路上所有之事一概告訴寶玉。寶玉笑道：「大喜，大喜！難得這個標緻人，果然是個古今絕色，堪配你之為人。」湘蓮道：「既是這樣，他哪裡少了人物，如何只想到我？況且我又素日不甚和他厚，他關切不至此。路上工夫，忙忙的就那樣再三要來定禮，難道女家反趕著男家不成？我自己疑惑起來，後悔不該留下這劍作定。所以後來想起你來，可以細細問個底裡纔好。」寶玉道：「你原是個精細人，如何既許了定禮又疑惑起來？你原說只要一個絕色便罷了，何必再疑？」湘蓮道：「你既不知他娶，如何又知是絕色？」寶玉道：「他是珍大嫂子的繼母帶來的兩位小姨，我在那裡和他們混了一個月，怎麼不知？真真一對尤物，（可巧。）他又姓尤。」湘蓮聽了跌足道：「這事不好，斷乎做不得了。你們東府裡除了那兩個石頭獅子乾淨，只怕連貓兒狗兒都不乾淨。我不做這剩忘八。」（奇極之文，極趣之文。金瓶梅中有云「把忘八的臉打綠了」，已奇之至，此云「剩忘八」，豈不更奇？）寶玉聽說，紅了臉。湘蓮自慚失言，連忙作揖說：「我該死胡說！（忽用湘蓮提東府之事罵及寶玉，可是人想得到的？所謂一個人不曾放過。）你好歹告訴我，他品行如何？」寶玉笑道：「你既深知，又來問我作甚麼？連我也未必乾淨了。」湘蓮笑道：「原是我自己一時忘情，好歹別多心。」寶玉笑道：「何必再提？這倒似有心了。」湘蓮作揖，告辭出來，「若去找薛蟠，一則他現臥病，二則他又浮躁，不如去索回定禮。」主意已定，便一逕來找賈璉。

賈璉正在新房中，聞得湘蓮來了，喜之不盡，忙迎了出來，讓到內室與尤老相見。湘蓮只作揖，稱「老伯母」，自稱「晚生」，賈璉聽了詫異。吃茶之間，湘蓮便說：「客中偶然忙促，誰知家姑母於四月間訂了弟婦，使弟無言可回。若從了老兄，背了姑母，似非合理。若係金帛之訂，弟不敢索取，但此劍係祖父所遺，請仍賜回為幸。」賈璉聽了便不自在，還說：「定者，定也。原怕反悔，所以為定。豈有婚姻之事，出入隨意的？還要斟酌。」湘蓮笑道：「雖如此說，弟願領責領罰，然此事斷不敢從命。」賈璉還要饒舌，湘蓮便起身說：「請兄外坐一敘，此處不便。」那尤三姐在房，明明聽見，好容易等了他來，今忽見反悔，便知他在賈府中得了消息，自然是嫌自己淫奔無恥之流，不屑為妻。今若容他出去和賈璉說退親，料那賈璉必無法可處，自己豈不無趣？一聽賈璉要同他出去，連忙摘下劍來，將一股雌鋒隱在肘內，出來便說：「你們不必出去再議，還你的定禮。」一面淚如雨下，左手將劍並鞘送與湘蓮，右手回肘只往項上一橫，可憐「揉碎桃花紅滿地，玉山傾倒再難扶」，芳靈蕙性，渺渺冥冥，不知哪邊去了。

當下唬的眾人急救不迭。尤老一面嚎哭，一面又罵湘蓮。賈璉忙揪住湘蓮，命人綑了送官。尤二姐忙止淚，反勸賈璉：「你太多事，人家並沒威逼他死，是他自尋短見，你便送他到官，又有何益？反覺生事出醜。不如放他去罷，豈不省事。」賈璉此時也沒了主意，便放了手，命湘蓮快去。湘蓮反不動身，泣道：「我並不知是這等剛烈賢妻，可敬，可敬。」湘蓮反扶屍大哭一場。等買了棺木，眼見入殮，又俯棺大哭一場，方告辭而去。

出門無所之，昏昏默默，自想方纔之事，「原來尤三姐這樣標緻，又這等剛烈！」自悔不及。正走

情小妹恥情歸地府，冷二郎一冷入空門。 （清孫溫繪，全本紅樓夢）

之間，只見薛蟠的小廝尋他家去，那湘蓮只管出神。那小廝帶他到新房之中，十分齊整。忽聽環珮叮噹，尤三姐從外而入，一手捧著鴛鴦劍，一手捧著一卷冊子，向柳湘蓮泣道：「妾痴情待君五年矣，不期君果冷心冷面。妾以死報此痴情。妾今奉警幻之命，前往太虛幻境修注案中所有一干情鬼。妾不忍一別，故來一會，從此再不能相見矣。」說著便走。湘蓮不捨，忙欲上來拉住問時，那尤三姐便說：「來自情天，去由情地。前生誤被情惑，今既恥情而覺，與君兩無干涉。」說畢，一陣香風，無蹤無影去了。湘蓮驚覺，似夢非夢，睜眼看時，哪裡有薛家小童？也非新室，竟是一座破廟。旁邊坐著一個跏腿道士捕虱，湘蓮便起身稽首相問：「此係何方？仙師仙名法號？」道士笑道：「連我也不知道此係何方，我係何人，不過暫來歇足而已。」柳湘蓮聽了，不覺冷然如寒冰侵骨，掣出那股雄劍，將萬根煩惱絲一揮而盡，便隨那道士，不知往哪裡去了。後回便見。

第六十七回　見土儀顰卿思故里　聞祕事鳳姐訊家童

話說尤三姐自盡之後，尤老娘和二姐兒、賈珍、賈璉等，俱不勝悲慟，自不必說，忙令人盛殮，送往城外埋葬。柳湘蓮見三姐身亡，痴情眷戀，卻被道人數句冷言打破迷關，竟自截髮出家，跟隨這瘋道人飄然而去，不知何往。暫且不表。

且說薛姨媽聞知湘蓮已說定了尤三姐為妻，心中甚喜，正是高高興興要打算替他買房子，治傢伙❶，擇吉迎娶，以報他救命之恩。忽有家中小廝吵嚷：「三姐兒自盡了。」被小丫頭們聽見，告知薛姨媽。薛姨媽不知為何，心甚嘆惜。正在猜疑，寶釵從園裡過來。薛姨媽便對寶釵說道：「我的兒，你聽見了沒有？你珍大嫂子的妹妹三姑娘，他不是已經許定給你哥哥的義弟柳湘蓮了麼？不知為什麼自刎了。那湘蓮也不知往哪裡去了。真正奇怪的事，叫人意想不到的！」寶釵聽了，並不在意，便說道：「俗語說的好：『天有不測風雲，人有旦夕禍福。』這也是他們前生命定。前兒媽媽為他救了哥哥，商量著替他料理，如今已經死的死了，走的走了，依我說，也只好由他罷了。媽媽也不必為他們傷感了。倒是自從哥哥打江南回來了一二十日，販了來的貨物，想來也該發完了。那同伴去的夥計們辛辛苦苦的來回幾個月了，媽媽和哥哥商議商議，也該請一請，酬謝酬謝纔是。別叫人家看著無禮似的。」

母女正說話間，見薛蟠自外而入，眼中尚有淚痕，一進門來，便向他母親拍手說道：「媽媽可知

❶ 傢伙：這裡是傢俱的意思。

道柳二哥尤三姐的事麼？」薛姨媽說：「我纔聽見說，正在這裡和你妹妹說這件公案呢。」薛蟠道：「媽媽可聽見說湘蓮跟著一個道士出了家了麼？」薛姨媽道：「這越發奇了。怎麼柳相公那樣一個年輕的聰明人，一時糊塗，就跟著道士去了呢？我想你們好了一場，他又無父母兄弟，隻身一人在此，你該各處找找他纔是。靠那道士，能往哪裡遠去？左不過是在這方近左右的廟裡寺裡罷了。」薛蟠說：「何嘗不是呢？我一聽見這個信兒，就連忙帶了小廝們在各處尋找，連一個影兒也沒有。又去問人，都說沒看見。」薛姨媽說：「你既找尋過，沒有，也算把你做朋友的心盡了。焉知他這一出家，不是得了好處去呢？只是你如今也該張羅買賣；二則把你自己娶媳婦應辦的事情，倒早些料理料理。偺們家沒人，俗語說的，『夯雀兒先飛』，省的臨時丟三落四的不齊全，令人笑話。再者，你妹妹纔說你也回家半個多月了，想貨物也該發完了，同你去的夥計們，也該擺桌酒，給他們道道乏纔是。人家陪著你走了二三千里的路程，受了四五個月的辛苦，而且在路上又替你擔了多少的驚怕沉重。」薛蟠聽說，便道：「媽媽說的很是。倒是妹妹想的週到。我也這樣想著。只因這些日子，為各處發貨，鬧的腦袋都大了。又為柳二哥的事忙了這幾日，反倒落了一個空，白張羅了一會子，倒把正經事都誤了。要不然，定了明兒後兒，下帖兒請罷。」薛姨媽道：「由你辦去罷。」

話猶未了，外面小廝進來回說：「管總的張大爺差人送了兩箱子東西來，說：『這是爺各自買的，不在貨賬裡面。本要早送來，因貨物箱子壓著，沒得拿；昨兒貨物發完了，所以今兒纔送來了。』」一面說，一面又見兩個小廝搬進了兩個夾板夾的大棕箱。薛蟠一見，說：「嗳呀！可是我怎麼就糊塗到這步田地了！特特的給媽和妹妹帶來的東西都忘了，沒拿了家裡來，還是夥計送了來了。」寶釵道：

「虧你說！還是特特的帶來的，纔放了一二十天；要不是特特的帶來，大約要放到年底下纔送來呢。我看你也諸事太不留心了。」薛蟠笑道：「想是在路上叫人把魂打掉了，還沒歸竅呢。」說著，大家笑了一回，便向小丫頭說：「出去告訴小廝們，東西收下，叫他們回去罷。」薛姨媽同寶釵因問：「到底是什麼東西，這樣綑著綁著的？」薛蟠便命叫兩個小廝進來解了繩子，去了夾板，開了鎖看時，這一箱都是綢緞綾錦洋貨等家常應用之物。薛蟠笑著道：「那一箱是給妹妹帶的。」親自來開。母女二人看時，卻是些筆、墨、紙、硯、各色箋紙、香袋、香珠、扇子、扇墜、花粉、胭脂等物；外有虎邱帶來的自行人、酒令兒、水銀灌的打筋斗小小子、砂子燈❷，一齣一齣的泥人兒的戲，用青紗罩的匣子裝著；又有在虎邱山上泥捏的薛蟠的小像，與薛蟠毫無相差。寶釵見了，別的都不理論，倒是薛蟠的小像，拿著細細看了一看，又看看他哥哥，不禁笑起來了。因叫鶯兒帶著幾個老婆子將這些東西連箱子送到園子裡去。又和母親哥哥說了一回閒話，纔回園子裡去。這裡薛姨媽將箱子裡的東西取出，一分一分的打點清楚，叫同喜送給賈母並王夫人等處。不提。

且說寶釵到了自己房中，將那些玩意兒一件一件的過了目，除了自己留用之外，一分一分配合妥當：也有送筆、墨、紙、硯的；也有送香袋、扇子香墜的；也有送脂粉、頭油的；也有單送玩意兒的。

---

❷ 外有句：虎丘，蘇州名勝，並以製作工藝品著名。清顧祿桐橋夜棹錄載：「虎丘要貨，雖俱為孩童玩物，然紙泥竹木治之，皆成形質，蓋乎藝之巧有遷地不能為良者。外省州縣多販鬻於是，又遊人之來虎丘者亦必買之歸悅兒曹，謂之『土宜』。」自行人，用紙泥竹木做成，手腳關節能活動的玩偶。酒令兒，行酒令時所用的牙牌、骰簽之類的工具。打筋斗的小小子，類似不倒翁之類的玩具。砂子燈，一種玻璃燈。

只有黛玉的比別人不同，且又加厚一倍。一一打點完畢，使鶯兒同著一個老婆子，跟著送往各處。這邊姐妹諸人都收了東西，賞賜來使，說：「見面再謝。」惟有黛玉看見他家鄉之物，反自觸物傷情，想起父母雙亡，又無兄弟，寄居親戚家中，「哪裡有人也給我帶些土物來？」想到這裡，不覺的又傷起心來了。紫鵑深知黛玉心腸，但也不敢說破，只在一旁勸道：「姑娘的身子多病，早晚服藥，這兩日看著比那些日子略好些。雖說精神長了一點兒，還算不得十分大好。今兒寶姑娘送來的這些東西，可見寶姑娘素日看著姑娘很重，姑娘看著該喜歡纔是，為什麼反倒傷起心來？這不是寶姑娘送東西來倒叫姑娘煩惱了不成？就是寶姑娘聽見，反覺臉上不好看。再者，這裡老太太們為姑娘的病體，千方百計請好大夫配藥診治，也為是姑娘的病好。這如今纔好些，又這樣哭哭啼啼，豈不是自己糟蹋了自己身子，叫老太太看著添了愁煩了麼？況且姑娘這病，原是素日憂慮過度，傷了血氣。姑娘的千金貴體，也別自己看輕了！」

紫鵑正在這裡勸解，只聽見小丫頭子在院內說：「寶二爺來了。」紫鵑忙說：「請二爺進來罷。」只見寶玉進房來了。黛玉讓坐畢，寶玉見黛玉淚痕滿面，便問：「妹妹，又是誰氣著你了？」黛玉勉強笑道：「誰生什麼氣？」旁邊紫鵑將嘴向床後桌上一努，寶玉會意，往那裡一瞧，見堆著許多東西，就知道是寶釵送來的，便取笑說道：「哪裡這些東西？不是妹妹要開雜貨舖啊？」黛玉也不答言。紫鵑笑著道：「二爺還提東西呢。因寶姑娘送了些東西來，姑娘一看，就傷起心來了。我正在這裡勸解，恰好二爺來的很巧，替我們勸勸。」

寶玉明知黛玉是這個原故，卻也不敢提頭兒，只得笑說道：「你們姑娘的原故，想來不為別的，必是寶姑娘送來的東西少，所以生氣傷心。妹妹，你放心，等我明年叫人往江南去，給你多多的帶兩船來，省得你淌眼抹淚的。」黛玉聽了這些話，也知寶玉是為自己開心，也不好推，也不好任，因說道：「我任憑怎麼沒見過世面，也到不了這步田地，因送的東西少，就生氣傷心。我又不是兩三歲的孩子，你也忒把人看得小氣了。我有我的原故，你哪裡知道？」說著，眼淚又流下來了。

寶玉忙走到床前，挨著黛玉坐下，將那些東西一件一件拿起來，擺弄著細瞧，故意問：「這是什麼？叫什麼名字？」「那是什麼做的，這樣齊整？」「這是什麼？要他做什麼使用？」又說這一件可以擺在面前，又說那一件可以放在條桌上當古董兒倒好呢。一味的將些沒要緊的話來廝混。黛玉見寶玉如此，自己心裡倒過不去，便說：「你不用在這裡混攪了，偺們到寶姐姐那邊去罷。」寶玉巴不得黛玉出去散散悶，解解悲痛，便道：「寶姐姐送偺們東西，偺們原該謝謝去。」黛玉道：「自家姐妹，這倒不必；只是到他那邊，薛大哥回來了，必然告訴他些南邊的古蹟兒，我去聽聽，只當回了家鄉一趟的。」說著，眼圈兒又紅了。寶玉便站著等他。黛玉只得同他出來，往寶釵那裡去了。

且說薛蟠聽了母親之言，急下了請帖，辦了酒席。次日，請了四位夥計，俱已到齊，不免說些販賣賬目發貨之事。不一時，上席讓坐，薛蟠挨次斟了酒，薛姨媽又使人出來致意，大家喝著酒說閒話兒。內中一個道：「今兒這席上短兩個好朋友。」眾人齊問：「是誰？」那人道：「還有誰？就是賈府上的璉二爺和大爺的盟弟柳二爺。」大家果然都想起來，問著薛蟠道：「怎麼不請璉二爺和柳二爺來？」薛蟠聞言，把眉一皺，嘆口氣道：「璉二爺又往平安州去了，頭兩天就起了身了。那柳二爺竟別提起，真是天下頭一件奇事！什麼是柳二爺，如今不知哪裡作『柳道爺』去了。」眾人都詫異道：

「這是怎麼說？」薛蟠便把湘蓮前後事體說了一遍。眾人聽了，越發駭異，因說道：「怪不的前兒我們在店裡，彷彷彿彿也聽見人吵嚷，說有一個道士三言兩語把一個人度了去了，又說一陣風刮了去了。只不知是誰。我們正發貨，哪裡有閒工夫打聽這個事去？到如今還是似信不信的，誰知就是柳二爺呢！早知是他，我們大家也該勸勸他纔是。任他怎麼著，也不叫他去。」內中一個道：「別是這麼著罷？」眾人問：「怎麼樣？」那人道：「柳二爺那樣個伶俐人，未必是真跟了道士去罷。他原會些武藝，又有力量，或看破那道士的妖術邪法，特意跟他去，在背地擺佈他，也未可知。」薛蟠道：「果然如此，倒也罷了。世上這些妖言惑眾的人，怎麼沒人治他一下子！」眾人道：「那時難道你知道了也沒找尋他去？」薛蟠說：「城裡城外，哪裡沒有找到？不怕你們笑話，我找不著他，還哭了一場呢！」言畢，只是長吁短嘆，無精打彩的，不像往日高興。眾夥計見他這樣光景，自然不便久坐，不過隨便喝了幾杯酒，吃了飯，大家散了。

且說寶玉同著黛玉到寶釵處來，寶玉見了寶釵，便說道：「大哥哥辛辛苦苦的帶了東西來，姐姐留著使罷，又送我們。」寶釵笑道：「原不是什麼好東西，不過是遠路帶來的土物兒，大家看著新鮮些就是了。」黛玉道：「這些東西，我們小時候倒不理會，如今看見，真是新鮮物兒了。」寶釵因笑道：「妹妹知道，這就是俗語說的，『物離鄉貴』，其實可算什麼呢！」寶玉聽了這話，正對了黛玉方纔的心事，連忙拿話岔道：「明年好歹大哥哥再去時，替我們多帶些來。」黛玉瞅了他一眼，便道：「你要，你只管說，不必拉扯上人——姐姐，你瞧，寶哥哥不是給姐姐來道謝，竟又要定下明年的東西來了。」說的寶釵、寶玉都笑了。三個人又閒話了一回，因提起黛玉的病來，寶釵勸了一回，因說道：「妹妹若覺著身上不爽快，倒要自己勉強掙扎著出來，各處走走逛逛，散散心，比在屋裡悶坐著到底好些。我那兩日不是覺著發懶，渾身發熱，只是要歪著？也因為時氣不好，怕病，因此尋些事情，自己混著。這兩日纔覺著好些了。」黛玉道：「姐姐說的何嘗不是？我也是這麼想著呢。」大家又坐了一會子方散。寶玉仍把黛玉送至瀟湘館門首，纔各自回去了。

且說趙姨娘因見寶釵送了賈環些東西，心中甚是喜歡，想道：「怨不得別人都說那寶丫頭好，會做人，很大方。如今看起來，果然不錯！他哥哥能帶了多少東西來？他挨門兒送到，並不遺漏一處，也不露出誰薄誰厚。連我們這樣沒時運的，他都想到了。要是那林丫頭，他把我們娘兒們正眼也不瞧，哪裡還肯送我們東西？」一面想，一面把那些東西翻來覆去的擺弄，瞧看一回。忽然想到寶釵和王夫人是親戚，為何不到王夫人跟前賣個好兒呢？自己便蝎蝎螫螫❸的，拿著東西走至王夫人房中，站在旁邊，陪笑說道：「這是寶姑娘纔剛給環哥兒的。難為寶姑娘這麼年輕的人，想的這麼週到，真是大戶人家的姑娘，又展樣❹，又大方。怎麼叫人不敬服呢！怪不得老太太和太太成日家都誇他疼他。我也不敢自專就收起來，特拿來給太太瞧瞧，太太也喜歡喜歡。」王夫人聽了，早知道來意了。又見他說得不倫不類，也不便不理他，說道：「你只管收了去給環哥玩罷。」趙姨娘來時興興頭頭，誰知抹了一鼻子灰，滿心生氣，又不敢露出來，只得訕訕的出來了。到了自己房中，將東西丟在一邊，嘴裡咕咕噥噥，自言自語道：「這個又算了個什麼兒呢！」一面坐著，自己生了一回悶氣。

❸ 蝎蝎螫螫：扭捏作態。

❹ 展樣：氣度開展。

卻說鶯兒帶著老婆子們送東西回來，回覆了寶釵，將眾人道謝的話並賞賜的銀錢都回完了，那老婆子便出去了。鶯兒走近前來一步，挨著寶釵悄悄的說道：「剛纔我到璉二奶奶那邊，看見二奶奶一臉的怒氣。我送下東西出來時，悄悄的問小紅，說：『剛纔二奶奶從老太太屋裡回來，不似往日歡天喜地的，叫了平兒去，唧唧咕咕的不知說了些什麼。』看那個光景，倒像有什麼大事的似的。姑娘沒聽見那邊老太太有什麼事？」寶釵聽了，也自己納悶，想不出鳳姐是為什麼有氣，便道：「各人家有各人的事，偺們哪裡管得！你去倒茶去罷。」鶯兒於是出來，自去倒茶。不提。

且說寶玉送了黛玉回來，想著黛玉的孤苦，不免也替他傷感起來，因要將這話告訴襲人。進來時，卻只有麝月、秋紋在屋裡，因問：「你襲人姐姐哪裡去了？」麝月道：「左不過在這幾個院裡，哪裡就丟了他！一時不見就這樣找！」寶玉笑著道：「不是怕丟了他。因我方纔到林姑娘那邊，見林姑娘又正傷心呢。問起來，卻是為寶姐姐送了他東西，他看見是他家鄉的土物，不免對景傷情。我要告訴你襲人姐姐，叫他過去勸勸。」正說著，晴雯進來了，因問寶玉道：「你回來了？你又要叫勸誰？」寶玉將方纔的話說了一遍。晴雯道：「襲人姐姐纔出去。聽見他說，要到璉二奶奶那邊去，保不住還到林姑娘那裡去呢。」寶玉聽了，便不言語。秋紋倒了茶來，寶玉漱了一口，遞給小丫頭子，心中著實不自在，就隨便歪在床上。

卻說襲人因寶玉出門，自己作了一回活計，忽想起鳳姐身上不好，這幾天也沒有過去看看。況聞賈璉出門，正好大家說說話兒，便告訴晴雯：「好生在屋裡，別都出去了，叫二爺回來抓不著人。」晴雯道：「嗳喲！這屋裡單你一個人記掛著他，我們都是白閒著，混飯吃的！」襲人笑著，也不答言，就走了。剛來到沁芳橋畔，那時正是夏末秋初，池中蓮藕，新殘相間，紅綠離披。襲人走著，沿隄看頑了一回，猛抬頭，看見那邊葡萄架底下，有人拿著撣子，在那裡撣什麼呢。走到跟前，卻是老祝媽。

那老婆子見了襲人，便笑嘻嘻的迎上來，說道：「姑娘怎麼今兒得工夫出來逛逛？」襲人道：「可不是！我要到璉二奶奶那裡瞧瞧去。你在這裡做什麼呢？」那婆子道：「我在這裡趕馬蜂兒。今年三伏裡雨水少，這果子樹上都有蟲子，把果子吃的疤痢流星的，掉了好些下來。姑娘還不知道呢，這馬蜂最可惡的，一嘟嚕❺上，只咬破兩三個兒，那破的水滴到好的上頭，連這一嘟嚕都是要爛的。姑娘你瞧，偺們說話的空兒沒趕，就落上許多了。」襲人道：「你就是不住手的趕，也趕不了許少。你倒是告訴買辦，叫他多多做些小冷布❻口袋兒，一嘟嚕套上一個，又透風，又不蹧蹋。」婆子笑道：「倒是姑娘說的是。我今年纔管上，哪裡知道這個巧法兒呢？」因又笑著說道：「今年果子雖蹧蹋了些，味兒倒好，不信摘一個姑娘嚐嚐。」襲人正色道：「這哪裡使得！不但沒熟吃不得，就是熟了，上頭還沒有供鮮，偺們倒先吃了。你是府裡使老了的，難道連這個規矩都不懂了？」老祝媽忙笑道：「姑娘說的是。我見姑娘很喜歡，我纔敢這麼說，可就把規矩錯了。我可是老糊塗了！」襲人道：「這也沒有什麼，只是你們有年紀的老奶奶們，別先領著頭兒這麼著就好了。」

說著，遂一徑出了園門，來到鳳姐這邊。一到院裡，只聽鳳姐說道：「天理良心！我在這屋裡熬的越發成了賊了！」襲人聽見這話，知道有原故了，又不好回來，又不好進去，遂把腳步放重些，隔

❺ 嘟嚕：一串子東西向下垂著的樣子。

❻ 冷布：織得稀疏透風的布。

著窗子問道：「平姐姐在家裡呢麼？」平兒忙答應著迎出來。襲人便問：「二奶奶也在家裡呢麼？身上可大安了？」說著，已走進來。鳳姐裝著在床上歪著呢。見襲人進來，也笑著站起來，說：「好些了，叫你惦著。怎麼這幾日不過我們這邊坐坐？」襲人道：「奶奶身上欠安，本該天天過來請安纔是，但只怕奶奶身上不爽快，倒要靜靜兒的歇歇兒。我們來了，倒吵的奶奶煩。」鳳姐笑道：「煩是沒的話，倒是寶兄弟屋裡雖然人多，也就靠著你一個照看他，也實在離不開。我常聽見平兒告訴我說，你背地裡還惦著我，常常問我。這就是你盡心了。」一面說著，叫平兒挪了張杌子放在床旁邊，讓襲人坐下。豐兒端進茶來。襲人欠身道：「妹妹坐著罷。」一面說閒話兒。只見一個小丫頭子在外間屋裡悄悄的和平兒說：「旺兒來了，在二門上伺候著呢。」又聽見平兒也悄悄的道：「知道了。叫他先去，回來再來。別在門口兒站著。」襲人知他們有事，又說了兩句話，便起身要走，鳳姐道：「閒來坐坐，說說話兒，我倒開心。」因命：「平兒，送送你妹妹。」平兒答應著送出來。只見兩三個小丫頭子都在那裡，屏聲息氣，齊齊的伺候著。襲人不知何事，便自去了。

卻說平兒送出襲人，進來回道：「旺兒纔來了，因襲人在這裡，我叫他先到外頭等等兒。這會子還是立刻叫他呢，還是等著？請奶奶的示下。」鳳姐道：「叫他來！」平兒忙叫小丫頭去傳旺兒進來。這裡鳳姐又問平兒：「你到底是怎麼聽見說的？」平兒道：「就是頭裡那小丫頭子的話。他說他在二門裡頭，聽見外頭兩個小廝說：『這個新二奶奶比傄們舊二奶奶還俊呢，脾氣兒也好。』不知是旺兒是誰，吆喝了兩個一頓，說：『什麼新奶奶舊奶奶的！還不快悄悄兒的呢！叫裡頭知道了，把你的舌頭還割了呢！』」平兒正說著，只見一個小丫頭進來回說：「旺兒在外頭伺候著呢。」鳳姐聽了，冷笑了一聲，說：「叫他進來！」那小丫頭出來說：「奶奶叫呢。」旺兒連忙答應著進來。

旺兒請了安，在外間門口垂手侍立。鳳姐兒道：「你過來！我問你話。」旺兒纔走到裡間門旁站著。鳳姐兒道：「你二爺在外頭弄了人，你知道不知道？」旺兒又打著千兒，回道：「奴才天天在二門上聽差事，如何能知道二爺外頭的事呢？」鳳姐冷笑道：「你自然不知道！你要知道，你怎麼攔人呢？」旺兒見這話，知道剛纔的話已經走了風了，料著瞞不過，便又跪回道：「奴才實在不知，就是頭裡興兒和喜兒兩個人在那裡混說，奴才吆喝了他們兩句。內中深情底裡，奴才不知道，不敢妄回，求奶奶問興兒，他是長跟二爺出門的。」鳳姐兒聽了，下死勁啐了一口，罵道：「你們這一起沒良心的混賬忘八崽子，都是一條籐兒！打量我不知道呢！先去給我把興兒那個忘八崽子叫了來，你也不許走！問明白了他，回來再問你。好，好，好！這纔是我使出來的好人呢！」那旺兒只得連聲答應幾個「是」，磕了個頭，爬起來出去，去叫興兒。

卻說興兒正在賬房兒裡和小廝們頑呢，聽見說二奶奶叫，先唬了一跳，卻也想不到是這件事發作了，連忙跟著旺兒進來。旺兒先進去，回說：「興兒來了。」鳳姐兒厲聲道：「叫他！」那興兒聽見這個聲音兒，早已沒了主意了，只得乍著膽子❼進來。鳳姐兒一見，便說：「好小子啊！你和你爺辦的好事啊！你只實說罷！」興兒一聞此言，又看見鳳姐兒氣色及兩邊丫頭們的光景，早唬軟了，不覺跪下，只是磕頭。鳳姐兒道：「論起這事來，我也聽見說不與你相干；但只你不早來回我知道，這就是你的不是了。你要實說了，我還饒你；再有一字虛言，你先摸摸你腔子上幾個腦袋瓜子！」興兒戰

❼ 乍著膽子：勉強壯起膽來。

兢兢的朝上磕頭道：「奶奶問的是什麼事，奴才和爺辦壞了？」鳳姐聽了，一腔火都發作起來，喝命：「打嘴巴！」旺兒過來，纔要打時，鳳姐兒罵道：「什麼糊塗忘八崽子！叫他自己打，用你打嗎？一會子你再各人打你的嘴巴子還不遲呢！」那興兒真個自己左右開弓，打了自己十幾個嘴巴。鳳姐兒喝聲「站住」，問道：「你二爺外頭娶了什麼新奶奶舊奶奶的事，你大概不知道啊？」興兒見說出這件事來，越發著了慌，連忙把帽子抓下來，在磚地上咕咚咕咚碰的頭山響，口裡說道：「只求奶奶超生！奴才再不敢撒一個字兒的謊！」鳳姐道：「快說！」

興兒直蹶蹶的跪起來回道：「這事頭裡奴才也不知道。就是這一天東府裡大老爺送了殯，俞祿往珍大爺廟裡去領銀子，二爺同著蓉哥兒到了東府裡，道兒上，爺兒兩個說起珍大奶奶那邊的二位姨奶奶來，二爺誇他好，蓉哥兒哄著二爺，說把二姨奶奶說給二爺……」鳳姐聽到這裡，使勁啐道：「呸！沒臉的忘八蛋！他是你哪一門子的姨奶奶！」興兒忙又磕頭說：「奴才該死！」往上瞅著，不敢言語。鳳姐兒道：「完了嗎？怎麼不說了？」興兒方纔又回道：「奶奶恕奴才，奴才纔敢回。」鳳姐啐道：「放你媽的屁！這還什麼恕不恕了！你好生給我往下說，好多著呢！」興兒又回道：「二爺聽見這個話，就喜歡了。後來奴才也不知道怎麼就弄真了。」鳳姐微微冷笑道：「這個自然麼！你可哪裡知道呢？你知道的，只怕都煩了呢！是了，說底下的罷。」興兒回道：「後來就是蓉哥兒給二爺找了房子。」鳳姐忙問道：「如今房子在哪裡？」興兒道：「就在府後頭。」鳳姐兒道：「哦！」回頭瞅著平兒，道：「偺們都是死人哪！你聽聽！」平兒也不敢作聲。興兒又回道：「珍大爺那邊給了張家不知多少銀子，那張家就不問了。」鳳姐道：「這裡頭怎麼又拉扯上什麼張家李家咧呢？」興兒回道：「奶奶不知道，這二奶奶……」剛說到這裡，又自己打了個嘴巴，把鳳姐兒倒慪笑了，兩邊的丫頭也都抿嘴兒笑。興兒想了想，說道：「那珍大奶奶的妹子……」鳳姐兒接著道：「怎麼樣？快說呀！」興兒道：「那珍大奶奶的妹子原來從小兒有人家的，姓張，叫什麼張華，如今窮的待好討飯。珍大爺許了他銀子，他就退了親了。」鳳姐兒聽到這裡，點了點頭兒，回頭便望丫頭們說道：「你們都聽見了？小忘八崽子！頭裡他還說他不知道呢！」興兒又回道：「後來二爺纔叫人裱糊了房子，娶過來了。」鳳姐道：「打哪裡娶過來的？」興兒回道：「就在他老娘家抬過來的。」鳳姐道：「好罷咧！」又問：「沒人送親麼？」興兒道：「就是蓉哥兒，還有幾個丫頭老婆子們，沒別人。」鳳姐道：「你大奶奶沒來嗎？」興兒道：「過了兩天，大奶奶纔拿了些東西來瞧的。」

鳳姐兒笑了一笑，回頭向平兒道：「怪道那兩天二爺稱讚大奶奶不離嘴呢！」掉過臉來，又問興兒：「誰伏侍呢？自然是你了！」興兒趕著磕頭，不言語。鳳姐又問：「前頭那些日子，說給那府裡辦事，想來辦的就是這個了？」興兒回道：「也有辦事的時候，也有往新房子裡去的時候。」鳳姐又問道：「誰和他住著呢？」興兒道：「他母親和他妹子。昨兒他妹子自己抹了脖子了。」鳳姐道：「這又為什麼？」興兒隨將柳湘蓮的事說了一遍。鳳姐道：「這個人還算造化高，省了當那出名兒的忘八！」因又問道：「沒了別的事了麼？」興兒道：「別的事奴才不知道，奴才剛纔說的，字字是實話。一字虛假，奶奶問出來，只管打死奴才，奴才也無怨的！」鳳姐低了一回頭，便又指著興兒說道：「你這個猴兒崽子，就該打死！這有什麼瞞著我的？你想著瞞了我，就在你那糊塗爺跟前討了好兒了，你新奶奶好疼你！我不看你剛纔還有點怕懼兒，不敢撒謊，我把你的腿不給你砸折了呢！」說著，喝聲：

「起去！」

興兒磕了個頭，纔爬起來，退到外間門口，不敢就走。鳳姐道：「過來！我還有話呢。」興兒趕忙垂手敬聽。鳳姐道：「你忙什麼？新奶奶等著賞你什麼呢？」興兒也不敢抬頭。鳳姐道：「你從今日不許過去！我什麼時候叫你，你什麼時候到。遲一步兒，你試試！出去罷！」興兒忙答應幾個「是」，退出門來。鳳姐又叫道：「興兒！」興兒趕忙答應回來。鳳姐道：「快出去告訴你二爺去，是不是啊？」興兒回道：「奴才不敢！」鳳姐道：「你出去提一個字兒，提防你的皮！」

興兒連忙答應著，纔出去了。鳳姐又叫：「旺兒呢？」旺兒連忙答應著過來。鳳姐把眼直瞪瞪的瞅了兩三句話的工夫，纔說道：「好旺兒，很好！去罷！外頭有人提一個字兒，全在你身上。」旺兒答應著，也慢慢的退出去了。鳳姐便叫：「倒茶。」小丫頭子們會意，都出去了。

這裡鳳姐纔和平兒說：「你都聽見了？這纔好呢！」平兒也不敢答言，只好陪笑兒。鳳姐越想越氣，歪在枕上，只是出神。忽然眉頭一皺，計上心來，便叫：「平兒來！」平兒連忙答應過來。鳳姐道：「我想這件事，竟該這麼著纔好，也不必等你二爺回來再商量了。」未知鳳姐如何辦理，下回分解。

校記

1. 此回庚辰本缺失，據程甲本補入。

第六十八回　苦尤娘賺入大觀園　酸鳳姐大鬧寧國府

話說賈璉起身去後，偏值平安節度巡邊在外，約一個月方回。賈璉未得確信，只得住在下處等候。及至回來相見，將事辦妥回程，已是將兩個月的限了。

誰知鳳姐心下早已算定，只待賈璉前腳走了，回來便傳各色匠役收拾東廂房三間，照依自己正室一樣裝飾陳設。至十四日便回明賈母、王夫人，說十五日一早要到姑子廟進香去。只帶了平兒、豐兒、周瑞媳婦、旺兒媳婦四人，未曾上車，便將原故告訴了眾人。又吩咐眾男人素衣素蓋，一逕前來。興兒引路，一直到了二姐門前扣門。鮑二家的開了。興兒笑說：「快回二奶奶去，大奶奶來了。」鮑二家的聽了這句，頂梁骨❶走了真魂，忙飛進報與尤二姐。尤二姐雖也一驚，但已來了，只得以禮相見，於是忙整衣迎了出來。至門前，鳳姐方下車進來，尤二姐一看，只見頭上皆是素白銀器，身上月白緞襖，青緞披風，白綾素裙。眉彎柳葉，高吊兩梢；目橫丹鳳，神凝三角。俏麗若三春之桃，清潔若九秋之菊。周瑞、旺兒二女人攙入院來，尤二姐陪笑忙迎上來萬福，張口便叫：「姐姐下降，不曾遠接，望恕倉促之罪。」說著便福了下來。鳳姐忙陪笑還禮不迭。二人攜手，同入室中。鳳姐上座，尤二姐命丫鬟拿褥子來便行禮，說：「奴家年輕，一從到了這裡，諸事皆係家母和家姐商議主張。今日有幸相會，若姐姐不棄奴家寒微，凡事求姐姐的指示教訓。奴亦傾心吐膽，只伏侍姐姐。」說著，

❶ 頂梁骨：頭蓋骨。

便行下禮去。

鳳姐兒忙下座，以禮相還，口內忙說：「皆因奴家婦人之見，一味勸夫慎重，不可在外眠花臥柳，恐惹父母擔憂，此皆是你我之痴心。怎奈二爺錯會奴意，眠花宿柳之事瞞奴或可，今娶姐姐二房之大事，亦人家大禮，亦不曾對奴說。奴亦曾勸二爺早行此事，以備生育。不想二爺反以奴為那等忌妒之婦，私自行此大事，並不說知，使奴有冤難訴，惟天地可表。前於十日之先，奴已風聞，恐二爺不樂，遂不敢先說。今可巧遠行在外，故奴家親自拜見過。還求姐姐下體奴心，起動大駕，挪至家中。你我姊妹同居同處，彼此合心，諫勸二爺慎重世務，保養身體，方是大禮。若姐姐在外，奴在內，雖愚賤不堪相伴，奴心又何安？再者使外人聞知，亦甚不雅觀。二爺之名也要緊，倒是談論奴家，奴亦不怨。所以今生今世，奴之名節全在姐姐身上。那起下人小人之言，未免見我素日持家太嚴，背後加減些言語，自是常情。姐姐乃何等樣人物，豈可信真？若我實有不好之處，上頭三層公婆，中有無數姊妹妯娌，況賈府世代名家，豈容我到今日？今日二爺私娶姐姐在外，若別人則怒，我則以為幸。正是天地神佛不忍我被小人們誹謗，故生此事。我今來求姐姐進去，和我一樣同居同處，同分同例，同侍公婆，同諫丈夫，喜則同喜，悲則同悲，情似親妹，和比骨肉。不但那起小人見了，自悔從前錯認了我，就是二爺來家一見，他作丈夫之人，心中也未免暗悔。所以姐姐竟是我的大恩人，使我從前之名一洗無餘了。若姐姐不隨奴去，奴亦情願在此相陪。奴願作妹子，每日伏侍姐姐梳頭洗面，只求姐姐在二爺跟前替我好言方便方便，容我一席之地安身，奴死也願意。」說著，便嗚嗚咽咽哭將起來。尤二姐見了這般，也不免滴下淚來。

二人對見了禮，分序坐下。平兒忙也上來要見禮，尤二姐見他打扮不凡，舉止品貌不俗，料定是平兒，連忙親身挽住，只叫：「妹子快休如此，你我是一樣的人。」鳳姐忙也起身笑說：「折死他了！妹子只管受禮，他原是偺們的丫頭，以後快別如此。」說著又命周瑞家的從包袱裡取出四疋上色尺頭、四對金珠簪環為拜禮。尤二姐忙拜受了。二人吃茶，對訴已往之事。鳳姐口內全是自怨自錯，怨不得別人，如今只求姐姐疼我等語。尤二姐見了這般，便認他作是個極好的人，小人不遂心誹謗主子，亦是常理。故傾心吐膽，敘了一回，竟把鳳姐認為知己。又見周瑞等媳婦在旁邊稱揚鳳姐素日許多善政，只是吃虧心太痴了惹人怨；又說：「已經預備了房屋，奶奶進去一看便知。」尤氏心中早已要進去同住方好，今又見如此，豈有不允之理？便說：「原說跟了姐姐去，只是這裡怎麼樣？」鳳姐兒道：「這有何難？姐姐的箱籠細軟，只管著小廝搬了進去；這些粗笨貨，要他無用，還叫人看著。姐姐說誰妥當，就叫誰在這裡。」尤二姐忙說：「今日既遇姐姐，這一進去，凡事只憑姐姐料理。我也來的日子淺，也不曾當過家，世事不明白，如何敢作主？這幾件箱籠拿進去罷。我也沒有什麼東西，那也不過是二爺的。」鳳姐聽了，便命周瑞家的記清，好生看管著，抬到東廂房去。

於是催著尤二姐穿戴了，二人攜手上車，又同坐一處，又悄悄的告訴他：「我們家的規矩大，這事老太太一字不知。倘或知二爺孝中娶你，管把他打死了。如今且別見老太太、太太。我們有一個花園子極大，姐妹住著，容易❷沒人去的。你這一去，且在園裡住兩天，等我設個法子回明白了，那時再見方妥。」尤二姐道：「任憑姐姐裁處。」那些跟車的小廝們皆是預先說明的，如今不去大門，只

❷ 容易：這裡是「輕易」的意思。

奔後門而來。下了車，趕散眾人，鳳姐便帶尤氏進了大觀園的後門，來到李紈處相見了。彼時大觀園中十停人已有九停人知道了，今忽見鳳姐帶了進來，引動多人來看問。尤二姐一一見過。眾人見他標緻和悅，無不稱揚。鳳姐一一的吩咐了眾人：「都不許在外走了風聲，若老太太、太太知道，我先叫你們死！」園中婆子丫鬟都素懼鳳姐的，又係賈璉國孝家孝中所行之事，知道關係非常，都不管這事。鳳姐悄悄的求李紈收養幾日，「等回明了，我們自然過去的。」李紈見鳳姐那邊已收拾房屋，況在服中不好倡揚，自是正理，只得收下權住。鳳姐又變法將他的丫頭一概退出，又將自己的一個丫頭送他使喚。暗暗吩咐園中媳婦們好生照看著他，「若有走失逃亡，一概和你們算賬。」自己又去暗中行事。合家之人都暗暗納罕的說：「看他如何這等賢惠起來了？」

那尤二姐得了這個所在，又見園中姊妹各各相好，倒也安心樂業的，自為得其所矣。誰知三日之後，丫頭善姐便有些不服使喚起來。尤二姐因說：「沒了頭油了，你去回聲大奶奶拿些來。」善姐道：「二奶奶，你怎麼不知好歹沒眼色？我們奶奶天天承應了老太太，又要承應這邊太太那邊太太，這些妯娌姊妹，上下幾百男女，天天起來都等他的話，一日少說大事也有一二十件，小事還有三五十件。外頭的從娘娘算起以及王公侯伯家，多少人情客禮；家裡又有這些親友的調度，銀子上千錢上萬，一日都從他一個手一個心一個口裡調度。哪裡為這點子小事去煩瑣他！我勸你能著些兒罷，偺們又不是明媒正娶來的。這是他亙古少有一個賢良人纔這樣待你，若差些兒的人聽見了這話，吵嚷起來，把你丟在外，死不死生不生，你又敢怎樣呢？」一席話說的尤氏垂了頭，自為有這一說，少不得將就些罷了。那善姐漸漸連飯也怕端來與他吃，或早一頓，或晚一頓，所拿來之物，皆是剩的。尤二姐說過兩次，他反先亂叫起來。尤二姐又怕人笑他不安分，少不得忍著。隔上五日八日，見鳳姐一面，那鳳姐卻是和容悅色，滿嘴裡「姐姐」不離口，又說：「倘有下人不到之處，你降不住他們，只管告訴我，我打他們。」又罵丫頭媳婦說：「我深知你們軟的欺，硬的怕，背開我的眼，還怕誰？倘或二奶奶告訴我一個不字，我要你們的命。」尤氏見他這般的好心，「既有他，何必我又多事？下人不知好歹也是常情，我若告了，他們受了委屈，反叫人說我不賢良。」因此反替他們遮掩。

鳳姐一面使旺兒在外打聽細底，這尤二姐之事皆已深知。原來已有了婆家的，女婿現在纔十九歲，成日在外嫖賭，不理生業，家私花盡。父親攆他出來，現在賭錢廠存身。父親得了尤婆十兩銀子退了親的，這女婿尚不知道。原來這小夥子名叫張華。鳳姐都一一盡知原委，便封了二十兩銀子與旺兒，悄悄命他將張華勾來養活，著他寫一張狀子，只管往有司衙門中告去，就告璉二爺「國孝家孝之中，背旨瞞親，仗財依勢，強逼退親，停妻再娶」等語。這張華也深知利害，先不敢造次。旺兒回了鳳姐，鳳姐氣的罵：「癩狗扶不上牆的種子！你細細的說給他，便告我們家謀反也沒事的。不過是借他一鬧，大家沒臉；若告大了，我這裡自然能夠平息的。」旺兒領命，只得細說與張華。鳳姐又吩咐旺兒：「他若告了你，你就和他對詞去。」如此如此，這般這般，「我自有道理。」旺兒聽了，有他做主，便又命張華狀子上添上自己，說：「你只告我來往過付❸，一應調唆二爺做的。」張華便得了主意，和旺兒商議定了，寫了一紙狀子，次日便往都察院❹喊了冤。

❸ 過付：買賣交易時，通過中間人交付錢財。

❹ 都察院：明清時官署名，即前代的御史臺，負責監督官員和審理案件的司法機關。

察院坐堂看狀，見是告賈璉的事，上面有「家人旺兒」一人，只得遣人去賈府傳旺兒來對詞。青衣❺不敢擅入，只命人帶信。那旺兒正等著此事，不用人帶信，早在這條街上等候。見了青衣，反迎上去笑道：「起動眾位兄弟，必是兄弟的事犯了，說不得快來套上。」眾青衣不敢，只說：「你老去罷，別鬧了。」於是來至堂前跪了。察院命狀子與他看，旺兒故意看了一遍，碰頭說道：「這事小的盡知，小的主人實有此事。但這張華素與小的有仇，故意攀折小的在內，其中還有別人，求老爺再問。」張華碰頭：「雖還有人，小的不敢告他，所以只告他下人。」旺兒故意急的說：「糊塗東西！還不快說出來！這是朝廷公堂之上，憑是主子，也要說出來。」張華便說出賈蓉來。察院聽了無法，只得去傳賈蓉。鳳姐又差了慶兒，暗中打聽告了起來，便忙將王信喚來，告訴他此事，命他託察院只虛張聲勢，警嚇而已，又拿了三百銀子與他去打點。是夜王信到了察院私第，安了銀子，那察院深知原委，收了贓銀。次日回堂，只說張華無賴，因拖欠了賈府銀兩，枉揑虛詞，誣賴良人。都察院又素與王子騰相好，王信也只到家說了一聲，況是賈府之人，巴不得了事，便也不提此事，且都收下，只傳賈蓉對詞。

且說賈蓉等正忙著賈珍之事，忽有人來報信，說有人告你們，如此如此，這般這般，快作道理。賈蓉慌了，忙來回賈珍。賈珍說：「我防了這一著，只虧他好大膽子。」即刻封了二百銀子，著人去打點察院，又命家人去對詞。正商議之間，人報：「西府二奶奶來了。」賈珍聽了這個，倒吃了一驚，忙要同賈蓉藏躲。不想鳳姐進來了，說：「好大哥哥！帶著兄弟們幹的好事！」賈蓉忙請安，鳳姐拉

❺ 青衣：古代身分低賤的人穿青衣。這裡指衙門的皁隸。

了他就進來。賈珍還笑說：「好生伺候你姑娘，吩咐他們殺牲口備飯。」說了，忙命備馬，躲往別處去了。這裡鳳姐兒帶著賈蓉走至上房，尤氏正迎了出來，見鳳姐氣色不善，忙笑說：「什麼事情這等忙？」鳳姐照臉一口唾沫啐道：「你尤家的丫頭沒人要了！偷著只往賈家送。難道賈家的人都是好的？普天下死絕了男人了！你就願意給，也要三媒六證，大家說明，成個體統纔是。你痰迷了心，脂油蒙了竅？國孝家孝兩重在身，就把個人送來了！這會子被人家告我們，我又是個沒腳蟹❻。連官場中都知道我利害吃醋，如今指名提我，要休我。我來了你家，幹錯了什麼不是，你這等害我？或是老太太、太太有了話在你心裡，使你們做這圈套要擠我出去？如今偺們兩個一同去見官，分證明白；回來偺們公同請了合族中人，大家覿面說個明白！給我休書，我就走路！」一面說，一面大哭，拉著尤氏只要去見官。急的賈蓉跪在地下碰頭，只求：「姑娘嬸子息怒！」鳳姐兒一面又罵賈蓉：「天雷劈腦子，五鬼分屍的沒良心的種子！不知天有多高地有多厚，成日家調三窩四，幹出這些沒臉面沒王法敗家破業的營生。你死了的娘陰靈也不容你！祖宗也不容！還敢來勸我？」哭罵著，揚手就打。賈蓉忙磕頭有聲，說：「嬸子別動氣！仔細手，讓我自己打。嬸子別生氣。」說著，自己舉手左右開弓，自己打了一頓嘴巴子。又自己問著自己說：「以後可還顧三不顧四的混管閒事了？以後還單聽叔叔的話，不聽嬸子的話了？」眾人又是勸，又要笑，又不敢笑。

鳳姐兒滾到尤氏懷裡嚎天動地，大放悲聲，只說：「給你兄弟娶親我不惱，為什麼使他違旨背親，將混賬名兒給我背著？偺們只去見官，省得捕快皂隸拿來。再者偺們只過去見了老太太、太太和眾族

❻ 沒腳蟹：沒有腳的螃蟹。比喻沒有活動能力。

人，大家公議了，我既不賢良，又不容丈夫娶親買妾，只給我一紙休書，我就走！你妹妹我也親身接來家，生怕老太太、太太生氣也不敢回。現在三茶六飯，金奴銀婢的住在園裡；我這裡趕著收拾房子，和我的一樣道理，只等老太太知道了。原說接過來大家安分守己的，我也不提舊事了，誰知又是有了人家的！不知你們幹的什麼事，我一概又不知道！如今告我，我昨日急了，縱然我出去見官，也丟的是你賈家的臉，少不得偷著把太太的五百銀子去打點。如今把我的人還鎖在那裡。」說了又哭，哭了又罵，後來放聲又哭起祖宗爹媽來，又要尋死撞頭。把個尤氏揉搓成一個麵團，衣服上全是眼淚鼻涕，並無別話，只罵賈蓉：「孽障種子！和你老子作的好事！我就說不好的！」

鳳姐兒聽說，哭著兩手搬著尤氏的臉，緊對著問道：「你發昏了？你的嘴裡難道有茄子塞著？不然他們給你嚼子啣上？為什麼你不告訴我去？你若告訴了我，這會子不平安了？怎得經官動府，鬧到這步田地？你這會子還怨他們！自古說『妻賢夫禍少』，『表壯不如裡壯』，你但凡是個好的，他們怎得鬧出這些事來？你又沒才幹，又沒口齒，鋸了嘴子的葫蘆，就只會一味瞎小心，圖賢良的名兒，總是他們也不怕你，也不聽勸。」說著啐了幾口。尤氏也哭道：「何曾不是這樣！你不信問問跟的人，我何曾不勸的！也得他們聽。叫我怎麼樣呢？怨不得妹妹生氣，我只好聽著罷了。」眾姬妾丫鬟媳婦已是烏壓壓跪了一地，陪笑求說：「二奶奶最聖明的，雖是我們奶奶的不是，奶奶也作踐的夠了。當著奴才們，奶奶們素日何等的好來，如今還求奶奶給留臉。」說著捧上茶來，鳳姐也摔了，一面止了哭，挽頭髮，又喝罵賈蓉：「出去請大哥哥來！我對面問他。親大爺的孝纔五七，侄兒娶親，這個禮我竟不知道。我問問，也好學著日後教導子侄的。」賈蓉只跪著磕頭，說：「這事原不與父母相干，都是兒子一時吃了屎，調唆叔叔作的。我父親也並不知道。如今我父親正要出去送殯，嬸子若鬧起來，兒子也是個死。只求嬸子責罰兒子，兒子謹領。這官司還求嬸子料理，兒子竟不能幹這大事。嬸子是何等樣人，豈不知俗語說的『胳膊只折在袖子裡』。兒子糊塗死了，既作了不肖的事，就同那貓兒狗兒一般。嬸子既教訓，就不和兒子一般見識的，少不得還要嬸子費心費力，將外頭的壓住了纔好。原是嬸子有這個不肖的兒子，既惹了禍，少不得委屈，還要疼兒子。」說著又磕頭不絕。

鳳姐見他母子這般，也再難往前施展了，只得又轉過了一副形容言談來，與尤氏反陪禮說：「我是年輕不知事的人，一聽見有人告訴了，把我唬昏了，不知方纔怎麼樣得罪了嫂子。可是蓉兒說的『胳膊折了往袖子裡藏』，少不得嫂子要體諒我，還要嫂子轉替哥哥說了，先把這官司按下去纔好。」尤氏、賈蓉一齊都說：「嬸子放心，橫豎一點兒連累不著叔叔。嬸子方纔說用過了五百兩銀子，少不得我娘兒們打點五百兩銀子與嬸子送過去補上的。不然豈有反教嬸子又添上虧空之名？越發我們該死了。但還有一件，老太太、太太們跟前，嬸子還要周全方便，別提這些話方好。」鳳姐兒又冷笑道：「你們饒壓著我的頭幹了事，這會子反哄著我替你們周全。我雖然是個獃子，也獃不到如此。嫂子的兄弟是我的丈夫，嫂子既怕他絕後，我豈不更比嫂子更怕絕後？嫂子的令妹，就是我的妹子一樣。我一聽見這話，連夜喜歡的連覺也睡不成，趕著傳人收拾了屋子就要接進來同住。倒是奴才小人的見識，他們倒說：『奶奶太好性了，若是我們的意見，先回了老太太、太太看是怎樣，再收拾房子去接他不遲。』我聽了這話，教我要打要罵的，纔不言語了。誰知偏不稱我的意，偏打我的嘴，半空裡又跑出一個張華來告了。只得求人去打聽這張華是什麼人，這樣大膽。打聽了兩日，誰知是個無賴的花子。我年輕不知事，反笑了說：『他告什麼？』倒是小子們說：『原是二奶奶許了他的。他如今正是急了，凍死餓死也是一個死；現在有這個理他抓著，他縱然死了，死的倒比凍餓死的值些。怎麼怨的他告呢？這事原是爺作的太急了。兩重孝在身，就是兩重罪，背著父母一重罪，停妻再娶一重罪。俗話說：「拚著一身剮，敢把皇帝拉下馬。」他窮瘋了的人，什麼事作不出來？況且他又拿著這滿理不告，等請不成？』嫂子說，我便是個韓信、張良，聽了這話，也把智謀嚇回去了。你兄弟又不在家，又沒個商量，少不得拿錢去墊補。誰知越使錢，越被人拿住了刀靶兒，越發來訛。我是『耗子尾上長瘡——多少膿血兒』，所以又急又氣，少不得來找嫂子。」尤氏、賈蓉不等說完，都說不必操心，自然要料理的。

賈蓉又道：「那張華不過是窮急，故捨了命纔告偺們。如今我想了一個法子，竟許他銀子，只叫他應了枉告不實的罪，偺們替他打點完了官司，他出來時再給他些銀子就完了。」鳳姐兒笑道：「好孩子，怨不得你顧一不顧二的作這些事出來，原來你竟糊塗。若照你這話，他暫且依了，且打出官司來，又得了銀子，眼前自然了事。這些人既是無賴之徒，銀子到手，一旦光了，他又尋事故訛詐。倘又叨噔出事來，這可怎麼樣？雖不怕他，也終擔心，攔不住他說，既沒毛病，為什麼反給銀子？終久不了之局。」賈蓉原是個明白人，聽如此一說，便笑道：「我還有個主意，『來是是非人，去是是非者』，這事還得我了纔好。我如今竟去問張華個主意，或是他定要人，或是願意了事，得錢再娶。他若說一定要人，少不得我去勸我二姨，叫他出來仍嫁他去；若說要錢，我們這裡少不得給他。」鳳姐兒忙道：「雖如此說，我斷捨不得你姨娘出去，我也斷不肯使他去。好侄兒，你若疼我，只能可多給他錢為是。」賈蓉深知鳳姐口雖如此，心卻是巴不得只要本人出來，他卻做賢良人，如今怎說怎依。

鳳姐兒歡喜了，又說：「外頭好處了，家裡終久怎麼樣？你也同我過去回明纔是。」尤氏又慌了，拉鳳姐討主意，如何撒謊纔好。鳳姐冷笑道：「既沒這本事，誰叫你幹這個事了！這會子這個腔兒，我又看不上；待要不出個主意，我又是個心慈面軟的人，憑人撮弄我，我還是一片痴心。說不得讓我應起來。如今你們只別露面，我只領了你妹妹去與老太太、太太們磕頭。只說原係你妹妹，我看上了很好，正因我不大生長，原說買兩個人放在屋裡的，今既見你妹妹很好，而且又是親上做親的，我願意娶來做二房。皆因家中父母姊妹新近一概死了，日子又艱難，不能度日，若等百日之後，無家無業，實難等得。我的主意接了進來，已經廂房收拾了出來，暫且住著，等滿了服再圓房。仗著我不怕臊的臉，死活賴去，有了不是也尋不著你們了。你們母子想想可使得？」尤氏、賈蓉一齊笑說：「到底是嬸子寬洪大量，足智多謀。等事妥了，少不得我們娘兒們過去拜謝。」尤氏忙命丫鬟們伏侍鳳姐梳妝洗臉，又留酒飯，親自遞酒揀菜。鳳姐也不多坐，執意就走了，進園中將此事告訴與尤二姐，又說：「我怎麼操心打聽，又怎麼設法子，須得如此如此，方救下眾人無罪；少不得我去拆開這個魚頭❼，大家纔好。」不知端詳，且聽下回分解。

校記

1. 從頁九〇九「不言語了」至頁九一〇「或是願意了事」一段，庚辰本缺失，據紅樓夢八十回校本補入。

❼ 拆魚頭：魚頭無肉，拆魚頭得不到什麼，反而沾兩手腥氣。比喻白惹麻煩，吃力不討好。

第六十九回　弄小巧用借劍殺人　覺大限吞生金自逝

話說尤二姐聽了，又感謝不盡，只得跟了他過去。尤氏那邊怎好不過來的，少不得也過來跟著鳳姐去回，方是大禮。鳳姐笑說：「你只別說話，等我去說。」尤氏道：「這個自然。但一有個不是，是往你身上推的。」說著，大家先來至賈母房中。正值賈母和園中姊妹們說笑解悶，忽見鳳姐帶了一個標緻小媳婦進來，忙覷著眼看，說：「這是誰家的孩子？好可憐見的。」鳳姐上來笑道：「老祖宗倒細細的看看，好不好？」說著忙拉二姐說：「這是太婆婆，快磕頭。」二姐忙行了大禮，展拜起來。又指著眾姊妹說：這是某人某人，你先認了，等太太瞧過了再見禮。二姐聽了，一一又從新故意的問過，垂頭站在旁邊。賈母上下瞧了一遍，因又笑問：「你姓什麼？今年十幾了？」鳳姐忙又笑說：「老祖宗且別問，只說比我俊不俊？」賈母又帶了眼鏡，叫鴛鴦、琥珀：「把那孩子拉過來，我瞧瞧肉皮兒。」眾人都抿嘴兒笑著，只得推他上去。賈母細瞧了一遍，又命琥珀：「拿出他的手來我瞧瞧。」鴛鴦又揭起裙子來。賈母瞧畢，摘下眼鏡來笑說道：「便是個齊全孩子，我看比你俊些！」鳳姐聽說，笑著忙跪下，將尤氏那邊所編之話，一五一十細細的說了一遍，「少不得老祖宗發慈心，先許他進來住，一年後再圓房。」賈母聽了，道：「這有什麼不是？你既這麼賢良，很好。只是一年後方可圓得房。」鳳姐聽了，叩頭起來，又求賈母著兩個女人一同帶去見太太們，說是老祖宗的主意。賈母依允，遂使兩個人帶去見了邢夫人等。王夫人正因他風聲不雅，深為憂慮，見他今行此事，豈有不樂之理？於是尤二姐自此見了天日，挪到廂房住居。

鳳姐一面使人暗暗調唆張華，只叫他要原妻，這裡還有許多賠送外，還給他銀子安家過活。張華原無膽無心告賈家的，後來又見賈蓉打發人來對詞。那人原說的：「張華先退了親。我們皆是親戚，接到家裡住著是真，並無偷娶之說。皆因張華拖欠了我們的債務，追索不與，方誣賴小的主人那些個。」察院都和賈王兩處有瓜葛，況又受了賄，只說張華無賴，以窮訛詐，狀子也不收，打了一頓趕出來。慶兒在外替他打點，也沒打重。又調唆張華：「親原是你家定的，你只要成這親事，官必還斷給你。」於是又告。王信那邊又透了消息與察院，察院便批：「張華所欠賈宅之銀，令其限內按數交還；其所定之親，仍令其有力時娶回。」又傳了他父親來，當堂批准。他父親亦係慶兒說明，樂得人財兩進，便去賈家領人。鳳姐兒一面嚇的來回賈母，說如此這般，都是珍大嫂子幹事不明，並沒和那家退准，惹人告了，如此官斷。賈母聽了忙喚了尤氏過來，說他作事不妥：「既是你妹子從小曾與人指腹為婚，又沒退斷，使人混告了。」尤氏聽了只得說：「他連銀子都收了，怎麼沒准？」鳳姐在旁又說：「張華的口供上現說不曾見銀子，也沒見人去。他老子說原是親家母說過一次，並沒應准，親家母死了，你們就接進去作二房。如此沒有對證，只好由他去混說。幸而璉二爺不在家，沒曾圓房，這還無妨。只是人已來了，怎好送回去，豈不傷臉？」賈母道：「又沒圓房，沒的強占人家有夫之婦，名聲也不好，不如送給他去。哪裡尋不出好人來？」尤二姐聽了，又回賈母說：「我母親實於某年月日給了他十兩銀子退准的，他因窮急了告，又翻了口。我姐姐原沒錯辦。」賈母聽了，便說：「可見刁民難惹。既這樣，鳳丫頭去料理料理。」

鳳姐聽了無法，只得應著回來，只命人去找賈蓉。賈蓉深知鳳姐之意，若要使張華領回，成何體統？便回了賈珍，暗暗遣人去說張華：「你如今既有許多銀子，何必定要原人？若只管執定主意，不怕爺們一怒，尋出個由頭，你死無葬身之地。你有了銀子，回家去什麼好人尋不出來？你若走時，還賞你些路費。」張華聽了，心中想了一想：「這倒是好主意。」和父親商議已定，共總也得了有百金，父子次日起個五更，回原籍去了。

賈蓉打聽得真了，來回了賈母、鳳姐，說：「張華父子妄告不實，懼罪逃走，官府亦知此情，也不追究，大事完畢。」鳳姐聽了，心中一想：「若必定著張華帶回二姐去，未免賈璉回來，再花幾個錢包占住，不怕張華不依。還是二姐不去，自己相伴著還妥當，且再作道理。只是張華此去不知何往，他倘或再將此事告訴了別人，或日後再尋出這由頭來翻案，豈不是自己害了自己？原先不該如此將刀靶付與外人去的。」因此悔之不迭。復又想了一條主意出來，悄命旺兒遣人尋著了他，或說他作賊，和他打官司，將他治死；或暗中使人算計，務將張華治死，方剪草除根，保住自己的名譽。旺兒領命出來，回家細想：「人已走了完事，何必如此大作？人命關天，非同兒戲。我且哄過他去再作道理。」因此在外躲了幾日，回來告訴鳳姐，只說：「張華是有了幾兩銀子在身上，逃去第三日在京口地界，五更天已被截路人打悶棍打死了。他老子嚇死在店房，在那裡驗屍掩埋。」鳳姐聽了不信，說：「你要扯謊，我再使人打聽出來，敲你的牙。」自此方丟過不究。鳳姐和尤二姐和美非常，更比親姊親妹還勝十倍。

那賈璉一日事畢回來，先到了新房中，已竟悄悄的封鎖，只有一個看房子的老頭兒。賈璉問他原故，老頭子細說原委，賈璉只在鐙中跌足。少不得來見賈赦與邢夫人，將所完之事回明。賈赦十分歡喜，說他中用，賞了他一百兩銀子，又將房中一個十七歲的丫鬟名喚秋桐者賞他為妾。賈璉叩頭領去，喜之不盡。見了賈母合家中人，回來見鳳姐，未免臉上有些愧色。誰知鳳姐兒他反不似往日容顏，同尤二姐一同出迎，敘了寒溫。賈璉將秋桐之事說了，未免臉上有些得意之色，驕矜之容。鳳姐聽了，忙命兩個媳婦坐車到那邊接了來。心中一刺未除，又平空添了一刺，說不得且吞聲忍氣，將好顏面拉出來遮掩。一面又命擺酒接風，一面帶了秋桐來見賈母與王夫人等。賈璉心中也暗暗的納罕。

那日已是臘月十二日，賈珍起身，先拜了宗祠，然後過來辭拜賈母等人，合族中人直送到灑淚亭方回，獨賈璉、賈蓉二人送出三日三夜方回。一路上賈珍命他好生收心治家等語，二人口內答應，也說些大禮套話，不必煩敘。

且說鳳姐在家，外面待尤二姐自不必說得，只是心中又懷別意。無人處只和尤二姐說：「妹妹的聲名很不好聽，連老太太、太太們都知道了。說妹妹在家做女孩兒就不乾淨，又和姐夫有些首尾，『沒人要的了你揀了來，還不休了再尋好的！』我聽見這話氣得倒仰，查是誰說的，又查不出來。這日久天長，這些個奴才們，跟前怎樣說嘴，我反弄了個魚頭來折。」說了兩遍，自己又氣病了，茶飯也不吃。除了平兒，眾丫頭媳婦無不言三語四，指桑說槐，暗相譏刺。秋桐自為係賈赦之賜，無人僭他的，連鳳姐、平兒皆不放在眼裡，豈肯容他？張口是「先姦後娶，沒漢子要的娼婦，也來要我的強」。鳳姐聽了暗樂，尤二姐聽了暗愧暗怒暗氣。鳳姐既裝病，便不和尤二姐吃飯了。每日只命人端了菜飯到他房中去吃，那茶飯都係不堪之物。平兒看不過，自拿了錢出來弄菜與他吃；或是有時只說和他園中去頑，在園中廚內另做了湯水與他吃，也無人敢回鳳姐。只有秋桐一時撞見了，便去傳舌告訴鳳姐，說：「奶奶的名聲生是平兒弄壞了的，這樣好菜好飯浪著不吃，卻往園裡去偷吃。」鳳姐聽了，罵平兒說：「人家養貓拿耗子，我的貓倒只咬雞。」平兒不敢多說，自此也要遠著了。又暗恨秋桐，難以出口。園中姊妹如李紈、迎春、惜春等人，皆為鳳姐是好意；然寶、黛一干人暗為二姐擔心，雖都不便多事，惟見二姐可憐，常來了，倒還都憫恤他。每日常無人處說起話來，尤二姐便淌眼抹淚，又不敢抱怨，鳳姐兒又並無露出一點壞形來。

賈璉來家時，見了鳳姐賢良，也便不留心。況素昔以來，因賈赦姬妾丫鬟最多，賈璉每懷不軌之心，只未敢下手。如這秋桐輩等人，皆是恨老爺年邁昏憒，貪多嚼不爛的，留下這些人作什麼？因此除了幾個知禮有恥的，餘者或有與二門上小么兒們嘲戲的，甚至於與賈璉眉來眼去，相偷期的。只懼賈赦之威，未曾到手。這秋桐便和賈璉有舊，從未來過一次。今日天緣湊巧，竟賞了他，真是一對烈火乾柴，如膠投漆。燕爾新婚，連日哪裡拆的開。那賈璉在二姐身上之心，也漸漸淡了，只有秋桐一人是命。

鳳姐雖恨秋桐，且喜借他先可發脫二姐，自己且抽頭❶，用借劍殺人之法，坐山觀虎鬥。等秋桐殺了尤二姐，自己再殺秋桐。主意已定，沒人處常又私勸秋桐說：「你年輕不知事，他現是二房奶奶，你爺心坎兒上的人。我還讓他三分，你去硬碰他，豈不是自尋其死？」那秋桐聽了這話，越發惱了，天天大口亂罵，說：「奶奶是軟弱人，那等賢惠，我卻做不來。奶奶把素日的威風怎都沒了？奶奶寬

❶ 抽頭：抽身；脫身。

洪大量，我卻眼裡揉不下沙子去。讓我和他這淫婦做一回，他纔知道。」鳳姐兒在屋裡只裝不敢出聲兒，氣的尤二姐在房裡哭泣，飯也不吃，又不敢告訴賈璉。次日，賈母見他眼紅紅的腫了，問他又不敢說。秋桐正是抓乖賣俏之時，他便悄悄的告訴賈母、王夫人等，說：「專會作死，好好的成天家號喪，背地裡咒二奶奶和我早死了，他好和二爺一心一計的過。」賈母便說：「人太生嬌俏了，可知心就嫉妒。鳳丫頭倒好意待他，他倒這樣爭鋒吃醋的，可是個賤骨頭。」因此漸次便不大歡喜。眾人見賈母不喜，不免又往下踏踐起來，弄得這尤二姐要死不能，要生不得。還是虧了平兒時常背著鳳姐，看他這般，與他排解排解。

那尤二姐原是個花為腸肚雪作肌膚的人，如何經得這般磨折，不過受了一個月的暗氣，便懨懨得了一病。四肢懶動，茶飯不進，漸次黃瘦下去。夜來合上眼，只見他小妹子手捧鴛鴦寶劍前來，說：「姐姐，你一生為人，心痴意軟，終吃了這虧。休信那妒婦花言巧語，外作賢良，內藏奸狡。他發恨定要弄你一死方罷。若妹子在世，斷不肯令你進來，即進來時，亦不容他這樣。此亦係理數應然，你我生前淫奔不才，使人家喪倫敗行，故有此報。你依我，將此劍斬了那妒婦，一同歸至警幻案下聽其發落。不然，你則白白的喪命，且無人憐惜。」尤二姐泣道：「妹妹，我一生品行既虧，今日之報既係當然，何必又生殺戮之冤！隨我去忍耐，若天見憐，使我好了，

尤三姐。（清程甲本紅樓夢插圖）

豈不兩全？」小妹笑道：「姐姐，你終是個痴人，自古天網恢恢，疏而不漏，天道好還。你雖悔過自新，然已將人父子兄弟致於麀聚之亂，天怎容你安生！」尤二姐泣道：「既不得安生，亦是理之當然。奴亦無怨。」小妹聽了，長嘆而去。

尤二姐驚醒，卻是一夢。等賈璉來看時，因無人在側，便泣說：「我這病便不能好了。我來了半年，腹中也有身孕，但不能預知男女。倘天見憐，生了下來還可；若不然，我這命就不保，何況於他？」賈璉亦泣說：「你只放心，我請明人來醫治於你。」出去即刻請醫生。誰知王太醫亦謀幹了軍前效力，回來好討廕封的，小廝們走去便請了個姓胡的太醫，名叫君榮，進來診脈。看了說是經水不調，全要大補。賈璉便說：「已是三月庚信❷不行，又常作嘔酸，恐是胎氣。」胡君榮聽了，復又命老婆子們請出手來再看看，尤二姐少不得又從帳內伸出手來。胡君榮又診了半日，說：「若論胎氣，肝脈自應洪大。然木盛則生火，經水不調，亦皆因由肝木所致。醫生要大膽，須得請奶奶將金面略露露，醫生觀觀氣色，方敢下藥。」賈璉無法，只得命將帳子掀起一縫，尤二姐露出臉來。胡君榮一見，魂魄如飛上九天，通身麻木，一無所知。一時掩了帳子，就陪他出來，問是如何。胡太醫道：「不是胎氣，只是瘀血凝結，如今只以下瘀血通經脈要緊。」於是寫了一方，作辭而去。賈璉命人送了藥禮，抓了藥來，調服下去。只半夜，尤二姐腹痛不止，誰知竟將一個已成形的男胎打了下來，於是血行不止，二姐就昏迷過去。賈璉聞知，大罵胡君榮。一面再遣人去請醫調治，一面命人去打告胡君榮。胡君榮聽了，早已捲包逃走。這裡太醫院便說：「本來氣血生成虧弱，受胎以來，想是著了些氣惱，鬱結於

❷ 庚信：又稱「月信」。女子的月經。

中。這位先生擅用虎狼之劑，如今大人元氣十分傷其八九，一時難保就愈。煎丸二藥並行，還要一些閒言閒事不聞，庶可望好。」說畢而去。急的賈璉查是誰請了姓胡的來，一時查了出來，便打了個半死。

鳳姐比賈璉更急十倍，只說：「偺們命中無子，好容易有了一個，又遇見這樣沒本事的大夫。」於是天地前燒香禮拜，自己通陳禱告說：「我或有病，只求尤氏妹子身體大愈，再得懷胎，生一男子，我願吃長齋念佛。」賈璉眾人見了無不稱讚。賈璉與秋桐在一處時，鳳姐又做湯做水的著人送與二姐，又罵平兒不是個有福的，「也和我一樣，我因多病，你卻無病也不見懷胎。如今二奶奶這樣，都因偺們無福，或犯了什麼，沖的他這樣。」因又叫人出去算命打卦。偏算命的回來，又說係屬兔的陰人沖犯❸。大家算將起來，只有秋桐一人屬兔，說他沖的。秋桐近見賈璉請醫治藥，打人罵狗，為尤二姐十分盡心，他心中早浸了一缸醋在內了。今又聽見如此，說他沖了，鳳姐兒又勸他說：「你暫且別處去躲幾個月再來。」秋桐便氣的哭罵道：「理那起瞎肏的混咬舌根！我和他井水不犯河水，怎麼就沖了他！好個愛八哥兒❹，在外頭什麼人不見，偏來了就有人沖了？白眉赤臉❺，哪裡來的孩子？他不過指著哄我們那個棉花耳朵❻的爺罷了！縱有孩子，也不知姓張姓王？奶奶希罕那雜種羔子，我不喜歡。老

❸ 陰人沖犯：陰人，指婦女。沖犯，舊時迷信說法，五行相沖剋。

❹ 愛八哥兒：即可愛的八哥。八哥是能模仿人說話的鳥，這裡指被寵愛的人。

❺ 白眉赤臉：也作「白眉赤眼」。平白無故，沒有來由的意思。

❻ 棉花耳朵：即「耳軟」。沒有主見，容易聽信別人的話。

了誰不成？誰不會養？一年半載養一個，倒還是一點攙雜沒有的呢！」罵的眾人又要笑，又不敢笑。可巧邢夫人過來請安，秋桐便哭告邢夫人說：「二爺、奶奶要攆我回去，我沒了安身之處，太太好歹開恩。」邢夫人聽說，慌的數落鳳姐兒一陣，又罵賈璉：「不知好歹的種子！憑他怎麼不好，是你父親給的。為個外頭來的攆他，連老子都沒了！你要攆他，你不如還你父親去倒好！」說著，賭氣去了。秋桐更又得意，越性走到他窗戶根底下大哭大罵起來。尤二姐不免更添煩惱。

晚間，賈璉在秋桐房中歇了，鳳姐已睡，平兒過來瞧他，又悄悄勸他：「好生養病，不要理那畜生。」尤二姐拉他哭道：「姐姐，我從到了這裡，多虧姐姐照應。為我，姐姐也不知受了多少閒氣。我若逃的出命來，我必答報姐姐的恩德。只怕我逃不出命來，也只好等來生罷。」平兒也不禁滴淚，說道：「想來都是我坑了你。我原是一片痴心，從沒瞞他的話。既聽見你在外頭，豈有不告訴他的？誰知生出這些個事來。」尤二姐忙道：「姐姐這話錯了，若姐姐便不告訴他，他豈有打聽不出來的？不過是姐姐說的在先。況且我也要一心進來，方成個體統，與姐姐何干？」二人哭了一回，平兒又囑咐了幾句，夜已深了，方去安息。

這裡尤二姐心下自思：「病已成勢，日無所養，反有所傷，料定必不能好。況胎已打下，無可懸心，何必受這些零氣，不如一死，倒還乾淨。常聽見人說生金子可以墜死，豈不比上吊自刎又乾淨。」想畢，扎掙起來，打開箱子，找出一塊生金，也不知多重，狠命含淚便吞入口中，幾次狠命直脖，方咽了下去。於是趕忙將衣服首飾穿戴齊整，上炕躺下了。當下人不知，鬼不覺。到第二日早晨，丫鬟媳婦們見他不叫人，樂得且自己去梳洗。鳳姐便和秋桐都上去了。平兒看不過，說丫頭們：「你們就只配沒人心的打著罵著使也罷了！一個病人，也不知可憐可憐。他雖好性兒，你們也該拿出個樣兒來，別太過餘了，牆倒眾人推！」丫鬟聽了，急推房門進來看時，卻穿戴的齊齊整整，死在炕上。於是方嚇慌了，喊叫起來。平兒進來看了，不禁大哭。眾人雖素昔懼怕鳳姐，然想尤二姐實在溫和憐下，比鳳姐原強，如今死去，誰不傷心落淚，只不敢與鳳姐看見。

當下合宅皆知，賈璉進來摟屍大哭不止。鳳姐也假意哭：「狠心的妹妹，你怎麼丟下我去了！辜負了我的心！」尤氏、賈蓉等也來哭了一場，勸住賈璉。賈璉便回了王夫人，討了梨香院停放五日，挪到鐵檻寺去。王夫人依允。賈璉忙命人去開了梨香院的門，收拾出正房來停靈。賈璉嫌後門出靈不像，便對著梨香院的正牆上，通街現開了一個大門。兩邊搭棚，安壇場做佛事。用軟榻鋪了錦緞衾褥，將二姐抬上榻去，用衾單蓋了。八個小廝和幾個媳婦圍隨，從內子牆一帶抬往梨香院來。那裡已請下天文生預備。揭起衾單一看，只見這尤二姐面色如生，比活著還美貌。賈璉又摟著大哭，只叫：「奶奶你死的不明，都是我坑了你！」賈蓉忙上來勸：「叔叔解著些兒，我這個姨娘自己沒福。」說著，又向南指大觀園的界牆，賈璉會意，只悄悄跌腳說：「我忽略了，終久對出來，我替你報仇！」天文生回說：「奶奶卒於今日正卯時，五日出不得，或是三日，或是七日方可。明日寅時入殮大吉。」賈璉道：「三日斷乎使不得，竟是七日。因家叔家兄皆在外，小喪不敢多停。等到外頭，還放五七，做大道場纔掩靈。明年往南去下葬。」天文生應諾，寫了殃榜❼而去。寶玉已早過來陪哭一場。眾族中人也都來了。

❼ 殃榜：舊時陰陽先生開具死者年壽及根據死時年月推算靈魂返舍日期等事的文書。

賈璉忙進去找鳳姐要銀子，治辦棺槨喪禮。鳳姐見抬了出去，推有病，回老太太、太太說：「我病著，忌三房❽，不許我去。」因此也不出來穿孝，且往大觀園中來，繞過群山至北界牆根下往外聽，隱隱綽綽聽了一半言語回來，又回賈母說如此這般。賈母道：「信他胡說。誰家癆病死的不燒了一撒？也認真了開喪破土起來。既是二房一場，也是夫妻之分，停五七日，抬出來或一燒，或亂葬地上埋了完事。」鳳姐笑道：「可是這話。我又不敢勸他。」正說著，丫鬟來請鳳姐，說：「二爺等著奶奶拿銀子呢。」鳳姐只得來了，便問他：「什麼銀子？家裡近來艱難，你還不知道？咱們的月例一月趕不上一月，雞兒吃了過年糧。昨兒我把兩個金項圈當了三百銀子，你還做夢呢。這裡還有二三十兩銀子，你要就拿去。」說著，命平兒拿了出來，遞與賈璉，指著賈母有話，又去了。恨的賈璉沒話可說，只得開了尤氏箱櫃去拿自己的梯己。及開了箱櫃，一滴無存，只有些折簪子，壞了的爛花兒，並幾件半新不舊的綢絹衣裳，都是尤二姐素昔所穿的，不禁又傷心哭了起來。自己用個包袱一齊包了，也不命小廝丫鬟來拿，便自己提著來燒。

平兒又是傷心又是好笑，忙將二百兩一包的碎銀子偷了出來，到廂房拉住賈璉，悄遞與他說：「你只別作聲纔好。你要哭，外頭多少哭不得，又跑了這裡來點眼❾。」賈璉聽說，便說：「你說的是。」接了銀子，又將一條裙子遞與平兒說：「這是他家常穿的，你好生替我收著，作個念心兒❿。」平兒

❽ 忌三房：舊俗病人不能進入產房、新房（新婚）和凶房（停靈房），叫忌三房。

❾ 點眼：顯眼；平白無故地惹人注意。

❿ 念心兒：紀念品。念心，即念想。

只得掩了，自己收去。賈璉拿了銀子，與眾人走來，命人先去買板。好的又貴，中的又不要，賈璉騎馬自去要瞧。至晚間，果抬了一副好板進來，價銀五百兩賒著，連夜趕造。一面分派了人口穿孝守靈，晚上也不進去，只在這裡伴宿。正是……

第七十回　林黛玉重建桃花社　史湘雲偶填柳絮詞

話說賈璉自在梨香院伴宿七日夜，天天僧道不斷做佛事。賈母喚了他去，吩咐不許送往家廟中。賈璉無法，只得又和時覺說了，就在尤三姐之上點了一個穴，破土埋葬。那日送殯，只不過族中人與王信夫婦、尤氏婆媳而已。鳳姐一應不管，只憑他自去辦理。

因又年近歲逼，諸務蝟集❶不算外，又有林之孝開了一個人名單子來，共有八個二十五歲的單身小廝應該娶妻成房，等裡面有該放的丫頭們好求指配。鳳姐看了，先來問賈母和王夫人。大家商議，雖有幾個應該發配的，奈各人皆有原故：第一個鴛鴦發誓不去，自那日之後，一向未和寶玉說話，也不盛妝濃飾。眾人見他志堅，也不好相強；第二個琥珀又有病，這次不能了；彩雲因近日和賈環分崩，也染了無醫之症。只有鳳姐兒和李紈房中粗使的大丫鬟出去了。其餘年紀未足，令他們外頭自娶去了。

原來這一向因鳳姐病了，李紈、探春料理家務，不得閒暇。接著過年過節，出來許多雜事，竟將詩社擱起。如今仲春天氣，雖得了工夫，爭奈寶玉因冷遁了柳湘蓮，劍刎了尤小妹，金逝了尤二姐，氣病了柳五兒，連連接接，閒愁胡恨，一重不了一重添，弄得情色若痴，語言常亂，似染怔忡❷之疾。慌的襲人等又不敢回賈母，只百般逗他頑笑。這日清晨方醒，只聽外間房內咭咭呱呱，笑聲不斷。襲

❶ 蝟集：像刺蝟的毛般聚集。比喻繁多而叢雜。

❷ 怔忡：心氣不寧，驚恐不安。

人因笑說：「你快出去解救，晴雯和麝月兩個人按住溫都里納隔肢呢。」寶玉聽了，忙披上灰鼠襖子，出來一瞧，只見他三人被褥尚未疊起，大衣也未穿，那晴雯只穿蔥綠苑綢小襖，紅小衣，紅睡鞋，披著頭髮，騎在雄奴身上。麝月是紅綾抹胸，披著一身舊衣，在那裡抓雄奴的肋肢。雄奴卻仰在炕上，穿著撒花緊身兒，紅褲綠襪，兩腳亂蹬，笑的喘不過氣來。寶玉忙上前笑說：「兩個大的欺負一個小的，等我助力。」說著也上床來，隔肢晴雯。晴雯觸癢，笑的忙丟下雄奴，和寶玉對抓。雄奴趁勢又將晴雯按倒，向他肋下抓動。襲人笑說：「仔細凍著了。」看他四人裹在一處倒好笑。

忽有李紈打發碧月來說：「昨兒晚上奶奶在這裡把塊手帕子忘了，不知可在這裡？」小燕說：「有有有，我在地下拾了起來，不知是哪一位的，纔洗了出來晾著，還未乾呢。」碧月見他四人亂滾，因笑道：「倒是這裡熱鬧，大清早起就咭咭呱呱的頑到一處。」寶玉笑道：「你們那裡人也不少，怎麼不頑？」碧月道：「我們奶奶不頑，把兩個姨娘和琴姑娘也賓❸住了。如今琴姑娘又跟了老太太前頭去了，更寂寞了。兩個姨娘，今年過了到明年冬天，都去了，又更寂寞呢。你瞧寶姑娘那裡出去了一個香菱，就冷清了多少，把個雲姑娘落了單。」正說著，只見湘雲又打發了翠縷來說：「請二爺快出去瞧好詩。」寶玉聽了忙問：「哪裡的好詩？」翠縷笑道：「姑娘們都在沁芳亭上，你去了便知。」

寶玉聽了，忙梳洗了出來，果見黛玉、寶釵、湘雲、寶琴、探春都在那裡，手裡拿著一篇詩看。見他來時，都笑說：「這會子還不起來。偺們的詩社散了一年，也沒有人作興❹。如今正是初春時節，

---

❸ 賓：服從；歸順。這裡有拘束的意思。

❹ 作興：提倡；倡議。

萬物更新，正該鼓舞另立起來纔好。」湘雲笑道：「一起詩社時是秋天，就不應發達。如今卻好萬物逢春，皆主生盛，況這首桃花詩又好，就把海棠社改作桃花社。」起時是後有名，此是先有名。寶玉聽著，點頭說很好，且忙著要詩看。眾人都又說：「偺們此時就訪稻香老農去，大家議定好起的。」說著，一齊起來，都往稻香村來。寶玉一壁走，一壁看，那紙上寫著桃花行一篇，曰：

桃花簾外東風軟，桃花簾內晨妝懶。
簾外桃花簾內人，人與桃花隔不遠。
東風有意揭簾櫳，花欲窺人簾不捲。
桃花簾外開仍舊，簾中人比桃花瘦。
花解憐人花也愁，隔簾消息風吹透。
風透湘簾花滿庭，庭前春色倍傷情。
閒苔院落門空掩，斜日欄杆人自憑。
憑欄人向東風泣，茜裙❺偷傍桃花立。

❺ 茜裙：紅裙。茜，茜草，其根可以做紅色的染料。

寶玉聽了，忙梳洗了出來，果見黛玉、寶釵、湘雲、寶琴、探春都在那裡，手裡拿著一篇詩看……。（清孫溫繪，全本紅樓夢）

桃花桃葉亂紛紛，花綻新紅葉凝碧。
霧裹烟封一萬株❻，烘樓照壁❼紅模糊。
天機燒破鴛鴦錦❽，春酣欲醒移珊枕❾。
侍女金盆進水來，香泉影蘸胭脂冷❿。
胭脂鮮豔何相類？花之顏色人之淚。
若將人淚比桃花，淚自長流花自媚。
淚眼觀花淚易乾，淚乾春盡花憔悴。
憔悴花遮憔悴人，花飛人倦易黃昏。
一聲杜宇⓫春歸盡，寂寞簾櫳空月痕！

寶玉看了，並不稱讚，卻滾下淚來——便知出自黛玉，因此落下淚來——又怕眾人看見，又忙自己擦

❻霧裹句：萬株桃樹盛開，鮮豔的桃花雲蒸霞蔚，看去好像籠罩在紅色的烟霧之中。
❼烘樓照壁：言桃花映紅了小樓粉牆。
❽天機句：天機，天上仙女的織機。傳說天上仙女織五色雲錦，在日出日落時布滿天空。燒破，火燒得通紅。破，「透」的意思。此句言火紅的桃花如天空的雲霞。
❾珊枕：珊瑚枕。
❿香泉句：香泉影蘸，即影蘸香泉，用香泉洗臉的意思。胭脂，代指女子的面龐。
⓫杜宇：即杜鵑，多在舊曆三月鳴叫，也就是春末之時。

了。因問：「你們怎麼得來？」寶琴笑道：「你猜是誰作的？」寶玉笑道：「自然是瀟湘子稿。」寶琴笑道：「現是我作的呢！」寶玉笑道：「我不信。這聲調口氣，迥乎不像蘅蕪之體，所以不信。」寶釵笑道：「所以你不通。難道杜工部首首只作『叢菊兩開他日淚』⓬之句不成？一般的也有『紅綻雨肥梅』、『水荇牽風翠帶長』⓭之媚語。」寶玉笑道：「固然如此說，但我知道姐姐斷不許妹妹有此傷悼語句。妹妹雖有此才，是斷不肯作的。比不得林妹妹曾經離喪，作此哀音。」眾人聽說都笑了。

已至稻香村中，將詩與李紈看了，自不必說稱賞不已。說起詩社，大家議定：明日乃三月初二日，就起社，便改「海棠社」為「桃花社」，林黛玉就為社主。明日飯後，齊集瀟湘館。因又大家擬題，黛玉便說：「大家就要桃花詩一百韻。」寶釵道：「使不得，從來桃花詩最多，縱作了，必落套，比不得你這一首古風。須得再擬。」正說著，人回：「舅太太來了，姑娘們出去請安罷。」因此大家都往前頭來見王子騰的夫人，陪著說話。吃飯畢，又陪入園中來，各處遊頑一遍，至晚飯後掌燈方去。

次日乃是探春的壽日，元春早打發了兩個小太監送了幾件玩器，合家皆有壽儀，自不必說。飯後探春換了禮服，各處行禮。黛玉笑向眾人道：「我這一社開的又不巧了，偏忘了這兩日是他的生日。雖不擺酒唱戲的，少不得都要陪他在老太太、太太跟前頑笑一日，如何能得閒空兒？」因此改至初五。這日，眾姊妹皆在房中。侍早膳畢，便有賈政書信到了。寶玉請安，將請賈母的安稟⓮拆開，念與賈

⓬ 叢菊兩開他日淚：出自杜甫秋興之一：「叢菊兩開他日淚，孤舟一繫故園心。」

⓭ 紅綻句：紅綻雨肥梅，出自杜甫陪鄭廣文游何將軍山林：「綠垂風折筍，紅綻雨肥梅。」水荇牽風翠帶長，出自杜甫曲江對雨：「林花著雨燕支濕，水荇牽風翠帶長。」

母聽。上面不過是請安的話，說六月中准進京等語。其餘家信事務之帖，自有賈璉和王夫人開讀。眾人聽說六七月回京，都喜之不盡。偏生近日王子騰之女許與保寧侯之子為妻，擇日於五月初十日過門。鳳姐兒又忙著張羅，常三五日不在家。這日王子騰的夫人又來接鳳姐兒，一並請眾甥男甥女閒樂一日。賈母和王夫人命寶玉、探春、林黛玉、寶釵四人同鳳姐去。眾人不敢違拗，只得回房另妝飾了起來。五人作辭，去了一日，掌燈方回。

寶玉進入怡紅院，歇了半刻，襲人便乘機見景勸他收一收心，閒時把書理一理預備著。寶玉屈指算一算，說：「還早呢。」襲人道：「書是第一件，字是第二件。到那時你縱有了書，你的字寫的在哪裡呢？」寶玉笑道：「我時常也有寫的好些，難道都沒收著？」襲人道：「何曾沒收著？你昨兒不在家，我就拿出來，共總數了一數，纔有五六十篇。這三四年的工夫，難道只有這幾張字不成？依我說，從明日起，把別的心全收了起來，天天快臨幾張字補上。雖不能按日都有，也要大概看得過去。」寶玉聽了，忙的自己又親檢了一遍，實在搪塞不去，便說：「明日為始，一天寫一百字纔好。」說話時，大家安下。

至次日起來梳洗了，便在窗下研墨，恭楷臨帖。賈母因不見他，只當病了，忙使人來問。寶玉方去請安，便說寫字之故，先將早起清晨的工夫盡了出來，再作別的，因此出來遲了。賈母聽了便十分歡喜，吩咐他：「以後只管寫字念書，不用出來也使得。你去回你太太去。」寶玉聽說，便往王夫人房中來說明。王夫人便說：「臨陣磨鎗也不中用！有這會子著急的，天天寫寫念念，有多少完不了的？

⑭ 安稟：請安問候的書信。

這一趕又趕出病來纔罷。」寶玉回說不妨事。這裡賈母也說怕急出病來。探春、寶釵等都笑說：「老太太不用急。書雖替他不得，字卻替得的。我們每人每日臨一篇給他，搪塞過這一步就完了。一則老爺到家不生氣，二則他也急不出病來。」賈母聽說，喜之不盡。

原來林黛玉聞得賈政回家，必問寶玉的功課，寶玉肯分心，恐臨期吃了虧，因此自己只裝作不耐煩，把詩社便不起，也不以外事去勾引他。探春、寶釵二人每日也臨一篇楷書字與寶玉，寶玉自己每日也加工或寫二百三百不拘。至三月下旬，便將字又集湊出許多來。這日正算，再得五十篇，也就混的過了。誰知紫鵑走來，送了一卷東西與寶玉，拆開看時，卻是一色老油竹紙上臨的鍾、王蠅頭小楷⑮，字跡且與自己十分相似。喜的寶玉和紫鵑作了一個揖，又親自來道謝。接著史湘雲、寶琴二人亦皆臨了幾篇相送，湊成雖不足功課，亦足搪塞了。寶玉放了心，於是將所有應讀之書又溫理過幾遍。正是天天用功，可巧近海一帶海嘯，又糟蹋了幾處生民，地方官題本奏聞，奉旨就著賈政順路查看賑濟回來。如此算去，至冬底方回。寶玉聽了，便把書字又擱過一邊，仍是照舊遊蕩。

時值暮春之際，史湘雲無聊，因見柳花飄舞，便偶成一小令，調寄如夢令，其詞曰：

豈是繡絨殘吐⑯。捲起半簾香霧。纖手自拈來，空使鵑啼燕妒⑰。且住，且住，莫使春光別去。

⑮ 卻是一色句：老油竹紙，以新竹為原料製成的紙為竹紙，因其光滑如上油色，故稱為老油竹紙。鍾，鍾繇，魏晉時人，工書法，與王羲之齊名，有「鍾王」之稱。

⑯ 繡絨殘吐：以婦女刺繡時所吐絨線線頭比喻柳絮，參見第五回「唾絨」注。

⑰ 纖手兩句：此兩句言纖纖細手拈住柳絮，就像留住了春光，因此引得杜鵑和燕子的嫉妒。

史湘雲偶填柳絮詞。（清天津楊柳青年畫）

自己作了，心中得意，便用一條紙兒寫好，與寶釵看了，又來找黛玉。黛玉看畢，笑道：「好，也新鮮有趣。我卻不能。」湘雲笑道：「偺們這幾社總沒有填詞，你明日何不起社填詞，改個樣兒，豈不新鮮些？」黛玉聽了，偶然興動，便說：「這話說的極是。我如今便請他們去。」說著，一面吩咐預備了幾色果點之類，一面就打發人分頭去請眾人。這裡他二人便擬了柳絮之題，又限出幾個調來，寫了綰在壁上。眾人來看時，以柳絮為題，限各色小調；又都看了史湘雲的，稱賞了一回。寶玉笑道：「這詞上我們平常，少不得也要胡謅起來。」於是大家拈鬮。寶釵便拈得了臨江仙，寶琴拈得西江月，探春拈得了南柯子，黛玉拈得了唐多令，寶玉拈得了蝶戀花。紫鵑炷了一支夢甜香，重建，故又寫香。大家思索起來。一時，黛玉有了，寫完。接著寶琴、寶釵都有了。他三人寫完，互相看時，寶釵便笑道：「我先瞧完了你們的，再看我的。」探春笑道：「噯呀，今兒這香怎麼這樣快，已剩了三分了，我纔有了半首。」因又問寶玉可有了？寶玉雖作了些，只是自己嫌不好，又都抹了要另作，回頭看香，已將燼了。李紈笑道：「這算輸了。蕉丫頭的半首且寫出來。」探春聽說，忙寫了出來，眾人看時，卻是先看沒作完的，總是又變一格也。上面卻只半首南柯子，寫道是：

空掛纖纖縷，徒垂絡絡絲⑱。也難綰繫也難羈，一任東西南北各分離。

李紈笑道：「這也卻好作，何不續上？」寶玉見香沒了，情願認負，不肯勉強塞責，將筆擱下，來瞧這半首。見沒完時，反倒動了興，開了機，乃提筆續道是：

落去君休惜，飛來我自知。鶯愁蝶倦晚芳時，縱是明春再見隔年期！

眾人笑道：「正經你分內的又不能，這卻偏有了。縱然好，也不算得。」說著，看黛玉的唐多令：

粉墮百花洲，香殘燕子樓⑲。一團團逐對成毬。飄泊亦如人命薄，空繾綣，說風流。　草木也知愁，韶華竟白頭。嘆今生誰拾誰收？嫁與東風春不管⑳，憑爾去，忍淹留！

眾人看見，俱點頭感嘆，說：「太作悲了，好是固然好的。」因又看寶琴的是西江月：

漢苑㉑零星有限，隋堤點綴無窮。三春事業付東風，明月梅花一夢㉒。　幾處落紅庭院，誰

⑱ 空掛兩句：此兩句言柳枝雖如絲如縷，卻繫不住柳絮。絡絡，聯綴的樣子。

⑲ 粉墮兩句：粉墮、香殘，皆寫柳絮飄落。百花洲，蘇州、江西、山東、河南等地皆有此地名。傳說吳王夫差和西施曾在蘇州的百花洲泛舟遊樂，黛玉是蘇州人，也許暗用此典故，以柳絮暗喻女子的薄命。燕子樓，唐代張建封為愛妾關盼盼所建之樓，張建封死後，盼盼在此樓寡居十五年。白居易有燕子樓三首并序記此事。

⑳ 嫁與句：此句言柳絮被東風吹落，春卻不管，聽任自去。此句出自李賀南園詩：「可憐日暮嫣香落，嫁與春風不用媒。」

家香雪簾櫳？江南江北一般同，偏是離人恨重！

眾人都笑說：「到底是他的這調壯。『幾處』、『誰家』兩句最妙。」寶釵笑道：「終不免過於喪敗。我想，柳絮原是一件輕薄無根無絆的東西，然依我的主意，偏要把他說好了，纔不落套。所以我謅了一首來，未必合你們的意思。」眾人笑道：「不要太謙，我們且賞鑑，自然是好的。」因看這一首臨江仙道是：

白玉堂前春解舞，東風捲得均勻。

蜂團蝶陣亂紛紛。幾曾隨逝水，豈必委芳塵？　萬縷千絲終不改，任他隨聚隨分。韶華休笑本無根，好風頻借力，送我上青雲！

湘雲先笑道：「好一個『東風捲得均勻』，這一句就出人之上了！」又看底下道：

眾人拍案叫絕，都說：「果然翻得好氣力，自然是這首為尊。纏綿悲戚，讓瀟湘妃子；柔情嫵媚，卻是枕霞；小薛與蕉客今日落第，要受罰的。」寶琴笑道：「我們自然受罰，但不知付白卷子的又怎麼

㉑ 漢苑：指漢代的長楊宮，宮中有垂楊數畝，故名為長楊宮。

㉒ 三春兩句：此兩句言在三春將盡的時光，追憶初春明月梅花的景象，已是恍然一夢了。梅花是報春之花，後人以為與飛絮季節不合，將梅花改為梨花（見程高本）。

罰？」李紈道：「不要忙，這定要重重罰他。下次為例。」

一語未了，只聽窗外竹子上一聲響，恰似窗屜子倒了一般。眾人嚇了一跳。丫鬟們出去瞧時，簾外丫鬟嚷道：「一個大蝴蝶風箏掛在竹梢上了。」眾丫鬟笑道：「好一個齊整風箏，不知是誰家放斷了繩，拿下他來。」寶玉等聽了，也都出來看時，寶玉笑道：「我認得這風箏，這是大老爺那院裡嫣紅姑娘放的，拿下來給他送過去罷。」紫鵑笑道：「難道天下沒有一樣的風箏，單他有這個不成？我不管，我且拿起來。」探春道：「紫鵑也學小氣了。你們一般的也有，這會子拾人走了的，也不怕忌諱？」黛玉笑道：「可是呢！知道是誰放晦氣的，快掉出去罷。把偺們的拿出來，偺們也放晦氣。」紫鵑聽了，趕著命小丫頭們將這風箏送出與園門上值日的婆子去了，倘有人來找，好與他們去的。

這裡小丫頭們聽見放風箏，巴不得一聲兒，七手八腳，都忙著拿出個美人風箏來。也有搬高凳去的，也有綑剪子股的，也有撥籰子的㉓。寶釵等都立在院門前，命丫頭們在院外敞地下放去。寶琴笑道：「你這個不大好看，不如三姐姐的那一個軟翅子大鳳凰好。」寶釵笑道：「果然。」因回頭向翠墨笑道：「你把你們的拿來也放放。」翠墨笑嘻嘻的，果然也取去了。寶玉又興頭起來，也打發個小丫頭子家去，說：「把昨兒賴大娘送我的那個大魚取來。」小丫頭子去了半天，空手回來，笑道：「晴姑娘昨兒放走了。」寶玉道：「我還沒放一遭兒呢。」探春笑道：「橫豎是給你放晦氣罷了。」寶玉道：「也罷，再把那個大螃蟹拿來罷。」丫頭去了，同了幾個人扛了一個美人並籰子來，說道：「襲姑娘說，昨兒把螃蟹給了三爺了。這一個是林大娘纔送來的，放這一個罷。」寶玉細看了一回，只見

㉓ 也有綑剪子兩句：剪子股，放風箏的工具，在竹竿上綁一根小棍，成剪子形，用來抖線。籰子，繞線的工具。

群釵放風箏。　（清汪惕齋繪，手繪紅樓夢）

這美人做的十分精緻，心中歡喜，便命叫放起來。此時探春的也取了來，翠墨帶著幾個小丫頭子們，在那邊山坡上已放了起來。寶琴也命人將自己的一個大紅蝙蝠也取來，寶釵也高興，也取了一個來，卻是一連七個大雁的，都放起來。獨有寶玉的美人放不起去。寶玉說丫頭們不會放，自己放了半天，只起房高便落下來了。急的寶玉頭上出汗，眾人又笑。寶玉恨的擲在地下，指著風箏道：「若不是個美人，我一頓腳跺踏個稀爛。」黛玉笑道：「那是頂線㉔不好，拿出去另使人打了頂線就好了。」寶玉一面使人拿去打頂線，一面又取一個來放。大家都仰面而看天上，這幾個風箏都起在半空中去了。

一時，丫鬟們又拿了許多各式各樣的送飯的㉕來。頑了一回，紫鵑笑道：「這一回的勁大，姑娘來放罷。」黛玉聽說，用手帕墊著手，頓了一頓，果然風緊力大。接過籰子來，隨著風箏的勢將籰子一鬆，只聽一陣豁刺刺響，登時籰子線盡。黛玉因讓眾人來放，眾人都笑道：「各人都有，你先請罷。」黛玉笑道：「這一放雖有趣，只是不忍。」李紈道：「放風箏圖的是這一樂，所以又說放晦氣。你更該多放些，把你這病根兒都帶了去就好了。」紫鵑笑道：「我

㉔ 頂線：直接綁在風箏上的提線，多為三根，也有一根的。

㉕ 送飯的：加在風箏上的附加物，如竹哨、響鞭之類。

們姑娘越發小氣了。哪一年不放幾個子，今忽然又心疼了。姑娘不放，等我放。」說著便向雪雁手中接過一把西洋小銀剪子來，齊籰子根下寸絲不留，咯噔一聲鉸斷，笑道：「這一去，把病根兒可都帶了去了。」那風箏飄飄颻颻，只管往後退了去。一時只有雞蛋大小，展眼只剩了一點黑星，再展眼便不見了。眾人皆仰面睃眼說：「有趣，有趣。」寶玉道：「可惜不知落在哪裡去了，若落在有人烟處，被小孩子得了還好。若落在荒郊野外無人烟處，我替他寂寞。想起來把我這個放去，教他兩個作伴兒罷。」於是也用剪子剪斷，照先放去。探春正要剪自己的鳳凰，見天上也有一個鳳凰，因道：「這也不知是誰家的？」眾人皆笑說：「且別剪你的，看他倒像要來絞的樣兒。」說著，只見那鳳凰漸逼近來，遂與這鳳凰絞在一處。眾人方要往下收線，那一家也要收線，正不開交，又見一個門扇大的玲瓏喜字帶響鞭，在半天如鐘鳴一般，也逼近來。眾人笑道：「這一個也來絞了。且別收，讓他三個絞在一處倒有趣呢。」說著，那喜字果然與這兩個鳳凰絞在一處。三下齊收亂頓，誰知線都斷了，那三個風箏飄飄颻颻都去了。眾人拍手哄然一笑，說：「倒有趣，可不知那喜字是誰家的，忒促狹了些。」黛玉說：「我的風箏也放去了，我也乏了，我也要歇歇去了。」寶釵說：「且等我們放了去，大家好散。」說著，看他姊妹都放去了，大家方散。黛玉回房，歪著養乏。要知端的，下回便見。

第七十一回　嫌隙人有心生嫌隙　鴛鴦女無意遇鴛鴦

話說賈政回京之後，諸事完畢，賜假一月在家歇息。因年景漸老，事重身衰，又近因在外幾年，骨肉離分，今得晏然復聚於庭室，自覺喜幸不盡。一應大小事務，一概益發付於度外，只是看書，悶了便與清客們下棋吃酒。或日間在裡面，母子夫妻共敘天倫庭闈之樂。

因今歲八月初三日乃賈母八旬之慶，又因親友全來，恐筵宴排設不開，便早同賈赦及賈珍、賈璉等商議，議定於七月二十八日起至八月初五日止，榮寧兩處齊開筵宴。寧國府中單請官客，榮國府中單請堂客，大觀園中收拾出綴錦閣並嘉蔭堂等幾處大地方來作退居❶。二十八日，請皇親、駙馬、王公，諸公主、郡主、王妃、國君、太君、夫人等；二十九日，便是閣下、都府、督鎮及誥命等；三十日，便是諸官長及誥命，並遠近親友及堂客；初一日是賈赦的家宴；初二日是賈政；初三日是賈珍、賈璉；初四日是賈府中合族長幼大小共湊的家宴；初五日是賴大、林之孝等家下管事人等共湊一日。自七月上旬，送壽禮者便絡繹不絕。禮部奉旨：欽賜金玉如意一柄，彩緞四端，金玉環四個，帑銀五百兩。元春又命太監送出金壽星一尊，沉香拐一隻，伽南珠一串，福壽香一盒，金錠一對，銀錠四對，彩緞十二疋，玉杯四隻。餘者自親王駙馬，以及大小文武官員之家，凡所來往者莫不有禮，不能勝記。堂屋內設下大桌案，鋪了紅氈，將凡所有精細之物都擺在上，請賈母過目。賈母先一二日還高興過來

---

❶ 退居：即休息室。

瞧瞧，後來煩了，也不過目，只說：「叫鳳丫頭收了，改日悶了再瞧。」

至二十八日，兩府中俱懸燈結彩，屏開鸞鳳，褥設芙蓉。笙簫鼓樂之音，通衢越巷。寧府中本日只有北靜王、南安郡王、永昌駙馬、樂善郡王並幾個世交公侯應襲；榮府中，南安王太妃、北靜王妃並幾位世交公侯誥命。賈母等俱是按品大妝迎接。大家廝見，先請入大觀園內嘉蔭堂。茶畢更衣，方出榮慶堂上拜壽入席。大家謙遜半日，方纔坐席。上面兩席是南北王妃，下面依敘便是眾公侯誥命。左邊下手一席，陪客是錦鄉侯誥命與臨昌伯誥命；右邊下手一席方是賈母主位，邢夫人、王夫人帶領尤氏、鳳姐並族中幾個媳婦，兩溜雁翅站在賈母身後侍立。林之孝、賴大家的帶領眾媳婦都在竹簾外面，伺候上菜上酒。周瑞家的帶領幾個丫鬟，在圍屏後伺候呼喚。凡跟來的人，早又有人管待別處去了。一時，臺上參了場❷，臺下一色十二個未留髮的小廝伺候。須臾，一小廝捧了戲單至階下，先遞與回事的媳婦，這媳婦接了，纔遞與林之孝家的，用一小茶盤托上，挨身入簾來，遞與尤氏的侍妾佩鳳，佩鳳接了，纔奉與尤氏。尤氏托著，走至上席，南安太妃謙讓了一回，點了一齣吉慶戲文。然後又謙讓了一回，北靜王妃也點了一齣。眾人又讓了一回，命隨便揀好的唱罷了。少時，菜已四獻，湯始一道，跟來各家的放了賞，大家便更衣，復入園來，另獻好茶。

南安太妃因問寶玉，賈母笑道：「今日幾處廟裡念保安延壽經，他跪經❸去了。」又問眾小姐們，

---

❷ 參了場：舊時戲曲開演時，全體演員穿著戲服，排隊站立在戲臺口，或站在廳堂的紅地毯上，向觀眾致敬，同時也是顯示演出陣容，稱為「參場」。

❸ 跪經：跪坐誦經。

賈母笑道：「他們姊妹病的病，弱的弱，見人靦腆，所以叫他們給我看屋子去了；有的是小戲子，傳了一班，在那邊廳上陪著他姨娘家姊妹們也看戲呢。」南安太妃笑道：「既這樣，叫人請來。」賈母回頭命鳳姐兒去把史、薛、林帶來，「再只叫你三妹妹陪著來罷。」鳳姐答應了，來至賈母這邊，只見他姊妹們正吃果子看戲，寶玉也纔從廟裡跪經回來。鳳姐兒說了話，寶釵姊妹與黛玉、探春、湘雲五人來至園中。大家見了，不過請安問好讓坐等事。眾人中也有見過的，還有一兩家不曾見過的，都齊聲誇讚不絕。其中湘雲最熟，南安太妃因笑道：「你在這裡，聽見我來了還不出來，還只等請去。我明兒和你叔叔算賬。」因一手拉著探春，一手拉著寶釵，問幾歲了？又連聲誇讚。因又鬆了他兩個，又拉著黛玉、寶琴，也著實細看，極誇一回。又笑道：「都是好的，不知叫我誇哪一個的是。」早有人將備用禮物打點出五分來：金玉戒指各五個，腕香珠五串。南安太妃笑道：「你姊妹們別笑話，留著賞丫頭們罷。」五人忙拜謝過。北靜王妃也有五樣禮物，餘者不必細說。吃了茶，園中略逛了一逛，賈母等因又讓入席，南安太妃便告辭說：「身上不快，今日若不來，實在使不得，因此恕我竟先要告別了。」賈母等聽說，也不便強留，大家又讓了一回，送至園門坐轎而去。接著北靜王妃略坐一坐也就告辭了。餘者也有終席的，也有不終席的。賈母勞乏了一日，次日便不會人。一應都是邢夫人、王夫人管待。有那些世家子弟拜壽的，只到廳上行禮，賈赦、賈政、賈珍等還禮，管待至寧府坐席。不在話下。

　　這幾日，尤氏晚間也不回那府去。白日間待客，晚間在園內李氏房中歇宿。這日晚間，伏侍過賈母晚飯後，賈母因說：「你們也乏了，我也乏了，早些尋一點子吃的歇歇去。明兒還要起早鬧呢。」

尤氏答應著退了出來，到鳳姐兒房裡來吃飯。鳳姐兒在樓上看著人收送禮的新圍屏，只有平兒在房裡與鳳姐兒疊衣服。尤氏因問：「你們奶奶吃了飯了沒有？」平兒笑道：「吃飯豈不請奶奶去的！」尤氏笑道：「既這樣，我別處找吃的去，餓的我受不得了。」說著就走。平兒忙笑道：「奶奶請回來。這裡有點心，且點補一點兒，回來再吃飯。」尤氏笑道：「你們忙的這樣，我園裡和他姊妹們鬧去。」一面說，一面就走。平兒留不住，只得罷了。

且說尤氏一逕來至園中，只見園中正門與各處角門伏下文。仍未關，猶吊著各色彩燈。因回頭命小丫頭叫該班的女人。那丫鬟走入班房中，竟沒一個人影，回來回了尤氏。尤氏便命傳管家的女人。這丫頭應了，便出去到二門外鹿頂內，乃是管事的女人議事取齊之所。到了這裡，只有兩個婆子，只顧分菜果，又聽見是東府裡的奶奶，不大在心上，因就回說：「管家奶奶們纔散了。」小丫頭道：「散了，你們家裡傳他去。」婆子道：「我們只管看屋子，不管傳人。姑娘要傳人，再派傳人的去。」小丫頭聽了道：「嗳呀，嗳呀！這可反了，怎麼你們不傳去？你哄那新來了的，怎麼哄起我來了？素日你們不傳誰傳去？這會子打聽了梯己信兒，或是賞了哪位管家奶奶的東西，你們爭著狗顛兒似的傳去的，不知誰是誰呢？璉二奶奶要傳人，你們可也這麼回？」這兩個婆子一則吃了酒，二則被這丫頭揭挑著弊病，便羞激怒了，因回口道：「扯你的臊！我們的事，傳不傳不與你相干！你不用揭挑我們，你想想，你那老子娘在那邊管家爺們跟前，比我們還更會溜❹呢！什麼『清水下雜麵，你吃我也見』的事！各家門，另家戶，你有本事，排場你們那邊人去，我們這邊，你們還早些呢！」丫頭聽了，氣白了臉，

❹ 溜：溜鬚拍馬。

因說道：「好，好！這話說的好！」一面轉身進來回話。

尤氏已早入園來，因遇見襲人、寶琴、湘雲三人同著地藏庵的兩個姑子正說故事頑笑，尤氏因說餓了，先到怡紅院，襲人裝了幾樣葷素點心出來與尤氏吃。兩個姑子、寶琴、湘雲等都吃茶，仍說故事。那小丫頭子一逕找了來，氣狠狠的把方纔的話都說了出來。尤氏聽了冷笑道：「這是兩個什麼人？」兩個姑子笑推這丫頭道：「你這孩子好性氣！那糊塗老嬤嬤們的話你也不該來回纔是。偺們奶奶萬金之軀，勞乏了幾日，黃湯辣水沒吃，偺們哄他歡喜一會還不得一半兒，說這些話做什麼！」襲人也忙笑拉出他去說：「好妹子，你且出去歇歇，我打發人叫他們去。」尤氏道：「你不要叫人，你去就叫這兩個婆子來，到那邊把他們家的鳳兒叫來。」襲人笑道：「我請去。」尤氏說：「偏不要你去。」兩個姑子忙立起身來，笑說：「奶奶素日寬洪大量，今日老祖宗千秋，奶奶生氣，豈不惹人談論？」寶琴、湘雲二人也都笑勸。尤氏道：「不為老太太的千秋，我斷不依。且放著就是了。」

說話之間，襲人早又遣了一個丫頭去到園門外找人。可巧遇見周瑞家的，這小丫頭子就把這話告訴周瑞家的。周瑞家的雖不管事，因著他素日仗著是王夫人的陪房，原有些體面，心性乖滑，專管各處獻勤討好，所以各處房裡的主人都喜歡他。他今日聽了這話，忙的便跑入怡紅院來，一面飛走，一面口內說：「氣壞了奶奶了，可了不得！我們家裡如今慣的太不堪了。偏生我不在跟前，且打給他們幾個耳刮子，再等過了這幾日算賬。」尤氏見了他，也便笑道：「周姐姐，你來了，有這個理麼？你說說，這早晚門還大開著，明燈蠟燭，出入的人又雜，倘有不防的事，如何使得？因此叫該班的人吹燈關門，誰知一個人牙兒也沒有。」周瑞家的道：「這還了得！前兒二奶奶還吩咐了他們，說這幾日事多人雜，一晚就關門吹燈，不是園裡人不許放進去。今兒就沒了人，這事過了這幾日，必要打幾個纔好。」尤氏又說小丫頭子的話。周瑞家的道：「奶奶不要生氣，等過了事，我告訴管事的打他個臭死，只問他們，誰叫他們說這『各家門各家戶』的話！我已經叫他們吹了燈，關上正門和角門子。」正亂著，只見鳳姐兒打發人來請吃飯。尤氏道：「我也不餓了，纔吃了幾個餑餑，請你奶奶自吃罷。」

一時，周瑞家的得便出去，便把方纔的事回了鳳姐，又說：「這兩個婆子就是管家奶奶，時常我們和他說話，都似狠蟲一般，奶奶若不戒飭，大奶奶臉上過不去。」鳳姐道：「既這麼著，記上兩人的名字，等過了這幾日，綑了送到那府裡，憑大嫂子開發。或是打幾下子，或是他開恩饒了他們，隨他去就是了。什麼大事！」周瑞家的聽了，得不的一聲——素日因與這幾個人不睦——出來了，便命一個小廝到林之孝家傳鳳姐的話，立刻叫林之孝家的進來見大奶奶；一面又傳人，立刻綑起這兩個婆子來，交到馬圈裡派人看守。林之孝家的不知有什麼事，此時已經點燈，忙坐車進來，先見鳳姐。至二門上傳進話去，丫頭們出來說：「奶奶纔歇了。大奶奶在園裡，叫大娘見了大奶奶就是了。」林之孝家的只得進園來到稻香村，丫鬟們回進去。尤氏聽了，反過意不去，忙喚進他來，因笑問他道：「我不過為找人找不著，因問你。你既去了，也不是什麼大事，誰又把你叫進來，倒要你白跑一遭。不大的事，已經撂開手了。」林之孝家的也笑道：「二奶奶打發人傳我，說奶奶有話吩咐。」尤氏笑道：「這是哪裡的話？只當你沒去，白問你。這是誰又多事，告訴了鳳丫頭？大約周姐姐說的。家去歇著罷，沒有什麼大事。」李紈又要說原故，尤氏反攔住了。

林之孝家的見如此，只得便回身出園去。可巧遇見趙姨娘，姨娘因笑道：「噯喲喲，我的嫂子！

這會子還不家去歇歇，還跑些什麼？」林之孝家的便笑說，何曾不家去的，如此這般，進來了又是個齊頭故事❺。趙姨娘原是好察聽這些事的，且素日又與管事的女人們扳厚，互相連絡，好作首尾，方纔之事已竟聞得八九。聽林之孝家的如此說，便恁般如此告訴了。林之孝家的聽了笑道：「原來是這事，也值一個屁！開恩呢，就不理論；心窄些兒，也不過打幾下子就完了。」趙姨娘道：「我的嫂子，事雖不大，可見他們太張狂了些。巴巴的傳進你來，明明戲弄你頑呢！你快歇歇去，明兒還有事呢，也不留你吃茶了。」說畢，林之孝家的出來，到了側門前，就有方纔兩個婆子的女兒上來哭著求情。林之孝家的笑道：「你這孩子好糊塗，誰叫你娘吃酒混說了，惹出事來，連我也不知道。二奶奶打發人綑他們，連我還有不是呢。我替誰討情去？」這兩個小丫頭子纔七八歲，原不識事，只管哭啼求告，纏的林之孝家的沒法，因說道：「糊塗東西！你放著門路不去，卻纏我來！你姐姐現給了那邊太太作陪房費大娘的兒子，你走過去告訴你姐姐，叫親家娘和太太一說，什麼完不了的！」一語提醒了一個，那一個還求。林之孝家的啐道：「糊塗攮的！他過去一說，自然都完了，沒有個單放了他媽，又只打你媽的理。」說畢，上車去了。

這一個小丫頭果然過來告訴了他姐姐，和費婆子說了。這費婆子原是邢夫人的陪房，起先也曾興過時，只因賈母近來不大作興❻邢夫人，所以連這邊的人也減了威勢。凡賈政這邊有些體面的人，那邊各各皆虎視眈眈。這費婆子常倚老賣老，仗著邢夫人，常吃些酒，嘴裡胡罵亂怨的出氣。如今賈母

❺ 齊頭故事：沒有頭緒的事情。

❻ 作興：此處是器重、抬舉的意思。

慶壽這樣大事，乾看著人家逞才賣技辦事，呼么喝六弄手腳，心中早已不自在，指雞罵狗，閒言閒語的亂鬧。這邊的人也不和他較量。如今聽了周瑞家的綑了他親家，越發火上澆油，仗著酒興，指著隔斷的牆細緻之甚！大罵了一陣。便走上來求邢夫人，說他親家並沒什麼不是，「不過和那府裡的大奶奶的小丫頭白鬥了兩句話，周瑞家的便調唆了偺家二奶奶，綑到馬圈裡，等過了這兩日還要打。求太太——我那親家娘也是七八十歲的老婆子——和二奶奶說聲，饒他這一次罷。」邢夫人自為要鴛鴦之後討了沒意思，後來見賈母越發冷淡了他，鳳姐的體面反勝自己；且前日南安太妃來了，要見他姊妹，賈母又只叫探春出來，迎春竟似有如無，自己心內早已怨忿不樂，只是使不出來。又值這一干小人在側，他們心內嫉妒挾怨之事不敢施展，便背地裡造言生事，調撥主人。先不過是告那邊的奴才，後來漸次告到鳳姐：「只哄著老太太喜歡了，他好就中作威作福，轄治著璉二爺，調唆二太太，把這邊的正經太太倒不放在心上。」後來又告到王夫人，說：「老太太不喜歡太太，都是二太太和璉二奶奶調唆的。」邢夫人縱是鐵心銅膽的人，婦女家終不免生些嫌隙之心，近日因此著實厭惡鳳姐。今聽了如此一篇話，也不說長短。

至次日一早，見過賈母，眾族中人到齊，坐席開戲。賈母高興，又見今日無遠親，都是自己族中子侄輩，只便衣常妝出來，堂上受禮。當中獨設一榻，引枕、靠背、腳踏俱全，自己歪在榻上。榻之前後左右，皆是一色的小矮凳。寶釵、寶琴、黛玉、湘雲、迎春、探春、惜春姊妹等圍繞。因賈瑸之母也帶了女兒喜鸞，賈瓊之母也帶了女兒四姐兒，還有幾房的孫女兒，大小共有二十來個。賈母獨見喜鸞和四姐兒生得又好，說話行事與眾不同，心中喜歡，便命他兩個也過來榻前同坐。寶玉卻在榻上腳下，與賈母搥腿。首席便是薛姨媽，下邊兩溜皆順著房頭輩數下去。簾外兩廊都是族中男客，也依次而坐。先是那女客一起一起行禮後，方是男客行禮。賈母歪在榻上，只命人說「免了罷」，早已都行完了。然後賴大等帶領眾人從儀門直跪至大廳上磕頭。禮畢，又是眾家下媳婦，然後各房的丫鬟，足鬧有兩三頓飯的工夫；然後又抬了許多雀籠來，在當院中放了生。賈赦等焚過了天地壽星紙，方開戲飲酒。直到歇了中臺，賈母方進來歇息，命他們取便。因叫鳳姐兒留下喜鸞、四姐兒，頑兩日再去。鳳姐兒出來便和他母親說，他兩個母親素日都承鳳姐的照顧，也巴不得一聲兒；他兩個也願意在園內頑耍，至晚便不回家了。

邢夫人直至晚間散時，當著許多人，陪笑和鳳姐求情說：「我聽見昨兒晚上二奶奶生氣，打發周管家的娘子綑了兩個老婆子，可也不知犯了什麼罪？論理我不該討情，我想老太太的好日子，發狠的還捨錢捨米，周貧濟老，偺們家先倒折磨起人家來了。不看我的臉，權且看老太太，竟放了他們罷。」說畢，上車去了。鳳姐聽了這話，又當著許多人，又羞又氣，一時抓尋不著頭腦，憋得臉紫脹，回頭向賴大家的等笑道：（又寫笑，妙！凡鳳真怒處必曰笑，凌凌不錯。）「這是哪裡的話！昨兒因為這裡的人得罪了那府裡的大嫂子，我怕大嫂子多心，所以盡讓他發放，並不為得罪了我。這又是誰的耳報神這麼快？」王夫人因問說什麼事？鳳姐兒笑將昨日的事說了。尤氏也笑道：「連我並不知道的，原也太多事了。」鳳姐兒道：「我原為你臉上過不去，所以等你開發，不過是個禮。就如我在你那裡，有人得罪了我，你自然送了來盡我。憑他是什麼好奴才，到底錯不過這個禮去。這又不知誰過去沒的獻勤兒，這也當作一件事情去說。」王夫人道：「你太太說的是，就是珍哥媳婦也不是外人，也不用這些虛禮，老太太的千秋要緊。放了他們為是。」說著，回頭便命人去放了那兩個婆子。鳳姐由不得越想越氣越愧，不覺的灰心轉悲，滾下淚來。因賭氣回房哭泣，又不使人知覺。

偏是賈母打發了琥珀來叫，立等說話。琥珀見了詫異道：「好好的，這是什麼原故？那裡立等你呢。」鳳姐聽了，忙擦乾了淚，洗面另施了脂粉，方同琥珀過來。賈母因問道：「前兒這些人家送禮來的，共有幾家有圍屏？」鳳姐兒道：「共有十六家有圍屏。十二架大的，四架小的炕屏。內中只有江南甄家好，一提甄事。蓋真事欲顯，假事將盡。一架大屏十二扇，大紅緞子緙絲『滿床笏』，一面是泥金『百壽圖』的，是頭等的。還有粵海將軍鄔家一架玻璃的，還罷了。」賈母道：「既這樣，這兩架別動，好生擱著，我要送人的。」鳳姐兒答應了。鴛鴦忽過來向鳳姐兒面上只管瞧，引的賈母問說：「你不認得他？只管瞧什麼？」鴛鴦笑道：「怎麼他的眼腫腫的，所以我詫異，只管看。」賈母聽說，便叫進前來，也覷著眼看。鳳姐笑道：「纔覺的一陣癢癢，揉腫了些。」鴛鴦笑道：「別又是受了誰的氣了不成？」鳳姐道：「誰敢給我氣受？就是受了氣來，老太太好日子，我也不敢哭的。」賈母道：「正是呢，我正要吃晚飯，你在這裡打發我吃，剩下的你就和珍兒媳婦吃了。你兩個在這裡幫著兩個師傅替我揀佛豆兒❼，你們也積積壽。前兒你姊妹們和寶玉都揀了，如今也叫你們揀揀，別說我偏心。」

說話時，先擺上一桌素的來，兩個姑子吃了，然後纔擺上葷的，賈母吃畢，抬出外間。尤氏、鳳姐兒二人正吃，賈母又叫把喜鸞、四姐兒二人也叫來，跟他二人吃。吃畢洗了手，點上香，捧過一升豆子來。兩個姑子先念了佛偈，然後一個一個的揀在一個笸籮內，每揀一個，念一聲佛。明日煮熟了，

❼ 揀佛豆兒：佛會時將煮熟的豆子分人，表示與佛法締結因緣，作為將來度脫的緣分，因此佛豆又叫「結緣豆」。

令人在十字街結壽緣。賈母歪著，聽兩個姑子又說些佛家的因果善事。

鴛鴦早已聽見琥珀說鳳姐哭之事，又和平兒前打聽得原故。晚間人散時，便回說：「二奶奶還是哭的。那邊大太太當著人給二奶奶沒臉。」賈母因問：「為什麼原故？」鴛鴦便將原故說了。賈母道：「這纔是鳳丫頭知禮處。難道為我的生日，由著奴才們把一族中的主子都得罪了，也不管罷？這是大太太素日沒好氣，不敢發作，所以今兒拿著這個扎筏子，明是當著眾人給鳳兒沒臉罷了。」正說著，只見寶琴等進來，也就不說了。

賈母因問：「你在哪裡來？」寶琴道：「在園裡林姐姐屋裡大家說話的。」賈母忽想起一事來，忙喚一個老婆子來，吩咐他到園裡各處女人們跟前囑咐囑咐：「留下的喜姐兒和四姐兒，雖然窮，也和家裡的姑娘們是一樣，大家照看經心些。我知道咱們家的男男女女，都是『一個富貴心，兩隻體面眼』，未必把他兩個放在眼裡。有人小看了他們，我聽見可不依。」婆子應了，方要走時，鴛鴦道：「我說去罷，他們哪裡聽他的話。」說著便一逕往園子來。先到稻香村中，李紈與尤氏都不在這裡。問丫鬟們，說：「都在三姑娘那裡呢。」鴛鴦回身，又來至曉翠堂，果見那園中人都在那裡說笑。見他來了，都笑道：「你這會子又跑來做什麼？」又讓他坐。鴛鴦笑道：「不許我也逛逛麼？」於是把方纔的話說了一遍。李紈忙起身聽了，就叫人把各處的頭兒喚了幾個來，令他們傳與諸人知道，不在話下。

這裡尤氏笑道：「老太太也太想得到，實在我們年輕力壯的人綑上十個也趕不上。」李紈道：「鳳丫頭仗著鬼聰明兒，還離腳蹤兒不遠，咱們是不能的了。」鴛鴦道：「罷喲，還提鳳丫頭虎丫頭呢，他也可憐見兒的。雖然這幾年沒有在老太太、太太跟前有個錯縫兒，暗裡也不知得罪了多少人。總而言之，為人是難作的，若太老實了，沒有個機變，公婆又嫌太老實了，家裡人也不怕；若有些機變，未免又治一經損一經。如今僧們家裡更好，新出來的這些底下奴字號的奶奶們，一個個心滿意足，都不知要怎麼樣纔好。少有不得意，不是背地裡咬舌根，就是挑三窩四的。我怕老太太生氣，一點兒也不肯說。不然我告訴出來，大家別過太平日子。這不是我當著三姑娘說，老太太偏疼寶玉，有人背地裡怨言還罷了，算是偏心；如今老太太偏疼你，我聽著也是不好。這可笑不可笑？」探春笑道：「糊塗人多，哪裡較量得許多？我說倒不如小人家人少，雖然寒素些，倒是歡天喜地，大家快樂。我們這樣人家，外頭看著我們不知千金萬金小姐何等快樂，殊不知我們這裡說不出來的煩難更利害！」

寶玉道：「誰都像三妹妹好多心？事事我常勸你，總別聽那些俗語，想那俗事，只管安富尊榮纔是。比不得我們沒這清福，該應濁鬧的。」尤氏道：「誰都像你？真是一心無掛礙，只知道和姊妹們頑笑。餓了吃，困了睡，再過幾年不過還是這樣，一點後事也不慮。」寶玉笑道：「我能夠和姊妹們過一日是一日，死了就完了，什麼後事不後事！」李紈等都笑道：「這可又是胡說，就算你是個沒出息的，終老在這裡，難道他姊妹們都不出門的？」尤氏笑道：「怨不得人都說他是假長了一個胎子，究竟是個又傻又獃的。」寶玉笑道：「人事莫定，知道誰死誰活？倘或我在今日明日、今年明年死了，也算是遂心一輩子了。」眾人不等他說完，便說：「可是又瘋了，別和他說話纔好。若和他說話，不是獃話，就是瘋話。」喜鸞走過來，因笑道：「二哥哥，你別這樣說，等這裡姐姐們果然都出了閣，橫豎老太太、太太也寂寞，我來和你作伴兒。」李紈、尤氏等都笑道：「姑娘也別說獃話，難道你是不出門的？你這話哄誰！」說的喜鸞低了頭。當下已是起更時分，大家各自歸房安歇。

眾人都且不提，且說鴛鴦一逕回來，剛至園門前，只見角門虛掩，猶未上閂。此時園內無人來往，只有該班的房裡燈光掩映，微月半天。是月初旬起更時也。鴛鴦又不曾有個作伴的，也不曾拿個燈籠，獨自一個腳步又輕，所以該班的人皆不理會。偏生又要小便，因下了甬路，尋微草處，行至一湖山石後大桂樹陰下來。是八月，隨筆點景。剛轉過石後，只聽一陣衣衫響，嚇了一驚不小。定睛一看，只見是兩個人在那裡，見他來了，便想往石後樹叢藏躲。鴛鴦眼尖，趁月色看準一個穿紅裙子，梳鬅頭❽，高大豐壯身材是月下所見之像，故不寫至容貌也。的，是迎春房裡的司棋。鴛鴦只當他和別的女孩子也在此方便，見自己來了，故意藏躲，恐嚇著耍。此見是女兒們常事，觀書者自亦為如此。因便笑叫道：「司棋！你不快出來！嚇著我，我就叫喊起來當賊拿了！這麼大丫頭了，沒個黑家白日的只是頑不夠。」這本是鴛鴦的戲語，叫他出來，更奇！不知後為何事。誰知他賊人膽虛，只當鴛鴦已看見他的首尾了，生恐叫喊起來，使眾人知覺更不好；且素日鴛鴦又和自己親厚，不比別人，便從樹後跑出來，一把拉住鴛

司棋。（清改琦繪，紅樓夢圖詠）

❽ 鬅頭：一種梳得很蓬鬆的女子髮式。鬅，音ㄆㄥˊ。頭髮散亂的樣子。

鴦便雙膝跪下，只說：「好姐姐！千萬別嚷。」（奇甚！）鴛鴦反不知因何，忙拉他起來，笑問道：「這是怎麼說？」司棋滿臉紅脹，又流下淚來。鴛鴦再一回想：那一個人影恍惚像個小廝，心下便猜疑了八九，（是聰敏女兒，妙！）自己反羞的面紅耳赤，又怕起來。（是嬌貴女兒，筆筆皆到。）因定了一會，忙悄問：「那個是誰？」司棋復跪下道：「是我姑舅兄弟。」（妙！）鴛鴦啐了一口道：「該死，該死！」（如見其面，如聞其聲。）司棋又回頭悄道：「你不用藏著，姐姐已看見了，快出來磕頭。」那小廝聽得，只得也從樹後爬出來，磕頭如搗蒜。鴛鴦忙要回身，司棋拉住苦求，哭道：「我們的性命都在姐姐身上，只求姐姐超生要緊！」鴛鴦道：「你放心，我橫豎不告訴一個人就是了。」一語未了，只聽角門上有人說道：「金姑娘已出去了，角門上鎖罷。」鴛鴦正被司棋拉住不得脫身，聽見如此說，便接聲道：「我在這裡有事，且略住手，我出來了。」司棋聽了，只得鬆手讓他去了。

校記

1.「李紈忙起身聽了，就叫人把各處的頭兒喚了幾個來……」至「李紈道：『……偺們是不能的了。』」，此處庚辰本漏缺、塗改處甚多，不能成文。此據戚本校補。

第七十二回　王熙鳳恃強羞說病　來旺婦倚勢霸成親

且說鴛鴦出了角門，臉上猶紅，心內突突的，真是意外之事。因想這事非常，若說出來，姦盜相連，關係人命，還保不住帶累了旁人。橫豎與自己無干，且藏在心內，不說與一人知道。回房復了賈母的命，大家安息。從此凡晚間便不大往園中來，因思園中尚有這樣奇事，何況別處？因此連別處也不大輕易走動了。

原來那司棋因從小兒和他姑表兄弟在一處頑笑，起初時小兒戲言，便都訂下將來不娶不嫁。近年大了，彼此又出落的品貌風流，常時司棋回家時，二人眉來眼去，舊情不忘，只不能入手。又彼此生怕父母不從，二人便設法，彼此裡外買囑園內老婆子們留門看道，今日趁亂，方初次入港，雖未成雙，卻也海誓山盟，私傳表記，已有無限風情了。忽被鴛鴦驚散，那小廝早穿花度柳，從角門出去了。司棋一夜不曾睡著，又後悔不來。至次日見了鴛鴦，自是臉上一紅一白，百般過不去。心內懷著鬼胎，茶飯無心，起坐恍惚。挨了兩日，竟不聽見有動靜，方略放下了心。這日晚間，忽有個婆子來悄告訴他道：「你兄弟竟逃走了，三四天沒歸家。如今打發人四處找他呢。」司棋聽了，氣個倒仰，因思道：「縱是鬧了出來，也該死在一處。他自為是男人，先就走了，可見是個沒情意的。」因此又添了一層氣。次日便覺心內不快，百般支持不住，一頭睡倒，懨懨的成了大病。

鴛鴦聞知那邊無故走了一個小廝；園內司棋病重，要往外挪，心下料定是二人懼罪之故，「生怕我說出來，方唬倒。」因此自己反過意不去，指著來望候司棋，支出人去，反自己立身發誓，與司棋說：「我告訴一個人，立刻現死現報！你只管放心養病，別白糟蹋了小命兒。」司棋一把拉住，哭道：「我的姐姐，偺們從小兒耳鬢廝磨的，你不曾拿我當外人待，我也不敢待慢了。如今我雖一著走錯，你若果然不告訴一個人，你就是我的親娘一樣！從此後我活一日是你給我一日，我的病好之後，把你立個長生牌位，我天天焚香禮拜，保佑你一生福壽雙全；我若死了時，變驢變狗報答你。再俗語說：『千里搭長棚，沒有不散的筵席。』再過三二年，偺們都要離這裡的。俗語又說：『浮萍尚有相逢日，人豈全無見面時？』倘或日後偺們遇見了，那時我又當怎麼報你的德行呢！」一面說，一面哭。這一席話，反把鴛鴦說的心酸，也哭起來了，因點頭道：「正是這話。我又不是管事的人，何苦我壞你的聲名，我白去獻勤？況且這事我自己也不便開口向人說。你只放心，從此養好了，可要安分守己，再不許胡行亂作了。」司棋在枕上點首不絕。

鴛鴦又安慰了他一番，方出來。因知賈璉不在家中，又因這兩日鳳姐兒聲色怠惰了好些，不似往日一樣，因順路兒也來望候。因進入鳳姐院門，二門上的人見是他來，便立身待他進去。鴛鴦剛至堂屋中，只見平兒從裡間出來，見了他來，忙上來悄聲笑道：「纔吃了一口飯，歇了午睡。你且這屋裡略坐坐。」鴛鴦聽了，只得同平兒到這邊房裡來。小丫頭倒了茶來，鴛鴦因悄問：「你奶奶這兩日是怎麼了？我看他懶懶的。」平兒見問，因房內無人，便嘆道：「他這懶懶的，也不止今日了，這有一月多便是這樣，又兼這幾日忙亂了幾天，又受了些閒氣，從新又勾起來。這兩日比先又添了些病，所以支持不住，便露出馬腳來了。」鴛鴦忙道：「既這樣，怎麼不早請大夫來治？」平兒嘆道：「我的姐姐，你還不知道他的脾氣的？別說請大夫來吃藥，我看不過，白問了一聲身上覺怎麼樣，他就動了氣，反說我咒他病了。饒這樣，天天還是察三訪四，自己再不肯看破些，且養身子。」鴛鴦道：「雖然如此，到底該請大夫來瞧瞧是什麼病，也都好放心。」平兒道：「我的姐姐，說起病來，據我看也不是什麼小症候。」鴛鴦忙道：「是什麼病呢？」平兒見問，又往前湊了一湊，向他耳邊說道：「只從上月行了經之後，這一個月竟瀝瀝淅淅的沒有止住，這可是大病不是？」鴛鴦聽了，忙說道：「嗳喲！依你這話，這可不成了血山崩❶了？」平兒忙啐了一口，又悄笑道：「你女孩兒家，這是怎麼說的？倒會咒人的。」鴛鴦見說，不禁紅了臉，又悄笑道：「究竟我也不知什麼是崩不崩的。你倒忘了不成，先前我姐姐不是害這病死了的？我也不知是什麼病，因無心聽見媽和親家媽說，我還納悶。後來也是聽見媽細說原故，纔明白了一二分。」平兒笑道：「你知道，我竟也忘了。」

二人正說著，只見小丫頭進來向平兒道：「方纔朱大娘又來了，我們回了他奶奶纔歇午覺，他往太太上頭去了。」平兒聽了點頭。鴛鴦問：「哪一個朱大娘？」平兒道：「就是官媒婆那朱嫂子，因有什麼孫大人家來和偺們求親，所以他這兩日天天弄個帖子來賴死賴活。」一語未了，小丫頭跑來說：「二爺進來了。」說話之間，賈璉已走至堂屋門，口內喚平兒。平兒答應著，纔迎出去，賈璉已找至這間房內來。至門前，忽見鴛鴦坐在炕上，便煞住腳笑道：「鴛鴦姐姐，今兒貴腳踏賤地。」鴛鴦只坐著，笑道：「來請爺、奶奶的安，偏又不在家的不在家，睡覺的睡覺。」賈璉笑道：「姐姐一年到頭辛苦伏侍老太太，我還沒看你去，哪裡還敢勞動來看我們！正是巧的很，我纔要找姐姐去，因為穿

❶ 血山崩：指婦女陰道內大出血的病症，多由於生活不檢點、勞損過度引起。

著這袍子熱，先來換了夾袍子再過去找姐姐。不想天可憐，省我走這一趟，姐姐先在這裡等我了。」一面說，一面在椅上坐下。鴛鴦問道：「又有什麼說的？」賈璉未語先笑道：「因有一件事，我竟忘了，只怕姐姐還記得。上年老太太生日，曾有一個外路和尚來，孝敬一個蠟油凍的佛手。因老太太愛，就即刻拿過來擺著了。因前日老太太生日，我看古董賬還有這一筆，卻不知此時這件著落何方。古董房裡的人也回過我兩次，等我問準了好註上一筆。所以我問姐姐，如今還是老太太擺著呢，還是交到誰手裡去了呢？」鴛鴦聽說，便道：「老太太擺了幾日厭煩了，就給你們奶奶了。你這會子又問我來！我連日子還記得，還是我打發了老王家的送來的。你忘了，或是問你們奶奶和平兒。」平兒正拿衣服，聽見如此說，忙出來回說：「交過來了，現在樓上放著呢。奶奶已經打發過人出去說過，給了這屋裡。他們發昏沒記上，又來叨登這些沒要緊的事。」賈璉笑道：「既然給了你奶奶，我怎麼不知道？你們就昧下了？」平兒道：「奶奶告訴二爺，二爺還說要送人，奶奶不肯，好容易留下的。這會子自己忘了，倒說我們昧下！那是什麼好東西？什麼沒有的物兒！比那強十倍的東西也沒昧下一遭，這會子愛上那不值錢的！」賈璉垂頭含笑，想了一想，拍手道：「我如今竟糊塗了！丟三忘四，惹人抱怨，竟大不像先了。」鴛鴦笑道：「也怨不得。事情又多，口舌又雜，你再吃兩杯酒，哪裡清楚的許多！」一面說，就起身要去。

賈璉忙也立身回道：「好姐姐，再坐一坐，兄弟還有事相求。」說著，便罵小丫頭：「怎麼不沏好茶來？快拿乾淨蓋碗，把昨兒進上的新茶沏一碗來。」說著向鴛鴦道：「這前日因老太太千秋，所有的幾千兩銀子都使了，幾處房租地稅通在九月纔得，這會子竟接不上。明兒還要送南安府裡的禮，又要預備娘娘的重陽節禮，還有幾家紅白大禮，至少還得三二千兩銀子用，一時難去支借。俗語說『求人不如求己』，說不得姐姐擔個不是，暫且把老太太查不著的金銀傢伙偷著運出一箱子來，暫押千數兩銀子支騰過去。不上半年的光景，銀子來了，我就贖了交還，斷不能叫姐姐落不是。」鴛鴦聽了笑道：「你倒會變法兒，虧你怎麼想了！」賈璉笑道：「不是我扯謊，若論除了姐姐，也還有人手裡管的起千數兩銀子的；只是他們為人都不如你明白有膽量，我和他們一說，反嚇住了他們。所以我『寧撞金鐘一下，不打破鼓三千』……」一語未了，忽有賈母那邊的小丫頭子忙忙走來找鴛鴦，說：「老太太找姐姐半日，我們哪裡沒找到，卻在這裡。」鴛鴦聽說，忙的且去見賈母。

賈璉見他去了，只得回來瞧鳳姐。誰知鳳姐已醒了，聽他和鴛鴦借當，自己不便答話，只躺在榻上聽。見鴛鴦去了，賈璉進來，鳳姐因問道：「他可應准了？」賈璉笑道：「雖然未應准，卻有幾分成了，須得你晚上再和他一說，就十成了。」鳳姐笑道：「我不管這事。倘或說准了，這會子說得好聽，到有了錢的時節，你就丟在脖子後頭，誰去和你打飢荒去！倘或老太太知道了，倒把我這幾年的臉面都丟了。」賈璉笑道：「好人，你若說定了，我謝你如何？」鳳姐笑道：「你說，謝我什麼？」賈璉笑道：「你說要什麼，就給你什麼。」平兒一旁笑道：「奶奶倒不要謝的。昨兒正說要作一件什麼事，恰少一二百銀子使，不如借了來，奶奶拿一二百銀子，豈不兩全其美？」鳳姐笑道：「幸虧提起我來，就是這樣也罷。」賈璉笑道：「你們太也狠了。你們這會子別說一千兩的當頭，就是現銀子要三五千，只怕也難不倒。我不和你們借就罷了，這會子煩你說一句話，還要個利錢，真真了不得！」鳳姐聽了，翻身起來說：「我有三千五萬，不是賺的你的！如今裡裡外外上上下下，背著我嚼說我的不少，就差你來說了。可知『沒家親引不出外鬼來』。我們王家可哪裡來的錢？都是你們賈家賺的？別叫我惡心了。你們看著這個家，什麼石崇、鄧通❷？把我王家的地縫子掃一掃，還夠你們過一輩子了，說出來的話也不怕臊！現有對證，把太太和我的嫁妝細看看，比一比你們，哪一樣是配不上你們的？」賈璉笑道：「說句頑話就急了，這有什麼這樣的！要使一二百兩銀子值什麼？多的沒有，這還有。先拿進來，你使了再說，如何？」鳳姐道：「我又不等著啣口墊背❸，忙了什麼？」賈璉道：「何苦來！不犯著這樣肝火盛。」鳳姐聽了，又自笑起來：「不是我著急，你說的話戳人的心。我因為我想著後日是尤二姐的週年，我們好了一場，雖不能別的，到底給他上個墳，燒張紙，也是姊妹一場。他雖沒留下個男女，也不要『前人撒土，迷了後人的眼』❹纔是。」一語倒把賈璉說沒了話，低頭打算了半晌，方道：「難為你想的周全，我竟忘了。既是後日纔用，若明日得了這個，你隨便使多少就是了。」

一語未了，只見旺兒媳婦走進來，鳳姐便問：「可成了沒有？」旺兒媳婦道：「竟不中用。我說須得奶奶作主就成了。」賈璉便問：「又是什麼事？」鳳姐兒見問，便說道：「不是什麼大事。旺兒有個小子，今年十七歲了，還沒說得女人，因要求太太房裡的彩霞，不知太太心裡怎麼樣，就沒有計較得。前日太太見彩霞大了，二則又多病多災的，因此開恩打發他出去了，給他老子娘隨便自己揀女婿去罷。因此旺兒媳婦來求我。我想他兩家也就算門當戶對的，一說去自然成的；誰知他這會子來了，

❷ 石崇鄧通：石崇，西晉時人，富可敵國，生活奢侈淫靡。鄧通，西漢時人，以私鑄銅錢成為巨富。

❸ 啣口墊背：死者裝殮時，口含珠玉，褥下放銅錢，叫作啣口墊背。

❹ 前人撒土兩句：清李光庭鄉言解頤：「前人撒土眯後人眼，謂含糊了事者也。」

說不中用。」賈璉道：「這是什麼大事？比彩霞好的多著呢。」旺兒家的陪笑道：「爺雖如此說，連他家還看不起我們，別人越發看不起我們了。好容易相看準一個媳婦，我只說求爺、奶奶的恩典，替作成了。奶奶又說他必肯的，我就煩了人走過去試一試，誰知白討了沒趣。若論那孩子倒好，據我素日合意❺兒試他，他心裡倒沒有甚麼說的，只是他老子娘兩個老東西太心高了些。」一語戳動了鳳姐和賈璉。鳳姐因見賈璉在此，且不作一聲，只看賈璉的光景。賈璉心中有事，哪裡把這點子事放在心裡？待要不管，只是看著他是鳳姐兒的陪房，且又素日出過力的，臉上實在過不去，因說道：「什麼大事！只管咕咕唧唧的。你放心且去，我明兒作媒，打發兩個有體面的人，一面說，一面帶著定禮去，就說我的主意。他十分不依，叫他來見我。」旺兒家的看著鳳姐，鳳姐便扭嘴兒。旺兒家的會意，忙爬下就給賈璉磕頭謝恩。

賈璉忙道：「你只給你姑娘磕頭。我雖如此說了這樣行，到底也得你姑娘打發個人，叫他女人上來，和他好說更好些。雖然他們必依，然這事也不可霸道了。」鳳姐忙道：「連你還這樣開恩操心呢，我倒反袖手旁觀不成？旺兒家，你聽見了，說了這事，你也忙忙的給我完了事來。說給你男人，外頭所有的賬一概趕今年年底下收了進來，少一個錢我也不依的。我的名聲不好，再放一年，都要生吃了我呢。」旺兒媳婦笑道：「奶奶也太膽小了，誰敢議論奶奶？若收了時，公道說我們倒還省些事，不大得罪人。」鳳姐笑道：「我也是一場痴心白使了。我真個的還等錢作什麼？不過為的是日用出的多，進的少。這屋裡有的沒的，我和你姑爺一月的月錢，再連上四個丫頭的月錢，通共一二十兩銀子，還

❺ 合意：故意；有意。

不夠三五天的使用呢。若不是我千湊萬挪的，早不知道到什麼破窯裡去了。如今倒落了一個放賬破落戶的名聲。可知放賬乃發，所謂此家鬼知恥惡之事也。既這樣，我就收了回來。我比誰不會花錢？偺們以後就坐著花，到多早晚是多早晚。這不是樣兒？老太太生日，太太急了兩個月，想不出法兒來，還是我提了一句，後樓上現有些沒要緊的大銅錫傢伙四五箱子，拿去弄了三百銀子，纔把太太遮羞禮兒搪過去了。我是你們知道的，那一個金自鳴鐘賣了五百六十兩銀子，沒有半個月，大事小事沒有十件，白填在裡頭。今兒外頭也短住了，不知是誰的主意，搜尋上老太太了。明兒再過一年，各人搜尋到頭面、衣服，可就好了！」旺兒媳婦笑道：「哪一位太太、奶奶的頭面、衣服折變了不夠過一輩子的？只是不肯罷了。」閒語補出近日諸事。鳳姐道：「不是我說沒了能耐的話，要像這樣，我竟不能了。昨晚上忽然作了一個夢，說來也可笑。反說可笑，妙甚！若必以此夢為凶兆，則思反落套，非紅樓之夢矣。夢見一個人，雖然面善，卻又不知名姓，是以前授方相之舊，數十年後矣。找我。問他作什麼？他說娘娘打發他來要一百疋錦。我問他是哪一位娘娘？他說的又不是偺們家的娘娘。我就不肯給他，他就上來奪。正奪著，就醒了。」妙！實家常觸景閒夢，必有之理，卻是江淹才盡之兆也，可傷。旺兒家的笑道：「這是奶奶的日間操心，常應候宮裡的事。」淡淡抹去，妙！

一語未了，人回：「夏太府打發了一個小內監來說話。」賈璉聽了，忙皺眉道：「又是什麼話？一年他們也搬夠了。」鳳姐道：「你藏起來，等我見他。若是小事罷了，若是大事，我自有話回他。」賈璉便躲入內套間去。這裡鳳姐命人帶進小太監來，讓他椅子上坐，吃了茶，因問何事？那小太監便說：「夏爺爺因今年偶見一所房子，如今竟短二百兩銀子，打發我來問舅奶奶家裡，有現成的銀子暫借一二百，過一兩日就送過來。」可謂密處不容針。鳳姐兒聽了笑道：「什麼是送過來！有的是銀子，只管先兌了去，改日等我們短了，再借去也是一樣。」小太監道：「夏爺爺還說了，上兩回還有一千二百兩銀子沒送來，等今年年底下，自然一齊都送過來。」鳳姐笑道：「你夏爺爺好小氣，這也值得提在心上。我說一句話，不怕他多心，若都這樣記清了還我們，不知還了多少了。只怕沒有；若有，只管拿去。」因叫旺兒媳婦來：「出去不管哪裡先支二百兩銀子來。」旺兒媳婦會意，因笑道：「我纔因別處支不動，纔來和奶奶支的。」鳳姐道：「你們只會裡頭來要錢，叫你們外頭算去，就不能了？」說著叫平兒：「把我那兩個金項圈拿出去，暫且押四百兩銀子。」平兒答應著，去了半日，果然拿了一個錦盒子來，裡面兩個錦袱包著。打開時，一個金纍絲攢珠的，那珍珠都有蓮子大小；一個點翠嵌寶石的，兩個都與宮中之物不離上下。（是太監眼中看，心中評。）一時拿去，果然拿了四百兩銀子來。鳳姐命與小太監打疊起一半來，那一半命人與了旺兒媳婦，命他拿去辦八月中秋的節。（過下伏脈。）那小太監便告辭，鳳姐命人替他拿著銀子，送出大門去了。這裡賈璉出來，笑道：「這一起外祟❻，何日是了！」鳳姐笑道：「剛說著，就來了一股子。」賈璉道：「昨兒周太監來，張口一千兩，我略應慢了些，他就不自在。將來得罪人之處不少。這會子再發上個三二百萬的財就好了。」一面說，一面平兒伏侍鳳姐另洗了面，更衣往賈母處去伺候晚飯。

這裡賈璉出來，剛至外書房，忽見林之孝走來。賈璉因問何事，林之孝說道：「方纔聽得雨村黜降，卻不知因何事，只怕未必真。」賈璉道：「真不真，他那官兒也未必保得長。將來必有事的，偺們寧可遠著他些好。」林之孝道：「何嘗不是？只是一時難以疏遠。如今東府大爺和他更好，老爺又

❻ 外祟：外來的鬼魂作祟。這裡指外面來糾纏的人。

喜歡他，時常來往，哪個不知？」賈璉道：「橫豎不和他謀事，也不相干。你去再打聽真了，是為什麼。」林之孝答應了，卻不回身，坐在下面椅子上，且說些閒話。因又說起家道艱難，便趁勢又說：「人口太重了，不如揀個空日，回明老太太、老爺，把這些出過力的老家人，用不著的，開恩放幾家出去。一則他們各有營運，二則家裡一年也省些口糧月錢。再者裡頭的姑娘也太多，俗語說『一時比不得一時』，如今說不得先時的例了，少不得大家委屈些。該使八個的使六個，該使四個的便使兩個。若各房算起來，一年也可以省得許多月米月錢。況且裡頭的女孩子們一半都太大了，也該配人的配人。成了房，豈不又孳生出人來？」賈璉道：「我也這樣想著，只是老爺纔回家來，多少大事未回，哪裡議到這個上頭？前兒官媒拿了個庚帖❼來求親，太太還說老爺纔來家，每日歡天喜地的說骨肉完聚，忽然就提起這事，恐老爺又傷心，所以且不叫提這事。」林之孝道：「這也是正理，太太想的周到。」

賈璉道：「正是提起這話，我想起一件事來。我們旺兒的小子，要說太太房裡彩霞。他昨兒求我，我想什麼大事，不管誰去說一聲去。這會子有誰閒著，我打發個人去說一聲，就說我的話。」林之孝聽了，只得應著，半晌笑道：「依我說，二爺竟別管這件事。旺兒的那小兒子雖然年輕，在外頭吃酒賭錢，無所不至。雖然都是奴才們，到底是一輩子的事。彩霞那孩子這幾年我雖沒見，聽得越發出挑的好了，何苦來白糟蹋一個人。」賈璉道：「他小兒子原為吃酒不成人？」林之孝的冷笑道：「豈只吃酒賭錢，在外頭無所不為。我們看他是奶奶的人，也只見一半不見一半罷了。」賈璉道：「我竟不

❼ 庚帖：古代議婚時，男女雙方交換寫明姓名、年齡、籍貫、三代的帖子。因其記載雙方各自的生辰年月，故稱為「庚帖」。也叫「年庚帖子」。

知道這些事。既這樣，哪裡還給他老婆？且給他一頓棍，鎖起來，再問他老子娘。」林之孝笑道：「何必在這一時？即是錯，也等他再生事，我們自然回爺處置。如今且隨他。」賈璉不語。一時林之孝出去。

晚間，鳳姐已命人喚了彩霞之母來說媒。那彩霞之母滿心縱不願意，見鳳姐親自和他說，何等體面，今時人因圖此現在體面，誤了多少女兒。此正是為今時女兒一哭。便心不由意的滿口應了出去。少時，賈璉進來，鳳姐又問賈璉可說了沒有，賈璉因說：「我原要說的，打聽得他小兒子大不成人，故還不曾說。若果然不成人，且管教他兩日，再給他老婆不遲。」鳳姐聽說，便說：「你聽見誰說他不成人？」賈璉道：「不過是家裡的人，還有誰？」鳳姐笑道：「我們王家的人，連我還不中你們的意，何況奴才呢？我纔已竟和他母親說了，他娘已經歡天喜地應了。難道又叫進他來不要了不成？」賈璉道：「既你說了，又何必退？明兒說給他老子，好生管他就是了。」這裡說話不提。

且說彩霞因前日出去等父母擇人，心中雖是與賈環有舊，尚未作準。今日又見旺兒每每來求親，早聞得旺兒之子酗酒賭博，而且容顏醜陋，一技不知。自此心中越發懊惱，生恐旺兒使鳳姐之勢，一時作成，終身為累。不免心中急躁，遂至晚間悄命他妹子小霞霞大小，奇奇怪怪之文，更覺有趣。進二門來找趙姨娘，問了端的。趙姨娘素日深與彩霞契合，巴不得與了賈環，方有個膀臂，不承望王夫人放出去了。每叫賈環去討，一則賈環羞口難開，二則賈環也不大甚在意，不過是個丫頭，他去了，將來自然還有。這是世人之情，亦是丈夫之情。遂遷延住不說，意思便丟開。無奈趙姨娘又不捨，又見他妹子來問，是晚得空，便先求了賈政。這是使人想不到之文，卻是大家必有之事。賈政因說道：「且忙什麼？等他們再念一二年書，再放人不遲。我已經看中了兩個丫頭，一個與寶玉，一個給環兒。只是年紀還小，又怕他們誤了書，所以再等一二年。」妙文，又寫出賈老兒女之情。細思一部書，總不寫賈老則不成文；若不如此寫，則又非賈老。趙姨娘道：「寶玉已有了二年了，老爺還不知道？」賈政聽了，忙問道：「誰給的？」趙姨娘方欲說話，只聽外面一聲響，不知何物，大家吃了一驚不小。要知端的，且聽下回分解。

校記

1. 「鳳姐道：『你說，謝我什麼？』賈璉笑道：『你說要什麼，就給你什麼。』」庚辰本缺「鳳姐道：『你說，謝我什麼？』賈璉笑道」，據戚本補入。
2. 「旺兒媳婦道：『竟不中用。我說須得奶奶作主就成了。』」庚辰本無，據戚本補入。
3. 「把我那兩個金項圈拿出去，暫且押四百兩銀子。平兒答應著，去了半日」，庚辰本無，據戚本補入。
4. 「少時，賈璉進來，鳳姐又問賈璉可說了沒有」，庚辰本原作「今鳳姐問賈璉可說了沒有」，據程甲本校補。

第七十三回　癡丫頭誤拾繡春囊　懦小姐不問纍金鳳

話說那趙姨娘和賈政說話，忽聽外面一聲響，不知何物。忙問時，原來是外間窗屜不曾扣好，塌了屈戌❶掉下來。趙姨娘罵了丫頭幾句，自己帶領丫鬟上好，方進來打發賈政安歇。不在話下。

卻說怡紅院中寶玉正纔睡下，丫鬟們正欲各散安歇，忽聽有人擊院門。老婆子開了，見是趙姨娘房內的丫鬟名喚小鵲的。問他什麼事，小鵲不答，直往房內來找寶玉。奇，從未見此婢也。只見寶玉纔睡下，晴雯等猶在床邊坐著，大家頑笑。見他來了，都問：「什麼事？這時候又跑了來作什麼？」又是補出前文矣，非只張一回也。小鵲笑向寶玉道：「我來告訴你一個信兒。方纔我們奶奶這般如此在老爺前說了你，仔細明兒老爺問你話。」說著，回身就去了。襲人命留他吃茶，因怕關門，遂一直去了。

這裡寶玉聽了，便如孫大聖聽見了緊箍咒一般，登時四肢五內一齊都不自在起來。想去別無主意，就只念熟了書，預備著明兒盤考。只書內不舛錯，沒有他事，也可搪塞一半。想罷，忙披衣起來要讀書。心中又自後悔，這些日子只說不提了，偏又丟生，早知該天天好歹溫習些的。如今打算打算，肚子內現可背誦的，不過只有學、庸、二論❷，是帶註背得出的；至上本孟子，就有一半是夾生的，若憑空提一句，斷不能接背的；至下孟就有一大半忘了。算起五經來，因近來作詩，常把詩經讀些，雖

---

❶ 屈戌：門窗、櫥櫃、屏風等的環紐、搭扣。

❷ 學庸二論：指大學、中庸和論語。論語分上下兩本，故別稱二「論」。

不甚精闡，還可塞責。（妙！寶玉讀書原係從問中而有。）別的雖不記得，素日賈政也幸未吩咐過讀的，縱不知也還不妨。至於古文，這是那幾年所讀過的幾篇，連左傳、國策、公羊、穀梁❸、漢唐等文，不過幾十篇，這幾年竟未曾溫得半篇片語。雖閒時也曾遍閱，不過一時之興，隨看隨忘，未下苦工夫，如何記得？這是斷難塞責的。更有時文八股一道，因素日惡此道，原非聖賢之制撰，焉能闡發聖賢之微奧？不過作後人餌名釣祿之階。雖賈政當日起身時選了百十篇命他讀的，不過偶因見其中或一二股內，或承起之中，有作的或精緻、或流蕩、或戲謔、或悲感，稍能適性者，偶然一讀。不過供一時之興趣，究竟何曾成篇潛心玩索？（妙！寫寶玉讀書，非為功名也。）如今若溫習這個，又恐明日盤詰那個；若溫習那個，又恐盤駁這個。況一夜之功，亦不能全然溫習。因此越添了焦躁。自己讀書不致緊要，卻帶累著一房丫鬟們皆不能睡。

襲人、麝月、晴雯等幾個大的是不用說，在旁剪燭斟茶；那些小的都困眼朦朧，前仰後合起來。晴雯因罵道：「什麼蹄子們！一個個黑日白夜挺屍挺不夠，偶然一次睡遲了些，就裝出這腔調來了！再這樣，我拿針戳給兩下子！」話猶未了，只聽外間咕咚一聲。急忙看時，原來是一個小丫頭子坐著打盹，一頭撞到壁上了。從夢中驚醒，恰正是晴雯說這話之時。他怔怔的，只當晴雯打了他一下，遂哭著說：「好姐姐，我再不敢了。」眾人都發起笑來。寶玉忙勸道：「饒他去罷。原該叫他們都睡去纔是的，你們也該替換著睡去。」襲人忙道：「小祖宗！你只顧你的罷。通共這一夜的工夫，你把心

---

❸ 左傳國策公羊穀梁：四書皆為歷史著作。左傳、公羊、穀梁都是解釋春秋的著作，分別稱為春秋左氏傳、春秋公羊傳、春秋穀梁傳，合稱「春秋三傳」。國策即戰國策，記錄戰國時期各國的政治、軍事和外交情況，記錄了遊說之士的活動和言論。

暫且用在這幾本書上，等過了這關，由你再張羅別的，也不算誤了什麼。」寶玉聽他說的懇切，只得又讀。讀了沒有幾句，麝月又斟了一杯茶來潤舌。寶玉接茶吃了，因見麝月只穿著短襖，解了裙子，寶玉道：「夜靜了，冷。到底穿一件大衣裳纔是。」麝月笑指著書道：「你暫且把我們忘了，心且略對著他些罷！」此處豈是讀書之處，又豈是伴讀之人？古今天下，誤盡多少紈袴，何況又是此等時之怡紅院，此等之鬟婢，又是此等一個寶玉哉！

話猶未了，只聽金星玻璃從後房門跑進來，口內喊說：「不好了！一個人從牆上跳下來了！」眾人聽說，忙問：「在哪裡？」即忙起身叫人來各處尋找。晴雯因見寶玉讀書苦惱，勞費一夜神思，明日也未必妥當，心下正要替寶玉想出一個主意來脫此難。正好忽逢此一驚，便生計向寶玉道：「趁這個機會快裝病，只說嚇著了。」此話正中寶玉心懷，遂傳起上夜人等來，打著燈籠各處搜尋，並無蹤跡。都說：「小姑娘們想是睡花了眼出去，風搖的樹枝兒，錯認了人。」晴雯便道：「別放狗屁！你們查的不嚴，怕得不是，還拿這話來支吾。纔剛並不是一個人見的，寶玉和我們出去有事，大家親見的。如今寶玉嚇的顏色都變了，滿身發熱。我如今還要上房裡取安魂丸藥去。太太問起來，是要回明白的。難道依你說就罷了不成？」眾人聽了，嚇的不敢則聲，只得又各處去找。晴雯和玻璃二人果出去要藥，故意鬧的眾人皆知寶玉嚇著了。王夫人聽了，忙命人來看視給藥，又吩咐各上夜人仔細搜查，又一面叫查二門外鄰園牆上夜的小廝們。於是園內燈籠火把，直鬧了一夜。至五更天，就傳管家男女，命仔細查一查，拷問內外上夜男女等人。

賈母聞知寶玉被嚇，細問原由，不敢再隱，只得回明。賈母道：「我必料到有此事。如今各處上夜都不小心，還是小事，只怕他們就是賊也未可知！」當下邢夫人並尤氏等都過來請安，鳳姐及李紈姊妹等皆陪侍，聽賈母如此說，都默無所答。獨探春出位笑道：「近因鳳姐姐身子不好幾日，園內的人比先放肆了許多。先前不過是大家偷著一時半刻，或夜裡坐更時，三四個人湊在一處，或擲骰，或鬥牌，小小的頑意，不過為熬困。近來漸次放誕，竟開了賭局，甚至有頭家局主，或三十吊、五十吊、三百吊的大輸贏。半月前竟有爭鬥相打之事。」賈母聽了，忙說：「你既知道，為何不早回我們來？」探春道：「我因想著太太事多，且連日不自在，所以沒回。只告訴了大嫂子和管事的人們，戒飭過幾次，近日好些。」賈母忙道：「你姑娘家，如何知道這裡頭的利害？你自為耍錢常事，不過怕起爭端；殊不知夜間既耍錢，就保不住不吃酒；既吃酒，就免不得門戶任意開鎖。或買東西，尋張覓李。其中夜靜人稀，趁便藏賊引姦引盜，何等事作不出來？況且園內的姊妹們起居所伴者，皆係丫頭媳婦們，賢愚混雜。賊盜事小，再有別事，倘略沾染些，關係不小。這事豈可輕恕！」探春聽說，便默然歸坐。

鳳姐雖未大愈，精神固比常稍減，（看他漸次寫來，從不作一年易安之筆，況阿鳳之文哉？）今見賈母如此說，便忙道：「偏生我又病了。」遂回頭命人速傳林之孝家的等總理家事四個媳婦到來，當著賈母申飭了一頓。賈母命即刻查了頭家、賭家來，有人出首者賞，隱情不告者罰。林之孝家的等見賈母動怒，跪在院內磕響頭，誰敢狗私？忙至園內傳齊，又一一盤查。雖不免大家賴一回，終不免水落石出。查得大頭家三人，小頭家八人，聚賭者通共二十多人，都帶來見賈母，跪在院內磕響頭求饒。賈母先問大頭家名姓和錢之多少。原來這三個大頭家，一個就是林之孝家的兩姨親家，一個就是園內廚房內柳家媳婦之妹，一個就是迎春之乳母。這是三個為首的，餘者不能多記。賈母便命將骰子牌一並燒毀，所有的錢入官，分散與眾人；將為首者每人四十大板，攆出總不許再入；從者每人二十大板，革去三月月錢，撥入圊廁行❹內。

又將林之孝家的申飭了一番。林之孝家的見他的親戚又與他打嘴，自己也覺沒趣。迎春在坐，也覺沒意思。黛玉、寶釵、探春等見迎春的乳母如此，也是物傷其類的意思，遂都起身，笑向賈母討情說：「這個媽媽素日原不頑的，不知怎麼也偶然高興。求看二姐姐面上，饒他這次罷。」賈母道：「你們不知，大約這些奶子們一個個仗著奶過哥兒姐兒，原比別人有些體面，他們就生事，比別人更可惡。專管調唆主子護短偏向，我都是經過的。況且要拿一個作法，恰好果然就遇見了一個。你們別管，我自有道理。」寶釵等聽說，只得罷了。

一時，賈母歇晌，大家散出。都知賈母今日生氣，皆不敢各散回家，只得在此暫候。尤氏往鳳姐兒處來閒話了一回，因他也不自在，只得園內尋眾姑嫂閒談。邢夫人在王夫人處坐了一回，也就往園內散散心來。剛至園門前，只見賈母房內的小丫頭子名喚傻大姐的，笑嘻嘻走來，手內拿著個花紅柳綠的東西，低頭一壁瞧著，一壁只管走。不防迎頭撞見邢夫人，抬頭看見，方纔站住。邢夫人因說：「這痴丫頭！又是個什麼狗不識兒，這麼歡喜？拿來我瞧瞧。」原來這傻大姐年方十四五歲，是新挑上來的，與賈母這邊提水桶掃院子，專作粗活的一個丫頭。只因他生得體肥面闊，兩隻大腳，作粗活簡捷爽利，且心性愚頑，一無知識，行事出言常在規矩之外；賈母因喜歡他爽利便捷，又喜他出言可以發笑，便起名為「獃大姐」，常悶來便引他取笑一回，毫無避忌，因此又叫他作「痴丫頭」。他縱有失禮之處，見賈母喜歡，他們依然不去苛責。這丫頭也得了這個力，若賈母不喚他時，便入園內來頑耍。今日正在園內掏促織，忽在山石背後得了一個五彩繡香囊。其華麗精緻，固是可愛，但上面繡的

❹ 圊廁行：指管理打掃廁所的工作。圊廁，廁所。

並非花鳥等物，一面卻是兩個人赤條條的盤踞相抱，一面是幾個字。這痴丫頭原不認得是春意，便心下盤算：「敢是兩個妖精打架？不然必是兩口子相打。」左右猜解不來。正要拿去與賈母看，險極，妙極！榮府堂堂詩禮之家，且大觀園又何等嚴肅清幽之地，金閨玉閣尚有此等穢物，天下淺閣薄幕之家寧不慎乎？雖然，但此等偏出大家世族之中者，蓋因其房寶香宵，鬟婢混雜，焉保其個個守禮持節哉？此正為大家世族而告戒。其淺閣薄幕之處，母女主婢日夕耳鬢交磨，一止一動悉在耳目之中，又何必諄諄再四焉？是以笑嘻嘻一壁看正走。忽見了邢夫人如此說，便笑道：「太太真個說的巧，真個是狗不識呢！妙，寓言也。大凡知此交媾之情者，真狗畜之識耳。非肆言惡詈，凡識此事者即狗矣。然則云與賈母看，則先罵賈母矣。此處邢夫人亦看，然則又罵邢夫人乎？故作者又難。太太請瞧一瞧。」說著便送過去。邢夫人接來一看，嚇得連忙死緊攥住，妙，這一「嚇」字方是寫世家夫人之筆。雖前文明書邢夫人之為人稍劣，然亦在情理之中，若不用慎重之筆，則邢夫人直係一小家卑污極輕賤之人矣，豈得與榮府聯房哉！所謂此書針線慎密處，全在無意中一字一句之間耳，看者細心方得。忙問：「你是哪裡得的？」傻大姐道：「我掏促織兒，在山石上揀的。」邢夫人道：「快休告訴一人。這不是好東西，連你也要打死。皆因你素日是傻子，以後再別提起了。」這傻大姐聽了，反嚇的黃了臉，說：「再不敢了。」磕了個頭，獃獃而去。邢夫人回頭看時，都是些女孩兒，不便遞與，自己便塞在袖內，心內十分罕異，揣摩此物從何而至，且不形於聲色，來至迎春室中。

迎春正因他乳母獲罪，自覺無趣，心中不自在。忽報母親來了，遂接入內室。奉茶畢，邢夫人因說道：「你這麼大了，你那奶子行此事，你也不說說他。如今別人都好好的，偏偺們的人做出這事來，什麼意思！」「偺們」二字便見自懷異心，從上文生離異發泄而來，謹密之至。更有人甚於此者，君未知也。一笑。迎春低著頭弄衣帶，半晌答道：「我說他兩次，他不聽也無法。況且他是媽媽，只有他說我的，沒有我說他的。」妙極，一直畫出一個懦弱小姐來。邢夫人道：「胡說！你不好了，他原該說。如今他犯了法，你就該拿出小姐的身分來，他敢不從，你就回我去纔是。如今直等外人共知，是什麼意思？我敬問外人為誰？再者，放頭兒❺，還恐怕他巧言花語的和你借貸些簪環衣履作本錢，你這心活面軟，未必不周濟他些。若被他騙去，我是一個錢沒有的，看你明日怎麼過節。」迎春不語，只低頭弄衣帶。邢夫人見他這般，因冷笑道：「總是你那好哥哥好嫂子，一對兒赫赫揚揚，璉二爺、鳳奶奶兩口子遮天蓋日，百事周到，竟通共這一個妹子，全不在意。加罪於璉、鳳，的是父母常情，極是。何必又如此說來？便見又有私意。但凡是我身上掉下來的，又有一話說，只好憑他們罷了。如何？此皆婦女私假之意，大不可者。況且你又不是我養的。更不好。你雖然不是同他一娘所生，到底是同出一父，也該彼此瞻顧些，也免別人笑話。又問別人為誰？又問彼二人雖不同母終是同父，彼二人既同父，其父又係君之何人？吁！婦人私心今古有之。我想天下的事也難較定，你是大老爺跟前人養的，這裡探丫頭也是二老爺跟前人養的，出身一樣。如今你娘死了，從前看來，你兩個的娘，只有你娘比如今趙姨娘強十倍的，你該比探丫頭強纔是，怎麼反不及他一半？誰知竟不然，這可不是異事？倒是我一生無兒無女的，一生乾淨，也不能惹人笑話議論為高。」最可恨婦人無子者引此話是說。旁邊伺候的媳婦們便趁機道：「我們的姑娘老實仁德，哪裡像他們三姑娘伶牙俐齒，會要妹妹們的強。他們明知姐姐這樣，他竟不顧恤一點兒。」殺，殺，殺！此輩專生離異，余因實受其蠱，今讀此文，直欲拔劍劈紙，又不知作者多少眼淚灑出此回也！又問不知如何顧恤些？又不知有何可顧恤之處？直令人不解。愚奴賤婢之言，酷肖之至！邢夫人道：「連他哥哥嫂子還如是，別人又作什麼呢！」一言未了，人回：「璉二奶奶來了。」邢夫人聽了，冷笑兩聲，命人出去說：「請他自去養病，我這裡不用他伺候。」接著又有探事的小丫頭來報說：「老太太醒了。」邢夫人方起身前邊來。

迎春送至院外方回。繡橘因說道：「如何？前兒我回姑娘，那一個攢珠纍金❻鳳竟不知哪裡去了。

❺ 放頭兒：聚賭作頭家。

❻ 纍金：以細金絲編製首飾，稱為纍金。

回了姑娘，姑娘竟不問一聲兒。我說必是老奶奶拿去典了銀子放頭兒的，姑娘不信，只說司棋收著呢。問司棋，司棋雖病著，心裡卻明白，我去問他，他說：『沒有收起來，還在書架上匣內暫放著，預備八月十五日恐怕要戴呢。』姑娘就該問老奶奶一聲，只是臉軟怕人惱。如今竟怕無著，明兒要都戴時，獨偺們不戴，是何意思呢！」（這個「偺們」使得，恰是女兒喁喁私語，非前問之一例可比者。寫得出，批得出。）迎春道：「何用問？自然是他拿去，暫時借一肩❼了。我只說他悄悄的拿了出去，不過一時半晌，仍舊悄悄的送來就完了，誰知他就忘了，今日偏又鬧出來。問他想也無益。」繡橘道：「何曾是忘記！他是試準了姑娘的性格，所以纔這樣。如今我有個主意：我竟走到二奶奶房裡，將此事回了他，或他著人去要，或他省事拿幾吊錢來替他賠補，如何？」（寫女兒各有機變，個個不同。）迎春忙道：「罷罷罷，省些事罷！寧可沒有了，又何必生事？」（總是懦語。）繡橘道：「姑娘怎這樣軟弱？都要省起事來，將來連姑娘還騙了去呢！我竟去的是。」說著便走。迎春便不言語，只好由他。

誰知迎春乳母子媳王住兒媳婦正因他婆婆得了罪，來求迎春去討情，聽他們正說金鳳一事，且不進去。也因素日迎春懦弱，他們都不放在心上，如今見繡橘立意去回鳳姐，估量著這事脫不去的，況且又有求迎春之事，只得進來，賠笑先向繡橘說：「姑娘，你別去生事。姑娘的金絲鳳，原是我們老奶奶老糊塗了，輸了幾個錢，沒的撈梢❽，所以暫借了去。原說一日半晌就贖的，因總未撈過本來，就遲住了。可巧今兒又不知是誰走了風聲，弄出事來。雖然這樣，到底主子的東西，我們不敢遲誤下，

---

❼ 借一肩：暫時挪借財物，減輕負擔。

❽ 撈梢：把賭博輸了的本錢再贏回來。也叫「翻本」、「撈本」。

終久是要贖的。如今還要求姑娘看自小兒吃奶的情常，往老太太那邊去討個情面，救出他老人家來纔好。」迎春先便說道：「好嫂子，你趁早兒打了這妄想。要等我去說情兒，等到明年也不中用的。方纔連寶姐姐、林妹妹大夥兒說情，老太太還不依，何況是我一個人？我自己愧還愧不來，反去討臊去！」繡橘便說：「贖金鳳是一件事，說情是一件事，別絞在一處說。難道姑娘不去說情，你就不贖了不成？嫂子且去贖了金鳳來再說。」王住兒家的聽見迎春如此拒絕他，繡橘的話又鋒利無可回答，一時臉上過不去，也明欺迎春素日好性兒，乃向繡橘發話道：「姑娘，你別太張勢了！你滿家子算一算，誰的媽媽奶子不仗著主子哥兒多得些益，偏偺們就這樣丁是丁卯是卯的，只許你們偷偷摸摸的哄騙了去。自從邢姑娘來了，太太吩咐一個月儉省出一兩銀子來與舅太太去，這裡饒添了邢姑娘的使費，反少了一兩銀子。常時短了這個，少了那個，哪不是我們供給？誰又要去？不過大家將就些罷了。算到今日，少說些也有三十兩了。我們這一項豈不白填了限呢？」繡橘不待說完，便啐了一口道：「作什麼的白填了三十兩？我且和你算算賬。姑娘要了些什麼東西？」迎春聽見這媳婦發邢夫人之私意，（大書此句，誅心之筆。）忙止道：「罷罷罷！你不能拿了金鳳來，不必拉三扯四的亂嚷。我也不要那鳳了，便是太太們問時，我只說丟了，也妨礙不著你什麼的。出去歇息歇息倒好。」一面叫繡橘倒茶來。繡橘又氣又急，因說道：「姑娘雖不怕，我們是作什麼的？把姑娘的東西丟了，他倒來說姑娘使了他們的錢。這如今竟要準折起來，倘或太太問姑娘為什麼使了這些錢，敢是我們就中取勢了？這還了得！」一行說，一行就哭了。司棋聽不過，只得勉強過來，幫著繡橘問著那媳婦。迎春勸止不住，自拿了一本太上感應篇❾

❾太上感應篇：晉葛洪假託太上老君所作的道家典籍，主要內容是宣揚因果報應，勸人為善。

迎春。（清改琦繪，紅樓夢圖詠）

來看。神妙之甚，從書上跳出一位懦弱小姐，且書又有奇文，大妙。

三人正沒開交，可巧寶釵、黛玉、寶琴、探春等因恐迎春今日不自在，都約來安慰他。走至院中，聽得兩三個人角口。探春從紗窗內一看，只見迎春倚在床上看書，若有不聞之狀，看他寫迎春雖稍劣，然亦大家千金之格也。探春也笑了。小丫鬟們忙打起簾子，報道：「姑娘們來了。」迎春方放下書起身。那媳婦見有人來，且又有探春在內，

不勸而自止了，遂趁便要去。探春坐下便問：「纔剛誰在這裡說話？倒像拌嘴似的。」瞧他寫探春氣宇。迎春笑道：「沒有說什麼，左不過是他們小題大作罷了，何必問他。」探春笑道：「我纔聽見什麼『金鳳』，又是什麼『沒有錢使和我們奴才要』，誰和奴才要錢？難道姐姐和奴才要錢了不成？難道姐姐不是和我一樣有月錢的，一樣有用度不成？」司棋、繡橘道：「姑娘說的是了。姑娘們都是一樣的，哪一位姑娘的錢不是由著奶奶媽媽們使？連我們也不知道怎樣是算賬。不過要東西只說得一聲兒。如今他偏要說姑娘使過了頭兒，他賠出許多來了。究竟姑娘何曾和他要什麼了！」探春笑道：「姐姐既沒有和他要，必定是我們或者和他們要了不成？你叫他進來，我倒要問問他。」迎春笑道：「這話又可笑，你們又無沾礙，何得帶累於他？」探春笑道：「這倒不然。我和姐姐一樣，姐姐的事和我的事也一般。他說姐姐，即是說我。我那邊有人怨我，姐姐聽見，也即同怨姐姐是一個理。偺們是主子，自然不理

論那些錢財小事，只知想起什麼要什麼，也是有的事。但不知金纍絲鳳因何又夾在裡頭？」那王住兒媳婦生恐繡橘等告出他來，遂忙進來用話掩飾。探春深知其意，因笑道：「你們所以糊塗。如今你奶奶已得了不是，趁此求求二奶奶，把方纔的錢尚未散人的拿出些來，贖取了就完了，比不得沒鬧出來，大家都藏著留臉面；如今既是沒了臉，趁此時縱有十個罪，也只一人受罰，沒有砍兩顆頭的理。你依我，竟是和二奶奶說說。在這裡大聲小氣，如何使得？」這媳婦被探春說出真病，也無可賴了，只不敢往鳳姐處自首。探春笑道：「我不聽見便罷。既聽見，少不得替你們分解分解。」誰知探春早使個眼色與侍書出去了。

這裡正說話，忽見平兒進來。寶琴拍手笑說道：「三姐姐敢是有驅神召將的符術？」黛玉笑道：「這倒不是道家玄術，倒是用兵最精的，所謂『守如處女，脫如狡兔』⑩，出其不備之妙策也。」二人取笑。寶釵便使眼色與二人，令其不可，遂以別話岔開。探春見平兒來了，遂問：「你奶奶可好些了？真是病糊塗了，事事都不在心上，叫我們受這樣的委屈。」平兒忙道：「姑娘怎麼委屈？誰敢給姑娘氣受，姑娘快吩咐我。」當時王住兒媳婦兒方慌了手腳，遂上來趕著平兒叫：「姑娘坐下，讓我說原故姑娘聽。」平兒正色道：「姑娘這裡說話，也有你我混插口的禮！你但凡知禮，只該在外頭伺候，不叫你進不該來的地方。有外頭的媳婦子們無故到姑娘們房裡來的？」繡橘道：「你不知我們這屋裡是沒禮的，誰愛來就來。」平兒道：「都是你們的不是。姑娘好性兒，你們就該打出去，然後再

⑩守如處女兩句：孫子九地：「守如處女，出如脫兔。」言善用兵者變化無常，防守時如處女一般靜穆，行動時如兔子一般敏捷。

回太太去纔是。」王住兒媳婦見平兒出了言，紅了臉方退出去。探春接著道：「我且告訴你，若是別人得罪了我，倒還罷了。如今那住兒媳婦和他婆婆仗著是媽媽，又瞅著二姐姐好性兒，如此這般私自拿了首飾去賭錢，而且又揑造假賬妙算，威逼著還要去討情。和這兩個丫頭在臥房裡大嚷大叫，二姐姐竟不能轄治，所以我看不過，纔請你來問一聲：還是他原是天外的人，不知道理；還是誰主使他如此，先把二姐姐制伏，然後就要治我和四姑娘了？」平兒忙陪笑道：「姑娘怎麼今日說出這話來？我們奶奶如何擔得起？」探春冷笑道：「俗語說的『物傷其類』，『唇亡齒寒』，我自然有些驚心。」

平兒問迎春道：「若論此事，還不是大事，極好處的。但他現是姑娘的奶嫂，據姑娘怎麼樣為是？」當下迎春只和寶釵閱感應篇故事，究竟連探春之語亦不曾聞得，忽見平兒如此說，乃笑道：「問我，我也沒什麼法子。他們的不是，自作自受，我也不能討情，我也不去苛責就是了。至於私自拿去的東西，送來我收下，不送來我也不要了。太太們要問我，可以隱瞞遮飾過去，是他的造化；若瞞不住，我也沒法。沒有個為他們反欺枉太太們的理，少不得直說。你們若說我好性兒，沒個決斷，竟有好主意可以八面周全，不使太太們生氣，任憑你們處治。我總不知道。」眾人聽了，都好笑起來。黛玉笑道：「真是『虎狼屯於階陛⓫，尚談因果』。若使二姐姐是個男人，這一家上下若許人，又如何裁治他們？」迎春笑道：「正是。多少男人尚如此，何況我哉？」一語未了，只見又有一人到來，正不知道是哪個，且聽下回分解。

⓫ 階陛：臺階。

校記

1.「我和姐姐一樣，姐姐的事和我的事也一般。他說姐姐，即是說我。我那邊有人怨我」，庚辰本缺，據「八十回校本」補。

2.「我只說他悄悄的拿了出去，不過一時半晌，仍舊悄悄的送來就完了，誰知他就忘了」，庚辰本缺「他悄悄的拿了出去，不過一時半晌，仍舊悄悄的送來就完了，誰知他就」二十八字，據各本補入。

3.「平兒忙陪笑道：『姑娘怎麼今日說出這話來？我們奶奶如何擔得起？』探春冷笑道……」，庚辰本缺「姑娘怎麼今日說出這話來？我們奶奶如何擔得起？探春冷笑道」二十五字，據各本補入。

第七十四回　惑奸讒抄檢大觀園　矢孤介杜絕寧國府

話說平兒聽迎春說了，正自好笑，忽見寶玉也來了。原來管廚房柳家媳婦之妹也因放頭開賭，得了不是。這園中有素與柳家不睦的，前文已埋之伏線。便又告出柳家來，說他和他妹子是夥計。雖然他妹子出名，其實賺了錢兩個人平分。因此鳳姐要治柳家之罪。那柳家的因得此信，便慌了手腳，因思素與怡紅院人最為深厚，故走來悄悄的央求晴雯、金星玻璃等人。金星玻璃告訴了寶玉。寶玉因思內中迎春之乳母也現有此罪，不若來約同迎春討情，比自己獨去單為柳家的說情又更妥當，故此前來。忽見許多人在此，見他來時，都問：「你的病可好了？跑來作什麼？」寶玉不便說出討情一事，只說來看二姐姐。當下眾人也不在意，且說些閒話。平兒便出去辦纍絲金鳳一事。那王住兒媳婦緊跟在後，口內百般央求，只說：「姑娘好歹口內超生❶，我橫豎去贖了來。」平兒笑道：「你遲也贖，早也贖，既有今日，何必當初？你的意思得過去了就過去了。既是這樣，我也不好意思告人，趁早去贖了來，交與我送去，我一字不提。」王住兒媳婦聽說，方放下心來，就拜謝，又說：「姑娘自去貴幹。我趕晚拿了來，先回了姑娘再送去。如何？」平兒道：「趕晚不來，可別怨我。」說畢，二人方分路各自散了。

平兒到房，鳳姐問他：「三姑娘叫你作什麼？」平兒笑道：「三姑娘怕奶奶生氣，叫我勸著奶奶

❶ 口內超生：口內積德，多說好話。

些，問奶奶這兩天可吃些什麼。」鳳姐笑道：「倒是他還記掛著我。剛纔又出來了一件事，有人來告柳二媳婦和他妹子通同開局，凡妹子所為，都是他作主。我想你素日肯勸我，多一事不如省一事，就可閒一時心，自己保養保養也是好的。我因聽不進去，果然應了些。先把太太得罪了，而且自己反賺了一場病。如今我也看破了，隨他們鬧去罷。橫豎還有許多人呢。我白操一會子心，倒惹的萬人咒罵。我且養病要緊。便是好了，我也作個好好先生，得樂且樂，得笑且笑，一概是非都憑他們去罷。歷來世人到此作此想，但悔不及矣，可傷可嘆！所以我只答應著知道了，也不在我心上。」平兒笑道：「奶奶果然如此，便是我們的造化。」

一語未了，只見賈璉進來，拍手嘆氣道：「好好的又生事！前兒我和鴛鴦借當，那邊太太怎麼知道了？纔剛太太叫過我去，叫我不管哪裡先遷挪二百銀子做八月十五日節間使用。我回沒處遷挪，太太就說：『你沒有錢，就有地方遷挪？我白和你商量，你就搪塞我，你就說沒地方。前兒一千銀子的當是哪裡的？連老太太的東西你都有神通弄出來，這會子二百銀子你就這樣！幸虧我沒和別人說去。』我想太太分明不短，何苦來要尋事奈何人！」鳳姐兒道：「那日並沒一個外人，誰走了這個消息？」平兒聽了，也細想那日有誰在此。想了半日，笑道：「是了！那日說話時沒一個外人，但晚上送東西來的時節，老太太那邊傻大姐的娘也可巧來送漿洗衣服。他在下房裡坐了一會子，見一大箱子東西，自然要問，必是小丫頭們不知道，說了出來，也未可知。」奇奇怪怪，從何處轉至素日，真如常山之蛇。因此便喚了幾個小丫頭來問：「那日是誰告訴獃大姐的娘的？」眾小丫頭慌了，都跪下賭咒發誓說：「自來也不敢多說一句話，有人凡問什麼，都答應不知道，這事如何敢說？」鳳姐詳情度理，說：「他們必不敢多說，倒別委屈了他們。如今且把這事靠後，且把太太打發了去要緊。寧可咱們短些，又別討沒意思。」因叫平兒：「把我的金項圈拿來，且去暫押二百銀子來送去完事。」賈璉道：「越性多押二百，咱們也要使呢。」鳳姐道：「很不必，我沒處使錢。這一去還不知指哪一項贖呢。」平兒拿去，吩咐一個人喚了旺兒媳婦來領去。不一時拿了銀子來。賈璉親自送去，不在話下。

這裡鳳姐和平兒猜疑終是誰人走的風聲，竟擬不出人來。鳳姐兒又道：「知道這事還是小事，怕的是小人趁便又造非言，又生出別的事來。打緊那邊正和鴛鴦結有仇了，如今聽得他私自借給璉二爺東西，那起小人眼饞肚飽，連沒縫兒的雞蛋還要下蛆❷呢，如今有了這個因由，恐怕又造出些沒天理的話來，也定不得。在你璉二爺還無妨，只是鴛鴦正經女兒，帶累了他受屈，豈不是咱們的過失？」平兒笑道：「這也無妨。鴛鴦借東西看的是奶奶，並不為的是二爺。一則鴛鴦雖應名是他私情，其實他是回過老太太的。老太太因怕孫女孫子多，這個也借，那個也要，到跟前撒個嬌兒，和誰要去？因此只裝不知道。奇文神文，豈世人想得出者。前文云「一箱子」，若是私拿出，賈母其睡夢中之人矣。蓋此等事作者曾經，批者曾經，實係一寫往事，非特造出，故弄新筆，究竟不記不神也。鴛鴦借物一回於此便結。縱鬧了出來，究竟那也無礙。」鳳姐兒道：「理雖如此，只是你我知道的；不知道的，焉得不生疑呢？」

一語未了，人報：「太太來了！」鳳姐聽了詫異，不知為何事親來。平兒等忙迎出來，只見王夫人氣色更變，奇！只帶一個貼己小丫頭走來，一語不發，走至裡間坐下。鳳姐忙奉茶，因賠笑問道：「太太今日高興，到這裡逛逛？」王夫人喝命：「平兒出去！」平兒見了這般，不知怎麼樣了，忙應了一聲，帶著眾小丫頭一齊出去，在房門外站住。越性將房門掩了，自己坐在臺磯上，所有的人一個不許進去。鳳姐也著了慌，不知有何等事。只見王夫人含著淚，從袖內擲出一個香袋子來，說：「你瞧！」

❷ 沒縫兒的雞蛋還要下蛆：比喻無事生非。

鳳姐忙拾起一看，見是十錦春意香袋，也嚇了一跳，忙問：「太太從哪裡得來？」王夫人見問，越發淚如雨下，顫聲說道：「我從哪裡得來？我天天坐在井裡，把你當個細心人，所以我纔偷個空兒。誰知你也和我一樣。這樣的東西，大天白日擺在園裡山石上，被老太太的丫頭拾著。不虧你的婆婆遇見，早已送到老太太跟前去了！我且問你，這個東西如何遺在那裡來？」奇問。鳳姐聽了，也更了顏色，忙問：「太太怎知是我的？」問的是。王夫人又哭又嘆，說道：「你反問我？你想，一家子除了你們小夫小妻，餘者老婆子們要這個何用！女孩子們，是從哪裡得來？自是那璉兒不長進下流種子，哪裡弄來。你們又和氣，當作一件頑意兒，年輕人兒女閨房私意是有的，你還和我賴！幸而園內上下人還不解事，尚未揀得。倘或丫頭們揀著，你姊妹看見，這還了得！不然有那小丫頭們揀著，出去說是園內揀著的，外人知道，這性命臉面要也不要？」鳳姐聽說，又急又愧，登時紫脹了面皮，便依炕沿雙膝跪下，也含淚訴道：「太太說的固然有理，我也不敢辯我並無這樣的東西。但其中還要求太太細詳其理：那香袋是外頭僱工倣著內工繡的，連這穗子一概是市賣貨。我便年輕不尊重些，也不要這撈什子，自然都是好些的，此其一。二者這東西也不是常帶著的，我縱有，也只好在家裡，焉肯帶在身上各處去，況且又在園裡去？個個姊妹，我們都肯拉拉扯扯，倘或露出來，不但在姊妹前，就是奴才看見，我有什麼意思？我就年輕不尊重，亦不能糊塗至此。三則論主子裡頭，我是年輕媳婦，算起奴才來，比我更年輕的又不止一個人了。況且他們也常進園，晚間各人家去，焉知不是他們身上的？四則除我常在園裡之外，還有那邊太太常帶過幾個小姨娘來，如嫣紅、翠雲等人，皆係年輕侍妾，他們更該有這個了。還有那邊珍大嫂子，他不算甚老，他也常帶過佩鳳等人來，焉知又不是他們的？五則園內丫頭太多，保的住個個都是正經的不成？也有年紀大些的，知道了人事，或者一時半刻人查問不到，偷著出去，或借著因由同二門上小么兒們打牙犯嘴❸，外頭得了來的，也未可知。如今不但我沒此事，就連平兒，我也可以下保的。太太請細想。」

王夫人聽了這一席話，大近情理，因嘆道：「你起來，我也知道你是大家小姐出身，焉得輕薄至此！不過我氣急了，拿了話激你。但如今卻怎麼處？你婆婆纔打發人封了這個給我瞧，說是前日從傻大姐手裡得的，把我氣了個死。」鳳姐道：「太太快別生氣。若被眾人覺察了，保不定老太太不知道。且平心靜氣，暗暗訪察，纔得確實；縱然訪不著，外人也不能知道，這叫作『胳膊折在袖內』。如今惟有趁著賭錢的因由革了許多的人這空兒，把周瑞媳婦、旺兒媳婦等四五個貼近不能走話的人安插在園裡，以查賭為由；再如今他們的丫頭也太多了，保不住人大心大，生事作耗。等鬧出事來，反悔之不及。如今若無故裁革，不但姑娘們委屈煩惱，就連太太和我也過不去。不如趁此機會，以後凡年紀大些的，或有些咬牙難纏❹的，拿個錯兒，攆出去配了人。一則保得住沒有別的事，二則也可省些用度。太太想我這話如何？」王夫人嘆道：「你說的何嘗不是？但從公細想，你這幾個姊妹也甚可憐了。猶云「可憐」，妙！在別人視之，今古無比，若移在榮府論，實不能比先矣。也不用遠比，只說如今你林妹妹的母親，未出閣時，是何等的嬌生慣養，是何等的金尊玉貴，那纔像個千金小姐的體統。如今這幾個姊妹，不過比別人家的丫頭略強些罷了。所謂「觀於海者難為水」，俗子謂王夫人不知足，是不可矣，又謂作太過，真蟪蛄鳩鷃之見也。通共每人只有兩三個丫頭像個人樣，餘者縱有四五個小丫頭子，竟

---

❸ 打牙犯嘴：謂互相戲謔，閒扯說笑。也作「打牙逗嘴」、「打牙配嘴」。

❹ 咬牙難纏：咬牙，鬥嘴爭吵。難纏，難對付。

是廟裡的小鬼。如今還要裁革了去，不但於我心不忍，只怕老太太未必就依。雖然艱難，難不至此。我雖沒受過大榮華富貴，比你們是強的。如今我寧可省些，別委屈了他們。以後要省儉，先從我來倒使得。如今且叫人傳了周瑞家的等人進來，就吩咐他們快快暗地訪拿這事要緊。」鳳姐聽了，即喚平兒進來，吩咐出去。

一時，周瑞家的與吳興家的、鄭華家的、來旺家的、來喜家的，現在五家陪房進來。餘者皆在南方，各有執事。（又伏一筆。）王夫人正嫌人少不能勘察，忽見邢夫人的陪房王善保家的走來，方纔正是他送香囊來的。王夫人向來看視邢夫人之得力心腹人等原無二意，（大書。看下人猶如此，可知待邢夫人矣。）今見他來打聽此事，十分關切。（小人外是內非，類皆如此。）便向他說：「你去回了太太，也進園內照管照管，不比別人又強些？」這王善保家的正因素日進園去，那些丫鬟們不大趨奉他，他心裡大不自在，要尋他們的事故又尋不著。恰好生出這事來，以為得了把柄，又聽王夫人委託，正撞在心坎上，說：「這個容易。不是奴才多話，論理這事該早嚴緊些的，太太也不大往園裡去，這些女孩子們一個個倒像受了封誥似的，他們就成了千金小姐了。鬧下天來，誰敢哼一聲兒？不然就調唆姑娘的丫頭們，說欺負了姑娘們了。誰還擔得起？」王夫人道：「這也是有的常情。跟姑娘的丫頭原比別的嬌貴些，你們該勸他們。連主子們的姑娘不教導尚且不堪，何況他們？」王善保家的道：「別的都還罷了，太太不知道，一個寶玉屋裡的晴雯，那丫頭仗著他生的模樣兒比別人標緻些，又生了一張巧嘴，天天打扮的像個西施的樣子，在人跟前能說慣道，掐尖要強。一句話不投機，他就立起兩個騷眼睛來罵人。妖妖趫趫❺，大不成個體統。」（活畫晴雯出來。可知已前知晴雯

---

❺ 妖妖趫趫：妖冶輕佻的樣子。趫，音ㄑㄧㄠˊ。身手矯捷。這裡有舉止輕浮的意思。

（必應遭妒者，可憐，可傷，竟死矣。）

王夫人聽了這話，猛然觸動往事，便問鳳姐道：「上次我們跟了老太太進園逛去，有一個水蛇腰，（妙妙，好腰。）削肩膀，（妙妙，好肩。俗云「水蛇腰」，則遊、曲、小也。又云「美人無肩」，又曰前或皆之美之形也。凡寫美人，偏用俗筆、反筆，與他書不同也。）眉眼又有些像你林妹妹的，（更好，形容盡矣。）正在那裡罵小丫頭。我的心裡很看不上那狂樣子，因同老太太走，我不曾說得。後來要問是誰，又偏忘了。今日對了坎兒，這丫頭想必就是他了。」鳳姐道：「若論這些丫頭們，共總比起來，都沒晴雯生得好。若論舉止言語，他原輕薄些。方纔太太說的倒很像他，我也忘了那日的事，不敢亂說。」王善保家的便道：「不用這樣，此刻不難叫了來給太太瞧瞧。」王夫人道：「寶玉房裡常見我的只有襲人、麝月，這兩個笨笨的倒好。若有這個，他自然不敢來見我的。我一生最嫌這樣人，況且又出來這個事。好好的寶玉，倘或叫這蹄子勾引壞了，那還了得！」因叫自己的丫頭來，吩咐他：「到園裡去，只說我說有話問他們，留下襲人、麝月伏侍寶玉不必來，有一個晴雯最伶俐，叫他即刻快來。你不許和他們說什麼。」

小丫頭子答應了，走入怡紅院。正值晴雯心上不自在，（傳神之至，所謂魂早離舍矣，將死之兆也。若俗筆必云十分妝飾；今云不自在，想無掛心之態，更不入王夫人之眼也。）睡中覺纔起來，正發悶，聽如此說，只得隨了他來。素日這些丫鬟皆知王夫人最惡嬌妝豔服，語薄言輕，故晴雯素日不敢出頭。今因連日不自在，並沒十分妝飾，自為無礙。（好！可知天生美人原不在妝飾，使人一見不覺心驚目駭。可恨世之塗脂抹粉，真同鬼魅而不自覺。）及到了鳳姐房中，王夫人一見他釵嚲❻鬢鬆，衫垂帶褪，有春睡捧心❼之遺風，而且形

❻ 嚲：音ㄉㄨㄛˇ。下垂的樣子。

❼ 春睡捧心：春睡，指美人初醒或醉後慵倦之態，相傳唐伯虎有海棠春睡圖。捧心，用西施有心疾，捧心顰眉，人以為美

容面貌，恰是上月的那人，不覺勾起方纔的火來。王夫人原是天真爛漫之人，喜怒出於心臆，不比那些飾詞掩意之人。今既真怒攻心，又勾起往事，便冷笑道：「好個美人！真像個病西施了！你天天作這輕狂樣兒給誰看？你幹的事，打量我不知道呢！我且放著你，自然明兒揭你的皮！寶玉今日可好些？」晴雯一聽如此說，心內大異，便知有人暗算了他。雖然著惱，只不敢作聲。他本是個聰敏過頂的人，（深罪聰明，到底不錯一筆。）見問寶玉可好些，他便不肯以實話對，只說：「我不大到寶玉房裡去，又不常和寶玉在一處，好歹我不能知，只問襲人、麝月兩個。」王夫人道：「這就該打嘴，你難道是死人？要你們作什麼！」晴雯道：「我原是跟老太太的人，因老太太說園裡空大人少，寶玉害怕，所以撥了我去外間屋裡上夜，不過看屋子。我原回過我笨，不能伏侍。老太太罵了我一頓，說又不叫你管他的事，要伶俐作什麼？我聽了這話纔去的。不過十天半個月之內，寶玉悶了，大家頑一會子就散了。至於寶玉飲食起居，上一層有老奶奶、老媽媽們，下一層又有襲人、麝月、秋紋幾個人，我閒著還要作老太太屋裡的針線，所以寶玉的事竟不曾留心。太太既怪，從此後我留心就是了。」王夫人信以為實了，忙說：「阿彌陀佛！你不近寶玉是我的造化，竟不勞你費心。既是老太太給寶玉的，我明兒回了老太太再撵你。」因向王善保家的道：「你們進去，好生防他幾日，不許他在寶玉房裡睡覺。等我回過老太太，再處治他。」喝聲：「去！站在這裡，我看不上這浪樣兒。誰許你這樣花紅柳綠的妝扮！」晴雯只得出來，這氣非同小可，一出門便拿手帕子握著臉，一頭走一頭哭，直哭到園門內去。

這裡王夫人向鳳姐等自怨道：「這幾年我越發精神短了，照顧不到。這樣妖精似的東西竟沒看見。

的典故。

只怕這樣的還有，明日倒得查查。」鳳姐見王夫人盛怒之際，又因王善保家的是邢夫人的耳目，常調唆著邢夫人生事，縱有千百樣言詞，此刻也不敢說，只低頭答應著。王善保家的道：「太太請養息身體要緊。這些小事只交與奴才。如今要查這個主兒也極容易，等到晚上園門關了的時節，內外不通風，我們竟給他們個猛不防，帶著人到各處丫頭們房裡搜尋。想來誰有這個，斷不單只有這個，自然還有別的東西。那時翻出別的來，自然這個也是他的。」王夫人道：「這話倒是。若不如此，斷不能清的清白的白。」因問鳳姐如何，鳳姐只得答應說：「太太說是，就行罷了。」王夫人道：「這主意很是，不然一年也查不出來。」於是大家商議已定。

至晚飯後，待賈母安寢了，寶釵等入園時，王善保家的便請了鳳姐一併入園，喝命將角門皆上鎖，便從上夜的婆子處抄檢起，不過抄檢出些多餘攢下的蠟燭、燈油等物。畢真。王善保家的道：「這也是贓，不許動，等明兒回過太太再動。」於是先就到怡紅院中，喝命關門。當下寶玉正因晴雯不自在，忽見這一干人來，不知為何直撲了丫頭們的房門去，因迎出鳳姐來，問是何故？鳳姐道：「丟了一件要緊的東西，因大家混賴，恐怕有丫頭們偷了，所以大家都查一查去疑。」一面說，一面坐下吃茶。王善保家的等搜了一回，又細問這幾個箱子是誰的，都叫本人來親自打開。襲人因見晴雯這樣，知道必有異事；又見這番抄檢，只得自己先出來打開了箱子並匣子，任其搜檢一番。不過是平常動用之物。隨放下，又搜別人的。挨次都一一搜過。到了晴雯的箱子，因問：「是誰的？怎麼不開了讓搜？」襲人等方欲代晴雯開時，只見晴雯挽著頭髮闖進來，豁一聲將箱子掀開，兩手提著底子朝天，往地下盡情一倒，將所有之物盡都倒出。王善保家的也覺沒趣，看了一看，也無甚私弊之物。回了鳳姐，要往別處去，鳳姐兒道：「你們可細細的查，若這一番查不出來，難回話的。」眾人都道：「都細細翻看了，沒什麼差錯東西。雖有幾樣男人物件，都是小孩子的東西，想是寶玉的舊物件，沒甚關係的。」鳳姐聽了笑道：「既如此，偺們就走，再瞧別處去。」

說著，一逕出來，因向王善保家的道：「我有一句話，不知是不是：要抄檢，只抄檢偺們家的人，薛大姑娘屋裡斷乎檢抄不得的。」王善保家的笑道：「這個自然，豈有抄起親戚家來的？」鳳姐點頭道：「我也這樣說呢。」（寫阿鳳心灰意懶，且避禍從時，迥又是一個人矣。）一頭說，一頭到了瀟湘館內。黛玉已睡了，忽報這些人來，也不知為甚事。纔要起來，只見鳳姐已走進來，忙按住他不許起來，只說：「睡罷，我們就走。」這邊且說些閒話，那個王善保家的帶了眾人到丫鬟房中，也一一開箱倒籠，抄檢了一番。因從紫鵑房中抄出兩副寶玉往常換下來的寄名符兒，一副束帶上的披帶，兩個荷包並扇套，套內有扇子，打開看時，皆是寶玉往年夏天手內曾拿過的。王善保家的自為得了意，遂忙請鳳姐過來驗視，又說：「這些東西從哪裡來的？」鳳姐笑道：「寶玉和他們從小兒在一處混了幾年，這自然是寶玉的舊東西。這也不算什麼罕事，撂下再往別處去是正經。」紫鵑笑道：「直到如今，我們兩下裡的賬也算不清，要問這一個，連我也忘了是哪年月日有的了。」王善保家的聽鳳姐如此說，也只得罷了。（一處一樣。）

又到探春院內，誰知早有人報與探春了。（不板。）探春也就猜著必有原故，所以引出這些醜態來，（實註一筆。）遂命眾丫鬟剪燭開門而待。一時眾人來了，探春故問：「何事？」鳳姐笑道：「因丟了一件東西，連日訪察不出人來，恐怕旁人賴這些女孩子們，所以越性大家搜一搜，使人去疑，倒是洗淨他們的好法子。」探春冷笑道：「我們的丫頭自然都是些賊，我就是頭一個窩主！既如此，先來搜我的箱櫃，他們所偷了來的，都交給我藏著呢！」說著，便命兩個丫鬟們把箱櫃一齊打開，將鏡奩、妝盒、衾袱、衣包，若大若小之物一齊打開，請鳳姐去抄閱。鳳姐陪笑道：「我不過是奉太太的命來，妹妹別錯怪我。何必生氣？」因命丫鬟們快快關上。平兒、豐兒等忙著替侍書等關的關，收的收。探春道：「我的東西倒許你們搜閱；要想搜我的丫頭，這卻不能！我原比眾人歹毒，凡丫頭所有的東西我都知道，都在我這裡間收著，一針一線他們也沒的收藏，要搜，所以只來搜我。你們不依，只管去回太太，只說我違背了太太，該怎麼處治，我去自領。你們別忙，自然連你們一齊抄的日子有呢！你們今日早起不曾議論甄家，自己家裡好好的卻抄家？果然今日真抄了！（奇極，此日甄家事。）偺們也漸漸的來了。可知這樣大族人家，若從外頭殺來，一時是殺不死的，這是古人曾說的『百足之蟲，死而不僵』，必須先從家裡自殺自滅起來，纔能一敗塗地！」說著不覺留下淚來。鳳姐只看著眾媳婦們。周瑞家的便道：「既是女孩子的東西全在這裡，奶奶且請到別處去罷，也讓姑娘好安寢。」鳳姐便起身告辭。探春道：「可細細的搜明白了？若明日再來，我就不依了。」鳳姐笑道：「既然丫頭們的東西都在這裡，就不必搜了。」探春冷笑道：「你果然倒乖！連我的包袱都打開了，還說沒翻？明日敢說我護著丫頭們，不許你們翻了？你趁早說明，若還要翻，不妨再翻一遍！」鳳姐知道探春素日與眾不同的，只得陪笑道：「我已經連你的東西都搜察明白了。」探春又問眾人：「你們也都搜明白了不曾？」周瑞家的等都陪笑說：「都翻明白了。」

那王善保家的本是個心內沒成算的人，素日雖聞探春的名，那是為眾人沒眼力沒膽量罷了，哪裡一個姑娘家就這樣起來？況且又是庶出，他敢怎麼？他自恃是邢夫人陪房，連王夫人尚另眼相看，何況別個？今見探春如此，他只當是探春認真單惱鳳姐，與他們無干，他便要趁勢作臉獻好，因越眾向前拉起探春的衣襟，故意一掀，嘻嘻笑道：「連姑娘身上我都翻了，果然沒有什麼。」鳳姐見他這樣，忙說：「媽媽走罷！別瘋瘋顛顛的……」一語未了，只聽拍的一聲，王家的臉上早著了探春一巴掌。探春登時大怒，指著王家的問道：「你是什麼東西，敢來拉扯我的衣裳！我不過看著太太的面上，你又有年紀，叫你一聲『媽媽』，你就狗仗人勢，天天作耗，專管生事！如今越性了不得了。你打量我是同你們姑娘一樣好性兒，由著你們欺負，就錯了主意。你搜檢東西我不惱，你不該拿我取笑！」說著，便親自解衣卸裙，拉著鳳姐兒細細的翻，又說：「省得叫奴才來翻我身上！」鳳姐兒、平兒等忙與探春束裙整袂，口內喝著王善保家的說：「媽媽吃兩口酒，就瘋瘋顛顛起來！前兒把太太也沖撞了。快出去，不要提起了。」又勸探春休得生氣。探春冷笑道：「我但凡有氣，早一頭碰死了，不然豈許奴才來我身上翻賊贓了！明兒一早，我先回過老太太、太太，然後過去給大娘賠禮，該怎麼，我就領。」那王善保家的討了個沒意思，只得窗外站著去了，誰知他這也是頭一遭挨打，心裡氣忿，說：「我明兒回了太太，仍回老娘家去罷！這個老命，還要他做什麼！」探春喝命丫鬟道：「你們沒聽他說話？還等我和他對嘴去不成！」侍書等聽說，便出去說道：「你果然回老娘家去，倒是我們的造化了！只怕捨不得去！」鳳姐笑道：「好丫頭！真是有其主必有其僕。」探春冷笑道：「我們作賊的人，嘴裡都有三言兩語。他還算笨的，背地裡就只不會調唆主子。」平兒忙也陪笑解勸，一面又拉了侍書進來。周瑞家的等人勸了一番。鳳姐直待伏侍探春睡下，方帶著人往對過暖香塢來。

彼時李紈猶病在床上。他與惜春是緊鄰，又與探春相近，故順路先到這兩處。因李紈纔吃了藥睡著，不好驚動，只到丫鬟們房中一一的搜了一遍，也沒有搜出什麼東西。遂到惜春房中來。因惜春年幼，尚未識事，嚇的不知當有什麼事故，鳳姐也少不得安慰他。誰知竟在入畫箱中搜出一大包金銀錁子來，約共三四十個，（奇！為察姦情，反得贓賊。）又有一副玉帶板子❽，並一包男人的靴襪等物。鳳姐也黃了臉，因問：「這是哪裡來的？」入畫只得跪下，哭訴真情說：「這是珍大爺賞我哥哥的。（妙極是極，蓋入畫本係寧府之人也。）因我們老子娘都在南方，如今只跟著叔叔過日子。我叔叔、嬸子只要吃酒賭錢，我哥哥怕交給他們又花了，所以每常得了，悄悄的煩了老媽媽帶進來，叫我收著的。」惜春膽小，見了這個也害怕，說：「我竟不知道。這還了得！二嫂子，你要打他，好歹帶他出去打罷，我聽不慣的。」鳳姐笑道：「這話若果真呢，也倒可恕，只是不該私自傳送進來。這個可以傳遞得，什麼不可以傳遞？這倒是傳遞人的不是了。若這話不真，倘是偷來的，你可就別想活了。」入畫跪哭道：「我不敢扯謊。奶奶只管明日問我們奶奶和大爺去，若說不是賞的，就拿我和我哥哥一同打死無怨。」鳳姐道：「這個自然要問的。只是真賞的，你也有不是。誰許你私自傳送東西的？你且說是誰作接應，我便饒你。下次萬萬不可。」惜春道：「嫂子別饒他這次方可，這裡人多，若不拿一個人作法，那些大的聽見了，又不知要怎樣呢！嫂子若饒他，我也不依。」（這是自己反不依的，各得自然之理，各有自然之妙。）鳳姐道：「素日我看他還好。誰沒一個錯？只這一次，二次犯下，二罪俱罰。但不知傳遞是誰？」惜春道：「若說傳遞，再無別個，必是二門上的張媽。他常肯和這些丫頭們鬼鬼祟祟的，這些丫頭們也都肯照顧他。」鳳姐聽說，便命人記下，將東西且交給周瑞家的暫拿著，等明日對明再議。於是別了惜春，方往迎春房內來。

---

❽ 玉帶板子：一種鑲嵌在腰帶上的飾物。

迎春已經睡著了，丫鬟們也纔要睡。眾人扣門，半日纔開。鳳姐吩咐：「不必驚動小姐。」遂往丫鬟們房裡來。因司棋是王善保的外孫女兒，（玄妙奇詭，出人意外。）鳳姐倒要看王家的可藏私不藏，遂留心看他搜檢。先從別人箱子搜起，皆無別物，及到了司棋箱子中搜了一回，王善保家的說：「也沒有什麼東西。」纔要關箱時，周瑞家的道：「且住！這是什麼？」說著，便伸手掣出一雙男子的錦帶襪並一雙緞鞋來；（險極！）又有一個小包袱，打開看時，裡面有一個同心如意❾，並一個字帖兒，一總遞與鳳姐。鳳姐因理家事，每每看開帖並賬目，也頗識得幾個字了，便看那帖子，是大紅雙喜箋帖，（紙就好。余為司棋心動。）上面寫道：「上月你來家後，父母已覺察你我之意，但姑娘未出閣，尚不能完你我之心願。若園內可以相見，你可託張媽給一信息。我等在園內一見，倒比來家得說話。千萬，千萬。再所賜香袋二個，今已查收外，特寄香珠一串，略表我心。千萬收好。表弟潘又安拜具。」（名字便妙！）鳳姐看罷，不怒而反樂。（惡毒之至！）別人並不識字，王家的素日也不知道姑表姊弟有這一節風流故事，見了這鞋襪，心內已是有些毛病，又見有一紅帖，鳳姐又看著笑，他便說道：「必是他們胡寫的賬目，不成個字，所以奶奶見笑。」鳳姐笑道：「正是，這個賬竟算不過來。你是司棋的老娘，他的表弟也該姓王，怎麼又姓潘呢？」王善保家的見問的奇怪，只得勉強告道：「司棋的姑媽給了潘家，所以他姑表兄弟姓潘。上次逃走了的潘又安就是他表弟。」鳳姐笑道：「這就是了。」因道：「我念給你聽了。」說著，從頭念了一遍，大家都唬了一跳。這王家的一心只要拿人的錯兒，不想反拿住了他外孫女兒，又氣又臊。周瑞家的四人又都

---

❾ 如意：一種用玉、竹、骨等製成象徵吉祥的器物，頭呈靈芝形或雲形，柄微曲。同心如意是兩個如意作交搭形狀，用作男女互相贈送的信物。

問著他：「你老可聽見了？明明白白，再沒的話說了。如今據你老人家，該怎麼樣？」這王家的只恨沒地縫兒鑽進去。鳳姐只瞅著他嘻嘻的笑，（惡毒之至！）向周瑞家的笑道：「這倒也好，不用你們作老娘的操一點兒心，他鴉雀不聞的給你們弄個好女婿來，大家倒省心。」（刻毒之至！按鳳姐雖係刻毒，然亦不應在下人前為尋不是，次等人前不得如是也。）周瑞家的也笑著湊趣兒。王家的氣無處洩，便自己回手打自己的臉，罵道：「老不死的娼婦！怎麼造下孽了？說嘴打嘴，現世現報在人眼裡。」眾人見這般，俱笑個不住，又半勸半諷的。鳳姐見司棋低頭不語，也並無畏懼慚愧之意，倒覺可異。料此時夜深，且不必盤問，只怕他夜間自己去尋拙志⑩，遂喚兩個婆子監守起他來。帶了人，拿了贓證回來，且自安歇，等待明日料理。

誰知到夜裡又連起來幾次，下面淋血不止，至次日便覺身體十分軟弱，起來發暈，遂掌不住，請太醫來。診脈畢，遂立藥案云：「看得少奶奶係心氣不足，虛火乘脾，皆由憂勞所傷，以致嗜臥好眠，胃虛土弱，不思飲食。今聊用升陽養榮之劑。」寫畢，遂開了幾樣藥名，不過是人參、當歸、黃芪等類之劑。一時退去，有老嬤嬤們拿了方子，回過王夫人，不免又添一番愁悶，遂將司棋等事暫且不提。

可巧這日尤氏來看鳳姐。坐了一回，到園中去又看過李紈，就要望候姊妹去。忽見惜春遣人來請，尤氏遂到他房中來。惜春便將昨晚一事細細告訴與尤氏，又命將入畫的東西一概要來與尤氏過目。尤氏道：「實是你哥哥賞他哥哥的，只不該私自傳送。如今官鹽竟成了私鹽⑪了。」因罵入畫：「糊塗

---

⑩ 尋拙志：自尋短見；自殺。

⑪ 官鹽竟成了私鹽：私鹽，指違法買賣的鹽，相對於國營或已納稅合法經營的官鹽而言。這裡指本來「合法」賞賜之物，因私自傳送而成為「不合法」了。

脂油蒙了心的！」惜春道：「你們管教不嚴，反罵丫頭。這些姊妹，獨我的丫頭這樣沒臉，我如何去見人？昨兒我立逼著鳳姐姐帶了他去，他只不肯。我想他原是那邊的人，鳳姐姐不帶他去，也原有理。我今日正要送過去，嫂子來的恰好，快帶了他去，或打或殺或賣，我一概不管。」入畫聽說，又跪下哭求，說：「再不敢了，只求姑娘看從小兒情常，好歹生死一處罷！」尤氏和奶娘等人也都十分分解，說：「他不過一時糊塗了，下次再不敢的。他從小兒伏侍你一場，到底留著他為是。」誰知惜春雖然年幼，卻天生成一種百折不回的廉介孤獨僻性，任人怎說，他只以為丟了他的體面，咬定牙斷乎不肯。更又說的好：「不但不要入畫，如今我也大了，連我也不便往你們那邊去了。況且近日我每每風聞得有人背地裡議論什麼多少不堪的閒話，我若再去，連我也編派上了。」尤氏道：「誰議論什麼？又有什麼可議論的？姑娘是誰，我們是誰？姑娘既聽見人議論我們，就該問著他纔是。」惜春冷笑道：「你這話問著我倒好。我一個姑娘家，只有躲是非的，我反去尋是非，成個什麼人了！還有一句話，我不怕你惱，好歹自有公論，又何必去問人。古人說得好，『善惡生死，父子不能有所勗助⑫』，何況你我二人之間？我只知道保得住我就夠了，不管你們。自此以後，你們有事別累我。」

尤氏聽了，又氣又好笑，因向地下眾人道：「怪道人人都說這四丫頭年輕糊塗，我只不信。你們聽纔一篇話，無原無故，又不知好歹，又沒個輕重。雖然是小孩子的話，卻又能寒人的心。」眾嬤嬤笑道：「姑娘年輕，奶奶自然該吃些虧的。」惜春冷笑道：「我雖年輕，這話卻不年輕。你們不看書，不識幾個字，所以都是些獃子。看著明白人，倒說我年輕糊塗。」尤氏道：「你是狀元、探花，古今

⑫ 勗助：幫助。

第一個才子。我們是糊塗人，不如你明白，何如？」惜春道：「狀元、探花難道就沒有糊塗的不成？可知他們也有不能了悟的更多！」尤氏笑道：「你倒好，纔是才子，這會子又作大和尚了，又講起了悟來。」惜春道：「我不了悟，我也捨不得入畫了。」尤氏道：「可知你是個口冷心狠的人。」惜春道：「古人曾也說的，『不作狠心人，難得自了漢⓭』。我清清白白的一個人，為什麼教你們帶累壞了我？」尤氏心內原有病，怕說這些話。聽說有人議論，已是心中羞惱激射，只是在惜春分上不好發作，忍耐了大半；今見惜春又說這句，因按捺不住，因問惜春道：「怎麼就帶累了你？你的丫頭的不是，無故說我，我倒忍了這半日；你倒越發得了意，只管說這些話。你是千金萬金的小姐，我們以後就不親近，仔細帶累了小姐的美名！」即刻就叫人：「將入畫帶了過去！」說著，便賭氣起身去了。惜春道：「若果然不來，倒也省了口舌是非，大家倒還清淨。」尤氏也不答話，一逕往前邊。不知後事如何？

校記

1.「尤氏道：『你是狀元、探花，古今第一個才子。我們是糊塗人，不如你明白，何如？』惜春道：『狀元、探花，難道就沒有糊塗的不成？可知他們有不能了悟的更多！』」庚辰本缺「你是狀元、探花，古今第一個才子。我們是糊塗人，不如你明白，何如？惜春道」三十八字，據「八十回校本」補改。

2.「忍耐了大半，今見惜春又說這句，因按捺不住，因問惜春道：『怎麼……』」，庚辰本原無此數句，據「八十回校本」補入。

⓭ 自了漢：指只顧自己，不顧大局的人。這裡有潔身自好的意思。

第七十五回　開夜宴異兆發悲音　賞中秋新詞得佳讖

乾隆二十一年五月初七日對清。缺中秋詩，俟雪芹。

□□□　開夜宴　發悲音

□□□　賞中秋　得佳讖

話說尤氏從惜春處賭氣出來，正欲往王夫人處去。跟從的老嬤嬤們因悄悄的回道：「奶奶且別往上房去，纔有甄家的幾個人來，還有些東西，不知是作什麼機密事。奶奶這一去恐不便。」尤氏聽了道：「昨日聽見你爺說，看邸報甄家犯了罪，現今抄沒家私，調取進京治罪。怎麼又有人來？」老嬤嬤道：「正是呢！纔來了幾個女人，氣色不成氣色，慌慌張張的，想必有什麼瞞人的事情也是有的。」尤氏聽了，便不往前去，仍往李氏這邊來了。前只有探春一語，過至此回，又用尤氏略為陪點，且輕輕淡染出甄家事故，此畫家來落墨之法也。

恰好太醫纔診了脈去，李紈近日也略覺精爽了些，擁衾倚枕坐在床上，正欲一二人來說些閒話。因見尤氏進來不似往日和靄可親，只呆呆的坐著，李紈因問道：「你過來了這半日，可在別處屋裡吃些東西沒有？只怕餓了。」即命素雲：「瞧有什麼新鮮點心揀了來。」尤氏忙止道：「不必，不必，你這一向病著，哪裡有什麼新鮮東西？況且我也不餓。」李紈道：「昨日他姨娘家送來的好茶麵子❶，

❶ 茶麵子：炒製過的麵粉，可以用水調和食用。

倒是對❷碗來你喝罷。」說畢便吩咐人去對茶。尤氏出神無語，跟來的丫頭媳婦們因問：「奶奶今日中晌尚未洗臉，這會子趁便可淨一淨好？」尤氏點頭。李紈忙命素雲來取自己妝奩。素雲一面取來，一面將自己的胭粉拿來，笑道：「我們奶奶就少這個。奶奶不嫌髒，這是我的，能著用些。」李紈道：「我雖沒有，你就該往姑娘們那裡取去，怎麼公然拿出你的來？幸而是他，若是別人，豈不惱呢？」尤氏笑道：「這又何妨！自來我凡過來，誰的沒使過？今日忽然又嫌髒了？」一面說，盤膝坐在炕沿上。銀蝶上來，忙代為卸去腕鐲戒指，又將一大袱手巾蓋在下截，將衣裳護嚴。小丫鬟炒荳兒捧了一大盆溫水走至尤氏跟前，只彎腰捧著。銀蝶笑道：「說一個個沒權變的，說一個葫蘆就是一個瓢❸。奶奶不過待偺們寬些，在家裡你不管怎樣罷了；你就得了意，不管在家出外，當著親戚也只隨著便了？」尤氏道：「你隨他去罷，橫豎洗了就完事了。」炒荳兒忙趕著跪下。尤氏笑道：「你們家下大小的人只會講外面假禮假體面，究竟作出來的事都夠使的了。」按：尤氏犯七出之條，不過只是「過於從夫」四字，此世間婦人之常情耳。其心術慈厚寬順，竟可出於阿鳳之上。特用之明犯七出之人；從公一論，可知賈宅中暗犯七出之人亦不少。似明犯者反可宥恕，其飾己非而揚人惡者，陰昧僻譎之流，實不能容於世者也。此為打草驚蛇法，實寫邢夫人也。李紈聽如此說，便知他已知道昨夜的事，因笑道：「你這話有因，誰作事究竟夠使的了？」尤氏道：「你倒問我！你敢是病著死過去了？」

一語未了，只見人說：「寶姑娘來了。」忙說快請時，寶釵已走進來。尤氏忙擦臉，起身讓坐，因問：「怎麼一個人忽然走來？別的姊妹都怎麼不見？」寶釵道：「正是，我也沒有見他們。只因今

❷ 對：同「兌」。沖調的意思。

❸ 說一個葫蘆就是一個瓢：即「依葫蘆畫瓢」的意思，形容沒有機智權變。

日我們奶奶身上不自在，家裡兩個女人也都因時症未起炕，別人靠不得。我今兒要出去伴著老人家，夜裡作伴兒。要去回老太太、太太，我想又不是什麼大事，且不用提，等好了，我橫豎進來的。所以來告訴大嫂子一聲。」李紈聽說，只看著尤氏笑，尤氏也只看著李紈笑。一時尤氏盥沐已畢，大家吃麵茶。李紈因笑道：「既這樣，且打發人去請姨娘的安，問是何病。我也病著，不能親自來的。好妹妹，你去只管去，我自打發人去到你那裡去看屋子。你好歹住一兩天還進來，別叫我落不是。」寶釵笑道：「落什麼不是呢？這也是通共常情，你又不曾賣放了賊。依我的主意，也不必添人過去，竟把雲丫頭請了來，你和他住一兩日，豈不省事？」尤氏道：「可是！史大妹妹往哪裡去了？」寶釵道：「我纔打發他們找你們探丫頭去了，叫他同到這裡來，我也明白告訴他。」

正說著，果然報雲姑娘和三姑娘來了，大家讓坐已畢，寶釵便說要出去一事。探春道：「很好，不但姨媽好了還來的，就便好了不來也使得。」尤氏笑道：「這話奇怪，怎麼攆起親戚來了？」探春冷笑道：「正是呢！有叫人攆的，不如我先攆。親戚們好，也不在必要死住著纔好。咱們倒是一家子親骨肉呢，一個個不像烏眼雞？恨不得你吃了我，我吃了你。」尤氏忙笑道：「我今兒是哪裡來的晦氣，偏都碰著你姊妹們的氣頭兒上了。」探春道：「誰叫你趕熱灶❹來了！」因問：「誰又得罪了你呢？」因又尋思道：「四丫頭也不犯囉唣你，卻是誰呢？」尤氏只含糊答應。探春知他畏事不肯多言，因笑道：「你別裝老實了！除了朝廷治罪，沒有砍頭的，不必畏頭畏尾。實告訴你罷，我昨日把王善保的老婆子打了，我還頂著個罪呢。不過背地裡說我些閒話，難道他還打我一頓不成？」寶釵忙問：

❹ 趕熱灶：湊熱鬧。

「因何又打他？」探春就把昨夜怎的抄檢，怎的打他，一一說了出來。尤氏見探春已經說了出來，便把惜春方纔之事也說了出來。探春道：「這是他的僻性，孤介太過，我們再拗不過他。」因又告訴他們說：「今日一早不見動靜，打聽鳳辣子又病了。我就打發我媽媽出去打聽王善保家的是怎樣。回來告訴我說，王善保家的挨了一頓打，大太太嗔著他多事。」尤氏、李紈道：「這倒也是正理。」探春冷笑道：「這種掩飾誰不會作？且再瞧就是了。」尤氏、李紈皆默無所答。一時，估著前頭用飯，湘雲和寶釵回房打點衣衫，不在話下。

尤氏等遂辭了李紈，往賈母這邊來。賈母歪在榻上，王夫人說甄家因何獲罪，如今抄沒了家產，回京治罪等語。賈母聽了不自在，恰好見他姊妹來了，因問：「從哪裡來的？可知鳳姐妯娌兩個的病今日怎樣？」尤氏等忙回道：「今日都好些。」賈母點頭嘆道：「偺們別管人家的事，且商量偺們八月十五日賞月是正經。」（賈母已看破狐悲兔死，故不改已往，聊來自遣耳。）王夫人笑道：「都已預備下了。不知老太太揀哪裡好？只是園裡空，夜晚風冷。」賈母笑道：「多穿兩件衣服何妨？那裡正是賞月的地方，豈可倒不去的。」說話之間，早有媳婦丫鬟們抬過飯桌來。王夫人、尤氏等忙上來放箸捧飯。賈母見自己的幾色菜已擺完，另有兩大捧盒內捧了幾色菜來，便知是各房另外孝敬的舊規矩。賈母因問：「都是些什麼？上幾次我就吩咐，如今可以把這些蠲了罷，你們還不聽。如今比不得在先的時光了。」鴛鴦忙道：「我說過幾次都不聽，也只罷了。」王夫人笑道：「不過都是家常東西。今日我吃齋，沒有別的，那些麵觔、豆腐老太太又不大甚愛吃，只揀了一樣椒油蓴齏醬來。」賈母笑道：「這樣正好，正想這個吃。」鴛鴦聽說，便將碟子挪在跟前。寶琴一一的讓了，方歸坐。賈母便命探春來同吃。探春也都讓過了，便和寶琴對面坐下。侍書忙去取了碗來。鴛鴦又指著幾樣菜道：「這兩樣看不出是什麼東西來，大老爺送來的；這一碗是雞髓筍，是外頭老爺送上來的。」一面說，一面就只將這碗筍送至桌上。賈母略嘗了兩點，便命：「將那兩樣著人送回去，就說我吃了，以後不必天天送。我想吃自然來要。」媳婦們答應著，仍送過去，不在話下。

賈母因問：「有稀飯吃些罷。」尤氏早捧過一碗來，說：「是紅稻米粥。」賈母接來吃了半碗，便吩咐：「將這粥送給鳳哥兒吃去。」又指著：「這一碗筍和這一盤風醃果子狸給顰兒、寶玉兩個吃去，那一碗肉給蘭小子吃去。」又向尤氏道：「我吃了，你就來吃了罷。」尤氏答應。待賈母漱口洗手畢，賈母便下地和王夫人說閒話行食❺。尤氏告坐，探春、寶琴二人也起來了，笑道：「失陪，失陪。」尤氏笑道：「剩我一個人，大擺桌的吃不慣。」賈母笑道：「鴛鴦、琥珀來趁勢也吃些，又作了陪客。」尤氏笑道：「好，好，好！我正要說呢。」賈母笑道：「看著多多的人吃飯，最有趣的。」又指銀蝶道：「這孩子也好，也來同你主子一塊來吃。等你們離了我，再立規矩去。」尤氏道：「快過來，不必裝假。」賈母負手看著取樂。因見伺候添飯的人手內捧著一碗下人的米飯，尤氏吃的仍是白粳米飯，賈母問道：「你怎麼昏了？盛這個飯來給你奶奶？」那人道：「老太太的飯吃完了，今日添了一位姑娘，所以短了些。」鴛鴦道：「如今都是『可著頭做帽子』❻了，要一點兒富餘也不能的。」王夫人忙回道：「這一二年旱澇不定，田上的米都不能按數交的，這幾樣細米更艱難了。所以都可著

❺ 行食：飯後活動幫助消化，稱為「行食」。

❻ 可著頭做帽子：依照頭的大小縫製帽子。比喻精打細算。

吃的多少關去，生恐一時短了，買的不順口。」賈母笑道：「這正是『巧媳婦做不出沒米的粥』來。」眾人都笑起來。鴛鴦道：「既這樣的，就去把三姑娘的飯拿來添也是一樣，就這樣笨！」尤氏笑道：「我這個就夠了，也不用取去。」鴛鴦道：「你夠了，我不會吃的？」地下的媳婦們聽說，方忙著取去了。總伏下文。一時王夫人也去用飯。

這裡尤氏直陪賈母說話取笑。到起更的時候，賈母說：「黑了，過去罷。」尤氏方告辭出來。走至大門前，上了車，銀蝶坐在車沿上。眾媳婦放下簾子來，便帶著小丫頭們先直走過那邊大門口等著去了。因二府之門相隔沒有一箭之路，每日家常來往不必定要周備，況天黑夜晚之間，來回的遭數更多，所以老嬤嬤帶著小丫頭只幾步便走了過來。兩邊大門上的人都到東西街口，早把行人斷住。尤氏大車上也不用牲口，只用七八個小廝挽環拽輪，輕輕的便推拽過這邊階磯上來。於是眾小廝退過獅子以外，眾嬤嬤打起簾子，銀蝶先下來，然後攙下尤氏來。大小七八個燈籠照的十分真切，尤氏因見兩邊獅子下放著四五輛大車，便知係來赴賭之人所乘，遂向銀蝶眾人道：「你看，坐車的是這樣，騎馬的還不知有幾個呢。馬自然在圈裡拴著，偺們看不見。也不知道他娘老子掙下多少錢與他們，這麼開心兒。」一面說，一面已到了廳上。賈蓉之妻帶了家下媳婦丫頭們也都秉燭接了出來。尤氏笑道：「成日家我要偷著瞧瞧他們，也沒得便。今兒倒巧，就順便打他們窗戶跟前走過去。」眾媳婦答應著，提燈引路，又有一個先去悄悄的知會伏侍的小廝們，不要失驚打怪。於是尤氏一行人悄悄的來至窗下，只聽裡面稱三讚四，耍笑之音雖多，妙，先畫贏家。又兼有恨五罵六，忿怨之聲亦不少。妙，又畫輸家。

原來賈珍近因居喪，每不得遊頑曠蕩，又不得觀優聞樂作遣，無聊之極，便生了個破悶之法，日間以習射為由，請了各世家弟兄及諸富貴親友來較射。因說：「白白的只管亂射，終無裨益，不但不能長進，而且壞了式樣，必須立個罰約，賭個利物，大家纔有勉力之心。」因此在天香樓下箭道內立了鵠子，皆約定每日早飯後來射鵠子。賈珍不肯出名，便命賈蓉作局家。這些來的皆係世襲公子，人人家道豐富，且都在少年，正是鬥雞走狗、問柳評花的一干遊蕩紈袴。因此大家議定，每日輪流作晚飯之主——每日來射，不便獨擾賈蓉一人之意。於是天天宰豬割羊，屠鵝戮鴨，好似「臨潼鬥寶」❼一般，都要賣弄自己家的好廚役、好烹炮。不到半月工夫，賈赦、賈政聽見這般，不知就裡，反說這纔是正理，文既誤矣，武事當亦該習，況在武蔭❽之屬。兩處遂也命賈環、賈琮、寶玉、賈蘭等四人，於飯後過來，跟著賈珍習射一回，方許回去。賈珍志不在此，再過一二日，便漸次以歇臂養力為由，晚上或抹抹骨牌，賭個酒東❾而已，至後漸次至錢。如今三四月的光景，竟一日一日賭勝於射了，公然鬥葉❿擲骰，放頭開局，夜賭起來。家下人借此各有些進益，巴不得的如此，所以竟成了勢了。外人皆不知一字。

近日邢夫人之胞弟邢德全也酷好如此，故也在其中。又有薛蟠，頭一個慣喜送錢與人的，見此豈

---

❼ 臨潼鬥寶：傳說春秋時秦穆公想做霸主，約請十七國諸侯在臨潼聚會，以比賽寶物定輸贏。楚國伍子胥在會上舉鼎示威，壓倒了秦穆公的氣勢。元雜劇有臨潼鬥寶，即演此事。這裡借此典故，形容那些紈袴子弟炫耀自己的奢華。

❽ 武蔭：父祖輩因武功受勛，子孫承襲而得封蔭。

❾ 酒東：置辦酒席的東道主。

❿ 鬥葉：玩紙牌。葉，又叫「葉子」或「葉兒」，一種紙牌。

不快樂？邢德全雖係邢夫人之胞弟，卻居心行事大不相同。這個邢德全只知吃酒賭錢、眠花宿柳為樂，手中濫漫使錢；待人無二心，好酒者喜之，不飲者則亦不去親近，無論上下主僕皆出自一意，並無貴賤之分，因此都喚他「傻大舅」。薛蟠是早已出名的「獃大爺」，今日二人皆湊在一處，都愛搶新快⓫爽利，便又會了兩家在外間炕上搶新快；別的又有幾家在當地下大桌子上打公番⓬；裡間又有一起斯文些的抹骨牌，打天九⓭。此間伏侍的小廝都是十五歲以下的孩子，若成丁的男子到不了這裡，故尤氏方潛至窗外偷看。其中有兩個十六七歲孌童⓮以備奉酒的，都打扮的粉妝玉琢。今日薛蟠又輸了一張，正沒好氣，幸而擲第二張完了，算來除翻過來，倒反贏了，心中只是興頭起來。賈珍道：「且打住！吃了東西再來。」因問那兩處怎樣，裡頭打天九的也作了賬等吃飯，打公番的未清賬，且不肯吃。這是各不能催的，先擺下一大桌，賈珍陪著吃，命賈蓉落後陪那一起。

薛蟠興頭了，便摟著一個孌童吃酒，又命將酒去敬邢傻舅。傻舅輸家沒心緒，吃了兩碗便有些醉意，嗔著兩個孌童只趕著贏家，不理輸家了，因罵道：「你們這起兔子就是這樣，專洑上水！天天在一處，誰的恩你們不沾？只不過這一會子輸了幾兩銀子，你們就三六九等了！難道從此以後再沒有求

⓫ 搶新快：一種賭博遊戲，用六個骰子，按點色組合定出分數，在比賽中分多者勝。

⓬ 打公番：一種賭博遊戲，具體不詳。

⓭ 打天九：比賽骨牌上點數多少的賭博遊戲。骨牌點數為「天」（一張牌上十二點）、「九」（一張牌上九點）為最大，所以稱為打「天九」。

⓮ 孌童：以美色事人的男孩。

著我們的事了？」眾人見他帶酒，忙說：「很是很是。果然他們風俗不好。」因喝命：「快敬酒賠罪！」兩個孌童都是演就的局套⑮，忙都跪下奉酒，說：「我們這行人，師父教的，不論遠近厚薄，只看一時有錢有勢就親敬；便是活佛神仙，一時沒了錢勢了，就不好去理他。況且我們又年輕，又居這個行次，求舅太爺體恕些，我們就過去了。」說著，便舉著酒，雙膝跪下。[調侃，罵死世人不是罵。]邢大舅心內雖軟了，只還故作怒意不理。眾人又勸道：「這孩子是實情說話，老舅是久慣憐香惜玉的，如何今日反這樣起來？若不吃這酒，他兩個怎樣起來？」邢大舅已掌不住了，便說道：「若不是眾位說，我再不理。」說著，方接過來一氣喝乾，又斟一碗來。

邢大舅便酒勾往事，醉露真情起來，乃拍案對賈珍嘆道：「怨不的他們視錢如命，多少世宦大家出身的，若提起『錢勢』二字，連骨肉都不認了。老賢甥，昨日我和你那邊的令伯母賭氣，你可知道否？」賈珍道：「不曾聽見。」邢大舅嘆道：「就為錢這件混賬東西。利害，利害！」賈珍深知他與邢夫人不睦，每遭邢夫人棄惡，故出怨言，因勸道：「老舅，你也太散漫些。若只管花去，有多少給老舅花的？」邢大舅道：「老賢甥，你不知我邢家底裡。我母親去世時，我尚小，世事不知。他姊妹三個人，只有你令伯母年長出閣，一分家私都是他把持帶來。如今二家姐雖也出閣，他家也甚艱窘。三家姐尚在家裡，一應用度都是這裡陪房王善保家的掌管。我便來要錢，也非要的是你賈府的，我邢家家私也就夠我花了。無奈竟不得到手，所以有冤無處訴。」[眾惡之，必察也。今邢夫人一人，賈母先惡之，恐賈母心偏，亦可解之。若賈璉、阿鳳之怨怒，兒女之私亦可解之。若探春之怒，女子不識大而知小，亦可解之。今又忽用乃弟一怨，吾不知將又何如矣。]賈珍見他酒後叨叨，恐人聽見不雅，連忙用話解勸。外面尤

⑮ 局套：陳規、俗套。

氏等聽得十分真切，乃悄向銀蝶笑道：「你聽見了？這是北院裡大太太的兄弟抱怨他呢！可憐他親兄弟還這樣說，這就怨不得這些人了。」因還要聽時，正值打公番的也歇住了要吃酒，因有一個問道：「方纔是誰得罪了老舅？我們竟不曾聽明白，且告訴我們評評理。」邢德全見問，便把兩個孌童不理輸的只趕贏的話說了一遍。這一個年少的紈袴道：「這樣說，原可惱的，怨不得舅太爺生氣。我且問你兩個：舅太爺雖然輸了，輸的不過是銀子錢，並沒有輸丟了毜𣬶，怎就不理他了？」說著，眾人大笑起來，連邢德全也噴了一地飯。尤氏在外面悄悄的啐了一口，罵道：「你聽聽，這一起子沒廉恥的小挨刀的，纔丟了腦袋骨子⑯，就混唚嚼毛了！再肏攮下黃湯去，還不知唚出些什麼來呢！」一面說，一面便進去卸妝安歇。至四更時賈珍方散，往佩鳳房裡去了。

次日起來，就有人回西瓜月餅都全了，只待分派送人。賈珍吩咐佩鳳道：「你請你奶奶看著送罷，我還有別的事呢。」佩鳳答應去了，回了尤氏。尤氏只得一一分派，遣人送去。一時，佩鳳又來說：「爺問奶奶今兒出門不出？說偺們是孝家，明兒十五過不得節，今兒晚上倒好，可以大家應個景兒，吃些瓜餅酒。」尤氏道：「我倒不願出門呢。那邊珠大奶奶又病了，鳳丫頭又睡倒了，我再不過去，越發沒個人了。我不得閒，應什麼景兒！」佩鳳說道：「爺說了，今兒已辭了眾人，直等十六纔來呢，好歹定要請奶奶吃酒的。」尤氏笑道：「請我，我沒的還席。」佩鳳笑著去了。一時又來，笑道：「爺說連晚飯也請奶奶吃，好歹早些回來，叫我跟了奶奶去呢。」尤氏道：「既這樣，早飯吃什麼？快些

⑯ 腦袋骨子：指小孩的囟門。嬰兒頭蓋骨未合縫處，在頭頂前部中央，兩塊頭骨稍微突出，稱為「囟門」。丟了腦袋骨子，指嬰兒長大，頭蓋骨合縫平復。

吃了，我好走。」佩鳳道：「爺說早飯在外頭吃，請奶奶自己吃罷。」尤氏問道：「今日外頭有誰？」佩鳳道：「聽見說外頭有兩個南京新來的，倒不知是誰。」說話之間，賈蓉之妻也梳妝了來見過。少時擺上飯來，尤氏在上，賈蓉之妻在下相陪。婆媳二人吃畢飯，尤氏便換了衣服，仍過榮府來，至晚方回去。

果然賈珍煮了一口豬，燒了一腔羊，餘者桌菜及果品之類不可勝記，就在會芳園叢綠堂中，屏開孔雀，褥設芙蓉，帶領妻子姬妾，先飯後酒，開懷賞月作樂。將一更時分，真是風清月朗，上下如銀。賈珍因要行令，尤氏便叫佩鳳等四個人也都入席，下面一溜坐下，猜枚划拳，飲了一回。賈珍有了幾分酒，益發高興，便命取了一竿紫竹簫來，命佩鳳吹簫，文花唱曲，喉清嗓嫩，真令人魄醉魂飛。唱罷，復又行令。那天將有三更時分，賈珍酒已八分，大家正添衣飲茶、換盞更酌之際，忽聽那邊牆下有人長嘆之聲。大家明明聽見，都悚然疑畏起來。（余亦悚然疑畏。）賈珍忙厲聲叱咤，問：「誰在那裡？」連問幾聲，沒有人答應。尤氏道：「必是牆外邊家裡人也未可知。」賈珍道：「胡說！這牆四面皆無下人的房子，況且那邊又緊靠著祠堂，（奇絕神想，余更為之悚懼矣。）焉得有人？」一語未了，只聽得一陣風聲竟過牆去了。恍惚聞得祠堂內槅扇開闔之聲。只覺得風氣森森，比先更覺涼颯起來。月色慘淡，也不似先明朗。眾人都覺毛髮倒豎，賈珍酒已醒了一半，只比別人撐持得住些，心下也十分疑畏，便大沒興頭起來。勉強又坐了一會子，就歸房安歇去了。次日一早起來，乃是十五日，帶領眾子侄開祠堂行朔望之禮⓱。細察祠內，都仍是照舊好好的，並無怪異之跡。賈珍自為醉後自怪，也不提此事。禮畢，仍閉上門，

⓱ 朔望之禮：每月初一（朔）十五（望）祭祀祖先的禮儀。

看著鎖禁起來。未寫「榮府慶中秋」，卻先寫「寧府開夜宴」；未寫榮府數盡，先寫寧府異兆。蓋寧乃家宅，凡有關於吉凶者故必先示之。且列祖祀此，豈無得而警乎？凡人先人雖遠，然氣運相關，必有之理也。非寧府之祖獨有感應也。

賈珍夫妻至晚飯後方過榮府來，只見賈赦、賈政都在賈母房內坐著說閒話，與賈母取笑。賈璉、寶玉、賈環、賈蘭皆在地下侍立。賈珍來了，都一一見過。說了兩句話後，賈母命坐，賈珍方在近門小杌子上告了坐，側著身子坐下。賈母笑問道：「這兩日你寶兄弟的箭如何了？」賈珍忙起身道：「大長進了，不但樣式好，而且弓也長了一個力氣。」賈母道：「這也夠了。且別貪力，仔細努傷⑱。」賈珍忙答應幾個「是」。賈母又道：「你昨日送來的月餅好；西瓜看著好，打開卻也罷了。」賈珍笑道：「月餅是新來的一個專做點心的廚子，我試了試，果然好，纔敢孝敬。西瓜往年都還可以，不知今年怎麼就不好了。」賈政道：「大約今年雨水太勤之故。」賈母笑道：「此時月已上了，偺們且去上香。」說著，便起身扶著寶玉的肩，帶領眾人齊往園中來。

當下園裡正門俱已大開，吊著羊角大燈。嘉蔭堂前月臺上焚著斗香，秉著風燭，陳獻著瓜餅及各色果品。邢夫人等一干女客皆在裡面久候。真是月明燈彩，人氣香烟，晶豔氤氳，不可形容。地下鋪著拜毯錦褥。賈母盥手上香，拜畢，於是大家皆拜過。賈母便說：「賞月在山上最好。」因命在那山脊上的大廳上去。眾人聽說，就忙著在那裡去鋪設。賈母且在嘉蔭堂中吃茶少歇，說些閒話。

一時，人回都齊備了，賈母方扶著人上山來。王夫人等因說：「恐石上苔滑，還是坐竹椅上去。」賈母道：「天天有人打掃，況且極平穩的寬路，何必不疏散疏散筋骨！」於是賈赦、賈政等在前導引，

⑱ 努傷：用力過猛而受傷。努，勤勉；盡力。

又是兩個老婆子秉著兩把羊角手罩，鴛鴦、琥珀、尤氏等貼近攙扶，邢夫人等在後圍隨。從下逶迤不過百餘步，至山之峰脊上，便是這座敞廳。因在山之高脊，故名曰「凸碧山莊」。於廳前平臺上列下桌椅，又用一架大圍屏隔作兩間。凡桌椅形式皆是圓的，特取團圓之意。上面居中賈母坐下，左垂首賈赦、賈珍、賈璉、賈蓉，右垂首賈政、寶玉、賈環、賈蘭，團團圍坐。只坐了桌半壁，下面還有半壁餘空。賈母笑道：「往常倒還不覺人少，今日看來，還是偺們的人也甚少，算不得甚麼。（未飲先感人丁，總是將散之兆。）想當年過的日子，到今夜男女三四十個，何等熱鬧。今日就這樣，太少了。待要再叫幾個來，他們都是有父母的，家裡去了應景，不好來的。如今叫女孩們來坐那邊罷。」於是令人向圍屏後邢夫人等席上將迎春、探春、惜春三個請出來。賈璉、寶玉等一齊出坐，先盡他姊妹坐了，然後在下依次坐定。

賈母便命折一枝桂花來，命一媳婦在屏後擊鼓傳花，若花到誰手中，飲酒一杯，罰說笑話一個。（不犯前幾次飲酒。）於是先從賈母起，次賈赦，一一接過。鼓聲兩轉，恰恰在賈政手中住了，（奇妙，偏在政老手中，竟能使政老一謔，真大文章矣。）只得飲了酒。眾姊妹弟兄皆你悄悄的扯我一下，我暗暗的又捏你一把，都含笑倒要聽是何笑話。（余也要細聽。）賈政見賈母喜悅，只得承歡，方欲說時，賈母又笑道：「若說的不笑了，還要罰！」賈政笑道：「只得一個，說來不笑，也只好受罰了。」因笑道：「一家子一個人最怕老婆的。」纔說了一句，大家都笑了，因從不曾見賈政說過笑話，所以纔笑。（是極，摹神之至！）賈母笑道：「這必是好的。」賈政笑道：「若好，老太太多吃一杯。」賈母笑道：「自然。」賈政又說道：「這個怕老婆的人，從不敢多走一步。偏是那日是八月十五，到街上買東西，便遇見了幾個朋友，死活拉到家裡去吃酒。不想吃醉了，便在朋友家睡著了，第二日纔醒。後悔不及，只得來家陪罪。他老婆正洗腳，說：『既是這樣，你替我舔舔就饒你。』這男人只得給他舔，未免惡心要吐。他老婆便惱了要打，說：『你這樣輕狂！』嚇得他男人忙跪下求說：『並不是奶奶的腳髒，只因昨晚吃多了黃酒，又吃了幾塊月餅餡子，所以今日有些作酸呢。』」說的賈母與眾人都笑了。這方是賈政之謔，亦善謔矣。賈政忙斟了一杯，送與賈母，賈母笑道：「既這樣，快叫人取燒酒來，別叫你們受累。」眾人又都笑起來。

於是又擊鼓，便從賈政傳起，可巧傳至寶玉，鼓止。寶玉因賈政在坐，自是踧踖不安⑲，花偏又在他手內，因想：「說笑話倘或不好發笑，又說沒口才。連一笑話不能說，何況別的，這有不是；若說好了，又說正經的不會，只慣油嘴貧舌，更有不是。不如不說的好。」實寫舊日往事。乃起身辭道：「我不能說笑話，求再限別的罷了。」賈政道：「既這樣，限一個『秋』字，就即景作一首詩。若好，便賞你。若不好，明日仔細。」賈母忙道：「好好的行令，如何又要作詩了？」賈政道：「他能的。」賈母聽說：「既這樣，就作。」命人取了紙筆來。賈政道：「只不許用那些冰玉晶銀、彩光明素等樣堆砌字眼，要另出己見，試試你這幾年的情思。」寶玉聽了，碰在心坎上，遂立想了四句，向紙上寫了，呈與賈政看，道是⑳……賈政看了，點頭不語。賈母見這般，知無甚大不好，便問：「怎麼樣？」賈政因欲賈母喜悅，便說：「難為他。只是不肯念書，到底詞句不雅。」賈母道：「這就罷了，他能多大，定要他做才子不成？這就該獎勵他，以後越發上心了。」賈政道：「正是。」因回頭命個老嬤嬤

---

⑲ 踧踖不安：外表恭敬而內心局促不安。踧踖，音ㄘㄨˋ ㄐㄧˊ。恭敬而不安的樣子。

⑳ 道是：底下賈寶玉的詩及下文賈蘭、賈環的詩，庚辰本缺，各本同。本回前有批語云「缺中秋詩，俟雪芹」，說明這幾首詩原缺。

出去，吩咐書房內的小廝：「把我海南帶來的扇子取兩把給他。」寶玉忙拜謝，仍復歸座行令。當下賈蘭見獎勵寶玉，他便出席，也做一首，遞與賈政看時，寫道是……賈政看了，喜不自勝，遂並講與賈母聽時，賈母也十分歡喜，也忙令賈政賞他。

於是大家歸坐，復行起令來。這次在賈赦手內住了，只得吃了酒說笑話。因說道：「一家子一個兒子最孝順，偏生母親病了，各處求醫不得，便請了一個針灸的婆子來。這婆子原不知道脈理，只說是心火，如今用針灸之法針灸就好了。這兒子慌了，便問：『心見鐵即死，如何針得？』婆子道：『不用針心，只針肋條就是了。』兒子道：『肋條離心甚遠，怎麼就好？』婆子道：『不妨事，你不知天下父母，心偏的多呢。』」眾人聽說，都笑起來。賈母也只得吃半杯酒，半日笑道：「我也得這個婆子針一針就好了。」賈赦聽說，便知自己出言冒撞，賈母疑心，忙起身笑與賈母把盞，以別言解釋。賈母亦不好再提，且行起令來。

不料這次花卻在賈環手裡。賈環近日讀書稍進，其脾味亦不好務正，也與寶玉一樣，故每常也好看些詩詞，專好奇詭仙鬼一格。今見寶玉作詩受獎，他便技癢，只當著賈政不敢造次。如今可巧花在手中，便也索紙筆來，立揮一絕與賈政。偏立賈政戲謔，已是異文，而賈環作詩，實奇中又奇之奇文也，總在人意料之外。竟有人曰賈環如何又有好詩？似前言不搭後文矣。蓋不可向說問。賈環亦榮公之正脈，雖少年頑劣，見今古小兒之常情耳，讀書豈無長進之理哉？況賈政之教是弟子，自己大覺疏忽矣；若是賈環連一平仄也不知，豈榮府是尋常膏粱不知詩書之家哉？然後知寶玉之一種情思，正非有益之聰明，不得謂比諸人皆妙者也。賈政看了，亦覺罕異，只是詞句終帶著不樂讀書之意，遂不悅道：「可見是弟兄了，發言吐氣總屬邪派，將來都是不由規矩準繩，一起下流貨。妙在古人中有『二難』㉑，你兩個也可以稱『二難』了。

㉑ 二難：世說新語載陳寔有長子元方和少子季方，兩人的兒子都誇自己的父親，爭持不下，便去問祖父。陳寔說：「元方

只是你兩個的『難』字，卻是作『難以教訓』的『難』字講纔好。哥哥是公然以溫飛卿㉒自居，如今兄弟又自為曹唐㉓再世了。」說的賈赦等都笑了。賈赦乃要詩瞧了一遍，連聲讚好道：「這詩據我看，甚是有氣骨，想來偺們這樣人家，原不比那起寒酸，定要雪窗螢火㉔，一日蟾宮折桂，方得揚眉吐氣。偺們的子弟都原該讀些書，不過比別人略明白些，可以做得官時，就跑不了一個官的。何必多費了工夫，反弄出書獃子來。所以我愛他這詩，竟不失偺們侯門的氣概。」因回頭吩咐人去取了自己的許多玩物來賞賜與他。因又拍著賈環的頭，笑道：「以後就這麼做去，方是偺們的口氣。將來這世襲的前程定跑不了你襲呢。」賈政聽說，忙勸說：「不過他胡謅如此，哪裡就論到後事了！」說著，便斟上酒，又行了一回令。便又輕輕抹去也。賈母便說：「你們去罷。自然外頭還有相公們候著，也不可輕忽了他們。況且二更多了，你們散了，再讓我和姑娘們多樂一回，好歇著了。」賈赦等聽了，方止了令。又大家公進了一杯酒，方帶著子侄們出去了。要知端詳，再聽下回。

難為兄，季方難為弟。」意謂兄弟兩個都很優秀，難分高下。

㉒ 溫飛卿：晚唐詩人溫庭筠，其詩詞多寫閨情，風格綺麗穠豔。

㉓ 曹唐：唐代詩人，曾為道士，所作多遊仙詩。

㉔ 雪窗螢火：晉人孫康少時好學，家貧無燈油，常於冬夜在雪光的映照下讀書。晉人車胤勤奮好學，因家貧無油點燈，便搜集數十螢火蟲裝於囊中，借著螢火蟲的光亮讀書。

第七十六回　凸碧堂品笛感淒清　凹晶館聯詩悲寂寞

話說賈赦、賈政帶領賈珍等散去不提。且說賈母這裡命將圍屏撤去，兩席併而為一。眾媳婦另行擦桌整果，更杯洗箸，陳設一番。賈母等都添了衣，盥漱吃茶，方又入坐，團團圍繞。賈母看時，寶釵姊妹二人不在坐內，知他們家去圓月去了。且李紈、鳳姐二人又病著，少了四個人，便覺冷清了好些。不想這次中秋，反寫得十分淒楚。賈母因笑道：「往年你老爺們不在家，偺們越性請過姨太太來，大家賞月，卻十分熱鬧。忽一時想起你老爺來，又不免想到母子夫妻兒女不能一處，也都沒興。及至今年，你老爺來了，正該大家團圓取樂，又不便請他們娘兒們來說說笑笑。況且他們今年又添了兩口人，也難丟了他們跑到這裡來。偏又把鳳丫頭病了，有他一人來說說笑笑，還抵得十個人的空兒，可見天下事總難十全。」說畢，不覺長嘆一聲，遂命拿大杯來斟熱酒。王夫人笑道：「今日得母子團圓，自比往年有趣。往年娘兒們雖多，終不似今年自己骨肉齊全的好。」賈母笑道：「正是為此，所以纔高興，拿大杯來吃酒。你們也換大杯纔是。」邢夫人等只得換上大杯來。因夜深體乏，且不能勝酒，未免都有些倦意。無奈賈母興猶未闌，只得陪飲。賈母又命將罽氈鋪於階上，命將月餅、西瓜、果品等類都叫搬下去，令丫頭媳婦們也都團團圍坐賞月。

賈母因見月至中天，比先越發精彩可愛，因說：「如此好月，不可不聞笛。」因命人將十番上女孩子傳來。賈母道：「音樂多了，反失雅致。只用吹笛的遠遠的吹起來就夠了。」說畢，剛纔去說時，只見跟邢夫人的媳婦走來，向邢夫人前說了兩句話。賈母便問：「說什麼事？」那媳婦便回說：「方纔大老爺出去，被石頭絆了一下，蹬了腿。」賈母聽說，忙命兩個婆子快看去，又命邢夫人快去。邢夫人遂告辭起身。賈母便又說：「珍哥媳婦也趁著便就家去罷，我也就睡了。」尤氏笑道：「我今日不回去了，定要和老祖宗吃一夜。」賈母笑道：「使不得，使不得，你們小夫妻家，今夜不要團圓團圓？如何為我就擱了？」尤氏紅了臉，笑道：「老祖宗，說的我們太不堪了。我們雖然年輕，已經是十來年的夫妻，也奔四十歲的人了；況且孝服未滿，陪著老太太頑一夜還罷了，豈有自去團圓的理？」賈母聽說，笑道：「這話很是，我倒也忘了孝未滿。可憐你公公已是二年多了。（不是算賈敬，卻是算赦死期也。）可是我倒忘了，該罰我一大杯。既這樣，你就越性別送，陪著我罷了。你叫蓉兒媳婦送去，就順便回去罷。」尤氏說了，蓉妻答應著，送出邢夫人，一同至大門，各自上車回去，不在話下。

這裡賈母仍帶眾人賞了一回桂花，又入席換暖酒來。正說著閒話，猛不防只聽那壁廂桂花樹下，嗚嗚咽咽，悠悠揚揚，吹出笛聲來。趁著這明月清風，天空地淨，真令人煩心頓解，萬慮齊除，都肅然危坐，點頭相賞。約兩盞茶時方纔止住，大家稱讚不已，於是遂又斟上暖酒來。賈母笑道：「果然可聽麼？」眾人笑道：「實在可聽，我們也想不到這樣，須得老太太帶領著，我們也得開些心胸。」賈母道：「這還不大好，須得揀那曲譜越慢的吹來越好。」說著，便將自己吃的一個內造瓜仁油松穰月餅，又命斟一大杯熱酒：「送給譜笛之人，慢慢的吃了，再細細的吹一套來。」媳婦們答應了，方送去，只見方纔瞧賈赦的兩個婆子回來了，說：「右腳面上白腫了些，如今調服了藥，疼的好些了，也不甚大關係。」賈母點頭嘆道：「我也太操心。打緊說我偏心，我反這樣。」因就將方纔賈赦的笑話說與王夫人、尤氏等聽。王夫人等因笑勸道：「這原是酒後大家說笑，不留心也是有的，豈有敢說老太太之理？老太太自當解釋纔是。」只見鴛鴦拿了軟巾兜與大斗篷來，說：「夜深了，恐露水下來，風吹了頭，須要添了這個。坐坐也該歇了。」賈母道：「偏今兒高興，你又來催。難道我醉了不成？偏到天亮！」因命再斟酒來。一面帶上兜巾，披了斗篷，大家陪著又飲，說些笑話。

只聽桂花陰裡嗚嗚咽咽，嫋嫋悠悠，又發出一縷笛音來，果真比先越發淒涼。大家都寂然而坐，夜靜月明，且笛聲悲怨，賈母年老帶酒之人，聽此聲音，不免有觸於心，禁不住墮下淚來。眾人彼此都不禁淒涼寂寞之意，半日方知賈母傷感，纔忙轉身陪笑，發語解釋。（「轉身」妙！畫出對月聽笛如痴如呆，不覺尊長在上之形景來。）又命暖酒，且住了笛。尤氏笑道：「我也就學一個笑話，說與老太太解解悶。」賈母勉強笑道：「這樣更好，快說來我聽。」尤氏乃說道：「一家子養了四個兒子，大兒子只一個眼睛，二兒子只一個耳朵，三兒子只一個鼻子眼，四兒子倒都齊全，偏又是個啞叭。」正說到這裡，只見賈母已矇朧雙眼，似有睡去之態。（總寫出淒涼無興景況來。）尤氏方住了，忙和王夫人輕輕的請醒。賈母睜眼笑道：「我不困，白閉閉眼養神，你們只管說，我聽著呢。」（活畫。）王夫人等笑道：「夜已四更了，風露也大，請老太太歇著罷。明日再賞十六，也不辜負這月色。」賈母道：「哪裡就四更了？」王夫人笑道：「實已四更，他們姊妹們熬不過，都去睡了。」賈母聽說，細看了一看，果然都散了，只有探春在此。賈母笑道：「也罷。你們也熬不慣，況且弱的弱，病的病，去了倒省心。只是三丫頭可憐，尚還等著。你也去罷。我們散了。」說著，便起身，吃了一口清茶，便有預備下的竹椅小轎，便圍著斗篷坐上。兩個婆子搭起，眾人圍隨出園去了。不在話下。

這裡眾媳婦收拾杯盤碗盞時，卻少了個細茶杯，各處尋覓不見，又問眾人：「必是誰失手打了，撂在哪裡，告訴我，拿了磁瓦去交收是證見。不然，又說偷起來。」眾人都說：「沒有打了，只怕跟姑娘的人打了，也未可知。你細想想，或問問他們去。」一語提醒了這管傢伙的媳婦，因笑道：「是了，那一會兒記得是翠縷拿著的，我去問他。」說著便去找時，剛下了甬路，就遇見了紫鵑和翠縷來了。妙，又出一個。翠縷便問道：「老太太散了？可知我們姑娘哪去了？」更妙！這媳婦道：「我來問那一個茶鍾往哪裡去了，你們倒問我要姑娘！」翠縷笑道：「我們倒茶給姑娘吃的，展眼回頭，就連姑娘也沒了。」那媳婦道：「太太纔說，都睡覺去了。你不知哪裡頑去了，還不知道呢！」翠縷向紫鵑道：「斷乎沒有悄悄的睡去之理，只怕在哪裡走了走。如今見老太太散了，趕過前邊送去，也未可知。我們且往前邊找找去。有了姑娘，自然你的茶鍾也有了。你明日一早再找，有什麼忙的。」媳婦笑道：「有了下落，就不必忙了。明兒就和你要罷。」說畢，回去查收傢伙。這裡紫鵑和翠縷便往賈母處來，不在話下。

原來黛玉和湘雲二人並未去睡覺，只因黛玉見賈府中許多人賞月，賈母猶嘆人少，不似當年熱鬧，又提寶釵姊妹家去母女弟兄自去賞月等語，不覺對景感懷，自去俯欄垂淚。寶玉近因晴雯病勢甚重，諸務無心。帶一筆，妙，更覺謹密不漏。王夫人再四遣他去睡，他就去了。探春又因近日家事惱著，無暇遊頑；雖有迎春、惜春二人，偏又素日不大甚合。所以只剩了湘雲一人寬慰他，因說：「你是個明白人，何必作此形像自苦？我也和你一樣，我就不似你這樣心窄。何況你又多病，還不自己保養？可恨寶姐姐，姊妹天天說親道熱，早已說今年中秋要大家一處賞月，必要起詩社，大家聯句。到今日便棄了偺們，自已賞月去了。社也散了，詩也不作了。倒是他們父子叔侄縱橫起來。你可知宋太祖說的好：『臥榻之側，豈許他人酣睡！』❶他們不作，偺們兩個竟聯起句來，明日羞他們一羞。」黛玉見他這般勸慰，不肯負他的豪興，因笑道：「你看這裡這等人聲嘈雜，有何詩興？」湘雲笑道：「這山上賞月雖好，終不及近水賞月更妙。你知道這山坡底下就是池沿，山坳裡近水一個所在就是凹晶館。可知當日蓋這園子時就有學問：這山之高處，就叫凸碧；山之低窪近水處，就叫作凹晶。這『凸』『凹』二字歷來用的人最少，如今直用作軒館之名，更覺新鮮，不落窠臼。可知這兩處一上一下，一明一暗，一高一矮，一山一水，竟特是因玩月而設。此處有愛那山高月小的，便往這裡來；有愛那皓月清波的，便往那裡去。只是這兩個字俗念作『窪』『拱』二音，便說俗了，不大見用。只陸放翁用了一個凹字，說『古硯微凹聚墨多』，還有人批他俗❷，豈不可笑？」林黛玉道：「也不只放翁纔用，古人中用者太多，如江淹青苔賦，東方朔神異經，以至畫記上云張僧繇畫一乘寺的故事❸，不可勝舉。只是今人不知，誤作

❶ 臥榻之側兩句：宋史紀事本末載：北宋初，宋太祖趙匡胤揮師南下，直取南唐。後主李煜派使者請求趙匡胤緩師。趙匡胤說：「不須多言，江南主亦有何罪，但天下一家，臥榻之側，豈容他人鼾睡邪！」

❷ 只陸放翁三句：閻若璩潛邱箚記卷四：「何屺瞻告余：陸放翁之才，萬頃海也；今人第以其『疏籬不卷留香久，古硯微凹積墨多』等句，遂認作蘇州一老清客耳。」

❸ 如江淹青苔賦三句：青苔賦，南朝江淹作，其中有「悲凹險兮，唯流水而馳騖」句。東方朔，西漢武帝時人，神異經乃託其名而作，有「其湖無凹凸，平滿無高下」句。畫記即唐張彥遠的歷代名畫記，載有南朝畫家張僧繇的事跡，但無張畫一乘寺的事情。建康實錄載：「一乘寺西北去縣六里，梁邵陵王綸造。……寺門遍畫凹凸花，代稱張僧繇手跡。其花乃天竺遺法，朱及青綠所成，遠望眼暈如凹凸，就視即平，世咸異之，乃名凹凸寺。」

俗字用了。實和你說罷，這兩個字還是我擬的呢。因那年試寶玉，因他擬了幾處，也有存的，也有刪改的，也有尚未擬的。這是後來我們大家把這沒有名色的也都擬出來了，註了出處，寫了這房屋的坐落，一併帶進去與大姐姐瞧了，他又帶出來，命給舅舅瞧過。誰知舅舅倒喜歡起來，又說：『早知這樣，那日該就叫他姊妹一併擬了，豈不有趣？』所以凡我擬的，一字不改，都用了。如今就往凹晶館去罷。」

說著，二人便同下了山坡，只一轉彎就是池沿。沿上一帶竹欄相接，直通著那邊藕香榭的路徑。點明，妙，不然此園竟有多大地畝了。因這幾間在此山懷抱之中，乃凸碧山莊之退居，因窪而近水，故顏其額「凹晶溪館」。因此處房子不多，且又矮小，故只有兩個老婆子上夜。今日打聽得凸碧山莊的人應差，與他們無干，這兩個老婆子關了月餅果品並犒賞的酒食來，二人吃得既醉且飽，早已息燈睡了。妙極！此書有進一步寫法。如王夫人云「他姊妹可憐，哪裡像當日林姑媽那樣」，又如賈母云「如今人少，哪裡有當日人多」等類：此謂進一步法也。有退一步法。如寶釵之對邢岫烟「此一時也，彼一時也，如今比不得先的話了，只好隨是十分」，又如鳳姐之對平兒云「如今我也明白了，我如今也要作好好先生罷」等類：此謂退一步法也。今方收拾過賈母高樂，卻又寫出二婆子高樂：此進一步之實也。如前文海棠詩四首已足，忽又用湘雲獨成二律反壓卷：此又進一步實事也。所謂法法皆全，然然不爽也。

黛玉、湘雲見息了燈，湘雲笑道：「倒是他們睡了好。偺們就在這捲棚底下賞這水月如何？」二人遂在兩個湘妃竹墩上坐下。只見天上一輪皓月，池中一輪水月，上下爭輝，如置身於晶宮鮫室❹之內。微風一過，粼粼然池面皺碧鋪紋，真令人神清氣淨。湘雲笑道：「怎得這會子坐上船吃酒倒好。這要是我家裡這樣，我就立刻坐船了。」黛玉笑道：「正是古人常說的好，『事若求全何所樂？』據我說，這也罷了，偏要坐船起來！」湘雲笑道：「得隴望蜀❺，人之常情。可知那些老人家說的不錯，

❹ 鮫室：鮫人所居之室。神話傳說：鮫人像魚，住在海底，滴淚成珠。後以鮫室指水裡神仙的居室。

說窮人家自為富貴之家事事趁心，告訴他說竟不能隨心，他們不肯信的。必得親歷其境，他方知覺了。就如偺們兩個，雖父母不在，然卻也忝在富貴之鄉，只你我竟有許多不遂心的事。」黛玉笑道：「不但你我不能趁心，就連老太太、太太，以至寶玉、探丫頭等人，無論事大事小，有理無理，其不能各遂其心者，同一理也，何況你我旅居客寄之人！」以立未不怡然得享自然之樂者矣。書中若干女子，從主及婢，未有不各有所覺，各有所試，各有所長者，皆未如寶玉無可關切籌畫，可嘆！

湘雲聽說，恐怕黛玉又傷感起來，忙道：「休說這些閒話，偺們且聯詩。」正說間，只聽笛韻悠揚起來。黛玉笑道：「今日老太太、太太高興了，這笛子吹的有趣，倒是助偺們的興趣了。妙！正是吹笛之時勿認作又一處之笛也。偺兩個都愛五言，就還是五言排律罷。」湘雲道：「限何韻？」黛玉笑道：「偺們數這個欄杆的直棍，這頭到那頭為止，他是第幾根，就用第幾韻。若十六根，便是『一先』起。這可新鮮？」湘雲笑道：「這倒別致。」於是二人起身，便從頭數至盡頭，止得十三根。湘雲道：「偏又是『十三元』。這個韻少，作排律只怕牽強，不能押韻呢。少不得你先起一句罷了。」黛玉笑道：「倒要試試偺們誰強誰弱，只是沒有紙筆記。」湘雲道：「不妨，明兒再寫，只怕這一點聰明還有。」黛玉道：「我先起一句現成的俗語罷。」因念道：

三五中秋夕，

❺ 得隴望蜀：後漢書岑彭傳記載，漢光武帝遣軍攻打隗囂，他給岑彭信說：「兩城若下，便可將兵南擊蜀虜。人苦不知足，既平隴，復望蜀。每一發兵，頭鬚為白。」後以「得隴望蜀」比喻「貪心不足」。

湘雲想了一想道：

清遊擬上元❻。撒天箕斗❼燦，

林黛玉笑道：

匝地管絃繁。幾處狂飛盞，

湘雲笑道：「這一句『幾處狂飛盞』有些意思，這倒要對的好呢！」想了一想，笑道：

誰家不啟軒！輕寒風剪剪❽，

黛玉道：「對的比我的卻好。只是這句又說俗話了，就該加勁說了去纔是。」湘雲道：「詩多韻險，也要鋪陳些纔是。縱有好的，且留在後頭。」黛玉笑道：「到後頭沒有好的，我看你羞不羞！」因聯道：

良夜景暄暄❾。爭餅嘲黃髮❿，

---

❻ 上元：即正月十五元宵節。古時以正月十五為「上元」，七月十五為「中元」，十月十五為「下元」。

❼ 箕斗：箕、斗，都是天上星宿名。「箕」由四顆星組成簸箕形，「斗」由六顆星組成有柄的酒勺形。古人常以箕斗概稱天上的星斗。

❽ 剪剪：風尖利貌。

湘雲笑道：「下句不好，是你杜撰，用俗事來難我了。」黛玉笑道：「我說你不曾見過書呢！『吃餅』是舊典⓫，唐書、唐志，你看了來再說。」湘雲笑道：「這也難不倒我，我也有了。」因聯道：

分瓜笑綠媛⓬。香新榮玉桂，

黛玉笑道：「分瓜可是實實你的杜撰了。」湘雲笑道：「明日偺們對查了出來大家看看，這會子別耽誤工夫。」黛玉笑道：「雖如此，下句也不好，不犯著又用『玉桂』、『金蘭』等字樣來塞責。」因聯道：

色健茂金萱⓭。蠟燭輝瓊宴，

⓽ 暄暄：溫暖融洽。

⓾ 黃髮：指老年人。

⓫ 吃餅是舊典：宋秦再思洛中記異載：「(唐)僖宗幸興慶池泛舟，方食餅啖。時進士在曲江，有聞喜宴，上命御廚各賜一枚，以紅綾束之。故徐演詩云：『莫欺老缺殘牙齒，曾吃紅綾餅餡來。』」唐代重進士科，老年中舉，亦以為榮，故詩云。

⓬ 分瓜句：分瓜，切分西瓜。古代燕地中秋以西瓜祭月，「西瓜必參差切之如蓮花瓣狀」(富察敦崇燕京歲時記)。在詩中，分瓜又作破瓜，指十六歲少女，或指少女初嫁時。段成式戲高侍郎：「猶憐最小分瓜日，奈何迎春得藕（偶）時。」湘雲「分瓜笑綠媛」，亦一語雙關。綠媛，指少女。

⓭ 金萱：金色的萱草。萱草又名忘憂草，即金針菜。古時以萱草指代母親。

湘雲笑道：「『金萱』二字便宜了你，省著多少力。這樣現成的韻被你得了，只是不犯著替他們頌聖去。況且下句你也是塞責了。」黛玉笑道：「你不說『玉桂』，我難道強對個『金萱』麼？再也要鋪陳些富麗，方是即景之實事。」湘雲只得又聯道：

觥籌亂綺園。分曹尊一令⓮，

黛玉笑道：「下句好，只難對些。」因想了一想，聯道：

射覆聽三宣。骰彩紅成點，

湘雲笑道：「『三宣』有趣，竟化俗成雅了。只是下句又說上骰子。」少不得聯道：

傳花鼓濫喧。晴光⓯搖院宇，

黛玉笑道：「對的卻好。下句又溜了些，只管拿這風月來塞責。」湘雲道：「究竟沒說到月上，也要點綴點綴，方不落題。」黛玉道：「且姑存之，明日再斟酌。」因聯道：

素彩⓰接乾坤。賞罰無賓主，

⓮ 分曹句：分曹，分夥。行令猜謎，分為出謎和猜謎兩夥，都必須遵守令官一人的命令。

⓯ 晴光：指月下清風。

湘雲道：「又說他們作什麼？不如說偺們。」只得聯道：

吟詩序仲昆⑰。構思時倚檻，

黛玉道：「這可以入上你我了。」因聯道：

擬景或依門。酒盡情猶在，

湘雲說道：「是時候了。」乃聯道：

更殘樂已諼⑱。漸聞語笑寂，

黛玉說道：「這時候可知一步難似一步了。」因聯道：

空剩雪霜痕。階露團朝菌⑲，

湘雲笑道：「這一句怎麼押韻？讓我想想。」因起身，負手想了一想，笑道：「夠了，幸而想出一個

---

⑯素彩：指皎潔的月光。

⑰序仲昆：定出高下優劣。仲昆，即「昆仲」。指兄弟。

⑱諼：忘卻。

⑲朝菌：一種朝生夕死，生命短促的菌類。

字來，幾乎敗了。」因聯道：

庭烟斂夕棔⑳。秋湍瀉石髓㉑，

黛玉聽了，不禁也起身叫妙，說：「這促狹鬼！果然留下好的，這會纔說『棔』字，虧你想得出。」湘雲道：「幸而昨日看歷朝文選，見了這個字，我不知是何樹，因要查一查。寶姐姐說不用查，這就是如今俗叫作『明開夜合』的。我信不及，到底查了一查，果然不錯。看來寶姐姐知道的竟多。」黛玉笑道：「『棔』字用在此時更恰，也還罷了。只是『秋湍』一句虧你好想。只這一句，別的都要抹倒。我少不得打起精神來對一句，只是再不能似這一句了。」因想了一想道：

風葉聚雲根㉒。寶婺情孤潔㉓，

湘雲道：「這對的也還好，只是下一句你也溜了。幸而是景中情，不單用『寶婺』來塞責。」因聯道：

銀蟾氣吐吞。藥經靈兔搗，

⑳ 棔：即合歡樹，其葉晝開夜合。

㉑ 秋湍句：湍，急流。石髓，鐘乳石。

㉒ 雲根：山石。古人以為雲從山石中生出，故稱為「雲根」。

㉓ 寶婺句：寶婺，婺女星。傳說婺女為女神，故云「情孤潔」。

黛玉不語，點頭半日，再念道：

人向廣寒奔。犯斗邀牛女㉔，

湘雲也望月點首，聯道：

乘槎待帝孫㉕。盈虛輪莫定，

黛玉道：「對句不好，合掌㉖。下句推開一步，倒還是急脈緩灸法。」因又聯道：

晦朔魄空存㉗。壺漏聲將涸，

湘雲方欲聯時，黛玉指池中黑影與湘雲看，道：「你看那河裡怎麼像個人在黑影裡去了，敢是個鬼罷？」湘雲笑道：「可是又見鬼了！我是不怕鬼的，等我打他一下。」因彎腰拾了一塊小石片向那池中打去，只聽打得水響，一個大圓圈將月影蕩散後復聚者幾次。寫得出。試思若非親歷其境者，如何摹寫得如此！只聽那黑影裡嘎然一聲，

㉔ 犯斗句：犯斗，意為上天。斗，北斗星。牛女，牽牛、織女星。借指牛郎、織女。

㉕ 乘槎句：槎，木筏。帝孫，傳說織女是天帝之孫，稱為帝孫。張華博物志載：有人從海上乘木筏上行，到了天河，遇見了牛郎、織女。

㉖ 合掌：指詩文中對偶句的意義相同或類似。

㉗ 晦朔句：晦，月底最後一天。朔，月初第一天。魄，指月體。晦朔皆不見月光，故云「魄空存」。

卻飛起一個白鶴來，(寫得出。)直往藕香榭去了。黛玉笑道：「原來是他！猛然想不到，反嚇了一跳。」湘雲笑道：「這個鶴有趣，倒助了我了！」因聯道：

窗燈焰已昏。寒塘渡鶴影，

林黛玉聽了，又叫好，又跺足，說：「了不得，這鶴真是助他的了！這一句更比『秋湍』不同，叫我對什麼纔好？『影』字只有一個『魂』字可對，況且『寒塘渡鶴』何等自然，何等現成，何等有景，且又新鮮！我竟要擱筆了。」湘雲笑道：「大家細想就有了，不然就放著明日再聯也可。」黛玉只看天，不理他，半日猛然笑道：「你不必說嘴，我也有了，你聽聽！」因對道：

冷月葬詩魂。

湘雲拍手讚道：「果然好極！非此不能對。好個『葬詩魂』！」因又嘆道：「詩固新奇，只是太頹喪了些。你現病著，不該作此過於清奇詭譎之語。」黛玉笑道：「不如此如何壓倒你？下句竟還未得，只為用工在這一句了。」

寒塘渡鶴影。（清汪惕齋繪，手繪紅樓夢）

一語未了，只見欄外山石後轉出一個人來，笑道：「好詩，好詩，果然太悲涼了。不必再往下聯，若底下只這樣去，反不顯這兩句了，倒顯的堆砌牽強。」二人不防，倒唬了一跳。細看時，不是別人，卻是妙玉。二人皆詫異，原可詫異，余亦詫異。因問：「你如何到了這裡？」妙玉笑道：「我聽見你們大家賞月，又吹的好笛，我也出來玩賞這清池皓月。順腳走到這裡，忽聽見你兩個聯詩，更覺清雅異常，故此聽住了。只是方纔我聽見這一首中，有幾句雖好，只是過於頹敗淒楚。此亦關人之氣數，所以我出來止住。如今老太太都已早散了，滿園的人想俱已睡熟了，你兩個的丫頭還不知在哪裡找你們呢！你們也不怕冷了？快同我來，到我那裡去吃杯茶，只怕就天亮了。」黛玉笑道：「誰知道就這個時候了。」

三人遂一同來至櫳翠庵中。只見龕焰猶青，爐香未燼，幾個老嬤嬤也都睡了，只有小丫鬟在蒲團上垂頭打盹。妙玉喚他起來，現去烹茶。忽聽叩門之聲，小丫鬟忙去開門看時，卻是紫鵑、翠縷與幾個老嬤嬤來找他姊妹兩個。進來見他們正吃茶，因都笑道：「要我們好找！一個園裡走遍了，連姨太太那裡都找到了。那山坡底下小庭裡找時，可巧那裡上夜的正睡醒了，我們問他們，他們說方纔庭外頭棚下兩個人說話，後來又添了一個，聽見說大家往庵裡去，我們就知是這裡了。」

妙玉忙命小丫鬟引他們到那邊去坐著歇息吃茶，自取了筆硯紙墨出來，將方纔的詩命他二人念著，遂從頭寫出來。黛玉見他今日十分高興，便笑道：「從來沒見你這樣高興，我也不敢唐突請教。這還可以見教否？若不堪時，便就燒了；若或可改，即請改正改正。」妙玉笑道：「也不敢妄加評贊，只是這纔有了二十二韻，我意思想著你二位警句已出，再若續時，恐後力不加。我竟要續貂，又恐有玷。」黛玉從沒見妙玉作過詩，今見他高興如此，忙說：「果然如此，我們的雖不好，亦可以帶好了。」妙玉道：「如今收結，到底還該歸到本來面目上去。若只管丟了真情真事，且去搜奇檢怪，一則失了偺們的閨閣面目，二則也與題目無涉了。」二人皆道極是。妙玉遂提筆一揮而就，遞與他二人道：「休要見笑。依我必須如此，方翻轉過來，雖前頭有淒楚之句，亦無甚礙了。」二人接了看時，只見他續道：

香篆㉘鎖金鼎，脂冰㉙膩玉盆。簫憎嫠婦㉚泣，衾倩侍兒溫。空帳懸文鳳，閒屏掩彩鴛。露濃苔更滑，霜重竹難捫。猶步縈紆㉛沼，還登寂歷原㉜。石奇神鬼搏，木怪虎狼蹲。贔屭㉝朝光透，罘罳㉞曉露屯。振林千樹鳥，啼雨一聲猿。歧熟焉忘徑？泉知不問源。鐘鳴櫳翠寺，雞唱稻香村。有興悲何繼？無愁意豈煩！芳情只自遣，雅趣向誰言？徹旦休云倦，烹茶更細論。

後書：右中秋夜大觀園即景聯句三十五韻。黛玉、湘雲二人皆讚賞不已，說：「可見我們天天是捨近而求遠，現有這樣詩仙在此，卻天天去紙上談兵。」妙玉笑道：「明日再潤色，此時想快天明了，到

㉘香篆：製成篆文形的香。

㉙脂冰：指蠟燭油。

㉚嫠婦：寡婦。

㉛縈紆：曲折。

㉜寂歷原：空曠的高地。

㉝贔屭：音ㄅㄧˋ ㄒㄧˋ。龍生九子，此為其一。形狀如龜，好負重。馱石碑的大龜即此物。

㉞罘罳：音ㄈㄨˊ ㄙ。古代宮門外或城角所設有網孔的屏障。

底要歇息歇息纔是。」黛玉二人聽說，便起身告辭，帶領丫鬟出來。妙玉送至門外，看他們去遠，方掩門進來。不在話下。

這裡翠縷向湘雲道：「大奶奶那裡還有人等著偺們睡去呢，如今還是那裡去好？」湘雲笑道：「你順路告訴他們，叫他們睡罷。這一去未免驚動病人，不如鬧林姑娘半夜去罷。」說著，大家走至瀟湘館中，有一半人已睡去。二人進去，方纔卸妝寬衣，盥漱已畢，方上床安歇。紫鵑放下綃帳，移燈掩門出去。誰知湘雲有擇席之病，雖在枕上，只是睡不著。黛玉又是個心血不足常常失眠的，今日又錯過睏頭，自然也是睡不著。二人在枕上翻來覆去。黛玉因問道：「怎麼你還沒睡著？」湘雲微笑道：「我有擇席的病，況且走了睏，只好躺躺罷。你怎麼也睡不著？」黛玉嘆道：（一「笑」一「嘆」，只二字便寫出平日之形景。）「我這睡不著也並非今日了，大約一年之中，通共也只好睡十夜滿足的。」湘雲道：「卻是你病的原故，所以……」不知下文什麼。

校記

1. 「且笛聲悲怨，賈母年老帶酒之人，聽此聲音，不免有觸於心，禁不住墮下淚來」，庚辰本原缺，據戚本補。
2. 「這山之高處，就叫凸碧；山之低窪近水處，就叫作凹晶」，庚辰本缺「山之高處，就叫凸碧」，據甲辰本補。
3. 「乘槎待帝孫……因又聯道」，庚辰本原缺，據「八十回校本」補。

第七十七回　俏丫鬟抱屈夭風流　美優伶斬情歸水月

話說王夫人見中秋已過，鳳姐病已比先減了，雖未大愈，可以出入行走得了。仍命大夫每日診脈服藥，又開了丸藥方子來配調經養榮丸。因用上等人參二兩，王夫人取時，翻尋了半日，只在小匣內尋了幾枝簪挺粗細的。王夫人看了嫌不好，命再找去，又找了一大包鬚末出來。王夫人焦躁道：「用不著偏有，但用著了，再找不著。成日家我說叫你們查一查，都歸攏在一處，你們白不聽，就隨手混撂。你們不知他的好處，用起來，得多少換❶買來，還不中使呢。」彩雲道：「想是沒了，就只有這個。上次那邊的太太來尋了些去，太太都給過去了。」王夫人道：「沒有的話！你再細找找。」彩雲只得又去找，一會子拿了幾包藥材來，說：「我們不認得這個，請太太自看。除這個，再沒有了。」王夫人打開看時，也都忘了，不知都是什麼藥，並沒有一枝人參。因一面遣人問鳳姐有無，鳳姐來說：「也只有些參膏，蘆鬚❷雖有幾枝，也不是上好的，每日還要煎藥裡用呢。」王夫人聽了，只得向邢夫人那裡問去。邢夫人說：「因上次沒了，纔往這裡來尋，早已用完了。」王夫人沒法，只得親身過來請問賈母，賈母忙命鴛鴦取出當日所餘的來，竟還有一大包，皆有手指頭粗細的，遂稱二兩與王夫人。王夫人出來交與周瑞家的拿去，令小廝送與醫生家去，又命將那幾包不能辨得的藥也帶了去，命

❶ 換：舊時稱黃金、珍珠、人參等貴重物品與貨幣的比價。下文「三十換」即三十兩銀子換一兩的人參。

❷ 蘆鬚：參鬚。人參的根莖俗稱「蘆頭」，參鬚稱為「蘆鬚」。

醫生認了，各記號上來。此等家常細事，豈是揣摩得者？

一時，周瑞家的又拿了進來，說：「這幾包都各包好，記上名字了，但這一包人參固然是上好的，就連三十換也不能得這樣的了，但年代太陳了。這東西比別的不同，憑他是怎樣好的，只過一百年後，便自己就成了灰了。如今這個雖未成灰，然已成了朽糟爛木，也無性力的了。請太太收了這個，倒不拘粗細，好歹再換些新的纔好。」王夫人聽了，低頭不語，半日纔說：「這可沒法了，只好去買二兩來罷。」也無心看那些，只命：「都收了罷。」因向周瑞家的說：「你就去說給外頭人們，揀好的換二兩來。倘一時老太太問你們，只說用的是老太太的，不必多說。」

周瑞家的方纔要去時，寶釵因在坐，乃笑道：「姨娘且住。如今外頭賣的人參都沒好的，雖有一枝全的，他們也必截做兩三段，鑲嵌上蘆泡鬚枝，攙勻了好賣，看不得粗細。我們舖子裡常和參行交易，如今我去和媽說了，叫哥哥去託個夥計過去，和參行商議說明，叫他把未作的原枝好參兌二兩來。不妨偺們多使幾兩銀子，也得了好的。」王夫人笑道：「倒是你明白。就難為你親自走一趟，還明白些。」於是寶釵去了。半日回來說：「已遣人去，趕晚就有回信的，明日一早去配也不遲。」王夫人自是喜悅，因說道：「『賣油的娘子水梳頭』，自來家裡有好的，不知給了人多少。這會子輪到自己用，反倒各處求人去了。」說畢長嘆。寶釵笑道：「這東西雖然值錢，究竟不過是藥，原該濟眾散人纔是。偺們比不得那沒見世面的人家，得了這個，就珍藏密斂的。」調侃語。王夫人點頭道：「這話極是。」

一時寶釵去後，因見無別人在室，遂喚周瑞家的來問：「前日園中搜檢的事情，可得了下落？」周瑞家的是已和鳳姐等人商議定妥，一字不隱，遂回明王夫人。王夫人聽了，雖驚且怒，卻又作難。

因思司棋係迎春之人，皆係那邊的人，只得令人去回邢夫人。周瑞家的回道：「前日那邊太太嗔著王善保家的多事，打了幾個嘴巴子。如今他也裝病在家，不肯出頭了。況且又是他外孫女兒，自己打了嘴，他只好裝個忘了，日久平服了再說。如今我們過去回時，恐怕又多心，倒像咱們多事似的。不如直把司棋帶過去，一併連贓證與那邊太太瞧了，不過打一頓配了人，再指個丫頭來，豈不省事？如今白告訴去，那邊太太再推三阻四的，又說『既這樣，你太太就該料理，又來說什麼』，豈不反耽擱了？倘那丫頭瞅空尋了死，就不好了。如今看了兩三天，人都有個偷懶的，倘一時不到，豈不倒弄出事來？」王夫人想了一想，說：「這也倒是。快辦了這一件，再辦咱們家的那些妖精。」

周瑞家的聽說，會齊了那幾個媳婦，先到迎春房裡，回迎春道：「太太們說了，司棋大了，連日他娘求了太太，太太已賞了他配人。今日叫他出去，另挑好的與姑娘使。」說著，便命司棋打點走路。迎春聽了，含淚似有不捨之意，因前日夜裡別的丫鬟悄悄的說了原故，雖數年之情難捨，但事關風化，亦無可如何了。那司棋也曾求了迎春，實指望迎春能死保赦下的。只是迎春語言遲慢，耳軟心活，是不能作主的。司棋見了這般，知不能免，因哭道：「姑娘好狠心！哄了我這兩日，如今怎麼連一句話也沒有？」周瑞家的等說道：「你還要姑娘留你不成？便留下，你也難見園裡的人了。依我們的好話，快快收了這樣子，倒是人不知鬼不覺的去罷，大家體面些！」迎春含淚道：「我知道你幹了什麼大不是，我還十分說情留下，豈不連我也完了？你瞧入畫也是幾年的，怎麼說去就去了？自然不止你兩個，想這園裡凡大的都要去呢。依我說，將來終有一散，不如你各人去罷！」周瑞家的道：「所以到底是姑娘明白。明兒還有打發的人呢！你放心罷！」司棋無法，只得含淚與迎春磕頭，和眾姊妹告別，又向迎春耳根說：「好歹打聽我受罪，替我說個情兒，就是主僕一場！」迎春亦含淚答應：「放心。」

於是周瑞家的人等帶了司棋出了院門，又命兩個婆子將司棋所有的東西都與他拿著。走了沒幾步，後頭只見繡橘趕來，一面擦著淚，一面遞與司棋一個絹包兒，說：「這是姑娘給你的，主僕一場，如今一旦分離，這個與你作個想念罷。」司棋接了，不覺更哭起來了。又和繡橘哭了一回。周瑞家的不耐煩，只管催促，二人只得散了。司棋因又哭告道：「嬸子大娘們！好歹略徇個情兒，如今且歇一歇，讓我到相好的姊妹跟前辭一辭，也是我們這幾年好了一場。」周瑞家的等人皆各有事務，作這些事便是不得已了，況且又深恨他們素日大樣，如今哪裡有工夫聽他的話？因冷笑道：「我勸你走罷，別拉拉扯扯的了！我們還有正經事呢。誰是你一個衣包裡爬出來的？辭他們作什麼！他們看你的笑聲還看不了呢。你不過是挨一會是一會罷了，難道就算了不成？依我說快走罷。」一面說，一面總不住腳，直帶著往角門去了。司棋無奈，又不敢再說，只得跟了出來。

可巧正值寶玉從外而入，一見帶了司棋出去，又見後面包著些東西，料著此去再不能來了。因聞得上夜之事，又兼晴雯之病亦因那日加重，細問晴雯，又不說是為何；上日又見入畫已去，今又見司棋亦走，不覺如喪魂魄一般。因忙攔住問道：「哪裡去？」周瑞家的等皆知寶玉素日行為，又恐嘮叨誤事，因笑道：「不干你事，快念書去罷。」寶玉笑道：「好姐姐們，且站一站，我有道理。」周瑞家的便道：「太太不許少捱一刻，又有什麼道理？我們只知尊太太的話，管不得許多。」司棋見了寶玉，因拉住哭道：「他們做不得主，你好歹求求太太去。」寶玉不禁也傷心，含淚說道：「我不知你作了什麼大事，晴雯也病了，如今你又去。都要去了，這卻怎麼的好！」寶玉之語全作囫圇意，最是極無味之語，卻是極濃極有情之語也。只合如此寫，方是寶玉，稍有真切，則不是寶玉了。周瑞家的發躁，向司棋道：「你如今不是副小姐了，若不聽話，我就打得你！別想著往日姑娘護著你們作耗，越說著，還不好好走！如今和小爺們拉拉扯扯，成個什麼體統！」那幾個媳婦不由分說，拉著司棋便出去了。

寶玉又恐他們去告舌，恨的只瞪著他們。看已去遠，方指著恨道：「奇怪，奇怪！怎麼這些人只一嫁了漢子，染了男人的氣味，就這樣混賬起來！比男人更可殺了！」守園門的婆子聽了，也不禁好笑起來，因問道：「這樣說，凡女兒個個是好的了，女人個個是壞的了？」寶玉點頭道：「不錯，不錯！」婆子們笑道：「還有一句話，我們糊塗不解，倒要請問……」方欲說時，只見幾個老婆子走來忙說道：「你們小心，傳齊了伺候著。此刻太太親自來園裡，在那裡查人呢，只怕還查到這裡來呢。又吩咐快叫怡紅院的晴雯姑娘的哥嫂來，在這裡等著領出他妹妹去。」因笑道：「阿彌陀佛！今日天睜了眼，把這一個禍害妖精退送了，大家清淨些。」寶玉一聞得王夫人進來親查，便料定晴雯也保不住了，早飛也似的趕了去，所以這後來趁願之語，竟未得聽見。

寶玉及到了怡紅院，只見一群人在那裡。王夫人在屋裡坐著，一臉怒色，見寶玉也不理。晴雯四五日水米不曾沾牙，如今現從炕上拉了下來，蓬頭垢面，兩個女人攙架起來去了。王夫人吩咐，只許把他貼身的衣服撂出去，餘者好衣服留下給好丫頭們穿。又命把這裡所有的丫頭們都叫來一一過目。原來王夫人自那日著惱之後，王善保家的就趁勢告倒了晴雯，本處有人和園中不睦的，也就隨機趁便下了些話。王夫人皆記在心裡，因節間有礙，故忍了兩日，故今日特來親自閱人。一則為晴雯猶可，二則因竟有人指寶玉為由，說他大了，已解人事，都由屋裡的丫頭們不長進，教習壞了。因這事更比晴雯一人較甚，暗伏一段「更比」，覺烟迷霧罩之中更有無限溪山矣。乃從襲人起，以至於極小的粗活小丫頭們，個個親自看了一遍。因問：「誰是和寶玉一日的生日？」本人不敢答言，老嬤嬤指道：「這一個蕙香，又叫作四兒的，是同寶玉一日生日的。」王夫人細看了一看，雖比不上晴雯一半，卻有幾分水秀；視其行止，聰明皆露在外面，且也打扮的不同。王夫人冷笑道：「這也是個不怕臊的！他背地裡說的，同日生日就是夫妻，這可是你說的？打量我隔的遠，都不知道呢！可知道我身子雖不大來，我的心耳神意時時都在這裡。難道我通共一個寶玉，就白放心憑你們勾引壞了不成！」這個四兒見王夫人說著他素日和寶玉的私語，不禁紅了臉，低頭垂淚。王夫人即命也快把他家的人叫來，領出去配人。

又問：「誰是耶律雄奴？」老嬤嬤們便將芳官指出。王夫人道：「唱戲的女孩子，自然是狐狸精了！上次放你們，你們又懶待出去，可就該安分守己纔是。你就成精鼓搗起來，調唆著寶玉無所不為。」芳官笑辯道：「並不敢調唆什麼。」王夫人笑道：「你還強嘴！我且問你，前年因我們往皇陵上去，是誰調唆寶玉要柳家的丫頭五兒了？幸而那個丫頭短命死了，不然進來了，你們又連夥聚黨遭害這個園子呢。你連你乾娘都欺倒了，豈止別人！」因喝命：「喚他乾娘來領去，就賞他外頭自尋個女婿去罷！把他的東西一概給他。」又吩咐上年凡有姑娘分的唱戲女孩子們，一概不許留在園裡，都令其各人乾娘帶出，自行聘嫁。一語傳出，這些乾娘皆感恩趁願不盡，都約齊與王夫人磕頭。王夫人又滿屋裡搜檢寶玉之物，凡略有眼生之物，一併命收的收，捲的捲，著人拿到自己房內去了。因說：「這纔乾淨，省得旁人口舌。」因又吩咐襲人、麝月等人：「你們小心，往後再有一點分外之事，我一概不饒。因叫人查看了，今年不宜遷挪，暫且挨過今年，明年一併給我仍舊搬出去心淨。」一段神奇鬼訝之文，不知從何想來？王夫人從來未理家務，豈不一木偶哉？且前文隱隱約約已有無限口舌，浸潤之譖，原非一日矣。若無此一番更變，不獨終無散場之局，且亦大不近乎情理。況此亦是余舊日目睹親聞，作者身歷之現成文字，非搜造而成者，故迥不與小說之離合悲歡窠臼相對。想遭零落之大族兒子見此，雖事有各殊，然其情理似亦有默契於心者焉。此一段不獨批此，直從抄檢大觀園及賈母對月興盡生悲，皆可附者也。說畢，茶也不吃，遂帶領眾人又往別去處閱人。暫且說不到後文。

如今且說寶玉只當王夫人不過來搜檢搜檢，無甚大事，誰知竟這樣雷嗔電怒的來了，所責之事皆係平日之語，一字不爽，料必不能挽回的。雖心下恨不能一死，但王夫人盛怒之際，自不敢多言一句，多動一步，一直跟送王夫人到沁芳亭。王夫人命：「回去好生念念那書，仔細明兒問你。纔已發下狠了。」寶玉聽如此說，方回來，一路打算：「誰這樣犯舌？況這裡事也無人知道，如何就都說著了？」一面想，一面進來，只見襲人在那裡垂淚；且去了第一等的人，豈不傷心？便倒在床上也哭起來。襲人知他心內別的還猶可，獨有晴雯是第一件大事，乃推他勸道：「哭也不中用了。你起來，我告訴你。晴雯已經好了，他這一家去，倒心淨養幾天。你果然捨不得，等太太氣消了，你再求老太太，慢慢的叫進來也不難。不過太太偶然信了人的讒言，一時氣頭上如此罷了。」寶玉哭道：「我究竟不知晴雯犯了何等滔天大罪！」余亦不知，蓋此等寃實非晴雯一人也。襲人道：「太太只嫌他生的太好了，未免輕佻些。在太太，是深知這樣美人似的人不能安靜，所以恨嫌他。像我們這粗粗笨笨的倒好。」寶玉道：「這也罷了。偺們私自頑話，怎麼也知道了？又沒外人走風的，這可奇怪！」襲人道：「你有甚忌諱的？一時高興了，你就不管有人無人了。我也曾使過眼色，也曾遞過暗號，被那人已知道了，你反不覺。」寶玉道：「怎麼人人的不是，太太都知道，單不挑出你和麝月、秋紋來？」襲人聽了這話，心內一動，低頭半日，無可回答，因便笑道：「正是呢。若論我們也有頑笑不留心的孟浪去處，怎麼太太竟忘了？想是還有別的事，等完了再發放我們，也未可知。」寶玉笑道：「你是頭一個出了名的至善至賢之人，他兩個又是你陶冶教育的，焉得還有孟浪該罰之處！只是芳官尚小，過於伶俐些，未免倚強壓倒了人，惹人厭。四兒是我誤了他，還是那年我和你拌嘴的那日起，叫上他來作些細活，未免奪占了地位，故有今日。只是晴雯也是和你一樣，從小兒在老太太屋裡過來的，雖然他生得比人強，也沒甚妨礙去處。就是他的性情爽利、口角鋒芒些，究竟也不曾得罪你們。想是他過於生得好了，反被這好所誤。」說畢，復又哭起來。

襲人細揣此話，好似寶玉有疑他之意，竟不好再勸。因嘆道：「天知道罷了！此時也查不出人來了。白哭一會子也無益，倒是養著精神，等老太太喜歡時，回明白了再要來是正理。」寶玉冷笑道：「你不必虛寬我的心。等到太太平服了，再瞧勢頭去要時，知他的病等得等不得？他自幼上來嬌生慣養，何嘗受過一日委屈！連我知道他的性格，還時常沖撞了他。他這一下去，就如同一盆纔抽出嫩箭來的蘭花送到豬窩裡去一般！況又是一身重病，裡頭一肚子的悶氣。他又沒有親爺熱娘，只有一個醉泥鰍姑舅哥哥。他這一去，一時也不慣的，哪裡還等得幾日？知道還能見他一面兩面不能了？」說著，又越發傷心起來。

襲人笑道：「可是你只許州官放火，不許那百姓點燈。我們偶然說一句略妨礙些的話，就說是不利之談，你如今好好的咒他，是該的了？他便比別人嬌些，也不至於這樣起來。」寶玉道：「不是我妄口咒他，今年春天已有兆頭的！」襲人忙問何兆，寶玉道：「這階下好好的一株海棠花，竟無故死了半邊，我就知必有異事，果然應在他身上！」襲人聽了又笑起來，因笑道：「我待不說，又掌不住；

你太也婆婆媽媽的了。這樣的話，豈是你讀書的男人說的！草木怎又關係起人來？若不婆婆媽媽的，真也成了個獃子了！」寶玉嘆道：「你們哪裡知道？不但草木，凡天下之物皆是有情有理的，也和人一樣，得了知己，便極有靈驗的。若用大題目比，就有孔子廟前之檜、墳前之蓍，諸葛祠前之柏，岳武穆墳前之松，這都是堂堂正大隨人之正氣，千古不磨之物。世亂則萎，世治則榮，幾千百年了，枯而復生者幾次。這豈不是兆應？小題目比，就有楊太真沉香亭之木芍藥、端正樓之相思樹、王昭君塚上之草❸，豈不也有靈驗？所以這海棠亦應其人欲亡，故先就死了半邊。」襲人聽了這篇痴話，又可笑，又可嘆，因笑道：「真真的這話越發說上我的氣來了！那晴雯是個什麼東西，就費這樣心思，比出這些正經人來！還有一說，他縱好，也越不過我的次序去。便是這海棠，也該先來比我，還輪不到他。想是我要死了。」寶玉聽說，忙握他的嘴勸道：「這是何苦！一個未清，你又這樣起來。罷了，再別提這事。別弄的去了三個，又饒上一個。」

襲人聽說，心下暗喜道：「若不如此，你也不能了局。」寶玉乃道：「從此休提起，全當他們三個死了，不過如此。況且死了的也曾有過，也並沒見我怎麼樣，此一理也。寶玉至終一著全作如是想，所以始於情終於悟者。既能終於悟而止，則情不得濫漫而涉於淫佚之事矣。一人前事，一人了法，皆非棄竹而復憫筍之意。如今且說現在的，倒是你把他的東西，作『瞞上不瞞下』，悄悄的打發人送出去與了他；再或有偺們常時積攢下的錢，拿幾吊出去給他養病，也是你姊妹好了一場。」襲人

---

❸楊太真句：楊太真，楊貴妃。木芍藥，即牡丹。唐明皇曾同楊貴妃在沉香亭賞牡丹，令李白作清平調三章，以歌其事。端正樓，在陝西臨潼驪山的華清宮，是楊貴妃梳洗的地方。安祿山叛亂，唐明皇出逃四川，楊貴妃在馬嵬坡被處死。唐明皇在扶風，見路旁有楠樹，起名為端正樹，表示對貴妃的懷念。王昭君塚上之草，見第五十一回注❼。

聽了笑道：「你太把我們看的又小器又沒人心了！這話還等你說？我纔已將他素日所有的衣裳以至各什各物，總打點下了，都放在那裡。如今白日裡人多眼雜，又恐生事，且等到晚上，悄悄的叫宋媽給他拿出去。我還有攢下的幾吊錢，也給他罷。」寶玉聽了，感謝不盡。襲人笑道：「我原是久已出了名的賢人，連這一點子好名兒還不會買來不成？」寶玉聽他方纔的話，忙陪笑撫慰一回。晚間果密遣宋媽送去。

寶玉將一切人穩住，便獨自得便出了後角門，央一個老婆子帶他到晴雯家去瞧瞧。先是這婆子百般不肯，只說：「怕人知道，回了太太，我還吃飯不吃飯？」無奈寶玉死活央告，又許他些錢，那婆子方帶了他來。這晴雯當日係賴大家用銀子買的，那時晴雯纔得十歲，尚未留頭。因常跟賴嬤嬤進來，賈母見他生得伶俐標緻，十分喜愛，故此賴嬤嬤就孝敬了賈母使喚，後來所以到了寶玉房裡。這晴雯進來時也不記得家鄉父母，只知有個姑舅哥哥，專能庖宰，也淪落在外。故又求了賴家的收買進來吃工食。賴家的見晴雯雖在賈母跟前千伶百俐，嘴尖性大，卻倒還不忘舊，只此一句，便是晴雯正傳，可知晴雯為聰明風流所害也。一篇為晴雯寫傳，是哭晴雯也；非哭晴雯，乃哭風流也。故又將他姑舅哥哥收買進來，把家裡一個女孩子配了他。成了房後，誰知他姑舅哥哥一朝身安泰，就忘卻當年流落時，任意吃死酒，家小也不顧。偏又娶了個多情美色之妻，見他不顧身命，不知風月，一味死吃酒，便不免有蒹葭倚玉❹之嘆，紅顏寂寞之悲。又見他器量寬宏，趣極！器量寬宏如此用，真掃地矣。並無嫉衾妒枕之意，這媳婦遂恣情縱慾，滿宅內便延攬英雄，收納材俊，上上下下，竟一半是他考試

❹ 蒹葭倚玉：語出世說新語容止：「魏明帝使侯弟毛曾與夏侯玄共坐，時人謂蒹葭倚玉樹。」蒹葭，荻草和蘆葦。玉樹，傳說中的仙樹。比喻兩個品貌極不相稱的人在一起。

過的。若問他夫妻姓甚名誰，便是上回賈璉所接見的多渾蟲燈姑娘兒的便是了。奇奇怪怪，左盤右旋，千絲萬線，皆自一體也。目今晴雯只有這一門親戚，所以出來就在他家。

此時多渾蟲外頭去了，那燈姑娘吃了飯去串門子，只剩下晴雯一人在外間房內爬著。總哭晴雯。寶玉命那婆子在院門瞭哨，他獨自掀起草簾草簾。進來，一眼就看見晴雯睡在蘆蓆土炕上，蘆蓆土炕。幸而衾褥還是舊日鋪的。心內不知自己怎麼纔好，因上來，含淚伸手輕輕拉他，悄喚兩聲。當下晴雯又因著了風，又受了哥嫂的歹話，病上加病，嗽了一日，纔朦朧睡了。忽聞有人喚他，強展星眸，一見是寶玉，又驚又喜，又悲又痛，忙一把死攥住他的手，哽咽了半日，方說出半句話來：「我只當不得見你了。」接著便嗽個不住。寶玉也只有哽咽之分。晴雯道：「阿彌陀佛！你來的好，且把那茶倒半碗我喝。渴了這半日，叫半個人也叫不著。」寶玉聽說，忙拭淚問：「茶在哪裡？」晴雯道：「那爐臺上就是。」寶玉看時，雖有個黑沙吊子，卻不像個茶壺。只得桌上去拿了一個碗，也甚大甚粗，不像個茶碗；未到手內，先就聞得有油羶之氣。不獨為晴雯一哭，且為寶玉一哭亦可。寶玉只得拿了來，先拿些水洗了兩次，復又用水汕❺過，方提起沙壺斟了半碗。看時，絳紅的，也太不成茶。晴雯扶枕道：「快給我喝一口罷，這就是茶了，哪裡比得偺們的茶！」寶玉聽說，先自己嘗了一嘗，並無清香，且無茶味，只一味苦澀，略有茶意而已。嘗畢，方遞與晴雯。只見晴雯如得了甘露一般，一氣都灌下去了。

寶玉心下暗道：「往常那樣好茶，他尚有不如意之處。今日這樣，看來可知古人說的『飽飫烹宰，飢饜糟糠』❻，又道是『飯飽弄粥』，可見都不錯的了。」妙！通篇寶玉最要書者，每因女子之所歷始信其可，此謂觸類旁通之妙訣矣。一面想，

❺ 汕：用水沖刷。

一面流淚，問道：「你有什麼說的，趁著沒人告訴我。」晴雯嗚咽道：「有什麼可說的！不過挨一刻是一刻，挨一日是一日。我已知橫豎不過三五日的光景，就好回去了。只是一件，我死了也不甘心的。我雖生的比別人略好些，並沒有私情密意勾引你怎樣，如何一口死咬定了我是個狐狸精？我太不服！今日既已擔了虛名，而且臨死，不是我說一句後悔的話，早知如此，當日也另有個道理。不料痴心傻意，只說大家橫豎是在一處，不想平空裡生出這一節話來，有冤無處訴。」說畢又哭。寶玉拉著他的手，只覺瘦如枯柴，腕上猶戴著四個銀鐲，因泣道：「且卸下這個來，等好了再戴上罷。」因與他卸下來，塞在枕下。又說：「可惜這兩個指甲，好容易長了二寸長，這一病好了，又損好些。」晴雯拭淚，就伸手取了剪刀，將左指上兩根蔥管一般的指甲齊根鉸下，又伸手向被內將貼身穿著的一件舊紅綾襖脫下，並指甲都與寶玉道：「這個你收了，以後就如見我一般。快把你的襖兒脫下來我穿，我將來在棺材內獨自躺著，也就像還在怡紅院的一樣了。論理不該如此，只是擔了虛名，我可也是無可如何了。」寶玉聽說，忙寬衣換上，藏了指甲。晴雯又哭：「回去他們看見了要問，不必撒謊，就說是我的。既擔了虛名，越性如此，也不過這樣了。」

一語未了，只見他嫂子笑嘻嘻掀簾進來，道：「好呀！你兩個的話，我已都聽見了。」又向寶玉道：「你一個作主子的，跑到下人房裡作什麼？看我年輕又俊，敢是來調戲我麼？」寶玉聽說，嚇的忙陪笑央道：「好姐姐，快別大聲。他伏侍我一場，我私自來瞧瞧他。」燈姑娘便一手拉了寶玉進裡

❻ 飽飫烹宰兩句：意謂吃飽的人有魚肉美食纔能滿足，飢餓的人有糠充飢就滿足了。飫，飽食。饜，滿足。宰烹，代指魚肉美食。

間來，笑道：「你不叫我嚷也容易，只是依我一件事。」說著，便坐在炕沿上，卻緊緊的將寶玉摟入懷中。寶玉如何見過這個，心內早突突的跳起來了，急的滿面紅脹，又羞又怕，只說：「好姐姐，別鬧。」如聞如見。「別鬧」二字活跳。燈姑娘乜斜醉眼，笑道：「呸！成日家聽見你風月場中慣作工夫的，怎麼今日就反訕起來？」寶玉紅了臉，笑道：「姐姐放手，有話偺們好說。外頭有老媽媽，聽見什麼意思！」燈姑娘笑道：「我早進來了，已叫婆子去園門等著呢。我等什麼似的，今兒等著了你。雖然聞名，不如見面──空長了一個好模樣兒，竟是沒藥性的炮仗，只好裝幌子罷了，倒比我還發訕怕羞。可知人的嘴一概聽不得的。就比如方纔我們姑娘下來，我也料定你們素日偷雞盗狗的；我進來一會，在窗下細聽，屋內只你二人，若有偷雞盗狗的事，豈有不談及於此？誰知你兩個竟還是各不相擾。可知天下委屈事也不少。如今我反後悔錯怪了你們。既然如此，你但放心，以後你只管來，我也不囉唣你。」寶玉聽說，纔放下心來，方起身整衣，央道：「好姐姐，你千萬照看他兩天。我如今去了。」說畢出來，又告訴晴雯。二人自是依依不捨，也少不得一別。晴雯知寶玉難行，遂用被蒙頭，總不理他。寶玉方出來，意欲到芳官、四兒處去，無奈天黑，出來了半日，恐裡面人找他不見，又恐生事。遂且進園來了，明日再作計較。因乃入後角門，小廝們正抱鋪蓋，裡邊嬤嬤們正查人，若再遲一步也就關了。

寶玉進入園中，且喜無人知道。到了自己房內，告訴襲人只說在薛姨媽家去的，也就罷了。一時鋪床，襲人不得不問：「今日怎麼睡？」寶玉道：「不管怎麼睡罷了。」原來這一二年間，襲人因王夫人看重了他了，越發自要尊重，凡背人之處，或夜晚之間，總不與寶玉狎昵，較先幼時反倒疏遠了。況雖無大事辦理，然一應針線並寶玉及諸小丫頭們裡外出入等銀錢衣履什物等事，也甚煩瑣；且又吐血舊症雖愈，然每因勞碌風寒所感，及嗽中帶血，故邇來夜間總不與寶玉同房。寶玉夜間常醒，又極膽小，每醒必喚人。因晴雯睡臥驚醒，且舉動輕便，故夜晚一應茶水起坐呼喚之任，皆悉委他一人，所以寶玉床外只是他睡。今他去了，襲人只得要問。因思此任比日間緊要，寶玉既答不管怎樣，襲人只得還依舊年之例，遂仍將自己舖蓋搬來，設於床外。

寶玉發了一晚上獃，一句足矣。及催他睡下，襲人等也都在外。聽著寶玉在枕上長吁短嘆，覆去翻來，直至三更以後方漸漸的安頓了，略有齁聲。襲人方放心，也就朦朧睡著。沒半盞茶時，只聽寶玉叫晴雯，襲人忙睜開眼，連聲答應，問：「作什麼？」寶玉因要吃茶，襲人忙下去向盆內蘸過手，從暖壺內倒了半盞茶來吃過。寶玉乃笑道：「笑」字好極，有文章，蓋恐冷落襲人也。「我近來叫慣了他，卻忘了是你。」襲人笑道：「他一乍來時，你也曾睡夢中直叫我，半年後纔改了。我知道這晴雯人雖去了，這兩個字只怕是不能去的。」說著，大家又睡下。

寶玉又翻轉了一個更次，至五更方睡去時，只見晴雯從外頭走來，仍是往日形景，進來笑向寶玉道：「你們好生過罷，我從此就別過了。」說畢，翻身便走。寶玉忙叫時，又將襲人叫醒。襲人還只當他慣了口亂叫，卻見寶玉哭了，說道：「晴雯死了。」襲人笑道：「這是哪裡的話！你就知道胡鬧，被人聽著什麼意思？」寶玉哪裡肯聽，恨不得一時亮了就遣人去問信。

及至天亮時，就有王夫人房裡小丫頭立等著叫開前角門，傳王夫人的話：『即時叫起寶玉，快洗臉，換了衣裳快來。因今兒有人請老爺尋秋賞桂花，老爺因喜歡他前兒作得詩好，故此要帶他們去。』這都是太太的話，一句別錯了！你們快飛告訴去，立刻叫他快來，老爺在上屋裡還等他吃麵茶呢。環哥兒已來了，再著一個人去叫蘭哥兒，也要這等說。」裡面的婆子聽一句，應一句，一面扣扭子，一面開門。一面早有兩三個人一行扣衣，一行分頭去了。襲人聽得叩院門，便知有事，忙一面命人問時，自己已起來了。聽得這話，促人來舀了面湯，催寶玉起來盥漱。他自去取衣裳。因思跟賈政出門，便不肯拿出十分出色的新鮮衣履來，只拿那二等成色的來。寶玉此時亦無法，只得忙忙的前來。果然賈政在那裡吃茶，十分喜悅。寶玉忙行了晨省之禮，賈環、賈蘭二人也都見過寶玉。賈政命坐吃茶，向環、蘭二人道：「寶玉讀書不如你兩個，論題聯和詩這種聰明，你們皆不及他。今日此去，未免強你們作詩，寶玉須得便助他們兩個。」王夫人等自來不曾聽見這等考語，真是意外之喜。

一時，候他父子二人等去了，方欲過賈母這邊來時，就有芳官等三個的乾娘走來，回說：「芳官自前日蒙太太的恩典賞了出去，他就瘋了似的，茶也不吃，飯也不用，勾引上藕官、蕊官，三個人尋死覓活，只要剪了頭髮作尼姑。我只當是小孩子家一時出去不慣，也是有的，不過隔兩日就好了。誰知越鬧越兇，打罵著也不怕。實在沒法，所以來求太太，或是就依他們做尼姑去，或教導他們一頓，賞給別人作女兒去罷。我們也沒這福分。」王夫人聽了道：「胡說！哪裡依得他們起來？佛門也是輕易人進去的？每人打一頓給他們，看還鬧不鬧了！」當下因八月十五日各廟內上供去，皆有各廟的尼姑來送供尖之例，王夫人曾於十五日就留下水月庵的智通與地藏庵的圓心住兩日，至今未回。聽得此信，巴不得又拐兩個女孩子去作活使喚，因都向王夫人道：「偺們府上到底是善人家。因太太好善，所以感應得這些小姑娘們皆如此。雖說佛門輕易難入，也要知道佛法平等。我佛立願，原是一切眾生無論雞犬皆要度他，無奈迷人不醒。若果有善根能醒悟，即可以超脫輪迴。所以經上現有虎狼蛇蟲得道者不少。如今這兩三個姑娘既然無父無母，家鄉又遠，他們既經了這富貴，又想從小兒命苦，入了這風流行次，將來知道終身怎樣？所以苦海回頭，立意出家，修修來世，也是他們的高意。太太倒不要限了善念。」王夫人原是個好善的，先聽彼等之語不肯聽其自由者，因思芳官等不過皆係小兒女一時不遂心，但恐將來熬不得清淨，反致獲罪。今聽這兩個拐子的話大近情理，且近日家中多故，又有邢夫人遣人來知會，明日接迎春家去住兩日，以備人家相看；且又有官媒婆來求說探春等事，心緒甚煩，哪裡著意在這些小事上？既聽此言，便笑答道：「你兩個既這等說，你們就帶了作徒弟去如何？」兩個姑子聽了，念一聲佛道：「善哉，善哉！若如此，可是你老人家陰德不小。」說畢，便稽首拜謝。

王夫人道：「既這樣，你們問他們去，若果真心，即上來當著我拜了師父去罷。」這三個女人聽了出去，果然將他三人帶來。王夫人問之再三，他三人已是立定主意，遂與兩個姑子叩了頭，又拜辭了王夫人。王夫人見他們意皆決斷，知不可強了，反倒傷心可憐，忙命人取了些東西來齎賞了他們，又送了兩個姑子些禮物。從此芳官跟了水月庵的智通，蕊官、藕官二人跟了地藏庵的圓心，各自出家去了。再聽下回分解。

第七十八回　老學士閒徵姽嫿詞　痴公子杜撰芙蓉誄

話說兩個尼姑領了芳官等去後，王夫人便往賈母處來晨省。見賈母喜歡，便趁便回道：「寶玉屋裡有個晴雯，那個丫頭也大了，而且一年之間病不離身。我常見他比別人分外淘氣，也懶；前日又病倒了十幾天，叫大夫瞧，說是女兒癆。所以我就趕著叫他下去了。若養好了也不用叫他進來，就賞他家配人去也罷了。再那幾個學戲的女孩子，我也作主放出去了。一則他們都會戲，口裡沒輕沒重，只會混說，女孩兒們聽了如何使得？二則他們既唱了會子戲，白放了他們，也是應該的。況丫頭們也太多。若說不夠使，再挑上幾個來也是一樣。」賈母聽了，點頭道：「這倒是正理，我也正想著如此呢。但晴雯那丫頭我看他甚好，怎麼就這樣起來？我的意思，這些丫頭的模樣爽利、言談針線多不及他，將來只他還可以給寶玉使喚得。誰知變了。」王夫人笑道：「老太太挑中的人原不錯，只怕他命裡沒造化，所以得了這個病。俗語又說『女大十八變』，況且有本事的人，未免有些調歪。老太太還有什麼不曾經驗過的？三年前我也就留心這件事，先只取中了他，我便留心冷眼看去，他色色雖比人強，只是不大沉重❶。若說沉重知大禮，莫若襲人第一。雖說『賢妻美妾』，然也要性情和順，舉止沉重的更好些。就是襲人模樣雖比晴雯略次一等，然放在房裡也算得一二等的了。況且行事大方，心地老實，這幾年來從未逢迎著寶玉淘氣。凡寶玉十分胡鬧的事，他只有死勸的。因此品擇了二年，一點不錯了，

❶ 沉重：這裡是穩重的意思。

我就早已悄悄的把他丫頭的月分錢止住，我的月分銀子裡批出二兩銀子來給他。不過使他自己知道，越發小心學好之意。且不明說者，一則寶玉年紀尚小，老爺知道了又恐說耽誤了書；二則寶玉再自為已是跟前的人，不敢勸他說他，反倒縱性起來。所以直到今日纔回明老太太。」賈母聽了，笑道：「原來這樣，如此更好了。襲人本來從小兒不言不語，我只說他是沒嘴的葫蘆。既是你深知，豈有大錯誤的？而且你這不明說與寶玉的主意便好，且大家別提這事，只是心裡知道罷了。我深知寶玉將來也是個不聽妻妾勸的，我也解不過來，也從未見過這樣的孩子。別的淘氣都是應該，只他這種和丫頭們好，卻是難懂。我為此也擔心，每每冷眼查看他，只和丫頭們鬧，必是人大心大，知道男女的事了，所以愛親近他們。既細細查試，究竟不是為此。豈不奇怪？想必原是個丫頭，錯投了胎不成！」說著，大家笑了。王夫人回今日賈政如何誇獎，又如何帶他們逛去，賈母聽了，更加喜悅。

一時，只見迎春妝扮了前來告辭過去。鳳姐也來省晨，伺候過早飯，又說笑了一回。賈母歇晌後，王夫人便喚了鳳姐，問他丸藥可曾配來。鳳姐兒道：「還不曾呢，如今還是吃湯藥。太太只管放心，我已大好了。」（總是勉強。）王夫人見他精神復初，也就信了。（只用此一句，便入後文。）因告訴攆逐晴雯等事。又說：「怎麼寶丫頭私自回家去了，你們都不知道？我前兒順路都查了一查，誰知蘭小子這個新進來的奶子也十分的妖喬，我也不喜歡他。我也說與你嫂子了，好不好，叫他各自去罷。況且蘭小子也大了，用不著奶子了。我因問你大嫂子：『寶丫頭出去難道你也不知道不成？』他說是告訴了他的，不過兩三日，等你姨媽好了就進來。姨媽究竟沒甚大病，不過還是咳嗽腰疼，年年是如此的；他這去必有原故，敢是有人得罪了他不成？那孩子心重，親戚們住一場，別得罪了人，反不好了。」鳳姐笑道：「誰可好好的得罪著他？他們天天在園裡，左不過是他們姊妹一群人。」王夫人道：「別是寶玉有嘴無心，傻子似的，從沒個忌諱，高興了信嘴胡說也是有的。」鳳姐笑道：「這可是太太過於操心了。若說他出去幹正經事、說正經話去，卻像個傻子；若只叫進來在這些姊妹跟前，以至於大小的丫頭跟前，他最有盡讓，又恐怕得罪了人，那是再不得有人惱他的。我想薛妹妹此去，想必為著前日搜檢眾丫頭的東西的原故。他自然為信不及園裡的人纔搜檢，他又是親戚，現也有丫頭老婆在內，我們又不好去搜檢，恐我們疑他，所以多了這個心，自己迴避了。也是應該避嫌疑的。」

王夫人聽了這話不錯，自己遂低頭想了一想，便命人請了寶釵來，分晰❷前日的事，以解他疑心，又仍命他進來照舊居住。寶釵陪笑道：「我原要早出去的，只是姨娘有許多的大事，所以不便來說。可巧前日媽又不好了，家裡兩個靠得的女人也病著，我所以趁便出去了。姨娘今日既已知道了，我正好明講出情理來，就從今日辭了，好搬東西的。」王夫人、鳳姐都笑道：「你太固執了，正經再搬進來的為是，休為沒要緊的事，反疏遠了親戚。」寶釵笑道：「這話說的太不解了，並沒為什麼事我出去。我為的是媽近來神思比先大減，而且夜間晚上沒有得靠的人，通共只我一個；二則如今我哥哥眼看娶嫂子，多少針線活計並家裡一切動用的器皿，尚有未齊備的，我也須得幫著媽去料理料理。姨媽和鳳姐姐都知道我們家的事，不是我撒謊；三則是我在園裡，東南上小角門子就常開著，原是為我走的，保不住出入的人就圖省路，也從那裡走，又沒人盤查。設若從那裡弄出一件事來，豈不兩礙臉面？而且我進園裡來住原不是什麼大事，因前幾年年紀皆小，且家裡沒事，有在外頭的，不如進來姊妹相

❷ 分晰：說明、解釋。

共，或作針線，或頑笑，皆比在外頭悶坐著好。如今彼此都大了，彼此皆有事；況姨娘這邊歷年皆遇不遂心的事故，那園子也太大，一時照顧不到，皆有關係。惟有少幾個人，就可以少操些心。所以今日不但我執意辭去，此外還要勸姨娘，如今該減些的就減些，也不為失了大家的體統。據我看，園裡這一項費用也竟可以免的，說不得當日的話。姨娘深知我家的，難道我們當日也是這樣冷落不成？」鳳姐聽了這篇話，便向王夫人笑道：「這話竟是，不必強了。」王夫人點頭：「我也無可回答，只好隨你便罷了。」

說話之間，只見寶玉等已回來，因說：「老爺還未散，恐天黑了，所以先叫我們回來了。」王夫人忙問：「今日可曾丟了醜？」寶玉笑道：「不但不丟醜，且拐了許多東西來。」接著就有老婆子們從二門上小廝手內接了東西來。王夫人一看時，只見扇子三把，扇墜三個，筆墨共六匣，香珠三串，玉縧環三個。寶玉說道：「這是梅翰林送的，那是楊侍郎送的，這是李員外送的，每人一分。」說著，又向懷中取出一個旃檀香小護身佛來，說：「這是慶國公單給我的。」王夫人又問在席何人，作何詩詞等。語畢，只將寶玉一分令人拿著，同寶玉、蘭、環前來見過賈母。賈母看了，喜歡不盡，不免又問些話。無奈寶玉一心記著晴雯，答應完了話時，便說騎馬顛了，骨頭疼。賈母便說：「快回房去換了衣服，疏散疏散就好了。不許睡倒。」寶玉聽了，便忙入園來。

當下麝月、秋紋已帶了兩個丫頭來等候，見寶玉辭了賈母出來，秋紋便將筆墨拿起，一同隨寶玉進園來。寶玉滿口裡說：「好熱！」一壁便摘冠帶，將外面的大衣服都脫下來，麝月拿著，（看他用智之處。）只穿著一件松花綾子夾襖，襖內露出血點般大紅褲子來。秋紋見這條紅褲是晴雯手內針線，因嘆道：「這條褲子以後收了罷，真是物在人亡了。」麝月忙也笑道：「這是晴雯的針線。」又嘆道：「真真物在人亡了！」秋紋將麝月拉了一把，笑道：「這褲子配著松花色襖兒、石青靴子，越顯出這靛青的頭，雪白的臉來了。」寶玉在前只裝聽不見，又走了兩步，便止步道：「我要走一走，這怎麼好？」麝月道：「大白日裡，還怕什麼？還怕丟了你不成！」因命兩個小丫頭跟著：「我們送了這些東西去再來。」寶玉道：「好姐姐，等一等我再去。」麝月道：「我們去了就來。兩個人手裡都有東西，倒像擺執事❸的，一個捧著文房四寶，一個捧著冠袍帶履，成個什麼樣子！」寶玉聽見，正中心懷，便讓他兩個去了。

他便帶了兩個小丫頭到一石後，也不怎麼樣，只問他二人道：「自我去了，你襲人姐姐打發人瞧晴雯姐姐去了不曾？」這一個答道：「打發宋媽媽去了。」寶玉道：「回來說什麼？」小丫頭道：「回來說，晴雯姐姐直著脖子叫了一夜，今日早起就閉了眼，住了口，世事不知，也出不得一聲兒，只有倒氣的分兒了。」寶玉忙道：「一夜叫的是誰？」小丫頭子說：「一夜叫的是娘。」寶玉拭淚道：「還叫誰？」小丫頭子道：「沒有聽見叫別人了。」寶玉道：「你糊塗！想必沒有聽真。」旁邊那一個小丫頭最伶俐，聽寶玉如此說，便上來說：「真個他糊塗！」又向寶玉道：「不但我聽得真切，我還親自偷著看去的。」寶玉聽說，忙問：「你怎麼又親自看去？」小丫頭道：「我因想晴雯姐姐素日與別人不同，待我們極好，如今他雖受了委屈出去，我們不能別的法子救他，只親去瞧瞧，也不枉素日疼我們一場。就是人知道了，回了太太，打我們一頓也是願受的。所以我拚著挨一頓打，偷著下去瞧了

❸ 執事：儀仗的俗稱。

一瞧。誰知他平生為人聰明，至死不變，也因想著那起俗人不可說話，所以只閉著眼養神。見我去了，便睜開眼，拉我的手問：『寶玉哪去了？』我告訴他實情，他嘆了一口氣說：『不能見了。』我就說：『姐姐何不等一等他，回來見一面，豈不兩完心願？』他就笑道：『你們還不知道，我不是死，如今天上少了一位花神，玉皇敕命我去司主。我如今在未正二刻到任司花，寶玉須待未正三刻纔到家，只少得一刻的工夫，不能見面。世上凡該死之人，閻王勾取了過去，只差些小鬼來捉人魂魄，若要遲延一時半刻，不過燒些紙錢，澆些漿飯，那鬼只顧搶錢去了，該死的人就可以多待些個工夫。好，奇之至！又從來皆說「閻王注定三更死，誰能留人至五更」之語，今忽借此小女兒一篇無稽之談，反成無人敢翻之案，且又寓意調侃，罵盡世態，豈非文章之至耶？寄語觀者：至此不浮一大白者，以後不必看書也。我這如今是有天上的神仙來召請，豈可捱得時刻？』我聽了這話，竟不大信，及進來到房裡，留神看時辰表時，果然是未正二刻他嚥了氣，正三刻上就有人來叫我們，說你來了。這時候倒都對合。」寶玉忙道：「你不識字看書，所以不知道。這原是有的，不但花有一個神，一樣花一位神之外，還有總花神。但他不知是作總花神去了，還是單管一樣的花神？」這丫頭聽了，一時謅不出來，恰好這是八月時節，園中池上芙蓉正開，這丫頭便見景生情，忙答道：「我也曾問他：『是管什麼花的神？告訴我們，日後也好供養的。』他說：『天機不可洩漏。你既這樣虔誠，我只告訴你，你只可告訴寶玉一人。除他之外，若洩了天機，五雷就來轟頂的。』他就告訴我說，他就是專管這芙蓉花的。」寶玉聽了這話，不但不為怪，亦且去悲而生喜，乃指芙蓉笑道：「此花也須得這樣一人去司掌。我就料定他那樣的人，必有一番事業做的。雖然超出苦海，從此不能相見，也免不得傷感思念。」因又想：「雖然臨終未見，如今且去靈前一拜，也算盡這五六年的情常。」

想畢，忙至房中，又另穿戴了，只說去看黛玉，遂一人出園，往前次之處來，意為停柩在內。誰知他哥嫂見他一嚥氣，便回了進去，希圖早些得幾兩發送例銀。王夫人聞知，便命賞了十兩燒埋銀子，又命：「即刻送到外頭焚化了罷。女兒癆死的，斷不可留！」他哥嫂聽了這話，一面得銀，一面就僱了人來入殮，抬往城外化人場去了。剩的衣履簪環約有三四百金之數，他兄嫂自收了，為後日之計。二人將門鎖上，一同送殯去未回。寶玉走來，撲了個空。收拾晴雯，故為紅顏一哭，然亦大令人不堪。上云王夫人怕女兒癆不祥，今則忽從寶玉心中道其苦。又非模擬得出，是以悒鬱其詞，其母子至心中體貼眷愛之情，曲委已盡。

寶玉自立了半天，別無法兒，只得復身進入園中。待回至房中，甚覺無味，因順路來找黛玉，偏黛玉不在房中。問其何往，丫鬟們回說：「往寶姑娘那裡去了。」寶玉又至蘅蕪苑中，只見寂靜無人，房內搬的空空落落的，不覺吃一大驚。忽見個老婆子走來，寶玉忙問：「這是什麼原故？」老婆子道：「寶姑娘出去了，這裡交我們看著，還沒有搬清楚。我們幫著送了些東西去，這也就完了。你老人家請出去罷，讓我們掃掃灰塵也好。從此你老人家也省跑這一處的腿子了。」寶玉聽了，怔了半天，因看著那院中的香藤異蔓，仍是翠翠青青，忽比昨日好似改作淒涼了一般，更又添了傷感。默默出來，又見門外的一條翠柳堤上也半日無人來往，不似當日各處房中丫鬟不約而來者絡繹不絕。又俯身看那堤下之水，仍是溶溶脈脈的流將過去。心下因想：「天地間竟有這樣無情的事！」悲感一番，忽又想到去了司棋、入畫、芳官等幾個，死了晴雯，今又去了寶釵等一處。迎春雖尚未去，然連日也不見回來，且接連有媒人來求親。「大約園中之人不久都要散的了，縱生煩惱也無濟於事。不如還是找黛玉去相伴一日，回來家裡還是和襲人廝混，只這兩三個人，只怕還是同死同歸的。」想畢，仍往瀟湘館來，偏黛玉尚未回來。寶玉想亦當出去候送纔是，無奈不忍悲感，還是不去的好。遂又垂頭喪氣的回來。

正在不知所以之際，忽見王夫人的丫頭進來找他說：「老爺回來了，找你呢。又得了好題目來了，快走，快走。」寶玉聽得，只得跟了出來，到王夫人房中，他父親已出去了。王夫人命他快去。寶玉至書房中，彼時賈政正與眾幕友們談論尋秋之勝，又說：「快散時忽然談及一事，最是千古佳談，『風流雋逸，忠義感慨』八字皆備，倒是個好題目，大家要作一首輓詞。」眾幕賓聽了，都忙請教係何等妙事。賈政乃道：「當日曾有一位王爵，封曰『恆王』，出鎮青州。這恆王最喜女色，且公餘好武，因選了許多美女，日習武事。每公餘輒開宴連日，令眾美女演習戰鬥攻拔之事。其姬中有姓林行四者，姿色既冠，且武藝更精，皆呼為林四娘，恆王最得意。遂超拔林四娘統轄諸姬，又呼為『姽嫿❹將軍』。」眾清客都稱：「妙極神奇，竟以『姽嫿』下加『將軍』二字，反更覺嫵媚風流，真絕世奇文也。想這恆王，也是千古第一風流人物了！」賈政笑道：「這話自然是如此，但更有可奇可嘆之事。」眾清客都愕然驚問道：「不知底下有何奇事？」賈政道：「誰知次年便有黃巾、赤眉❺一干流賊餘黨，復又烏合搶掠山左❻一帶。妙！赤眉、黃巾兩時之事，今合而為一，蓋云不過是此等眾類，非特歷歷指名某赤某黃，若云不合兩用便呆矣。此書全是如此，為混人也。恆王意為犬羊之惡，不足大舉，因輕騎前勦。不意賊眾頗有詭譎智術，兩戰不勝，恆王遂為眾賊所戮。於是青州城內文武

❹ 姽嫿：音ㄍㄨㄟˇ ㄏㄨㄚˋ。沉著美好。

❺ 黃巾赤眉：黃巾，東漢靈帝時張角等領導的農民起義，起義軍頭戴黃巾為標誌，所以稱「黃巾軍」。赤眉，西漢末年樊崇領導的農民起義，起義軍用紅色塗眉，所以稱「赤眉軍」。

❻ 山左：山東地區。

官員，各各皆謂『王尚不勝，你我何為？』遂將有獻城之舉。林四娘得聞凶報，遂集聚眾女將，發令說道：『你我皆向蒙王恩，戴天履地，不能報其萬一。今王既殞身於國，我意亦當殞身於王。你等有願隨者，即時同我前往；有不願者，亦早各散。』眾女將聽他這樣，都一齊說：『願意！』於是林四娘帶領眾人連夜出城，直殺至賊營裡頭。眾賊不防，也被斬戮了幾員首賊，然後大家見是不過幾個女人，料不能濟事，遂回戈倒兵，奮力一陣，把林四娘等一個不曾留下，倒作成了這林四娘的一片忠義之志。後來報至中都，自天子以至百官無不驚駭，想其朝中自然又有人去勦滅，天兵一到，化為烏有，不必深論。只就林四娘一節，眾位聽了，可羨不可羨？」眾幕友都嘆道：「實在可羨可奇，實是個妙題，原該大家輓一輓纔是。」說著，早有人取了筆硯，按賈政口中之言，稍加改易了幾個字，便成了一篇短序，遞與賈政看了。賈政道：「不過如此。他們那裡已有原序。昨日因又奉恩旨，著察核前代以來應加褒獎而遺落未經請奏各項人等，無論僧尼、乞丐與女婦人等，有一事可嘉，即行投送履歷至禮部，備請恩獎。所以他這原序也送往禮部去了。大家聽見這新聞，所以都要作一首『姽嫿詞』，以志其忠義。」眾人聽了，都又笑道：「這原該如此。只是更可羨者，本朝皆係千古未有之曠典隆恩，實歷代所不及處，可謂『聖朝無闕事』❼，唐朝人預先竟說了，竟應在本朝。如今年代，方不虛此一句。」賈政點頭道：「正是。」

說話間，賈環叔侄亦到。賈政命他們看了題目。他兩個雖能詩，較腹中之虛實雖也去寶玉不遠，但第一件，他兩個終是別路，若論舉業一道，似高過寶玉；若論雜學，則遠不能及。第二件，他二人

---

❼ 聖朝無闕事：意謂聖明的朝廷沒有缺失遺漏的事情。語出唐岑參寄左省杜拾遺：「聖朝無闕事，自覺諫書稀。」

才思滯鈍，不及寶玉空靈娟逸。每作詩，亦如八股之法，未免拘板庸澀。那寶玉雖不算是個讀書人，然虧他天性聰敏，且素喜好些雜書。他自為古人中也有誤失之處，拘較不得許多，若只管怕前怕後起來，縱堆砌成一篇，也覺得甚無趣味。因心裡懷著這個念頭，每見一題，不拘難易，他便毫無費力之處，就如世上油嘴滑舌之人，無風作有，信著伶口俐舌，長篇大論，胡扳亂扯，敷演出一篇話來。雖無稽考，卻說的四座春風。雖有正言厲語之人，亦不得壓倒這一種風流去。近日賈政年邁，名利大灰，然起初天性也是個詩酒放誕之人，因在子侄輩中少不得規以正路。近見寶玉雖不讀書，竟頗能解此，細評起來，也還不算十分玷辱了祖宗。就思及祖宗們各各亦皆如此，雖有深精舉業的，也不曾發跡過一個，看來此亦賈門之數。況母親溺愛，遂也不強以舉業逼他了，所以近日是這等待他。又要環、蘭二人，舉業之餘，怎得亦能同寶玉纔好。所以每欲作詩，必將三人一齊喚來對作。妙！世事皆不可無足厭，只有讀書二字是萬不可足厭的，父母之心可不甚哉？近之父母只怕兒子不能名利，豈不可嘆乎？

閒言少述。且說賈政又命他三人各弔一首，誰先成者賞，佳者額外加賞。賈環、賈蘭二人近日當著多人皆作過幾首了，膽量愈壯。今看了題，因遂自去思索。一時，賈蘭先有了。賈環生恐落後，也就有了。二人皆已錄出，寶玉尚出神。妙！偏寫出鈍態來。賈政與眾人且看他二人的二首，賈蘭的是一首七言絕，寫道是：

姽嫿將軍林四娘，玉為肌骨鐵為腸。
捐軀自報恆王後，此日青州土亦香。

眾幕賓看了，便皆大讚：「小哥兒十三歲的人就如此，可知家學淵源，真不誣矣！」賈政笑道：「稚子口角，也還難為他。」又看賈環的這首，是五言律，寫道是：

紅粉不知愁，將軍意未休。掩啼離繡幕，抱恨出青州。
自謂酬王德，詎能復寇仇？誰題忠義墓？千古獨風流。

眾人道：「更佳。到底是大幾歲年紀，立意又自不同。」賈政道：「還不甚大錯，終不懇切。」眾人道：「這就罷了。三爺纔大不多兩歲，在未冠之時，如此用了工夫，再過幾年，怕不是大阮、小阮❽了？」賈政笑道：「過獎了，只是不肯讀書的過失。」因又問寶玉怎麼樣，眾人道：「二爺細心鏤刻，定又是風流悲感，不同此等的了。」寶玉笑道：「這個題目似不稱近體，須得古體，或竟是長篇一首，方能懇切。」眾人聽了，都立身點頭拍手道：「我說他立意不同。每一題到手，必先度其體格宜與不宜，這便是老手妙法。就如裁衣一般，未下剪時，須度其身量。這題目名曰『姽嫿詞』，且既有了序，此必是篇歌行方合體的。或擬白樂天長恨歌，或擬古詞，半敘半詠，流利飄逸，始能盡妙。」賈政聽說，也合了主意，遂自提筆向紙上要寫，又向寶玉笑道：「如此，你念，我寫。不好了，我搥你那肉。誰許你先大言不慚了！」寶玉只得念了一句，道是：

恆王好武兼好色，

❽ 大阮小阮：指魏晉時阮籍、阮咸叔侄，皆為魏晉名士。

賈政寫了看時，搖頭道：「粗鄙。」一幕賓道：「要這樣方古，究竟不粗。且看他底下的。」賈政道：「姑存之。」寶玉又道：

　　遂教美女習騎射。

　　穠歌豔舞不成歡，列陣挽戈為自得。

賈政寫出，眾人都道：「只這第三句，便古樸老健，極妙。這四句平敘出，也最得體。」賈政道：「休謬加獎譽，且看轉的如何。」寶玉念道：

　　眼前不見塵沙起，將軍俏影紅燈裡。

眾人聽了這兩句，便都叫妙：「好個『不見塵沙起』，又承了一句『俏影紅燈裡』，用事用句皆入神化了。」寶玉道：

　　叱吒時聞口舌香，霜矛雪劍嬌難舉。

眾人聽了，便拍手笑道：「益發畫出來了！當日敢是寶公也在座，見其嬌，且聞其香否？不然何體貼至此？」寶玉笑道：「閨閣習武，任其勇悍，怎似男人？賈老在坐，故不便出濁物二字。妙甚，細甚！不問而可知嬌怯之形的了。」

賈政道：「還不快續！這又有你說嘴的了。」寶玉只得又想了一想，念道：

丁香結子❾芙蓉絛，

眾人都道：「轉絛蕭韻，更妙，這纔流利飄蕩。而且這一句也綺靡秀媚的妙。」賈政寫了，看道：「這一句不好。已寫過『口舌香』，『嬌難舉』，何必又如此？這是力量不加，故又用這些堆砌字眼來搪塞。」寶玉笑道：「長歌也須得要些詞藻點綴點綴，不然便覺蕭索。」賈政道：「你只顧用這些，但這一句底下如何能轉至武事？若再多說兩句，豈不蛇足了？」寶玉道：「如此，底下一句轉煞住，想亦可矣。」賈政冷笑道：「你有多大本領？上頭說了一句大開門的散話，如今又要一句連轉帶煞，豈不心有餘而力不足些！」寶玉聽了，垂頭想了一想，說了一句道：

不繫明珠繫寶刀。

忙問：「這一句可還使得？」眾人拍案叫絕，賈政寫了，看著笑道：「且放著，再續。」寶玉道：「若使得，我便要一氣下去了。若使不得，越性塗了，我再想別的意思出來，再另措詞。」賈政聽了，便喝道：「多話！不好了再作，便作十篇百篇，還怕辛苦了不成！」寶玉聽說，只得想了一會，便念道：

戰罷夜闌心力怯，脂痕粉漬污鮫綃❿。

❾丁香結子：丁香花蕾嚴緊，故稱為丁香結。這裡指衣帶上的扣結。

❿鮫綃：傳說水中鮫人所製的絲織品，做成衣服，入水不濕。

賈政道：「又一段。底下怎麼？」寶玉道：

明年流寇走山東，強吞虎豹勢如蜂。

眾人道：「好個『走』字，便見得高低了。且通轉的也不板。」寶玉又念道：

王率天兵思勦滅，一戰再戰不成功。
腥風吹折隴頭麥，日照旌旗虎帳空。
青山寂寂水澌澌，正是恆王戰死時。
雨淋白骨血染草，月冷黃沙鬼守屍。

眾人都道：「妙極，妙極！佈置，敘事，詞藻，無不盡美。且看如何至四娘，必另有妙轉奇句。」寶玉又念道：

紛紛將士只保身，青州眼見皆灰塵。
不期忠義明閨閣，憤起恆王得意人。

眾人都道：「鋪敘得委婉。」賈政道：「太多了，底下只怕累贅呢。」寶玉又乃念道：

恆王得意數誰行？姽嫿將軍林四娘。

號令秦姬驅趙女，豔李穠桃臨戰場。
勝負自然難預定，誓盟生死報前王。
繡鞍有淚春愁重，鐵甲無聲夜氣涼。
賊勢猖獗不可敵，柳折花殘實可傷。
魂依城郭家鄉近，馬踐胭脂骨髓香。
星馳時報入京師，誰家兒女不傷悲！
天子驚慌恨失守，此時文武皆垂首。
何事文武立朝綱，不及閨中林四娘！
我為四娘長太息，歌成餘意尚徬徨。

念畢，眾人都大讚不止，又都從頭看了遍。賈政笑道：「雖然說了幾句，到底不大懇切。」因說：「去罷。」三人如得了赦的一般，一齊出來，各自回房。

眾人皆無別話，不過至晚安歇而已。獨有寶玉一心淒楚，回至園中，猛然見池上芙蓉，想起小丫鬟說晴雯作了芙蓉之神，不覺又喜歡起來，乃看著芙蓉嗟嘆了一會。忽又想起死後並未到靈前一祭，如今何不在芙蓉前一祭，豈不盡了禮，比俗人去靈前祭弔又更覺別致？想畢，便欲行禮，忽又止住道：「雖如此，亦不可太草率，也須得衣冠整齊，奠儀周備，方為誠敬。」想了一想，「如今若學那世俗之奠禮，斷然不可；竟也還別開生面，另立排場，風流奇異，於世無涉，方不負我二人之為人。況且古人有云：『潢汙行潦，蘋蘩之賤，可以羞王公，薦鬼神⓫。』原不在物之貴賤，全在心之誠敬而已，此其一也。二則誄文輓詞，也須另出己見，自放手眼，亦不可蹈襲前人的套頭，填幾字搪塞耳目之文，亦必須灑淚泣血，一字一咽，一句一啼。寧使文不足，悲有餘，萬不可尚文藻而反失悲切。況且古人多有微詞⓬，非自我今作俑也。奈今人全惑於功名二字，將尚古之風一洗皆盡，恐不合時宜，於功名有礙之故。我又不希罕那功名，不為世人觀閱稱讚，何必不遠師楚人之大言、招魂、離騷、九辯、枯樹、問難、秋水、大人先生傳⓭等法，或雜參單句，或偶成短聯，或用實典，或設譬寓，隨意所之，信筆而去。喜則以文為戲，悲則以言誌痛，辭窮意盡為止，何必若世俗之拘拘於方寸之間哉！」寶玉本是個不讀書之人，再心中有了這篇歪意，怎得有好詩好文作出來？他自己卻任意纂著，並不為人知慕，所以大肆妄誕，竟杜撰成一篇長文，用晴雯素日所喜之冰鮫縠一幅，楷字寫成，名曰芙蓉女兒誄，前序後歌。又備了四樣晴雯所喜之物，於是夜月下，命那小丫頭捧至芙蓉花前，先行禮畢，將那誄文即掛於芙蓉枝上，乃泣涕念曰：諸君閱至此，只當一笑話看去，便可醒倦。

⓫ 潢汙行潦四句：潢汙，小坑裡的死水。行潦，車轍中的積水。蘋、蘩，皆為水草。語出左傳隱公三年，其意為只要心誠，小坑車轍中的水、野生的水草都可以用來進獻王公，祭奠鬼神。

⓬ 微詞：不直接說明，而用隱微的方式，表達寄託或有所批評的言詞。

⓭ 大言句：大言、招魂、九辯，戰國時宋玉所作之賦。招魂一說為屈原所作。離騷，屈原所作楚辭的代表作品。枯樹，北周庾信所作抒情短賦。問難，情況不詳，可能指西漢東方朔的答客難。秋水，莊子中的一篇。大人先生傳，晉阮籍的文章。

維

太平不易之元，年便奇。蓉桂競芳之月，是八月。無可奈何之日，日更奇。細思日何難於說真某某？今偏用如此說，則可知矣。怡紅院濁玉，自謙的更奇。蓋常以「濁」字評天下之男子，竟自謂。所謂以責人之心責己矣。謹以群花之蕊，奇香。冰鮫之縠，奇帛。沁芳之泉，奇奠。楓露之茗，奇茗。四者雖微，聊以達誠申信，乃致祭於

白帝⑭宮中撫司秋豔芙蓉女兒之前奇稱。曰：竊思女兒自臨濁世，世不濁，因物所混而濁也，前後便有照應。女兒之稱妙！蓋思普天下之稱斷不能有如此二字之清潔者，亦是寶玉之真心。迄今凡十有六載。方十六歲而夭，亦傷矣。其先之鄉籍姓氏，湮淪而莫能考者久矣。忽又有此文不可，後來亦可傷矣。而玉得於衾枕櫛沐之間，棲息宴遊之夕，親暱狎褻，相與共處者，僅五年八月有奇。相共不足六載，一旦夭別，豈不可傷！噫！女兒曩生之昔，其為質則金玉不足喻其貴；其為性則冰雪不足喻其潔；其為明則星日不足喻其精；其為貌則花月不足喻其色。姊妹悉慕媖嫺⑮，嫗媼咸仰惠德。孰料鳩鴆⑯惡其高，鷹鷙翻遭罦罬⑰；離騷：「鷙鳥之不群兮。」又：「吾令鴆為媒兮，鴆告余以不好。雄鳩之鳴逝兮，余猶惡其佻巧。」注：鷙，特立不群。鴆，羽毒殺人。鳩，多聲，有如人之多言不實。罦罬，音孚拙，翻車網。詩經：「雉離于罦。」爾雅：「罬謂之罦。」薋葹⑱妒其臭，茝蘭⑲竟被芟鉏⑳！離騷薋葹皆惡草，以辨邪佞。茝蘭芳

⑭ 白帝：傳說中掌管秋天的神。

⑮ 媖嫺：貞靜文雅。

⑯ 鳩鴆：惡鳥名。鳩多鳴，以之比喻人話多而不實。鴆，毒鳥，相傳羽毛可以製造毒藥。

⑰ 罦罬：音ㄈㄨˊ ㄓㄨㄛˊ。捕鳥的羅網。

⑱ 薋葹：薋，音ㄗ。蒺藜。葹，音ㄕ。蒼耳。這兩種植物都帶刺，古代往往用以比喻壞人。

⑲ 茝蘭：香草。

⑳ 芟鉏：音ㄕㄢ ㄔㄨˊ。剷除。

草，以別君子。花原自怯，豈奈狂飆？柳本多愁，何禁驟雨？偶遭蠱蠆㉑之讒，遂抱膏肓之疚。故爾櫻脣紅褪，韻吐呻吟；杏臉香枯，色陳顑頷㉒。離騷「長顑頷亦何傷」，面黃色。諑謠謑詬㉓，出自屏幃；荊棘蓬榛，蔓延戶牖。豈招尤則替㉔？實攘詬而終。離騷「朝誶夕替」，替，廢也。「忍尤而相攘詢」，詬，同詢。攘，取也。既忳幽沉㉕乎不盡，復含罔屈㉖於無窮。高標㉗見嫉，閨幃恨比長沙㉘；汲黯輩嫉賈誼之才，謫貶長沙。直烈遭危，巾幗慘於羽野㉙。鯀剛直自命，舜殛於羽山。離騷曰：「鯀婞直以亡身兮，終然夭乎羽之野。」自蓄辛酸，誰憐夭折！仙雲既散，芳趾難尋。洲迷聚窟，何來卻死之香㉚？海失靈槎，不獲回生之藥㉛。眉黛烟青，昨猶我畫；指環玉冷，今倩誰溫？鼎爐

㉑ 蠱蠆：蠱，害人的毒蟲。蠆，音ㄔㄞˋ。蠍子的一種。

㉒ 顑頷：音ㄎㄢˇ ㄏㄢˋ。因飢餓而面黃肌瘦。

㉓ 謑詬：嘲笑辱罵。

㉔ 招尤則替：自招過失而受損害。

㉕ 忳幽沉：忳，憂鬱。幽沉，隱藏在內心深處的怨恨。

㉖ 罔屈：冤屈。

㉗ 高標：出眾的品格。

㉘ 長沙：指漢代賈誼。賈誼年輕時受漢文帝重用，主張加強中央集權，削弱地方王侯勢力。後受權貴排擠，被貶為長沙王太傅，三十三歲就憂鬱而死，人稱「賈長沙」。

㉙ 直烈兩句：神話說鯀未經天帝同意，擅自拿息壤（一種生長不息的神土）治理洪水，天帝令祝融將他殺死在羽山的荒野。屈原離騷說：「鯀婞直以亡身。」

㉚ 洲迷兩句：傳說西海中有聚窟洲，洲上有大樹，名返魂樹。用此樹煎汁製丸，名「卻死香」，能起死回生。這兩句說迷

之剩藥猶存，襟淚之餘痕尚漬。鏡分鸞別，愁開麝月之奩㉜；梳化龍飛，哀折檀雲之齒㉝。委金鈿於草莽，拾翠匐㉞於塵埃。樓空鳷鵲㉟，徒懸七夕之針㊱；帶斷鴛鴦，誰續五絲之縷㊲？況乃金天屬節，白帝司時，孤衾有夢，空室無人。桐階月暗，芳魂與倩影同銷；蓉帳香殘，嬌喘共細言皆絕。連天衰草，豈獨蒹葭？匝地悲聲，無非蟋蟀。露苔晚砌，穿簾不度寒砧㊳；雨

失了去聚窟洲的路，哪裡能找到卻死香。

㉛ 海失兩句：傳說秦始皇派徐福往東海蓬萊仙島尋找不死之藥，一去不返。靈槎，傳說是仙人的木筏，行駛海上，可通天河。

㉜ 鏡分兩句：異苑載：罽賓王捉到一隻鸞鳥，養了三年不叫。聽說鳥見了同類纔鳴，就掛了一面鏡子讓牠照。鸞見鏡中影子，悲鳴沖天，一飛而死。古今詩話載：六朝時，南朝陳將亡，樂昌公主和丈夫徐德言分別時，把一面銅鏡破開，兩人各持半面，作為將來團聚時信物。後來破鏡重圓，兩人復為夫婦。麝月，巧用寶玉丫鬟名，諧射月，代指鏡子。參見第二十三回注❽。麝月之奩，裝鏡子的梳妝盒。

㉝ 梳化兩句：異苑載：晉人陶侃懸梭於壁，化龍而去。小說為切合寶玉、晴雯情事，改「梭」為「梳」。檀雲，也是借用丫鬟名，指檀木做的梳子。

㉞ 翠匐：婦女的髮飾。匐，音ㄜˋ。

㉟ 樓空鳷鵲：鳷鵲，鳴禽名，漢武帝建有鳷鵲樓。這裡偏重「鵲」字。傳說七夕鵲填河成橋，讓牛郎織女渡河相會。這句說晴雯死後，人去樓空，又暗示鵲去無法搭橋，有如牛郎織女再也不能相會。

㊱ 徒懸句：風俗有七夕婦女結彩縷穿七孔針以乞巧（見荊楚歲時記）。

㊲ 帶斷兩句：意謂繡有鴛鴦的帶子斷了，誰還能用五色的絲線來縫補呢？這兩句暗寓晴雯補孔雀裘的故事。帶斷鴛鴦，也寓有情人分離之意。

茘秋垣㊴，隔院希聞怨笛㊵。芳名未泯，簷前鸚鵡猶呼；豔質將亡，檻外海棠預老。（恰極！）捉迷屏後，蓮瓣無聲；（元微之詩：「小樓前後捉迷藏。」）鬥草庭前，蘭芽枉待。拋殘繡線，銀箋綵縷誰裁？摺斷冰絲，金斗御香未熨㊶。昨承嚴命㊷，既趨車而遠涉芳園；今犯慈威㊸，復拄杖而遽拋孤匶㊹。（柩本字。）及聞槥棺被燹㊺，慚違共穴之盟；石槨㊻成災，愧迨同灰之誚。（唐詩云：「先開石槨，木可為棺。」晉楊公回詩云：「生為併身物，死作同棺灰。」）爾乃西風古寺，淹滯青燐㊼；落日荒坵，零星白骨。楸榆颯颯㊽，蓬艾蕭蕭。隔霧壙以啼

㊳ 穿簾句：意謂不再有擣衣的砧聲穿過簾幕傳入室內。砧，擣衣石。古代詩詞多寫秋天氣候轉涼，婦女於夜間擣衣，寄送遠方的親人，故說「寒砧」。

㊴ 雨茘秋垣：柳宗元登柳州城樓寄漳汀封連四州詩云：「驚風亂颭芙蓉水，密雨斜侵薜茘牆。」薜茘，緣木而生的香草。此句說秋雨打在長滿薜茘的牆上。

㊵ 怨笛：魏晉時，嵇康和呂安因不拘禮法，蔑視權貴，被司馬氏集團殺害。嵇、呂的好友向秀路過兩人的山陽舊居，聽鄰人吹笛，追思往日三人遊宴之好，乃作思舊賦。後以「山陽聞笛」作為思念亡友的典故。

㊶ 金斗句：金斗，鎏金的銅熨斗。御香，指熨斗中焚燒的名貴香料。秦觀如夢令云：「睡起熨沉香，玉腕不勝金斗。」

㊷ 嚴命：父命。舊時對人稱自己的父親為「家嚴」。

㊸ 慈威：母親的責備。舊時對人稱自己的母親為「家慈」。

㊹ 復拄杖句：此句言自己帶病拄杖前往弔唁，可是靈柩早就被人扔到城外了。此句照應王夫人命令將晴雯屍體「即刻送到外頭焚化」之事。

㊺ 槥棺被燹：槥棺，棺材。槥，古代一種小棺材。燹，音ㄒㄧㄢˇ。野火。引申為焚燒。

㊻ 槨：套在棺材外的棺材。

㊼ 淹滯青燐：青色的磷火緩慢飄動。磷火，骨中磷質遇到空氣後燃燒而發出的光，舊時誤認為鬼火。

猿，繞烟膝而泣鬼。自為紅綃帳裡，公子情深；始信黃土隴中，女兒命薄。汝南淚血㊾，斑斑灑向西風；梓澤餘衷㊿，默默訴憑冷月。嗚呼！固鬼域之為災，豈神靈而亦妒？箝詖奴(51)之口，討豈從寬？剖悍婦之心，忿猶未釋！（莊子：「鉗楊、墨之口。」孟子謂：「詖辭知其所蔽。」）在君之塵緣雖淺，然玉之鄙意豈終？因蓄惓惓(52)之思，不禁諄諄之問(53)。始知上帝垂旌(54)，花宮待詔(55)，生儕蘭蕙，死轄芙蓉。聽小婢之言，似涉無稽；據濁玉之思，則深為有據。何也？昔葉法善攝魂以撰碑(56)，李長吉被詔而為記(57)。事雖殊，其理則一也。故相物以配才(58)，為非其人，惡乃濫乎？始信上帝委託權

㊽ 楸榆颯颯：楸，楸樹，葉如桐，夏開黃綠色花，結實成莢。榆，榆樹，葉橢圓形，花淡紫色，果實即榆錢。颯颯，風吹樹葉發出的聲響。

㊾ 汝南淚血：可能用汝南王與愛妾碧玉的典故，樂府詩集有碧玉歌。唐王維洛陽女兒行把汝南王、碧玉和石崇、綠珠相提並論：「狂夫富貴在青春，意氣驕奢劇季倫。自憐碧玉親教舞，不惜珊瑚持與人。」

㊿ 梓澤餘衷：用石崇、綠珠的典故。梓澤，石崇在金谷的別館名。

(51) 詖奴：奸邪讒佞的奴才。

(52) 惓惓：即「拳拳」。情意懇切。

(53) 諄諄之問：指寶玉向小丫頭詳細詢問晴雯臨死的情況。

(54) 垂旌：下令。旌，傳達命令的旗子。

(55) 待詔：等待皇帝的詔命，即供職。

(56) 葉法善句：處州府志載：唐代術士葉法善曾將詩人、書法家李邕的魂魄在夢中攝去，為其祖父書寫碑文，世稱「追魂碑」。

(57) 李長吉句：唐李商隱李長吉小傳載：李賀死時，家人見緋衣人駕赤虬來請他，說上帝建了白玉樓，請李賀去寫記文。

衡，可謂至洽至協，庶不負所秉賦也。因希其不昧之靈，或陟降㊾於茲，特不揣鄙俗之詞，有污慧聽。乃歌而招之曰：

天何如是之蒼蒼兮，乘玉虬以遊乎穹窿㊿耶？（楚辭：「駟玉虬以乘鷖兮。」）地何如是之茫茫兮，駕瑤象(61)以降乎泉壤耶？（楚辭：「雜瑤象以為車。」）望繖蓋之陸離兮(62)，抑箕尾之光(63)耶？列羽葆而為前導兮，衛危虛於傍耶？（危虛二星，為衛護星。豐隆，電師。望舒，月御也。）驅豐隆以為比從兮，望舒月以離耶？聽車軌而伊軋(64)兮，御鸞鷖以征耶？聞馥郁而薆然(65)兮，紉蘅杜以為纕(66)耶？炫裙裾之爍爍兮，鏤明月以為璫耶？籍葳蕤而成壇畤兮(67)，擎蓮焰以燭銀膏耶(68)？文瓟匏以為觶斝兮(69)，漉醽醁以浮桂醑耶(70)？瞻雲氣而凝

(58) 相物以配才：根據一個人的才能給以一定的職務或工作。相，衡量。物，指某一方面的事物或職務。

(59) 陟降：陟，上升。降，下降。這裡取其偏義，作「降臨」解。

(60) 穹隆：天空。天空看起來中間高，四面下垂似帳篷，所以稱穹隆。

(61) 瑤象：以美玉和象牙製成的車。

(62) 望繖蓋句：繖蓋，傘蓋。陸離，五光十色。

(63) 箕尾之光：古代傳說，殷代傳說曾騎著箕尾二星上天。後以騎箕尾作為死後升天的典故。

(64) 伊軋：車輪碾地的聲音。

(65) 薆然：盛貌。

(66) 紉蘅杜以為纕：把蘅杜等香草串起作為佩帶。離騷：「紉秋蘭以為佩。」纕，佩帶。

(67) 籍葳蕤句：葳蕤，形容花草枝葉茂盛。古人詩中多以葳蕤形容蘭花之繁盛，如唐張九齡感遇詩云：「蘭葉春葳蕤，桂華秋皎潔。」這裡以葳蕤指代蘭花。壇畤，祭壇。畤，古代帝王祭祀天地五帝的場所。

盼兮，彷彿有所覘耶？俯窈窱而屬耳兮71，恍惚有所聞耶？期汗漫而無夭閼兮72，忍捐棄余於塵埃耶？逍遙遊，夭閼，止也。倩風廉73之為余驅車兮，冀聯轡而攜歸耶？余中心為之慨然兮，莊子至樂篇：「我獨何能無慨然？」徒噭噭而何為耶？莊子：「噭噭然隨而哭之。」君偃然而長寢兮，豈天運之變於斯耶？莊子：「偃然寢于巨室」，謂人死也。又：「變而有氣，氣變而有形，形變之有生，今又變之死，是相與為春秋冬夏，四時行也。」天道篇：「其死與物化。」既窀穸74且安穩兮，反其真75而復奚化耶？窀音肫。左傳「窀穸之事」，墓穴幽堂也。左貴嬪楊后誄：「早即窀穸。」莊子大宗師：「而已反其真。」注：以死為真。余猶桎梏而懸附76兮，靈格余以嗟來耶77？莊子大宗師，桎梏之名。「彼以生為懸疣附贅，以死為決疣潰癰。」「嗟來桑戶乎，嗟來桑戶乎！」注：桑戶，人名，孟子反、琴張二人，招其魂而語之也。「方將不化，知已化哉！」言人死猶如化去。法華經云：「法華道師多殊方便，於險道中化一城，疲極之眾，入城皆生已度想、安穩想。」來兮止兮，君其來耶！

---

68 擎蓮焰句：蓮焰，蓮花狀的火焰。燭，這裡作「點燃」解。

69 文爮匏句：爮匏，音ㄆㄠˊ ㄏㄨˋ。葫蘆瓢。觶斝，音ㄓˋ ㄐㄧㄚˇ。古代兩種酒器名。觶是一種類似膽瓶形的小酒壺；斝是雀形的玉酒杯。

70 漉醽醁句：醽醁，音ㄌㄧㄥˊ ㄌㄨˋ。美酒名。桂醑，桂花釀製的美酒。醑，音ㄒㄩˇ。

71 俯窈窱句：窈窱，同「窈窕」。深遠貌。屬耳，貼耳傾聽。

72 期汗漫句：汗漫，形容天空的廣大無際。夭閼，阻擋。

73 風廉：風神飛廉。

74 窀穸：音ㄓㄨㄣ ㄒㄧˋ。墓穴。

75 反其真：回歸本原，就是死亡。

76 懸附：「懸疣附贅」的略語。疣，瘤子。贅，息肉。都是人身上累贅多餘的東西。

77 靈格余句：靈，指晴雯的靈魂。格，感通。嗟來，召喚靈魂的到來。

若夫鴻濛而居，寂靜以處，雖臨於茲，余亦莫睹。搴烟蘿而為步幛，列鎗蒲78而森行伍。警柳眼79之貪眠，釋蓮心之味苦。素女80約於桂岩，宓妃81迎於蘭渚。弄玉吹笙82，寒簧擊敔83。徵嵩嶽之妃84，啟驪山之姥85。龜呈洛浦之靈86，獸作咸池之舞87。潛赤水88兮龍吟，集珠林兮鳳翥89。爰格爰誠90，匪簋匪筥91。發軔乎霞城，返旌乎玄圃92。既顯微而若通93，復氤氳94

78 槍蒲：葉呈槍劍狀的菖蒲。

79 柳眼：柳葉細長如眼，故稱「柳眼」。

80 素女：神話傳說中擅長音樂的女神。

81 宓妃：傳說是伏羲氏的女兒，溺死洛水，是為洛神。

82 弄玉：傳說是秦穆公的女兒，善吹簫，後來成仙。

83 寒簧句：寒簧，傳說中女仙名，曾為西王母散花仙史，後到月宮做侍書，善音樂。敔，音ㄩˇ。一種木製虎狀的打擊樂器。

84 嵩嶽之妃：嵩山上的女神。裴硎傳奇有封陟在嵩山遇見神女的故事。

85 驪山之姥：驪山女神。集仙傳有李筌遇見驪山老姥的故事。

86 龜呈句：古代神話傳說，大禹治水時，洛水中有神龜負書而獻，其書被稱為「洛書」。

87 獸作句：傳說虞舜時樂官夔作樂，百獸隨著音樂而起舞。咸池，傳說中仙界的地名，淮南子天文訓云：「日出于湯谷，浴于咸池。」黃帝所作樂曲也名咸池，堯增修而用之（見禮記樂記鄭玄注）。此處兼用二意。

88 赤水：神話中水名，在昆侖山東南。

89 集珠林句：珠林，神話中三珠樹之林。山海經海外南經云：「三珠樹在厭火北，生赤水上，其為樹如柏，葉皆為珠。」翥，飛舉。

而倏阻。離合兮烟雲，空濛兮霧雨。塵霾斂兮星高，溪山麗兮月午。何心意之忡忡？若寤寐之栩栩[95]。余乃欷歔悵望，泣涕徬徨。人語兮寂歷[96]，天籟兮篔簹[97]。鳥驚散而飛，魚唼喋[98]以響。誌哀兮是禱，成禮兮期祥。嗚呼哀哉！尚饗！

讀畢，遂焚帛奠茗，猶依依不捨。小鬟催至再四，方纔回身。忽聽月暗之處有一人笑道：「且請留步！」二人聽了不免一驚，那小丫鬟回頭一看，卻是個人影從芙蓉花中走出來，他便大叫：「不好，有鬼！晴雯真來顯魂了！」嚇得寶玉也忙看時……且聽下回分解。

---

90 爰格爰誠：爰，連詞，於是；乃。格、誠，以誠心感動神靈。

91 匪簠匪筥：匪，同「非」。簠，古代祭器，長方形，有四短足。筥，圓形竹框，用作禮器。

92 發軔兩句：發軔，啟行；出發。軔，阻擋車子行進的木楔。霞城，即碧霞城，道教傳說中元始天尊的居處。玄圃，即懸圃，傳說中神山名，在昆侖山中。此兩句出自離騷：「朝發軔於蒼梧兮，夕余至乎懸圃。」

93 顯微句：顯微，若隱若現。通，彼此感通。

94 氤氳：雲霧繚繞。

95 若寤寐之栩栩：用莊子夢蝶的典故：「昔者莊周夢為蝴蝶，栩栩然蝴蝶也。」此句言夢中景象栩栩如生。寤，醒。寐，睡。此處寤寐為複詞偏義，作「夢寐」解。

96 寂歷：寂靜。

97 天籟句：天籟，天地間自然的聲響。篔簹，一種長節大竹。此句言風吹竹葉發出的聲響。

98 唼喋：成群的魚吃食的聲音。

第七十九回　薛文龍悔娶河東獅　賈迎春誤嫁中山狼

話說寶玉祭完了晴雯，只聽花影中有人聲，倒嚇了一跳。既走出來細看，不是別人，卻是林黛玉，滿面含笑，口內說道：「好新奇的祭文，可與曹娥碑❶並傳的了。」寶玉聽了，不覺紅了臉，笑答道：「我想著世上這些祭文都蹈於熟濫了，所以改個新樣。原不過是我一時的頑意，誰知又被你聽見了。有什麼大使不得的，何不改削改削？」黛玉道：「原稿在哪裡？倒要細細一讀。長篇大論，不知說的是什麼，只聽見中間兩句，什麼『紅綃帳裡，公子多情；黃土隴中，女兒薄命』。這一聯意思卻好，只是『紅綃帳裡』未免熟濫些，放著現成真事為什麼不用？」寶玉忙問：「什麼現成的真事？」黛玉笑道：「偺們如今都係霞影紗糊的窗槅，何不說『茜紗窗下，公子多情』呢？」寶玉聽了，不禁跌足笑道：「好極，是極！到底是你想的出，說的出。可知天下古今現成的好景妙事盡多，只是愚人蠢子說不出、想不出罷了。但只一件：雖然這一改新妙之極，但你居此則可，在我實不敢當。」說著，又接連說「不敢」。黛玉笑道：「何妨！我的窗即可為你之窗，何必分晰得如此生疏？古人異姓陌路，尚然同肥馬，衣輕裘，敝之而無憾❷，何況偺們？」寶玉笑道：「論交道，不在肥馬輕裘，即黃金白璧，

❶ 曹娥碑：曹娥是東漢時上虞女子，因父溺死，也投江自盡。邯鄲淳為之作誄辭，刻石立碑，稱之為「曹娥碑」。蔡邕讀了這篇碑文，稱讚為「絕妙好辭」。

❷ 同肥馬三句：論語公冶長：「子路曰：車馬衣輕裘，與朋友共，敝之而無憾。」

亦不當錙銖較量。倒是這唐突閨閣，萬萬使不得的。如今我越性將『公子』、『女兒』改去，竟算是你誄他的倒妙。況且素日你又待他甚厚，故今寧可棄此一篇大文，萬不可棄此『茜紗』新句。竟莫若改作『茜紗窗下，小姐多情；黃土隴中，丫鬟薄命』。如此一改，雖於我無涉，我也是愜懷的。」黛玉笑道：「他又不是我的丫頭，何用作此語？況且『小姐』『丫鬟』亦不典雅，等我的紫鵑死了，我再如此說還不算遲。」明是為與阿顰作讖，卻先偏說紫鵑，總用此狡猾之法。寶玉聽了忙笑道：「這是何苦又咒他！」又畫出寶玉來，究竟不知是咒誰，使人一笑一嘆。黛玉笑道：「是你要咒的，並不是我說的。」寶玉道：「我又有了，這一改可妥當了：莫若說『茜紗窗下，我本無緣；雙關句，意妥極。黃土隴中，卿何薄命』。」如此我亦謂妥極，但試問當面用爾我字樣，究竟不知是為誰之讖？一笑一嘆。一篇誄文總因此二句而有，又當知雖誄晴雯，而又實誄黛玉也，奇幻至此。若云必因晴雯誄，則呆之至矣。黛玉聽了，忡然變色，慧心人可為一哭。觀此句，便知誄文實不為晴雯而作也。心中雖有無限的狐疑亂擬，用此事更妙，蓋又欲瞞觀者。外面卻不肯露出，反連忙笑著點頭，稱說：「果改的好。再不必亂改了，快去幹正經事罷。纔剛太太打發人叫你明兒一早快過大舅母那邊去。你二姐姐已有人家求準了，想是明兒那家人來拜允，所以叫你們過去呢。」寶玉拍手道：「何必如此忙？我身上也不大好，明兒還未必能去呢。」黛玉道：「又來了！我勸你把脾氣改改罷。一年大，二年小……」一面說話，一面咳嗽起來。總為後文伏線。阿顰之文可見不是一筆兩筆所寫。寶玉忙道：「這裡風冷，偺們只顧獃站在這裡，快回去罷。」黛玉道：「我也家去歇息了，明兒再見罷。」說著，便自取路去了。

寶玉只得悶悶的轉步，又忽想起來黛玉無人隨伴，忙命小丫頭子跟了送回去，自己到了怡紅院中。果有王夫人打發老嬤嬤來，吩咐他明日一早過賈赦這邊來，與方纔黛玉之言相對。原來賈赦將迎春許與孫家了。這孫家乃是大同府人氏。設云大概相同也。若必云真大同府則呆。祖上係軍官出身，乃當日寧榮府中之門生，算來亦係世交。如今孫家只有一人在京，現襲指揮之職，此人名喚孫紹祖，生得相貌魁梧，體格健壯，弓馬嫻熟，應酬權變，（畫出一個俗物來。）年紀未滿三十，且又家資饒富，（此句斷不可少。）現在兵部候缺題陞。因未有室，賈赦見是世交之孫，且人品家當都相稱合，遂青目擇為東床嬌婿。亦曾回明賈母。賈母心中卻不十分趁意，想來攔阻，亦恐不聽，「況兒女之事，自有天意前因，況且他是親父主張，何必出頭多事？」為此，只說「知道了」三字，餘不多及。賈政又深惡孫家，雖是世交，當年不過是彼祖希慕榮寧之勢，有不能了結之事纔拜在門下的，並非詩禮名族之裔。因此倒勸諫過兩次，無奈賈赦不聽，也只得罷了。

寶玉卻從未會過這孫紹祖一面的，次日只得過去了，聊一塞責。只聽見說娶親的日子很急，不過今年就要過門的；又見邢夫人等回了賈母，將迎春接出大觀園去等事，越發掃去了興頭，每日痴痴獃獃的，不知作何消遣。又聽得說陪四個丫頭過去，更又跌足自嘆道：「從今後這世上又少了五個清潔人了！」因此天天到紫菱洲一帶地方徘徊瞻顧，見其軒窗寂寞，屏帳翛然❸，不過有幾個該班上夜的老嫗。（先為對境悼顰兒作引。）再看那岸上的蓼花葦葉，池內的翠荇香菱，也都覺搖搖落落，似有追憶故人之態，迥非素常逞妍鬥色之可比。既領略得如此寥落淒慘之景，是以情不自禁，乃信口吟成一歌曰：（此回題上半截是「悔娶河東獅」，今卻偏逢中山狼。倒裝上下情業，細膩寫來，可見迎春是書中正傳，阿獃夫妻是副，賓主次序嚴肅之至。其婚娶俗禮一概不及，只用寶玉一人過去，正是書中之大旨。）

池塘一夜秋風冷，吹散芰荷紅玉影。
蓼花菱葉不勝愁，重露繁霜壓纖梗。

❸ 翛然：同「蕭然」。空寂的樣子。翛，音ㄒㄧㄠ。

不聞永晝敲棋聲，燕泥點點污棋枰。

古人惜別憐朋友，況我今當手足情！

寶玉方纔吟罷，忽聞背後有人笑道：「你又發什麼獃呢？」寶玉回頭忙看是誰，原來是香菱。寶玉便轉身笑問道：「我的姐姐，你這會子跑到這裡來做什麼？許多日子也不進來逛逛！」香菱拍手笑嘻嘻的說道：「我何曾不來？如今你哥哥回來了，哪裡比先時自由自在的了？纔剛我們奶奶使人找你鳳姐姐的，竟沒找著，說往園子裡來了。我聽見了這信，我就討了這件差進來找他，遇見他的丫頭，說在稻香村呢。如今我往稻香村去，誰知又遇見了你。我且問你，襲人姐姐這幾日可好？怎麼忽然把個晴雯姐姐也沒了？到底是什麼病？二姑娘搬出去的好快，你瞧瞧這地方好空落落的。」寶玉應之不迭，又讓他同到怡紅院去吃茶，（斷不可少。）香菱道：「此刻竟不能，等找著璉二奶奶，說完了正經事再來。」寶玉道：「什麼正經事這麼忙？」香菱道：「為你哥哥娶嫂子的事，所以要緊。」（出題去，閒閒引出。）寶玉道：「正是。說的到底是哪一家的？只聽見吵嚷了這半年，今兒又說張家的好，明兒又要李家的，後兒又議論王家的。這些人家的女兒也不知道造了什麼罪了，叫人家好端端議論。」香菱道：「這如今定了，可以不用搬扯別家了。」寶玉忙問：「定了誰家的？」香菱道：「因你哥哥上次出門貿易時，在順路到了個親戚家去。這門親原是老親，且又和我們是同在戶部掛名行商，也是數一數二的大門戶。前日說起來，你們兩府都也知道的，合長安城中，上至王侯，下至買賣人，都稱他家是『桂花夏家』。」（夏日何得有桂？又桂花時節焉得有雪？三者原係風馬牛，今若強湊合，故終不相符。來此敗運之事，大都如此，當局者自不解耳。）寶玉笑問道：（聽得桂花渾號，原覺新雅，故不覺一笑，余亦欲笑問。）「如何又稱為『桂花夏家？』」香菱道：「他家本姓夏，非常的富貴，其餘田地不用說，單有幾十頃地獨種桂花。凡這長安城裡城外桂花局俱是他家的，連宮裡一應陳設盆景亦是他家貢奉，因此纔有這個渾號。如今太爺也沒了，只有老奶奶帶著一個親生的姑娘過活，也並沒有哥兒兄弟，可惜他竟一門盡絕了。」寶玉忙道：「咱們也別管他絕後不絕後，只是這姑娘可好？你們大爺怎麼就中意了？」 補出阿獃素日難得中意來。 香菱笑道：「一則是天緣，二則是『情人眼裡出西施』。當年又是通家來往，從小兒都一處廝混過。敘親是姑舅兄妹，又沒嫌疑。雖離了這幾年，前兒一到他家，夏奶奶又是沒兒子的，一見了你哥哥出落的這樣，又是哭，又是笑，竟比見了兒子的還勝。又令他兄妹相見，誰知這姑娘出落得花朵似的了，在家裡也讀書寫字，所以你哥哥當時就一心相準了。連當鋪裡老朝奉夥計們一群人遭擾了人家三四日，他們還留多住幾日，好容易苦辭纔放回家。你哥哥一進門，就咕咕唧唧求我們奶奶去求親。我們奶奶原也是見過這姑娘的，且又門當戶對，也依了，和這裡姨太太、鳳姑娘商議了，打發人去一說就成了。只是娶的日子太急，所以我們忙亂的很。 阿獃求婦一段文字，卻從香菱口中補明，省卻許多閒文累筆。 我也巴不得早些過來，又添一個作詩的人了。」 妙極！香菱口聲斷不可少，看他下作死語，知其心中略無忌諱疑慮等意，真是渾然天真。余為之一哭。 寶玉冷笑道： 忽曰冷笑道，二字便有文章。 「雖如此說，但只我倒替你擔心慮後呢！」 又為香菱之讖，偏是此等事體等到。 香菱聽了，不覺紅了臉，正色道：「這是什麼話？素日咱們都是廝抬廝敬❹的，今日忽然提起這些事，是什麼意思！怪不得人人都說你是個親近不得的人。」一面說，一面轉身走了。

寶玉見他這樣，便悵然如有所失，獃獃的站了半天，思前想後，不覺滴下淚來。只得無精打彩，還入怡紅院來。一夜不曾安穩，睡夢之中猶喚晴雯，若魘魔驚怖，種種不寧。次日便懶進飲食，身體

❹ 廝抬廝敬：彼此抬舉，互相恭敬。廝，互相。

作熱。此皆近日抄檢大觀園、逐司棋、別迎春、悲晴雯等羞辱驚恐悲悽之所致。兼以風寒外感，故釀成一疾，臥床不起。賈母聽得如此，天天親來看視。王夫人心中自悔，不合因晴雯過於逼責了他。心中雖如此，臉上卻不露出，只吩咐眾奶娘等好生伏侍看守，一日兩次帶進醫生來診脈下藥。一月之後，方纔漸漸的痊愈。賈母命好生保養，過百日方許動葷腥油麵等物，方可出門行走。這一百日內，連院門前皆不許到，只在房中頑笑。四五十日後，就把他拘約的火星亂迸，哪裡忍耐得住？雖百般設法，無奈賈母、王夫人執意不從，也只得罷了。因此和那些丫鬟們無所不至，恣意耍笑作戲。又聽得薛蟠擺酒唱戲熱鬧非常，已娶親入門。聞得這夏家小姐十分俊俏，也略通文翰，寶玉恨不得就過去一見纔好。再過些時，又聞得迎春出了閣。寶玉思及當時姊妹們一處耳鬢廝磨，從今一別，縱得相逢，也必不似先前那等親密了。眼前又不能去一望，真令人悽惶迫切之至。少不得潛心忍耐，暫同這些丫鬟們廝鬧釋悶，幸免賈政責備逼迫讀書之難。這百日內只不曾拆毀了怡紅院，和這些丫頭們無法無天，凡世上所無之事都頑耍出來，如今且不消細說。

且說香菱自那日搶白了寶玉之後，心中自為寶玉有意唐突他，「怨不得我們寶姑娘不敢親近，可見我不如寶姑娘遠矣；怨不得林姑娘時常和他角口，氣的痛哭，自然唐突他也是有的了。從此倒要遠避他些纔好。」因此，以後連大觀園也不輕易進來，日日忙亂著。薛蟠娶過親，自為得了護身符，自己身上分去責任，到底比這樣安寧些；二則又聞得是個有才有貌的佳人，自然是典雅和平的。因此他心中盼過門的日子，比薛蟠還急十倍。

誰知那夏小姐今年方十七歲，生得亦頗有姿色，亦頗識得幾個字——若論心中的邱壑經緯，頗步熙鳳之後塵；只吃虧了一件，從小時父親去世的早，又無同胞弟兄，寡母獨守此女，嬌養溺愛，不啻珍寶。凡女兒一舉一動，彼母皆百依百隨，因此未免嬌養太過，竟釀成個盜跖的性氣，愛自己尊若菩薩，窺他人穢如糞土；外具花柳之姿，內秉風雷之性❺。在家中時常就和丫鬟們使性弄氣，輕罵重打的；今日出了閣，自為要作當家的奶奶，比不得作女兒時靦腆溫柔，須要拿出些威來纔彈壓得住人。況且見薛蟠氣質剛硬，舉止驕奢，若不趁熱竈一氣炮製熟爛，將來必不得能豎立旗幟矣；又見有香菱這等一個才貌俱全的愛妾在室，越發添了「宋太祖滅南唐」之意❻，「臥榻之側，豈容他人酣睡」之心。因他家多桂花，他小名就喚做金桂，他在家時不許人口中帶出「金」「桂」二字來，凡有不留心誤道一字者，他便定要苦打重罰纔罷。他因想「桂花」二字是禁止不住的，須另換一名。因想桂花曾有廣寒嫦娥之說，便將桂花改為「嫦娥花」，又寓自己身分如此。

薛蟠本是個憐新棄舊的人，且是有酒膽無飯力❼的，如今得了一個妻子，正在新鮮興頭上，凡事未免盡讓他些。那夏金桂見了這般形景，便也試著一步緊似一步。一月之中，二人氣概還都相平；至兩月之後，便覺薛蟠的氣概漸次低矮了下去。一日，薛蟠酒後不知要行何事，先與金桂商議，金桂執意不從。薛蟠忍不住便發了幾句話，賭氣自行了。這金桂便氣的哭如醉人一般，茶湯不進，裝起病來。請醫療治，醫生又說：「氣血相逆，當進寬胸順氣之劑。」薛姨媽恨的罵了薛蟠一頓，說：「如今娶

❺ 風雷之性：形容暴烈的脾氣。
❻ 宋太祖滅南唐之意：指妒嫉、不能容人之意。參見第七十六回注❶。
❼ 有酒膽無飯力：比喻表面上剛烈，骨子裡軟弱。

了親，眼前抱兒子了，還是這樣胡鬧！人家鳳凰蛋似的好容易養了一個女兒，比花朵兒還輕巧，原看的你是個人物，纔給你作老婆。你不說收了心，安分守己，一心一計、和和氣氣的過日子，還是這樣胡鬧，咊嗓❽了黃湯折磨人家！這會子花錢吃藥白遭心。」一席話說的薛蟠後悔不迭，反來安慰金桂。金桂見婆婆如此說丈夫，越發得了意，便裝出些張致❾來，總不理薛蟠。薛蟠沒了主意，惟自怨而已。好容易十天半月之後，纔漸漸的哄轉過金桂的心來。自此便加一倍小心，不免氣概又矮了半截下來。

那金桂見丈夫旗纛漸倒，婆婆良善，也就漸漸的持戈試馬起來。先時不過挾制薛蟠，後來倚嬌詐媚，將及薛姨媽，後將至薛寶釵。寶釵久察其不軌之心，每隨機應變，暗以言語彈壓其志。金桂知其不可犯，每欲尋隙，又無隙可乘，只得曲意俯就。

一日，金桂無事，因和香菱閒談，問香菱家鄉父母。香菱皆答忘記，金桂便不悅，說有意欺瞞了他。因問他「香菱」二字是誰起的名字，香菱便答：「姑娘起的。」金桂冷笑道：「人人都說姑娘通，只這一個名字就不通。」香菱忙笑道：「噯喲，奶奶不知道，我們姑娘的學問，連我們姨老爺時常還誇呢！」欲明後事，且見下回。

校記

1.「重露繁霜壓纖梗」，庚辰本此句原缺，下注「此句遺失」，現據「八十回校本」補。

❽ 咊嗓：敞開喉嚨一直喝。咊，音ㄔㄨㄤˊ。不加節制地大吃大喝。嗓，喉嚨。

❾ 張致：模樣。

第八十回　懦弱迎春腸迴九曲　嬌怯香菱病入膏肓

話說金桂聽了，將脖項一扭，嘴唇一撇，（畫出一個悍婦來。）鼻孔裡哧哧兩聲，（真真追魂攝魄之筆。）拍著掌冷笑道：「菱角花誰聞見香來著？若說菱角香了，正經那些香花放在哪裡？可是不通之極。」香菱道：「不獨菱花，就連荷葉、蓮蓬都是有一股清香的，但他那原不是花香可比。若靜日靜夜，或清早半夜細領略了去，那一股香比是花兒都好聞呢。就連菱角、雞頭❶、葦葉、蘆根，得了風露，那一股清香，就令人心神爽快的。」（說的出便是慧心人，何況菱卿哉？）金桂道：「依你說，那蘭花、桂花倒香的不好了？」（又陪一個蘭花，一則是自高聲價，二則是誘人犯法。）香菱說到熱鬧頭上，忘了忌諱，便接口道：「蘭花、桂花的香，又非別花之香可比……」一句未完，金桂的丫鬟名喚寶蟾者，忙指著香菱的臉兒說道：「要死，要死！你怎麼真叫起姑娘的名字來了！」香菱猛省了，反不好意思，忙賠笑賠罪，說：「一時說順了嘴，奶奶別計較。」金桂笑道：「這有什麼，你也太小心了。但只是我想這個『香』字到底不妥，意思要換一個字，不知你服不服？」香菱忙笑道：「奶奶說哪裡話？此刻連我一身一體俱屬奶奶，何得換一名字反問我服不服？叫我如何當得起！奶奶說哪一個字好，就用哪一個。」金桂笑道：「你雖說的是，只怕姑娘多心，說『我起的名字反不如你？你能來了幾日，就駁我的回了』。」香菱笑道：「奶奶有所不知，當日買了我來時，原是老奶奶使喚的，故此姑娘起的名字。後來我自伏侍了爺，就與姑娘無涉了。如今又有了奶奶，益發不與姑娘

---

❶ 雞頭：又叫「雞頭肉」，芡實的別名。參見第三十七回注㊴。

相干。況且姑娘又是極明白的人，如何惱得這些呢？」金桂道：「既這樣說，『香』字竟不如『秋』字妥當。菱角菱花皆盛於秋，豈不比『香』字有來歷些？」香菱道：「就依奶奶這樣罷了。」自此後遂改了「秋」字，寶釵亦不在意。

只因薛蟠天性是「得隴望蜀」的，如今得娶了金桂，又見金桂的丫鬟寶蟾有三分姿色，舉止輕浮可愛，便時常要茶要水的故意撩逗他。寶蟾雖亦解事，只是怕著金桂，不敢造次，且看金桂的眼色。金桂亦頗覺察其意，想著：「正要擺佈香菱，無處尋隙，如今他既看上了寶蟾，如今且捨出寶蟾去與他，他一定就和香菱疏遠了。我且乘他疏遠之時，擺佈了香菱，那時寶蟾原是我的人，也就好處了。」打定了主意，伺機而發。

這日薛蟠晚間微醺，又命寶蟾倒茶來吃。薛蟠接碗時故意捏他的手，寶蟾又喬裝躲閃，連忙縮手。兩下失誤，豁啷一聲，茶碗落地，潑了一身一地的茶。薛蟠不好意思，佯說寶蟾不好生遞，寶蟾說姑爺不好生接，金桂冷笑道：「兩個人的腔調兒都夠使的，別打量誰是傻子。」薛蟠低頭微笑不語，寶蟾紅了臉出去。一時安歇之時，金桂便故意的攆薛蟠別處去睡，「省得你饞癆餓眼❷。」薛蟠只是笑。金桂道：「要作什麼和我說，別偷偷摸摸的，不中用。」薛蟠聽了，仗著酒蓋臉，便趁勢跪在被上，向著金桂笑道：「好姐姐！你若要把寶蟾賞了我，你要怎樣就怎樣。你要人腦子也弄來給你。」金桂笑道：「這話好不通。你愛誰，說明了，就收在房裡，省得別人看著不雅。我可要什麼呢？」薛蟠得了這話，喜的稱謝不盡。是夜，曲盡丈夫之道奉承金桂。（「曲盡丈夫之道」，奇聞奇語。）次日也不出門，只在家中廝鬧，

❷ 饞癆餓眼：饞癆，譏人貪食為「饞癆」，就像得了飢餓症一般。餓眼，眼饞的意思。

越發放大了膽。

至午後，金桂故意出去，讓個空兒與他二人。薛蟠便拉拉扯扯的起來。寶蟾心裡也知八九，也就半推半就。正要入港❸，誰知金桂是有心等候的，料必在難分之際，便叫丫頭小捨兒過來。原來這小丫頭也是金桂從小兒在家使喚的，因他自幼父母雙亡，無人看管，便大家叫他作小捨兒，專作些粗笨的生活。鋪敘小捨兒首尾，忙中又點「薄命」二字，與痴丫頭遙遙作對。金桂如今有意獨喚他來，吩咐道：「你去告訴秋菱，到我屋裡將手帕取來，不必說我說的。」金桂壞極，所以獨使小捨兒為此。小捨兒聽了，一逕尋著香菱，說：「菱姑娘，奶奶的手帕子忘記在屋裡了，你去取來送上去，豈不好？」香菱正因金桂近日每每的折挫他，不知何意，百般竭力挽回不暇。總為痴心人一哭。聽了這話，忙往房裡來取。不防正遇見他二人推就之際，一頭撞了進去，自己倒羞的耳面飛紅，忙轉身迴避不迭。那薛蟠自為是過了明路的，除了金桂，無人可怕，所以連門也不掩。今兒香菱撞來，故也略有些慚愧，還不十分在意。無奈寶蟾素日最是說嘴要強的，今遇見了香菱，便恨無地可入，忙推開薛蟠，一逕跑了，口內還恨怨不迭，說他強姦力逼等語。薛蟠好容易圈哄的要上手，卻被香菱打散，不免一腔興頭變作了一腔惡怒，都在香菱身上。不容分說趕出來，啐了兩口，罵道：「死娼婦！你這會子作什麼來撞屍遊魂！」香菱料事不好，三步兩步，早已跑了。薛蟠再來找，寶蟾已無蹤跡了。於是恨的只罵香菱。至晚飯後，已吃得醺醺然，洗澡時不防水略熱了些，燙了腳，便說香菱有意害他，赤條精光趕著香菱踢打了兩下。香菱雖沒受過這氣苦，既到此時，也說不得了，只好自悲自怨，各自走開。

---

❸ 入港：這裡指男女發生性關係，一般就男女間私情而言。

彼時金桂已暗和寶蟾說明，今夜令薛蟠在香菱房中去成親，命香菱過來陪自己先睡。先是香菱不肯，金桂說他嫌髒了，再必是圖安逸，怕夜裡勞動伏侍，又罵說：「你那沒見世面的主子，見一個愛一個，把我的人霸占了去，又不叫你來，到底是什麼主意？想必是逼我死罷了！」薛蟠聽了這話，又怕鬧黃❹了寶蟾之事，忙又趕來罵香菱：「不識抬舉！再不去便要打了！」香菱無奈，只得抱了鋪蓋來。金桂命他在地下鋪睡，香菱只得依命。剛睡下，便叫倒茶，一時又叫搥腿。如是一夜七八次，總不使其安逸穩臥片時。那薛蟠得了寶蟾，如獲珍寶，一概都置之不顧。恨的金桂暗暗的發恨道：「只叫你樂這幾天，等我慢慢的擺佈了來，那時可別怨我！」一面隱忍，一面設計擺佈香菱。

半月光景，忽又裝起病來，只說心疼難忍，四肢不能轉動。（半月工夫，諸計安矣。）請醫療治不效，眾人都說是香菱氣的。鬧了兩日，忽又從金桂的枕頭內抖出紙人來，上面寫著金桂的年庚八字，有五根針釘在心窩並四肢骨節等處。於是眾人反亂起來，當作新聞，先報與薛姨媽。薛姨媽先忙手忙腳的，薛蟠自然更亂起來，立刻要拷打眾人。金桂笑道：「何必冤枉眾人？大約是寶蟾的鎮魘法兒。」（惡極，壞極！）薛蟠道：「他這些時並沒多空兒在你房裡，何苦賴好人？」（正要老兄此句。）金桂冷笑道：「除了他，還有誰？莫不是我自己不成！誰可敢進我的房呢？」薛蟠道：「秋菱如今是天天跟著你，他自然知道。先拷問他就知道了。」金桂冷笑道：「拷問誰？誰肯認？依我說，竟裝個不知道，大家丟開手罷了。橫豎治死我也沒什麼要緊，樂得再娶好的。若據良心上說，左不過你三個多嫌我一個。」說著，一面痛哭起來。薛蟠更被這一席話激怒，順手抓起一根門閂來，（與前要打死寶玉遙遙一對。）一逕搶步找著香菱，不容分辯便劈頭劈面打起

❹ 黃：北京方言。指事情、計劃不能成功或諾言不能實現。

來，一口咬定是香菱所施。

香菱叫屈，薛姨媽跑來禁喝說：「不問明白，就打起人來！這丫頭伏侍了你這幾年，哪一點不周到，不盡心？他豈肯如今作這沒良心的事？你且問個清渾皂白，再動粗鹵。」金桂聽見他婆婆如此說著，怕薛蟠耳軟心活，便益發嚎啕大哭起來，一面又哭喊說：「這半個多月，把我的寶蟾霸占了去，不容進我的房，惟有秋菱跟著我睡。我要拷問寶蟾，你又護到頭裡。你這會子又賭氣打他去。治死我，再揀富貴的標緻的娶來就是了！何苦作出這些把戲來！」薛蟠聽了這些話，越發著了急。薛姨媽聽見金桂句句挾制著兒子，百般惡賴的樣子，十分可恨。無奈兒子偏不硬氣，已是被他挾制軟慣了，如今又勾搭上丫頭，被他說霸占了去，他自己反要占溫柔讓夫之禮。這魘魔法究竟不知誰作的，實是俗語說的「清官難斷家務事」，此事正是「公婆難斷床幃事」了。因此無法，只得賭氣喝薛蟠說：「不爭氣的孽障！騷狗也比你體面些！誰知你三不知❺的把陪房丫頭也摸索上了，叫老婆說嘴霸占了丫頭，什麼臉出去見人！也不知誰使的法子，也不問青紅皂白好歹就打人。我知道你是個得新棄舊的東西，白辜負了我當日的心。他既不好，你也不許打，我即刻叫人牙子來賣了他，你就心淨了！」說著，命香菱：「收拾了東西，跟我來。」一面叫人：「去！快叫個人牙子來，多少賣幾兩銀子，拔去肉中刺，眼中釘，大家過太平日子。」

薛蟠見母親動了氣，早也低下頭了。金桂聽了這話，便隔著窗子往外哭道：「你老人家只管賣人，不必說著一個扯著一個的。我們很是那吃醋拈酸，容不下人的不成？怎麼拔出肉中刺、眼中釘？是誰

❺ 三不知：突然；意料不到。

的釘，誰的刺？但凡多嫌著他，也不肯把我的丫頭也收在房裡了。」薛姨媽聽說，氣的身戰氣咽道：「這是誰家的規矩？婆婆這裡說話，媳婦隔著窗子拌嘴！虧你是舊家人家的女兒，滿嘴裡大呼小喊，說的是什麼！」薛蟠急的跺腳說：「罷喲！罷喲！看人聽見笑話！」金桂意謂一不作二不休，越發發潑喊起來了，說：「我不怕人笑話！你的小老婆治我害我，我倒怕人笑話了？再不然留著他，就賣了我！誰還不知道你薛家有錢，行動拿錢墊人❻，又有好親戚挾制著別人！你不趁早施為，還等什麼？嫌我不好，誰叫你們瞎了眼，三求四告的跑了我們家作什麼去了？這會子人也來了，金的銀的也賠了，略有個眼睛鼻子的也霸占去了，該擠發我了！」一面哭喊，一面滾揉，自己拍打。薛蟠急的說又不好，勸又不好，打又不好，央告又不好，只是出入咳聲嘆氣，抱怨說運氣不好。果然不差。

當下薛姨媽早被薛寶釵勸進去了，只命人來賣香菱。寶釵笑道：「偺們家從來只知買人，並不知賣人之說。媽可是氣的糊塗了，倘或叫人聽見，豈不笑話？哥哥嫂子嫌他不好，留下我使喚，我正也沒人使呢。」薛姨媽道：「留下他還是淘氣，不如打發了他乾淨。」寶釵笑道：「他跟著我也是一樣，橫豎不叫他到前頭去，從此斷絕了他那裡，也如賣了一般。」香菱早已跑到薛姨媽跟前痛哭哀求，只不願出去，情願跟著姑娘。薛姨媽也只得罷了。自此以後，香菱果跟隨寶釵去了，把前面路徑竟一心斷絕。雖然如此，終不免對月傷悲，挑燈自嘆。本來怯弱，雖在薛蟠房中幾年，皆由血分中有病，是以並無胎孕。今復加以氣怒傷感，內外折挫不堪，竟釀成乾血之症❼，日漸羸瘦作燒，飲食懶進，請

---

❻ 拿錢墊人：拿錢壓人。

❼ 乾血之症：中醫病症名，多見於婦女。因虛火久蒸，乾血內結，以致淤滯不通，新血難生。表現為不思飲食，閉經，面

醫診視服藥亦不效驗。

那時金桂又吵鬧了數次，氣的薛姨媽母女惟暗中垂淚，怨命而已。薛蟠雖曾仗著酒膽挺撞過兩三次，持棍欲打，那金桂便遞與他身子隨意叫打；這裡持刀欲殺時，便伸與他脖項。薛蟠也實不能下手，只得亂鬧了一陣罷了。如今習慣成自然，反使金桂越發長了威風，薛蟠越發軟了氣骨。雖是香菱猶在，卻亦如不在的一般，縱不能十分暢快，也就不覺的礙眼了，且姑置之不究。如此又漸次尋趁寶蟾。寶蟾卻不比香菱的情性，最是個烈火乾柴。既和薛蟠情投意合，便把金桂忘在腦後。近見金桂又作踐他，他便不肯服低容讓半點。先是一沖一撞的拌嘴，後來金桂氣急，甚至於罵，再至於打。他雖不敢還言還手，便大撒潑性，拾頭打滾，尋死覓活，晝則刀剪，夜則繩索，無所不鬧。薛蟠此時一身難以兩顧，惟徘徊觀望於二者之間。十分鬧的無法，便出門躲在外廂。金桂不發作性氣，有時歡喜，便糾聚人來鬥牌擲骰行樂。又生平最喜啃骨頭，每日務要殺雞鴨，將肉賞人吃，只單以油炸焦骨頭下酒。吃的不奈煩或動了氣，便肆行海罵，說：「有別的忘八粉頭樂的，我為什麼不樂！」薛家母女總不去理他。薛蟠亦無別法，惟日夜悔恨不該娶這絞家星罷了，都是一時沒了主意。補足本題。於是寧榮二宅之人，上上下下，無有不知，無有不嘆者。

此時寶玉已過了百日，出門行走。亦曾過來見過金桂，「舉止形容也不怪厲，一般是鮮花嫩柳，與眾姊妹不差上下的人，焉得這等樣情性？可為奇怪之至極。」別書中形容妒婦，必曰黃髮黧面，豈不可笑？因此心下納悶。這日，與王夫人請安去，又正遇見迎春奶娘來家請安，說起孫紹祖甚屬不端，「姑娘惟有背地裡淌眼抹淚的，

目黯黑等。

只要接了來家散誕❽兩日。」王夫人因說：「我正要這兩日接他去，只因七事八事的都不遂心，草蛇灰線，後文方不見突然。所以就忘了。前兒寶玉去了，回來也曾說過的。補明。明日是個好日子，就接去。」正說著，賈母打發人來找寶玉，說明兒一早往天齊廟還願。寶玉如今巴不得各處去逛逛，聽見如此，喜的一夜不曾合眼，盼明不明的。次日一早，梳洗穿戴已畢，隨了兩三個老嬤嬤，坐車出西城門外天齊廟來燒香還願。這廟裡已是昨日預備停妥的。寶玉天性膽怯，不敢近猙獰神鬼之像。這天齊廟本係前朝所修，極其宏壯，如今年深歲久，又極其荒涼，裡面泥胎塑像皆極其兇惡，是以忙忙的焚過紙馬錢糧，便退至道院歇息。一時吃過飯，眾嬤嬤和李貴等人圍隨寶玉到各處散誕頑耍了一回。

寶玉困倦，復回至靜室安歇。眾嬤嬤生恐他睡著了，便請當家的老王道士來陪他說話兒。這老王道士專在江湖上賣藥，弄些海上方治人射利。這廟外現掛著招牌，丸散膏丹，色色俱備。亦長在寧榮兩宅走動熟慣，都與他起了渾號，喚他作「王一貼」，言他的膏藥最驗，只一貼百病皆除之意。當下王一貼進來，李貴等人都笑道：「來的好，來的好！王師父，你極會說古記的，說一個與我們小爺聽聽。」王一貼笑道：「正是呢。哥兒別睡，仔細肚裡麵筋作怪。」說著，滿屋裡人都笑了。王一貼又與張道士遙遙一對，特犯不犯。寶玉也笑著起身整衣。王一貼喝命徒弟們：「快泡好釅茶來。」茗烟道：「我們爺不吃你的茶，連這屋裡坐著，還嫌膏藥氣息呢。」王一貼笑道：「沒當家花花的，膏藥從不拿進屋裡來的。知道哥兒今日必來，頭三五天就拿香燻了又燻的。」寶玉道：「可是呢，天天只聽見你的膏藥好，到底治什麼病？」王一貼道：「哥兒若問我的膏藥，說來話長，其中細理，一言難盡：共藥一百二十味，君臣相際，賓

❽散誕：也作「散淡」。舒散；放縱。

客得宜，溫涼兼用，貴賤殊方。內則調元補氣，開胃口，養榮衛❾，寧神安志，去寒去暑，化食化痰；外則和血脈，舒筋絡，出死肌，生新肉，去風散毒。其效如神，貼過的便知。」寶玉道：「我不信，一張膏藥就治這些病？我且問你，倒有一種病可也貼的好麼？」王一貼道：「百病千災，無不立效。若不見效，哥兒只管揪著鬍子打我這老臉，拆我這廟何如？只說出病源來。」寶玉笑道：「你猜！若你猜的著，便貼的好了。」王一貼聽了，尋思一會，笑道：「這倒難猜，只怕膏藥有些不靈了。」寶玉命李貴等：「你們且出去散散，這屋裡人多，越發蒸臭了。」李貴等聽說，且都出去自便，只留下茗烟一人。這茗烟手內點著一枝夢甜香，（與前文一照。）寶玉命他坐在身旁，卻倚在他身上。王一貼心有所動，（四字好。萬端生於心，心邪則意在於財。）便笑嘻嘻走近前來，悄悄的說道：「我可猜著了。想是哥兒如今有了房中的事情，要滋助的藥，可是不是？」話猶未完，茗烟先喝道：「該死，打嘴！」寶玉猶未解，（未解妙，若解則不成文矣。）忙問他說：「什麼？」茗烟道：「信他胡說！」唬的王一貼不敢再問，只說：「哥兒明說了罷。」

寶玉道：「我問你，可有貼女人的妒病方子沒有？」王一貼聽了，拍手笑道：「這可罷了！不但說沒有方子，就是聽也沒有聽見過。」寶玉笑道：「這樣還算不得什麼！」王一貼又忙道：「這貼妒的膏藥倒沒經過，倒有一種湯藥，或者可醫，只是慢些兒，不能立竿見影的效驗。」寶玉問：「什麼湯藥？怎麼吃法？」王一貼道：「這叫做『療妒湯』，用極好的秋梨一個，二錢冰糖，一錢陳皮，水三碗，梨熟為度。每日清早吃這麼一個梨，吃來吃去就好了。」寶玉道：「這也不值什麼。只怕未必見

---

❾ 榮衛：中醫名詞，也作「營衛」。指人體中飲食水穀化生的精氣。靈樞經營衛生會：「人受氣於穀，穀入於胃，以傳與肺，五臟六腑皆以受氣，其清者為營，濁者為衛。營在脈中，衛在脈外。」

效。」王一貼道：「一劑不效吃十劑，今日不效明日再吃，今年不效吃到明年。橫豎這三味藥都是潤肺開胃不傷人的，甜絲絲的，又止咳嗽，又好吃，吃過一百歲，人橫豎是要死的，死了還妒什麼？那時就見效了。」此科諢一收，方為奇趣之至！說著，寶玉、茗烟都大笑不止，罵：「油嘴的牛頭！」王一貼笑道：「不過是閒著解午盹罷了，有什麼關係？說笑了你們就值錢。實告你們說，連膏藥也是假的，我有真藥，我還吃了作神仙呢。有真的，跑到這裡來混？」寓意深遠，在此數語。正說著，吉時已到，請寶玉出去焚化錢糧散福，功課完畢，方進城回家。

那時迎春已來家好半日，孫家的婆娘媳婦等人已侍過晚飯，打發回家去了。迎春方哭哭啼啼的在王夫人房中訴委屈，說：「孫紹祖一味好色、好賭、酗酒，家中所有的媳婦丫頭將及淫遍，略勸過兩三次，便罵我是『醋汁子老婆擰出來的』。奇文奇罵，為迎春一哭。恨薛蟠何等剛霸，偏不能以此語及金桂，使人忿忿。此書中全是不平，又全是意外之料。又說老爺曾收著他五千銀子，不該使了他的。如今他來要了兩三次不得，他便指著我的臉說道：『你別和我充夫人娘子，你老子使了我五千銀子，把你準折賣給我的。好不好，打一頓，攆到下房裡睡去。當日有你爺爺在時，希圖上我們的富貴，趕著相與⑩的。論理我和你父親是一輩，如今強壓我的頭，賣了一輩。又不該作了這門親，倒沒的叫人看著趕勢利似的。』」不通可笑，遁辭如聞。一行說，一行哭的嗚嗚咽咽，連王夫人並眾姊妹無不落淚。王夫人只得用言語解勸說：「已是遇見不曉事的人，可怎麼樣呢？想當日你叔叔也曾勸過大老爺，不叫作這門親的。大老爺執意不聽，一心情願，到底作不好了。我的兒，這也是你的命！」迎春哭道：「我不信我的命就這麼苦。從小兒沒了娘，幸而過嬸子這邊，過了幾年心淨日子，

⑩ 趕著相與：竭力巴結的意思。

如今偏又是這麼個結果！」王夫人一面解勸，一面問他隨意要在哪裡安歇。迎春道：「乍乍的離了姊妹們，只是眠思夢想；二則還記掛著我的屋子，還得在園裡舊房子裡住得三五天，死也甘心了。不知下次還可能得住不得住了呢！」王夫人忙勸道：「快休亂說！不過年輕的夫妻們閒牙鬥齒，亦是萬萬人之常事，何必說這喪話？」仍命人忙忙的收拾紫菱洲房屋，命姊妹們陪伴著解釋。又吩咐寶玉：「不許在老太太跟前走漏一些風聲。倘或老太太知道了這些事，都是你說的。」寶玉唯唯的聽命。

迎春是夕仍在舊館安歇，眾姊妹丫鬟等更加親熱異常。一連住了三日，纔往邢夫人那邊去。先辭過賈母及王夫人，然後與眾姊妹分別，更皆悲傷不捨。還是王夫人、薛姨媽等安慰勸釋，方止住了，過那邊去。（凡迎春之文皆從寶玉眼中寫出。前「悔娶河東獅」是實寫，「誤嫁中山狼」出迎春口中，可為虛寫。以虛虛實實變幻體格，各盡其法。）又在邢夫人處住了兩日，就有孫紹祖的人來接去。迎春雖不願去，無奈懼孫紹祖之惡，只得勉強忍情，作辭去了。邢夫人本不在意，也不問其夫妻和睦，家務煩難，只面情塞責而已。終不知端的，且聽下回分解。

校記

1. 本回回目「懦弱迎春腸迴九曲　嬌怯香菱病入膏肓」，庚辰本原缺，據戚本補。嬌，戚本作「姣」，逕改。
2. 「這半個多月，把我的寶蟾霸占了去，不容進我的房，惟有秋菱跟著我睡。我要拷問寶蟾，你又護到頭裡」，庚辰本缺「霸占了去，不容進我的房。惟有秋菱跟著我睡，我要拷問寶蟾」二十四字，據戚本補入。
3. 「有時歡喜，便糾聚人來鬥牌擲骰行樂。又生平最喜啃骨頭，每日務要殺雞鴨，將肉賞人吃，只單以油炸焦骨頭下酒。」庚辰本缺「糾聚人來鬥牌擲骰行樂。又生平最喜啃骨頭，每日務要」二十二字，據戚本補入。
4. 「寶玉道：『我問你，可有貼女人的妒病方子沒有？』王一貼聽了，拍手笑道：『這可罷了！不但說沒有方子，就是聽也沒有聽見過。』」庚辰本缺「沒有？王一貼聽了，拍手笑道：這可罷了！不但說沒有方子」二十二字，據戚本補。

第八十一回　占旺相四美釣游魚　奉嚴詞兩番入家塾

且說迎春歸去之後，邢夫人像沒有這事。倒是王夫人撫養了一場，卻甚實傷感，在房中自己歎息了一回。只見寶玉走來請安，看見王夫人臉上似有淚痕，也不敢坐，只在旁邊站著。王夫人叫他坐下，寶玉纔捱上炕來，就在王夫人身旁坐了。

王夫人見他獃獃的瞅著，似有欲言不言的光景，便道：「你又為什麼這樣獃獃的？」寶玉道：「並不為什麼。只是昨兒聽見二姐姐這種光景，我實在替他受不得。雖不敢告訴老太太，卻這兩夜只是睡不著。我想偺們這樣人家的姑娘，哪裡受得這樣的委屈？況且二姐姐是個最懦弱的人，向來不會和人拌嘴，偏偏兒的遇見這樣沒人心的東西，竟一點兒不知道女人的苦處！」說著，幾乎滴下淚來。王夫人道：「這也是沒法兒的事。俗語說的：『嫁出去的女孩兒，潑出去的水。』叫我能怎麼樣呢？」寶玉道：「我昨兒夜裡倒想了一個主意：偺們索性回明了老太太，把二姐姐接回來，還叫他紫菱洲住著，仍舊我們姐妹弟兄們一塊兒吃，一塊兒頑，省得受孫家那混賬行子的氣。等他來接，偺們硬不叫他去。由他接一百回，偺們留他一百回，只說是老太太的主意——這個豈不好呢？」王夫人聽了，又好笑，又好惱，說道：「你又發了獃氣了！混說的是什麼？大凡做了女孩兒，終久是要出門子的。嫁到人家去，娘家哪裡顧得？也只好看他自己的命運，碰得好就好，碰得不好也就沒法兒。你難道沒聽見人說：『嫁雞隨雞，嫁狗隨狗。』哪裡個個都像你大姐姐做娘娘呢？況且你二姐姐是新媳婦，孫姑爺也還是年輕的人，各人有各人的脾氣，新來乍到，自然要有些彆扭的。過幾年，大家摸著脾氣兒，生兒長女以後，那就好了。你斷斷不許在老太太跟前說起半個字。我知道了，是不依你的。快去幹你的去罷，不要在這裡混說。」說得寶玉也不敢作聲，坐了一回，無精打彩的出來了。憋著一肚子悶氣，無處可洩，走到園中，一徑往瀟湘館來。剛進了門，便放聲大哭起來。

黛玉正在梳洗纔畢，見寶玉這個光景，倒嚇了一跳，問：「是怎麼了？和誰慪了氣了？」連問幾聲，寶玉低著頭，伏在桌子上，嗚嗚咽咽，哭得說不出話來。黛玉便在椅上怔怔的瞅著他，一會子問道：「到底是別人和你慪了氣了，還是我得罪了你呢？」寶玉搖手道：「都不是！都不是！」黛玉道：「那麼著，為什麼這麼傷心起來？」寶玉道：「我只想著：偺們大家越早些死的越好，活著真真沒有趣兒！」黛玉聽了這話更覺驚訝，道：「這是什麼話？你真正發了瘋了不成？」寶玉道：「也並不是我發瘋。我告訴你，你也不能不傷心。前兒二姐姐回來的樣子和那些話，你也都聽見看見了。我想人到了大的時候為什麼要嫁？嫁出去，受人家這般苦楚！還記得偺們初結海棠社的時候，大家吟詩做東道，那時候何等熱鬧！如今寶姐姐家去了，連香菱也不能過來，二姐姐又出了門子了，幾個知心知意的人都不在一處，弄得這樣光景！我原打算去告訴老太太，接二姐姐回來，誰知太太不依，倒說我獃，混說。我又不敢言語。這不多幾時，你瞧瞧，園中光景已經大變了。若再過幾年，又不知怎麼樣了。故此，越想不由人不心裡難受起來。」

黛玉聽了這番言語，把頭漸漸的低了下去，身子漸漸的退至炕上，一言不發，嘆了口氣，便向裡躺下去了。紫鵑剛拿進茶來，見他兩個這樣，正在納悶。只見襲人來了，進來看見寶玉，便道：「二爺在這裡呢麼？老太太那裡叫呢。我估量著二爺就是在這裡。」

黛玉聽見是襲人，便欠身起來讓坐。黛玉的兩個眼圈兒已經哭的通紅了。寶玉看見，道：「妹妹，我剛纔說的不過是些獃話，你也不用傷心。你要想我的話時，身子更要保重纔好。你歇歇兒罷。老太太那邊叫我，我看看去就來。」說著，往外走了。襲人悄問黛玉道：「你兩個人又為什麼？」黛玉道：「他為他二姐姐傷心；

我是剛纔眼睛發癢揉的，並不為什麼。」襲人也不言語，忙跟了寶玉出來，各自散了。寶玉來到賈母那邊，賈母卻已經歇晌，只得回到怡紅院。

到了午後，寶玉睡了中覺起來，甚覺無聊，隨手拿了一本書看，襲人見他看書，忙去沏茶伺候。誰知寶玉拿的那本書卻是古樂府，隨手翻來，正看見曹孟德「對酒當歌，人生幾何」一首，不覺刺心。因放下這一本，又拿一本看時，卻是晉文，翻了一頁，忽然把書掩上，托著腮，只管痴痴的坐著。襲人倒了茶來，見他這般光景，便道：「你為什麼又不看了？」寶玉也不答言，接過茶來，喝了一口，便放下了。襲人一時摸不著頭腦，也只管站在旁邊，獃獃的看著他。忽見寶玉站起來，嘴裡咕咕噥噥的說道：「好一個『放浪形骸之外』！」襲人聽了，又好笑，又不敢問他，只得勸道：「你若不愛看這些書，不如還到園裡逛逛，也省得悶出毛病來。」

那寶玉一面口中答應，只管出著神，往外走了。一時，走到沁芳亭，但見蕭疏景象，人去房空。又來至蘅蕪苑，更是香草依然，門窗掩閉。轉過藕香榭來，遠遠的只見幾個人，在蓼溆一帶欄杆上靠著，有幾個小丫頭蹲在地下找東西。寶玉輕輕的走在假山背後聽著。只聽一個說道：「看他洑上來不洑上來。」好似李紋的語音。一個笑道：「好！下去了。我知道他不上來的。」這個卻是探春的聲音。一個又道：「是了。姐姐，你別動，只管等著，他橫豎上來。」一個又說：「上來了。」這兩個卻是李綺、邢岫烟的聲兒。

寶玉忍不住，拾了一塊小磚頭兒，往那水裡一撂。咕咚一聲，四個人都嚇了一跳，驚訝道：「這是誰這麼促狹？嚇了我們一跳！」寶玉笑著從山子後直跳出來，笑道：「你們好樂啊！怎麼不叫我一聲兒？」探春道：「我就知道再不是別人，必是二哥哥，這麼淘氣。沒什麼說的，你好好兒的賠我們的魚罷！剛纔一個魚上來，剛剛兒的要釣著，叫你嚇跑了。」寶玉笑道：「你們在這裡頑，竟不找我，我還要罰你們呢。」大家笑了一回。寶玉道：「偺們大家今兒釣魚，占占誰的運氣好。看誰釣得著，就是他今年的運氣好；釣不著，就是他今年運氣不好。偺們誰先釣？」探春便讓李紋，李紋不肯。探春笑道：「這樣就是我先釣。」回頭向寶玉說道：「二哥哥，你再趕走了我的魚，我可不依了。」寶玉道：「頭裡原是我要嚇你們頑，這會子你只管釣罷。」

探春把絲繩拋下，沒十來句話的工夫，就有一個楊葉竄兒❶，吞著鉤子，把漂兒墜下去。探春把竿一挑，往地下一撩，卻是活迸的。侍書在滿地上亂抓，兩手捧著擱在小磁罈內，清水養著。探春把釣竿遞與李紋。李紋也把釣竿垂下，但覺絲兒一動，忙挑起來，卻是個空鉤子。又垂下去半晌，鉤絲一動，又挑起來，還是空鉤子。李紋把那鉤子拿上來一瞧，原來往裡鉤了。李紋笑道：「怪不得釣不著！」忙叫素雲把鉤子敲好了，換上新蟲子，上邊貼好了葦片兒。垂下去一會兒，見葦片直沉下去，急忙提起來，倒是一個二寸長的鯽瓜兒❷。李紋笑著道：「寶哥哥釣罷。」寶玉道：「索性三妹妹和邢妹妹釣了我再釣。」岫烟卻不答言。只見李綺道：「寶哥哥先釣罷。」說著，水面上起了一個泡兒。探春道：「不必盡著讓了。你看那魚都在三妹妹那邊呢，還是三妹妹快著釣罷。」李綺笑著接了釣竿兒，果然沉下去就釣了一個。然後岫烟也釣著了一個，隨將竿子仍舊遞給探春，探春纔遞給寶玉。

寶玉道：「我是要做姜太公❸的。」便走下石磯，坐在池邊釣起來。豈知那水裡的魚看見人影兒，都躲到

四美釣游魚。　（清天津楊柳青年畫）

❶ 楊葉竄兒：一種喜歡竄來竄去的小魚，因其形狀很像一片楊樹的葉，所以叫「楊葉竄兒」。

❷ 鯽瓜兒：鯽魚。

別處去了。寶玉掄著釣竿等了半天，那釣絲兒動也不動。剛有一個魚兒在水邊吐沫，寶玉把竿子一幌，又嚇走了，急的寶玉道：「我最是個性兒急的人，他偏性兒慢，這可怎麼樣呢？好魚兒，快來罷！你也成全成全我呢。」說的四人都笑了。一言未了，只見釣絲微微一動。寶玉喜極，滿懷用力往上一兜，把釣竿往石上一碰，折作兩段，絲也振斷了，鉤子也不知往哪裡去了。眾人越發笑起來。探春道：「再沒見像你這樣魯人。」

正說著，只見麝月慌慌張張的跑來說：「二爺，老太太醒了，叫你快去呢。」五個人都嚇了一跳。探春便問麝月道：「老太太叫二爺什麼事？」麝月道：「我也不知道。就只聽見說是什麼鬧破了，叫寶玉來問，還要叫璉二奶奶一塊兒查問呢。」嚇得寶玉發了一回獃，說道：「不知又是哪個丫頭遭了瘟了！」探春道：「不知什麼事，二哥哥你快去。有什麼信兒，先叫麝月來告訴我們一聲兒。」說著，便同李紋、李綺、岫烟走了。

寶玉走到賈母房中，只見王夫人陪著賈母摸牌。寶玉看見無事，纔把心放下了一半。賈母見他進來，便問道：「你前年那一次大病的時候，後來虧了一個瘋和尚和一個瘸道士治好了的。那會子病裡，你覺得是怎麼樣？」寶玉想了一回，道：「我記得得病的時候兒，好好的站著，倒像背地裡有人把我攔頭一棍，疼的眼睛前頭漆黑，看見滿屋子裡都是些青面獠牙、拿刀舉棒的惡鬼。躺在炕上，覺著腦袋上加了幾個腦箍似的。以後便疼的任什麼不知道了。到好的時候，又記得堂屋裡一片金光，直照到我床上來，那些鬼都跑著躲避，就不見了。我的頭也就不疼了，心上也就清楚了。」賈母告訴王夫人道：「這個樣兒也就差不多了。」

說著，鳳姐也進來了。見了賈母，又回身見過了王夫人，說道：「老祖宗要問我什麼？」賈母道：「你前年害了邪病，你還記得怎麼樣？」鳳姐兒笑道：「我也不很記得了。但覺自己身子不由自主，倒像有些鬼怪拉

❸ 姜太公：即呂尚，輔佐周武王建立周朝。傳說他曾在渭水釣魚，直鉤無餌，離水三尺，說：「負命者上鉤來！」俗語因此有「姜太公釣魚，願者上鉤」的說法。

拉扯扯，要我殺人纔好。有什麼拿什麼，見什麼殺什麼，自己原覺很乏，只是不能住手。」賈母道：「好的時候還記得麼？」鳳姐道：「好的時候好像空中有人說了幾句話似的，卻不記得說什麼來著。」賈母道：「這麼看起來，竟是他了。他姐兒兩個病中的光景和纔說的一樣。這老東西竟這樣壞心，寶玉枉認了他做乾媽！倒是這個和尚道人，阿彌陀佛，纔是救寶玉性命的。只是沒有報答他。」鳳姐道：「怎麼老太太想起我們的病來呢？」賈母道：「你問你太太去，我懶待說。」

王夫人道：「纔剛老爺進來，說起寶玉的乾媽竟是個混賬東西，邪魔外道的。如今鬧破了，被錦衣府❹拿住，送入刑部監，要問死罪的了。前幾天被人告發的。那個人叫做什麼潘三保，有一所房子賣給斜對過當舖裡。這房子加了幾倍價錢，潘三保還要加，當舖裡哪裡還肯？潘三保便買囑了這老東西——因他常到當舖裡去，那當舖裡人的內眷都和他好的——他就使了個法兒，叫人家的內人便得了邪病，家翻宅亂起來。他又去說這個病他能治，就用些神馬、紙錢燒獻了，果然見效。他又向人家內眷們要了十幾兩銀子。豈知老佛爺有眼，應該敗露了。這一天急要回去，掉了一個絹包兒，當舖裡人撿起來一看，裡頭有許多紙人，還有四丸子很香的藥。正詫異著呢，那老東西倒回來找這絹包兒。這裡的人就把他拿住。身邊一搜，搜出一個匣子，裡面有象牙刻的一男一女，不穿衣裳，光著身子的兩個魔王，還有七根硃紅繡花針。立時送到錦衣府去，問出許多官員家大戶太太姑娘們的隱情事來，所以知會了營裡，把他家中一抄。抄出好些泥塑的煞神，幾匣子悶香❺。炕背後空屋子裡掛著一盞七星燈，燈下有幾個草人，有頭上戴著腦箍的，有胸前穿著釘子的，有項上拴著鎖子的。櫃子裡無數紙人兒。底下幾篇小賬，上面記著某家驗過，應找銀若干。得人家油錢香分也不計其數。」

---

❹ 錦衣府：本是明代的錦衣衛，是當時皇帝的特務機關。這裡指當時的司法機關。

❺ 悶香：一種薰了能讓人昏迷的香。

鳳姐道：「偺們的病，一準是他。我記得偺們病後，那老妖精向趙姨娘那裡來過幾次，和趙姨娘討銀子，見了我，就臉上變貌變色，兩眼黧雞似的❻。我當初還猜疑了幾遍，總不知什麼原故。如今說起來，卻原來都是有因的。但只我在這裡當家，自然惹人恨怨，怪不得別人治我。寶玉可和人有什麼仇呢？忍得下這麼毒手！」賈母道：「焉知不因我疼寶玉不疼環兒，竟給你們種了毒了呢。」王夫人道：「這老貨已經問了罪，決不好叫他來對證；沒有對證，趙姨娘哪裡肯認賬？事情又大，鬧出來，外面也不雅，等他自作自受，少不得要自己敗露的。」賈母道：「你這話說的也是。這樣事，沒有對證，也難作準。只是佛爺菩薩看的真，他們姐兒兩個，如今又比誰不濟了呢？罷了，過去的事，鳳哥兒也不必提了。今日你和你太太都在我這邊吃了晚飯再過去罷。」遂叫鴛鴦、琥珀等傳飯。鳳姐趕忙笑道：「怎麼老祖宗倒操起心來？」王夫人也笑了。只見外頭幾個媳婦伺候。鳳姐連忙告訴小丫頭子傳飯：「我和太太都跟著老太太吃。」

正說著，只見玉釧兒走來對王夫人道：「老爺要找一件什麼東西，請太太伺候了老太太的飯完了，自己去找一找呢。」賈母道：「你去罷，保不住你老爺有要緊的事。」王夫人答應著，便留下鳳姐兒伺候，自己退了出來。回至房中，和賈政說了些閒話，把東西找出來了。賈政便問道：「迎兒已經回去了？他在孫家怎麼樣？」王夫人道：「迎丫頭一肚子眼淚，說孫姑爺兇橫的了不得。」因把迎春的話述了一遍。賈政嘆道：「我原知不是對頭，無奈大老爺已說定了，叫我也沒法。不過迎丫頭受些委屈罷了。」王夫人道：「這還是新媳婦，只指望他以後好了好。」說著，嗤的一笑。賈政道：「笑什麼？」王夫人道：「我笑寶玉今兒早起，特特的到這屋裡來，說的都是些小孩子話。」賈政道：「他說什麼？」

王夫人把寶玉的言語笑述了一遍。賈政也忍不住的笑，因又說道：「你提寶玉，我正想起一件事來了。這

❻ 兩眼黧雞似的：指眼色不寧，有猜疑驚恐的神情。

孩子天天放在園裡，也不是事。生女兒不得濟，還是別人家的人；生兒子若不濟事，關係非淺。前日倒有人和我提起一位先生來，學問人品都是極好的，也是南邊人。但我想南邊先生，性情最是和平。偺們城裡的孩子，個個踢天弄井❼，鬼聰明倒是有的，可以搪塞就搪塞過去了，膽子又大。先生再要不肯給沒臉，一日哄哥兒似的，沒的白耽誤了。所以老輩子不肯請外頭的先生，只在本家擇出有年紀再有點學問的請來掌家塾。如今儒大太爺雖學問也只中平，但還彈壓的住這些小孩子們，不至以顢頇了事。我想寶玉閒著總不好，不如仍舊叫他家塾中讀書去罷了。」王夫人道：「老爺說的很是。自從老爺外任去了，他又常病，竟耽擱了好幾年。如今且在家學裡溫習溫習，也是好的。」賈政點頭，又說些閒話。不提。

且說寶玉次日起來，梳洗已畢，早有小廝們傳進話來，說：「老爺叫二爺說話。」寶玉忙整理了衣服，來至賈政書房中，請了安站著。賈政道：「你近來作些什麼功課？雖有幾篇字，也算不得什麼。我看你近來的光景，越發比頭幾年散蕩了；況且每每聽見你推病，不肯念書。如今可大好了？我還聽見你天天在園子裡和姐妹們頑頑笑笑，甚至和那些丫頭們混鬧，把自己的正經事總丟在腦袋後頭。就是做得幾句詩詞，也並不怎麼樣，有什麼稀罕處？比如應試選舉，到底以文章為主。你這上頭倒沒有一點兒工夫。我可囑咐你：自今日起，再不許作詩做對的了，單要習學八股文章。限你一年，若毫無長進，你也不用念書了，我也不願有你這樣的兒子了。」遂叫李貴來，說：「明兒一早，傳焙茗跟了寶玉去。收拾應念的書籍，一齊拿過來我看看，親自送他到家學裡去。」喝命寶玉：「去罷！明日起早來見我。」

寶玉聽了，半日竟無一言可答，因回到怡紅院來。襲人正在著急聽信，見說取書，倒也喜歡。獨是寶玉要人即刻送信給賈母，欲叫攔阻。賈母得信，便命人叫過寶玉來，告訴他說：「只管放心先去，別叫你老子生氣。

---

❼ 踢天弄井：原指上天入地的各種本領。這裡用來比喻極為頑皮，沒有一件搗亂事做不來的。

有什麼難為你，有我呢。」寶玉沒法，只得回來，囑咐了丫頭們：「明日早早叫我，老爺要等著送我到家學裡去呢。」襲人等答應了，同麝月兩個倒替著醒了一夜。

次日一早，襲人便叫醒寶玉，梳洗了，換了衣服，打發小丫頭子傳了焙茗在二門上伺候，拿著書籍等物。襲人又催了兩遍，寶玉只得出來，過賈政書房中來，先打聽老爺過來了沒有。書房中小廝答應：「方纔一位清客相公請老爺回話，裡邊說梳洗呢，命清客相公出去候著去了。」寶玉聽了，心裡稍稍安頓，連忙到賈政這邊來。恰好賈政著人來叫，寶玉便跟著進去。賈政不免又囑咐幾句話，帶了寶玉，上了車——焙茗拿著書籍——一直到家塾中來。

早有人先搶一步，回代儒說：「老爺來了。」代儒站起身來，賈政早已走入，向代儒請了安；代儒拉著手問了好，又問：「老太太近日安麼？」寶玉過來也請了安。賈政站著，請代儒坐了，然後坐下。賈政道：「我今日自己送他來，因要求託一番。這孩子年紀也不小了，到底要學個成人的舉業，纔是終身立身成名之事。如今他在家中，只是和些孩子們混鬧。雖懂得幾句詩詞，也是胡謅亂道的；就是好了，也不過是風雲月露，與一生的正事毫無關涉。」代儒道：「我看他相貌也還體面，靈性也還去得，為什麼不念書，只是心野貪頑？詩詞一道，不是學不得的，只是發達了以後，再學還不遲呢。」賈政道：「原是如此。目今只求教他讀書、講書、作文章。倘或不聽教訓，還求太爺認真的管教管教他，纔不至有名無實的，白耽誤了他的一世。」說畢，站起來，又作了一個揖，然後說了些閒話，纔辭了出去。代儒送至門首，說：「老太太前替我問好請安罷。」賈政答應著，自己上車去了。

代儒回身進來，看見寶玉在西南角靠窗戶擺著一張花梨木小桌，右邊堆下兩套舊書，薄薄兒的一本文章，叫焙茗將紙墨筆硯都擱在抽屜裡藏著。代儒道：「寶玉，我聽見說，你前兒有病，如今可大好了？」寶玉站起來道：「大好了。」代儒道：「如今論起來，你可也該用功了。你父親望你成人懇切的很。你且把從前念過的書，打頭兒理一遍。每日早起理書❽，飯後寫字，晌午講書，念幾遍文章就是了。」寶玉答應了個「是」，回身坐下時，不免四面一看。見昔時金榮輩不見了幾個，又添了幾個小學生，都是些粗俗異常的。忽然想起秦鐘來，如今沒有一個做得伴，說句知心話兒的，心上悽然不樂，卻不敢作聲，只是悶著看書。代儒告訴寶玉道：「今日頭一天，早些放你家去罷。明日要講書了。但是你又不是很愚夯的，明日我倒要你先講一兩章書我聽，試試你近來的功課何如，我纔曉得你到怎麼個分兒上頭。」說的寶玉心中亂跳。欲知明日講解何如，且聽下回分解。

❽ 理書：溫習功課。

第八十二回 老學究講義警頑心　病瀟湘痴魂驚惡夢

話說寶玉下學回來，見了賈母。賈母笑道：「好了！如今野馬上了籠頭了。去罷，見見你老爺，回來散散兒去罷。」寶玉答應著，去見賈政。賈政道：「這早晚就下了學了麼？師父給你定了功課沒有？」寶玉道：「定了：早起理書，飯後寫字，晌午講書念文章。」賈政聽了，點點頭兒，因道：「去罷，還到老太太那邊陪著坐坐去。你也該學些人功道理，別一味的貪頑。晚上早些睡，天天上學，早些起來，你聽見了？」

寶玉連忙答應幾個「是」，退出來，忙忙又去見王夫人，又到賈母那邊打了個照面兒，趕著出來，恨不得一走就走到瀟湘館纔好。剛進門口，便拍著手笑道：「我依舊回來了！」猛可裡倒嚇了黛玉一跳。紫鵑打起簾子，寶玉進來坐下。黛玉道：「我恍惚聽見你念書去了，這麼早就回來了？」寶玉道：「嗳呀！了不得！我今兒不是被老爺叫了念書去了麼？心上倒像沒有和你們見面的日子了。好容易熬了一天，這會子瞧見你們，竟如死而復生的一樣。真真古人說，『一日三秋』，這話再不錯的。」黛玉道：「你上頭去過了沒有？」寶玉道：「都去過了。」黛玉道：「別處呢？」寶玉道：「沒有。」黛玉道：「你也該瞧瞧他們去。」寶玉道：「我這會子懶待動了，只和妹妹坐著說一會子話兒罷。老爺還叫早睡早起，只好明兒再瞧他們去了。」黛玉道：「你坐坐兒，可是正該歇歇兒去了。」寶玉道：「我哪裡是乏，只是悶得慌。這會子偺們坐著，纔把悶散了，你又催起我來。」

黛玉微微的一笑，因叫紫鵑：「把我的龍井茶給二爺沏一碗。二爺如今念書了，比不得頭裡。」紫鵑笑著答應，去拿茶葉，叫小丫頭子沏茶。寶玉接著說道：「還提什麼念書？我最厭這些道學話。更可笑的是八股文章❶，拿他誆功名，混飯吃，也罷了，還要說代聖賢立言！好些的，不過拿些經書湊搭湊搭還罷了；更有一種可笑的，肚子裡原沒有什麼，東拉西扯，弄的牛鬼蛇神，還自以為博奧。這哪裡是闡發聖賢的道理！目下老爺口口聲聲叫我學這個，我又不敢違拗，你這會子還提念書呢。」黛玉道：「我們女孩兒家雖然不要這個，但小時跟著你們雨村先生念書，也曾看過。內中也有近情近理的，也有清微淡遠的。那時候雖不大懂，也覺得好，不可一概抹倒。況且你要取功名，這個也清貴些。」寶玉聽到這裡，覺得不甚入耳，因想黛玉從來不是這樣人，怎麼也這樣勢慾薰心起來？又不敢在他跟前駁回，只在鼻子眼裡笑了一聲。

正說著，忽聽外面兩個人說話，卻是秋紋和紫鵑。只聽秋紋道：「襲人姐姐叫我老太太那裡接去，誰知卻在這裡。」紫鵑道：「我們這裡纔沏了茶，索性讓他喝了再去。」說著，二人一齊進來。寶玉和秋紋笑道：「我就過去。又勞動你來找。」秋紋未及答言，只見紫鵑道：「你快喝了茶去罷，人家都想了一天了。」秋紋啐道：「呸！好混賬丫頭！」說的大家都笑了。寶玉起身，纔辭了出來。黛玉送到屋門口兒，紫鵑在臺階下站著，寶玉出去，纔回房裡來。

卻說寶玉回到怡紅院中，進了屋子，只見襲人從裡間迎出來，便問：「回來了麼？」秋紋應道：「二爺早來了，在林姑娘那邊來著。」寶玉道：「今日有事沒有？」襲人道：「事卻沒有。方纔太太叫鴛鴦姐姐來吩咐我們：如今老爺發狠叫你念書，如有丫鬟們再敢和你頑笑，都要照著晴雯、司棋的例辦。我想，伏侍你一場，賺了這些言語，也沒什麼趣兒！」說著，便傷起心來。寶玉忙道：「好姐姐！你放心。我只好生念書，太太再不說你們了。我今兒晚上還要看書，明日師父叫我講書呢。我要使喚，橫豎有麝月、秋紋呢，你歇歇去罷。」襲人道：「你要真肯念書，我們伏侍你也是歡喜的。」

寶玉聽了，趕忙吃了晚飯，就叫點燈，把念過的四書翻出來，「只是從何處看起？」翻了一本看去，章章裡

❶ 八股文章：科舉時代考試時所規定的文章格式和體裁。全文共分八段，應考的人一定要按規定去寫。

頭似乎明白；細按起來，卻不很明白，看著小註，又看講章，鬧到梆子下來了，自己想道：「我在詩詞上覺得很容易，在這個上頭竟沒頭腦！」便坐著獃獃的獃想。襲人道：「歇歇罷。做工夫也不在這一時的。」寶玉嘴裡只管胡亂答應。麝月、襲人纔伏侍他睡下，兩個纔也睡了。及至睡醒一覺，聽得寶玉炕上還是翻來覆去。襲人道：「你還醒著呢麼？你倒別混想了，養養神，明兒好念書。」寶玉道：「我也是這樣想，只是睡不著，你來給我揭去一層被。」襲人道：「天氣不熱，別揭罷。」寶玉道：「我心裡煩躁的很。」自把被窩裍下來。襲人忙爬起來按住，把手去他頭上一摸，覺得微微有些發燒。襲人道：「你別動了，有些發燒了。」寶玉道：「可不是？」襲人道：「這是怎麼說呢？」寶玉道：「不怕，是我心煩的原故，你別吵嚷。省得老爺知道了，必說我裝病逃學；不然，怎麼病的這麼巧？明兒好了，仍到學裡去，就完事了。」襲人也覺得可憐，說道：「我靠著你睡罷。」便和寶玉搥了一回脊梁，不知不覺，大家都睡著了。

直到紅日高升，方纔起來。寶玉道：「不好了，晚了。」急忙梳洗畢，問了安，就往學裡來了。代儒已經變著臉，說：「怪不得你老爺生氣，說你沒出息。第二天你就懶惰。這是什麼時候纔來！」寶玉把昨兒發燒的話說了一遍，方過去了，仍舊念書。

到了下午，代儒道：「寶玉，有一章書，你來講講。」寶玉過來一看，卻是「後生可畏」章❷。寶玉心上說：「這還好！幸虧不是學庸。」問道：「怎麼講呢？」代儒道：「你把節旨、句子細細兒講來。」寶玉把這章先朗朗的念了一遍，說：「這章書是聖人勉勵後生，教他及時努力，不要弄到……」說到這裡，抬頭向代儒一瞧。代儒覺得了，笑了一笑道：「你只管說，講書是沒有什麼避忌的。禮記上說『臨文不諱』❸。只管說，

❷ 後生可畏章：論語子罕中的一章：「子曰：後生可畏。焉知來者之不如今也。四十五十而無聞焉，斯亦不足畏也。」

❸ 臨文不諱：從前不敢稱君、父之名叫避諱。「臨文不諱」，是說讀文章或寫文章時不必避諱。

不要弄到什麼？」寶玉道：「不要弄到老大無成。先將『可畏』二字激發後生的志氣，後把『不足畏』三字警惕後生的將來。」說罷，看著代儒。代儒道：「也還罷了。串講❹呢？」寶玉道：「聖人說：人生少時，心思才力，樣樣聰明能幹，實在是可怕的，哪裡料的定他後來的日子，不像我的今日？若是悠悠忽忽，到了四十歲，又到五十歲，既不能夠發達，這種人，雖是他後生時像個有用的，到了那個時候，這一輩子就沒有人怕他了。」代儒笑道：「你方纔節旨講的倒清楚，只是句子裡有些孩子氣。『無聞』二字不是不能發達做官的話。『聞』是實在自己能夠明理見道，就不做官也是有聞了；不然，古聖賢有『遯世不見知』的，豈不是不做官的人，難道也是無聞麼？『不足畏』是使人料得定，方與『焉知』的『知』字對針，不是怕的字眼。要從這裡看出，方能入細。你懂得不懂得？」寶玉道：「懂得了。」代儒道：「還有一章，你也講一講。」代儒往前揭了一篇，指給寶玉。寶玉看是「吾未見好德如好色者也」❺。

寶玉覺得這一章卻有些刺心，便陪笑道：「這句話沒有什麼講頭。」代儒道：「胡說！譬如場中出了這個題目，也說沒有做頭麼？」寶玉不得已，講道：「是聖人看見人不肯好德，見了色，便好的了不得，殊不想德是性中本有的東西，人偏都不肯好他。至於那個色呢，雖也是從先天中帶來，無人不好的。但是德乃天理，色是人欲，人哪裡肯把天理好的像人欲似的？孔子雖是歎息的話，又是望人回轉來的意思。並且見得人就有好德的，好的終是浮淺，直要像色一樣的好起來，那纔是真好呢。」代儒道：「這也講的罷了。我有句話問你：你既懂得聖人的話，為什麼正犯著這兩件病？我雖不在家中，你們老爺也不曾告訴我，其實你的毛病，我卻盡知的。做一個人，怎麼不望長進？你這會兒正是『後生可畏』的時候。『有聞』，『不足畏』，全在你自己做去了。

❹ 串講：逐字逐句解釋文意後，再將整篇文章連貫起來，重新做概括的講述。

❺ 吾未見句：見論語衛靈公：「已矣乎，吾未見好德如好色者也。」

我如今限你一個月，把念過的舊書全要理清。再念一個月文章，以後我要出題目叫你作文章了。如若懈怠，我是斷乎不依的。自古道：『成人不自在，自在不成人。』❻你好生記著我的話。」寶玉答應了，也只得天天按著功課幹去。不提。

且說寶玉上學之後，怡紅院中甚覺清淨閒暇，襲人倒可做些活計，拿著針線要繡個檳榔包兒。想這如今寶玉有了功課，丫頭們可也沒有饑荒了，早要如此，晴雯何至弄到沒有結果？兔死狐悲，不覺滴下淚來。忽又想到自己終身，本不是寶玉的正配，原是偏房。寶玉的為人，卻還拿得住；只怕娶了一個利害的，自己便是尤二姐、香菱的後身。素來看著賈母、王夫人光景，及鳳姐兒往往露出話來，自然是黛玉無疑了。那黛玉就是個多心人──想到此際，臉紅心熱，拿著針不知戳到哪裡去了。便把活計放下，走到黛玉處去探探他的口氣。

黛玉正在那裡看書，見是襲人，欠身讓坐。襲人也連忙迎上來，問：「姑娘這幾天身子可大好了？」黛玉道：「哪裡能夠？不過略硬朗些。你在家裡做什麼呢？」襲人道：「如今寶二爺上了學，屋裡一點事兒沒有，因此來瞧瞧姑娘，說說話兒。」說著，紫鵑拿茶來。襲人忙站起來道：「妹妹坐著罷。」因又笑道：「我前兒聽見秋紋說，妹妹背地裡說我們什麼來著。」紫鵑也笑道：「姐姐信他的話！我說寶二爺上了學，寶姑娘又隔斷了，連香菱也不過來，自然是悶的。」襲人道：「你還提香菱呢！這纔苦呢！撞著這位『太歲奶奶』，難為他怎麼過！」把手伸著兩個指頭，道：「說起來，比他還利害，連外頭的臉面都不顧了。」黛玉接著道：「他也夠受了！尤二姑娘怎麼死了？」襲人道：「可不是？想來都是一個人，不過名分裡頭差些，何苦這樣毒？外面名聲也不好聽。」黛玉從不聞襲人背地裡說人，今聽此話有因，便說道：「這也難說。但凡家庭之事，『不是東

❻ 成人不自在二句：諺語。意指想成功便不可只貪圖安逸悠閒，得努力不懈，刻苦耐勞。成人，成器；成材。自在，自任己意而不受約束。

風壓了西風，就是西風壓了東風』。」襲人道：「做了旁邊人，心裡先怯了，哪裡倒敢欺負人呢？」

說著，只見一個婆子在院裡問道：「這裡是林姑娘的屋子麼？哪位姐姐在這裡呢？」雪雁出來一看，模糊認得是薛姨媽那邊的人，便問道：「作什麼？」婆子道：「我們姑娘打發來給這裡林姑娘送東西的。」雪雁道：「略等等兒。」雪雁進來回了黛玉，黛玉便叫領他進來。那婆子進來請了安，且不說送什麼，只是覷著眼瞧黛玉。看的黛玉臉上倒不好意思起來，因問道：「寶姑娘叫你來送什麼？」婆子方笑著回道：「我們姑娘叫給姑娘送了一瓶蜜餞荔枝來。」回頭又瞧見襲人，便問道：「這位姑娘，不是寶二爺屋裡的花姑娘麼？」襲人笑道：「媽媽怎麼認得我？」婆子笑道：「我們只在太太屋裡看屋子，不大跟太太、姑娘出門，所以姑娘們都不大認得。姑娘們碰著到我們那邊去，我們都模糊記得。」說著，將一個瓶兒遞給雪雁，又回頭看看黛玉，因笑著向襲人道：「怨不得我們太太說：這林姑娘和寶二爺是一對兒。原來真是天仙似的！」襲人見他說話造次，連忙岔道：「媽媽，你乏了，坐坐吃茶罷。」那婆子笑嘻嘻的道：「我們哪裡忙呢，都張羅琴姑娘的事呢。姑娘還有兩瓶荔枝，叫給寶二爺送去。」說著，顫顫巍巍告辭出去。

黛玉雖惱這婆子方纔冒撞，但因是寶釵使來的，也不好怎麼樣他，等他出了屋門，纔說一聲道：「給你們姑娘道費心。」那老婆子還只管嘴裡咕咕噥噥的說：「這樣好模樣兒，除了寶玉，什麼人擎受❼的起！」黛玉只裝沒聽見。襲人笑道：「怎麼人到了老來，就是混說白道的，叫人聽著又生氣，又好笑。」一時，雪雁拿過瓶子來給黛玉看。黛玉道：「我懶待吃，拿了擱起去罷。」又說了一回話，襲人纔去了。

一時，晚妝將卸，黛玉進了套間，猛抬頭看見了荔枝瓶，不禁想起日間老婆子的一番混話，甚是刺心。當此黃昏人靜，千愁萬緒，堆上心來。想起自己身子不牢，年紀又大了，看寶玉的光景，心裡雖沒別人，但是老

❼ 擎受：承受；擔當。

太太、舅母又不見有半點意思，深恨父母在時，何不早定了這頭婚姻。又轉念一想道：「倘若父母在時，別處定了婚姻，怎能夠似寶玉這般人材心地？不如此時尚有可圖。」心內一上一下，輾轉纏綿，竟像轆轤一般。嘆了一回氣，掉了幾點淚，無情無緒，和衣倒下。

不知不覺，只見小丫頭走來說道：「外面雨村賈老爺請姑娘。」黛玉道：「我雖跟他讀過書，卻不比男學生，要見我做什麼？況且他和舅舅往來，從未提起，我也不必見的。」因叫小丫頭回覆身上有病，不能出來，「與我請安道謝就是了。」小丫頭道：「只怕要與姑娘道喜，南京還有人來接。」說著，又見鳳姐同邢夫人、王夫人、寶釵等都來笑道：「我們一來道喜，二來送行。」黛玉慌道：「你們說什麼話？」鳳姐道：「你還裝什麼獃？你難道不知道林姑爺陞了湖北的糧道，娶了一位繼母，十分合心合意。如今想著你撂在這裡，不成事體，因託了賈雨村作媒，將你許了你繼母的什麼親戚，還說是續絃。所以著人到這裡來接你回去，大約一到家中就要過去的。都是你繼母作主。怕的是道兒上沒有照應，還叫你璉二哥哥送去。」說得黛玉一身冷汗。

黛玉又恍惚父親果在那裡做官的樣子，心上急著，硬說道：「沒有的事，都是鳳姐姐混鬧！」只見邢夫人向王夫人使個眼色兒：「他還不信呢，偺們走罷。」黛玉含著淚道：「二位舅母坐坐去。」眾人不言語，都冷笑而去。黛玉此時心中乾急，又說不出來，哽哽咽咽，恍惚又像是和賈母在一處的似的，心中想道：「此事惟求老太太，或還有救。」於是兩腿跪下去，抱著賈母的腿，說道：「老太太救我！我南邊是死也不去的。況且有了繼母，又不是我的親娘，我是情願跟著老太太一塊兒的。」但見賈母獃著臉兒笑道：「這個不干我的事。」黛玉哭道：「老太太，這是什麼事呢！」老太太道：「續絃也好，倒多得一副妝奩。」黛玉哭道：「我在老太太跟前，決不使這裡分外的閒錢，只求老太太救我！」賈母道：「不中用了。做了女人總是要出嫁的，你孩子家不知道，在此地終非了局。」黛玉道：「我在這裡，情願自己做個奴婢過活，自做自吃，也是願意，只求老太太作主！」見賈母總不言語，黛玉又抱著賈母哭道：「老太太！你向來最是慈悲的，又最疼我的，到了緊急的時候兒，怎麼全不管？不要說我是你的外孫女兒，是隔了一層了；我的娘是你的親生女兒，看我娘分上，也該護庇些！」說著，撞在懷裡痛哭。聽見賈母道：「鴛鴦，你來送姑娘出去歇歇，我倒被他鬧乏了。」

黛玉情知不是路了，求之無用，不如尋個自盡，站起來，往外就走。深痛自己沒有親娘，便是外祖母與舅母姐妹們，平時何等待的好，可見都是假的。又一想：「今日怎麼獨不見寶玉？或見一面，看他還有法兒。」便見寶玉站在面前，笑嘻嘻的說：「妹妹大喜呀！」黛玉聽了這一句話，越發急了，也顧不得什麼了，把寶玉緊緊拉住，說：「好！寶玉，我今日纔知道你是個無情無義的人了！」寶玉道：「我怎麼無情無義？你既有了人家兒，偺們各自幹各自的了。」黛玉越聽越氣，越沒了主意，只得拉著寶玉，哭道：「好哥哥！你叫我跟了誰去？」寶玉道：「你要不去，就在這裡住著。你原是許了我的，所以你纔到我們這裡來。我待你是怎麼樣的，你也想想。」

黛玉恍惚又像果曾許過寶玉的，心內忽又轉悲作喜，問寶玉道：「我是死活打定主意的了，你到底叫我去不去？」寶玉道：「我說叫你住下。你不信我的話，你就瞧瞧我的心！」說著，就拿著一把小刀子往胸口上一劃，只見鮮血直流。黛玉嚇得魂飛魄散，忙用手握著寶玉的心窩，哭道：「你怎麼做出這個事來？你先來殺了我罷！」寶玉道：「不怕！我拿我的心給你瞧。」還把手在劃開的地方兒亂抓。黛玉又顫又哭，又怕人撞破，抱住寶玉痛哭。寶玉道：「不好了！我的心沒有了，活不得了！」說著，眼睛往上一翻，咕咚就倒了。黛玉拚命放聲大哭，只聽見紫鵑叫道：「姑娘！姑娘！怎麼魘住了？快醒醒兒，脫了衣服睡罷。」

黛玉一翻身，卻原來是一場惡夢，喉間猶是哽咽，心上還是亂跳，枕頭上已經濕透，肩背身心，但覺冰冷，想了一回，「父母死得久了，和寶玉尚未放定❽，這是從那裡說起？」又想夢中光景，無倚無靠，再真把寶玉死了，那可怎麼樣好？一時痛定思痛，神魂俱亂。又哭了一回，遍身微微的出了一點兒汗。扎掙起來，把外罩大襖脫了，叫紫鵑蓋好了被窩，又躺下去。翻來覆去，哪裡睡得著？只聽得外面淅淅颯颯，又像風聲，又像雨聲。又停了一會子，又聽得遠遠的吆呼聲兒，卻是紫鵑已在那裡睡著鼻息出入之聲。自己扎掙著爬起來，圍著被坐了一會，覺得窗縫裡透進一縷涼風來，吹得寒毛直豎，便又躺下。正要朦朧睡去，聽得竹枝上不知有多少鴉雀兒的聲兒，啾啾唧唧，叫個不住。那窗上的紙，隔著屜子，漸漸的透進清光來。

黛玉此時已醒得雙眸炯炯，一會兒咳嗽起來，連紫鵑都咳嗽醒了。紫鵑道：「姑娘，你還沒睡著麼？又咳嗽起來了。想是著了風了。這會兒窗戶紙發青了，也待好亮起來了。歇歇兒罷，養養神，別盡著想長想短的了。」黛玉道：「我何嘗不要睡？只是睡不著。你睡你的罷。」說了，又嗽起來。紫鵑見黛玉這般光景，心中也自傷感，睡不著了。聽見黛玉又嗽，連忙起來，捧著痰盒。這時天已亮了。黛玉道：「你不睡了麼？」紫鵑笑道：「天都亮了，還睡什麼呢？」黛玉道：「既這樣，你就把痰盒兒換了罷。」紫鵑答應著，忙出來換了一個痰盒兒，將手裡的這個盒兒放在桌上，開了套間門出來，仍舊帶上門，放下撒花軟簾，出來叫醒雪雁。開了屋門去倒那盒子時，只見滿盒子痰，痰中好些血星，嚇了紫鵑一跳，不覺失聲道：「噯呀！這還了得！」黛玉裡面接著問：「是什麼？」紫鵑自知失言，連忙改說道：「手裡一滑，幾乎撂了痰盒子。」黛玉道：「不是盒子裡的痰有了什麼？」紫鵑道：「沒有什麼。」說著這句話時，心中一酸，那眼淚直流下來，聲兒早已岔了。

黛玉因為喉間有些甜腥，早自疑惑；方纔聽見紫鵑在外邊詫異，這會子又聽見紫鵑說話，聲音帶著悲慘的光景，心中覺了八九分，便叫紫鵑：「進來罷，外頭看涼著。」紫鵑答應了一聲，這一聲更比頭裡悽慘，竟是鼻中酸楚之音。黛玉聽了，涼了半截。看紫鵑推門進來時，尚拿手帕拭眼。黛玉道：「大清早起，好好的為什

---

❽ 放定：舊時訂婚，男方送禮物給女方表示確定婚娶。禮物多為金珠首飾之類。

麼哭？」紫鵑勉強笑道：「誰哭來？早起起來，眼睛裡有些不舒服。姑娘今夜大概比往常醒的時候更多罷？我聽見咳嗽了半夜。」黛玉道：「可不是？越要睡，越睡不著。」紫鵑道：「姑娘身上不大好，依我說，還得自己開解著些。身子是根本，俗語說的：『留得青山在，依舊有柴燒。』況這裡自老太太、太太起，哪個不疼姑娘？」只這一句話，又勾起黛玉的夢來，覺得心裡一撞，眼中一黑，神色俱變。紫鵑連忙端著痰盒，雪雁搥著脊梁。半日，纔吐出一口痰來，痰中一縷紫血，簌簌亂跳。紫鵑、雪雁臉都嚇黃了。兩個旁邊守著，黛玉便昏昏躺下。紫鵑看著不好，連忙努嘴叫雪雁叫人去。

雪雁纔出屋門，只見翠縷、翠墨兩個人笑嘻嘻的走來。翠縷便道：「林姑娘怎麼這早晚還不出門？我們姑娘和三姑娘都在四姑娘屋裡，講究四姑娘畫的那張園子景兒呢。」雪雁連忙擺手兒。翠縷、翠墨二人倒都嚇了一跳，說：「這是什麼原故？」雪雁將方纔的事，一一告訴他二人。二人都吐了吐舌頭兒，說：「這可不是頑的！你們怎麼不告訴老太太去？這還了得！你們怎麼這麼糊塗！」雪雁道：「我這裡纔要去，你們就來了。」

正說著，只聽紫鵑叫道：「誰在外頭說話？姑娘問呢。」三個人連忙一齊進來。翠縷、翠墨見黛玉蓋著被，躺在床上，見了他二人，便說道：「誰告訴你們了？你們這樣大驚小怪的！」翠墨道：「我們姑娘和雲姑娘纔都在四姑娘屋裡，講究四姑娘畫的那張園子圖兒，叫我們來請姑娘來，不知道姑娘身上又欠安了。」黛玉道：「也不是什麼大病，不過覺得身子略軟些，躺躺兒就起來了。你們回去告訴三姑娘和雲姑娘，飯後若無事，倒是請他們到這裡坐坐罷。寶二爺沒到你們那邊去？」二人答道：「沒有。」翠墨又道：「寶二爺這兩天上了學了，老爺天天要查功課，哪裡還能像從前那麼亂跑呢？」黛玉聽了，默然不言。二人又略站了一回，都悄悄的退出來了。

且說探春、湘雲正在惜春那邊評論惜春所畫「大觀園圖」，說：這個多一點，那個少一點；這個太疏，那個太密。大家又議著題詩，著人去請黛玉商議。正說著，忽見翠縷、翠墨二人回來，神色匆忙。湘雲便先問道：「林姑娘怎麼不來？」翠縷道：「林姑娘昨日夜裡又犯了病了，咳嗽了一夜。我們聽見雪雁說，吐了一盒子痰血。」探春聽了，詫異道：「這話真麼？」翠縷道：「怎麼不真！」翠墨道：「我們剛纔進去瞧了瞧，顏色不成顏色，說話兒的氣力兒都微了。」湘雲道：「不好的這麼著，怎麼還能說話呢？」探春道：「怎麼你這麼糊塗！不能說話，不是已經……」說到這裡卻咽住了。惜春道：「林姐姐那樣一個聰明人，我看他總有些瞧不破，一點半點兒都要認起真來，天下事哪裡有多少真的呢？」探春道：「既這麼著，偺們都過去看看。倘若病的利害，偺們好過去告訴大嫂子，回老太太，傳大夫進來瞧瞧，也得個主意。」湘雲道：「正是這樣。」惜春道：「姐姐們先去，我回來再過去。」

於是探春、湘雲扶了小丫頭，都到瀟湘館來。進入房中，黛玉見他二人，不免又傷起心來。因又轉念想起夢中，「連老太太尚且如此，何況他們？況且我不請他們，他們還不來呢！」心裡雖是如此，臉上卻礙不過去，只得勉強令紫鵑扶起，口中讓坐。探春、湘雲都坐在床沿上，一頭一個，看了黛玉這般光景，也自傷感。探春便道：「姐姐怎麼身上又不舒服了？」黛玉道：「也沒什麼要緊，只是身子軟得很。」紫鵑在黛玉身後，偷偷的用手指那痰盒兒。湘雲到底年輕，性情又兼直爽，伸手便把痰盒拿起來看。不看則已，看了嚇的驚疑不止，說：「這是姐姐吐的？這還了得！」初時黛玉昏昏沉沉，吐了也沒細看，此時見湘雲這麼說，回頭看時，自己早已灰了一半。探春見湘雲冒失，連忙解說道：「這不過是肺火上炎，帶出一半點來，也是常事。偏是雲丫頭，不拘什麼就這樣蠍蠍螫螫的！」湘雲紅了臉，自悔失言。探春見黛玉精神短少，似有煩倦之意，連忙起身說道：「姐姐靜靜的養養神罷，我們回來再瞧你。」黛玉道：「累你們二位惦著。」探春又囑咐紫鵑：「好生留神伏侍姑娘。」紫鵑答應著。探春纔要走，只聽外面一個人嚷起來。未知是誰，下回分解。

第八十三回　省宮闈賈元妃染恙　鬧閨閫薛寶釵吞聲

話說探春、湘雲纔要走時，忽聽外面一個人嚷道：「你這不成人的小蹄子！你是個什麼東西，來這園子裡頭混攪！」黛玉聽了，大叫一聲道：「這裡住不得了！」一手指著窗外，兩眼反插上去。原來黛玉住在大觀園中，雖靠著賈母疼愛，然在別人身上，凡事終是寸步留心。聽見窗外老婆子這樣罵著——在別人呢，一句也貼不上的——竟像專罵著自己的。自思一個千金小姐，只因沒了爹娘，寄人籬下，不知何人指使這老婆子來這般辱罵，哪裡委屈得來？因此肝腸崩裂，哭暈去了。紫鵑只是哭叫：「姑娘！怎麼樣了？快醒轉來罷！」探春也叫了一回。半晌，黛玉回過這口氣，還說不出話來，那隻手仍向窗外指著。

探春會意，開門出去，看見老婆子手中拿著拐棍，趕著一個不乾不淨的毛丫頭道：「我是為照管這園中的花果樹木，來到這裡，你作什麼來了？等我家去，打你一個知道！」這丫頭扭著頭，把一個指頭探在嘴裡，瞅著老婆子笑。探春罵道：「你們這些人，如今越發沒了王法了！這裡是你罵人的地方兒嗎？」老婆子見是探春，連忙陪著笑臉兒，說道：「剛纔是我的外孫女兒，看見我來了，他就跟了來。我怕他鬧，所以纔吆喝他回去，哪裡敢在這裡罵人呢？」探春道：「不用多說了，快給我都出去。這裡林姑娘身上不大好，還不快去麼？」老婆子答應了幾個「是」，說著，一扭身去了，那丫頭也就跑了。

探春回來，看見湘雲拉著黛玉的手只管哭，紫鵑一手抱著黛玉，一手給黛玉揉胸口，黛玉的眼睛方漸漸的轉過來了。探春笑道：「想是聽見老婆子的話，你疑了心了麼？」黛玉只搖搖頭兒。探春道：「他是罵他外孫女兒。我纔剛也聽見了。這種東西說話，再沒有一點道理的。他們懂得什麼避諱！」黛玉聽了，嘆了口氣，拉著探春的手道：「妹妹……」叫了一聲，又不言語了。探春又道：「你別心煩。我來看你，是姐妹們應該的。你又少人伏侍。只要你安心肯吃藥，心上把喜歡事兒想想，能夠一天一天的硬朗起來，大家依舊結社作詩，豈不好呢？」湘雲道：「可是三姐姐說的，那麼著不樂？」黛玉哽咽道：「你們只顧要我喜歡，可憐我哪裡趕得上這日子？只怕不能夠了！」探春道：「你這話說的太過了。誰沒個病兒災兒的？哪裡就想到這裡來了？你好生歇歇兒罷。我們到老太太那邊，回來再看你。你要什麼東西，只管叫紫鵑告訴我。」黛玉流淚道：「好妹妹！你到老太太那裡，只說我請安，身上略有點不好，不是什麼大病，也不用老太太煩心的。」探春答應道：「我知道，你只管養著罷。」說著，纔同湘雲出去了。

這裡紫鵑扶著黛玉躺在床上，地下諸事，自有雪雁照料，自己只守著旁邊。看著黛玉，又是心酸，又不敢哭泣。那黛玉閉著眼，躺了半晌，哪裡睡得著？覺得園裡頭平日只見寂寞，如今躺在床上，偏聽得風聲，蟲鳴聲，鳥語聲，人走的腳步聲，又像遠遠的孩子們啼哭聲，一陣一陣的聒噪的煩躁起來，因叫紫鵑放下帳子來。雪雁捧了一碗燕窩湯，遞給紫鵑。紫鵑隔著帳子，輕輕問道：「姑娘，喝一口湯罷？」黛玉微微應了一聲。紫鵑復將湯遞給雪雁，自己上來，攙扶黛玉坐起，然後接過湯來，擱在唇邊試了一試，一手摟著黛玉肩臂，一手端著湯送到唇邊。黛玉微微睜眼喝了兩三口，便搖搖頭兒不喝了。紫鵑仍將碗遞給雪雁，輕輕扶黛玉睡下。

靜了一時，略覺安頓，只聽窗外悄悄問道：「紫鵑妹妹在家麼？」雪雁連忙出來，見是襲人，因悄悄說道：「姐姐屋裡坐著。」襲人也便悄悄問道：「姑娘怎麼著？」一面走，一面雪雁告訴夜間及方纔之事。襲人聽了這話，也嚇怔了，因說道：「怪道剛纔翠縷到我們那邊說你們姑娘病了，嚇的寶二爺連忙打發我來看看是怎麼樣。」正說著，只見紫鵑從裡間掀起簾子，望外看見襲人，點頭兒叫他。襲人輕輕走過來問道：「姑娘睡著了嗎？」紫鵑點點頭兒，問道：「姐姐纔聽見說了？」襲人也點點頭兒，蹙著眉道：「終久怎麼樣好呢！那一位昨夜也把我嚇了個半死兒！」紫鵑忙問：「怎麼了？」襲人道：「昨日晚上睡覺，還是好好兒的。誰知半夜裡一疊連聲的嚷起心疼來，嘴裡胡說白道，只說好像刀子割了去的似的。直鬧到打亮梆子❶以後纔好些了。你說嚇人不嚇人？今日不能上學，還要請大夫來吃藥呢。」

正說著，只聽黛玉在帳子裡又咳嗽起來，紫鵑連忙過來捧痰盒兒接痰。黛玉微微睜眼問道：「你和誰說話呢？」紫鵑道：「襲人姐姐來瞧姑娘來了。」說著，襲人已走到床前。黛玉命紫鵑扶起，一手指著床邊，讓襲人坐下。襲人側身坐了，連忙陪著笑勸道：「姑娘倒還是躺著罷。」黛玉道：「不妨，你們快別這樣大驚小怪的。剛纔是說誰半夜裡心疼起來？」襲人道：「是寶二爺偶然魘住了，不是認真怎麼樣。」黛玉會意，知道是襲人怕自己又懸心的原故，又感激，又傷心，因趁勢問道：「既是魘住了，不聽見他還說什麼？」襲人道：「也沒說什麼。」黛玉點點頭兒，遲了半日，嘆了一聲，纔說道：「你們別告訴寶二爺說我不好，看耽擱了他的工夫，又叫老爺生氣。」襲人答應了，又勸道：「姑娘，還是躺躺歇歇罷。」黛玉點頭，命紫鵑扶著歪下。襲人不免坐在旁邊，又寬慰了幾句，然後告辭，回到怡紅院，只說黛玉身上略覺不受用，也沒什麼大病，寶玉纔放了心。

且說探春、湘雲出了瀟湘館，一路往賈母這邊來。探春因囑咐湘雲道：「妹妹，回來見了老太太，別像剛纔那樣冒冒失失的了。」湘雲點頭笑道：「知道了。我頭裡是叫他嚇的忘了神了。」說著，已到賈母那邊，探春因提起黛玉的病來。賈母聽了，自是心煩，因說道：「偏是這兩個玉兒多病多災的。林丫頭一來二去的大了，他這個身子也要緊。我看那孩子太是個心細。」眾人也不敢答言。賈母便向鴛鴦道：「你告訴他們，明兒大夫來瞧了寶玉，叫他再到林姑娘那屋裡去。」鴛鴦答應著，出來告訴了婆子們。婆子們自去傳話。這裡探春、湘雲就跟著賈母吃了晚飯，然後同回園中去。不提。

❶ 打亮梆子：從前巡夜的時候打梆子，天亮了所打的最後一次叫打亮梆子。

到了次日，大夫來了。瞧了寶玉，不過說飲食不調，著了點兒風邪，沒大要緊，疏散疏散就好了。這裡王夫人、鳳姐等，一面遣人拿了方子回賈母；一面使人到瀟湘館，告訴說：「大夫就過來。」紫鵑答應了，連忙給黛玉蓋好被窩，放下帳子，雪雁趕著收拾房裡的東西。一時，賈璉陪著大夫進來了，便說道：「這位老爺是常來的，姑娘們不用迴避。」老婆子打起簾子，賈璉讓著，進入房中坐下。賈璉道：「紫鵑姐姐，你先把姑娘的病勢向王老爺說說。」王大夫道：「且慢說。等我診了脈，聽我說了，看是對不對。若有不合的地方，姑娘們再告訴我。」紫鵑便向帳中扶出黛玉的一隻手來，擱在迎手❷上。紫鵑又把鐲子連袖子輕輕的擼起，不叫壓住了脈息。

那王大夫診了好一會兒，又換那隻手也診了，便同賈璉出來，到外間屋裡坐下，說道：「六脈皆弦❸，因平日鬱結所致。」說著，紫鵑也出來，站在裡間門口。那王大夫便向紫鵑道：「這病時常應得頭暈，減飲食，多夢；每到五更，必醒個幾次；即日間聽見不干自己的事，也必要動氣，且多疑多懼。不知者疑為性情乖誕，其實因肝陰虧損，心氣衰耗，都是這個病在那裡作怪——不知是否？」紫鵑點點頭兒，向賈璉道：「說的很是。」王太醫道：「既這樣就是了。」說畢起身，同賈璉往外書房去開方子。小廝們早已預備下一張梅紅單帖。王太醫吃了茶，因提筆先寫道：

六脈弦遲，素由積鬱。左寸無力，心氣已衰。關脈獨洪，肝邪偏旺。木氣不能疏達，勢必上侵脾土，飲

❷ 迎手：中醫診脈時，病人放手的脈枕。

❸ 六脈皆弦：六脈，六個中醫切脈的部位。人的左右手各有寸、關、尺三脈，據以觀察病的順逆。弦是脈氣如弦繃張的表現。六脈皆弦，表示病情嚴重。

食無味；甚至勝所不勝，肺金定受其殃。氣不流精，凝而為痰；血隨氣湧，自然咳吐。理宜疏肝保肺，涵養心脾。雖有補劑，未可驟施。姑擬「黑逍遙」以開其先，復用「歸肺固金」以繼其後。不揣固陋，俟高明裁服。

又將七味藥與引子❹寫了。

賈璉拿來看時，問道：「血勢上沖，柴胡使得麼？」王大夫笑道：「二爺但知柴胡是升提之品，為吐衂所忌，豈知用鱉血拌炒，非柴胡不足宣少陽甲膽之氣。以鱉血制之，使其不致升提，且能培養肝陰，制遏邪火。所以內經說：『通因通用，塞因塞用。』柴胡用鱉血拌炒，正是『假周勃以安劉』❺的法子。」賈璉點頭道：「原來是這麼著，這就是了。」王大夫又道：「先請服兩劑，再加減，或再換方子罷。我還有一點小事，不能久坐，容日再來請安。」說著，賈璉送了出來，說道：「舍弟的藥就是那麼著了？」王大夫道：「寶二爺倒沒什麼大病，大約再吃一劑就好了。」說著，上車而去。

這裡賈璉一面叫人抓藥，一面回到房中，告訴鳳姐黛玉的病原與大夫用的藥，述了一遍。只見周瑞家的走來，回了幾件沒要緊的事。賈璉聽到一半，便說道：「你回二奶奶罷，我還有事呢。」說著，就走了。周瑞家的回完了這件事，又說道：「我方纔到林姑娘那邊，看他那個病，竟是不好呢。臉上一點血色也沒有，摸了摸

❹ 引子：中醫用藥，常在正藥之外，另加紅棗、生薑、竹葉等作陪襯，就叫引子。

❺ 假周勃以安劉：語出漢書周勃傳：「高祖曰：『安劉氏者必勃也。』」，意思是能安定劉氏天下的一定是周勃。周勃，漢初開國功臣。劉邦、呂后去世後，諸呂作亂，靠周勃與陳平等人平定，迎漢文帝繼位。這裡是說借助鱉血才能使柴胡達到治病的效果。假，借助。

身上，只剩了一把骨頭。問問他，也沒有話說，只是淌眼淚。回來紫鵑告訴我說：『姑娘現在病著，要什麼，自己又不肯要，我打算要問二奶奶那裡支用一兩個月的月錢。如今吃藥，雖是公中的，零用也得幾個錢。』我答應了他，替他來回奶奶。」鳳姐低了半日頭，說道：「竟這麼著罷：我送他幾兩銀子使罷。也不用告訴林姑娘。這月錢卻是不好支的。一個人開了例，要是都支起來，那如何使得呢？你不記得趙姨娘與三姑娘拌嘴了？也無非為的是月錢。況且近來你也知道，出去的多，進來的少，總繞不過彎兒來。不知道的，還說我打算的不好；更有那一種嚼舌根的，說我搬運到娘家去了。周嫂子，你倒是那裡經手的人，這個自然還知道些。」

周瑞家的道：「真正委屈死人！這樣大門頭兒，除了奶奶這樣心計兒當家罷了。別說是女人當不來，就是三頭六臂的男人，還撐不住呢。還說這些個混賬話！」說著，又笑了一聲道：「奶奶還沒聽見呢，外頭的人還更糊塗呢！前兒周瑞回家來，說起外頭的人，打量著偺們府裡不知怎麼樣有錢呢。也有說：『賈府裡的銀庫幾間，金庫幾間，使的傢伙都是金子鑲了，玉石嵌了的。』也有說：『姑娘做了王妃，自然皇上家的東西分了一半子給娘家。前兒貴妃娘娘省親回來，我們還親見他帶了幾車金銀回來，所以家裡收拾擺設的水晶宮似的。那日在廟裡還願，花了幾萬銀子，只算是牛身上拔了一根毛罷咧。』有人還說：『他門前的獅子，只怕還是玉石的呢！園子裡還有金麒麟，叫人偷了一個去，如今剩下一個了。家裡的奶奶姑娘不用說，就是屋裡使喚的姑娘們，也是一點兒不動的，喝酒下棋，彈琴畫畫，橫豎有人伏侍呢，單管穿羅罩紗，吃的戴的，都是人家不認得的。那些哥兒姐兒們，更不用說了，要天上的月亮，也有人去拿下來給他頑。』還有歌兒呢，說是：『寧國府，榮國府，金銀財寶如糞土。吃不窮，穿不窮，算來……』」說到這裡，猛然咽住。原來那歌兒說道：「算來總是一場空。」這周瑞家的說溜了嘴，說到這裡，忽然想起這話不好，因咽住了。

鳳姐兒聽了，已明白必是句不好的話了，也不便追問。因說道：「那都沒要緊，只是這『金麒麟』的話從何而來？」周瑞家的笑道：「就是那廟裡的老道士送給寶二爺的小金麒麟兒。後來丟了幾天，虧了史姑娘撿著，還了他，外頭就造出這個謠言來了。奶奶說，這些人可笑不可笑？」鳳姐道：「這些話倒不是可笑，倒是可怕的！咱們一日難似一日，外面還是這麼講究。俗語兒說的，『人怕出名豬怕壯』，況且又是個虛名兒，終久還不知怎麼樣呢！」周瑞家的道：「奶奶慮的也是，只是滿城裡，茶坊酒舖兒以及各胡同兒，都是這樣說，況且不是一年了。哪裡握的住眾人的嘴？」鳳姐點點頭兒，因叫平兒稱了幾兩銀子，遞給周瑞家的道：「你先拿去交給紫鵑，只說我給他添補買東西的。若要官中的，只管要去，別提這月錢的話。他也是個伶透人，自然明白我的話。我得了空兒，就去瞧姑娘去。」周瑞家的接了銀子，答應著自去。不提。

且說賈璉走到外面，只見一個小廝迎上來回道：「大老爺叫二爺說話呢。」賈璉急忙過來，見了賈赦。賈赦道：「方纔風聞宮裡頭傳了一個太醫院御醫，兩個吏目❻去看病，想來不是宮女兒下人了。這幾天，娘娘宮裡有什麼信兒沒有？」賈璉道：「沒有。」賈赦道：「你去問問二老爺和你珍大哥；不然，還該叫人去到太醫院裡打聽打聽纔是。」賈璉答應了，一面吩咐人往太醫院去，一面連忙去見賈政、賈珍。賈政聽了這話，因問道：「是哪裡來的風聲？」賈璉道：「是大老爺纔說的。」賈政道：「你索性和你珍大哥到裡頭打聽打聽。」賈璉道：「我已經打發人往太醫院打聽去了。」一面說著，一面退出來，去找賈珍。只見賈珍迎面來了，賈璉忙告訴賈珍。賈珍道：「我正為也聽見這話，來回大老爺、二老爺去呢。」於是兩個人同著來見賈政。賈政道：「如係元妃，少不得終有信的。」說著，賈赦也過來了。

到了晌午，打聽的尚未回來，門上人進來回說：「有兩個內相在外，要見二位老爺呢。」賈赦道：「請進來。」門上的人領了老公❼進來。賈赦、賈政迎至二門外，先請了娘娘的安，一面同著進來，走至廳上，讓了

---

❻ 吏目：供職於太醫院的醫士。

坐。老公道：「前日這裡貴妃娘娘有些欠安，昨日奉過旨意，宣召親丁四人，進裡頭探問。許各帶丫頭一人，餘皆不用。親丁男人，只許在宮門外遞個職名請安聽信，不得擅入。準於明日辰巳時進去，申酉時出來。」賈政、賈赦等站著聽了旨意，復又坐下，讓老公吃茶畢，老公辭了出去。

賈赦、賈政送出大門，回來先稟賈母。賈母道：「親丁四人，自然是我和你們兩位太太了。那一個人呢？」眾人也不敢答言。賈母想了想，道：「必得是鳳姐兒，他諸事有照應。你們爺兒們各自商量去罷。」賈赦、賈政答應了出來，因派了賈璉、賈蓉看家外，凡「文」字輩至「草」字輩一應都去。遂吩咐家人預備四乘綠轎，十餘輛大車，明兒黎明伺候。家人答應去了。賈赦、賈政又進去回明賈母：「辰巳時進去，申酉時出來。今日早些歇歇，明日好早些起來，收拾進宮。」賈母道：「我知道，你們去罷。」赦、政等退出。這裡邢夫人、王夫人、鳳姐兒也都說了一會子元妃的病，又說了些閒話，纔各自散了。

次日黎明，各屋子裡丫頭們將燈火俱已點齊，太太們各梳洗畢，爺們亦各整頓好了。一到卯初，林之孝合賴大進來，至二門口回道：「轎車俱已齊備，在門外伺候著呢。」不一時，賈赦、邢夫人也過來了。大家用了早飯，鳳姐先扶老太太出來，眾人圍隨，各帶使女一人，緩緩前行；又命李貴等二人先騎馬去外宮門接應。自己家眷隨後。「文」字輩至「草」字輩各自登車騎馬，跟著眾家人，一齊去了。賈璉、賈蓉在家中看家。

且說賈家的車輛轎馬俱在外西垣門口歇下等著。一會兒，有兩個內監出來說道：「賈府省親的太太奶奶們，著令入宮探問；爺們俱著令內宮門外請安，不得入見。」門上人叫快進去。賈府中四乘轎子跟著小內監前行，賈家爺們在轎後步行跟著，令眾家人在外等候。走近宮門口，只見幾個老公在門上坐著。見他們來了，便站起來說道：「賈府爺們至此。」賈赦、賈政便捱次立定。轎子抬至宮門口，便都出了轎。早有幾個小內監引路，

---

❼ 老公：太監。又稱「老公公」。

賈母等各有丫頭扶著步行。走至元妃寢宮，只見金碧輝煌，琉璃照耀。又有兩個小宮女兒傳諭道：「只用請安，一概儀注都免。」

賈母等謝了恩，來至床前請安畢，元妃都賜了坐。賈母等又告了坐。元妃便向賈母道：「近日身上可好？」賈母扶著小丫頭，顫顫巍巍站起來，答應道：「託娘娘洪福，起居尚健。」元妃又向邢夫人、王夫人問了好。邢、王二夫人站著回了話。元妃又問鳳姐家中過的日子若何，鳳姐站起來回奏道：「尚可支持。」元妃道：「這幾年來，難為你操心！」鳳姐正要站起來回奏，只見一個宮女傳進許多職名，請娘娘龍目❽。元妃看時，就是賈赦、賈政等若干人。那元妃看了職名，眼圈兒一紅，止不住流下淚來。宮女兒遞過絹子，元妃一面拭淚，一面傳諭道：「今日稍安，令他們外面暫歇。」賈母等站起來，又謝了恩。元妃含淚道：「父女弟兄，反不如小家子得以常常親近！」賈母等都忍著淚道：「娘娘不用悲傷，家中已託著娘娘的福多了。」元妃又問：「寶玉近來若何？」賈母道：「近來頗肯念書。因他父親逼得嚴緊，如今文字也都做上來了。」元妃道：「這樣纔好。」遂命外宮賜宴。便有兩個宮女兒，四個小太監，引了到一座宮裡。已擺得齊整，各按坐次坐了。不必細述。一時，吃完了飯，賈母帶著他婆媳三人謝過宴，又耽擱了一會。看看已近酉初，不敢羈留，俱各辭了出來。元妃命宮女兒引道，送至內宮門，門外仍是四個小太監送出。賈母等依舊坐著轎子出來，賈赦接著，大夥兒一齊回去。到家又要安排明後日進宮，仍應照舊齊集。不提。

且說薛家金桂自趕出薛蟠去了，日間拌嘴沒有對頭，秋菱又住在寶釵那邊去了，只剩得寶蟾一人同住。既給薛蟠作妾，寶蟾的意氣又不比從前了。金桂看去，更是一個對頭，自己也後悔不來。一日，吃了幾杯悶酒，躺在炕上，便要借那寶蟾做個醒酒湯兒，因問著寶蟾道：「大爺前日出門，到底是到哪裡去？你自然是知道的

❽ 龍目：尊稱帝王的眼睛，也泛指后妃。這裡是過目之意。

了？」寶蟾道：「我哪裡知道？他在奶奶跟前還不說，誰知道他那些事？」金桂冷笑道：「如今還有什麼奶奶太太的，都是你們的世界了！別人是惹不得的，有人護庇著，我也不敢去虎頭上捉虱子；你還是我的丫頭，問你一句話，你就和我摔臉子，說塞話❾！你既這麼有勢力，為什麼不把我先勒死了，你和秋菱，不拘誰做了奶奶，那不清淨了麼？偏我又不死，礙著你們的道兒。」寶蟾聽了這話，哪裡受得住？便眼睛直直的瞅著金桂道：「奶奶這些閒話只好說給別人聽去！我並沒和奶奶說什麼。奶奶不敢惹人家，何苦來拿著我們小軟兒出氣呢？正經的，奶奶又裝聽不見，『沒事人一大堆』了。」說著，便哭天哭地起來。金桂越發性起，便爬下炕來，要打寶蟾。寶蟾也是夏家的風氣，半點兒不讓。金桂將桌椅杯盞盡行打翻，那寶蟾只管喊冤叫屈，哪裡理會他半點兒？

豈知薛姨媽在寶釵房中，聽見如此吵嚷，便叫：「香菱，你過去瞧瞧，且勸勸他們。」寶釵道：「使不得，媽媽別叫他去。他去了，豈能勸他？那更是火上澆了油了。」薛姨媽道：「既這麼樣，我自己過去。」寶釵道：「依我說，媽媽也不用去，由著他們鬧去罷。這也是沒法兒的事了。」薛姨媽道：「這哪裡還了得！」說著，自己扶了丫頭，往金桂這邊來。寶釵只得也跟著過去。又囑咐香菱道：「你在這裡罷。」

母女同至金桂房門口，聽見裡頭正還嚷哭不止。薛姨媽道：「你們是怎麼著，又這麼家翻宅亂起來？這還像個人家兒嗎？矮牆淺屋的，難道都不怕親戚們聽見笑話了麼？」金桂屋裡接聲道：「我倒怕人笑話呢！只是這裡掃帚顛倒豎，也沒有主子，也沒有奴才，也沒有妻，沒有妾，都是混賬世界了！我們夏家門子裡沒見過這樣規矩，實在受不得你們家這樣委屈了！」寶釵道：「大嫂子，媽媽因聽見鬧得慌，纔過來的。就是問的急了些，沒有分清『奶奶』『寶蟾』兩字，也沒有什麼。如今且先把事情說開，大家和和氣氣的過日子，也省了媽媽天天為咱們操心哪。」薛姨媽道：「是啊，先把事情說開了，你再問我的不是，還不遲呢。」金桂道：「好姑

❾ 塞話：堵人的話。

娘，好姑娘！你是個大賢大德的。你日後必定有個好人家，好女壻，決不像我這樣守活寡，舉眼無親，叫人家騎上頭來欺負的。我是個沒心眼兒的人，只求姑娘，我說話別往死裡挑撿！我從小兒到如今，沒有爹娘教導。再者，我們屋裡老婆、漢子、大女人、小女人的事，姑娘也管不得！」寶釵聽了這話，又是羞，又是氣；見他母親這樣光景，又是疼不過。因忍了氣說道：「大嫂子，我勸你少說句兒罷。誰挑撿你？又是誰欺負你？不要說是嫂子，就是秋菱，我也從來沒有加他一點聲氣兒啊。」金桂聽了這幾句話，更加拍著炕沿大哭起來，說：「我哪裡比得秋菱？連他腳底下的泥我還跟不上呢！他是來久了的，知道姑娘的心事，又會獻勤兒；我是新來的，又不會獻勤兒，如何拿我比他？何苦來！天下有幾個都是貴妃的命？行點好兒罷。別修的像我嫁個糊塗行子守活寡，那就是活活兒的現了眼了！」薛姨媽聽到這裡，萬分氣不過，便站起身來道：「不是我護著自己的女孩兒！他句句勸你，你卻句句慪他。你有什麼過不去，不用尋他，勒死我倒也是稀鬆的！」寶釵忙勸道：「媽媽，你老人家不用動氣。偺們既來勸他，自己生氣，倒多了層氣。不如且出去，等嫂子歇歇兒再說。」因吩咐寶蟾道：「你可別再多嘴了。」跟著薛姨媽出得房來。

走過院子裡，只見賈母身邊的丫頭同著香菱迎面走來。薛姨媽道：「你從哪裡來？老太太身上可安？」那丫頭道：「老太太身上好，叫來請姨太太安，還謝謝前兒的荔枝，還給琴姑娘道喜。」寶釵道：「你多早晚來的？」那丫頭道：「來了好一會子了。」薛姨媽料他知道，紅著臉說道：「這如今我們家裡鬧得也不像個過日子的人家了！叫你們那邊聽見笑話。」丫頭道：「姨太太說哪裡的話？誰家沒個『碟大碗小，磕著碰著』的呢？那是姨太太多心罷咧！」說著，跟了回到薛姨媽房中，略坐了一會，就去了。寶釵正囑咐香菱些話，只聽薛姨媽忽然叫道：「左肋疼痛的很！」說著，便向炕上躺下。嚇得寶釵、香菱二人手足無措。要知後事如何，下回分解。

第八十四回　試文字寶玉始提親　探驚風賈環重結怨

卻說薛姨媽一時因被金桂這場氣慪得肝氣上逆，左肋作痛。寶釵明知是這個原故，也等不及醫生來看，先叫人去買了幾錢鉤藤❶來，濃濃的煎了一碗，給他母親吃了；又和香菱給薛姨媽捶腿揉胸。停了一會兒，略覺安頓。薛姨媽只是又悲又氣——氣的是金桂撒潑；悲的是寶釵有涵養，倒覺可憐。寶釵又勸了一回，不知不覺的睡了一覺，肝氣也漸漸平復了。寶釵便說道：「媽媽，你這種閒氣不要放在心上纔好。過幾天走的動了，樂得往那邊老太太、姨媽處去說說話兒，散散悶也好。家裡橫豎有我和香菱照看著，諒他也不敢怎麼著。」薛姨媽點點頭道：「過兩日看罷了。」

且說元妃疾癒之後，家中俱各喜歡。過了幾日，有幾個老公走來，帶著東西、銀兩，宣貴妃娘娘之命，因家中省問勤勞，俱有賞賜，把物件、銀兩一一交代清楚。賈赦、賈政等稟明了賈母，一齊謝恩畢，太監吃了茶去了。大家回到賈母房中，說笑了一回，外面老婆子傳進來說：「小廝們來回道：那邊有人請大老爺說要緊的話呢。」賈母便向賈赦道：「你去罷。」賈赦答應著，退出來，自去了。

這裡賈母忽然想起，和賈政笑道：「娘娘心裡卻甚實惦記著寶玉，前兒還特特的問他來著呢。」賈政陪笑道：「只是寶玉不大肯念書，辜負了娘娘的美意。」賈母道：「我倒給他上了個好兒，說他近日文章都做上來了。」賈政笑道：「哪裡能像老太太的話呢！」賈母道：「你們時常叫他出去作詩作文，難道他都沒作上來麼？小孩子家慢慢的教導他，可是人家說的，『胖子也不是一口兒吃的』。」賈政聽了這話，忙陪笑道：「老太太說

❶ 鉤藤：植物名，茜草科鉤藤屬，常綠藤木。其莖枝有清熱平肝、息風定驚的藥效。

的是。」

賈母又道：「提起寶玉，我還有一件事和你商量。如今他也大了，你們也該留神，看一個好孩子給他定下。這也是他終身的大事。也別論遠近親戚，什麼窮啊富的，只要深知那姑娘的脾性兒好，模樣兒周正的就好。」賈政道：「老太太吩咐的很是。但只一件：姑娘也要好，第一要他自己學好纔好；不然，不稂不莠❷的，反倒耽誤了人家的女孩兒，豈不可惜？」賈母聽了這話，心裡卻有些不喜歡，便說道：「論起來，現放著你們作父母的，哪裡用我去操心？但只我想寶玉這孩子從小兒跟著我，未免多疼他一點兒，耽誤了他成人的正事，也是有的；只是我看他那生來的模樣兒也還齊整，心性兒也還實在，未必一定是那種沒出息的，必至糟蹋了人家的女孩兒？也不知是不是我偏心，我看著橫豎比環兒略好些，不知你們看著怎麼樣？」幾句話，說得賈政心中甚是不安，連忙陪笑道：「老太太看的人也多了，既說他好，有造化，想來是不錯的。只是兒子望他成人的性兒太急了一點，或者竟和古人的話相反，倒是『莫知其子之美』❸了。」一句話把賈母也慪笑了。眾人也都陪著笑了。賈母因說道：「你這會子也有了幾歲年紀，又居著官，自然越歷練越老成。」說到這裡，回頭瞅著邢夫人和王夫人，笑道：「想他那年輕的時候，那一種古怪脾氣，比寶玉還加一倍呢。直等娶了媳婦，纔略略的懂了些人事兒。如今只抱怨寶玉。這會子，我看寶玉比他還略體些人情兒呢！」說的邢夫人、王夫人都笑了，因說道：「老太太又說起逗笑兒的話來了。」說著，小丫頭子們進來告訴鴛鴦：「請示老太太，晚飯伺候下了。」

---

❷ 不稂不莠：語出詩經大雅大田：「既堅既好，不稂不莠。」稂、莠是雜生在田裡的野草。不稂不莠，本指田中沒有野草。後與「不郎不秀」混用，比喻不成材、沒有出息。

❸ 莫知其子之美：大學說：「故諺有之曰：人莫知其子之惡。」意指父母會因溺愛而見不到子女的缺點。賈政這裡反用其意，意在討賈母的歡心。

賈母便問：「你們又咭咭唧唧的說什麼？」鴛鴦笑著回明了。賈母道：「那麼著，你們也都吃飯去罷，單留鳳姐兒和珍哥媳婦跟著我吃罷。」賈政及邢、王二夫人都答應著，伺候擺上飯來。賈母又催了一遍，纔都退出各散。

卻說邢夫人自去了，賈政同王夫人進入房中。賈政因提起賈母方纔的話來，說道：「老太太這樣疼寶玉，畢竟要他有些實學，日後可以混得功名纔好。不枉老太太疼他一場，也不至糟蹋了人家的女兒。」王夫人道：「老爺這話自然是該當的。」賈政因派個屋裡的丫頭傳出去告訴李貴：「寶玉放學回來，索性吃飯後再叫他過來，說我還要問他話呢。」李貴答應了「是」。至寶玉放了學，剛要過來請安，只見李貴道：「二爺先不用過去。老爺吩咐了，今日叫二爺吃了飯就過去呢。聽見還有話問二爺呢。」寶玉聽了這話，又是一個悶雷，只得見過賈母，便回園吃飯。三口兩口吃完，忙漱了口，便往賈政這邊來。

賈政此時在內書房坐著。寶玉進來請了安，一旁侍立。賈政問道：「這幾日我心上有事，也忘了問你。那一日，你說你師父叫你講一個月的書，就要給你開筆❹。如今算來，將兩個月了，你到底開了筆了沒有？」寶玉道：「纔做過三次。師父說且不必回老爺知道，等好些再回老爺知道罷。因此這兩天總沒敢回。」賈政道：「是什麼題目？」寶玉道：「一個是『吾十有五而志於學』，一個是『人不知而不慍』，一個是『則歸墨』❺三字。」賈政道：「都有稿兒麼？」寶玉道：「都是作了抄出來，師父又改的。」賈政道：「你帶了家來了，還是在學房裡呢？」寶玉道：「在學房裡呢。」賈政道：「叫人取了來我瞧。」寶玉連忙叫人傳話與焙茗：「叫他往學房中去，我書桌子抽屜裡有一本薄薄兒竹紙本子，上面寫著『窗課』❻兩字的就是，快拿來」。

---

❹ 開筆：首度習作詩文。

❺ 則歸墨：語出孟子滕文公下：「天下之言不歸楊，則歸墨。」楊，楊朱。墨，墨翟。都是戰國時期思想家。楊朱主張利己，墨翟主張利人。

一會兒，焙茗拿了來遞給寶玉，寶玉呈與賈政。賈政翻開看時，見頭一篇寫著題目是「吾十有五而志於學」。他原本破❼的是「聖人有志於學，幼而已然矣」。代儒卻將「幼」字抹去，明用「十五」。賈政道：「你原本『幼』字，便扣不清題目了，幼字是從小起，至十六以前都是『幼』。這章書是聖人自言學問工夫與年俱進的話，所以十五、三十、四十、五十、六十、七十，俱要明點出來，纔見得到了幾時有這麼個光景，到了幾時又有那麼個光景。師父把你幼字改了十五，便明白了好些。」看到承題，那抹去的原本云：「夫不志於學，人之常也。」賈政搖頭道：「不但是孩子氣，可見你本性不是個學者的志氣。」又看後句：「聖人十五而志之，不亦難乎？」說道：「這更不成話了！」然後看代儒的改本云：「夫人孰不學？而志於學者卒鮮。此聖人所為自信於十五時歟！」便問：「改的懂得麼？」寶玉答應道：「懂得。」

又看第二藝，題目是「人不知而不慍」。便先看代儒的改本云：「不以不知而慍者，終無改其說樂矣。」方覷著眼看那抹去的底本，說道：「你是什麼？『能無慍人之心，純乎學者也。』上一句似單做了『而不慍』三個字的題目，下一句又犯了下文君子的分界；必如改筆，纔合題位呢。且下句找清上文，方是書理。須要細心領略。」寶玉答應著。賈政又往下看：「夫不知，未有不慍者也；而竟不然。非是由說而樂者，曷克臻此？」原本末句「非純學者乎？」賈政道：「這也與破題同病的。這改的也罷了，不過清楚，還說得去。」

第三藝是「則歸墨」。賈政看了題目，自己揚著頭想了一想，因問寶玉道：「你的書講到這裡了麼？」寶玉道：「師父說，孟子好懂些，所以倒先講孟子，大前日纔講完了。如今講上論語呢。」賈政因看這個破承，倒沒大改。破題云：「言於舍楊之外，若別無所歸者焉。」賈政道：「第二句倒難為你。」「夫墨，非欲歸者也，

❻ 窗課：舊時學童於書塾中習作的詩、文等功課。

❼ 破：破題。明清八股文起首兩句須說破題目要義，稱為「破題」。緊接之後申述題義，即下文的「承題」。

而墨之言已半天下矣；則舍楊之外，欲不歸於墨，得乎？」賈政道：「這是你做的麼？」寶玉答應道：「是。」賈政點點頭兒，因說道：「這也並沒有什麼出色處，但初試筆能如此，還算不離。前年我在任上時，還出過『惟士為能』❽這個題目。那些童生都讀過前人這篇，不能自出心裁，每多抄襲。你念過沒有？」寶玉道：「也念過。」賈政道：「我要你另換個主意，不許雷同了前人，只做個破題也使得。」

寶玉只得答應著，低頭搜索枯腸。賈政背著手，也在門口站著作想。只見一個小小廝往外飛走，看見賈政，連忙側身垂手站住。賈政便問道：「作什麼？」小廝回道：「老太太那邊姨太太來了，二奶奶傳出話來，叫預備飯呢。」賈政聽了，也沒言語，那小廝自去了。

誰知寶玉自從寶釵搬回家去，十分想念，聽見薛姨媽來了，只當寶釵同來，心中早已忙了，便乍❾著膽子回道：「破題倒作了一個，但不知是不是？」賈政道：「你念來我聽。」寶玉念道：「天下不皆士也？能無恆產者，亦僅矣。」賈政聽了，點著頭道：「也還使得。以後作文，總要把界限分清，把神理想明白了，再去動筆。你來的時候，老太太知道不知道？」寶玉道：「知道的。」賈政道：「既如此，你還到老太太處去罷。」

寶玉答應了個「是」，只得拿捏著，慢慢的退出。剛過穿廊月洞門的影屏，便一溜烟跑到賈母院門口。急得焙茗在後頭趕著，叫道：「看跌倒了！老爺來了。」寶玉哪裡聽的見？剛進得門來，便聽見王夫人、鳳姐、探春等笑語之聲。丫鬟們見寶玉來了，連忙打起簾子，悄悄告訴道：「姨太太在這裡呢。」寶玉趕忙進來給薛姨媽請安，過來纔給賈母請了晚安。賈母便問：「你今兒怎麼這早晚纔散學？」寶玉悉把賈政看文章並命作破題的話述了一遍。賈母笑容滿面。寶玉因問眾人道：「寶姐姐在哪裡坐著呢？」薛姨媽笑道：「你寶姐姐沒過來，

---

❽ 惟士為能：語出孟子梁惠王上：「無恆產而有恆心者，惟士為能。」

❾ 乍：壯著；放大。

家裡和香菱作活呢。」寶玉聽了，心中索然，又不好就走。只見說著話兒，已擺上飯來。自然是賈母、薛姨媽上坐，探春等陪坐。薛姨媽道：「寶哥兒呢？」賈母忙笑說道：「寶玉跟著我這邊坐罷。」寶玉連忙回道：「頭裡散學時，李貴傳老爺的話，叫吃了飯過去，我趕著要了一碟菜，泡茶吃了一碗飯，就過去了。老太太和姨媽、姐姐們用罷。」賈母道：「既這麼著，鳳丫頭就過來跟著我。你太太纔說他今兒吃齋，叫他們自己吃去罷。」王夫人也道：「你跟著老太太、姨太太吃罷。不用等我，我吃齋呢。」於是鳳姐告了坐。丫頭安了杯筯，鳳姐執壺斟了一巡，纔歸坐。

大家吃著酒，賈母便問道：「可是纔姨太太提香菱？我聽見前兒丫頭們說『秋菱』，不知是誰，問起來纔知道是他。怎麼那孩子好好的又改了名字呢？」薛姨媽滿臉飛紅，嘆了口氣，道：「老太太再別提起！自從蟠兒娶了這個不知好歹的媳婦，成日家咕咕唧唧，如今鬧的也不成個人家了。我也說過他幾次，他牛心不聽說，我也沒那麼大精神和他們盡著吵去，只好由他們去。可不是他嫌這丫頭的名兒不好改的！」賈母道：「名兒什麼要緊的事呢？」薛姨媽道：「說起來，我也怪臊的。其實老太太這邊，有什麼不知道的？他哪裡是為這名兒不好？聽見說，他因為是寶丫頭起的，他纔有心要改。」賈母道：「這又是什麼原故呢？」薛姨媽把手絹子不住的擦眼淚，未曾說，又歎了一口氣，道：「老太太還不知道呢！這如今媳婦子專和寶丫頭慪氣。前日老太太打發人看我去，我們家裡正鬧呢。」賈母連忙接著問道：「可是前兒聽見姨太太肝氣疼，要打發人看去；後來聽見說好了，所以沒著人去。依我，勸姨太太竟把他們別放在心上。再者，他們也是新過門的小夫妻，過些時自然就好了。我看寶丫頭性格兒溫厚和平，雖然年輕，比大人還強幾倍。前日那小丫頭子回來說，我們這邊還都讚歎了他一會子。都像寶丫頭那樣心胸兒、脾氣兒，真是百裡挑一的！不是我說句冒失話，那給人家作了媳婦兒，怎麼叫公婆不疼、家裡上上下下的不賓服⑩呢！」

寶玉頭裡已經聽煩了，推故要走，及聽見這話，又坐下獃獃的往下聽。薛姨媽道：「不中用。他雖好，到底是女孩兒家。養了蟠兒這個糊塗孩子，真真叫我不放心。只怕在外頭喝點子酒，鬧出事來。幸虧老太太這裡的大爺二爺常和他在一塊兒，我還放點兒心。」寶玉聽到這裡，便接口道：「姨媽更不用懸心。薛大哥相好的都是些正經買賣大客人，都是有體面的，哪裡就鬧出事來？」薛姨媽笑道：「依你這樣說，我敢只不用操心了。」說話間，飯已吃完。寶玉先告辭了，晚間還要看書，便各自去了。

這裡丫頭們剛捧上茶來。只見琥珀走過來向賈母耳朵旁邊說了幾句，賈母便向鳳姐兒道：「你快去罷，瞧瞧巧姐兒去罷。」鳳姐聽了，還不知何故。大家也怔了。琥珀遂過來向鳳姐道：「剛纔平兒打發小丫頭子來回二奶奶，說：『巧姐兒身上不大好，請二奶奶忙著些過來纔好呢。』」賈母因說道：「你快去罷，姨太太也不是外人。」鳳姐連忙答應，在薛姨媽跟前告了辭。又見王夫人說道：「你先過去，我就去。小孩子家魂兒還不全呢，別叫丫頭們大驚小怪的。屋裡的貓兒、狗兒，也叫他們留點神兒。盡著孩子貴氣⓫，偏有這些瑣碎。」鳳姐答應了，然後帶了小丫頭回房去了。

這裡薛姨媽又問了一回黛玉的病。賈母道：「林丫頭那孩子倒罷了，只是心重些，所以身子就不大很結實了。要賭靈性兒，也和寶丫頭不差什麼；要賭寬厚待人裡頭，卻不濟他寶姐姐有耽待，有盡讓⓬了。」薛姨媽又說了兩句閒話兒，便道：「老太太歇著罷，我也要到家裡去看看，只剩下寶丫頭和香菱了。我那麼同著姨太太看看巧姐兒罷。」賈母道：「正是。姨太太上年紀的人，看看是怎麼不好，說給他們，也得點主意兒。」薛

---

❿ 賓服：恭敬服從。

⓫ 貴氣：寶貴的意思。

⓬ 盡讓：忍讓。

姨媽便告辭，同著王夫人出來，往鳳姐院裡去了。

卻說賈政試了寶玉一番，心裡卻也喜歡，走向外面和那些門客閒談。說起方纔的話來，便有新近到來，最善大棋⓭的一個王爾調，名作梅的，說道：「據我們看來，寶二爺的學問已是大進了。」賈政道：「哪有進益？不過略懂得些罷咧。『學問』兩個字，早得很呢！」詹光道：「這是老世翁過謙的話，不但王大兄這般說，就是我們看，寶二爺必定要高發的。」賈政笑道：「這也是諸位過愛的意思。」那王爾調又道：「晚生還有一句話，不揣冒昧，合老世翁商議。」賈政道：「什麼事？」王爾調陪笑道：「也是晚生的相與，做過南韶道的張大老爺家，有一位小姐，說是生的德容功貌⓮俱全，此時尚未受聘。他又沒有兒子，家資巨萬，但是要富貴雙全的人家，女壻又要出眾，纔肯作親。晚生來了兩個月，瞧著寶二爺的人品學業都是必要大成的。老世翁這樣門楣，還有何說！若晚生過去，包管一說就成。」賈政道：「寶玉說親，卻也是年紀了，並且老太太常說起。但只張大老爺素來尚未深悉。」詹光道：「王兄所提張家，晚生卻也知道，況和大老爺那邊是舊親，老世翁一問便知。」賈政想了一回，道：「大老爺那邊，不曾聽得這門親戚。」詹光道：「老世翁原來不知，這張府上原和邢舅太爺那邊有親的。」

賈政聽了，方知是邢夫人的親戚。坐了一回進來了，便要同王夫人說知，轉問邢夫人去。誰知王夫人陪了薛姨媽到鳳姐那邊看巧姐兒去了。那天已經掌燈時候，薛姨媽去了，王夫人纔過來了。賈政告訴了王爾調和詹光的話，又問巧姐兒怎麼了。王夫人道：「怕是驚風的光景。」賈政道：「不甚利害呀？」王夫人道：「看著

⓭ 大棋：圍棋的別名。

⓮ 德容功貌：應作「德言工貌」。德，品德。言，言談。工，女紅。貌，儀容；或作「德言容功」，即婦德、婦言、婦容、婦功。為古時婦女所應具備的四德。

是搐風⑮的來頭，只還沒搐出來呢。」賈政聽了，咳了一聲，便不言語，各自安歇。不提。

卻說次日邢夫人過賈母這邊來請安，王夫人便提起張家的事，一面回賈母，一面問邢夫人。邢夫人道：「張家雖係老親，但近年來久已不通音信，不知他家的姑娘是怎麼樣的。倒是前日孫親家太太打發老婆子來問安，卻說起張家的事。說他家有個姑娘，託孫親家那邊有對勁的提一提。聽見說，只這一個女孩兒，十分嬌養，也識得幾個字，見不得大陣仗兒，常在屋裡不出來的。張大老爺又說，只有這一個女孩兒，不肯嫁出去，怕人家公婆嚴，姑娘受不得委屈。必要女壻過門，贅在他家，給他料理些家事。」賈母聽到這裡，不等說完，便道：「這斷使不得。我們寶玉別人伏侍他還不夠呢，倒給人家當家去！」邢夫人道：「正是老太太這個話。」賈母因向王夫人道：「你回來告訴你老爺，就說我的話，這張家的親事是作不得的。」王夫人答應了。賈母便問：「你們昨日看巧姐兒怎麼樣？頭裡平兒來回我，說很不大好，我也要過去看看呢。」邢、王二夫人道：「老太太雖疼他，他哪裡擔的住？」賈母道：「卻也不止為他，我也要走動走動，活活筋骨兒。」說著，便吩咐：「你們吃飯去罷，回來同我過去。」邢、王二夫人答應著出來，各自去了。

一時吃了飯，都來陪賈母到鳳姐房中。鳳姐連忙出來，接了進去。賈母便問：「巧姐兒到底怎麼樣？」鳳姐兒道：「只怕是搐風的來頭。」賈母道：「這麼著還不請人趕著瞧？」鳳姐道：「已經請去了。」賈母因同邢、王二夫人進房來看。只見奶子抱著，用桃紅綾子小棉被兒裹著，臉皮趣青⑯，眉梢鼻翅微有動意。賈母同邢、王二夫人看了看，便出外間坐下。

正說間，只見一個小丫頭回鳳姐道：「老爺打發人問巧姐兒怎麼樣。」鳳姐道：「替我回老爺，就說請大夫

---

⑮ 搐風：小兒風症的發作。如急驚風。症狀會口眼歪斜或手足痙攣。搐，音ㄔㄡ。

⑯ 趣青：很青。

去了。一會兒開了方子，就過去回老爺。」賈母忽然想起張家的事來，向王夫人道：「你該就去告訴你老爺，省了人家去說了，回來又駁回。」又問邢夫人道：「你們和張家如今為什麼不走了？」邢夫人因又說道：「論起那張家行事，也難和偺們作親，太嗇剋，沒的玷辱了寶玉。」鳳姐聽了這話，已知八九，便問道：「太太不是說寶兄弟的親事？」邢夫人道：「可不是麼？」賈母接著因把剛纔的話，告訴鳳姐。鳳姐笑道：「不是我當著老祖宗、太太們跟前說句大膽的話：現放著天配的姻緣，何用別處去找？」賈母笑問道：「在哪裡？」鳳姐道：「一個『寶玉』，一個『金鎖』，老太太怎麼忘了？」賈母笑了一笑，因說：「昨日你姑媽在這裡，你為什麼不提？」鳳姐道：「老祖宗和太太們在前頭，哪裡有我們小孩子家說話的地方兒？況且姨媽過來瞧老祖宗，怎麼提這些個？這也得太太們過去求親纔是。」賈母笑了，邢、王二夫人也都笑了。賈母因道：「可是我背晦了。」

說著，人回：「大夫來了。」賈母便坐在外間，邢、王二夫人略避。那大夫同賈璉進來，給賈母請了安，方進房中，看了出來，站在地下，躬身回賈母道：「妞兒一半是內熱，一半是驚風。須先用一劑發散風痰藥，還要用四神散纔好，因病勢來的不輕。如今的牛黃都是假的，要找真牛黃方用得。」賈母道了乏。那大夫同賈璉出去，開了方子，去了。鳳姐道：「人參家裡常有，這牛黃倒怕未必有，外頭買去，只是要真的纔好。」王夫人道：「等我打發人到姨太太那邊去找找。他家蟠兒向來和那些西客⑰們做買賣，或者有真的，也未可知。我叫人去問問。」正說話間，眾姐妹都來瞧來了。坐了一回，也都跟著賈母等去了。

這裡煎了藥，給巧姐兒灌下去了，只見喀的一聲，連藥帶痰都吐出來，鳳姐纔略放了一點兒心。只見王夫人那邊的小丫頭，拿著一點兒的小紅紙包兒，說道：「二奶奶，牛黃有了。太太說了，叫二奶奶親自把分兩對準了呢。」鳳姐答應著，接過來，便叫平兒配齊了真珠、冰片、硃砂，快熬起來。自己用戥子按方秤了，攙在

⑰ 西客：指與西域一帶做生意的客商。

裡面，等巧姐兒醒了，好給他吃。只見賈環掀簾進來，說：「二姐姐，你們巧姐兒怎麼了？媽叫我來瞧瞧他。」鳳姐見了他母子便嫌，說：「好些了。你回去說，叫你們姨娘想著。」那賈環口裡答應，只管各處瞧看。看了一回，便問鳳姐兒道：「你這裡聽見說有牛黃，不知牛黃是怎麼個樣兒，給我瞧瞧呢。」鳳姐道：「你別在這裡鬧了，妞兒纔好些。那牛黃都煎上了。」賈環聽了，便去伸手拿那銱子⑱瞧時，豈知措手不及，沸的一聲，銱子倒了，火已潑滅了一半。賈環見不是事，自覺沒趣，連忙跑了。鳳姐急的火星直爆，罵道：「真真哪一世的對頭冤家！你何苦來，還來使促狹！從前你媽要想害我，如今又來害妞兒，我和你幾輩子的仇呢！」一面罵平兒不照應。

正罵著，只見丫頭來找賈環。鳳姐道：「你去告訴趙姨娘，說他操心也太苦了！巧姐兒死定了，不用他惦著了。」平兒急忙在那裡配藥再熬。那丫頭摸不著頭腦，便悄悄問平兒道：「二奶奶為什麼生氣？」平兒將環哥弄倒藥銱子說了一遍。丫頭道：「怪不得他不敢回來，躲了別處去了。這環哥兒明日還不知怎麼樣呢！平姐姐，我替你收拾罷。」平兒說：「這倒不消。幸虧牛黃還有一點，如今配好了，你去罷。」丫頭道：「我一准回去告訴趙姨奶奶，也省了他天天說嘴。」

丫頭回去，果然告訴了趙姨娘。趙姨娘氣的叫：「快找環兒！」環兒在外間屋子裡躲著，被丫頭找了來。趙姨娘便罵道：「你這個下作種子！你為什麼弄潵⑲了人家的藥，招的人家咒罵？我原叫你去問一聲，不用進去。你偏進去，又不就走，還要『虎頭上捉虱子』。你看我回了老爺，打你不打！」這裡趙姨娘正說著，只聽賈環在外間屋子裡更說出些驚心動魄的話來。未知何言，下回分解。

⑱ 銱子：一種小壺。口大，柄長，由砂土或金屬製成，用來煎藥或溫酒。

⑲ 潵：音ㄙㄢˇ。水散於地。

第八十五回　賈存周報陞郎中任　薛文龍復惹放流刑

話說趙姨娘正在屋裡抱怨賈環，只聽賈環在外間屋裡發話道：「我不過弄倒了藥銱子，撒了一點子藥，那丫頭子又沒就死了，值得他也罵我，你也罵我，賴我心壞，把我往死裡糟蹋？等著我明兒還要那小丫頭子的命呢，看你們怎麼著！只叫他們提防著就是了。」那趙姨娘趕忙從裡間出來，握住他的嘴，說道：「你還只管信口胡唚，還叫人家先要了你的命呢！」娘兒兩個吵了一回。趙姨娘聽見鳳姐的話，越想越氣，也不著人來安慰鳳姐一聲兒。過了幾天，巧姐兒也好了。因此，兩邊結怨比從前更加一層了。

一日，林之孝進來回道：「今日是北靜郡王生日，請老爺的示下。」賈政吩咐道：「只按向年舊例辦了，回大老爺知道，送去就是了。」林之孝答應了，自去辦理。不一時，賈赦過來同賈政商議，帶了賈珍、賈璉、寶玉去給北靜王拜壽。別人還不理論，惟有寶玉素日仰慕北靜王的容貌威儀，巴不得常見纔好，遂連忙換了衣服，跟著來到北府。賈赦、賈政遞了職名候諭。不多時，裡面出來了一個太監，手裡掐著數珠兒。見了賈赦、賈政，笑嘻嘻的說道：「二位老爺好？」賈赦、賈政也都趕忙問好，他兄弟三人也過來問了好。那太監道：「王爺叫請進去呢。」於是爺兒五個跟著那太監進入府中。過了兩層門，轉過一層殿去，裡面方是內宮門。剛到門前，大家站住，那太監先進去回王爺去了。這裡門上小太監都迎著問了好。

一時，那太監出來說了個「請」字，爺兒五個肅敬跟入。只見北靜郡王穿著禮服，已迎到殿門廊下。賈赦、賈政先上來請安，捱次便是珍、璉、寶玉請安。那北靜郡王單拉著寶玉道：「我久不見你，很惦記你。」因又笑問道：「你那塊玉好？」寶玉躬著身打著一半千兒回道：「蒙王爺福庇，都好。」北靜王道：「今日你來，沒有什麼好東西給你吃的，倒是大家說說話兒罷。」說著，幾個老公打起簾子。北靜王說「請」，自己卻先進去，然後賈赦等都躬著身跟進去。先是賈赦請北靜王受禮，北靜王也說了兩句謙辭。那賈赦早已跪下，次及賈政等捱次行禮，自不必說。

那賈赦等復肅敬退出，北靜王吩咐太監等讓在眾戚舊一處，好生款待，卻單留寶玉在這裡說話兒，又賞了坐。寶玉又磕頭謝了恩，在挨門邊繡墩上側坐，說了一回讀書作文諸事。北靜王甚加愛惜，又賞了茶。因說道：「昨兒巡撫吳大人來陛見，說起令尊翁前任學政時，秉公辦事，凡屬生童，俱心服之至。他陛見時，萬歲爺也曾問過，他也十分保舉，可知是令尊翁的喜兆。」寶玉連忙站起，聽畢這一段話，纔回啟道：「此是王爺的恩典，吳大人的盛情。」

正說著，小太監進來回道：「外面諸位大人老爺都在前殿謝王爺賞宴。」說著，呈上謝宴並請午安的帖子來。北靜王略看了看，仍遞給小太監，笑了一笑，說道：「知道了，勞動他們。」那小太監又回道：「這賈寶玉，王爺單賞的飯預備了。」北靜王便命那太監帶了寶玉到一所極小巧精緻的院裡，派人陪著吃了飯，又過來謝了恩。北靜王又說了些好話兒，忽然笑說道：「我前次見你那塊玉倒有趣兒，回來說了個式樣，叫他們也作了一塊來。今日你來得正好，就給你帶回去頑罷。」因命小太監取來，親手遞給寶玉。寶玉接過來捧著，又謝了，然後退出。北靜王又命兩個小太監跟出來。纔同著賈赦等回來了。賈赦見過賈母，便各自回去。

這裡賈政帶著他三人回來見過了賈母，請過了安，說了一回府裡遇見的人。寶玉又回了賈政，吳大人陛見保舉的話。賈政道：「這吳大人，本來偺們相好，也是我輩中人，還倒是有骨氣的。」又說了幾句閒話兒，賈母便叫：「歇著去罷。」賈政退出，珍、璉、寶玉都跟到門口。賈政道：「你們都回去陪老太太坐著去罷。」說著便回房去。剛坐了一坐，只見一個小丫頭回道：「外面林之孝請老爺回話。」說著，遞上個紅單帖來，寫著吳巡撫的名字。賈政知道來拜，便叫小丫頭叫林之孝進來。賈政出至廊簷下。林之孝進來回道：「今日巡撫吳大人來拜，奴才回了去了。再奴才還聽見說，現今工部出了一個郎中缺，外頭人和部裡都吵嚷是老爺擬正❶呢。」賈政道：「瞧罷咧。」林之孝又回了幾句話，纔出去了。

且說珍、璉、寶玉三人回去，獨有寶玉到賈母那邊，一面述說北靜王待他的光景，並拿出那塊玉來。大家看著笑了一回，賈母因命人：「給他收起去罷，別丟了。」因問：「你那塊玉好生帶著罷？別鬧混了。」寶玉便在項上摘下來，說：「這不是我那一塊玉？哪裡就掉了呢！比起來，兩塊玉差遠著呢，那裡混得過？我正要告訴老太太，前兒晚上我睡的時候，把玉摘下來掛在帳子裡，他竟放起光來了，滿帳子都是紅的。」賈母說道：「又胡說了。帳子的簷子是紅的，火光照著，自然紅是有的。」寶玉道：「不是。那時候燈已滅了，屋裡都漆黑的了，還看的見他呢。」邢、王二夫人抿著嘴笑。鳳姐道：「這是喜信發動了。」寶玉道：「什麼喜信？」賈母道：「你不懂得。今兒個鬧了一天，你去歇歇兒去罷，別在這裡說獃話了。」寶玉又站了一會兒，纔回園中去了。

這裡賈母問道：「正是，你們去看姨太太，說起這事來沒有？」王夫人道：「本來就要去看的，因鳳丫頭為巧姐兒病著，耽擱了兩天，今兒纔去的。這事我們告訴了，姨媽倒也十分願意，只說蟠兒這時候不在家，目今他父親沒了，只得和他商量商量再辦。」賈母道：「這也是情理的話。既這麼樣，大家先別提起，等姨太太那邊商量定了再說。」

不說賈母處談論親事。且說寶玉回到自己房中，告訴襲人道：「老太太和鳳姐姐方纔說話含含糊糊，不知是什麼意思。」襲人想了想，笑了一笑，道：「這個，我也猜不著。但只剛纔說這些話時，林姑娘在跟前沒有？」

❶ 擬正：清朝時候，做官的先試工作，叫試署。正式任命，叫擬正。

寶玉道：「林姑娘纔病起來，這些時何曾到老太太那邊去呢？」正說著，只聽外間屋裡麝月與秋紋拌嘴。襲人道：「你兩個又鬧什麼？」麝月道：「我們兩個鬪牌，他贏了我的錢，他拿了去；他輸了錢，就不肯拿出來。這也罷了，他倒把我的錢都搶了去了。」寶玉笑道：「幾個錢，什麼要緊？傻丫頭，不許鬧了！」說的兩個人都咕嘟著嘴，坐著去了。這裡襲人打發寶玉睡下。不提。

卻說襲人聽了寶玉方纔的話，也明知是給寶玉提親的事，因恐寶玉每有痴想，這一提起，不知又招出他多少獃話來，所以故作不知。自己心上，卻也是頭一件關切的事。夜間躺著，想了個主意：不如去見見紫鵑，看他有什麼動靜，自然就知道了。次日一早起來，打發寶玉上了學，自己梳洗了，便慢慢的去到瀟湘館來，只見紫鵑正在那裡掐花兒呢。見襲人進來，便笑嘻嘻的道：「姐姐屋裡坐著。」襲人道：「坐著。妹妹掐花兒呢嗎？姑娘呢？」紫鵑道：「姑娘纔梳洗完了，等著溫藥呢。」紫鵑一面說著，一面同襲人進來。見了黛玉正在那裡拿著一本書看，襲人陪著笑道：「姑娘怨不得勞神，起來就看書。我們寶二爺念書，若能像姑娘這樣，豈不好了呢！」黛玉笑著把書放下。雪雁已拿著個小茶盤裡托著一鍾藥、一鍾水，小丫頭在後面捧著痰盒漱盂進來。原來襲人來時，要探探口氣，坐了一回，無處入話。又想著黛玉最是心多，探不成消息，再惹著了他，倒是不好。又坐了坐，搭訕著辭了出來了。

將到怡紅院門口，只見兩個人在那裡站著呢，襲人不便往前走。那一個早看見了，連忙跑過來。襲人一看，卻是鋤藥。因問：「你作什麼？」鋤藥道：「剛纔芸二爺來了，拿了個帖兒，說給偺們寶二爺瞧的，在這裡候信。」襲人道：「寶二爺天天上學，你難道不知道？還候什麼信呢？」鋤藥笑道：「我告訴他了；他叫告訴姑娘，聽姑娘的信呢。」襲人正要說話，只見那一個也慢慢的蹭過來了。細看時，就是賈芸，溜溜湫湫往這邊來了。襲人見是賈芸，連忙向鋤藥道：「你告訴說知道了，回來給寶二爺瞧罷。」那賈芸原要過來和襲人說話，無非親近之意，又不敢造次，只得慢慢踱來。相離不遠，不想襲人說出這話，自己也不好再往前走，只好站住。這裡襲人已掉背臉往回裡去了。賈芸只得快快而回，同鋤藥出去了。

晚間寶玉回房，襲人便回道：「今日廊下小芸二爺來了。」寶玉道：「作什麼？」襲人道：「他還有個帖兒呢。」寶玉道：「在哪裡？拿來我看看。」麝月便走去在裡間屋裡書槅子上頭拿了來。寶玉接過看時，上面皮兒上寫著「叔父大人安稟」。寶玉道：「這孩子怎麼又不認我作父親了？」襲人道：「怎麼？」寶玉道：「前年他送我白海棠時，稱我作父親大人，今日這帖子封皮上寫著叔父，可不是又不認了麼？」襲人道：「他也不害臊，你也不害臊！他那麼大了，倒認你這麼大兒的作父親，可不是他不害臊？你正經連個……」剛說到這裡，臉一紅，微微的一笑。寶玉也覺得了，便道：「這倒難講，俗語說：『和尚無兒，孝子多著呢。』只是我看著他還伶俐得人心兒，纔這麼著；他不願意，我還不稀罕呢。」說著，一面拆那帖兒。襲人也笑道：「那小芸二爺也有些鬼鬼頭頭的。什麼時候又要看人，什麼時候又躲躲藏藏的，可知也是個心術不正的貨！」寶玉只顧拆開看那字兒，也不理會襲人這些話。襲人見他看那字兒，皺一回眉，又笑一笑兒，又搖搖頭兒，後來光景竟不大耐煩起來。襲人等他看完了，問道：「是什麼事情？」寶玉也不答言，把那帖子已經撕作幾段。襲人見這般光景，也不便再問，便問寶玉吃了飯還看書不看。寶玉道：「可笑芸兒這孩子竟這樣的混賬！」襲人見他所答非所問，便微微的笑著問道：「到底是什麼事？」寶玉道：「問他作什麼！咱們吃飯罷。吃了飯歇著罷。心裡鬧的怪煩的。」說著，叫小丫頭子點了一個火兒來，把那撕的帖兒燒了。

一時，小丫頭們擺上飯來，寶玉只是怔怔的坐著。襲人連哄帶慪，催著吃了一口兒飯，便擱下了，仍是悶悶的歪在床上。一時間，忽然掉下淚來。此時襲人、麝月都摸不著頭腦。麝月道：「好好兒的，這又是為什麼？都是什麼芸兒、雨兒的！不知什麼事，弄了這麼個浪帖子來，惹的這麼傻了的似的，哭一會子，笑一會子，要天長日久鬧起這悶葫蘆來，可叫人怎麼受呢！」說著，竟傷起心來。襲人旁邊由不得要笑，便勸道：「好妹妹，你也別慪人了。他一個人就夠受了，你又這麼著。他那帖子上的事，難道與你相干？」麝月道：「你混說起來了。知道他帖兒上寫的是什麼混賬話？你混往人身上扯。要那麼說，他帖兒上只怕倒與你相干呢！」襲人還未答言，只聽寶玉在床上噗哧的一聲笑了，爬起來，抖了抖衣裳，說：「偺們睡覺罷，別鬧了。明日我還起早念書呢。」說著，便躺下睡了。一宿無話。

次日，寶玉起來梳洗了，便往家塾裡去。走出院門，忽然想起，叫焙茗略等，急忙轉身回來叫：「麝月姐姐呢？」麝月答應著出來問道：「怎麼又回來了？」寶玉道：「今日芸兒要來了，告訴他別在這裡鬧。再鬧，我就回老太太和老爺去了。」麝月答應了。寶玉纔轉身去了。剛往外走著，只見賈芸慌慌張張往裡來。看見寶玉，連忙請安說：「叔叔大喜了！」那寶玉估量著是昨日那件事，便說道：「你也太冒失了！不管人心裡有事沒事，只管來攪。」賈芸陪笑道：「叔叔不信，只管瞧去。人都來了，在偺們大門口呢。」寶玉越發急了，說：「這是哪裡的話？」正說著，只聽外邊一片聲嚷起來。賈芸道：「叔叔聽！這不是？」寶玉越發心裡狐疑起來。只聽一個人嚷道：「你們這些人好沒規矩！這是什麼地方，你們在這裡混嚷！」那人答道：「誰叫老爺陞了官呢！怎麼不叫我們來吵喜呢？別人家盼著吵還不能呢。」寶玉聽了，纔知道是賈政陞了郎中了，人來報喜的，心中自是甚喜。連忙要走時，賈芸趕著說道：「叔叔樂不樂？叔叔的親事要再成了，不用說，是兩層喜了。」寶玉紅了臉，啐了一口，道：「呸！沒趣兒的東西！還不快走呢。」賈芸把臉紅了，道：「這有什麼的？我看你老人家就不……」寶玉沉著臉道：「就不什麼？」賈芸未及說完，也不敢言語了。

寶玉連忙來到家塾中，只見代儒笑著說道：「我剛纔聽見你老爺陞了，你今日還來了麼？」寶玉陪笑道：「過來見了太爺，好到老爺那邊去。」代儒道：「今日不必來了，放你一天假罷。可不許回園子裡頑去，你年紀不小了，雖不能辦事，也當跟著你大哥他們學學纔是。」寶玉答應著回來。剛走到二門口，只見李貴走來迎著，旁邊站住，笑道：「二爺來了麼？奴才纔要到學裡請去。」寶玉笑道：「誰說的？」李貴道：「老太太纔打發人到院裡去找二爺。那邊的姑娘們說，二爺學裡去了。剛纔老太太打發人出來，叫奴才去給二爺告幾天假。聽說還要唱戲賀喜呢。二爺就來了。」說著，寶玉自己進來。進了二門，只見滿院裡丫頭老婆都是笑容滿面。見他來了，笑道：「二爺這早晚纔來？還不快進去給老太太道喜去呢。」

寶玉笑著進了房門，只見黛玉挨著賈母左邊坐著呢，右邊是湘雲。地下邢、王二夫人，探春、惜春、李紈、鳳姐、李紋、李綺、邢岫烟一干姐妹都在屋裡，只不見寶釵、寶琴、迎春三人。寶玉此時喜的無話可說，忙給賈母道了喜，又給邢、王二夫人道喜，一一見了眾姐妹，便向黛玉笑道：「妹妹身體可大好了？」黛玉也微笑道：「大好了。聽見說二哥哥身上也欠安，好了麼？」寶玉道：「可不是？我那日夜裡，忽然心裡疼起來，這幾天剛好些，就上學去了，也沒能過去看妹妹。」黛玉不等他說完，早扭過頭和探春說話去了。鳳姐在地下站著笑道：「你兩個哪裡像天天在一塊兒的？倒像是客，有這麼些套話！可是人說的『相敬如賓』了。」說的大家都一笑。黛玉滿臉飛紅，又不好說，又不好不說，遲了一會兒，纔說道：「你懂得什麼！」眾人越發笑了。鳳姐一時回過味來，纔知道自己出言冒失，正要拿話岔時，只見寶玉忽然向黛玉道：「林妹妹，你瞧芸兒這種冒失鬼……」說了這一句，方想起來，便不言語了。招的大家又都笑起來，說：「這從哪裡說起？」黛玉也摸不著頭腦，也跟著訕訕的笑。寶玉無可搭訕，因又說道：「可是剛纔我聽見有人要送戲，說是幾兒？」大家都瞅著他笑。鳳姐兒道：「你在外頭聽見，你來告訴我們。你這會子問誰呢？」寶玉得便說道：「我外頭再去問問去。」賈母道：「別跑到外頭去。頭一件，看報喜的笑話；第二件，你老子今日大喜，回來碰見你，又該生氣了。」寶玉答應了個「是」，纔出來了。

這裡賈母因問鳳姐：「誰說送戲的話？」鳳姐道：「說是舅太爺那邊說，後兒日子好，送一班新出的小戲兒給老太太、老爺、太太賀喜。」因又笑著說道：「不但日子好，還是好日子呢！」說著這話，卻瞅著黛玉笑。黛玉也微笑。王夫人因道：「可是呢，後日還是外甥女兒的好生日呢。」賈母想了一想，也笑道：「可見我如今老了，什麼事都糊塗了。虧了有我這鳳丫頭，是我個『給事中』❷。既這麼著，很好。他舅舅家給他們賀喜，你舅舅家就給你做生日，豈不好呢？」說的大家都笑起來，說道：「老祖宗說句話兒都是上篇上論的，怎麼怨得有這麼大福氣呢！」說著，寶玉進來，聽見這些話，越發樂的手舞足蹈了。一時，大家都在賈母這邊吃飯，甚是熱鬧，自不必說。飯後，賈政謝恩回來，給宗祠裡磕了頭，便來給賈母磕頭。站著說了幾句話，便出去拜客去了。這裡接連著親戚族中的人來來去去，鬧鬧攘攘，車馬填門，貂蟬❸滿座。真個是：「花到正開蜂蝶鬧，月逢十足海天寬。」

如此兩日，已是慶賀之期。這日一早，王子騰和親戚家已送過一班戲來，就在賈母正廳前搭起行臺。外頭爺們都穿著公服陪侍。親戚來賀的約有十餘桌酒。裡面為著是新戲，又見賈母高興，便將琉璃戲屏隔在後廈，裡面也擺下酒席，上首薛姨媽一桌是王夫人、寶琴陪著，對面老太太一桌是邢夫人、岫烟陪著。下面尚空兩桌，賈母叫他們快來。一會兒，只見鳳姐領著眾丫頭，都簇擁著黛玉來了。那黛玉略換了幾件新鮮衣服，打扮得宛如嫦娥下界，含羞帶笑的出來見了眾人。湘雲、李紋、李綺都讓他上首坐。黛玉只是不肯。賈母笑道：「今日你坐了罷。」薛姨媽站起來問道：「今日林姑娘也有喜事麼？」賈母笑道：「是他的生日。」薛姨媽道：「咳！

❷ 給事中：職官名。秦、漢時，無論何等官職，若加上給事中之銜稱，便可出入宮庭，常侍帝王左右。魏、晉時始為正官。掌侍從規諫。

❸ 貂蟬：貂尾與蟬羽。古代武官或宦官帽子上的裝飾。後用為達官貴人的代稱。

我倒忘了。」走過來說道：「恕我健忘！回來叫寶琴過來拜姐姐的壽。」黛玉笑說：「不敢。」大家坐了。那黛玉留神一看，獨不見寶釵，更問道：「寶姐姐可好麼？為什麼不過來？」薛姨媽道：「他原該來的，只因無人看家，所以不來。」黛玉紅著臉，微笑道：「姨媽那裡又添了大嫂子，怎麼倒用寶姐姐看起家來？大約是他怕人多熱鬧，懶待來罷？我倒怪想他的。」薛姨媽笑道：「難得你惦記他。他也常想你們姐兒們。過一天，我叫他來大家敘敘。」

說著，丫頭們下來斟酒上菜，外面已開戲了。出場自然是一兩齣吉慶戲文。及至第三齣，只見金童玉女，旗旛寶幢，引著一個霓裳羽衣的小旦，頭上披著一條黑帕，唱了幾句兒進去了。眾皆不識。聽見外面人說：「這是新打的蕊珠記裡的冥昇❹。小旦扮的是嫦娥，前因墮落人寰，幾乎給人為配；幸虧觀音點化，他就未嫁而逝。此時昇引月宮。不聽見曲裡頭唱的：『人間只道風情好，哪知道秋月春花容易拋？幾乎不把廣寒宮忘卻了！』第四齣是吃糠❺。第五齣是「達摩帶著徒弟渡江回去」❻。正扮出些海市蜃樓，好不熱鬧。

眾人正在高興時，忽見薛家的人滿頭汗闖進來，向薛蝌說道：「二爺快回去！並裡頭回明太太，也請速回去！家裡有要緊事。」薛蝌道：「什麼事？」家人道：「家去說罷。」薛蝌也不及告辭，就走了。薛姨媽見裡頭丫頭傳進話去，更駭得面如土色，即忙起身，帶著寶琴，別了一聲，即刻上車回去了，弄得內外愕然。賈母道：「偺們這裡打發人跟過去聽聽，到底是什麼事，大家都關切的。」眾人答應了個「是」。

---

❹ 新打的蕊珠記句：打，排演。蕊珠記，不見於明清兩代的戲曲劇目。或作者杜撰。從下文劇情簡介推斷，這裡是暗寓林黛玉的夭亡。

❺ 吃糠：即元高明琵琶記中的糟糠自厭一齣。寫趙五娘甘守貧困，侍奉公婆。暗寓薛寶釵嫁寶玉的最終結果。

❻ 達摩句：即明張鳳翼祝髮記中的達摩渡江一齣。寫達摩折葦渡江，點化徐孝克的故事。暗寓賈寶玉的最後出家。

不說賈府依舊唱戲。單說薛姨媽回去，只見有兩個衙役站在二門口，幾個當舖裡夥計陪著，說：「太太回來，自有道理。」正說著，薛姨媽已進來了。那衙役們見跟從著許多男婦簇擁著一位老太太，便知是薛蟠之母。看見這個勢派，也不敢怎麼，只得垂手侍立，讓薛姨媽進去了。那薛姨媽走到廳房後面，早聽見有人大哭，卻是金桂。薛姨媽趕忙走來，只見寶釵迎出來，滿面淚痕，見了薛姨媽，便道：「媽媽聽見了，先別著急，辦事要緊！」薛姨媽同寶釵進了屋子，因為頭裡進門時，已經走著聽見家人說了，嚇的戰戰兢兢的了，一面哭著，因問：「到底是和誰……」只見家人回道：「太太此時且不必問那些底細。憑他是誰，打死了總是要償命的，且商量怎麼辦纔好。」薛姨媽哭著出來道：「還有什麼商議！」家人道：「依小的們的主見，今夜打點銀兩，同著二爺趕去，和大爺見了面，就在那裡訪一個有斟酌的刀筆先生❼，許他些銀子，先把死罪撕擄開，回來再求賈府去上司衙門說情。還有外面的衙役，太太先拿出幾兩銀子來打發了他們，我們好趕著辦事。」薛姨媽道：「你們找著那家子，許他發送銀子，再給他些養濟銀子。原告不追，事情就緩了。」寶釵在簾內說道：「媽媽，使不得。這些事，越給錢越鬧的兇，倒是剛纔小廝說的話是。」薛姨媽又哭道：「我也不要命了！趕到那裡見他一面，同他死在一處就完了！」寶釵急的一面勸，一面在簾子裡叫人：「快同二爺辦去罷。」丫頭們攙進薛姨媽來，薛蝌纔往外走。寶釵道：「有什麼信，打發人即刻寄了來，你們只管在外頭照料。」薛蝌答應著去了。

這裡寶釵方勸薛姨媽，那裡金桂趁空兒抓住香菱，又和他嚷道：「平常你們只管誇他們家裡打死了人，一點事也沒有，就進京來了的，如今攛掇的真打死人了。平日裡只講有錢、有勢、有好親戚，這時候我看著也是嚇的慌手慌腳的了。大爺明兒有個好歹兒不能回來時，你們各自幹你們的去了，撂下我一個人受罪！」說著，又大哭起來。這裡薛姨媽聽見，越發氣的發昏，寶釵急的沒法。正鬧著，只見賈府中王夫人早打發大丫頭過來

❼ 有斟酌句：斟酌，考慮周詳再決定取捨。刀筆先生，舊指以代寫訴訟狀文為業的訟師。

打聽來了。寶釵雖心知自己是賈府的人了，一則尚未提明，二則事急之時，只得向那大丫頭道：「此時事情頭尾尚未明白，就只聽見說我哥哥在外頭打死了人，被縣裡拿了去了。也不知怎麼定罪呢。剛纔二爺纔去打聽去了。一半日得了準信，趕著就給那邊太太送信去。你先回去道謝太太惦記著，底下我們還有多少仰仗那邊爺們的地方呢。」那丫頭答應著去了。

薛姨媽和寶釵在家，抓摸不著。過了兩日，只見小廝回來，拿了一封書，交給小丫頭拿進來。寶釵拆開看時，書內寫著：

> 大哥人命是誤傷，不是故殺。今早用蝌出名，補了一張呈紙進去，尚未批出。大哥前頭口供甚是不好。待此紙批准後，再錄一堂，能夠翻供得好，便可得生了。快向當鋪內再取銀五百兩來使用，千萬莫遲！並請太太放心。餘事問小廝。

寶釵看了，一一念給薛姨媽聽了。薛姨媽拭著眼淚，說道：「這麼看起來，竟是死活不定了！」寶釵道：「媽媽先別傷心，等著叫進小廝來問明了再說。」一面打發小丫頭把小廝叫進來。薛姨媽便問小廝道：「你把大爺的事細說與我聽聽。」小廝道：「我那一天晚上，聽見大爺和二爺說的，把我嚇糊塗了。」未知小廝說出什麼話來，下回分解。

第八十六回 受私賄老官翻案牘 寄閒情淑女解琴書

話說薛姨媽聽了薛蝌的來書，因叫進小廝，問道：「你聽見你大爺說，到底是怎麼就把人打死了呢？」小廝道：「小的也沒聽真切。那一日，大爺告訴二爺說……」說著，回頭看了一看，見無人，纔說道：「大爺說：自從家裡鬧的忒利害，大爺也沒心腸了，所以要到南邊置貨去。這日想著約一個人同行，這人在偺們這城南二百多地住，大爺找他去了。遇見在先和大爺好的那個蔣玉菡帶著些小戲子進城，大爺同他在個舖子裡吃飯喝酒。因為這當槽兒的❶盡著拿眼瞟蔣玉菡，大爺就有了氣了。後來蔣玉菡走了，第二天，大爺就請找的那個人喝酒。酒後想起頭一天的事來，叫那當槽兒的換酒，那當槽兒的來遲了，大爺就罵起來了。那個人不依，大爺就拿起酒碗照他打去。誰知那個人也是個潑皮，便把頭伸過來叫大爺打。大爺拿碗就砸他的腦袋，一下子就冒了血了，躺在地下。頭裡還罵，後頭就不言語了。」薛姨媽道：「怎麼也沒人勸勸嗎？」那小廝道：「這個沒聽見大爺說，小的不敢妄言。」薛姨媽道：「你先去歇歇罷。」小廝答應出來。這裡薛姨媽自來見王夫人，託王夫人轉求賈政。賈政問了前後，也只好含糊應了；只說等薛蝌遞了呈子，看他本縣怎麼批了，再作道理。

這裡薛姨媽又在當舖裡兌了銀子，叫小廝趕著去了。三日後果有回信。薛姨媽接著了，即叫小丫頭告訴寶釵，連忙過來看了。只見書上寫道：

帶去銀兩做了衙門上下使費。哥哥在監，也不大吃苦，請太太放心。獨是這裡的人很刁，屍親見證都不

❶ 當槽兒的：酒店裡的倌官。

依，連哥哥請的那個朋友也幫著他們。我與李祥兩個俱係生地生人，幸找著一個好先生，許他銀子，纔討個主意：說是須得拉扯著同哥哥喝酒的吳良，弄人保出他來，許他銀兩，叫他撕擄。他若不依，便說張三是他打死，明推在異鄉人身上。他吃不住，就好辦了。我依著他，果然吳良出來。現在買囑屍親見證，又做了一張呈子，前日遞的，今日批來，請看呈底便知。

因又念呈底道：

具呈人某。呈為兄遭飛禍，代伸冤抑事。竊生胞兄薛蟠，本籍南京，寄寓西京，於某年月日，備本往南貿易。去未數日，家奴送信回家，說遭人命，生即奔憲治，知兄誤傷張姓。及至囹圄，據兄泣告，實與張姓素不相認，並無仇隙。偶因換酒角口，生兄將酒潑地，恰值張三低頭拾物，一時失手，酒碗誤碰顱門身死。蒙恩拘訊，兄懼受刑，承認鬪毆致死。仰蒙憲天仁慈，知有冤抑，尚未定案。生兄在禁，具呈訴辯，有干例禁；生念手足，冒死代呈。伏乞憲慈恩准，提證質訊，開恩莫大，生等舉家仰戴鴻仁，永永無既矣！激切上呈。

批的是：

屍場檢驗，證據確鑿。且並未用刑，爾兄自認鬪殺，招供在案。今爾遠來，並非目睹，何得揑詞妄控？理應治罪，姑念為兄情切，且恕。不准。

薛姨媽聽到這裡，說道：「這不是救不過來了麼！這怎麼好呢？」寶釵道：「二哥的書還沒看完，後面還有呢。」

因又念道：「『有要緊的，問來使便知。』」薛姨媽便問來人。因說道：「縣裡早知我們的家當充足，須得在京裡謀幹得大情，再送一分大禮，還可以復審，從輕定案。太太此時必得快辦，再遲了就怕大爺要受苦了。」

薛姨媽聽了，叫小廝自去，即刻又到賈府與王夫人說明原故，懇求賈政。賈政只肯託人與知縣說情，不肯提及銀物。薛姨媽恐不中用，求鳳姐與賈璉說了，花上幾千銀子，纔把知縣買通，薛蝌那裡也便弄通了。然後知縣掛牌坐堂，傳齊了一干鄰保、證見、屍親人等，監裡提出薛蟠，刑房書吏俱一一點名。知縣便叫地保對明初供，又叫屍親張王氏並屍叔張二問話。張王氏哭稟：「小的的男人是張大，南鄉裡住，十八年前死了。大兒子、二兒子，也都死了；光留下這個死的兒子，叫張三，今年二十三歲，還沒有娶女人呢。為小人家裡窮，沒得養活，在李家店裡做當槽兒的。那一天晌午，李家店裡打發人來叫俺，說：『你兒子叫人打死了。』——我的青天老爺！小的就嚇死了！跑到那裡，看見我兒子頭破血出的躺在地下喘氣兒，問他話也說不出來，不多一會兒就死了，小人就要揪住這個小雜種拚命！」眾衙役吆喝一聲，張王氏便磕頭道：「求青天老爺伸冤！小人就只這一個兒子了！」

知縣便叫下去，又叫李家店裡的人問道：「那張三是在你店內傭工的麼？」那李二回道：「不是傭工，是做當槽兒的。」知縣道：「那日屍場上，你說張三是薛蟠將碗砸死的，你親眼見的麼？」李二說道：「小的在櫃上，聽見說客房裡要酒，不多一會，便聽見說，『不好了，打傷了！』小的跑進去，只見張三躺在地下，也不能言語。小的便喊稟地保，一面報他母親去了。他們到底怎樣打的，實在不知道，求太爺問那喝酒的便知道了。」知縣喝道：「初審口供，你是親見的，怎麼如今說沒有見？」李二道：「小的前日嚇昏了亂說。」衙役又吆喝了一聲，知縣便叫吳良問道：「你是同在一處喝酒的麼？薛蟠怎麼打的，據實供來！」吳良說：「小的那日在家，這個薛大爺叫我喝酒。他嫌酒不好，要換，張三不肯。薛大爺生氣，把酒向他臉上潑去，不曉得怎麼樣，就碰在那腦袋上了。這是親眼見的。」知縣道：「胡說！前日屍場上，薛蟠自己認拿碗砸死的，你說你親眼見的，怎麼今日的供不對？掌嘴！」衙役答應著要打。吳良求著說：「薛蟠實沒有與張三打架，酒碗失手碰在腦袋上的。求老爺問薛蟠，便是恩典了！」

知縣叫提薛蟠，問道：「你與張三到底有什麼仇隙？畢竟是如何死的？實供上來！」薛蟠道：「求大老爺開恩！小的實沒有打他，為他不肯換酒，故拿酒潑地。不想一時失手，酒碗誤碰在他的腦袋上。小的即忙掩他的血，哪裡知道再掩不住，血淌多了，過一會就死了。前日屍場上，怕大老爺要打，所以說是拿碗砸他的。只求大老爺開恩！」知縣便喝道：「好個糊塗東西！本縣問你怎麼砸他的，你便供說惱他不換酒纔砸的，今日又供是失手砸的。」知縣假作聲勢，要打要夾。薛蟠一口咬定。知縣叫仵作將前日屍場填寫傷痕，據實報來。仵作稟報說：「前日驗得張三屍身無傷，惟顖門有磁器傷，長一寸七分，深五分，皮開，顖門骨脆，裂破三分。實係磕碰傷。」

知縣查對尸格❷相符，早知書吏改輕，也不駁詰，胡亂便叫畫供。張王氏哭喊道：「青天老爺！前日聽見還有多少傷，怎麼今日都沒有了？」知縣道：「這婦人胡說！現有尸格，你不知道麼？」叫屍叔張二，便問道：「你姪兒身死，你知道有幾處傷？」張二忙供道：「腦袋上一傷。」知縣道：「可又來！」叫書吏將尸格給張王氏瞧去，並叫地保、屍叔指明與他瞧：現有屍場親押、證見，俱供並未打架，不為鬬毆。只依誤傷吩咐畫供，將薛蟠監禁候詳❸，餘令原保領出，退堂。張王氏哭著亂嚷，知縣叫眾衙役攆他出去。張二也勸張王氏道：「實在誤傷，怎麼賴人？現在大老爺斷明，別再胡鬧了。」

---

❷ 尸格：仵作驗尸時，對尸身狀態所填的表格。

❸ 候詳：等候寫公文上報。詳，官吏上呈長官的文書。下文「批詳」，是指上級批示下來的公文。

薛蝌在外打聽明白，心內喜歡，便差人回家送信，等批詳回來，便好打點贖罪，且住著等信。只聽路上三三兩兩傳說：「有個貴妃薨了，皇上輟朝三日。」這裡離陵寢不遠，知縣辦差墊道，一時料著不得閒，住在這裡無益，不如到監告訴哥哥安心等著，「我回家去，過幾日再來。」薛蟠也怕母親痛苦，帶信說：「我無事，必須衙門再使費幾次，便可回家了，只是不要可惜銀錢。」

薛蝌留下李祥在此照料，一徑回家，見了薛姨媽，陳說知縣怎樣徇情，怎樣審斷，終定了誤傷，「將來屍親那裡再花些銀子，一准贖罪，便沒事了。」薛姨媽聽說，暫且放心，說：「正盼你來家中照應。賈府裡本該謝去，況且周貴妃薨了，他們天天進去，家裡空落落的。我想著要去替姨太太那邊照應照應作伴兒，只是咱們家又沒人，你這來的正好。」薛蝌道：「我在外頭，原聽見說是賈妃薨了，這麼纔趕回來的。我們元妃好好兒的，怎麼說死了？」薛姨媽道：「上年原病過一次，也就好了。這回又沒聽見元妃有什麼病，只聞那府裡頭幾天老太太不大受用，合上眼便看見元妃娘娘，眾人都不放心。直至打聽起來，又沒有什麼事。到了大前兒晚上，老太太親口說是『怎麼元妃獨自一個人到我這裡？』眾人只道是病中想的話，總不信。老太太又說：『你們不信，元妃還和我說是：「榮華易盡，須要退步抽身。」』眾人都說：『誰不想到？這是有年紀的人思前想後的心事。』所以也不當件事。恰好第二天早起，裡頭吵嚷出來說：『娘娘病重，宣各誥命進去請安。』他們就驚疑的了不得，趕著進去，他們還沒有出來，我們家裡已聽見周貴妃薨逝了。你想外頭的訛言，家裡的疑心，恰碰在一處，可奇不奇？」

寶釵道：「不但是外頭的訛言舛錯，便在家裡的，一聽見『娘娘』兩個字，也就都忙了，過後纔明白。這兩天，那府裡這些丫頭婆子來說，他們早知道不是咱們家的娘娘。我說：『你們哪裡拿得定呢？』他說道：『前幾年正月，外省薦了一個算命的，說是很準。老太太叫人將元妃八字夾在丫頭們八字裡頭，送出去叫他推算，他獨說：「這正月初一日生日的那位姑娘只怕時辰錯了；不然，真是個貴人，也不能在這府中。」老爺和眾人說：「不管他錯不錯，照八字算去。」那先生便說：「甲申年正月丙寅，這四個字內，有『傷官敗財』。惟『申』字內有『正官祿馬』，這就是家裡養不住的，也不見什麼好。這日子是乙卯。初春木旺，雖是『比肩』，哪裡知道愈比愈好？就像那個好木料，愈經斲削，纔成大器。」獨喜得時上什麼辛金為貴，什麼巳中「正官祿馬」獨旺：這叫做「飛天祿馬格」。又說什麼「日祿歸時，貴重的很。天月二德坐本命，貴受椒房之寵。這位姑娘若是時辰準了，定是一位主子娘娘。」——這不是算準了麼？我們還記得說：可惜榮華不久，只怕遇著寅年卯月，這就是比而又比，劫而又劫，譬如好木，太要做玲瓏剔透，本質就不堅了。他們把這些話都忘記了，只管瞎忙。我纔想起來，告訴我們大奶奶，今年哪裡是寅年卯月呢……』」

寶釵尚未說完，薛蝌急道：「且不要管人家的事！既有這樣個神仙算命的，我想哥哥今年什麼惡星照命，遭這麼橫禍？快開八字兒，我給他算去，看有妨礙麼？」寶釵道：「他是外省來的，不知今年在京不在了。」說著，便打點薛姨媽往賈府去。到了那裡，只有李紈、探春等在家接著，便問道：「大爺的事，怎麼樣了？」薛姨媽道：「等詳了上司纔定，看來也到不了死罪。」這纔大家放心。探春便道：「昨晚太太想著說：『上回家裡有事，全仗姨太太照應；如今自己有事，也難提了。』心裡只是不放心。」薛姨媽道：「我在家裡，也是難過，只是你大哥遭了這事，你二兄弟又辦事去了，家裡你姐姐一個人，中什麼用？況且我們媳婦兒又是個不大曉事的，所以不能脫身過來。目今那裡知縣也正為預備周貴妃的差使，不得了結案件，所以你二兄弟回來了，我纔得過來看看。」李紈便道：「請姨太太這裡住幾天更好。」薛姨媽點頭道：「我也要在這邊給你們姐妹們作作伴兒，就只你寶妹妹冷靜些。」惜春道：「姨媽要惦著，為什麼不把寶姐姐也請過來？」薛姨媽笑著說道：「使不得。」惜春道：「怎麼使不得？他先怎麼住著來呢？」李紈道：「你不懂的。人家家裡如今有事，怎麼來呢？」惜春也信以為實，不便再問。

正說著，賈母等回來，見了薛姨媽，也顧不得問好，便問薛蟠的事。薛姨媽細述了一遍。寶玉在旁聽見什麼蔣玉菡一段，當著人不問，心裡打量是他：「既回了京，怎麼不來瞧我？」又見寶釵也不過來，不知是怎麼個原故，心內正自猷猷的想呢。恰好黛玉也來請安，寶玉稍覺心裡喜歡，便把想寶釵來的念頭打斷，同著姐妹們在老太太那裡吃了晚飯。大家散了，薛姨媽將就住在老太太的套間屋裡。

寶玉回到自己房中，換了衣服，忽然想起蔣玉菡給的汗巾，便向襲人道：「你那一年沒有繫的那條紅汗巾子，還有沒有？」襲人道：「我擱著呢，問他做什麼？」寶玉道：「我白問問。」襲人道：「你沒有聽見薛大爺相與這些混賬人，所以鬧到人命關天？你還提那些做什麼？有這樣白操心，倒不如靜靜兒的念念書，把這些個沒要緊的事撂開了也好。」寶玉道：「我並不鬧什麼，偶然想起，有也罷，沒也罷。我白問一聲，你們就有這些話。」襲人笑道：「並不是我多話。一個人知書達禮，就該往上巴結纔是。就是心愛的人來了，也叫他瞧著喜歡尊敬啊。」寶玉被襲人一提，便說：「了不得！方纔我在老太太那邊，看見人多，沒有和林妹妹說話，他也不曾理我。散的時候，他先走了。此時必在屋裡，我去就來。」說著就走。襲人道：「快些回來罷。這都是我提頭兒，倒招起你的高興來了。」

寶玉也不答言，低著頭，一徑走到瀟湘館來，只見黛玉靠在桌上看書。寶玉走到跟前，笑說道：「妹妹早回來了？」黛玉也笑道：「你不理我，我還在那裡做什麼？」寶玉一面笑說：「他們人多說話，我插不下嘴去，所以沒有和你說話。」一面瞧著黛玉看的那本書，書上的字一個也不認得。有的像「芍」字；有的像「茫」字；也有一個「大」字旁邊「九」字加上一勾，中間又添個「五」字；也有上頭「五」字「六」字又添一個「木」字，底下又是一個「五」字。看著又奇怪，又納悶，便說：「妹妹近日越發進了，看起天書來了！」黛玉嗤的一聲笑道：「好個念書的人！連個琴譜都沒有見過。」寶玉道：「琴譜怎麼不知道？為什麼上頭的字，一個也不認得？妹妹，你認得麼？」黛玉道：「不認得瞧他做什麼？」寶玉道：「我不信，從沒有聽見你會撫琴。我們書房裡掛著好幾張，前年來了一個清客先生，叫做什麼嵇好古，老爺煩他撫了一曲。他取下琴來，說都使不得，還說：『老先生若高興，改日攜琴來請教。』想是我們老爺也不懂，他便不來了。怎麼你有本事藏著？」黛玉道：「我何嘗真會呢？前日身上略覺舒服，在大書架上翻書，看有一套琴譜，甚有雅趣，上頭講的琴理甚通，手法說的也明白，真是古人靜心養性的工夫。我在揚州，也聽得講究過，也曾學過，只是不弄了，就沒有了。這果真是『三日不彈，手生荊棘』。前日看這幾篇，沒有曲文，只有操❹名，我又到別處找了一本有曲文的來看著，纔有意思。究竟怎麼彈得好，實在也難。書上說的師曠鼓琴，能來風雷龍鳳；孔聖人尚學琴於師襄，一操便知其為文王。高山流水，得遇知音……」說到這裡，眼皮兒微微一動，慢慢的低下頭去。

寶玉正聽得高興，便道：「好妹妹，你纔說的實在有趣！只是我纔見上頭的字，都不認得，你教我幾個呢。」黛玉道：「不用教的，一說便可以知道的。」寶玉道：「我是個糊塗人，得教我那個『大』字加一勾，中間一個『五』字的。」黛玉笑道：「這『大』字『九』字是用左手大拇指按琴上的『九徽』，這一勾加『五』字是右手鉤『五絃』，並不是一個字，乃是一聲，是極容易的。還有吟、揉、綽、注、撞、走、飛、推等法，是講究手法的。」寶玉樂得手舞足蹈的說：「好妹妹，你既明琴理，我們何不學起來？」黛玉道：「琴者，禁也❺。古人制下，原以治身，涵養性情，抑其淫蕩，去其奢侈。若要撫琴，必擇靜室高齋，或在層樓的上頭，或在林巖

❹ 操：琴操。古琴曲皆以「操」為名。如下文猗蘭操。彈琴，也作「操琴」。

❺ 琴者二句：語出漢班固白虎通禮樂：「琴，禁也。禁止於邪，以正人心。」意指琴曲能禁止淫邪，使人心端正，所以不能輕率彈奏。

的裡面，或是山巔上，或是水涯上。再遇著那天地清和的時候，風清月朗，焚香靜坐，心不外想，氣血和平，纔能與神合靈，與道合妙。所以古人說：『知音難遇』。若無知音，寧可獨對著那清風明月，蒼松怪石，野猿老鶴，撫弄一番，以寄興趣，方為不負了這琴。還有一層，又要指法好，取音好。若必要撫琴，先須衣冠整齊，或鶴氅，或深衣，要如古人的儀表，那纔能稱聖人之器。然後盥了手、焚上香，方纔將身就在榻邊，把琴放在案上，坐在第五徽的地方兒，對著自己的當心，兩手方從容抬起：這纔心身俱正。還要知道輕重疾徐，卷舒自若，體態尊重方好。」寶玉道：「我們學著頑，若這麼講究起來，那就難了。」

兩個人正說著，只見紫鵑走來，看見寶玉，笑說道：「寶二爺，今日這樣高興！」寶玉笑道：「聽見妹妹講究的叫人頓開茅塞，所以越聽越愛聽。」紫鵑道：「不是這個高興，說的是二爺到我們這邊來的話。」寶玉道：「先時妹妹身上不舒服，我怕鬧的他煩，再者，我又上學，因此顯著就疏遠了似的。」紫鵑不等說完，便道：「姑娘也是纔好。二爺既這麼說，坐坐，也該讓姑娘歇歇兒了，別叫姑娘只是講究勞神了。」寶玉笑道：「可是我只顧愛聽，也就忘了妹妹勞神了。」黛玉笑道：「說這些倒也開心，也沒有什麼勞神的。只是怕我只管說，你只管不懂呢。」寶玉道：「橫豎慢慢的自然明白了。」說著，便站起來，道：「當真的妹妹歇歇兒罷。明兒我告訴三妹妹和四妹妹去，叫他們都學起來，讓我聽。」黛玉笑道：「你也太受用了。即如大家學會了撫起來，你不懂，可不是對……」黛玉說到那裡，想起心上的事，便縮住口，不肯往下說了。

寶玉便笑著道：「只要你們能彈，我便愛聽，也不管『牛』不『牛』的了。」黛玉紅了臉一笑，紫鵑、雪雁也都笑了。於是走出門來。只見秋紋帶著小丫頭，捧著一小盆蘭花來，說：「太太那邊有人送了四盆蘭花來，因裡頭有事，沒有空兒頑他，叫給二爺一盆，林姑娘一盆。」黛玉看時，卻有幾枝雙朵兒的，心中忽然一動，也不知是喜是悲，便獃獃的獃看。那寶玉此時卻一心只在琴上，便說：「妹妹有了蘭花，就可以做猗蘭操了。」

黛玉聽了，心裡反不舒服，回到房中，看看花，想到「草木當春，花鮮葉茂，想我年紀尚小，便像三秋蒲柳。若是果能隨願，或者漸漸的好來；不然，只恐似那花柳殘春，怎禁得風催雨送！」想到那裡，不禁又滴下淚來。紫鵑在旁，看見這般光景，卻想不出原故來，「方纔寶玉在這裡，那麼高興；如今好好的看花，怎麼又傷起心來？」正愁著沒法兒勸解，只見寶釵那邊打發人來。未知何事，下回分解。

第八十七回 感秋聲撫琴悲往事 坐禪寂走火入邪魔

卻說黛玉叫進寶釵家的女人來，問了好，呈上書子，黛玉叫他去喝茶，便將寶釵來書打開看時，只見上面寫著：

妹生辰不偶，家運多艱，姐妹伶仃，萱親衰邁。兼之猇聲狺語❶，旦暮無休；更遭慘禍飛災，不啻驚風密雨。夜深輾側，愁緒何堪！屬在同心，能不為之愍惻乎？迴憶「海棠」結社，序屬清秋，對菊持螯，同盟歡洽。猶記「孤標傲世偕誰隱？一樣花開為底遲」之句，未嘗不嘆冷節餘芳，如吾兩人也！感懷觸緒，聊賦四章。匪曰無故呻吟，亦長歌當哭之意耳。

悲時序之遞嬗兮，又屬清秋。感遭家之不造兮，獨處離愁。北堂有萱兮，何以忘憂？無以解憂兮，我心咻咻！　一解。

雲憑憑兮秋風酸，步中庭兮霜葉乾。何去何從兮，失我故歡！靜言思之兮惻肺肝！　二解。

惟鮪有潭兮，惟鶴有梁。鱗甲潛伏兮，羽毛何長！搔首問兮茫茫，高天厚地兮，誰知余之永傷？　三解。

銀河耿耿兮寒氣侵，月色橫斜兮玉漏沉。憂心炳炳兮，發我哀吟。吟復吟兮，寄我知音。　四解。

黛玉看了，不勝傷感。又想：「寶姐姐不寄與別人，單寄與我，也是惺惺惜惺惺的意思。」正在沉吟，只聽見外面有人說道：「林姐姐在家裡呢麼？」黛玉一面把寶釵的書疊起，口內便答應道：「是誰？」正問著，早見

❶ 猇聲狺語：猇，是虎吃東西時所發出的聲音。狺，音ㄧㄣˊ，是狗打架的聲音。這裡指罵人吵架。

幾個人進來，卻是探春、湘雲、李紋、李綺。彼此問了好，雪雁倒上茶來，大家喝了，說些閒話。因想起前年的「菊花詩」來，黛玉便道：「寶姐姐自從挪出去，來了兩遭，如今索性有事也不來了，真真奇怪。我看他終久還來我們這裡不來！」探春微笑道：「怎麼不來？橫豎要來的。如今是他們尊嫂有些脾氣，姨媽上了年紀的人，又兼有薛大哥的事，自然得寶姐姐照料一切。哪裡還比得先前有工夫呢？」正說著，忽聽得唿喇喇一片風聲，吹了好些落葉，打在窗紙上。停了一會兒，又透過一陣清香來。眾人聞著，都說道：「這是何處來的香風？這像什麼香？」黛玉道：「好像木樨❷香。」探春笑道：「林姐姐終不脫南邊人的話。這大九月裡的，哪裡還有桂花呢？」黛玉笑道：「原是啊，不然，怎麼不竟說是桂花香，只說似乎像呢？」湘雲道：「三姐姐，你也別說。你可記得『十里荷花，三秋桂子』？在南邊，正是晚桂開的時候了，你只沒有見過罷了。等你明日到南邊去的時候，你自然也就知道了。」探春笑道：「我有什麼事到南邊去？況且這個也是我早知道的，不用你們說嘴。」李紋、李綺只抿著嘴兒笑。

黛玉道：「妹妹，這可說不齊。俗語說：『人是地行仙。』今日在這裡，明日就不知在哪裡。譬如我原是南邊人，怎麼到了這裡呢？」湘雲拍著手笑道：「今兒三姐姐可叫林姐姐問住了！不但林姐姐是南邊人到這裡，就是我們這幾個人就不同：也有本來是北邊的；也有根子是南邊，生長在北邊的；也有生長在南邊，到這北邊的。今兒大家都湊在一處，可見人總有一個定數。大凡地和人，總是各自有緣分的。」眾人聽了都點頭。探春也只是笑。又說了一會子閒話兒，大家散出。黛玉送至門口，大家都說：「你身上纔好些，別出來了，看著了風。」

於是黛玉一面說著話兒，一面站在門口，又與四人慇懃了幾句，便看著他們出院去了。進來坐著，看看已

❷ 木樨：也作「木犀」。即桂花。

是林鳥歸山，夕陽西墜。因史湘雲說起南邊的話，便想著：「父母若在，南邊的景致，春花秋月，水秀山明，二十四橋，六朝遺蹟……不少下人伏侍，諸事可以任意，言語亦可不避。香車畫舫，紅杏青帘，惟我獨尊。今日寄人籬下，縱有許多照應，自己無處不要留心。不知前生作了什麼罪孽，今生這樣孤悽！真是李後主說的，『此間旦夕只以眼淚洗面』矣！」一面思想，不知不覺神往哪裡去了。

紫鵑走來，看見這樣光景，想著必是因剛纔說起南邊北邊的話來，一時觸著黛玉的心事了，便問道：「姑娘們來說了半天話，想來姑娘又勞了神了。剛纔我叫雪雁告訴廚房裡，給姑娘作了一碗火肉白菜湯，加了一點兒蝦米兒，配了點青筍紫菜，姑娘想著好麼？」黛玉道：「也罷了。」紫鵑道：「還熬了一點江米❸粥。」黛玉點點頭兒，又說道：「那粥該你們兩個自己熬了，不用他們廚房裡熬纔是。」紫鵑道：「我也怕廚房裡弄的不乾淨，我們自己熬呢。就是那湯，我也告訴雪雁和柳嫂兒說了，要弄乾淨著。柳嫂兒說了：他打點妥當，拿到他屋裡，叫他們五兒❹瞅著燉呢。」黛玉道：「我倒不是嫌人家腌臢；只是病了好些日子，不周不備，都是人家，這會子又湯兒粥兒的調度，未免惹人厭煩。」說著，眼圈兒又紅了。紫鵑道：「姑娘這話也是多想。姑娘是老太太的外孫女兒，又是老太太心坎兒上的。別人求其在姑娘跟前討好兒還不能呢，哪裡有抱怨的？」黛玉點點頭兒，因又問道：「你纔說的五兒，不是那日和寶二爺那邊的芳官在一處的那個女孩兒？」紫鵑道：「就是他。」黛玉道：「不聽見說要進來麼？」紫鵑道：「可不是？因為病了一場，後來好了，纔要進來，正是晴雯他們鬧出事來的時候，也就耽擱住了。」黛玉道：「我看那丫頭倒也還頭臉兒乾淨。」

---

❸ 江米：即糯米。

❹ 五兒：即柳五兒。此處及第九十二回之後多回皆敘及五兒還在世，與前第七十七回王夫人說她「患病死了」，有所出入。此或續書者另有所本，暫不可考。姑仍其舊。

說著，外頭婆子送了湯來。雪雁出來接時，那婆子說道：「柳嫂兒叫回姑娘：這是他們五兒作的，沒敢在大廚房裡作，怕姑娘嫌腌臢。」雪雁答應著，接了進來。黛玉在屋裡，已聽見了，吩咐雪雁告訴那老婆子回去說，叫他費心。雪雁出來說了，老婆子自去。這裡雪雁將黛玉的碗筯安放在小几兒上，因問黛玉道：「還有偺們南來的五香大頭菜，拌些麻油醋，可好麼？」黛玉道：「也使得，只不必累贅了。」一面盛上粥來。黛玉吃了半碗，用羹匙舀了兩口湯喝，就擱下了。兩個丫鬟撤下來了，拭淨了小几，端下去，又換上一張常放的小几。黛玉漱了口，盥了手，便道：「紫鵑，添了香了沒有？」紫鵑道：「就添去。」黛玉道：「你們就把那湯合粥吃了罷，味兒還好，且是乾淨。待我自己添香罷。」兩個人答應了，在外間自吃去了。

這裡黛玉添了香，自己坐著，纔要拿本書看，只聽得園內的風自西邊直透到東邊，穿過樹枝，都在那裡唏哩嘩喇不住的響。一會兒，簷下的鐵馬❺也只管叮叮噹噹的亂敲起來。一時，雪雁先吃完了，進來伺候。黛玉便問道：「天氣冷了，我前日叫你們把那些小毛兒衣服晾晾，可曾晾過沒有？」雪雁道：「都晾過了。」黛玉道：「你拿一件來我披披。」雪雁走去，將一包小毛衣服抱來，打開氈包，給黛玉自揀。只見內中夾著個絹包兒。黛玉伸手拿起，打開看時，卻是寶玉病時送來的舊手帕，自己題的詩，上面淚痕猶在。裡頭卻包著那剪破了的香囊、扇袋並寶玉通靈玉上的穗子。原來晾衣服時從箱中撿出，紫鵑恐怕遺失了，遂夾在這氈包裡的。這黛玉不看則已，看了時，也不說穿那一件衣服，手裡只拿著那兩方手帕，獃獃的看那舊詩，看了一回，不覺得簌簌淚下。紫鵑剛從外間進來，只見雪雁正捧著一氈包衣裳，在旁邊獃立。小几上卻擱著剪破了的香囊，兩三截兒扇袋和那鉸斷了的穗子。黛玉手中卻拿著兩方舊帕，上邊寫著字跡，在那裡對著滴淚兒。正是：「失意人逢失意事，新啼痕間舊啼痕。」

❺ 鐵馬：掛在屋簷下，用鐵片做成的裝飾品，風吹時叮噹作響。也稱「簷馬」或「風鈴」。

紫鵑見了這樣，知是他觸物傷情，感懷舊事，料道勸也無益，只得笑著道：「姑娘，還看那些東西作什麼？那都是那幾年寶二爺和姑娘小時，一時好了，一時惱了，鬧出來的笑話兒。要像如今這樣廝抬廝敬，哪裡能把這些東西白糟蹋了呢？」紫鵑這話原給黛玉開心，不料這幾句話更提起黛玉初來時和寶玉的舊事來，一發珠淚連綿起來。紫鵑又勸道：「雪雁這裡等著呢，姑娘披上一件罷。」那黛玉纔把手帕撂下，紫鵑連忙拾起，將香袋等物包起拿開。這黛玉方披了一件皮衣，自己悶悶的走到外間來坐下。回頭看見案上寶釵的詩啟尚未收好，又拿出來瞧了兩遍，嘆道：「境遇不同，傷心則一。不免也賦四章，翻入琴譜，可彈可歌，明日寫出來寄去，以當和作。」便叫雪雁將外邊桌上筆硯拿來，濡墨揮毫，賦成四疊；又將琴譜翻出，借他猗蘭思賢兩操，合成音韻，與自己做的配齊了，然後寫出，以備送與寶釵。又叫雪雁向箱中將自己帶來的短琴拿出，調上絃，又操演了指法。黛玉本是個絕頂聰明人，又在南邊學過幾時，雖是手生，到底一理就熟。撫了一番，夜已深了，便叫紫鵑收拾睡覺。不提。

卻說寶玉這日起來，梳洗了，帶著焙茗正往書房中來，只見墨雨笑嘻嘻的跑來，迎頭說道：「二爺，今日便宜了！太爺不在書房裡，都放了學了。」寶玉道：「當真的麼？」墨雨道：「二爺不信，那不是三爺和蘭哥來了？」寶玉看時，只見賈環、賈蘭跟著小廝們，兩個笑嘻嘻的，嘴裡咭咭呱呱，不知說些什麼，迎頭來了，見了寶玉，都垂手站住。寶玉問道：「你們兩個怎麼就回來了？」賈環道：「今日太爺有事，說是放一天學，明兒再去呢。」寶玉聽了，方回身到賈母、賈政處去稟明了，然後回到怡紅院中。襲人問道：「怎麼又回來了？」寶玉告訴了他，只坐了一坐兒，便往外走。襲人道：「往哪裡去，這樣忙法？就放了學，依我說，也該養養神兒了。」寶玉站住腳，低了頭，說道：「你的話也是，但是好容易放一天學，還不散散去？你也該可憐我些兒了。」襲人見說的可憐，笑道：「由爺去罷。」正說著，端了飯來。寶玉也沒法兒，只得且吃飯。三口兩口，忙忙的吃完，漱了口，一溜烟往黛玉房中去了。

走到門口，只見雪雁在院中晾絹子呢。寶玉因問：「姑娘吃了飯了麼？」雪雁道：「早起喝了半碗粥，懶待吃飯，這時候打盹兒呢。二爺且到別處走走，回來再來罷。」寶玉只得回來。無處可去，忽然想起惜春有好幾天沒見，便信步走到蓼風軒來。剛到窗下，只見靜悄悄一無人聲，寶玉打量他也睡午覺，不便進去。纔要走時，只聽屋裡微微一響，不知何聲，寶玉站住再聽。半日，又拍的一響，寶玉還未聽出。只聽一個人道：「你在這裡下了一個子兒，那裡你不應麼？」寶玉方知是下大棋。但只急切聽不出這個人的語音是誰。底下方聽見惜春道：「怕什麼？你這麼一吃，我這麼一應；你又這麼吃，我又這麼應，還緩著一著兒呢，終久連得上。」那一個又道：「我要這麼一吃呢？」惜春道：「阿嗄！還有一著反撲在裡頭呢，我倒沒防備。」

寶玉聽了聽，那一個聲音很熟，卻不是他們姐妹；料著惜春屋裡也沒外人，輕輕的掀簾進去。看時，不是別人，卻是那櫳翠庵的「檻外人」妙玉。這寶玉見是妙玉，不敢驚動。妙玉和惜春正在凝思之際，也沒理會。寶玉卻站在旁邊，看他兩個的手段。只見妙玉低著頭，問惜春道：「你這個畸角兒不要了麼？」惜春道：「怎麼不要？你那裡頭都是死子兒，我怕什麼？」妙玉道：「且別說滿話，試試看。」惜春道：「我便打了起來，看你怎麼樣。」妙玉卻微微笑著，把邊上子一接，卻搭轉一吃，把惜春的一個角兒都打起來了，笑著說道：「這叫做『倒脫靴勢』。」惜春尚未答言，寶玉在旁情不自禁，哈哈一笑，把兩個人都唬了一大跳。惜春道：「你這是怎麼說？進來也不言語，這麼使促狹唬人！你多早晚進來的？」寶玉道：「我頭裡就進來了，看著你們兩個爭這個畸角兒。」說著，一面與妙玉施禮，一面又笑問道：「妙公輕易不出禪關，今日何緣下凡一走？」妙玉聽了，忽然把臉一紅，也不答言，低了頭，自看那棋。寶玉自覺造次，連忙陪笑道：「倒是出家人比不得我們在家的俗人。頭一件，心是靜的。靜則靈，靈則慧……」寶玉尚未說完，只見妙玉微微的把眼一抬，看了寶玉一眼，復又低下頭去，那臉上的顏色漸漸的紅暈起來。寶玉見他不理，只得訕訕的旁邊坐了。

惜春還要下子，妙玉半日說道：「再下罷。」便起身理理衣裳，重新坐下，痴痴的問著寶玉道：「你從何處來？」寶玉巴不得這一聲，好解釋前頭的話，忽又想道：「或是妙玉的機鋒？」轉紅了臉，答應不出來。妙玉微微一笑，自和惜春說話。惜春也笑道：「二哥哥，這什麼難答的？你沒聽見人家常說的『從來處來』麼？這也值得把臉紅了，見了生人的似的！」妙玉聽了這話，想起自家，心上一動，臉上一熱，必然也是紅的，倒覺不好意思起來。因站起來說道：「我來得久了，要回庵裡去了。」惜春知妙玉為人，也不深留，送出門口。妙玉笑道：「久已不來這裡，彎彎曲曲的，回去的路頭都要迷住了。」寶玉道：「這倒要我來指引指引，何如？」妙玉道：「不敢。二爺前請。」

於是二人別了惜春，離了蓼風軒，彎彎曲曲，走近瀟湘館，忽聽得叮咚之聲。妙玉道：「哪裡的琴聲？」寶玉道：「想必是林妹妹那裡撫琴呢。」妙玉道：「原來他也會這個？怎麼素日不聽見提起？」寶玉悉把黛玉的事說了一遍，因說：「偺們去看他。」妙玉道：「從古只有聽琴，再沒有看琴的。」寶玉笑道：「我原說我是個俗人。」說著，二人走至瀟湘館外，在山子石坐著靜聽，甚覺音調清切。只聽得低吟道：

風蕭蕭兮秋氣深，美人千里兮獨沉吟。望故鄉兮何處？倚欄杆兮涕沾襟。

歇了一回，聽得又吟道：

二玉聽琴。（清天津楊柳青年畫）

山迢迢兮水長，照軒窗兮明月光。耿耿不寐兮銀河渺茫，羅衫怯怯兮風露涼。

又歇了一歇，妙玉道：「剛纔『侵』字韻是第一疊，如今『陽』字韻是第二疊了。偺們再聽。」裡邊又吟道：

子之遭兮不自由，予之遇兮多煩憂。子之與我兮心焉相投？思古人兮俾無尤。

妙玉道：「這又是一拍。何憂思之深也！」寶玉道：「我雖不懂得，但聽他音調，也覺得過悲了。」裡頭又調了一回絃。妙玉道：「『君絃』太高了，與『無射律』只怕不配呢。❻」裡邊又吟道：

人生斯世兮如輕塵，天上人間兮感夙因。感夙因兮不可惙，素心何如天上月？

妙玉聽了，訝然失色道：「如何忽作變徵❼之聲？音韻可裂金石矣！只是太過。」寶玉道：「太過便怎麼？」妙玉道：「恐不能持久。」正議論時，聽得「君絃」磞的一聲斷了。妙玉站起來，連忙就走。寶玉道：「怎麼樣？」妙玉道：「日後自知，你也不必多說。」竟自走了。弄得寶玉滿腹疑團，沒精打彩的歸至怡紅院中。不表。

單說妙玉歸去，早有道婆接著，掩了庵門，坐了一回，把禪門日誦念了一遍。吃了晚飯，點上香，拜了菩薩，命道婆子自去歇著，自己的禪床靠背俱已整齊，屏息垂簾，跏趺坐下，斷除妄想，趨向真如。坐到三更以

❻ 君絃太高二句：君絃，古琴近徽一側的第一根絃，又稱初絃、大絃，是定基音的絃。無射律，十二律之一，音階較高。君絃定音太高，則無射律音階相對更高，彈奏較困難。

❼ 變徵：古代七聲音階宮、商、角、變徵、徵、羽、變宮之一。變徵調式多用來表現激越悲涼的情緒。

後，聽得屋上嗗碌碌一片聲響，妙玉恐有賊來，下了禪床，出到前軒，但見雲影橫空，月華如水。那時天氣尚不很涼，獨自一個憑欄站了一回，忽聽房上兩個貓兒一遞一聲廝叫。那妙玉忽想起日間寶玉之言，不覺一陣心跳耳熱，自己連忙收攝心神，走進禪房，仍到禪床上坐了。怎奈神不守舍，一時如萬馬奔馳，覺得禪床便晃蕩起來，身子已不在庵中。便有許多王孫公子，要來娶他；又有些媒婆，扯扯拽拽，扶他上車，自己不肯去。一會兒，又有盜賊劫他，持刀執棍的逼勒，只得哭喊求救。早驚醒了庵中女尼道婆等眾，都拿火來照看，只見妙玉兩手撒開，口中流沫。急叫醒時，只見眼睛直豎，兩顴鮮紅，罵道：「我是有菩薩保佑，你們這些強徒敢要怎麼樣！」眾人都唬的沒了主意，都說道：「我們在這裡呢，快醒轉來罷！」妙玉道：「我要回家去！你們有什麼好人，送我回去罷！」道婆道：「這裡就是你住的房子。」說著，又叫別的女尼忙向觀音前禱告。求了籤，翻開籤書看時，是觸犯了西南角上的陰人。就有一個說：「是了！大觀園中西南角上本來沒有人住，陰氣是有的。」一面弄湯弄水的在那裡忙亂。

那女尼原是自南邊帶來的，伏侍妙玉自然比別人盡心，圍著妙玉坐在禪床上。妙玉回頭道：「你是誰？」女尼道：「是我。」妙玉仔細瞧了一瞧道：「原來是你！」便抱住那女尼，嗚嗚咽咽的哭起來，說道：「你是我的媽呀，你不救我，我不得活了！」那女尼一面喚醒他，一面給他揉著。道婆倒上茶來喝了，直到天明纔睡了。女尼便打發人去請大夫來看脈。也有說是思慮傷脾的，也有說是熱入血室的，也有說是邪祟觸犯的，也有說是內外感冒的，終無定論。後請得一個大夫來看了，問：「曾打坐過沒有？」道婆說道：「向來打坐的。」大夫道：「這病可是昨夜忽然來的麼？」道婆道：「是。」大夫道：「這是走魔入火的原故。」眾人問：「有礙沒有？」大夫道：「幸虧打坐不久，魔還入得淺，可以有救。」寫了降伏心火的藥，吃了一劑，稍稍平復些。外面那些游頭浪子聽見了，便造作許多謠言，說：「這麼年紀，哪裡忍得住？況且又是很風流的人品，很乖覺的性靈！以後不知飛在誰手裡，便宜誰去呢！」過了幾日，妙玉病雖略好，神思未復，終有些恍惚。

一日，惜春正坐著，彩屏忽然進來回道：「姑娘知道妙玉師父的事嗎？」惜春道：「他有什麼事？」彩屏道：「我昨日聽見邢姑娘和大奶奶在那裡說呢，他自從那日和姑娘下棋回去，夜間忽然中了邪，嘴裡亂嚷，說強盜來搶他來了。到如今還沒好。姑娘，你說這不是奇事嗎？」惜春聽了，默默無語。因想：「妙玉雖然潔淨，畢竟塵緣未斷。可惜我生在這種人家，不便出家，我若出了家時，哪有邪魔纏擾！一念不生，萬緣俱寂。」想到這裡，驀與神會，若有所得，便口占一偈云：

大造本無方，云何是應住？既從空中來，應向空中去。

占畢，即命丫頭焚香。自己靜坐了一回，又翻開那棋譜來，把孔融、王積薪❽等所著看了幾篇。內中「荷葉包蟹勢」、「黃鶯搏兔勢」，都不出奇；「三十六局殺角勢」，一時也難會難記；獨看到「八龍走馬」，覺得甚有意思。正在那裡作想，只聽見外面一個人走進院來，連叫「彩屏」！未知是誰，下回分解。

❽ 孔融王積薪：二人都是古代下圍棋的能手。

第八十八回　博庭歡寶玉讚孤兒　正家法賈珍鞭悍僕

卻說惜春正在那裡揣摩棋譜，忽聽院內有人叫彩屏，不是別人，卻是鴛鴦的聲兒。彩屏出去，同著鴛鴦進來。那鴛鴦卻帶著一個小丫頭，提了一個小黃絹包兒。惜春笑問道：「什麼事？」鴛鴦道：「老太太因明年八十一歲，是個『暗九』❶，許下一場九晝夜的功德，發心要寫三千六百五十零一部金剛經。這已發出外面人寫了。但是俗說金剛經就像那道家的符殼，心經纔算是符膽，故此，金剛經內必要插著心經，更有功德。老太太因心經是更要緊的，觀自在又是女菩薩，所以要幾個親丁——奶奶、姑娘們——寫上三百六十五部。如此，又虔誠，又潔淨。咱們家中，除了二奶奶——頭一宗，他當家沒有空兒；二宗，他也寫不上來——其餘會寫字的，不論寫得多少，連東府珍大奶奶、姨娘們都分了去。本家裡頭自不用說。」惜春聽了，點頭道：「別的我做不來，若要寫經，我最信心的。你擱下喝茶罷。」鴛鴦纔將那小包兒擱在桌上，同惜春坐下。彩屏倒了一鍾茶來。惜春笑問道：「你寫不寫？」鴛鴦道：「姑娘又說笑話了。那幾年還好；這三四年來，姑娘還見我拿了拿筆兒麼？」惜春道：「這卻是有功德的。」鴛鴦道：「我也有一件事：向來伏侍老太太安歇後，自己念念米佛❷，已經念了三年多了。我把這個米收好，等老太太做功德❸的時候，我將他襯在裡頭供佛施食，也是我一點誠心。」

---

❶ 暗九：舊俗指人的虛歲以二九三九以至九九相乘之數，如十八、二十七、以至八十一，為暗九之年。有別於十九、二十九、三十九……等帶「九」的明九之年。逢九之年，特別是暗九年，要諸事小心。尤其是八十一歲，暗藏兩個「九」，更不吉利。

❷ 念米佛：念佛時用米記數，念一聲佛號數一粒米叫念米佛。

❸ 做功德：佛教指在人死後，以誦經、布施等佛事的功德迴向給亡者，獲得超渡。

惜春道：「這樣說來，老太太做了觀音，你就是龍女了。」鴛鴦道：「哪裡跟得上這個分兒？卻是除了老太太，別的也伏侍不來，不曉得前世什麼緣分兒！」說著要走，叫小丫頭把小絹包打開，拿出來道：「這素紙一扎，是寫心經的。」又拿起一子兒藏香，道：「這是叫寫經時點著寫的。」

惜春都應了，鴛鴦遂辭了出來，同小丫頭來至賈母房中，回了一遍，看見賈母與李紈打「雙陸」❹，鴛鴦旁邊瞧著。李紈的骰子好，擲下去，把老太太的錘打下了好幾個去，鴛鴦抿著嘴兒笑。忽見寶玉進來，手中提了兩個細篾絲的小籠子，籠內有幾個蟈蟈兒，說道：「我聽說老太太夜裡睡不著，我給老太太留下解解悶。」賈母笑道：「你別瞅著你老子不在家，你只管淘氣。」寶玉笑道：「我沒有淘氣。」賈母道：「你沒淘氣，不在學房裡念書，為什麼又弄這個東西呢？」寶玉道：「不是我自己弄的。前兒因師父叫環兒和蘭兒對對子，環兒對不來，我悄悄的告訴了他，他說了，師父喜歡，誇了他兩句。他感激我的情，買了來孝敬我的。我纔拿了來孝敬老太太的。」賈母道：「他沒有天天念書麼？為什麼對不上來？對不上來，就叫你儒太爺打他的嘴巴子，看他臊不臊！你也夠受了。不記得你老子在家時，一叫作詩作詞，唬的倒像個小鬼兒似的？這會子又說嘴了。那環兒小子更沒出息，求人替做了，就變著方法兒打點人。這麼點子孩子就鬧鬼鬧神的，也不害臊！趕大了，還不知是個什麼東西呢！」說的滿屋子人都笑了。

賈母又問道：「蘭小子呢？做上來了沒有？這該環兒替他了。他又比他小了，是不是？」寶玉笑道：「他倒沒有，卻是自己對的。」賈母道：「我不信，不然，就也是你鬧了鬼了。如今你還了得，『羊群裡跑出駱駝來了』，就只你大。你又會作文章了。」寶玉笑道：「實在是他作的，師父還誇他明兒一定有大出息呢。老太太不信，就打發人叫了他來，親自試試，老太太就知道。」賈母道：「果然這麼著，我纔喜歡。我不過怕你撒謊。

❹ 雙陸：又名雙鹿，遊戲的一種。頗似今日的跳棋。

博庭歡寶玉讚孤兒。（清天津楊柳青年畫）

既是他做的，這孩子明兒大概還有一點兒出息。」因看著李紈，又想起賈珠來，「這也不枉你大哥哥死了，你大嫂子拉扯他一場！日後也替你大哥哥頂門壯戶。」說到這裡，不禁淚下。

李紈聽了這話，卻也動心，只是賈母已經傷心，自己連忙忍住淚，笑勸道：「這是老祖宗的餘德，我們託著老祖宗的福罷咧。只要他應得了老祖宗的話，就是我們的造化了。老祖宗看著也喜歡，怎麼倒傷起心來呢？」因又回頭向寶玉道：「寶叔叔明兒別這麼誇他，他多大孩子，知道什麼！你不過是愛惜他的意思，他哪裡懂得？一來二去，眼大心肥，哪裡還能夠有長進呢？」賈母道：「你嫂子這也說的是。就只他還太小呢，也別逼檁❺緊了他。小孩子膽兒小，一時逼急了，弄出點子毛病來，書倒念不成，把你的工夫都白糟蹋了。」

賈母說到這裡，李紈卻忍不住，撲簌簌掉下淚來，連忙擦了。只見賈環、賈蘭也都進來給賈母請了安。賈蘭又見過他母親，然後過來，在賈母旁邊侍立。賈母道：「我剛纔聽見你叔叔說你對的好對子，師父誇你來著。」賈蘭也不言語，只管抿著嘴兒笑。鴛鴦過來說道：「請示老太太，晚飯伺候下了。」賈母道：「請你姨太太去罷。」琥珀接著便叫人去王夫人那邊請薛姨媽。

這裡寶玉、賈環退出，素雲和小丫頭們過來把「雙陸」收起，李紈尚等著伺候賈母的晚飯。賈蘭便跟著他母親站著。賈母道：「你們娘兒兩個跟著我吃罷。」李紈答應了。一時，擺上飯來，丫鬟回來稟道：「太太叫

❺ 逼檁：逼迫的意思。

回老太太：姨太太這幾天浮來暫去，不能過來回老太太，今日飯後家去了。」於是賈母叫賈蘭在身旁邊坐下，大家吃飯。不必細言。

卻說賈母剛吃完了飯，盥漱了，歪在床上說閒話兒。只見小丫頭子告訴琥珀，琥珀過來回賈母道：「東府大爺請晚安來了。」賈母道：「你們告訴他，如今他辦理家務乏乏的，叫他歇著去罷。我知道了。」小丫頭告訴老婆子們，老婆子纔告訴賈珍，賈珍然後退出。

到了次日，賈珍過來料理諸事。門上小廝陸續回了幾件事。又一個小廝回道：「莊頭送果子來了。」賈珍道：「單子呢？」那小廝連忙呈上。賈珍看時，上面寫著不過是時鮮果品，還夾帶菜蔬野味若干在內。賈珍看完，問：「向來經管的是誰？」門上的回道：「是周瑞。」便叫周瑞：「照賬點清，送往裡頭交代。等我把來賬抄下一個底子，留著好對。」又叫：「告訴廚房，把下菜中添幾宗，給送果子的來人，照常賞飯給錢。」周瑞答應去了，一面叫人搬至鳳姐兒院子裡去，又把莊上的賬和果子交代明白出去了。一會兒，又進來回賈珍道：「纔剛來的果子，大爺曾點過數目沒有？」賈珍道：「我哪裡有工夫點這個呢？給了你賬，你照賬點就是了。」周瑞道：「小的曾點過，也沒有少，也不能多出來。大爺既留下底子，再叫送果子來的人問問他，這賬是真的假的。」賈珍道：「這是怎麼說？不過是幾個果子罷咧，有什麼要緊？我又沒有疑你。」說著，只見鮑二走來，磕了一個頭，說道：「求大爺原舊放小的在外頭伺候罷。」賈珍道：「你們這又是怎麼著？」鮑二道：「奴才在這裡又說不上話來。」賈珍道：「誰叫你說話？」鮑二道：「何苦來，在這裡做眼睛珠兒！」周瑞接口道：「奴才在這裡經管地租莊子，銀錢出入每年也有三五十萬來往，老爺、太太、奶奶們從沒有說過話的，何況這些零星東西？若照鮑二說起來，爺們家裡的田地房產都被奴才們弄完了。」賈珍想道：「必是鮑二在這裡拌嘴，不如叫他出去。」因向鮑二說道：「快滾罷！」又告訴周瑞說：「你也不用說了，你幹你的事罷。」二人各自散了。

賈珍正在書房裡歇著，聽見門上鬧的翻江攪海。叫人去查問，回來說道：「鮑二和周瑞的乾兒子打架。」賈珍道：「周瑞的乾兒子是誰？」門上的回道：「他叫何三，本來是個沒味兒的，天天在家裡喝酒鬧事，常來門上坐著。聽見鮑二和周瑞拌嘴，他就插在裡頭。」賈珍道：「這卻可惡！把鮑二和那個什麼何三給我一塊兒綑起來！周瑞呢？」門上的回道：「打架時，他先走了。」賈珍道：「給我拿了來！這還了得了！」眾人答應了。正嚷著，賈璉也回來了，賈珍便告訴了一遍。賈璉道：「這還了得！」又添了人去拿周瑞。周瑞知道躲不過，也找到了。賈珍便叫都綑上。賈璉便向周瑞道：「你們前頭的話也不要緊，大爺說開了很是了，為什麼外頭又打架？你們打架已經使不得，又弄個野雜種什麼何三來鬧。你不壓伏壓伏他們，倒竟走了！」就把周瑞踢了幾腳。賈珍道：「單打周瑞不中用。」喝命人把鮑二和何三各人打了五十鞭子，攆了出去，方和賈璉兩個商量正事。下人背地裡便生出許多議論來：也有說賈珍護短的；也有說不會調停的；也有說他本不是好人，「前兒尤家姐妹弄出許多醜事來，那鮑二不是他調停著二爺叫了來的嗎？這會子又嫌鮑二不濟事，必是鮑二的女人伏侍不到了。」——人多嘴雜，紛紛不一。

卻說賈政自從在工部掌印，家人中盡有發財的。那賈芸聽見了，也要插手弄一點事兒，便在外頭說了幾個工頭，講了成數，便買了些時新繡貨，要走鳳姐兒的門子。鳳姐正在屋裡，聽見丫頭們說：「大爺、二爺都生了氣，在外頭打人呢。」鳳姐聽了，不知何故，正要叫人去問問，只見賈璉已進來了，把外面的事告訴了一遍。鳳姐道：「事情雖不要緊，但這風俗兒斷不可長。此刻還算咱們家裡正旺的時候兒，他們就敢打架，以後小輩兒們當了家，他們越發難制伏了。前年我在東府裡，親眼見過焦大吃的爛醉，躺在臺階子底下罵人，不管上上下下，一混湯子的混罵。他雖是有過功的人，到底主子奴才的名分，也要存點體統兒纔好。珍大奶奶——不是我說——是個老實頭，個個人都叫他養得無法無天的。如今又弄出一個什麼鮑二！我還聽見是你和珍大爺得用的人，為什麼今兒又打他呢？」賈璉聽了這話刺心，便覺訕訕的，拿話來支開，借有事，說著就走了。小紅進來回道：「芸二爺在外頭要見奶奶。」鳳姐一想：「他又來做什麼？」便道：「叫他進來罷。」

小紅出來，瞅著賈芸微微一笑。賈芸趕忙湊近一步，問道：「姑娘替我回了沒有？」小紅紅了臉，說道：「我就是見二爺的事多！」賈芸道：「何曾有多少事能到裡頭來勞動姑娘呢？就是那一年姑娘在寶二叔房裡，我纔和姑娘……」小紅怕人撞見，不等說完，連忙問道：「那年我換給二爺的一塊絹子，二爺見了沒有？」那賈芸聽了這句話，喜的心花俱開，纔要說話，只見一個小丫頭從裡面出來，賈芸連忙同著小紅往裡走。兩個人一左一右，相離不遠。賈芸悄悄的道：「回來我出來，還是你送出我來，我告訴你，還有笑話兒呢。」小紅聽了，把臉飛紅，瞅了賈芸一眼，也不答言。和他到了鳳姐門口，自己先進去回了，然後出來，掀起簾子，點手兒，口中卻故意說道：「奶奶請芸二爺進來呢。」

賈芸笑了一笑，跟著他走進房來，見了鳳姐兒，請了安，並說：「母親叫問好。」鳳姐也問了他母親好。鳳姐道：「你來有什麼事？」賈芸道：「侄兒從前承嬸娘疼愛，心上時刻想著，總過意不去。欲要孝敬嬸娘，又怕嬸娘多想。如今重陽時候，略備了一點兒東西。嬸娘這裡哪一件沒有呢？不過是侄兒一點孝心。只怕嬸娘不肯賞臉。」鳳姐兒笑道：「有話坐下說。」賈芸纔側身坐了，連忙將東西捧著擱在旁邊桌上。鳳姐又道：「你不是什麼有餘的人，何苦又去花錢？我又不等著使。你今兒來意是怎麼個想頭兒，你倒是實說。」賈芸道：「並沒有別的想頭兒，不過感念嬸娘的恩惠，過意不去罷咧。」說著，微微的笑了。鳳姐道：「不是這麼說。你手裡窄，我很知道，我何苦白白兒使你的？你要我收下這東西，須先和我說明白了。要是這麼『含著骨頭露著肉』的，我倒不收。」賈芸沒法兒，只得站起來，陪著笑兒說道：「並不是有什麼妄想，前幾日聽見老爺總辦陵工，侄兒有幾個朋友辦過好些工程，極妥當的，要求嬸娘在老爺跟前提一提。辦得一兩種，侄兒再忘不了嬸娘的恩典！若是家裡用得著，侄兒也能給嬸娘出力。」鳳姐道：「若是別的，我卻可以作主。至於衙門裡的事，上頭呢，都是堂官司員定的；底下呢，都是那些書辦衙役們辦的，別人只怕插不上手。連自己的家人，也不過是跟著老爺伏侍伏侍。就是你二叔去，亦只是為的是各自家裡的事，他也並不能攙越公事。論家事，這裡是踹一頭兒撬一頭兒❻的，連珍大爺還彈壓不住。你的年紀兒又輕，輩數兒又小，哪裡纏得清這些人呢？況且衙門裡頭的事差不多兒也要完了，不過吃飯瞎跑。你在家裡什麼事作不得，難道沒了這碗飯吃不成？我這是實在話，你自己回去想想就知道了。你的情意，我已經領了，把東西快拿回去，是哪裡弄來的，仍舊給人家送了去罷。」

正說著，只見奶媽子一大起帶了巧姐兒進來。那巧姐兒身上穿得錦團花簇，手裡拿著好些玩意兒，笑嘻嘻走到鳳姐身邊學舌，賈芸一見，便站起來，笑盈盈的趕著說道：「這就是大妹妹麼？你要什麼好東西不要？」那巧姐兒便啞的一聲哭了。賈芸連忙退下。鳳姐道：「乖乖不怕。」連忙將巧姐攬在懷裡，道：「這是你芸大哥哥，怎麼認起生來了？」賈芸道：「妹妹生得好相貌，將來又是個有大造化的。」那巧姐兒回頭把賈芸一瞧，又哭起來，接連幾次。賈芸看這光景坐不住，便起身告辭要走。鳳姐道：「你把東西帶了去罷。」賈芸道：「這一點子，嬸娘還不賞臉？」鳳姐道：「你不帶去，我便叫人送到你家去。芸哥兒，你不要這麼著。你又不是外人，我這裡有機會，少不得打發人去叫你；沒有事也沒法兒，不在乎這些東東西西上的。」賈芸看見鳳姐執意不受，只得紅著臉道：「既這麼著，我再找得用的東西來孝敬嬸娘罷。」鳳姐兒便叫小紅：「拿了東西，跟著送出芸哥去。」

賈芸走著，一面心中想道：「人說二奶奶利害，果然利害。一點兒都不漏縫，真正斬釘截鐵！怪不得沒有

---

❻ 踹一頭兒句：這一邊壓下去，那一邊又冒出來。比喻剛把一邊安撫或壓服住，另一邊又出了麻煩。踹，音ㄘㄞˇ。踏。撬，音ㄑㄧㄠˋ。抬。

後世。這巧姐兒更怪，見了我好像前世的冤家似的。真正晦氣，白鬧了這麼一天！」小紅見賈芸沒得彩頭，也不高興，拿著東西跟出來。賈芸接過來，打開包兒，揀了兩件，悄悄的遞給小紅。小紅不接，嘴裡說道：「二爺別這麼著。看奶奶知道了，大家倒不好看。」賈芸道：「你好生收著罷。怕什麼？哪裡就知道了呢？你若不要，就是瞧不起我了。」小紅微微一笑，纔接過來，說道：「誰要你這些東西？算什麼呢？」說了這句話，把臉又飛紅了。賈芸也笑道：「我也不是為東西，況且那東西也算不了什麼。」說著話兒，兩個已到二門口。賈芸把下剩的仍舊揣在懷內。小紅催著賈芸道：「你先去罷。有什麼事情，只管來找我。我如今在這院裡了，又不隔手。」賈芸點點頭兒，說道：「二奶奶太利害，我可惜不能常來！剛纔我說的話，你橫豎心裡明白，得了空兒再告訴你罷。」小紅滿臉羞紅，說道：「你去罷。明兒也常來走走。誰叫你和他生疏呢？」賈芸道：「知道了。」賈芸說著，出了院門。這裡小紅站在門口，怔怔的看他去遠了，纔回來了。

卻說鳳姐在屋裡吩咐預備晚飯，因又問道：「你們熬了粥了沒有？」丫鬟們連忙去問，回來回道：「預備了。」鳳姐道：「你們把那南邊來的糟東西弄一兩碟來罷。」秋桐答應了，叫丫頭們伺候。平兒走來笑道：「我倒忘了，今兒晌午，奶奶在上頭老太太那邊的時候，水月庵的師父打發人來，要向奶奶討兩瓶南小菜，還要支用幾個月的月錢，說是身上不受用。我問那道婆來著：『師父怎麼不受用？』他說：『四五天了。前兒夜裡，因那些小沙彌、小道士裡頭有幾個女孩子睡覺沒有吹燈，他說了幾次不聽。那一夜看見他們三更以後燈還點著呢，他便叫他們吹燈，個個都睡著了，沒有人答應，只得自己親自起來給他們吹滅了。回到炕上，只見有兩個人，一男一女，坐在炕上。他趕著問是誰，那裡把一根繩子往他脖子上一套，他便叫起人來。眾人聽見，點上燈火，一齊趕來，已經躺在地下，滿口吐白沫子。幸虧救醒了。此時還不能吃東西，所以叫來尋些小菜兒的。』我因奶奶不在屋中，不便給他。我說：『奶奶此時沒有空兒，在上頭呢，回來告訴。』便打發他回去了。纔剛聽見說起南菜，方想起來了；不然，就忘了。」鳳姐聽了，歎了一歎，說道：「南菜不是還有嗎？叫人送些去就是了。那銀子，過一天叫芹哥來領就是了。」又見小紅進來回道：「剛纔二爺差人來，說是今晚城外有事，不能回來，先通知一聲。」鳳姐道：「是了。」

說著，只聽見小丫頭從後面喘吁吁的嚷著，直跑到院子裡來。外面平兒接著，還有幾個丫頭們，咕咕唧唧的說話。鳳姐道：「你們說什麼呢？」平兒道：「小丫頭子有些膽怯，說鬼話。」鳳姐叫那一個小丫頭進來，問道：「什麼鬼話？」那丫頭道：「我纔剛到後邊去叫打雜兒的添煤，只聽得三間空屋子裡嘩喇嘩喇的響，我還道是貓兒耗子；又聽得『噯』的一聲，像個人出氣兒的似的。我害怕，就跑回來了。」鳳姐罵道：「胡說！我這裡斷不興說神說鬼。我從來不信這些個話，快滾出去罷！」那小丫頭出去了。鳳姐便叫彩明將一天零碎日用賬對過一遍。時已將近二更，大家又歇了一回，略說些閒話，遂叫各人安歇去罷。鳳姐也睡下了。

將近三更，鳳姐似睡不睡，覺得身上寒毛一乍，自己驚醒了，越躺著越發起滲來，因叫平兒、秋桐過來作伴。二人也不解何意。那秋桐本來不順鳳姐，後來賈璉因尤二姐之事，不大愛惜他了，鳳姐又籠絡他，如今倒也安靜，只是心裡比平兒差多了，外面情兒。今見鳳姐不受用，只得端上茶來。鳳姐喝了一口，道：「難為你，睡去罷，只留下平兒在這裡就夠了。」秋桐卻要獻勤兒，因說道：「奶奶睡不著，倒是我們兩個輪流坐坐也使得。」鳳姐一面說，一面睡著了。平兒、秋桐看見鳳姐已睡，只聽得遠遠的雞聲叫了，二人方都穿著衣裳略躺了一躺，就天亮了，連忙起來伏侍鳳姐梳洗。

鳳姐因夜中之事，心神恍惚不寧，只是一味要強，仍然扎掙起來。正坐著納悶，忽聽個小丫頭子在院裡問道：「平姑娘在屋裡麼？」平兒答應了一聲。那小丫頭掀起簾子進來，卻是王夫人打發過來來找賈璉，說：「外頭有人回要緊的官事。老爺纔出了門，太太叫快請二爺過去呢。」鳳姐聽見，嚇了一跳。未知何事，下回分解。

第八十九回　人亡物在公子填詞　蛇影杯弓顰卿絕粒

卻說鳳姐正自起來納悶，忽聽見小丫頭這話，又嚇了一跳，連忙又問：「什麼官事？」小丫頭道：「也不知道。剛纔二門上小廝回進來，回老爺有要緊的官事，所以太太叫我請二爺來了。」鳳姐聽是工部裡的事，纔把心略略的放下，因說道：「你回去回太太，就說二爺昨日晚上出城有事，沒有回來，打發人先回珍大爺去罷。」那丫頭答應著去了。

一時，賈珍過來，見了部裡的人，問明了，進來見了王夫人，回道：「部中來報：昨日總河❶奏到，河南一帶決了河口，湮沒了幾府州縣。又要開銷國帑，修理城工。工部司官又有一番照料，所以部裡特來報知老爺的。」說完退出，及賈政回家來回明。從此，直到冬間，賈政天天有事，常在衙門裡。寶玉的功課也漸漸鬆了，只是怕賈政覺察出來，不敢不常在學房裡去念書，連黛玉處也不敢常去。

那時已到十月中旬，寶玉起來，要往學房中去。這日天氣陡寒，只見襲人早已打點出一包衣服，向寶玉道：「今日天氣很冷，早晚寧使暖些。」說著，把衣服拿出來，給寶玉挑了一件穿；又包了一件，叫小丫頭拿出交給焙茗，囑咐道：「天氣冷，二爺要換時，好生預備著。」焙茗答應了，抱著氈包，跟著寶玉自去。

寶玉到了學房中，做了自己的功課，忽聽得紙窗呼喇喇一派風聲。代儒道：「天氣又發冷。」把風門推開一看，只見西北上一層層的黑雲，漸漸往東南撲上來。焙茗走進來回寶玉道：「二爺，天氣冷了，再添些衣服罷。」寶玉點點頭兒。只見焙茗拿進一件衣服來。寶玉不看則已，看了時，神已痴了。那些小學生都巴著眼瞧，

---

❶ 總河：清代河道總督的簡稱，總管黃、淮等河道事務。也稱「河督」。

卻原是晴雯所補的那件雀金裘。寶玉道：「怎麼拿這一件來？是誰給你的？」焙茗道：「是裡頭姑娘們包出來的。」寶玉道：「我身上不大冷，且不穿呢，包上罷。」代儒只當寶玉可惜這件衣服，卻也心裡喜他知道儉省。焙茗道：「二爺穿上罷。著了涼，又是奴才的不是了。二爺只當疼奴才罷！」寶玉無奈，只得穿上，獃獃的對著書坐著。代儒也只當他看書，不甚理會。晚間放學時，寶玉便往代儒前託病告假一天。代儒本來上年紀的人，也不過伴著幾個孩子解悶兒，時常也八病九痛的，樂得去一個少操一日心。況且明知賈政事忙，賈母溺愛，便點點頭兒。

寶玉一徑回來，見過賈母、王夫人，也是這麼說，自然沒有不信的。略坐一坐，便回園中去了。見了襲人等，也不似往日有說有笑的，便和衣躺在炕上。襲人道：「晚飯預備下了，這會兒吃，還是等一等兒？」寶玉道：「我不吃了，心裡不舒服。你們吃去罷。」襲人道：「那麼著，你也該把這件衣服換下來了。那個東西哪裡禁得住揉搓？」寶玉道：「不用換。」襲人道：「倒也不但是嬌嫩物兒，你瞧瞧那上頭的針線，也不該這麼糟蹋他呀。」寶玉聽了這話，正碰在他心坎兒上，嘆了一口氣，道：「那麼著，你就收起來給我包好了。我也總不穿他了！」說著，站起來脫下。襲人纔過來接時，寶玉已經自己疊起。襲人道：「二爺怎麼今日這樣勤謹起來了？」寶玉也不答言，疊好了，便問：「包這個的包袱呢？」麝月連忙遞過來，讓他自己包好，回頭卻和襲人擠著眼兒笑。寶玉也不理會，自己坐著，無精打彩，猛聽架上鐘響，自己低頭看了看表針，已指到酉初二刻了。

一時，小丫頭點上燈來。襲人道：「你不吃飯，喝半碗熱粥兒罷，別淨餓著。看仔細餓上虛火來，那又是我們的累贅了。」寶玉搖搖頭兒，說：「還不大餓，強吃了倒不受用。」襲人道：「既這麼著，就索性早些歇著罷。」於是襲人、麝月鋪設好了，寶玉也就歇下。翻來覆去，只睡不著，將及黎明，反朦朧睡去，不一頓飯時，早又醒了。

此時襲人、麝月也都起來。襲人道：「昨夜聽著你翻騰到五更多，我也不敢問你。後來我就睡著了，不知到底你睡著了沒有？」寶玉道：「也睡了一睡，不知怎麼就醒了。」襲人道：「你沒有什麼不受用？」寶玉道：「沒有，只是心上發煩。」襲人道：「今日學房裡去不去？」寶玉道：「我昨兒已經告了一天假了，今兒我要想園裡逛一天，散散心，只是怕冷。你叫他們收拾一間屋子，備了一爐香，擱下紙墨筆硯，你們只管幹你們的，我自己靜坐半天纔好，別叫他們來攪我。」麝月接著道：「二爺要靜靜兒的用工夫，誰敢來攪！」襲人道：「這麼著很好，也省得著了涼，自己坐坐，心神也不散。」因又問：「你既懶待吃飯，今日吃什麼，早說好傳給廚房裡去。」寶玉道：「還是隨便罷，不必鬧的大驚小怪的。倒是要幾個果子擱在那屋裡，借點果子香。」襲人道：「哪個屋裡好？別的都不大乾淨，只有晴雯起先住的那一間，因一向無人，還乾淨，就是清冷些。」寶玉道：「不妨，把火盆挪過去就是了。」襲人答應了。

正說著，只見一個小丫頭端了一個茶盤兒、一個碗、一雙牙筯，遞給麝月，道：「這是剛纔花姑娘要的，廚房裡老婆子送了來了。」麝月接了一看，卻是一碗燕窩湯，便問襲人道：「這是姐姐要的麼？」襲人笑道：「昨夜二爺沒吃飯，又翻騰了一夜，想來今兒早起心裡必是發空的，所以我告訴小丫頭們，叫廚房裡做了這個來的。」襲人一面叫小丫頭放桌兒。麝月打發寶玉喝了，漱了口，只見秋紋走來說道：「那屋裡已經收拾妥了，但等著一時炭勁過了，二爺再進去罷。」寶玉點頭，只是一腔心事，懶待說話。

一時，小丫頭來請，說：「筆硯都安放妥當了。」寶玉道：「知道了。」又一個小丫頭回道：「早飯得了，二爺在哪裡吃？」寶玉道：「就拿了來罷，不必累贅了。」小丫頭答應了自去，一時端上飯來。寶玉笑了一笑，向麝月、襲人道：「我心裡悶得很，自己吃只怕又吃不下去，不如你們兩個同我一塊兒吃，或者吃的香甜，我也多吃些。」麝月笑道：「這是二爺的高興，我們可不敢。」襲人道：「其實也使得，我們一處喝酒，也不止今日。只是偶然替你解悶兒還使得，若認真這樣，還有什麼規矩體統呢！」說著，三人坐下。寶玉在上首，襲人、麝月兩個打橫陪著。吃了飯，小丫頭端上漱口茶來，兩個看著撤了下去。

寶玉因端著茶，默默如有所思，又坐了一坐，便問道：「那屋裡收拾妥了麼？」麝月道：「頭裡就回過了。這會子又問！」寶玉略坐了一坐，便過這間屋子來。親自點了一炷香，擺上些果品，便叫人出去，關上門。外面襲人等都靜悄無聲。寶玉拿了一幅泥金角花的粉紅箋出來，口中祝了幾句，便提起筆來寫道：「怡紅主人焚付晴姐知之：酌茗清香，庶幾來饗。」其詞云：

隨身伴，獨自意綢繆。誰料風波平地起，頓教軀命即時休，孰與話輕柔？
東逝水，無復向西流。想像更無懷夢草，添衣還見翠雲裘，脈脈使人愁！

寫畢，就在香上點個火，焚化了。靜靜兒等著，直待一炷香點盡了，纔開門出來。襲人道：「怎麼出來了？想來又悶的慌了。」寶玉笑了一笑，假說道：「我原是心裡煩，纔找個清靜地方兒坐坐。這會子好了，還要外頭走走去呢。」說著，一徑出來，到了瀟湘館裡，在院裡問道：「林妹妹在家裡呢麼？」紫鵑接應道：「是誰？」掀簾看時，笑道：「原來是寶二爺。姑娘在屋裡呢，請二爺到屋裡坐著。」寶玉同著紫鵑走進來，黛玉卻在裡間呢，說道：「紫鵑，請二爺屋裡坐罷。」

寶玉走到裡間門口，看見新寫的一副紫墨色泥金雲龍箋的小對，上寫著：「綠窗明月在，青史古人空。」寶玉看見，笑了一笑，走入門去，笑問道：「妹妹做什麼呢？」黛玉站起來，迎了兩步，笑著讓道：「請坐。我在這裡寫經，只剩得兩行了。等寫完了，再說話兒。」因叫雪雁倒茶。寶玉道：「你別動，只管寫。」說著，一面看見中間掛著一幅單條，上面畫著一個嫦娥，帶著一個侍者；又一個女仙，也有一個侍者，捧著一個長長兒的衣囊似的；二人身旁邊略有些雲護，別無點綴。全倣李龍眠❷白描筆意，上有「鬬寒圖」三字，用八分書❸寫著。寶玉道：「妹妹，這幅『鬬寒圖』可是新掛上的？」黛玉道：「可不是？昨日他們收拾屋子，我想起來，拿出來叫他們掛上的。」寶玉道：「是什麼出處？」黛玉笑道：「眼前熟的很的，還要問人！」寶玉笑道：「我一時想不起，妹妹告訴我罷。」黛玉道：「豈不聞『青女素娥俱耐冷，月中霜裡鬬嬋娟？』❹」寶玉道：「是啊！這個實在新奇雅致！卻好此時拿出來掛。」說著，又東瞧瞧西走走。雪雁沏了茶來，寶玉吃著。

又等了一會子，黛玉經纔寫完，站起來道：「簡慢了。」寶玉笑道：「妹妹還是這麼客氣。」但見黛玉身上穿著月白繡花小毛皮襖，加上銀鼠坎肩；頭上挽著隨常雲髻，簪上一枝赤金扁簪，別無花朵；腰下繫著楊妃色繡花錦裙。真比如：「亭亭玉樹臨風立，冉冉香蓮帶露開。」寶玉因問道：「妹妹這兩日彈琴來著沒有？」黛玉道：「兩日沒彈了。因為寫字已經覺得手冷，哪裡還去彈琴？」寶玉道：「不彈也罷了。我想琴雖是清高之品，卻不是好東西，從沒有彈琴裡彈出富貴壽考來的，只有彈出憂思怨亂來的。再者彈琴也得心裡記譜，未免費心。依我說，妹妹身子又單弱，不操這心也罷了。」黛玉抿著嘴兒笑。寶玉指著壁上道：「這張琴可就是麼？怎麼這麼短？」黛玉笑道：「這張琴不是短，因我小時學撫的時候，別的琴都夠不著，因此特地做起來的。雖不是焦尾枯桐❺，這鶴山鳳尾❻，還配得齊整；龍池雁足，高下還相宜。你看這斷紋，不是牛旄似的麼？所

---

❷ 李龍眠：宋代畫家。擅長以白描手法畫人物、鞍馬、神仙佛道和山水花鳥。

❸ 八分書：書體名，隸書的一種。

❹ 青女素娥二句：唐李商隱霜月詩中的詩句。青女，神話指主管霜雪的女神。素娥，即嫦娥。月中女神。

❺ 焦尾枯桐：後漢書說有一個人用枯了的梧桐樹來燒火，蔡邕聽到火聲猛烈，知道它是好木材，便把它要來做了一張七弦琴，

以音韻也還清越。」寶玉道：「妹妹這幾天來作詩沒有？」黛玉道：「自結社以後，沒大作。」寶玉笑道：「你別瞞我。我聽見你吟的什麼『不可惙，素心何如天上月』，你擱在琴裡，覺得音響分外的響亮。有的沒有？」黛玉道：「你怎麼聽見了？」寶玉道：「我那一天從蓼風軒來聽見的，又恐怕打斷你的清韻，所以靜聽了一會就走了。我正要問你：前路是平韻，到末了兒忽轉了仄韻，是個什麼意思？」黛玉道：「這是人心自然之音，做到哪裡就到哪裡，原沒有一定的。」寶玉道：「原來如此。可惜我不知音，枉聽了一會子！」黛玉道：「古來知音人能有幾個？」

寶玉聽了，又覺得出言冒失了，又怕寒了黛玉的心。坐了一坐，心裡像有許多話，卻再無可講的。黛玉因方纔的話也是衝口而出，此時回想，覺得太冷淡些，也就無話。寶玉越發打量黛玉設疑，遂訕訕的站起來說道：「妹妹坐著罷，我還要到三妹妹那裡瞧瞧去呢。」黛玉道：「你若見了三妹妹，替我問候一聲罷。」寶玉答應著，便出來了。

黛玉送至屋門口，自己回來，悶悶的坐著，心裡想道：「寶玉近來說話，半吐半吞，忽冷忽熱，也不知他是什麼意思。」正想著，紫鵑走來道：「姑娘經不寫了？我把筆硯都收好了？」黛玉道：「不寫了，收起去罷。」說著，自己走到裡間屋裡床上歪著，慢慢的細想。紫鵑進來問道：「姑娘喝碗茶罷？」黛玉道：「不喝呢。我略歪歪兒。你們自己去罷。」

紫鵑答應著出來，只見雪雁一個人在那裡發獃。紫鵑走到他跟前問道：「你這會子也有了什麼心事了麼？」

彈起來果然好聽。因為這琴的末一端還有燒焦的痕跡，所以叫焦尾琴。後世就用焦尾枯桐來稱讚好琴。

❻ 鶴山鳳尾：與下文「龍池雁足」都是古琴部位專名。鶴山，又稱岳山，琴面首端高起處，上架七絃。鳳尾，即琴尾。龍池，琴的底孔。前曰龍池，後曰鳳沼。雁足，琴底的兩隻木足。

雪雁只顧發獃，倒被他嚇了一跳，因說道：「你別嚷，今日我聽見了一句話，我告訴你聽，奇不奇？——你可別言語。」說著，往屋裡努嘴兒。因自己先行，點著頭兒，叫紫鵑同他出來，到門外平臺底下，悄悄兒的道：「姐姐，你聽見了麼？寶玉定了親了！」紫鵑聽見，嚇了一跳，說道：「這是哪裡來的話？只怕不真罷？」雪雁道：「怎麼不真！別人大概都知道，就只偺們沒聽見。」紫鵑道：「你在哪裡聽來的？」雪雁道：「我聽見侍書說的，是個什麼知府家，家資也好，人才也好。」紫鵑正聽時，只聽見黛玉咳嗽了一聲，似乎起來的光景。紫鵑恐怕他出來聽見，便拉了雪雁，搖搖手兒，往裡望望，不見動靜，纔又悄悄兒的問道：「他到底怎麼說來著？」雪雁道：「前兒不是叫我到三姑娘那裡去道謝嗎？三姑娘不在屋裡，只有侍書在那裡。大家坐著，無意中說起寶二爺淘氣來。他說：『寶二爺怎麼好？只會頑兒，全不像大人的樣子，已經說親了，還是這麼獃頭獃腦。』我問他定了沒有。他說是定了，是個什麼王大爺做媒的，那王大爺是東府裡的親戚，所以也不用打聽，一說就成了。」紫鵑側著頭想了一想，「這句話奇！」又問道：「怎麼家裡沒有人說起？」雪雁道：「侍書也說的，是老太太的意思。若一說起，恐怕寶玉野了心，所以都不提起。侍書告訴了我，又叮嚀千萬不可露風說出來，只道是我多嘴。」把手往裡一指，「所以他面前也不提，今日是你問起，我不犯瞞你。」

正說到這裡，只聽鸚鵡叫喚，學著說：「姑娘回來了，快倒茶來！」倒把紫鵑、雪雁嚇了一跳。回頭並不見有人，便罵了鸚鵡一聲。走進屋內，只見黛玉喘吁吁的剛坐在椅子上。紫鵑搭訕著問茶問水。黛玉問道：「你們兩個哪裡去了？再叫不出一個人來。」說著，便走到炕邊，將身子一歪，仍舊倒在炕上，往裡躺下，叫把帳兒撩下。紫鵑、雪雁答應出去，他兩個心裡疑惑方纔的話只怕被他聽了去了，只好大家不提。

誰知黛玉一腔心事，又竊聽了紫鵑、雪雁的話，雖不很明白，已聽得了七八分，如同將身撂在大海裡一般。思前想後，竟應了前日夢中之讖，千愁萬恨，堆上心來。左右打算，不如早些死了，免得眼見了意外的事情，那時反倒無趣。又想到自己沒了爹娘的苦，自今以後，把身子一天一天的糟蹋起來，一年半載，少不得身登清淨。打定了主意，被也不蓋，衣也不添，竟是合眼裝睡——紫鵑和雪雁來伺候幾次，不見動靜，又不好叫喚——晚飯都不吃。點燈以後，紫鵑掀開帳子，見已睡著了，被窩都蹬在腳後，怕他著了涼，輕輕兒拿來蓋上。黛玉也不動彈，單待他出去，仍然褪下。那紫鵑只管問雪雁：「今兒的話到底是真的是假的？」雪雁道：「怎麼不真！」紫鵑道：「侍書怎麼知道的？」雪雁道：「是小紅那裡聽來的。」紫鵑道：「頭裡偺們說話，只怕姑娘聽見了。你看剛纔的神情，大有原故。今日以後，偺們倒別提這件事了。」說著，兩個人也收拾要睡。紫鵑進來看時，只見黛玉被窩又蹬下來，復又給他輕輕蓋上。一宿晚景不提。

次日，黛玉清早起來，也不叫人，獨自一個，獃獃的坐著。紫鵑醒來，看見黛玉已起，便驚問道：「姑娘怎麼這樣早？」黛玉道：「可不是，睡得早，所以醒得早。」紫鵑連忙起來，叫醒雪雁，伺候梳洗。那黛玉對著鏡子，只管獃獃的自看。看了一回，那淚珠兒斷斷連連，早已濕透了羅帕。正是：「瘦影正臨春水照，卿須憐我我憐卿。」紫鵑在旁也不敢勸，只怕倒把閒話勾引舊恨來。遲了好一會，黛玉纔隨便梳洗了，那眼中淚漬終是不乾。又自坐了一會，叫紫鵑道：「你把藏香點上。」紫鵑道：「姑娘，你睡也沒睡得幾時，如何點香？不是要寫經？」黛玉點點頭兒。紫鵑道：「姑娘今日醒得太早，這會子又寫經，只怕太勞神了罷。」黛玉道：「不怕，早完了早好。況且我也並不是為經，倒借著寫字解解悶兒。以後你們見了我的字跡，就算見了我的面兒了。」說著，那淚直流下來。紫鵑聽了這話，不但不能再勸，連自己也掌不住滴下淚來。

原來黛玉立定主意，自此以後，有意糟蹋身子，茶飯無心，每日漸減下來。寶玉下學時，也常抽空問候。只是黛玉雖有萬千言語，自知年紀已大，又不便似小時可以柔情挑逗，所以滿腔心事，只是說不出來。寶玉欲將實言安慰，又恐黛玉生嗔，反添病症。兩個人見了面，只得用浮言勸慰，真真是「親極反疏」了。那黛玉雖有賈母、王夫人等憐恤，不過請醫調治，只說黛玉常病，哪裡知他的心病？紫鵑等雖知其意，也不敢說。從此，一天一天的減。到半月之後，腸胃日薄一日，果然粥都不能吃了。黛玉日間聽見的話，都似寶玉娶親的話；看見怡紅院中的人，無論上下，也像寶玉娶親的光景。薛姨媽來看，黛玉不見寶釵，越發起疑心。索性不要人來看望，也不肯吃藥，只要速死。睡夢之中，常聽見有人叫寶二奶奶的。一片疑心，竟成蛇影。一日竟是絕粒，粥也不喝，懨懨一息，垂斃待盡。未知黛玉性命如何，且看下回分解。

第九十回 失綿衣貧女耐嗷嘈 送果品小郎驚叵測

卻說黛玉自立意自戕之後，漸漸不支，一日竟至絕粒。從前十幾天內，賈母等輪流看望，他有時還說幾句話，這兩日索性不大言語。心裡雖有時昏暈，卻也有時清楚。賈母等見他這病不似無因而起，也將紫鵑、雪雁盤問過兩次，兩個哪裡敢說？便是紫鵑欲向侍書打聽消息，又怕越鬧越真，黛玉更死得快了，所以見了侍書，毫不提起。那雪雁是他傳話弄出這樣原故來，此時恨不得長出百十個嘴來說「我沒說」，自然更不敢提起。到了這一天，黛玉絕粒之日，紫鵑料無指望了，守著哭了會子，因出來偷向雪雁道：「你進屋裡來，好好兒的守著他，我去回老太太、太太和二奶奶去。今日這個光景，大非往常可比了。」雪雁答應，紫鵑自去。

這裡雪雁正在屋裡伴著黛玉，見他昏昏沉沉，小孩子家哪裡見過這個樣兒，只打量如此便是死的光景了，心中又痛又怕，恨不得紫鵑一時回來纔好。正怕著，只聽窗外腳步走響，雪雁知是紫鵑回來，纔放下心了，連忙站起來，掀著裡間簾子等他。只見外面簾子響處，進來了一個人，卻是侍書。那侍書是探春打發來看黛玉的，見雪雁在那裡掀著簾子，便問道：「姑娘怎麼樣？」雪雁點點頭兒，叫他進來。侍書跟進來，見紫鵑不在屋裡，瞧了瞧黛玉，只剩得殘喘微延，嚇的驚疑不止。因問：「紫鵑姐姐呢？」雪雁道：「告訴上屋裡去了。」

那雪雁此時只打量黛玉心中一無所知了，又見紫鵑不在面前，因悄悄的拉了侍書的手，問道：「你前日告訴我說的，什麼王大爺給這裡寶二爺說了親，是真話麼？」侍書道：「怎麼不真！」雪雁道：「多早晚放定的？」侍書道：「哪裡就放定了呢？那一天我告訴你時，是我聽見小紅說的。後來我到二奶奶那邊去，二奶奶正和平姐姐說呢，說那都是門客們借著這個事討老爺的喜歡，往後好拉攏的意思。別說大太太說不好，就是大太太願意，說那姑娘好，那大太太眼裡看的出什麼人來？再者老太太心裡早有了人了，就在偺們園子裡的，大太太哪裡摸的著底呢？老太太不過因老爺的話，不得不問問罷咧。又聽見二奶奶說，寶玉的事，老太太總是要親上作親的，憑誰來說親，橫豎不中用。」雪雁聽到這裡，也忘了神了，因說道：「這是怎麼說？白白的送了我們這一位的命了！」侍書道：「這是從哪裡說起？」雪雁道：「你還不知道呢！前日都是我和紫鵑姐姐說來著，這一位聽見了，就弄到這步田地了。」侍書道：「你悄悄兒的說罷，看仔細他聽見了。」雪雁道：「人事都不醒了，瞧瞧罷，左不過❶在這一兩天了。」正說著，只見紫鵑掀簾進來說：「這還了得！你們有什麼話還不出去說，還在這裡說！索性逼死他就完了！」侍書道：「我不信有這樣奇事。」紫鵑道：「好姐姐，不是我說，你又該惱了。你懂得什麼呢？懂得也不傳這些舌了。」

這裡三個人正說著，只聽黛玉忽然又嗽了一聲，紫鵑連忙跑到炕沿前站著，侍書、雪雁也都不言語了。紫鵑彎著腰，在黛玉身後輕輕問道：「姑娘，喝口水罷？」黛玉微微答應了一聲。雪雁連忙倒了半鍾滾白水，紫鵑接了托著，侍書也走近前來。紫鵑和他搖頭兒，不叫他說話，侍書只得咽住了。站了一會，黛玉又嗽了一聲。紫鵑趁勢問道：「姑娘，喝口水呀！」黛玉又微微應了一聲，那頭似有欲抬之意，哪裡抬得起？紫鵑爬上炕去，爬在黛玉旁邊，端著水，試了冷熱，送到唇邊，扶了黛玉的頭，就到碗邊喝了一口。紫鵑纔要拿時，黛玉意思還要喝一口，紫鵑便托著那碗不動。黛玉又喝了一口，搖搖頭兒不喝了，喘了一口氣，仍舊躺下。半日，微微睜眼，說道：「剛纔說話不是侍書麼？」紫鵑答應道：「是。」侍書尚未出去，因連忙過來問候。黛玉睜眼看了，點點頭兒，又歇了一歇，說道：「回去問你姑娘好罷。」侍書見這番光景，只當黛玉嫌煩，只得悄悄的退出去了。

❶ 左不過：有左右、反正、橫豎的意思。與「左不是」同。

原來那黛玉雖則病勢沉重，心裡卻還明白。起先侍書、雪雁說話時，他也模糊聽見了一半句，卻只作不知，也因實無精神答理。及聽了雪雁、侍書的話，纔明白過前頭的事情原是議而未成的。又兼侍書說是鳳姐說的，老太太的主意，親上作親，又是園中住著的，非自己而誰？因此一想，陰極陽生，心神頓覺清爽許多，所以纔喝了兩口水，又要想問侍書的話。恰好賈母、王夫人、李紈、鳳姐聽見紫鵑之言都趕著來看。黛玉心中疑團已破，自然不似先前尋死之意了。雖身體軟弱，精神短少，卻也勉強答應一兩句了。鳳姐因叫過紫鵑，問道：「姑娘也不至這樣。這是怎麼說，你這樣唬人！」紫鵑道：「實在頭裡看著不好，纔敢去告訴的。回來見姑娘竟好了許多，也就怪了。」賈母笑道：「你也別怪他。他懂得什麼！看見不好就言語，這倒是他明白的地方。小孩子家，不嘴懶腳嫩就好。」說了一回，賈母等料著無妨，也就去了。正是：「心病終須心藥治，解鈴還是繫鈴人❷。」

不言黛玉病漸減退。且說雪雁、紫鵑背地裡都念佛。雪雁向紫鵑說道：「虧他好了！只是病的奇怪，好的也奇怪。」紫鵑道：「病的倒不怪，就只好的奇怪。想來寶玉和姑娘必是姻緣。人家說的：『好事多磨。』又說道：『是姻緣棒打不回。』這麼看起來，人心天意，他們兩個竟是天配的了。再者，你想那一年我說了林姑娘要回南去，把寶玉沒急死了，鬧得家翻宅亂；如今一句話，又把這一個弄得死去活來，可不說的『三生石上五百年前結下的』麼？」說著，兩個悄悄的抿著嘴笑了一回。雪雁又道：「幸虧好了！偺們明兒再別說了，就是寶玉娶了別的人家兒的姑娘，我親見他在那裡結親，我也再不露一句話了。」紫鵑笑道：「這就是了。」不但紫鵑和雪雁在私下裡講究，就是眾人也都知道黛玉的病也病得奇怪，好也好得奇怪，三三兩兩，唧唧噥噥議論著。不多幾時，連鳳姐兒也知道了，邢、王二夫人也有些疑惑，倒是賈母略猜著了八九。

❷ 解鈴還是繫鈴人：這是說一件事出了問題，仍須由原來做的人自己去解決。

那時正值邢、王二夫人、鳳姐等在賈母房中說閒話。說起黛玉的病來，賈母道：「我正要告訴你們，寶玉和林丫頭是從小兒在一處的，我只說小孩子們，怕什麼？以後時常聽得林丫頭忽然病，忽然好，都為有了些知覺了，所以我想他們若盡著擱在一塊兒，畢竟不成體統。你們怎麼說？」王夫人聽了，便獃了一獃，只得答應道：「林姑娘是個有心計兒的。至於寶玉，獃頭獃腦，不避嫌疑是有的。看起外面，卻還都是個小孩兒形像。此時若忽然或把那一個分出園外，不是倒露了什麼痕跡了麼？古來說的：『男大須婚，女大須嫁。』老太太想，倒是趕著把他們的事辦辦也罷了。」賈母皺了一皺眉，說道：「林丫頭的乖僻，雖也是他的好處，我的心裡不把林丫頭配他，也是為這點子；況且林丫頭這樣虛弱，恐不是有壽的。只有寶丫頭最妥。」王夫人道：「不但老太太這麼想，我們也是這麼想；但林姑娘也得給他說了人家兒纔好，不然，女孩兒家長大了，哪個沒有心事？倘或真與寶玉有些私心，若知道寶玉定下寶丫頭，那倒不成事了。」賈母道：「自然先給寶玉娶了親，然後給林丫頭說人家，再沒有先是外人，後是自己的。況且林丫頭年紀到底比寶玉小兩歲。依你們這麼說，倒是寶玉定親的話，不許叫他知道倒罷了。」鳳姐便吩咐眾丫頭們道：「你們聽見了？寶二爺定親的話，不許混吵嚷；若有多嘴的，提防著他的皮！」賈母又向鳳姐道：「鳳哥兒，你如今自從身上不大好，也不大管園裡的事了。我告訴你，須得經點兒心。不但這個，就像前年那些人喝酒耍錢，都不是事。你還精細些，少不得多分點心兒，嚴緊嚴緊他們纔好。況且我看他們也就只還服你。」鳳姐答應了，娘兒們又說了一回話，方各自散了。

從此，鳳姐常到園中照料。一日，剛走進大觀園，到了紫菱洲畔，只聽見一個老婆子在那裡嚷。鳳姐走到跟前，那婆子纔瞧見了，早垂手侍立，口裡請了安。鳳姐道：「你在這裡鬧什麼？」婆子道：「蒙奶奶們派我在這裡看守花果，我也沒有差錯，不料邢姑娘的丫頭說我們是賊。」鳳姐道：「為什麼呢？」婆子道：「昨兒我們家的黑兒跟著我到這裡頑了一回，他不知道，又往邢姑娘那裡去瞧了一瞧，我就叫他回去了。今兒早起，聽見他們丫頭說，丟了東西了。我問他丟了什麼，他就問起我來了。」鳳姐道：「問了你一聲，也犯不著生氣呀！」婆子道：「這裡園子，到底是奶奶家裡的，並不是他們家裡的。我們都是奶奶派的，賊名兒怎麼敢認呢？」鳳姐照臉啐了一口，厲聲道：「你少在我跟前嘮嘮叨叨的！你在這裡照看，姑娘丟了東西，你們就該問哪！怎麼說出這些沒道理的話來？把老林叫了來，攆他出去！」丫頭們答應了。只見邢岫烟趕忙出來，迎著鳳姐陪笑道：「這使不得，沒有的事，事情早過去了。」鳳姐道：「姑娘，不是這個話。倒不講事情，這名分上太豈有此理了！」岫烟見婆子跪在地下告饒，便忙請鳳姐到裡邊去坐。鳳姐道：「他們這種人，我知道他，除了我，其餘都沒上沒下的了。」岫烟再三替他討饒，只說自己的丫頭不好。鳳姐道：「我看著邢姑娘的分上，饒你這一次！」婆子纔起來，磕了頭，又給岫烟磕了頭，纔出去了。

這裡二人讓了坐，鳳姐笑問道：「你丟了什麼東西了？」岫烟笑道：「沒有什麼要緊的，是一件紅小襖兒，已經舊了的。我原叫他們找，找不著就罷了。這小丫頭不懂事，問了那婆子一聲，那婆子自然不依了。這都是小丫頭糊塗不懂事，我也罵了幾句。已經過去了，不必再提了。」鳳姐把岫烟內外一瞧，看見雖有些皮綿衣服，已是半新不舊的，未必能暖和，他的被窩多半是薄的。至於房中桌上擺設的東西，就是老太太拿來的，卻一些不動，收拾的乾乾淨淨。鳳姐心上便很愛敬他，說道：「一件衣服，原不要緊。這時候冷，又是貼身的，怎麼就不問一聲兒呢？這撒野的奴才，了不得了！」說了一會，鳳姐出來，各處去坐了一坐，就回去了，到了自己房中，叫平兒取了一件大紅洋縐的小襖兒，一件松花色綾子一斗珠兒的小皮襖，一條寶藍盤錦鑲花線裙，一件佛青銀鼠褂子，包好叫人送去。

那時岫烟被那老婆子聒噪了一場，雖有鳳姐來壓住，心上終是不定。想起：「許多姐妹們在這裡，沒有一個下人敢得罪他們的；獨我這裡，他們言三語四，剛剛鳳姐來碰見……」想來想去，終是沒意思，又說不出來。

正在吞聲飲泣，看見鳳姐那邊的豐兒送衣服過來。岫烟一看，決不肯受。豐兒道：「奶奶吩咐我說，姑娘要嫌是舊衣裳，將來送新的來。」岫烟笑謝道：「承奶奶的好意。只是因我丟了衣服，他就拿來，我斷不敢受的。你拿回去，千萬謝你們奶奶！承你奶奶的情，我算領了。」倒拿個荷包給了豐兒，那豐兒只得拿了去了。不多時，又見平兒同著豐兒過來，岫烟忙迎著問了好，讓了坐。平兒笑說道：「我們奶奶說，姑娘特外道❸的了不得。」岫烟道：「不是外道，實在不過意。」平兒道：「奶奶說，姑娘要不收這衣裳，不是嫌太舊，就是瞧不起我們奶奶。剛纔說了，我要拿回去，奶奶不依我呢。」岫烟紅著臉笑謝道：「這樣說了，叫我不敢不收。」又讓了一回茶。

平兒和豐兒回去，將到鳳姐那邊，碰見薛家差來的一個老婆子，接著問好。平兒便問道：「你哪裡來的？」婆子道：「那邊太太、姑娘叫我來請各位太太、奶奶、姑娘們的安。我纔剛在奶奶前問起姑娘來，說姑娘到園中去了。可是從邢姑娘那裡來麼？」平兒道：「你怎麼知道？」婆子道：「方纔聽見說，真真的二奶奶和姑娘們的行事叫人感念！」平兒笑了一笑，說道：「你回來坐著罷。」婆子道：「我還有事，改日再過來瞧姑娘罷。」說著走了。平兒回來，回覆了鳳姐。不在話下。

且說薛姨媽家中被金桂攪得翻江倒海，看見婆子回來，說起岫烟的事，寶釵母女二人不免滴下淚來。寶釵道：「都為哥哥不在家，所以叫邢姑娘多吃幾天苦。如今還虧鳳姐姐不錯。偺們底下也得留心，倒底是偺們家裡人。」說著，只見薛蝌進來說道：「大哥哥這幾年在外頭相與的都是些什麼人！連一個正經的也沒有，來一起子，都是些狐群狗黨！我看他們哪裡是不放心？不過將來探探消息兒罷咧！這兩天都被我趕出去了。以後吩咐了門上，不許傳進這種人來。」薛姨媽道：「又是蔣玉菡那些人哪？」薛蝌道：「蔣玉菡卻倒沒來，倒是別

❸ 外道：客氣的意思。

人。」薛姨媽聽了薛蝌的話，不覺又傷起心來，說道：「我雖有兒，如今就像沒有的了。就是上司准了，也是個廢人。你雖是我侄兒，我看你還比你哥哥明白些，我這後輩子全靠你了。你自己從今更要學好。再者，你聘下的媳婦兒，家道不比往時了。人家的女孩兒出門子不是容易，再沒別的想頭，只盼著女壻能幹，他就有日子過了。若邢丫頭也像這個東西……」說著，把手往裡頭一指道：「我也不說了。邢丫頭實在是個有廉恥，有心計兒的，又守得貧，耐得富。只是等偺們的事過去了，早些兒把你們的正經事完結了，也了我一宗心事。」薛蝌道：「琴妹妹還沒有出門子，這倒是太太煩心的一件事。至於這個，可算什麼呢！」

大家又說了一回閒話，薛蝌回到自己屋裡，吃了晚飯，想起邢岫烟住在賈府園中，終是寄人籬下；況且又窮，日用起居不想可知。況兼當初一路同來，模樣兒、性格兒，都知道的。可知天意不均：如夏金桂這種人，偏叫他有錢，嬌養得這般潑辣；邢岫烟這種人，偏叫他這樣受苦。閻王判命的時候，不知如何判法的！想到悶來，也想吟詩一首，寫出來出出胸中的悶氣。又苦自己沒有工夫，只得混寫道：

蛟龍失水似枯魚，兩地情懷感索居。同在泥塗多受苦，不知何日向清虛？

寫畢，看了一回，意欲拿來粘在壁上，又不好意思，自己沉吟道：「不要被人看見笑話。」又念了一遍，道：「管他呢！左右粘上，自己看著解悶兒罷。」又看了一回，到底不好，拿來夾在書裡。又想：「自己年紀可也不小了，家中又碰見這樣飛災橫禍，不知何日了局。致使幽閨弱質，弄得這般淒涼寂寞！」

正在那裡想時，只見寶蟾推進門來，拿著一個盒子，笑嘻嘻放在桌上。薛蝌站起來讓坐。寶蟾笑著向薛蝌道：「這是四碟果子，一小壺兒酒。大奶奶叫給二爺送來的。」薛蝌陪笑道：「大奶奶費心！但是叫小丫頭們送來就完了，怎麼又勞動姐姐呢？」寶蟾道：「好說。自家人，二爺何必說這些套話？再者我們大爺這件事，實在叫二爺操心，大奶奶久已要親自弄點什麼兒謝二爺，又怕別人多心。二爺是知道的，偺們家裡都是言合意不合，送點子東西沒要緊，倒沒的惹人七嘴八舌的講究。所以今兒些微的弄了一兩樣果子，一壺酒，叫我親自悄悄兒的送來。」說著，又笑瞅了薛蝌一眼，道：「明兒二爺再別說這些話，叫人聽著怪不好意思的。我們不過也是底下的人，伏侍的著大爺，就伏侍的著二爺，這有何妨呢？」薛蝌一則秉性忠厚，二則到底年輕，只是向來不見金桂和寶蟾如此相待，心中想到剛纔寶蟾說為薛蟠之事也有情理，因說道：「果子留下罷，這個酒兒，姐姐只管拿回去。我向來的酒上實在很有限，擠住了，偶然喝一鍾；平白無事，是不能喝的。難道大奶奶和姐姐還不知道麼？」寶蟾道：「別的我作得主，獨這一件事，我可不敢應。大奶奶的脾氣兒，二爺是知道的。我拿回去，不說二爺不喝，倒要說我不盡心了。」薛蝌沒法，只得留下。寶蟾方纔要走，又到門口往外看看，回過頭來向著薛蝌一笑，又用手指著裡面說道：「他還只怕要來親自給你道乏呢。」薛蝌不知何意，反倒訕訕的起來，因說道：「姐姐替我謝大奶奶罷。天氣寒，看涼著。再者，自己叔嫂，也不必拘這些個禮。」寶蟾也不答言，笑著走了。

薛蝌始而以為金桂為薛蟠之事，或者真是不過意，備此酒果給自己道乏，也是有的。及見了寶蟾這種鬼鬼祟祟、不尷不尬的光景，也覺了幾分，卻自己回心一想：「他到底是嫂子的名分，哪裡就有別的講究了呢？或者寶蟾不老成，自己不好意思怎麼著，卻指著金桂的名兒，也未可知。然而到底是哥哥的屋裡人，也不好……」忽又一轉念：「那金桂素性為人毫無閨閣理法，況且有時高興，打扮的妖調非常，自以為美，又焉知不是懷著壞心呢？不然，就是他和琴妹妹也有了什麼不對的地方兒，所以設下這個毒法兒，要把我拉在渾水裡，弄一個不清不白的名兒，也未可知。」想到這裡，索性倒怕起來了。正在不得主意的時候，忽聽窗外噗哧的笑了一聲，把薛蝌倒嚇了一跳。未知是誰，下回分解。

第九十一回　縱淫心寶蟾工設計　布疑陣寶玉妄談禪

話說薛蝌正在狐疑，忽聽窗外一笑，嚇了一跳，心中想道：「不是寶蟾，定是金桂。只不理他們，看他們有什麼法兒！」聽了半日，卻又寂然無聲。自己也不敢吃那酒果，掩上房門，剛要脫衣時，只聽見窗紙上微微一響。薛蝌此時被寶蟾鬼混了一陣，心中七上八下，竟不知如何是好。只聽見窗紙微響，細看時又無動靜，自己反倒疑心起來，掩了懷，坐在燈前獃獃的細想。又把那果子拿了一塊，翻來覆去的細看。猛回頭，看見窗上的紙濕了一塊。走過來覷著眼看時，冷不防外面往裡一吹，把薛蝌嚇了一大跳。聽得吱吱的笑聲，薛蝌連忙把燈吹滅了，屏息而臥。只聽外面一個人說道：「二爺為什麼不喝酒吃果子就睡了？」這句話仍是寶蟾的語音，薛蝌只不作聲裝睡。又隔有兩句話時，又聽得外面似有恨聲道：「天下哪裡有這樣沒造化的人！」薛蝌聽了似是寶蟾，又似是金桂的語音，這纔知道他們原來是這一番意思。翻來覆去，直到五更後纔睡著了。

剛到天明，早有人來扣門。薛蝌忙問：「是誰？」外面也不答應。薛蝌只得起來，開了門看時，卻是寶蟾，攏著頭髮，掩著懷，穿一件片錦邊琵琶襟小緊身，上面繫一條松花綠半新的汗巾，下面並未穿裙，正露著石榴紅灑花夾褲，一雙新繡紅鞋。原來寶蟾尚未梳洗，恐怕人見，趕早來取傢伙。薛蝌見他這樣打扮便走進來，心中又是一動，只得陪笑問道：「怎麼這樣早就起來了？」寶蟾把臉紅著，並不答言，只管把果子折在一個碟子裡，端著就走。薛蝌見他這般，知是昨晚的原故，心裡想道：「這也罷了。倒是他們惱了，索性死了心，也省了來纏。」於是把心放下，喚人舀水洗臉，自己打算在家裡靜坐兩天，一則養養神，二則出去怕人找他。

原來和薛蟠好的那些人因見薛家無人，只有薛蝌在那裡辦事，年紀又輕，便生出許多覬覦之心。也有想插

薛蝌。（清改琦繪，紅樓夢圖詠）

在裡頭做跑腿兒的；也有能做狀子，認得一二個書役的，要給他上下打點的；甚至有叫他在內趁錢的；也有造作謠言恐嚇的。種種不一。薛蝌見了這些人，遠遠躲避，又不敢面辭，恐怕激出意外之變，只好藏在家中聽候轉詳。不提。

且說金桂昨夜打發寶蟾送了些酒果去探探薛蝌的消息。寶蟾回來，將薛蝌的光景一一的說了。金桂見事有些不大投機，便怕白鬧一場，反被寶蟾瞧不起；要把兩三句話遮飾，改過口來，又可惜了這個人，心裡倒沒了主意，只是怔怔的坐著。哪知寶蟾亦知薛蟠難以回家，正欲尋個頭路，因怕金桂拿他，所以不敢透漏。今見金桂所為，先已開了端了，他便樂得借風使船，先弄薛蝌到手，不怕金桂不依，所以用言挑撥。見薛蝌似非無情，又不甚兜攬，一時也不敢造次。後來見薛蝌吹燈自睡，大覺掃興，回來告訴金桂，看金桂有甚方法，再作道理。及見金桂怔怔的，似乎無技可施，他也只得陪金桂收拾睡了。夜裡哪裡睡得著，翻來覆去，想出一個法子來：不如明兒一早起來，先去取了傢伙，卻自己換上一兩件動人的衣服，也不梳洗，越顯出一番嬌媚來。只看薛蝌的神情，自己反倒裝出一番惱意，索性不理他。那薛蝌若有悔心，自然移船泊岸，不愁不先到手。及至見了薛蝌仍是昨晚光景，並無邪僻之意，自己只得以假為真，端了碟子回來，卻故意留下酒壺，以為再來搭轉之地。只見金桂問道：「你拿東西去，有人碰見麼？」寶蟾道：「沒有。」金桂道：「二爺也沒問你什麼？」寶蟾道：「也沒有。」

金桂因一夜不曾睡，也想不出個法子來，只得回思道：「若作此事，別人可瞞，寶蟾如何能瞞？不如我分惠於他，他自然沒有不盡心的。況我又不能自去，少不得要他作腳❶，倒不如和他商量一個穩便主意。」因帶笑說道：「你看二爺到底是個怎麼樣的個人？」寶蟾道：「倒像是個糊塗人。」金桂聽了，笑道：「你如何說起爺們來了？」寶蟾也笑道：「他辜負奶奶的心，我就說得他！」金桂道：「他怎麼辜負我的心？你倒得說說。」寶蟾道：「奶奶給他好東西吃，他倒不吃，這不是辜負奶奶的心麼？」說著，卻把眼溜著金桂一笑。金桂道：「你別胡想！我給他送東西，為大爺的事不辭勞苦，我所以敬他；又怕人說瞎話，所以問你。你這些話向我說，我不懂是什麼意思。」寶蟾笑道：「奶奶別多心。我是跟奶奶的，還有兩個心麼？但是事情要密些，倘或聲張起來，不是頑的。」

金桂也覺得臉飛紅了，因說道：「你這個丫頭就不是個好貨！想來你心裡看上了，卻拿我作筏子，是不是呢？」寶蟾道：「只是奶奶那麼想罷咧，我倒是替奶奶難受。奶奶要真瞧二爺好，我倒有個主意。奶奶想，『哪個耗子不偷油呢？』他也不過怕事情不密，大家鬧出亂子來不好看。依我想，奶奶且別性急，時常在他身上，不周不備的去處張羅張羅。他是個小叔子，又沒娶媳婦兒，奶奶就多盡點心兒，和他貼個好兒，別人也說不出什麼來。過幾天，他感奶奶的情，他自然要謝候奶奶。那時奶奶再備點東西兒在咱們屋裡，我幫著奶奶灌醉了他，怕跑了他？他要不應，咱們索性鬧起來，就說他調戲奶奶。他害怕，自然得順著咱們的手兒。他再不應，他也不是人，咱們也不至白丟了臉面。奶奶想怎麼樣？」金桂聽了這話，兩顴早已紅暈了，笑罵道：「小蹄子，你倒像偷過多少漢子似的！怪不得大爺在家時，離不開你！」寶蟾把嘴一撇，笑說道：「罷喲！人家倒替奶奶拉縴，奶奶倒和我們說這個話咧！」從此，金桂一心籠絡薛蝌，倒無心混鬧了，家中也少覺安靜。

❶ 作腳：傳遞消息。

當日寶蟾自去取了酒壺，仍是穩穩重重，一臉的正氣。薛蝌偷眼看了，反倒後悔，疑心或者是自己錯想了他們，也未可知。果然如此，倒辜負了他這一番美意。保不住日後倒要和自己也鬧起來，豈非自惹的呢？過了兩天，甚覺安靜。薛蝌遇見寶蟾，寶蟾便低頭走了，連眼皮兒也不抬；遇見金桂，金桂卻一盆火兒的趕著。薛蝌見這般光景，反倒過意不去。這且不表。

且說寶釵母女覺得金桂幾天安靜，待人忽然親熱起來，一家子都為罕事。薛姨媽十分歡喜，想到：「必是薛蟠娶這媳婦時沖犯了什麼，纔敗壞了這幾年。目今鬧出這樣事來，虧得家裡有錢，賈府出力，方纔有了指望。媳婦忽然安靜起來，或者是蟠兒轉過運氣來了，也未可知。」於是自己心裡倒以為希有之奇。這日飯後，扶了同貴過來，到金桂房裡瞧瞧。走到院中，只聽一個男人和金桂說話。同貴知機，便說道：「大奶奶，老太太過來了。」說著，已到門口，只見一個人影兒在房門後一躲。薛姨媽一嚇，倒退了出來。金桂道：「太太請裡頭坐，沒有外人。他就是我的過繼兄弟，本住在屯裡，不慣見人。因沒有見過太太，今兒纔來，還沒去請太太的安。」薛姨媽道：「既是舅爺，不妨見見。」金桂叫兄弟出來，見了薛姨媽，作了一個揖，問了好。薛姨媽也問了好，坐下敘起話來。薛姨媽道：「舅爺上京幾時了？」那夏三道：「前月我媽沒有人管家，把我過繼來的。前日纔進京，今日來瞧姐姐。」薛姨媽看那人不尷尬❷，於是略坐坐兒，便起身道：「舅爺坐著罷。」回頭向金桂道：「舅爺頭上末下❸的來，留在偺們這裡吃了飯再去罷。」金桂答應著，薛姨媽自去了。

金桂見婆婆去了，便向夏三道：「你坐著罷。今日可是過了明路的了，省了我們二爺查考你。我今日還要叫你買些東西，只別叫眾人看見。」夏三道：「這個交給我就完了。你要什麼，只要有錢，我就買得來。」金

❷ 不尷尬：這裡是不正經、奇怪異常的意思。

❸ 頭上末下：頭一回；第一次。

桂道：「且別說嘴，你買上了當，我可不收。」說著，二人又笑了一回，然後金桂陪夏三吃了晚飯，又告訴他買的東西，又囑咐一回，夏三自去。從此，夏三往來不絕。雖有個年老的門上人，知是舅爺，也不常回。從此生出無限風波。這是後話，不表。

一日，薛蟠有信寄回，薛姨媽打開叫寶釵看時，上寫：

男在縣裡也不受苦，母親放心。但昨日縣裡書辦說，府裡已經准詳，想是我們的情到了。豈知府裡詳上去，道裡反駁下來了。虧得縣裡主文相公好，即刻做了回文頂上去了，那道裡卻把知縣申飭。現在道裡要親提，若一上去，又要吃苦。必是道裡沒有託到。母親見字，快快託人求道爺去！還叫兄弟快來，不然，就要解道。銀子短不得，火速！火速！

薛姨媽聽了，又哭了一場，自不必說。寶釵和薛蝌一面勸慰，一面說道：「事不宜遲！」薛姨媽沒法，只得叫薛蝌到縣照料，命人即忙收拾行李，兌了銀子，家人李祥本在那裡照應的，薛蝌又同著一個當舖中夥計，連夜起程。

那時手忙腳亂，雖有下人辦理，寶釵又恐他們思想不到，親來幫著，直鬧至四更纔歇。到底富家女子嬌養慣了的，心上又急，又勞苦了一夜，晚上就發燒。到了明日，湯水都吃不下去。鶯兒忙回了薛姨媽。薛姨媽急來看時，只見寶釵滿面通紅，身如燔灼，話都不說。薛姨媽慌了手腳，便哭得死去活來。寶琴扶著勸解。香菱也淚如泉湧，只管叫著。寶釵不能說話，連手也不能搖動，眼乾鼻塞。叫人請醫調治，漸漸蘇醒回來，薛姨媽等大家略略放心。早驚動榮寧兩府的人，先是鳳姐打發人送十香返魂丹來，隨後王夫人又送至寶丹來，賈母、邢、王二夫人以及尤氏等都打發丫頭來問候，卻都不叫寶玉知道。一連治了七八天，終不見效。還是他自己想起「冷香丸」，吃了三丸，纔得病好。後來寶玉也知道了，因病好了，沒有瞧去。

那時薛蝌又有信回來。薛姨媽看了，怕寶釵耽憂，也不叫他知道，自己來求王夫人，並述了一會子寶釵的病。薛姨媽去後，王夫人又求賈政。賈政道：「此事上頭可託，底下難託，必須打點纔好。」王夫人又提起寶釵的事來，因說道：「這孩子也苦了。既是我家的人了，也該早些娶了過來纔是，別叫他糟蹋壞了身子。」賈政道：「我也是這麼想。但是他家忙亂，況且如今到了冬底，已經年近歲逼，不無各自要料理些家務。今冬且放了定，明春再過禮。過了老太太的生日，就定日子娶。你把這番話先告訴薛姨太太。」王夫人答應了。

到了明日，王夫人將賈政的話向薛姨媽說了，薛姨媽想著也是。到了飯後，王夫人陪著來到賈母房中，大家讓了坐。賈母道：「姨太太纔過來？」薛姨媽道：「還是昨兒過來的，因為晚了，沒得過來給老太太請安。」王夫人便把賈政昨夜說的話向賈母述了一遍，賈母甚喜。說著，寶玉進來了，賈母便問道：「吃了飯了沒有？」寶玉道：「纔打學房裡回來，吃了要往學房裡去，先見見老太太。又聽見說姨媽來了，過來給姨媽請請安。」因問：「寶姐姐可大好了？」薛姨媽笑道：「好了。」原來方纔大家正說著，見寶玉進來，都煞住了。寶玉坐了坐，見薛姨媽神情不似從前親熱，「雖是此刻沒有心情，也不犯大家都不言語……」滿腹猜疑，自往學中去了。

晚間回來，都見過了，便往瀟湘館來。掀簾進去，紫鵑接著。見裡間屋內無人。寶玉道：「姑娘哪裡去了？」紫鵑道：「上屋裡去了。知道姨太太過來，姑娘請安去了。二爺沒有到上屋裡去麼？」寶玉道：「我去了來的，沒有見你們姑娘。」紫鵑道：「這也奇了。」寶玉問：「姑娘到底哪裡去了？」紫鵑道：「這就不定了。」寶玉往外便走。剛要出屋門，只見黛玉帶著雪雁，冉冉而來。寶玉道：「妹妹回來了。」縮身退步，仍跟進來。

黛玉進來，走入裡間屋內，便請寶玉裡頭坐，紫鵑拿了一件外罩換上，然後坐下問道：「你上去，看見姨媽沒有？」寶玉道：「見過了。」黛玉道：「姨媽說起我沒有？」寶玉道：「不但沒有說起你，連見了我也不像先時親熱。我問起寶姐姐的病來，他不過笑了一笑，並不答言。難道怪我這兩天沒有去瞧他麼？」黛玉笑了一笑，道：「你去瞧過沒有？」寶玉道：「頭幾天不知道；這兩天知道了，也沒有去。」黛玉道：「可不是！」寶玉道：「老太太不叫我去，太太也不叫我去，老爺又不叫我去，我如何敢去？若是像從前這扇小門走得通的時候兒，要我一天瞧他十趟也不難，如今把門堵了，要打前頭過去，自然不便了。」黛玉道：「他哪裡知道這個原故？」寶玉道：「寶姐姐為人是最體諒我的。」黛玉道：「你不要自己打錯了主意。若論寶姐姐，更不體諒，又不是姨媽病，是寶姐姐病。向來在園中作詩、賞花、飲酒，何等熱鬧！如今隔開了，你看見他家裡有事了，他病到那步田地，你像沒事人一般，他怎麼不惱呢？」寶玉道：「這樣，難道寶姐姐便不和我好了不成？」黛玉道：「他和你好不好，我卻不知，我也不過是照理而論。」

寶玉聽了，瞪著眼獃了半晌。黛玉看見寶玉這樣光景，也不睬他，只是自己叫人添了香，又翻出書來，細看了一會。只見寶玉把眉一皺，把腳一跺，道：「我想這個人，生他做什麼！天地間沒有了我，倒也乾淨！」黛玉道：「原是有了我，便有了人；有了人，便有無數的煩惱生出來，恐怖、顛倒、夢想，更有許多纏礙。纔剛我說的，都是頑話。你不過是看見姨媽沒精打彩，如何便疑到寶姐姐身上去？姨媽過來原為他的官司事情，心緒不寧，哪裡還來應酬你？都是你自己心上胡思亂想，鑽入魔道裡去了。」寶玉豁然開朗，笑道：「很是，很是。你的性靈，比我竟強遠了。怨不得前年我生氣的時候，你和我說過幾句禪語，我實在對不上來。我雖丈六金身，還藉你一莖所化。❹」

黛玉乘此機會，說道：「我便問你一句話，你如何回答？」寶玉盤著腿，合著手，閉著眼，撅著嘴道：「講來。」黛玉道：「寶姐姐和你好，你怎麼樣？寶姐姐不和你好，你怎麼樣？寶姐姐前兒和你好，如今不和你好，

❹ 丈六金身二句：丈六金身，佛像。借指佛。一莖，代指蓮花。一莖所化，佛教指佛由蓮花化生。

你怎麼樣？今兒和你好，後來不和你好，你怎麼樣？你和他好，他偏不和你好，你怎麼樣？你不和他好，他偏要和你好，你怎麼樣？」寶玉獃了半晌，忽然大笑道：「任憑弱水三千，我只取一瓢飲。❺」黛玉道：「瓢之漂水❻，奈何？」寶玉道：「非瓢漂水，水自流，瓢自漂耳。」黛玉道：「水止珠沉❼，奈何？」寶玉道：「禪心已作沾泥絮❽，莫向春風舞鷓鴣。」黛玉道：「禪門第一戒是不打誑語的。」寶玉道：「有如三寶❾。」

黛玉低頭不語。只聽見簷外老鴉呱呱的叫了幾聲，便飛向東南上去。寶玉道：「不知主何吉凶？」黛玉道：「人有吉凶事，不在鳥音中。」忽見秋紋走來說道：「請二爺回去。老爺叫人到園裡來問過，說二爺打學裡回來了沒有？襲人姐姐只說已經回來了。快去罷。」嚇的寶玉站起身來，往外忙走。黛玉也不敢相留。未知何事，下回分解。

❺ 任憑二句：弱水有三千里之長，水雖多，但我僅取其中一瓢而飲。比喻可愛者雖多，然我情有所獨鍾。弱水，古河名。

❻ 瓢之漂水：瓢被水漂走。暗喻婚事無法自主。

❼ 水止珠沉：暗喻所鍾情者死亡。

❽ 禪心句：禪定之心已像被泥沾住的飛絮一樣，靜止不動。比喻對愛情的堅貞不渝。語本宋釋道潛贈妓：「禪心已作沾泥絮，不逐東風上下狂。」

❾ 三寶：佛教指佛、法、僧三者。

第九十二回　評女傳巧姐慕賢良　玩母珠賈政參聚散

話說寶玉從瀟湘館出來，連忙問秋紋道：「老爺叫我作什麼？」秋紋笑道：「沒有叫；襲人姐姐叫我請二爺，我怕你不來，纔哄你的。」寶玉聽了，纔把心放下，因說：「你們請我也罷了，何苦來嚇我？」說著，回到怡紅院內。襲人便問道：「你這好半天到哪裡去了？」寶玉道：「在林姑娘那邊，說起姨媽家寶姐姐的事來，就坐住了。」襲人又問道：「說些什麼？」寶玉將打禪語的話述了一遍。襲人道：「你們再沒個計較。正經說些家常閒話兒，或講究些詩句，也是好的，怎麼又說到禪語上了？又不是和尚。」寶玉道：「你不知道，我們有我們的禪機，別人是插不下嘴去的。」襲人笑道：「你們參禪參翻了，又叫我們跟著打悶葫蘆了。」寶玉道：「頭裡我也年紀小，他也孩子氣，所以我說了不留神的話，他就惱了。如今我也留神，他也沒有惱的了。只是他近來不常過來，我又念書，偶然到一處，好像生疏了似的。」襲人道：「原該這麼著纔是。都長了幾歲年紀了，怎麼好意思還像小孩子時候的樣子。」

寶玉點頭道：「我也知道。如今且不用說那個。我問你，老太太那裡打發人來說什麼來著沒有？」襲人道：「沒有說什麼。」寶玉道：「必是老太太忘了。明兒不是十一月初一日麼？年年老太太那裡必是個老規矩，要辦『消寒會』，齊打夥兒坐下喝酒說笑。我今日已經在學房裡告了假了。這會子沒有信兒，明兒可是去不去呢？若去了呢，白白的告了假；若不去，老爺知道了，又說我偷懶。」襲人道：「據我說，你竟是去的是，纔念的好些兒了，又想歇著。依我說你也該上緊些纔好。昨兒聽見太太說，蘭哥兒念書真好，他打學房裡回來，還各自念書作文章，天天晚上弄到四更多天纔睡。你比他大多了，又是叔叔，倘或趕不上他，又叫老太太生氣，倒不如明兒早起去罷。」麝月道：「這樣冷天，已經告了假又去，叫學房裡說：既這麼著，就不該告假呀。顯見的是告謊假脫滑兒。依我說，落得歇一天。就是老太太忘記了，偺們這裡就不消寒了麼？偺們也鬧個會兒不好麼？」襲人道：「都是你起頭兒，二爺更不肯去了。」麝月道：「我也是樂一天是一天，比不得你要好名兒，使喚一個月再多得二兩銀子！」襲人啐道：「小蹄子！人家說正經話，你又來胡拉混扯的了！」麝月道：「我倒不是混拉扯，我是為你。」襲人道：「為我什麼？」麝月道：「二爺上學去了，你又該咕嘟著嘴想著，巴不得二爺早一刻兒回來，就有說有笑的了。這會子又假撇清❶，何苦呢！我都看見了。」

襲人正要罵他，只見老太太那裡打發人來，說道：「老太太說了，叫二爺明兒不用上學去呢。明兒請了姨太太來給他解悶，只怕姑娘們都來。家裡的史姑娘、邢姑娘、李姑娘們都請了，明兒來赴什麼『消寒會』呢。」寶玉沒有聽完，便喜歡道：「可不是？老太太最高興的！明日不上學，是過了明路的了。」襲人也不便言語了。那丫頭回去。寶玉認真念了幾天書，巴不得頑這一天，又聽見薛姨媽過來，想著寶姐姐自然也來，心裡喜歡，便說：「快睡罷，明日早些起來。」於是一夜無話。

到了次日，果然一早到老太太那裡請了安，又到賈政、王夫人那裡請了安。回明了老太太今兒不叫上學，賈政也沒言語，便慢慢退出來。走了幾步，便一溜煙跑到賈母房中。見眾人都沒來，只有鳳姐那邊的奶媽子帶了巧姐兒，跟著幾個小丫頭，過來給老太太請了安，說：「我媽媽先叫我來請安，陪著老太太說說話兒。媽媽回來就來。」賈母笑著道：「好孩子！我一早就起來了。等他們總不來，只有你二叔叔來了。」那奶媽子便說：「姑娘，給你叔叔請安。」寶玉也問了一聲：「妞妞好？」巧姐兒道：「我昨夜聽見我媽媽說，要請二叔叔去說話。」寶玉道：「說什麼呢？」巧姐兒道：「我媽媽說，我跟著李媽認了幾年字，不知道我認得不認得。我

❶ 假撇清：故意表示自己清白。含有掩飾的意思。

巧姐。　（清改琦繪，紅樓夢圖詠）

說：『都認得，我認給媽媽瞧。』媽媽說我瞎認，不信，說我一天盡子❷頑，哪裡認得！我瞧著那些字也不要緊，就是那女孝經❸也是容易念的。媽媽說我哄他，要請二叔叔得空兒的時候給我理理。」

賈母聽了，笑道：「好孩子，你媽媽是不認得字的，所以說你哄他。明兒叫你二叔叔理給他瞧瞧，他就信了。」寶玉道：「你認了多少字了？」巧姐兒道：「認了三千多字。念了一本女孝經，半個月頭裡又上了列女傳。」寶玉便道：「你念了懂得嗎？你要不懂，我倒是講講這個你聽罷。」賈母道：「做叔叔的也該講給侄女兒聽聽。」寶玉道：「那文王后妃❹不必說了，想來是知道的。那姜后脫簪待罪❺和齊國的無鹽安邦定國❻，是后妃裡頭的賢能的。若說有才的，

❷ 盡子：即「盡著」。老是；只管。

❸ 女孝經：唐侯莫陳邈之妻鄭氏仿孝經所著，闡揚婦女應守孝道之書。

❹ 文王后妃：周文王的正妃太姒，能協助文王治內。見劉向列女傳。

❺ 姜后句：周宣王早睡晚起，疏於朝政，其正妃姜后認為錯在自己，乃摘掉簪珥待罪，宣王受感動而勤於政事。見劉向列女傳。

❻ 無鹽句：無鹽，戰國齊國邑名。這裡代指無鹽邑之女鍾離春。鍾離春貌極醜，卻自薦於齊宣王，勸其革除弊政，宣王納其言而齊治，並立她為后。見劉向列女傳。

是曹大家、班婕妤、蔡文姬、謝道韞❼諸人。」巧姐問道：「那賢德的呢？」寶玉道：「孟光的荊釵布裙、鮑宣妻的提甕出汲、陶侃母的截髮留賓❽，這些不厭貧的就是賢德了。」巧姐欣然點頭。寶玉道：「還有苦的，像那樂昌破鏡、蘇蕙迴文❾。那孝的，木蘭代父從軍、曹娥投水尋屍❿等類，也難盡說。」

巧姐聽到這些，卻默默如有所思。寶玉又講那曹氏的引刀割鼻⓫及那些守節的，巧姐聽著更覺肅敬起來。寶玉恐他不自在，又說：「那些豔的，如王嬙、西子、樊素、小蠻、絳仙、文君、紅拂⓬，都是女中的……」尚未說出，賈母見巧姐默然，便說：「夠了，不用說了。你講的太多，他哪裡還記得呢！」巧姐兒道：「二叔叔纔說的，也有念過的，也有沒念過的。念過的二叔叔一講，我更知道了好些。」寶玉道：「那字是自然認得

❼ 曹大家句：曹大家，也作曹大姑，即班昭；蔡文姬，即蔡琰，見第一回注❺。班婕妤，西漢人，名不詳，因有文才，被漢成帝立為婕妤。謝道韞，東晉謝安的侄女，見第五回注㊶。

❽ 孟光句：孟光，東漢梁鴻妻，見第四十九回注㉜。鮑宣，東漢人，其妻桓少君本富家女，嫁鮑宣後去盛裝，著布衣，提甕汲水，安於貧賤。見東觀漢紀列女傳。陶侃，晉人，早年貧賤，友人來訪，其母截髮變賣以款待賓客。見晉書列女傳。

❾ 樂昌句：樂昌公主破鏡重圓，參見第七十八回注㉜。蘇蕙，東晉前秦女詩人，其夫竇滔遠謫，蘇蕙作回環反覆皆可讀的迴文詩織於錦上贈之，以表深情。見晉書列女傳。

❿ 曹娥句：曹娥，東漢上虞人。其父溺死江中不見屍，娥沿江號哭十七晝夜，投江而死。五日後抱父屍浮出。世傳為孝女。

⓫ 曹氏句：曹氏，三國魏曹文叔之妻。夫死，父令再嫁，她自割兩耳和鼻，以示守節之志。見三國志魏志夏侯曹傳裴注引晉皇甫謐列女傳。

⓬ 王嬙句：王嬙，即王昭君。西子，即西施。樊素、小蠻，唐詩人白居易的家伎，樊素擅歌，小蠻擅舞。絳仙，隋煬帝宮女，有詩才，被煬帝讚為女相如。文君，即卓文君，有文才，曾夜奔司馬相如。紅拂，唐杜光庭虬髯客傳中的人物。為隋代名妓，後為李靖之知己。

的了，不用再理了。」巧姐兒道：「我還聽見我媽媽昨兒說，我們家的小紅頭裡是二叔叔那裡的，我媽媽要了來，還沒有補上人呢。我媽媽想著要把什麼柳家的五兒補上，不知二叔叔要不要？」寶玉聽了更喜歡，笑著道：「你聽你媽媽的話！要補誰就補誰罷咧，又問什麼要不要呢？」因又向賈母笑道：「我瞧大妞妞這個小模樣兒，又有這個聰明兒，只怕將來比鳳姐姐還強呢，又比他認的字。」賈母道：「女孩兒家認得字呢也好，只是女工針黹倒是要緊的。」巧姐兒道：「我也跟著劉媽媽學著做呢。什麼扎花兒咧、拉鎖子⑬，我雖弄不好，卻也學著會做幾針兒。」賈母道：「偺們這樣人家，固然不仗著自己做，但只到底知道些，日後纔不受人家的拿捏⑭。」巧姐兒答應著「是」，還要寶玉解說列女傳，見寶玉獃獃的，也不敢再說。

你道寶玉獃的是什麼？只因柳五兒要進怡紅院，頭一次是他病了，不能進來；第二次王夫人攆了晴雯，大凡有些姿色的都不敢挑；後來又在吳貴家看晴雯去，五兒跟著他媽給晴雯送東西去，見了一面，更覺嬌娜嫵媚。今日虧得鳳姐想著，叫他補入小紅的窩兒，竟是喜出望外了，所以獃獃的想他。

賈母等著那些人，見這時候還不來，又叫丫頭去請。回來李紈同著他妹子、探春、惜春、史湘雲、黛玉都來了。大家請了賈母的安，眾人廝見，獨有薛姨媽未到。賈母又叫請去。果然薛姨媽帶著寶琴過來。寶玉請了安，問了好，只不見寶釵、邢岫烟二人。黛玉便問起：「寶姐姐為何不來？」薛姨媽假說身上不好。邢岫烟知道薛姨媽在坐，所以不來。寶玉雖見寶釵不來，心中納悶，因黛玉來了，便把想寶釵的心暫且擱開。不多時，邢、王二夫人也來了。鳳姐聽見婆婆們先到了，自己不好落後，只得打發平兒先來告假，說是：「正要過來，因身上發熱，過一會兒就來。」賈母道：「既是身上不好，不來也罷。偺們這時候很該吃飯了。」丫頭們把火

⑬ 拉鎖子：刺繡工藝的一種。刺繡時，先將絲線編成環環相扣的結子，再以此繡成各種圖案。

⑭ 拿捏：故意刁難。

盆往後挪了一挪，就在賈母榻前一溜擺下兩桌，大家序次坐下。吃了飯，依舊圍爐閒談。不須多贅。

且說鳳姐因何不來？頭裡為著倒比邢、王二夫人遲了不好意思，後來旺兒家的來回說：「迎姑娘那裡打發人來請奶奶安，還說並沒有到上頭，只到奶奶這裡來。」鳳姐聽了納悶，不知又是什麼事，便叫那人進來，問：「姑娘在家好？」那人道：「有什麼好的！奴才並不是姑娘打發來的，實在是司棋的母親央我來求奶奶的。」鳳姐道：「司棋已經出去了，為什麼來求我？」那人道：「司棋自從出去，終日啼哭。忽然那一日，他表兄來了。他母親見了，恨得什麼似的，說他害了司棋，一把拉住要打。那小子不敢言語。誰知司棋聽見了，急忙出來，老著臉，和他母親說：『我是為他出來的，我也恨他沒良心。如今他來了，媽又打他，不如勒死了我！』他母親罵他：『不害臊的東西！你心裡要怎麼樣？』司棋說道：『一個女人配一個男人。我一時失腳，上了他的當，我就是他的人了，決不肯再失身給別人的。我只恨他為什麼這麼膽小？「一身作事一身當」，為什麼要逃了呢？就是他一輩子不來，我也一輩子不嫁人的。媽要給我配人，我原拚著一死的。今兒他來了，媽問他怎麼樣？要是他不改心，我在媽跟前磕了頭，只當是我死了，他到哪裡，我跟到哪裡，就是討飯吃也是願意的。』他媽氣得了不得，便哭著罵著，說：『你是我的女兒，我偏不給他，你敢怎麼著？』哪知道那司棋這東西糊塗，便一頭撞在牆上，把腦袋撞破，鮮血直流，竟死了！他媽哭著，救不過來，便要叫那小子償命。他表兄也奇，說道：『你們不用著急。我在外頭原發了財，因想著他纔回來的，心也算是真了。你們要不信，只管瞧。』說著，打懷裡掏出一匣子金珠首飾來。他媽媽看見了，便心軟了，說：『你既有心，為什麼總不言語？』他外甥道：『大凡女人都是水性楊花，我若說有錢，他便是貪圖銀錢了。如今他只為人，就是難得的。我把金珠給你們，我去買棺盛殮他。』那司棋的母親接了東西，也不顧女孩兒了，便由著外甥去。哪裡知道他外甥叫人抬了兩口棺材來。司棋的母親看見，詫異說：『怎麼棺材要兩口？』他外甥笑道：『一口裝不下，得兩口纔好。』

司棋的母親見他外甥又不哭，只當是他心疼的傻了。豈知他忙著把司棋收拾了，也不啼哭，眼錯不見，把帶的小刀子往脖子裡一抹，也就抹死了。司棋的母親懊悔起來，倒哭的了不得。如今坊上知道了，要報官。他急了，央我來求奶奶說個人情，他再過來給奶奶磕頭。」

鳳姐聽了，詫異道：「哪有這樣傻丫頭，偏偏的就碰見這個傻小子！怪不得那一天翻出那些東西來，他心裡沒事人似的。敢只是這麼個烈性孩子！論起來，我也沒這麼大工夫管他這些閒事，但只你纔說的，叫人聽著，怪可憐見兒的。也罷了，你回去告訴他，我和你二爺說，打發旺兒給他撕擄就是了。」鳳姐打發那人去了，纔過賈母這邊來。不提。

且說賈政這日正與詹光下大棋，通局的輸贏也差不多，單為著一隻角兒死活未分，在那裡打劫⑮。門上的小廝進來回道：「外面馮大爺要見老爺。」賈政道：「請進來。」小廝出去請了。馮紫英走進門來，賈政即忙迎著。馮紫英進來，在書房中坐下，見是下棋，便道：「只管下棋，我來觀局。」詹光笑道：「晚生的棋是不堪瞧的。」馮紫英道：「好說，請下罷。」賈政道：「有什麼事麼？」馮紫英道：「沒有什麼話。老伯只管下棋，我也學幾著兒。」賈政向詹光道：「馮大爺是我們相好的，既沒事，我們索性下完了這一局再說話兒。馮大爺在旁邊瞧著。」馮紫英道：「下采⑯不下采？」詹光道：「下采的。」馮紫英道：「下采的是不好多嘴的。」賈政道：「多嘴也不妨，橫豎他輸了十來兩銀子，終久是不拿出來的。往後只好罰他做東便了。」詹光笑道：「這倒使得。」馮紫英道：「老伯和詹公對下⑰麼？」賈政笑道：「從前對下，他輸了；如今讓他兩個子兒，

⑮ 打劫：下圍棋時，反覆爭奪一個從屬未定、可互相牽制的棋眼。

⑯ 下采：下賭注。也作「下彩」。

⑰ 對下：開局時互不讓子下棋。

他又輸了。時常還要悔幾著。不叫他悔，他就急了。」詹光也笑道：「沒有的事。」賈政道：「你試試瞧。」大家一面說笑，一面下完了，做起棋來⑱。詹光還了棋頭⑲，輸了七個子兒。馮紫英道：「這盤總吃虧在打劫裡頭。老伯劫少，就便宜了。」

賈政對馮紫英道：「有罪，有罪。偺們說話兒罷。」馮紫英道：「小姪與老伯久不見面，一來會會，二來因廣西的同知進來引見，帶了四種洋貨，可以做得貢的。一件是圍屏，有二十四扇槅子，都是紫檀雕刻的。中間雖說不是玉，卻是絕好的硝子石，石上鏤出山水、人物、樓臺、花鳥等物。一扇上有五六十個人，都是宮妝的女子，名為『漢宮春曉』。人的眉、目、口、鼻以及出手、衣褶，刻得又清楚，又細膩。點綴布置，都是好的。我想尊府大觀園中正廳上卻可用的著。還有一個鐘表，有三尺多高，也是一個童兒拿著時辰牌，到什麼時候，他就報什麼時辰；裡頭還有些人在那裡打十番的。這是兩件重笨的，卻還沒有拿來。現在我帶在這裡的兩件，卻有些意思兒。」就在身邊拿出一個錦匣子，見幾重白綾裹著，揭開了蓋子，第一層是一個玻璃盒子，裡頭金托子，大紅縐綢托底，上放著一顆桂圓大的珠子，光華耀目。馮紫英道：「據說這就叫做『母珠』。」因叫：「拿一個盤兒來。」詹光即忙端過一個黑漆茶盤，道：「使得麼？」馮紫英道：「使得。」便又向懷裡掏出一個白絹包兒，將包兒裡的珠子都倒在盤裡散著，把那顆母珠擱在中間，將盤置於桌上。看見那些小珠子兒滴溜滴溜都滾到大珠子身邊來，一會兒把這顆大珠子抬高了，別處的小珠子一顆也不剩，都粘在大珠上。詹光道：「這也奇怪！」賈政道：「這是有的，所以叫做母珠，原是珠之母。」

⑱ 做棋：下完棋，為便於計算得子數，雙方互換某些棋子，使棋盤內彼此所占地盤盡量整齊劃一，叫「做棋」。

⑲ 還棋頭：中國古代圍棋完局判定勝負前的一個步驟。其實際作法和規則，目前尚無定論。有人認為與所占棋塊有關，棋塊多者虛眼多，必須還補棋塊少者；有人認為即同「扣讓子」，被讓子的一方得子數必須扣除讓子數。

那馮紫英又回頭看著他跟來的小廝道：「那個匣子呢？」那小廝趕忙捧過一個花梨木匣子來。大家打開看時，原來匣內襯著虎紋錦，錦上疊著一束藍紗。詹光道：「這是什麼東西？」馮紫英道：「這叫做『鮫綃帳』。」在匣子裡拿出來時，疊得長不滿五寸，厚不上半寸。馮紫英一層一層的打開，打到十來層，已經桌上鋪不下了。馮紫英道：「你看，裡頭還有兩褶，必得高屋裡去，纔張得下。這就是鮫絲所織。暑熱天氣，張在堂屋裡頭，蒼蠅蚊子，一個不能進來，又輕又亮。」賈政道：「不用全打開，怕疊起來倒費事。」詹光便與馮紫英一層一層摺好收拾了。馮紫英道：「這四件東西，價兒也不貴，兩萬銀他就賣。母珠一萬，鮫綃帳五千，『漢宮春曉』與自鳴鐘五千。」賈政道：「哪裡買得起？」馮紫英道：「你們是個國戚，難道宮裡頭用不著麼？」賈政道：「用得著的很多，只是哪裡有這些銀子？等我叫人拿進去給老太太瞧瞧。」馮紫英道：「很是。」

賈政便著人叫賈璉把這兩件東西送到老太太那邊去，並叫人請了邢、王二夫人、鳳姐兒都來瞧著，又把兩樣東西一一試過。賈璉道：「他還有兩件：一件是圍屏，一件是樂鐘。共總要賣二萬銀子呢。」鳳姐兒接著道：「東西自然是好的，但是哪裡有這些閒錢？偺們又不比外任督撫要辦貢。我已經想了好些年了，像偺們這種人家，必得置些不動搖的根基纔好，或是祭地，或是義莊，再置些墳屋。往後子孫遇見不得意的事，還是點兒底子，不到一敗塗地。我的意思是這樣，不知老太太、老爺、太太們怎麼樣？若是外頭老爺們要買，只管買。」賈母與眾人都說：「這話說的倒也是。」賈璉道：「還了他罷。原是老爺叫我送給老太太瞧，為的是宮裡好進。誰說買來擱在家裡？老太太還沒開口，你便說了一大堆喪氣話。」說著，便把兩件東西拿了出去，告訴了賈政，只說：「老太太不要。」賈政便與馮紫英道：「這兩件東西好可好，就只沒銀子。我替你留心，有要買的人，我便送信給你去。」馮紫英只得收拾好，坐下說些閒話，沒有興頭，就要起身。賈政道：「你在我這裡吃了晚飯去罷。」馮紫英道：「罷了，來了就叨擾老伯嗎？」賈政道：「說哪裡的話！」正說著，人回：「大老爺來了。」賈赦早已進來。彼此相見，敘些寒溫。

不一時，擺上酒來，肴饌羅列，大家喝著酒。至四五巡後，說起洋貨的話。馮紫英道：「這種貨本是難消的，除非要像尊府這樣人家，還可消得，其餘就難了。」賈政道：「這也不見得。」賈赦道：「我們家裡也比不得從前了，這會兒也不過是個空門面。」馮紫英又問：「東府珍大爺可好麼？我前兒見他，說起家常話兒來，提到他令郎續娶的媳婦遠不及頭裡那位秦氏奶奶了。如今後娶的到底是那一家的？我也沒有問起。」賈政道：「我們這個侄孫媳婦兒也是這裡大家，從前做過京畿道的胡老爺的女孩兒。」馮紫英道：「胡道長我是知道的。但是他家教上也不怎麼樣。也罷了，只要姑娘好就好。」

賈璉道：「聽得內閣裡人說起，賈雨村又要陞了。」賈政道：「這也好。不知准不准？」賈璉道：「大約有意思的了。」馮紫英道：「我今兒從吏部裡來，也聽見這樣說。雨村老先生是貴本家不是？」賈政道：「是。」馮紫英道：「是有服⑳的？還是無服的？」賈政道：「說也話長。他原籍是浙江湖州府人，流寓到蘇州，甚不得意。有個甄士隱和他相好，時常周濟他。以後中了進士，得了榜下知縣，便娶了甄家的丫頭。如今的太太不是正配。豈知甄士隱弄到零落不堪，沒有找處。雨村革了職以後，那時還與我家並未相識。只因舍妹丈林如海林公在揚州巡鹽的時候，請他在家做西席，外甥女兒是他的學生。因他有起復的信，要進京來，恰好外甥女兒要上來探親，林姑老爺便託他照應上來的。還有一封薦書託我吹噓吹噓。那時看他不錯，大家常會。豈知雨村也奇，我家世襲起，從『代』字輩下來，寧榮兩宅，人口房舍，以及起居事宜，一概都明白。因此，遂覺得親熱了。」因又笑說道：「幾年間門子也會鑽了。由知府推陞轉了御史，不過幾年，陞了吏部侍郎，署兵部尚書。

⑳有服：服，指喪服。舊時按照宗族關係的親疏遠近，規定斬衰、齊衰、大功、小功、緦麻等五種不同形式的喪服，稱為五服。在五服以內的親屬叫有服，以外的叫無服。

為著一件事降了三級，如今又要陞了。」

馮紫英道：「人世的榮枯，仕途的得失，終屬難定。」賈政道：「像雨村算便宜的了。還有我們差不多的人家，就是甄家，從前一樣功勳，一樣的世襲，一樣的起居，我們也是時常往來。不多幾年，他們進京來，差人到我這裡請安，還很熱鬧。一會兒抄了原籍的家財，至今杳無音信。不知他近況若何，心下也著實惦記著。看了這樣，你想做官的怕不怕？」賈赦道：「偺們家是再沒有事的。」馮紫英道：「果然，尊府是不怕的。一則裡頭有貴妃照應；二則故舊好，親戚多；三則你們家自老太太起，至於少爺們，沒有一個刁鑽刻薄的。」賈政道：「雖無刁鑽刻薄，卻沒有德行才情。白白的衣租食稅，哪裡當得起？」賈赦道：「偺們不用說這些話，大家吃酒罷。」大家又喝了幾杯，擺上飯來。吃畢喝茶。

馮家的小廝走來輕輕的向紫英說了一句，馮紫英便要告辭了。賈赦問那小廝道：「你說什麼？」小廝道：「外面下雪，早已下了梆子㉑了。」賈政叫人看時，已是雪深一寸多了。賈政道：「那兩件東西，你收拾好了麼？」馮紫英道：「收好了。若尊府要用，價錢還自然讓些。」賈政道：「我留神就是了。」紫英道：「我再聽信罷。天氣冷，請罷，別送了。」賈赦、賈政便命賈璉送了出去。未知後事如何，下回分解。

㉑ 下了梆子：打了梆子。表示已經入初更了。

第九十三回　甄家僕投靠賈家門　水月庵掀翻風月案

卻說馮紫英去後，賈政叫門上的人來吩咐道：「今兒臨安伯那裡來請吃酒，知道是什麼事？」門上的人道：「奴才曾問過，並沒有什麼喜慶事，不過南安王府裡到了一班小戲子，都說是個名班，伯爺高興，唱兩天戲，請相好的老爺們瞧瞧，熱鬧熱鬧。大約不用送禮的。」說著，賈赦過來問道：「明兒二老爺去不去？」賈政道：「承他親熱，怎麼好不去的？」說著，門上進來回道：「衙門裡書辦來請老爺明日上衙門。有堂派的事❶，必得早些去。」賈政道：「知道了。」說著，只見兩個管屯裡地租子的家人走來，請了安，磕了頭，旁邊站著，賈政道：「你們是郝家莊的？」兩個答應了一聲。賈政也不往下問，竟與賈赦各自說了一回話兒散了。家人等秉著手燈，送過賈赦去。

這裡賈璉便叫那管租的人道：「說你的。」那人說道：「十月裡的租子，奴才已經趕上來了。原是明兒可到，誰知京外拿車，把車上的東西，不由分說都掀在地下。奴才告訴他，說是府裡收租子的車，不是買賣車，他更不管這些。奴才叫車夫只管拉著走，幾個衙役就把車夫混打了一頓，硬扯了兩輛車去了。奴才所以先來回報。求爺打發個人到衙門裡去要了來纔好。再者，也整治整治這些無法無天的差役纔好。爺還不知道呢，更可憐的是那買賣車，客商的東西全不顧，掀下來趕著就走。那些趕車的但說句話，打的頭破血出的。」

賈璉聽了，罵道：「這個還了得！」立刻寫了一個帖兒，叫家人：「拿去向拿車的衙門裡要車去，並車上東西。若少了一件，是不依的！快叫周瑞。」周瑞不在家，又叫旺兒。旺兒晌午出去了，還沒有回來。賈璉道：

❶ 堂派的事：指上官交辦的事。

「這些忘八羔子，一個都不在家！他們成年家吃糧不管事！」因吩咐小廝們：「快給我找去！」說著，也回到自己屋裡睡下。不提。

且說臨安伯第二天又打發人來請。賈政告訴賈赦道：「我是衙門裡有事，璉兒要在家等候拿車的事情，也不能去。倒是大老爺帶寶玉應酬一天也罷了。」賈赦點頭道：「也使得。」賈政遣人去叫寶玉，說：「今兒跟大老爺到臨安伯那裡聽戲去。」寶玉喜歡的了不得，便換上衣服，帶了焙茗、掃紅、鋤藥三個小子出來見了賈赦，請了安，上了車來到臨安伯府裡。門上人回進去，一會子出來說：「老爺請。」於是賈赦帶著寶玉走入院內，只見賓客喧闐。賈赦、寶玉見了臨安伯，又與眾賓客都見過了禮，大家坐著。說笑了一回，只見一個掌班拿著一本戲單，一個牙笏❷，向上打了一個千兒，說道：「求各位老爺賞戲。」先從尊位點起，挨至賈赦，也點了一齣。那人回頭見了寶玉，便不向別處去，竟搶步上來，打個千兒道：「求二爺賞兩齣。」

寶玉一見那人，面如傅粉，唇若塗硃；鮮潤如出水芙蕖，飄揚似臨風玉樹。原來不是別人，就是蔣玉菡。前日聽得他帶了小戲兒進京，也沒有到自己那裡；此時見了，又不好站起來，只得笑道：「你多早晚來的？」蔣玉菡把手在自己身上一指，笑道：「怎麼二爺不知道麼？」寶玉因眾人在座，也難說話，只得胡亂點了一齣。蔣玉菡去了，便有幾個議論道：「此人是誰？」有的說：「他向來是唱小旦的，如今不肯唱小旦，年紀也大了，就在府裡掌班。頭裡也改過小生。他也攢了好幾個錢，家裡已經有兩三個鋪子，只是不肯放下本業，原舊領班。」有的說：「想必成了家了。」有的說：「親還沒有定。他倒拿定一個主意：說是人生配偶，關係一生一世的事，不是混鬧得的，不論尊卑貴賤，總要配的上他的纔能。所以到如今還並沒娶親。」寶玉暗忖度道：「不知日後誰家的女孩兒嫁他？要嫁著這樣的人材兒，也算是不辜負了。」

❷ 牙笏：又叫手板、朝板。從前大臣朝見皇帝時，要奏的事都寫在牙笏上，以免臨時忘記。

那時開了戲，也有崑腔，也有高腔，也有弋腔、梆子腔，做得熱鬧。過了晌午，便擺開桌子吃酒。又看了一回，賈赦便欲起身。臨安伯過來留道：「天色尚早。聽見說蔣玉菡還有一齣『占花魁』，他們頂好的首戲。」寶玉聽了，巴不得賈赦不走。於是賈赦又坐了一會。果然蔣玉菡扮著秦小官伏侍花魁醉後神情，把那一種憐香惜玉的意思做得極情盡致。以後對飲對唱，纏綿繾綣。寶玉這時不看花魁，只把兩隻眼睛獨射在秦小官身上。更加蔣玉菡聲音響亮，口齒清楚，按腔落板，寶玉的神魂都唱了進去了。直等這齣戲煞場後，更知蔣玉菡極是情種，非尋常戲子可比。因想著：「樂記上說的是：『情動於中，故形於聲；聲成文謂之音。』所以知聲、知音、知樂，有許多講究。聲音之原，不可不察。詩詞一道，但能傳情，不能入骨，自後想要講究講究音律……」寶玉想出了神，忽見賈赦起身，主人不及相留。寶玉沒法，只得跟了回來。到了家中，賈赦自回那邊去了。

寶玉來見賈政。賈政纔下衙門，正向賈璉問起拿車之事。賈璉道：「今兒叫人拿帖兒去，知縣不在家。他的門上說了：『這是本官不知道的，並無牌票❸出去拿車，都是那些混賬東西在外頭撒野擠訛頭❹。既是老爺府裡的，我便立刻叫人去追辦，包管明兒連車連東西一併送來。如有半點差遲，再行稟過本官，重重處治。此刻本官不在家，求這裡老爺看破些，可以不用本官知道更好。』」賈政道：「既無官票，到底是何等樣人在那裡作怪？」賈璉道：「老爺不知，外頭都是這樣。想來明兒必定送來的。」賈璉說完下來。寶玉上去見了。賈政問了幾句，便叫他往老太太那裡去。

賈璉因為昨夜叫空了家人，出來傳喚，那起人都已伺候齊全。賈璉罵了一頓，叫大管家賴大：「將各行檔的花名冊子拿來，你去查點查點，寫一張諭帖，叫那些人知道：若有並未告假，私自出去，傳喚不到，貽誤公

❸ 牌票：舊時各級衙門下達的一種文書。

❹ 撒野擠訛頭：蠻橫的訛詐錢財。

事的，立刻給我打了攆出去！」賴大連忙答應了幾個「是」，出來吩咐了一回，家人各自留意。

過不幾時，忽見有一個人，頭上戴著氈帽，身上穿著一身青布衣裳，腳下穿著一雙撒鞋❺，走到門上，向眾人作了個揖。眾人拿眼上上下下打量了他一番，便問他：「是哪裡來的？」那人道：「我自南邊甄府中來的。並有家老爺手書一封，求這裡的爺們呈上尊老爺。」眾人聽見他是甄府來的，纔站起來讓他坐下，道：「你乏了，且坐坐。我們給你回就是了。」門上一面進來回明賈政，呈上來書。賈政拆書看時，上寫著：

世交夙好，氣誼素敦，遙仰襜帷，不勝依切！弟因菲材獲譴，自分萬死難償，幸邀寬宥，待罪邊隅。迄今門戶凋零，家人星散。所有奴子包勇，向曾使用，雖無奇技，人尚慤實。倘使得備奔走，餬口有資，屋烏之愛，感佩無涯矣！專此奉達，餘容再敘，不宣。年家眷弟甄應嘉頓首。

賈政看完，笑道：「這裡正因人多，甄家倒薦人來，又不好卻的。」吩咐門上：「叫他見我，且留他住下，因材使用便了。」門上出去，帶進人來。見賈政便磕了三個頭，起來道：「家老爺請老爺安。」自己又打個千兒，說：「包勇請老爺安。」賈政回問了甄老爺的好，便把他上下一瞧，但見包勇身長五尺有零，肩背寬肥，濃眉暴眼，闊額長髯，氣色粗黑，垂著手站著。便問道：「你是向來在甄家的，還是住過幾年的？」包勇道：「小的向在甄家的。」賈政道：「你如今為什麼要出來呢？」包勇道：「小的原不肯出來，只是家老爺再四叫小的出來，說是別處你不肯去，這裡老爺家裡只當原在自己家裡一樣的，所以小的來的。」賈政道：「你們老爺不該有這樣事情，弄到這樣的田地。」包勇道：「小的本不敢說。我們老爺只是太好了，一味的真心待人，反倒招出事來。」賈政道：「真心是最好的了。」包勇道：「因為太真了，人人都不喜歡，討人厭煩是有的。」賈

❺ 撒鞋：一種勞動者所穿的布鞋，用線密縫鞋幫，鞋面上有三尖形皮臉。也作「靸鞋」。

政笑了一笑道：「既這樣，皇天自然不負他的。」

包勇還要說時，賈政又問道：「我聽見說你們家的哥兒不是也叫寶玉麼？」包勇道：「是。」賈政道：「他還肯向上巴結麼？」包勇道：「老爺若問我們哥兒，倒是一段奇事。哥兒的脾氣也和我家老爺一個樣子，也是一味的誠實，從小兒只愛和那些姐妹們在一處頑。老爺、太太也狠打過幾次，他只是不改。那一年太太進京的時候兒，哥兒大病了一場，已經死了半日，把老爺幾乎急死，裝裹都預備了。幸喜後來好了，嘴裡說道：走到一座牌樓那裡，見了一個姑娘，領著他到了一座廟裡，見了好些櫃子，裡頭見了好些冊子。又到屋裡，見了無數女子，說是都變了鬼怪似的，也有變做骷髏兒的。他嚇急了，就哭喊起來。老爺知他醒過來了，連忙調治，漸漸的好了。老爺仍叫他在姐妹們一處頑去。他竟改了脾氣了，好著時候的頑意兒一概都不要了，惟有念書為事。就有什麼人來引誘他，他也全不動心。如今漸漸的能夠幫著老爺料理些家務了。」賈政默然想了一回，道：「你去歇歇去罷。等這裡用著你時，自然派你一個行次兒。」包勇答應著，退下來，跟著這裡人出去歇息。不提。

一日，賈政早起，剛要上衙門，看見門上那些人在那裡交頭接耳，好像要使賈政知道的似的；又不好明回，只管咕咕唧唧的說話。賈政叫上來問道：「你們有什麼事，這麼鬼鬼祟祟的？」門上的人回道：「奴才們不敢說。」賈政道：「有什麼事不敢說的？」門上的人道：「奴才今兒起來，開門出去，見門上貼著一張白紙，上寫著許多不成事體的字。」賈政道：「哪裡有這樣的事！寫的是什麼？」門上的人道：「是水月庵裡的腌臢話。」賈政道：「拿給我瞧。」門上的人道：「奴才本要揭下來，誰知他貼的結實，揭不下來，只得一面抄，一面洗。剛纔李德揭了一張給奴才瞧，就是那門上貼的話。奴才們不敢隱瞞。」說著，呈上那帖兒。賈政接來看時，上面寫著：

西貝草斤年紀輕，水月庵裡管尼僧。一個男人多少女，窩娼聚賭是陶情。不肖子弟來辦事，榮國府內出新聞。

賈政看了，氣的頭昏目暈，趕著叫門上的人不許聲張，悄悄叫人往寧榮兩府靠近的夾道子牆壁上再去找尋。隨即叫人去喚賈璉出來。賈璉即忙趕至。賈政忙問道：「水月庵中寄居的那些女尼、女道，向來你也查考查考過沒有？」賈璉道：「沒有，一向都是芹兒在那裡照管。」賈政道：「你知道芹兒照管得來，照管不來？」賈璉道：「老爺既這麼說，想來芹兒必有不妥當的地方兒。」賈政嘆道：「你瞧瞧這個帖兒寫的是什麼！」賈璉一看道：「有這樣事麼！」正說著，只見賈蓉走來，拿著一封書子，寫著「二老爺密啟」。打開看時，也是無頭榜一張，與門上所貼的話相同。賈政道：「快叫賴大帶了三四輛車子到水月庵裡去，把那些女尼姑、女道士一齊拉回來。不許泄漏，只說裡頭傳喚。」賴大領命去了。

且說水月庵中小女尼、女道士等初到庵中，沙彌與道士原係老尼收管，日間教他些經懺。以後元妃不用，也便習學得懶怠了。那些女孩子們年紀漸漸的大了，都也有些知覺了。更兼賈芹也是風流人物，打量芳官等出家只是小孩子性兒，便去招惹他們。那知芳官竟是真心，不能上手，便把這心腸移到女尼、女道士身上。因那小沙彌中有個名叫沁香的和女道士中有個叫做鶴仙的，長得都甚妖嬈，賈芹便和這兩個人勾搭上了，閒時便學些絲絃，唱個曲兒。那時正當十月中旬，賈芹給庵中那些人領了月例銀子，便想起法兒來，告訴眾人道：「我為你們領月錢不能進城，又只得在這裡歇著。怪冷的，怎麼樣？我今兒帶些果子酒，大家吃著樂一夜，好不好？」那些女孩子都高興，便擺起桌子，連本庵的女尼也叫了來。惟有芳官不來。賈芹喝了幾杯，便說道要行令。沁香等道：「我們都不會，倒不如掐拳罷。誰輸了喝一杯，豈不爽快？」本庵的女尼道：「這天剛過晌午，混嚷混喝的不像，且先喝幾鍾，愛散的先散去。誰愛陪芹大爺的，回來晚上盡子喝去，我也不管。」

正說著，只見道婆急忙進來說：「快散了罷！府裡賴大爺來了。」眾女尼忙亂收拾，便叫賈芹躲開。賈芹因多喝了幾杯，便道：「我是送月錢來的，怕什麼！」話猶未完，已見賴大進來。見這般樣子，心裡大怒。為的是賈政吩咐不許聲張，只得含糊裝笑道：「芹大爺也在這裡呢麼？」賈芹連忙站起來道：「賴大爺，你來作什麼？」賴大說：「大爺在這裡更好。快快叫沙彌道士收拾上車進城，宮裡傳呢。」賈芹等不知原故，還要細問。賴大說：「天已不早了，快快的好趕進城。」眾女孩子只得一齊上車。賴大騎著大走騾，押著趕進城。不提。

卻說賈政知道這事，氣的衙門也不能上了，獨坐在內書房嘆氣。賈璉也不敢走開。忽見門上的進來稟道：「衙門裡今夜該班是張老爺。因張老爺病了，有知會來請老爺補一班。」賈政正等賴大回來要辦賈芹，此時又要該班，心裡納悶，也不言語。賈璉走上去說道：「賴大是飯後出去的，水月庵離城二十來里，就趕進城，也得二更天。今日又是老爺的幫班，請老爺只管去。賴大來了，叫他押著，也別聲張，等明兒老爺回來再發落。倘或芹兒來了，也不用說明，看他明兒見了老爺怎麼樣說。」賈政聽來有理，只得上班去了。賈璉抽空纔要回到自己房中，一面走著，心裡抱怨鳳姐出的主意，欲要埋怨，因他病著，只得隱忍，慢慢的走著。

且說那些下人，一人傳十，傳到裡頭，先是平兒知道，即忙告訴鳳姐。鳳姐因那一夜不好，懨懨的總沒精神，正是惦記鐵檻寺的事情。聽說外頭貼了匿名揭帖的一句話，嚇了一跳，忙問：「貼的是什麼？」平兒隨口答應，不留神，就錯說了，道：「沒要緊，是饅頭庵裡的事情。」鳳姐本是心虛，聽見饅頭庵的事情，這一嚇直嚇怔了，一句話沒說出來，急火上攻，眼前發暈，咳嗽了一陣，哇的一聲，吐出一口血來。平兒慌了，說道：「水月庵裡，不過是女沙彌、女道士的事，奶奶著什麼急？」鳳姐聽是水月庵，纔定了定神，說道：「呸！糊塗東西！到底是水月庵呢，是饅頭庵呢？」平兒笑道：「是我頭裡錯聽了是饅頭庵，後來聽見不是饅頭庵，是水月庵。我剛纔也就說溜了嘴，說成饅頭庵了。」鳳姐道：「我就知道是水月庵。那饅頭庵與我什麼相干？原是這水月庵是我叫芹兒管的。大約剋扣了月錢。」平兒道：「我聽著不像月錢的事，還有些腌臢話呢。」鳳姐道：「我更不管那個。你二爺哪裡去了？」平兒說：「聽見老爺生氣，他不敢走開。我聽見事情不好，我吩咐這些人不許吵嚷，不知太太們知道了沒有。但聽見說，老爺叫賴大拿這些女孩子去了。且叫個人前頭打聽打聽。奶奶現在病著，依我竟先別管他們的閒事。」

正說著，只見賈璉進來。鳳姐欲待問他，見賈璉一臉的怒氣，暫且裝作不知。賈璉飯沒吃完，旺兒來說：「外頭請爺呢，賴大回來了。」賈璉道：「芹兒來了沒有？」旺兒道：「也來了。」賈璉便道：「你去告訴賴大，說：老爺上班兒去了，把這些個女孩子暫且收在園裡，明日等老爺回來，送進宮去。只叫芹兒在內書房等著我。」旺兒去了。

賈芹走進書房，只見那些下人指指戳戳，不知說什麼。看起這個樣兒來，不像宮裡要人。想著問人，又問不出來。正在心裡疑惑，只見賈璉走出來，賈芹便請了安，垂手侍立，說道：「不知道娘娘宮裡即刻傳那些孩子們做什麼？叫侄兒好趕！幸喜侄兒今兒送月錢去，還沒有走，便同著賴大來了。二叔想來是知道的。」賈璉道：「我知道什麼？你纔是明白的呢！」賈芹摸不著頭腦兒，也不敢再問。賈璉道：「你幹得好事！把老爺都氣壞了！」賈芹道：「侄兒沒有幹什麼。庵裡月錢是月月給的，孩子們經懺是不忘記的。」賈璉見他不知，又是平素常在一處頑笑的，便嘆口氣道：「打嘴的東西！你各自去瞧瞧罷！」便從靴掖兒裡頭拿出那個揭帖兒來，扔與他瞧。賈芹拾來一看，嚇得面如土色，說道：「這是誰幹的！我並沒得罪人，為什麼這麼坑我？我一月送錢去，只走一趟，並沒有這些事。若是老爺回來打著問我，侄兒就屈死了！我母親知道，更要打死。」說著，見沒人在旁邊，便跪下央及道：「好叔叔！救我一救兒罷！」說著，只管磕頭，滿眼流淚。

賈璉想道：「老爺最惱這些，要是問準了有這些事，這場氣也不小。鬧出去也不好聽，又長那個貼帖兒的人的志氣了。將來偺們的事多著呢。倒不如趁著老爺上班兒，和賴大商量著。若混過去，就可以沒事了。現在沒有對證。」想定主意，便說：「你別瞞我，你幹的鬼鬼祟祟的事，你打量我都不知道呢。若要完事，除非是老爺打著問你，你只一口咬定沒有纔好。沒臉的東西！起去罷！」叫人去喚賴大。不多時，賴大來了，賈璉便與他商量。賴大說：「這芹大爺本來鬧的不像了。奴才今兒到庵裡的時候，他們正在那裡喝酒呢。帖兒上的話，是一定有的。」賈璉道：「芹兒，你聽！賴大還賴你不成？」賈芹此時紅漲了臉，一句也不敢言語。還是賈璉拉著賴大，央他：「護庇護庇罷，只說芹哥兒是在家裡找了來的。你帶了他去，只說沒有見我。明日你求老爺，也不用問那些女孩子了。竟是叫了媒人來，領了去一賣完事。果然娘娘再要的時候兒，偺們再買。」賴大想來，鬧也無益，且名聲不好，也就應了。賈璉叫賈芹：「跟了賴大爺去罷！聽著他教你，你就跟著他。」

說罷，賈芹又磕了一個頭，跟著賴大出去。到了沒人的地方兒，又給賴大磕頭。賴大說：「我的小爺，你太鬧的不像了！不知得罪了誰，鬧出這個亂兒來。你想想，誰和你不對罷？」賈芹想了一想，忽然想起一個人來。未知是誰，且聽下回分解。

第九十四回　宴海棠賈母賞花妖　失寶玉通靈知奇禍

話說賴大帶了賈芹出來，一宿無話，靜候賈政回來。單是那些女尼、女道重進園來，都喜歡的了不得，欲要到各處逛逛，明日預備進宮。不料賴大便吩咐了看園的婆子並小廝看守，惟給了些飯食，卻是一步不准走開。那些女孩子摸不著頭腦，只得坐著等到天亮。園裡各處的丫頭雖都知道拉進女尼們來，預備宮裡使喚，卻也不能深知原委。

到了明日早起，賈政正要下班，因堂上發下兩省城工估銷冊子，立刻要查核，一時不能回家，便叫人回來告訴賈璉，說：「賴大回來，你務必查問明白。該如何辦就如何辦了，不必等我。」賈璉奉命，先替芹兒喜歡，又想道：「若是辦得一點影兒都沒有，又恐老爺生疑，不如回明二太太，討個主意辦去，便是不合老爺的心，我也不至甚擔干係。」主意定了，進內去見王夫人，陳說：「昨日老爺見了揭帖生氣，把芹兒和女尼、女道等都叫進府來查辦。今日老爺沒空問這件不成體統的事，叫我來回太太，該怎麼便怎麼樣。我所以來請示太太，這件事如何辦理？」王夫人聽了詫異道：「這是怎麼說？若是芹兒這麼樣起來，這還成僧們家的人了麼？但只是這個貼帖兒的也可惡！這些話可是混嚼說得的麼？你到底問了芹兒有這件事沒有呢？」賈璉道：「剛纔也問過了。太太想：別說他幹了沒有，就是幹了，一個人幹了混賬事也肯應承麼？但只我想芹兒也不敢行此事，知道那些女孩子都是娘娘一時要叫的，倘或鬧出事來，怎麼樣呢？依侄兒的主見，要問也不難，若問出來，太太怎麼個辦法呢？」王夫人道：「如今那些女孩子在哪裡？」賈璉道：「都在園裡鎖著呢。」王夫人道：「姑娘們知道不知道？」賈璉道：「大約姑娘們也都知道是預備宮裡頭的話，外頭並沒提起別的來。」王夫人道：「很是。這些東西一刻也是留不得的。頭裡我原要打發他們去來著，都是你們說留著好，如今不是弄出事來了麼？你竟叫賴大那些人帶去，細細兒的問他的本家有人沒有，將文書查出，花上幾十兩銀子，僱隻船，派個妥當人送到本地，一概連文書發還了，也落得無事。若是為著一兩個不好，個個都押著他們還俗，那又太造孽了；若在這裡發給官媒，雖然我們不要身價，他們弄去賣錢，哪裡顧人的死活呢？芹兒呢，你便狠狠的說他一頓，除了祭祀喜慶，無事叫他不用到這裡來。看仔細碰在老爺氣頭兒上，那可就吃不了兜著走了。並說給賬房兒裡，把這一項錢糧檔子銷了。還打發個人到水月庵，說老爺的諭：除了上墳燒紙，若有本家爺們到他那裡去，不許接待。若再有一點不好風聲，連老姑子一並攆出去。」

賈璉一一答應了出去，將王夫人的話告訴賴大，說：「是太太的主意，叫你這麼辦。去辦完了，告訴我去回太太。你快辦去罷。回來老爺來，你也按著太太的話回去。」賴大聽說，便道：「我們太太真正是個佛心！這班東西還著人送回去。既是太太好心，不得不挑個好人。芹哥兒竟交給二爺開發了罷。那個貼帖兒的，奴才想法兒查出來，重重的收拾他纔好！」賈璉點頭說：「是了。」即刻將賈芹發落。賴大也趕著把女尼等領出，按著主意辦去了。

晚上賈政回來，賈璉、賴大回明賈政。賈政本是省事的人，聽了也便擱開手了。獨有那些無賴之徒，聽得賈府發出二十四個女孩子出來，哪個不想？究竟那些人能夠回家不能，未知著落，亦難虛擬。

且說紫鵑因黛玉漸好，園中無事，聽見女尼等預備宮內使喚，不知何事，便到賈母那邊打聽打聽。恰遇著鴛鴦下來閒著，坐下說閒話兒。提起女尼的事，鴛鴦詫異道：「我並沒有聽見，回來問問二奶奶就知道了。」正說著，只見傅試家兩個女人過來請賈母的安，鴛鴦要陪了上去。那兩個女人因賈母正睡晌覺，就與鴛鴦說了一聲兒回去了。紫鵑問：「這是誰家差來的？」鴛鴦道：「好討人嫌！家裡有了一個女孩兒，生得好些兒，便獻寶的似的，常常在老太太面前誇他家姑娘長得怎麼好，心地兒怎麼好，禮貌上又能，說話兒又簡絕，做活計兒手兒又巧，會寫會算，尊長上頭最孝敬的，就是待下人也是極和平的——來了就編這麼一大套，常常說給老太太聽。我聽著很煩。這幾個老婆子真討人嫌！我們老太太偏愛聽那些個話！老太太也罷了，還有寶玉，素常見了老婆子便很厭煩的，偏見了他們家的老婆子就不厭煩。你說奇不奇？前兒還來說：他們姑娘現有多少人家兒來求親，他們老爺總不肯應，心裡只要和偺們這種人家作親纔肯。誇獎一回，奉承一回，把老太太的心都說活了。」紫鵑聽了一獃，便假意道：「若老太太喜歡，為什麼不就給寶玉定了呢？」鴛鴦正要說出原故，聽見上頭說：「老太太醒了。」鴛鴦趕著上去。

紫鵑只得起身出來，回到園裡，一頭走，一頭想道：「天下莫非只有一個寶玉？你也想他，我也想他！我們家的那一位，越發痴心起來了！看他的那個神情兒，是一定在寶玉身上的了。三番五次的病，可不是為著這個是什麼？這家裡金的銀的還鬧不清，若再添了一個什麼傅姑娘，更了不得了！我看寶玉的心也在我們那一位的身上。聽著鴛鴦的話，竟是見一個愛一個的。這不是我們姑娘白操了心了嗎？」紫鵑本是想著黛玉，往下一想，連自己也不得主意了，不免掉下淚來。要想叫黛玉不用瞎操心呢，又恐怕他煩惱；若是看著他這樣，又可憐見兒的。左思右想，一時煩躁起來，自己啐自己道：「你替人耽什麼憂！就是林姑娘真配了寶玉，他的那性情兒也是難伏侍的，寶玉性情雖好，又是貪多嚼不爛的。我倒勸人不必瞎操心，我自己纔是瞎操心呢！從今以後，我盡我的心伏侍姑娘，其餘的事全不管！」這麼一想，心裡倒覺清淨。回到瀟湘館來，見黛玉獨自一人坐在炕上，理從前做過的詩文詞稿。抬頭見紫鵑進來，便問：「你到哪裡去了？」紫鵑道：「今兒瞧了瞧姐妹們去。」黛玉道：「敢是找襲人姐姐去麼？」紫鵑道：「我找他做什麼！」黛玉一想：「這話怎麼順嘴說出來了呢？」反覺不好意思，便啐道：「你找誰與我什麼相干！倒茶去罷。」

紫鵑也心裡暗笑，出來倒茶。只聽見園裡的一疊聲亂嚷，不知何故。一面倒茶，一面叫人去打聽。回來說道：「怡紅院裡的海棠本來萎了幾棵，也沒人去澆灌他。昨日寶玉走去瞧，見枝頭上好像有了蓇朵兒似的。人都不信，沒有理他。忽然今日開得很好的海棠花，眾人詫異，都爭著去看，連老太太、太太都哄動了來瞧花兒呢。所以大奶奶叫人收拾園裡的敗葉枯枝，這些人在那裡傳喚。」黛玉也聽見了，知道老太太來，便更了衣，叫雪雁去打聽：「若是老太太來了，即來告訴我。」雪雁去不多時，便跑來說：「老太太、太太好些人都來了，請姑娘就去罷。」黛玉略自照了一照鏡子，掠了一掠鬢髮，便扶著紫鵑到怡紅院來，已見老太太坐在寶玉常臥的榻上。黛玉便說道：「請老太太安。」退後便見了邢、王二夫人，回來與李紈、探春、惜春、邢岫烟彼此問了好。只有鳳姐因病未來。史湘雲因他叔叔調任回京，接了家去；薛寶琴跟他姐姐家去住了；李家姐妹因見園內多事，李嬸娘帶了在外居住，所以黛玉今日見的只有數人。

大家說笑了一回，講究這花開得古怪。賈母道：「這花兒應在三月裡開的，如今雖是十一月，因節氣遲，還算十月，應著小陽春的天氣，因為和暖開花也是有的。」王夫人道：「老太太見的多，說得是，也不為奇。」邢夫人道：「我聽見這花已經萎了一年，怎麼這回不應時候兒開了？必有個原故。」李紈笑道：「老太太與太太說得都是。據我的糊塗想頭，必是寶玉有喜事來了，此花先來報信。」探春雖不言語，心裡想道：「此花必非好兆。大凡順者昌，逆者亡。草木知運，不時而發，必是妖孽。」只不好說出來。獨有黛玉聽說是喜事，心裡觸動，便高興說道：「當初田家有荊樹一棵，三個弟兄因分了家，那荊樹便枯了；後來感動了他弟兄們，仍舊歸在一處，那荊樹也就榮了：可知草木也隨人的。如今二哥哥認真念書，舅舅喜歡，那棵樹也就發了。」賈母、王夫人聽了喜歡，便說：「林姑娘比方得有理，很有意思。」

正說著，賈赦、賈政、賈環、賈蘭都進來看花。賈赦便說：「據我的主意，把他砍去。必是花妖作怪。」

賈政道：「見怪不怪，其怪自敗。不用砍他，隨他去就是了。」賈母聽見，便說：「誰在這裡混說！人家有喜事好處，什麼怪不怪的？若有好事，你們享去；若是不好，我一個人當去。你們不許混說！」賈政聽了，不敢言語，訕訕的同賈赦等走了出來。

那賈母高興，叫人傳話到廚房裡快快預備酒席，大家賞花。叫：「寶玉、環兒、蘭兒各人做一首詩誌喜。林姑娘的病纔好，不要叫他費心；若高興，給你們改改。」對著李紈道：「你們都陪我喝酒。」李紈答應了「是」，便笑對探春道：「都是你鬧的。」探春道：「饒不叫我們作詩，怎麼我們鬧的？」李紈道：「海棠社不是你起的麼？如今那棵海棠也要來入社了。」大家聽著，都笑了。一時，擺上酒菜，一面喝著。彼此都要討老太太的歡喜，大家說些興頭話。寶玉上來斟了酒，便立成了四句詩，寫出來，念與賈母聽，道：

海棠何事忽摧隤？今日繁花為底開？應是北堂增壽考，一陽旋復占先梅。

賈環也寫了來，念道：

草木逢春當茁芽，海棠未發候偏差。人間奇事知多少？冬月開花獨我家。

賈蘭恭楷謄正，呈與賈母。賈母命李紈念道：

烟凝媚色春前萎，霜浥微紅雪後開。莫道此花知識淺，欣榮預佐合歡杯。

賈母聽畢，便說：「我不大懂詩，聽去倒是蘭兒的好，環兒做得不好。都上來吃飯罷。」寶玉看見賈母喜歡，更是興頭，因想起：「晴雯死的那年，海棠死的；今日海棠復榮，我們院內這些人，自然都好，但是晴雯不能像花的死而復生了！」頓覺轉喜為悲。忽又想起前日巧姐提鳳姐要把五兒補入，「或此花為他而開，也未可知」。卻又轉悲為喜，依舊說笑。

賈母還坐了半天，然後扶了珍珠回去了，王夫人等跟著過來。只見平兒笑嘻嘻的迎上來，說：「我們奶奶知道老太太在這裡賞花，自己不得來，叫奴才來伏侍老太太、太太們。還有兩疋紅綢子送給寶二爺包裹這花，當作賀禮。」襲人過來接了，呈與賈母看。賈母笑道：「偏是鳳丫頭行出點事兒來，叫人看著又體面、又新鮮，很有趣兒！」襲人笑著向平兒道：「回去替寶二爺給二奶奶道謝。要有喜，大家喜。」賈母聽了，笑道：「噯呀！我還忘了呢！鳳丫頭雖病著，還是他想的到，送的也巧！」一面說著，眾人就隨著去了。平兒私與襲人道：「奶奶說，這花開得奇怪，叫你鉸塊紅綢子掛掛，就應在喜事上去了。以後也不必只管當作奇事混說。」襲人點頭答應，送了平兒出去。不提。

且說那日寶玉本來穿著一裹圓的皮襖在家歇息，因見花開，只管出來看一回，賞一回，歎一回，愛一回的，心中無數悲喜離合，都弄到這株花上去了。忽然聽說賈母要來，便去換了一件狐腋箭袖，罩一件元狐腿外褂，出來迎接賈母。匆匆穿換，未將「通靈寶玉」掛上。及至後來賈母去了，仍舊換衣，襲人見寶玉脖子上沒有掛著，便問：「那塊玉呢？」寶玉道：「纔剛忙亂換衣，摘下來放在炕桌上，我沒有帶。」襲人回看桌上，並沒有玉，便向各處找尋，蹤影全無，嚇得襲人滿身冷汗。寶玉道：「不用著急，少不得在屋裡的。問他們就知道了。」襲人當作麝月等藏起嚇他頑，便向麝月等笑著說道：「小蹄子們，頑呢到底有個頑法。把這件東西藏在哪裡了？別真弄丟了，那可就大家活不成了！」麝月等都正色道：「這是哪裡的話！頑是頑，笑是笑，這個事非同兒戲，你可別混說！你自己昏了心了！想想罷，想想擱在哪裡了。這會子又混賴人了。」襲人見他這般光景，不像是頑話，便著急道：「皇天菩薩！小祖宗！你到底擺在哪裡去了？」寶玉道：「我記得明明兒放在炕桌上的，你們到底找啊。」襲人、麝月等也不敢叫人知道，大家偷偷兒的各處搜尋。鬧了大半天，毫無影響，甚至翻箱倒籠，實在沒處去找，便疑到方纔這些人進來，不知誰撿了去了。襲人說道：「進來的，誰不知道這玉是性命似的東西呢？誰敢撿了去呢？你們好歹先別聲張，快到各處問去。若有姐妹們撿著嚇我們頑呢，你們給他磕個頭，要了回來；若是小丫頭偷了去，問出來，也不回上頭，不論把什麼送他換了來，都使得的。這可不是小事！真要丟了這個，比丟了寶二爺命還利害呢！」麝月、秋紋剛要往外走，襲人又趕出來囑咐道：「頭裡在這裡吃飯的倒別先問去。找不成，再惹出些風波來，更不好了。」麝月等依言，分頭各處追問，人人不曉，個個驚疑。麝月等回來，俱目瞪口呆，面面相覷。寶玉也嚇怔了。襲人急的只是乾哭，找是沒處找，回又不敢回，怡紅院裡的人嚇得個個像木雕泥塑一般。

大家正在發獃，只見各處知道的都來了。探春叫把園門關上，先命個老婆子帶著兩個丫頭，再往各處去尋去；一面又叫告訴眾人：「若誰找出來，重重的賞銀。」大家頭宗要脫干係，二宗聽見重賞，不顧命的混找了一遍，甚至於茅廁裡都找到。誰知那塊玉竟像繡花針兒一般，找了一天，總無影響。李紈急了，說：「這件事不是頑的，我要說句無禮的話了。」眾人道：「什麼話？」李紈道：「事情到了這裡，也顧不得了。現在園裡，除了寶玉，都是女人。要求各位姐姐、妹妹、姑娘都要叫跟來的丫頭脫了衣服，大家搜一搜。若沒有，再叫丫頭們去搜那些老婆子並粗使的丫頭，不知使得使不得？」大家說道：「這話也說的有理，現在人多手亂，魚龍混雜，倒是這麼一來，大家也洗洗清。」探春獨不言語。那些丫頭們也都願意洗淨自己。先是平兒起，平兒說道：「打我先搜起。」於是各人自己解懷。李紈一氣兒混搜。探春嗔著李紈道：「大嫂子，你也學那起不成材料的樣子來了！那個人既偷了去，還肯藏在身上？況且這件東西，在家裡是寶，到了外頭，不知道的是廢物，偷他做什麼？我想來必是有人使促狹。」眾人聽說，又見環兒不在這裡，昨兒是他滿屋裡亂跑，都疑到他身上，只是不肯說出來，探春又道：「使促狹的只有環兒。你們叫個人去悄悄的叫了他來，背地裡哄著他，叫他拿出來，然後嚇著他，叫他別聲張，就完了。」大家點頭稱是。李紈便向平兒道：「這件事還是得你去纔弄得明白。」平兒答應，就趕著去了。不多時，同著賈環來了。眾人假意裝出沒事的樣子，叫人沏了碗茶，擱在裡間屋裡。眾人故意搭訕走開，原叫平兒哄他。平兒便笑著向賈環道：「你二哥哥的玉丟了，你瞧見了沒有？」賈環便急的紫脹了臉，瞪著眼，說道：「人家丟了東西，你怎麼又叫我來查問，疑我！我是犯過案的賊麼？」平兒見這樣子，倒不敢再問，便又陪笑道：「不是這麼說。怕三爺要拿了去嚇他們，所以白問問瞧見了沒有，好叫他們找。」賈環道：「他的玉在他身上，看見沒看見該問他，怎麼問我？捧著他的人多著咧！得了什麼不來問我，丟了東西就來問我！」說著，起身就走。眾人不好攔他。

這裡寶玉倒急了，說道：「都是這勞什子鬧事！我也不要他了，你們也不用鬧了。環兒一去，必是嚷的滿院裡都知道了，這可不是鬧事了麼？」襲人等急得又哭道：「小祖宗！你看這玉丟了沒要緊，若是上頭知道了，我們這些人就要粉身碎骨了！」說著，便嚎啕大哭起來。眾人更加傷感，明知此事掩飾不來，只得要商議定了話，回來好回賈母諸人。寶玉道：「你們竟也不用商議，硬說我砸了就完了。」平兒道：「我的爺！好輕巧話兒！上頭要問為什麼砸的呢？他們也是個死啊！倘或要起砸破的碴兒來，那又怎麼樣呢？」寶玉道：「不然，便說我前日出門丟了。」眾人一想，道：「這句話倒還混得過去，但是這兩天又沒上學，又沒往別處去。」寶玉道：「怎麼沒有？大前兒還到臨安伯府裡聽戲去了呢。便說那日丟的。」探春道：「那也不妥。既是前兒丟的，為什麼當日不來回？」

眾人正在胡思亂想，要裝點撒謊，只聽見趙姨娘的聲兒，哭著喊著走來說：「你們丟了東西，自己不找，怎麼叫人背地裡拷問環兒？我把環兒帶了來，索性交給你們這一起洑上水的，該殺該剮，隨你們罷！」說著，將環兒一推，說：「你是個賊！快快的招罷！」氣得環兒也哭喊起來。李紈正要勸解，丫頭來說：「太太來了。」襲人等此時無地可容。寶玉等趕忙出來迎接。趙姨娘暫且也不敢作聲，跟了出來。王夫人見眾人都有驚惶之色，纔信方纔聽見的話，便道：「那塊玉真丟了麼？」眾人都不敢作聲。王夫人走進屋裡坐下，便叫襲人，慌的襲人連忙跪下，含淚要稟。王夫人道：「你起來，快快叫人細細的找去，一忙亂倒不好了。」襲人哽咽難言。寶玉生恐襲人直告訴出來，便說道：「太太，這事不與襲人相干，是我前日到臨安伯府那裡聽戲，在路上丟了。」王夫人道：「為什麼那日不找呢？」寶玉道：「我怕他們知道，沒有告訴他們。我叫焙茗等在外頭各處找過的。」王夫人道：「胡說！如今脫換衣服，不是襲人他們伏侍的麼？大凡哥兒出門回來，手巾荷包短了，還要查個明白，何況這塊玉不見了，便不問的麼？」寶玉無言可答。趙姨娘聽見，便得意了，忙接過口道：「外頭丟了東西，也賴環兒！」話未說完，被王夫人喝道：「這裡說這個，你且說那些沒要緊的話！」趙姨娘便不敢言語了。還是李紈、探春從實的告訴了王夫人一遍。王夫人也急的淚如雨下，索性要回明了賈母，去問邢夫人那邊跟來的這些人去。

鳳姐病中，也聽見寶玉失玉，知道王夫人過來，料躲不住，便扶了豐兒來到園裡。正值王夫人起身要走，鳳姐姣怯怯的說：「請太太安。」寶玉等過來問了鳳姐好。王夫人因說道：「你也聽見了麼？這可不是奇事嗎？剛纔眼錯不見就丟了，再找不著。你去想想，打從老太太那邊的丫頭起至你們平兒，誰的手不穩？誰的心促狹？我要回了老太太，認真的查出來纔好；不然，是斷了寶玉的命根子了！」鳳姐回道：「偺們家人多手雜，自古說的：『知人知面不知心。』哪裡保得住誰是好的？但是一吵嚷，已經都知道了。偷玉的人，若叫太太查出來，明知是死無葬身之地，他著了急，反要毀壞了滅口，那時可怎麼處呢？據我的糊塗想頭，只說寶玉本不愛他，撂丟了，也沒有什麼要緊，只要大家嚴密些，別叫老太太、老爺知道。這麼說了，暗暗的派人去各處察訪，哄騙出來，那時玉也可得，罪名也好定。不知太太心裡怎麼樣？」王夫人遲了半日，纔說道：「你這話雖也有理，但只是老爺跟前怎麼瞞的過呢？」便叫環兒過來說道：「你二哥哥的玉丟了，白問了你一句，怎麼你就亂嚷？若是嚷破了，人家把那個毀壞了，我看你活得活不得！」賈環嚇得哭道：「我再不敢嚷了！」趙姨娘聽了，哪裡還敢言語？王夫人便吩咐眾人道：「想來自然有沒找到的地方兒，好端端的在家裡的，還怕他飛到哪裡去不成？只是不許聲張。限襲人三天內給我找出來。要是三天找不著，只怕也瞞不住，大家那就不用過安靜日子了！」說著，便叫鳳姐兒跟到邢夫人那邊商議踹緝❶。不提。

這裡李紈等紛紛議論，便傳喚看園子的一干人來，叫把園門鎖上，快傳林之孝家的來，悄悄兒的告訴了他。叫他：「吩咐前後門上，三天之內，不論男女下人，從裡頭可以走動，要走出去時，一概不許放出。只說裡頭丟了東西，得這件東西有了著落，然後放人出來。」林之孝家的答應了「是」，因說：「前兒奴才家裡也丟了一件不要緊的東西，林之孝必要明白，上街去找了一個測字的。那人叫做什麼劉鐵嘴，測了一個字，說的很明白，回來按著一找就找著了。」襲人聽見，便央及林家的道：「好林奶奶！出去快求林大爺替我們問問去！」那林之孝家的答應著出去了。邢岫烟道：「若說那外頭測字打卦的，是不中用的。我在南邊聞妙玉能扶乩，何不煩他問一問？況且我聽見說，這塊玉原有仙機，想來問得出來。」眾人都詫異道：「偺們常見的，從沒有聽他說起！」麝月便忙問岫烟道：「想來別人求他是不肯的，好姑娘，我給姑娘磕個頭，求姑娘就去！若問出來了，我一輩子總不忘你的恩。」說著，趕忙就要磕下頭去，岫烟連忙攔住。黛玉等也都慫恿著岫烟速往櫳翠庵去。

一面林之孝家的進來說道：「姑娘們大喜！林之孝測了字回來，說這玉是丟不了的，將來橫豎有人送還來的。」眾人聽了，也都半信半疑。惟有襲人、麝月喜歡的了不得。探春便問：「測的是什麼字？」林之孝家的

❶ 踹緝：尋找蹤跡，加以捕獲。

道：「他的話多，奴才也學不上來。記得是拈了個賞人東西的『賞』字。那劉鐵嘴也不問，便說：『丟了東西不是？』」李紈道：「這就算好。」林之孝家的道：「他還說：『「賞」字上頭一個「小」字，底下一個「口」字，這件東西，很可嘴裡放得，必是個珠子寶石。』」眾人聽了，誇讚道：「真是神仙！往下怎麼說？」林之孝家的道：「他說底下『貝』字拆開，不成一個『見』字，可不是不『見』了？因上頭拆了『當』字，叫快到當舖裡找去。『賞』字加一『人』字，可不是『償』字？只要找著當舖就有人，有了人便贖了來；可不是償還了嗎？」眾人道：「既這麼著，就先往左近找起，橫豎幾個當舖都找遍了，少不得就有了。咱們有了東西，再問人就容易了。」李紈道：「只要東西，哪怕不問人都使得。林嫂子，煩你就把測字的話快告訴了二奶奶，回了太太，先叫太太放心。就叫二奶奶快派人查去。」林家的答應了便走。

眾人略安了一點兒神，呆呆的等岫烟回來。正呆等時，只見跟寶玉的焙茗在門外招手兒，叫小丫頭子快出來。那小丫頭趕忙的出去了。焙茗便說道：「你快進去告訴我們二爺和裡頭太太、奶奶、姑娘們，天大的喜事！」那小丫頭子道：「你快說罷！怎麼這麼累贅？」焙茗笑著拍手道：「我告訴姑娘，姑娘進去回了，咱們兩個人都得賞錢呢！你打量是什麼事情？寶二爺的那塊玉呀，我得了準信兒來了。」未知如何，下回分解。

第九十五回　因訛成實元妃薨逝　以假混真寶玉瘋癲

話說焙茗在門口和小丫頭子說寶玉的玉有了，那小丫頭急忙回來告訴寶玉。眾人聽了，都推著寶玉出去問他。眾人在廊下聽著。寶玉也覺放心，便走到門口，問道：「你哪裡得了？快拿來。」焙茗道：「拿是拿不來的，還得託人做保去呢。」寶玉道：「你快說是怎麼得的，我好叫人取去。」焙茗道：「我在外頭，知道林爺爺去測字，我就跟了去。我聽見說在當舖裡找，我沒等他說完，便跑到幾個當舖裡去。我比給他們瞧，有一家便說『有』。我說：『給我罷。』那舖子裡要票子。我說：『當多少錢？』他說：『三百錢的也有，五百錢的也有。前兒有一個人拿這麼一塊玉，當了三百錢去；今兒又有人也拿一塊玉，當了五百錢去。』」寶玉不等說完，便道：「你快拿三百五百錢去取了來，我們挑著看是不是。」裡頭襲人便啐道：「二爺不用理他！我小時候兒聽見我哥哥常說，有些人賣那些小玉兒，沒錢用，便去當。想來是家家當舖裡有的。」眾人正在聽得詫異，被襲人一說，想了一想，倒大家笑起來，說：「快叫二爺進來罷，不用理那糊塗東西了。他說的那些玉，想來不是正經東西。」寶玉正笑著，只見岫烟來了。

原來岫烟走到櫳翠庵見了妙玉，不及閒話，便求妙玉扶乩。妙玉冷笑幾聲，說道：「我與姑娘來往，為的是姑娘不是勢利場中的人。今日怎麼聽了哪裡的謠言，過來纏我？況且我並不曉得什麼叫『扶乩』。」說著，將要不理。岫烟懊悔此來，知他脾氣是這麼著的，「一時我已說出，不好白回去，又不好與他質證他會扶乩的話。」只得陪著笑將襲人等性命關係的話說了一遍，見妙玉略有活動，便起身拜了幾拜。妙玉嘆道：「何必為人作嫁？但是我進京以來，素無人知，今日你來破例，恐將來纏繞不休。」岫烟道：「我也一時不忍。知你必是慈悲的。

便是將來他人求你，願不願在你，誰敢相強？」妙玉笑了一笑，叫道婆焚香，在箱子裡找出沙盤乩架，書了符，命岫烟行禮祝告畢，起來同妙玉扶著乩。不多時，只見那仙乩疾書道：

噫！來無跡，去無踪，青埂峰下倚古松。欲追尋，山萬重，入我門來一笑逢。

書畢，停了乩。岫烟便問：「請的是何仙？」妙玉道：「請的是拐仙❶。」岫烟錄了出來，請教妙玉解釋。妙玉道：「這個可不能，連我也不懂。你快拿去，他們的聰明人多著呢。」

岫烟只得回來。進入院中，各人都問：「怎麼樣了？」岫烟不及細說，便將所錄乩語遞與李紈，眾姐妹及寶玉爭看。都解的是：「一時要找是找不著的，然而丟是丟不了的，不知幾時不找便出來了。但是青埂峰不知在哪裡？」李紈道：「這是仙機隱語。偺們家裡哪裡跑出青埂峰來？必是誰怕查出，撂在有松樹的山子石底下，也未可定。獨是『入我門來』這句，到底是入誰的門呢？」黛玉道：「不知請的是誰？」岫烟道：「拐仙。」探春道：「若是仙家的門，便難入了！」

襲人心裡著忙，便捕風捉影的混找，沒一塊石底下不找到，只是沒有。回到院中，寶玉也不問有無，只管

櫳翠庵妙玉扶乩。（清孫溫繪，全本紅樓夢）

❶ 拐仙：李鐵拐。傳說中的八仙之一。

傻笑。麝月著急道：「小祖宗！你到底是哪裡丟的？說明了，我們就是受罪，也在明處啊！」寶玉笑道：「我說外頭丟的，你們又不依。你如今問我，我知道麼？」李紈、探春道：「今兒從早起鬧起，已到三更來天了。你瞧，林妹妹已經掌不住，各自去了。我們也該歇歇兒了，明兒再鬧罷。」說著，大家散去。寶玉即便睡下。可憐襲人等哭一回，想一回，一夜無眠。暫且不提。

且說黛玉先自回去，想起「金玉」的舊話來，反自歡喜，心裡想道：「和尚道士的話真個信不得。果真『金玉』有緣，寶玉如何能把這玉丟了呢？或者因我之事，拆散他們的『金玉』也未可知……」想了半天，更覺安心，把這一天的勞乏竟不理會，重新倒看起書來。紫鵑倒覺身倦，連催黛玉睡下。黛玉雖躺下，又想到海棠花上：「這塊玉原是胎裡帶來的，非比尋常之物，來去自有關係。若是這花主好事呢，不該失了這玉呀！看來此花開的不祥，莫非他有不吉之事？」不覺又傷起心來。又轉想到喜事上頭，此花又似應開，此玉又似應失。如此一悲一喜，直想到五更方睡著。

次日，王夫人等早派人到當舖裡去查問，鳳姐暗中設法找尋。一連鬧了幾天，總無下落。還喜賈母、賈政不知。襲人等每日提心吊膽。寶玉也好幾天不上學，只是怔怔的，不言不語，沒心沒緒的。王夫人只知他因失玉而起，也不大著意。那日正在納悶，忽見賈璉進來請安，嘻嘻的笑道：「今日聽得雨村打發人來告訴偺們二老爺，說舅太爺陞了內閣大學士，奉旨來京，已定明年正月二十日宣麻❷，有三百里的文書❸去了。想舅太爺晝夜趲行，半個多月就要到了。姪兒特來回太太知道。」王夫人聽說，便歡喜非常。正想娘家人少，薛姨媽家又衰敗了，兄弟又在外任，照應不著。今日忽聽兄弟拜相回京，王家榮耀，將來寶玉都有倚靠，便把失玉的心

❷ 宣麻：唐朝任命宰相，用黃白麻紙的詔書在朝廷宣告，叫宣麻。

❸ 三百里文書：日夜兼行三百里的急遞公文。

又略放開些了，天天專望兄弟來京。

忽一天，賈政進來，滿臉淚痕，喘吁吁的說道：「你快去稟知老太太，即刻進宮！不用多人的，是你伏侍進去。因娘娘忽得暴病，現在太監在外立等。他說太醫院已經奏明痰厥❹，不能醫治。」王夫人聽說，便大哭起來。賈政道：「這不是哭的時候，快快去請老太太。說得寬緩些，不要嚇壞了老人家。」賈政說著，出來吩咐家人伺候。王夫人收了淚，去請賈母，只說元妃有病，進去請安。賈母念佛道：「怎麼又病了？前番嚇的我了不得，後來又打聽錯了。這回情願再錯了也罷！」王夫人一面回答，一面催鴛鴦等開箱取衣飾穿戴起來。王夫人趕著回到自己房中，也穿戴好了，過來伺候。一時出廳上轎進宮。不提。

且說元春自選了鳳藻宮後，聖眷隆重，身體發福，未免舉動費力。每日起居勞乏，時發痰疾。因前日侍宴回宮，偶沾寒氣，勾起舊病。不料此回甚屬利害，竟至痰氣壅塞，四肢厥冷。一面奏明，即召太醫調治。豈知湯藥不進，連用通關之劑，並不見效。內官憂慮，奏請預辦後事，所以傳旨命賈氏椒房進見。賈母、王夫人遵旨進宮，見元妃痰塞口涎，不能言語。見了賈母，只有悲泣之狀，卻少眼淚。賈母進前請安，奏些寬慰的話。少時，賈政等職名遞進，宮嬪傳奏，元妃目不能顧，漸漸臉色改變。內官太監即要奏聞，恐派各妃看視，椒房姻戚未便久羈，請在外宮伺候。賈母、王夫人怎忍便離？無奈國家制度，只得下來，又不敢啼哭，惟有心內悲感。

朝門內官員候信。不多時，只見太監出來，立傳欽天監，賈母便知不好，尚未敢動。少刻，小太監傳諭出來，說：「賈娘娘薨逝。」是年甲寅年十二月十八日立春，元妃薨日，是十二月十九日，已交卯年寅月，存年四十三歲。賈母含悲起身，只得出宮上轎回家。賈政等亦已得信，一路悲戚到家中，邢夫人、李紈、鳳姐、寶

❹ 痰厥：病名。由呼吸不通所引起的昏厥。這裡指的是中風一類的病。

玉等出廳，分東西迎著賈母，請了安，並賈政、王夫人請安，大家哭泣。不提。

次日早起，凡有品級的，按貴妃喪禮進內請安哭臨❺。賈政又是工部，雖按照儀注辦理，未免堂上又要周旋他些，同事又要請教他，所以兩頭更忙，非比從前太后與周妃的喪事了。但元妃並無所出，惟謚曰賢淑貴妃。此是王家制度，不必多贅。只講賈府中男女，天天進宮，忙的了不得。幸喜鳳姐兒近日身子好些，還得出來照應家事；又要預備王子騰進京，接風賀喜。鳳姐胞兄王仁知道叔叔入了內閣，仍帶家眷來京。鳳姐心裡喜歡，便有些心病，有這些娘家的人來，也便撂開，所以身子倒覺比前好了些。王夫人看見鳳姐照舊辦事，又把擔子卸了一半；又眼見兄弟來京，諸事放心，倒覺安靜些。

獨有寶玉原是無職之人，又不念書，代儒學裡知他家裡有事，也不來管他；賈政正忙，自然沒有空兒查他。想來寶玉趁此機會竟可與姐妹們天天暢樂，不料他自失了玉後，終日懶待走動，說話也糊塗了。並賈母等出門回來，有人叫他去請安，便去；沒人叫他，他也不動。襲人等懷著鬼胎，又不敢去招惹他，恐他生氣。每天茶飯，端到面前便吃，不來也不要。襲人看這光景，不像是有氣，竟像是有病的。襲人偷著空兒到瀟湘館告訴紫鵑，說是：「二爺這麼著，求姑娘給他開導開導。」紫鵑雖即告訴黛玉，只因黛玉想著親事上頭，一定是自己了，如今見了他，反覺不好意思，「若是他來呢，原是小時在一處的，也難不理他；若說我去找他，斷斷使不得。」所以黛玉不肯過來。襲人又背地裡去告訴探春。哪知探春心裡明明知道海棠開得怪異，「寶玉」失的更奇，接連著元妃姐姐薨逝，諒家道不祥，日日愁悶，哪有心腸去勸寶玉？況兄妹們男女有別，只好過來一兩次，寶玉又終是懶懶的，所以也不大常來。

寶釵也知失玉。因薛姨媽那日應了寶玉的親事，回去便告訴了寶釵。薛姨媽還說：「雖是你姨媽說了，我

❺ 哭臨：國喪時，眾人舉哀同哭，臨，音ㄌㄧㄣˋ，哭弔。

還沒有應准，說等你哥哥回來再定。你願意不願意？」寶釵反正色的對母親道：「媽媽這話說錯了。女孩兒家的事情是父母作主的。如今我父親沒了，媽媽應該作主的；再不然，問哥哥。怎麼問起我來？」所以薛姨媽更愛惜他，說他雖是從小嬌養慣的，卻也生來的貞靜。因此，在他面前反不提起寶玉了。寶釵自從聽此一說，把「寶玉」兩字自然更不提起了。如今雖然聽見失了玉，心裡也甚驚疑，倒不好問，只得聽旁人說去，竟像不與自己相干的。只有薛姨媽打發丫頭過來了好幾次問信。因他自己的兒子薛蟠的事焦心，只等哥哥進京，便好為他出脫罪名；又知元妃已薨，雖然賈府忙亂，卻得鳳姐好了，出來理家，也把賈家的事撂開了。只苦了襲人，雖然在寶玉跟前低聲下氣的伏侍勸慰，寶玉竟是不懂，襲人只有暗暗的著急而已。

過了幾日，元妃停靈寢廟❻，賈母等送殯去了幾天。豈知寶玉一日獃似一日，也不發燒，也不疼痛，只是吃不像吃，睡不像睡，甚至說話都無頭緒。那襲人、麝月等益發慌了，回過鳳姐幾次。鳳姐不時過來。起先道是找不著玉生氣，如今看他失魂落魄的樣子，只有日日請醫調治。煎藥吃了好幾劑，只有添病的，沒有減病的。及至問他哪裡不舒服，寶玉也不說出來。

直至元妃事畢，賈母惦記寶玉，親自到園看視，王夫人也隨過來，襲人等忙叫寶玉接出去請安。寶玉雖說是病，每日原起來行動。今日叫他接賈母去，他依然仍是請安，惟是襲人在旁扶著指教。賈母見了，便道：「我的兒！我打量你怎麼病著，故此過來瞧你。今你依舊的模樣兒，我的心放了好些。」王夫人也自然是寬心的。但寶玉並不回答，只管嘻嘻的笑。賈母等進屋坐下，問他的話，襲人教一句，他說一句，大不似往常，直是一個傻子似的。賈母愈看愈疑，便說：「我纔進來看時，不見有什麼病；如今細細一瞧，這病果然不輕，竟是神魂失散的樣子！到底因什麼起的呢？」王夫人知事難瞞，又瞧瞧襲人怪可憐的樣子，只得便依著寶玉先前的話，

❻ 寢廟：舊稱皇帝宗廟的前殿為廟，後殿為寢。也用來泛指宗廟。

將那往臨安伯府裡去聽戲時丟了這塊玉的話，悄悄的告訴了一遍，心裡也徬徨的很，生恐賈母著急，並說：「現在著人在四下裡找尋。求籤問卦，都說在當舖裡找，少不得找著的。」

賈母聽了，急得站起來，眼淚直流，說道：「這件玉，如何是丟得的！你們忒不懂事了！難道老爺也是撂開手的不成？」王夫人知賈母生氣，叫襲人等跪下，自己歛容低首回說：「媳婦恐老太太著急，老爺生氣，都沒敢回。」賈母咳道：「這是寶玉的命根子，因丟了，所以他才這麼失魂喪魄的！還了得！況這玉是滿城裡都知道的，誰撿了去，肯叫你們找出來麼？叫人快快請老爺，我與他說！」那時唬得王夫人、襲人等俱哀告道：「老太太這一生氣，回來老爺更了不得了。現在寶玉病著，交給我們盡命的找來就是了。」賈母道：「你們怕老爺生氣，有我呢！」便叫麝月傳人去請。不一時，傳話進來，說：「老爺謝客去了。」賈母道：「不用他也使得。你們便說我說的話，暫且也不用責罰下人。我便叫璉兒來，寫出賞格，懸在前日經過的地方，便說：『有人撿得送來者，情願送銀一萬兩；如有知人撿得，送信找得者，送銀五千兩。』如真有了，不可吝惜銀子。這麼一找，少不得就找出來了。若是靠著咱們家幾個人找，就找一輩子，也不能得！」王夫人也不敢直言。賈母傳話，告訴賈璉叫他速辦去了。

賈母便叫人：「將寶玉動用之物都搬到我那裡去。只派襲人、秋紋跟過來，餘者仍留園內看屋子。」寶玉聽了，總不言語，只是傻笑。賈母便攜了寶玉起身——襲人等攙扶出園——回到自己房中，叫王夫人坐下，看人收拾裡間屋內安置，便對王夫人道：「你知道我的意思麼？我為的是園裡人少，怡紅院裡的花樹，忽萎忽開，有些奇怪。頭裡仗著那塊玉能除邪祟；如今此玉丟了，生恐邪氣易侵，所以我帶他過來一塊兒住著。這幾天也不用叫他出去。大夫來，就在這裡瞧。」王夫人聽說，便接口道：「老太太想的自然是。如今寶玉同著老太太住了，老太太的福氣大，不論什麼都壓住了。」賈母道：「什麼福氣！不過我屋裡乾淨些，經卷也多，都可以念念定心神。你問寶玉好不好？」那寶玉見問，只是笑。襲人叫他說「好」，寶玉也就說「好」。王夫人見了這般光景，未免落淚，在賈母這裡，不敢出聲。賈母知王夫人著急，便說道：「你回去罷，這裡有我調停他。晚上老爺回來，告訴他不必來見我，不許言語就是了。」王夫人去後，賈母叫鴛鴦找些安神定魄的藥，按方吃了。不提。

且說賈政當晚回家，在車內聽見道兒上人說道：「人要發財，也容易的很！」那個問道：「怎麼見得？」這個人又道：「今日聽見榮府裡丟了什麼哥兒的玉了，貼著招帖兒，上頭寫著玉的大小式樣顏色，說：有人撿了送去，就給一萬兩銀子；送信的還給五千呢！」賈政雖未聽得如此真切，心內詫異，急忙趕回，便叫門上的人問起那事來。門上的人稟道：「奴才頭裡也不知道；今兒晌午，璉二爺傳出老太太的話，叫人去貼帖兒，纔知道的。」賈政便嘆氣道：「家道該衰！偏生養這麼一個孽障！纔養他的時候，滿街的謠言，隔了十幾年，略好了些。這會子又大張曉諭的找玉，成何道理！」說著，忙走進裡頭去問王夫人。王夫人便一五一十的告訴，賈政知是老太太的主意，又不敢違拗，只抱怨王夫人幾句。又走出來，叫瞞著老太太，背地裡揭了這個帖兒下來。豈知早有那些遊手好閒的人揭了去了。

過了些時，竟有人到榮府門上，口稱送玉來的。家人們聽見，喜歡的了不得，便說：「拿來，我給你回去。」那人便從懷內掏出賞格來，指給門上人瞧，說：「這不是你們府上的帖子？寫明送玉來的給銀一萬兩。二太爺，你們這會子瞧我窮，回來我得了銀子，就是個財主了，別這麼待理不理的！」門上人聽他的話頭來得硬，便說道：「你到底略給我瞧一瞧，我好給你回去。」那人初倒不肯，後來聽人說得有理，便掏出那玉，托在掌中一揚，說：「這是不是？」眾家人原是在外服役，只知有玉，也不常見；今日纔看見這玉的模樣兒了，急忙跑到裡頭搶頭報的似的。那日，賈政、賈赦出門，只有賈璉在家。眾人回明，賈璉還細問真不真？門上人口稱：「親眼見過，只是不給奴才，要見主子，一手交銀，一手交玉。」賈璉卻也喜歡，忙去稟知王夫人，即便回明賈母，把個襲人樂得合掌念佛。賈母並不改口，一疊連聲：「快叫璉兒請那人到書房裡坐下，將玉取來一看，即便給銀。」賈璉依言，請那人進來，當客待他，用好言道謝：「要借這玉送到裡頭，本人見了，謝銀分厘不短。」那人只得將一個紅綢子包兒送過去。賈璉打開一看，可不是那一塊晶瑩美玉嗎？賈璉素昔原不理論，今日倒要看看。看了半日，上面的字也彷彿認得出來，什麼「除邪祟」等字。賈璉看了，喜之不勝，便叫家人伺候，忙忙的送與賈母、王夫人認去。

這會子驚動了合家的人，都等著爭看。鳳姐見賈璉進來，便劈手奪去，不敢先看，送到賈母手裡。賈璉笑道：「你這麼一點兒事，還不叫我獻功呢！」賈母打開看時，只見那玉比先前昏暗了好些，一面用手擦摸，鴛鴦拿上眼鏡兒來戴著一瞧，說：「奇怪！這塊玉倒是的！怎麼把頭裡的寶色都沒了呢？」王夫人看了一會子，也認不出，便叫鳳姐過來看。鳳姐看了道：「像倒像，只是顏色不大對，不如叫寶兄弟自己一看，就知道了。」襲人在旁，也看著未必是那一塊，只是盼得的心盛，也不敢說出不像來。鳳姐於是從賈母手中接過來，同著襲人拿來給寶玉瞧。這時寶玉正睡著纔醒。鳳姐告訴道：「你的玉有了。」寶玉睡眼矇矓，接在手裡也沒瞧，便往地下一撂，道：「你們又來哄我了！」說著，只是冷笑。鳳姐連忙拾起來道：「這也奇了，怎麼你沒瞧，就知道呢？」寶玉也不答言，只管笑。王夫人也進屋裡來了，見他這樣，便道：「這不用說了。他那玉原是胎裡帶來的一宗古怪東西，自然他有道理。想來這個必是人家見了帖兒照樣兒做的。」大家此時恍然大悟。

賈璉在外間屋裡聽見這個話，便說道：「既不是，快拿來給我問問他去。人家這樣事，他還敢來鬼混！」賈母喝住道：「璉兒，拿了去給他，叫他去罷。那也是窮極了的人，沒法兒了，所以見我們家有這樣事，他便想著賺幾個錢，也是有的。如今白白的花了錢，弄了這個東西，又叫偺們認出來了。依著我，不要難為他，把這玉還他，說不是我們的，賞給他幾兩銀子。外頭的人知道了，纔肯有信兒就送來呢。若是難為了這一個人，就有真的，人家也不敢拿來了。」賈璉答應出去。那人還等著呢。半日不見人來，正在那裡心裡發虛，只見賈璉氣忿忿走出來了。未知何如，下回分解。

第九十六回　瞞消息鳳姐設奇謀　洩機關顰兒迷本性

話說賈璉拿了那塊假玉忿忿走出，到了書房。那個人看見賈璉的氣色不好，心裡先發了虛了，連忙站起來迎著。剛要說話，只見賈璉冷笑道：「好大膽！我把你這個混賬東西！這裡是什麼地方兒，你敢來搗鬼！」回頭便問：「小廝們呢？」外頭轟雷一般，幾個小廝齊聲答應。賈璉道：「取繩子去綑起他來！等老爺回來，回明了，把他送到衙門裡去！」眾小廝又一齊答應：「預備著呢。」嘴裡雖如此，卻不動身。那人先自唬的手足無措，見這般勢派，知道難逃公道，只得跪下給賈璉磕頭，口口聲聲只叫：「老太爺別生氣！是我一時窮極無奈，纔想出這個沒臉的營生來。那玉是我借錢做的，我也不敢要了，只得孝敬府裡的哥兒頑罷。」說畢，又連連磕頭。賈璉啐道：「你這個不知死活的東西！這府裡稀罕你的那扔不了的浪東西！」正鬧著，只見賴大進來，陪著笑，向賈璉道：「二爺別生氣了。靠他算個什麼東西！饒了他，叫他滾出去罷。」賈璉道：「實在可惡！」賴大、賈璉作好作歹，眾人在外頭都說道：「糊塗狗攮的！還不給爺和賴大爺磕頭呢！快快的滾罷，還等窩心腳呢！」那人趕忙磕了兩個頭，抱頭鼠竄而去。從此，街上鬧動了：「賈寶玉弄出『假寶玉』來了！」

且說賈政那日拜客回來，眾人因為燈節底下，恐怕賈政生氣，已過去的事了，便也都不肯回。只因元妃的事忙碌了好些時，近日寶玉又病著，雖有舊例家宴，大家無興，也無有可記之事。到了正月十七日，王夫人正盼王子騰來京，只見鳳姐進來回說：「今日二爺在外聽得有人傳說：我們家大老爺趕著進京，離城只二百多里地，在路上沒了。太太聽見了沒有？」王夫人吃驚道：「我沒有聽見，老爺昨晚也沒有說起。到底在哪裡聽見的？」鳳姐道：「說是在樞密張老爺家聽見的。」王夫人怔了半天，那眼淚早流下來了，因拭淚說道：「回來再叫璉兒索性打聽明白了來告訴我。」鳳姐答應去了。

王夫人不免暗裡落淚，悲女哭弟，又為寶玉耽憂，如此連三接二，都是不隨意的事，哪裡擱得住，便有些心口疼痛起來。又加賈璉打聽明白了，來說道：「舅太爺是趕路勞乏，偶然感冒風寒。到了十里屯地方，延醫調治，無奈這個地方沒有名醫，誤用了藥，一劑就死了。但不知家眷可到了那裡沒有。」王夫人聽了，一陣心酸，便心口疼得坐不住，叫彩雲等扶了上炕，還扎掙著叫賈璉去回了賈政，「即速收拾行裝，迎到那裡，幫著料理完畢，即刻回來告訴我們，好叫你媳婦兒放心。」賈璉不敢違拗，只得辭了賈政起身。賈政早已知道，心裡很不受用；又知寶玉失玉以後神志惽憒，醫藥無效；又值王夫人心疼。那年正值京察❶，工部將賈政保列一等，二月，吏部帶領引見。皇上念賈政勤儉謹慎，即放了江西糧道❷。即日謝恩，已奏明起程日期。雖有眾親朋賀喜，賈政也無心應酬，只念家中人口不寧，又不敢耽延在家。

正在無計可施，只聽見賈母那邊叫請老爺，賈政即忙進去。看見王夫人帶著病也在那裡，便向賈母請了安。賈母叫他坐下，便說：「你不日就要赴任，我有多少話與你說，不知你聽不聽？」說著，掉下淚來。賈政忙站起來，說道：「老太太有話，只管吩咐，兒子怎敢不遵命呢？」賈母哽咽著說道：「我今年八十一歲的人了，你又要做外任去。偏有你大哥在家，你又不能告親老❸。你這一去了，我所疼的只有寶玉，偏偏的又病得糊塗，還不知道怎麼樣呢！我昨日叫賴陞媳婦出去，叫人給寶玉算算命，這先生算得好靈，說要娶了金命的人幫扶他，必要沖沖喜纔好；不然，只怕保不住。我知道你不信那些話，所以叫你來商量。你的媳婦也在這裡，你們兩個

❶ 京察：舊時定期考核京城官吏的制度。明代每六年考核一次，清代每三年一次。

❷ 糧道：官名，督糧道的簡稱。明清兩代各省設有督糧道，負責督促漕糧運輸。

❸ 告親老：從前封建時代，做官的可以因父母年老請求停職，但有兄弟在家者，不在此例。

也商量商量。還是要寶玉好呢？還是隨他去呢？」賈政陪笑說道：「老太太當初疼兒子這麼疼的，難道做兒子的就不疼自己的兒子不成麼？只為寶玉不上進，所以時常恨他，也不過是『恨鐵不成鋼』的意思。老太太既要給他成家，這也是該當的，豈有逆著老太太不疼他的理？如今寶玉病著，兒子也是不放心。因老太太不叫他見我，所以兒子也不敢言語。我到底瞧瞧寶玉是個什麼病。」王夫人見賈政說著，也有些眼圈兒紅，知道心裡是疼的，便叫襲人扶了寶玉來。寶玉見了他父親，襲人叫他請安，他便請了個安。賈政見他臉面很瘦，目光無神，大有瘋傻之狀，便叫人扶了進去，便想到：「自己也是望六的人了，如今又放外任，不知道幾年回來。倘或這孩子果然不好，一則年老無嗣，雖說有孫子，到底隔了一層；二則老太太最疼的是寶玉，若有差錯，可不是我的罪名更重了！」瞧瞧王夫人一包眼淚，又想到他身上，復站起來說：「老太太這麼大年紀，想法兒疼孫子，做兒子的還敢違拗？老太太主意該怎麼便怎麼就是了。但只姨太太那邊，不知說明白了沒有？」王夫人便道：「姨太太是早應了的；只為蟠兒的事沒有結案，所以這些時總沒提起。」賈政又道：「這就是第一層的難處。他哥哥在監裡，妹子怎麼出嫁？況且貴妃的事雖不禁婚嫁，寶玉應照已出嫁的姐姐，有九個月的功服❹，此時也難娶親。再者，我的起身日期已經奏明，不敢耽擱，這幾天怎麼辦呢？」

賈母想了一想：「說的果然不錯。若是等這幾件事過去，他父親又走了。倘或這病一天重似一天，怎麼好？只可越些禮辦了纔好。」想定主意，便說道：「你若給他辦呢，我自然有個道理，包管都礙不著。姨太太那邊，我和你媳婦親自過去求他。蟠兒那裡，我央蝌兒去告訴他，說是要救寶玉的命，諸事將就，自然應的。若說服裡娶親，當真使不得；況且寶玉病著，也不可叫他成親，不過是沖沖喜。我們兩家願意，孩子們又有『金玉』的道理，婚是不用合的了，即挑了好日子，按著偺們家分兒過了禮❺。趕著挑個娶親日子，一概鼓樂不用，倒

❹ 功服：即五服中的大功服。以麻布略作加工而成。

按宮裡的樣子，用十二對提燈，一乘八人轎子抬了來，照南邊規矩拜了堂，一樣坐床撒帳❻，可不是算娶了親了麼？寶丫頭心地明白，是不用慮的。內中又有襲人，也還是個妥妥當當的孩子。再有個明白人常勸他更好。他又和寶丫頭合的來。再者姨太太曾說寶丫頭的『金鎖』也有個和尚說過，只等有玉的便是婚姻。焉知寶丫頭過來，不因『金鎖』倒招出他那塊玉來，也定不得。從此，一天好似一天，豈不是大家的造化？這會子只要立刻收拾屋子，鋪排起來。這屋子是要你派的。一概親友不請，也不排筵席；待寶玉好了，過了功服，然後再擺席請人。這麼著，都趕的上。你也看見了他們小兩口兒的事，也好放心的去。」賈政聽了，原不願意，只是賈母做主，不敢違命，勉強陪笑說道：「老太太想得極是，也很妥當。只是要吩咐家下眾人，不許吵嚷得裡外皆知，這要耽不是的。姨太太那邊，只怕不肯；若是果真應了，也只好按著老太太的主意辦去。」賈母道：「姨太太那裡有我呢，你去罷。」賈政答應出來，心中好不自在。因赴任事多，部裡領憑，親友們薦人，種種應酬不絕，竟把寶玉的事聽憑賈母交與王夫人、鳳姐兒了。惟將榮禧堂後身王夫人內屋旁邊一大跨所❼二十餘間房屋指與寶玉，餘者一概不管。賈母定了主意，叫人告訴他去，賈政只說很好。此是後話。

且說寶玉見過賈政，襲人扶回裡間炕上。因賈政在外，無人敢與寶玉說話，寶玉便昏昏沉沉的睡去。賈母與賈政所說的話，寶玉一句也沒有聽見。襲人等卻靜靜兒的聽得明白，頭裡雖也聽得些風聲，到底影響，只不見寶釵過來，卻也有些信真。今日聽了這些話，心裡方纔水落歸漕，倒也喜歡，心裡想道：「果然上頭的眼力不錯！這纔配得是。我也造化！若他來了，我可以卸了好些擔子。但是這一位的心裡只有一個林姑娘。幸虧他

❺ 過禮：從前男女訂婚，男方向女方送定禮，叫過禮。

❻ 坐床撒帳：舊時婚俗，新婚夫婦拜堂後，入房就坐，女向左，男向右，婦女以金錢綵果散擲。

❼ 跨所：跨院。

沒有聽見，若知道了，又不知要鬧到什麼分兒了！」襲人想到這裡，轉喜為悲，心想：「這件事怎麼好？老太太、太太哪裡知道他們心裡的事？一時高興，說給他知道，原想要他病好。若是他還像頭裡的心事，初見林姑娘，便要摔玉砸玉──況且那年夏天在園裡，把我當作林姑娘，說了好些私心話；後來因為紫鵑說了句玩話兒，便哭得死去活來。若是如今和他說要娶寶姑娘，竟把林姑娘撂開，除非是他人事不知還可，若稍明白些，只怕不但不能沖喜，竟是催命了！我再不把話說明，那不是一害三個人了麼？」

襲人想定主意，待等賈政出去，叫秋紋照看著寶玉，便從裡間出來，走到王夫人身旁，悄悄的請了王夫人到賈母後身屋裡去說話。賈母只道是寶玉有話，也不理會，還在那裡打算怎麼過禮，怎麼娶親。那襲人同了王夫人到了後間，便跪下哭了。王夫人不知何意，把手拉著他說：「好端端的，這是怎麼說？有什麼委屈，起來說。」襲人道：「這話奴才是不該說的，這會子，因為沒有法兒了！」王夫人道：「你慢慢的說。」襲人道：「寶玉的親事，老太太、太太已定了寶姑娘了，自然是極好的一件事，只是奴才想著，太太看去，寶玉和寶姑娘好，還是和林姑娘好呢？」王夫人道：「他兩個因從小兒在一處，所以寶玉和林姑娘又好些。」襲人道：「不是好些。」便將寶玉素與黛玉這些光景一一的說了，還說：「這些事都是太太親眼見的，獨是夏天的話，我從沒敢和別人說。」王夫人拉著襲人道：「我看外面兒已瞧出幾分來了，你今兒一說，更加是了。但是剛纔老爺說的話，想必都聽見了，你看他的神情兒怎麼樣？」襲人道：「如今寶玉若有人和他說話他就笑，沒人和他說話他就睡，所以頭裡的話卻倒沒聽見。」王夫人道：「倒是這件事叫人怎麼樣呢？」襲人道：「奴才說是說了，還得太太告訴老太太，想個萬全的主意纔好。」王夫人便道：「既這麼著，你去幹你的。這時候滿屋子的人，暫且不用提起。等我瞅空兒回明老太太，再作道理。」說著，仍到賈母跟前。

賈母正在那裡和鳳姐兒商議，見王夫人進來，便問道：「襲人丫頭說什麼，這麼鬼鬼祟祟的？」王夫人趁問，便將寶玉的心事細細回明賈母。賈母聽了，半日沒言語。王夫人和鳳姐也都不再說了。只見賈母嘆道：「別的事，都好說。林丫頭倒沒有什麼；若寶玉真是這樣，這可叫人作了難了！」只見鳳姐想了一想，因說道：「難倒不難。只是我想了個主意，不知姑媽肯不肯。」王夫人道：「你有主意，只管說給老太太聽，大家娘兒們商量著辦罷了。」鳳姐道：「依我想，這件事，只有一個『掉包兒』的法子。」賈母道：「怎麼『掉包兒』？」鳳姐道：「如今不管寶兄弟明白不明白，大家吵嚷起來，說是老爺做主，將林姑娘配了他了，瞧他的神情兒怎麼樣。要是他全不管，這個包兒也就不用掉了；若是他有些喜歡的意思，這事卻要大費周折呢！」王夫人道：「就算他喜歡，你怎麼樣辦呢？」鳳姐走到王夫人耳邊，如此這般的說了一遍。王夫人點了幾點頭兒，笑了一笑，說道：「也罷了。」賈母便問道：「你們娘兒兩個搗鬼，到底告訴我是怎麼著呀？」鳳姐恐賈母不懂，露洩機關，便也向耳邊輕輕的告訴了一遍。賈母果真一時不懂。鳳姐笑著又說了幾句。賈母笑道：「這麼著也好，可就只忒苦了寶丫頭了。倘或吵嚷出來，林丫頭又怎麼樣呢？」鳳姐道：「這個話，原只說給寶玉聽，外頭一概不許提起，有誰知道呢？」

正說間，丫頭傳進話來，說：「璉二爺回來了。」王夫人恐賈母問及，使個眼色與鳳姐。鳳姐便出來迎著賈璉，努了個嘴兒，同到王夫人屋裡等著去了。一會兒，王夫人進來，已見鳳姐哭的兩眼通紅。賈璉請了安，將到十里屯料理王子騰的喪事的話說了一遍，便說：「有恩旨賞了內閣的職銜，謚了文勤公，命本宗扶柩回籍，著沿途地方官員照料。昨日起身，連家眷回南去了。舅太太叫我回來請安問好，說：如今想不到不能進京，有多少話不能說。聽見我大舅子要進京，若是路上遇見了，便叫他來到偺們這裡細細的說。」王夫人聽畢，其悲痛自不必言。鳳姐勸慰了一番，說：「請太太略歇一歇，晚上來，再商量寶玉的事罷。」說畢，同了賈璉回到自己房中，告訴了賈璉，叫他派人收拾新房。不提。

一日，黛玉早飯後，帶著紫鵑到賈母這邊來，一則請安，二則也為自己散散悶。出了瀟湘館，走了幾步，忽然想起忘了手絹子來，因叫紫鵑回去取來，自己卻慢慢的走著等他。剛走到沁芳橋那邊山石背後——當日同寶玉葬花之處——忽聽一個人嗚嗚咽咽在那裡哭。黛玉煞住腳聽時，又聽不出是誰的聲音，也聽不出哭著叨叨的是些什麼話，心裡甚是疑惑，便慢慢的走去。及到了跟前，卻見一個濃眉大眼的丫頭在那裡哭呢。黛玉未見他時，還只疑府裡這些大丫頭有什麼說不出的心事，所以來這裡發洩發洩。及至見了這個丫頭，卻又好笑，因想到：「這種蠢貨，有什麼情種！自然是那屋裡作粗活的丫頭，受了大女孩子的氣了。」細瞧了一瞧，卻不認得。那丫頭見黛玉來了，便也不敢再哭，站起來拭眼淚。黛玉問道：「你好好的為什麼在這裡傷心？」那丫頭聽了這話，又流淚道：「林姑娘！你評評這個理。他們說話，我又不知道，我就說錯了一句話，我姐姐也不犯就打我呀！」黛玉聽了，不懂他說的是什麼，因笑問道：「你姐姐是哪一個？」那丫頭道：「就是珍珠姐姐。」黛玉聽了，纔知他是賈母屋裡的。因又問：「你叫什麼？」那丫頭道：「我叫傻大姐兒。」黛玉笑了一笑，又問：「你姐姐為什麼打你？你說錯了什麼話了？」那丫頭道：「為什麼呢，就是為我們寶二爺娶寶姑娘的事情。」

黛玉聽了這句話，如同一個疾雷，心頭亂跳，略定了定神，便叫這丫頭：「你跟了我這裡來。」那丫頭跟著黛玉到那畸角兒上葬桃花的去處。那裡背靜，黛玉因問道：「寶二爺娶寶姑娘，他為什麼打你呢？」傻大姐道：「我們老太太和太太、二奶奶商量了，因為我們老爺要起身，說就趕著往姨太太商量，把寶姑娘娶過來罷。頭一宗，給寶二爺沖什麼喜；第二宗……」說到這裡，又瞅著黛玉笑了一笑，纔說道：「趕著辦了，還要給林姑娘說婆婆家呢。」黛玉已經聽呆了。這丫頭只管說道：「我又不知道他們怎麼商量的，不叫人吵嚷，怕寶姑娘聽見害臊。我白和寶二爺屋裡的襲人姐姐說了一句：『咱們明兒更熱鬧了，又是寶姑娘，又是寶二奶奶，這可怎麼叫呢？』林姑娘，你說我這話害著珍珠姐姐什麼了嗎？他走過來就打我一個嘴巴，說我混說，不遵上頭的話，要攆我出去！我知道上頭為什麼不叫言語呢？你們又沒告訴我，就打我！」說著，又哭起來。

那黛玉此時心裡竟是油兒、醬兒、糖兒、醋兒倒在一處的一般，甜、苦、酸、鹹，竟說不上什麼味兒來了。停了一會兒，顫巍巍的說道：「你別混說了。你再混說，叫人聽見，又要打你了。你去罷。」說著，自己轉身要回瀟湘館去。那身子竟有千百斤重的，兩隻腳卻像踩著棉花一般，早已軟了。只得一步一步慢慢的走將來。走了半天，還沒到沁芳橋畔。原來腳下軟了，走的慢，且又迷迷痴痴，信著腳兒從那邊繞過來，更添了兩箭地的路。這時剛到沁芳橋畔，卻又不知不覺的順著堤往回裡走起來。紫鵑取了絹子來，卻不見黛玉。正在那裡看時，只見黛玉顏色雪白，身子晃晃蕩蕩的，眼睛也直直的，在那裡東轉西轉。又見一個丫頭往前頭走了，離的遠，也看不出是哪一個來。心中驚疑不定，只得趕過來，輕輕的問道：「姑娘，怎麼又回去？是要往哪裡去？」黛玉也只模糊聽見，隨口應道：「我問問寶玉去！」紫鵑聽了，摸不著頭腦，只得攙著他到賈母這邊來。

黛玉走到賈母門口，心裡微覺明晰，回頭看見紫鵑攙著自己，便站住了，問道：「你作什麼來的？」紫鵑陪笑道：「我找了絹子來了。頭裡見姑娘在橋那邊呢，我趕著過去問姑娘，姑娘沒理會。」黛玉笑道：「我打量你來瞧寶二爺來了呢，不然，怎麼往這裡走呢？」紫鵑見他心裡迷惑，便知黛玉必是聽見那丫頭什麼話了，惟有點頭微笑而已。只是心裡怕他見了寶玉——那一個已經是瘋瘋傻傻，這一個又這樣恍恍惚惚——一時說出些不大體統的話來，那時如何是好？心裡雖如此想，卻也不敢違拗，只得攙他進去。那黛玉卻又奇怪，這時不似先前那樣軟了，也不用紫鵑打簾子，自己掀起簾子進來。卻是寂然無聲。因賈母在屋裡歇中覺，丫頭們也有脫滑兒頑去的，也有打盹兒的，也有在那裡伺候老太太的。倒是襲人聽見簾子響，從屋裡出來一看，見是黛玉，便讓道：「姑娘，屋裡坐罷。」黛玉笑著道：「寶二爺在家麼？」襲人不知底裡，剛要答言，只見紫鵑在黛玉身後和他努嘴兒，指著黛玉，又搖搖手兒。襲人不解何意，也不敢言語。黛玉卻也不理會，自己走進房來。看見寶玉在那裡坐著，也不起身讓坐，只瞅著嘻嘻的傻笑。黛玉自己坐下，卻也瞅著寶玉笑。兩個人也不問好，也不說話，也無推讓，只管對著臉傻笑起來。

襲人看見這番光景，心裡大不得主意，只是沒法兒。忽然聽著黛玉說道：「寶玉，你為什麼病了？」寶玉笑道：「我為林姑娘病了。」襲人、紫鵑兩個嚇得面目改色，連忙用言語來岔。兩個卻又不答言，仍舊傻笑起來。襲人見了這樣，知道黛玉此時心中迷惑不減於寶玉，因悄和紫鵑說道：「姑娘纔好了，我叫秋紋妹妹同著你攙回姑娘，歇歇去罷。」因回頭向秋紋道：「你和紫鵑姐姐送林姑娘去罷。你可別混說話。」秋紋笑著，也不言語，便來同著紫鵑攙起黛玉。那黛玉也就站起來，瞅著寶玉只管笑，只管點頭兒。紫鵑又催道：「姑娘，回家去歇歇罷。」黛玉道：「可不是？我這就是回去的時候兒了。」說著，便回身笑著出來了，仍舊不用丫頭們攙扶，自己卻走得比往常飛快。紫鵑、秋紋後面趕忙跟著走。

黛玉出了賈母院門，只管一直走去，紫鵑連忙攙住叫道：「姑娘，往這裡來。」黛玉仍是笑著，隨了往瀟湘館來。離門口不遠，紫鵑道：「阿彌陀佛！可到了家了！」只這一句話沒說完，只見黛玉身子往前一栽，哇的一聲，一口血直吐出來。未知性命如何，且聽下回分解。

第九十七回　林黛玉焚稿斷痴情　薛寶釵出閨成大禮

話說黛玉到瀟湘館門口，紫鵑說了一句話，更動了心，一時吐出血來，幾乎暈倒，虧了紫鵑還同著秋紋兩個人攙扶著黛玉到屋裡來。那時秋紋去後，紫鵑、雪雁守著，見他漸漸甦醒過來，問紫鵑道：「你們守著哭什麼？」紫鵑見他說話明白，倒放了心了，因說：「姑娘剛纔打老太太那邊回來，身上覺著不大好，唬的我們沒了主意，所以哭了。」黛玉笑道：「我哪裡就能夠死呢！」這一句話沒完，又喘成一處。原來黛玉因今日聽得寶玉、寶釵的事情，這本是他數年的心病，一時急怒，所以迷惑了本性。及至回來吐了這一口血，心中卻漸漸的明白過來，把頭裡的事一字也不記得。這會子見紫鵑哭了，方糢糊想起傻大姐的話來。此時反不傷心，惟求速死，以完此債。

這裡紫鵑、雪雁只得守著，想要告訴人去，怕又像上次招得鳳姐兒說他們失驚打怪的。哪知秋紋回去，神情慌遽，正值賈母睡起中覺來，看見這般光景，便問：「怎麼了？」秋紋唬的連忙把剛纔的事回了一遍。賈母大驚，說：「這還了得！」連忙著人叫了王夫人、鳳姐過來，告訴了他婆媳兩個。鳳姐道：「我都囑咐到了，這是什麼人去走了風呢？這不更是一件難事了嗎！」賈母道：「且別管那些，先瞧瞧去是怎麼樣了。」說著，便起身帶著王夫人、鳳姐等過來看視。見黛玉顏色如雪，並無一點血色，神氣昏沉，氣息微細，半日又咳嗽了一陣，丫頭遞了痰盒，吐出都是痰中帶血的，大家都慌了。只見黛玉微微睜眼，看見賈母在他旁邊，便喘吁吁的說道：「老太太！你白疼了我了！」賈母一聞此言，十分難受，便道：「好孩子，你養著罷！不怕的！」黛玉微微一笑，把眼又閉上了。外面丫頭進來回鳳姐道：「大夫來了。」於是大家略避。王大夫同著賈璉進來，診了脈，說道：「尚不妨事。這是鬱氣傷肝，肝不藏血，所以神氣不定。如今要用斂陰止血的藥，方可望好。」王大夫說完，同著賈璉出去開方取藥去了。

賈母看黛玉神氣不好，便出來告訴鳳姐等道：「我看這孩子的病，不是我咒他，只怕難好！你們也該替他預備預備。沖一沖，或者好了，豈不是大家省心？就是怎麼樣，也不至臨時忙亂。偺們家裡這兩天正有事呢。」鳳姐兒答應了。賈母又問了紫鵑一回，到底不知是哪個說的。賈母心裡只是納悶，因說：「孩子們從小兒在一處兒頑，好些是有的。如今大了，懂的人事，就該要分別些，纔是做女孩兒的本分，我纔心裡疼他。若是他心裡有別的想頭，成了什麼人了呢！我可是白疼了他了！你們說了，我倒有些不放心。」因回到房中，又叫襲人來問。襲人仍將前日回王夫人的話並方纔黛玉的光景述了一遍。賈母道：「我方纔看他卻還不至糊塗。這個理我就不明白了。偺們這種人家，別的事自然沒有的，這心病也是斷斷有不得的！林丫頭若不是這個病呢，我憑著花多少錢都使得；若是這個病，不但治不好，我也沒心腸了！」鳳姐道：「林妹妹的事，老太太倒不必掛心，橫豎有他二哥哥天天同著大夫瞧，倒是姑媽那邊的事要緊。今兒早起，聽見說，房子不差什麼就妥當了。竟是老太太、太太到姑媽那邊去，我也跟了去商量商量。就只一件：姑媽家裡有寶妹妹在那裡，難以說話，不如索性請姑媽晚上過來，偺們一夜都說結了，就好辦了。」賈母、王夫人都道：「你說的是。今兒晚了，明兒飯後，偺們娘兒們就過去。」說著，賈母用了晚飯，鳳姐同王夫人各自歸房。不提。

且說次日鳳姐吃了早飯過來，便要試試寶玉，走進屋裡說道：「寶兄弟大喜！老爺已擇了吉日，要給你娶親了！你喜歡不喜歡？」寶玉聽了，只管瞅著鳳姐笑，微微的點點頭兒。鳳姐笑道：「給你娶林妹妹過來，好不好？」寶玉卻大笑起來。鳳姐看著，也斷不透他是明白，是糊塗，因又問道：「老爺說你好了纔給你娶林妹妹呢；若還是這麼傻，便不給你娶了。」寶玉忽然正色道：「我不傻，你纔傻呢！」說著，便站起來說：「我去瞧瞧林妹妹，叫他放心。」鳳姐忙扶住了，說：「林妹妹早知道了。他如今要做新媳婦了，自然害羞，不肯見你的。」寶玉道：「娶過來，他到底是見我不見？」鳳姐又好笑，又著忙，心裡想：「襲人的話不差。提了林妹妹，雖說仍舊說些瘋話，卻覺得明白些。若真明白了，將來不是林姑娘，打破了這個燈虎兒❶，那饑荒纔難打呢！」便忍笑說道：「你好好兒的便見你；若是瘋瘋癲癲的，他就不見你了。」寶玉說道：「我有一個心，前兒已交給林妹妹了。他要過來，橫豎給我帶來，還放在我肚子裡頭。」鳳姐聽著竟是瘋話，便出來看著賈母笑。賈母聽了又是笑，又是疼，便說道：「我早聽見了。如今且不用理他，叫襲人好好的安慰他，偺們走罷。」

說著，王夫人也來。大家到了薛姨媽那裡，只說惦記著這邊的事，來瞧瞧。薛姨媽感激不盡，說些薛蟠的話。喝了茶，薛姨媽纔要叫人告訴寶釵，鳳姐連忙攔住，說：「姑媽不必告訴寶妹妹。」又向薛姨媽陪笑說道：「老太太此來，一則為瞧姑媽；二則也有句要緊的話，特請姑媽到那邊商議。」薛姨媽聽了，點點頭兒說：「是了。」於是大家又說些閒話，便回來了。

當晚，薛姨媽果然過來，見過了賈母，到王夫人屋裡來，不免說起王子騰來，大家落了一回淚。薛姨媽便問道：「剛纔我到老太太那裡，寶哥兒出來請安，還好好兒的，不過略瘦些，怎麼你們說得很利害？」鳳姐便道：「其實也不怎麼樣，只是老太太懸心。目今老爺又要起身外任去，不知幾年纔回來。老太太的意思，頭一件叫老爺看著寶兄弟成了家，也放心；二則也給寶兄弟沖沖喜，借大妹妹的『金鎖』壓壓邪氣，只怕就好了。」薛姨媽心裡也願意，只慮著寶釵委屈，便道：「也使得，只是大家還要從長計較計較纔好。」王夫人便按著鳳姐的話和薛姨媽說，只說：「姨太太這會子家裡沒人，不如把妝奩一概蠲免，明日就打發蝌兒去告訴蟠兒，一面這裡過門，一面給他變法兒撕擄官事。」並不提寶玉的心事。又說：「姨太太，既作了親，娶過來早早好一

❶燈虎兒：燈謎。虎兒，謎語。

天，大家早放一天心。」正說著，只見賈母差鴛鴦過來候信。薛姨媽雖恐寶釵委屈，然也沒法兒，又見這般光景，只得滿口應承。鴛鴦回去回了賈母。賈母也甚喜歡，又叫鴛鴦過來求薛姨媽和寶釵說明原故，不叫他受委屈。薛姨媽也答應了。便議定鳳姐夫婦作媒人。大家散了，王夫人姐妹不免又敘了半夜的話兒。

次日，薛姨媽回家，將這邊的話細細的告訴了寶釵，還說：「我已經應承了。」寶釵始則低頭不語，後來便自垂淚。薛姨媽用好言勸慰，解釋了好些話。寶釵自回房內，寶琴隨去解悶。薛姨媽又告訴了薛蝌，叫他明日起身，「一則打聽審詳的事；二則告訴你哥哥一個信兒。你即便回來。」

薛蝌去了四日，便回來回覆薛姨媽道：「哥哥的事，上司已經准了誤殺，一過堂就要題本了，叫偺們預備贖罪的銀子。妹妹的事，說：『媽媽做主很好的。趕著辦又省了好些銀子。叫媽媽不用等我。該怎麼著就怎麼辦罷。』」薛姨媽聽了，一則薛蟠可以回家，二則完了寶釵的事，心裡安頓了好些。便是看著寶釵心裡好像不願意似的，「雖是這樣，他是女兒家，素來也孝順守禮的人，知我應了，他也沒得說的。」便叫薛蝌：「辦泥金庚帖❷，填上八字，即叫人送到璉二爺那邊去，還問了過禮的日子來，你好預備。本來偺們不驚動親友。哥哥的朋友，是你說的，都是混賬人。親戚呢，就是賈、王兩家。如今賈家是男家，王家無人在京裡。史姑娘放定的事，他家沒有來請偺們，偺們也不用通知。倒是把張德輝請了來，託他照料些，他上幾歲年紀的人，到底懂事。」薛蝌領命，叫人送帖過去。

次日，賈璉過來見了薛姨媽，請了安，便說：「明日就是上好的日子。今日過來回姨太太，就是明日過禮罷。只求姨太太不要挑飭❸就是了。」說著，捧過通書❹來。薛姨媽也謙遜了幾句，點頭應允。賈璉趕著回去，

❷ 泥金庚帖：用印有泥金圖案的紅紙所寫的男女雙方的生辰八字。是舊時婚禮中的一種重要手續。

❸ 挑飭：責備過苛。

回明賈政。賈政便道：「你回老太太說：既不叫親友們知道，諸事寧可簡便些。若是東西上，請老太太瞧了就是了，不必告訴我。」賈璉答應，進內將話回明賈母。

這裡王夫人叫了鳳姐命人將過禮的物件都送與賈母過目，並叫襲人告訴寶玉。那寶玉又嘻嘻的笑道：「這裡送到園裡，回來園裡又送到這裡，偺們的人送，偺們的人收，何苦來呢？」賈母、王夫人聽了，都喜歡道：「說他糊塗，他今日怎麼這麼明白呢？」鴛鴦等忍不住好笑，只得上來一件一件的點明給賈母瞧，說：「這是金項圈，這是金珠首飾，共八十件。這是妝蟒四十疋。這是各色綢緞一百二十疋。這是四季的衣服，共一百二十件。外面也沒有預備羊酒❺，這是折羊酒的銀子。」賈母看了，都說好，輕輕的與鳳姐說道：「你去告訴姨太太，說：不是虛禮，求姨太太等蟠兒出來，慢慢的叫人給他妹妹做來就是了。那好日子的被褥，還是偺們這裡代辦了罷。」鳳姐答應了出來，叫賈璉先過去。又叫周瑞、旺兒等，吩咐他們：「不必走大門，只從園裡從前開的便門內送去。我也就過去。這門離瀟湘館還遠，倘別處的人見了，囑咐他們不用在瀟湘館裡提起。」眾人答應著，送禮而去。寶玉認以為真，心裡大樂，精神便覺得好些，只是語言總有些瘋傻。那過禮的回來都不提名說姓，因此，上下人等雖都知道，只因鳳姐吩咐，都不敢走漏風聲。

且說黛玉雖然服藥，這病日重一日。紫鵑等在旁苦勸，說道：「事情到了這個分兒，不得不說了。姑娘的心事，我們也都知道。至於意外之事，是再沒有的。姑娘不信，只拿寶玉的身子說起：這樣大病，怎麼做得親呢？姑娘別聽瞎話，自己安心保重纔好。」黛玉微笑一笑，也不答言，又咳嗽數聲，吐出好些血來。紫鵑等看去，只有一息奄奄，明知勸不過來，惟有守著流淚。天天三四趟去告訴賈母，鴛鴦測度賈母近日比前疼黛玉的

❹ 通書：舊時男家通知女家迎娶日期的書帖。

❺ 羊酒：羊和酒。古時用做餽贈、定親、祭祀的禮物。

心差了些，所以不常去回。況賈母這幾日的心都在寶釵、寶玉身上，不見黛玉的信兒，也不大提起，只請太醫調治罷了。

黛玉向來病著，自賈母起直到姐妹們的下人，常來問候。今見賈府中上下人等都不過來，連一個問的人都沒有，睜開眼，只有紫鵑一人，自料萬無生理，因扎掙著向紫鵑說道：「妹妹！你是我最知心的！雖是老太太派你伏侍我這幾年，我拿你就當作我的親妹妹……」說到這裡，氣又接不上來。紫鵑聽了，一陣心酸，早哭得說不出話來。遲了半日，黛玉又一面喘，一面說道：「紫鵑妹妹！我躺著不受用，你扶起我來靠著坐坐纔好。」紫鵑道：「姑娘的身上不大好，起來又要抖摟❻著了。」黛玉聽了，閉上眼，不言語了。一時又要起來，紫鵑沒法，只得同雪雁把他扶起，兩邊用軟枕靠住，自己卻倚在旁邊。

黛玉哪裡坐得住，下身自覺硌的疼，狠命的掌著，叫過雪雁來道：「我的詩本子……」說著，又喘。雪雁料是要他前日所理的詩稿，因找來送到黛玉跟前。黛玉點點頭兒，又抬眼看那箱子。雪雁不解，只是發怔。黛玉氣的兩眼直瞪，又咳嗽起來。又吐了一口血，雪雁連忙回身取了水來，黛玉漱了，吐在盒內。紫鵑用絹子給他拭了嘴，黛玉便拿那絹子指著箱子，又喘成一處，說不上來，閉了眼。紫鵑道：「姑娘歪歪兒罷。」黛玉又搖搖頭兒。紫鵑料是要絹子，便叫雪雁開箱，拿出一塊白綾絹子來。黛玉瞧了，撂在一邊，使勁說道：「有字的！」紫鵑這纔明白過來，要那塊題詩的舊帕，只得叫雪雁拿出來，遞給黛玉。紫鵑勸道：「姑娘歇歇兒罷，何苦又勞神？等好了再瞧罷。」只見黛玉接到手裡也不瞧詩，扎掙著伸出那隻手來，狠命的撕那絹子，卻是只有打顫的分兒，哪裡撕得動？紫鵑早已知他是恨寶玉，卻也不敢說破，只說：「姑娘，何苦自己又生氣！」

黛玉微微的點點頭兒，掖在袖裡，便叫雪雁點燈。雪雁答應，連忙點上燈來。黛玉瞧瞧，又閉了眼坐著，

❻ 抖摟：這裡指因掀開衣被而受了涼。

喘了一會子，又道：「籠上火盆。」紫鵑打量他冷，因說道：「姑娘躺下，多蓋一件罷。那炭氣只怕耽不住。」黛玉又搖頭兒。雪雁只得籠上，擱在地下火盆架上。黛玉點頭，意思叫挪到炕上來。雪雁只得端上來，出去拿那張火盆炕桌。那黛玉卻又把身子欠起，紫鵑只得兩隻手來扶著他。黛玉這纔將方纔的絹子拿在手中，瞅著那火，點點頭兒，往上一撂。紫鵑唬了一跳，欲要搶時，兩隻手卻不敢動。雪雁又出去拿火盆桌子。此時那絹子已經燒著了。紫鵑勸道：「姑娘！這是怎麼說呢？」黛玉只作不聞，回手又把那詩稿拿起來，瞧了瞧，又撂下了。紫鵑怕他也要燒，連忙將身倚住黛玉，騰出手來拿時，黛玉又早拾起，撂在火上。此時紫鵑卻夠不著，乾急。雪雁正拿進桌子來，看見黛玉一撂，不知何物，趕忙搶時，那紙沾火就著，如何能夠少待？早已烘烘的著了。雪雁也顧不得燒手，從火裡抓起來，撂在地下亂踩，卻已燒得所餘無幾了。

那黛玉把眼一閉，往後一仰，幾乎不曾把紫鵑壓倒。紫鵑連忙叫雪雁上來，將黛玉扶著放倒。心裡突突的亂跳，欲要叫人時，天又晚了；欲不叫人時，自己同著雪雁和鸚哥❼等幾個小丫頭，又怕一時有什麼原故。好容易熬了一夜，到了次日早起，覺黛玉又緩過一點兒來。飯後，忽然又嗽又吐，又緊起來。

紫鵑看著不祥了，連忙將雪雁等都叫進來看守，自己卻來回賈母。哪知到了賈母上房，靜悄悄的，只有兩三個老媽媽和幾個做粗活的丫頭在那裡看屋子呢。紫鵑因問道：「老太太呢？」那些人都說：「不知道。」紫鵑聽這話詫異，遂到寶玉屋裡去看，竟也無人。遂問屋裡的丫頭，也說不知。紫鵑已知八九，「但這些人怎麼竟這樣狠毒冷淡？」又想到黛玉這幾天竟連一個人問的也沒有，越想越悲，索性激起一腔悶氣來，一扭身，便出來了。自己想了一想：「今日倒要看看寶玉是何形狀！看他見了我怎麼樣過的去！那一年我說了一句謊話，他就急病了，今日竟公然做出這件事來！可知天下男子之心真真是冰寒雪冷，令人切齒的！」一面走，一面想，

❼ 鸚哥：依第八回脂批，鸚哥即改名之紫鵑。程高本則作二人。此處暫仍其舊。

早已來到怡紅院。只見院門虛掩，裡面卻又寂靜的很，紫鵑忽然想到：「他要娶親，自然是有新屋子的，但不知他這新房子在何處？」

正在那裡徘徊瞻顧，看見墨雨飛跑，紫鵑便叫住他。墨雨過來笑嘻嘻的道：「姐姐到這裡做什麼？」紫鵑道：「我聽見寶二爺娶親，我要來看看熱鬧兒，誰知不在這裡。也不知是幾兒。」墨雨悄悄的道：「我這話只告訴姐姐，你可別告訴雪雁他們。上頭吩咐了，連你們都不叫知道呢。就是今日夜裡娶。哪裡是在這裡？老爺派璉二爺另收拾了房子了。」說著，又問：「姐姐有什麼事麼？」紫鵑道：「沒什麼事，你去罷。」墨雨仍舊飛跑去了。紫鵑自己發了一回呆，忽然想起黛玉來，這時候還不知是死是活，因兩淚汪汪，咬著牙，發狠道：「寶玉！我看他明兒死了，你算是躲的過，不見了；你過了你那如心如意的事兒，拿什麼臉來見我！」一面哭，一面走，嗚嗚咽咽的，自回去了。

還未到瀟湘館，只見兩個小丫頭在門裡往外探頭探腦的，一眼看見紫鵑，那一個便嚷道：「那不是紫鵑姐姐來了嗎！」紫鵑知道不好了，連忙擺手兒不叫嚷，趕忙進去看時，只見黛玉肝火上炎，兩顴紅赤。紫鵑覺得不妥，叫了黛玉的奶媽王奶奶來，一看，他便大哭起來。這紫鵑因王奶媽有些年紀，可以仗個膽兒，誰知竟是個沒主意的人，反倒把紫鵑弄的心裡七上八下。忽然想起一個人來，便命小丫頭急忙去請。你道是誰？原來紫鵑想起李宮裁是個孀居，今日寶玉結親，他自然迴避；況且園中諸事向係李紈料理，所以打發人去請他。

李紈正在那裡給賈蘭改詩，冒冒失失的見一個丫頭進來回說：「大奶奶！只怕林姑娘不好了！那裡都哭呢。」李紈聽了，嚇了一大跳，也不及問了，連忙站起身來便走。素雲、碧月跟著。一頭走著，一頭落淚，想著：「姐妹們在一處一場，更兼他那容貌才情，真是寡二少雙，惟有青女、素娥可以彷彿一二，竟這樣小小的年紀，就作了『北邙鄉女』❽！偏偏鳳姐想出一條『偷梁換柱』之計，自己也不好過瀟湘館來，竟未能少盡姐妹之情，真真可憐可嘆！」一頭想著，已走到瀟湘館的門口。裡面卻又寂然無聲，李紈倒著起忙來：「想來必是已死，都哭過了，那衣衾未知裝裹妥當了沒有？」連忙三步兩步走進屋子來。裡間門口一個小丫頭已經看見，便說：「大奶奶來了！」紫鵑忙往外走，和李紈走了個對臉。李紈忙問：「怎麼樣？」紫鵑欲說話時，惟有喉中哽咽的分兒，卻一字說不出，那眼淚一似斷線珍珠一般，只將一隻手回過去指著黛玉。

李紈看了紫鵑這般光景，更覺心酸，也不再問，連忙走過來看時，那黛玉已不能言。李紈輕輕叫了兩聲，黛玉卻還微微的開眼，似有知識之狀，但只眼皮嘴唇微有動意，口內尚有出入之息，卻是一句話一點淚也沒有了。李紈回身，見紫鵑不在跟前，便問雪雁。雪雁道：「他在外頭屋裡呢。」李紈連忙出來，只見紫鵑在外間空床上躺著，顏色青黃，閉了眼只管流淚，那鼻涕眼淚把一個砌花錦邊的褥子已濕了碗大的一片。李紈連忙喚他，那紫鵑纔慢慢的睜開眼，欠起身來。李紈道：「傻丫頭！這是什麼時候，且只顧哭你的！林姑娘的衣衾還不拿出來給他換上，還等多早晚呢？難道他個女孩兒家，你還叫他赤身露體，精著來，光著去嗎？」紫鵑聽了這句話，益發止不住痛哭起來。李紈一面也哭，一面著急，一面拭淚，一面拍著紫鵑的肩膀說：「好孩子！你把我的心都哭亂了！快著收拾他的東西罷，再遲一會子就了不得了！」

正鬧著，外邊一個人慌慌張張跑進來，倒把李紈嚇了一跳。看時，卻是平兒。跑進來，看見這樣，只是呆磕磕的發怔。李紈道：「你這會子不在那邊，做什麼來了？」說著，林之孝家的也進來了。平兒道：「奶奶不放心，叫來瞧瞧。既有大奶奶在這裡，我們奶奶就只顧那一頭兒了。」李紈點點頭兒。平兒道：「我也見見林姑娘。」說著，一面往裡走，一面早已流下淚來。這裡李紈因和林之孝家的道：「你來的正好，快出去瞧瞧去，告訴管事的預備林姑娘的後事。妥當了，叫他來回我，不用到那邊去。」林之孝家的答應了，還站著。李紈道：

---

❽ 北邙鄉女：指去世的女子。參見第一回注⓱。

「還有什麼話呢？」林之孝家的道：「剛纔二奶奶和老太太商量了，那邊用紫鵑姑娘使喚使喚呢。」李紈還未答言，只見紫鵑道：「林奶奶，你先請罷！等著人死了，我們自然是出去的，哪裡用這麼……」說到這裡，卻又不好說了，因又改說道：「況且我們在這裡守著病人，身上也不潔淨。林姑娘還有氣兒呢，不時的叫我。」李紈在旁邊解說道：「當真這林姑娘和這丫頭也是前世的緣法兒；倒是雪雁是他南邊帶來的，他倒不理會。惟有紫鵑，我看他兩個一時也離不開。」林之孝家的頭裡聽了紫鵑的話，未免不受用；被李紈這番一說，卻也沒的說。又見紫鵑哭得淚人一般，只好瞅著他微微的笑，因又說道：「紫鵑姑娘這些閒話倒不要緊，只是他卻說得，我可怎麼回老太太呢？況且這話是告訴得二奶奶的嗎？」

正說著，平兒擦著眼淚出來道：「告訴二奶奶什麼事？」林之孝家的將方纔的話說了一遍。平兒低了一會頭，說：「這麼著罷，就叫雪姑娘去罷。」李紈道：「他使得嗎？」平兒走到李紈耳邊說了幾句。李紈點點頭道：「既是這麼著，就叫雪雁過去也是一樣的。」林之孝家的因問平兒道：「雪姑娘使得嗎？」平兒道：「使得，都是一樣。」林家的道：「那麼姑娘就快叫雪姑娘跟了我去。我先去回了老太太和二奶奶——這可是大奶奶和姑娘的主意，回來姑娘再各自回二奶奶去。」李紈道：「是了，你這麼大年紀，連這麼點子事還不擔呢！」林家的笑道：「不是不擔，頭一宗，這件事，老太太和二奶奶辦的，我們都不能很明白；再者，又有大奶奶和平姑娘呢。」說著，平兒已叫了雪雁出來。原來雪雁因這幾日黛玉嫌他小孩子家懂得什麼，便也把心冷淡了；況且聽是老太太和二奶奶叫，也不敢不去，連忙收拾了頭。平兒叫他換了新鮮衣服，跟著林家的去了。隨後平兒又和李紈說了幾句話。李紈又囑咐平兒打那麼催著林之孝家的叫他男人快辦了來。

平兒答應著出來，轉了個彎子，看見林家的帶著雪雁在前頭走呢，趕忙叫住道：「我帶了他去罷。你先告訴林大爺辦林姑娘的東西去罷。奶奶那裡我替回就是了。」那林家的答應著去了。這裡平兒帶了雪雁到了新房

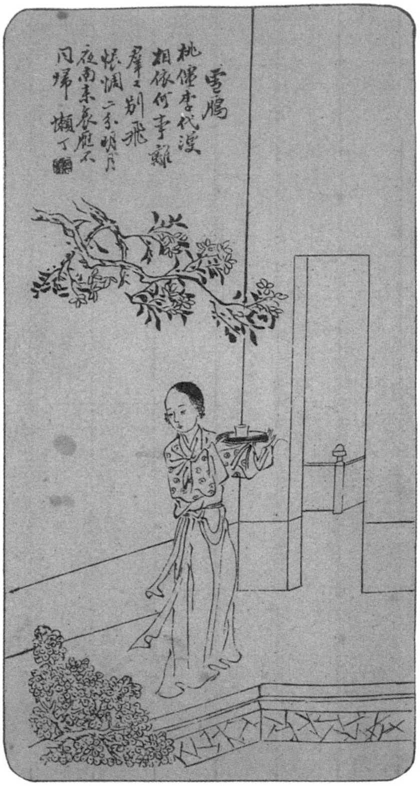

雪雁。（民初，北京箋譜）

子裡，回明了，自去辦事。

卻說雪雁看見這般光景，想起他家姑娘，也未免傷心，只是在賈母、鳳姐跟前不敢露出，因又想道：「也不知用我作什麼？我且瞧瞧。寶玉一日家和我們姑娘好的蜜裡調油，這時候總不見面了，也不知是真病假病。怕我們姑娘不依他，假說丟了玉，裝出傻子樣兒來，叫我們姑娘寒了心，他好娶寶姑娘的意思。我看看他去，看他見了我傻不傻。莫不成今兒還裝傻麼？」一面想著，已溜到裡間屋子門口，偷偷兒的瞧。

這時寶玉雖因失玉昏憒，但只聽見娶了黛玉為妻，真乃是從古至今、天上人間第一件暢心滿意的事了，那身子頓覺健旺起來——只不過不似從前那般靈透，所以鳳姐的妙計，百發百中——巴不得即見黛玉。盼到今日完姻，真樂得手舞足蹈；雖有幾句傻話，卻與病時光景大相懸絕了。雪雁看了，又是生氣，又是傷心，他哪裡曉得寶玉的心事，便各自走開。

這裡寶玉便叫襲人快快給他裝新，坐在王夫人屋裡，看見鳳姐、尤氏忙忙碌碌，再盼不到吉時，只管問襲人道：「林妹妹打園裡來，為什麼這麼費事，還不來？」襲人忍著笑道：「等好時辰呢。」回來又聽見鳳姐與王夫人說道：「雖然有服，外頭不用鼓樂，偺們南邊規矩要拜堂的，冷清清的使不得。我傳了家裡學過音樂管過戲子的那些女人來，吹打著熱鬧些。」王夫人點頭說：「使得。」

一時，大轎從大門進來，家裡細樂❾迎出去，十二對宮燈排著進來，倒也新鮮雅致。儐相請了新人出轎，寶玉見新人幪著蓋頭，喜娘⑩披紅扶著。下首扶新人的，你道是誰？原來就是雪雁。寶玉看見雪雁，猶想：「因何紫鵑不來，倒是他呢？」又想道：「是了，雪雁原是他南邊家裡帶來的；紫鵑是我們家的，自然不必帶來。」因此見了雪雁竟如見了黛玉一般歡喜。儐相贊禮，拜了天地，請出賈母受了四拜，後請賈政夫婦等登堂，行禮畢，送入洞房。還有坐床撒帳等事，俱是按金陵舊例。賈政原為賈母作主，不敢違拗——不信沖喜之說。哪知今日寶玉居然像個好人一般，賈政見了，倒也喜歡。

那新人坐了床便要揭起蓋頭的，鳳姐早已防備，故請賈母、王夫人等進去照應。寶玉此時到底有些傻氣，便走到新人跟前說道：「妹妹，身上好了？好些天不見了。蓋著這勞什子做什麼？」欲待要揭去，反把賈母急出一身冷汗來。寶玉又轉念一想道：「林妹妹是愛生氣的，不可造次……」又歇了一歇，仍是按捺不住，只得上前揭了。喜娘接去蓋頭，雪雁走開，鶯兒等上來伺候。寶玉睜眼一看，好像寶釵，心中不信，自己一手持燈，一手擦眼一看，可不是寶釵麼！只見他盛妝豔服，豐肩軟體，鬟低鬢嚲，眼瞤⑪息微。真是荷粉露垂，

林黛玉焚稿斷痴情，薛寶釵出閨成大禮。（清吳鎬著，紅樓夢散套插圖）

⑨ 細樂：不用鑼鼓等聲音大的樂器，而以絲竹管絃之類樂器演奏所產生的樂音。

⑩ 喜娘：舊時婚禮中專門照料新娘的婦人。

⑪ 瞤：音ㄕㄨㄣˋ。眨眼；眼珠轉動。

杏花烟潤了。

寶玉發了一回怔，又見鶯兒立在旁邊，不見了雪雁。寶玉此時心無主意，自己反以為是夢中了，呆呆的只管站著。衆人接過燈去，扶了寶玉仍舊坐下，兩眼直視，半語全無。賈母恐他病發，親自扶他上床。鳳姐、尤氏請了寶釵進入裡間床上坐下。寶釵此時自然是低頭不語。寶玉定了一回神，見賈母、王夫人坐在那邊，便輕輕的叫襲人道：「我是在哪裡呢？這不是做夢麼？」襲人道：「你今日好日子，什麼夢不夢的混說！老爺可在外頭呢！」寶玉悄悄的拿手指著道：「坐在那裡的這一位美人兒是誰？」襲人握了自己的嘴，笑的說不出話來，歇了半日纔說道：「是新娶的二奶奶。」衆人也都回過頭去，忍不住的笑。寶玉又道：「好糊塗！你說『二奶奶』到底是誰？」襲人道：「寶姑娘。」寶玉道：「林姑娘呢？」襲人道：「老爺作主娶的是寶姑娘，怎麼混說起林姑娘來？」寶玉道：「我纔剛看見林姑娘了麼，還有雪雁呢。怎麼說沒有？你們這都是做什麼頑呢？」鳳姐便走上來，輕輕的說道：「寶姑娘在屋裡坐著呢，別混說。回來得罪了他，老太太不依的。」寶玉聽了，這會子糊塗的更利害了。本來原有昏憒的病，加以今夜神出鬼沒，更叫他不得主意，便也不顧別的了，口口聲聲只要找林妹妹去。賈母等上前安慰，無奈他只是不懂。又有寶釵在內，又不好明說。知寶玉舊病復發，也不講明，只得滿屋裡點起安息香來，定住他的神魂，扶他睡下。衆人鴉雀無聞。停了片時，寶玉便昏沉睡去，賈母等纔得略略放心，只好坐以待旦，叫鳳姐去請寶釵安歇。寶釵置若罔聞，也便和衣在內暫歇。賈政在外，未知內裡原由，只就方纔眼見的光景想來，心下倒放寬了。恰是明日就是起程的吉日，略歇了一歇，衆人賀喜送行。賈母見寶玉睡著，也回房去暫歇。

次早，賈政辭了宗祠，過來拜別賈母，稟稱：「不孝遠離，惟願老太太順時頤養。兒子一到任所，即修稟請安，不必掛念。寶玉的事，已經依了老太太完結，只求老太太訓誨。」賈母恐賈政在路不放心，並不將寶玉復病的話說起，只說：「我有一句話：寶玉昨夜完姻，並不是同房，今日你起身，必該叫他遠送纔是。但他因病沖喜，如今纔好些，又是昨日一天勞乏，出來恐怕著了風。故此問你：你叫他送呢，我即刻去叫他；你若疼他，我就叫人帶了他來，你見見，叫他給你磕個頭就算了。」賈政道：「叫他送什麼？只要他從此以後認真念書，比送我還喜歡呢。」賈母聽了，又放了一條心。便叫賈政坐著，叫鴛鴦去，如此如此，帶了寶玉，叫襲人跟著來。

鴛鴦去了不多一會，果然寶玉來了，仍是叫他行禮。寶玉見了父親，神志略歛些，片時清楚，也沒什麼大差。賈政吩咐了幾句，寶玉答應了。賈政叫人扶他回去了，自己回到王夫人房中，又切實的叫王夫人管教兒子，「斷不可如前驕縱。明年鄉試，務必叫他下場。」王夫人一一的聽了，也沒提起別的，即忙命人攙扶著寶釵過來，行了新婦送行之禮，也不出房。其餘內眷俱送至二門而回。賈珍等也受了一番訓飭。大家舉酒送行，一班子弟及晚輩親友直送至十里長亭而別。

不言賈政起程赴任。且說寶玉回來，舊病陡發，更加昏憒，連飲食也不能進了。未知性命如何，下回分解。

第九十八回 苦絳珠魂歸離恨天 病神瑛淚灑相思地

話說寶玉見了賈政，回至房中，更覺頭昏腦悶，懶待動彈，連飯也沒吃，便昏沉睡去。仍舊延醫診治，服藥不效，索性連人也認不明白了。大家扶著他坐起來，還是像個好人。一連鬧了幾天。那日恰是「回九」❶之期，若不過去，薛姨媽臉上過不去；若說去呢，寶玉這般光景，賈母明知是為黛玉而起，欲要告訴明白，又恐氣急生變。寶釵是新媳婦，又難勸慰，必得姨媽過來纔好。若不回九，姨媽嗔怪。便與王夫人、鳳姐商議道：「我看寶玉竟是魂不守舍，起動是不怕的。用兩乘小轎，叫人扶著從園裡過去，應了回九的吉期，以後請姨媽過來安慰寶釵，俗們一心一計的調治寶玉，可不兩全？」

王夫人答應了，即刻預備。幸虧寶釵是新媳婦，寶玉是個瘋傻的，由人掇弄過去了。寶釵也明知其事，心裡只怨母親辦得糊塗，事已至此，不肯多言。獨有薛姨媽看見寶玉這般光景，心裡懊悔，只得草草完事。到家，寶玉越加沉重，次日連起坐都不能了。日重一日，甚至湯水不進。薛姨媽等忙了手腳，各處遍請名醫，皆不識病源。只有城外破寺中住著個窮醫，姓畢，別號知庵的，診得病源是悲喜激射，冷暖失調，飲食失時，憂忿滯中，正氣壅閉：此內傷外感之症，於是度量用藥。至晚服了，二更後，果然省些人事，便要喝水。賈母、王夫人等纔放了心，請了薛姨媽帶了寶釵都到賈母那裡，暫且歇息。

寶玉片時清楚，自料難保，見諸人散後，房中只有襲人，因喚襲人至跟前，拉著手哭道：「我問你：寶姐姐怎麼來的？我記得老爺給我娶了林妹妹過來，怎麼被寶姐姐趕了去了？他為什麼霸佔住在這裡？我要說呢，

❶ 回九：新娘結婚後第九天，偕新郎回娘家，叫回九。

又恐怕得罪了他。你們聽見林妹妹哭得怎麼樣了？」襲人不敢明說，只得說道：「林姑娘病著呢。」寶玉又道：「我瞧瞧他去。」說著，要起來，豈知連日飲食不進，身子那能動轉，便哭道：「我要死了！我有一句心裡的話，只求你回明老太太：橫豎林妹妹也是要死的，我如今也不能保，兩處兩個病人，都要死的！死了越發難張羅，不如騰一處空房子，趁早將我同林妹妹兩個抬在那裡，活著也好一處醫治伏侍，死了也好一處停放。你依我這話，不枉了幾年的情分！」襲人聽了這些話，便哭的嗓哽氣噎。寶釵恰好同了鶯兒過來，也聽見了，便說道：「你放著病不保養，何苦說這些不吉利的話呢？老太太纔安慰了些，你又生出事來。老太太一生疼你一個，如今八十多歲的人了，雖不圖你的誥封，將來你成了人，老太太也看著樂一天，也不枉了老人家的苦心。太太更是不必說了，一生的心血精神，撫養了你這一個兒子，若是半途死了，太太將來怎麼樣呢？我雖是命薄，也不至於此——據此三件看來，你便要死，那天也不容你死的，所以你是不得死的。只管安穩著，養個四五天後，風邪散了，太和正氣一足，自然這些邪病都沒有了。」寶玉聽了，竟是無言可答，半晌，方纔嘻嘻的笑道：「你是好些時不和我說話了，這會子說這些大道理的話給誰聽？」寶釵聽了這話，便又說道：「實告訴你說罷：那兩日你不知人事的時候，林妹妹已經亡故了。」寶玉忽然坐起來，大聲詫異道：「果真死了嗎？」寶釵道：「果真死了。豈有紅口白舌❷咒人死的呢！老太太、太太知道你姐妹和睦，你聽見他死了，自然你也要死，所以不肯告訴你。」

寶玉聽了，不禁放聲大哭，倒在床上。忽然眼前漆黑，辨不出方向，心中正自恍惚，只見眼前好像有人走來。寶玉茫然問道：「借問此是何處？」那人道：「此是陰司泉路。你壽未終，何故至此？」寶玉道：「適聞有一故人已死，遂尋訪至此，不覺迷途。」那人道：「故人是誰？」寶玉道：「姑蘇林黛玉。」那人冷笑道：

❷ 紅口白舌：形容言語惡毒而引起口角糾紛，或說是非、不吉利的話。也作「赤口白舌」。

「林黛玉生不同人，死不同鬼，無魂無魄，何處尋訪？凡人魂魄，聚而成形，散而為氣，生前聚之，死則散焉。常人尚無可尋訪，何況林黛玉呢？汝快回去罷。」寶玉聽了，呆了半晌，道：「既云死者散也，又如何有這個『陰司』呢？」那人冷笑道：「那『陰司』說有便有，說無就無。皆為世俗溺於生死之說，設言以警世，便道上天深怒愚人，或不守分安常；或生祿未終，自行夭折；或嗜淫慾，尚氣逞凶，無故自殞者，特設此地獄，囚其魂魄，受無邊的苦，以償生前之罪。汝尋黛玉，是無故自陷也。且黛玉已歸太虛幻境，汝若有心尋訪，潛心修養，自然有時相見；如不安生，即以自行夭折之罪，囚禁陰司，除父母之外，欲圖一見黛玉，終不能矣。」那人說畢，袖中取出一石，向寶玉心口擲來。寶玉聽了這話，又被這石子打著心窩，嚇的即欲回家，只恨迷了道路。正在躊躇，忽聽那邊有人喚他。回首看時，不是別人，正是賈母、王夫人、寶釵、襲人等圍繞哭泣叫著，自己仍舊躺在床上。見案上紅燈，窗前皓月，依然錦繡叢中，繁華世界。定神一想，原來竟是一場大夢。渾身冷汗，覺得心內清爽。仔細一想，真正無可奈何，不過長嘆數聲而已。

寶釵早知黛玉已死，因賈母等不許眾人告訴寶玉知道，恐添病難治，自己卻深知寶玉之病實因黛玉而起，失玉次之，故趁勢說明，使其一痛決絕，神魂歸一，庶可療治。賈母、王夫人等不知寶釵的用意，深怪他造次，後來見寶玉醒了過來，方纔放心，立即到外書房請了畢大夫進來診視。那大夫進來診了脈，便道：「奇怪！這回脈氣沉靜，神安鬱散，明日進調理的藥，就可以望好了。」說著出去。眾人各自安心散去。襲人起初深怨寶釵不該告訴，惟是口中不好說出。鶯兒背地也說寶釵道：「姑娘忒性急了。」寶釵道：「你知道什麼？好歹橫豎有我呢。」那寶釵任人誹謗，並不介意，只窺察寶玉心病，暗下針砭。

一日，寶玉漸覺神志安定，雖一時想起黛玉尚有糊塗。更有襲人緩緩的將「老爺選定的寶姑娘為人和厚，嫌林姑娘秉性古怪，原恐早夭；老太太恐你不知好歹，病中著急，所以叫雪雁過來哄你」的話，時常勸解。寶玉終是心酸落淚。欲待尋死，又想著夢中之言，又恐老太太、太太生氣，又不能撩開。又想黛玉已死，寶釵又是第一等人物，方信「金玉姻緣」有定，自己也解了好些。寶釵看來不妨大事，於是自己心也安了，只在賈母、王夫人等前盡行過家庭之禮後，便設法以釋寶玉之憂。寶玉雖不能時常坐起，亦常見寶釵坐在床前，禁不住生來舊病。寶釵每以正言勸解，以「養身要緊，你我既為夫婦，豈在一時」之語安慰他。那寶玉心裡雖不順遂，無奈日裡賈母、王夫人及薛姨媽等輪流相伴，夜間寶釵獨去安寢，賈母又派人伏侍，只得安心靜養。又見寶釵舉動溫柔，也就漸漸的將愛慕黛玉的心腸略移在寶釵身上——此是後話。

卻說寶玉成家的那一日，黛玉白日已經昏暈過去，卻心頭口中一絲微氣不斷，把個李紈和紫鵑哭的死去活來。到了晚間，黛玉卻又緩過來了，微微睜開眼，似有要水要湯的光景。此時雪雁已去，只有紫鵑和李紈在旁。紫鵑便端了一盞桂圓湯和的梨汁，用小銀匙灌了兩三匙。黛玉閉著眼，靜養了一會子，覺得心裡似明似暗的。此時李紈見黛玉略緩，明知是「迴光返照」的光景，卻料著還有一半天耐頭，自己回到稻香村，料理了一回事情。

這裡黛玉睜開眼一看，只有紫鵑和奶媽並幾個小丫頭在那裡，便一手攥了紫鵑的手，使著勁說道：「我是不中用的人了！你伏侍我幾年，我原指望偺們兩個總在一處，不想我……」說著，又喘了一會子，閉了眼歇著。紫鵑見他攥著不肯鬆手，自己也不敢挪動。看他的光景，比早半天好些，只當還可以回轉，聽了這話，又寒了半截。半天，黛玉又說道：「妹妹！我這裡並沒親人，我的身子是乾淨的，你好歹叫他們送我回去！」說到這裡，又閉了眼不言不語了。那手卻漸漸緊了，喘成一處，只是出氣大、入氣小，已經促疾的很了。紫鵑慌了，連忙叫人請李紈，可巧探春來了。紫鵑見了，忙悄悄的說道：「三姑娘！瞧瞧林姑娘罷！」說著，淚如雨下。探春過來，摸了摸黛玉的手，已經涼了，連目光也都散了。探春、紫鵑正哭著，叫人端水來給黛玉擦洗，李紈趕忙進來了。三個人纔見了，不及說話，剛擦著，猛聽黛玉直聲叫道：「寶玉！寶玉！你好……」說到「好」字，便渾身冷汗，不作聲了。紫鵑等急忙扶住，那汗愈出，身子便漸漸的冷了。探春、李紈叫人亂著攏頭穿衣，只見黛玉兩眼一翻，嗚呼！香魂一縷隨風散，愁緒三更入夢遙！

當時黛玉氣絕，正是寶玉娶寶釵的這個時辰，紫鵑等都大哭起來。李紈、探春想他素日的可疼，今日更加可憐，便也傷心痛哭。因瀟湘館離新房子甚遠，所以那邊並沒聽見。一時，大家痛哭了一陣，只聽得遠遠一陣音樂之聲，側耳一聽，卻又沒有了。探春、李紈走出院外再聽時，惟有竹梢風動，月影移牆，好不淒涼冷淡！一時叫了林之孝家的過來，將黛玉停放畢，派人看守，等明早去回鳳姐。

鳳姐因見賈母、王夫人等忙亂，賈政起身，又為寶玉昏憒更甚，正在著急異常之時，若是又將黛玉的凶信一回，恐賈母、王夫人愁苦交加，急出病來，只得親自到園。到了瀟湘館內，也不免哭了一場。見了李紈、探春，知道諸事齊備，便說：「很好。只是剛纔你們為什麼不言語，叫我著急？」探春道：「剛纔送老爺，怎麼說呢？」鳳姐道：「這倒是你們兩個可憐他些。這麼著，我還得那邊去招呼那個冤家呢。但是這件事好累墜！若是今日不回，使不得；若回了，恐怕老太太擱不住。」李紈道：「你去見機行事，得回再回方好。」鳳姐點頭，忙忙的去了。

鳳姐到了寶玉那裡，聽見大夫說不妨事，賈母、王夫人略覺放心，鳳姐便背了寶玉，緩緩的將黛玉的事回明了。賈母、王夫人聽得，都嚇了一大跳。賈母眼淚交流，說道：「是我弄壞了他了！但只是這個丫頭也忒傻氣！」說著，便要到園裡去哭他一場，又惦記著寶玉，兩頭難顧。王夫人等含悲共勸賈母不必過去，「老太太身子要緊。」賈母無奈，只得叫王夫人自去。又說：「你替我告訴他的陰靈：『並不是我忍心不來送你，只為有個親疏。你是我的外孫女兒，是親的了；若與寶玉比起來，可是寶玉比你更親些。倘寶玉有些不好，我怎麼見他父親呢！』」說著，又哭起來。王夫人勸道：「林姑娘是老太太最疼的，但只壽夭有定。如今已經死了，無可盡心，只是葬禮上要上等的發送。一則可以少盡偺們的心；二則就是姑太太和外甥女兒的陰靈兒，也可以少安了。」

賈母聽到這裡，越發痛哭起來。鳳姐恐怕老人家傷感太過，明仗著寶玉心中不甚明白，便偷偷的使人來撒個謊兒，哄老太太道：「寶玉那裡找老太太呢。」賈母聽見，纔止住淚問道：「不是又有什麼原故？」鳳姐陪笑道：「沒什麼原故，他大約是想老太太的意思。」賈母連忙扶了珍珠兒，鳳姐也跟著過來。走至半路，正遇王夫人過來，一一回明了賈母，賈母自然又是哀痛的，只因要到寶玉那邊，只得忍淚含悲的說道：「既這麼著，我也不過去了，由你們辦罷。我看著心裡也難受，只別委屈了他就是了。」王夫人、鳳姐一一答應了，賈母纔過寶玉這邊來，見了寶玉，因問：「你做什麼找我？」寶玉笑道：「我昨日晚上看見林妹妹來了，他說要回南去。我想沒人留的住，還得老太太給我留一留他。」賈母聽著，說：「使得，只管放心罷。」襲人因扶寶玉躺下。

賈母出來，到寶釵這邊來。那時寶釵尚未回九，所以每每見了人倒有些含羞之意。這一天見賈母滿面淚痕，遞了茶，賈母叫他坐下。寶釵側身陪著坐了，纔問道：「聽得林妹妹病了，不知他可好些了？」賈母聽了這話，那眼淚止不住流下來，因說道：「我的兒！我告訴你，你可別告訴寶玉。都是因你林妹妹，纔叫你受了多少委屈！你如今作媳婦了，我纔告訴你：這如今你林妹妹沒了兩三天了，就是娶你的那個時辰死的。如今寶玉這一番病，還是為著這個。你們先都在園子裡，自然也都是明白的。」寶釵把臉飛紅了；想到黛玉之死，又不免落下淚來。賈母又說了一回話，去了。自此，寶釵千回萬轉，想了一個主意，只不肯造次，所以過了回九，纔想出這個法子來。如今果然好些，然後大家說話纔不至似前留神。

獨是寶玉雖然病勢一天好似一天，他的痴心總不能解，必要親去哭他一場。賈母等知他病未除根，不許他胡思亂想，怎奈他鬱悶難堪，病多反覆。倒是大夫看出心病，索性叫他開散了，再用藥調理，倒可好得快些。寶玉聽說，立刻要往瀟湘館來。賈母等只得叫人抬了竹椅子過來，扶寶玉坐上，賈母、王夫人即便先行。到了瀟湘館內，一見黛玉靈柩，賈母已哭得淚乾氣絕，鳳姐等再三勸住。王夫人也哭了一場。李紈便請賈母、王夫人在裡間歇著，猶自落淚。

寶玉一到，想起未病之先常到這裡，今日屋在人亡，不禁嚎啕大哭。想起從前何等親密，今日死別，怎不更加傷感？眾人原恐寶玉病後過哀，都來解勸。寶玉已經哭得死去活來，大家攙扶歇息。其餘隨來的，如寶釵俱極痛哭。獨是寶玉必要叫紫鵑來見，問明姑娘臨死有何話說。紫鵑本來深恨寶玉，見如此，心裡已回過來些；又見賈母、王夫人都在這裡，不敢灑落寶玉，便將林姑娘怎麼復病，怎麼燒燬帕子，焚化詩稿，並將臨死說的話，一一的都告訴了。寶玉又哭得氣噎喉乾。探春趁便又將黛玉臨終囑咐帶柩回南的話也說了一遍。賈母、王夫人又哭起來。多虧鳳姐能言勸慰，略略止些，便請賈母等回去。寶玉哪裡肯捨，無奈賈母逼著，只得勉強回房。

賈母有了年紀的人，打從寶玉病起，日夜不寧，今又大痛一陣，已覺頭暈身熱，雖是不放心，惦著寶玉，卻也掙扎不住，回到自己房中睡下。王夫人更加心痛難禁，也便回去，派了彩雲幫著襲人照應，並說：「寶玉若再悲戚，速來告訴我們。」寶釵是知寶玉一時必不能捨，也不相勸，只用諷刺的話說他。寶玉倒恐寶釵多心，也便飲泣收心。歇了一夜，倒也安穩。明日一早，眾人都來瞧他，但覺氣虛身弱，心病倒覺去了幾分。於是加意調養，漸漸的好起來。賈母幸不成病，惟是王夫人心痛未痊。那日薛姨媽過來探望，看見寶玉精神略好，也就放心，暫且住下。

一日，賈母特請薛姨媽過去商量，說：「寶玉的命，都虧姨太太救的。如今想來不妨了，獨委屈了你的姑娘。如今寶玉調養百日，身體復舊，又過了娘娘的功服，正好圓房，要求姨太太作主，另擇個上好的吉日。」薛姨媽便道：「老太太主意很好，何必問我？寶丫頭雖生的粗笨，心裡卻還是極明白的。他的情性，老太太素日是知道的。但願他們兩口兒言和意順，從此老太太也省好些心，我姐姐也安慰些，我也放了心了。老太太就定個日子。還通知親戚不用呢？」賈母道：「寶玉和你們姑娘生來第一件大事，況且費了多少周折，如今纔得安逸，必要大家熱鬧幾天。親戚都要請的。一來酬願，二則偺們吃杯喜酒，也不枉我老人家操了好些心。」

薛姨媽聽著，自然也是喜歡的，便將要辦妝奩的話也說了一番。賈母道：「偺們親上做親，我想也不必這些。若說動用的，他屋裡已經滿了，必定寶丫頭他心愛的要你幾件，姨太太就拿了來。我看寶丫頭也不是多心的人，不比的我那外孫女兒的脾氣，所以他不得長壽。」說著，連薛姨媽也便落淚。恰好鳳姐進來，笑道：「老太太、姑媽又想著什麼了？」薛姨媽道：「我和老太太說起你林妹妹來，所以傷心。」鳳姐笑道：「老太太和姑媽且別傷心。我剛纔聽了個笑話兒來了，意思說給老太太和姑媽聽。」賈母拭了拭眼淚，微笑道：「你又不知要編派誰呢！你說來，我和姨太太聽聽。說不笑，我們可不依！」只見那鳳姐未曾張口，先用兩隻手比著，笑彎了腰了。未知他說出些什麼來，下回分解。

第九十九回　守官箴惡奴同破例　閱邸報老舅自擔驚

話說鳳姐見賈母和薛姨媽為黛玉傷心，便說：「有個笑話兒說給老太太和姑媽聽。」未曾開口，先自笑了。因說道：「老太太和姑媽打量是哪裡的笑話兒？就是偺們家的那二位新姑爺、新媳婦啊！」賈母道：「怎麼了？」鳳姐拿手比著道：「一個這麼坐著，一個這麼站著；一個這麼扭過去，一個這麼轉過來；一個又……」說到這裡，賈母已經大笑起來，說道：「你好生說罷！倒不是他們兩口兒，你倒把人慪的受不得了。」薛姨媽也笑道：「你往下直說罷，不用比了。」鳳姐纔說道：「剛纔我到寶兄弟屋裡，我聽見好幾個人笑。我只道是誰，巴著窗戶眼兒一瞧，原來寶妹妹坐在炕沿上，寶兄弟站在地下。寶兄弟拉著寶妹妹的袖子，口口聲聲只叫：『寶姐姐！你為什麼不會說話了？你這麼說一句話，我的病包管全好！』寶妹妹卻扭著頭，只管躲。寶兄弟又作了一個揖，上前又拉寶妹妹的衣裳，寶妹妹急得一扯，寶兄弟自然病後是腳軟的，索性一撲，撲在寶妹妹身上了。寶妹妹急的紅了臉，說道：『你越發比先不尊重了！』」說到這裡，賈母和薛姨媽都笑起來。鳳姐又道：「寶兄弟便立起來，笑道：『虧了跌了這一交，好容易纔跌出你的話來了！』」薛姨媽笑道：「這是寶丫頭古怪。這有什麼的？既作了兩口兒，說說笑笑的怕什麼？他沒見他璉二哥和你。」鳳姐兒紅了臉笑道：「這是怎麼說呢？我饒說笑話兒給姑媽解悶兒，姑媽反倒拿我打起卦❶來了。」賈母也笑道：「要這麼著纔好。夫妻固然要和氣，也得有個分寸兒。我愛寶丫頭就在這尊重上頭。只是我愁著寶玉還是那麼傻頭傻腦的，這麼說起來，比頭裡竟明白多了。你再說說，還有什麼笑話兒沒有？」鳳姐道：「明兒寶玉圓了房，親家太太抱了外孫子，那時候兒

---

❶ 打卦：占卦。這裡含有取笑的意思。

不更是笑話兒了麼？」賈母笑道：「猴兒！我在這裡同著姨太太想你林妹妹，你來慪個笑話兒還罷了，怎麼臊起皮來了！你不叫我們想你林妹妹，你不用太高興了，你林妹妹恨你，將來不要獨自一個兒到園裡去，提防他拉著你不依。」鳳姐笑道：「他倒不怨我，他臨死咬牙切齒，倒恨寶玉呢。」賈母、薛姨媽聽著還道是頑話兒，也不理會，便道：「你別胡拉扯了。你去叫外頭挑個很好的日子給你寶兒弟圓了房兒罷。」鳳姐答應著，又說了一回話兒，便出去叫人擇了吉日，重新擺酒、唱戲、請人。不在話下。

卻說寶玉雖然病好復元，寶釵有時高興翻書觀看，談論起來，寶玉所有眼前常見的尚可記憶，若論靈機，大不似從前活變了，連他自己也不解。寶釵明知是「通靈」失去，所以如此。倒是襲人時常說他：「你何故把從前的靈機都忘了？那些舊毛病忘了才好，為什麼你的脾氣還覺照舊，在道理上更糊塗了呢？」寶玉聽了，並不生氣，反是嘻嘻的笑。有時寶玉順性胡鬧，虧寶釵勸著，諸事略覺收斂些。襲人倒可少費些唇舌，惟知悉心伏侍。別的丫頭素仰寶釵貞靜和平，各人心服，無不安靜。只有寶玉到底是愛動不愛靜的，時常要到園裡去逛。賈母等一則怕他招受寒暑，二則恐他睹景傷情，雖黛玉之柩已寄放城外庵中，然而瀟湘館依然人亡屋在，不免勾起舊病來，所以也不使他去。況且親戚姐妹們，薛寶琴已回到薛姨媽那邊去了。史湘雲因史侯回京，也接了家去了，又有了出嫁的日子，所以不大常來。只有寶玉娶親那一日，與吃喜酒這天，來過兩次，也只在賈母那邊住下。為著寶玉已經娶過親的人，又想自己就要出嫁的，也不肯如從前的詼諧談笑。就是有時過來，也只和寶釵說話，見了寶玉，不過問好而已。那邢岫烟卻是因迎春出嫁之後，便隨著邢夫人過去。李家姐妹也另住在外，即同著李嬸娘過來，亦不過到太太們與姐妹們處請安問好，即回到李紈那裡略住一兩天就去了。所以園內的只有李紈、探春、惜春了。賈母還要將李紈等挪進來，為著元妃薨後，家中事情接二連三，也無暇及此。現今天氣一天熱似一天，園裡尚可住得，等到秋天再挪。此是後話，暫且不提。

且說賈政帶了幾個在京請的幕友，曉行夜宿，一日，到了本省，見過上司，即到任拜印受事，便查盤各屬州縣糧米倉庫。賈政向來作京官，只曉得郎中事務都是一景兒的事情❷，就是外任，原是學差，也無關於吏治上，所以外省州縣折收糧米、勒索鄉愚這些弊端，雖也聽見別人講究，卻未嘗身親其事，只有一心做好官，便與幕賓商議，出示嚴禁，並諭以一經查出，必定詳參揭報。初到之時，果然胥吏畏懼，便百計鑽營，偏遇賈政這般固執。那些家人❸跟了這位老爺在都中一無出息，好容易盼到主人放了外任，便在京指著在外發財的名頭向人借貸，做衣裳裝體面，心裡想著到了任，銀錢是容易的了。不想這位老爺獃性發作，認真要查辦起來，州縣饋送一概不受。門房、簽押等人心裡盤算道：「我們再挨半個月，衣裳也要當完了，債又逼起來，那可怎麼樣好呢？眼見得白花花的銀子，只是不能到手。」那些長隨❹也道：「你們爺們到底還沒花什麼本錢來的，我們纔冤！花了若干的銀子，打了個門子❺，來了一個多月，連半個錢也沒見過！想來跟這個主兒是不能撈本兒的了。明兒我們齊打夥兒❻告假去。」次日，果然聚齊，都來告假。賈政不知就裡，便說：「要來也是你們，要去也是你們。既嫌這裡不好，就都請便。」

那些長隨怨聲載道而去，只剩下些家人，又商議道：「他們可去的去了，我們去不了的，到底想個法兒纔好。」內中有一個管門的叫李十兒，便說：「你們這些沒能耐的東西，著什麼忙！我見這『長』字號兒的在這

---

❷ 一景兒的事情：一類的事情。

❸ 家人：僕役。

❹ 長隨：隨侍於官吏身邊的僕從。

❺ 打門子：指用賄賂的手段找門路，謀求工作。

❻ 齊打夥兒：一起；一塊兒。

裡，不犯給他出頭。如今都餓跑了，瞧瞧你十太爺的本領，少不得本主兒依我。只是要你們齊心打夥兒弄幾個錢，回家受用；若不隨我，我也不管了，橫豎拚得過你們。」眾人都說：「好十爺！你還主兒信得過，若你不管，我們實在是死症了。」李十兒道：「不要我出了頭，得了銀錢，又說我得了大分兒了，窩兒裡反起來，大家沒意思。」眾人道：「你萬安，沒有的事。就沒有多少，也強似我們腰裡掏錢。」

正說著，只見糧房書辦走來找周二爺。李十兒坐在椅子上，蹺著一隻腿，挺著腰，說道：「找他做什麼？」書辦便垂手陪著笑，說道：「本官到了一個多月的任，這些州縣太爺見得本官的告示利害，知道不好說話，到了這時候，都沒有開倉。若是過了漕❼，你們太爺們來做什麼的？」李十兒道：「你別混說，老爺是有根蒂的，說到哪裡是要辦到哪裡。這兩天原要行文催兌，因我說了緩幾天，纔歇的。你到底找我們周二爺做什麼？」書辦道：「原為打聽催文的事，沒有別的。」李十兒道：「越發胡說！方纔我說催文，你就信嘴胡謅。可別鬼鬼祟祟來講什麼賬，我叫本官打了你，退你！」書辦道：「我在這衙門內已經三代了，外頭也有些體面，家裡還過得，就規規矩矩伺候本官陞了還能夠，不像那些等米下鍋的。」說著，回了一聲：「二太爺，我走了。」李十兒便站起，堆著笑說：「這麼不禁頑！幾句話就臉急了？」書辦道：「不是我臉急，若再說什麼，豈不帶累了二太爺的清名呢？」

李十兒過來拉著書辦的手，說：「你貴姓啊？」書辦道：「不敢，我姓詹，單名是個會字。從小兒也在京裡混了幾年。」李十兒道：「詹先生！我是久聞你的名的。我們弟兄們是一樣的，有什麼話，晚上到這裡，偺們說一說。」書辦也說：「誰不知道李十太爺是能事的！把我一詐，就嚇毛了。」大家笑著走開。那晚便與書辦咕唧了半夜。第二天，拿話去探賈政，被賈政痛罵了一頓。隔一天拜客，裡頭吩咐伺候，外頭答應了。停了

❼ 過了漕：過了漕運的期限。

一會子，打點已經三下了，大堂上沒有人接鼓，好容易叫個人來打了鼓。賈政踱出暖閣，站班喝道的衙役只有一個。賈政也不查問，在墀下上了轎，等轎夫，又等了好一會；來齊了，抬出衙門，那個砲只響得一聲。吹鼓亭的鼓手，只有一個打鼓，一個吹號筒。賈政便也生氣，說：「往常還好，怎麼今兒不齊集至此？」抬頭看那執事，卻是攙前落後。勉強拜客回來，便傳誤班的要打。有的說因沒有帽子誤的；有的說是號衣當了誤的；又有說是三天沒吃飯抬不動的。賈政生氣，打了一兩個，也就罷了。

隔一天，管廚房的上來要錢，賈政將帶來銀兩付了。以後便覺樣樣不如意，比在京的時候倒不便了好些。無奈，便喚李十兒問道：「我跟來這些人，怎樣都變了？你也管管。現在帶來銀兩早使沒有了，藩庫❽俸銀尚早，該打發京裡取去。」李十兒稟道：「奴才哪一天不說他們！不知道怎麼樣，這些人都是沒精打彩的，叫奴才也沒法兒。老爺說家裡取銀子，取多少？現在打聽節度衙門這幾天有生日，別的府道老爺都上千上萬的送了，我們到底送多少呢？」賈政道：「為什麼不早說？」李十兒說：「老爺最聖明的。我們新來乍到，又不與別位老爺很來往，誰肯送信？巴不得老爺不去，好想老爺的美缺呢。」賈政道：「胡說！我這官是皇上放的，不與節度做生日，便叫我不做不成！」李十兒笑著回道：「老爺說的也不錯。京裡離這裡很遠，凡百的事，都是節度奏聞。他說好便好，說不好便吃不住。到得明白，已經遲了。就是老太太、太太們，哪個不願意老爺在外頭烈烈轟轟的做官呢？」

賈政聽了這話，也自然心裡明白，道：「我正要問你，為什麼都說起來？」李十兒回說：「奴才本不敢說，老爺既問到這裡，若不說，是奴才沒良心；若說了，少不得老爺又生氣。」賈政道：「只要說得在理。」李十兒說道：「那些書吏衙役都是花了錢買著糧道的衙門，哪個不想發財？俱要養家活口。自從老爺到任，並沒見

❽ 藩庫：清代各省布政司所管轄的倉庫，用以儲藏錢穀。也稱「省庫」。

為國家出力，倒先有了口碑載道。」賈政道：「民間有什麼話？」李十兒道：「百姓說，凡有新到任的老爺，告示出得愈利害，愈是想錢的法兒，州縣害怕了，好多多的送銀子。收糧的時候，衙門裡便說新道爺的法令，明是不敢要錢，這一留難叨登❾，那些鄉民心裡願意花幾個錢早早了事，所以那些人不說老爺好，反說不諳民情。便是本家大人，是老爺最相好的，他不多幾年，已巴到極頂的分兒，也只為識時達務，能夠上和下睦罷了。」賈政聽到這話，說道：「胡說！我就不識時務嗎？若是上和下睦，叫我與他們『貓鼠同眠』嗎？」李十兒回說道：「奴才為著這點忠心兒掩不住，纔這麼說。若是老爺就是這樣做去，到了功不成名不就的時候，老爺又說奴才沒良心，有什麼話，不告訴老爺了。」

賈政道：「依你怎麼做纔好？」李十兒道：「也沒有別的，趁著老爺的精神年紀，裡頭的照應，老太太的硬朗，多顧著自己就是了。不然，到不了一年，老爺家裡的錢也都貼補完了，還落了自上至下的人抱怨，都說老爺是做外任的，自然弄了錢藏著受用。倘遇著一兩件為難的事，誰肯幫著老爺？那時辨也辨不清，悔也悔不及！」賈政道：「據你一說，是叫我做貪官嗎？送了命還不要緊，必定將祖父的功勳抹了纔是？」李十兒回稟道：「老爺極聖明的人，沒看見舊年犯事的幾位老爺嗎？這幾位都與老爺相好，老爺常說是個做清官的，如今名在哪裡？現有幾位親戚，老爺向來說他們不好的，如今陞的陞，遷的遷，只在要做的好就是了。老爺要知道，民也要顧，官也要顧。若是依著老爺，不准州縣得一個大錢，外頭這些差使誰辦？只要老爺外面還是這樣清名聲原好；裡頭的委屈，只要奴才辦去，關礙不著老爺的。奴才跟主兒一場，到底也要掏出良心來。」賈政被李十兒一番言語，說得心無主見，道：「我是要保性命的，你們鬧出來不與我相干。」說著，便踱了進去。

李十兒便自己做起威福，鉤連內外一氣的哄著賈政辦事，反覺得事事周到，件件隨心，所以賈政不但不疑，

❾ 留難叨登：故意刁難、折騰。叨登，叨擾；翻檢。

反都相信。便有幾處揭報，上司見賈政古樸忠厚，也不查察。惟是幕友們耳目最長，見得如此，得便用言規諫，無奈賈政不信，也有辭去的，也有與賈政相好在內維持的。於是，漕務事畢，尚無隕越。

一日，賈政無事，在書房中看書。簽押上呈進一封書子，外面官封，上開著「鎮守海門等處總制公文一角，飛遞江西糧道衙門」。賈政拆封看時，只見上寫道：

金陵契好，桑梓情深。昨歲供職來都，竊喜常依座右。仰蒙雅愛，許結朱陳❿，至今佩德勿諼。只因調任海疆，未敢造次奉求，衷懷歉仄，自嘆無緣。今幸棨戟遙臨，快慰平生之願。正申燕賀，先蒙翰教，邊帳光生，武夫額手。雖隔重洋，尚叨樾蔭。想蒙不棄卑寒，希望蔦蘿之附。小兒已承青盼，淑媛素仰芳儀。如蒙踐諾，即遣冰人。途路雖遙，一水可通。不敢云百輛之迎，敬備仙舟以俟。茲修寸幅，恭賀陞祺，並求金允。臨穎不勝待命之至！世弟周瓊頓首。

賈政看了，心想：「兒女姻緣，果然有一定的。舊年因見他就了京職，又是同鄉的人，素來相好，又見那孩子長得好，在席間原提起這件事。因未說定，也沒有與他們說起。後來他調了海疆，大家也不說了。不料我今陞任至此，他寫書來問。我看起門戶，卻也相當，與探春倒也相配。但是我並未帶家眷，只可寫字與他商議……」正在躊躇，只見門上傳進一角文書，是議取到省會議事件，賈政只得收拾上省，候節度派委。

一日，在公館閒坐，見桌上堆著許多邸報。賈政一一看去，見刑部一本：「為報明事，會看得金陵籍行商薛蟠……」賈政便吃驚道：「了不得！已經題本了！」隨用心看下去，是「薛蟠毆傷張三身死，串囑屍證捏供誤殺一案」。賈政一拍桌道：「完了！」只得又看底下，是：

❿ 朱陳：本為村名。該村住家僅朱、陳二姓，世世代代締結婚姻。見唐白居易朱陳村詩。後引申比喻為締結婚姻的代詞。

據京營節度使咨稱：緣薛蟠籍隸金陵，行過太平縣，在李家店歇宿，與店內當槽之張三素不相認。於某年月日，薛蟠令店主備酒邀請太平縣民吳良同飲，令當槽張三取酒。因酒不甘，薛蟠令換好酒。張三因稱酒已沽定，難換。薛蟠因伊倔強，將酒照臉潑去，不期去勢甚猛，恰值張三低頭拾箸，一時失手，將酒碗擲在張三顖門，皮破血出，逾時殞命。李店主趨救不及，隨向張三之母告知。伊母張王氏往看，見已身死，隨喊稟地保，赴縣呈報。前署縣詣驗，仵作將骨破一寸三分及腰眼一傷，漏報填格，詳府審轉。看得薛蟠實係潑酒失手，擲碗誤傷張三身死，將薛蟠照過失殺人，准鬬殺罪收贖等因前來。臣等細閱各犯證屍親前後供詞不符，且查鬬殺律註云：「相爭為鬬，相打為毆。必實無爭鬬情形，邂逅身死，方可以過失殺人定擬。」應令該節度審明實情，妥擬具題。今據該節度疏稱薛蟠因張三不肯換酒，醉後拉著張三右手，先毆腰眼一拳，張三被毆回罵，薛蟠將碗擲出，致傷顖門深重，骨碎腦破，立時殞命。是張三之死實由薛蟠以酒碗砸傷深重致死，自應以薛蟠擬抵，將薛蟠依鬬殺律擬絞監候。吳良擬以杖徒。承審不實之府州縣，應請……

以下註著「此稿未完」。賈政因薛姨媽之託，曾託過知縣，若請旨革審起來，牽連著自己，好不放心。即將下一本開看，偏又不是，只好翻來覆去，將報看完，終沒有接這一本的，心中狐疑不定，更加害怕起來。正在納悶，只見李十兒進來：「請老爺到官廳伺候去，大人衙門已經打了二鼓了。」賈政只是發怔，沒有聽見。李十兒又請一遍。賈政道：「這便怎麼處？」李十兒道：「老爺有什麼心事？」賈政將看報之事說了一遍。李十兒道：「老爺放心。若是部裡這麼辦了，還算便宜薛大爺呢！奴才在京的時候，聽見薛大爺在店裡叫了好些媳婦兒，都喝醉了生事，直把個當槽兒的活活打死了。奴才聽見不但是託了知縣，還求璉二爺去花了好些錢，各衙門打通了，纔提的，不知道怎麼部裡沒有弄明白。如今就是鬧破了，也是官官相護的，不過認個承審不實，革職處分罷咧，哪裡還肯認得銀子聽情呢？老爺不用想，等奴才再打聽罷，倒別誤了上司的事。」賈政道：「你們哪裡知道！只可惜那知縣聽了一個情，把這個官都丟了，還不知道有罪沒有呢！」李十兒道：「如今想他也無益，外頭伺候著好半天了，請老爺就去罷。」賈政不知節度傳辦何事，且聽下回分解。

第一〇〇回　破好事香菱結深恨　悲遠嫁寶玉感離情

話說賈政去見了節度使，進去了半日，不見出來，外頭議論不一。李十兒在外也打聽不出什麼事來，便想到報上的饑荒，實在也著急。好容易聽見賈政出來了，便迎上來跟著，等不得回去，在無人處便問：「老爺進去這半天，有什麼要緊的事？」賈政笑道：「並沒有事。只為鎮海總制是這位大人的親戚，有書來囑託照應我，所以說了些好話。又說：『我們如今也是親戚了。』」李十兒聽得，心內喜歡，不免又壯了些膽子，便竭力慫恿賈政許這親事。賈政心想薛蟠的事，到底有什麼罣礙，在外頭信息不早，難以打點，故回到本任來便打發家人進京打聽，順便將總制求親之事回明賈母，如若願意，即將三姑娘接到任所。家人奉命，趕到京中回明了王夫人，便在吏部打聽得賈政並無處分，惟將署太平縣的這位老爺革職。即寫了稟帖，安慰了賈政，然後住著等信。

且說薛姨媽為著薛蟠這件人命官司，各衙門內不知花了多少銀錢，纔定了誤殺具題。原打量將當舖折變給人，備銀贖罪，不想刑部駁審，又託人花了好些錢，總不中用，依舊定了個死罪，監著守候秋天大審。薛姨媽又氣又疼，日夜啼哭。寶釵雖時常過來勸解，說是：「哥哥本來沒造化！承受了祖父這些家業，就該安安頓頓的守著過日子。在南邊已經鬧的不像樣，便是香菱那件事情就了不得。因為仗著親戚們的勢力，花了些銀錢，這算白打死了一個公子。哥哥就該改過，做起正經人來，也該奉養母親纔是，不想進了京仍是這樣。媽媽為他，不知受了多少氣，哭掉了多少眼淚。給他娶了親，原想大家安安逸逸的過日子，不想命該如此，偏偏娶的嫂子又是一個不安靜的，所以哥哥躲出門去。真正俗語說的，『冤家路兒狹』，不多幾天就鬧出人命來了。媽媽和二哥哥也算不得不盡心的了，花了銀錢不算，自己還求三拜四的謀幹。無奈命裡應該，也算自作自受。大凡養兒女是為著老來有靠，便是小戶人家，還要掙一碗飯養活母親。哪裡有將現成的鬧光了，反害的老人家哭的死去活來的？不是我說，哥哥的這樣行為，不是兒子，竟是個冤家對頭。媽媽再不明白，明哭到夜，夜哭到明，又受嫂子的氣。我呢，又不能常在這裡勸解。我看見媽媽這樣，哪裡放得下心！他雖說是傻，也不肯叫我回去。前兒老爺打發人回來說，看見京報嚇的了不得，所以纔叫人來打點的。我想哥哥鬧了事，擔心的人也不少。幸虧我還是在跟前的一樣；若是離鄉調遠，聽見了這個信，只怕我想媽媽也就想殺了！我求媽媽暫且養養神，趁哥哥的活口現在，問問各處的賬目。人家該偺們的，偺們該人家的，亦該請個舊夥計來算一算，看看還有幾個錢沒有。」

薛姨媽哭著說道：「這幾天為鬧你哥哥的事，你來了，不是你勸我，就是我告訴你衙門的事。你還不知道，京裡的官商名字已經退了，兩處當舖已經給了人家，銀子早拿來使完了。還有一個當舖，管事的逃了，虧空了好幾千兩銀子，也夾在裡頭打官司。你二哥哥天天在外頭要賬，料著京裡的賬已經去了幾萬銀子，只好拿南邊公分裡銀子並住房折變纔夠。前兩天還聽見一個荒信，說是南邊的公當舖也因為折了本兒收了。要是這麼著，你娘的命可就活不成了！」說著，又大哭起來。寶釵也哭著勸道：「銀錢的事，媽媽操心也不中用，還有二哥哥給我們料理。單可恨這些夥計們，見偺們勢頭兒敗了，各自奔各自的去也罷了，我還聽見說幫著人家來擠我們的訛頭❶。可見我哥哥活了這麼大，交的人總不過是些個酒肉弟兄，急難中是一個沒有的。媽媽要是疼我，聽我的話，有年紀的人自己保重些。媽媽這一輩子，想來還不致挨凍受餓。家裡這點子衣裳傢伙，只好聽憑嫂子去，那是沒法兒的了。所有的家人、婆子，瞧他們也沒心在這裡了，該去的叫他們去。就可憐香菱苦了一輩子，只好跟著媽媽過去。實在短什麼，我要是有的，還可以拿些個來，料我們那個也沒有不依的。就是襲姑娘

❶ 訛頭：指財物。

也是心術正道的。他聽見我哥哥的事，他倒提起媽媽來就哭。我們那一個還道是沒事的，所以不大著急；要聽見了，也是要嚇個半死兒的。」薛姨媽不等說完，便說：「好姑娘！你可別告訴他。他為一個林姑娘，幾乎沒要了命，如今纔好了些。要是他急出個原故來，不但你添一層煩惱，我越發沒了依靠了！」寶釵道：「我也是這麼想，所以總沒告訴他。」

正說著，只聽見金桂跑來外間屋裡哭喊道：「我的命是不要的了！男人呢，已經是沒有活的分兒了！偺們如今索性鬧一鬧，大夥兒到法場上去拚一拚！」說著，便將頭往隔斷板上亂撞，撞的披頭散髮。氣的薛姨媽白瞪著兩隻眼，一句話也說不出來。還虧了寶釵嫂子長，嫂子短，好一句，歹一句的勸他。金桂道：「姑奶奶，如今你是比不得頭裡的了。你兩口兒好好的過日子，我是個單身人兒，要臉做什麼！」說著，就要跑到街上回娘家去。虧了人還多，扯住了，又勸了半天方住。把個寶琴嚇的再不敢見他。若是薛蝌在家，他便抹粉施脂，描眉畫鬢，奇情異致的打扮收拾起來。不時打從薛蝌住房前過，或故意咳嗽一聲，或明知薛蝌在屋裡，特問房裡何人；有時遇見薛蝌，他便妖妖喬喬、嬌嬌痴痴的問寒問熱，忽喜忽嗔。丫頭們看見，都連忙躲開。他自己也不覺得，只是一意一心要弄得薛蝌感情時，好行寶蟾之計。

那薛蝌卻只躲著，有時遇見也不敢不周旋一二，只怕他撒潑放刁的意思。更加金桂一則為色迷心，越瞧越愛，越想越幻，哪裡還看的出薛蝌的真假來？只有一宗，他見薛蝌有什麼東西都是託香菱收著，衣服縫洗，也是香菱。兩個人偶然說話，他來了，急忙散開，一發動了一個「醋」字。欲待發作薛蝌，卻是捨不得，只得將一腔隱恨都擱在香菱身上。卻又恐怕鬧了香菱，得罪了薛蝌，倒弄的隱忍不發。

一日，寶蟾走來，笑嘻嘻的向金桂道：「奶奶看見了二爺沒有？」金桂道：「沒有。」寶蟾笑道：「我說二爺的那種假正經是信不得的。偺們前兒送了酒去，他說不會喝；剛纔我見他到太太那屋裡去，那臉上紅撲撲兒的一臉酒氣。奶奶不信，回來只在偺們院子門口兒等他。他打那邊過來時，奶奶叫住他問問，看他說什麼。」金桂聽了，一心的怒氣，便道：「他哪裡就出來了呢？他既無情義，問他作什麼！」寶蟾道：「奶奶又迂了。他好說，偺們也好說；他不好說，偺們再另打主意。」金桂聽著有理，因叫寶蟾瞧著他，看他出去了。寶蟾答應著出來，金桂卻去打開鏡奩，又照了一照，把嘴唇兒又抹了一抹，然後拿一條灑花絹子，纔要出來，又似忘了什麼的，心裡倒不知怎麼是好了。只聽寶蟾外面說道：「二爺，今日高興啊！哪裡喝了酒來了？」金桂聽了，明知是叫他出來的意思，連忙掀起簾子出來。只見薛蝌和寶蟾說道：「今日是張大爺的好日子，所以被他們強不過，吃了半鍾。到這時候臉還發燒呢。」一句話沒說完，金桂早接口道：「自然人家外人的酒比偺們家裡自己的酒是有趣兒的！」薛蝌被他拿話一激，臉越紅了，連忙走過來陪笑道：「嫂子說哪裡的話？」寶蟾見他二人交談，便躲到屋裡去了。

這金桂初時原要假意發作薛蝌兩句，無奈一見他兩頰微紅，雙眸帶澀，別有一種謹愿可憐之意，早把自己那驕悍之氣，感化到爪窪國去了，因笑說道：「這麼說，你的酒是硬強著纔肯喝的呢！」薛蝌道：「我哪裡喝得來？」金桂道：「不喝也好，強如像你哥哥喝出亂子來，明兒娶了你們奶奶兒，像我這樣守活寡、受孤單呢！」說到這裡，兩個眼已經乜斜了，兩腮上也覺紅暈了。薛蝌見這話越發邪僻了，打算著要走。金桂也看出來了，哪裡容得，早已走過來一把拉住。薛蝌急了道：「嫂子！放尊重些！」說著，渾身亂顫。金桂索性老著臉道：「你只管進來，我和你說一句要緊的話。」正鬧著，忽聽背後一個人叫道：「奶奶！香菱來了。」把金桂嚇了一跳。回頭瞧時，卻是寶蟾掀著簾子看他二人的光景，一抬頭，見香菱從那邊來了，趕忙知會金桂。金桂這一驚不小，手已鬆了。薛蝌得便脫身跑了。那香菱正走著，原不理會，忽聽寶蟾一嚷，纔瞧見金桂在那裡拉住薛蝌往裡死拽。香菱卻嚇的心頭亂跳，自己連忙轉身回去。這裡金桂早已連嚇帶氣，呆呆的瞅著薛蝌去了，怔了半天，恨了一聲，自己掃興歸房。從此，把香菱恨入骨髓。那香菱本是要到寶琴那裡，剛走出腰門，看見這般，唬回去了。

是日，寶釵在賈母屋裡，聽得王夫人告訴老太太要聘探春一事。賈母說道：「既是同鄉的人，很好。只是聽見說那孩子到過我們家裡，怎麼你老爺沒有提起？」王夫人道：「連我們也不知道。」賈母道：「好便好，但只道兒太遠。雖然老爺在那裡，倘或將來老爺調任，可不是我們孩子太單了嗎？」王夫人道：「兩家都是做官的，也是拿不定。或者那邊還調進來；即不然，終有個葉落歸根。況且老爺既在那裡做官，上司已經說了，好意思不給麼？想來老爺的主意定了，只是不敢做主，故遣人來回老太太的。」賈母道：「你們願意更好，但是三丫頭這一去了，不知三年兩年，那邊可能回家？若再遲了，恐怕我趕不上再見他一面了！」說著，掉下淚來。王夫人道：「孩子們大了，少不得總要給人家的。就是本鄉本土的人，除非不做官還使得，要是做官的，誰保的住總在一處？只要孩子們有造化就好。譬如迎姑娘倒配得近呢，偏是時常聽見他被女壻打鬧，甚至不給飯吃。就是我們送了東西去，他也摸不著。近來聽見益發不好了，也不放他回來。兩口子拌起來，就說偺們使了他家的銀錢。可憐這孩子總不得個出頭的日子。前兒我惦記他，打發人去瞧他，迎丫頭藏在耳房裡不肯出來。老婆子們必要進去，看見我們姑娘這樣冷天還穿著幾件舊衣裳。他一包眼淚的告訴老婆子們說：『回去別說我這麼苦，這也是我命裡所招！也不用送什麼衣服東西來，不但摸不著，反要添一頓打，說是我告訴的。』老太太想想，這倒是近處眼見的，若不好，更難受。倒虧了大太太也不理會他，大老爺也不出個頭。如今迎姑娘實在比我們三等使喚的丫頭還不及。我想探丫頭雖不是我養的，老爺既看見過女婿，定然是好纔許的。只請老太太示下，擇個好日子，多派幾個人，送到他老爺任上。該怎麼著，老爺也不肯將就。」賈母道：「有他老子作主，你就料理妥當，揀個長行❷的日子送去，也就定了一件事。」王夫人答應著「是」。寶釵聽的明白，也不敢則聲，只是心裡叫苦：「我們家裡姑娘們就算他是個尖兒，如今又要遠嫁，眼看著這裡的人一天少似一天了。」見王夫人起身告辭出去，他也送出來了，一徑回到自己房中，並不與寶玉說知。見襲人獨自一個做活，便將聽見的話說了。襲人也很不受用。

卻說趙姨娘聽見探春這事，反歡喜起來，心裡說道：「我這個丫頭，在家忘瞧不起我，我何曾還是個娘？比他的丫頭還不濟！況且洑上水，護著別人。他擋在頭裡，連環兒也不得出頭。如今老爺接了去，我倒乾淨。想要他孝敬我，不能夠了。只願意他像迎丫頭似的，我也稱稱願。」一面想著，一面跑到探春那邊與他道喜，說：「姑娘，你是要高飛的人了。到了姑爺那邊，自然比家裡還好，想來你也是願意的。便是養了你一場，並沒有借你的光兒。便是我有七分不好，也有三分的好，總不要一去了把我擱在腦杓子後頭。」探春聽著毫無道理，只低頭作活，一句也不言語。趙姨娘見他不理，氣忿忿的自己去了。

這裡探春又氣，又笑，又傷心，也不過自己掉淚而已。坐了一會，悶悶的走到寶玉這邊來。寶玉因問道：「三妹妹，我聽見林妹妹死的時候，你在那裡來著。我還聽見說，林妹妹死的時候，遠遠的有音樂之聲。或者他是有來歷的，也未可知。」探春笑道：「那是你心裡想著罷了。只是那夜卻怪，不似人家鼓樂之音，你的話或者也是。」寶玉聽了，更以為實。又想前日自己神魂飄蕩之時，曾見一人，說是黛玉生不同人，死不同鬼，必是哪裡的仙子臨凡。忽又想起那年唱戲做的嫦娥，飄飄豔豔，何等風致！過了一會，探春去了，因必要紫鵑過來，立刻回了賈母去叫他。無奈紫鵑心裡不願意，雖經賈母、王夫人派了過來，也就沒法，只是在寶玉跟前，不是噯聲，就是嘆氣的。寶玉背地裡拉著他，低聲下氣，要問黛玉的話，紫鵑從沒好話回答。寶釵倒背地裡誇他有忠心，並不嗔怪他。那雪雁雖是寶玉娶親這夜出過力的，寶釵見他心地不甚明白，便回了賈母、王夫人，

❷ 長行：指出行、遠路的旅行。

將他配了一個小廝，各自過活去了。王奶媽養著他，將來好送黛玉的靈柩回南。鸚哥等小丫頭仍伏侍老太太。

寶玉本想念黛玉，因此及彼，又想跟黛玉的人已經雲散，更加納悶，悶到無可如何，忽又想黛玉死得這樣清楚，必是離凡返仙去了，反又歡喜。忽然聽見襲人和寶釵那裡講究探春出嫁之事，寶玉聽了，「啊呀」的一聲，哭倒在炕上。唬得寶釵、襲人都來扶起，說：「怎麼了？」寶玉早哭的說不出來，定了一會子神，說道：「這日子過不得了！我姐妹們都一個一個的散了！林妹妹是成了仙去了。大姐姐呢，已經死了，這也罷了，沒天天在一塊。二姐姐呢，碰著了一個混賬不堪的東西。三妹妹又要遠嫁，總不得見的了！史妹妹又不知要到哪裡去。薛妹妹是有了人家的。這些姐姐妹妹，難道一個都不留在家裡？單留我做什麼！」襲人忙又拿話解勸。寶釵擺著手說：「你不用勸他，讓我來問他。」因問著寶玉道：「據你的心裡，要這些姐妹都在家裡陪到你老了，都不要為終身的事嗎？若說別人，或者還有別的想頭。你自己的姐姐妹妹，不用說沒有遠嫁的；就是有，老爺作主，你有什麼法兒？打量天下獨是你一個人愛姐姐妹妹呢！若是都像你，就連我也不能陪你了。大凡人念書，原為的是明理，怎麼你益發糊塗了？這麼說起來，我和襲姑娘各自一邊兒去，讓你把姐姐妹妹們都邀了來守著你。」寶玉聽了，兩隻手拉住寶釵、襲人道：「我也知道。為什麼散的這麼早呢？等我化了灰的時候再散也不遲！」襲人掩著他的嘴道：「又胡說！纔這兩天身上好些，二奶奶纔吃些飯，若是你又鬧翻了，我也不管了！」

寶玉慢慢的聽他兩個人說話都有道理，只是心上不知道怎樣纔好，只得強說道：「我卻明白，但只是心裡鬧得慌。」寶釵也不理他，暗叫襲人快把定心丸給他吃了，慢慢的開導他。襲人便欲告訴探春說臨行不必來辭，寶釵道：「這怕什麼？等消停幾日，待他心裡明白，還要叫他們多說句話兒呢。況且三姑娘是極明白的人，不像那些假惺惺的人，少不得有一番箴諫，他以後就不是這樣了。」正說著，賈母那邊打發鴛鴦過來，說知道寶玉舊病又發，叫襲人勸說安慰，叫他不要胡思亂想。襲人等應了。鴛鴦坐了一會子，去了。

那賈母又想起探春遠行，雖不備妝奩，其一應動用之物，俱該預備，便把鳳姐叫來，將老爺的主意告訴了一遍，即叫他料理去。鳳姐答應。不知怎麼辦理，下回分解。

第一〇一回　大觀園月夜感幽魂　散花寺神籤驚異兆

卻說鳳姐回至房中，見賈璉尚未回來，便分派那管辦探春行李妝奩事的一干人。那天已有黃昏以後，因忽然想起探春來，要瞧瞧他去，便叫豐兒與兩個丫頭跟著，頭裡一個丫頭打著燈籠。走出門來，見月光已上，照耀如水，鳳姐便命：「打燈籠的回去罷。」因而走至茶房窗下，聽見裡面有人嘁嘁喳喳的，又似哭，又似笑，又似議論什麼的。鳳姐知道不過是家下婆子們又不知搬什麼是非，心內大不受用，便命小紅進去，裝做無心的樣子細細的打聽著，用話套出原委來。小紅答應著去了。

鳳姐只帶著豐兒來至園門前，門尚未關，只虛虛的掩著。於是主僕二人方推門進去。只見園中月色比著外面更覺明朗，滿地下重重樹影，杳無人聲，甚是淒涼寂靜。剛欲往秋爽齋這條路來，只聽唿的一聲風過，吹的那樹枝上落葉，滿園中唰喇喇的作響，枝梢上吱嘍嘍的發哨，那些寒鴉宿鳥都驚飛起來。鳳姐吃了酒，被風一吹，只覺身上發噤起來。那豐兒後面也把頭一縮，說：「好冷！」鳳姐也掌不住，便叫豐兒：「快回去把那件銀鼠坎肩兒拿來，我在三姑娘那裡等著。」豐兒巴不得一聲，也要回去穿衣裳來，連忙答應一聲，回頭就跑了。

鳳姐剛舉步走了不遠，只覺身後咈咈哧哧，似有聞嗅之聲，不覺頭髮森然直豎起來，由不得回頭一看，只見黑油油一個東西在後面伸著鼻子聞他呢，那兩隻眼睛恰似燈光一般。鳳姐嚇的魂不附體，不覺失聲的「咳」了一聲，卻是一隻大狗。那狗抽頭回身，拖著個掃帚尾巴，一氣跑上大土山上，方站住了，回身猶向鳳姐拱爪兒。

鳳姐此時心跳神移，急急的向秋爽齋來，已將來至門口，方轉過山子，只見迎面有一個人影兒一晃。鳳姐心中疑惑，還想著必是哪一房裡的丫頭，便問：「是誰？」問了兩聲，並沒有人出來，早已嚇得神魂飄蕩。恍恍惚惚的似乎背後有人說道：「嬸娘，連我也不認得了？」鳳姐忙回頭一看，只見這人形容俊俏，衣履風流，十分眼熟，只是想不起是哪房哪屋裡的媳婦來。只聽那人又說道：「嬸娘只管享榮華、受富貴的心盛，把我那年說的『立萬年永遠之基』都付與東洋大海了！」鳳姐聽說，低頭尋思，總想不起。那人冷笑道：「嬸娘那時怎樣疼我來？如今就忘在九霄雲外了！」

鳳姐聽了，此時方想起來是賈蓉的先妻秦氏，便說道：「噯呀！你是死了的人哪，怎麼跑到這裡來了呢？」啐了一口，方轉回身，腳下不防一塊石頭絆了一跤，猶如夢醒一般，渾身汗如雨下。雖然毛髮悚然，心中卻也明白，只見小紅、豐兒影影綽綽的來了。鳳姐恐怕落人的褒貶，連忙爬起來，說道：「你們做什麼呢，去了這半天？快拿來我穿上罷。」一面豐兒走至跟前，伏侍穿上，小紅過來攙扶。鳳姐道：「我纔到那裡，他們都睡了，偺們回去罷。」一面說著，一面帶了兩個丫頭，急急忙忙回到家中。賈璉已回來了，只是見他臉上神色更變，不似往常，待要問他，又知他素日性格，不敢突然相問，只得睡了。

至次日五更，賈璉就起來要往總理內庭都檢點太監裘世安家來打聽事務，因太早了，見桌上有昨日送來的抄報，便拿起來閒看。第一件是雲南節度使王忠一本：新獲了一起私帶神鎗火藥出邊事，共有十八名人犯，頭一名鮑音，口稱係太師鎮國公賈化家人。第二件蘇州刺史李孝一本：參劾縱放家奴，倚勢淩辱軍民，以致因姦不遂，殺死節婦一家人命三口事。兇犯姓時，名福，自稱係世襲三等職銜賈範家人。賈璉看見這兩件，心中早又不自在起來，待要看第三件，又恐遲了不能見裘世安的面，因此急急的穿了衣服，也等不得吃東西。恰好平兒端上茶來，喝了兩口，便出來騎馬走了。

平兒在房內收拾了換下的衣服。此時鳳姐尚未起來，平兒因說道：「今兒夜裡我聽著奶奶沒睡什麼覺，我這會子替奶奶搥著，好生打個盹兒罷。」鳳姐也不言語。平兒料著這意思是了，便爬上炕來，坐在身邊，輕輕的搥著。纔搥了幾拳，那鳳姐剛有要睡之意，只聽那邊大姐兒哭了，鳳姐又將眼睜開。平兒連向那邊叫道：「李媽，你到底是怎麼著？姐兒哭了，你到底拍著他些。你也忒愛睡了！」那邊李媽從夢中驚醒，聽得平兒如此說，心中沒好氣，狠命的拍了幾下，口裡嘟嘟囔囔的罵道：「真真的小短命鬼兒！放著屍不挺，三更半夜嚎你娘的喪！」一面說，一面咬牙，便向那孩子身上擰了一把。那孩子哇的一聲，大哭起來了。鳳姐聽見，說：「了不得！你聽聽，他該挫磨孩子了！你過去把那黑心的養漢老婆下死勁的打他幾下子，把妞妞抱過來。」平兒笑道：「奶奶別生氣，他哪裡敢挫磨姐兒？只怕是不提防錯碰了一下子，也是有的。這會子打他幾下子沒要緊，明兒叫他們背地裡嚼舌根，倒說三更半夜打人。」

鳳姐聽了，半日不言語，長嘆一聲，說道：「你瞧瞧，這會子不是我七旺八旺的呢！明兒我要是死了，撂下這小孽障，還不知怎麼樣呢！」平兒笑道：「奶奶，這是怎麼說？大五更的，何苦來呢？」鳳姐冷笑道：「你哪裡知道？我是早已明白了，我也不久了！雖然活了二十五歲，人家沒見的也見了，沒吃的也吃了，也算全了，所有世上有的也都有了，氣也算賭盡了，強也算爭足了。就是『壽』字兒上頭缺一點兒，也罷了！」平兒聽說，由不的滾下淚來。鳳姐笑道：「你這會子不用假慈悲，我死了，你們只有喜歡的。你們一心一計，和和氣氣的，省得我是你們眼裡的刺似的。只有一件，你們知好歹，只疼我那孩子就是了！」平兒聽說這話，越發哭的淚人似的。鳳姐笑道：「別扯你娘的臊了！哪裡就死了呢？哭的那麼痛！我不死，還叫你哭死了呢。」平兒聽說，連忙止住哭，道：「奶奶說得這麼傷心！」一面說，一面又搥，半日不言語，鳳姐纔又朦朧睡去。

平兒方下炕來要去，只聽外面腳步響。誰知賈璉去遲了，那裘世安已經上朝去了，不遇而回，心中正沒好氣，進來就問平兒道：「那些人還沒起來呢麼？」平兒回說：「沒有呢。」賈璉一路摔簾子進來，冷笑道：「好，好！這會子還都不起來，安心打擂臺❶、打撒手❷兒！」一疊聲又要吃茶。平兒忙倒了一碗茶來。原來那些丫頭、老婆見賈璉出了門，又復睡了，不打量這會子回來，原不曾預備，平兒便把溫過的拿了來。賈璉生氣，舉起碗來，嘩啷一聲摔了個粉碎。

鳳姐驚醒，嚇了一身冷汗，「噯喲」一聲，睜開眼，只見賈璉氣狠狠的坐在旁邊，平兒彎著腰拾碗片子呢。鳳姐道：「你怎麼就回來了？」問了一聲，半日不答應，只得又問一聲。賈璉嚷道：「你不要我回來，叫我死在外頭罷？」鳳姐笑道：「這又是何苦來呢？常時我見你不像今兒回來的快，問你一聲兒，也沒什麼生氣的。」賈璉又嚷道：「又沒遇見，怎麼不快回來呢！」鳳姐笑道：「沒有遇見，少不得耐煩些，明兒再去早些兒，自然遇見了。」賈璉嚷道：「我可不『吃著自己的飯，替人家趕獐子』呢！我這裡一大堆的事，沒個動秤兒的❸；沒來由，為人家的事瞎鬧了這些日子，當什麼呢？正經那有事的人還在家裡受用，死活不知；還聽見說要鑼鼓喧天的擺酒唱戲做生日呢！我可瞎跑他娘的腿子！」一面說，一面往地下啐了一口，又罵平兒。

鳳姐聽了，氣的乾咽，要和他分證，想了一想，又忍住了，勉強陪笑道：「何苦來生這麼大氣？大清早起，和我叫喊什麼？誰叫你應了人家的事？你既應了，只得耐煩些，少不得替人家辦辦。也沒見這個人，自己有為難的事，還有心腸唱戲擺酒的鬧。」賈璉道：「你可說麼！你明兒倒也問問他。」鳳姐詫異道：「問誰？」賈璉道：「問誰？問你哥哥！」鳳姐道：「是他嗎？」賈璉道：「可不是他，還有誰呢？」鳳姐忙問道：「他又有什麼事，叫你替他跑？」賈璉道：「你還在罈子裡❹呢！」鳳姐道：「真真這就奇了！我連一個字兒也不知

❶ 打擂臺：鬥氣；與人過不去。參見第五十三回注❿。

❷ 打撒手：放手不管；不幫助。

❸ 動秤兒的：對工作有實際幫助的人。

道。」賈璉道：「你怎麼能知道呢！這個事，連太太和姨太太還不知道呢。頭一件，怕太太和姨太太不放心；二則你身上又常嚷不好，所以我在外頭壓住了，不叫裡頭知道的。說起來，真真令人惱！你今兒不問我，我也不便告訴你。你打量你哥哥行事像個人呢！你知道外頭人都叫他什麼？」鳳姐道：「叫他什麼？」賈璉道：「叫他什麼？叫他『忘仁』！」鳳姐噗哧的一笑：「他可不叫王仁，叫什麼呢？」賈璉道：「你打量那個王仁嗎？是忘了仁義禮智信的那個『忘仁』哪！」鳳姐道：「這是什麼人這麼刻薄嘴兒糟蹋人！」賈璉道：「不是糟蹋他呀！今兒索性告訴你，你也可知道知道你那哥哥的好處！你可知道他給他二叔做生日嗎？」

鳳姐想了一想，道：「噯喲！可是呵，我還忘了問你，二叔不是冬天的生日嗎？我記得年年都是寶玉去。前者老爺陞了，二叔那邊送過戲來，我還偷偷兒的說：『二叔為人是最嗇刻的，比不得大舅太爺。他們各自家裡還烏眼雞似的。不麼，昨兒大舅太爺沒了，你瞧他是個兄弟，他還出了個頭兒攬了個事兒嗎？』所以那一天說趕他的生日，偺們還他一班子戲，省了親戚跟前落虧欠。如今這麼早就做生日，也不知是什麼意思？」賈璉道：「你還作夢呢！你哥哥一到京，接著舅太爺的首尾❺就開了一個弔❻。他怕偺們知道攔他，所以沒告訴偺們，弄了好幾千銀子。後來二舅嗔著他，說他不該一網打盡。他吃不住了，變了個法兒，就指著你們二叔的生日撒了個網，想著再弄幾個錢，好打點二舅太爺不生氣。也不管親戚朋友冬天夏天的，人家知道不知道，這麼丟臉！你知道我起早為什麼？這如今因海疆的事情，御史參了一本，說是大舅太爺的虧空，本員已故，應著落其弟王子勝、侄王仁賠補。爺兒兩個急了，找了我給他們託人情。我見他們嚇的那麼個樣兒，再者又關係太太

❹在罈子裡：比喻糊塗；不明白。

❺首尾：責任。指負責辦喪事。

❻開弔：喪家擇期接受弔唁。

和你，我纔應了。想著找找總理內庭都檢點老裘替辦辦，或者前任後任挪移挪移，偏又去晚了，他進裡頭去了。我白起來跑了一趟，他們家裡還那裡定戲擺酒呢，你說說，叫人生氣不生氣！」

鳳姐聽了，纔知王仁所行如此，但他素性要強護短，聽賈璉如此說，便道：「憑他怎麼樣，到底是你的親大舅兒。再者，這件事，死的大太爺，活的二叔，都感激你罷了。沒什麼說的，我們家的事，少不得我低三下四的求你，省的帶累別人受氣，背地裡罵我！」說著，眼淚早流下來，掀開被窩，一面坐起來，一面挽頭髮，一面披衣裳。賈璉道：「你倒不用這麼著，是你哥哥不是人，我並沒說你呀。況且我出去了，你身上又不好，我都起來了，他們還睡覺。偺們老輩子有這個規矩麼？你如今作好好先生不管事了。我說了一句，你就起來；明兒我要嫌這些人，難道你都替了他們麼？好沒意思啊！」

鳳姐聽了這些話，纔把淚止住了，說道：「天也不早了，我也該起來了。你有這麼說的，你替他們家在心❼的辦辦，那就是你的情分了。再者，也不光為我，就是太太聽見也喜歡。」賈璉道：「是了，知道了。『大蘿蔔還用尿澆？』❽」平兒道：「奶奶這麼早起來做什麼？哪一天奶奶不是起來有一定的時候兒呢？爺也不知是哪裡的邪火，拿著我們出氣，何苦來呢！奶奶也算替爺掙夠了，哪一點兒不是奶奶擋頭陣？不是我說，爺把現成兒的也不知吃了多少，這會子替奶奶辦了一點子事，又關會著好幾層兒呢，就這麼拿糖作醋❾的起來，也不怕人家寒心？況且這也不單是奶奶的事呀！我們起遲了，原該爺生氣，左右到底是奴才呀！奶奶跟前，盡著身子累的成了個病包兒了，這是何苦來呢！」說著，自己的眼圈兒也紅了。

❼ 在心：放在心上；用心。

❽ 大蘿蔔句：詼諧語。蘿蔔已長得很高大，何需施肥？意指自己已很聰明、在行，不用旁人教導。澆，與「教」諧音。

❾ 拿糖作醋：比喻故意作態或故示難色，以抬高自己的身分。

那賈璉本是一肚子悶氣，哪裡見得這一對嬌妻美妾又尖利、又柔情的話呢？便笑道：「夠了，算了罷！他一個人就夠使的了，不用你幫著。左右我是外人，多早晚我死了，你們就清淨了！」鳳姐道：「你也別說那個話，誰知道誰怎麼樣呢？你不死，我還死呢！早死一天早心淨。」說著，又哭起來。平兒只得又勸了一回。那時天已大亮，日影橫窗，賈璉也不便再說，站起來出去了。

這裡鳳姐自己起來，正在梳洗，忽見王夫人那邊小丫頭過來道：「太太說了：叫問二奶奶今日過舅太爺那邊去不去？要去，說叫二奶奶同著寶二奶奶一路去呢。」鳳姐因方纔一段話，已經灰心喪氣，恨娘家不給爭氣；又兼昨夜園中受了那一驚，也實在沒精神，便說道：「你先回太太去：我還有一兩件事沒辦清，今日不能去；況且他們那又不是什麼正經事。寶二奶奶要去，各自去罷。」小丫頭答應著回去回覆了。不在話下。

且說鳳姐梳了頭，換了衣服，想了想，雖然自己不去，也該帶個信兒；再者，寶釵還是新媳婦出門子，自然要過去照應照應的。於是見過王夫人，支吾了一件事，便過來到寶玉房中。只見寶玉穿著衣服，歪在炕上，兩個眼睛獃獃的看寶釵梳頭。鳳姐站在門口，還是寶釵一回頭看見了，連忙起身讓坐。寶玉也爬起來，鳳姐纔笑嘻嘻的坐下。寶釵因說麝月道：「你們瞧著二奶奶進來，也不言語聲兒！」麝月笑著道：「二奶奶頭裡進來就擺手兒不叫言語麼。」鳳姐因向寶玉道：「你還不走，等什麼呢？沒見這麼大人了，還是這麼小孩子氣。人家各自梳頭，你爬在旁邊看什麼？成日家一塊子在屋裡，還看不夠嗎？也不怕丫頭們笑話？」說著，哧的一笑，又瞅著他咂嘴兒。寶玉雖也有些不好意思，還不理會，把個寶釵直臊的滿臉飛紅，又不好聽著，又不好說什麼。只見襲人端過茶來，只得搭訕著，自己遞了一袋烟。鳳姐兒笑著站起來接了，道：「二妹妹，你別管我們的事，你快穿衣服罷。」寶玉一面也搭訕著，找這個，弄那個。鳳姐道：「你先去罷，哪裡有個爺們等著奶奶們一塊兒走的理呢？」寶玉道：「我只是嫌我這衣裳不大好，不如前年穿著老太太給的那件『雀金呢』好。」鳳姐因慪他道：「你為什麼不穿？」寶玉道：「穿著太早些。」

鳳姐忽然想起，自悔失言。幸虧寶釵也和王家是內親，只是那些丫頭們跟前，已經不好意思了。襲人卻接著說道：「二奶奶還不知道呢，就是穿得，他也不穿了。」鳳姐兒道：「這是什麼原故？」襲人道：「告訴二奶奶，真真是我們這位爺行的事都是天外飛來的。那一年因二舅太爺的生日，老太太給了他這件衣裳，誰知那一天就燒了。我媽病重了，我沒在家。那時候還有晴雯妹妹呢，聽見說，病著整給他補了一夜，第二天老太太纔沒瞧出來呢。去年那一天，上學天冷，我叫焙茗拿了去給他披披，誰知這位爺見了這件衣裳，想起晴雯來了，說了總不穿了，叫我給他收一輩子呢。」鳳姐不等說完，便道：「你提晴雯，可惜了兒的！那孩子模樣兒、手兒都好，就只嘴頭子利害些。偏偏兒的太太不知聽了哪裡的謠言，活活兒的把個小命兒要了。還有一件事：那一天，我瞧見廚房裡柳家的女人，他女孩兒叫什麼五兒，那丫頭長的和晴雯脫了個影兒似的。我心裡要叫他進來，後來我問他媽，他媽說是很願意。我想著寶二爺屋裡的小紅跟了我去，我還沒還他呢，就把五兒補過來。平兒說：『太太那一天說了，凡像那個樣兒的都不叫派到寶二爺屋裡呢。』我所以也就擱下了。這如今寶二爺也成了家了，還怕什麼呢？不如我就叫他進來——可不知寶二爺願意不願意？要想著晴雯，只瞧見這五兒就是了。」寶玉本要走，聽見這些話已獃了。襲人道：「為什麼不願意？早就要弄了來的，只是因為太太的話說的結實罷了。」鳳姐道：「那麼著，明兒我就叫他進來。太太的跟前有我呢。」寶玉聽了，喜不自勝，纔走到賈母那邊去了。

這裡寶釵穿衣服。鳳姐兒看他兩口兒這般恩愛纏綿，想起賈璉方纔那種光景，好不傷心，坐不住，便起身向寶釵笑道：「我和你上老太太屋裡去罷。」笑著出了房門，一同來見賈母。

寶玉正在那裡回賈母往舅舅家去。賈母點頭說道：「去罷，只是少吃酒，早些回來，你身子纔好些。」寶玉答應著出來，剛走到院內，又轉身回來，向寶釵耳邊說了幾句，不知什麼。寶釵笑道：「是了，你快去罷。」將寶玉催著去了。

這裡賈母和鳳姐、寶釵說了沒三句話，只見秋紋進來傳說：「二爺打發焙茗回來說，請二奶奶。」寶釵道：「他又忘了什麼，又叫他回來？」秋紋道：「我叫小丫頭問了焙茗，說是二爺忘了一句話，『二爺叫我回來告訴二奶奶：若是去呢，快些來罷；若不去呢，別在風地裡站著。』」說的賈母、鳳姐並地下站著的老婆子、丫頭都笑了。寶釵飛紅了臉，把秋紋啐了一口，說道：「好個糊塗東西！這也值得這麼慌慌張張的跑了來說？」秋紋也笑著回去叫小丫頭去罵焙茗。那焙茗一面跑著，一面回頭說道：「二爺把我巴巴兒的叫下馬來，叫回來說的。我若不說，回來對出來，又罵我了。這會子說了，他們又罵我！」那丫頭笑著跑回來說了。賈母向寶釵道：「你去罷，省了他這麼記掛。」說的寶釵站不住，又被鳳姐慪著頑笑，沒好意思，纔走了。

只見散花寺的姑子大了來了，給賈母請安，見過了鳳姐，坐著吃茶。賈母因問他：「這一向怎麼不來？」大了道：「因這幾日廟中作好事，有幾位誥命夫人不時在廟裡起坐，所以不得空兒來。今日特來回老祖宗：明兒還有一家作好事，不知老祖宗高興不高興？若高興，也去隨喜隨喜。」賈母便問：「做什麼好事？」大了道：「前月為王大人府裡不乾淨，見神見鬼的，偏生那太太夜間又看見去世的老爺。因此，昨日在我廟裡告訴我，要在散花菩薩跟前許願燒香，做四十九天的水陸道場，保佑家口安寧，亡者昇天，生者獲福。所以我不得空兒來請老太太的安。」卻說鳳姐素日最是厭惡這些事的，自從昨夜見鬼，心中總只是疑疑惑惑的，如今聽了大了這些話，不覺把素日的心性改了一半，已有三分信意，便問大了道：「這散花菩薩是誰？他怎麼就能避邪除鬼呢？」

大了見問，便知他有些信意，說道：「奶奶今日問我，讓我告訴奶奶知道：這個散花菩薩，來歷根基不淺，道行非常。生在西天大樹國中，父母打柴為生。養下菩薩來，頭長三角，眼橫四目，身長八尺，兩手拖地。父母說這是妖精，便棄在冰山之後了。誰知這山上有一個得道的老猢猻出來打食，看見菩薩頂上白氣沖天，虎狼遠避，知道來歷非常，便抱回洞中撫養。誰知菩薩帶了來的聰慧，禪也會談，與猢猻天天談道參禪，說的天花散漫繽紛，至一千年後飛昇了。至今山上猶見談經之處天花散漫，所求必靈，時常顯聖，救人苦厄。因此，世人纔蓋了廟，塑了像供奉著。」鳳姐道：「這有什麼憑據呢？」大了道：「奶奶又來搬駁了。一個佛爺可有什麼憑據呢？就是撒謊，也不過哄一兩個人罷咧！難道古往今來多少明白人都被他哄了不成？奶奶只想，惟有佛家香火歷來不絕，他到底是祝國祝民，有些靈驗，人纔信服啊。」鳳姐聽了大有道理，因道：「既這麼著，我明兒去試試。你廟裡可有籤？我去求一籤，我心裡的事籤上批的出來，我從此就信了。」大了道：「我們的籤最是靈的，明兒奶奶去求一籤就知道了。」賈母道：「既這麼著，索性等到後日初一，你再去求。」說著，大了吃了茶，到王夫人各房裡去請了安，回去。不提。

這裡鳳姐勉強扎掙著，到了初一清早，令人預備了車馬，帶著平兒並許多奴僕來至散花寺，大了帶了眾姑子接了進去。獻茶後，便洗手至大殿上焚香。那鳳姐兒也無心瞻仰聖像，一秉虔誠，磕了頭，舉起籤筒，默默的將那見鬼之事並身體不安等故祝告了一回，纔搖了三下，只聽唰的一聲，筒中攛出一支籤來。於是叩頭，拾起一看，只見寫著「第三十三籤，上上大吉」。大了忙查籤簿看時，只見上面寫著：「王熙鳳衣錦還鄉。」鳳姐一見這幾個字，吃一大驚，忙問大了道：「古人也有叫王熙鳳的麼？」大了笑道：「奶奶最是通今博古的，難道漢朝的王熙鳳求官的這一段事也不曉得？」周瑞家的在旁笑道：「前年李先兒還說這一回書來著。我們還告訴他重著奶奶的名字，不許叫呢。」鳳姐笑道：「可是呢，我倒忘了。」

說著，又瞧底下的，寫的是：

去國離鄉二十年，於今衣錦返家園。

蜂採百花成蜜後，為誰辛苦為誰甜？

行人至，音信遲，訟宜和。婚再議。

看完，也不甚明白。大了道：「奶奶大喜，這一籤巧得很。奶奶自幼在這裡長大，何曾回南京去了？如今老爺放了外任，或者接家眷來，順便還家，奶奶可不是『衣錦還鄉』了？」一面說，一面抄了個籤經交與丫頭。鳳姐也半疑半信的。大了擺了齋來，鳳姐只動了一動，放下了要走，又給了香銀。大了苦留不住，只得讓他走了。

鳳姐回至家中，見了賈母、王夫人等。問起籤來，命人一解，都歡喜非常：「或者老爺果有此心，偺們走一趟也好。」鳳姐兒見人人這麼說，也就信了。不在話下。

卻說寶玉這一日正睡午覺，醒來不見寶釵，正要問時，只見寶釵進來。寶玉問道：「哪裡去了，半日不見？」寶釵笑道：「我給鳳姐姐瞧一回籤。」寶玉聽說，便問是怎麼樣的？寶釵把籤帖念了一回，又道：「家中人人都說好的。據我看，這『衣錦還鄉』四字裡頭還有原故，後來再瞧罷了。」寶玉道：「你又多疑了，妄解聖意。『衣錦還鄉』四字，從古至今都知道是好的，今兒你又偏生看出原故來了。依你說，這『衣錦還鄉』還有什麼別的解說？」寶釵正要解說，只見王夫人那邊打發丫頭過來請二奶奶，寶釵立刻過去。未知何事，下回分解。

第一〇二回　寧國府骨肉病災祲　大觀園符水驅妖孽

話說王夫人打發人來喚寶釵，寶釵連忙過來請了安。王夫人道：「你三妹妹如今要出嫁了，只得你們作嫂子的大家開導開導他，也是你們姐妹之情。況且他也是個明白孩子，我看你們兩個也很合的來。只是我聽見說，寶玉聽見他三妹妹出門子，哭的了不得，你也該勸勸他。如今我的身子是十病九痛的，你二嫂子也是三日好兩日不好。你還心地明白些，諸事也別說只管吞著，不肯得罪人。將來這一番家事，都是你的擔子。」寶釵答應著。

王夫人又說道：「還有一件事：你二嫂子昨兒帶了柳家媳婦的丫頭來，說補在你們屋裡。」寶釵道：「今日平兒纔帶過來，說是太太和二奶奶的主意。」王夫人道：「是呦，你二嫂子和我說，我想也沒要緊，不便駁他的回。只是一件：我見那孩子眉眼兒上頭也不是個很安頓的。起先為寶玉房裡的丫頭狐狸似的，我攆了幾個，那時候你也知道，不然你怎麼搬回家去了呢？如今有你，自然不比先前了。我告訴你，不過留點神兒就是了。你們屋裡，就是襲人那孩子還可以使得。」寶釵答應了，又說了幾句話，便過來了。飯後，到了探春那邊，自有一番殷勤勸慰之言。不必細說。

次日，探春將要起身，又來辭寶玉。寶玉自然難割難分。探春便將綱常大體的話，說的寶玉始而低頭不語，後來轉悲作喜，似有醒悟之意。於是探春放心辭別眾人，竟上轎登程，水舟陸車而去。

先前眾姐妹們都住在大觀園中，後來賈妃薨後，也不修葺。到了寶玉娶親，林黛玉一死，史湘雲回去，寶琴在家住著，園中人少，況兼天氣寒冷，李紈姐妹、探春、惜春等俱挪回舊所。到了花朝月夕，依舊相約頑耍。

如今探春一去，寶玉病後不出屋門，益發沒有高興的人了。所以園中寂寞，只有幾家看園的人住著。那日，尤氏過來送探春起身，因天晚省得套車，便從前年在園裡開通寧府的那個便門裡走過去了，覺得淒涼滿目，臺榭依然，女牆一帶都種作園地一般，心中悵然，如有所失。因到家中，便有些身上發熱，扎掙一兩天，竟躺倒了。日間的發燒猶可，夜裡身熱異常，便譫語❶綿綿。賈珍連忙請了大夫看視，說感冒起的，如今纏經，入了足陽明胃經❷，所以譫語不清，如有所見。有了大穢❸，即可身安。

尤氏服了兩劑，並不稍減，更加發起狂來。賈珍著急，便叫賈蓉來，「打聽外頭有好醫生，再請幾位來瞧瞧。」賈蓉回道：「前兒這位大夫是最興時的了，只怕我母親的病不是藥治得好的。」賈珍道：「胡說！不吃藥，難道由他去罷？」賈蓉道：「不是說不治，為的是前日母親往西府去，回來是穿著園子裡走過來家的。一到了家，就身上發燒，別是撞客著了罷？外頭有個毛半仙，是南方人，卦起的很靈，不如請他來占卦占卦。看有信兒呢，就依著他；要是不中用，再請別的好大夫來。」

賈珍聽了，即刻叫人請來。坐在書房內喝了茶，便說：「府上叫我，不知占什麼事？」賈蓉道：「家母有病，請教一卦。」毛半仙道：「既如此，取淨水洗手，設下香案，讓我起出一課來看就是了。」一時，下人安排定了，他便懷裡掏出卦筒來，走到上頭，恭恭敬敬的作了一個揖，手內搖著卦筒，口裡念道：「伏以太極兩儀，絪縕交感，圖書❹出而變化不窮，神聖作而誠求必應。茲有信官賈某，為因母病，虔請伏羲、文王、周公、

---

❶ 譫語：病中神智不清時的胡言亂語。譫，音ㄓㄢ。

❷ 足陽明胃經：人體十二經脈之一，主頭面、腸胃及神志病等病症。

❸ 大穢：大便。

❹ 圖書：河圖洛書的簡稱。易經繫辭上：「河出圖，洛出書，聖人則之。」

孔子四大聖人，鑒臨在上。誠感則靈，有凶報凶，有吉報吉，先請內象三爻。」說著，將筒內的錢倒在盤內，說：「有靈的，頭一爻就是交。」拿起來又搖了一搖，倒出來，說是單。第三爻又是交。檢起錢來，嘴裡說是：「內爻已示，更請外象三爻。」完成一卦，起出來，是單拆單❺。

那毛半仙收了卦筒和銅錢，便坐下問道：「請坐，請坐，讓我來細細的看看。這個卦乃是『未濟』之卦。世爻是第三爻，午火兄弟劫財，晦氣是一定該有的。如今尊駕為母問病，用神是初爻，真是父母爻動出官鬼來。五爻上又有一層官鬼，我看令堂太夫人的病是不輕的。還好，還好，如今子亥之水休囚，寅木動而生火。世爻上動出一個子孫來，倒是剋鬼的。況且日月生身，再隔兩日，子水官鬼落空，交到戌日就好了。但是父母爻上變鬼，恐怕令尊大人也有些關礙。就是本身世爻比劫過重，到了水旺土衰的日子也不好。」說完了，便撅著鬍子坐著。

賈蓉起先聽他搗鬼，心裡忍不住要笑；聽他講的卦理明白，又說生怕父親也不好，便說道：「卦是極高明的，但不知我母親到底是什麼病？」毛半仙道：「據這卦上，世爻午火變水相剋，必是寒火凝結。若要斷得清楚，揲著❻也不大明白，除非用『大六壬』❼纔斷得準。」賈蓉道：「先生都高明的麼？」毛半仙道：「知道

❺ 先請內象三爻等句：占卜者附會周易，因卦起課。占卜時，焚香祝禱說明緣由後，將三枚銅錢放進卦筒內，搖動後倒出，三枚呈兩背一面的叫「拆」，一背兩面的叫「單」，都是背的叫「重」，都是面的叫「交」。搖、倒一次得一爻，共進行六次，前三爻為「內象」，後三爻為「外象」，合成一卦。

❻ 揲著：音ㄕㄜˊ ㄕ。古代一種占卜方法。揲，以手抽點物品的數目。著，多年生草本植物，古人取其莖以為占卜之用。卜卦時，先在五十根蓍草中抽出一根，再將其餘分作兩部分，然後四根一數，可定出陰爻或陽爻，合成一卦後以卜吉凶。

❼ 大六壬：古代占卜法的一種，又稱「六壬神課」，簡稱「六壬」。與奇門遁甲、太乙神數並稱道門三大占卜術。五行始於水，

些。」

賈蓉便要請教，報了一個時辰。毛先生便畫了盤子，將神將排定算去，是戌上白虎。「這課叫做『魄化課』。大凡白虎乃是凶將，乘旺象氣受制，便不能為害。如今乘著死神死煞，及時令囚死，則為餓虎，定是傷人。就如魄神受驚消散，故名『魄化』。這課象說是人身喪魄，憂患相仍，病多死喪，訟有憂驚。按象有日暮虎臨，必定是傍晚得病的。象內說：『凡占此課，必定舊宅有伏虎作怪，或有形響。』如今尊駕為大人而占，正合著虎在陽憂男，在陰憂女。此課十分凶險呢！」賈蓉沒有聽完，嚇得面上失色道：「先生說的很是，但與那卦又不大相合，到底有妨礙麼？」毛半仙道：「你不用慌，待我慢慢的再看。」低著頭，又咕噥了一會子，便說：「好了，有救星了！算出巳上有貴神救解，謂之『魄化魂歸』。先憂後喜，是不妨事的，只要小心些就是了。」

賈蓉奉上卦金，送了出去，回稟賈珍，說是母親的病是在舊宅傍晚得的，為撞著什麼伏屍白虎。賈珍道：「你說你母親前日從園裡走回來的，可不是那裡撞著的？你還記得你二嬸娘到園裡去，回來就病了？他雖沒有見什麼，後來那些丫頭、老婆們都說是山子上一個毛烘烘的東西，眼睛有燈籠大，還會說話，他把二奶奶趕回來了，嚇出一場病來。」賈蓉道：「怎麼不記得？我還聽見寶二叔家的焙茗說：晴雯是做了園裡芙蓉花的神了；林姑娘死了，半空裡有音樂，必定他也是管什麼花兒了。想這許多妖怪在園裡，還了得！頭裡人多陽氣重，常來常往不打緊；如今冷落的時候，母親打那裡走，還不知踹了什麼花兒呢；不然，就是撞著那一個。那卦也還算是準的。」賈珍道：「到底說有妨礙沒有呢？」賈蓉道：「據他說，到了戌日就好了。只願早兩天好，或過兩天纔好。」賈珍道：「這又是什麼意思？」賈蓉道：「那先生若是這樣準，生怕老爺也有些不自在。」

壬屬水；天一生水，地六成之，故稱「六壬」。其占法原本於易，分有六十四課，以天上十二辰分野和地上十二方位配合起來推算吉凶，演式繁雜。占時是它的要素之一。

正說著，裡頭喊說：「奶奶要坐起到那邊園裡去，丫頭們都按捺不住。」賈珍等進去安慰，只聞尤氏嘴裡亂說：「穿紅的來叫我！穿綠的來趕我！」地下這些人又怕又好笑。賈珍便命人買些紙錢，送到園裡燒化。果然那夜出了汗，便安靜些。到了戌日，也就漸漸的好起來。

由是，一人傳十，十人傳百，都說大觀園中有了妖怪，唬得那些看園的人也不修花補樹，灌溉果蔬。起先晚上不敢行走，以致鳥獸逼人；甚至日間也是約伴持械而行。過了些時，果然賈珍也病，竟不請醫調治，輕則到園化紙請願，重則詳星拜斗。賈珍方好，賈蓉等相繼而病。如此，接連數月，鬧的兩府俱怕。從此風聲鶴唳，草木皆妖。園中出息一概全蠲，各房月例重新添起，反弄得榮府中更加拮据。那些看園的沒有了想頭，個個要離此處，每每造言生事，便將花妖樹怪編派起來，各要搬出。將園門封固，再無人敢到園中，以致崇樓高閣，瓊館瑤臺，皆為禽獸所棲。

卻說晴雯的表兄吳貴正住在園門口。他媳婦自從晴雯死後，聽見說作了花神，每日晚間便不敢出門。這一日吳貴出門買東西，回來晚了。那媳婦子本有些感冒著了，日間吃錯了藥，晚上吳貴到家，已死在炕上。外面的人因那媳婦子不妥當，便都說妖怪爬過墻來吸了精去死的。於是老太太著急的了不得，替另派了好些人將寶玉的住房圍住，巡邏打更。這些小丫頭們還說有的看見紅臉的，有的看見很俊的女人的，吵嚷不休，嚇得寶玉天天害怕。虧得寶釵有把持的，聽見丫頭們混說，便唬唬著要打，所以那些謠言略好些。無奈各房的人都是疑神疑鬼的不安靜，也添了人坐更，於是更加了好些食用。

獨有賈赦不大很信，說：「好好園子，哪裡有什麼鬼怪！」挑了個風清日暖的日子，帶了好幾個家人，手內持著器械，到園踹看動靜。眾人勸他不依。到了園中，果然陰氣逼人。賈赦還扎掙前走，跟的人都探頭縮腦。內中有個年輕的家人，心內已經害怕，只聽唿的一聲，回過頭來，只見五色燦爛的一件東西跳過去了，嚇得「噯喲」一聲，腿子發軟，便躺倒了。賈赦回身查問，那小子喘噓噓的回道：「親眼看見一個黃臉紅鬍綠衣青裳一個妖怪走到樹林子後頭山窟窿裡去了。」賈赦聽了，便也有些膽怯，問道：「你們都看見麼？」有幾個「推順水船兒」的回說：「怎麼沒瞧見？因老爺在頭裡，不敢驚動罷了。奴才們還掌得住。」說得賈赦害怕，也不敢再走，急急的回來，吩咐小子們：「不用提及，只說看遍了，沒有什麼東西。」心裡實也相信，要到真人❽府裡請法官驅邪。

豈知那些家人無事還要生事，今見賈赦怕了，不但不瞞著，反添些穿鑿，說得人人吐舌。賈赦沒法，只得請道士到園作法事，驅邪逐妖。擇吉日，先在省親正殿上鋪排起壇場，上供三清❾聖像，旁設二十八宿並馬、趙、溫、周四大將❿，下排三十六天將圖像。香花燈燭設滿一堂，鐘鼓法器排列兩邊，插著五方旗號。道紀司⓫派定四十九位道眾的執事，淨了一天的壇。三位法官行香取水畢，然後擂起法鼓。法師們俱戴上七星冠，披上九宮八卦的法衣，踏著登雲履，手執牙笏，便拜表請聖。又念了一天的消災驅邪接福的洞元經，以後便出榜召將。榜上大書「太乙、混元、上清三境靈寶符錄演教大法師，行文勅令本境諸神到壇聽用」。

那日，兩府上下爺們仗著法師擒妖，都到園中觀看，都說：「好大法令！呼神遣將的鬧起來，不管有多少妖怪也嚇跑了。」大家都擠到壇前。只見小道士們將旗旛舉起，按定五方站住，伺候法師號令。三位法師——一位手提寶劍，拿著法水；一位捧著七星皂旗；一位舉著桃木打妖鞭——立在壇前。只聽法器一停，上頭令牌

❽ 真人：道家稱修真得道的人。也泛稱道士。

❾ 三清：即玉清、上清、太清，道教諸天界中最高者。玉清之主是元始天尊，上清之主是靈寶天尊，太清之主是道德天尊。

❿ 馬趙溫周：道教四大護法神將。馬為華光天王馬靈耀，趙為玄壇真君趙公明，溫為溫元帥溫瓊，周為廣澤大王周廣澤。

⓫ 道紀司：明、清掌管州府中有關道教事務的官署。

三下，口中念念有詞，那五方旗便團團散布。法師下壇，叫本家領著到各處樓閣殿亭、房廊屋舍、山崖水畔灑了法水，將劍指畫了一回回來，連擊牌令，將七星旗祭起，眾道士將旗旛一聚，接下打妖鞭，望空打了三下。本家眾人都道拿住妖怪，爭著要看，及到跟前，並不見有什麼形響。只見法師叫眾道士拿取瓶罐，將妖收下，加上封條。法師硃筆書符收禁，令人帶回本觀塔下鎮住，一面撤壇謝將。賈赦恭敬叩謝了法師。

賈蓉等小弟兄背地都笑個不住，說：「這樣的大排場，我打量拿著妖怪，給我們瞧瞧到底是些什麼東西，哪裡知道是這樣搜羅！究竟妖怪拿去了沒有？」賈珍聽見，罵道：「糊塗東西！妖怪原是聚則成形，散則成氣，如今多少神將在這裡，還敢現形麼？無非把妖氣收了，便不作祟，就是法力了。」眾人將信將疑，且等不見響動再說。那些下人只知妖怪被擒，疑心去了，便不大驚小怪，往後果然沒人提起了。賈珍等病癒復原，都道法師神力。獨有一個小子笑說道：「頭裡那些響動，我也不知道。就是跟著大老爺進園這一日，明明是個大公野雞飛過去了。拴兒嚇離了眼，說得活像！我們都替他圓了個謊，大老爺就認真起來。倒瞧了個很熱鬧的壇場！」眾人雖然聽見，哪裡肯信，究無人敢住。

一日，賈赦無事，正想要叫幾個家下人搬住園中，看守房屋，惟恐夜晚藏匿奸人。方欲傳出話去，只見賈璉進來，請了安，回說：「今日到大舅家去，聽見一個荒信，說是二叔被節度使參進來，為的是失察屬員，重徵糧米，請旨革職的事。」賈赦聽了，吃驚道：「只怕是謠言罷！前兒你二叔帶書子來，說探春於某日到了任所，擇了某日吉時，送了你妹子到了海疆，路上風恬浪靜，合家不必掛念。還說節度認親，倒設席賀喜。哪裡有做了親戚倒提參起來的？且不必言語，快到吏部打聽明白，就來回我。」

賈璉即刻出去，不到半日，回來便說：「纔到吏部打聽，果然二叔被參。題本上去，虧得皇上的恩典，沒有交部，便下旨意，說是：『失察屬員，重徵糧米，苛虐百姓，本應革職，姑念初膺外任，不諳吏治，被屬員蒙蔽，著降三級，加恩，仍以工部員外上行走⓬，並令即日回京。』這信是準的。正在吏部說話的時候，來了一個江西引見⓭的知縣，說起我們二叔，是很感激的。但說是個好上司，只是用人不當，那些家人在外招搖撞騙，欺凌屬員，已經把好名聲都弄壞了。節度大人早已知道，也說我們二叔是個好人。不知怎麼樣，這回又參了。想是忒鬧得不好，恐將來弄出大禍，所以借了一件失察的事情參的，倒是避重就輕的意思，也未可知。」賈赦未聽說完，便叫賈璉：「先去告訴你嬸子知道，且不必告訴老太太就是了。」賈璉去回王夫人。未知有何說話，下回分解。

⓬ 行走：清代稱在京師擔任非專任差事者為「行走」。

⓭ 引見：引導入見天子。

第一〇三回　施毒計金桂自焚身　昧真禪雨村空遇舊

話說賈璉到了王夫人那邊，一一的說了。次日，到了部裡，打點停妥，回來又到王夫人那邊將打點吏部之事告知。王夫人便道：「打聽準了麼？果然這樣，老爺也願意，合家也放心。那外任何嘗是做得的？不是那樣的參回來，只怕叫那些混賬東西把老爺的性命都坑了呢！」賈璉道：「太太哪裡知道？」王夫人道：「自從你二叔放了外任，並沒有一個錢拿回來，把家裡的倒掏摸了好些去了。你瞧，那些跟老爺去的人，他男人在外頭不多幾時，那些小老婆子們都金頭銀面的妝扮起來了，可不是在外頭瞞著老爺弄錢？你叔叔就由著他們鬧去。要弄出事來，不但自己的官做不成，只怕連祖上的官也要抹掉了呢！」賈璉道：「太太說得很是。方纔我聽見參了，嚇的了不得，直等打聽明白纔放心。也願意老爺做個京官，安安逸逸的做幾年，纔保得住一輩子的聲名。就是老太太知道了，倒也是放心的。只要太太說得寬緩些。」王夫人道：「我知道，你到底再去打聽打聽。」

賈璉答應了，纔要出來，只見薛姨媽家的老婆子慌慌張張的走來，到王夫人裡間屋內也沒說請安，便道：「我們太太叫我來告訴這裡的姨太太，說我們家了不得了，又鬧出事來了！」王夫人聽了，便問：「鬧出什麼事來？」那婆子又說：「了不得！了不得！」王夫人哼道：「糊塗東西！有緊要事，你到底說呀！」婆子便說：「我們家二爺不在家，一個男人也沒有，這件事情出來，怎麼辦！要求太太打發幾位爺們去料理料理！」王夫人聽著不懂，便著急道：「到底要爺們去幹什麼事？」婆子道：「我們大奶奶死了！」王夫人聽了，便啐道：「這種女人，死了罷咧！也值得大驚小怪的！」婆子道：「不是好好兒死的，是混鬧死的！快求太太打發人去辦辦！」說著，就要走。王夫人又生氣，又好笑，說：「這婆子好混賬！璉哥兒，倒不如你過去瞧瞧，別理那糊塗東西。」那婆子沒聽見打發人去，只聽見說「別理他」，他便賭氣跑回去了。

這裡薛姨媽正在著急，再等不來，好容易見那婆子來了，便問：「姨太太打發誰來？」婆子嘆說道：「人最不要有急難事。什麼好親好眷？看來也不中用！姨太太不但不肯照應我們，倒罵我糊塗！」薛姨媽聽了，又氣又急道：「姨太太不管，你姑奶奶怎麼說了？」婆子道：「姨太太既不管，我們家的姑奶奶自然更不管了，沒有去告訴。」薛姨媽啐道：「姨太太是外人，姑娘是我養的，怎麼不管！」婆子一時省悟道：「是啊！這麼著我還去。」

正說著，只見賈璉來了，給薛姨媽請了安，道了惱，回說：「我嬸子知道弟婦死了，問老婆子，再說不明，著急得很，打發我來問個明白，還叫我在這裡料理。該怎麼樣，姨太太只管說了辦去。」薛姨媽本來氣得乾哭，聽見賈璉的話，便趕忙說：「倒叫二爺費心。我說姨太太是待我最好的，都是這老貨說不清，幾乎誤了事。請二爺坐下，等我慢慢的告訴你。」便說：「不為別的事，為的是媳婦不是好死的。」賈璉道：「想是為兄弟犯事，怨命死的？」薛姨媽道：「若這樣倒好了。前幾個月頭裡，他天天蓬頭赤腳的瘋鬧。後來聽見你兄弟問了死罪，他雖哭了一場，以後倒擦脂抹粉的起來。我若說他，又要吵個了不得，我總不理他。有一天，不知怎麼樣來要香菱去作伴兒。我說：『你放著寶蟾，還要香菱做什麼？況且香菱是你不愛的，何苦招氣生？』他必不依。我沒法兒，便叫香菱到他屋裡去。可憐這香菱不敢違我的話，帶著病就去了。誰知道他待香菱很好，我倒歡喜。你大妹妹知道了，說：『只怕不是好心罷。』我也不理會。頭幾天香菱病著，他倒親手去做湯給他吃。哪知香菱沒福，剛端到跟前，他自己燙了手，連碗都砸了。我只說必要遷怒在香菱身上，他倒沒生氣，自己還拿笤箒掃了，拿水潑淨了地，仍舊兩個人很好。昨兒晚上，又叫寶蟾去做了兩碗湯來，自己說同香菱一塊兒喝。隔了一會，聽見他屋裡兩隻腳蹬響，寶蟾急的亂嚷，以後香菱也嚷著，扶著牆出來叫人。我忙著看去，只見媳婦鼻子眼睛裡都流出血來，在地下亂滾，兩隻手在心口亂抓，兩腳亂蹬，把我就嚇死了！問他也說不出來，只管直嚷，鬧了一會就死了。我瞧那光景是服了毒的。寶蟾便哭著來揪香菱，說他把藥藥死奶奶了。我看香菱也不是這麼樣的人。再者，他病的起還起不來，怎麼能藥人呢？無奈寶蟾一口咬定。我的二爺！這叫我怎麼辦？只得硬著心腸，叫老婆子們把香菱綑了，交給寶蟾，便把房門反扣了。我同你二妹妹守了一夜，等府裡的門開了，纔告訴去的。二爺！你是明白人，這件事怎麼好？」賈璉道：「夏家知道了沒有？」薛姨媽道：「也得撕擄明白了，纔好報啊！」賈璉道：「據我看起來，必要經官纔了的下來。我們自然疑在寶蟾身上；別人便說寶蟾為什麼藥死他奶奶？也是沒答對的。若說在香菱身上，竟還裝得上。」

正說著，只見榮府女人們進來說：「我們二奶奶來了。」賈璉雖是大伯子，因從小兒見的，也不迴避。寶釵進來見了母親，又見了賈璉，便往裡間屋裡和寶琴坐下。薛姨媽進來也將前事告訴了一遍。寶釵便說：「若把香菱綑了，可不是我們也說是香菱藥死的了麼？媽媽說這湯是寶蟾做的，就該綑起寶蟾來問他呀！一面便該打發人報夏家去，一面報官纔是。」薛姨媽聽見有理，便問賈璉。賈璉道：「二妹子說得很是。報官還得我去託了刑部裡的人，相驗問口供的時候，方有照應。只是要綑寶蟾放香菱，倒怕難些。」薛姨媽道：「並不是我要綑香菱，我恐怕香菱病中受冤著急，一時尋死，又添了一條人命，纔綑了交給寶蟾，也是個主意。」賈璉道：「雖是這麼說，我們倒幫了寶蟾了。若要放都放，要綑都綑，他們三個人是一處的。只要叫人安慰香菱就是了。」薛姨媽便叫人開門進去，寶釵就派了帶來的幾個女人幫著綑寶蟾。只見香菱已哭得死去活來。寶蟾反得意洋洋，以後見人要綑他，便亂嚷起來。哪禁得榮府的人吆喝著，也就綑了，竟開著門，好叫人看著。這裡報夏家的人已經去了。

那夏家先前不住在京裡，因近年蕭索，又記掛女兒，新近搬進京來。父親已沒，只有母親，又過繼了一個混賬兒子，把家業都花完了，不時的常到薛家。那金桂原是個水性人兒，哪裡守得住空房，況兼天天心裡想念薛蝌，便有些饑不擇食的光景。無奈他這一乾兄弟又是個蠢貨，雖也有些知覺，只是尚未入港，所以金桂時常回去，也幫貼他些銀錢。這些時正盼金桂回家，只見薛家的人來，心裡想著：「又拿什麼東西來了。」不料說這裡的姑娘服毒死了，他就氣得亂嚷亂叫。金桂的母親聽見了，更哭喊起來，說：「好端端的女孩兒在他家，為什麼服了毒呢？」哭著喊著的，帶了兒子，也等不得僱車，便要走來。

那夏家本是買賣人家，如今沒了錢，那顧什麼臉面，兒子頭裡走，他就跟了個跛老婆子出了門，在街上哭哭啼啼的僱了一破車，一直跑到薛家。進門也不搭話，就「兒」一聲「肉」一聲的要討人命。那時賈璉到刑部去託人，家裡只有薛姨媽、寶釵、寶琴，何曾見過這陣仗兒，都嚇的不敢則聲。便要與他講理，他們也不聽，只說：「我女孩兒在你家，得過什麼好處？兩口子朝打暮罵的。鬧了幾時，還不容他兩口子在一處，你們商量著把女壻弄在監裡，永不見面。你們娘兒們仗著好親戚受用也罷了，還嫌他礙眼，叫人藥死了他，倒說是服毒！——他為什麼服毒？」說著，直奔著薛姨媽來。薛姨媽只得退後，說：「親家太太！且請瞧瞧你女兒，問問寶蟾，再說歪話不遲！」

那寶釵、寶琴因外面有夏家的兒子，難以出來攔護，只在裡邊著急。恰好王夫人打發周瑞家的照看，一進門來，見一個老婆子指著薛姨媽的臉哭罵。周瑞家的知道必是金桂的母親，便走上來說：「這位是親家太太麼？大奶奶自己服毒死的，與我們姨太太什麼相干？也不犯這麼糟蹋呀！」那金桂的母親問：「你是誰？」薛姨媽見有了人，膽子略壯了些，便說：「這就是我們親戚賈府裡的。」金桂的母親便說道：「誰不知道你們有仗腰子的親戚，纔能夠叫姑爺坐在監裡！如今我的女孩兒倒白死了不成？」說著，便拉薛姨媽說：「你到底把我女兒怎麼弄殺了？給我瞧瞧！」周瑞家的一面勸說：「只管瞧去，用不著拉拉扯扯。」便把手一推。夏家的兒子便跑進來不依道：「你仗著府裡的勢頭兒來打我母親麼？」說著，便將椅子打去，卻沒有打著。裡頭跟寶釵的人聽見外頭鬧起來，趕著來瞧，恐怕周瑞家的吃虧，齊打夥兒上去，半勸半喝。那夏家的母子索性撒起潑來，說：「知道你們榮府的勢頭兒！我們家的姑娘已經死了，如今也都不要命了！」說著，仍奔薛姨媽拚命。地下的人雖多，哪裡擋得住？自古說的：「一人拚命，萬夫莫當。」

正鬧到危急之際，賈璉帶了七八個家人進來，見是如此，便叫人先把夏家的兒子拉出去，便說：「你們不許鬧，有話好好兒的說。快將家裡收拾收拾，刑部裡頭的老爺們就來相驗了。」金桂的母親正在撒潑，只見來了一位老爺，幾個在頭裡吆喝，那些人都垂手侍立。金桂的母親見這個光景，也不知是賈府何人，又見他兒子已被眾人揪住，又聽見說刑部來驗，他心裡原想看見女兒屍首，先鬧了一個稀爛，再去喊官去，不承望這裡先報了官，也便軟了些。

薛姨媽已唬糊塗了，還是周瑞家的回說：「他們來了，也沒有去瞧瞧他們姑娘，便作踐起姨太太來了。我們為好勸他，哪裡跑進一個野男人，在奶奶們裡頭混撒村❶混打，這可不是沒有王法了！」賈璉道：「這會子不用和他講理，等一會子打著問他，說男人有男人的所在，裡頭都是些姑娘、奶奶們，況且有他母親，還瞧不見他們姑娘麼？他跑進來不是要打搶來了麼！」家人們做好做歹，壓伏住了。周瑞家的仗著人多，便說：「夏太太，你不懂事！既來了，該問個青紅皂白。你們姑娘是自己服毒死了；不然，便是寶蟾藥死他主子了。怎麼不問明白，又不看屍首，就想訛人來了呢？我們就肯叫一個媳婦兒白死了不成？現在把寶蟾綑著；因為你們姑娘必要點病兒，所以叫香菱陪著他，也在一個屋裡住，故此兩個人都看守在那裡。原等你們來眼看著刑部相驗，問出道理來纔是啊！」

❶ 混撒村：亂撒野。

金桂的母親此時勢孤，也只得跟著周瑞家的到他女孩兒屋裡，只見滿臉黑血，直挺挺的躺在炕上，便叫哭起來。寶蟾見是他家的人來，便哭喊說：「我們姑娘好意待香菱叫他在一塊兒住，他倒抽空兒藥死我們姑娘！」那時薛家上下人等俱在，便齊聲吆喝道：「胡說！昨日奶奶喝了湯纔藥死的，這湯可不是你做的？」寶蟾道：「湯是我做的，端了來，我有事走了。不知香菱起來放了些什麼在裡頭藥死的。」金桂的母親聽未說完，就奔香菱，眾人攔住。薛姨媽便道：「這樣子是砒霜藥的，家裡決無此物。不管香菱、寶蟾，終有替他買的。回來刑部少不得問出來，纔賴不去。如今把媳婦權放平正，好等官來相驗。」

眾婆子上來抬放。寶釵道：「都是男人進來，你們將女人動用的東西檢點檢點。」只見炕褥底下有一個揉成團的紙包兒。金桂的母親瞧見便拾起，打開看時，並沒有什麼，便撩開了。寶蟾看見道：「可不是有了憑據了！這個紙包兒我認得，頭幾天耗子鬧得慌，奶奶家去找舅爺要的，拿回來擱在首飾匣內。必是香菱看見了，拿來藥死奶奶的。若不信，你們看看首飾匣裡有沒有了。」金桂的母親便依著寶蟾的所在，取出匣子，只有幾枝銀簪子。薛姨媽便說：「怎麼好些首飾都沒有了？」寶釵叫人打開箱櫃，俱是空的，便道：「嫂子這些東西被誰拿去？這可要問寶蟾。」金桂的母親心裡也虛了好些，見薛姨媽查問寶蟾，便說：「姑娘的東西，他哪裡知道？」周瑞家的道：「親家太太別這麼說麼。我知道寶姑娘是天天跟著大奶奶的，怎麼說不知？」

這寶蟾見問得緊，又不好胡賴，只得說道：「奶奶自己每每帶回家去，我管得麼？」眾人便說：「好個親家太太！哄著拿姑娘的東西，哄完了，叫他尋死，來訛我們！好罷咧！回來相驗，就是這麼說。」寶釵叫人：「到外頭告訴賈璉二爺說，別放了夏家的人。」裡面金桂的母親忙了手腳，便罵寶蟾道：「小蹄子別嚼舌頭了！姑娘幾時拿東西到我家去？」寶蟾道：「如今東西是小，給姑娘償命是大。」寶琴道：「有了東西，就有償命的人了！快請璉二哥哥問準了夏家的兒子買砒霜的話，回來好回刑部裡的話。」金桂的母親著了急道：「這寶蟾必是撞見鬼了，混說起來！我們姑娘何嘗買過砒霜？若這麼說，必是寶蟾藥死了的！」寶蟾急的亂嚷，說：「別人賴我也罷了，怎麼你們也賴起我來呢？你們不是常和姑娘說：叫他別受委屈，鬧得他們家破人亡，那時將東西捲包兒一走，再配一個好姑爺？這個話是有的沒有？」金桂的母親還未及答言，周瑞家的便接口說道：「這是你們家的人說的，還賴什麼呢？」金桂的母親恨的咬牙切齒的罵寶蟾，說：「我待你不錯呀！為什麼你倒拿話來葬送我呢？回來見了官，我就說是你藥死姑娘的！」寶蟾氣得瞪著眼說：「請太太放了香菱罷，不犯著白害別人。我見官自有我的話。」

寶釵聽出這個話頭兒來了，便叫人反倒放開了寶蟾，說：「你原是個爽快人，何苦白冤在裡頭？你有話，索性說了，大家明白，豈不完了事了呢？」寶蟾也怕見官受苦，便說：「我們奶奶天天抱怨說：『我這樣人，為什麼碰著這個瞎眼的娘，不配給二爺，偏給了這麼個混賬糊塗行子？要是能夠同二爺過一天，死了也是願意的！』說到那裡，便恨香菱。我起初不理會，後來看見和香菱好了，我只道是香菱教他什麼了。不承望昨兒的湯不是好意！」金桂的母親接說道：「益發胡說了！若是要藥香菱，為什麼倒藥了自己呢？」寶釵便問道：「香菱，昨日你喝湯來著沒有？」香菱道：「頭幾天我病得抬不起頭來，奶奶叫我喝湯，我不敢說不喝。剛要扎掙起來，那碗湯已經灑了，倒叫奶奶收拾了個難，我心裡很過不去。昨兒聽見叫我喝湯，我喝不下去，沒有法兒，正要喝的時候兒，偏又頭暈起來。只見寶蟾姐姐端了去，我正喜歡。剛合上眼，奶奶自己喝著湯，叫我嘗嘗，我便勉強也喝了……」寶蟾不待說完，便道：「是了！我老實說罷。昨兒奶奶叫我做兩碗湯，說是和香菱同喝。我氣不過，心裡想著：香菱哪裡配我做湯給他喝呢？我故意的一碗裡頭多抓了一把鹽，記了暗記兒，原想給香菱喝的。剛端進來，奶奶卻攔著我叫外頭叫小子們僱車，說今日回家去。我出去說了回來，見鹽多的這碗湯在奶奶跟前呢。我恐怕奶奶喝著鹹，又要罵我。正沒法的時候，奶奶往後頭走動，我眼錯不見，就把香菱這碗湯換過來了。也是合該如此。奶奶回來就拿了湯去到香菱床邊，喝著說：『你到底嘗嘗。』那香菱也不覺鹹，兩個人都喝完了。我正笑香菱沒嘴道兒❷，哪裡知道這死鬼奶奶要藥香菱，必定趁我不在，將砒霜撒上了，也不知道我換碗。這可就是『天理昭彰，自害自身』了！」於是眾人往前後一想，真正一絲不錯，便將香菱也放了，扶著他仍舊睡在床上。

不說香菱得放，且說金桂的母親心虛事實，還想辯賴。薛姨媽等你言我語，反要他兒子償還金桂之命。正然吵嚷，賈璉在外嚷說：「不用多說了，快收拾停當，刑部的老爺就到了。」此時惟有夏家母子著忙，想來總要吃虧的，不得已，反求薛姨媽道：「千不是，萬不是，總是我死的女孩兒不長進。這也是他自作自受。若是刑部相驗，到底府上臉面不好看，求親家太太息了這件事罷！」寶釵道：「那可使不得。已經報了，怎麼能息呢？」周瑞家的等人大家做好做歹的勸說：「若要息事，除非夏親家太太自己出去攔驗，我們不提長短罷了。」賈璉在外也將他兒子嚇住，他情願迎到刑部具結攔驗，眾人依允。薛姨媽命人買棺成殮。不提。

且說賈雨村陞了京兆府尹，兼管稅務。一日，出都查勘開墾地畝，路過知機縣，到了急流津，正要渡過彼岸，因待人夫，暫且停轎。只見村旁有一座小廟，牆壁坍頹，露出幾株古松，倒也蒼老。雨村下轎，閒步進廟，但見廟內神像金身脫落，殿宇歪斜，旁有斷碣，字跡糢糊，也看不明白。意欲行至後殿，只見一株翠柏，下蔭著一間茅廬，廬中有一個道士，合眼打坐。

雨村走近看時，面貌甚熟，想著倒像在哪裡見過的，一時再想不起來。從人便欲吆喝，雨村止住，徐步向前，叫一聲：「老道。」那道士雙眼略啟，微微的笑道：「貴官何事？」雨村便道：「本府出都查勘事件，路過此地，見老道靜修自得，想來道行深通，意欲冒昧請教。」那道人說：「來自有地，去自有方。」雨村知是

❷ 沒嘴道兒：嘴鈍品嘗不出味道。

有些來歷的，便長揖請問：「老道從何處修來，在此結廬？此廟何名？廟中共有幾人？或欲真修，豈無名山？或欲結緣，何不通衢？」那道人道：「『葫蘆』尚可安身，何必名山結舍？廟名久隱，斷碣猶存，形影相隨，何須修募？豈似那『玉在匱中求善價，釵於奩內待時飛』之輩耶？」

雨村原是個穎悟人，初聽見「葫蘆」兩字，後聞「玉釵」一對，忽然想起甄士隱的事來，重復將那道士端詳一回，見他容貌依然，便屏退從人，問道：「君家莫非甄老先生麼？」那道人從容笑道：「什麼『真』？什麼『假』？要知道『真』即是『假』，『假』即是『真』。」雨村聽見說出「賈」字來，益發無疑；便從新施禮，道：「學生自蒙慨贈到都，託庇獲雋公車❸，受任貴鄉，始知老先生超悟塵凡，飄舉仙境。學生雖溯洄思切❹，自念風塵俗吏，未由再覩仙顏，今何幸於此處相遇！求老仙翁指示愚蒙。倘荷不棄，京寓甚近，學生當得供奉，得以朝夕聆教。」那道人也站起來回禮，道：「我於蒲團之外，不知天地間尚有何物。適纔尊官所言，貧道一概不解。」說畢，依舊坐下。雨村復又心疑：「想去若非士隱，何貌言相似若此？離別來十九載，面色如舊，必是修煉有成，未肯將前身說破。但我既遇恩公，又不可當面錯過。看來不能以富貴動之，那妻女之私更不必說了。」想罷，又道：「仙師既不肯說破前因，弟子於心何忍？」

正要下禮，只見從人進來稟說：「天色將晚，快請渡河。」雨村正無主意，那道人道：「請尊官速登彼岸，見面有期，遲則風浪頓起。果蒙不棄，貧道他日尚在渡頭候教。」說畢，仍合眼打坐。雨村無奈，只得辭了道人出廟。正要過渡，只見一人飛奔而來。未知何人，下回分解。

❸ 獲雋公車：指會試得中。雋，通「俊」。才智傑出。公車，漢代官署名稱。清代舉人入京會試也叫上公車。

❹ 溯洄思切：思慕追尋的心念強烈。溯洄，逆流而上。意指思慕追尋。語本詩經秦風蒹葭：「溯洄從之，道阻且長。」

第一〇四回　醉金剛小鰍生大浪　痴公子餘痛觸前情

話說賈雨村剛欲過渡，見有人飛奔而來，跑到跟前，口稱：「老爺！方纔逛的那廟火起了！」雨村回首看時，只見烈焰燒天，飛灰蔽日。雨村心想：「這也奇怪！我纔出來，走不多遠，這火從何而來？莫非士隱遭劫於此？」欲待回去，又恐誤了過河；若不回去，心下又不安。想了一想，便問道：「你方纔見那老道士出來了沒有？」那人道：「小的原隨老爺出來，因腹內疼痛，略走了一走。回頭看見一片火光，原來就是那廟中火起，特趕來稟知老爺，並沒有見有人出來。」雨村雖則心裡狐疑，究竟是名利關心的人，哪肯回去看視？便叫那人：「你在這裡等火滅了，進去瞧那老道在與不在，即來回稟。」那人只得答應了伺候。

雨村過河，仍自去查看，查了幾處，遇公館便自歇下。明日，又行一程，進了都門，眾衙役接著，前呼後擁的走著。雨村坐在轎內，聽見轎前開路的人吵嚷。雨村問是何事，那開路的拉了一個人過來跪在轎前，稟道：「那人酒醉，不知迴避，反沖突過來。小的吆喝他，他倒恃酒撒賴，躺在街心，說小的打了他了。」雨村便道：「我是管理這裡地方的，你們都是我的子民。知道本府經過，喝了酒，不知退避，還敢撒賴！」那人道：「我喝酒是自己的錢；醉了，躺的是皇上的地。就是大人老爺也管不得！」雨村怒道：「這人目無法紀！問他叫什麼名字。」那人回道：「我叫醉金剛倪二。」雨村聽了生氣，叫人打這金剛，瞧他是金剛不是。手下把倪二按倒，著實的打了幾鞭。倪二負痛，酒醒求饒。雨村在轎內笑道：「原來是這麼個金剛麼！我且不打你，叫人帶進衙門慢慢的問你！」眾衙役答應，拴了倪二，拉著就走。倪二哀求，也不中用。

雨村進內覆旨回曹，哪裡把這件事放在心上？那街上看熱鬧的，三三兩兩傳說：「倪二仗著有些力氣，恃酒訛人，今兒碰在賈大人手裡，只怕不輕饒的！」這話已傳到他妻女耳邊。那夜果等倪二不見回家，他女兒便到各處賭場尋覓。那賭博的都是這麼說，他女兒急得哭了。眾人都道：「你不用著急。那賈大人是榮府的一家。榮府裡的一個什麼二爺和你父親相好，你同你母親去找他說個情，就放出來了。」倪二的女兒聽了，想了一想，「果然我父親常說間壁賈二爺和他好，為什麼不找他去？」趕著回來，即和母親說了，娘兒兩個去找賈芸。

那日賈芸恰在家，見他母女兩個過來，便讓坐。賈芸的母親便倒茶。倪家母女將倪二被賈大人拿去的話說了一遍，「求二爺說個情兒放出來！」賈芸一口應承，說：「這算不得什麼，我到西府裡說一聲就放了。那賈大人全仗著西府裡纔得做了這麼大官，只要打發個人去一說就完了。」倪家母女歡喜，回來便到府裡告訴了倪二，叫他不用忙，已經求了賈二爺，他滿口應承，討個情便放出來的。倪二聽了也喜歡。

不料賈芸自從那日給鳳姐送禮不收，不好意思進來，也不常到榮府。那榮府的門上原看著主子的行事，叫誰走動，纔有些體面，一時來了他便進去通報；若主子不大理了，不論本家親戚，他一概不回，支了去就完事。那日賈芸到府上說：「給璉二爺請安。」門上的說：「二爺不在家，等回來，我們替回罷。」賈芸欲要說「請二奶奶的安」，又恐門上厭煩，只得回家。又被倪家母女催逼著，說：「二爺常說府上是不論那個衙門，說一聲兒誰敢不依。如今還是府裡的一家兒，又不為什麼大事，這個情還討不來，白是我們二爺了！」賈芸臉上下不來，嘴裡還說硬話：「昨兒我們家裡有事，沒打發人說去，少不得今兒說了就放。什麼大不了的事！」倪家母女只得聽信。

豈知賈芸近日大門竟不得進去，繞到後頭，要進園內找寶玉，不料園門鎖著，只得垂頭喪氣的回來。想起「那年倪二借銀與我，買了香料送與他，纔派我種樹；如今我沒錢去打點，就把我拒絕。他也不是什麼好的，拿著太爺留下的公中銀錢在外放加一錢，我們窮本家要借一兩也不能。他打量保得住一輩子不窮的了，哪知道外頭的名聲兒很不好。我不說罷了，若說起來，人命官司不知有多少呢！」一面想著，來到家中，只見倪家母女都等著。賈芸無言可支，便說是：「西府裡已經打發人說了，只言賈大人不依。你還求我們家的奴才周瑞的親戚冷子興去纔中用。」倪家母女聽了，說：「二爺這樣體面爺們還不中用，若是奴才，是更不中用了。」賈芸不好意思，心裡發急道：「你不知道，如今的奴才比主子強多著呢！」倪家母女聽來無法，只得冷笑幾聲，說：「這倒難為二爺白跑了這幾天！等我們那一個出來再道乏罷。」說畢出來，另託人將倪二弄了出來，只打了幾板，也沒有什麼罪。

倪二回家，他妻女將賈芸不肯說情的話說了一遍。倪二正喝著酒，便生氣要找賈芸，說：「這小雜種！沒良心的東西！頭裡他沒有飯吃，要到府內鑽謀事辦，虧我倪二爺幫了他。如今我有了事，他不管。好罷咧！若是我倪二鬧起來，連兩府裡都不乾淨！」他妻子忙勸道：「噯！你又喝了黃湯，就是這樣有天沒日頭的。前兒可不是醉了鬧的亂子，捱了打還沒好呢，你又鬧了！」倪二道：「捱了打便怕他不成？只怕拿不著由頭！我在監裡的時候，倒認得了好幾個有義氣的朋友。聽見他們說起來，不獨是城裡姓賈的多，外省姓賈的也不少。前兒監裡收下了好幾個賈家的家人，我倒說這裡的賈家小一輩子並奴才們雖不好，他們老一輩的還好，怎麼犯了事呢？我打聽了打聽，說是和這裡賈家是一家，都住在外省，審明白了，解進來問罪的，我纔放心。若說賈二這小子他忘恩負義，我便和幾個朋友說他家怎樣倚勢欺人，怎樣盤剝小民，怎樣強娶有男婦女，叫他們吵嚷出來，有了風聲到了都老爺耳朵裡，這一鬧起來，叫他們纔認得倪二金剛呢！」他女人道：「你喝了酒，睡去罷！他又強占誰家的女人來了？沒有的事，你不用混說了。」倪二道：「你們在家裡，哪裡知道外頭的事？前年我在賭場裡碰見了小張，說他女人被賈家占了，他還和我商量，我倒勸他纔了事的。但不知道小張如今哪裡去了，這兩年沒見。若碰著了他，我倪二出個主意叫賈老二死，給我好好的孝敬孝敬我倪二太爺纔罷了。你倒不理我了！」說著，倒身躺下，嘴裡還是咕咕嘟嘟的說了一回，便睡去了。他妻女只當是醉話，也不理他。明日早起，倪二又往賭場中去了。不提。

且說雨村回到家中，歇息了一夜，將道上遇見甄士隱的事告訴了他夫人一遍。他夫人便埋怨他：「為什麼不回去瞧一瞧？倘或燒死了，可不是偺們沒良心！」說著，掉下淚來。雨村道：「他是方外的人了，不肯和偺們在一處的。」正說著，外頭傳進話來稟說：「前日老爺吩咐瞧火燒廟去的回來了回話。」雨村踱了出來。那衙役打千請了安，回說：「小的奉老爺的命回去，也不等火滅，便冒火進去瞧那個道士，豈知他坐的地方都燒了。小的想著那道士定必燒死了。那燒的牆屋往後塌去，道士的影兒都沒有，只有一個蒲團，一個瓢兒，還是好好的。小的各處找尋他的屍首，連骨頭都沒有一點兒。小的恐怕老爺不信，想要拿這蒲團瓢兒回來做個證見，小的這麼一拿，誰知都成了灰了。」雨村聽畢，心下明白，知士隱仙去，便把那衙役打發了出去。回到房中，並沒提起士隱火化之言，恐怕婦女不知，反生悲感，只說並無形跡，必是他先走了。

雨村出來，獨坐書房，正要細想士隱的話，忽有家人傳報說：「內廷傳旨，交看事件。」雨村疾忙上轎進內。只聽見人說：「今日賈存周江西糧道被參回來，在朝內謝罪。」雨村忙到了內閣，見了各大人，將海疆辦理不善的旨意看了，出來即忙找著賈政，先說了些為他抱屈的話，後又道喜，問一路可好。賈政也將違別以後的話細細的說了一遍。雨村道：「謝罪的本上了去沒有？」賈政道：「已上去了，等膳後下來，看旨意罷。」

正說著，只聽裡頭傳出旨來叫賈政，賈政即忙進去。各大人有與賈政關切的，都在裡頭等著。等了好一會，方見賈政出來。看見他帶著滿頭的汗，眾人迎上去接著，問有什麼旨意。賈政吐舌道：「嚇死人！嚇死人！倒蒙各位大人關切，幸喜沒有什麼事。」眾人道：「旨意問了些什麼？」賈政道：「旨意問的是雲南私帶神槍一案。本上奏明是原任太師賈化的家人，主上一時記著我們先祖的名字，便問起來。我忙著磕頭奏明先祖的名字是代化，主上便笑了，還降旨意說：『前放兵部，後降府尹的，不是也叫賈化麼？』」那時雨村也在旁邊，倒嚇了一跳，便問賈政道：「老先生怎麼奏的？」賈政道：「我便慢慢奏道：『原任太師賈化是雲南人；現任府尹賈某是浙江人。』主上又問，『蘇州刺史奏的賈範是你一家了？』我又磕頭奏道：『是。』主上便變色道：『縱使家奴強占良民妻女，還成事麼？』我一句不敢奏。主上又問：『賈範是你什麼人？』我忙奏道：『是遠族。』主上哼了一聲，降旨叫出來了。可不是詫事！」

眾人道：「本來也巧。怎麼一連有這兩件事？」賈政道：「事倒不奇，倒是都姓賈的不好。算來我們寒族人多，年代久了，各處都有。現在雖沒有事，究竟主上記著一個『賈』字就不好。」眾人說：「真是真，假是假，怕什麼？」賈政道：「我心裡巴不得不做官，只是不敢告老，現在我們家裡兩個世襲，這也無可奈何的。」雨村道：「如今老先生仍是工部，想來京官是沒有事的。」賈政道：「京官雖然無事，我究竟做過兩次外任，也就說不齊了。」眾人道：「二老爺的人品行事，我們都佩服的。就是令兄大老爺，也是個好人。只要在令姪輩身上嚴緊些就是了。」賈政道：「我因在家的日子少，舍姪的事情不大查考，我心裡也不甚放心。諸位今日提起，都是至交相好，或者聽見東宅的姪兒家有什麼不奉規矩的事麼？」眾人道：「沒聽見別的，只有幾位侍郎心裡不大和睦，內監裡頭也有些。想來不怕什麼，只要囑咐那邊令姪，諸事留神就是了。」

眾人說畢，舉手而散，賈政然後回家。眾子姪等都迎接上來。賈政迎著，請賈母的安，然後眾子姪俱請了賈政的安，一同進府。王夫人等已到了榮禧堂迎接。賈政先到了賈母那裡拜見了，陳述些違別的話。賈母問探春消息，賈政將許嫁探春的事都稟明了，還說：「兒子起身急促，難過重陽，雖沒有親見，聽見那邊親家的人來，說的極好。親家老爺、太太都說請老太太的安。還說今冬明春，大約還可調進京來。這便好了。如今聞得海疆有事，只怕那時還不能調。」賈母始則因賈政降調回來，知探春遠在他鄉，一無親故，心下不悅。後聽賈政將官事說明，探春安好，也便轉悲為喜，便笑著叫賈政出去。然後弟兄相見，眾子侄拜見，定了明日清晨拜祠堂。

賈政回到自己屋內，王夫人等見過，寶玉、賈璉替另拜見。賈政見了寶玉果然比起身之時臉面豐滿，倒覺安靜，並不知他心裡糊塗，所以心甚歡喜，不以降調為念，心想幸虧老太太辦理的好。又見寶釵沉厚更勝先時，蘭兒文雅俊秀，便喜形於色。獨見環兒仍是先前一樣，究不甚鍾愛。歇息了半天，忽然想起：「為何今日短了一人？」王夫人知是想著黛玉，前因家書未報，今日又初到家，正是喜歡，不便直告，只說是病著。豈知寶玉的心裡已如刀絞，因父親到家，只得把持心性伺候。王夫人家筵接風，子孫敬酒。鳳姐雖是侄媳，現辦家事，也隨了寶釵等遞酒。賈政便叫遞了一巡酒，「都歇息去罷。」命眾家人不必伺候，待明早拜過宗祠，然後進見。分派已定，賈政與王夫人說些別後的話，餘者王夫人都不敢言。倒是賈政先提起王子騰的事來，王夫人也不敢悲戚。賈政又說蟠兒的事，王夫人只說他是自作自受，趁便也將黛玉已死的話告訴。賈政反嚇了一驚，不覺掉下淚來，連聲嘆息。王夫人也掌不住，也哭了。旁邊彩雲等即忙拉衣，王夫人止住，重又說些喜歡的話，便安寢了。

次日一早，至宗祠行禮，眾子侄都隨往。賈政便在祠旁廂房坐下，叫了賈珍、賈璉過來，問起家中事務。賈珍揀可說的說了。賈政又道：「我初回家，也不便來細細查問，只是聽見外頭說起你家裡更不比從前，諸事要謹慎纔好。你年紀也不小了，孩子們該管教管教，別叫他們在外頭得罪人。璉兒也該聽聽。不是纔回家就說你們，因我有所聞，所以纔說的。你們更該小心些。」賈珍等臉漲通紅的，也只答應個「是」字，不敢說什麼。賈政也就罷了。回歸西府，眾家人磕頭畢，仍復進內，眾女僕行禮。不必多贅。

只說寶玉因昨日賈政問起黛玉，王夫人答以有病，他便暗裡傷心，直待賈政命他回去，一路上已滴了好些眼淚。回到房中，見寶釵和襲人等說話，他便獨坐在外間納悶。寶釵叫襲人送過茶去，知他必是怕老爺查問功課，所以如此，只得過來安慰。寶玉便借此說：「你今夜先睡一會，我要定定神。這時更不如從前，三言倒忘兩語。老爺瞧了不好。你先睡，叫襲人陪著我。」寶釵聽去有理，便自己到房先睡。

寶玉輕輕的叫襲人坐著，央他：「把紫鵑叫來，有話問他。但是紫鵑見了我，臉上嘴裡總是有氣似的，須得你去解釋開了他來纔好。」襲人道：「你說要定神，我倒喜歡，怎麼又定到這上頭了？有話你明兒問不得？」寶玉道：「我就是今晚得閒，明日倘或老爺叫幹什麼，便沒空兒。好姐姐，你快去叫他來！」襲人道：「他不是二奶奶叫是不來的。」寶玉道：「我所以央你去說明白了纔好。」襲人道：「叫我說什麼？」寶玉道：「你還不知道我的心，也不知道他的心麼？都為的是林姑娘。你說我並不是負心的，我如今叫你們弄成了一個負心人了！」說著這話，便瞧瞧裡頭，用手一指說：「他是我本不願意的，都是老太太他們捉弄的。好端端把一個林妹妹弄死了。就是他死，也該叫我見見，說個明白，他自己死了也不怨我。你是聽見三姑娘他們說過的，臨死恨怨我。那紫鵑為他姑娘，也恨得我了不得。你想，我是無情的人麼？晴雯到底是個丫頭，也沒有什麼大好處，他死了，我實告訴你罷，我還做個祭文去祭他。那時林姑娘還親眼見的。如今林姑娘死了，莫非倒不如晴雯麼？死了連祭都不能祭一祭。林姑娘死了還有知的，他想起來不要更怨我麼？」襲人道：「你要祭便祭去，要我們做什麼？」寶玉道：「我自從好了起來，就想要做一篇祭文的，不知道我如今一點靈機都沒有了。若祭別人，胡亂卻使得；若是他，斷斷俗俚不得一點兒的。所以叫紫鵑來問，他姑娘這條心，他們打從哪樣上看出來的。我沒病的頭裡還想得出來，一病以後都不記得。你說，林姑娘已經好了，怎麼忽然死的？他好的時候，我不去，他怎麼說？我病的時候，他不來，他也怎麼說？所有他的東西，我詐了過來，你二奶奶總不叫動，不知什麼意思。」襲人道：「二奶奶惟恐你傷心罷了，還有什麼！」寶玉道：「我不信，既是他這麼念我，為什麼臨死都把詩稿燒了，不留給我作個紀念？又聽見說天上有音樂響，必是他成了神，或是登了仙去。我雖見過了棺材，到底不知道棺材裡有他沒有。」襲人道：「你這話益發糊塗了！怎麼一個人不死，就擱上一個空棺材當死了人呢？」寶玉道：「不是嗄！大凡成仙的人，或是肉身去的，或是脫胎去的——好姐姐，你到底叫了紫鵑來！」襲人道：「如今等我細細的說明了你的心。他若肯來還好；若不肯來，還得費多少話。就是來了，見你也不肯細說。據我的主意：明日等二奶奶上去了，我慢慢的問他，或者倒可仔細。遇著閒空兒，我再慢慢的告訴你。」寶玉道：「你說得也是，你不知道我心裡的著急。」

正說著，麝月出來說：「二奶奶說，天已四更了，請二爺進去睡罷。襲人姐姐必是說高了興了，忘了時候兒了。」襲人聽了，道：「可不是？該睡了，有話明兒再說罷。」寶玉無奈，只得含愁進去，又向襲人耳邊道：「明日不要忘了！」襲人笑說：「知道了。」麝月笑道：「你們兩個又鬧鬼了。何不和二奶奶說了，就到襲人那邊睡去，由著你們說一夜，我們也不管。」寶玉擺手道：「不用言語。」襲人恨道：「小蹄子，你又嚼舌根！看我明日撕你！」回轉頭來對寶玉道：「這不是二爺鬧的？說了四更天的話，總沒完……」說到這裡，一面說，一面送寶玉進屋，各人散去。

那夜寶玉無眠，到了明日，還思這事。只聞得外頭傳進話來，說：「眾親朋因老爺回家，都要送戲接風。老爺再四推辭，說唱戲不必，竟在家裡備了水酒，倒請親朋過來，大家談談。於是定了後日擺席請人，所以進來告訴。」不知所請何人，下回分解。

第一〇五回　錦衣軍查抄寧國府　驄馬使彈劾平安州

話說賈政正在那裡設宴請酒，忽見賴大急忙走上榮禧堂來，回賈政道：「有錦衣府堂官趙老爺，帶領好幾位司官，說來拜望。奴才要取職名來回，趙老爺說：『我們至好，不用的。』一面就下了車，走進來了。請老爺同爺們快接去。」賈政聽了，心想：「和趙老爺並無來往，怎麼也來？現在有客，留他不便，不留又不好。」正自思想，賈璉說：「叔叔快去罷。再想一回，人都進來了。」正說著，只見二門上家人又報進來，說：「趙老爺已進二門了。」賈政等搶步接去。只見趙堂官滿臉笑容，並不說什麼，一徑走上廳來。後面跟著五六位司官，也有認得的，也有不認得的，但是總不答話。賈政等心裡不得主意，只得跟了上來讓坐。眾親友也有認得趙堂官的，見他仰著臉不大理人，只拉著賈政的手，笑著說了幾句寒溫的話。眾人看見來頭不好，也有躲進裡間屋裡的，也有垂手侍立的。

賈政正要帶笑敘話，只見家人慌張報道：「西平王爺到了。」賈政慌忙去接，已見王爺進來。趙堂官搶上去請了安，便說：「王爺已到，隨來各位老爺就該帶領府役把守前後門。」眾官應了出去。賈政等知事不好，連忙跪接。西平郡王用兩手扶起，笑嘻嘻的說道：「無事不敢輕造，有奉旨交辦事件，要赦老接旨。如今滿堂中筵席未散，想有親友在此未便，且請眾位府上親友各散，獨留本宅的人聽候。」趙堂官回說：「王爺雖是恩典，但東邊的事，這位王爺辦事認真，想是早已封門。」眾人知是兩府干係，恨不能脫身。只見王爺笑道：「眾位只管就請。叫人來給我送出去，告訴錦衣府的官員說：『這都是親友，不必盤查，快快放出。』」那些親友聽見，就一溜烟如飛的出去了。獨有賈赦、賈政一干人，嚇得面如土色，滿身發顫。

不多一會，只見進來無數番役，各門把守，本宅上下人等，一步不能亂走。趙堂官便轉過一付臉來，回王爺道：「請爺宣旨意，就好動手。」這些番役都撩衣勒臂，專等旨意。西平王慢慢的說道：「小王奉旨，帶領錦衣府趙全來查看賈赦家產。」賈赦等聽見，俱俯伏在地。王爺便站在上頭說：「有旨意：『賈赦交通外官，依勢凌弱，辜負朕恩，有忝祖德，著革去世職。欽此。』」趙堂官一疊聲叫拿下賈赦，其餘皆看守。維時賈赦、賈政、賈璉、賈珍、賈蓉、賈薔、賈芝、賈蘭俱在，惟寶玉假說有病，在賈母那邊打鬧，賈環本來不大見人的，所以就將現在幾人看住。趙堂官即叫他的家人：「傳齊司員，帶同番役，分頭按房，查抄登賬。」這一言不打緊，嚇得賈政上下人等面面相看；喜得番役家人摩拳擦掌，就要往各處動手。

西平王道：「聞得赦老與政老同房各爨的，理應遵旨查看賈赦的家資，其餘且按房封鎖，我們覆旨去，再候定奪。」趙堂官站起來說：「回王爺：賈赦、賈政並未分家。聞得他侄兒賈璉現在承總管家，不能不盡行查抄。」西平王聽了，也不言語。趙堂官便說：「賈璉、賈赦兩處須得奴才帶領去查抄纔好。」西平王便說：「不必忙。先傳信後宅，且請內眷迴避，再查不遲。」一言未了，老趙家奴番役已經拉著本宅家人領路，分頭查抄去了。王爺喝命：「不許囉唕，待本爵自行查看！」說著，便慢慢的站起來要走，又吩咐說：「跟我的人一個不許動，都給我站在這裡候著，回來一齊瞧著登數。」

正說著，只見錦衣司官跪稟說：「在內查出御用衣裙並多少禁用之物，不敢擅動，回來請示王爺。」一會兒，又有一起人來攔住王爺，就回說：「東跨所抄出兩箱房地契，又一箱借票，都是違例取利的。」老趙便說：「好個重利盤剝！很該全抄！請王爺就此坐下，奴才去全抄來，再候定奪罷。」說著，只見王府長史來稟說：「守門軍傳進來說：『主上特命北靜王到這裡宣旨，請爺接去。』」趙堂官聽了，心裡喜歡說：「我好晦氣，碰著這個酸王！如今那位來了，我就好施威。」一面想著，也迎出來。只見北靜王已到大廳，就向外站著，說：

「有旨意，錦衣府趙全聽宣。」說：「奉旨意：『著錦衣官惟提賈赦質審，餘交西平王遵旨查辦。欽此。』」西平王領了，好不喜歡，便與北靜王坐下，著趙堂官提取賈赦回衙。

裡頭那些查抄的人，聽得北靜王到，俱一齊出來。及聞趙堂官走了，大家沒趣，只得侍立聽候。北靜王便揀選兩個誠實司官並十來個老年番役，餘者一概逐出。西平王便說：「我正與老趙生氣，幸得王爺到來降旨；不然，這裡很吃大虧。」北靜王說：「我在朝內聽見王爺奉旨查抄賈宅，我甚放心，諒這裡不致荼毒。不料老趙這麼混賬。但不知現在政老及寶玉在哪裡？裡面不知鬧到怎麼樣了？」眾人回稟：「賈政等在下房看守著，裡面已抄得亂騰騰了。」北靜王便吩咐司員：「快將賈政帶來問話。」

眾人領命帶了上來。賈政跪了請安，不免含淚乞恩。北靜王便起身拉著，說：「政老放心。」便將旨意說了。賈政感激涕零，望北又謝了恩，仍上來聽候。王爺道：「政老，方纔老趙在這裡的時候，番役呈稟有禁用之物並重利欠票，我們也難掩過。這禁用之物，原辦進貴妃用的，我們聲明也無礙。獨是借券，想個什麼法兒纔好？如今政老且帶司員實在將赦老家產呈出，也就了事；切不可再有隱匿，自干罪戾。」賈政答應道：「犯官再不敢。但犯官祖父遺產並未分過；惟各人所住的房屋有的東西便為己有。」兩王便說：「這也無妨，惟將赦老那邊所有的交出就是了。」又吩咐司員等依命行去，不許胡亂混動。司員領命去了。

且說賈母那邊女眷也擺家宴。王夫人正在那邊說：「寶玉不到外頭，恐他老子生氣。」鳳姐帶病哼哼唧唧的說：「我看寶玉也不是怕人，他見前頭陪客的人也不少了，所以在這裡照應，也是有的。倘或老爺想起裡頭少個人在那裡照應，太太便把寶兄弟獻出去，可不是好？」賈母笑道：「鳳丫頭病到這個地位，這張嘴還是那麼尖巧！」正說到高興，只聽見邢夫人那邊的人一直聲的嚷進來說：「老太太、太太！不……不好了！多多少少的穿靴戴帽的強……強盜來了！翻箱倒籠的來拿東西！」賈母等聽著發獃。又見平兒披頭散髮，拉著巧姐，哭啼啼的來說：「不好了！我正與姐兒吃飯，只見來旺被人拴著進來說：『姑娘快快傳進去，請太太們迴避，外頭王爺就進來抄家產。』我聽了著忙，正要進房拿要緊的東西，被一夥子人渾推渾趕出來。偺們這裡該穿該帶的快快收拾！」邢、王二夫人等聽得，俱魂飛天外，不知怎樣纔好。獨見鳳姐先前圓睜兩眼聽著，後來便一仰身，栽倒地下死了❶。賈母沒有聽完，便嚇得涕淚交流，連話也說不出來。

那時一屋子人，拉這個，扯那個，正鬧得翻天覆地。又聽見一疊聲嚷說：「叫裡面女眷們迴避，王爺進來了！」可憐寶釵、寶玉等正在沒法，只見地下這些丫頭、婆子亂拉亂扯的時候，賈璉喘吁吁的跑進來說：「好了！好了！幸虧王爺救了我們了！」眾人正要問他，賈璉見鳳姐死在地下，哭著亂叫；又見老太太嚇壞了，也急得死去。還虧平兒將鳳姐叫醒，令人扶著。老太太也回過氣來，哭的氣短神昏，躺在炕上，李紈再三寬慰。然後賈璉定神，將兩王恩典說明。惟恐賈母、邢夫人知道賈赦被拿，又要嚇死，且暫不敢明說，只得出來照料自己屋內。

一進屋門，只見箱開櫃破，物件搶得半空。此時急的兩眼直豎，淌淚發獃。聽見外頭叫，只得出來。見賈政同司員登記物件，一人報說：

赤金首飾共一百二十三件，珠寶俱全。珍珠十三掛、淡金盤二件、金碗二對、金搶碗二個、金匙四十把、銀大碗八十個、銀盤二十個、三鑲金象牙筯二把、鍍金執壺四把、鍍金折盂三對、茶托二件、銀碟七十六件、銀酒杯三十六個。黑狐皮十八張、青狐六張、貂皮三十六張、黃狐三十張、猞猁猻皮十二張、麻葉皮三張、洋灰皮六十張、灰狐腿皮四十張、醬色羊皮二十張、猢狸皮二張、黃狐腿二把、小白狐皮二

❶ 死了：這裡指失去知覺，不省人事。

十塊、洋呢三十度、畢嘰二十三度、姑絨十二度、香鼠筒子十件、豆鼠皮四方、天鵝絨一卷、梅鹿皮一方、雲狐筒子二件、貉崽皮一卷、鴨皮七把、灰鼠一百六十張、獾子皮八張、虎皮六張、海豹三張、海龍十六張、灰色羊四十把、黑色羊皮六十三張、元狐帽沿十副、倭刀帽沿十二副、貂帽沿二副、小狐皮十六張、江貉皮二張、獺子皮二張、貓皮三十五張、倭股十二度、綢緞一百三十卷、紗綾一百八十一卷、羽線縐三十二卷、氆氌三十卷、妝蟒緞八卷、葛布三捆、各色布三捆、各色皮衣一百三十二件、棉夾單紗絹衣三百四十件。玉玩三十二件、帶頭九副、銅錫等物五百餘件、鐘表十八件、朝珠九掛、各色妝蟒三十四件、上用蟒緞迎手靠背三分、宮妝衣裙八套、脂玉圈帶一條、黃緞十二卷。潮銀五千二百兩、赤金五十兩、錢七千吊。

一切動用傢伙攢釘登記,以及榮國賜第俱一一開列。其房地契紙,家人文書,亦俱封裹。

賈璉在旁竊聽,只不聽見報他的東西,心裡正在疑惑,只聞兩家王爺問賈政道:「所抄家資,內有借券,實係盤剝,究是誰行的?政老據實纔好。」賈政聽了,跪在地下碰頭,說:「實在犯官不理家務,這些事全不知道,問犯官侄兒賈璉纔知。」賈璉連忙走上,跪下稟說:「這一箱文書既在奴才屋內抄出來的,敢說不知道麼?只求王爺開恩。奴才叔叔並不知道的。」兩王道:「你父已經獲罪,只可併案辦理。你今認了,也是正理。如此,叫人將賈璉看守,餘俱散收宅內。政老,你須小心候旨,我們進內覆旨去了。這裡有官役看守。」說著,上轎出門。賈政等就在二門跪送。北靜王把手一伸,說:「請放心。」覺得臉上大有不忍之色。

此時賈政魂魄方定,猶是發怔。賈蘭便說:「請爺爺進內瞧老太太,再想法兒打聽東府裡的事。」賈政疾忙起身進內。只見各門上婦女亂糟糟的,不知要怎樣。賈政無心查問,一直到賈母房中,只見人人淚痕滿面,王夫人、寶玉等圍住賈母，寂靜無言，各各掉淚，惟有邢夫人哭作一團。因見賈政進來，都說：「好了！好了！」便告訴老太太說：「老爺仍舊好好的進來了，請老太太安心罷。」賈母奄奄一息的，微開雙目，說：「我的兒，不想還見得著你！」一聲未了，便嚎啕的哭起來。於是滿屋裡的人俱哭個不住。賈政恐哭壞老母，即收淚說：「老太太放心罷。本來事情原不小，蒙主上天恩，兩位王爺的恩典，萬般軫恤。就是大老爺暫時拘質，等問明白了，主上還有恩典。如今家裡一些也不動了。」賈母見賈赦不在，又傷心起來，賈政再三安慰方止。

眾人俱不敢走散。獨邢夫人回至自己那邊，見門總封鎖，丫頭、婆子亦鎖在幾間屋內。邢夫人無處可走，放聲大哭起來。只得往鳳姐那邊去，見二門旁舍亦上封條，惟有屋門開著，裡頭嗚咽不絕。邢夫人進去，見鳳姐面如紙灰，合眼躺著，平兒在旁暗哭。邢夫人打量鳳姐死了，又哭起來。平兒迎上來說：「太太不要哭。奶奶纔抬回來，覺著像是死了的，幸得歇息了一會甦醒過來，哭了幾聲，如今痰息氣定，略安一神。太太也請定定神罷。但不知老太太怎麼樣了？」邢夫人也不答言，仍走到賈母那邊。見眼前俱是賈政的人，自己夫子被拘，媳婦病危，女兒受苦，現在身無所歸，哪裡禁得住悲痛？眾人勸慰。李紈等令人收拾房屋，請邢夫人暫住。王夫人撥人伏侍。

賈政在外，心驚肉跳，拈鬚搓手的等候旨意。聽見外面看守軍人亂嚷道：「你到底是那一邊的？既碰在我們這裡，就記在這裡冊上，拴著他，交給裡頭錦衣府的爺們。」賈政出外看時，見是焦大，便說：「怎麼跑到這裡來？」焦大見問，便號天蹈地的哭道：「我天天勸這些不長進的爺們，倒拿我當作冤家！連爺還不知道焦大跟著太爺受的苦！今朝弄到這個田地！珍大爺、蓉哥兒都叫什麼王爺拿了去了；裡頭女主兒們都被什麼府裡衙役搶的披頭散髮，擉❷在一處空房裡；那些不成材料的狗男女都像豬狗似的攔起來了；所有的都抄出來擱

❷ 擉：音ㄔㄨˋ。刺；戳。這裡是豎立拘禁的意思。

著，木器釘得破爛，磁器打得粉碎。他們還要把我拴起來！我活了八九十歲，只有跟著太爺綑人的，哪裡倒叫人綑起來？我便說我是西府裡的，就跑出來。那些人不依，押到這裡，不想這裡也是這麼著。我如今也不要命了，和那些人拚了罷！」說著撞頭。眾衙役見他年老，又是兩王吩咐，不敢發狠，便說：「你老人家安靜些！這是奉旨的事，你且這裡歇歇，聽個信兒再說。」賈政聽明，雖不理他，但是心裡刀絞似的，便道：「完了！完了！不料我們一敗塗地如此！」

正在著急聽候內信，只見薛蝌氣噓噓的跑進來說：「好容易進來了！姨父在哪裡？」賈政道：「來得好！外頭怎麼放進來的？」薛蝌道：「我再三央說，又許他們錢，所以我纔能夠出入的。」賈政便將抄家之事告訴了他，就煩他去打聽打聽：「就有好親，在火頭上也不便送信，是你就好通信了。」薛蝌道：「這裡的事，我倒想不到；那邊東府的事我已聽見說，完了。」賈政道：「究竟犯什麼事？」薛蝌道：「今朝為我哥哥打聽決罪的事，在衙門內聞得，有兩位御史風聞珍大爺引誘世家子弟賭博，這款還輕；還有一大款是強占良民之妻為妾，因其女不從，凌逼致死。那御史恐怕不準，還將偺們家的鮑二拿去，又還拉出一個姓張的來。只怕連都察院都有不是，為的是姓張的曾告過的。」賈政尚未聽完，便跺腳道：「了不得！罷了，罷了！」嘆了一口氣，撲簌簌的掉下淚來。

薛蝌寬慰了幾句，即便又出來打聽去了。隔了半日，仍舊進來，說：「事情不好。我在刑科打聽，倒沒有聽見兩王覆旨的信，只聽得說李御史今早參奏平安州奉承京官，迎合上司，虐害百姓，好幾大款。」賈政慌道：「哪管他人的事！到底打聽我們的怎麼樣？」薛蝌道：「說是平安州就有我們，那參的京官就是赦老爺，說的是包攬詞訟，所以火上澆油。就是同朝這些官府，俱藏躲不迭，誰肯送信？就即如纔散的這些親友，有的竟回家去了，也有遠遠兒的歇下打聽的。可恨那些貴本家都在路上說：『祖宗掙下的世職，弄出事來了，不知道飛到哪個頭上，大家也好施威。』」賈政沒有聽完，復又頓足道：「都是我們大爺忒糊塗，東府也忒不成事體！如今老太太與璉兒媳婦是死是活，還不知道呢！你再打聽去，我到老太太那邊瞧瞧。若有信，能夠早一步纔好！」正說著，聽見裡頭亂嚷出來說：「老太太不好了！」急的賈政即忙進去。未知生死如何，下回分解。

第一〇六回　王熙鳳致禍抱羞慚　賈太君禱天消禍患

話說賈政聞知賈母危急，即忙進去看視，見賈母驚嚇氣逆，王夫人、鴛鴦等喚醒回來，即用疏氣安神的丸藥服了，漸漸的好些，只是傷心落淚。賈政在旁勸慰，總說是：「兒子們不肖，招了禍來，累老太太受驚。若老太太寬慰些，兒子們尚可在外料理；若是老太太有什麼不自在，兒子們的罪孽更重了！」賈母道：「我活了八十多歲，自作女孩兒起到你父親手裡，都託著祖宗的福，從沒有聽見過這些事；如今到老了，見你們倘或受罪，叫我心裡過的去麼？倒不如合上眼隨你們去罷了！」說著，又哭。

賈政此時著急異常，又聽外面說：「請老爺，內廷有信。」賈政急忙出來，見是北靜王府長史，一見面便說：「大喜！」賈政謝了，請長史坐下，請問：「王爺有何諭旨？」那長史道：「我們王爺同西平郡王進內覆奏，將大人的懼怕之心、感激天恩之語都代奏了。主上甚是憫恤，並念及貴妃溘逝未久，不忍加罪，著加恩仍在工部員外上行走。所封家產，惟將賈赦的入官，餘俱給還，並傳旨令盡心供職。惟抄出借券，令我們王爺查核。如有違禁重利的，一概照例入官；其在定例生息的，同房地文書，盡行給還。賈璉著革去職銜，免罪釋放。」賈政聽畢，即起身叩謝天恩，又拜謝王爺恩典：「先請長史大人代為稟謝，明晨到闕謝恩，並到府裡磕頭。」那長史去了。

少停，傳出旨來：承辦官遵旨一一查清，入官者入官，給還者給還，將賈璉放出，所有賈赦名下男婦人等造冊入官。可憐賈璉屋內東西，除將按例放出的文書發給外，其餘雖未盡入官的，早被查抄的人盡行搶去，所存者只有傢伙物件。

賈璉始則懼罪，後蒙釋放，已是大幸，及想起歷年積聚的東西並鳳姐的體己，不下五七萬金，一朝而盡，怎得不痛？且他父親現禁在錦衣府，鳳姐病在垂危，一時悲痛。又見賈政含淚叫他，問道：「我因官事在身，不大理家，故叫你們夫婦總理家事。你父親所為，固難勸諫；那重利盤剝，究竟是誰幹的？況且非偺們這樣人家所為。如今入了官，在銀錢是不打緊的，這聲名出去還了得嗎！」賈璉跪下說道：「侄兒辦家事，並不敢存一點私心，所有出入的賬目，自有賴大、吳新登、戴良等登記，老爺只管叫他們來查問。現在這幾年，庫內的銀子出多入少，雖沒貼補在內，已在各處做了好些空頭，求老爺問太太就知道了。這些放出去的賬，連侄兒也不知道哪裡的銀子，要問周瑞、旺兒纔知道。」賈政道：「據你說來，連你自己屋裡的事還不知道，那些家中上下的事更不知道了！我這會也不來查問你。現今你無事的人，你父親的事和你珍大哥的事，還不快去打聽打聽！」賈璉一心委屈，含著眼淚，答應了出去。

賈政嘆氣連連的想道：「我祖父勤勞王事，立下功勳，得了兩個世職，如今兩房犯事，都革去了。我瞧這些子侄沒一個長進的，老天啊！老天啊！我賈家何至一敗如此！我雖蒙聖恩格外垂慈，給還家產，那兩處食用，自應歸併一處，叫我一人哪裡支撐得住？方纔璉兒所說，更加詫異，說不但庫上無銀，而且尚有虧空。這幾年竟是虛名在外，只恨我自己為什麼糊塗若此！倘或我珠兒在世，尚有膀臂；寶玉雖大，更是無用之物。」想到那裡，不覺淚滿衣襟。又想：「老太太偌大年紀，兒子們並沒有自能奉養一日，反累他嚇得死去活來，種種罪孽，叫我委之何人？」

正在獨自悲切，只見家人稟報：「各親友進來看候。」賈政一一道謝，說起：「家門不幸，是我不能管教子侄，所以至此。」有的說：「我久知令兄赦大老爺行事不妥，那邊珍爺更加驕縱。若說因官事錯誤，得個不是，於心無愧。如今自己鬧出的，倒帶累了二老爺。」有的說：「人家鬧的也多，也沒見御史參奏；不是珍老大得罪朋友，何至如此！」有的說：「也不怪御史，我們聽見說是府上的家人同幾個泥腿❶在外頭哄嚷出來的。御史恐參奏不實，所以誆了這裡的人去，纔說出來的。我想府上待下人最寬的，為什麼還有這事？」有的說：「大凡奴才們是一個養活不得的。今兒在這裡都是好親友，我纔敢說：就是尊駕在外任，我保不得──你是不愛錢的──那外頭的風聲也不好，都是奴才們鬧的，你該提防些。如今雖說沒有動你的家，倘或再遇著主上疑心起來，好些不便呢。」賈政聽說，心下著忙道：「眾位聽見我的風聲怎樣？」眾人道：「我們雖沒聽見實據，只聞外面人說你在糧道任上，怎麼叫門上家人要錢。」賈政聽了，便說道：「我這是對得天的，從不敢起這要錢的念頭。只是奴才在外招搖撞騙，鬧出事來，我就吃不住了。」眾人道：「如今怕也無益，只好將現在的管家們都嚴嚴的查一查，若有抗主的奴才，查出來嚴嚴的辦一辦。」

賈政聽了點頭，便見門上的進來回說：「孫姑爺那邊打發人來說，自己有事不能來，著人來瞧瞧。說大老爺該他一項銀子，要在二老爺身上還的。」賈政心內憂悶，只說：「知道了。」眾人都冷笑道：「人說令親孫紹祖混賬，真有些。如今丈人抄了家，不但不來瞧看幫補照應，倒趕忙的來要銀子，真真不在理上。」賈政道：「如今且不必說他，那頭親事原是家兄配錯的。我的侄女兒的罪已經受夠了，如今又招我來。」正說著，只見薛蝌進來說道：「我打聽錦衣府趙堂官必要照御史參的辦去，只怕大老爺和珍大爺吃不住。」眾人都道：「二老爺，還得是你出去求求王爺，怎麼挽回挽回纔好；不然，這兩家子就完了。」賈政答應致謝，眾人都散。

那時天已點燈時候，賈政進去請賈母的安，見賈母略略好些。回到自己房中，埋怨賈璉夫婦不知好歹，如今鬧出放賬取利的事情，大家不好。方見鳳姐所為，心裡很不受用。鳳姐現在病重，況他所有的什物盡被抄搶一光，心內鬱結，一時未便埋怨，暫且隱忍不言。一夜無話。次早，賈政進內謝恩，並到北靜王府、西平王府

---

❶ 泥腿：指光棍、無賴等一流的人。

兩處叩謝，求兩位王爺照應他哥哥侄兒。二王應許。賈政又在同寅相好處託情。

且說賈璉打聽得父兄之事不很妥，無法可施，只得回到家中。平兒守著鳳姐哭泣，秋桐在耳房中抱怨鳳姐。賈璉走到旁邊，見鳳姐奄奄一息，就有多少怨言，一時也說不出來。平兒哭道：「如今事已至此，東西已去，不能復來。奶奶這樣，還得再請個大夫調治調治纔好。」賈璉啐道：「我的性命還不保，我還管他麼！」

鳳姐聽見，睜眼一瞧，雖不言語，那眼淚流個不盡。見賈璉出去了，便和平兒道：「你別不達事務了。到了這樣田地，你還顧我做什麼？我巴不得今兒就死纔好！只要你能夠眼裡有我，我死之後，你扶養大了巧姐兒，我在陰司裡也感激你的。」平兒聽了，放聲大哭。鳳姐道：「你也是聰明人。他們雖沒有來說我，他必抱怨我。雖說事是外頭鬧的，我若不貪財，如今也沒有我的事。不但是枉費心計，掙了一輩子的強，如今落在人後頭。我只恨用人不當。恍惚聽得那邊珍大爺的事，說是強占良民妻子為妾，不從逼死，有個姓張的在裡頭，你想想還有誰？若是這件事審出來，偺們二爺是脫不了的，我那時怎麼見人？我要即時就死，又耽不起吞金服毒的。你倒還要請大夫，可不是你為顧我反倒害了我了麼？」平兒愈聽愈慘，想來實在難處，恐鳳姐自尋短見，只得緊緊守著。

幸賈母不知底細，因近日身子好些，又見賈政無事，寶玉、寶釵在旁，天天不離左右，略覺放心。素來最疼鳳姐，便叫鴛鴦：「將我體己東西拿些給鳳丫頭，再拿些銀錢交給平兒，好好的伏侍好了鳳丫頭，我再慢慢的分派。」又命王夫人照看邢夫人。又加寧國府第入官，所有財產房地等並家奴等俱造冊收盡，這裡賈母命人將車接了尤氏婆媳等過來。可憐赫赫寧府，只剩得他們婆媳兩個並佩鳳、偕鸞二人，連一個下人沒有。賈母指出房子一所居住，就在惜春所住的間壁。又派了婆子四人，丫頭兩個伏侍。一應飯食起居在大廚房內分送。衣裙什物又是賈母送去。零星需用亦在賬房內開銷，俱照榮府每人月例之數。

那賈赦、賈珍、賈蓉在錦衣府使用，賬房內實在無項可支。如今鳳姐一無所有，賈璉況又債務滿身，賈政不知家務，只說已經託人，自有照應；賈璉無計可施，想到那親戚裡頭，薛姨媽家已敗，王子騰已死，餘者親戚雖有，俱是不能照應，只得暗暗差人下屯，將地畝暫賣了數千金，作為監中使費。賈璉如此一行，那些家奴見主家勢敗，也便趁此弄鬼，並將東莊租稅也就指名借用些。此是後話，暫且不提。

且說賈母見祖宗世職革去，現在子孫在監質審，邢夫人、尤氏等日夜啼哭，鳳姐病在垂危，雖有寶玉、寶釵在側，只可解勸，不能分憂；所以日夜不寧，思前想後，眼淚不乾。一日傍晚，叫寶玉回去，自己扎掙坐起，叫鴛鴦等各處佛堂上香；又命自己院內焚起斗香，用拐拄著，出到院中。琥珀知是老太太拜佛，鋪下大紅短氈拜墊。賈母上香跪下，磕了好些頭，念了一回佛，含淚祝告天地，道：「皇天菩薩在上，我賈門史氏，虔誠禱告，求菩薩慈悲。我賈門數世以來，不敢行兇霸道。我幫夫助子，雖不能為善，亦不敢作惡。必是後輩兒孫驕奢暴佚，暴殄天物，以致闔府抄檢。現在兒孫監禁，自然凶多吉少，皆由我一人罪孽，不教兒孫，所以至此。我今叩求皇天保佑：在監的逢凶化吉，有病的早早安身。總有闔家罪孽，情願一人承當，只求饒恕兒孫。若皇天見憐，念我虔誠，早早賜我一死，寬免兒孫之罪！」默默說到此，不禁傷心，嗚嗚咽咽的哭泣起來。

鴛鴦、珍珠一面解勸，一面扶進房去。只見王夫人帶了寶玉、寶釵過來請晚安。見賈母悲傷，三人也大哭起來。寶釵更有一層苦楚——想哥哥也在外監，將來要處決，不知可減緩否；翁姑雖然無事，眼見家業蕭條；寶玉依然瘋傻，毫無志氣——想到後來終身，更比賈母、王夫人哭得更痛。寶玉見寶釵如此大慟，他也有一番悲戚——想的是老太太年老不得安，老爺、太太見此光景，不免悲傷；眾姐妹風流雲散，一日少似一日；追想在園中吟詩起社，何等熱鬧，自從林妹妹一死，我鬱悶到今，又有寶姐姐過來，未便時常悲切。見他憂兄思母，日夜難得笑容，今見他悲哀欲絕，心裡更加不忍——竟嚎啕大哭。鴛鴦、彩雲、鶯兒、襲人見他們如此，也各有所思，便也嗚咽起來。餘者丫頭們看得傷心，也便陪哭，竟無人解慰。滿屋中哭聲驚天動地，將外頭上夜婆子嚇慌，急報與賈政知道。

那賈政正在書房納悶，聽見賈母的人來報，心中著忙，飛奔進內。遠遠聽得哭聲甚眾，打量老太太不好，急的魂魄俱喪。疾忙進來，只見坐著悲啼，神魂方定，說是：「老太太傷心，你們該勸解，怎麼的齊打夥兒哭起來了？」眾人聽得賈政聲氣，急忙止哭，大家對面發怔。賈政上前安慰了老太太，又說了眾人幾句。各自心想道：「我們原恐老太太悲傷，故來勸解，怎麼忘情，大家痛哭起來？」

正自不解，只見老婆子帶了史侯家的兩個女人進來，請了賈母的安，又向眾人請安畢，便說道：「我們家老爺、太太、姑娘打發我來說：聽見府裡的事，原沒什麼大事，不過一時受驚。恐怕老爺、太太煩惱，叫我們過來告訴一聲，說這裡二老爺是不怕的了。我們姑娘本要自己來的，因不多幾日就要出閣，所以不能來了。」賈母聽了，不便道謝，說：「你回去給我問好。這是我們的家運合該如此。承你們老爺、太太惦記，過一日再來奉謝。你們姑娘出閣，想來你們姑爺是不用說的了，他們的家計如何？」兩個女人回道：「家計倒不怎麼著，只是姑爺長的很好，為人又和平。我們見過好幾次，看來和這裡的寶二爺差不多，還聽見說，才情學問都好的。」賈母聽了，喜歡道：「偺們都是南邊人，雖在這裡住久了，那些大規矩還是從南方禮兒，所以新姑爺我們都沒見過。我前兒還想起我娘家的人來，最疼的就是你們家姑娘，一年三百六十天，在我跟前的日子倒有二百多天。混得這麼大了，我原想給他說個好女壻，又為他叔叔不在家，我又不便作主。他既造化配了個好姑爺，我也放心。月裡出閣，我原想過來吃杯喜酒的，不料我們家鬧出這樣事來，我的心就像在熱鍋裡熬的似的，哪裡能夠再到你們家去！你回去說我問好，我們這裡的人，都請安問好。你替另告訴你家姑娘，不要將我放在心裡。我是八十多歲的人了，就死也算不得沒福了。只願他過了門，兩口子和順，百年到老，我便安心了。」說著，不覺掉下淚來。那女人道：「老太太也不必傷心。姑娘過了門，等回了九，少不得同姑爺過來請老太太的安，那時老太太見了纔喜歡呢。」賈母點頭。

那女人出去，別人都不理論，只有寶玉聽了發了一回怔，心裡想道：「如今一天一天的都過不得了。為什麼人家養了女兒到大了必要出嫁，一出了嫁就變？史妹妹這樣一個人，又被他叔叔硬壓著配人了，他將來見了我必是又不理我了。我想一個人到了這個沒人理的分兒，還活著做什麼！」想到這裡，又是傷心。見賈母此時纔安，又不敢哭泣，只是悶悶的。

一時，賈政不放心，又進來瞧瞧老太太。見是好些，便出來傳了賴大，叫他將闔府裡管事家人的花名冊子拿來，一齊點了一點。除去賈赦入官的人，尚有三十餘家，共男女二百十二名。賈政叫現在府內當差的男人共四十一名進來，問起歷年居家用度，共有若干進來，該用若干出去。那管總的家人將近年支用簿子呈上。賈政看時，所入不敷所出，又加連年宮裡花用，賬上有在外浮借❷的也不少。再查東省地租，近年所交不及祖上一半，如今用度比祖上更加十倍。賈政不看則已，看了急的跺腳道：「這還了得！我打量雖是璉兒管事，在家自有把持，豈知好幾年頭裡，已就『寅年用了卯年』的，還是這樣裝好看！竟把世職俸祿當作不打緊的事，為什麼不敗呢！我如今要省儉起來，已是遲了。」想到那裡，背著手踱來踱去，竟無方法。

眾人知賈政不知理家，也是白操心著急，便說道：「老爺也不用心焦，這是家家這樣的。若是統總算起來，連王爺家還不夠。不過是裝著門面，過到哪裡就到哪裡。如今老爺到底得了主上的恩典，纔有這點子家產，若是一併入了官，老爺就不用過了不成？」賈政嗔道：「放屁！你們這班奴才最沒有良心的！仗著主子好的時候任意開銷，到弄光了，走的走，跑的跑，還顧主子的死活嗎？如今你們道是沒有查抄是好，哪知道外頭的名聲？

❷ 浮借：暫記寄貸。

大本兒都保不住，還擱得住你們在外頭支架子，說大話誆人騙人？到鬧出事來，望主子身上一推就完了！如今大老爺與珍大爺的事，說是偺們家人鮑二在外傳播的，我看這人口冊上並沒有鮑二，這是怎麼說？」眾人回道：「這鮑二是不在冊檔上的。先前在寧府冊上，為二爺見他老實，把他們兩口子叫過來了。及至他女人死了，他又回寧府去。後來老爺衙門有事，老太太、太太們和爺們往陵上去，珍大爺替理家事，帶過來的，以後也就去了。老爺數年不管家事，哪裡知道這些事來？老爺打量冊上沒有名字的就只有這個人，不知一個人手下親戚們也有，奴才還有奴才呢！」

賈政道：「這還了得！」想去一時不能清理，只得喝退眾人，早打了主意在心裡了，且聽賈赦等事審得怎樣再定。一日，正在書房籌算，只見一人飛奔進來，說：「請老爺快進內廷問話。」賈政聽了，心下著忙，只得進去。未知吉凶，下回分解。

第一〇七回　散餘資賈母明大義　復世職政老沐天恩

話說賈政進內，見了樞密院各位大人，又見了各位王爺。北靜王道：「今日我們傳你來，有遵旨問你的事。」賈政即忙跪下。眾大人便問道：「你哥哥交通外官，恃強凌弱，縱兒聚賭，強佔良民妻女不遂逼死的事，你都知道麼？」賈政回道：「犯官自從主恩欽點學政任滿後，查看賑恤，於上年冬底回家，又蒙堂派工程，後又往江西監道，題參回都，仍在工部行走，日夜不敢怠惰。一應家務，並未留心伺察，實在糊塗，不能管教子侄，這就是辜負聖恩，只求主上重重治罪。」北靜王據說轉奏。

不多時，傳出旨來，北靜王便述道：「主上因御史參奏賈赦交通外官，恃強凌弱——據該御史指出平安州互相往來，賈赦包攬詞訟——嚴鞫賈赦，據供平安州原係姻親來往，並未干涉官事，該御史亦不能指實。惟有倚勢強索石獃子古扇一欵是實的，然係玩物，究非強索良民之物可比。雖石獃子自盡，亦係瘋傻所致，與逼勒致死者有間。今從寬將賈赦發往臺站❶效力贖罪。所參賈珍強佔良民妻女為妾不從逼死一款，提取都察院原案，看得尤二姐實係張華指腹為婚未娶之妻，因伊貧苦自願退婚，尤二姐之母願給賈珍之弟為妾，並非強佔。再尤三姐自刎掩埋並未報官一款，查尤三姐原係賈珍妻妹，本意為伊擇配，因被逼索定禮，眾人揚言穢亂，以致羞忿自盡，並非賈珍逼勒致死。但身係世襲職員，罔知法紀，私埋人命，本應重治，念伊究屬功臣後裔，不忍加罪，亦從寬革去世職，派往海疆效力贖罪。賈蓉年幼無干，省釋。賈政實係在外任多年，居官尚屬勤慎，免治伊治家不正之罪。」

❶ 臺站：清代北方邊境驛站的專稱，地方偏僻，生活極苦。犯罪的人，常被罰到這些地方充軍。

賈政聽了，感激涕零，叩首不及；又叩求王爺代奏下忱。北靜王道：「你該叩謝天恩，更有何奏？」賈政道：「犯官仰蒙聖恩，不加大罪，又蒙將家產給還，實在捫心惶愧，願將祖宗遺受重祿積餘置產一併交官。」北靜王道：「主上仁慈待下，明慎用刑，賞罰無差。如今既蒙莫大深恩，給還財產，你又何必多此一奏？」眾官也說不必。

賈政便謝了恩，叩謝了王爺出來，生恐賈母不放心，急忙趕回。上下男女人等不知傳進賈政是何吉凶，都在外頭打聽，一見賈政回家，都略略的放心，也不敢問。只見賈政忙忙的走到賈母跟前，將蒙聖恩寬免的事細細告訴了一遍。賈母雖則放心，只是兩個世職革去，賈赦又往臺站效力，賈珍又往海疆，不免又悲傷起來。邢夫人、尤氏聽見這話，更哭起來。賈政便道：「老太太放心。大哥雖則臺站效力，也是為國家辦事，不致受苦，只要辦得妥當，就可復職。珍兒正是年輕，很該出力。若不是這樣，便是祖父的餘德亦不能久享。」說了些寬慰的話。

賈母素來本不大喜歡賈赦，那邊東府賈珍究竟隔了一層；只有邢夫人、尤氏痛哭不已。邢夫人想著：「家產一空，丈夫年老遠出，膝下雖有璉兒，又是素來順他二叔的，如今都靠著二叔，他兩口子更是順著那邊去了。獨我一人孤苦伶仃，怎麼好？」那尤氏本來獨掌寧府的家計，除了賈珍，也算是惟他為尊，又與賈珍夫婦相和，「如今犯事遠出，家財抄盡，依住榮府，雖則老太太疼愛，終是依人門下。又兼帶著偕鸞、佩鳳，蓉兒夫婦又是不能興家立業的人。」又想著：「二妹妹、三妹妹都是璉二叔鬧的，如今他們倒安然無事，依舊夫婦完聚，只留我們幾人，怎生度日？」想到這裡，痛哭起來。

賈母不忍，便問賈政道：「你大哥和珍兒現已定案，可能回家？蓉兒既沒他的事，也該放出來了。」賈政道：「若在定例，大哥是不能回家的。我已託人徇個私情，叫我們大老爺同侄兒回家，好置辦行裝，衙門內業已應了。想來蓉兒同著他爺爺父親一起出來。只請老太太放心，兒子辦去。」賈母又道：「我這幾年老的不成人了，總沒有問過家事。如今東府是全抄去了，房子入官不消說的。你大哥那邊，璉兒那裡，也都抄去了。偺們西府銀庫，東省地土，你知道到底還剩了多少？他兩個起身，也得給他們幾千銀子纔好。」

賈政正是沒法，聽見賈母一問，心想著：「若是說明，又恐老太太著急；若不說明，不用說將來，現在怎樣辦法？」定了主意，便回道：「若老太太不問，兒子也不敢說。如今老太太既問到這裡，現在璉兒也在這裡，昨日兒子已查了：舊庫的銀子早已虛空，不但用盡，外頭還有虧空。現今大哥這件事，若不花銀託人，雖說主上寬恩，只怕他們爺兒兩個也不大好，就是這項銀子尚無打算。東省的地畝，早已寅年吃了卯年的租兒了，一時也算不轉來，只好盡所有的蒙聖恩沒有動的衣服首飾折變了，給大哥和珍兒作盤費罷了。過日的事只可再打算。」

賈母聽了，又急得眼淚直淌，說道：「怎麼著，偺們家到了這樣田地了麼？我雖沒有經過，我想起我家向日比這裡還強十倍，也是擺了幾年虛架子，沒有出這樣事，已經塌下來了，不消一二年就完了！據你說起來，偺們竟一兩年就不能支了？」賈政道：「若是這兩個世俸不動，外頭還有些挪移；如今無可指稱，誰肯接濟？」說著，也淚流滿面。「想起親戚來，用過我們的，如今都窮了；沒有用過我們的，又不肯照應了。昨日兒子也沒有細查，只看家下的人丁冊子，別說上頭的錢一無所出，那底下的人也養不起許多。」

賈母正在憂慮，只見賈赦、賈珍、賈蓉一齊進來給賈母請安。賈母看這般光景，一隻手拉著賈赦，一隻手拉著賈珍，便大哭起來。他兩人臉上羞慚，又見賈母哭泣，都跪在地下哭著說道：「兒孫們不長進，將祖上功勳丟了，又累老太太傷心，兒孫們是死無葬身之地的了！」滿屋中人看這光景，又一齊大哭起來。賈政只得勸解：「倒先要打算他兩個的使用。大約在家只可住得一兩日，遲則人家就不依了。」老太太含悲忍淚的說道：

「你兩個且各自同你們媳婦們說說話兒去罷。」又吩咐賈政道：「這件事是不能久待的，想來外面挪移恐不中用，那時誤了欽限，怎麼好？只好我替你們打算罷了。就是家中如此亂糟糟的，也不是常法兒！」一面說著，便叫鴛鴦吩咐去了。

這裡賈赦等出來，又與賈政哭泣了一會，都不免將從前任性，過後惱悔，如今分離的話說了一會，各自同媳婦們那邊悲傷去了。賈赦年老，倒也拋的下；獨有賈珍與尤氏怎忍分離？賈璉、賈蓉兩個也只有拉著父親啼哭。雖說是比軍流❷減等，究竟生離死別。這也是事到如此，只得大家硬著心腸過去。

卻說賈母叫邢、王二夫人同了鴛鴦等開箱倒籠，將做媳婦到如今積攢的東西都拿出來，又叫賈赦、賈政、賈珍等，一一的分派說：「這裡現有的銀子，交賈赦三千兩，你拿二千兩去做你的盤費使用，留一千給大太太另用。這三千給珍兒。你只許拿一千去，留下二千交你媳婦過日子。仍舊各自度日。房子是在一處，飯食各自吃罷。四丫頭將來的親事，還是我的事。只可憐鳳丫頭操心了一輩子，如今弄得精光，也給他三千兩，叫他自己收著，不許叫璉兒用。如今他還病得神昏氣喪，叫平兒來拿去。這是你祖父留下來的衣服，還有我少年穿的衣服首飾，如今我用不著。男的呢，叫大老爺、珍兒、璉兒、蓉兒拿去分了。女的呢，叫大太太、珍兒媳婦、鳳丫頭拿了分去。這五百兩銀子交給璉兒，明年將林丫頭的棺材送回南去。」分派定了，又叫賈政道：「你說現在還該❸著人的使用，這是少不得的，你叫拿這金子變賣償還。這是他們鬧掉了我的，你也是我的兒子，我並不偏向。寶玉已經成了家，我剩下的這些金銀等物，大約還值幾千兩銀子，這是都給寶玉的了。珠兒媳婦向來孝順我，蘭兒也好，我也分給他們些。這便是我的事情完了。」

❷ 軍流：充軍流放。

❸ 該：欠。

賈政等見母親如此明斷分晰，俱跪下哭著說：「老太太這麼大年紀，兒孫們沒點孝順，承受老祖宗這樣恩典，叫兒孫們更無地自容了！」賈母道：「別瞎說！若不鬧出這個亂兒，我還收著呢。只是現在家人過多，只有二老爺是當差的，留幾個人就夠了。你就吩咐管事的，將人叫齊了，他分派妥當。各家有人便就罷了。譬如一抄盡了，怎麼樣呢？我們裡頭的，也要叫人分派。該配人的配人，賞去的賞去。如今雖說偺們這房子不入官，你到底把這園子交了纔好。那些田地原交璉兒清理，該賣的賣，留的留，斷不可支架子，做空頭。我索性說了罷：江南甄家還有幾兩銀子，二太太那裡收著，該叫人就送去罷。倘或再有點事出來，可不是他們『躲過了風暴又遭了雨』了麼？」賈政本是不知當家立計的人，一聽賈母的話，一一領命，心想：「老太太實在真真是理家的人，都是我們這些不長進的鬧壞了！」

賈政見賈母勞乏，求著老太太歇歇養神。賈母又道：「我所剩的東西也有限，等我死了，做結果我的使用。餘的都給我伏侍的丫頭。」賈政等聽到這裡，更加傷感，大家跪下：「請老太太寬懷。只願兒子們託老太太的福，過了些時，都邀了恩眷，那時兢兢業業的治起家來，以贖前愆，奉養老太太到一百歲的時候。」賈母道：「但願這樣纔好，我死了也好見祖宗。你們別打量我是享得富貴受不得貧窮的人哪！不過這幾年看看你們轟轟烈烈，我落得都不管，說說笑笑，養身子罷了。哪知道家運一敗直到這樣！若說外頭好看，裡頭空虛，是我早知道的了；只是『居移氣，養移體』❹，一時下不得臺來。如今借此正好收斂，守住這個門頭，不然，叫人笑話你。你還不知，只打量我知道窮了，就著急的要死。我心裡是想著祖宗莫大的功勳，無一日不指望你們比祖宗還強，能夠守住也就罷了。誰知他們爺兒兩個做些什麼勾當！」

賈母正自長篇大論的說，只見豐兒慌慌張張的跑來回王夫人道：「今早我們奶奶聽見外頭的事，哭了一場，

❹ 居移氣二句：語出孟子盡心上。本指環境可以改變人的氣度，生活供養可以改變人的體質。這裡是指養尊處優慣了的意思。

如今氣都接不上了，平兒叫我來回太太。」豐兒沒有說完，賈母聽見，便問：「到底怎麼樣？」王夫人便代回道：「如今說是不大好。」賈母起身道：「嗳！這些寃家，竟要磨死我了！」說著，叫人扶著，要親自看去。賈政即忙攔住勸道：「老太太傷了好一回的心，又分派了好些事，這會子該歇歇。便是孫子媳婦有什麼事，該叫媳婦瞧去就是了，何必老太太親身過去呢？倘或再傷感起來，老太太身上要有一點兒不好，叫做兒子的怎麼處呢？」賈母道：「你們各自出去，等一會子再進來，我還有話說。」賈政不敢多言，只得出來料理兄侄起身的事，又叫賈璉挑人跟去。

這裡賈母纔叫鴛鴦等派人拿了給鳳姐的東西，跟著過來。鳳姐正在氣厥。平兒哭得眼紅，聽見賈母帶著王夫人、寶玉、寶釵過來，疾忙出來迎接。賈母便問：「這會子怎麼樣了？」平兒恐驚了賈母，便說：「這會子好些。老太太既來了，請進去瞧瞧。」他先跑進去輕輕的揭開帳子。鳳姐開眼瞧著，只見賈母進來，滿心慚愧。先前原打量賈母等惱他，不疼的了，是死活由他的，不料賈母親自來瞧，心裡一寬，覺那擁塞的氣略鬆動些，便要扎掙坐起。賈母叫平兒按著，「不用動，你好些麼？」鳳姐含淚道：「我從小兒過來，老太太、太太怎麼樣疼我！哪知我福氣薄，叫神鬼支使的失魂落魄，不但不能夠在老太太跟前盡點孝心，公婆前討個好，還是這樣把我當人，叫我幫著料理家務，被我鬧的七顛八倒，我還有什麼臉兒見老太太、太太呢？今日老太太、太太親自過來，我更當不起了！恐怕該活三天的又折了兩天去了！」說著，悲咽。賈母道：「那些事原是外頭鬧起來的，與你什麼相干？就是你的東西被人拿去，這也算不了什麼呀！我帶了好些東西給你，任你自便。」說著，叫人拿上來給他瞧瞧。

鳳姐本是貪得無厭的人，如今被抄淨盡，自然愁苦，又恐人埋怨，正是幾不欲生的時候。今見賈母仍舊疼他，王夫人也沒嗔怪，過來安慰他，又想賈璉無事，心下安放好些。便在枕上與賈母磕頭，說道：「請老太太放心。若是我的病託著老太太的福好了些，我情願自己當個粗使丫頭，盡心竭力的伏侍老太太、太太罷！」賈母聽他說的傷心，不免掉下淚來。寶玉是從來沒有經過這大風浪的，心下只知安樂、不知憂患的人，如今碰來碰去都是哭泣的事，所以他竟比傻子尤甚，見人哭，他就哭。

鳳姐看見眾人憂悶，反倒勉強說幾句寬慰賈母的話，求著：「請老太太、太太回去，我略好些，過來磕頭。」說著，將頭仰起。賈母叫平兒：「好生伏侍。短什麼，到我那裡要去。」說著，帶了王夫人將要回到自己房中，只聽見兩三處哭聲。賈母實在不忍聞見，便叫王夫人散去，叫寶玉：「去見你大爺、大哥，送一送就回來。」自己躺在榻上下淚。幸喜鴛鴦等能用百樣言語勸解，賈母暫且安歇。

不言賈赦等分離悲痛。那些跟去的人，誰是願意的？不免心中抱怨，叫苦連天。正是生離果勝死別，看者比受者更加傷心。好好的一個榮國府，鬧到人嚎鬼哭。賈政最循規矩，在倫常上也講究的，執手分別後，自己先騎馬趕至城外，舉酒送行，又叮嚀了好些國家軫恤勳臣，力圖報稱的話。賈赦等揮淚分頭而別。

賈政帶了寶玉回家，未及進門，只見門上有好些人在那裡亂嚷，說：「今日旨意：將榮國公世職著賈政承襲。」那些人在那裡要喜錢，門上人和他們分爭，說：「是本來的世職，我們本家襲了，有什麼喜報？」那些人說道：「那世職的榮耀比任什麼還難得，你們大老爺鬧掉了，想要這個，再不能的了。如今聖人在位，赦過宥罪，還賞給二老爺襲了，這是千載難逢的，怎麼不給喜錢？」正鬧著，賈政回家，門上回了，雖則喜歡，究是哥哥犯事所致，反覺感極涕零，趕著進內告訴賈母。王夫人正恐賈母傷心，過來安慰，聽得世職復還，自是歡喜。又見賈政進來，賈母拉了說些勤黽報恩的話。獨有邢夫人、尤氏心下悲苦，只不好露出來。

且說外面這些趨炎奉勢的親戚朋友，先前賈宅有事，都遠避不來；今兒賈政襲職，知聖眷❺尚好，大家都

❺ 聖眷：皇上的眷顧。

來賀喜。哪知賈政純厚性成，因他襲哥哥的職，心內反生煩惱，只知感激天恩。於第二日進內謝恩，到底將賞還府第園子備摺奏請入官。內廷降旨不必，賈政纔得放心。回家以後，循分供職。但是家計蕭條，入不敷出。賈政又不能在外應酬。

家人們見賈政忠厚，鳳姐抱病不能理家，賈璉的虧空一日重似一日，難免典房賣地。府內家人幾個有錢的，怕賈璉纏擾，都裝窮躲事，甚至告假不來，各自另尋門路。獨有一個包勇，雖是新投到此，恰遇榮府壞事，他倒有些真心辦事，見那些人欺瞞主子，便時常不忿。奈他是個新來乍到的人，一句話也插不上，他便生氣，每日吃了就睡。眾人嫌他不肯隨和，便在賈政前說他終日貪杯生事，並不當差。賈政道：「隨他去罷。原是甄府薦來，不好意思，橫豎家內添這一人吃飯，雖說是窮，也不在他一人身上。」並不叫來驅逐。眾人又在賈璉跟前說他怎樣不好，賈璉此時也不敢自作威福，只得由他。

忽一日，包勇耐不過，吃了幾杯酒，在榮府街上閒逛，見有兩個人說話。那人說道：「你瞧！這麼個大府，前兒抄了家，不知如今怎麼樣了？」那人道：「他家怎麼能敗？聽見說，裡頭有位娘娘是他家的姑娘，雖是死了，到底有根基的。況且我常見他們來往的都是王公侯伯，哪裡沒有照應？便是現在的府尹，前任的兵部，是他們的一家，難道有這些人還護庇不來麼？」那人道：「你白住在這裡！別人猶可，獨是那個賈大人更了不得！我常見他在兩府來往，前兒御史雖參了，主子還叫府尹查明實跡再辦。你道他怎麼樣？他本沾過兩府的好處，怕人說他迴護一家，他便狠狠的踢了一腳，所以兩府裡纔到底抄了。你道如今的世情還了得嗎！」

兩人無心說閒話，豈知旁邊有人跟著聽的明白。包勇心下暗想：「天下有這樣負恩的人！但不知是我們老爺的什麼人？我若見了他，便打他一個死！鬧出事來，我承當去！」那包勇正在酒後胡思亂想，忽聽那邊喝道而來。包勇遠遠站著，只見那兩人輕輕的說道：「這來的就是那個賈大人了。」包勇聽了，心裡懷恨，趁著酒興，便大聲說道：「沒良心的男女！怎麼忘了我們賈家的恩了？」雨村在轎內，聽得一個「賈」字，便留神觀看，見是一個醉漢，便不理會，過去了。

那包勇醉著，不知好歹，便得意洋洋回到府中，問起同伴，知道方纔見的那位大人是這府裡提拔起來的，「他不念舊恩，反來踢弄偺們家裡，見了他罵他幾句，他竟不敢答言。」那榮府的人本嫌包勇，只是主人不計較他，如今他又在外闖禍，不得不回，趁賈政無事，便將包勇喝酒鬧事的話回了。賈政此時正怕風波，聽得家人回稟，便一時生氣，叫進包勇罵了幾句，便派去看園，不許他在外行走。那包勇本是直爽的脾氣，投了主子，他便赤心護主，豈知賈政反倒責罵他。他也不敢再辯，只得收拾行李往園中看守澆灌去了。未知後事如何，下回分解。

第一〇八回　強歡笑蘅蕪慶生辰　死纏綿瀟湘聞鬼哭

卻說賈政先前曾將房產並大觀園奏請入官，內廷不收，又無人居住，只好封鎖。因園子接連尤氏、惜春住宅，太覺曠闊無人，遂將包勇罰看荒園。此時賈政理家，又奉了賈母之命，將人口漸次減少，諸凡省儉，尚且不能支持。幸喜鳳姐為賈母疼惜，王夫人等雖則不大喜歡，若說治家辦事尚能出力，所以將內事仍交鳳姐辦理。但近來因被抄以後，諸事運用不來，也是每形拮据。那些房頭上下人等，原是寬裕慣的，如今較之往日，十去其七，怎能周到？不免怨言不絕。鳳姐也不敢推辭，扶病承歡賈母。過了些時，賈赦、賈珍各到當差地方，恃有用度，暫且自安。寫書回家，都言安逸，家中不必掛念。於是賈母放心，邢夫人、尤氏也略略寬懷。

一日，史湘雲出嫁回門，來賈母這邊請安。賈母提起他女壻甚好，史湘雲也將那裡過日平安的話說了，請老太太放心。又提起黛玉去世，不免大家落淚。賈母又想起迎春苦楚，越覺悲傷起來。史湘雲勸解一回，又到各家請安問好畢，仍到賈母房中安歇。言及：「薛家這樣人家，被薛大哥鬧的家破人亡，今年雖是緩決人犯，明年不知可能減等？」賈母道：「你還不知道呢，昨兒蟠兒媳婦死的不明白，幾乎又鬧出一場事來。還幸虧老佛爺有眼，叫他帶來的丫頭自己供出來了，那夏奶奶纔沒的鬧了，自家攔住相驗，你姨媽這裡纔將皮裏肉❶的打發出去了。你說說，真真是六親同運：薛家是這樣了，姨太太守著薛蝌過日，為這孩子有良心，他說哥哥在監裡尚未結局，不肯娶親。你邢妹妹在大太太那邊，也就很苦；琴姑娘為他公公死了，尚未滿服，梅家尚未娶去；二太太的娘家舅太爺一死，鳳丫頭的哥哥也不成人；那二舅太爺是個小氣的，又是官項不清，也是打饑荒；

❶ 將皮裏肉：比喻順勢將就；勉勉強強。

甄家自從抄家以後，別無信息。」湘雲道：「三姐姐去了，曾有書字回來麼？」賈母道：「自從嫁了去，二老爺回來說，你三姐姐在海疆甚好。只是沒有書信，我也日夜惦記。為著我們家連連的出些不好事，所以我也顧不來，如今四丫頭也沒有給他提親。環兒呢，誰有功夫提起他來？如今我們家的日子比你從前在這裡的時候更苦些。只可憐你寶姐姐，自過了門，沒過一天安逸日子。你二哥哥還是這樣瘋瘋癲癲，這怎麼處呢？」

湘雲道：「我從小兒在這裡長大的，這裡那些人的脾氣，我都知道的。這一回來了，竟都改了樣子了。我打量我隔了好些時沒來，他們生疏我；我細想起來，竟不是的。就是見了我，瞧他們的意思，原要像先前一樣的熱鬧，不知道怎麼，說說就傷起心來了。所以我坐坐就到老太太這裡來了。」賈母道：「如今這樣日子，在我也罷了；他們年輕輕兒的人，還了得！我正要想個法兒，叫他們還熱鬧一天纔好，只是打不起這個精神來。」湘雲道：「我想起來了，寶姐姐不是後兒的生日嗎？我多住一天，給他拜過壽，大家熱鬧一天，不知老太太怎麼樣？」賈母道：「我真正氣糊塗了。你不提，我竟忘了。後日可不是他生日！我明日拿出錢來，給他辦個生日。他沒有定親的時候，倒做過好幾次；如今他過了門，倒沒有做。寶玉這孩子，頭裡很伶俐，很淘氣；如今因為家裡的事不好，把這孩子越發弄得話都沒有了。倒是珠兒媳婦還好，他有的時候是這麼著，沒的時候他也是這麼著，帶著蘭兒靜靜兒的過日子，倒難為他。」

湘雲道：「別人還不離，獨有璉二嫂子，連模樣兒都改了，說話也不伶俐了。明日等我來引導他們，看他們怎麼樣。但是他們嘴裡不說，心裡要抱怨我，說我有了……」剛說到這裡，卻把臉飛紅了。賈母會意，道：「這怕什麼？當初姐妹們都是在一處樂慣了的，說說笑笑，再別留這些心。大凡一個人，有也罷，沒也罷，總要受得富貴、耐得貧賤纔好呢。你寶姐姐生來是個大方的人，頭裡他家這樣好，他也一點兒不驕傲；後來他家壞了事，他也是舒舒坦坦的。如今在我家裡，寶玉待他好，他也是那樣安頓；一時待他不好，也不見他有什麼煩惱。我看這孩子倒是個有福氣的。你林姐姐，那是個最小性兒又多心的，所以到底不長命。鳳丫頭也見過些事，很不該略見些風波就改了樣子。他若這樣沒見識，也就是小器了。後兒寶丫頭的生日，我替另拿出銀子來，熱熱鬧鬧給他做個生日，也叫他喜歡這一天。」湘雲答應道：「老太太說得很是。索性把那些姐妹們都請來了，大家敘一敘。」賈母道：「自然要請的。」一時高興道：「叫鴛鴦拿出一百銀子來，交給外頭，叫他明日起預備兩天的酒飯。」鴛鴦領命，叫婆子交了出去。一宿無話。

次日，傳話出去，打發人去接迎春；又請了薛姨媽、寶琴，叫帶了香菱來；又請李嬸娘。不多半日，李紋、李綺都來了。寶釵本不知道，聽見老太太的丫頭來請，說：「薛姨太太來了，請二奶奶過去呢。」寶釵心裡喜歡，便是隨身衣服過去，要見他母親。只見他妹子寶琴並香菱都在這裡，又見李嬸娘等人也都來了。心想：「那些人必是知道我們家的事情完了，所以來問候的。」便去問了李嬸娘好，見了賈母，然後與他母親說了幾句話，便與李家姐妹們問好。湘雲在旁說道：「太太們請都坐下，讓我們姐妹們給姐姐拜壽。」寶釵聽了，倒獃了一獃，回來一想：「可不是明日是我的生日嗎！」便說：「妹妹們過來瞧老太太是該的，若說為我的生日，是斷斷不敢的。」正推讓著，寶玉也來請薛姨媽、李嬸娘的安。聽見寶釵自己推讓，他心裡本早打算過寶釵生日，因家中鬧得七顛八倒，也不敢在賈母處提起。今見湘雲等眾人要拜壽，便喜歡道：「明日纔是生日，我正要告訴老太太來。」湘雲笑道：「扯臊！老太太還等你告訴？你打量這些人為什麼來？是老太太請的！」寶釵聽了，心下未信，只聽賈母合他母親道：「可憐寶丫頭做了一年新媳婦，家裡接二連三的有事，總沒有給他做過生日。今日我給他做個生日，請姨太太、太太們來，大家說說話兒。」薛姨媽道：「老太太這些時心裡纔安，他小人兒家，還沒有孝敬老太太，倒要老太太操心！」湘雲道：「老太太最疼的孫子是二哥哥，難道二嫂子就不疼了麼？況且寶姐姐也配老太太給他做生日。」寶釵低頭不語。寶玉心裡想道：「我只說史妹妹出了閣必換了一個人了，我所以不敢親近他，他也不來理我；如今聽他的話，原是和先前一樣的。為什麼我們那個過了門更覺得腼腆了，話都說不出來了呢？」

正想著，小丫頭進來說：「二姑奶奶回來了。」隨後李紈、鳳姐都進來，大家廝見一番。迎春提起他父親出門，說：「本要趕來見見，只是他攔著不許來，說是偺們家正是晦氣時候，不要沾染在身上。我扭不過，沒有來，直哭了兩三天。」鳳姐道：「今兒為什麼肯放你回來？」迎春道：「他又說偺們家二老爺又襲了職，還可以走走，不妨事的，所以纔放我來。」說著又哭起來。賈母道：「我原為氣的慌，今日接你們來給孫子媳婦過生日，說說笑笑，解個悶兒，你們又提起這些煩事來，又招起我的煩惱來了。」迎春等都不敢作聲了。鳳姐雖勉強說了幾句有興的話，終不似先前爽利，招人發笑。賈母心裡要寶釵喜歡，故意的慪鳳姐兒說話。鳳姐也知賈母之意，便竭力張羅，說道：「今兒老太太喜歡些了。你看這些人好幾時沒有聚在一處，今兒齊全……」說著，回過頭去，看見婆婆、尤氏不在這裡，又縮住了口。賈母為著「齊全」兩字，也想邢夫人等，叫人請去。邢夫人、尤氏、惜春等聽見老太太叫，不敢不來，心內也十分不願意。想著家業零敗，偏又高興給寶釵做生日，到底老太太偏心，便來了也是無精打彩的。賈母問起岫烟來，邢夫人假說病著不來。賈母會意，知薛姨媽在這裡有些不便，也不提了。

一時，擺下果酒。賈母說：「也不送到外頭，今日只許偺們娘兒們樂一樂。」寶玉雖然娶過親的人，因賈母疼愛，仍在裡頭打混，但不與湘雲、寶琴等同席，便在賈母身旁設著一個坐兒，他替寶釵輪流敬酒。賈母道：「如今且坐下，大家喝酒。到挨晚兒再到各處行禮去。若如今行起來了，大家又鬧規矩，把我的興頭打回去就沒趣了。」寶釵便依言坐下。賈母又叫人來道：「偺們今兒索性灑脫些，各留一兩個人伺候。我叫鴛鴦帶了彩雲、鶯兒、襲人、平兒等在後間去，也喝一鍾酒。」鴛鴦等說：「我們還沒有給二奶奶磕頭，怎麼就好喝酒去呢？」賈母道：「我說了，你們只管去。用的著你們再來。」

鴛鴦等去了，這裡賈母纔讓薛姨媽等喝酒。見他們都不是往常的樣子，賈母著急道：「你們到底是怎麼著？大家高興些纔好！」湘雲道：「我們又吃又喝，還要怎樣？」鳳姐道：「他們小的時候兒都高興，如今礙著臉不敢混說，所以老太太瞧著冷淨了。」寶玉輕輕的告訴賈母道：「話是沒有什麼說的，再說就說到不好的上頭去了。不如老太太出個主意，叫他們行個令兒罷。」賈母側著耳朵聽了，笑道：「若是行令，又得叫鴛鴦去。」寶玉聽了，不待再說，就出席到後間去找鴛鴦，說：「老太太要行令，叫姐姐去呢。」鴛鴦道：「小爺，讓我們舒舒服服的喝一鍾罷。何苦來，又來攪什麼？」寶玉道：「當真老太太說，得叫你去呢，與我什麼相干？」鴛鴦沒法，說道：「你們只管喝，我去了就來。」便到賈母那邊。老太太道：「你來了？不是要行令嗎？」鴛鴦道：「聽見寶二爺說老太太叫，我敢不來嗎？不知老太太要行什麼令兒？」賈母道：「那文的怪悶的慌，武的又不好，你倒是想個新鮮玩意兒纔好。」

鴛鴦想了想，道：「如今姨太太有了年紀，不肯費心，倒不如拿出令盆骰子來，大家擲個曲牌名兒賭輸贏酒罷。」賈母道：「這也使得。」便命人取骰盆放在桌上。鴛鴦說：「如今用四個骰子擲去；擲不出名兒來的罰一杯，擲出名兒來，每人喝酒的杯數兒，擲出來再定。」眾人聽了道：「這是容易的，我們都隨著。」鴛鴦便打點兒。眾人叫鴛鴦喝了一杯，就在他身上數起，恰是薛姨媽先擲。薛姨媽便擲了一下，卻是四個「么」。鴛鴦道：「這是有名的，叫做『商山四皓』。有年紀的喝一杯。」於是賈母、李嬸娘、邢、王兩夫人都該喝。賈母舉酒要喝，鴛鴦道：「這是姨太太擲的，還該姨太太說個曲牌名兒，下家兒接一句千家詩。說不出來的罰一杯。」薛姨媽道：「你又來算計我了，我哪裡說的上來？」賈母道：「不說到底寂寞，還是說一句的好。下家兒就是我了，若說不出來，我陪姨太太喝一鍾就是了。」薛姨媽便道：「我說個『臨老入花叢』。」賈母點點頭兒道：

「『將謂偷閒學少年』。」

說完，骰盆過到李紋，便擲了兩個「四」，兩個「二」。鴛鴦說：「也有名兒了。這叫做『劉阮入天台』。」李紋便接著說了個「二士人桃源」。下手兒便是李紈，說道：「『尋得桃源好避秦』。」大家又喝了一口。骰盆又過到賈母跟前，便擲了兩個「二」，兩個「三」。賈母道：「這要喝酒了？」鴛鴦道：「有名兒的，這是『江燕引雛』。眾人都該喝一杯。」鳳姐道：「雛是雛，倒飛了好些了。」眾人瞅了他一眼，鳳姐便不言語。賈母道：「我說什麼呢？『公領孫』罷。」下手是李綺，便說道：「『閒看兒童捉柳花』。」眾人都說好。

寶玉巴不得要說，只是令盆輪不到，正想著，恰好到了跟前，便擲了一個「二」，兩個「三」，一個「么」，便說道：「這是什麼？」鴛鴦笑道：「這是個『臭』！先喝一杯再擲罷。」寶玉只得喝了又擲。這一擲擲了兩個「三」，兩個「四」。鴛鴦道：「有了，這叫做『張敞畫眉』❷。」寶玉明白打趣他，寶釵的臉也飛紅了。鳳姐不大懂得，還說：「二兄弟快說了，再找下家兒是誰。」寶玉明知難說，自認：「罰了罷，我也沒下家。」過了令盆，輪到李紈，便擲了一下兒。鴛鴦道：「大奶奶擲的是『十二金釵』。」寶玉聽了，趕到李紈身旁看時，只見紅綠對開，便說：「這一個好看得很！」忽然想起「十二釵」的夢來，便獃獃的退到自己座上，心裡想：「這『十二釵』說是金陵的，怎麼家裡這些人如今七大八小的就剩了這幾個？」復又看看湘雲、寶釵，雖說都在，只是不見了黛玉。一時按捺不住，眼淚便要下來，恐人看見，便說身上躁的很，脫脫衣服去，掛了籌❸，出席去了。

史湘雲看見寶玉這般光景，打量寶玉擲不出好的，被別人擲了去，心裡不喜歡，便去了；又嫌那個令兒沒

---

❷ 張敞畫眉：漢人張敞為妻子畫眉，傳為佳話。典出漢書張敞傳。後用來比喻夫妻恩愛情深。

❸ 掛籌：行酒令時，每人都領有酒籌，掛籌，是表示請假出局。

趣，便有些煩。只見李紈道：「我不說了。席間的人也不齊，不如罰我一杯。」賈母道：「這個令兒也不熱鬧，不如蠲了罷。讓鴛鴦擲一下，看擲出個什麼來。」小丫頭便把令盆放在鴛鴦跟前。鴛鴦依命，便擲了兩個「二」，一個「五」，那一個骰子在盆裡只管轉。鴛鴦叫道：「不要『五』！」那骰子單單轉出一個「五」來。鴛鴦道：「了不得！我輸了。」賈母道：「這是不算什麼的嗎？」鴛鴦道：「名兒倒有，只是我說不上曲牌名來。」賈母道：「你說名兒，我給你謅。」鴛鴦道：「這是『浪掃浮萍』。」賈母道：「這也不難，我替你說個『秋魚入菱窠』。」鴛鴦下手的就是湘雲，便道：「『白萍吟盡楚江秋』。」眾人都道：「這句很確。」

賈母道：「這令完了，咱們喝兩杯，吃飯罷。」回頭一看，見寶玉還沒進來，便問道：「寶玉哪裡去了？還不來？」鴛鴦道：「換衣服去了。」賈母道：「誰跟了去的？」那鶯兒便上來回道：「我看見二爺出去，我叫襲人姐姐跟了去了。」賈母、王夫人纔放心。

等了一會，王夫人叫人去找來。小丫頭子到了新房，只見五兒在那裡插蠟。小丫頭便問：「寶二爺哪裡去了？」五兒道：「在老太太那邊喝酒呢。」小丫頭道：「我在老太太那裡，太太叫我來找的，豈有在那裡倒叫我來找的理？」五兒道：「這就不知道了，你到別處找去罷。」小丫頭沒法，只得回來，遇見秋紋，問道：「你見二爺哪裡去了？」秋紋道：「我也找他，太太們等他吃飯。這會子哪裡去了呢？你快去回老太太去，不必說不在家，只說喝了酒不大受用，不吃飯了，略躺一躺再來，請老太太、太太們吃飯罷。」小丫頭依言回去告訴珍珠。珍珠依言回了賈母，賈母道：「他本來吃不多，不吃也罷了，叫他歇歇罷。告訴他今兒不必過來，有他媳婦在這裡。」珍珠便向小丫頭道：「你聽見了？」小丫頭答應著，不便說明，只得在別處轉了一轉，說：「告訴了。」眾人也不理會，便吃畢飯，大家散坐說話。不提。

且說寶玉一時傷心，走了出來，正無主意，只見襲人趕來，問是怎麼了？寶玉道：「不怎麼，只是心裡煩的慌。何不趁他們喝酒，偺們兩個到珍大奶奶那裡逛逛去。」襲人道：「珍大奶奶在這裡，去找誰？」寶玉道：「不找誰，瞧瞧他現在這裡住的房屋怎麼樣。」襲人只得跟著，一面走，一面說。走到尤氏那邊，有一個小門兒半開半掩，寶玉也不進去。只見看園門的兩個婆子坐在門檻上說話兒，寶玉問道：「這小門開著麼？」婆子道：「天天是不開的。今兒有人出來說，今日預備老太太要用園裡的果子，纔開著門等著。」寶玉便慢慢的走到那邊，果見腰門半開。寶玉便走了進去，襲人忙拉住道：「不用去。園裡不乾淨，常沒有人去，不要撞見什麼。」寶玉仗著酒氣，說：「我不怕那些！」襲人苦苦的拉住，不容他去。婆子們上來說道：「如今這園子安靜的了。自從那日道士拿了妖去，我們摘花兒，打果子，一個人常走的。二爺要去，偺們都跟著。有這些人怕什麼！」寶玉喜歡，襲人也不便相強，只得跟著。

寶玉進得園來，只見滿目淒涼。那些花木枯萎，更有幾處亭館，彩色久經剝落。遠遠望見一叢修竹，倒還茂盛。寶玉一想，說：「我自病時出園，住在後邊，一連幾個月不准我到這裡，瞬息荒涼。你看獨有那幾竿翠竹菁葱，這不是瀟湘館麼？」襲人道：「你幾個月沒來，連方向都忘了。偺們只管說話兒，不覺將怡紅院走過了。」回過頭來用手指著道：「這纔是瀟湘館呢。」寶玉順著襲人的手一瞧，道：「可不是過了嗎？偺們回去瞧瞧。」襲人道：「天晚了，老太太必是等著吃飯，該回去了。」寶玉不言，找著舊路，竟往前走。

你道寶玉雖離了大觀園將及一載，豈遂忘了路徑？只因襲人恐他見了瀟湘館，想起黛玉又要傷心，所以用言混過。豈知寶玉只望裡走，天又晚，恐招了邪氣，故寶玉問他，只說已走過了，欲寶玉不去。不料寶玉的心惟在瀟湘館內。襲人見他往前急走，只得趕上。見寶玉站著，似有所見，如有所聞，便道：「你聽什麼？」寶玉道：「瀟湘館倒有人住著麼？」襲人道：「大約沒有人罷。」寶玉道：「我明明聽見有人在內啼哭，怎麼沒有人？」襲人道：「是你疑心。素常你到這裡，常聽見林姑娘傷心，所以如今還是那樣。」寶玉不信，還要聽去。婆子們趕上說道：「二爺快回去罷，天已晚了。別處我們還敢走走，這裡的路又隱僻，又聽見人說，這裡林姑娘死後常聽見有哭聲，所以人都不敢走的。」寶玉、襲人聽說，都吃了一驚。寶玉道：「可不是？」說著，便滴下淚來，說：「林妹妹！林妹妹！好好兒的，是我害了你了！你別怨我，只是父母作主，並不是我負心！」愈說愈痛，便大哭起來。

襲人正在沒法，只見秋紋帶著些人趕來，對襲人道：「你好大膽，怎麼領了二爺到這裡來！老太太、太太他們打發人各處都找到了！剛纔腰門上有人說是你同二爺到這裡來了，嚇的老太太、太太們了不得，罵著我，叫我帶人趕來。還不快回去麼！」寶玉猶自痛哭。襲人也不顧他哭，兩個人拉著就走，一面替他拭眼淚，告訴他老太太著急。寶玉沒法，只得回來。襲人知老太太不放心，將寶玉仍送到賈母那邊，眾人都等著未散。賈母便說：「襲人！我素常知你明白，纔把寶玉交給你，怎麼今兒帶他園裡去？他的病纔好，倘或撞著什麼，又鬧起來，這便怎麼處？」襲人也不敢分辯，只得低頭不語。寶釵看寶玉顏色不好，心裡著實的吃驚。倒還是寶玉恐襲人受委屈，說道：「青天白日怕什麼？我因為好些時沒到園裡逛逛，今兒趁著酒興走走，哪裡就撞著什麼了呢？」鳳姐在園裡吃過大虧的，聽到那裡，寒毛倒豎，說：「寶兄弟膽子忒大了！」湘雲道：「不是膽大，倒是心實。不知是會芙蓉神去了，還是尋什麼仙去了。」寶玉聽著，也不答言。獨有王夫人急得一言不發。賈母問道：「你到園裡可曾嚇著麼？這回不用說了，以後要逛，到底多帶幾個人纔好。不是你鬧的，大家早散了。回去好好的睡一夜，明兒一早過來，我還要找補，叫你們再樂一天呢。不要為他又鬧出什麼原故來。」

眾人聽說，辭了賈母出來。薛姨媽便到王夫人那裡住下，史湘雲仍在賈母房中，迎春便往惜春那裡去了，餘者各自回去。不提。獨有寶玉回到房中，噯聲嘆氣。寶釵明知其故，也不理他，只是怕他憂悶，勾出舊病來，便進裡間，叫襲人來細問他寶玉到園怎麼的光景。未知襲人怎生回說，下回分解。

第一〇九回　候芳魂五兒承錯愛　還孽債迎女返真元

話說寶釵叫襲人問出原故，恐寶玉悲傷成疾，便將黛玉臨死的話與襲人假作閒談，說是：「人在世上，有意有情，到了死後，各自幹各自的去了，並不是生前那樣個人死後還是那樣。活人雖有痴心，死的竟不知道。況且林姑娘既說仙去，他看凡人是個不堪的濁物，哪裡還肯混在世上？只是人自己疑心，所以招些邪魔外祟來纏擾了。」寶釵雖是與襲人說話，原說給寶玉聽的。襲人會意，也說是：「沒有的事。若說林姑娘的魂靈兒還在園裡，我們也算好的，怎麼不曾夢見了一次？」

寶玉在外間聽得，細細的想道：「果然也奇！我知道林妹妹死了，哪一日不想幾遍？怎麼從沒夢過？想是他到天上去了，瞧我這凡夫俗子不能交通神明，所以夢都沒有一個兒。我如今就在外間睡著，或者我從園裡回來，他知道我的實心，肯與我夢裡一見。我必要問他實在哪裡去了，我也時常祭奠。若是果然不理我這濁物，竟無一夢，我便不想他了。」主意已定，便說：「我今夜就在外間睡了，你們也不用管我。」寶釵也不強他，只說：「你不要胡思亂想。你不瞧瞧，太太因你園裡去了，急得話都說不出來？你這會子還不保養身子，倘或老太太知道了，又說我們不用心。」寶玉道：「白這麼說罷咧，我坐一會子就進來。你也乏了，先睡罷。」寶釵知他必進來的，假意說道：「我睡了，叫襲姑娘伺候你罷。」

寶玉聽了，正合機宜。候寶釵睡了，他便叫襲人、麝月另鋪設下一副被褥，常叫人進來瞧二奶奶睡著了沒有。寶釵故意裝睡，也是一夜不寧。那寶玉知是寶釵睡著，便與襲人道：「你們各自睡罷，我又不傷感。你若不信，你就伏侍我睡了再進去，只要不驚動我就是了。」襲人果然伏侍他睡下，預備下了茶水，關好了門，進裡間去照應一回，各自假寐。寶玉若有動靜，再為出來。

寶玉見襲人等進來，便將坐更的兩個婆子支到外頭。他輕輕的坐起來，暗暗的祝了幾句，便睡下了，欲與神交。起初再睡不著，以後把心一靜，便睡去了，豈知一夜安眠，直到天亮。寶玉醒來，拭眼坐起來想了一回，並無有夢，便嘆口氣道：「正是『悠悠生死別經年，魂魄不曾來入夢』❶！」

寶釵卻一夜反沒有睡著，聽寶玉在外邊念這兩句，便接口道：「這句又說莽撞了，如若林妹妹在時，又該生氣了。」寶玉聽了，反不好意思，只得起來，搭訕著往裡間走來，說：「我原要進來的，不覺得一個盹兒就打著了。」寶釵道：「你進來不進來，與我什麼相干？」襲人等本沒有睡，眼見他們兩個說話，即忙倒上茶來。只見老太太那邊打發小丫頭來問：「寶二爺昨夜睡得安頓麼？若安頓時，早早的同二奶奶梳洗了就過去。」襲人便說：「你去回老太太，說寶玉昨夜很安頓，回來就過來。」小丫頭去了。

寶釵起來梳洗了，鶯兒、襲人等跟著，先到賈母那裡行了禮，便從王夫人那邊起至鳳姐都讓過了，仍到賈母處，見他母親也過來了。大家問起：「寶玉晚上好嗎？」寶釵便說：「回去就睡了，沒有什麼。」眾人放心，又說些閒話。只見小丫頭進來，說：「二姑奶奶要回去了。聽見說，孫姑爺那邊人來，到大太太那裡說了些話，大太太叫人到四姑娘那邊說，不必留了，讓他去罷。如今二姑奶奶在大太太那邊哭呢，大約就過來辭老太太。」賈母眾人聽了，心中好不自在，都說：「二姑娘這樣一個人，為什麼命裡遭著這樣的人！一輩子不能出頭，這可怎麼好？」說著，迎春進來，淚痕滿面，因為是寶釵的好日子，只得含著淚，辭了眾人要回去。賈母知道他的苦處，也不便強留，只說道：「你回去也罷了，但只不要悲傷。碰著了這樣人，也是沒法兒的。過幾天我再打發人接你去。」迎春道：「老太太始終疼我，如今也疼不來了。可憐我只是沒有再來的時候了！」說著，眼

❶ 悠悠兩句：唐白居易長恨歌中的詩句，寫唐玄宗思念死去的楊貴妃，渴望夢中相見。

淚直流。眾人都勸道：「這有什麼不能回來的？比不得你三妹妹隔得遠，要見面就難了。」賈母等想起探春，不覺也大家落淚。只為是寶釵的生日，即轉悲為喜說：「這也不難。只要海疆平靜，那邊親家調進京來，就見的著了。」大家說：「可不是這麼著呢！」

說著，迎春只得含悲而別。眾人送了出來，仍回賈母那裡，從早至暮，又鬧了一天。眾人見賈母勞乏，各自散了。獨有薛姨媽辭了賈母，到寶釵那裡說道：「你哥哥是今年過了，直要等到皇恩大赦的時候減了等纔好贖罪。這幾年叫我孤苦伶仃，怎麼處！我想要與你二哥哥完婚，你想想好不好？」寶釵道：「媽媽是因著大哥哥娶了親唬怕了的，所以把二哥哥的事猶豫起來。據我說，很該就辦。邢姑娘是媽媽知道的，如今在這裡也很苦。娶了去，雖說我家窮，究竟比他傍人門戶好多著呢。」薛姨媽道：「你得便的時候，就去告訴老太太，說我家沒人，就要擇日子了。」寶釵道：「媽媽只管同二哥哥商量，挑個好日子，過來和老太太、大太太說了，娶過去就完了一宗事。這裡大太太也巴不得娶去了纔好。」薛姨媽道：「今日聽見史姑娘也就回去了，老太太心裡要留你妹妹在這裡住幾天，所以他住下了。我想他也是不定多早晚就走的人了，你們姐妹們也多敘幾天話兒。」寶釵道：「正是呢。」於是薛姨媽又坐了一坐，出來辭了眾人，回去了。

卻說寶玉晚間歸房，因想昨夜黛玉竟不入夢，「或者他已經成仙，所以不肯來見我這種濁人，也是有的；不然，就是我的性兒太急了，也未可知。」便想了個主意，向寶釵說道：「我昨夜偶然在外頭睡著，似乎比在屋裡睡的安穩些，今日起來，心裡也覺清淨些。我的意思，還要在外間睡兩夜，只怕你們又來攔我。」寶釵聽了，明知早晨他嘴裡念詩是為黛玉的事了，想來他那個獃性是不能勸的，倒好叫他睡兩夜，索性自己死了心也罷了，況兼昨夜聽他睡的倒也安靜，便道：「好沒來由。你只管睡去，我們攔你作什麼？但只不要胡思亂想，招出些邪魔外祟來。」寶玉笑道：「誰想什麼！」襲人道：「依我，勸二爺竟還是屋裡睡罷。外邊一時照應不到，著了涼，倒不好。」寶玉未及答言，寶釵卻向襲人使了個眼色兒。襲人會意，道：「也罷，叫個人跟著你罷，夜裡好倒茶倒水的。」寶玉便笑道：「這麼說，你就跟了我來。」襲人聽了，倒沒意思起來，登時飛紅了臉，一聲也不言語。寶釵素知襲人穩重，便說道：「他是跟慣了我的，還叫他跟著我罷。叫麝月、五兒照料著也罷了。況且今日他跟著我鬧了一天也乏了，該叫他歇歇了。」

寶玉只得笑著出來。寶釵因命麝月、五兒給寶玉仍在外間鋪設了，又囑咐兩個人：「醒睡些，要茶要水，都留點神兒。」兩個答應著。出來看見寶玉端然坐在床上，閉目合掌，居然像個和尚一般，兩個也不敢言語，只管瞅著他笑。寶釵又命襲人出來照應。襲人看見這般，卻也好笑，便輕輕的叫道：「該睡了。怎麼又打起坐來了？」寶玉睜開眼看見襲人，便道：「你們只管睡罷，我坐一坐就睡。」襲人道：「因為你昨日那個光景，鬧的二奶奶一夜沒睡。你再這麼著，成何事體？」寶玉料著自己不睡，都不肯睡，便收拾睡下。襲人又囑咐了麝月等幾句，纔進去關門睡了。

這裡麝月、五兒兩個人也收拾了被褥，伺候寶玉睡著，各自歇下。哪知寶玉要睡越睡不著，見他兩個人在那裡打鋪，忽然想起那年襲人不在家時，晴雯、麝月兩個人伏侍，夜間麝月出去，晴雯要嚇他，因為沒穿衣服，著了涼，後來還是從這個病上死的。想到這裡，一心移在晴雯身上去了。忽又想起鳳姐說五兒給晴雯脫了個影兒，因又將想晴雯的心移在五兒身上。自己假裝睡著，偷偷的看那五兒，越瞧越像晴雯，不覺獃性復發。聽了聽裡間已無聲息，知是睡了。卻見麝月也睡著了，便故意叫了麝月兩聲，卻不答應。五兒聽見寶玉喚人，便問道：「二爺要什麼？」寶玉道：「我要漱漱口。」五兒見麝月已睡，只得起來，重新剪了蠟花，倒了一鍾茶來，一手托著漱盂。卻因趕忙起來的，身上只穿著一件桃紅綾子小襖兒，鬆鬆的挽著一個纂兒。寶玉看時，居然晴雯復生。忽又想起晴雯說的「早知擔個虛名，也就打個正經主意了」，不覺獃獃的獃看，也不接茶。

那五兒自從芳官去後，也無心進來了。後來聽說鳳姐叫他進來伏侍寶玉，竟比寶玉盼他進來的心還急。不想進來以後，見寶釵、襲人一般尊貴穩重，看著心裡實在敬慕；又見寶玉瘋瘋傻傻，不似先前的風致；又聽見王夫人為女孩子們和寶玉頑笑都攆了，所以把這件事擱在心上，倒無一毫的兒女私情了。怎奈這位獃爺今晚把他當作晴雯，只管愛惜起來。那五兒早已羞得兩頰紅潮，又不敢大聲說話，只得輕輕的說道：「二爺，漱口啊。」寶玉笑著，接了茶在手中，也不知道漱了沒有，便笑嘻嘻的問道：「你和晴雯姐姐好，不是啊？」五兒聽了，摸不著頭腦，便道：「都是姐妹，也沒有什麼不好的。」寶玉又悄悄的問道：「晴雯病重了，我看他去，不是你也去了麼？」五兒微微笑著點頭兒。寶玉道：「你聽見他說什麼了沒有？」五兒搖著頭兒道：「沒有。」寶玉已經忘神，便把五兒的手一拉。五兒急得紅了臉，心裡亂跳，便悄悄說道：「二爺，有什麼話只管說，別拉拉扯扯的。」寶玉纔放了手，說道：「他和我說來著：『早知擔了個虛名，也就打正經主意了！』你怎麼沒聽見麼？」五兒聽了這話，明明是輕薄自己的意思，又不敢怎麼樣，便說道：「那是他自己沒臉。這也是我們女孩兒家說得的嗎？」寶玉著急道：「你怎麼也是這麼個道學先生！我看你長的和他一模一樣，我纔肯和你說這個話，你怎麼倒拿這些話糟蹋他？」此時五兒心中也不知寶玉是怎麼個意思，便說道：「夜深了，二爺也睡罷，別盡著坐著，看涼著。剛纔奶奶和襲人姐姐怎麼囑咐了？」寶玉道：「我不涼。」說到這裡，忽然想起五兒沒穿著大衣服，就怕他也像晴雯著了涼，便問道：「你為什麼不穿上衣服就過來？」五兒道：「爺叫的緊，哪裡有盡著穿衣裳的空兒？要知道說這半天話兒時，我也穿上了。」

寶玉聽了，連忙把自己蓋的一件月白綾子棉襖兒揭起來遞給五兒，叫他披上。五兒只不肯接，說：「二爺蓋著罷，我不涼；我涼，我有我的衣裳。」說著，回到自己鋪邊，拉了一件長襖披上。又聽了聽，麝月睡的正濃，纔慢慢過來說：「二爺今晚不是要養神呢嗎？」寶玉笑道：「實告訴你罷：什麼是養神？我倒是要遇仙的意思。」五兒聽了，越發動了疑心，便問道：「遇什麼仙？」寶玉道：「你要知道，這話長著呢。你挨著我來坐下，我告訴你。」五兒紅了臉，笑道：「你在那裡躺著，我怎麼坐呢？」寶玉道：「這個何妨？那一年冷天，也是你晴雯姐姐和麝月姐姐玩，我怕凍著他，還把他攬在被裡渥著呢。這有什麼！大凡一個人，總不要酸文假醋纔好。」五兒聽了，句句都是寶玉調戲之意，哪知這位獃爺卻是實心實意的話兒。五兒此時走開不好，站著不好，坐下不好，倒沒了主意了，因微微的笑著道：「你別混說了。看人家聽見，這是什麼意思？怨不得人家說你專在女孩兒身上用工夫！你自己放著二奶奶和襲人姐姐，都是仙人兒似的，只愛和別人胡纏。明兒再說這些話，我回了二奶奶，看你什麼臉見人！」

正說著，只聽外面咕咚一聲，把兩個人唬了一跳。裡間寶釵咳嗽了一聲，寶玉聽見，連忙努嘴兒，五兒也就忙忙的息了燈，悄悄的躺下了。原來寶釵、襲人因昨夜不曾睡，又兼日間勞乏了一天，所以睡去，都不曾聽見他們說話，此時院中一響，猛然驚醒，聽了聽，也無動靜。寶玉此時躺在床上，心裡疑惑：「莫非林妹妹來了，聽見我和五兒說話，故意唬我們的？」翻來覆去，胡思亂想，五更以後，纔朦朧睡去。

卻說五兒被寶玉鬼混了半夜，又兼寶釵咳嗽，自己懷著鬼胎，生怕寶釵聽見了，也是思前想後，一夜無眠。次日一早起來，見寶玉尚自昏昏睡著，便輕輕的收拾了屋子。那時麝月已醒，便道：「你怎麼這麼早起來了？你難道一夜沒睡嗎？」五兒聽這話又似麝月知道了的光景，便只是訕笑，也不答言。不一時，寶釵、襲人也都起來。開了門，見寶玉尚睡，卻也納悶，「怎麼外邊兩夜睡得倒這般安穩？」及寶玉醒來，見眾人都起來了，自己連忙爬起，揉著眼睛，細想昨夜又不曾夢見，可見「仙凡路隔」了。慢慢的下了床，又想昨夜五兒說的「寶釵、襲人都是天仙一般」，這話卻也不錯，便怔怔的瞅著寶釵。寶釵見他發怔，雖知他為黛玉之事，卻也定不得夢不夢，只是瞅的自己倒不好意思，便道：「二爺昨夜可真遇見仙了麼？」寶玉聽了，只道昨晚的話寶釵聽見了，笑著勉強說道：「這是哪裡的話？」

那五兒聽了這一句，越發心虛起來，又不好說的，只得且看寶釵的光景。只見寶釵又笑著問五兒道：「你聽見二爺睡夢中和人說話來著麼？」寶玉聽了，自己坐不住，搭訕著走開了。五兒把臉飛紅，只得含糊道：「前半夜倒說了幾句，我也沒聽真。什麼『擔了虛名』，又什麼『沒打正經主意』，我也不懂，勸著二爺睡了。後來我也睡了，不知二爺還說來著沒有？」寶釵低頭一想：「這話明是為黛玉了。但盡著叫他在外頭，恐怕心邪了，招出些花妖月媚來；況兼他的舊病原在姐妹上情重，只好設法將他的心意挪移過來，然後能免無事。」想到這裡，不免面紅耳熱起來，也就訕訕的進房梳洗去了。

且說賈母兩日高興，略吃多了些，這晚有些不受用，第二天便覺著胸口飽悶。鴛鴦等要回賈政，賈母不叫言語，說：「我這兩日嘴饞些，吃多了點子。我餓一頓就好了，你們快別吵嚷。」於是鴛鴦等並沒有告訴人。

這日晚間，寶玉回到自己屋裡，見寶釵自賈母、王夫人處纔請了晚安回來，寶玉想著早起之事，未免赧顏抱慚。寶釵看他這樣，也曉得是個沒意思的光景，因想著：「他是個痴情人，要治他的這個病，少不得仍以痴情治之。」想了一回，便問寶玉道：「你今夜還在外間睡去罷咧？」寶玉自覺沒趣，便道：「裡頭外間，都是一樣的。」寶釵意欲再說，反覺不好意思。襲人道：「罷呀！這倒是什麼道理呢？我不信睡得那麼安穩。」五兒聽見這話，連忙接口道：「二爺在外間睡，別的倒沒什麼，只是愛說夢話，叫人摸不著頭腦兒，又不敢駁他的回。」襲人便道：「我今日挪出床上睡睡，看說夢話不說？你們只管把二爺的舖蓋舖在裡間就完了。」寶釵聽了，也不作聲。寶玉自己慚愧不來，哪裡還有強嘴的分兒？便依著搬進裡間來。一則寶玉負愧，欲安寶釵之心；二則寶釵恐寶玉思鬱成疾，不如假以詞色，使得稍覺親近，以為「移花接木」之計。於是當晚襲人果然挪出去。寶玉因心中愧悔，寶釵欲攏絡寶玉之心，自過門至今日，方纔如魚得水，恩愛纏綿，所謂「二五之精，妙合而凝」了。此是後話。

且說次日寶玉、寶釵同起。寶玉梳洗了，先過賈母這邊來。這裡賈母因疼寶玉，又想寶釵孝順，忽然想起一件東西，便叫鴛鴦開了箱子，取出祖上所遺一個「漢玉玦」，雖不及寶玉他那塊玉石，掛在身上卻也稀罕。鴛鴦找出來遞與賈母，便說道：「這件東西我好像從沒見的，老太太這些年還記得這樣清楚，說是哪一箱什麼匣子裡裝著。我按著老太太的話，一拿就拿出來了。老太太怎麼想著拿出來做什麼？」賈母道：「你哪裡知道？這塊玉還是祖爺爺給我們老太爺，老太爺疼我，臨出嫁的時候叫了我去，親手遞給我的。還說：『這玉是漢時所佩的東西，很貴重，你拿著就像見了我的一樣。』我那時還小，拿了來，也不當什麼，便撩在箱子裡。到了這裡，我見偺們家的東西也多，這算得什麼，從沒帶過，一撩便撩了六十多年。今兒見寶玉這樣孝順，他又丟了一塊玉，故此想著拿出來給他，也像是祖上給我的意思。」

一時，寶玉請了安。賈母便喜歡道：「你過來，我給你一件東西瞧瞧。」寶玉走到床前，賈母便把那塊漢玉遞給寶玉。寶玉接來一瞧，那玉有三寸方圓，形似甜瓜，色有紅暈，甚是精緻。寶玉口口稱讚。賈母道：「你愛麼？這是我祖爺爺給我的，我傳了你罷。」寶玉笑著，請了個安謝了，又拿了要送給他母親瞧。賈母道：「你太太瞧了，告訴你老子，又說疼兒子不如疼孫子了。他們從沒見過。」寶玉笑著去了。寶釵等又說了幾句話，也辭了出來。

自此，賈母兩日不進飲食，胸口仍是結悶，覺得頭暈目眩，咳嗽。邢、王二夫人、鳳姐等請安，見賈母精神尚好，不過叫人告訴賈政，立刻來請了安。賈政出來，即請大夫看脈。不多一時，大夫來診了脈，說是有年紀的人，停了些飲食，感冒些風寒，略消導發散些就好了，開了方子。賈政看了，知是尋常藥品，命人煎好進服。以後賈政早晚進來請安。一連三日，不見稍減。賈政又命賈璉：「打聽好大夫，快去請來瞧老太太的病。

偺們家常請的幾個大夫，我瞧著不怎麼好，所以叫你去。」賈璉想了一想，說道：「記得那年寶兄弟病的時候，倒是請了一個不行醫的來瞧好了的，如今不如找他。」賈政說：「醫道卻是極難的，越是不興時的大夫倒有本領。你就打發人去找來罷。」賈璉即忙答應去了，回來說道：「這劉大夫新近出城教書去了，過十來天進城一次。這時等不得，又請了一位，也就來了。」賈政聽了，只得等著，不提。

且說賈母病時，合宅女眷無日不來請安。一日，眾人都在那裡，只見看園內腰門的老婆子進來回說：「園裡的櫳翠庵的妙師父知道老太太病了，特來請安。」眾人道：「他不常過來，今兒特地來，你們快請進來。」鳳姐走到床前回了賈母。岫烟是妙玉的舊相識，先走出去接他。只見妙玉頭戴妙常髻，身上穿一件月白素綢襖兒，外罩一件水田青緞鑲邊長背心，拴著秋香色的絲縧，腰下繫一條淡墨畫的白綾裙，手執麈尾念珠，跟著一個侍兒，飄飄拽拽的走來。岫烟見了問好，說是：「在園內住的日子，可以常常來瞧瞧你；近來因為園內人少，一個人輕易難出來，況且偺們這裡的腰門常關著，所以這些日子不得見你。今兒幸會！」妙玉道：「頭裡你們是熱鬧場中，你們雖在外園裡住，我也不便常來親近；如今知道這裡的事情也不大好，又聽說是老太太病著，又惦記你，並要瞧瞧寶姑娘。我哪管你們的關不關？我要來就來，我不來，你們要我來也不能啊！」岫烟笑道：「你還是這種脾氣。」

一面說著，已到賈母房中。眾人見了，都問了好。妙玉走到賈母床前問候，說了幾句套話。賈母便道：「你是個女菩薩，你瞧瞧我的病可好得了好不了？」妙玉道：「老太太這樣慈善的人，壽數正有呢。一時感冒，吃幾帖藥，想來也就好了。有年紀的人，只要寬心些。」賈母道：「我倒不為這些，我是極愛尋快樂的。如今這病也不覺怎樣，只是胸膈飽悶。剛纔大夫說是氣惱所致。你是知道的，誰敢給我氣受？這不是那大夫脈理平常麼？我和璉兒說了，還是頭一個大夫說感冒傷食的是，明兒仍請他來。」說著，叫鴛鴦吩咐廚房裡辦一桌淨素菜來請他在這裡便飯。妙玉道：「我已吃過午飯了，我是不吃東西的。」王夫人道：「不吃也罷，偺們多坐一會，說些閒話兒罷。」妙玉道：「我久已不見你們，今兒來瞧瞧。」又說了一回話，便要走。回頭見惜春站著，便問道：「四姑娘為什麼這樣瘦？不要只管愛畫勞了心。」惜春道：「我久不畫了。如今住的房屋不比園裡的顯亮，所以沒興畫。」妙玉道：「你如今住在哪一所？」惜春道：「就是你纔來的那個門東邊的屋子，你要來，很近。」妙玉道：「我高興的時候來瞧你。」惜春等說著送了出來。回身過來，聽見丫頭們回說大夫在賈母那邊呢，眾人暫且散去。

那知賈母這病日重一日，延醫調治不效，以後又添腹瀉，賈政著急，知病難醫，即命人到衙門告假，日夜同王夫人親視湯藥。一日，見賈母略進些飲食，心裡稍寬。只見老婆子在門外探頭，王夫人叫彩雲看去，問問是誰。彩雲看了是陪迎春到孫家去的人，便道：「你來做什麼？」婆子道：「我來了半日，這裡找不著一個姐姐們，我又不敢冒撞，我心裡又急。」彩雲道：「你急什麼？又是姑爺作踐姑娘不成麼？」婆子道：「姑娘不好了！前兒鬧了一場，姑娘哭了一夜，昨日痰堵住了。他們又不請大夫，今日更利害了！」彩雲道：「老太太病著呢，別大驚小怪的。」王夫人在內已聽見了，恐老太太聽見不受用，忙叫彩雲帶他外頭說去。豈知賈母病中心靜，偏偏聽見，便道：「迎丫頭要死了麼？」王夫人便道：「沒有。婆子們不知輕重，說是這兩日有些病，恐不能就好，到這裡問大夫。」賈母道：「瞧我的大夫就好，快請了去。」王夫人便叫彩雲叫這婆子去回大太太去。那婆子去了。

這裡賈母便悲傷起來，說是：「我三個孫女兒，一個享盡了福死了；三丫頭遠嫁，不得見面；迎丫頭雖苦，或者熬出來，不打量他年輕輕兒的就要死了！留著我這麼大年紀的人活著做什麼！」王夫人、鴛鴦等解勸了好半天。那時寶釵、李氏等不在房中，鳳姐近來有病，王夫人恐賈母生悲添病，便叫人叫了他們來陪著，自己回到房中，叫彩雲來埋怨：「這婆子不懂事！以後我在老太太那裡，你們有事不用來回。」丫頭們依命不言。豈知那婆子剛到邢夫人那裡，外頭的人已傳進來說：「二姑奶奶死了。」邢夫人聽了，也便哭了一場。現今他父親不在家中，只得叫賈璉快去瞧看。知賈母病重，眾人都不敢回。可憐一位如花似月之女，結褵年餘，不料被孫家揉搓，以致身亡；又值賈母病篤，眾人不便離開，竟容孫家草草完結。

賈母病勢日增，只想這些好女兒。一時想起湘雲，便打發人去瞧他。回來的人悄悄的找鴛鴦，因鴛鴦在老太太身旁，王夫人等都在那裡，不便上去，到了後頭，找了琥珀，告訴他道：「老太太想史姑娘，叫我們去打聽。哪裡知道史姑娘哭得了不得，說是姑爺得了暴病，大夫都瞧了，說這病只怕不能好，若變了個癆病，還可捱過四五年，所以史姑娘心裡著急。又知道老太太病，只是不能過來請安。還叫我不要在老太太面前提起，倘或老太太問起來，務必託你們變個法兒回老太太纔好。」琥珀聽了，咳了一聲，也就不言語了，半日說道：「你去罷。」琥珀也不便回，心裡打算告訴鴛鴦，叫他撒謊去，所以來到賈母床前。只見賈母神色大變，地下站著一屋子的人喳喳的說：「瞧著是不好了。」也不敢言語了。

這裡賈政悄悄的叫賈璉到身旁，向耳邊說了幾句話。賈璉輕輕的答應，出去了，便傳齊了現在家裡的一干人，說：「老太太的事，待好出來了，你們快快分頭派人辦去。頭一件，先請出板來瞧瞧，好掛裡子❷。快到各處將各人的衣服量了尺寸，都開明了，便叫裁縫去做孝衣。那棚杠執事都講定。廚房裡還該多派幾個人。」賴大等回道：「二爺，這些事不用爺費心，我們早打算好了，只是這項銀子在那裡打算？」賈璉道：「這宗銀子不用打算了，老太太自己早留下了。剛纔老爺的主意，只要辦的好，我想外面也要好看。」賴大等答應，派人分頭辦去。

❷ 掛裡子：指在棺材內壁塗上油漆之類，並裝覆以絲綢一類的織物。

賈璉復回到自己房中，便問平兒：「你奶奶今兒怎麼樣？」平兒把嘴往裡一努，說：「你瞧去。」賈璉進內，見鳳姐正要穿衣，一時動不得，暫且靠在炕桌兒上。賈璉道：「你只怕養不住了，老太太的事，今兒明兒就要出來了，你還脫得過麼？快叫人將屋裡收拾收拾，就該扎掙上去了。若有了事，你我還能回來麼？」鳳姐道：「偺們這裡還有什麼收拾的？不過就是這點子東西，還怕什麼？你先去罷，看老爺叫你。我換件衣裳就來。」賈璉先回到賈母房裡，向賈政悄悄的回道：「諸事已交派明白了。」賈政點頭。外面又報：「太醫來了。」賈璉接入。又診了一回，大夫出來悄悄的告訴賈璉：「老太太的脈氣不好，防著些。」賈璉會意，與王夫人等說知。王夫人即忙使眼色叫鴛鴦過來，叫他把老太太的裝裹衣服預備出來。鴛鴦自去料理。賈母睜眼要茶喝，邢夫人便進了一杯參湯。賈母剛用嘴接著喝，便道：「不要這個，倒一鍾茶來我喝。」眾人不敢違拗，即忙送上來。一口喝了，還要，又喝一口，便說：「我要坐起來。」賈政等道：「老太太要什麼，只管說，可以不必坐起來纔好。」賈母道：「我喝了口水，心裡好些，略靠著和你們說說話。」珍珠等用手輕輕的扶起，看見賈母這回精神好些。未知生死，下回分解。

第一一〇回　史太君壽終歸地府　王鳳姐力詘失人心

卻說賈母坐起說道：「我到你們家已經六十多年了，從年輕的時候到老來，福也享盡了。自你們老爺起，兒子孫子也都算是好的了。就是寶玉呢，我疼了他一場……」說到那裡，拿眼滿地下瞅著。王夫人便推寶玉走到床前。賈母從被窩裡伸出手來拉著寶玉，道：「我的兒，你要爭氣纔好！」寶玉嘴裡答應，心裡一酸，那眼淚便要流下來，又不敢哭，只得站著。聽賈母說道：「我想再見一個重孫子，我就安心了。我的蘭兒在哪裡呢？」李紈也推賈蘭上去。賈母放了寶玉，拉著賈蘭，道：「你母親是要孝順的，將來你成了人，也叫你母親風光風光！鳳丫頭呢？」鳳姐本來站在賈母旁邊，趕忙走到跟前，說：「在這裡呢。」賈母道：「我的兒，你是太聰明了，將來修修福罷！我也沒有修什麼，不過心實吃虧。那些吃齋念佛的事我也不大幹，就是舊年叫人寫了些金剛經送送人，不知送完了沒有？」鳳姐道：「沒有呢。」賈母道：「早該施捨完了纔好。我們大老爺和珍兒是在外頭罷了；最可惡的是史丫頭沒良心，怎麼總不來瞧我！」鴛鴦等明知其故，都不言語。

賈母又瞧了一瞧寶釵，歎了口氣，只見臉上發紅。賈政知是迴光返照，即忙進上參湯。賈母的牙關已經緊了，合了一回眼，又睜著滿屋裡瞧了一瞧。王夫人、寶釵上去輕輕扶著，邢夫人、鳳姐等便忙穿衣。地下婆子們已將床安設停當，鋪了被褥。聽見賈母喉間略一響動，臉變笑容，竟是去了。享年八十三歲。眾婆子疾忙停床。

於是賈政等在外一邊跪著，邢夫人等在內一邊跪著，一齊舉起哀來。外面家人各樣預備齊全，只聽裡頭信兒一傳出來，從榮府大門起至內宅門，扇扇大開，一色淨白紙糊了；孝棚高起，大門前的牌樓立時豎起；上下人等登時成服。賈政報了丁憂❶，禮部奏聞。主上深仁厚澤，念及世代功勳，又係元妃祖母，賞銀一千兩，諭禮部主祭。家人們各處報喪。眾親友雖知賈家勢敗，今見聖恩隆重，都來探喪。擇了吉時成殮，停靈正寢。賈赦不在家，賈政為長；寶玉、賈環、賈蘭是親孫，年紀又小，都應守靈。賈璉雖也是親孫，帶著賈蓉尚可分派家人辦事。雖請了些男女外親來照應，內裡邢、王二夫人、李紈、鳳姐、寶釵等是應靈旁哭泣的。尤氏雖可照應，他自賈珍外出，依住榮府，一向總不上前，且又榮府的事不甚諳練。賈蓉的媳婦更不必說了。惜春年小，雖在這裡長的，他於家事全不知道——所以內裡竟無一人支持。只有鳳姐可以照管裡頭的事，況又賈璉在外作主，裡外他二人，倒也相宜。

鳳姐先前仗著自己的才幹，原打量老太太死了，他大有一番作為。邢、王二夫人等本知他曾辦過秦氏的事，必是妥當，於是仍叫鳳姐總理裡頭的事。鳳姐本不應辭，自然應了，心想：「這裡的事，本是我管的。那些家人更是我手下的人。太太和珍大嫂子的人本來難使喚些，如今他們都去了。銀項雖沒有了對牌，這宗銀子是現成的。外頭的事又是他辦著。雖說我現今身子不好，想來也不致落褒貶，必是比寧府裡還得辦些。」心下已定，且待明日接了三❷，後日一早便叫周瑞家的傳出話去，將「花名冊」取上來。

鳳姐一一的瞧了，統共只有男僕二十一人，女僕只有十九人，餘者俱是些丫頭，連各房算上，也不過三十多人，難以分派差使。心裡想道：「這回老太太的事倒沒有東府裡的人多。」又將莊上的弄出幾個，也不敷差遣。正在思算，只見一個小丫頭過來說：「鴛鴦姐姐請奶奶。」鳳姐只得過去。只見鴛鴦哭得淚人一般，一把拉著鳳姐兒，說道：「二奶奶請坐，我給二奶奶磕個頭。雖說服中不行禮，這個頭是要磕的！」鴛鴦說著跪下，

❶ 丁憂：遭遇父母的喪事。

❷ 接三：人死後第三日，迎魂歸來。

慌的鳳姐趕忙拉住，說道：「這是什麼禮？有話好好的說！」鴛鴦跪著，鳳姐便拉起來。鴛鴦說道：「老太太的事，一應內外，都是二爺和二奶奶辦。這宗銀子是老太太留下的。老太太這一輩子也沒有糟蹋過什麼銀錢，如今臨了這件大事，必得求二奶奶體體面面的辦一辦纔好！我方纔聽見老爺說什麼『詩云子曰』，我不懂；又說什麼『喪與其易，寧戚』，我聽了不明白。我問寶二奶奶，說是老爺的意思，老太太的喪事，只要悲切纔是真孝，不必糜費，圖好看的念頭。我想老太太這樣一個人，怎麼不該體面些？我雖是奴才丫頭，敢說什麼？只是老太太疼二奶奶和我這一場，臨死了還不叫他風光風光？我想二奶奶是能辦大事的，故此，我請二奶奶來，求作個主！我生是跟老太太的人，老太太死了，我也是跟老太太的！若是瞧不見老太太的事怎麼辦，將來怎麼見老太太呢？」

鳳姐聽了這話來的古怪，便說：「你放心，要體面是不難的。況且老爺雖說要省，那勢派也錯不得。便拿這項銀子都花在老太太身上，也是該當的。」鴛鴦道：「老太太的遺言說，所有剩下的東西是給我們的，二奶奶倘或用著不夠，只管拿這個去折變補上。就是老爺說什麼，我也不好違老太太的遺言。況且老太太分派的時候，不是老爺在這裡聽見的麼？」鳳姐道：「你素來最明白的，怎麼這會子那樣的著急起來了？」鴛鴦道：「不是我著急，為的是大太太是不管事的，老爺是怕招搖的。若是二奶奶心裡也是老爺的想頭，說抄過家的人家，喪事還是這麼好，將來又要抄起來，也就不顧起老太太來，怎麼處？在我呢，是個丫頭，好歹礙不著，到底是這裡的聲名！」鳳姐道：「我知道了。你只管放心，有我呢！」鴛鴦千恩萬謝的託了鳳姐。

那鳳姐出來，想道：「鴛鴦這東西好古怪！不知打了什麼主意？論理，老太太身上本該體面些。噯！不要管他，只按著偺們家先前的樣子辦去。」於是叫了旺兒家的來，把話傳出去，請二爺進來。不多時，賈璉進來說道：「怎麼找我？你在裡頭照應著些就是了。橫豎作主是偺們二老爺，他說怎麼著，偺們就怎麼著。」鳳姐道：「你也說起這個話來了，可不是鴛鴦說的話應驗了麼？」賈璉道：「什麼鴛鴦的話？」鳳姐便將鴛鴦請進去的話述了一遍。賈璉道：「他們的話算什麼！纔剛二老爺叫我去，說：『老太太的事固要認真辦理，但是知道的呢，說是老太太自己結果自己；不知道的，只說咱們都隱匿起來了，如今很寬裕。老太太的這宗銀子用不了，誰還要麼？仍舊該用在老太太身上。老太太是在南邊的，墳地雖有，陰宅卻沒有。老太太的柩是要歸到南邊去的，留這銀子在祖墳上蓋起些房屋來，再餘下的，置買幾頃祭田。偺們回去也好，就是不回去，便叫這些貧窮族中住著，也好按時按節，早晚上香，時常祭掃祭掃。』你想這些話可不是正經主意？據你這個話，難道都花了罷？」鳳姐道：「銀子發出來了沒有？」賈璉道：「誰見過銀子？我聽見偺們太太聽見了二老爺的話，極力的攛掇二太太和二老爺說：『這是好主意！』叫我怎麼著？現在外頭棚杠上要支幾百銀子，這會子還沒有發出來。我要去，他們都說有，先叫外頭辦了，回來再算。你想，這些奴才們，有錢的早溜了。按著冊子叫去，有的說告病，有的說下莊子去了的。走不動的有幾個，只有賺錢的能耐，還有賠錢的本事麼？」鳳姐聽了，獃了半天，說道：「這還辦什麼？」

正說著，見來了一個丫頭，說：「大太太的話，問二奶奶：『今兒第三天了，裡頭還很亂，供了飯，還叫親戚們等著嗎？叫了半天，來了菜，短了飯，這是什麼辦事的道理！』」鳳姐急忙進去吆喝人來伺候，胡弄著把早飯打發了。偏偏那日人來的多，裡頭的人都死眉瞪眼的。鳳姐只得在那裡照料了一會子，又惦記著派人，趕著出來，叫了旺兒家的傳齊了家下女人們，一一分派了。眾人都答應著不動。鳳姐道：「什麼時候，還不供飯？」眾人道：「傳飯是容易的，只要將裡頭的東西發出來，我們纔好照管去。」鳳姐道：「糊塗東西！派定了你們，少不得有的！」眾人只得勉強應著。鳳姐即往上房取發應用之物，要去請示邢、王二夫人，見人多難說，看那時候已經日漸平西了，只得找了鴛鴦，說要老太太存的這一分傢伙。鴛鴦道：「你還問我呢！那一年二爺當了，贖了來了麼？」鳳姐道：「不用銀的金的，只要那一分平常使的。」鴛鴦道：「大太太、珍大奶奶屋裡使的是哪裡來的？」鳳姐一想不差，轉身就走，只得到王夫人那邊找了玉釧、彩雲，纔拿了一分出來，急忙叫彩明登賬，發與眾人收管。

鴛鴦見鳳姐這樣慌張，又不好叫他回來，心想：「他頭裡作事，何等爽利周到！如今怎麼掣肘❸的這個樣兒？我看這兩三天連一點頭腦都沒有，不是老太太白疼他了嗎？」哪裡知邢夫人一聽賈政的話，正合著將來家計艱難的心，巴不得留一點子作個收局。況且老太太的事原是長房作主，賈赦雖不在家，賈政又是拘泥的人，有件事，便說請大奶奶的主意。邢夫人素知鳳姐手腳大❹，賈璉的鬧鬼，所以死拿住不放鬆。鴛鴦只道已將這項銀兩交了出去了，故見鳳姐掣肘如此，卻疑為不肯用心，便在賈母靈前嘮嘮叨叨哭個不了。

邢夫人等聽了話中有話，不想到自己不令鳳姐便宜行事，反說：「鳳丫頭果然有些不用心！」王夫人到了晚上，叫了鳳姐過來說：「偺們家雖說不濟，外頭的體面是要的。這兩三日人來人往，我瞧著那些人都照應不到，想必你沒有吩咐。還得你替我們操點心兒纔好！」鳳姐聽了，獃了一會，要將銀兩不湊手的話說出來，但只銀錢是外頭管的，王夫人說的是照應不到。鳳姐也不敢辯，只好不言語。邢夫人在旁說道：「論理，該是我們做媳婦的操心，本不是孫子媳婦的事，但是我們動不得身，所以託你的。你是打不得撒手的！」鳳姐紫脹了臉，正要回說，只聽外頭鼓樂一奏，是燒黃昏紙的時候了，大家舉起哀來，又不得說。鳳姐原想回來再說，王夫人催他出去料理，說道：「這裡有我們呢，你快快兒的去料理明兒的事罷。」

鳳姐不敢再言，只得含悲忍泣的出來，又叫人傳齊了眾人，又吩咐了一會，說：「大娘嬸子們可憐我罷！

❸ 掣肘：原比喻牽制他人行事。這裡是難於應付的意思。

❹ 手腳大：這裡指詭計多。

我上頭捱了好些話，為的是你們不齊截❺，叫人笑話，明兒你們豁出些辛苦來罷！」那些人回道：「奶奶辦事，不是今兒個一遭兒了，我們敢違拗嗎？只是這回的事，上頭過於累贅！只說打發這頓飯罷，有在這裡吃的，有要在家裡吃的；請了位太太，又是那位奶奶不來。諸如此類，哪得齊全？還求奶奶勸勸那些姑娘們少挑飭就好了。」鳳姐道：「頭一層是老太太的丫頭們，是難纏的，太太們的也難說話，叫我說誰去呢？」眾人道：「從前奶奶在東府裡還是署事❻，要打要罵，怎麼這樣鋒利，誰敢不依？如今這些姑娘們都壓不住了？」鳳姐歎道：「東府裡的事，雖說託辦的，太太雖在那裡，不好意思說什麼。如今是自己的事情，又是公中的❼，人人說得話。再者，外頭的銀錢也叫不靈，即如棚裡要一件東西，傳了出來，總不見拿進來，這叫我什麼法兒呢？」眾人道：「二爺在外頭，倒怕不應付麼？」鳳姐道：「還提那個！他也是那裡為難。第一件，銀錢不在他手裡，要一件得回一件，哪裡湊手？」眾人道：「老太太這項銀子不在二爺手裡麼？」鳳姐道：「你們回來問管事的就知道了。」眾人道：「怨不得！我們聽見外頭男人抱怨說：『這麼件大事，偺們一點摸不著，淨當苦差！』叫人怎麼能齊心呢？」鳳姐道：「如今不用說了。眼面前的事，大家留些神罷。倘或鬧的上頭有了什麼說的，我可和你們不依。」眾人道：「奶奶要怎麼樣，我們敢抱怨嗎？只是上頭一人一個主意，我們實在難周到的。」鳳姐聽了沒法，只得央說道：「好大娘們！明兒且幫我一天。等我把姑娘們鬧明白了，再說罷了。」眾人聽命而去。

鳳姐一肚子的委屈，愈想愈氣，直到天亮，又得上去。要把各處的人整理整理，又恐邢夫人生氣；要和王

---

❺ 齊截：齊全。

❻ 署事：代理辦事。

❼ 公中的：全體的；眾人都有份的。

夫人說，怎奈邢夫人挑唆。這些丫頭們見邢夫人等不助著鳳姐的威風，更加作踐起他來。幸得平兒替鳳姐排解，說是：「二奶奶巴不得要好，只是老爺、太太們吩咐了外頭，不許糜費，所以我們二奶奶不能應付到了。」說過幾次，纔得安靜些。雖說僧經道懺，上祭掛帳，絡繹不絕，終是銀錢吝嗇，誰肯踴躍？不過草草了事。連日王妃誥命也來得不少，鳳姐也不能上去照應，只好在底下張羅。叫了那個，走了這個；發一回急，央及一會；胡弄過了一起，又打發一起。別說鴛鴦等看去不像樣，連鳳姐自己心裡也過不去了。

邢夫人雖說是冢婦❽，仗著「悲戚為孝」四個字，倒也都不理會。王夫人落得跟了邢夫人行事，餘者更不必說了。獨有李紈瞧出鳳姐的苦處，也不敢替他說話，只自嘆道：「俗語說的：『牡丹雖好，全仗綠葉扶持。』太太們不虧了鳳丫頭，那些人還幫著嗎？若是三姑娘在家還好，如今只有他幾個自己的人瞎張羅，面前背後的也抱怨，說是一個錢摸不著，臉面也不能剩一點兒。老爺是一味的盡孝，庶務上頭不大明白。這樣的一件大事，不撒散幾個錢就辦的開了麼？可憐鳳丫頭鬧了幾年，不想在老太太的事上，只怕保不住臉了！」於是抽空兒叫了他的人來，吩咐道：「你們別看著人家的樣兒，也糟蹋起璉二奶奶來。別打量什麼穿孝守靈就算了大事了，不過混過幾天就是了。看見那些人張羅不開，便插個手兒，也未為不可。這也是公事，大家都該出力的。」那些素服李紈的人都答應著說：「大奶奶說得很是，我們也不敢那麼著。只聽見鴛鴦姐姐們的口話兒，好像怪璉二奶奶的似的。」李紈道：「就是鴛鴦，我也告訴過他。我說璉二奶奶並不是在老太太的事上不用心，只是銀子錢都不在他手裡，叫他巧媳婦還作的上沒米的粥來嗎？如今鴛鴦也知道了，所以他不怪他了。只是鴛鴦的樣子竟是不像從前了，這也奇怪，那時候有老太太疼他，倒沒有作過什麼威福；如今老太太死了，沒有了仗腰子的了，我看他倒有些氣質不大好了。我先前替他愁，這會子幸喜大老爺不在家，纔躲過去了；不然，他有什麼

❽ 冢婦：嫡長子之妻。

法兒？」

說著，只見賈蘭走來說：「媽媽睡罷。一天到晚人來客去的也乏了，歇歇罷。我這幾天總沒有摸摸書本兒。今兒爺爺叫我家裡睡，我喜歡的很，要理個一兩本書纔好，別等脫了孝再都忘了。」李紈道：「好孩子！看書呢，自然是好的，今兒且歇歇罷，等老太太送了殯再看罷。」賈蘭道：「媽媽要睡，我也就睡在被窩裡頭想想也罷了。」眾人聽了，都誇道：「好哥兒！怎麼這點年紀，得了空兒就想到書上？不像寶二爺，娶了親的人還是那麼孩子氣，這幾日跟著老爺跪著，瞧他很不受用，巴不得老爺一動身就跑過來找二奶奶，不知唧唧咕咕的說些什麼，甚至弄的二奶奶都不理他了。他又去找琴姑娘，琴姑娘也遠避著他。邢姑娘也不很和他說話，倒是偺們本家兒的什麼喜姑娘咧四姑娘咧，哥哥長哥哥短的和他親密。我們看那寶二爺除了和奶奶、姑娘們混混，只怕他心裡也沒有別的事，白過費❾了老太太的心，疼了他這麼大，哪裡及蘭哥兒一零兒呢！大奶奶，你將來是不愁的了！」李紈道：「就好也還小，只怕到他大了，偺們家還不知怎麼樣了呢！環哥兒你們瞧著怎麼樣？」眾人道：「這一個更不像樣兒了！兩隻眼睛倒像個活猴兒似的，東溜溜，西看看。雖在那裡嚎喪，見了奶奶、姑娘們來了，他在孝幔子裡頭淨偷著眼兒瞧人呢！」李紈道：「他的年紀其實也不小了。前日聽見說，還要給他說親呢，如今又得等著了。噯！還有一件事——偺們家這些人，我看來也是說不清的，且不必說閒話——後日送殯，各房的車輛是怎麼樣了？」眾人道：「璉二奶奶這幾天鬧的像失魂落魄的樣兒了，也沒見傳出去。昨兒聽見我的男人說，璉二爺派了薔二爺料理，說是偺們家的車也不夠，趕車的也少，要到親戚家去借去呢。」李紈笑道：「車也都是借得的麼？」眾人道：「奶奶說笑話兒了，車怎麼借不得？只是那一日所有的親戚都用車，只怕難借，想來還得僱呢。」李紈道：「底下人的只得僱，上頭白車❿也有僱的麼？」眾人道：「現在大

❾ 過費：枉費；辜負。

太太、東府裡的大奶奶、小蓉奶奶都沒有車了，不僱哪裡來的呢？」李紈聽了，嘆息道：「先前見有偺們家兒的太太、奶奶們坐了僱的車來，偺們都笑話，如今輪到自己頭上了！你明兒去告訴你們的男人，我們的車馬，早早兒的預備好了，省得擠。」眾人答應了出去。不提。

且說史湘雲因他女壻病著，賈母死後只來了一次，屈指算是後日送殯，不能不去。又見他女壻的病已成癆症，暫且不妨，只得坐夜前一日過來。想起賈母素日疼他；又想到自己命苦，剛配了一個才貌雙全的男人，性情又好，偏偏的得了冤孽症候，不過捱日子罷了，於是更加悲痛，直哭了半夜。鴛鴦等再三勸慰不止。寶玉瞅著也不勝悲傷，又不好上前去勸。見他淡妝素服，不敷脂粉，更比未出嫁的時候猶勝幾分。轉頭又看寶琴等淡素妝飾，自有一種天生丰韻。獨有寶釵渾身孝服，哪知道比尋常穿顏色時更有一番雅致。心裡想道：「所以千紅萬紫終讓梅花為魁，殊不知並非為梅花開的早，竟是『潔白清香』四字是不可及的了。但只這時候若有林妹妹也是這樣打扮，又不知怎樣的丰韻了！」想到這裡，不覺的心酸起來，那淚珠便直滾滾的下來了，趁著賈母的事，不妨放聲大哭。眾人正勸湘雲不止，外間又添出一個哭的來了。大家只道是想著賈母疼他的好處，所以傷悲，豈知他們兩個人各自有各自的心事？這場大哭，不禁滿屋的人無不下淚。還是薛姨媽、李嬸娘等勸住。

明日是坐夜之期，更加熱鬧。鳳姐這日竟支撐不住，也無方法，只得用盡心力，甚至咽喉嚷破，敷衍過了半日。到了下半天，人客更多了，事情也更繁了，瞻前不能顧後。正在著急，只見一個小丫頭跑來說：「二奶奶在這裡呢，怪不得大太太說：裡頭人多，照應不過來，二奶奶是躲著受用去了！」鳳姐聽了這話，一口氣撞上來，往下一咽，眼淚直流，只覺得眼前一黑，嗓子裡一甜，便噴出鮮紅的血來，身子站不住，就蹲倒在地。幸虧平兒急忙過來扶住。只見鳳姐的血吐個不住。未知性命如何，下回分解。

⑩ 白車：送葬的車。

第一一一回　鴛鴦女殉主登太虛　狗彘奴欺天招夥盜

話說鳳姐聽了小丫頭的話，又氣又急又傷心，不覺吐了一口血，便昏暈過去，坐在地下。平兒急來靠著，忙叫了人來攙扶著，慢慢的送到自己房中，將鳳姐輕輕的安放在炕上，立刻叫小紅斟上一杯開水送到鳳姐脣邊。鳳姐呷了一口，昏迷仍睡。秋桐過來略瞧了一瞧，卻便走開，平兒也不叫他。只見豐兒在旁站著，平兒叫他快快的去回明白了二奶奶吐血發暈不能照應的話，告訴邢、王二夫人。邢夫人打量鳳姐推病藏躲，因這時女親在內不少，也不好說別的，心裡卻不全信，只說：「叫他歇著去罷。」眾人也並無言語。

只說這晚人客來往不絕，幸得幾個內親照應。家下人等見鳳姐不在，也有偷閒歇力的，亂亂吵吵，已鬧的七顛八倒，不成事體了。到二更多天，遠客去後，便預備辭靈，孝幕內的女眷大家都哭了一陣。只見鴛鴦已哭的昏暈過去了，大家扶住搥鬧了一陣，纔醒過來，便說「老太太疼我一場，我跟了去」的話。眾人都打量人到悲哭，俱有這些言語，也不理會。到了辭靈之時，上上下下也有百十餘人，只有鴛鴦不在。眾人忙亂之時，誰去檢點？到了琥珀等一干的人哭奠之時，卻不見鴛鴦，想來是他哭乏了，暫在別處歇著，也不言語。

辭靈以後，外頭賈政叫了賈璉問明送殯的事，便商量著派人看家。賈璉回說：「上人裡頭，派了芸兒在家照應，不必送殯；下人裡頭，派了林之孝的一家子照應拆棚等事。但不知裡頭派誰看家？」賈政道：「聽見你母親說是你媳婦病了，不能去，就叫他在家的；你珍大嫂子又說你媳婦病得利害，還叫四丫頭陪著，帶領了幾個丫頭婆子照看上屋裡纔好。」賈璉聽了，心想：「珍大嫂子與四丫頭兩個不合，所以攛掇著不叫他去。若是上頭就是他照應，也是不中用的。我們那一個又病著，也難照應。」想了一會，回賈政道：「老爺且歇歇兒，等進去商量定了再回。」賈政點了點頭，賈璉便進去了。

誰知此時鴛鴦哭了一場，想到「自己跟著老太太一輩子，身子也沒有著落。如今大老爺雖不在家，大太太的這樣行為，我也瞧不上。老爺是不管事的人，以後便『亂世為王』起來了。我們這些人不是要叫他們掇弄了麼？誰收在屋子裡，誰配小子，我是受不得這樣折磨的，倒不如死了乾淨！但是一時怎麼樣的個死法呢？」一面想，一面走回老太太的套間屋內。剛跨進門，只見燈光慘淡，隱隱有個女人拿著汗巾子，好似要上吊的樣子。鴛鴦也不驚怕，心裡想道：「這一個是誰？和我的心事一樣，倒比我走在頭裡了。」便問道：「你是誰？偺們兩個人是一樣的心，要死一塊兒死。」那個人也不答言。鴛鴦走到跟前一看，並不是這屋子的丫頭。再仔細一看，覺得冷氣侵人，一時就不見了。鴛鴦獃了一獃，退出在炕沿上坐下，細細一想，道：「哦！是了。這是東府裡的蓉大奶奶啊！他早死了的了，怎麼到這裡來？必是來叫我來了。他怎麼又上吊呢？」想了一想，道：「是了，必是教給我死的法兒。」

鴛鴦這麼一想，邪侵入骨，便站起來，一面哭，一面開了妝匣，取出那年鉸的一綹頭髮，揣在懷裡，就在身上解下一條汗巾，按著秦氏方纔比的地方拴上。自己又哭了一回，聽見外頭人客散去，恐有人進來，急忙關上屋門，然後端了一個腳凳自己站上，把汗巾拴上扣兒套在咽喉，便把腳凳蹬開。可憐咽喉氣絕，香魂出竅，正無投奔，只見秦氏隱隱在前，鴛鴦的魂魄疾忙趕上，說道：「蓉大奶奶，你等等我。」那個人道：「我並不是什麼蓉大奶奶，乃警幻之妹，可卿是也。」鴛鴦道：「你明明是蓉大奶奶，怎麼說不是呢？」那人道：「這也有個原故，待我告訴你，你自然明白了。我在警幻宮中，原是個鍾情的首座，管的是風情月債，降臨塵世，自當為第一情人，引這些痴情怨女，早早歸入情司，所以該當懸梁自盡的。因我看破凡情，超出情海，歸入情天，所以太虛幻境『痴情』一司，竟自無人掌管。今警幻仙子已經將你補入，替我掌管此司，所以命我來引你前去的。」鴛鴦的魂道：「我是個最無情的，怎麼算我是個有情的人呢？」那人道：「你還不知道呢。世人都把那淫欲之事當作『情』字，所以作出傷風敗化的事來，還自謂風月多情，無關緊要。不知『情』之一字，喜怒哀樂未發之時，便是個性；喜怒哀樂已發，便是情了。至於你我這個情，正是未發之情，就如那花的含苞一樣。若待發洩出來，這情就不為真情了。」鴛鴦的魂聽了，點頭會意，便跟了秦氏可卿而去。

這裡琥珀辭了靈，聽邢、王二夫人分派看家的人，想著去問鴛鴦明日怎樣坐車，便在賈母的那間屋裡找了一遍，不見，又找到套間裡頭。剛到門口，見門兒掩著，從門縫裡望裡看時，只見燈光半明不滅的，影影綽綽，心裡害怕，又不聽見屋裡有什麼動靜，便走回來說道：「這蹄子跑到哪裡去了？」劈頭見了珍珠，說：「你見鴛鴦姐姐來著沒有？」珍珠道：「我也找他，太太們等他說話呢。必在套間裡睡著了。」琥珀道：「我瞧了，屋裡沒有。那燈也沒人夾蠟花兒，漆黑怪怕的，我沒進去。如今偺們一塊兒進去，瞧看有沒有。」琥珀等進去，正夾蠟花。珍珠說：「誰把腳凳撂在這裡，幾乎絆我一跤！」說著往上一瞧，唬的噯呀一聲，身子往後一仰，咕咚的栽在琥珀身上。琥珀也看見了，便大嚷起來，只是兩隻腳挪不動。

外頭的人也都聽見了，跑進來一瞧，大家嚷著，報與邢、王二夫人知道。王夫人、寶釵等聽了，都哭著去瞧。邢夫人道：「我不料鴛鴦倒有這樣志氣！快叫人去告訴老爺。」只有寶玉聽見此信，便唬的雙眼直豎。襲人等慌忙扶著，說道：「你要哭就哭，別憋著氣。」寶玉死命的纔哭出來了，心想：「鴛鴦這樣一個人，偏又這樣死法！」又想：「實在天地間的靈氣，獨鍾在這些女子身上了！他算得了死所。我們究竟是一件濁物，還是老太太的兒孫，誰能趕得上他？」復又喜歡起來。那時，寶釵聽見寶玉大哭，也出來了，及到跟前，見他又笑。襲人等忙說：「不好了！又要瘋了！」寶釵道：「不妨事，他有他的意思。」寶玉聽了，更喜歡寶釵的話，「到底他還知道我的心，別人哪裡知道！」正在胡思亂想，賈政等進來，著實的嗟嘆著，說道：「好孩子！不枉老太太疼他一場！」即命賈璉出去，吩咐人連夜買棺盛殮，「明日便跟著老太太的殯送出，也停在老太太棺後，全了他的心志。」賈璉答應出去，這裡命人將鴛鴦放下，停放裡間屋內。

平兒也知道了，過來同襲人、鶯兒等一干人都哭的哀哀欲絕。內中紫鵑也想起自己終身一無著落，「恨不跟了林姑娘去，又全了主僕的恩義，又得了死所。如今空懸在寶玉屋內，雖說寶玉仍是柔情密意，究竟算不得什麼。」於是更哭得哀切。

王夫人即傳了鴛鴦的嫂子進來，叫他看著入殮，遂與邢夫人商量了，在老太太項內賞了他嫂子一百兩銀子，還說等閒了將鴛鴦所有的東西俱賞他們。他嫂子磕了頭出去，反喜歡說：「真真的我們姑娘是個有志氣的，有造化的！又得了好名聲，又得了好發送。」旁邊一個婆子說道：「罷呀，嫂子！這會子你把一個活姑娘賣了一百銀子便這麼喜歡了；那時候兒給了大老爺，你還不知得多少銀錢呢，你該更得意了。」一句話戳了他嫂子的心，便紅了臉走開了。剛走到二門上，見林之孝帶了人抬進棺材來了，他只得也跟進去，幫著盛殮，假意哭嚎了幾聲。

賈政因他為賈母而死，要了香來，上了三炷，作了個揖，說：「他是殉葬的人，不可作丫頭論，你們小一輩都該行個禮。」寶玉聽了，喜不自勝，走上來恭恭敬敬磕了幾個頭。賈璉想他素日的好處，也要上來行禮，被邢夫人說道：「有了一個爺們便罷了，不要折受他不得超生。」賈璉就不便過來了。寶釵聽了，心中好不自在，便說道：「我原不該給他行禮，但只老太太去世，偺們都有未了之事，不敢胡為。他肯替偺們盡孝，偺們也該託託他，好好的替偺們伏侍老太太西去，也稍盡一點子心哪！」說著，扶了鶯兒走到靈前，一面奠酒，那眼淚早撲簌簌流下來了。奠畢，拜了幾拜，狠狠的哭了他一場。

眾人也有說寶玉的兩口子都是傻子，也有說他兩個心腸兒好的，也有說他知禮的，賈政反倒合了意。一面商量定了看家的，仍是鳳姐、惜春，餘者都遣去伴靈。一夜誰敢安眠？一到五更，聽見外面齊人。到了辰初發引，賈政居長，衰麻哭泣，極盡孝子之禮。靈柩出了門，便有各家的路祭，一路上的風光，不必細說。走了半日，來至鐵檻寺安靈，所有孝男等俱應在廟伴宿。不提。

且說家中林之孝帶領拆了棚，將門窗上好，打掃淨了院子，派了巡更的人，到晚打更上夜。只是榮府規例：一交二更，三門掩上，男人便進不去了，裡頭只有女人們查夜。鳳姐雖隔了一夜漸漸的神氣清爽了些，只是哪裡動得？只有平兒同著惜春各處走了一走，吩咐了上夜的人，也便各自歸房。

卻說周瑞的乾兒子何三，去年賈珍管事之時，因他和鮑二打架，被賈珍打了一頓，攆在外頭，終日在賭場過日。近知賈母死了，必有些事情領辦，豈知探了幾天的信，一些也沒有想頭，便噯聲嘆氣的回到賭場中，悶悶的坐下。那些人便說道：「老三，你怎麼樣？不下來撈本了麼？」何三道：「倒想要撈一撈呢，就只沒有錢麼。」那些人道：「你到你們周大太爺那裡去了幾日，府裡的錢，你也不知弄了多少來，又來和我們裝窮兒了。」何三道：「你們還說呢！他們的金銀不知有幾百萬，只藏著不用。明兒留著，不是火燒了，就是賊偷了，他們纔死心呢！」那些人道：「你又撒謊。他家抄了家，還有多少金銀？」何三道：「你們還不知道呢。抄去的是擱不了的。如今老太太死後，還留了好些金銀，他們一個也不使，都在老太太屋裡擱著，等送了殯回來纔分呢。」內中有一個人聽在心裡，擲了幾骰，便說：「我輸了幾個錢，也不翻本兒了，睡去了。」說著，便走出來，拉了何三道：「老三，我和你說句話。」何三跟他出來。

那人道：「你這樣一個伶俐人，這樣窮，為你不服這口氣！」何三道：「我命裡窮，可有什麼法兒呢？」那人道：「你纔說榮府的銀子這麼多，為什麼不去拿些使喚使喚？」何三道：「我的哥哥！他家的金銀雖多，你我去白要一二錢，他們給偺們嗎？」那人笑道：「他不給偺們，偺們就不會拿嗎？」何三聽了這話裡有話，忙問道：「依你說，怎麼樣拿呢？」那人道：「我說你沒有本事，若是我，早拿了來了。」何三道：「你有什麼本事？」那人便輕輕的說道：「你若要發財，你就引個頭兒。我有好些朋友，都是通天的本事。不要說他們送殯去了，家裡剩下幾個女人；就讓有多少男人也不怕，只怕你沒這麼大膽子罷咧！」何三道：「什麼敢不敢！你打量我怕那個乾老子麼？我是瞧著乾媽的情兒上頭，纔認他做乾老子罷咧！他又算了人了？你剛纔的話，就只怕弄不來，倒招了饑荒。他們哪個衙門不熟？別說拿不來，倘或拿了來，也要鬧出來的。」那人道：「這麼說，你的運氣來了！我的朋友，還有海邊上的呢，現今都在這裡。看過風頭，等個門路，若到了手，你我在這裡也無益，不如大家下海去受用，不好麼？你若撂不下你乾媽，偺們索性把你乾媽也帶了去，大家夥兒樂一樂，好不好？」何三道：「老大，你別是醉了罷？這些話混說的什麼！」說著，拉了那人走到一個僻靜地方，兩個人商量了一回，各人分頭而去。暫且不提。

且說包勇自被賈政吆喝派去看園，賈母的事出來也忙了，不曾派他差使。他也不理會，總是自做自吃，悶來睡一覺，醒時便在園裡耍刀弄棍，倒也無拘無束。那日賈母一早出殯，他雖知道，因沒有派他差事，他任意閒遊，只見一個女尼帶了一個道婆來到園內腰門那裡扣門。包勇走來，說道：「女師父，哪裡去？」道婆道：「今日聽得老太太的事完了，不見四姑娘送殯，想必是在家看家。想他寂寞，我們師父來瞧他一瞧。」包勇道：「主子都不在家，園門是我看的，請你們回去罷。要來呢，等主子們回來了再來。」婆子道：「你是哪裡來的個黑炭頭？也要管起我們的走動來了？」包勇道：「我嫌你們這些人，我不叫你們來，你們有什麼法兒？」婆子生了氣，嚷道：「這都是反了天的了事！連老太太在日還不能攔我們的來往走動呢，你是哪裡的這麼個橫強盜，這樣沒法沒天的？我偏要打這裡走！」說著，便把手在門環上狠狠的打了幾下。

妙玉已氣的不言語，正要回身便走，不料裡頭看二門的婆子聽見有人拌嘴似的，開門一看，見是妙玉，已經回身走去，明知必是包勇得罪了走了。近日婆子們都知道上頭太太們、四姑娘都和他親近得很，恐他日後說出門上不放他進來，那時如何擔得住？趕忙走來說：「不知師父來，我們開門遲了。我們四姑娘在家裡，還正想師父呢。快請回來。看園的小子是個新來的，他不知偺們的事。回來回了太太，打他一頓，攆出去就完了。」妙玉雖是聽見，總不理他。那禁得看腰門的婆子趕上，再四央求，後來纔說出怕自己擔不是，幾乎急的跪下。妙玉無奈，只得隨著那婆子過來。包勇見這般光景，自然不好再攔，氣得瞪眼歎氣而回。

這裡妙玉帶了道婆走到惜春那裡，道了惱，敘了些閒話。惜春說起：「在家看家，只好熬個幾夜，但是二奶奶病著，一個人又悶又害怕。能有一個人在這裡，我就放心。如今裡頭一個男人也沒有。今兒你既光降，肯伴我一宵，偺們下棋說話兒，可使得麼？」妙玉本自不肯，見惜春可憐，又提起下棋，一時高興，應了。打發道婆回去取了他的茶具衣褥，命侍兒送了過來，大家坐談一夜。惜春欣幸異常，便命彩屏去開上年蠲的雨水，預備好茶。那妙玉自有茶具。那道婆去了不多一時，又來了一個侍者，帶了妙玉日用之物。惜春親自烹茶。兩人言語投機，說了半天。那時已是初更時候，彩屏放下棋枰，兩人對弈。惜春連輸兩盤，妙玉又讓了四個子兒，惜春方贏了半子。

這時已到四更，天空地闊，萬籟無聲。妙玉道：「我到五更須得打坐一回，我自有人伏侍，你自去歇息。」惜春猶是不捨，見妙玉要自己養神，不便扭他。正要歇去，猛聽得東邊上屋內上夜的人一片聲喊起。惜春那裡的老婆子們也接著聲嚷道：「了不得了！有了人了！」嚇得惜春、彩屏等心膽俱裂，聽見外頭上夜的男人便聲喊起來。妙玉道：「不好了！必是這裡有了賊了！」正說著，這裡不敢開門，便掩了燈光，在窗戶眼內往外一瞧。只見幾個男人站在院內，嚇得不敢作聲，回身擺著手，輕輕的爬下來，說：「了不得！外頭有幾個大漢站著。」說猶未了，又聽得房上響聲不絕，便有外頭上夜的人進來吆喝拿賊。一個人說道：「上屋裡的東西都丟了，並不見人。東邊有人去了，偺們到西邊去。」惜春的老婆子聽見有自己的人，便在外間屋裡說道：「這裡有好些人上了房了。」上夜的都道：「你瞧！這可不是嗎？」大家一齊嚷起來。只聽房上飛下好些瓦來，眾人都不敢上前。

正在沒法，只聽園裡腰門一聲大響，打進門來。見一個稍長大漢，手執木棍，眾人唬得藏躲不及。聽得那人喊說道：「不要跑了他們一個！你們都跟我來！」這些家人聽了這話，越發唬得骨軟筋酥，連跑也跑不動了。只見這人站在當地，只管亂喊。家人中有一個眼尖些的看出來了。你道是誰？正是甄家薦來的包勇。這些家人不覺膽壯起來，便顫巍巍的說道：「有一個走了！有的在房上呢！」包勇便向地下一撲，聳身上房追趕那賊。

這些賊人明知賈家無人，先在院內偷看惜春房內，見有個絕色女尼，便頓起淫心，又欺上屋俱是女人，且又畏懼，正要踹進門去，因聽外面有人進來追趕，所以賊眾上房。見人不多，還想抵擋，猛見一人上房趕來，那些賊見是一人，越發不理論了，便用短兵抵住。那經得包勇用力一棍打去，將賊打下房來。那些賊飛奔而逃，從園牆過去。包勇也在房上追捕。豈知園內早藏下了幾個在那裡接贓，已經接過好些。見賊夥跑回，大家舉械保護。見追的只有一人，明欺寡不敵眾，反倒迎上來。包勇一見生氣，道：「這些毛賊！敢來和我鬥鬥！」那夥賊便說：「我們有一個夥計被他們打倒了，不知死活，偺們索性搶了他出來！」這裡包勇聞聲即打。那夥賊便輪起器械，四五個人圍住包勇，亂打起來。外頭上夜的人也都仗著膽子，只顧趕了來。眾賊見鬥他不過，只得跑了。包勇還要趕時，被一個箱子一絆，立定看時，心想東西未丟，眾賊遠逃，也不追趕，便叫眾人將燈照看。地下只有幾個空箱，叫人收拾，他便欲跑回上房。因路徑不熟，走到鳳姐那邊，見裡面燈燭輝煌，便問：「這裡有賊沒有？」裡頭的平兒戰兢兢的說道：「這裡也沒開門，只聽上屋叫喊，說有賊呢，你到那裡去罷。」包勇正摸不著路頭，遙見上夜的人過來，纔跟著一齊尋到上屋。見是門開戶啟，那些上夜的在那裡啼哭。

一時，賈芸、林之孝都進來了，見是失盜，大家著急。進內查點，老太太的房門大開，將燈一照，鎖頭擰折。進內一瞧，箱櫃已開。便罵那些上夜女人道：「你們都是死人麼？賊人進來，你們都不知道的麼？」那些上夜的人啼哭著說道：「我們幾個人輪更上夜，是管二三更的。我們都沒有住腳，前後走的。他們是四更五更。我們的下班兒，只聽見他們喊起來，並不見一個人。趕著照看，不知什麼時候把東西早已丟了。求爺們問管四更五更的！」林之孝道：「你們個個要死！回來再說，偺們先到各處看去。」上夜的男人領著走到尤氏那邊，門兒關緊。有幾個接音說：「嚇死我們了！」林之孝問道：「這裡沒有丟東西？」裡頭的人方開了門，道：「這裡沒丟東西。」

林之孝帶著人走到惜春院內，只聽得裡面說道：「了不得！嚇死了姑娘了。醒醒兒罷！」林之孝便叫人開門，問是怎麼了？裡頭婆子開門，說：「賊在這裡打仗，把姑娘都唬壞了。虧得妙師父和彩屏纔將姑娘救醒。東西是沒失。」林之孝道：「賊人怎麼打仗？」上夜的男人說：「幸虧包大爺上了房把賊打跑了去了，還聽見打倒了一個人呢。」包勇道：「在園門那裡呢，你們快瞧去罷。」賈芸等走到那邊，果見一個人躺在地下死了。細細一瞧，好像是周瑞的乾兒子。眾人見了詫異，派了一個人看守著，又派兩個人照看前後門，俱仍舊關鎖著。

林之孝便叫人開了門，報了營官。立刻到來查勘。踏察賊跡是從後夾道子上屋的，到了西院房上，見那瓦片破碎不堪，一直過了後園去了。眾上夜的人齊聲說道：「這不是賊，是強盜。」營官著急道：「並非明火執杖，怎麼是盜？」上夜的道：「我們趕賊，他在房上擲瓦，我們不能近前，幸虧我們家的姓包的上房打退。趕到園裡，還有好幾個賊竟與姓包的打仗，打不過姓包的，纔都跑了。」營官道：「可又來，若是強盜，倒打不過你們的人麼？不用說了，你們快查清了東西，遞了失單，我們報就是了。」

賈芸等又到了上屋，已見鳳姐扶病過來，惜春也來。賈芸請了鳳姐的安，問了惜春的好，大家查看失物。

因鴛鴦已死，琥珀等又送靈去了，那些東西都是老太太的，並沒見數，只用封鎖，如今打從哪裡查去？眾人都說：「箱櫃東西不少，如今一空，偷的時候不小，那些上夜的人管什麼的！況且打死的賊是周瑞的乾兒子，必是他們通同一氣的！」鳳姐聽了，氣的眼睛直瞪瞪的，便說：「把那些上夜的女人都拴起來，交給營裡去審問！」眾人叫苦連天，跪地哀求。不知怎生發放，並失去的物件有無著落，下回分解。

第一一二回　活冤孽妙姑遭大劫　死讎仇趙妾赴冥曹

話說鳳姐命綑起上夜眾女人，送營審問，女人跪地哀求。林之孝同賈芸道：「你們求也無益。老爺派我們看家，沒事是造化；如今有了事，上下都擔不是，誰救得你？若說是周瑞的乾兒子，連太太起，裡裡外外的都不乾淨。」鳳姐喘吁吁的說道：「這都是命裡所招，和他們說什麼？帶了他們去就是了。那丟的東西，你告訴營裡去說，實在是老太太的東西，問老爺們纔知道。等我們報了去，請了老爺們回來，自然開了失單送來。文官衙門裡我們也是這樣報。」賈芸、林之孝答應出去。

惜春一句話也沒有，只是哭道：「這些事，我從來沒有聽見過，為什麼偏偏碰在偺們兩個人身上！明兒老爺、太太回來，叫我怎麼見人？說把家裡交給偺們，如今鬧到這個分兒，還想活著麼？」鳳姐道：「偺們願意嗎？現在有上夜的人在那裡。」惜春道：「你還能說，況且你又病著；我是沒有說的。這都是我大嫂子害了我的！他攛掇著太太派我看家的。如今我的臉擱在哪裡呢！」說著，又痛哭起來。鳳姐道：「姑娘，你快別這麼想。若說沒臉，大家一樣的。你若這麼糊塗想頭，我更擱不住了。」

二人正說著，只聽見外頭院子裡有人大嚷的說道：「我說那三姑六婆是再要不得的！我們甄府裡從來是一概不許上門的。不想這府裡倒不講究這個！昨兒老太太的殯纔出去，那個什麼庵裡的尼姑死要到偺們這裡來，我吆喝著不准他進來，腰門上的老婆子倒罵我，死央及叫放那姑子進去。那腰門子一會兒開著，一會兒關著，不知做什麼。我不放心，沒敢睡，聽到四更，這裡就嚷起來。我來叫門倒不開了。我聽見聲兒緊了，打開了門，見西邊院子裡有人站著，我便趕上打死了。我今兒纔知道這是四姑奶奶的屋子，那個姑子就在裡頭。今日天沒亮溜出去了，可不是那姑子引進來的賊麼！」

平兒等聽著，都說：「這是誰這麼沒規矩？姑娘、奶奶都在這裡，敢在外頭這麼混嚷？」鳳姐道：「你聽見說『他甄府裡』，別就是甄家薦來的那個厭物罷？」惜春聽得明白，更加心裡過不的。鳳姐接著問惜春道：「那個人混說什麼姑子，你們哪裡弄了個姑子住下了？」惜春便將妙玉來瞧他，留著下棋守夜的話說了。鳳姐道：「是他麼？他怎麼肯這樣？是再沒有的話。但是叫這討人嫌的東西嚷出來，老爺知道了，也不好。」惜春愈想愈怕，站起來要走。鳳姐雖說坐不住，又怕惜春害怕，弄出事來，只得叫他先別走：「且看著人把偷剩下的東西收起來，再派了人看著，纔好走呢。」平兒道：「偺們不敢收，等衙門裡來了，踏看了纔好收呢。偺們只好看著。但只不知老爺那裡有人去了沒有？」鳳姐道：「你叫老婆子問去。」一會進來說：「林之孝是走不開，家下人要伺候查驗的，再有的是說不清楚的，已經芸二爺去了。」鳳姐點頭，同惜春坐著發愁。

且說那夥賊原是何三等邀的，偷搶了好些金銀財寶接運出去，見人追趕，知道都是那些不中用的人，要往西邊屋內偷去，在窗外看見裡面燈光底下兩個美人：一個姑娘，一個姑子。那些賊那顧性命，頓起不良，就要踹進來，因見包勇來趕，纔獲贓而逃，只不見了何三。大家且躲入窩家。到第二天打聽動靜，知是何三被他們打死，已經報了文武衙門，這裡是躲不住的，便商量趁早歸入海洋大盜一處去，若遲了，通緝文書一行，關津上就過不去了。內中一個人膽子極大，便說：「偺們走是走，我就只捨不得那個姑子，長的實在好看！不知是那個庵裡的雛兒呢？」一個人道：「啊呀！我想起來了！必就是賈府園裡的什麼櫳翠庵裡的姑子。不是前年外頭說他和他們家什麼寶二爺有原故，後來不知怎麼又害起相思病來了，請大夫吃藥的？就是他！」那一個人聽了，說：「偺們今日躲一天，叫偺們大哥借錢置辦些買賣行頭❶。明兒亮鐘時候❷，陸續出關。你們在關外二

❶ 買賣行頭：妝扮買賣人（生意人）的衣飾和用品。

十里坡等我。」眾賊議定，分贓俵散❸。不提。

且說賈政等送殯，到了寺內安厝畢，親友散去。賈政在外廂房伴靈，邢、王二夫人等在內，一宿無非哭泣。到了第二日，重新上祭。正擺飯時，只見賈芸進來，在老太太靈前磕了個頭，忙忙的跑到賈政跟前，跪下請了安，喘吁吁的將昨夜被盜，將老太太上房的東西都偷去，包勇趕賊，打死了一個，已經呈報文武衙門的話說了一遍。賈政聽了發怔。邢、王二夫人等在裡頭也聽見了，都嚇得魂不附體，並無一言，只有啼哭。賈政過了一會子，問：「失單怎樣開的？」賈芸回道：「家裡的人都不知道，還沒有開單。」賈政道：「還好，偺們動過家❹的，若開出好的來，反擔罪名。——快叫璉兒。」

賈璉領了寶玉等去別處上祭未回，賈政叫人趕了回來。賈璉聽了，急得直跳，一見芸兒，也不顧賈政在那裡，便把賈芸狠狠的罵了一頓，說：「不配抬舉的東西！我將這樣重任託你，押著人上夜巡更，你是死人麼？虧你還有臉來告訴！」說著，往賈芸臉上啐了幾口。賈芸垂手站著，不敢回一言。賈政道：「你罵他也無益了。」賈璉然後跪下，說：「這便怎麼樣？」賈政道：「也沒法兒，只有報官緝賊。但只是一件，老太太遺下的東西，偺們都沒動。你說要銀子，我想老太太死得幾天，誰忍得動他那一項銀子？原打量完了事，算了賬還人家，再有的，在這裡和南邊置墳產的。所有東西也沒見數兒。如今說文武衙門要失單，若將幾件好的東西開上，恐有礙；若說金銀若干，衣飾若干，又沒有實在數目，謊開使不得。——倒可笑你如今竟換了一個人了，為什麼這樣料理不開！你跪在這裡是怎麼樣呢？」賈璉也不敢答言，只得站起來就走。賈政又叫道：「你哪裡去？」賈

❷ 亮鐘時候：天亮的時候。
❸ 俵散：分散。
❹ 動過家：即抄過家。

璉又跪下道：「趕回家去料理清楚再來回。」賈政哼了一聲，賈璉把頭低下。賈政道：「你進去回了你母親，叫了老太太的一兩個丫頭去，叫他們細細的想了開單子。」

賈璉心裡明知老太太的東西都是鴛鴦經管，他死了問誰？就問珍珠，他們哪裡記得清楚？只不敢駁回，連連的答應了。回身走到裡頭，邢、王二夫人又埋怨了一頓，叫賈璉快回去，問他們這些看家的說：「明兒怎麼見我們？」賈璉也只得答應了出來，一面命人套車，預備琥珀等進城，自己騎上騾子，跟了幾個小廝，如飛的回去。賈芸也不敢再回賈政，斜簽著身子慢慢的溜出來，騎上了馬，來趕賈璉。一路無話。

到了家中，林之孝請了安，一直跟了進來。賈璉到了老太太上屋裡，見了鳳姐、惜春在那裡，心裡又恨，又說不出來，便問林之孝道：「衙門裡瞧了沒有？」林之孝自知有罪，便跪下回道：「文武衙門都瞧了，來踪去跡也看了，屍也驗了。」賈璉吃驚道：「又驗什麼屍？」林之孝又將包勇打死的夥賊似周瑞的乾兒子的話回了賈璉。賈璉道：「叫芸兒！」賈芸進來，也跪著聽話。賈璉道：「你見老爺時，怎麼沒有回周瑞的乾兒子做賊被包勇打死的話？」賈芸說道：「上夜的人說像他的，恐怕不真，所以沒有回。」賈璉道：「好糊塗東西！你若告訴了，我就帶了周瑞來一認，可不就知道了？」林之孝回道：「如今衙門裡把屍首放在市口兒招認去了。」賈璉道：「這又是個糊塗東西！誰家的人做了賊，被人打死，要償命麼？」林之孝回道：「這不用人家認，奴才就認得是他。」賈璉聽了想道：「是啊！我記得珍大爺那一年要打的可不是周瑞家的麼？」林之孝回說：「他和鮑二打架來著，爺還見過的呢。」

賈璉聽了更生氣，便要打上夜的人。林之孝哀告道：「請二爺息怒。那些上夜的人，派了他們，還敢偷懶？只是爺府上的規矩，三門裡一個男人不敢進去的，就是奴才們，裡頭不叫也不敢進去。奴才在外同芸哥兒刻刻查點，見三門關的嚴嚴的，外頭的門一層沒有開，那賊是從後夾道子來的。」賈璉道：「裡頭上夜的女人呢？」

林之孝將分更上夜的人奉奶奶的命細著等爺審問的話回了。賈璉又問：「包勇呢？」林之孝說：「又往園裡去了。」賈璉便說：「去叫他。」小廝們便將包勇帶來。說：「還虧你在這裡；若沒有你，只怕所有房屋裡的東西都搶了去了呢。」包勇也不言語。

惜春恐他說出那話，心下著急。鳳姐也不敢言語。只見外頭說：「琥珀姐姐等回來了。」大家見了，不免又哭一場。賈璉叫人檢點偷剩下的東西，只有些衣服、尺頭、錢箱未動，餘者都沒有了。賈璉心裡更加著急，想著：「外頭的棚杠銀、廚房的錢都沒有付給，明兒拿什麼還呢？」便獃想了一會。只見琥珀等進去，哭了一番，見箱櫃開著，所有的東西怎能記憶？便胡亂猜想，虛擬了一張失單，命人即送到文武衙門。賈璉復又派人上夜。鳳姐、惜春各自回房。賈璉不敢在家安歇，也不及埋怨鳳姐，竟自騎馬趕出城外去了。這裡鳳姐又恐惜春短見，又打發了豐兒過去安慰。

天已二更。不言這裡賊去關門，眾人更加小心，不敢睡覺。且說夥賊一心想著妙玉，知是孤庵女眾，不難欺負。到了三更夜靜，便拿了短兵器，帶了些悶香，跳上高牆。遠遠瞧見櫳翠庵內燈光猶亮，便潛身溜下，藏在房頭僻處。等到四更，見裡頭只有一盞海燈。妙玉一人在蒲團上打坐，歇了一會，便噯聲嘆氣的說道：「我自元墓到京，原想傳個名的，為這裡請來，不能又棲他處。昨兒好心去瞧四姑娘，反受了這蠢人的氣，夜裡又受了大驚。今日回來，那蒲團再坐不穩，只覺肉跳心驚。」因素常一個打坐的，今日又不肯叫人相伴。豈知到了五更，寒顫起來。正要叫人，只聽見窗外一響，想起昨晚的事，更加害怕，不免叫人。豈知那些婆子都不答應。自己坐著，覺得一股香氣透入顖門，便手足麻木，不能動彈，口裡也說不出話來，心中更自著急。只見一個人拿著明晃晃的刀進來。此時妙玉心中卻是明白，只不能動，想是要殺自己，索性橫了心，倒不怕他。那知那個人把刀插在背後，騰出手來，將妙玉輕輕的抱起，輕薄了一會子，便拖起背在身上。此時妙玉心中只是如醉如痴。可憐一個極潔極淨的女兒，被這強盜的悶香薰住，由著他掇弄了去了。

却說這賊背了妙玉，來到園後牆邊，搭了軟梯，爬上牆跳出去了，外邊早有夥賊弄了車輛在園外等著。那人將妙玉放倒在車上，反打起官銜燈籠，叫開柵欄，急急行到城門，正是開門之時。門官只知是有公幹出城的，也不及查詰。趕出城去，那夥賊加鞭，趕到二十里坡，和眾強徒打了照面，各自分頭奔南海而去。

不知妙玉被劫，或是甘受污辱，還是不屈而死，不知下落，也難妄擬。只言櫳翠庵一個跟妙玉的女尼，他本住在靜室後面，睡到五更，聽見前面有人聲響，只道妙玉打坐不安。後來聽見有男人腳步，門窗響動，欲要起來瞧看，只是身子發軟，懶待開口。又不聽見妙玉言語，只睜著兩眼聽著。到了天亮，纔覺得心裡清楚，披衣起來，叫了道婆預備妙玉茶水，他便往前面來看妙玉。豈知妙玉的踪跡全無，門窗大開。心裡詫異，昨晚響動，甚是疑心，說：「這樣早，他到哪裡去了？」走出院門一看，有一個軟梯靠牆立著，地下還有一把刀鞘、一條搭膊，便道：「不好了，昨夜是賊燒了悶香了！」急叫人起來查看，庵門仍是緊閉。那些婆子女侍們都說：「昨夜煤氣薰著了，今早都起不起來，這麼早，叫我們做什麼？」那女尼道：「師父不知哪裡去了！」眾人道：「在觀音堂打坐呢。」女尼道：「你們還做夢呢！你來瞧瞧！」

眾人不知，也都著忙，開了庵門，滿園裡都找到了，「想來或是到四姑娘那裡去了。」眾人來叩腰門，又被包勇罵了一頓。眾人說道：「我們妙師父昨晚不知去向，所以來找。求你老人家叫開腰門，問一問來了沒來就是了。」包勇道：「你們師父引了賊來偷我們，已經偷到手了，他跟了賊去受用去了！」眾人道：「阿彌陀佛！說這些話的，防著下割舌地獄！」包勇生氣道：「胡說！你們再鬧，我就要打了！」眾人陪笑央告道：「求爺叫開門，我們瞧瞧，若沒有，再不敢驚動你太爺了。」包勇道：「你不信，你去找，若沒有，回來問你們！」包勇說著，叫開腰門。眾人且找到惜春那裡。

惜春正是愁悶，惦著「妙玉清早去後，不知聽見我們姓包的話了沒有，只怕又得罪了他，以後總不肯來，我的知己是沒有了。況我現在實難見人，父母早死，嫂子嫌我。頭裡有老太太，到底還疼我些；如今也死了，留下我孤苦伶仃，如何了局？」想到迎春姐姐折磨死了，史姐姐守著病人，三姐姐遠去，這都是命裡所招，不能自由。獨有妙玉如閒雲野鶴，無拘無束。「我能學他，就造化不小了！但是我是世家之女，怎能遂意？這回看家，已大擔不是，還有何顏在這裡？又恐太太們不知我的心事，將來的後事如何呢？」想到其間，便要把自己的青絲鉸去，要想出家。彩屏等聽見，急忙來勸，豈知已將一半頭髮鉸去了。彩屏愈加著忙，說道：「一事不了，又出一事，這可怎麼好呢！」

正在吵鬧，只見妙玉的道婆來找妙玉。彩屏問起來由，先嚇了一跳，說：「是昨日一早去了，沒來。」裡面惜春聽見，急忙問道：「哪裡去了？」道婆將昨夜聽見的響動，被煤氣薰著，今早不見妙玉，庵內有軟梯刀鞘的話說了一遍。惜春驚疑不定，想起昨日包勇的話來，必是那些強盜看見了他，昨晚搶去了，也未可知。但是他素來孤潔的很，豈肯惜命？便問道：「怎麼你們都沒聽見麼？」婆子道：「怎麼不聽見！只是我們這些人都是睜著眼，連一句話也說不出來。必是那賊子燒了悶香。妙姑一人，想也被賊悶住，不能言語。況且賊人必多，拿刀執杖威逼著，他還敢聲喊麼？」

正說著，包勇又在腰門那裡嚷說：「裡頭快把這些混賬的婆子趕了出來罷！快關腰門！」彩屏聽見，恐擔不是，只得叫婆子出去，叫人關了腰門。惜春於是更加苦楚。無奈彩屏等再三以禮相勸，仍舊將一半青絲籠起。大家商議：「不必聲張。就是妙玉被搶，也當作不知，且等老爺、太太回來再說。」惜春心裡從此死定下一個出家的念頭。暫且不提。

且說賈璉回到鐵檻寺，將到家中查點了上夜的人，開了失單報去的話回了。賈政道：「怎樣開的？」賈璉便將琥珀所記得的數目單子呈出，並說：「這上頭元妃賜的東西，已經註明；還有那人家不大有的東西，不便開上，等侄兒脫了孝，出去託人細細的緝訪，少不得弄出來的。」賈政聽了合意，就點頭不言。賈璉進內見了邢、王二夫人，商量著：「勸老爺早些回家纔好呢，不然，都是亂麻似的。」邢夫人道：「可不是？我們在這裡也是驚心吊膽的。」賈璉道：「這是我們不敢說的。還是太太的主意，二老爺是依的。」邢夫人便與王夫人商議妥了。

過了一夜，賈政也不放心，打發寶玉進來說：「請太太們今日回家，過兩三日再來。家人們已經派定了，裡頭請太太們派人罷。」邢夫人派了鸚哥等一干人伴靈，將周瑞家的等人派了總管，其餘上下人等都回去。一時忙亂套車備馬。賈政等在賈母靈前辭別，眾人又哭了一場。都起來正要走時，只見趙姨娘還爬在地下不起。周姨娘打量他還哭，便去拉他。豈知趙姨娘滿嘴白沫，眼睛直豎，把舌頭吐出，反把家人唬了一大跳。賈環過來亂嚷。趙姨娘醒來說道：「我是不回去的！跟著老太太回南去！」眾人道：「老太太哪用你來？」趙姨娘道：「我跟了一輩子老太太，大老爺還不依，弄神弄鬼的算計我！我想仗著馬道婆要出出我的氣，銀子白花了好些，也沒有弄死一個，如今我回去了，又不知誰來算計我！」眾人先只說鴛鴦附著他，後頭聽說馬道婆的事，又不像了。邢、王二夫人都不言語瞅著，只有彩雲等代他央告道：「鴛鴦姐姐，你死是自己願意的，與趙姨娘什麼相干？放了他罷。」見邢夫人在這裡，也不敢說別的。趙姨娘道：「我不是鴛鴦。他早到仙界去了，我是閻王老爺差人拿我去的，要問我為什麼和馬道婆用魘魔法的案件。」說著便叫：「好璉二奶奶！你在這裡老爺面前少頂一句兒罷！我有一千日的不好，還有一天的好呢。好二奶奶！親二奶奶！並不是我要害你，我一時糊塗，聽了那個老娼婦的話。」正鬧著，賈政打發人進來叫環兒。婆子們去回說：「趙姨娘中了邪了，三爺看著呢。」賈政道：「沒有的事，我們先走了。」於是爺們等先回。

這裡趙姨娘還是混說，一時救不過來。邢夫人恐他又說出什麼來，便說：「多派幾個人在這裡瞧著他，偺們先走。到了城裡，打發大夫出來瞧罷。」王夫人本嫌他，也打撒手兒。寶釵本是仁厚的人，雖想著他害寶玉的事，心裡究竟過不去，背地裡託了周姨娘在這裡照應。那周姨娘也是個好人，便應承了。李紈說道：「我也在這裡罷。」王夫人道：「可以不必。」於是大家都要起身。賈環急忙道：「我也在這裡嗎？」王夫人啐道：「糊塗東西！你姨媽的死活都不知，你還要走嗎？」賈環就不敢言語了。寶玉道：「好兄弟！你是走不得的。我進了城，打發人來瞧你。」說畢，都上車回家。寺裡只有趙姨娘、賈環、鸚哥等人。

賈政、邢夫人等先後到家，到了上房，哭了一場。林之孝帶了家下眾人請了安，跪著。賈政喝道：「去罷！明日問你！」鳳姐那日發暈了幾次，竟不能出接；只有惜春見了，覺得滿面羞慚。邢夫人也不理他，王夫人仍是照常，李紈、寶釵拉著手說了幾句話。獨有尤氏說道：「姑娘，你操心了，倒照應了好幾天！」惜春一言不答，只紫脹了臉。寶釵將尤氏一拉，使了個眼色，尤氏等各自歸房去了。賈政略略的看了一看，歎了口氣，並不言語。到書房席地坐下，叫了賈璉、賈蓉、賈芸吩咐了幾句話。寶玉要在書房內陪賈政。賈政道：「不必。」蘭兒仍跟他母親。一宿無話。

次日，林之孝一早進書房跪著——賈政將前後被盜的事問了一遍——並將周瑞供了出來，又說：「衙門拿住了鮑二，身邊搜出了失單上的東西，現在夾訊，要在他身上要這一夥賊呢。」賈政聽了，大怒道：「家奴負恩，引賊偷竊家主，真是反了！」立刻叫人到城外將周瑞綑了，送到衙門審問。林之孝只管跪著，不敢起來。賈政道：「你還跪著做什麼？」林之孝道：「奴才該死，求老爺開恩！」正說著，賴大等一干辦事家人上來請了安，呈上喪事賬簿。賈政道：「交給璉二爺算明了來回。」吆喝著林之孝起來出去了。

賈璉一腿跪著，在賈政身邊說了一句話。賈政把眼一瞪道：「胡說！老太太的事，銀兩被賊偷去，就該罰奴才拿出來麼？」賈璉紅了臉，不敢言語，站起來也不敢動。賈政道：「你媳婦怎麼樣了？」賈璉又跪下，說：「看來是不中用了。」賈政嘆口氣道：「我不料家運衰敗一至如此！況且環哥兒他媽尚在廟中病著，也不知是什麼症候。你們知道不知道？」賈璉也不敢言語。賈政道：「傳出話去，叫人帶了大夫瞧瞧去。」賈璉即忙答應著出來，叫人帶了大夫到鐵檻寺去瞧趙姨娘。未知死活，下回分解。

第一一三回　懺宿冤鳳姐託村嫗　釋舊憾情婢感痴郎

話說趙姨娘在寺內得了暴病，見人少了，更加混說起來，唬的眾人都怕，就有兩個女人攙著。趙姨娘雙膝跪在地下，說一回，哭一回。有時爬在地下叫饒，說：「打殺我了！紅鬍子的老爺！我再不敢了！」有時雙手合著，也是叫疼，眼睛突出，嘴裡鮮血直流，頭髮披散。人人害怕，不敢近前。

那時又將天晚，趙姨娘的聲音只管喑啞起來，居然鬼嚎一般，無人敢在他跟前，只得叫了幾個有膽量的男人進來坐著。趙姨娘一時死去，隔了些時，又回過來，整整的鬧了一夜。到了第二天，也不言語，只裝鬼臉，自己拿手撕開衣服，露出胸膛，好像有人剝他的樣子。可憐趙姨娘雖說不出來，其痛苦之狀，實在難堪。正在危急，大夫來了，也不敢診脈，只囑咐：「辦後事罷。」說了，起身就走。那送大夫的家人再三央告，說：「請老爺看看脈，小的好回稟家主。」那大夫用手一摸，已無脈息。賈環聽了，然後大哭起來。眾人只顧賈環，誰料理趙姨娘？只有周姨娘心裡苦楚，想到：「做偏房側室的下場頭不過如此！況他還有兒子的；我將來死起來，還不知怎樣呢！」於是反哭的悲切。

且說那人趕回家去回稟了。賈政即派家人去照例料理，陪著環兒住了三天，一同回來。那人去了，這裡一人傳十，十人傳百，都知道趙姨娘使了毒心害人，被陰司裡拷打死了。又說是：「璉二奶奶只怕也好不了，怎麼說璉二奶奶告的呢？」

這些話傳到平兒耳內，甚是著急，看著鳳姐的樣子，實在是不能好的了。看著賈璉近日並不似先前的恩愛，本來事也多，竟像不與他相干的。平兒在鳳姐跟前只管勸慰。又兼著邢、王二夫人回家幾日，只打發人來問問，並不親身來看，鳳姐心裡更加悲苦。賈璉回來也沒有一句貼心的話。鳳姐此時只求速死，心裡一想，邪魔悉至。只見尤二姐從房後走來，漸近床前，說：「姐姐，許久的不見了！做妹妹的想念的很，要見不能，如今好容易進來見見姐姐。姐姐的心機也用盡了。偺們的二爺糊塗，也不領姐姐的情，反倒怨姐姐作事過於苛刻，把他的前程丟了，叫他如今見不得人。我替姐姐氣不平！」鳳姐恍惚說道：「我如今也後悔我的心忒窄了。妹妹不念舊惡，還來瞧我！」平兒在旁聽見，說道：「奶奶說什麼？」鳳姐一時甦醒，想起尤二姐已死，必是他來索命。被平兒叫醒，心裡害怕，又不肯說出，只得勉強說道：「我神魂不定，想是說夢話。給我搥搥。」

平兒上去搥著，見個小丫頭子進來，說是劉姥姥來了，婆子們帶著來請奶奶的安。平兒急忙下來，說：「在哪裡呢？」小丫頭子說：「他不敢就進來，還聽奶奶的示下。」平兒聽了點頭，想鳳姐病裡必是懶待見人，便說道：「奶奶現在養神呢，暫且叫他等著，你問他來有什麼事麼？」小丫頭子說道：「他們問過了，沒有事。說，知道老太太去世了，因沒有報，纔來遲了。」小丫頭子說著，鳳姐聽見，便叫：「平兒，你來。人家好心來瞧，不可冷淡了人家。你去請了劉姥姥進來，我和他說說話兒。」平兒只得出來請劉姥姥這裡坐。

鳳姐剛要合眼，又見一個男人一個女人走向炕前，就像要上炕似的。鳳姐著忙，便叫平兒說：「哪裡來了一個男人跑到這裡來了！」連叫兩聲，只見豐兒、小紅趕來，說：「奶奶要什麼？」鳳姐睜眼一瞧，不見有人，心裡明白，不肯說出來，便問豐兒道：「平兒這東西哪裡去了？」豐兒道：「不是奶奶叫去請劉姥姥去了麼？」

鳳姐定了一會神，也不言語。只見平兒同劉姥姥帶了一個小女孩兒進來，說：「我們姑奶奶在哪裡？」平兒引到炕邊。劉姥姥便說：「請姑奶奶安。」鳳姐睜眼一看，不覺一陣傷心，說：「姥姥，你好？怎麼這時候纔來？你瞧你外孫女兒也長的這麼大了！」劉姥姥看著鳳姐骨瘦如柴，神情恍惚，心裡也就悲慘起來，說：「我的奶奶！怎麼這幾個月不見，就病到這個分兒？我糊塗的要死，怎麼不早來請姑奶奶的安！」便叫青兒給姑奶奶奶請安。青兒只是笑。鳳姐看了，倒也十分喜歡，便叫小紅招呼著。劉姥姥道：「我們屯鄉裡的人，不會病的，若一病了，就要求神許願，從不知道吃藥的。我想姑奶奶的病不要撞著什麼了罷？」平兒聽著那話不在理，便在背地裡扯他。劉姥姥會意，便不言語了。哪裡知道這句話倒合了鳳姐的意，扎掙著說：「姥姥！你是有年紀的人，說的不錯。你見過的趙姨娘也死了，你知道麼？」劉姥姥詫異道：「阿彌陀佛！好端端一個人怎麼就死了？我記得他也有一個小哥兒，這便怎麼樣呢？」平兒道：「這怕什麼？他還有老爺、太太呢。」劉姥姥道：「姑娘，你哪裡知道？不好死了是親生的；隔了肚皮子是不中用的！」這句話又招起鳳姐的愁腸，嗚嗚咽咽的哭起來了。眾人都來解勸。

巧姐兒聽見他母親悲哭，便走到炕前，用手拉著鳳姐的手，也哭起來。鳳姐一面哭著，道：「你見過了姥姥了沒有？」巧姐兒道：「沒有。」鳳姐道：「你的名字還是他起的呢，就和乾娘一樣。你給他請個安。」巧姐兒便走到跟前，劉姥姥忙拉著道：「阿彌陀佛！不要折殺我了！巧姑娘，我一年多不來，你還認得我麼？」巧姐兒道：「怎麼不認得？那年在園裡見的時候，我還小。前年你來，我還和你要隔年的蟈蟈兒，你也沒有給我，必是忘了。」劉姥姥道：「好姑娘，我是老糊塗了。若說蟈蟈兒，我們屯裡多著呢，只是不到我們那裡去。若去了，要一車也容易。」鳳姐道：「不然，你帶了他去罷。」劉姥姥笑道：「姑娘這樣千金貴體，綾羅裹大了的，吃的是好東西；到了我們那裡，我拿什麼哄他頑，拿什麼給他吃呢？這倒不是坑殺我了麼？」說著，自己還笑。他說：「那麼著，我給姑娘做個媒罷。我們那裡雖說是屯鄉裡，也有大財主人家，幾千頃地，幾百牲口，銀子錢亦不少，只是不像這裡有金的，有玉的。姑奶奶是瞧不起這樣人家，我們莊家人瞧著這樣大財主，也算是天上的人了！」鳳姐道：「你說去，我願意就給。」劉姥姥道：「這是頑話兒罷咧。放著姑奶奶這樣大官大府的人家，只怕還不肯給，哪裡肯給莊家人？就是姑奶奶肯了，上頭太太們也不給。」巧姐因他這話不好聽，便走了去和青兒說話。兩個女孩兒倒說得上，漸漸的就熟起來了。

這裡平兒恐劉姥姥話多攪煩了鳳姐，便拉了劉姥姥說：「你提起太太來，你還沒有過去呢。我出去叫人帶了你去見見，也不枉來這一趟。」劉姥姥便要走，鳳姐道：「忙什麼！你坐下，我問你，近來的日子還過的麼？」劉姥姥千恩萬謝的說道：「我們若不仗著姑奶奶……」說著，指著青兒說：「他的老子娘都要餓死了。如今雖說是莊家人苦，家裡也掙了好幾畝地，又打了一眼井，種些菜蔬瓜果。一年賣的錢也不少，盡夠他們嚼吃的了。這兩年姑奶奶還時常給些衣服布疋，在我們村裡算過得的了。阿彌陀佛！前日他老子進城，聽見姑奶奶這裡動了家，我就幾乎唬殺了；虧得又有人說，不是這裡，我纔放心。後來又聽見說這裡老爺陞了，我又喜歡，就要來道喜，為的是滿地的莊稼，來不得。昨日又聽見說老太太沒有了，我在地裡打豆子，聽見了這話，唬得連豆子都拿不起來了，就在地裡狠狠的哭了一大場。我合女壻說：『我也顧不得你們了！不管真話謊話，我是要進城瞧瞧去的！』我女兒、女壻也不是沒良心的，聽見了也哭了一會子。今兒天沒亮，就趕著我進城來了。我也不認得一個人，沒有地方打聽。一徑來到後門，見是門神都糊了❶，我這一唬又不小。進了門，找周嫂子，再找不著，撞見一個小姑娘，說：『周嫂子得了不是了，攆了。』我又等了好半天，遇見了熟人，纔得進來。不打量姑奶奶也是那麼病！」說著，就掉下淚來。

平兒等著急，也不等他說完了，拉著就走，說：「你老人家說了半天，口乾了，偺們喝碗茶去罷。」拉著劉姥姥到下房坐著。青兒在巧姐兒那邊。劉姥姥道：「茶倒不要，好姑娘，叫人帶了我去請太太的安，哭哭老太太去罷。」平兒道：「你不用忙，今兒也趕不出城的了。方纔我是怕你說話不防頭，招的我們奶奶哭，所以催你出來的。別思量。」劉姥姥道：「阿彌陀佛！姑娘是你多心，我知道。倒是奶奶的病怎麼好呢？」平兒道：

❶ 門神都糊了：有喪事的人家，用白紙把門上的對聯或門神蓋起來，表示守喪。

「你瞧去妨礙不妨礙？」劉姥姥道：「說是罪過，我瞧著不好。」

正說著，又聽鳳姐叫呢。平兒及到床前，鳳姐又不言語了。平兒正問豐兒，賈璉進來，向炕上一瞧，也不言語，走到裡間，氣哼哼的坐下。只有秋桐跟了進去。倒了茶，殷勤一回，不知嘁嘁喳喳的說些什麼。回來，賈璉叫平兒來問道：「奶奶不吃藥麼？」平兒道：「不吃藥。怎麼樣呢？」賈璉道：「我知道麼？你拿櫃子上的鑰匙來罷。」平兒見賈璉有氣，又不敢問，只得出來鳳姐耳邊說了一聲。鳳姐不言語，平兒便將一個匣子擱在賈璉那裡就走。賈璉道：「有鬼叫你嗎？你擱著叫誰拿呢？」平兒忍氣打開，取了鑰匙，開了櫃子，便問道：「拿什麼？」賈璉道：「偺們有什麼嗎？」平兒氣得哭道：「有話明白說，人死了也願意！」賈璉道：「還要說麼？頭裡的事是你們鬧的；如今老太太的還短了四五千銀子，老爺叫我拿公中的地賬弄銀子，你說有麼？外頭拉的賬不開發，使得麼？誰叫我應這個名兒！只好把老太太給我的東西折變去罷了！你不依麼？」平兒聽了，一句不言語，將櫃裡東西搬出。只見小紅過來說：「平姐姐快走！奶奶不好呢！」平兒也顧不得賈璉，急忙過來。見鳳姐用手空抓，平兒用手攥著哭叫。賈璉也過來一瞧，把腳一跺道：「若是這樣，是要我的命了！」說著，掉下淚來。豐兒進來說：「外頭找二爺呢。」賈璉只得出去。

這裡鳳姐愈加不好，豐兒等不免哭起來。巧姐聽見趕來。劉姥姥也急忙走到炕前，嘴裡念佛，搗了些鬼，果然鳳姐好些。一時王夫人聽了丫頭的信，也過來了，先見鳳姐安靜些，心下略放心。見了劉姥姥，便說：「劉姥姥，你好？什麼時候來的？」劉姥姥便說請太太安，不及細說，只言鳳姐的病，講究了半天。彩雲進來說：「老爺請太太呢。」王夫人叮嚀了平兒幾句話，便過去了。

鳳姐鬧了一回，此時又覺清楚些。見劉姥姥在這裡，心裡信他求神禱告，便把豐兒等支開，叫劉姥姥坐在床前，告訴他心神不寧，如見鬼怪的樣。劉姥姥便說我們屯裡什麼菩薩靈，什麼廟有感應。鳳姐道：「求你替我禱告。要用供獻的銀錢，我有。」便在手腕上褪下一隻金鐲子來交給他。劉姥姥道：「姑奶奶，不用那個。我們村莊人家許了願，好了，花上幾百錢就是了，哪用這些？就是我替姑奶奶求去，也是許願，等姑奶奶好了，要花什麼，自己去花罷。」鳳姐明知劉姥姥一片好心，不好勉強，只得留下，說：「姥姥，我的命交給你了！我的巧姐兒也是千災百病的，也交給你了！」劉姥姥順口答應，便說：「這麼著，我看天氣尚早，還趕得出城去，我就去了。明兒姑奶奶好了，再請還願去。」鳳姐因被眾冤魂纏繞害怕，巴不得他就去，便說：「你若肯替我用心，我能安穩睡一覺，我就感激你了。你外孫女兒，叫他在這裡住下罷。」劉姥姥道：「莊家孩子沒有見過世面，沒的在這裡打嘴，我帶他去的好。」鳳姐道：「這就是多心了。既是偺們一家，這怕什麼？雖說我們窮了，多一個人吃飯也不礙什麼。」劉姥姥見鳳姐真情，落得叫青兒住幾天，又省了家裡的嚼吃。只怕青兒不肯，不如叫他來問問，若是他肯，就留下。於是和青兒說了幾句。青兒因與巧姐兒頑得熟了，巧姐又不願他去，青兒又願意在這裡，劉姥姥便吩咐了幾句，辭了平兒，忙忙的趕出城去。不提。

且說櫳翠庵原是賈府的地址，因蓋省親園子，將那庵圈在裡頭，向來食用香火並不動賈府的錢糧。今日妙玉被劫，那女尼呈報到官，一則候官府緝盜的下落，二則是妙玉基業，不便離散，依舊住下，不過回明了賈府。那時賈府的人雖都知道，只為賈政新喪，且又心事不寧，也不敢將這些沒要緊的事回稟。只有惜春知道此事，日夜不安。漸漸傳到寶玉耳邊，說妙玉被賊劫去；又有的說妙玉凡心動了，跟人而走。寶玉聽得，十分納悶：「想來必是被強徒搶去。這個人必不肯受，一定不屈而死！」但是一無下落，心下甚不放心，每日長噓短嘆，還說：「這樣一個人，自稱為『檻外人』，怎麼遭此結局！」又想到：「當日園中何等熱鬧，自從二姐姐出閣以來，死的死，嫁的嫁，我想他一塵不染是保得住的了，豈知風波頓起，比林妹妹死的更奇！」由是一而二，二而三，追思起來，想到莊子上的話，虛無縹緲，人生在世，難免風流雲散，不禁的大哭起來。襲人等又道是他的瘋病發作，百般的溫柔解勸。寶釵初時不知何故，也用話箴規。怎奈寶玉抑鬱不解，又覺精神恍惚。寶釵想不出道理，再三打聽，方知妙玉被劫，不知去向，也是傷感。只為寶玉愁煩，便用正言解釋，因提起：「蘭兒自送殯回來，雖不上學，聞得日夜苦攻。他是老太太的重孫。老太太素來望你成人，老爺為你日夜焦心，你為閒情痴意糟蹋自己，我們守著你，如何是個結果？」說得寶玉無言可答，過了一會，纔說道：「我哪管人家的閒事？只可嘆偺們家的運氣衰頹！」寶釵道：「可又來！老爺、太太原為是要你成人，接續祖宗遺緒，你只是執迷不悟，如何是好？」寶玉聽來，話不投機，便靠在桌上睡去。寶釵也不理他，叫麝月等伺候著，自己卻去睡了。

寶玉見屋裡人少，想起：「紫鵑到了這裡，我從沒和他說句知心的話兒，冷冷清清撂著他，我心裡甚不過意。他呢，又比不得麝月、秋紋我可以安放得的。想起從前我病的時候，他在我這裡伴了好些時，如今他的那一面小鏡子還在我這裡，他的情意卻也不薄了。如今不知為什麼，見我就是冷冷的。若說為我們這一個呢，他是和林妹妹最好的，我看他待紫鵑也不錯。我有不在家的日子，紫鵑原也與他有說有講的；到我來了，紫鵑便走開了。想來自然是為林妹妹死了，我便成了家的原故。噯！紫鵑，紫鵑！你這樣一個聰明女孩兒，難道連我這點子苦處都看不出來麼？」因又一想：「今晚他們睡的睡，做活的做活，不如趁著這個空兒，我找他去，看他有什麼話。倘或我還有得罪之處，便賠個不是也使得。」想定主意，輕輕的走出了房門，來找紫鵑。

那紫鵑的下房也就在西廂裡間。寶玉悄悄的走到窗下，只見裡面尚有燈光，便用舌頭舐破窗紙，往裡一瞧。見紫鵑獨自挑燈，又不是做什麼，獃獃的坐著。寶玉便輕輕的叫道：「紫鵑姐姐，還沒有睡麼？」紫鵑聽了，嚇了一跳，怔怔的半日，纔說：「是誰？」寶玉道：「是我。」紫鵑聽著似乎是寶玉的聲音，便問：「是寶二爺麼？」寶玉在外輕輕的答應了一聲。紫鵑問道：「你來做什麼？」寶玉道：「我有一句心裡的話要和你說說，你開了門，我到你屋裡坐坐。」紫鵑停了一會兒，說道：「二爺有什麼話？天晚了，請回罷，明日再說罷。」寶玉聽了，寒了半截。自己還要進去，恐紫鵑未必開門；欲要回去，這一肚子的隱情，越發被紫鵑這一句話勾起。無奈，說道：「我也沒有多餘的話，只問你一句。」紫鵑道：「既是一句，就請說。」寶玉半日反不言語。紫鵑在屋裡，不見寶玉言語，知他素有痴病，恐怕一時實在搶白了他，勾起他的舊病，倒也不好了，因站起來細聽了一聽，又問道：「是走了，還是傻站著呢？有什麼又不說，盡著在這裡慪人！已經慪死了一個，難道還要慪死一個麼？這是何苦來呢？」說著，也從寶玉舐破之處往外一瞧，見寶玉在那裡獃聽。紫鵑不便再說，回身剪了剪燭花。忽聽寶玉嘆了一聲道：「紫鵑姐姐！你從來不是這樣鐵心石腸，怎麼近來連一句好好兒的話都不和我說了？我固然是個濁物，不配你們理我，但只我有什麼不是，只望姐姐說明了，哪怕姐姐一輩子不理我，我死了倒作個明白鬼呀！」紫鵑聽了，冷笑道：「二爺就是這個話呀？還有什麼？若就是這句話呢，我們姑娘在時，我也跟著聽俗了；若是我們有什麼不好處呢，我是太太派來的，二爺倒是回太太去。左右我們丫頭們更算不得什麼了！」說到這裡，那聲兒便哽咽起來，說著，又醒鼻涕。寶玉在外知他傷心哭了，便急的跺腳道：「這是怎麼說！我的事情，你在這裡幾個月，還有什麼不知道的？就便別人不肯替我告訴你，難道你還不叫我說，叫我憋死了不成？」說著，也嗚咽起來了。

寶玉正在這裡傷心，忽聽背後一個人接言道：「你叫誰替你說呢？誰是誰的什麼？自己得罪了人，自己央及呀！人家賞臉不賞在人家，何苦來拿我們這些沒要緊的墊踹兒呢？」這一句話把裡外兩個人都嚇了一跳。你道是誰？原來卻是麝月。寶玉自覺臉上沒趣。只見麝月又說道：「到底是怎麼著？一個賠不是，一個又不理。你倒是快快的央及呀！噯！我們紫鵑姐姐也就太狠心了，外頭這麼怪冷的，人家央及了這半天，總連個活動氣兒也沒有！」又向寶玉道：「剛纔二奶奶說了，多早晚了，打量你在哪裡呢，你卻一個人站在這房簷底下做什麼？」紫鵑裡面接著說道：「這可是什麼意思呢？早就請二爺進去，有話明日說罷。這是何苦來！」寶玉還要說話，因見麝月在那裡，不好再說別的，只得一面同麝月走回，一面說道：「罷了，罷了！我今生今世也難剖白這個心了！惟有老天知道罷了！」說到這裡，那眼淚也不知從何處來的，滔滔不斷了。麝月道：「二爺，依我勸你死了心罷。白賠眼淚，也可惜了兒的。」寶玉也不答言，遂進了屋子，只見寶釵睡了。寶玉也知寶釵裝睡。卻是襲人說了一句道：「有什麼話，明日說不得？巴巴兒的跑到那裡去鬧，鬧出……」說到這裡，也就不肯說，遲了一遲，纔接著道：「身上不覺怎麼樣？」寶玉也不言語，只搖搖頭兒，襲人一面纔打發睡下。一夜無眠，自不必說。

這裡紫鵑被寶玉一招，越發心裡難受，直直的哭了一夜。思前想後：「寶玉的事，明知他病中不能明白，所以眾人弄鬼弄神的辦成了；後來寶玉明白了，舊病復發，時常哭想，並非忘情負義之徒。今日這種柔情，一發叫人難受。只可憐我們林姑娘真真是無福消受他！如此看來，人生緣分，都有一定。在那未到頭時，大家都是痴心妄想，及至無可如何，那糊塗的也就不理會了，那情深義重的也不過臨風對月，灑淚悲啼。可憐那死的倒未必知道，這活的真真是苦惱傷心，無休無了。算來竟不如草木石頭，無知無覺，倒也心中乾淨！」想到此處，倒把一片酸熱之心，一時冰冷了。纔要收拾睡時，只聽東院裡吵嚷起來。未知何事，下回分解。

第一一四回　王熙鳳歷幻返金陵　甄應嘉蒙恩還玉闕

卻說寶玉、寶釵聽說鳳姐病的危急，趕忙起來。丫頭秉燭伺候。正要出院，只見王夫人那邊打發人來說：「璉二奶奶不好了，還沒有咽氣，二爺、二奶奶且慢些過去罷。璉二奶奶的病有些古怪，從三更天起到四更時候，璉二奶奶沒有住嘴說些胡話，要船要轎的，說到金陵歸入冊子去。眾人不懂。他只是哭哭喊喊的。璉二爺沒有法兒，只得去糊了船轎，還沒拿來。璉二奶奶喘著氣等呢。太太叫我們過來說，等璉二奶奶去了再過去罷。」寶玉道：「這也奇，他到金陵做什麼？」襲人輕輕的和寶玉說道：「你不是那年做夢，我還記得說有多少冊子。不是璉二奶奶也到那裡去麼？」寶玉聽了，點頭道：「是呀！可惜我都不記得那上頭的話了。這麼說起來，人都有個定數的了。但不知林妹妹又到哪裡去了？我如今被你一說，我有些懂得了。若再做這個夢時，我得細細的瞧一瞧，便有未卜先知的分兒了。」襲人道：「你這樣的人，可是不可和你說話的！偶然提了一句，你便認起真來了嗎？就算你能先知了，你有什麼法兒？」寶玉道：「只怕不能先知，若是能了，我也犯不著為你們瞎操心了！」

兩人正說著，寶釵走來問道：「你們說什麼？」寶玉恐他盤詰，只說：「我們談論鳳姐姐。」寶釵道：「人要死了，你們還只管議論他。舊年你還說我咒人，那個籤不是應了麼？」寶玉又想了一想，拍手道：「是的！是的！這麼說起來，你倒能先知了。我索性問問你：你知道我將來怎麼樣？」寶釵笑道：「這是又胡鬧起來了。我是就他求的籤上的話混解的，你就認了真了。你就和我們二嫂子一樣的了：你失了玉，他去求妙玉扶乩，批出來的眾人不解，他還背地裡和我說妙玉怎麼前知，怎麼參禪悟道；如今他遭此大難，他如何自己都不知道？

這可是算得前知嗎？就是我偶然說著了二奶奶的事情，其實知道他是怎麼樣了？只怕我連我自己也不知道呢。這些事情，原都是虛誕的，可是信得的麼？」

寶玉道：「別提他了。你只說邢妹妹罷，自從我們這裡連連的有事，把他這件事竟忘記了。你們家這麼一件大事，怎麼就草草的完了？也沒請親喚友的。」寶釵道：「你這話又是迂了。我們家的親戚只有偺們這裡和王家最近。王家沒了什麼正經人了；偺們家遭了老太太的大事，所以也沒請，就是璉二哥張羅了張羅。別的親戚雖也有一兩門子，你沒過去，如何知道？算起來，我們這二嫂子的命和我差不多。好好的許了我二哥哥，我媽媽原想要體體面面的給二哥哥娶這房親事的。一則為我哥哥在監裡，二哥哥也不肯大辦；二則為偺們家的事；三則為我二嫂子在大太太那邊忒苦，又加著抄了家，大太太是苛刻一點的，他也實在難受，所以我和媽媽說了，便將將就就的娶了過去。我看二嫂子如今倒是安心樂意的孝敬我媽媽，比親媳婦還強十倍呢！待二哥哥也是極盡婦道的，和香菱又甚好，二哥哥不在家，他兩個和和氣氣的過日子。雖說是窮些，我媽媽近來倒安逸好些。就是想起我哥哥來不免悲傷。況且常打發人家裡來要使用，多虧二哥哥在外頭賬頭兒上討來應付他的。我聽見說城裡有幾處房子已經典去，還剩下一所在那裡，打算著搬去住。」寶玉道：「為什麼要搬？住在這裡，你來去也便宜些；若搬遠了，你去就要一天了。」寶釵道：「雖說是親戚，到底各自的穩便些。哪裡有個一輩子住在親戚家的呢？」

寶玉還要講出不搬去的理，王夫人打發人來說：「璉二奶奶咽了氣了，所有的人都過去了，請二爺二奶奶就過去。」寶玉聽了，也掌不住跺腳要哭。寶釵雖也悲戚，恐寶玉傷心，便說：「有在這裡哭的，不如到那邊哭去。」於是兩人一直到鳳姐那裡，只見好些人圍著哭呢。寶釵走到跟前，見鳳姐已經停床，便大放悲聲。寶玉也拉著賈璉的手大哭起來。賈璉也重新哭泣。平兒等因見無人勸解，只得含悲上來勸止了。眾人都悲哀不止。

賈璉此時手足無措，叫人傳了賴大來，叫他辦理喪事。自己回明了賈政去，然後行事。但是手頭不濟，諸事拮据，又想起鳳姐素日的好處來，更加悲哭不已。又見巧姐哭的死去活來，越發傷心。哭到天明，即刻打發人去請他大舅子王仁過來。那王仁自從王子騰死後，王子勝又是無能的人，任他胡為，已鬧的六親不和。今知妹子死了，只得趕著過來哭了一場。見這裡諸事將就，心下便不舒服，說：「我妹妹在你家辛辛苦苦當了好幾年家，也沒有什麼錯處，你們家該認真的發送發送纔是，怎麼這時候諸事還沒有齊備？」賈璉本與王仁不睦，見他說些混賬話，知他不懂的什麼，也不大理他。王仁便叫了他外甥女兒巧姐過來說：「你娘在時，本來辦事不周到，只知道一味的奉承老太太，把我們的人都不大看在眼裡。外甥女兒！你也大了，看見我曾經沾染過你們沒有？如今你娘死了，諸事要聽著舅舅的話。你母親娘家的親戚就是我和你二舅太爺了。你父親的為人我也早知道了，只有重別人。那年什麼尤姨娘死了，我雖不在京，聽見人說花了好些銀子。如今你娘死了，你父親倒是這樣的將就辦去嗎？你也不快些勸勸你父親！」巧姐道：「我父親巴不得要好看，只是如今比不得從前了。現在手裡沒錢，所以諸事省些是有的。」王仁道：「你的東西還少麼？」巧姐兒道：「舊年抄去，何嘗還有呢？」王仁道：「你也這樣說！我聽見老太太又給了好些東西，你該拿出來。」巧姐又不好說父親用去，只推不知道。王仁便道：「哦！我知道了，不過是你要留著做嫁妝罷咧！」

巧姐聽了，不敢回言，只氣得哽噎難言的哭起來了。平兒生氣說道：「舅老爺，有話等我們二爺進來再說。姑娘這麼點年紀，他懂的什麼？」王仁道：「你們是巴不得二奶奶死了，你們就好為王了！我並不要什麼，好看些也是你們的臉面。」說著，賭氣坐著。巧姐滿懷的不舒服，心想：「我父親並不是沒情。我媽媽在時，舅舅不知拿了多少東西去，如今說得這樣乾淨！」於是便不大瞧得起他舅舅了。豈知王仁心裡想來：他妹妹不知積攢了多少。雖說抄了家，那屋裡的銀子還怕少嗎？「必是怕我來纏他們，所以也幫著這小東西兒也是不中用的！」從此王仁也嫌了巧姐兒了。

賈璉並不知道，只忙著弄銀錢使用。外頭的大事叫賴大辦了，裡頭也要用好些錢，一時實在不能張羅。平兒知他著急，便叫賈璉道：「二爺也別過於傷了自己的身子！」賈璉道：「什麼身子！現在日用的錢都沒有，這件事怎麼辦？偏有個糊塗行子又在這裡蠻纏，你想有什麼法兒？」平兒道：「二爺也不用著急。若說沒錢使喚，我還有些東西，舊年幸虧沒有抄去，在裡頭。二爺要，就拿去當著使喚罷。」賈璉聽了，心想難得這樣，便笑道：「這樣更好，省得我各處張羅。等我銀子弄到手了還你。」平兒道：「我的也是奶奶給的，什麼還不還！只要這件事辦的好看些就是了。」賈璉心裡倒著實感激他，便將平兒的東西拿了去當錢使用，諸凡事情便與平兒商量。秋桐看著，心裡就有些不甘，每每口角裡頭便說：「平兒沒有了奶奶，他要上去了！我是老爺的人，他怎麼就越過我去了呢？」平兒也看出來了，只不理他。倒是賈璉一時明白，越發把秋桐嫌了，一時有些煩惱便拿著秋桐出氣。邢夫人知道，反說賈璉不好。賈璉忍氣。不提。

再說鳳姐停了十餘天，送了殯。賈政守著老太太的孝，總在外書房。那時清客相公漸漸的都辭去了，只有個程日興還在那裡，時常陪著說說話兒。提起家運不好，「一連人口死了好些，大老爺和珍大爺又在外頭。家計一天難似一天，外頭東莊地畝也不知道怎麼樣，總不得了呀！」程日興道：「我在這裡好些年，也知道府上的人哪一個不是肥己的？一年一年都往他家裡拿，那自然府上是一年不夠一年了。又添了大老爺、珍大爺那邊兩處的費用，外頭又有些債務，前兒又破了好些財，要想衙門裡緝賊追贓是難事。老世翁若要安頓家事，除非傳那些管事的來，派一個心腹的人各處去清查清查，該去的去，該留的留；有了虧空，著在經手的身上賠補，這就有了數兒了。那一座大園子，人家是不敢買的；這裡頭的出息也不少，又不派人管了。那年老世翁不在家，這些人就弄神弄鬼兒的，鬧的一個人不敢到園裡，這都是家人的弊。此時把下人查一查，好的使著，不好的便攆了，這纔是道理。」賈政點頭道：「先生你所不知，不必說下人，就是自己的侄兒，也靠不住。若要我查起來，哪能一一親見親知？況我又在服中，不能照管這些了。我素來又兼不大理家，有的沒的，我還摸不著呢。」程日興道：「老世翁最是仁德的人；若在別人家的這樣的家計，就窮起來，十年五載還不怕，便向這些管家的要，也就夠了。我聽見世翁的家人還有做知縣的呢。」賈政道：「一個人若要使起家人們的錢來，便了不得了，只好自己儉省些。但是冊子上的產業，若是實有還好，生怕有名無實了。」程日興道：「老世翁所見極是。晚生為什麼說要查查呢？」賈政道：「先生必有所聞！」程日興道：「我雖知道些那些管事的神通，晚生也不敢言語的。」賈政聽了，便知話裡有因，便嘆道：「我家自祖父以來，都是仁厚的，從沒有刻薄過下人。我看如今這些人一日不似一日了！在我手裡行出主子樣兒來，又叫人笑話！」

兩人正說著，門上的進來回道：「江南甄老爺來了。」賈政便問道：「甄老爺進京為什麼？」那人道：「奴才也打聽了，說是蒙聖恩起復了。」賈政道：「不用說了，快請罷。」那人出去請了進來。那甄老爺即是甄寶玉之父，名叫甄應嘉，表字友忠，也是金陵人氏，功勳之後。原與賈府有親，素來走動的。因前年罣誤革了職，動了家產。今遇主上眷念功臣，賜還世職，行取❶來京陛見。知道賈母新喪，特備祭禮，擇日到寄靈的地方拜奠，所以先來拜望。賈政有服不能遠接，在外書房門口等著。那位甄老爺一見，便悲喜交集，因在制中不便行禮，便拉著手敘了些闊別思念的話，然後分賓主坐下。獻了茶，彼此又將別後事情的話說了。賈政問道：「老親翁幾時陛見的？」甄應嘉道：「前日。」賈政道：「主上隆恩，必有溫諭。」甄應嘉道：「主上的恩典真是比天還高，下了好些旨意。」賈政道：「什麼好旨意？」甄應嘉道：「近來越寇猖獗，海疆一帶小民不安，派了安國公征剿賊寇。主上因我熟悉土疆，命我前往安撫，但是即日就要起身。昨日知老太太仙逝，謹備瓣香至

❶ 行取：從前地方官調京任職，或皇帝召見，都用行文調取，叫作行取。

靈前拜奠，稍盡微忱。」

賈政即忙叩首拜謝，便說：「老親翁即此一行，必是上慰聖心，下安黎庶。誠哉，莫大之功，正在此行。但弟不克親覩奇才，只好遙聆捷報。現在鎮海統制是弟舍親，會時務望青照❷。」甄應嘉道：「老親翁與統制是什麼親戚？」賈政道：「弟那年在江西糧道任時，將小女許配與統制少君，結褵已經三載。因海口案內未清，繼以海寇聚奸，所以音信不通。弟深念小女，俟老親翁安撫事竣後，拜懇便中請為一視。弟即修數行煩尊紀❸帶去，便感激不盡了！」甄應嘉道：「兒女之情，人所不免。我正在有奉託老親翁的事。昨蒙聖恩召取來京，因小兒年幼，家下乏人，將賤眷全帶來京。我因欽限迅速，晝夜先行，賤眷在後緩行，到京尚需時日。弟奉旨出京，不敢久留。將來賤眷到京，少不得要到尊府，定叫小犬叩見。如可進教，遇有姻事可圖之處，望乞留意為感。」賈政一一答應。

那甄應嘉又說了幾句話，就要起身，說：「明日在城外再見。」賈政見他事忙，諒難再坐，只得送出書房。賈璉、寶玉早已伺候在那裡代送，因賈政未叫，不敢擅入。甄應嘉出來，兩人上去請安。應嘉一見寶玉，獃了一獃，心想：「這個怎麼甚像我家寶玉？只是渾身縞素。」因問：「至親久闊，爺們都不認得了。」賈政忙指賈璉道：「這是家兄名赦之子璉二侄兒。」又指著寶玉道：「這是第二小犬，名叫寶玉。」應嘉拍手道奇：「我在家聽見說老親翁有個啣玉生的愛子，名叫寶玉，因與小兒同名，心中甚為罕異。後來想著這個也是常有的事，不在意了。豈知今日一見，不但面貌相同，且舉止一般，這更奇了！」問起年紀，「比這裡的哥兒略小一歲。」

❷ 青照：相傳晉時阮籍看人，高興時用正眼看，不高興時就翻白眼珠。後人把看得起的人，叫青眼相看。青照，就是希望能青眼照看的意思。

❸ 尊紀：猶言您的僕人。這裡是拜託對方辦事的一種委婉說法。紀，即紀綱。舊稱僕人。語出左傳僖公二十四年。

賈政便因提起承薦包勇，問及令郎哥兒與小兒同名的話述了一遍。應嘉因屬意寶玉，也不暇問及那包勇的得妥，只連連的稱道：「真真罕異！」因又拉了寶玉的手，極致殷勤。又恐安國公起身甚速，急須預備長行，勉強分手徐行。賈璉、寶玉送出，一路又問了寶玉好些的話。及至登車去後，賈璉、寶玉回來見了賈政，便將應嘉問的話回了一遍。賈政命他二人散去。賈璉又去張羅，算明鳳姐喪事的賬目。

寶玉回到自己房中，告訴了寶釵，說是：「常提的甄寶玉，我想一見不能，今日倒先見了他父親了。我還聽得說，寶玉也不日要到京了，要來拜望我們老爺呢。又人人說和我一模一樣的，我只不信。若是他後兒到了偺們這裡來，你們都去瞧去，看他果然和我像不像。」寶釵聽了道：「噯！你說話怎麼越發不留神了？什麼男人同你一樣都說出來了，還叫我們瞧去呢！」寶玉聽了，知是失言，臉上一紅，連忙的還要解說。不知何話，下回分解。

第一一五回　惑偏私惜春矢素志　證同類寶玉失相知

話說寶玉為自己失言，被寶釵問住，想要掩飾過去，只見秋紋進來說：「外頭老爺叫二爺呢。」寶玉巴不得一聲，便走了到賈政那裡。賈政道：「我叫你來不為別的。現在你穿著孝，不便到學裡去，你在家裡，必要將你念過的文章溫習溫習。我這幾天倒也閒著，隔兩三日要做幾篇文章我瞧瞧，看你這些時進益了沒有。」寶玉只得答應著。賈政又道：「你環兄弟、蘭侄兒我也叫他們溫習去了。倘若你作的文章不好，反倒不及他們，那可就不成事了。」寶玉不敢言語，答應了個「是」，站著不動。賈政道：「去罷。」寶玉退了出來，正撞見賴大諸人拿著些冊子進來。

寶玉一溜煙回到自己房中，寶釵問了知道叫他作文章，倒也喜歡。惟有寶玉不願意，也不敢怠慢。正要坐下靜靜心，只見有兩個姑子進來，寶玉看是地藏庵的。來和寶釵說：「請二奶奶安。」寶釵待理不理的說：「你們好？」因叫人來：「倒茶給師父們喝。」寶玉原要和那姑子說話，見寶釵似乎厭惡這些，也不好兜搭。那姑子知道寶釵是個冷人，也不久坐，辭了要去。寶釵道：「再坐坐去罷。」那姑子道：「我們因在鐵檻寺做了功德，好些時沒來請太太、奶奶們的安。今日來了，見過了奶奶、太太們，還要看看四姑娘呢。」寶釵點頭，由他去了。

那姑子便到惜春那裡，看見了彩屏，說：「姑娘在那裡呢？」彩屏道：「不用提了。姑娘這幾天飯都沒吃，只是歪著。」那姑子道：「為什麼？」彩屏道：「說也話長。你見了姑娘，只怕他就和你說了。」惜春早已聽見，急忙坐起來說：「你們兩個人好啊！見我們家事差了，就不來了！」那姑子道：「阿彌陀佛！有也是施主，沒也是施主。別說我們是本家庵裡的，受過老太太多少恩惠的呢。如今老太太的事，太太、奶奶們都見過了，只沒有見姑娘，心裡惦記，今兒是特特的來瞧姑娘來了。」惜春便問起水月庵的姑子來。那姑子道：「他們庵裡鬧了些事，如今門上也不肯常放進來了。」便問惜春道：「前兒聽見說，櫳翠庵的妙師父怎麼跟了人去了？」惜春道：「哪裡的話？說這個話的人提防著割舌頭！人家遭了強盜搶去，怎麼還說這樣的壞話？」那姑子道：「妙師父的為人怪僻，只怕是假惺惺罷。在姑娘面前，我們也不好說的。哪裡像我們這些粗夯人，只知道誦經念佛，給人家懺悔，也為著自己修個善果。」惜春道：「怎麼樣就是善果呢？」那姑子道：「除了偺們家這樣善德人家兒不怕，若是別人家那些誥命夫人小姐，也保不住一輩子的榮華。到了苦難來了，可就救不得了。只有個觀世音菩薩大慈大悲，遇見人家有苦難的就慈心發動，設法兒救濟。為什麼如今都說『大慈大悲救苦救難的觀世音菩薩』呢？我們修了行的人，雖說比夫人小姐們苦多著呢，只是沒有險難的了。雖不能成佛作祖，修修來世或者轉個男身，自己也就好了。不像如今脫生了個女人胎子，什麼委屈煩難都說不出來。姑娘，你還不知道呢！要是人家姑娘們出了門子，這一輩子跟著人是更沒法兒的。若說修行，也只要修得真。那妙師父自為才情比我們強，他就嫌我們這些人俗。豈知俗的纔能得善緣呢，他如今到底是遭了大劫了！」

惜春被那姑子一番話說得合在機上，也顧不得丫頭們在這裡，便將尤氏待他怎樣，前兒看家的事說了一遍，並將頭髮指給他瞧道：「你打量我是什麼沒主意，戀火坑的人麼？早有這樣的心，只是想不出道兒來！」那姑子聽了，假作驚慌道：「姑娘再別說這個話！珍大奶奶聽見，還要罵殺我們，攆出庵去呢！姑娘這樣人品，這樣人家，將來配個好姑爺，享一輩子的榮華富貴……」惜春不等說完，便紅了臉，說：「珍大奶奶攆得你，我就攆不得麼？」那姑子知是真心，便索性激他一激，說道：「姑娘別怪我們說錯了話。太太、奶奶們哪裡就依得姑娘的性子呢？那時鬧出沒意思來倒不好。我們倒是為姑娘的話。」惜春道：「這也瞧罷咧！」彩屏等聽這話頭不好，便使個眼色兒給姑子，叫他走。那姑子會意，本來心裡也害怕，不敢挑逗，便告辭出去。惜春也不留他，便冷笑道：「打量天下就是你們一個地藏庵麼！」那姑子也不敢答言，去了。彩屏見事不妥，恐擔不是，悄悄的去告訴了尤氏說：「四姑娘鉸頭髮的念頭還沒有息呢。他這幾天不是病，竟是怨命。奶奶提防些，別鬧出事來，那會子歸罪在我們身上。」尤氏道：「他哪裡是為要出家？他為的是大爺不在家，安心和我過不去。也只好由他罷了！」

彩屏等沒法，也只好常常勸解。豈知惜春一天一天的不吃飯，只想鉸頭髮。彩屏等吃不住，只得到各處告訴。邢、王二夫人等也都勸了好幾次，怎奈惜春執迷不解。邢、王二夫人正要告訴賈政，只聽外頭傳進來說：「甄家的太太帶了他們家的寶玉來了。」眾人急忙接出，便在王夫人處坐下。眾人行禮敘些寒溫，不必細述。只言王夫人提起甄寶玉與自己的寶玉無二，要請甄寶玉進來一見。傳話出去，回來說道：「甄少爺在外書房同老爺說話，說的投了機了，打發人來請我們二爺、三爺，還叫蘭哥兒在外頭吃飯，吃了飯進來。」說畢，裡頭也便擺飯。不提。

且說賈政見甄寶玉相貌果與寶玉一樣，試探他的文才，竟應對如流，甚是心敬，故叫寶玉等三人出來警勵他們，再者到底叫寶玉來比一比。寶玉聽命，穿了素服，帶了兄弟、侄兒出來，見了甄寶玉，竟是舊相識一般。那甄寶玉也像哪裡見過的。兩人行了禮，然後賈環、賈蘭相見。本來賈政席地而坐，要讓甄寶玉在椅子上坐，甄寶玉因是晚輩，不敢上坐，就在地下鋪了褥子坐下。如今寶玉等出來，又不能同賈政一處坐著，為甄寶玉又是晚一輩，又不好叫寶玉等站著。賈政知是不便，站起來又說了幾句話，叫人擺飯，說：「我失陪，叫小兒輩陪著，大家說說話兒，好叫他們領領大教。」甄寶玉遜謝道：「老伯大人請便，侄兒正欲領世兄們的教呢！」賈政回覆了幾句，便自往內書房去。那甄寶玉反要送出來，賈政攔住。寶玉等先搶了一步，出了書房門檻站立著，看賈政進去，然後進來讓甄寶玉坐下。彼此套敘了一回，諸如久慕渴想的話，也不必細述。

且說賈寶玉見了甄寶玉，想到夢中之景，並且素知甄寶玉為人必是和他同心，以為得了知己。因初次見面不便造次，且又賈環、賈蘭在坐，只有極力誇讚說：「久仰芳名，無由親炙，今日見面，真是謫仙❶一流的人物！」那甄寶玉素來也知賈寶玉的為人，今日一見，果然不差，「只是可與我共學，不可與我適道。❷他既和我同名同貌，也是三生石上的舊精魂了。既我略知了些道理，怎麼不和他講講？但是初見，尚不知他的心與我同不同，只好緩緩的來。」便道：「世兄的才名，弟所素知的。在世兄是數萬人裡頭選出來最清最雅的，在弟是庸庸碌碌一等愚人，忝附同名，殊覺玷辱了這兩個字。」賈寶玉聽了，心想：「這個人果然同我的心一樣的，但是你我都是男人，不比那女孩兒們清潔，怎麼他拿我當作女孩兒看待起來？」便道：「世兄謬讚，實不敢當。弟是至濁至愚，只不過一塊頑石耳，何敢比世兄品望清高，實稱此兩字？」甄寶玉道：「弟少時不知分量，自謂尚可琢磨；豈知家遭消索，數年來更比瓦礫猶賤。雖不敢說歷盡甘苦，然世道人情，略略的領悟了好些。世兄是錦衣玉食，無不遂心的，必是文章經濟高出人上，所以老伯鍾愛，將為席上之珍，弟所以纔說尊名方稱。」

賈寶玉聽這話頭又近了祿蠹的舊套，想話回答。賈環見未與他說話，心中早不自在。倒是賈蘭聽了這話，甚覺合意，便說道：「世叔所言，固是太謙，若論到文章經濟，實在從歷練中出來的，方為真才實學。在小侄年幼，雖不知文章為何物，然將讀過的細味起來，那膏粱文繡，比著令聞廣譽，真是不啻百倍的了❸！」甄寶

❶ 謫仙：唐代賀知章曾稱李白為「謫仙人」，即貶謫人間的神仙。後成為李白的代稱。

❷ 可與我共學二句：語本論語子罕：「可與共學，未可與適道。」意指有些人可以一起作學問，但在人生追求上卻不是志同道合的人。

❸ 膏粱文繡三句：語本孟子告子上：「飽乎仁義也，所以不願人之膏粱之味也；令聞廣譽施於身，所以不願人之文繡也。」

玉未及答言，賈寶玉聽了蘭兒的話，心裡越發不合，想道：「這孩子從幾時也學了這一派酸論？」便說道：「弟聞得世兄也詆盡流俗，性情中另有一番見解。今日弟幸會芝範❹，想欲領教一番超凡入聖的道理，從此可以淨洗俗腸，重開眼界；不意視弟為蠢物，所以將世路的話來酬應。」甄寶玉聽說，心裡曉得：「他知我少年的性情，所以疑我為假；我索性把話說明，或者與我作個知心朋友，也是好的。」便說道：「世兄高論，固是真切；但弟少時也曾深惡那些舊套陳言，只是一年長似一年，家君致仕❺在家，懶於酬應，委弟接待。後來見過那些大人先生，盡都是顯親揚名的人；便是著書立說，無非言忠言孝，自有一番立德立言的事業，方不枉生在聖明之時，也不致負了父親師長養育教誨之恩，所以把少時那一派迂想癡情漸漸的淘汰了些。如今尚欲訪師覓友，教導愚蒙。幸會世兄，定當有以教我。適纔所言，並非虛意。」

賈寶玉愈聽愈不耐煩，又不好冷淡，只得將言語支吾。幸喜裡頭傳出話來，說：「若是外頭爺們吃了飯，請甄少爺裡頭去坐呢。」寶玉聽了，趁勢便邀甄寶玉進去。那甄寶玉依命前行，賈寶玉等陪著來見王夫人。賈寶玉見是甄太太上坐，便先請過了安。賈環、賈蘭也見了。甄寶玉也請了王夫人的安。兩母兩子，互相廝認。雖是賈寶玉是娶過親的，那甄夫人年紀已老，又是老親，因見賈寶玉的相貌身材與他兒子一般，不禁親熱起來。王夫人更不用說，拉著甄寶玉問長問短，覺得比自己家的寶玉老成些。回看賈蘭，也是清秀超群的，雖不能像兩個寶玉的形像，也還隨得上，只有賈環粗夯，未免有偏愛之色。

眾人一見兩個寶玉在這裡，都來瞧看，說道：「真真奇事！名字同了也罷，怎麼相貌身材都是一樣的？虧

---

❹ 芝範：美好的風範。芝，香草。本指德性修養高而受人讚譽，人之美食華服又有何可羨。賈蘭此處則是指因科場得意而受人讚譽。

❺ 致仕：辭官退休。

得是我們寶玉穿孝，若是一樣的衣服穿著，一時也認不出來。」內中紫鵑一時痴意發作，便想起黛玉來，心裡說道：「可惜林姑娘死了！若不死時，就將那甄寶玉配了他，只怕也是願意的。」正想著，只聽得甄夫人道：「前日聽得我們老爺回來說，我們寶玉年紀也大了，求這裡老爺留心一門親事。」王夫人正愛甄寶玉，順口便說道：「我也想要與令郎作伐。我家有四個姑娘，那三個都不用說，死的死，嫁的嫁了。還有我們珍大侄兒的妹子，只是年紀過小幾歲，恐怕難配。倒是我們大媳婦的兩個堂妹子，生得人才齊整。二姑娘呢，已經許了人家；三姑娘正好與令郎為配。過一天，我給令郎做媒。但是他家的家計如今差些。」甄夫人道：「太太這話又客套了。如今我們家還有什麼？只怕人家嫌我們窮罷了。」王夫人道：「現今府上復又出了差，將來不但復舊，必是比先前更要鼎盛起來。」甄夫人笑著道：「但願依著太太的話更好。這麼著，就求太太作個保山。」甄寶玉聽他們說起親事，便告辭出來，賈寶玉等只得陪著來到書房。見賈政已在那裡，復又立談幾句。聽見甄家的人來回甄寶玉道：「太太要走了，請爺回去罷。」於是甄寶玉告辭出來。賈政命寶玉、環、蘭相送。不提。

且說寶玉自那日見了甄寶玉之父，知道甄寶玉來京，朝夕盼望，今兒見面，原想得一知己，豈知談了半天，竟有些冰炭不投。悶悶的回到自己房中，也不言，也不笑，只管發怔。寶釵便問：「那甄寶玉果然像你麼？」寶玉道：「相貌倒還是一樣的，只是言談間看起來，並不知道什麼，不過也是個祿蠹。」寶釵道：「你又編派人家了。怎麼就見得也是個祿蠹呢？」寶玉道：「他說了半天，並沒個明心見性之談，不過說些什麼『文章經濟』，又說什麼『為忠為孝』。這樣人可不是個祿蠹麼？只可惜他也生了這樣一個相貌！我想來，有了他，我竟要連我這個相貌都不要了！」寶釵見他又說獃話，便說道：「你真真說出句話來叫人發笑！這相貌怎麼能不要呢？況且人家這話是正理，做了一個男人，原該要立身揚名的。誰像你一味的柔情私意？不說自己沒有剛烈，倒說人家是祿蠹！」寶玉本聽了甄寶玉的話，甚不耐煩，又被寶釵搶白了一場，心中更加不樂，悶悶昏昏，不覺將舊病又勾起來了，並不言語，只是傻笑，寶釵不知，只道自己的話錯了，他所以冷笑，也不理他。豈知那日便有些發獃，襲人等慪他，也不言語。過了一夜，次日起來，只是發獃，竟有前番病的樣子。

一日，王夫人因為惜春定要鉸髮出家，尤氏不能攔阻，看著惜春的樣子是若不依他，必要自盡的，雖然晝夜著人看守，終非常事，便告訴了賈政。賈政嘆氣跺腳，只說：「東府裡不知幹了什麼，鬧到如此地位！」叫了賈蓉來說了一頓，叫他去和他母親說：「認真勸解勸解。若是必要這樣，就不是我們家的姑娘了。」豈知尤氏不勸還好，一勸了，更要尋死，說：「做了女孩兒，終不能在家一輩子的。若像二姐姐一樣，老爺、太太們倒要煩心，況且死了。如今譬如我死了似的，放我出了家，乾乾淨淨的一輩子，就是疼我了！況且我又不出門，就是櫳翠庵，原是偺們家的基址，我就在那裡修行。我有什麼，你們也照應得著。現在妙玉的當家的在那裡。你們依我呢，我就算得了命了；若不依我呢，我也沒法，只有死就完了！我如若遂了自己的心願，那時哥哥回來，我和他說並不是你們逼著我的；若說我死了，未免哥哥回來，倒說你們不容我。」尤氏本與惜春不合，聽他的話也似乎有理，只得去回王夫人。

王夫人已到寶釵那裡，見寶玉神魂失所，心下著忙，便說襲人道：「你們忒不留神！二爺犯了病，也不來回我。」襲人道：「二爺的病原來是常有的，一時好，一時不好。天天到太太那裡，仍舊請安去，原是好好兒的，今日纔發糊塗些。二奶奶正要來回太太，恐怕太太說我們大驚小怪。」寶玉聽見王夫人說他們，心裡一時明白，怕他們受委屈，便說道：「太太放心，我沒什麼病，只是心裡覺著有些悶悶的。」王夫人道：「你是有這病根子，早說了，好請大夫瞧瞧，吃兩劑藥好了不好？若再鬧到頭裡丟了玉的時候似的，就費事了！」寶玉道：「太太不放心，便叫個人瞧瞧，我就吃藥。」王夫人便叫丫頭傳話出來請大夫。這一個心思都在寶玉身上，便將惜春的事忘了。遲了一回，大夫看了服藥，王夫人回去。

過了幾天，寶玉更糊塗了，甚至於飯食不進，大家著急起來。恰又忙著脫孝，家中無人，又叫了賈芸來照應大夫。賈璉家下無人，請了王仁來在外幫著料理。那巧姐兒是日夜哭母，也是病了。所以榮府中又鬧得馬仰人翻。

一日，正當脫孝來家，王夫人親身又看寶玉，見寶玉人事不醒，急得眾人手足無措，一面哭著，一面告訴賈政說：「大夫說了，不肯下藥，只好預備後事！」賈政嘆氣連連，只得親自看視，見其光景果然不好，便又叫賈璉辦去。賈璉不敢違拗，只得叫人料理，手頭又短，正在為難。只見一個人跑進來說：「二爺，不好了！又有饑荒來了！」賈璉不知何事，這一嚇非同小可，瞪著眼說道：「什麼事？」那小廝道：「門上來了一個和尚，手裡拿著二爺的這塊丟的玉，說要一萬賞銀。」賈璉照臉啐道：「我打量什麼事，這樣慌張！前番那假的你不知道麼？就是真的，現在人要死了，要這玉做什麼？」小廝道：「奴才也說了。那和尚說，給他銀子就好了。」正說著，外頭嚷進來說：「這和尚撒野，自己跑進來了，眾人攔他攔不住！」賈璉道：「哪裡有這樣怪事？你們還不快打出去呢！」正鬧著，賈政聽見了，也沒了主意了。裡頭又哭出來，說：「寶二爺不好了！」賈政益發著急。只見那和尚嚷道：「要命拿銀子來！」賈政忽然想起：「頭裡寶玉的病是和尚治好的；這會子和尚來，或者有救星。但是這玉倘或是真，他要起銀子來，怎麼樣呢？」想了一想，姑且不管他，果真人好了再說。

賈政叫人去請，那和尚已進來了，也不施禮，也不答話，便往裡頭跑。賈璉拉著道：「裡頭都是內眷，你這野東西混跑什麼？」那和尚道：「遲了就不能救了！」賈璉急得一面走一面亂嚷道：「裡頭的人不要哭了，和尚進來了！」王夫人等只顧著哭，哪裡理會？賈璉走進來又嚷。王夫人等回過頭來，見一個長大的和尚，嚇了一跳，躲避不及。那和尚直走到寶玉炕前。寶釵避過一邊，襲人見王夫人站著，不敢走開。只見那和尚道：

「施主們，我是送玉來的。」說著，把那塊玉擎著道：「快把銀子拿出來，我好救他！」王夫人等驚惶無措，也不擇真假，便說道：「若是救活了人，銀子是有的。」那和尚笑道：「拿來！」王夫人道：「你放心，橫豎折變的出來。」和尚哈哈大笑，手拿著玉在寶玉耳邊叫道：「寶玉！寶玉！你的『寶玉』回來了。」說了這一句，王夫人等見寶玉把眼一睜。襲人說道：「好了！」只見寶玉便問道：「在哪裡呢？」那和尚把玉遞給他手裡。寶玉先前緊緊的攥著，後來慢慢的回過手來，放在自己眼前，細細的一看，說：「噯呀！久違了。」

裡外眾人都喜歡的念佛，連寶釵也顧不得有和尚了。賈璉也走過來一看，果見寶玉回過來了，心裡一喜，疾忙躲出去了。那和尚也不言語，趕來拉著賈璉就跑。賈璉只得跟著，到了前頭，趕著告訴賈政。賈政聽了喜歡，即找和尚施禮叩謝。和尚還了禮坐下。賈璉心下狐疑：「必是要了銀子纔走。」賈政細看那和尚，又非前次見的，便問：「寶剎何方？法師大號？這玉是哪裡得的？怎麼小兒一見便會活過來呢？」那和尚微微笑道：「我也不知道，只要拿一萬銀子來就完了。」賈政見這和尚粗魯，也不敢得罪，便說：「有。」和尚道：「有便快拿來罷，我要走了。」賈政道：「略請少坐，待我進內瞧瞧。」和尚道：「你去，快出來纔好。」

賈政果然進去，也不及告訴，便走到寶玉炕前。寶玉見是父親來，欲要爬起，因身子虛弱，起不來。王夫人按著說道：「不要動。」寶玉笑著，拿這玉給賈政瞧，道：「寶玉來了。」賈政略略一看，知道此事有些根源，也不細看，便和王夫人道：「寶玉好過來了，這賞銀怎麼樣？」王夫人道：「盡著我所有的折變了給他就是了。」寶玉道：「只怕這和尚不是要銀子的罷。」賈政點頭道：「我也看來古怪，但是他口口聲聲的要銀子。」王夫人道：「老爺出去先款留著他再說。」

賈政出來。寶玉便嚷餓了，喝了一碗粥，還說要飯。婆子們果然取了飯來。王夫人還不敢給他吃。寶玉說：「不妨的，我已經好了。」便爬著吃了一碗，漸漸的神氣果然好過來了，便要坐起來。麝月上去輕輕的扶起，因心裡喜歡忘了情，說道：「真是寶貝！纔看見了一會兒就好了。虧的當初沒有砸破。」寶玉聽了這話，神色一變，把玉一摺。身子往後一仰。未知死活，下回分解。

第一一六回　得通靈幻境悟仙緣　送慈柩故鄉全孝道

話說寶玉一聽麝月的話，身往後仰，復又死去，急得王夫人等哭叫不止。麝月自知失言致禍，此時王夫人等也不及說他。那麝月一面哭著，一面打算主意，心想：「若是寶玉一死，我便自盡，跟了他去！」不言麝月心裡的事。且說王夫人等見叫不回來，趕著叫人出來找和尚救治，豈知賈政進內出去時，那和尚已不見了。賈政正在詫異，聽見裡頭又鬧，急忙進來，見寶玉又是先前的樣子，牙關緊閉，脈息全無。用手在心窩中一摸，尚是溫熱。賈政只得急忙請醫，灌藥救治。

哪知那寶玉的魂魄早已出了竅了。你道死了不成？卻原來恍恍惚惚趕到前廳，見那送玉的和尚坐著，便施了禮。那和尚忙站起身來，拉著寶玉就走。寶玉跟了和尚，覺得身輕如葉，飄飄颻颻，也沒出大門，不知從哪裡走出來了。行了一程，到了個荒野地方，遠遠的望見一座牌樓，好像曾到過的。正要問那和尚，只見恍恍惚惚又來了一個女人。寶玉心裡想道：「這樣曠野地方，哪得有如此麗人？必是神仙下界了。」寶玉想著，走近前來，細細一看，竟有些認得的，只是一時想不起來。見那女人和和尚打了一個照面，就不見了。寶玉一想，竟是尤三姐的樣子，越發納悶：「怎麼他也在這裡？」又要問時，那和尚早拉著寶玉過了牌樓。只見牌上寫著「真如福地」四個大字，兩邊一副對聯，乃是：

假去真來真勝假，無原有是有非無。

轉過牌坊，便是一座宮門。門上也橫書著四個大字道：「福善禍淫」。又有一副對聯，大書云：

過去未來，莫謂智賢能打破；
前因後果，須知親近不相逢。

寶玉看了，心下想道：「原來如此！我倒要問問因果來去的事了。」這麼一想，只見鴛鴦站在那裡，招手兒叫他。寶玉想道：「我走了半日，原不曾出園子，怎麼改了樣子了呢？」趕著要和鴛鴦說話，豈知一轉眼便不見了，心裡不免疑惑起來。走到鴛鴦站的地方兒，乃是一溜配殿，各處都有匾額。寶玉無心去看，只向鴛鴦立的所在奔去，見那一間配殿的門半掩半開。寶玉也不敢造次進去，心裡正要問那和尚一聲，回過頭來，和尚早已不見了。寶玉恍惚，見那殿宇巍峨，絕非大觀園景象，便立住腳，抬頭看那匾額上寫道：「引覺情癡」。兩邊寫的對聯道：

喜笑悲哀都是假，貪求思慕總因癡。

寶玉看了，便點頭嘆息。想要進去找鴛鴦，問他是什麼所在；細細想來，甚是熟識，便仗著膽子推門進去。滿屋一瞧，並不見鴛鴦，裡頭只是黑漆漆的，心下害怕。正要退出，見有十數個大櫥，櫥門半掩。寶玉忽然想起：「我少時做夢，曾到過這樣個地方；如今能夠親身到此，也是大幸。」恍惚間，把找鴛鴦的念頭忘了，便仗著膽子把上首大櫥開了櫥門一瞧。見有好幾本冊子，心裡更覺喜歡，想道：「大凡人做夢，說是假的，豈知有這夢便有這事！我常說還要做這個夢再不能的，不料今兒被我找著了！但不知那冊子是那個見過的不是？」伸手在上頭取了一本，冊上寫著「金陵十二釵正冊」。

寶玉拿著一想道：「我恍惚記得是那個，只恨記得不清楚！」便打開頭一頁看去。見上頭有畫，但是畫跡模糊，再瞧不出來。後面有幾行字跡，也不清楚，尚可摹擬，便細細的看去。見有什麼玉帶上頭有個好像「林」字，心裡想道：「莫不是說林妹妹罷？」便認真看去。底下又有「金簪雪裡」四字，詫異道：「怎麼又像他的名字呢？」復將前後四句合起來一念道：「也沒有什麼道理，只是暗藏著他兩個名字，並不為奇。獨有那『憐』字『嘆』字不好。這是怎麼解？」想到那裡，又自啐道：「我是偷著看，若只管獃想起來，倘有人來，又看不成了！」遂往後看，也無暇細玩那畫圖，只從頭看去。看到尾兒有幾句詞，什麼「虎兔相逢大夢歸」一句，便恍然大悟道：「是了！果然機關不爽！這必是元春姐姐了。若都是這樣明白，我要抄了去細玩起來，那些姐妹們的壽夭窮通，沒有不知的了。我回去自不肯洩漏，只做一個『未卜先知』的人，也省了多少閒想。」又向各處一瞧，並沒有筆硯。又恐人來，只得忙著看去。只見圖上影影有一個放風箏的人兒，也無心去看。急急的將那十二首詩詞都看遍了，也有一看便知的，也有一想便得的，也有不大明白的，心下牢牢記著。一面嘆息，一面又取那「金陵又副冊」一看。看到「堪羨優伶有福，誰知公子無緣」，先前不懂，見上面尚有花席的影子，便大驚痛哭起來。

待要往後再看，聽見有人說道：「你又發獃了，林妹妹請你呢！」好似鴛鴦的聲氣，回頭卻不見人。心中正自驚疑，忽鴛鴦在門外招手。寶玉一見，喜得趕出來，但見鴛鴦在前，影影綽綽的走，只是趕不上。寶玉叫道：「好姐姐！等等我！」那鴛鴦並不理，只顧前走。寶玉無奈，盡力趕去。忽見別有一洞天，樓閣高聳，殿角玲瓏，且有好些宮女隱約其間。寶玉貪看景致，竟將鴛鴦忘了。

寶玉順步走入一座宮門，內有奇花異卉，都也認不明白，惟有白石花欄圍著一棵青草，葉頭上略有紅色，「但不知是何名草，這樣矜貴！」只見微風動處，那青草已搖擺不休。雖說是一枝小草，又無花朵，其嫵媚之態，不禁心動神怡，魂消魄喪。寶玉只管獃獃的看著，只聽見旁邊有一人說道：「你是哪裡來的蠢物，在此窺探仙草！」寶玉聽了，吃了一驚，回頭看時，卻是一位仙女，便施禮道：「我找鴛鴦姐姐，誤入仙境，恕我冒昧之罪！請問神仙姐姐：這裡是何地方？怎麼我鴛鴦姐姐到此還說是林妹妹叫我？望乞明示。」那人道：「誰知你的姐姐妹妹？我是看管仙草的，不許凡人在此逗留。」寶玉欲待要出來，又捨不得，只得央告道：「神仙姐姐！既是那管理仙草的，必然是花神姐姐了。但不知這草有何好處？」那仙女道：「你要知道這草，說起來話長著呢。那草本在靈河岸上，名曰『絳珠草』。因那時萎敗，幸得一個神瑛侍者日以甘露灌溉，得以長生。後來降凡歷劫，還報了灌溉之恩，今返歸真境，所以警幻仙子命我看管，不令蜂纏蝶戀。」寶玉聽了不解，一心疑定必是遇見了花神了，今日斷不可當面錯過，便問：「管這草的是神仙姐姐了。還有無數名花，必有專管的，我也不敢煩問，只有看管芙蓉花的是哪位神仙？」那仙女道：「我卻不知，除是我主人方曉。」寶玉便問道：「姐姐的主人是誰？」那仙女道：「我主人是瀟湘妃子。」寶玉聽道：「是了！你不知道，這位妃子就是我的表妹林黛玉。」那仙女道：「胡說！此地乃上界神女之所，雖號為瀟湘妃子，並不是娥皇、女英之輩，何得與凡人有親？你少來混說！瞧著叫力士打你出去！」

寶玉聽了發怔，只覺自形穢濁。正要退出，又聽見有人趕來，說道：「裡面叫請神瑛侍者。」那人道：「我奉命等了好些時，總不見有神瑛侍者過來，你叫我哪裡請去？」那一個笑道：「纔退去的不是麼？」那侍女慌忙趕出來，說：「請神瑛侍者回來！」寶玉只道是問別人，又怕被人追趕，只得踉蹌而逃。正走時，只見一人手提寶劍，迎面攔住說：「哪裡走！」唬得寶玉驚惶無措。仗著膽抬頭一看，卻不是別人，就是尤三姐。寶玉見了，略定些神，央告道：「姐姐，怎麼你也來逼起我來了？」那人道：「你們弟兄沒有一個好人，敗人名節，破人婚姻。今兒你到這裡，是不饒你的了！」寶玉聽去話頭不好，正自著急，只聽後面有人叫道：「姐姐快快攔住！不要放他走了！」尤三姐道：「我奉妃子之命，等候已久。今兒見了，必定要一劍斬斷你的塵緣！」

寶玉聽了，益發著忙，又不懂這些話到底是什麼意思，只得回頭要跑。豈知身後說話的並非別人，卻是晴雯。寶玉一見，悲喜交集，便說：「我一個人走迷了道兒，遇見仇人，我要逃回，卻不見你們一人跟著我。如今好了！晴雯姐姐，快快的帶我回家去罷！」晴雯道：「侍者不必多疑。我非晴雯，我是奉妃子之命，特來請你一會，並不難為你。」寶玉滿腹狐疑，只得問道：「姐姐說是妃子叫我，那妃子究是何人？」晴雯道：「此時不必問，到了那裡，自然知道。」寶玉沒法，只得跟著走。細看那人背後舉動，恰是晴雯，「那面目聲音是不錯的了，怎麼他說不是？我此時心裡糢糊，且別管他。到了那邊，見了妃子，就有不是，那時再求他。到底女人的心腸是慈悲的，必定恕我冒失。」正想著，不多時，到了一個所在，只見殿宇精緻，彩色輝煌，庭中一叢翠竹，戶外數本蒼松。廊簷下立著幾個侍女，都是宮妝打扮。見了寶玉進來，便悄悄的說道：「這就是神瑛侍者麼？」引著寶玉的說道：「就是，你快進去通報罷。」有一侍女笑著招手，寶玉便跟著進去。過了幾層房舍，見一正房，珠簾高掛。那侍女說：「站著候旨。」

寶玉聽了，也不敢則聲，只得在外等著。那侍女進去不多時，出來說：「請侍者參見。」又有一人捲起珠簾。只見一女子頭戴花冠，身穿繡服，端坐在內。寶玉略一抬頭，見是黛玉的形容，便不禁的說道：「妹妹在這裡！叫我好想！」那簾外的侍女悄咤道：「這侍者無禮！快快出去！」說猶未了，又見一個侍兒將珠簾放下。寶玉此時欲待進去又不敢，要走又不捨，待要問明，見那些侍女並不認得，又被驅逐，無奈出來，心想要問晴雯。回頭四顧，並不見有晴雯。心下狐疑，只得怏怏出來，又無人引著。正欲找原路而去，卻又找不出舊路了。

正在為難，見鳳姐站在一所房簷下招手兒。寶玉看見，喜歡道：「可好了！原來回到自己家裡了！我怎麼一時迷亂如此？」急奔前來，說：「姐姐在這裡麼？我被這些人捉弄到這個分兒，林妹妹又不肯見我，不知是何原故！」說著，走到鳳姐站的地方，細看起來，並不是鳳姐，原來卻是賈蓉的前妻秦氏。寶玉只得立住腳，要問鳳姐姐在哪裡。那秦氏也不答言，竟自往屋裡去了。寶玉恍恍惚惚的，又不敢跟進去，只得獃獃的站著，嘆道：「我今兒得了什麼不是，眾人都不理我！」便痛哭起來。見有幾個黃巾力士執鞭趕來，說是：「何處男人敢闖入我們這天仙福地來！快走出去！」寶玉聽得，不敢言語。正要尋路出來，遠遠望見一群女子，說笑前來。寶玉看時，又像是迎春等一干人走來，心裡喜歡，叫道：「我迷住在這裡，你們快來救我！」正嚷著，後面力士趕來。寶玉急得往前亂跑，忽見那一群女子都變作鬼怪形像，也來追撲。

寶玉正在情急，只見那送玉來的和尚手裡拿著一面鏡子一照，說道：「我奉元妃娘娘旨意，特來救你！」登時鬼怪全無，仍是一片荒郊。寶玉拉著和尚說道：「我記得是你領我到這裡，你一時又不見了。看見了好些親人，只是都不理我，忽又變作鬼怪。到底是夢是真？望老師明白指示。」那和尚道：「你到這裡，曾偷看什麼東西沒有？」寶玉一想，道：「他既能帶我到天仙福地，自然也是神仙了，如何瞞得他？況且正要問個明白。」便道：「我倒見了好些冊子來著。」那和尚道：「可又來！你見了冊子，還不解麼？世上的情緣，都是那些魔障！只要把歷過的事情細細記著，將來我與你說明。」說著，把寶玉狠命的一推，說：「回去罷！」寶玉站不住腳，一交跌倒，口裡嚷道：「啊喲！」

眾人等正在哭泣，聽見寶玉甦來，連忙叫喚。寶玉睜眼看時，仍躺在炕上，見王夫人、寶釵等哭的眼泡紅腫。定神一想，心裡說道：「是了！我是死去過來的！」遂把神魂所歷的事獃獃的細想。幸喜多還記得，便哈哈的笑道：「是了！是了！」王夫人只道舊病復發，便好延醫調治，即命丫頭、婆子快去告訴賈政，說是：「寶玉回過來了。頭裡原是心迷住了，如今說出話來，不用備辦後事了。」賈政聽了，即忙進來看視，果見寶玉甦來，便道：「沒福的痴兒！你要唬死誰麼？」說著，眼淚也不知不覺流下來了。又嘆了幾口氣，仍出去叫人請醫生，診脈服藥。

這裡麝月正思自盡，見寶玉回過來，也放了心。只見王夫人叫人端了桂圓湯，叫他喝了幾口，漸漸的定了神。王夫人等放心，也沒有說麝月，只叫人仍把那玉交給寶釵給他帶上。想起那和尚來，「這玉不知哪裡找來的？也是古怪，怎麼一時要銀，一時又不見了？莫非是神仙不成？」寶釵道：「說起那和尚來的蹤跡，去的影響，那玉並不是找來的；頭裡丟的時候，必是那和尚取去的。」王夫人道：「玉在家裡，怎麼能取的了去？」寶釵道：「既可送來，就可取去。」襲人、麝月道：「那年丟了玉，林大爺測了個字，後來二奶奶過了門，我還告訴過二奶奶，說測的那字是什麼『賞』字。二奶奶還記得麼？」寶釵想道：「是了，你們說測的是當舖裡找去，如今纔明白了，竟是個和尚的『尚』字在上頭，可不是和尚取了去的麼？」王夫人道：「那和尚本來古怪。那年寶玉病的時候，那和尚來說是我們家有寶貝可解，說的就是這塊玉了。他既知道，自然這塊玉到底有些來歷。況且你女壻養下來就嘴裡含著的。古往今來，你們聽見過這麼第二個麼？只是不知終久這塊玉到底怎麼著，就連偺們這一個，也還不知是怎麼著，病也是這塊玉，好也是這塊玉，生也是這塊玉……」說到這裡，忽然住了，不免又流下淚來。

寶玉聽了，心裡卻也明白，更想死去的事，愈加有因，只不言語，心裡細細的記憶。那時惜春便說道：「那年失玉，還請妙玉請過仙，說是『青埂峰下倚古松』，還有什麼『入我門來一笑逢』的話。想起來『入我門』三字，大有講究。佛教的法門最大，只怕二哥不能入得去。」寶玉聽了，又冷笑幾聲。寶釵聽了，不覺的把眉頭兒肐揪❶著，發起怔來。尤氏道：「偏你一說，又是佛門了！你出家的念頭還沒有歇麼？」惜春笑道：「不瞞嫂子說，我早已斷了葷了。」王夫人道：「好孩子，阿彌陀佛！這個念頭是起不得的！」惜春聽了，也不言語。寶玉想「青燈古佛前」的詩句，不禁連嘆幾聲。忽又想起「一床蓆」、「一枝花」的詩句來，拿眼睛看著襲人，

❶ 肐揪：這裡形容皺眉時眉頭揪結的樣子。

不覺又流下淚來。眾人都見他忽笑忽悲，也不解是何意，只道是他的舊病；豈知寶玉觸處機來，竟能把偷看冊上的詩句俱牢牢記住了，只是不說出來，心中早有一個成見在那裡了。暫且不提。

且說眾人見寶玉死去復生，神氣清爽，又加連日服藥，一天好似一天，漸漸的復原起來。便是賈政見寶玉已好，現在丁憂無事，想起賈赦不知幾時遇赦，老太太的靈柩久停寺內，終不放心，欲要扶柩回南安葬，便叫了賈璉來商議。賈璉便道：「老爺想的極是。如今趁著丁憂，幹了這件大事更好。將來老爺起了復，生恐又不能遂意了。但是我父親不在家，侄兒呢又不敢僭越。老爺的主意很好，只是這件事也得好幾千銀子。衙門裡緝贓，那是再緝不出來的。」賈政道：「我的主意是定了。只為大老爺不在家，叫你來商議商議，怎麼個辦法。你是不能出門的，現在這裡沒有人。我為是好幾口材，都要帶回去的，一個怎麼樣的照應呢？想起把蓉哥兒帶了去，況且有他媳婦的棺材，也在裡頭。還有你林妹妹的，那是老太太的遺言，說跟著老太太一塊兒回去的。我想這一項銀子，只好在哪裡挪借幾千，也就夠了。」賈璉道：「如今的人情過於淡薄。老爺呢，又丁憂；我們老爺呢，又在外頭。一時借是借不出來的了，只好拿房地文書出去押去。」賈政道：「住的房子是官蓋的，哪裡動得？」賈璉道：「住房是不能動的。外頭還有幾所，可以出脫的，等老爺起復後再贖也使得。將來我父親回來了，倘能也再起用，也好贖的。只是老爺這麼大年紀，辛苦這一場，侄兒們心裡實不安。」賈政道：「老太太的事，是應該的。只要你在家謹慎些，把持定了纔好。」賈璉道：「老爺這倒只管放心，侄兒雖糊塗，斷不敢不認真辦理的。況且老爺回南，少不得多帶些人去，所留下的人也有限了，這點子費用，還可以過的來。就是老爺路上短少些，必經過賴尚榮的地方，可也叫他出點力兒。」賈政道：「自己老人家的事，叫人家幫什麼呢？」賈璉答應了個「是」，便退出來，打算銀錢。

賈政便告訴了王夫人，叫他管了家，自己便擇了發引長行的日子，就要起身。寶玉此時身體復元，賈環、賈蘭倒認真念書。賈政都交付給賈璉，叫他管教，「今年是大比的年頭，環兒是有服的，不能入場；蘭兒是孫子，服滿了也可以考的；務必叫寶玉同著侄兒考去。能夠中一個舉人，也好贖一贖偺們的罪名。」賈璉等唯唯應命。賈政又吩咐了在家的人，說了好些話，纔別了宗祠，便在城外念了幾天經，就發引下船，帶了林之孝等而去。也沒有驚動親友，惟有自家男女送了一程回來。

寶玉因賈政命他赴考，王夫人便不時催逼，查考起他的功課來。那寶釵、襲人時常勸勉，自不必說。哪知寶玉病後，雖精神日長，他的念頭一發更奇僻了，竟換了一種；不但厭棄功名仕進，竟把那兒女情緣也看淡了好些。只是眾人不大理會，寶玉也並不說出來。

一日，恰遇紫鵑送了林黛玉的靈柩回來，悶坐自己屋裡啼哭，想著：「寶玉無情！見他林妹妹的靈柩回去，並不傷心落淚；見我這樣痛哭，也不來勸慰，反瞅著我笑。這樣負心的人，從前都是花言巧語來哄著我們！前夜虧我想得開，不然，幾乎又上了他的當！只是一件叫人不解，如今我看他待襲人等也是冷冷兒的，二奶奶是本來不喜歡親熱的，麝月那些人就不抱怨他麼？看來女孩兒們多半是痴心的，白操了那些時的心，不知將來怎樣結局！」正想著，只見五兒走來瞧他。見紫鵑滿面淚痕，便說：「姐姐又哭林姑娘了？我想一個人，聞名不如眼見。頭裡聽著寶二爺女孩子跟前是最好的，我母親再三的把我弄進來；豈知我進來了，盡心竭力的伏侍了幾次病，如今病好了，連一句好話也沒有剩出來，這會子索性連眼兒也都不瞧了！」紫鵑聽他說的好笑，便噗嗤的一笑，啐道：「呸！你這小蹄子，你心裡要寶玉怎麼個樣兒待你纔好？女孩兒家也不害臊，連明公正氣❷的屋裡人瞧著他還沒事人一大堆呢，有功夫理你去？」因又笑著，拿個指頭往臉上抹著，問道：「你到底算寶玉的什麼人哪？」

❷ 明公正氣：堂堂皇皇；光明正大。也作「明堂正道」、「明公正道」。

那五兒聽了，自知失言，便飛紅了臉。待要解說不是要寶玉怎樣看待，說他近來不憐下的話，只聽院門外亂嚷，說：「外頭和尚又來了，要那一萬銀子呢！太太著急，叫璉二爺和他講去，偏偏璉二爺又不在家！那和尚在外頭說些瘋話，太太叫請二奶奶過去商量。」不知怎樣打發那和尚，下回分解。

第一一七回　阻超凡佳人雙護玉　欣聚黨惡子獨承家

話說王夫人打發人來叫寶釵過去商量，寶玉聽見說是和尚在外頭，趕忙的獨自一人走到前頭，嘴裡亂嚷道：「我的師父在那裡？」叫了半天，並不見有和尚，只得走到外面。見李貴將和尚攔住，不放他進來。寶玉便說道：「太太叫我請師父進去。」李貴聽了，鬆了手，那和尚便搖搖擺擺的進來。寶玉看見那僧的形狀與他死去時所見的一般，心裡早有些明白了，便上前施禮，連叫：「師父，弟子迎候來遲！」那僧說：「我不要你們接待，只要銀子拿了來，我就走。」寶玉聽來，又不像有道行的話，看他滿頭癩瘡，渾身腌臢破爛，心裡想道：「自古說，『真人不露相，露相不真人』，也不可當面錯過。我且應了他謝銀，並探探他的口氣。」便說道：「師父不必性急。現在家母料理，請師父坐下，略等片刻。弟子請問師父，可是從太虛幻境而來？」那和尚道：「什麼『幻境』！不過是來處來，去處去罷了。我是送還你的玉來的。我且問你，那玉是從哪裡來的？」寶玉一時對答不來。那僧笑道：「你自己的來路還不知，便來問我！」寶玉本來穎悟，又經點化，早把紅塵看破，只是自己的底裡未知；一聞那僧問起玉來，好像當頭一棒，便說道：「你也不用銀子的，我把那玉還你罷。」那僧笑道：「也該還我了。」

寶玉也不答言，往裡就跑。走到自己院內，見寶釵、襲人等都到王夫人那裡去了，忙向自己床邊取了那玉，便走出來。迎面碰見了襲人，撞了一個滿懷，把襲人唬了一跳，說道：「太太說你陪著和尚坐著很好。太太在那裡打算送他些銀兩，你又回來做什麼？」寶玉道：「你快去回太太，說不用張羅銀兩了，我把這玉還了他就是了。」襲人聽說，即忙拉住寶玉，道：「這斷使不得的！那玉就是你的命，若是他拿去了，你又要病著了！」

寶玉道：「如今不再病的了。我已經有了心了，要那玉何用？」摔脫襲人，便想要走。襲人急得趕著嚷道：「你回來，我告訴你一句話！」寶玉回過頭來道：「沒有什麼說的了。」襲人顧不得什麼，一面趕著跑，一面嚷道：「上回丟了玉，幾乎沒有把我的命要了！剛剛兒的有了，你拿了去，你也活不成，我也活不成了！你要還他，除非是叫我死了！」說著，趕上一把拉住。寶玉急了，道：「你死也要還，你不死也要還！」狠命的把襲人一推，抽身要走。怎奈襲人兩隻手繞著寶玉的帶子不放鬆，哭著喊著坐在地下。裡面的丫頭聽見，連忙趕來，瞧見他兩個人的神情不好。只聽見襲人哭道：「快告訴太太去！寶二爺要把那玉去還和尚呢！」丫頭趕忙飛報王夫人。

那寶玉更加生氣，用了手來掰開襲人的手。幸虧襲人忍痛不放。紫鵑在屋裡聽見寶玉要把玉給人，這一急比別人更甚，把素日冷淡寶玉的主意都忘在九霄雲外了，連忙跑出來，幫著抱住寶玉。那寶玉雖是個男人，用力摔打，怎奈兩個人死命的抱住不放，也難脫身，嘆口氣道：「為一塊玉，這樣死命的不放，若是我一個人走了，又待怎麼樣呢？」襲人、紫鵑聽到那裡，不禁嚎啕大哭起來。

正在難分難解，王夫人、寶釵急忙趕來，見是這樣形景，便哭著喝道：「寶玉！你又瘋了嗎！」寶玉見王夫人來了，明知不能脫身，只得陪笑說道：「這當什麼？又叫太太著急。他們總是這樣大驚小怪的。我說那和尚不近人情，他必要一萬銀子，少一個不能。我生氣進來，拿這玉還他，就說是假的，要這玉幹什麼？他見得我們不稀罕那玉，便隨意給他些，就過去了。」王夫人道：「我打量真要還他；這也罷了，為什麼不告訴明白了他們？叫他們哭哭喊喊的像什麼！」寶釵道：「這麼說呢，倒還使得；要是真拿那玉給他，那和尚有些古怪，倘或一給了他，又鬧到家口不寧，豈不是不成事了麼？至於銀錢呢，就把我的頭面折變了，也還夠了呢。」王夫人聽了，道：「也罷了。且就這麼辦罷。」

寶玉也不回答。只見寶釵走上來，在寶玉手裡拿了這玉，說道：「你也不用出去，我和太太給他錢就是了。」寶玉道：「玉不還他也使得，只是我還得當面見他一見纔好。」襲人等仍不肯放手。到底寶釵明決，說：「放了手，由他去就是了。」襲人只得放手。寶玉笑道：「你們這些人，原來重玉不重人哪！你們既放了我，我便跟著他走了，看你們就守著那塊玉怎麼樣！」襲人心裡又著急起來，仍要拉他，只礙著王夫人和寶釵的面前，又不好太露輕薄，恰好寶玉一撒手就走了。襲人忙叫小丫頭在三門口傳了焙茗等：「告訴外頭照應著二爺，他有些瘋了。」小丫頭答應了出去。

王夫人、寶釵等進來坐下，問起襲人來由，襲人便將寶玉的話細細說了。王夫人、寶釵甚是不放心，又叫人出去，吩咐眾人伺候，聽著和尚說些什麼。回來，小丫頭傳話進來回王夫人道：「二爺真有些瘋了。外頭小廝們說，裡頭不給他玉，他也沒法；如今身子出來了，求著那和尚帶了他去。」王夫人聽了，說道：「這還了得！那和尚說什麼來著？」小丫頭回道：「和尚說，要玉不要人。」寶釵道：「不要銀子了麼？」小丫頭道：「沒聽見說。後來和尚和二爺兩個人說著笑著，有好些話，外頭小廝們都不大懂。」王夫人道：「糊塗東西！聽不出來，學是自然學得來的！」便叫小丫頭：「你把那小廝叫進來。」小丫頭連忙出去叫進那小廝，站在廊下，隔著窗戶請了安。王夫人便問道：「和尚和二爺的話你們不懂，難道學也學不來嗎？」那小廝回道：「我們只聽見說什麼『大荒山』，什麼『青埂峰』，又說什麼『太虛境』、『斬斷塵緣』這些話。」

王夫人聽了也不懂。寶釵聽了，唬得兩眼直瞪，半句話都沒有了。正要叫人出去拉寶玉進來，只見寶玉笑嘻嘻的進來，說：「好了！好了！」寶釵仍是發怔。王夫人道：「你瘋瘋癲癲的說的是什麼？」寶玉道：「正經話，又說我瘋癲！那和尚與我原認得的，他不過也是要來見我一見。他何嘗是真要銀子呢？也只當化個善緣就是了。所以說明了，他自己就飄然而去了。這可不是好了麼？」王夫人不信，又隔著窗戶問那小廝。那小廝連忙出去問了門上的人，進來回說：「果然和尚走了，說：請太太們放心，我原不要銀子，只要寶二爺時常到他那裡去去就是了。諸事只要隨緣，自有一定的道理。」王夫人道：「原來是個好和尚！你們曾問他住在哪裡？」門上人道：「奴才也問來著，他說我們二爺知道的。」

王夫人便問寶玉：「他到底住在哪裡？」寶玉笑道：「這個地方，說遠就遠，說近就近……」寶釵不待說完，便道：「你醒醒兒罷！別盡著迷在裡頭！現在老爺、太太就疼你一個人，老爺還吩咐叫你幹功名上進呢。」寶玉道：「我說的不是功名麼？你們不知道，『一子出家，七祖昇天』呢！」王夫人聽到那裡，不覺傷心起來，說：「我們的家運怎麼好！一個四丫頭口口聲聲要出家，如今又添出一個來了。我這樣個日子過他做什麼！」說著，大哭起來。寶釵見王夫人傷心，只得上前苦勸。寶玉笑道：「我說了一句頑話，太太又認起真來了。」王夫人止住哭聲道：「這些話也是混說的麼！」

正鬧著，只見丫頭來回說：「璉二爺回來了，顏色大變，說，請太太回去說話。」王夫人又吃了一驚，說道：「將就些，叫他進來罷。小嬸子也是舊親，不用迴避了。」賈璉進來見了王夫人，請了安。寶釵迎著，也問了賈璉的安。賈璉回道：「剛纔接了我父親的書信，說是病重的很，叫我就去，若遲了恐怕不能見面！」說到這裡，眼淚便掉下來了。王夫人道：「書上寫的是什麼病？」賈璉道：「寫的是感冒風寒起的，如今成了癆病了。現在危急，專差一個人連日連夜趕來的，說如若再耽擱一兩天，就不能見面了。故來回太太，侄兒必得就去纔好。只是家裡沒人照管。薔兒、芸兒雖說糊塗，到底是個男人，外頭有了事來，還可傳個話。侄兒家裡倒沒有什麼事，秋桐是天天哭著喊著，不願意在這裡，侄兒叫了他娘家的人來領了去了，倒省了平兒好些氣。雖是巧姐沒人照應，還虧平兒的心不很壞。姐兒心裡也明白，只是性氣比他娘還剛硬些，求太太時常管教管教他。」說著，眼圈兒一紅，連忙把腰裡拴檳榔荷包的小絹子拉下來擦眼。王夫人道：「放著他親祖母在那裡，託我做什麼？」賈璉輕輕的說道：「太太要說這個話，侄兒就該活活兒的打死了！沒什麼說的，總求太太始終疼侄兒就是了！」說著，就跪下來了。王夫人也眼圈兒紅了，說：「你快起來！娘兒們說話兒，這是怎麼說？只是一件：孩子也大了，倘或你父親有個一差二錯，又耽擱住了，或者有個門當戶對的來說親，還是等你回來，還是你太太作主？」賈璉道：「現在太太們在家，自然是太太們做主，不必等我。」王夫人道：「你要去，就寫了稟帖給二老爺送個信，說家下無人，你父親不知怎樣，快請二老爺將老太太的大事早早的完結，快快回來。」

賈璉答應了「是」，正要走出去，復轉回來，回說道：「偺們家的家下人，家裡還夠使喚，只是園裡沒有人，太空了。包勇又跟了他們老爺去了。姨太太住的房子，薛二爺已搬到自己的房子內住了。園裡一帶屋子都空著，忒沒照應，還得太太叫人常查看查看。那櫳翠庵原是偺們家的地基，如今妙玉不知哪裡去了，所有的根基，他的當家女尼不敢自己作主，要求府裡一個人管理管理。」王夫人道：「自己的事還鬧不清，還擱得住外頭的事麼？這句話，好歹別叫四丫頭知道；若是他知道了，又要吵著出家的念頭出來了。你想偺們家什麼樣的人家，好好的姑娘出家，還了得！」賈璉道：「太太不提起，侄兒也不敢說。四妹妹到底是東府裡的，又沒有父母，他親哥哥又在外頭，他親嫂子又不大說的上話，侄兒聽見要尋死覓活了好幾次。他既是心裡這麼著的了，若是牛著他❶，將來倘或認真尋了死，比出家更不好了。」王夫人聽了點頭，道：「這件事真真叫我也難擔！我也做不得主，由他大嫂子去就是了。」

賈璉又說了幾句纔出來，叫了眾家人來，交代清楚，寫了書，收拾了行裝。平兒等不免叮嚀了好些話。只有巧姐兒慘傷的了不得。賈璉又欲託王仁照應，巧姐到底不願意；聽見外頭託了芸、薔二人，心裡更不受用，嘴裡卻說不出來。只得送了他父親，謹謹慎慎的隨著平兒過日子。豐兒、小紅因鳳姐去世，告假的告假，告病

❶ 牛著他：和他執拗。

的告病。平兒意欲接了家中一個姑娘來，一則給巧姐作伴，二則可以帶量他。遍想無人，只有喜鸞、四姐兒是賈母舊日鍾愛的，偏偏四姐兒新近出了嫁了，喜鸞也有了人家兒，不日就要出閣，也只得罷了。

且說賈芸、賈薔送了賈璉，便進來見了邢、王二夫人。他兩個倒替著在外書房住下，日間便與家人廝鬧，有時找了幾個朋友吃個「車箍轆會」❷，甚至聚賭。裡頭哪裡知道？一日邢大舅、王仁來，瞧見了賈芸、賈薔住在這裡，知他熱鬧，也就借著照看的名兒時常在外書房設局賭錢、喝酒。所有幾個正經的家人，賈政帶了幾個去，賈璉又跟去了幾個，只有那賴、林諸家的兒子侄兒。那些少年託著老子娘的福吃喝慣了的，哪知當家立計的道理？況且他們長輩都不在家，便是「沒籠頭的馬」了。又有兩個旁主人慫恿，無不樂為。這一鬧，把個榮國府鬧得沒上沒下，沒裡沒外。那賈薔還想勾引寶玉，賈芸攔住道：「寶二爺那個人沒運氣的，不用惹他。那一年我給他說了一門子絕好的親，父親在外頭做稅官，家裡開幾個當鋪，姑娘長得比仙女兒還好看。我巴巴兒的細細的寫了一封書子給他，誰知他沒造化……」說到這裡，瞧了瞧左右無人，又說：「他心裡早和俗們這個二嬸娘好上了！你沒聽見說，還有一個林姑娘呢，弄的害了相思病死的，誰不知道！這也罷了，各自的姻緣罷咧。誰知他為這件事倒惱了我了，總不大理。他打量誰必是借誰的光兒呢！」

賈薔聽了，點點頭，纔把這個心歇了。他兩個還不知道寶玉自會那和尚以後，他是欲斷塵緣。一則在王夫人跟前不敢任性，已與寶釵、襲人等皆不大款洽了。那些丫頭不知道，還要逗他，寶玉哪裡看得到眼裡？他也並不將家事放在心裡。時常王夫人、寶釵勸他念書，他便假作攻書，一心想著那個和尚引他到那仙境的機關。心目中觸處皆為俗人，卻在家難受，閒來倒與惜春閒講。他們兩個人講得上了，那種心更加准了幾分，哪裡還管賈環、賈蘭等？那賈環為他父親不在家，趙姨娘已死，王夫人不大理會他，便入了賈薔一路。倒是彩雲時常

---

❷ 車箍轆會：就是輪流作主人的聚餐會。也叫「車輪會」。

規勸，反被賈環辱罵。玉釧兒見寶玉瘋癲更甚，早和他娘說了，要求著出去。如今寶玉、賈環他哥兒兩個各有一種脾氣，鬧得人人不理。獨有賈蘭跟著他母親上緊攻書，作了文字，送到學裡請教代儒。因近來代儒老病在床，只得自己刻苦。李紈是素來沉靜的，除了請王夫人的安，會會寶釵，餘者一步不走，只有看著賈蘭攻書。所以榮府住的人雖不少，竟是各自過各自的，誰也不肯做誰的主。賈環、賈薔等愈鬧的不像事了，甚至偷典偷賣，不一而足。賈環更加宿娼濫賭，無所不為。

一日，邢大舅、王仁都在賈家外書房喝酒，一時高興，叫了幾個陪酒的來唱著喝著勸酒。賈薔便說：「你們鬧的太俗，我要行個令兒。」眾人道：「使得。」賈薔道：「偺們『月』字流觴❸罷。我先說起『月』字，數到哪個，便是哪個喝酒。還要酒面酒底；須得依著令官，不依者罰三大杯。」眾人都依了。賈薔喝了一杯令酒，便說：「飛羽觴而醉月。」順飲數到賈環。賈薔說：「酒面要個『桂』字。」賈環便說道：「冷露無聲濕桂花。酒底呢？」賈薔道：「說個『香』字。」賈環道：「天香雲外飄。」邢大舅說道：「沒趣，沒趣！你又懂得什麼字了，也假斯文起來？這不是取樂，竟是慪人了！偺們都蠲了，倒是搳搳拳，輸家喝，輸家唱，叫做『苦中苦』。若是不會唱的，說個笑話兒也使得，只要有趣。」眾人都道：「使得。」

於是亂搳起來。王仁輸了，喝了一杯，唱了一個。眾人道：「好！」又搳起來了。是個陪酒的輸了，唱了一個什麼「小姐小姐多丰采」。以後邢大舅輸了，眾人要他唱曲兒。他道：「我唱不上來，我說個笑話兒罷。」賈薔道：「若說不笑，仍要罰的。」邢大舅就喝了杯，便說道：「諸位聽著：村莊上有一座元帝廟，旁邊有個

---

❸ 月字流觴：古人在暮春三月修褉日列坐曲水旁，斟酒羽觴浮於上游，任其順流而下，取而飲之，稱為「流觴」。此活動原有除不祥之意，後發展為文士之雅集，把傳杯行令這種遊戲也叫「流觴」。在酒令中規定必須帶出「月」字的，就叫「月」字流觴。觴，酒杯。

土地祠。那元帝老爺常叫土地來說閒話兒。一日，元帝廟裡被了盜，便叫土地去查訪。土地稟道：『這地方沒有賊的，必是神將不小心，被外賊偷了東西去。』元帝道：『胡說！你是土地，失了盜，不問你問誰去呢？你倒不去拿賊，反說我的神將不小心嗎？』土地稟道：『雖說是不小心，到底是廟裡的風水不好。』元帝道：『你倒會看風水麼？』土地道：『待小神看看。』那土地向各處瞧了一會，便來回稟道：『老爺坐的身子背後，兩扇紅門，就不謹慎。小神坐的背後，是砌的牆，自然東西丟不了。以後老爺的背後也改了牆就好了。』元帝老爺聽來有理，便叫神將派人打牆。眾神將嘆口氣道：『如今香火一炷也沒有，哪裡有磚灰人工來打牆？』元帝老爺沒法，叫眾神將作法，卻都沒有主意。那元帝老爺腳下的龜將軍站起來道：『你們不中用，我有主意：你們將紅門拆下來，到了夜裡，拿我的肚子堵住這門口，難道當不得一堵牆麼？』眾神將都說道：『好！又不花錢，又便當結實！』於是龜將軍便當這個差使，竟安靜了。豈知過了幾天，那廟裡又丟了東西。眾神將叫了土地來說道：『你說砌了牆就不丟東西，怎麼如今有了牆還要丟？』那土地道：『這牆砌的不結實。』眾神將道：『你瞧去。』土地一看，果然是一堵好牆，怎麼還有失事？把手摸了一摸，道：『我打量是真牆，哪裡知道是個「假牆」！』」

眾人聽了，大笑起來。賈薔也忍不住的笑，說道：「傻大舅，你好！我沒有罵你，你為什麼罵我！快拿杯來罰一大杯！」邢大舅喝了，已有醉意。眾人又喝了幾杯，都醉起來。邢大舅說他姐姐不好，王仁說他妹妹不好，都說的狠狠毒毒的。賈環聽了，趁著酒興，也說鳳姐不好：怎樣苛刻我們，怎麼樣踏我們的頭。眾人道：「大凡做個人，原要厚道些。看鳳姑娘仗著老太太這樣的利害，如今『焦了尾巴梢子』❹了，只剩了一個姐兒，只怕也要現世現報呢！」賈芸想著鳳姐待他不好，又想起巧姐兒見他就哭，也信著嘴兒混說。還是賈薔道：「喝

❹ 焦了尾巴梢子：罵人斷絕後嗣。

酒罷！說人家做什麼？」那兩個陪酒的道：「這位姑娘多大年紀了？長得怎麼樣？」賈薔道：「模樣兒是好的很的，年紀也有十三四歲了。」那陪酒的說道：「可惜這樣人生在府裡這樣人家，若生在小戶人家，父母兄弟都做了官，還發了財呢！」眾人道：「怎麼樣？」那陪酒的說：「現今有個外藩王爺，最是有情的，要選一個妃子，若合了式，父母兄弟都跟了去，可不是好事兒嗎？」

眾人都不大理會，只有王仁心裡略動了一動，仍舊喝酒。只見外頭走進賴、林兩家的子弟來，說：「爺們好樂呀！」眾人站起來說道：「老大、老三，怎麼這時候纔來？叫我們好等！」那兩個人說道：「今早聽見一個謠言，說是偺們家又鬧出事來了，心裡著急，趕到裡頭打聽去，並不是偺們。」眾人道：「不是偺們就完了，為什麼不就來？」那兩個說道：「雖不是偺們，也有些干係。你們知道是誰？就是賈雨村老爺。我們今兒進去，看見帶著鎖子，說要解到三法司❺衙門裡審問去呢。我們見他常在偺們家裡來往，恐有什麼事，便跟了去打聽。」賈芸道：「到底老大用心，原該打聽打聽。你且坐下喝一杯再說。」

兩人讓了一回，便坐下喝著酒，道：「這位雨村老爺人也能幹，也會鑽營，官也不小了，只是貪財，被人家參了個『婪索屬員』的幾款。如今的萬歲爺是最聖明最仁慈的，獨聽了一個『貪』字，或因糟蹋了百姓，或因恃勢欺良，是極生氣的，所以旨意便叫拿問。若問出來了，只怕擱不住；若是是沒有的事，那參的人也不便。如今真真是好時候！要有造化，做個官兒就好。」眾人道：「你的哥哥就是有造化的，現做知縣，還不好麼？」賴家的說道：「我哥哥雖是做了知縣，他的行為，只怕也保不住怎麼樣呢。」眾人道：「手也長麼？」賴家的點點頭兒，便舉起杯來喝酒。

眾人又道：「裡頭還聽見什麼新聞？」兩人道：「別的事沒有，只聽見海疆的賊寇拿住了好些，也解到法

---

❺ 三法司：明、清以刑部、都察院、大理寺合稱為「三法司」，專審重大案件。

司衙門裡審問。還審出好些賊寇，也有藏在城裡的，打聽消息，抽空兒就劫搶人家。如今知道朝裡那些老爺們都是能文能武，出力報效，所到之處，早就消滅了。」眾人道：「你聽見有在城裡的，不知審出偺們家失了盜一案來沒有？」兩人道：「倒沒有聽見。恍惚有人說是有個內地裡的人，城裡犯了事，搶了一個女人下海去了，那女人不依，被這賊寇殺了。那賊寇正要逃出關去，被官兵拿住了，就在拿獲的地方正了法了。」眾人道：「偺們櫳翠庵的什麼妙玉，不是叫人搶去？不要就是他罷？」賈環道：「必是他！」眾人道：「你怎麼知道？」賈環道：「妙玉這個東西是最討人嫌的！他一日家❻捏酸❼，見了寶玉，就眉開眼笑了；我若見了他，他從不拿正眼瞧我一瞧！真要是他，我纔趁願呢！」眾人道：「搶的人也不少，哪裡就是他？」賈芸道：「有點信兒。前日有個人說，他庵裡的道婆做夢，說看見是妙玉叫人殺了。」眾人笑道：「夢話算不得！」邢大舅道：「管他夢不夢，偺們快吃飯罷，今夜做個大輸贏。」

眾人願意，便吃畢了飯，大賭起來。賭到三更多天，只聽見裡頭亂嚷，說是：「四姑娘和珍大奶奶拌嘴，把頭髮都鉸掉了。趕到邢夫人、王夫人那裡去磕了頭，說是要求容他做尼姑呢，送他一個地方；若不容他，他就死在眼前。那邢、王兩位太太沒主意，叫請薔大爺、芸二爺進去。」賈芸聽了，便知是那回看家的時候起的念頭，想來是勸不過來的了，便和賈薔商議道：「太太叫我們進去，我們是做不得主的，況且也不好做主。只好勸去，若勸不住，只好由他們罷。偺們商量了寫封書給璉二叔，便卸了我們的干係了。」兩個商量定了主意，進去見了邢、王兩位太太，便假意的勸了一回。無奈惜春立意必要出家，就不放他出去，只求一兩間淨屋子，給他誦經拜佛。尤氏見他兩個不肯作主，又怕惜春尋死，自己便硬做主張，說是：「這個不是索性我耽了罷。

❻ 一日家：整天的；從早到晚的。

❼ 捏酸：假裝正經。

說我做嫂子的容不下小姑子，逼他出了家了就完了！若說到外頭去呢，斷斷使不得；若在家裡呢，太太們都在這裡，算我的主意罷。叫薔哥兒寫封書子給你珍大爺、璉二叔就是了。」賈薔等答應了。不知邢、王二位夫人依與不依，下回分解。

第一一八回　記微嫌舅兄欺弱女　驚謎語妻妾諫痴人

話說邢、王二夫人聽尤氏一段話，明知也難挽回。王夫人只得說道：「姑娘要行善，這也是前生的夙根，我們也實在攔不住，只是偺們這樣人家的姑娘出了家，不成個事體。如今你嫂子說了准你修行，也是好處。卻有一句話要說：那頭髮可以不剃的，只要自己的心真，哪在頭髮上頭呢？你想妙玉也是帶髮修行的；不知他怎樣凡心一動，纔鬧到那個分兒。姑娘執意如此，我們就把姑娘住的房子便算了姑娘的靜室。所有伏侍姑娘的人，也得叫他們來問。他若願意跟的，就講不得說親配人；若不願意跟的，另打主意。」惜春聽了，收了淚，拜謝了邢、王二夫人、李紈、尤氏等。王夫人說了，便問彩屏等誰願跟姑娘修行。彩屏等回道：「太太們派誰就是誰。」王夫人知道不願意。正在想人，襲人立在寶玉身後，想來寶玉必要大哭，防著他的舊病。豈知寶玉嘆道：「真真難得！」襲人心裡更自傷悲。寶釵雖不言語，遇事試探，見是執迷不醒，只得暗中落淚。

王夫人纔要叫了眾丫頭來問，忽見紫鵑走上前去，在王夫人面前跪下，回道：「剛纔太太問跟四姑娘的姐姐，太太看著怎麼樣？」王夫人道：「這個如何強派得人的？誰願意，他自然就說出來了。」紫鵑道：「姑娘修行，自然姑娘願意，並不是別的姐姐們的意思。我有句話回太太：我也並不是拆開姐姐們，各人有各人的心。我伏侍林姑娘一場，林姑娘待我，也是太太們知道的，實在恩重如山，無以可報。他死了，我恨不得跟了他去；但是他不是這裡的人，我又受主子家的恩典，難以從死。如今四姑娘既要修行，我就求太太們將我派了跟著姑娘，伏侍姑娘一輩子。不知太太們准不准？若准了，就是我的造化了。」

邢、王二夫人尚未答言，只見寶玉聽到這裡，想起黛玉，一陣心酸，眼淚早下來了。眾人纔要問他時，他又哈哈的大笑，走上來道：「我不該說的。這紫鵑蒙太太派給我屋裡，我纔敢說。求太太准了他罷，全了他的好心。」王夫人道：「你頭裡姐妹出了嫁，還哭得死去活來；如今看見四妹妹要出家，不但不勸，倒說好事，你如今到底是怎麼個意思？我索性不明白了。」寶玉道：「四妹妹修行是已經准了的，四妹妹也是一定主意了？若是真的，我有一句話告訴太太；若是不定的，我就不敢混說了。」惜春道：「二哥哥說話也好笑：一個人主意不定，便扭得過太太們來了？我也是像紫鵑的話：容我呢，是我的造化；不容我呢，還有一個死呢！哪怕什麼？二哥哥既有話，只管說。」寶玉道：「我這也不算什麼洩漏了，這也是一定的。我念一首詩給你們聽聽罷。」眾人道：「人家苦得很的時候，你倒來作詩慪人！」寶玉道：「不是作詩，我到一個地方兒看了來的。你們聽聽罷。」眾人道：「使得，你就念念，別順著嘴兒胡謅。」寶玉也不分辯，便說道：

勘破三春景不長，緇衣頓改昔年妝。可憐繡戶侯門女，獨臥青燈古佛旁！

李紈、寶釵聽了詫異道：「不好了！這個人入了迷了。」王夫人聽了這話，點頭嘆息，便問：「寶玉，你到底是哪裡看來的？」寶玉不便說出來，回道：「太太也不必問我，自有見的地方。」王夫人回過味來，細細一想，便更哭起來道：「你說前兒是頑話，怎麼忽然有這首詩？罷了，我知道了！你們叫我怎麼樣呢？我也沒有法兒了，也只得由著你們去罷！但是要等我合上了眼，各自幹各自的就完了！」

寶釵一面勸著，這個心比刀絞更甚，也掌不住，便放聲大哭起來。襲人已經哭的死去活來，幸虧秋紋扶著。寶玉也不啼哭，也不相勸，只不言語。賈蘭、賈環聽到這裡，各自走開。李紈竭力的解說：「總是寶兄弟見四妹妹修行，他想來是痛極了，不顧前後的瘋話，這也作不得準。獨有紫鵑的事情，准不准？好叫他起來。」王夫人道：「什麼依不依？橫豎一個人的主意定了，那也是扭不過來的。可是寶玉說的，也是一定的了！」紫鵑聽了磕頭。惜春又謝了王夫人。紫鵑又給寶玉、寶釵磕了頭。寶玉念聲：「阿彌陀佛！難得，難得！不料你倒先好了！」寶釵雖然有把持，也難掌住。只有襲人，也顧不得王夫人在上，便痛哭不止，說：「我也願意跟了四姑娘去修行！」寶玉笑道：「你也是好心，但是你不能享這個清福的！」襲人哭道：「這麼說，我是要死的了？」寶玉聽到那裡倒覺傷心，只是說不出來。因時已五更，寶玉請王夫人安歇。李紈等各自散去。彩屏等暫且伏侍惜春回去，後來指配了人家。紫鵑終身伏侍，毫不改初。此是後話。

且言賈政扶了賈母靈柩一路南行，因遇著班師的兵將船隻過境，河道擁擠，不能速行，在道實在心焦。幸喜遇見了海疆的官員，聞得鎮海統制欽召回京，想來探春一定回家，略略解些煩心。只打聽不出起程的日期，心裡又煩躁。想到盤費算來不敷，不得已寫書一封，差人到賴尚榮任上借銀五百，叫人沿途迎上來急應需用。那人去了幾日，賈政的船纔行得十數里。那家人回來迎上船隻，將賴尚榮的稟啟呈上。書內告了多少苦處，備上白銀五十兩。賈政看了生氣，即命家人立刻送還，將原書發回，叫他不必費心。那家人無奈，只得回到賴尚榮任所。

賴尚榮接到原書銀兩，心中煩悶，知事辦得不周到，又添了一百，央來人帶回，幫著說些好話。豈知那人不肯帶回，撂下就走了。賴尚榮心下不安，立刻修書到家，回明他父親，叫他設法告假，贖出身來。於是賴家託了賈薔、賈芸等在王夫人面前乞恩放出。賈薔明知不能，過了一日，假說王夫人不依的話回覆了。賴家一面告假，一面差人到賴尚榮任上，叫他告病辭官。王夫人並不知道。

那賈芸聽見賈薔的假話，心裡便沒想頭。連日在外又輸了好些銀錢，無所抵償，便和賈環相商。賈環本是一個錢沒有的，雖是趙姨娘積蓄些微，早被他弄光了，哪能照應人家？便想起鳳姐待他刻薄，要趁賈璉不在家，擺佈巧姐出氣，遂把這個當叫賈芸來上，故意的埋怨賈芸道：「你們年紀又大，放著弄銀錢的事又不敢辦，倒和我沒有錢的人相商！」賈芸道：「三叔，你這話說的倒好笑！偺們一塊兒頑，一塊兒鬧，哪裡有銀錢的事？」賈環道：「不是前兒有人說是外藩要買個偏房？你們何不和王大舅商量，把巧姐說給他呢？」賈芸道：「叔叔，我說句招你生氣的話：外藩花了錢買人，還想能和偺們走動麼？」賈環在賈芸耳邊說了些話，賈芸雖然點頭，只道賈環是小孩子的話，也不當事。恰好王仁走來說道：「你們兩個人商量些什麼？瞞著我麼？」賈芸便將賈環的話附耳低言的說了。王仁拍手道：「這倒是一宗好事！又有銀子！只怕你們不能，若是你們敢辦，我是親舅舅，做得主的。只要環老三在大太太跟前那麼一說，我找邢大舅再一說，太太們問起來，你們齊打夥兒說好就是了。」

賈環等商議定了，王仁便去找邢大舅，賈芸便去回邢、王二夫人，說得錦上添花。王夫人聽了，雖然入耳，只是不信。邢夫人聽得邢大舅知道，心裡願意，便打發人找了邢大舅來問他。那邢大舅已經聽了王仁的話，又可分肥，便在邢夫人跟前說道：「若說這位郡王，是極有體面的。若應了這門親事，雖說不是正配，管保一過了門，姐夫的官早復了，這裡的聲勢又好了。」邢夫人本是沒主意的人，被傻大舅一番假話哄得心動，請了王仁來一問，更說得熱鬧，於是邢夫人倒叫人出去追著賈芸去說。王仁即刻找了人去到外藩公館說了。那外藩不知底細，便要打發人來相看。賈芸又鑽❶了相看的人，說明：「原是瞞著合宅的，只說是王府相親。等到成了，他祖母作主，親舅舅的保山，是不怕的。」那相看的人應了。賈芸便送信與邢夫人，並回了王夫人。那李紈、寶釵等不知原故，只道是件好事，也都歡喜。

那日，果然來了幾個女人，都是豔妝麗服。邢夫人接了進去，敘了些閒話。那來人本知是個誥命，也不敢怠慢。邢夫人因事未定，也沒有和巧姐說明，只說有親戚來瞧，叫他去見。那巧姐到底是個小孩子，哪管這些，

❶ 鑽：音ㄗㄨㄢ。攀附請託；極力討好。

便跟了奶媽過來。平兒不放心，也跟著來。只見有兩個宮人打扮的，見了巧姐，便渾身上下一看，更又起身來拉著巧姐的手又瞧了一遍，略坐了一坐就走了。倒把巧姐看得羞臊，回到房中納悶。想來沒有這門親戚，便問平兒。平兒先看見來頭，卻也猜著八九，「必是相親的。但是二爺不在家，大太太作主，到底不知是哪府裡的。若說是對頭親❷，不該這樣相看。瞧那幾個人的來頭，不像是本支王府，好像是外頭路數。如今且不必和姑娘說明，且打聽明白再說。」

平兒心下留神打聽。那些丫頭、婆子都是平兒使過的，平兒一問，所有聽見外頭的風聲都告訴了，平兒便嚇的沒了主意。雖不和巧姐說，便趕著去告訴了李紈、寶釵，求他二人告訴王夫人。王夫人知道這事不好，便和邢夫人說知。怎奈邢夫人信了兄弟並王仁的話，反疑心王夫人不是好意，便說：「孫女兒也大了，現在璉兒不在家，這件事，我還做得主。況且是他親舅爺爺和他親舅舅打聽的，難道倒比別人不真麼？我橫豎是願意的。倘有什麼不好，我和璉兒也抱怨不著別人。」王夫人聽了這些話，心下暗暗生氣，勉強說些閒話，便走了出來，告訴了寶釵，自己落淚。寶玉勸道：「太太別煩惱。這件事，我看來是不成的。這又是巧姐兒命裡所招，只求太太不管就是了。」王夫人道：「你一開口就是瘋話！人家說定了就要接過去。若依平兒的話，你璉二哥哥可不抱怨我麼？別說自己的侄孫女兒，就是親戚家的，也是要好纔好。邢姑娘是我們作媒的，配了你二大舅子，如今和和順順的過日子不好麼？那琴姑娘梅家娶了去，聽見說是豐衣足食的，很好。就是史姑娘，是他叔叔的主意，頭裡原好；如今姑爺癆病死了，你史妹妹立志守寡，也就苦了。若是巧姐兒錯給了人家兒，可不是我的心壞？」

正說著，平兒過來瞧寶釵，並探聽邢夫人的口氣。王夫人將邢夫人的話說了一遍。平兒獃了半天，跪下求

❷ 對頭親：門當戶對的親事。

道：「巧姐兒終身全仗著太太！若信了人家的話，不但姑娘一輩子受了苦，便是璉二爺回來，怎麼說呢？」王夫人道：「你是個明白人，起來聽我說。巧姐兒到底是大太太孫女兒，他要作主，我能夠攔他麼？」寶玉勸道：「無妨礙的，只要明白就是了。」平兒生怕寶玉瘋癲嚷出來，也並不言語，回了王夫人，竟自去了。

這裡王夫人想到煩悶，一陣心痛，叫丫頭扶著，勉強回到自己房中躺下，不叫寶玉、寶釵過來，說：「睡睡就好的。」自己卻也煩悶。聽見說李嬸娘來了，也不及接待。只見賈蘭進來請了安，回道：「今早爺爺那裡打發人帶了一封書子來，外頭小子們傳進來的。我母親接了，正要過來，因我老娘來了，叫我先呈給太太瞧，回來我母親就過來回太太，還說我老娘要過來呢。」說著，一面把書子呈上。王夫人一面接書，一面問道：「你老娘來作什麼？」賈蘭道：「我也不知道。我只聽見我老娘說：我三姨兒的婆婆家有什麼信兒來了。」王夫人聽了，想起來還是前次給甄寶玉說了李綺，後來放定下茶❸，想來此時甄家要娶過門，所以李嬸娘來商量這件事情，便點點頭兒，一面拆開書信。見上面寫著道：

近因沿途俱係海疆凱旋船隻，不能迅速前行。聞探姐隨翁壻來都，不知曾有信否？前接到璉侄手稟，知大老爺身體欠安，亦不知已有確信否？寶玉、蘭哥場期已近，務須實心用功，不可怠惰。老太太靈柩抵家，尚需時日。我身體平善，不必掛念。此諭寶玉等知道。月日手書。蓉兒另稟。

王夫人看了，仍舊遞給賈蘭，說：「你拿去給你二叔叔瞧瞧，還交給你母親罷。」正說著，李紈同李嬸娘過來，請安問好畢，王夫人讓了坐。李嬸娘便將甄家要娶李綺的話說了一遍。大家商議了一會子。李紈因問王夫人道：「老爺的書子，太太看過了麼？」王夫人道：「看過了。」賈蘭便拿著給他母親瞧。李紈看了道：「三姑娘出

❸ 下茶：種茶時下了種子，就不可移植，所以古代結婚必以茶為聘禮，取其不移的意思，稱為「下茶」。

門了好幾年，總沒有來；如今要回京了，太太也放了好些心。」王夫人道：「我本是心痛，看見探丫頭要回來了，心裡略好些，只是不知幾時纔到。」李嬸娘便問了賈政在路好。李紈因向賈蘭道：「哥兒瞧見了？場期近了，你爺爺惦記的什麼似的。你快拿了去給二叔叔瞧去罷。」李嬸娘道：「他們爺兒兩個又沒進過學，怎麼能下場呢？」王夫人道：「他爺爺做糧道的起身時，給他們爺兒兩個援了例監❹了。」李嬸娘點頭。賈蘭一面拿著書子出來，來找寶玉。

卻說寶玉送了王夫人去後，正拿著秋水❺一篇在那裡細玩。寶釵從裡間走出，見他看的得意忘言，便走過來一看，見是這個，心裡著實煩悶，細想：「他只顧把這些『出世離群』❻的話當作一件正經事，終久不妥！」看他這種光景，料勸不過來，便坐在寶玉旁邊，怔怔的瞅著。寶玉見他這般，便道：「你這又是為什麼？」寶釵道：「我想你我既為夫婦，你便是我終身的倚靠，卻不在情慾之私。論起榮華富貴，原不過是過眼烟雲；但自古聖賢，以人品根柢為重……」寶玉也沒聽完，把那書本擱在旁邊，微微的笑道：「據你說『人品根柢』，又是什麼『古聖賢』，你可知古聖賢說過『不失其赤子之心』？那赤子有什麼好處？不過是無知、無識、無貪、無忌。我們生來已陷溺在貪、嗔、痴、愛中，猶如污泥一般，怎麼能跳出這般塵網？如今纔曉得『聚散浮生』四字，古人說了，不曾提醒一個。既要講到人品根柢，誰是到那太初❼一步地位的？」寶釵道：「你既說『赤子

❹ 援了例監：清時，入國子監肄業的叫監生。有監生的資格，就可以去考舉人。取得監生的資格，一般都是由捐貲得來，名叫例監。援了例監，就是捐過了錢，有了監生的資格。

❺ 秋水：莊子篇名。闡發齊物論的旨意，推論天地萬物的道理。

❻ 出世離群：脫離人群，不問世事。莊子一書所言，有其曠達的一面，也有消極避世的一面。寶釵此時見寶玉看莊子有得意之色，聯繫他近日的言行，故作此想。

之心』，古聖賢原以忠孝為赤子之心，並不是遁世離群、無關無係為赤子之心。堯、舜、禹、湯、周、孔，時刻以救民濟世為心，所謂赤子之心，原不過是『不忍』二字。若你方纔所說的，忍於拋棄天倫，還成什麼道理？」寶玉點頭笑道：「堯、舜不強巢、許，武、周不強夷、齊❽……」寶釵不等他說完，便道：「你這個話，益發不是了。古來若都是巢、許、夷、齊，為什麼如今人又把堯、舜、周、孔稱為聖賢呢？況且你自比夷、齊，更不成話。伯夷、叔齊原是生在殷商末世，有許多難處之事，所以纔有託而逃。當此聖世，偺們世受國恩，祖父錦衣玉食；況你自有生以來，自去世的老太太以及老爺、太太視如珍寶。你方纔所說，自己想一想是與不是？」

寶玉聽了，也不答言，只有仰頭微笑。寶釵因又勸道：「你既理屈詞窮，我勸你從此把心收一收，好好的用用功，但能博得一第，便是從此而止，也不枉天恩祖德了！」寶玉點了點頭，嘆了口氣說道：「一第呢，其實也不是什麼難事。倒是你這個『從此而止』、『不枉天恩祖德』，卻還不離其宗！」寶釵未及答言，襲人過來說道：「剛纔二奶奶說的古聖先賢，我們也不懂；我只想著我們這些人，從小兒辛辛苦苦跟著二爺，不知陪了多少小心，論起理來，原該當的，但只二爺也該體諒體諒。況且二奶奶替二爺在老爺、太太跟前行了多少孝道，就是二爺不以夫妻為事，也不可太辜負了人心。至於神仙那一層，更是謊話；誰見過有走到凡間來的神仙呢！哪裡來的這麼個和尚，說了些混話，二爺就信了真！二爺是讀書的人，難道他的話比老爺、太太還重麼？」寶玉聽了，低頭不語。

❼ 太初：道家指天道、自然的本源。

❽ 堯、舜不強巢、許二句：巢、許，巢父和許由，相傳二人是唐堯時的隱士。堯要讓天下給巢父，他不接受，堯又讓給許由，許由也引以為恥，兩人都逃走隱居起來。夷、齊，伯夷和叔齊，相傳二人是殷代孤竹君的兒子。武王和周公滅殷建立周朝，伯夷、叔齊義不食周粟，隱居首陽山而餓死。

襲人還要說時，只聽外面腳步走響，隔著窗戶問道：「二叔在屋裡呢麼？」寶玉聽了，是賈蘭的聲音，便站起來笑道：「你進來罷。」寶釵也站起來。賈蘭進來，笑容可掬的給寶玉、寶釵請了安，問了襲人的好——襲人也問了好——便把書子呈給寶玉瞧。寶玉接在手中看了，便道：「你三姑姑回來了？」賈蘭道：「爺爺既如此寫，自然是回來的了。」寶玉點頭不語，默默如有所思。賈蘭便問：「叔叔看見爺爺後頭寫的叫偺們好生念書了？叔叔這一程子只怕總沒作文章罷？」寶玉笑道：「我也要作幾篇熟一熟手，好去誆這個功名。」賈蘭道：「叔叔既這樣，就擬幾個題目，我跟著叔叔作作，也好進去混場。別到那時交了白卷子惹人笑話，不但笑話我，人家連叔叔都要笑話了。」寶玉道：「你也不至如此。」說著，寶釵命賈蘭坐下。寶玉仍坐在原處，賈蘭側身坐了。兩個談了一回文，不覺喜動顏色。

寶釵見他爺兒兩個談得高興，便仍進屋裡去了，心中細想：「寶玉此時光景，或者醒悟過來了。只是剛纔說話，他把那『從此而止』四字單單的許可，這又不知是什麼意思了？」寶釵尚自猶豫；惟有襲人看他愛講文章，提到下場，更又欣然，心裡想道：「阿彌陀佛！好容易講四書似的纔講過來了！」

這裡寶玉和賈蘭講文，鶯兒沏過茶來。賈蘭站起來接了，又說了一會子下場的規矩，並請甄寶玉在一處的話，寶玉也甚似願意。一時，賈蘭回去，便將書子留給寶玉了。那寶玉拿著書子笑嘻嘻走進來遞給麝月收了，便出來將那本莊子收了，把幾部向來最得意的，如參同契⑨、元命苞⑩、五燈會元⑪之類，叫出麝月、秋紋、鶯兒等都搬了擱在一邊。寶釵見他這番舉動，甚為罕異，因欲試探他，便笑問道：「不看他倒是正經，但又何

⑨ 參同契：有兩種：一是講道家煉丹的書；一是講禪理的書。

⑩ 元命苞：古代專講符瑞、預言的緯書。

⑪ 五燈會元：佛教禪宗記宗派系統的書。

必撇開呢？」寶玉道：「如今纔明白過來了，這些書都算不得什麼，我還要一火焚之，方為乾淨！」寶釵聽了，更欣喜異常。只聽寶玉口中微吟道：「內典⑫語中無佛性，金丹⑬法外有仙舟。」寶釵也沒很聽真，只聽得「無佛性」，「有仙舟」幾個字，心中轉又狐疑，且看他作何光景。

寶玉便命麝月、秋紋等收拾一間靜室，把那些語錄⑭名稿及應制詩之類都找出來擱在靜室中，自己卻當真靜靜的用起功來。寶釵這纔放了心。那襲人此時真是聞所未聞，見所未見，便悄悄的笑著向寶釵道：「到底奶奶說話透徹！只一路講究，就把二爺勸明白了。就只可惜遲了一點兒，臨場太近了。」寶釵點頭微笑道：「功名自有定數，中與不中，倒也不在用功的遲早。但願他從此一心巴結正路，把從前那些邪魔永不沾染，就是好了。」說到這裡，見房裡無人，便悄說道：「這一番悔悟過來，固然很好，但只一件：怕又犯了前頭的舊病，和女孩兒們打起交道來，也是不好。」襲人道：「奶奶說的也是。二爺自從信了和尚，纔把這些姐妹冷淡了；如今不信和尚，真怕又要犯了前頭的舊病呢。我想，奶奶和我，二爺原不大理會；紫鵑去了，如今只他們四個。這裡頭就是五兒有些個狐媚子，聽見說，他媽求了大奶奶和奶奶，說要討出去給人家兒呢，但是這兩天到底在這裡呢。麝月、秋紋雖沒別的，只是二爺那幾年也都有些頑頑皮皮的。如今算來，只有鶯兒二爺倒不大理會，況且鶯兒也穩重。我想倒茶弄水，只叫鶯兒帶著小丫頭們伏侍就夠了，不知奶奶心裡怎麼樣？」寶釵道：「我也慮的是這些，你說的倒也罷了。」從此便派鶯兒帶著小丫頭伏侍。

⑫ 內典：佛經。佛家稱佛經為內典，佛經以外的典籍為外典。

⑬ 金丹：道教修煉者以金石煉製的藥，以為服之可以成仙。後也用來指稱道教的修煉心法。

⑭ 語錄：言論的實錄或摘錄。原為佛家稱記錄祖師說法的著作。後宋代儒者講學，門弟子所記下的釋義筆錄，也稱為「語錄」。如朱子語錄。這裡指後者。

那寶玉卻也不出房門，天天只差人去給王夫人請安。王夫人聽見他這番光景，那一種欣慰之情，更不待言了。到了八月初三這一日，正是賈母的冥壽。寶玉早晨過來磕了頭便回去，仍到靜室中去了。飯後，寶釵、襲人等都和姐妹們跟著邢、王二夫人在前面屋裡說閒話兒。寶玉自在靜室，冥心危坐。忽見鶯兒端了一盤瓜果進來，說：「太太叫人送來給二爺吃的，這是老太太的『克什』⑮。」寶玉站起來答應了，復又坐下，便道：「擱在那裡罷。」鶯兒一面放下瓜果，一面悄悄向寶玉道：「太太那裡誇二爺呢。」寶玉微笑。鶯兒又道：「太太說了：二爺這一用功，明兒進場中了出來，明年再中了進士，作了官，老爺、太太可就不枉了盼二爺了！」寶玉也只點頭微笑。鶯兒忽然想起那年給寶玉打絡子的時候，寶玉說的話來，便道：「真要二爺中了，那可是我們姑奶奶的造化了。二爺還記得那一年在園子裡，不是二爺叫我打梅花絡子時說的：我們姑奶奶後來帶著我不知到哪一個有造化的人家兒去呢？如今二爺可是有造化的罷咧。」寶玉聽到這裡，又覺塵心一動，連忙斂神定息，微微的笑道：「據你說來，我是有造化的，你們姑娘也是有造化的，你呢？」鶯兒把臉飛紅了，勉強笑道：「我們不過當丫頭一輩子罷咧，有什麼造化呢？」寶玉笑道：「果然能夠一輩子是丫頭，你這個造化比我們還大呢！」鶯兒聽見這話似乎又是瘋話了，恐怕自己招出寶玉的病根來，打算著要走。只見寶玉笑著說道：「傻丫頭，我告訴你罷！」未知寶玉又說出什麼話來，且聽下回分解。

---

⑮ 克什：滿語。也作「克食」。意為「恩澤」。這裡指祭拜的食品。謂食用祭拜祖先的供品，即領其恩澤之意。

第一一九回　中鄉魁寶玉卻塵緣　沐皇恩賈家延世澤

話說鶯兒見寶玉說話摸不著頭腦，正自要走，只聽寶玉又說道：「傻丫頭，我告訴你罷！你姑娘既是有造化的，你跟著他，自然也是有造化的了。你襲人姐姐是靠不住的，只要往後你盡心伏侍他就是了。日後或有好處，也不枉你跟著他熬了一場！」鶯兒聽了前頭像話，後頭說的又有些不像了，便道：「我知道了，姑娘還等我呢。二爺要吃果子時，打發小丫頭叫我就是了。」寶玉點頭，鶯兒纔去了。一時，寶釵、襲人回來，各自房中去了。不提。

且說過了幾天，便是場期。別人只知盼望他爺兒兩個作了好文章，便可以高中的了，只有寶釵見寶玉的功課雖好，只是那有意無意之間，卻別有一種冷靜的光景。知他要進場了，頭一件，叔姪兩個都是初次赴考，恐人馬擁擠，有什麼失閃；第二件，寶玉自和尚去後，總不出門，雖然見他用功喜歡，只是改的太速太好了，反倒有些信不及，只怕又有什麼變故。所以進場的頭一天，一面派了襲人帶了小丫頭們同著素雲等，給他爺兒兩個收拾妥當，自己又都過了目，好好的擱起，預備著；一面過來同李紈回了王夫人，揀家裡的老成管事的多派了幾個，只說怕人馬擁擠碰了。

次日，寶玉、賈蘭換了半新不舊的衣服，欣然過來見了王夫人。王夫人囑咐道：「你們爺兒兩個都是初次下場，但是你們活了這麼大，並不曾離開我一天。就是不在我跟前，也是丫頭、媳婦們圍著，何曾自己孤身睡過一夜？今日各自進去，孤孤淒淒，舉目無親，須要自己保重！早些作完了文章出來，找著家人，早些回來，也叫你母親、媳婦們放心。」王夫人說著，不免傷起心來。賈蘭聽一句答應一句。只見寶玉一聲不哼，待王夫人說完了，走過來給王夫人跪下，滿眼流淚，磕了三個頭，說道：「母親生我一世，我也無可答報。只有這一入場，用心作了文章，好好的中個舉人出來，那時太太喜歡喜歡，便是兒子一輩子的事也完了。一輩子的不好，也都遮過去了。」王夫人聽了，更覺傷心起來，便道：「你有這個心，自然是好的，可惜你老太太不能見你的面了！」一面說，一面拉他起來。那寶玉只管跪著，不肯起來，便說道：「老太太見與不見，總是知道的，喜歡的。既能知道了，喜歡了，便是不見也和見了的一樣。只不過隔了形質，並非隔了神氣啊。」

李紈見王夫人和他如此，一則怕勾起寶玉的病來，二則也覺得光景不大吉祥，連忙過來說道：「太太，這是大喜的事，為什麼這樣傷心？況且寶兄弟近來很知好歹，很孝順，又肯用功。只要帶了侄兒進去，好好的作文章，早早的回來，寫出來請偺們的世交老先生們看了，等著爺兒兩個都報了喜就完了。」一面叫人攙起寶玉來。寶玉卻轉過身來給李紈作了個揖，說：「嫂子放心！我們爺兒兩個都是必中的。日後蘭哥還有大出息，大嫂子還要帶鳳冠、穿霞帔呢。」李紈笑道：「但願應了叔叔的話，也不枉……」說到這裡，恐怕又惹起王夫人的傷心來，連忙咽住了。寶玉笑道：「只要有了個好兒子能夠接緒祖基，就是大哥哥不能見，也算他的後事完了。」李紈見天氣不早了，也不肯盡著和他說話，只好點點頭兒。

此時寶釵聽得，早已獃了。這些話，不但寶玉，便是王夫人、李紈所說，句句都是不祥之兆，卻又不敢認真，只得忍淚無言。那寶玉走到跟前，深深的作了一個揖。眾人見他行事古怪，也摸不著是怎麼樣，又不敢笑他。只見寶釵的眼淚直流下來，眾人更是納罕。又聽寶玉說道：「姐姐！我要走了。你好生跟著太太，聽我的喜信兒罷！」寶釵道：「是時候了，你不必說這些嘮叨話了。」寶玉道：「你倒催的我緊，我自己也知道該走了！」回頭見眾人都在這裡，只沒惜春、紫鵑，便說道：「四妹妹和紫鵑姐姐跟前，替我說一句罷。橫豎是再見就完了。」眾人見他的話又像有理，又像瘋話。大家只說他從來沒出過門，都是太太的一套話招出來的，不如早早催他去了就完了事了，便說道：「外面有人等你呢，你再鬧就誤了時辰了。」寶玉仰面大笑道：「走了，走了！不用胡鬧了！完了事了！」眾人也都笑道：「快走罷！」獨有王夫人和寶釵娘兒兩個倒像生離死別的一般，那眼淚也不知從哪裡來的，直流下來，幾乎失聲哭出。但見寶玉嘻天哈地，大有瘋傻之狀，遂從此出門走了。正是：「走求名利無雙地，打出樊籠第一關。」

不言寶玉、賈蘭出門赴考。且說賈環見他們考去，自己又氣又恨，便自大為王，說：「我可要給母親報仇了！家裡一個男人沒有，上頭大太太依了我，還怕誰！」想定了主意，跑到邢夫人那邊請了安，說了些奉承的話。那邢夫人自然喜歡，便說道：「你這纔是明理的孩子呢！像那巧姐兒的事，原該我做主的，你璉二哥糊塗，放著親奶奶，倒託別人去！」賈環道：「人家那頭兒也說了，只認得這一門子，現在定了，還要備一分大禮來送太太呢。如今太太有了這樣的藩王孫女壻，還怕大老爺沒大官做麼？不是我說自己的太太，他們有了元妃姐姐，便欺壓的人難受！將來巧姐兒別也是這樣沒良心，等我去問問他。」邢夫人道：「你也該告訴他，他纔知道你的好處。只怕他父親在家也找不出這麼門子好親事來！但只平兒那個糊塗東西，他倒說這件事不好，說是你太太也不願意，想來恐怕我們得了意。若遲了，你二哥回來，又聽人家的話，就辦不成了。」賈環道：「那邊都定了，只等太太出了八字。王府的規矩，三天就要來娶的。但是一件，只怕太太不願意：那邊說是不該娶犯官的孫女，只好悄悄的抬了去；等大老爺免了罪，做了官，再大家熱鬧起來。」邢夫人道：「這有什麼不願意？也是禮上應該的。」賈環道：「既這麼著，這帖子太太出了就是了。」邢夫人道：「這孩子又糊塗了！裡頭都是女人，你叫芸哥兒寫了一個就是了。」賈環聽說，喜歡的了不得，連忙答應了出來，趕著和賈芸說了，邀著王仁到那外藩公館立文書，兌銀子去了。

哪知剛纔所說的話早被跟邢夫人的丫頭聽見。那丫頭是求了平兒纔挑上的，便抽空兒趕到平兒那裡，一五一十都告訴了。平兒早知此事不好，已和巧姐細細的說明。巧姐哭了一夜，必要等他父親回來作主，大太太的話不能遵；今兒又聽見這話，便大哭起來，要和太太講去。平兒急忙攔住道：「姑娘且慢著！大太太是你的親祖母，他說二爺不在家，大太太做得主的，況且還有舅舅做保山。他們都是一氣，姑娘一個人，哪裡說得過呢？我到底是下人，說不上話去。如今只可想法兒，斷不可冒失的！」邢夫人那邊的丫頭道：「你們快快的想主意，不然，可就要抬走了！」說著，各自去了。平兒回過頭來，見巧姐哭作一團，連忙扶著道：「姑娘，哭是不中用的，如今是二爺夠不著，聽見他們的話頭……」這句話還沒說完，只見邢夫人那邊打發人來告訴：「姑娘大喜的事來了！叫平兒將姑娘所有應用的東西料理出來。若是陪送呢，原說明了等二爺回來再辦。」平兒只得答應了。

回來又見王夫人過來，巧姐兒一把抱住，哭得倒在懷裡。王夫人也哭道：「妞兒不用著急！我為你吃了大太太好些話，看來是扭不過來的。我們只好應著緩下去，即刻差個家人趕到你父親那裡去告訴。」平兒道：「太太還不知道麼？早起三爺在大太太跟前說了，什麼外藩規矩，三日就要過去的。如今大太太已叫芸哥兒寫了名字年庚去了，還等得二爺麼？」王夫人聽說是三爺，便氣得話也說不出來，獃了半天，一疊聲叫人找賈環。找了半天，人回：「今早同薔哥兒、王舅爺出去了。」王夫人問：「芸哥呢？」眾人回說：「不知道。」巧姐屋內人人瞪眼，一無方法。王夫人也難和邢夫人爭論，只有大家抱頭大哭。

正鬧著，有一個婆子進來回說：「後門上的人說，那個劉姥姥又來了。」王夫人道：「偺們家遭著這樣事，哪有工夫接待人？不拘怎麼，回了他去罷。」平兒道：「太太該叫他進來，他是姐兒的乾媽，也得告訴告訴他。」王夫人不言語。那婆子便帶了劉姥姥進來。各人見了問好。劉姥姥見眾人的眼圈兒都是紅的，也摸不著頭腦，遲了一會子，便問道：「怎麼了？太太、姑娘們必是想二姑奶奶了。」巧姐兒聽見提起他母親，越發大哭起來。

平兒道：「姥姥，別說閒話。你既是姑娘的乾媽，也該知道的。」便一五一十的告訴了。把個劉姥姥也嚇怔了。等了半天，忽然笑道：「你這樣一個伶俐姑娘，沒聽見過『鼓兒詞』麼？這上頭的方法兒多著呢，這有什麼難的？」平兒趕忙問道：「姥姥！你有什麼法兒快說罷！」劉姥姥道：「這有什麼難的呢？一個人也不叫他們知道，扔崩❶一走就完了事了。」平兒道：「這可是混說了！我們這樣人家的人，走到哪裡去？」劉姥姥道：「只怕你們不走，你們要走，就到我屯裡去。我就把姑娘藏起來，即刻叫我女壻弄了人，叫姑娘親筆寫個字兒，趕到姑老爺那裡，少不得他就來了，可不好麼？」平兒道：「大太太知道呢？」劉姥姥道：「我來他們知道麼？」平兒道：「大太太住在前頭，他待人刻薄，有什麼信，沒有送給他的。你若前門走來，就知道了；如今是後門來的，不妨事。」劉姥姥道：「偺們說定了幾時，我叫女壻打了車來接了去。」平兒道：「這還等得幾時呢？你坐著罷。」急忙進去，將劉姥姥的話，避了旁人告訴了。

王夫人想了半天不妥當。平兒道：「只有這樣！為的是太太，纔敢說明。太太就裝不知道，回來倒問大太太。我們那裡就有人去，想二爺回來也快。」王夫人不言語，嘆了一口氣。巧姐兒聽見，便和王夫人道：「只求太太救我！橫豎父親回來，只有感激的！」平兒道：「不用說了，太太回去罷。回來只要太太派人看屋子。」王夫人道：「掩密些！你們兩個人的衣服鋪蓋是要的啊。」平兒道：「要快走了纔中用呢！若是他們定了，回來就有了饑荒了！」一句話提醒了王夫人，便道：「是了，你們快辦去罷！有我呢！」於是王夫人回去，倒過去找邢夫人說閒話兒，把邢夫人先絆住了。平兒這裡便遣人料理去了，囑咐道：「倒別避人！有人進來看見，就說是大太太吩咐的，要一輛車子送劉姥姥去。」這裡又買囑了看後門的人僱了車來。平兒便將巧姐裝做青兒模樣，急急的去了。後來平兒只當送人，眼錯不見，也跨上車去了。

❶ 扔崩：驟然離開的意思。

原來近日賈府後門雖開，只有一兩個人看著，餘外雖有幾個家下人，因房大人少，空落落的，誰能照應？且邢夫人又是個不憐下人的。家人明知此事不好，又都感念平兒的好處，所以通同一氣，放走了巧姐。邢夫人還自和王夫人說話，哪裡理會？只有王夫人甚不放心，說了一回話，悄悄的走到寶釵那裡坐下，心裡還是惦記著。寶釵見王夫人神色恍惚，便問：「太太的心裡有什麼事？」王夫人將這事背地裡和寶釵說了。寶釵道：「險得很！如今得快快兒的叫芸哥兒止住那裡纔妥當。」王夫人道：「我找不著環兒呢！」寶釵道：「太太總要裝作不知，等我想個人去叫大太太知道纔好。」王夫人點頭，一任寶釵想人。暫且不言。

且說外藩原是要買幾個使喚的女人，據媒人一面之辭，所以派人相看。相看的人回去，稟明了藩王。藩王問起人家，眾人不敢隱瞞，只得實說。那外藩聽了，知是世代勳戚，便說：「了不得！這是有干例禁的，幾乎誤了大事！況我朝覲已過，便要擇日起程。倘有人來再說，快快打發出去！」這日恰好賈芸、王仁等遞送年庚，只見府門裡頭的人便說：「奉王爺的命，再敢拿賈府的人來冒充民女者，要拿住究治的。如今太平時候，誰敢這樣大膽？」這一嚷，嚇得王仁等抱頭鼠竄的出來，埋怨那說事的人，大家掃興而散。

賈環在家候信，又聞王夫人傳喚，急得煩躁起來，見賈芸一人回來，趕著問道：「定了麼？」賈芸慌忙跺足道：「了不得，了不得！不知誰露了風了！」還把吃虧的話說了一遍。賈環氣得發怔，說：「我早起在大太太跟前說的這樣好，如今怎麼樣處呢？這都是你們眾人坑了我了！」正沒主意，聽見裡頭亂嚷，叫著賈環等的名字，說：「大太太、二太太叫呢！」兩個人只得蹭進去。只見王夫人怒容滿面，說：「你們幹的好事！如今逼死了巧姐和平兒了。快快的給我找還屍首來完事！」兩個人跪下。賈環不敢言語，賈芸低頭說道：「孫子不敢幹什麼，為的是邢舅太爺和王舅爺說給巧妹妹作媒，我們纔回太太們的。大太太願意，纔叫孫子寫帖兒去的。人家還不要呢，怎麼我們逼死了妹妹呢？」王夫人道：「環兒在大太太那裡說的，三日內便要抬了走。說親作媒，有這樣的麼？我也不問你們，快把巧姐兒還了我們，等老爺回來再說！」邢夫人如今也是一句話兒說不出了，只有落淚。王夫人便罵賈環說：「趙姨娘這樣混賬的東西，留的種子也是這樣混賬的！」說著，叫丫頭扶了，回到自己房中。

那賈環、賈芸、邢夫人三個人互相埋怨，說道：「如今且不用埋怨，想來死是不死的，必是平兒帶了他到那什麼親戚家躲著去了。」邢夫人叫了前後的門上人來罵著，問：「巧姐兒和平兒，知道哪裡去了？」豈知下人一口同音，說是：「大太太不必問我們，問當家的爺們就知道了。在大太太也不用鬧，等我們太太問起來，我們有話說。要打大家打，要發大家都發。自從璉二爺出了門，外頭鬧的還了得！我們的月錢、月米是不給了，賭錢喝酒、鬧小旦，還接了外頭的媳婦兒到宅裡來，這不是爺嗎？」說得賈芸等頓口無言。王夫人那邊又打發人來催說：「叫爺們快找來！」那賈環等急得恨無地縫可鑽，又不敢盤問巧姐那邊的人。明知眾人深恨，是必藏起來了，但是這句話怎敢在王夫人面前說，只得各處親戚家打聽，毫無蹤跡。裡頭一個邢夫人、外頭環兒等，這幾天鬧的晝夜不寧。

看看到了出場日期，王夫人只盼著寶玉、賈蘭回來。等到晌午，不見回來，王夫人、李紈、寶釵著忙，打發人去到下處打聽。去了一起，又無消息，連去的人也不來了。回來又打發一起人去，又不見回來，三個人心裡如熱油熬煎。等到傍晚，有人進來，見是賈蘭。眾人喜歡，問道：「寶二叔呢？」賈蘭也不及請安，便哭道：「二叔丟了！」王夫人聽了這話，便怔了半天，也不言語，便直挺挺的躺倒床上。虧得彩雲等在後面扶著，下死的叫醒轉來，哭著。見寶釵也是白瞪兩眼，襲人等已哭得淚人一般，只有哭著罵賈蘭道：「糊塗東西！你同二叔在一處，怎麼他就丟了？」賈蘭道：「我和二叔在下處是一處吃，一處睡。進了場，相離也不遠，刻刻在一處的。今日一早，二叔的卷子早完了，還等我呢。我們兩個人一起去交了卷子，一同出來，在龍門口一擠，回頭就不見了。我們家接場的人都問我。李貴還說：『看見的，相離不過數步，怎麼一擠就不見了？』現叫李貴等分頭的找去。我也帶了人，各處號裡都找遍了，沒有，我所以這時候纔回來。」王夫人是哭的一句話也說不出來，寶釵心裡已知八九，襲人痛哭不已。賈薔等不等吩咐，也是分頭而去。可憐榮府的人個個死多活少，空備了接場的酒飯。

賈蘭也忘卻了辛苦，還要自己找去。倒是王夫人攔住道：「我的兒！你叔叔丟了，還禁得再丟了你麼？好孩子，你歇歇去罷！」賈蘭哪裡肯聽？尤氏等苦勸不止。眾人中只有惜春心裡卻明白了，只不好說出來，便問寶釵道：「二哥哥帶了玉去了沒有？」寶釵道：「這是隨身的東西，怎麼不帶？」惜春聽了，便不言語。

襲人想起那日搶玉的事來，也是料著那和尚作怪，柔腸幾斷，珠淚交流，嗚嗚咽咽，哭個不住。追想當年寶玉相待的情分，「有時慪他，他便惱了，也有一種令人回心的好處，那溫存體貼，是不用說了。若慪急了他，便賭誓說做和尚，誰知道今日卻應了這句話！」

看看那天已覺是四更天氣，並沒有個信兒。李紈又怕王夫人苦壞了，極力勸著回房。眾人都跟著伺候，只有邢夫人回去。賈環躲著不敢出來。王夫人叫賈蘭去了，一夜無眠。次日天明，雖有家人回來，都說：「沒有一處不尋到，實在沒有影兒。」於是薛姨媽、薛蝌、史湘雲、寶琴、李嬸娘等接二連三的過來請安問信。

如此一連數日，王夫人哭得飲食不進，命在垂危。忽有家人回道：「海疆來了一人，口稱統制大人那裡來的，說我們家的三姑奶奶明日到京了。」王夫人聽說探春回京，雖不能解寶玉之愁，那個心略放了些。到了明日，果然探春回來。眾人遠遠接著，見探春出挑得比先前更好了，服采鮮明。見了王夫人形容枯槁，眾人眼腫腮紅，便也大哭起來，哭了一會，然後行禮。看見惜春道姑打扮，心裡很不舒服。又聽見寶玉心迷走失，家中多少不順的事，大家又哭起來。還虧得探春能言，見解亦高，把話來慢慢兒的勸解了好些時，王夫人等略覺好些。至次日，三姑爺也來了，知有這樣的事，留探春住下勸解。跟探春的丫頭、老婆也與眾姐妹們相聚，各訴別後情事。從此上上下下的人，竟是無晝無夜專等寶玉的信。

那一夜五更多天，外頭幾個家人進來到二門口報喜，幾個小丫頭亂跑進來，也不及告訴大丫頭了，進了屋子便說：「太太、奶奶們大喜！」王夫人打量寶玉找著了，便喜歡的站起身來說：「在哪裡找著的？快叫他進來！」那人道：「中了第七名舉人。」王夫人道：「寶玉呢？」家人不言語。王夫人仍舊坐下。探春便問：「第七名中的是誰？」家人回說：「是寶二爺。」正說著，外頭又嚷道：「蘭哥兒中了！」那家人趕忙出去，接了報單回稟，見賈蘭中了一百三十名。李紈心下喜歡，但因不見了寶玉，不敢喜形於色。王夫人見賈蘭中了，心下也是喜歡，只想：「若是寶玉一回來，偺們這些人不知怎樣樂呢！」獨有寶釵心下悲苦，又不好掉淚。眾人道喜，說是：「寶玉既有中的命，自然再不會丟的，況天下那有迷失了的舉人！」

王夫人等想來不錯，略有笑容，眾人便趁勢勸王夫人等多進了些飲食。只見三門外頭焙茗亂嚷說：「我們二爺中了舉人，是丟不了的了！」眾人問道：「怎見得呢？」焙茗道：「『一舉成名天下聞！』如今二爺走到哪裡，哪裡就知道的，誰敢不送來！」裡頭的眾人都說：「這小子雖是沒規矩，這句話是不錯的。」惜春道：「這樣大人了，哪裡有走失的？只怕他勘破世情，入了空門，這就難找著他了。」這句話又招得王夫人等又大哭起來。李紈道：「古來成佛作祖成神仙的，果然把爵位富貴都拋了，也多得很。」王夫人哭道：「他若拋了父母，這就是不孝，怎能成佛作祖？」探春道：「大凡一個人，不可有奇處。二哥哥生來帶塊玉來，都道是好事；這麼說起來，都是有了這塊玉的不好。若是再有幾天不見，我不是叫太太生氣，就有些原故了。只好譬如沒有生這位哥哥罷了。果然有來頭成了正果，也是太太幾輩子的修積。」寶釵聽了不言語。襲人哪裡忍得住，心裡一疼，頭上一暈，便栽倒了。王夫人見了可憐，命人扶他回去。賈環見哥哥、侄兒中了，又為巧姐的事，大不好意思，只抱怨芸、薔兩個。知道探春回來，此事不肯干休，又不敢躲開，這幾天竟是如在荊棘之中。

次日，賈蘭只得先去謝恩，知道甄寶玉也中了，大家序了同年。提起賈寶玉心迷走失，甄寶玉嘆息勸慰。知貢舉的將考中的卷子奏聞，皇上一一的披閱，看取中的文章俱是平正通達的。見第七名賈寶玉是金陵籍貫，第一百三十名又是金陵賈蘭，皇上傳旨詢問：「兩個姓賈的是金陵人氏，是否賈妃一族？」大臣領命出來，傳賈寶玉、賈蘭問話。賈蘭將寶玉場後迷失的話，並將三代陳明，大臣代為轉奏。皇上最是聖明仁德，想起賈氏功勳，命大臣查覆。大臣便細細的奏明。皇上甚是憫恤，命有司將賈赦犯罪情由查案呈奏。皇上又看到「海疆靖寇班師善後事宜」一本，奏的是海宴河清，萬民樂業的事。皇上聖心大悅，命九卿敘功議賞，並大赦天下。賈蘭等朝臣散後拜了座師❷，並聽見朝內有大赦的信，便回了王夫人等。合家略有喜色，只盼寶玉回來。薛姨媽更加喜歡，便要打算贖罪。

一日，人報甄老爺同三姑爺來道喜，王夫人便命賈蘭出去接待。不多一時，賈蘭進來，笑嘻嘻的回王夫人道：「太太們大喜了！甄老伯在朝內聽見有旨意，說是大老爺的罪名免了；珍大爺不但免了罪，仍襲了寧國三等世職。榮國世職，仍是爺爺襲了，俟丁憂服滿，仍陞工部郎中。所抄家產，全行賞還。二叔的文章，皇上看了甚喜。問知元妃兄弟，北靜王還奏說人品亦好，皇上傳旨召見。眾大臣奏稱：『據伊侄賈蘭回稱出場時迷失，現在各處尋訪。』皇上降旨，著五營各衙門❸用心尋訪。這旨意一下，請太太們放心，皇上這樣聖恩，再沒有找不著了。」王夫人等這纔大家稱賀，喜歡起來。只有賈環等心下著急，四處找尋巧姐。

---

❷ 座師：科舉時，許多考官分看考生的試卷，考中的人對看他卷子的考官，叫座師。

❸ 五營各衙門：清初，京城守衛，設巡捕營，有南北二營；順治十四年增設中營；乾隆四十六年又加左右兩營，合計五營，各營治事的地方稱衙門。

哪知巧姐隨了劉姥姥帶著平兒出了城，到了莊上，劉姥姥也不敢輕褻巧姐，便打掃上房讓給巧姐、平兒住下。每日供給雖是鄉村風味，倒也潔淨，又有青兒陪著，暫且寬心。那莊上也有幾家富戶，知道劉姥姥家來了賈府姑娘，誰不來瞧？都道是天上神仙。也有送菜果的，也有送野味的，倒也熱鬧。內中有個極富的人家姓周，家財巨萬，良田千頃。只有一子，生得文雅清秀，年紀十四歲，他父母延師讀書，新近科試中了秀才。那日他母親看見了巧姐，心裡羨慕，自想：「我是莊家人家，哪能配得起這樣世家小姐？」獃獃的想著。劉姥姥知他心事，拉著他說：「你的心事我知道了，我給你們做個媒罷。」周媽媽笑道：「你別哄我。他們什麼人家，肯給我們莊家人麼？」劉姥姥道：「說著瞧罷。」於是兩人各自走開。

劉姥姥惦記著賈府，叫板兒進城打聽。那日恰好到寧榮街，只見有好些車轎在那裡，板兒便在鄰近打聽。說是：「寧榮兩府復了官，賞還抄的家產，如今府裡又要起來了。只是他們的寶玉中了舉，不知走到哪裡去了。」板兒心裡喜歡，便要回去。又見好幾匹馬到來，在門前下馬，只見門上打千兒請安，說：「二爺回來了！大喜！大老爺身上安了麼？」那位爺笑著道：「好了！又遇恩旨，就要回來了。」還問：「那些人做什麼的？」門上回說：「是皇上派官在那裡下旨意，叫人領家產。」那位爺便喜喜歡歡的進去。板兒便知是賈璉了，也不用打聽，趕忙回去告訴了他外祖母。

劉姥姥聽說，喜的眉開眼笑，去和巧姐兒賀喜，將板兒的話說了一遍。平兒笑說道：「可不是虧得姥姥這樣一辦！不然，姑娘也摸不著這好時候兒了。」巧姐更自喜歡。正說著，那送賈璉信的人也回來了，說是：「姑老爺感激得很，叫我一到家，快把姑娘送回去。又賞了我好幾兩銀子。」劉姥姥聽了得意，便叫人趕了兩輛車，請巧姐、平兒上車。巧姐等在劉姥姥家住熟了，反是依依不捨。更有青兒哭著，恨不能留下。劉姥姥見他不忍相別，便叫青兒跟了進城，一徑直奔榮府而來。

且說賈璉先前知道賈赦病重，趕到配所，父子相見，痛哭了一場，漸漸的好起來。賈璉接著家書，知道家中的事，稟明賈赦回來，走到中途，聽得大赦，又趕了兩天。今日到家，恰遇頒賞恩旨。裡面邢夫人等正愁無人接旨——雖有賈蘭，終是年輕——人報璉二爺回來，大家相見，悲喜交集。此時也不及敘話，即到前廳，叩見了欽命大人。問了他父親好，說：「明日到內府領賞。寧國府第發交居住。」眾人起身辭別。

賈璉送出門去，見有幾輛屯車，家人們不許停歇，正在吵鬧。賈璉早知道是巧姐來的車，便罵家人道：「你們這班糊塗忘八崽子！我不在家，就欺心害主，將巧姐兒都逼走了，如今人家送來，還要攔阻！必是你們和我有什麼仇麼？」眾家人原怕賈璉回來不依，想來少時纔破，豈知賈璉說得更明，心下不懂，只得站著回道：「二爺出門，奴才們有病的，有告假的，都是三爺、薔大爺、芸二爺作主，不與奴才們相干。」賈璉道：「什麼混賬東西！我完了事，再和你們說。快把車趕進來！」

賈璉進去，見邢夫人也不言語，轉身到了王夫人那裡，跪下磕了個頭，回道：「姐兒回來了，全虧太太！環兄弟太太也不用說他了。只是芸兒這東西，他上回看家就鬧亂兒，如今我去了幾個月，便鬧到這樣。回太太的話，這種人攆了他，不往來也使得。」王夫人道：「你大舅子為什麼也是這樣？」賈璉道：「太太不用說了，我自有道理。」

正說著，彩雲等回道：「巧姐兒進來了。」王夫人見了，雖然別不多時，想起這樣逃難的景況，不免落下淚來。巧姐兒也便大哭。賈璉謝了劉姥姥。王夫人便拉他坐下，說起那日的話來。賈璉見平兒，外面不好說別的，心裡感激，眼中流淚。自此賈璉心裡愈敬平兒，打算等賈赦回來，要扶平兒為正。此是後話，暫且不提。

邢夫人正恐賈璉不見了巧姐，必有一番的周折；又聽見賈璉在王夫人那裡，心下更是著急，便叫丫頭去打聽。回來說是巧姐兒同著劉姥姥在那裡說話，邢夫人纔如夢初覺，知他們的鬼，還抱怨王夫人：「調唆我母子不和！到底是哪個送信給平兒的？」正問著，只見巧姐同著劉姥姥帶了平兒，王夫人在後頭跟著進來，先把頭裡的話都說在賈芸、王仁身上，說：「大太太原是聽見人說，為的是好事。哪裡知道外頭的鬼？」邢夫人聽了，自覺羞慚。想起王夫人主意不差，心裡也服。於是邢、王二夫人彼此心下相安。

平兒回了王夫人，帶了巧姐到寶釵那裡來請安，各自提各自的苦處。又說到：「皇上隆恩，偺們家該興旺起來了。想來寶二爺必回來的。」正說到這話，只見秋紋忽忙來說：「襲人不好了！」不知何事，且聽下回分解。

第一二〇回　甄士隱詳說太虛情　賈雨村歸結紅樓夢

話說寶釵聽秋紋說襲人不好，連忙進去瞧看，巧姐兒同平兒也隨著。走到襲人炕前，只見襲人心痛難禁，一時氣厥。寶釵等用開水灌了過來，仍舊扶他睡下，一面傳請大夫。巧姐兒問寶釵道：「襲人姐姐怎麼病到這個樣？」寶釵道：「大前兒晚上，哭傷了心了，一時發暈栽倒了。太太叫人扶他回來，他就睡倒了，因外頭有事，沒有請大夫瞧他，所以致此。」說著，大夫來了，寶釵等略避。大夫看了脈，說是急怒所致，開了方子去了。

原來襲人模糊聽見說，寶玉若不回來，便要打發屋裡的人都出去，一急，越發不好了。到了大夫瞧後，秋紋給他煎藥。他各自一人躺著，神魂未定，好像寶玉在他面前，恍惚又像是見個和尚，手裡拿著一本冊子揭著看，還說道：「你別錯了主意，我是不認得你們的。」襲人似要和他說話，秋紋走來說：「藥好了，姐姐吃罷。」襲人睜眼一瞧，知是個夢，也不告訴人。吃了藥，便自己細細的想：「寶玉必是跟了和尚去。上回他要拿玉出去，便是要脫身的樣子。被我揪住，看他竟不像往常，把我混推混搡的，一點情意都沒有。後來待二奶奶更生厭煩。在別的姐妹跟前，也是沒有一點情意。這就是悟道的樣子。但是你悟了道，拋了二奶奶怎麼好？我是太太派我伏侍你，雖是月錢照著那樣的分例，其實我究竟沒有在老爺、太太跟前回明，就算了你的屋裡人。若是老爺、太太打發我出去，我若死守著，又叫人笑話；若是我出去，心想寶玉待我的情分，實在不忍！」左思右想，實在難處。想到剛纔的夢，「好像和我無緣的話，倒不如死了乾淨！」豈知吃藥以後，心痛減了好些，也難躺著，只好勉強支持。過了幾日，起來伏侍寶釵。寶釵想念寶玉，暗中垂淚，自歎命苦。又知他母親打算給哥哥贖罪，很費張羅，不能不幫著打算。暫且不表。

且說賈政扶賈母靈柩，賈蓉送了秦氏、鳳姐、鴛鴦的棺木到了金陵，先安了葬。賈蓉自送黛玉的靈，也去安葬。賈政料理墳基的事。一日，接到家書，一行一行的，看到寶玉、賈蘭得中，心裡自是喜歡；後來看到寶玉走失，復又煩惱，只得趕忙回來。在道兒上又聞得有恩赦的旨意，又接家書，果然赦罪復職，更是喜歡，便日夜趲行。

一日，行到毘陵驛地方，那天乍寒下雪，泊在一個清靜去處。賈政打發眾人上岸投帖，辭謝朋友，總說即刻開船，都不敢勞動。船上只留一個小廝伺候，自己在船中寫家書，先要打發人起早到家。寫到寶玉的事，便停筆。抬頭忽見船頭上微微的雪影裡面一個人，光著頭，赤著腳，身上披著一領大紅猩猩氈的斗篷，向賈政倒身下拜。賈政尚未認清，急忙出船，欲待扶住問他是誰，那人已拜了四拜，站起來打了個問訊❶。賈政纔要還揖，迎面一看，不是別人，卻是寶玉。賈政吃一大驚，忙問道：「可是寶玉麼？」那人只不言語，似喜似悲。賈政又問道：「你若是寶玉，如何這樣打扮，跑到這裡？」寶玉未及回言，只見船頭上來了兩人，一僧一道，夾住寶玉說道：「俗緣已畢，還不快走？」說著，三個人飄然登岸而去。賈政不顧地滑，疾忙來趕，見那三人在前，哪裡趕得上？只聽得他們三人口中不知是哪個作歌曰：

我所居兮，青埂之峰；我所遊兮，鴻濛太空。誰與我逝兮，吾誰與從？渺渺茫茫兮，歸彼大荒！

賈政一面聽著，一面趕去，轉過一小坡，倏然不見。賈政已趕得心虛氣喘，驚疑不定。回過頭來，見自己的小廝也隨後趕來，賈政問道：「你看見方纔那三個人麼？」小廝道：「看見的。奴才為老爺追趕，故也趕來。後

❶ 打問訊：問訊，出家人向人合掌問候的禮節。出家人行禮，也稱為「打問訊」。

來只見老爺，不見那三個人了。」賈政還欲前走，只見白茫茫一片曠野，並無一人。賈政知是古怪，只得回來。眾家人回船，見賈政不在艙中，問了船夫，說是老爺上岸追趕兩個和尚一個道士去了。眾人也從雪地裡尋踪迎去，遠遠見賈政來了，迎上去接著，一同回船。

賈政坐下，喘息方定，將見寶玉的話說了一遍。眾人回稟，便要在這地方尋覓。賈政嘆道：「你們不知道！這是我親眼見的，並非鬼怪。況聽得歌聲，大有元妙！那寶玉生下時，啣了玉來，便也古怪，我早知是不祥之兆，為的是老太太疼愛，所以養育到今。便是那和尚道士，我也見了三次：頭一次，是那僧道來說玉的好處；第二次，便是寶玉病重，他來了，將那玉持誦了一番，寶玉便好了；第三次，送那玉來，坐在前廳，我一轉眼就不見了。我心裡便有些詫異，只道寶玉果真有造化，高僧仙道來護祐他的。豈知寶玉是下凡歷劫的，竟哄了老太太十九年！如今叫我纔明白！」說到這裡，掉下淚來。眾人道：「寶二爺果然是下凡的和尚，就不該中舉人了。怎麼中了纔去？」賈政道：「你們哪裡知道？大凡天上星宿、山中老僧、洞裡的精靈，他自具一種性情。你看寶玉何嘗肯念書？他若略一經心，無有不能的。他那一種脾氣，也是各別另樣。」說著，又嘆了幾聲。眾人便拿「蘭哥得中，家道復興」的話解了

抬頭忽見船頭上微微的雪影裡面一個人，光著頭，赤著腳，身上披著一領大紅猩猩氈的斗篷，向賈政倒身下拜。　（清孫溫繪，全本紅樓夢）

一番。賈政仍舊寫家書，便把這事寫上，勸諭合家不必想念了。寫完封好，即著家人回去，賈政隨後趕回。暫且不提。

且說薛姨媽得了赦罪的信，便命薛蝌去各處借貸，並自己湊齊了贖罪銀兩，刑部准了，收兌了銀子，一角文書，將薛蟠放出。他們母子姐妹弟兄見面，不必細述，自然是悲喜交集了。薛蟠自己立誓說道：「若是再犯前病，必定犯殺犯剮！」薛姨媽見他這樣，便要握他嘴，說：「只要自己拿定主意，必定還要妄口巴舌❷血淋淋的起這樣惡誓麼？只香菱跟了你受了多少的苦處，你媳婦已經自己治死自己了，如今雖說窮了，這碗飯還有得吃，據我的主意，我便算他是媳婦了。你心裡怎麼樣？」薛蟠點頭願意。寶釵等也說：「很該這樣。」倒把香菱急得臉脹通紅，說是：「伏侍大爺一樣的，何必如此？」眾人便稱起「大奶奶」來，無人不服。薛蟠便要去拜謝賈家。薛姨媽、寶釵也都過來。見了眾人，彼此聚首，又說了一番的話。

正說著，恰好那日賈政的家人回家，呈上書子，說：「老爺不日到了。」王夫人叫賈蘭將書子念給聽。賈蘭念到賈政親見寶玉的一段，眾人聽了，都痛哭起來，王夫人、寶釵、襲人等更甚。大家又將賈政書內叫家內不必悲傷，原是借胎的話解說了一番：「與其作了官，倘或命運不好，犯了事，壞家敗產，那時倒不好了。寧可偺們家出一位佛爺，倒是老爺、太太的積德，所以纔投到偺們家來。不是說句不顧前後的話：當初東府裡太爺倒是修煉了十幾年，也沒有成了仙。這佛是更難成的，太太這麼一想，心裡便開豁了。」

王夫人哭著和薛姨媽道：「寶玉抛了我，我還恨他呢！我嘆的是媳婦的命苦，纔成了一二年的親，怎麼他就硬著腸子，都撂下了走了呢！」薛姨媽聽了，也甚傷心。寶釵哭得人事不知。所有爺們都在外頭。王夫人便說道：「我為他擔了一輩子的驚，剛剛兒的娶了親，中了舉人，又知道媳婦有了胎，我纔喜歡些，不想弄到這

❷ 妄口巴舌：胡說八道。

樣結局！早知這樣，就不該娶親，害了人家的姑娘！」薛姨媽道：「這是自己一定的。偺們這樣人家，還有什麼別的說的嗎？幸喜有了胎，將來生個外孫子，必定是有成立的，後來就有了結果了。你看大奶奶，如今蘭哥兒中了舉人，明年成了進士，可不是就做了官了麼？他頭裡的苦也算吃盡的了，如今的甜來，也是他為人的好處。我們姑娘的心腸兒，姐姐是知道的，並不是刻薄輕佻的人，姐姐倒不必耽憂。」

王夫人被薛姨媽一番言語說得極有理，心想：「寶釵小時候，便是廉靜寡慾，極愛素淡的，他所以纔有這個事。想人生在世，真有一定數的。看著寶釵雖是痛哭，他那端莊樣兒，一點不走，卻倒來勸我，這是真真難得！不想寶玉這樣一個人，紅塵中福分，竟沒有一點兒！」想了一回，也覺解了好些。又想到襲人身上：「若說別的丫頭呢，沒有什麼難處的，大的配了出去，小的伏侍二奶奶就是了。獨有襲人，可怎麼處呢？」此時人多，也不好說，且等晚上和薛姨媽商量。

那日薛姨媽並未回家，因恐寶釵痛哭，所以住在寶釵房中勸解。那寶釵卻是極明理，思前想後，寶玉原是一種奇異的人，夙世前因，自有一定，原無可怨天尤人；更將大道理的話告訴他母親了。薛姨媽心裡反倒安了，便到王夫人那裡，先把寶釵的話說了。王夫人點頭嘆道：「若說我無德，不該有這樣好媳婦了！」說著，更又傷心起來。

薛姨媽倒又勸了一會子，因又提起襲人來，說：「我見襲人近來瘦的了不得，他是一心想著寶哥兒。但是正配呢，理應守的；屋裡人願守也是有的。惟有這襲人，雖說是算個屋裡人，到底他和寶哥兒並沒有過明路兒的。」王夫人道：「我纔剛想著，正要等妹妹商量商量。若說放他出去，恐怕他不願意，又要尋死覓活的；若要留著他也罷，又恐老爺不依；所以難處。」薛姨媽道：「我看姨老爺是再不肯叫守著的。再者姨老爺並不知道襲人的事，想來不過是個丫頭，哪有留的理呢？只要姐姐叫他本家的人來，狠狠的吩咐他，叫他配一門正經親事，再多多的陪送他些東西。那孩子心腸兒也好，年紀兒又輕，也不枉跟了姐姐會子，也算姐姐待他不薄了。襲人那裡，還得我細細勸他。就是叫他家的人來，也不用告訴他；只等他家裡果然說定了好人家兒，我們還打聽打聽，若果然足衣足食，女壻長的像個人兒，然後叫他出去。」王夫人聽了，道：「這個主意很是；不然，叫老爺冒冒失失的一辦，我可不是又害了一個人了麼？」薛姨媽聽了，點頭道：「可不是麼！」又說了幾句，便辭了王夫人，仍到寶釵房中去了。看見襲人淚痕滿面，薛姨媽便勸解譬喻了一會。襲人本來老實，不是伶牙利齒的人，薛姨媽說一句，他應一句，回來說道：「我是做下人的人，姨太太瞧得起我，纔和我說這些話。我是從不敢違拗太太的。」薛姨媽聽他的話，「好一個柔順的孩子！」心裡更加喜歡。寶釵又將大義的話說了一遍，大家各自相安。

過了幾日，賈政回家，眾人迎接。賈政見賈赦、賈珍已都回家，弟兄叔侄相見，大家歷敘別來的景況。然後內眷們見了，不免想起寶玉來，又大家傷了一會子心。賈政喝住道：「這是一定的道理！如今只要我們在外把持家事，你們在內相助，斷不可仍是從前那樣的散漫！別房的事，各有各家料理，也不用承總❸。我們本房的事，裡頭全歸於你，都要按理而行。」王夫人便將寶釵有孕的話也告訴了。「將來丫頭們都放出去。」賈政聽了，點頭無語。

次日，賈政進內請示大臣們，說是：「蒙恩感激。但未服闋❹，應該怎麼謝恩之處，望乞大人們指教。」眾朝臣說是代奏請旨。於是聖恩浩蕩，即命陛見。賈政進內謝了恩。聖上又降了好些旨意，又問起寶玉的事來。賈政據實回奏。聖上稱奇，旨意說：寶玉的文章固是清奇，想他必是過來人，所以如此。若在朝中，可以進用；

❸ 承總：歸併在一起。

❹ 服闋：三年守喪期滿除服。

他既不敢受聖朝的爵位，便賞了一個「文妙真人」的道號。賈政又叩頭謝恩而出，回到家中，賈璉、賈珍接著。賈政將朝內的話述了一遍，眾人喜歡。賈珍便回說：「寧國府第收拾齊全，回明了要搬過去。櫳翠庵圈在園內，給四妹妹靜養。」賈政並不言語，隔了半日，卻吩咐了一番仰報天恩的話。

賈璉也趁便回說：「巧姐親事，父親、太太都願意給周家為媳。」賈政昨晚也知巧姐的始末，便說：「大老爺、大太太作主就是了。莫說村居不好，只要人家清白，孩子肯念書，能夠上進。朝裡那些官，難道都是城裡的人麼？」賈璉答應了「是」，又說：「父親有了年紀，況且又有痰症的根子，靜養幾年，諸事原仗二老爺為主。」賈政道：「提起村居養靜，甚合我意，只是我受恩深重，尚未酬報耳。」賈政說畢進內，賈璉打發請了劉姥姥來，應了這件事。劉姥姥見了王夫人等，便說些將來怎麼陞官，怎樣起家，怎樣子孫昌盛。

正說著，丫頭回道：「花自芳的女人進來請安。」王夫人問幾句話，花自芳的女人將親戚作媒，說的是城南蔣家的，現在有房有地，又有舖面。姑爺年紀略大幾歲，並沒有娶過的，況且人物兒長的是百裡挑一的。」王夫人聽了願意，說道：「你去應了，隔幾日進來，再接你妹子罷。」王夫人又命人打聽，都說是好。王夫人便告訴了寶釵，仍請了薛姨媽細細的告訴了襲人。襲人悲傷不已，又不敢違命的，心裡想起寶玉那年到他家去，回來說的死也不回去的話，「如今太太硬作主張，若說我守著，又叫人說我不害臊；若是去了，實不是我的心願！」便哭得哽咽難言。又被薛姨媽、寶釵等苦勸，回過念頭想道：「我若是死在這裡，倒把太太的好心弄壞了，我該死在家裡纔是。」於是襲人含悲叩辭了眾人。那姐妹分手時自然更有一番不忍說。

襲人懷著必死的心腸上車，回去見了哥哥嫂子，也是哭泣，但只說不出來。那花自芳悉把蔣家的聘禮送給他看，又把自己所辦妝奩一一指給他瞧，說：「那是太太賞的，那是置辦的……」襲人此時更難開口，住了兩天，細想起來：「哥哥辦事不錯。若是死在哥哥家裡，豈不又害了哥哥呢？」千思萬想，左右為難。真是一縷柔腸，幾乎牽斷，只得忍住。

那日已是迎娶吉期，襲人本不是那一種潑辣的人，委委屈屈的上轎而去，心裡另想到那裡再作打算。豈知過了門，見那蔣家辦事極其認真，全都按著正配的規矩。一進了門，丫頭僕婦都稱「奶奶」。襲人此時欲要死在這裡，又恐害了人家，辜負了一番好意。那夜原是哭著，不肯俯就的，那姑爺卻極柔情曲意的承順。到了第二天開箱，這姑爺看見一條猩紅汗巾，方知是寶玉的丫頭。原來當初只知是賈母的侍兒，益想不到是襲人。此時蔣玉菡念著寶玉待他的舊情，倒覺滿心惶愧，更加周旋；又故意將寶玉所換那條松花綠的汗巾拿出來。襲人看了，方知這姓蔣的原來就是蔣玉菡，始信姻緣前定。襲人纔將心事說出。蔣玉菡也深為嘆息敬服，不敢勉強，並越發溫柔體貼，弄得個襲人真無死所了。

看官聽說：雖然事有前定，無可奈何；但孽子孤臣，義夫節婦，這「不得已」三字也不是一概推委得的。此襲人所以在「又副冊」也。正是前人過那桃花廟的詩上說道：「千古艱難惟一死，傷心豈獨息夫人❺！」

不言襲人從此又是一番天地。且說那賈雨村犯了婪索的案件，審明定罪，今遇大赦，褫籍為民。雨村因叫家眷先行，自己帶了一個小廝、一車行李，來到急流津覺迷渡口。只見一個道者從那渡頭草棚裡出來，執手相迎。雨村認得是甄士隱，也連忙打恭。士隱道：「賈老先生，別來無恙？」雨村道：「老仙長到底是甄老先生！何前次相逢，覿面不認？後知火焚草亭，下鄙深為惶恐。今日幸得相逢，益歎老仙翁道德高深。奈鄙人下愚不移，致有今日！」甄士隱道：「前者老大人高官顯爵，貧道怎敢相認？原因故交，敢贈片言，不意老大人相棄

❺ 息夫人：是春秋時息國國王的夫人。楚文王滅息，擄息夫人為妾，生兩子。楚文王問她何以不說話？她答說：「我一女子，今嫁兩夫，所差只有一死，還有什麼可說呢？」後人又稱息夫人為桃花夫人，並立廟紀念她。這裡詠桃花廟詩，是清初鄧漢儀作的。

之深！然而富貴窮通，亦非偶然。今日復得相逢，也是一樁奇事！這裡離草庵不遠，暫請膝談，未知可否？」

雨村欣然領命。兩人攜手而行，小廝驅車隨後。到了一座茅庵，士隱讓進，雨村坐下。小童獻上茶來，雨村便請教仙長超塵的始末。士隱笑道：「一念之間，塵凡頓易。老先生從繁華境中來，豈不知溫柔富貴鄉中有一寶玉乎？」雨村道：「怎麼不知？近聞紛紛傳述，說他也遁入空門。下愚當時也曾與他往來過數次，再不想此人竟有如是之決絕。」士隱道：「非也！這一段奇緣，我先知之。昔年我與先生在仁清巷舊宅門口敘話之前，我已會過他一面。」雨村驚訝道：「京城離貴鄉甚遠，何以能見？」士隱道：「神交久矣。」雨村道：「既然如此，現今寶玉的下落，仙長定能知之？」士隱道：「寶玉，即『寶玉』也。那年榮寧查抄之前，釵、黛分離之日，此玉早已離世。一為避禍，二為撮合。從此夙緣一了，形質歸一，又復稍示神靈，高魁貴子，方顯得此玉是天奇地靈煅煉之寶，非凡間可比。前經茫茫大士、渺渺真人攜帶下凡，如今塵緣已滿，仍是此二人攜歸本處，便是寶玉的下落。」

雨村聽了，雖不能全然明白，卻也十知四五，便點頭嘆道：「原來如此，下愚不知！但那寶玉既有如此的來歷，又何以情迷至此，復又豁悟如此？還要請教。」士隱笑道：「此事說來，老先生未必盡解。太虛幻境，即是真如福地。兩番閱冊，原始要終❻之道，歷歷生平，如何不悟？仙草歸真，焉有『通靈』不復原之理呢？」雨村聽著，卻不明白了，知是仙機，也不便更問。因又說道：「寶玉之事，既得聞命。但敝族閨秀如是之多，何元妃以下，算來結局俱屬平常呢？」士隱嘆道：「老先生莫怪拙言，貴族之女俱屬從情天孽海而來。大凡古今女子，那『淫』字固不可犯，只這『情』字，也是沾染不得的。所以崔鶯、蘇小❼無非仙子塵心；宋玉、相

❻ 原始要終：推究事物發展的始末經過。原，推究根源。要，音一ㄠ。求取。

❼ 蘇小：即蘇小小，六朝時南齊的著名歌妓，才高貌美。

如大是文人口孽。但凡情思纏綿的，那結局就不可問了！」

雨村聽到這裡，不覺拈鬚長嘆。因又問道：「請教老仙翁，那榮寧兩府，尚可如前否？」士隱道：「福善禍淫，古今定理。現今榮寧兩府，善者修緣，惡者悔禍，將來蘭桂齊芳，家道復初，也是自然的道理。」雨村低了半日頭，忽然笑道：「是了，是了！現在他府中有一個名蘭的，已中鄉榜，恰好應著『蘭』字。適間老仙翁說『蘭桂齊芳』，又道寶玉『高魁貴子』，莫非他有遺腹之子，可以飛黃騰達的麼？」士隱微微笑道：「此係後事，未便預說。」雨村還要再問，士隱不答，便命人設具盤飧，邀雨村共食。食畢，雨村還要問自己的終身，士隱便道：「老先生草庵暫歇，我還有一段俗緣未了，正當今日完結。」雨村驚訝道：「仙長純修若此，不知尚有何俗緣？」士隱道：「也不過是兒女私情罷了。」雨村聽了，益發驚異：「請問仙長何出此言？」士隱道：「老先生有所不知，小女英蓮，幼遭塵劫，老先生初任之時，曾經判斷。今歸薛姓，產難完劫，遺一子於薛家以承宗祧❽。此時正是塵緣脫盡之時，只好接引接引。」士隱說著，拂袖而起。雨村心中恍恍惚惚，就在這急流津覺迷渡口草庵中睡著了。

這士隱自去度脫了香菱，送到太虛幻境，交那警幻仙子對冊。剛過牌坊，見那一僧一道縹緲而來，士隱接著，說道：「大士、真人，恭喜，賀喜！情緣完結，都交割清楚了麼？」那僧道說：「情緣尚未全結，倒是那蠢物已經回來了。還得把他送還原所，將他的後事敘明，不枉他下世一回。」士隱聽了，便拱手而別。那僧道仍攜了玉到青埂峰下，將「寶玉」安放在女媧煉石補天之處，各自雲遊而去。從此後，「天外書傳天外事，兩番人作一番人。」

這一日，空空道人又從青埂峰前經過，見那「補天未用」之石仍在那裡，上面字跡依然如舊，又從頭的細

❽ 宗祧：家族相傳的宗嗣。祧，音ㄊㄧㄠ。

細看了一遍，見後面偈文後又歷敘了多少收緣結果的話頭，便點頭歎道：「我從前見石兄這段奇文，原說可以聞世傳奇，所以曾經抄錄，但未見返本還原。不知何時，復有此一佳話？方知石兄下凡一次，磨出光明，修成圓覺，也可謂無復遺憾了！只怕年深日久，字跡模糊，反有舛錯，不如我再抄錄一番，尋個世上清閒無事的人，託他傳遍，知道奇而不奇，俗而不俗，真而不真，假而不假。或者塵夢勞人，聊倩鳥呼歸去；❾山靈好客，更從石化飛來，亦未可知。」想畢，便又抄了，仍袖至那繁華昌盛的地方，遍尋了一番。不是建功立業之人，即係餬口謀衣之輩，哪有閒情更去和石頭饒舌？直尋到急流津覺迷渡口草庵中，睡著一個人，因想他必是閒人，便要將這抄錄的石頭記給他看看。哪知那人再叫不醒。空空道人復又使勁拉他，纔慢慢的開眼坐起。便接來草草一看，仍舊擲下道：「這事我已親見盡知，你這抄錄的尚無舛錯。我只指與你一個人，託他傳去，便可歸結這一新鮮公案了。」空空道人忙問何人，那人道：「你須待某年、某月、某日、某時，到一個悼紅軒中，有個曹雪芹先生，只說賈雨村言，託他如此如此。」說畢，仍舊睡下了。

那空空道人牢牢記著此言，又不知過了幾世幾劫，果然有個悼紅軒，見那曹雪芹先生正在那裡翻閱歷來的古史。空空道人便將賈雨村言了，方把這石頭記示看。那雪芹先生笑道：「果然是『賈雨村言』了！」空空道人便問：「先生何以認得此人，便肯替他傳述？」曹雪芹先生笑道：「說你空空，原來你肚裡果然空空。既是『假語村言』，但無魯魚亥豕❿以及背謬矛盾之處，樂得與二三同志，酒餘飯飽，雨夕燈窗之下，同消寂寞，又

❾ 塵夢勞人二句：塵世一切種種如夢，徒然令人勞累，不如聽取杜鵑鳥的呼喚，歸隱山林世外。鳥呼，指杜鵑鳥的叫聲，聽來很像「不如歸去」。

❿ 魯魚亥豕：古代篆體，魯與魚、亥與豕字形相近，容易誤寫誤讀。後人因指文字形似而傳寫的錯誤為「魯魚亥豕」。魯魚，語出抱朴子遐覽：「書三寫，魚成魯，帝成虎。」亥豕，語本呂氏春秋察傳：「夫己與三相近，豕與亥相似。」

不必大人先生品題傳世。似你這樣尋根究底，便是『刻舟求劍，膠柱鼓瑟』了！」

那空空道人聽了，仰天大笑，擲下抄本，飄然而去。一面走著，口中說道：「果然是敷衍荒唐！不但作者不知，抄者不知，並閱者也不知。不過遊戲筆墨，陶情適性而已！」後人見了這本傳奇，亦曾題過四句，為作者緣起之言更轉一竿頭云：

說到辛酸處，荒唐愈可悲。由來同一夢，休笑世人痴！

中國古典名著

專家校注考訂　古典小說戲曲大觀

世俗人情類

紅樓夢
脂評本紅樓夢
金瓶梅
老殘遊記
平山冷燕
品花寶鑑
野叟曝言
綠野仙踪
禪真逸史
海上花列傳
九尾龜
醒世姻緣傳
三門街
花月痕
孽海花
魯男子
遊仙窟　玉梨魂（合刊）
筆生花
浮生六記
玉嬌梨
好逑傳
啼笑因緣
歧路燈

公案俠義類

水滸傳
兒女英雄傳
三俠五義
七俠五義
小五義
續小五義
蕩寇志
綠牡丹
羅通掃北
楊家將演義
萬花樓演義
粉妝樓全傳
七劍十三俠
包公案
海公大紅袍全傳
施公案
乾隆下江南

歷史演義類

三國演義
東周列國志
東西漢演義
隋唐演義
說岳全傳
大明英烈傳

神魔志怪類

西遊記
封神演義
濟公傳
三遂平妖傳
南海觀音全傳　達磨出身傳燈傳（合刊）

諷刺譴責類

儒林外史
官場現形記
文明小史
鏡花緣
二十年目睹之怪現狀
何典　斬鬼傳　唐鍾馗平鬼傳（合刊）

擬話本類

拍案驚奇
二刻拍案驚奇
喻世明言
警世通言
醒世恒言
今古奇觀
豆棚閒話　照世盃（合刊）
石點頭
十二樓
西湖佳話
西湖二集
型世言

著名戲曲選

竇娥冤
漢宮秋
梧桐雨
琵琶記
第六才子書西廂記
牡丹亭
荊釵記
荔鏡記
長生殿
桃花扇
雷峰塔
倩女離魂

荔鏡記

明・無名氏／著　趙山林、趙婷婷／校注

《荔鏡記》又名《陳三五娘》，敘述泉州書生陳三與潮州千金小姐黃五娘的愛情故事，在閩南地區廣為流傳。劇本採用曲牌聯套體，混合使用潮州話與泉州話，是現存最早的一部閩南語出版品，具有濃郁的地方特色，且保留不少南戲特點，彌足珍貴。本書正文根據現存最早的明嘉靖年間《重刊五色潮泉插科增入詩詞北曲勾欄荔鏡記戲文全集》刊本，校以多種相關版本與研究，方言、俚語、典故等並有詳明注釋，幫助讀者鑑賞。

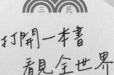